安徽师范大学中国诗学研究中心学术专刊

安徽师范大学文学院高峰学科建设经费资助项目

刘學錯文集

第九卷

唐诗选注评鉴（四）

安徽师范大学出版社

ANHUI NORMAL UNIVERSITY PRESS

·芜湖·

目　录

1

3

雍　陶

宣宗宫人

杜　牧

李商隐

元 稹

　　元稹（779—831），字微之，别字威明，行九，郡望河南洛阳，世居京兆万年（今陕西西安）。贞元九年（793）以明经及第，十九年与白居易同登书判拔萃科，授秘书省校书郎。元和元年（806），登才识兼茂明于体用科，授左拾遗。因屡上书论时事为执政所忌，出为河南县尉。四年，拜监察御史，曾奉使东川。五年贬江陵士曹参军。十年奉召还京。历通州司马、虢州长史。十四年，回朝任膳部员外郎。穆宗即位，擢祠部郎中、知制诰，迁中书舍人，充翰林学士承旨。长庆二年（822）由工部侍郎拜相。六月，出为同州刺史。次年授浙东观察使。文宗大和三年（829）入为尚书左丞，寻出为武昌军节度使。五年卒于镇。与白居易同倡新乐府诗的创作，其《乐府古题序》等在文学批评史上有重要意义。但艺术上真正有特色的则是他的悼亡诗、艳诗和抒写友谊之作。有《元氏长庆集》一百卷，今存者六十卷。《全唐诗》编其诗二十八卷。今人杨军有《元稹诗编年校注》。

遣悲怀三首〔一〕

其　一

谢公最小偏怜女〔二〕，自嫁黔娄百事乖〔三〕。
顾我无衣搜荩箧〔四〕，泥他沽酒拔金钗〔五〕。
野蔬充膳甘长藿〔六〕，落叶添薪仰古槐〔七〕。
今日俸钱过十万，与君营奠复营斋〔八〕。

其　二

昔日戏言身后意〔九〕，今朝都到眼前来。
衣裳已施行看尽〔一〇〕，针线犹存未忍开〔一一〕。
尚想旧情怜婢仆〔一二〕，也曾因梦送钱财〔一三〕。
诚知此恨人人有〔一四〕，贫贱夫妻百事哀。

其 三

闲坐悲君亦自悲，百年都是几多时。

邓攸无子寻知命〔一五〕，潘岳悼亡犹费词〔一六〕。

同穴窅冥何所望〔一七〕，他生缘会更难期〔一八〕。

惟将终夜长开眼〔一九〕，报答平生未展眉〔二〇〕。

校注

〔一〕贞元十九年（803），元稹二十五岁，娶名重当世的太子宾客韦夏卿之幼女韦丛为妻。元和四年（809）七月，韦丛去世。元稹写了一系列悼亡诗，抒写对亡妻的怀念和伤悼。《遣悲怀三首》是其中最著名的组诗。诗题一作《三遣悲怀》。

〔二〕谢公，东晋宰相谢安，此指韦夏卿。韦夏卿出身高门，元稹娶其女韦丛时官已至太子宾客。贞元十九年出为东都留守，永贞元年改太子少傅，元和元年卒，追赠左仆射，故以谢安比拟。偏怜，偏爱。韦丛系夏卿幼女，故云"最小偏怜女"。

〔三〕自嫁，《全唐诗》原作"嫁与"，据明弘治杨氏据宋本影抄本改。黔娄，春秋鲁人（或说齐人）。《列女传·贤明传·鲁黔娄妻传》："（黔娄）先生死，曾子与门人往吊之。其妻出户，曾子吊之。上堂，见先生之尸在牖下，枕墼席藁，缊袍不表。覆以布被，手足不尽敛，覆头则足见，覆足则头见……其妻曰：'昔先生，君尝欲授之政，以为国相，辞而不为，是有余贵也。君尝赐粟三十钟，先生辞而不受，是有余富也。彼先生者，甘天下之淡味，安天下之卑位。不戚戚于贫贱，不忻忻于富贵。求仁而得仁，求义而得义。'"事又见《高士传·黔娄先生》。此处用以自比。乖，违，不顺利。

〔四〕顾，顾惜、眷念。荩（jìn）箧，《全唐诗》原作"画箧"，校"一作荩箧"，兹据改。荩箧，用荩草编的箱子。

〔五〕泥（nì），软求，软缠。《升庵诗话·泥人娇》："俗谓柔言索物曰泥，乃计切，谚所谓软缠也。"沽酒，买酒。

〔六〕藿，豆叶。豆类植物枝梗较长，故曰"长藿"。甘长藿，以食长藿为甘。

〔七〕薪，柴火。仰，仗。

〔八〕君，指妻韦丛。营奠，举行祭奠仪式。营斋，为死者延请僧道举行诵经拜忏、祷祝祈福的宗教活动，即所谓做斋。

〔九〕身后意，身故后的情景。

〔一〇〕施，施舍。行看尽，眼看即将施舍完。

〔一一〕针线，当指韦丛往日做的针线活。开，打开。

〔一二〕旧情，指韦丛生前对婢仆的怜爱之情。句意指至今尚回想起韦丛往日对婢仆的怜爱之情，因而自己也对婢仆加意怜爱。

〔一三〕此句意当紧承上句，说韦丛曾在梦中嘱咐自己善待婢仆，因而有送婢仆钱财之事。

〔一四〕此恨，此指夫妻的死别之恨。

〔一五〕邓攸，西晋末人，字伯道。永嘉末，石勒作乱，攸以牛马负妻子而逃。"又遇贼，掠其牛马，步走，担其儿及其弟子绥。度不能两全，乃谓其妻曰：'吾弟早亡，唯有一息（子），理不可绝，止应自弃我儿耳。幸而得存，我后当有子。'妻泣而从之，乃弃之。其子朝弃而暮及。明日，攸系之于树而去……攸弃子之后，妻不复孕……卒以无嗣。时人义而哀之，为之语曰：'天道无知，使邓伯道无儿。'弟子绥服攸丧三年。"攸曾任吴郡太守，"在郡刑政清明，百姓欢悦，为中兴良守。后称疾去职，郡常有送迎钱数百万，攸去郡，不受一钱"。事见《晋书·良吏传》。此以自比。寻，随即，旋即。

〔一六〕潘岳，西晋著名诗人，丧妻后赋《悼亡诗三首》。此以潘岳赋悼亡诗自喻。犹费词，谓自己反复写诗悼念亡妻。

〔一七〕同穴，指夫妻同墓合葬。《诗·王风·大车》："谷则异室，死则同穴。"窅（yǎo）冥：幽暗貌。

〔一八〕他生缘会，指来生再结姻缘，同为夫妇。

〔一九〕《释名·释亲属》："无妻曰鳏。鳏，昆也；昆，明也。愁悒不寐，目恒鳏鳏然。故其字从鱼，鱼目恒不闭也。"终夜长开眼，指自己像鳏鱼一样，愁悒不寐，长相思念。或解为"自誓终鳏"，不再婚娶。

〔二〇〕未展眉，指妻子因生活艰困而平生从未过上舒心欢笑的日子。

笺 评

陆时雍曰：语到真时不嫌其琐，梁人作昵媟语多出于淫，长庆作昵媟语多出于恳，梁人病重。（《唐诗镜》卷四十六）

王士禛曰：元微之"顾我无衣搜荩箧"，本集注：荩，草名。今刻作"画箧"，字形讹也。（《带经堂诗话·考证门四·名物类》）

毛张健曰：第一首，生时。（"谢公"四句）四句极写"百事哀"。（末二句）以反映收，语意沉痛。（《唐体馀编》）

黄叔灿曰：此微之悼亡韦氏诗。通首说得哀惨，所谓"贫贱夫妻"也。"顾我"一联，言其妇德；"野蔬"一联，言其安贫。俸钱十万，仅为营奠营斋，真可哭矣。（《唐诗笺注》卷五）

《精选评注五朝诗学津梁》：此诗前六句形容甘受贫苦。第七句极写贵显。"斋奠"二句万种伤心，酒匈亦亦，慨鸡豚养志，不逮生存。每读欧九"祭而丰"两句，不觉歔歔也。

王寿昌曰：于夫妇当如苏子卿之《别妻》，顾彦先之《赠妇》，潘安仁之《悼亡》，暨张正言之"南园春色正相宜……"，元微之之"谢公最小偏怜女……"。（《小清华园诗谈》）

（以上第一首）

毛张健曰：第二首亡后。（《唐体馀编》）

（以上第二首）

毛张健曰：第三首自悲。层次即章法。末篇末句"未展眉"即回绕首篇之"万事乖"，天然关锁。（《唐体馀编》）

潘德舆曰：微之诗云"潘岳悼亡犹费词"，安仁《悼亡诗》诚不高洁，然未至如微之之陋也。"自嫁黔娄百事哀"，元九岂黔娄哉！"也曾因梦送钱财"，直可配村歌山笛耳。至《莺莺》《离思》《白衣裳》诸作，后生习之，败行丧身，诗将为人之雠。率天下之人而祸诗者，微之此类诗是也。（《养一斋诗话》卷三）

（以上第三首）

陈世镕曰：悼亡之作，此为绝唱。元、白并称，其实元去白甚远。唯言情诸篇传诵至今，如脱于口耳。（《求志居唐诗选》）

周咏棠曰：字字真挚，声与泪俱。骑省《悼亡》之后，仅见此制。（《唐贤小三昧集续集》）

孙洙曰：古今悼亡诗充栋，终无能出此三首范围者，勿以浅近忽之。（《唐诗三百首》）

陈寅恪曰：夫微之悼亡诗中最为世所传诵者，莫若《三遣悲怀》之七律三首……凡微之关于韦氏悼亡之诗，皆只述其安贫治家之事，而不旁涉其他。专就贫贱夫妻实写，而无溢美之词，所以情文并佳，遂成千古之名著。非微之之天才卓越，善于属文，断难臻此也。（《元白诗笺证稿·艳诗及悼亡诗》）

元稹的妻子韦丛卒于元和四年（809）七月九日。从这年秋天开始，直至元和六年春，首尾三年中，他陆续写了三十多首悼念韦丛的各体诗歌，除七律《遣悲怀三首》最为后世传诵外，如《六年春遣怀八首》《感梦》《夜间》《除夜》等也都是情真语挚的佳作。唐代诗人中写悼亡诗多而好的，元稹之前有韦应物，元稹之后有李商隐。韦应物的悼亡诗中，缺乏特别优秀之作如《遣悲怀三首》者，故不甚为人所知，元、李风格不同，而皆具胜境。

韦丛葬于元和四年十月十三日（据韩愈《韦氏墓志》），此组诗第三首有"同穴窅冥何所望"之句，当作于韦氏既葬之后。

第一首回顾韦丛嫁给自己后这六七年来贫困相守的生活和贤惠品德，为韦氏的过早去世深感抱憾。首联总叙，连用谢安、黔娄二典。韦丛以高门显宦人家最受宠爱的幼女身份，下嫁给自己这样的寒门士子，本来就是一种超越门当户对婚姻习俗的委屈。"谢公"和"黔娄"在身份上的鲜明对照，突出了自己的歉疚之意。次句更进一层，说自从韦丛嫁到自己家中以后，就没有过一天顺遂的日子。"百事乖"三字，用笔的分量很重，包含的内容也很丰富。不止是指生活上的贫困清苦与韦丛出嫁前过惯的大家闺秀无忧无虑的生活相差天壤，而且也包含元稹自己在仕途上遇到的种种坎坷。元和元年，元稹任左拾遗，上疏论政。八月，宪宗召对，宰相恶之，九月贬为河南县尉。这是元稹人生道路上遇到的首次挫折。不久母亲郑氏去世，丁忧守丧，直到元和四年二月才因宰相裴垍的提拔而任监察御史。"百事乖"中应该也包含了这方面的乖违不顺情事。

名门闺秀且又属"最小偏怜女"的韦丛，面对这样一个清贫而"百事乖"的家庭环境，该何以自处呢？"顾我无衣搜荩箧，泥他沽酒拔金钗。"颔联通过对家庭清贫生活琐事的追忆，突出表现了韦丛对自己的体贴关爱和贫贱夫妻间虽清苦却充满生活情趣和温馨感情的家庭生活。"顾"有"看"义，但这个"顾"却不是一般的"看"，而是"顾惜""眷念"之意，也就是说，心里老是惦念、顾惜着丈夫没有像样的衣服，而搜寻自己那草编的箱子，想从中找出一点布料来为丈夫缝制新衣。"顾"字中透露出来的正是这种发自内心的体贴关爱。而"搜"字则说明在这简陋的"荩箧"中实在没有太多可供搜寻的东西，须费力寻找才能偶尔发现一两段可供成衣的布料，则生活之清贫可见。由于生活清苦，喝酒也成了一种奢侈，实在想喝酒时便只能缠着韦丛，央求她变着法子弄点钱来买酒，而她唯一能想出来的办法就是拔下头上戴的金钗去换钱。贫居家无长物，头上的金钗这仅有的首饰大概还是娘家带来的旧物，今日已成清贫生活的点缀，为了让嗜酒的丈夫过一下酒瘾，也毫不犹豫地拔掉买酒了。既见出韦丛的贤惠体贴，为自己的一点小小嗜好竟心甘情愿地付出心爱的饰物，也反映出清贫相守的生活中自有一份温馨的情意和融洽和谐的生活情趣。

"野蔬充膳甘长藿，落叶添薪仰古槐。"腹联专写家庭生活的清贫。一日三餐的饭食中，常常要搭配一些野菜、豆叶之类的东西来充饥果腹，连烧饭的薪柴也不得不仰仗古槐的落叶来增添一点燃料。以古槐落叶添炊，以野蔬长藿充膳，这是散文的朴素叙述，要把它化为诗句，并且写得富于诗味，就需要组织的功夫和点眼的字眼。诗人将它们组成一联工整而流畅的对仗，并在上句和下句分别用了"充"和"添"、"甘"和"仰"四个动词，整个一联就顿时有了生气和兴味的流注。如果说"充"字、"添"字、"仰"字侧重于表现生活的清贫和虽清贫而不乏诗意，那么"甘"字就侧重于表现作为家庭主妇的韦丛对这一切都心甘情愿地承受，安之若素，甚至甘之如饴的贤惠品格。诗人对她的这种品格的深情赞美也自然融合其中。写清贫生活容易流于寒俭甚至酸腐，这一联却把这种生活写得富于诗味和人情味，读来毫无矫情之感，关键就在于这种生活与韦丛贤淑品格的水乳交融，生活与人格和谐统一。读到这里，再回过头去品味首句"谢公最小偏怜女"，就能深刻感受到在如此优裕的家庭环境中成长起来的韦丛能做到这一切之不易，更能体会到她的这一切表现完全出于其贤淑的内在品性，因而开头所表现的家庭环境正为颔、腹两联写其品性提供了有力的反衬。

"今日俸钱过十万，与君营奠复营斋。"尾联从追忆往昔回到眼前，说如今自己的俸钱已过十万，却不能和你一起过比较宽裕的生活，只能用它来为你举行祭奠仪式，做斋祈福了。"俸钱过十万"仿佛极俗，但转出一句"与君营奠复营斋"，却令人凄绝。生前不能为贤淑的妻子提供起码的温饱生活条件，死后方能为之"营奠复营斋"，则所抱的遗憾又何止是终身难释！极俗，却极真实，极深至，极本色。

第二首侧重抒写韦丛去世后自己的种种哀思。首联亦总起重笔抒慨："昔日戏言身后意，今朝都到眼前来。"过去夫妻之间戏言一方身死之后的悲伤情事，今天都成了眼前活生生的现实。韦丛去世时，元稹三十一岁，正当壮盛之年，根本料想不到会有盛年丧妻的遭遇，"戏言"竟成谶语，这种完全出乎意料的沉重打击，使诗人的感情上处于难以承受的境地。以下两联，就进而具体叙写妻子亡故以后引起自己哀思的一些情事。

"衣裳已施行看尽，针线犹存未忍开。"按照妻子生前"戏言"时曾经提到过的话，在她去世以后已经陆陆续续将她穿过的衣裳施舍给别人，眼看就要赠送完了。这样做，既是遵从她生前的嘱咐，也是怕自己睹物思人，更增悲怆，但从"行看尽"三字中，又可隐隐体味出不忍心舍弃的矛盾感情，故自然引出下句来：过去妻子做的针线活都还完整地保存着，不忍心打开。这种已竟或未竟的针线活，拿去送人，并不合适，但对自己来说，却是一种永久的亲切纪念。"未忍开"三字，写出了诗人那种既想打开它来看，重温妻子的手泽，又怕触物伤感的矛盾感情。或"施"或"存"，都是怕触动旧痛。

"尚想旧情怜婢仆，也曾因梦送钱财。"腹联上句意分两层，一层意思是说，如今还清楚地回想起妻子旧日对待婢仆的怜爱，深感妻子为人的宽厚善良；另一层意思是说，自己内心深爱妻子，想到她昔日对婢仆的怜爱，不由自主地对婢仆平添怜爱之情。这既显示了诗人爱妻而怜婢仆的感情，也显示了妻子的品德感召力。两层意思在重叠中有推进，使情感表达得既婉曲又深挚。下句是说，有时梦见韦丛嘱咐自己善待婢仆，因而自己也有赠送婢仆钱财之事，"也"字紧承上句"怜婢仆"，上下句意方一贯。连梦中都不忘嘱丈夫善待婢仆，更可见韦丛的善良宽厚出自本性。以上两联，透露出"昔日戏言身后意"中可能包括诸如将衣裳、针线施舍给别人以及善待婢仆一类的话，故诗人有这样的叙述，仿佛是对死者生前"戏言"的一种郑重回应和交代。

"诚知此恨人人有，贫贱夫妻百事哀。"尾联回抱首联，就妻子已故后不能自已的思念和悲恨抒慨。出句先推开一层，说诚然知道夫妻之间一方先故的死别之恨人人都会遇到，对句反过来转进一层，说像自己和韦丛这样贫贱

元
稹

2247

相守、同甘共苦、相濡以沫的夫妻，突然过早地死别，却令人倍感伤痛，回想六七年间经历的种种艰难困苦，深感百事可哀！"百事哀"遥承第一首"百事乖"，是对六七年共同生活经历的充满悲慨的总结。

第三首侧重抒写丧妻后的自悲之情。首句"闲坐悲君亦自悲"总挈，"悲君"承上二首，"自悲"启下七句。次句悲慨人生即使活到百年，到底又有多少时日呢？这是由于伤痛相期百年的爱妻逝去之后对生活意义深感迷茫的情况下发出的感慨。它不是悲慨年寿的短促、人生的有限，其潜台词是，失去了相濡以沫的爱妻，即使活到百岁，又有多少人生的乐趣呢？感情极沉挚悲痛，出语却貌似旷达，表里之间存在的强烈反差，使感情的表达倍加深沉。

"邓攸无子寻知命，潘岳悼亡犹费词。"颔联出句悲无子，人生更觉孤子。韦丛过早去世，连儿女也没有留下，自己在丧妻之余连聊可慰藉寂寞心灵的儿女也没有，不免更感到孤寂凄凉。"寻知命"三字，以知命自解，实际上包含着对"天道无知"的不平与悲愤。对句说自己明知像潘岳那样写诗悼念亡妻，并不能使亡妻复生，不过徒费文词而已，但出于感情宣泄的需要，却仍然要这样做，"犹"字正表现出这种明知无用却无法抑制的深悲。

"同穴窅冥何所望，他生缘会更难期。"妻子既已去世，往昔共同发出的"死则同穴"的誓言已经成空，至于来生再有缘分相会结成婚姻便更渺茫无期了。上句是无情的死别现实粉碎了"死则同穴"的誓愿，下句是渺茫的来生使再结良缘的希望变得虚幻难期。今生来世，重聚的希望只能是一片空无！

"惟将终夜长开眠，报答平生未展眉。"尾联是在同穴无望、他生难期的情况下迸发出的一片赤诚之意。对于韦丛的过早去世，诗人怀着一种强烈的歉疚之情，感到自己由于贫贱使她始终过着一种不如意的艰困生活，尽管她生性贤淑温柔，自甘清贫，自己却因此倍感伤痛。死者已矣，自己唯一能做的就是终夜不眠，长期思念，来报答韦丛平生从未舒心展眉的长恨。这是发自内心深处的至情至性之语，于万般无奈之中流露的正是一种痴顽至极、沉痛彻骨的悲慨。死者有知，或可"展眉"于九泉之下了。这两句，不仅是对本篇的总结，也是对三首诗的总结。

元稹的这三首悼亡诗之所以感人，大约有以下几个原因。一是写出了一种特殊的真情实感。韦丛以高门显宦之家下嫁寒门庶族，品性又如此贤淑，六七年的时间中甘受清贫，默默奉献，还没有来得及过上一天舒心展眉的日子便猝然离去，使元稹始终对她怀着一种深深的歉疚之情。诗中将这种感情反复地加以渲染、强调，使它成为全诗的贯串性感情主调。由于诗人的这种感受特别真切深刻而又独特，因而给读者留下深刻的印象。二是寓情于事，通过亲自经历的具体情事乃至细节来写妻子的贤淑品性和对自己的体贴关爱，因此特别能打动人。三是在通过具体情事抒写悼念亡妻感情的同时，往往有基于深刻人生体验的带有普遍性的人生悲慨的抒发，如每首诗的起、结两联。这几方面原因的互相配合，遂使这三首悼亡诗具有情与事、特殊与普遍高度融合的特色。

六年春遣怀八首（其二）〔一〕

检得旧书三四纸〔二〕，高低阔狭粗成行〔三〕。
自言并食寻常事〔四〕，惟念山深驿路长。

校注

〔一〕六年，指元和六年（811）。元和五年，因奏河南尹房式为不法事等为执政所恶，贬江陵府士曹参军。这组诗即作于任职江陵期间。

〔二〕检，寻检。旧书，指妻子韦丛旧日写给自己的书信。三四纸，三四张信纸。

〔三〕高低阔狭，指信纸的长短阔狭各不相同。粗成行，大体上成行。

〔四〕并食，两顿饭合在一起吃。常，《全唐诗》原作"高"，他本同，当作"常"，径改。

鉴赏

这组悼亡七绝作于元和六年（811）春天，上距韦丛之卒已经一年半。从诗中流露的悼伤追怀之情看，仍然像以前一样真挚深沉。在同时所作的《答友封见赠》诗中说："荀令香销潘簟空，悼亡诗满旧屏风。"从中不难看出，诗人对亡妻韦丛的怀念并没有随着时间的消逝而消逝，而是一遇到和妻子有关的人、物、情、事便触绪伤情，难以自制。

这首诗的前两句说，一天在清理旧物时，寻检出了韦丛生前寄给自己的几页信纸，信上的字写得高高低低，参差不齐，行距也时阔时狭，不大匀称，只能勉强成行罢了。但这字迹行款，对于诗人来说，却是熟悉而亲切的。睹物思人，会自然唤起对往昔共同生活的深情追忆，浮现出亡妻朴实淳厚的面影。诗人如实描写，不稍修饰，倒正见出亲切之情、感慨之意。陈寅恪据此二句，谓韦丛"非工刀札善属文者"，近之。

三、四两句叙说"旧书"的内容。信中说，由于生活困难，常常不免要过并食而炊的日子。不过，这种清苦的生活自己已经过惯了，倒也觉同寻常，并不觉得有什么。自己心里深深思念的倒是你这个出外远行的人，担心你在深山驿路上奔波劳顿，饮食不调，不要累坏了身体。信的内容当然不止这些，但诗人转达的这几句话无疑是最使他感怆唏嘘、难以为怀的。那信上自言"并食"而炊，自是不经意间说出的实情，但又生怕丈夫为她的清苦生活而担心和不安，所以轻描淡写地说这只不过是"寻常事"。话虽说得很平淡、随意，却既展现出她那"野蔬充膳甘长藿"的贤淑品性，又传出她的细心体贴。自己的"并食"而炊仿佛不值一提，而远行于深山驿路的丈夫才是让自己牵挂的。真正深挚的爱，往往是这样非常朴质而无私的。诗人写这组诗时，正是他得罪权幸被贬为江陵士曹参军，亟须得到精神支持之际。偶检旧书，重温亡妻在往昔艰难生活中给予他的关怀体贴，想到当前孤子无援的处境，能不感慨系之、黯然神伤吗？

悼亡诗是一种纯粹抒情的诗歌体裁，完全靠深挚的感情打动人。这首题为"遣怀"的悼亡诗，通篇却没有一字直接抒写悼念亡妻的情怀。它全用叙事，而且是日常生活里一件平常细小的事：翻检出亡妻生前写给自己的几页信纸，看到信上写的一些关于家常起居的话。事情叙述完了，诗也就结了尾，没有任何抒发感慨的话。但读者却从这貌似客观平淡的叙述中感受到诗人对亡妻那种不能自已的深情。关键就在于，诗人所叙写的事虽平凡细屑，却相当典型地反映了韦丛的性情品格，反映了他们夫妇之间相濡以沫的关系。情含事中，自然无须多置一词了。

元稹的诗平易浅切，这在其他题材的诗歌中，艺术上往往利弊得失参半。但在《遣悲怀三首》和这首诗中，这种平易浅切的风格倒是和诗的内容、感情完全适应的。悼亡诗在感情真挚这一点上，比任何诗歌都要求得更严格，可以说容不得半点虚假。华侈雕琢往往伤真，朴素平易倒是表达真情实感的好形式，特别是当朴素平易和深厚的感情和谐结合时，这样的诗实际上也是深入与浅出的统一了。鲁迅所说的白描秘诀——"有真意、去粉饰、少做作、不卖弄",似乎特别适用于悼亡诗的写作。

行 宫〔一〕

元稹

寥落古行宫〔二〕,宫花寂寞红。
白头宫女在,闲坐说玄宗〔三〕。

校注

〔一〕 此诗《文苑英华》卷三百十一置王建《温泉宫》后,题作《古行宫》,但题下并未署"前人"字(仅目录中有"前人"字)。宋洪迈《万首唐人绝句》五言卷六、《容斋随笔》卷二均以此为元稹作。《唐音统签》卷三十五王建五言绝句补此诗于卷末,当据《文苑英华》补入。兹从洪迈作元稹诗。卞孝萱《元稹年谱》谓此诗为元稹任监察御史分务东台时作,时在元和四年(809)。此"行宫"或为自长安至洛阳途中所建供皇帝东巡时临时休憩之宫殿,或即建于东都洛阳之行宫,如上阳宫之类。

〔二〕 寥落,冷落空寂。

〔三〕 说玄宗,谈说玄宗旧事。

笺评

洪迈曰:白乐天《长恨歌》《上阳宫人歌》,元微之《连昌宫词》道开元宫禁事最为深切矣,然微之有《行宫》一绝句云……语少意足,有无穷之味。(《容斋随笔》卷二)

叶寘曰:元稹过华清宫诗"白头宫女在,闲坐说玄宗",退之过连昌宫诗"宫前遗老来相问,今是开元几叶孙",各有意味,剑南诗中亦云:"舍北老人同甲子,相逢挥泪说高皇。"(《爱日庐丛钞》卷三)

瞿佑曰:《长恨歌》一百二十句,读者不厌其长;微之《行宫》词才四句,读者不觉其短,文章之妙也。(《归田诗话》卷四)

胡应麟曰:王建"寥落古行宫"……语意妙绝,合建七言《宫词》百

首，不易此二十字也。（《诗薮·内编·近体下·绝句》）

吴逸一曰：冷语有令人惕然深省处，"说"字得书法。（《唐诗正声》评）

黄周星曰：此宫女得与外人闲说旧事，胜于上阳白发人多矣。（《唐诗快》卷十四）

徐增曰：玄宗旧事出于白发宫人之口，白发宫人又坐宫花乱红之中，行宫真不堪回首矣。（《而庵说唐诗》）

王尧衢曰："寥落故行宫"："故行宫"上加"寥落"二字，分外凄凉。"宫花寂寞红"：宫无人焉则花光寂寞，空自落残红矣。"白头宫女在"：此行宫中谁人对此宫花乎？只有白头宫女在耳。连用三"宫"字，凄然欲绝。"闲坐说玄宗"：玄宗旧事，真不堪说，白发宫人，可怜一世眼见心痛，不觉于对花闲坐时说之，解此寥寂，而故宫中不堪回首矣。（《古唐诗合解》卷四）

沈德潜曰：说玄宗，不说玄宗长短，佳绝。只四语，已抵一篇《长恨歌》矣。（《重订唐诗别裁集》卷十九）

黄叔灿曰：父老说开元、天宝事，听者藉藉，况白头宫女亲见亲闻。故宫寥落之感，黯然动人。（《唐诗笺注》卷七）

李锳曰：明皇已往，遗宫寥落，借白头宫女写出无限感慨。凡盛事既过，当时之人无一存者，其感人犹浅；当时之人尚有存者，则感人更深。白头宫女，闲说玄宗，不必写出如何感伤，而哀情弥至。（《诗法易简录》）

宋宗元曰：妙能不尽。（《网师园唐诗笺》卷三）

潘德舆曰："寥落古行宫"二十字，足赅《连昌宫诗》六百馀字，尤为妙境。（《养一斋诗话》卷三）

俞陛云曰：直书其事，而前朝盛衰，皆在"说玄宗"三字之中。（《诗境浅说》续编）

刘永济曰：首句宫之寥落，次句花之寂寞，已将白头宫女所在环境景象之可伤描绘出来，则末句所说之事，虽未明说，亦必为可伤之事。二十字中，于开元、天宝间由盛向衰之经过，悉包含在内矣。此诗可谓《连昌宫诗》之缩写。白头宫女与《连昌宫诗》之老人何异！（《唐人绝句精华》）

刘拜山曰：以"红花"、白发，映衬情境；以"寂寞""闲坐"，烘托气氛，而盛衰今昔之感全见。此画家设色渲染之妙。"闲坐说玄宗"，一句

可抵数十语，极含蓄微婉之致。（《千百唐人绝句》）

鉴赏

安史之乱成为唐王朝由繁荣昌盛走向衰乱没落的重大历史转折点。从此以后，唐诗中就不断出现感慨今昔盛衰的作品。中唐时期，以刘禹锡的怀古诗为典型代表的诗作，便集中抒发了这种历史感慨。元稹的这首《行宫》，在更广泛的意义上说，也属于怀古诗的范畴。但以短短二十字而反映出时代的盛衰变化和不胜今昔沧桑的深沉感慨，将古典诗歌精练含蓄的优长发挥到极致，则是这首诗突出的艺术成就。

诗中的行宫，或说即东都洛阳的上阳宫，但也有可能是由长安到洛阳途中的行宫，类似连昌宫这种旧宫。即使所指为东都上阳宫，诗的主题也和白居易"愍怨旷"的《上阳白发人》显然有别。说诗者因此诗中有"白头宫女"而将它与《上阳白发人》联系起来，认为诗中抒写了宫女的凄凉身世、哀怨情怀，可能错会了诗的性质。它不是宫怨诗，而是抒写今昔盛衰之慨的怀古诗。

"寥落古行宫"，起句大处落墨，抒写对行宫的整体印象和感受。"行宫"而曰"古"，未必是指其年代久远，属于前朝遗迹，而是眼前这座破败的行宫给自己带来的忧如隔世之感。"寥落"二字，是诗人对它的突出印象，包含冷落空寂、萧条破败等意蕴。二字一篇之主，直贯全诗。

"宫花寂寞红。"次句将眼光聚集在宫中正在开放的红花上。"红"的颜色，通常给人以鲜艳、热闹、繁盛乃至兴奋喜悦之感，但这里却用"寂寞"来形容它。这是因为整个行宫冷落空寂、萧条破败的环境气氛，使那红艳的花朵也似乎染上了寥落冷寂的气氛，无人欣赏，自开自落，显得分外寂寞了。这句借助色彩与环境，与人的通常感受反向对比，传出了古行宫"寥落"的神韵。

"白头宫女在，闲坐说玄宗。"三、四两句，由宫花转到行宫中孤寂的白头宫女身上。这几位白发苍苍的宫女，应是玄宗开天时期进入行宫的，当时都是妙龄青春少女，半个多世纪之后，都成了风烛残年的老妪了。从"说玄宗"三字所透露出的消息看，她们当年可能在玄宗的多次东巡中听说过皇帝巡游的浩荡声势和热闹场面，或听说过许多宫中的旧事，就像诗人在《连昌宫词》中所描绘的那样。但这一切盛世风光，都已随着安史之乱这场浩劫而一去不复返，成了白头宫女的遥远记忆和旧梦。如今，只有在寂寞闲坐、打发时光时将它们作为谈资，而加以咀嚼回味了。表面上看，诗人似乎只是在平静从容、不动声色地描写几位白头宫女闲坐谈说玄宗旧事的场景，但细加品味，则其中蕴含了很深的时代盛衰之慨。说"白头宫女在"，这句句末似不经意的"在"字，透露出往日豪华热闹的行宫，如今已经一片空寂，满目萧条，只剩下几位白头宫女了。反言之，白头宫女的"在"，正暗示她们曾历经的盛世繁华风光已经永远不"在"了。而末句的"闲坐"，不仅表现了她们生活的寂寞无聊，而且进一步显示出行宫的"寥落"。"说玄宗"，妙在"说"字中不含任何议论褒贬，只是闲来无事的随意谈说和追忆，而所说的对象——玄宗，却一下子将读者的思绪引到玄宗所代表的开天盛世，触发对已经逝去的盛世的无穷想象。想象追忆中的盛世繁华与眼前这寥落冷寂、萧条破败的古行宫，寂寞开放的红色宫花，寂寞闲坐的白头宫女形成了强烈鲜明对照，其中所蕴含的深沉今昔盛衰之慨便使人味之无极，极具启示性了。《连昌宫词》中的老人，在追忆玄宗旧事、叙说安史之乱后的社会景象之后，曾提出"太平谁致乱者谁"的尖锐问题并作出解答，这首仅二十个字的五绝自然不可能也没必要这样做，但在"闲坐说玄宗"的平淡叙写中却自然包含了上述意蕴。正是在这个意义上，评家认为"'寥落古行宫'二十字，足贬《连昌宫诗》六百馀字，尤为妙境"，"此诗可谓《连昌宫诗》之缩写"。

这首诗之所以有如此丰富深刻的内涵，精妙的构思是一个关键原因。诗中的两个重要意象——"行宫"和"宫女"，正是诗人用以表现今昔盛衰之慨的主要凭借。"行宫"曾经接待过玄宗的东巡，有过繁华热闹的过去；又经历过安史之乱的破坏和乱后长期空置的冷寂，它本身的变化就是大唐王朝由盛而乱而衰的历史见证。而现今白头闲坐的宫人，也亲历过往昔的繁华，同样是时代盛衰的历史见证人。今日寥落冷寂的行宫和白头闲坐的宫女，正映衬出往昔的繁华昌盛。尽管诗中没有一字正面描写往昔之盛，但是"说玄宗"三字中，已经暗透出往昔的繁华热闹，也包含了乱后的冷寂萧条，因为玄宗本身，就既是开天盛世的缔造者，又是酿乱致衰的祸首。

这首诗很像一幅画，而且其"设色渲染之妙"也饶有画意，但千万不要忘了在这幅画图之旁的诗人。行宫的"寥落"、宫花的"寂寞"，都包含着诗人的主观感受；而"白头宫女在，闲坐说玄宗"的场景，就身在其中的白头宫女来说，不过是冷寂无聊生活的写照，她们本身未必有深沉的今昔盛衰的历史感慨，但身处这一场景之外的诗人，由"白头宫女在，闲坐说玄宗"的场景引发的却是无限深沉的今昔盛衰的沧桑感。诗境的含蓄，正在画中人浑然不觉、画外人感怆不尽处见之。

西归绝句十二首（其二）〔一〕

元稹

五年江上损容颜〔二〕，今日春风到武关〔三〕。
两纸京书临水读〔四〕，小桃花树满商山〔五〕。

校注

〔一〕元和十年（815）正月，元稹奉诏回朝，由唐州返江陵后归京。二月抵长安。此诗作于归京途中至商山时。江陵在长安东南，故曰"西归"。

〔二〕江上，指江陵，在长江边上，故称。元稹于元和五年春贬江陵士曹参军，至作诗时正满五年。

〔三〕武关，战国时秦国之南关，在今陕西商南县西北。

〔四〕作者自注："得复言、乐天书。"复言，李谅字。与白居易、元稹友善，有诗唱和。乐天，白居易字。水，指丹水。

〔五〕商山，在今陕西商县东南。陆游《老学庵笔记》卷四："欧阳公、梅宛陵、王文恭集，皆有《小桃》诗，欧诗云：'雪里花开人未知，摘来相顾共惊疑，便当索酒花前醉，初见今年第一枝。'初但谓桃花有一种早开者耳。及游成都，始识所谓小桃者，上元前后即着花，状如垂丝海棠。曾子固《杂识》云：'正月二十间，天章阁赏小桃。'正谓此也。"

笺评

史承豫曰：（末句）深情人乃能作此语。（《唐贤小三昧集》）

俞陛云曰：微之五年远役，归至武关，得书而喜，临水开缄细读。前三句事已说尽，四句乃接写武关所见，晴翠商山，依然到眼，小桃红放，如含笑迎人，入归人之目，倍觉有情，非泛写客途风景也。（《诗境浅说》续编）

刘拜山曰：以"小桃花树满商山"见喜悦之情。与王昌龄《从军行》

以"高高秋月照长城"传凄怨之神，用笔正同，皆极风神骀荡之致。（《千首唐人绝句》）

鉴赏

　　五年江陵之贬，是元稹在人生道路上遇到的一次历时最长的挫折。元和九年（814）闰八月，淮西吴元济叛乱，严绶移山南东道节度使，发赴唐州以招抚之，元稹为从事。十月，严绶充申光蔡等州招抚使，元稹仍居严幕。元和十年正月，奉诏还朝。他先回江陵，然后西归长安。《西归绝句十二首》便是他在西归途中及到京后陆续写成的七绝组诗。这是组诗的第二首。

　　"五年江上损容颜。"首句是对五年贬谪江陵生活的总括。"损容颜"也就是组诗第三首所说的"今日还乡独憔悴，几人怜见白髭须。"这一年元稹三十七岁，却已是形容憔悴，髭须斑白，可见其心情的抑郁苦闷和生活的困顿穷蹙。

　　"今日春风到武关。"次句忽转入对西归行程的叙述。"春风到武关"，语意活泛，既可理解为春风拂面的季节，自己终于西归到达武关，也可理解为和煦的春风来到了武关。武关是战国时秦之南关，到了武关，也就意味着进入了自己日夜思念的秦地，离西归的目的地长安不远了。拂面吹来的和煦春风，使长期沉沦困顿的诗人感受到了自然界的生机和暖意，心情也变得开朗起来，与上句对照，显然可以感受到诗人的轻快喜悦的心情和跃动跳荡的心律。

　　"两纸京书临水读，小桃花树满商山。"三、四两句，续写西归途中喜读友人来信和所见景物。商山在唐商州上洛县（今陕西商洛市商州区）东南，距武关（唐商洛县，今陕西丹凤县东）尚有一段距离。"两纸京书"，指友人李复言、白居易的来信，他们当是得知元稹奉诏回京的消息后，先派人送信给尚在途中的元稹，以表达欢迎祝贺之情的。从武关向西的途中得此来书，喜不自胜，就在临丹水的路边读了起来，"临水读"三字，将刚接友人来信时兴奋喜悦、急匆匆地就在丹水边的道旁展信而读的情景，鲜明如画般地呈现在读者面前。妙在写到这里却撇开"京书"的内容和自己展读后的心情，宕开一笔，写抬头忽见小桃花树的红花开遍商山的绚丽景色，而于瞥见此景时的内心感触则不着一词。全诗就在这明丽烂漫的春光中忽然收住。读来但觉情韵悠长，风神摇曳，含蕴无穷。景中寓情，但这情却不是那种可以用明晰的概念表述的情，而是一种兴会和感触，一种由满目春色引发的美好遐想和难以名状的兴奋喜悦和对未来的展望。元稹的七绝，每用以景结情之法，但像这首诗这样写得极富远神远韵的却少见。

闻乐天授江州司马〔一〕

元稹

残灯无焰影幢幢〔二〕，此夕闻君谪九江〔三〕。
垂死病中惊坐起〔四〕，暗风吹雨入寒窗〔五〕。

校注

〔一〕元和十年（815）六月三日，藩镇李师道派刺客刺死主张对藩镇用兵的宰相武元衡，并刺伤御史中丞裴度。时任太子左赞善大夫的白居易上书主张捕贼，宰相以其越职言事，诬之者谓其母因看花坠井而死仍作《赏花》《新井》诗，贬为江州司马。元稹当时在通州司马任上，听到白居易贬江州的消息，写了这首诗。诗作于是年八月。江州，唐江南西道州名，今江西九江市。司马，州郡佐吏。唐郡，上州司马一人，从五品下。司马一职，唐代常用来安置贬谪官吏。

〔二〕幢幢，形容灯影摇曳不定之状。

〔三〕九江，即江州。江州浔阳郡，本九江郡，天宝元年（742）更名。白居易《琵琶引》序："元和十年，予左迁九江郡司马。"

〔四〕时元稹患疟疾。《酬乐天见寄》云："瘴色满身治不尽，疮痕刮骨洗应难。"《献荥阳公五十韵》自注云："稹病疟二年。"惊坐起，《全唐诗》校："一作仍怅望。"

〔五〕雨，《全唐诗》校："一作面。"

2257

笺评

白居易曰：睹所寄闻仆左降诗云……此句他人尚不可闻，况仆心哉！至今每吟犹恻恻耳。（《与元微之书》）

洪迈曰：嬉笑之怒，甚于裂眦；长歌之哀，过于恸哭，此语诚然。微之在江陵，病中闻乐天左降江州，作绝句云："残灯无焰影幢幢，此夕闻君谪九江。垂死病中惊坐起，暗风吹雨入寒窗。"乐天以为"此句他人尚不可闻，况仆心哉！"微之集作"垂死病中仍怅望"，此三字既不佳，又不题为病中作，失其意矣。（《容斋随笔·长歌之哀》）

《唐诗训解》：悲惋特甚。

高江曰：（"垂死"句）真。又曰：悲惋。（李攀龙《唐诗选》评）

唐汝询曰：残灯无焰，愁惨之时，垂死起坐，至情所激。风吹雨入，凄凉可知。非元、白心知，不能作此。（《唐诗解》卷二十九）

徐增曰：此诗重"此夕"二字。大凡诗中用字，最不可杂乱，此诗若"残"字，若"无焰"字，若"谪"字，若"垂死"字，若"惊"字，若"暗"字，若"寒"字，如明珠一串，粒粒相似，用字之妙，无逾于此。（《而庵说唐诗》卷十一）

吴昌祺曰：衬第三句，而末复以景终之，真有无穷之恨。（《删订唐诗解》卷十五）

王尧衢曰：读此诗，叹古人友谊之厚。"残灯"句：灯残则无焰，而其影幢幢不明。夜境病境愁境，都从此文字写出。"此夕"句：此夕，即此灯残愁惨之夕。至友左降，却在愁病无聊之夕，闻之更为分外扫兴。"垂死"句：病而垂死，痛之至也；惊而坐起，惊之甚也。元、白二人心知至友，休戚相关，其情如此。"暗风"句：此时失惊坐起，呆呆想去，无可为力，但觉半明不灭之灯影中，暗风吹雨从窗而入，令人心骨俱寒。至情所激，其凄凉甚矣，他日乐天语人云：此语他人尚不可闻，况仆心哉！（《古唐诗合解》卷六）

沈德潜曰：诗……又有过作苦语而失者。元稹之"垂死病中惊坐起，暗风吹雨入船（按：当作"寒"）窗"，情非不挚，成蹙蹙声矣。李白"杨花落尽子规啼"，正不须如此说。（《说诗晬语》卷上）

黄叔灿曰：残灯病卧，风雨凄其，俱是愁境，却分两层写。当此残灯影暗，忽惊良友之迁谪，兼感自己之多病。此时此际，殊难为情。末句另将风雨作结，读之味逾深。（《唐诗笺注》卷九）

余成教曰：香山谓"予与微之前后寄和诗数百篇，近代无如此多有也"，愚谓白之与元也，"所合在方寸，心源无异端"两语，已曲尽其情矣。元之于白也，《闻授江州司马》《得乐天书》两绝句，亦曲尽其情。（《石园诗话》卷二）

朱宝莹曰：点题在二句。首句先云"残灯无焰影幢幢"，谓"残灯"则无光焰，而其影幢幢不明。凡夜境、病境、愁境俱已写出。二句"此夕"即此残灯之夕，再作一读（逗），下五字点乐天之左降，乃逾吃紧。三句转到微之之凄切，写得十分透足。四句写足一种愁情之境，但觉暗风吹雨从窗而入，无非助人凄凉耳。读此可见古人友谊之厚焉。[品] 凄切。（《诗式》）按：此评多袭王解。

沈祖棻曰：首句描绘当时景色，就已经形成了一种悲剧气氛，灯已残了，可见夜深。深夜孤灯，客居不寐，已是凄凉黯淡，何况此灯又因灯燃油尽，已无焰光，只剩下一片昏沉沉的影子呢？（幢幢，昏暗貌。）次句写所闻。首以"此夕"点明时间，联系所写景色，下句所写心情，郑重出之。"君"，点明人。"谪九江"，点明事。第三句写在如此凄凉黯淡的景物中间，忽然听到如此惊心动魄的消息，已经使人难以忍受了，何况这时自己又生着病，而且病得要死呢。"惊坐起"三字，安放在"垂死病中"之下，极有分量。垂死之病，当然难以坐起，而居然坐起，则此消息之惊人，闻者之震动，都极强烈地表达了出来，末句以景结情，回应首句。此时此地，此种心情，而目之所见，耳之所闻，惟有风雨扑窗而已。"风"而曰"暗"，应"残灯"；"窗"而曰"寒"，应长夜，都与诗人的心情一致，非常协调。此诗用悲剧气氛来衬托人物的环境与心情，极其出色。（《唐人七绝诗浅释》）

刘拜山曰："垂死"句写闻耗后感同身受之情，直从肺腑中流出；而残灯风雨，设境尤极凄其，所以倍觉深挚。（《千首唐人绝句》）

在元、白数百首唱酬寄赠之作中，这首《闻乐天授江州司马》是感情最为沉痛凄凉的一首。这是因为，写这首诗时，两位志同道合的挚友都处于人生的最低谷时期。元稹于元和元年因上疏论政遭宰相之恶，出为河南县尉；元和五年，又因弹劾贪宦，遭权贵宦官忌恨，贬江陵士曹参军。元和十年正月，奉诏归京，本以为能得到朝廷任用，心存乐观的希望，这在《西归绝句十二首》中有所流露，但二月到京，三月出为通州司马，通州地处荒僻，自然环境恶劣，元稹到任后不久即患疟疾，绵延百日。他在《酬乐天东南行诗一百韵并序》中说："元和十年闰六月至通州，染瘴危重。八月闻乐天司马

元稹

江州。"三次被贬，又"疟病将死"，自己的人生道路仿佛已到绝境，正在这时，又传来挚友贬江州司马的消息，无异于雪上加霜，使诗人的情绪受到极大冲击。这种经历重重打击之后濒于绝境的写作背景，正是此诗"悲慨特甚"的原因。

此诗主句，即次句"此夕闻君谪九江"七字，感人之处，全在气氛的烘托渲染。起句"残灯无焰影幢幢"，即用浓重笔墨渲染出一片黯淡悲凄的气氛。"残灯"表明灯燃尽，时已深夜，灯光黯淡而无光焰，在寒风的吹拂下，暗影摇曳不定。这种景象，于深夜的寂静、幽暗中带有阴森的色彩。它既是对当时环境气氛的写实，又是诗人濒临绝境（包括处境与病况）时心境的外化，与下面的"垂死病中"构成对应，令人自然联想起处在这种环境中的人所面临的绝境。王尧衢说"夜境病境愁境，都从此文字写出"，是体会得比较深切的。

次句叙事切题。七字中人、事、地、时全部包括。由于上句已经对当下的环境气氛作了充分的渲染，因此句首的"此夕"二字就显得分外沉重。在自己濒临绝境的情况下"闻君谪九江"，不但悲己，且复悲君，同病相怜之感，天道悠悠之慨，全寓言外。

"垂死病中惊坐起"，紧承次句，写乍闻噩耗之际自己的反应。"垂死病中"的形容，对于一个感染疟疾百日、病势危重的人来说，并非夸张之词，如果再将诗人三次遭贬，人生道路仿佛已到尽头的境况考虑进去，那么这"垂死病中"四字所包含的意蕴便更丰富，感情也更悲凄沉痛了。处在这种境况中的人，按通常的情况，起坐是十分艰难的，但乍闻此消息，竟突然因"惊"而"坐起"，可以想象这一噩耗给他感情上带来的巨大震撼和沉重打击。这种近乎肌体应急反应的生动形象描写，正透露出此刻诗人在心灵上受到的巨大创痛，是传神写照之笔。

"暗风吹雨入寒窗。"上句从情感的强度说，已经达到最高潮，下句如续写"惊坐起"时的感情活动，不免成为强弩之末，甚至成为蛇足。诗人于极紧要处忽然宕开，转而写景：在昏暗的深夜中，风雨交加，阵阵寒风，吹送着冰凉的雨丝，进入诗人居室的窗户，只觉寒气袭人，寒意萧森，砭肌彻骨。在暗夜中，寒风吹雨入窗的情景是看不见的，全凭感受（主要是触觉）感知，故"风"而曰"暗"，"窗"而曰"寒"。这句所写的既是深夜风雨交加、凉气袭人之景，更是写诗人对环境的阴暗、森寒感受。它和一开头的"残灯无焰影幢幢"组合在一起，无形中带有对诗人所处环境的象征色彩。

它能引发读者对诗人境遇和心境的丰富联想，但又带有虚泛不确定的色彩，故读来特别含蓄。沈德潜不满此诗"过作苦语""成蹙蹙声"，此诗情调固然沉痛悲凄，但从艺术表现的角度说，并没有过度夸张渲染，"情非不挚"，景亦真切，结句尤有含蓄不尽之致。

元稹

重　赠〔一〕

休遣玲珑唱我诗〔二〕，我诗多是别君词〔三〕。
明朝又向江头别〔四〕，月落潮平是去时。

校注

〔一〕穆宗长庆三年（823）八月，元稹自同州刺史迁越州刺史、浙东观察使。时白居易在杭州刺史任上，与元稹为邻郡。元稹赴任途中经杭州，曾在杭与居易晤别。先有《赠乐天》诗云："莫言邻境易经过，彼此分符欲奈何。垂老相逢渐难别，白头期限各无多。"此首是重赠白氏之作。诗题下有自注云："乐人商玲珑能歌，歌予数十诗。"据《增修诗话总龟·乐府门》引《高绅胜说》："高（当作"商"）玲珑，馀杭之歌者……元微之在越州闻之，厚币来邀，乐天即时遣去。到越州，住月馀，使尽歌所唱之曲，即赏之，后遣之归，作诗送行，留寄乐天云云。"似是稹在越州邀玲珑来越，遣归时送行之作。此记载与二诗诗题及内容均不合。当是赴任经杭时居易在别宴上命玲珑唱稹诗，稹作诗重赠乐天；或稹任越州刺史时至杭访白，别归越州时宴上作，但绝非在越州遣归玲珑时送行之作。

〔二〕遣，让。

〔三〕君，指白居易。

〔四〕江头，指钱塘江边。

2261

笺评

王说曰：白居易长庆二年以中书舍人为杭州刺史……时吴兴守钱徽、吴郡守李穰，皆文学士，悉生平旧友，日以诗酒寄兴。官妓高（商）玲

珑、谢好好巧于应对，善歌舞。后元稹镇会稽，参其酬唱，每以筒竹盛诗来往。（《唐语林》）

《碛砂唐诗》：闻书家有三折笔法，意在笔先，笔留馀意。故用力直透纸背。今读此篇首句，非意在笔先乎？意在笔先，则此七字并未着墨也，次句似与上下不相蒙，实是轻轻一点墨矣。独至第三句正当用力取势，兔起鹘落之时，而偏用缩笔，只换"月落潮平是去时"结，非笔留意者乎！若拙手则必出锋一写，了无馀味，故知此道亦有三折法也。

何焯曰：寄君诗则无非离别之辞，起下二句轻巧无痕。不必更听，便藏得千重别恨。末句只以将别作结，自有黯然之味，正用覆装以留不尽。（《唐三体诗》卷一何焯评）

李锳曰：一气清空如话。（《诗法易简录》）

俞陛云曰：首二句非但见交谊之厚，酬唱之多，兼有会少离多之意，故第三句以"又"字表明之，言明日潮平月落，又与君分手江头。灞岸攀条，阳关撇笛，人所难堪，况交如元、白乎！题曰"重赠乐天"，是临别言之不尽也。（《诗境浅说》续编）

朱宝莹曰：说相别之难，托于诗词。入首句从唱者兜起，不特起势远而寄意亦愈切。言莫教人唱我之诗，以我诗不堪入听也。二句言我之诗多是别诗。首句、二句只自冒起，为三句先垫一层。三句言相别又在明朝，"又"字为眼，亦为主。四句从别离着笔，言月落潮平，正是去之之时，题后涵咏，含情不尽。与李白《送孟浩然之广陵》绝句云"惟见长江天际流"同一用意。此首与《赠乐天》一首合读。[品] 凄切。（《诗式》）

刘拜山曰：后半以悬想别时情境作结，见往日离情，不堪重忆；今日之欢，弥堪珍重。（《千首唐人绝句》）

这首在友人所设别筵上即兴吟成的赠别七绝，风调优美，余韵悠长，在婉转流美之中寓有轻微的人生感慨，很耐讽咏吟味。

元、白二人，早岁结交，志同道合，尽管朝局屡变，两人的交谊却历久弥笃。到写这首诗时，两人结交已近二十年。但自元和以来，彼此却是会聚少而离别多。这次先后分刺杭、越，邻郡相望，虽为彼此的相聚创造了便利条件，却仍然因各自的官守公务而匆匆晤别。这种长期的挚友交谊和多次离别的经历，正是这首诗写作的特殊背景。

别筵之上，作为主人的白居易特意让能唱几十首元稹诗的杭州著名歌妓商玲珑即席歌唱元稹的诗，以表殷切的别情。但这种精心安排反而更加触动诗人的聚少离多之慨，因为玲珑所唱的自己的诗多半是和白居易相别的诗。今日的别筵上唱着昔日所作的"别君"之"词"，今昔映照，正印证了君、我之间别离的频繁和别情的重叠。首句用"休遣玲珑唱我诗"反喝提起，给人以突兀、意外之感，引发读者的疑惑和期待。次句紧承首句作答，首二字"我诗"与上句句末"我诗"用顶针格紧相承接，加上此句之"君"与上句之"我"相应，凸显了别筵之上"君""我"相对、歌妓唱诗、彼此交谈的现场感和亲切气氛。两句连读，音韵婉转流利，充满了唱叹抒情的韵味。虽仍属别前文字，但却已充溢着浓郁的惜别之情了。

"明朝又向江头别"，第三句是别筵上对明天江边叙别的想象，一"又"字承上"多是别君词"，点明这是两人之间多次离别中的又一次离别。由于有前两句唱叹有致的抒情语作铺垫，这一看似单纯叙述的诗句便显示出一种人生在不断别离当中度过的感喟。

写到这里，诗人却不再就明朝的江边之别直接抒写别情，而是宕开写景，写想象中明日两人江头相别之时，当是月亮已经落下去，钱塘江上的潮水已经平息，眼前一片浩渺的江波远接天际的时候。月亮的升沉与江潮的涨落之间存在着相对应的关系，而"月落潮平"又关联着船的出发，故说"月落潮平是去时"。这仿佛只是对别时景物的实写，但月落——潮平——是去时这一句三顿的句式，本身就具有一种顿挫有致的韵味，再加上这是出自别筵上的想象，似实而虚，诗句中便充满了对明日别离情景的惆怅和无奈。

诗的内容本极单纯，主句只"明朝又向江头别"一句，但由于运用了宛曲有致、唱叹有情、以景结情、别筵情景与想象中江头叙别情景结合等多种艺术手段，一次平常的离别却写得很富韵味。

田家词〔一〕

牛吒吒〔二〕，田确确〔三〕。旱块敲牛蹄趵趵〔四〕，种得官仓珠颗谷〔五〕。六十年来兵簇簇〔六〕，月月食粮车辚辚〔七〕。一日官军收海服〔八〕，驱牛驾车食牛肉。归来收得牛两角。重铸锄犁作斤劚〔九〕。

姑舂妇担去输官，输官不足归卖屋。愿官早胜仇早复〔一〇〕，农死有儿牛有犊，誓不遣官军粮不足〔一一〕。

校注

〔一〕本篇为《乐府古题》十九首中的第九首。作于元和十二年（817），时元稹在通州司马任。因染疟疾于十一年秋赴兴元（今陕西汉中市）医治，全家寓居兴元，至十二年九月方离兴元。在兴元见刘猛、李馀所作古乐府诗，选而和之。其序云："况自《风》《雅》至于乐流，莫非讽兴当时之事，以贻后代之人。沿袭古题，唱和重复，于文或有短长，于义咸为赘剩。尚不如寓意古题，刺美见事，犹有诗人引古以讽之义焉……近代唯诗人杜甫《悲陈陶》《哀江头》《兵车》《丽人》等，凡所歌行，率皆即事名篇，无复倚傍。予少时与友人白乐天、李公垂辈谓是为当，遂不复拟赋古题。昨梁州见进士刘猛、李馀各赋古乐府诗数十首，其中一二十章，咸有新意，予因选而和之。其有虽用古题，全无古义者，若《出门行》不言离别，《将进酒》特书列女之类是也，其或颇同古义，全创新词者，则《田家》止述军输、《捉捕》词先蝼蚁之类是也。"对乐府诗的创作源流、自己对乐府诗"寓意古题，刺美见事"的主张，以及《乐府古题》诗的创作进行了阐述，与白居易的《与元九书》《新乐府序》等同为中唐新乐府创作的重要理论文献。

〔二〕吒（zhà）吒，象声词，形容喘气声。此指耕牛喘气声。《楞严经》卷八："如人以口吸缩风气有冷触生，二习相陵，故有吒吒、汲汲、罗罗。"

〔三〕确确，坚硬貌。戴叔伦《屯田词》："麦苗渐长天苦晴，土干确确锄不得。"此句用以形容土地因旱板结坚硬。

〔四〕趵（bō）趵，象声词，形容牛蹄踏在坚硬的土地上发出的声响。

〔五〕珠颗谷，像珍珠一样的谷粒。

〔六〕簇簇，《全唐诗》原作"蔟蔟"，校："一作簇簇。"兹据改。兵簇簇，指战争连接不断。"兵"有兵器、兵卒、战争诸义，此处均可通，详味"六十年来"，以指战事之众多频繁为宜。天宝十四载（755）安史之乱爆发至元和十二年（817），已六十余年。

〔七〕辘辘，车轮滚动声。

〔八〕海服，本指沿海地区，亦可泛称边疆。古代以"服"指王畿以外的地方。《书·益稷》："弼成五服，至于五千。"孔传："五服，侯、甸、绥、要、荒服也。"此处"海服"当指海内的土地。

〔九〕斤劚（zhú），斧头，锄头。

〔一〇〕仇早复，早日取得讨伐反叛藩镇的胜利，为国家雪耻复仇。

〔一一〕遣，使，让。

陆时雍曰：语色雅称。（《唐诗镜》卷四十六）

邢昉曰：骨力莽苍，白集无此一篇。（《唐风定》卷十）

沈德潜曰：音节入古。（《重订唐诗别裁集》卷八）

陈寅恪曰：微之于新题乐府，既不能竞胜乐天，而藉和刘猛、李馀之乐府古题之机缘，以补救前此所作新题乐府之缺憾，即不改旧时之体裁，而别出新意新词，以蕲追及乐天而轶出之也……《田家词》云："愿官早胜仇早复，农死有儿牛有犊，誓不遣官军粮不足。"诸句皆依旧题而发新意，词极精妙，而意至沉痛。取较乐天《新乐府》之明白晓畅者，别具蕴蓄之趣。盖词句简炼，思致微婉，此为元、白诗中所不多见者也。（《元白诗笺证稿》第六章"古题乐府"）

鉴赏

在元稹的古题、新题乐府中，《田家词》是在思想内容和艺术表现上都具有鲜明特色的作品。

反映农民的困苦，是中唐诗歌的重要题材和主题。这首《田家词》在思想内容上有几个显著的特点，一是不泛咏田家之苦，而是集中笔墨，"止述军输"，即专门写农民为了供应官军所需的粮食，辛勤劳作、运输的苦况。二是对朝廷所进行的讨伐藩镇的战争，无论是作者或农民，都取支持拥护的基本态度，但对官家的残酷压榨和官军的肆意掠夺又决不回避。为了国家的统一，农民甘愿作出最大的奉献和牺牲，但官府和官军的残酷又使他们难以忍受；尽管难以忍受，却仍不得不勉强忍受。这是一个悲剧性的矛盾。三是作者将农民所受的军输之苦，放在安史之乱以来长达六十年的大背景下来表现，从而使诗的主题具有广阔深远的时代意义。这些特点，使这首诗的内容

元稹

2265

具有一般田家诗所缺乏的独特性和深刻性。

全诗十五句，前三节每四句为一节。开头四句，写田家在干旱的土地上辛勤耕作，而所得悉归官仓的情景。前三句连用"吒吒""确确""趵趵"三组叠字，绘形绘声地表现出在久旱板结龟裂的土地上，犁田的耕牛在不停地喘气，艰难费力地拉犁，坚硬的土块敲打着牛蹄，发出"趵趵"的声响。虽未正面写扶犁耕作的农民，而其艰辛之状可想。如此辛勤劳作种出来的像珍珠颗粒般的稻谷，最后却都输入了官府的粮仓。第四句忽地兜转，使农民的一切辛勤尽化为虚，从而凸显出官府对农民竭泽而渔式的榨取。三、四两句，不说"牛蹄敲块声趵趵，种得珠颗归官仓"，而说"旱块敲牛蹄趵趵，种得官仓珠颗谷"，造语奇崛，造成一种警动的效果，前者突出"旱块"的主动和坚硬，后者突出农民有种无收的困绝境况。

"六十年来兵簇簇，月月食粮车辘辘。一日官军收海服，驱牛驾车食牛肉。"接下来四句，写农民被官府拉去运送军粮的力役之苦和官军对农民的无情掠夺。"六十年来"一句，为诗中反映的农家军输之苦提供了广阔的时代背景，以见田家所遭受的困苦历时之长、程度之深。六十年来藩镇的叛乱割据，造成了绵延不绝的战争，朝廷征讨藩镇的军队月月所需的大量军粮，都是靠征去运送粮食的农民用车子一车车地运往前线的。"兵簇簇""车辘辘"，叠字的运用，使这两句诗犹如电影上不断出现的六十年来辛苦运送军粮的画面。终于有那么一天，传来了官军收复原先被藩镇窃踞的土地的消息，可是军纪败坏的官军却反把农民运送粮食的车和牛一起掠走，甚至把牛也杀了吃它的肉。作者写官军的这种行为，虽不动声色，不加贬辞，但官军形同盗贼的面目却暴露无遗。

"归来收得牛两角，重铸锄犁作斤劚。姑舂妇担去输官，输官不足归卖屋。"这四句写农民运送军粮归来，车和牛这两种最重要的生产工具都化为乌有，只剩下了两只牛角，但田还得种，租税还得交，无可奈何，只能重新打造锄犁斧头耕种田地。稻谷收获之后，小姑舂谷，妻子挑担，前去交纳赋税，一年的收成还不够交税，回来只好把房屋也卖掉。这是耕种—交税—运粮—耕种—交税的又一轮循环，却使农民越来越陷入食无粮、居无屋的困绝之境。"归来"句语气幽默，而感情无奈而沉痛；"输官"句语气平静而感情愤郁，风格冷峻。官府只管收税，农民即使倾家荡产亦不能幸免。

最后三句，是受尽压榨、濒于绝境的田家对早日结束战争的期盼和对交纳赋税一事的表态：但愿官军早日取得战争的彻底胜利，为朝廷雪耻复仇，作为朝廷的臣民，交税责无旁贷，自己死了还有儿子，老牛死了，还有牛犊，世世代代，耕田交租，绝不让官军的粮食不够吃。这番话，既大义凛然，表现出对朝廷讨伐藩镇的战争的支持，又在毅然决然的口吻中透露出内心深处无限的沉痛和悲愤。生而为农民，除了世世代代辛勤耕种，向官府交税，直至倾家荡产以外，还能有什么更好的命运！这三句实际上是全诗的总结。前三节均四句一节，这里改用三句为一节，显得突兀而引人注目。

这首诗在艺术表现手段上最显著的特色，是表面上客观、平静、朴素的叙述描写中蕴含着沉痛悲愤的感情。这种表与里不一致的现象使读者更易引起思索，并感受到其中蕴含的感情之复杂、沉痛和无奈。而全篇除"姑春"一句外，句句用韵，且全用短促逼仄的入声韵的声律，也加强了对田家困绝境况的渲染。

作者写这首诗时，讨伐藩镇吴元济的战争正接近最后的胜利，从元和初年开始的削平叛镇的战争已经取得了多次胜利。这是安史之乱以来朝廷对藩镇用兵在历经挫败之后出现的积极变化。从这首诗可以看出，广大农民为统一战争所付出的巨大牺牲和惨重代价。

连昌宫词〔一〕

连昌宫中满宫竹，岁久无人森似束〔二〕。又有墙头千叶桃〔三〕，风动落花红蔌蔌〔四〕。宫边老翁为余泣〔五〕，小年进食曾因入〔六〕。上皇正在望仙楼〔七〕，太真同凭阑干立〔八〕。楼上楼前尽珠翠〔九〕，炫转荧煌照天地〔一○〕。归来如梦复如痴，何暇备言宫里事〔一一〕。初过寒食一百六〔一二〕，店舍无烟宫树绿〔一三〕。夜半月高弦索鸣，贺老琵琶定场屋〔一四〕。力士传呼觅念奴〔一五〕，念奴潜伴诸郎宿〔一六〕。须臾觅得又连催，特敕街中许燃烛〔一七〕。春娇满眼睡红绡〔一八〕，掠削云鬟旋装束〔一九〕。飞上九天歌一声〔二○〕，二十五郎吹管逐〔二一〕。逡巡大遍凉州彻〔二二〕，色色龟兹轰录续〔二三〕。李暮擫笛傍宫墙〔二四〕，偷得新翻数般曲〔二五〕。平明大驾发行宫〔二六〕，万人歌舞涂路中。百官队仗避岐薛〔二七〕，杨氏诸姨车斗风〔二八〕。明年十月东都破〔二九〕，御路犹存禄山过〔三○〕。驱令供顿不敢藏〔三一〕，万姓无声泪潜堕〔三二〕。两京定后六七年〔三三〕，却寻家舍行宫前。庄园烧尽有枯井，行宫门闭树宛然〔三四〕。尔后相传六皇帝〔三五〕，不到离宫门久闭。往来年少说长安，玄武楼成花萼废〔三六〕。去年敕使因斫竹〔三七〕，偶值门开暂相逐〔三八〕。荆榛栉比塞池塘〔三九〕，狐兔骄痴缘树木〔四〇〕。舞榭欹倾基尚在〔四一〕，文窗窈窕纱犹绿〔四二〕。尘埋粉壁旧花钿，乌啄风筝碎珠玉〔四三〕。上皇偏爱临砌花〔四五〕，依然御榻临阶斜。蛇出燕巢盘斗栱〔四六〕，菌生香案正当衙〔四七〕。寝殿相连端正楼〔四八〕，太真梳洗楼上头。晨光未出帘影黑〔四九〕，至今反挂珊瑚钩〔五〇〕。指似傍人因恸哭〔五一〕，却出宫门泪相续。自从此后还闭门，夜夜狐狸上门屋。我闻此语心骨悲〔五二〕，太平谁致乱者谁。翁言野父何分别〔五三〕，耳闻眼见为君说〔五四〕。姚崇宋璟作相公〔五五〕，劝谏上皇言语切〔五六〕。燮理阴阳禾黍丰〔五七〕，调和中外无兵戎〔五八〕。长官清平太守好，拣选皆言由相公〔五九〕。开元之末姚宋死，朝廷渐渐由妃子〔六〇〕。禄山宫里养作儿〔六一〕，虢国门前闹如市〔六二〕。弄权宰相不记名，依稀忆得杨与李〔六三〕。庙谟颠倒四海摇〔六四〕，五十年来作疮痏〔六五〕。今皇神圣丞相明〔六六〕，诏书才下吴蜀平〔六七〕。官军又取淮西贼〔六八〕，此贼亦除天下宁。年年耕种宫前道，今年不遣子孙耕〔六九〕。老翁此意深望幸〔七〇〕，努力庙谋休用兵〔七一〕。

校注

〔一〕连昌宫，在唐河南府河南郡寿安县（今河南宜阳）西二十九里，显庆三年（658）置。见《新唐书·地理志二》。陈寅恪《元白诗笺证稿》第三章"连昌宫词"考证元稹自元和十年（815）暮春至十四年暮春，均未经过寿安，断定《连昌宫词》"非作者经过其地之作，而为依题悬拟之作"。并据诗中述及"官军又取淮西贼"及"年年耕种宫前道，今年不遣子孙耕"等句，定此诗作于元和十三年暮春。其时作者仍在通州司马任。

〔二〕森似束，繁密无间，犹如捆束。张协《杂诗》之四："密叶日夜疏，丛林森似束。"森，树木高耸繁密貌。

〔三〕千叶桃，碧桃的别名，花重瓣，不结实。王仁裕《开元天宝遗事》："明皇于禁苑中，初有千叶桃盛开，常与贵妃日逐宴于树下，帝曰：'不独萱草忘忧，此花亦能销恨。'"

〔四〕蔌（sù）蔌，纷纷下落貌。

〔五〕为，介词，对、向。《史记·张丞相列传》："邓通既至，为文帝泣曰：'丞相几杀臣。'"陶渊明《桃花源记》："此中人语云：'不足为外人道也。'"

〔六〕小年，年少时。《全唐诗》校："一作'小年选进因曾入'。"

〔七〕上皇，指唐玄宗。天宝十五载，玄宗传位给太子李亨（即肃宗），尊玄宗为上皇天帝。望仙楼，在华清宫。此借用为连昌宫中楼名。

〔八〕太真，指杨贵妃。太真是杨贵妃当宫中女道士时的道号。

〔九〕尽珠翠，形容宫中妃嫔、宫女之众多。

〔一〇〕炫转荧煌，形容嫔妃的首饰光彩转动，辉煌闪耀。

〔一一〕句意谓当时为宫中的华美景象所陶醉，无暇顾及详细叙说宫中的情事。

〔一二〕寒食，节令名。《荆楚岁时记》："去冬节（冬至日）一百五日，即有疾风甚雨，谓之寒食，禁火三日，造饧大麦粥。"刚过寒食节，故谓"一百六"（冬至后一百零六天）。

〔一三〕寒食节禁火三日，故店舍无烟。

〔一四〕贺老，指贺怀智（一作贺申智），善弹奏琵琶的宫廷乐师。《开元天宝遗事》："一日明皇与亲王棋，会贺怀智独奏琵琶，妃子立于局前观之。"定场屋，压场。

〔一五〕力士，高力士（684—762），玄宗最宠信的宦官，两《唐书》有传。念奴，玄宗时名倡，善歌，色艺双绝。原注："念奴，天宝中名倡。善歌。每岁楼下酺宴，累日之后，万众喧隘，严安之、韦黄裳辈辟易不能禁，众乐为之罢奏。明皇遣高力士呼于楼上曰：'欲遣念奴唱歌，邠二十五郎吹小管逐，看人能听否？'未尝不悄然奉诏。其为当时所重如此。然而明皇不欲夺侠游之盛，未尝置在宫禁，或岁幸汤泉，时巡东洛，有司遣从行而已。"

《开元天宝遗事》："念奴者，有姿色，善歌唱，未尝一日离帝左右。每执板当席顾眄，帝谓妃子（杨玉环）曰：'此女妖丽，眼色媚人。'每啭声歌喉，则声出于朝霞之上，虽钟鼓笙竽嘈杂而莫能遏。宫妓中帝之钟爱也。"

〔一六〕诸郎，或谓指随从皇帝的侍卫人员，或谓指供奉宫廷的其他年轻艺人。然联系下文"二十五郎吹管逐"，此"诸郎"或指皇室子弟。

〔一七〕寒食节禁火三日，街中自不能燃烛。因传呼念奴回宫，故特下敕令许于街上燃烛照明。

〔一八〕红绡，红色薄绸做的被子。

〔一九〕掠削，梳理齐整貌。旋装束，旋即就梳妆打扮好了。

〔二〇〕飞上九天，谓进入宫中。连下"歌一声"，亦形容其高唱入云。

〔二一〕二十五郎，指邠王李承宁，排行二十五，故称。善吹笛。吹管逐，指李承宁吹笛伴奏。笛声紧相配合歌声，如相追随。

〔二二〕逡巡，顷刻。大遍，指一整套大曲。遍，指乐曲的一章。每套大曲由十余遍组成，凡完整演唱各遍的，称大遍。沈括《梦溪笔谈》卷五："所谓大遍者，有序、引、歌、𩑱、嗺、哨、催、攧、衮、破、行、中腔、踏歌之类，凡数十解，每解有数叠者。"《凉州》，《新唐书·礼乐志十二》："《凉州曲》，本自凉州献也。其声有宫调，有大遍、小遍。"彻，从头唱到尾。

〔二三〕色色，各种各样。龟兹，本汉西域国名，此指龟兹的乐曲。《西域记》："龟兹国王与臣庶知乐者，于大山间听风水之声，约节成音，后翻入中国，如《伊州》《凉州》《甘州》皆龟兹之境也。"录续，即陆续。轰录续，热闹地陆续演奏。

〔二四〕李謩（一作谟，又作牟），长安人，善吹笛。原注："又玄宗尝于上阳宫夜后按新翻一曲。属明夕正月十五日，潜游灯下，忽闻酒楼上有笛奏前之新曲，大骇之。明日密遣捕捉笛者，诘验之，自云：'某其夕窃于天津桥玩月，闻宫中度曲，遂于桥柱上插谱记之。臣即长安少年善笛者李谟也。'玄宗异而遣之。"李肇《唐国史补》："李舟好事，尝得村舍烟竹，截以为笛，鉴如铁石，以遗李牟（謩），牟吹笛天下第一。"段安节《乐府杂录》："笛者羌乐也，古有《落梅花》曲。开元中有李谟，独步于当时。"张祜《李谟笛》："平明东幸洛阳城，天乐宫中夜彻明。无奈李谟偷曲谱，酒楼吹笛是新声。"摄，按。

〔二五〕新翻，新谱写。般，种，支。

〔二六〕行宫，此指连昌宫。

〔二七〕岐薛，岐王李范、薛王李业。均玄宗之弟。二王均卒于开元年间。队仗，队伍仪仗。

〔二八〕杨氏诸姨，指杨贵妃的姐姐韩国夫人、虢国夫人、秦国夫人。

斗，赛。车斗风，谓车行迅速，赛过风之掠过。

〔二九〕明年十月，原注："天宝十三年，禄山破洛阳。"按：天宝十四载（755）十二月，安禄山陷洛阳，此当是作者误记。

〔三〇〕禄山，安禄山。天宝十四载十一月甲子，发所部兵及同罗、奚、契丹、室韦凡十五万众，号二十万反于范阳。十二月丁酉陷东京。陈寅恪据《通鉴考异》，证"禄山自反后未尝至长安。连昌宫为长安、洛阳间之行宫，禄山既自反后未尝至长安，则当无缘经过连昌宫前之御路。故此事与杨贵妃之曾在连昌宫之端正楼上梳洗者，同出于假想虚构"（《元白诗笺证稿》第80页）

〔三一〕供顿，供给安顿食宿。北魏崔光《谏灵太后幸嵩高表》："供顿候迎，公私扰费。"顿，宿食之所，此指宿食所需之物。

〔三二〕万姓，万民。

〔三三〕两京定后，指长安、洛阳两京平定收复以后。指至德二载（757）九、十月，唐军先后收复长安、洛阳。"两京定后六七年"，当在代宗广德元、二年间（763—764）。

〔三四〕宛然，仿佛依旧。

〔三五〕原注："肃、代、德、顺、宪、穆。"陈寅恪曰："据诗中文义，谓'今皇'平吴、蜀，取淮西……则'今皇'自是指宪宗而言，自玄宗不到离宫之后，顺数至'今皇'至宪宗，只有五帝，何能预计穆宗或加数玄宗而成'六皇帝'？"（《元白诗笺证稿》第76页）按：诗云"尔后相传六皇帝"，"尔后"紧承上文"两京定后六七年"，则其时已是代宗即位以后，不当将肃宗包括在内，即使将"今皇"宪宗包括在内，亦不过代、德、顺、宪四帝。而元集各本均作"六帝"，似是将玄宗及宪宗俱包括在内而计之。原注"穆"字显误。

〔三六〕玄武楼，在大明宫北，德宗时新建，系神策军宿卫之处。花萼，楼名，在兴庆宫西南角，玄宗时建。《旧唐书·让皇帝宪传》："玄宗于兴庆宫西南置楼，西边题曰花萼相辉之楼……玄宗时登楼，闻诸王音乐之声，咸召登楼，同榻宴谑。"

〔三七〕敕使因，《全唐诗》校："一作因敕使。"

〔三八〕暂相逐，暂且跟随敕使入宫内。

〔三九〕荆榛栉比，杂树丛生，如同梳齿之密。

〔四〇〕骄痴，形容其大胆不畏人。缘，绕。

元稹

2271

〔四一〕欹倾，倾斜，歪歪倒倒。基，建筑物的基础。

〔四二〕文窗，雕饰花纹的窗格。窈窕，幽深貌。纱，指窗纱。

〔四三〕花钿，用金翠珠宝制成的花形首饰。句意谓为灰尘所蒙的屋壁上还挂着旧花钿。

〔四四〕风筝，悬挂在殿阁屋檐下的金属片，风起作声，又称风琴、铁马、檐马。句意谓乌鸦啄殿檐下的风筝，发出碎珠玉般的声响。

〔四五〕砌，台阶。

〔四六〕盘，盘绕。斗栱，亦作"斗拱"。在立柱与横梁的交接处，从柱顶探出的弓形肘木叫栱，栱与栱之间的方形垫木叫斗。斗栱，即斗榫之栱木，系房屋之承重构件。

〔四七〕菌生香案，腐朽的旧香案上已长出了菌类。正当衙，正对着天子居住的门庭。《新唐书·仪卫志上》："天子居曰衙。"

〔四八〕寝殿，皇帝的寝宫。端正楼，在华清宫。宋乐史《太真外传下》："华清宫有端正楼，即贵妃梳洗之所。"陈寅恪谓："自杨妃于开元二十九年正月一日入道，即入宫之后，明皇既未有巡幸洛阳之事，则太真更无以皇帝妃嫔之资格从游连昌之理，是太真始终未尝伴得玄宗一至连昌宫也。诗中'上皇正在望仙楼，太真同凭栏干立'，及'寝殿相连端正楼，太真梳洗楼上头'等句，皆傅会华清旧说，构成藻饰之词。"

〔四九〕黑，《全唐诗》校："一作动。"

〔五〇〕珊瑚钩，珊瑚制成的帘钩。

〔五一〕指似，指与，指点。

〔五二〕心骨，心，内心。

〔五三〕野父，犹野老，山野老人。分别，分辨清楚。

〔五四〕君，老翁称元稹。

〔五五〕姚崇（650—721），武后、睿宗、玄宗三朝为相。玄宗朝三入相，除弊政。为唐代著名贤相。宋璟（663—737），睿宗、玄宗两朝为相，与姚崇先后辅佐玄宗，创开元之治，并称姚宋。

〔五六〕切，激切。

〔五七〕燮理阴阳，指宰相调和阴阳、顺四时、育万物的辅佐君主的功绩。语本《书·周官》："立太师、太傅、太保，惟兹三公，论道经邦，燮理阴阳。"孔传："和理阴阳。"

〔五八〕兵戎，指战争。

〔五九〕拣选，挑选官吏。相，《全唐诗》校："一作至。"

〔六〇〕妃子，指杨贵妃。

〔六一〕禄山，安禄山。《安禄山事迹》："禄山生日后三日，明皇召入内。贵妃以锦绣绷缚禄山令内人以绣舆异之，欢呼动地，云：'贵妃与禄儿作三日洗儿。'帝就观大悦，因赐洗儿金银钱物。自是宫中皆呼禄山为禄儿，不禁出入。"

〔六二〕虢国，指杨贵妃的姐姐虢国夫人。闹如市，指其弄权纳贿，上门献纳求官的人很多。

〔六三〕杨与李，指杨国忠与李林甫。杨国忠（？—756），杨贵妃堂兄。借贵妃之宠，于李林甫死后代为右相，兼吏部尚书，兼领四十余使。结党营私，货赂公行，发动对南诏的战争，酿成大乱。李林甫（？—752），开元二十三年（735）为相，在相任十九年，为人阴柔狡猾，有"口蜜腹剑"之称。专政自恣，杜绝言路，妒贤嫉能，残害善类，是玄宗朝政治由开明转为腐朽的关键性人物。

〔六四〕庙谟，朝廷的大政方针。四海摇，全国政治局面动乱，天下大乱。

〔六五〕疮痏（wěi），疮疖溃疡和痈疽。作疮痏犹言"作祸害"。自安史之乱爆发（755）至作此诗时（818），已六十余年。

〔六六〕今皇，指当今皇帝，即唐宪宗。

〔六七〕吴蜀平，指元和元年、二年，先后平定据蜀叛的藩镇刘辟和据吴叛乱的藩镇李锜。

〔六八〕淮西贼，指据淮西叛乱的藩镇吴元济。元和十二年十一月，淮西乱平，擒吴元济。

〔六九〕联系下句"深望幸"，知今年不种宫前道是由于希望皇帝于平定藩镇之乱后东巡洛阳，经过连昌宫。

〔七〇〕深望幸，深切盼望皇帝巡幸。

〔七一〕谋，《全唐诗》校："一作谟。"

笺 评

刘昫曰：穆宗皇帝在东宫，有妃嫔左右尝诵稹歌诗以为乐曲者，知稹所为，尝称其善，宫中呼为元才子。荆南监军崔潭峻甚礼接稹，不以掾吏遇之。常征其诗什讽诵之。长庆初，（崔潭峻）归朝，出積《连昌宫词》等百馀篇奏御，穆宗大悦。问積安在，对曰：'今为南宫散郎。'即日转祠部郎中、知制诰。（《旧唐书·元稹传》）

曾巩曰：《津阳门诗》《长恨歌》《连昌宫词》俱载开元、天宝间事，微之之词不独富丽，至"长官清平太守好，拣选皆言由至公"，委任责成，治之所兴也；"禄山宫中养作儿，虢国门前闹如市"，险诐私谒，无所不至，安得不乱？積之叙事，远过二篇。（《删补唐诗选脉笺释会通评林·中七古》引）

张戒曰：《长恨歌》在乐天诗中为最下，《连昌宫词》在元微之诗中乃最得意者。二诗工拙虽殊，皆不若子美诗（指《哀江头》）微而婉也。（《岁寒堂诗话》卷上）

洪迈曰：元微之、白乐天在唐元和、长庆间齐名，其赋咏天宝时事《连昌宫词》《长恨歌》皆脍炙人口，使读之者情性荡摇，如身生其时，亲见其事，殆未易以优劣论也。然《长恨歌》不过述明皇追怆贵妃始末，无他激扬，不若《连昌宫词》有鉴戒规讽之意。如云："姚崇宋璟作相公，劝谏上皇言语切。长官清平太守好，拣选皆言由相公。开元之末姚宋死，朝廷渐渐由妃子。禄山宫里养作儿，虢国门前闹如市。弄权宰相不记名，依稀忆得杨与李。庙谟颠倒四海摇，五十年来作疮痏。"其末章官军讨淮西，乞庙谟休用兵之语，盖元和十一二年间所作，殊得风人之旨，非《长恨》比云。（《容斋随笔·连昌宫词》）又曰：唐明皇兄弟五王。兄申王扬以开元十二年，宁王宪、邠王守礼以二十九年，弟岐王范以十四年，薛王业以二十二年薨，至天宝时已无存者。杨太真以三载方入宫，而元積《连昌宫词》云："百官队仗避岐薛，杨氏诸姨车斗风。"李商隐诗云："夜半宴归宫漏永，薛王沈醉寿王醒。"皆失之也。（同上《开元五王》）

张邦基曰：白乐天作《长恨歌》，元微之作《连昌宫词》，皆记明皇时事也。予以为微之之作过乐天。白之歌，止于荒淫之语，终篇无所规正。元之词，乃微而显，其荒纵之意皆可考。卒章乃不忘箴讽，为优也。（《墨庄漫录》卷五）

葛立方曰：自冬至一百零五日至寒食，故世言寒食皆称"一百五"……元微之《连昌宫词》云："初过寒食一百六，店舍无烟春树绿。""念奴觅得又连催，特敕街中许燃烛"乃一时之权宜。《尔雅》云："龙星，木之位也。春属东方，必为大火，惧火盛，故禁火，是以寒食有龙忌之禁。"则所谓禁

烟，又未必为子推设也。（《韵语阳秋》卷十九）

吴师道曰：元微之《连昌宫词》多重用称"竹""连""逐""录""续"等。《渔隐丛话》载古人重用韵甚多，而未及此。（《吴礼部诗话》）

杨慎曰：俗语饭曰一顿，其语亦古有之。《贾充传》云："不顿驾而自留矣。"《隋炀帝纪》云："每之一所，辄数道置顿。"元微之《连昌宫词》："驱令供顿不敢藏。"《文字解诂》："续食曰顿。"（《丹铅总录》卷十六）

王世贞曰：《连昌宫词》似胜《长恨》，非谓议论也，《连昌》有风骨耳。（《艺苑卮言》卷四）

唐汝询曰：按天宝间，玄宗数幸东都，以连昌为游观之所。禄山乱后，唐室浸衰，天子不复巡幸，离宫芜萎。宪宗即位，修贞观、开元之业，任用贤相，以诛锄叛逆，天下以致治望之，故托老翁之词，冀其巡幸，而又讽以休兵也。言宫中花竹虽盛，而悄然无人，于是宫边老人为余泣言，少时曾备选入宫，亲睹明皇、贵妃行乐之事，时天宝十三载也。明年则禄山破京都矣。其后两京虽定，民庐尽为灰烬，宫阙虽存，六帝不复巡游。偶逢开门斫竹，一睹宫中凄凉之景，令人益不胜悲。闭门之后，惟见狐狸上屋而已。夫以老翁自叙如此，必能洞悉朝廷之事，故又问其谁致太平、谁生乱者。翁言我岂能分别理乱之原，但据耳目所睹记，可为君之道也。夫开元之盛，以姚、宋；天宝之祸，以杨、李。艳后居中，奸佞在外，天下所以乱也。今天子神圣，丞相贤明，平吴蜀，扫淮南（西），海内晏然，巡狩有日。我当除宫前之路，以待车辇之来也。夫老翁此言，惟望天子之巡幸耳。我独以为叛者既服，则当偃革修文，务开元之治，毋久事兵戈为也。唐玄宗以黩武召乱，此盖预为戒云。（《唐诗解》卷十九）

郝敬曰：长歌当泣，其斯之谓。（《批选唐诗》）

何良俊曰：唐人歌行，盖相沿梁、陈之体，仿佛徐孝穆、江总持诸作。虽极其绮丽，然不过将浮艳之词模仿凑合耳。至如白太傅《长恨歌》《琵琶行》，元稹《连昌宫词》，皆是直陈时事，而铺写详密，宛如画出。使今世人读之，犹可想见当时之事，余以为当为古今长歌第一。（《四友斋丛说》）

唐孟庄曰：述得真，有照应。"东都破"四句，向日"炫转荧煌"者安在？"却寻家舍"句，"宫边"字有着落。前言太真同凭栏干，后将上皇、太真分说两段，是作文有生发处，答上"太平"问，历数"致乱"人，论开元治乱详矣。妙在不杂己意，俱是老人口中说出。（《删补唐诗选脉笺唐陈彝曰：何物老翁，酷善形容，冷景发端，叙述有点缀。"往来年少"二语，有关系，有感慨。"尘埋粉壁"二语，有前热闹，必有此冷落。"我闻此语"二句，着此启下致乱之由。"庙谟颠倒"二语，收煞得斩截。"不遣子孙耕"，"望幸"念头。"努力庙谟休用兵"，此语是大主意。（同上引）

黄周星曰："连昌宫中满宫竹"一篇绝大文字，却如此起法，真奇。"初过寒食一百六"，接法又奇。"上皇正在望仙楼，太真同凭阑干立"，宛然如见。"明年十月东都破"，忽接此语，大是扫兴，然有前半之燥脾，定有后半之扫兴，天下岂有燥脾到底者乎？"去年敕使因斫竹"，此处才一应起句。通篇只起于四句，与中间"我闻"二句，结语一句，是自作，其馀皆借老人野父口中出之。而其中章法、承转，无不妙绝。至于盛衰理乱之感，又不足言。（《唐诗快》卷七）

杜庭珠曰："夜夜狐狸上门屋"，以上写天宝盛时，及禄山乱后事。此下言致乱之由。"今皇神圣丞相明"，此下言宪宗削平僭叛，有休兵息民之望。（《中晚唐诗叩弹集》卷二）

杜诏曰："此贼亦除天下宁"句下批：吴谓李锜，蜀谓刘辟，淮南（西）谓吴元济也。此明指宪宗时事。若云六帝相传至穆宗，则不得以"今皇"称宪宗矣。（同上）

毛先舒曰：《连昌宫词》虽中唐之调，然铺次亦见手笔。起数语自古法。"杨氏诸姨车斗风"，陡接"明年十月京都破"数语过禄山，直截见才，俗手必将姚、宋、杨、李置此，逦迤叙出兴废，便自平直。"尔后相传六皇帝"一句，略而有力，先为结语一段伏脉。于此复出"端正楼"数语，掩映前文，笔墨飞动。后追叙诸相柄用，曲终雅奏，兼复溯洄有致。姚、宋详，杨、李略。通篇开阖有法。长庆长篇若此，固未易才。（《诗辩坻》卷三）

贺裳曰：《连昌宫诗》轻隽，《长恨歌》婉丽，《津阳门诗》丰赡，要当首白而尾郑。顾前人诸选，惟收元作者，以其含有讽喻耳。（《载酒园诗话又编》）

沈德潜曰：诗中既有指斥，似可不选。然微之超擢，因中人崔潭峻进此诗；宫呼为元才子，亦因此诗。又诸家选本与《长恨歌》《琵琶行》并存，所谓"元白体"也，故已置而仍存之。"念奴潜伴诸郎宿"，秽琐。

"特敕街中许然烛"，尚在禁烟，故下云"特敕"。"二十五郎吹管逐"，邠王善吹小管。"尔后相传六皇帝"，肃、代、德、宪、顺、穆。"御路犹存禄山过"，说得太轻。"两京定后六七年"，郭子仪收复两京。"狐兔骄痴缘树木"，此一段神来之笔。"尘埋粉壁旧花钿"，壁上之饰。"鸟啄风筝碎珠玉"，风筝之音。"拣选皆言由至公"，此本作"相公"，误。"禄山宫里养作儿"，不应斥言。"依稀忆得杨与李。"林甫、国忠，路人皆知其奸，不必微言。"诏书才下吴蜀平"，李锜、刘辟。"官军又取淮西贼"，吴元济。"努力庙谋休用兵。"结似端重，然通篇无黩武意，句尚无根。（《重订唐诗别裁集》卷八）

袁枚曰：元相《连昌宫词》："夜半月高弦索鸣，贺老琵琶定场屋。"因《隋书·音乐志》：每岁正月十五日，于端门外，建国门内，绵亘八里，列为戏场。百官起棚夹路，从昏达旦以纵观之，谓之"场屋"故也。今误称场屋为试士之处。（《随园诗话》卷十五）又曰：首段叙目前，引起二段"宫边"二十八句述连昌宫之盛……三段"明年"二十句，述连昌宫之衰。四段"上皇"十二句，因连昌宫而及西都宫之兴废。末二十六句，借与老翁问答之言，反复以明治乱之故也。此七言换韵句数多寡不一长古风。（《诗学全书·论古风》）

潘德舆曰："力士传呼觅念奴，念奴潜伴诸郎宿。""侍儿扶起娇无力，始是新承恩泽时"，此南北曲中猥亵语耳，词家不肯道此，而况诗哉！然元之诗品，又不逮白。而《连昌宫词》收场用意，实胜《长恨歌》。艳《长恨》而亚《连昌》，不知诗人体统者也。"寂寞古行宫"二十字，只赅《连昌宫词》六百馀字，尤为妙境。诗品至微之，犹非浪得名也。瞿宗吉谓"《长恨歌》一百廿句，读者不厌其长；微之《行宫》才四句，读者不觉其短，文章之妙也。"以二诗并称，非知诗者。（《养一斋诗话》卷三）

施补华曰：元微之《连昌宫词》亦一时传诵，而失体尤甚。如："力士传呼觅念奴，念奴潜伴诸郎宿。"宫闱丑事，播之诗歌，可谓小人无忌惮矣。（《岘佣说诗》）

宋翔凤曰：元微之《连昌宫词》云："长官清平太守好，拣选皆言由相公。"此谓姚、宋作相，能举贤用人也。下句接云"开元之末姚宋死，朝廷渐渐由妃子。"言任女谒，宰相不得其人，则庙谟颠倒。"由相公"与"由妃子"相应。今人选唐诗，改"相公"为"至公"非也。（《过庭录·

近人妄改之白诗》）

王闿运曰："力士传呼觅念奴，念奴潜伴诸郎宿。"写宫中无法禁，而沈德潜乃以为亵，何也？"上皇偏爱临砌花，依然御榻临阶斜。"写出荒凉，岂无委员看守耶？"至今反挂珊瑚钩"，此则或有之。"依稀记得杨与李"，又岂可由相公耶？唐人重相权，不顾邪正。（《手批唐诗选》卷十一）

陈寅恪曰：元微之《连昌宫词》实深受白乐天、陈鸿《长恨歌》及《传》之影响，合并融化唐代小说之史才、诗笔、议论为一体而成。其篇首一句及篇末结语二句，乃是开宗明义及综括全诗之议论。又与白香山《新乐府序》所谓"首句标其目，卒章显其志"者，有密切关系。乐天所谓"被老元偷格律"殆指此类欤？至于读此诗必与乐天《长恨歌》详悉比较，又不俟论也。总而言之，《连昌宫词》者，微之取乐天《长恨歌》之题材，依香山《新乐府》之体制改进创造而成之新作品也。又曰：《连昌宫词》末章"老翁此意深望幸，努力庙谋休用兵"之语，与后来穆宗、敬宗两朝之政治尤有关系……《旧唐书·萧俛传》："（萧）俛与段文昌屡献太平之策……劝穆宗休兵偃武。又以兵不可顿去，请密诏天下军镇有兵处，每百人之中限八人逃死，谓之消兵……再失河朔，盖消兵之失也。"……当宪宗之世，主持用兵者，宰相中有李吉甫、武元衡、裴度等人……"消兵"之说，为"元和逆党"及长庆初得志于朝之士大夫所主持……"销兵"之说，本为稹之少日所揣摩当世之事之一，作《连昌宫词》时，不觉随笔及之。殊不意其竟与己身之荣辱升沉，发生如是之关系。此则当日政治之环境实为之也。（《元白诗笺证稿》第三章"连昌宫词"）

鉴 赏

《连昌宫词》是元稹最著名的作品，与白居易的《长恨歌》《琵琶行》先后问世，代表了中唐文人叙事诗的艺术成就。《连昌宫词》作于元和十三年（818），较《长恨歌》晚十二年，较《琵琶行》晚三年。从元白唱和酬赠的创作风气看，元稹此作可能有与白争胜的意图，但它和《长恨歌》之歌咏帝妃之间悲剧性的爱情传奇，和《琵琶行》之借琵琶女弹奏琵琶抒写天涯沦落之感不同，全诗借连昌宫的兴废，反映安史之乱前后的治乱兴衰及其原因，有很明显的政治主题和鉴戒意味。尽管采用了叙事体制、传奇笔法，但从精神实质上看，它却更接近杜甫以来反映时事、"即事名篇"的新题乐府。

全诗九十句，六百三十字，篇幅较《长恨歌》少四分之一，与《琵琶行》大体相当，在中国古代文人叙事诗中都算得上是长篇。但《长恨歌》与《琵琶行》以抒情、描写贯穿叙事，而《连昌宫词》则明显分成两截：前面一大段借连昌宫之兴废反映时代盛衰，主要是叙述与描绘；而后面一大段则以议论为主而夹杂叙事。总的来看，白诗抒情成分突出，抒情气氛浓郁；而元诗则偏重于叙写和议论，在描绘今昔盛衰中虽亦有抒情色彩，但较之白作，则并不突出。这是《连昌宫词》和《长恨歌》《琵琶行》不同的艺术风貌的主要表现。

诗的前段六十四句，虽然总的来说是借连昌宫的兴废来反映时代盛衰，但诗人并不采取平铺直叙的写法，即先渲染铺写昔时之盛，然后描绘形容今日之衰，而是在构思上下了一番工夫。一开头四句，便直接入题，在读者面前展现出一座荒凉破败、杳无人迹的连昌宫。连昌宫中多种竹，这可能是当年建造时根据当地物产特点有意栽植，也是连昌宫景观的一大特点。但眼前所见的景象，却是满宫乱生的竹子，这里一丛，那里一堆，荒芜杂乱，不成行列，它不但没有显示出行宫的幽深清凉，反而显出了它的荒寂凄清。"岁久无人"四字，是四句之眼，也是全篇点眼。接着，又写宫墙边上的千叶桃花，春风吹过，落红缤纷，蔌蔌下坠。由于满宫杳无人迹，这美丽的重瓣桃花，也只能自开自落，无人欣赏，这"风动落花红蔌蔌"的景象不但没有为连昌宫增色添彩，反而衬出了它的荒寂，其神韵意境，与《行宫》的"宫花寂寞红"正复相似。这四句诗，虽只写了连昌宫中的丛竹和千叶桃两种景物，但却将一座荒废了的宫苑的神魂显示了出来，精练传神，有氛围，有意境，笼盖全诗，可以说一开头就抓住了读者的注意力。

从"宫边老翁为余泣"到"杨氏诸姨车斗风"二十八句，引出一位亲历连昌宫兴废的"宫边老翁"，借他之口，先描绘渲染安史之乱前连昌宫的热闹豪华盛况。共分三层。第一层八句，写老人年少时曾因进献食物偶入宫中，得见玄宗与杨妃在望仙楼上同凭栏杆而立，楼前楼上，嫔妃宫女，珠环翠绕，头上的首饰光彩转动，辉煌闪烁，照耀天地，归家之后但觉如梦如痴，精神上受到强烈的震撼。"何暇备言宫里事"一句，既交代了当年无暇详细描叙宫中情事的原因，又自然引出第二层十六句对"宫里事"的具体描叙。诗人把时令季节集中安排在一年之中最富生意活力的寒食清明时节，又将描绘的重点集中到宫中的音乐演奏场景上。这不但由于唐明皇和杨贵妃这两位主角就是音乐家和歌舞高手，更因为这种场景在春日明丽景色的映衬下更显示出声色并茂、风流旖旎、热闹繁华的特征。寒食刚过，店舍无烟，宫中的树木一片翠绿。夜半时分，月亮高悬，宫中弦索之声鸣响，这是老资格的宫廷乐师贺怀智在作宫廷演奏会的压场演出。而玄宗意兴正浓，宦官高力士急忙传呼名妓念奴前来唱歌献艺，而念奴此时正暗自陪伴皇室子弟夜寝。好不容易寻觅到念奴的踪影，又一迭声地连连催促，并下令特许街上可以燃烛照明，以便念奴回宫。睡在红绡被里娇慵满眼的念奴被唤醒后，匆忙梳理了一下如云的鬓发，稍事装束便回宫献艺，高歌一声，直上九天，二十五郎邠王守礼，吹笛伴奏，乐声与歌声紧相追逐。更有那李暮傍着宫墙，按笛记谱，偷得了宫中新谱的几支乐曲。作者刻意将这些宫廷内外当红明星大腕集合在一起，又加上一些桃色新闻的渲染，目的自然是要创造出一种极声色视听之娱的欢乐场景，以见当日太平盛世的气象。接下来第三层"平明"四句，写车驾启程回京，道路两旁，万人夹道歌舞，百官的队伍仪仗浩浩荡荡，一路前行，但遇到了岐王、薛王的车驾时却纷纷避让，而贵妃诸姊的车马更疾速如风，气派非凡。这四句的出色渲染，将太平盛世的景象推向极致，也将皇家贵戚的声势威权渲染到极致。整个这一段对盛世宫廷景象的描绘中，流露的感情主要是欣赏与追恋，而不是否定与批判。即使结末二句稍有微词，也并不影响整体上对盛世追恋向往的感情倾向。

物极必反，乐极生悲。"明年十月东都破"一句，突然兜转，写安史之乱，两京陷落，百姓遭难，行宫荒废的情景。这一段共三十句，结合着老翁的耳闻目睹，可大体上分两层。第一层十二句，用比较简括的笔墨写安史乱起，东都沦陷，连昌宫前昔日皇帝的御道今天成了安禄山大摇大摆显示威风的通道。附近的百姓被驱遣供应食宿不敢躲藏，只能无声垂泪，暗自伤悲。挨到两京平定之后六七年，自己才从避难之处回到家乡，寻找行宫前的家舍，庄园烧尽，唯存枯井，行宫门前，宫树宛然。此后相传的六代皇帝，再未到过连昌宫。路上往来的少年说起长安的情况，知道玄武楼刚建成，而兴庆宫的花萼楼却早已荒废。这一层主要是写安史之乱以来衰乱的大背景，以揭示连昌宫荒废的直接原因。并围绕这个中心，对安史之乱造成的破坏和长安的变迁有所展示。第二层十八句，写因敕使砍竹，自己得以相随入宫，亲睹连昌宫荒废的情景：宫里到处长满了杂树荒草，连池塘也塞满了；狐狸兔子成了宫苑的主人，骄恣大胆，缘树而行。歌台舞榭歪歪倒倒，台基犹在，

雕花的窗户幽深，窗纱犹绿。灰尘蒙遍粉壁，上面还挂着昔日嫔妃用过的花
钿，乌鸦啄檐边的风筝，发出碎玉般的声响。玄宗偏爱临阶而生的花，如
今依然在废弃的御案旁，寂寞地开放。蛇出没于燕巢，盘绕于斗拱，菌类植
物长在昔日的香案上，正对着天子居住的门庭。昔日杨妃梳洗的端正楼上，
晨光熹微，帘影犹黑，帘上至今还因风吹帘动而反挂着珊瑚钩，每天夜里狐
狸出没，登上门屋。看到听到这一切荒凉破败的景象，老翁不禁怆哭伤心，
涕泪相续。整个这一层，除直接描绘荒废景象外，主要是采取今昔映衬对照
的手法，于今之荒凉破败中时见昔之繁华富丽的面影，使读者于抚今追昔中
更增昔盛今衰、恍如隔世的感怆。在全篇中，这是写得最精彩的部分。

　　"我闻"以下二十六句，是全诗的第二大段，借诗人听了老翁的叙说之
后提出的问题和老翁的回答，以揭示全诗的主题。"太平谁致乱者谁"一
句，提纲挈领，从连昌宫的兴废联系到时代政治的兴衰治乱，探究唐王朝由
盛而衰的原因。这也是诗人写作《连昌宫词》的政治动机。老翁认为开元之
治，是由于皇帝任用姚、宋这样的贤相，拣选官吏得人；天宝以来，皇帝宠
幸杨妃，任用李林甫、杨国忠这种奸相，弄权纳贿，大兴裙带之风，致使国
家的大政方针颠倒错乱，天下动摇，五十年来，疮痍之患未除。当今皇上神
圣，丞相贤明，接连平定吴、蜀，如今又平淮西，国家统一、天下太平有
望。自己年年耕种宫前的旧道，今年不再让子孙前去耕种了。作者认为老翁
的这番话是迫切希望国家中兴，皇帝东巡，自己也切盼当权的大臣宰相努力
把握国家的大政方针，使天下太平，不再用兵。这一段全用议论，虽借老翁
之口，实表作者之意。作者的见解，无非君相贤明，成就太平之业，不再使
天下陷于无休止的战争中。议论本身，并无卓越识见，艺术上亦平平不足
取，在全篇中，无论是思想或艺术，均属庸常之笔。

　　这首诗在艺术上最突出的特点，是采取传奇笔法。中唐时期，传奇发展
到鼎盛阶段，传奇在艺术上通过想象虚构，编织故事，塑造人物的手法，直
接影响当时兴起的叙事诗的创作，使之带有鲜明的传奇化色彩。《连昌宫词》
传奇笔法的运用主要表现在以下三个方面。

　　一是通过移植、剪接，将许多在历史事实上并不同时同地发生的人物事
件集中在特定时空之间，以突出表现某种特定的时代氛围。诗中写连昌宫昔
日的盛况，据"明年十月东都破"三句，时间当在天宝十三载（754）。而据
《唐国史补》，玄宗自开元二十四年（736）自东都归驾长安后，再未至东都，
而杨贵妃则开元二十九年始入宫为女道士，天宝四载方册为贵妃。整个天宝

年间，玄宗既未曾至东都，杨妃自亦未曾从游而至连昌宫。故诗中"上皇""太真"于天宝末同在连昌宫的情事，纯属艺术虚构。诗中提及的岐王李范、薛王李业卒于开元年间，自不可能于天宝末从游连昌宫。而"望仙楼""端正楼"则均在华清宫，李謩偷曲事则发生在东都上阳宫而非连昌宫。这些人事实际发生的时地，与诗中所写时地的明显不符，并非诗人的误记，而是完全出于艺术上集中概括和典型化的需要，说明作者是有意运用传奇小说的艺术虚构，将一系列在历史事实中并不是发生在天宝末年的人事，通过移植、剪接和综合，集中到天宝末连昌宫中这个特定的时空中来，并以宫廷音乐会的方式，集合各路艺术明星同台献艺，以表现太平盛世宫廷生活的豪华热闹，渲染盛世的氛围。

二是诗中对连昌宫乱后荒废景象的渲染描绘，纯出艺术想象，而非亲历目睹。元稹生平，实未至连昌宫。诗中作为亲历目睹连昌宫兴废的故事叙述人"宫边老翁"，其实是一个虚构的人物。这一点，从诗的后段纵论开元、天宝，直至"今皇"的朝政治乱，可以看得非常清楚。实际上，他就是作者的代言人。这种全凭已有的生活经验进行艺术想象，刻意渲染氛围的写法，也是典型的传奇笔法。

三是注重细节描写。诗中写连昌宫昔日之盛，集中描绘渲染宫中宴乐的盛大场景，其中对歌妓念奴的描写长达十句，从力士传呼到念奴不见，潜伴诸郎夜宿，到连夜寻觅、催促，到特下敕旨许燃烛照明，到念奴被唤醒时的娇慵之态及匆忙装束的情景，一直写到回宫歌唱的场面，其用笔之细腻正是典型的传奇小说描绘人物常用的手法。以如此重大的表现时代盛衰及其原因的政治历史题材和主题，竟用如此细致的小说笔法，在艺术上显然是一种创造性的尝试。

离思五首（其二）[一]

山泉散漫绕阶流，万树桃花映小楼。
闲读道书慵未起，水晶帘下看梳头。

元
稹

校注

〔一〕《离思五首》，元和五年（810）贬江陵士曹参军后作。诗写对昔日
年青时所恋情人的思念，所思者不止一人。《全唐诗》校："一本并前诗（指
《莺莺诗》七律）作六首。"按：后蜀韦縠编《才调集》卷五载此组诗，作
《离思六首》。

笺评

富寿荪曰：元稹早年有艳遇，此追忆往事之作。通首景色幽丽，丰神
旖旎，结句尤为后世传诵。（《千首唐人绝句》）

鉴赏

元稹的艳诗，长篇如《梦游春七十韵》《会真诗三十韵》，短篇如《离思
五首》《杂忆》《白衣裳》等，多为追怀其青年时代的情人而作，带有较强的
叙事性和写实性，或铺叙会合过程，或专写某一生活片断，诗风秾艳，有时
不免近亵。《离思》中的这一首，风格明丽秀逸，风神摇曳生姿，是他的艳
诗中写得比较有品位的作品。

"山泉散漫绕阶流，万树桃花映小楼。"前两句写环境。一股股清澈晶莹
的泉水散漫不齐地从山上流淌而下，又参差散乱地绕着阶前流过；繁茂艳丽
的万树桃花簇拥着一座小楼，映照得这小楼分外明丽。山泉的"散漫"而
流，显示出这里的景物纯任自然，未经人工修饰，烘托出所居小楼的清幽莹
洁，而万树桃花的映照则给小楼增添了明艳的色彩和气息，令人联想到小楼
中人的明艳丰采，唤起类似"人面桃花相映红"的想象。山泉之清之白，桃
花之红之艳，分别烘托出一种莹洁而明艳的氛围。两句虽未正面写到人，但

透过环境氛围，其人的丰神隐约可见。

"闲读道书慵未起，水晶帘下看梳头。"三、四两句，由环境氛围写到居住在这清泉绕阶、红桃映照的小楼中的人。清晨时分，抒情主人公（亦即诗人自己）还慵懒地半躺半倚在床上，迟迟未起，在悠闲地看着道书。这里所观的"道书"，可能指道家的《老》《庄》之书，但也可能是指道教的修道之书，暗示诗中的女子可能是女冠，即作者《刘阮妻二首》中所写的一类女子（值得注意的是，这两首诗中也都写到了桃花）。因为是"闲读"，所以读得有些随意、漫不经心，偶尔抬头，却见所爱的女子正在水晶帘下梳头，忽然间感到眼前的这一幕（包括其中的风神意态以及整个场景）竟有一种不可言说的美，遂目注而神驰，出神地看着，观赏着……末句的精神，全在一"看"字，而"看"字的精彩又和上句的"闲"字、"慵"字密不可分。这是一种在不经意间偶有所遇忽然发现的美，因而其中流动着这种意外发现的喜悦；而这种美感，又并非对伊人的某个局部或某种外在形容的欣赏，而是对其在水晶帘下梳头时所呈现的整个风神意态的欣赏。这种整体的美，具有难以言说的特点，所谓"丹青难画是精神""由来意态画不成"，故以不写写之，浑而言之曰"水晶帘下看梳头"，使读者透过它去自行想象其人的风神意态之美。而"水晶帘"的物象，又和首句的"山泉"一起，进一步烘托出女子的莹洁风韵。

薛 涛

薛涛（770？—832），字洪度，长安（今陕西西安）人。幼随父郧仕宦入蜀，父卒，遂流寓蜀中。贞元中，韦皋镇蜀，召涛侑酒赋诗，遂入乐籍。曾被罚赴松州，献诗获归，脱乐籍。元和初武元衡镇蜀，曾奏为校书郎，未授，蜀中呼为女校书。晚年居成都碧鸡坊。大和六年（832）卒。与节帅王播、韦皋、高崇文、武元衡、段文昌、李德裕，诗人元稹、白居易、王建均有交往唱酬。工绝句，曾自制彩笺，时称薛涛笺，有《锦江集》五卷，已佚。后人辑有《薛涛诗》一卷。《全唐诗》编其诗为一卷。

送友人

水国蒹葭夜有霜〔一〕，月寒山色共苍苍〔二〕。
谁言千里自今夕〔三〕，离梦杳如关塞长〔四〕。

(校)(注)

〔一〕水国，犹水乡。蒹葭，芦苇。《诗·秦风·蒹葭》："蒹葭苍苍，白露为霜。所谓伊人，在水一方。"

〔二〕月寒，犹寒月，指秋天带有寒意的月光。句意谓寒月相映，远山苍茫，与水边的蒹葭同样显示出苍苍之色。

〔三〕千里，指与友人的千里之别。

〔四〕杳，渺远。

钟惺曰：月寒乎？山寒乎？非"共苍苍"三字不能摹写。浅浅语，幻入深意，此不独意态淡宕也。（《名媛诗话》）

周珽曰：征途万里，莫如关塞。梦魂无阻，今夕似之，非深于离愁者孰能道焉！（《删补唐诗选脉笺释会通评林》）

徐用吾曰：情景亦自浓艳，却绝无脂粉气，虽不能律以初、盛门径，然亦妓中翘楚也。上联送别凄景，下联惜别深情。（《删补唐诗选脉笺释会通评林》）

冯舒曰：（首二句）名句。（《二冯评点才调集》）

富寿荪曰："谁言"二句，谓莫道今夕分手，便隔千里，而离梦相随，与关塞同远。与王维《送沈子福归江东》"唯有相思似春色，江南江北送君归"，命意略似，备见情别情深。（《千首唐人绝句》）

诗歌在广大士庶人群中的流传普及，造就了唐代一批女诗人。其中创作数量最丰，且无闺阁脂粉气的著名女诗人首推薛涛。

这首《送友人》七绝，从末句"杳如关塞"之语看，当是送友人远赴边塞之作。首句"水国蒹葭夜有霜"，点明送别的时间（夜）、季节（有霜的深秋）、地点（水国），化用《诗·秦风·蒹葭》"蒹葭苍苍，白露为霜。所谓伊人，在水一方"诗意，暗透惜别怀远之情。"水国""夜霜"之语，更使读者自然联想到李白的诗句："水国秋风夜，殊非远别时。"（《送陆判官往琵琶峡》）故虽未明言离别，而惜别之情已蕴含其中。

"月寒山色共苍苍。"友人系秋夜乘舟离去，上句"水国蒹葭"所写的是眼前近景，此句则转写阔远之景。时值深秋，一轮寒月，中天高照，迷蒙的月色似乎带着一股寒冽之气，远处的山峦，在月色映照下，显示出苍茫之色。作者巧妙地将《诗·秦风·蒹葭》中"蒹葭苍苍"的诗句分置于上下两句中，而用"共苍苍"三字，将蒹葭之色、寒月之色、远山之色浑融为一体，创造出一个在寒月笼照下苍茫阔远，充满凄寒色彩和惜别情意的境界，为下两句抒写诗人的别情提供了典型的环境氛围。

"谁言千里自今夕，离梦杳如关塞长。"友人远赴关塞，今夜一别，便成千里之隔，这本是令人伤感的，第三句却用"谁言"二字提起，用力捩转，仿佛要否定"今夕"的"千里"之别，给读者留下了悬念和期待，第四句方揭出本意，说自己离别后的魂梦仍紧相追随友人而去，直至渺远的关塞。是则人虽相别，魂则追随，悠长的离梦，正与悠远的关塞同其杳远。故说"离梦杳如关塞长"。既如此，则友人一路之上能有自己的魂梦相随，自不感到寂寞；自己也因魂梦始终追随友人，自不感到伤悲。"离梦杳如关塞长"的创造性比喻，将诗人的深长惜别之情表现得新颖生动而又含蓄有致。既是对远去友人的深情慰藉，又是对自己的安慰。本来黯然销魂的离别变得温情脉脉，虽缠绵而不徘恻了。以阔大杳远苍茫之境抒缠绵深挚之情，既见女诗人情感的细腻，又毫无闺阁脂粉之气，堪称别调。

薛　涛

刘采春

刘采春，生卒年及籍贯等均未详。俳优周季崇之妻。大和初与夫至越州。时元稹任浙东观察使，喜其貌美善歌，有诗赠之。《全唐诗》录存其诗六首。

啰唝曲六首〔一〕

其　一

不喜秦淮水〔二〕，生憎江上船〔三〕。
载儿夫婿去〔四〕，经岁又经年〔五〕。

其　三

莫作商人妇，金钗当卜钱〔六〕。
朝朝江口望〔七〕，错认几人船。

其　四

那年离别日，只道住桐庐〔八〕。
桐庐人不见〔九〕，今得广州书〔一〇〕。

校注

〔一〕《啰唝（hǒng）曲》，歌曲名，即《望夫歌》。《云溪友议》卷下《艳阳词》："元公（元稹）……廉问浙东……有俳优周季南、季崇及妻刘采春，自淮甸而来。善弄陆参军，歌声彻云，篇韵虽不及（薛涛），容华莫之比也。元公……赠采春诗曰：'新妆巧样画双蛾，慢裹恒州透额罗。正面偷轮光滑笏，缓行轻踏皱文靴。言词雅措风流足，举止低回秀媚多。更有恼人肠断处，选词能唱《望夫歌》。'《望夫歌》者，即《啰唝》之曲也。（金陵

府有啰唝楼，即陈后主所建）……采春一唱是曲，闺妇行人莫不涟泣。"按
《云溪友议》此条又云："采春所唱一百二十首，皆当代才子所作。"在所载
《啰唝曲》七首中，即有一首七言四句者（"闷向江头采白蘋"）系于鹄所
作。故六首五言四句之《啰唝曲》是否均刘采春所作，亦有疑问。

〔二〕秦淮水，即秦淮河。参刘禹锡《金陵五题·石头城》"淮水东边旧
时月"句注。

〔三〕生憎，最恨。

〔四〕儿，女子自称。

〔五〕句意盖谓过了一年又一年。"经岁"与"经年"并非重复，视第四
首"那年"可见。

〔六〕谓用金钗代替铜钱掷地占卦。

〔七〕江口，江水与他水的汇合处。此当指秦淮河刘采春入长江的水口。

〔八〕桐庐，唐江南东道睦州有桐庐县，今属浙江。

〔九〕谓托人到桐庐打听丈夫的消息，却不见丈夫的行踪。

〔一〇〕谓丈夫的书信如今却从广州传来。

笺评

钟惺曰："不喜秦淮水，生憎江上船。""不喜"字深而微，"生憎"字
直而劲。总是情绪无奈。"载儿夫婿去"，"儿"字口角可怜，"载儿"字埋
怨得妙。"经岁又经年"，"岁""年"却把"又"字分出，何堪经想。
（《名媛诗归》卷十五，旧题钟惺撰）

唐汝询曰：无根懊恨。（《汇编唐诗十集》）

南邨曰：怨水憎船，妇人痴语。然非痴无以言情。（《唐风怀》）

黄周星曰：不怨夫婿，而怨水与船。此《子夜》《读曲》诸歌所未有。
（《唐诗快》卷十四）

《雪涛小书》：三诗（按：指"不喜秦淮水""借问东园柳""莫作商人
妇"三首）商彝周鼎，古色照人，不意闺门能为此语也。

沈德潜曰："不喜""生憎""经岁""经年"，重复可笑，的是儿女子
口角。（《重订唐诗别裁集》卷十九）

黄叔灿曰："自家夫婿无消息，却恨桥头卖卜人"，犹于真处传神。
"不喜秦淮水，生憎江上船"，却是非非想，真白描神手。（《唐诗笺注》）

李锳曰：不怨夫婿久不归，而怨水与船之载去，妙于措词，"打起黄莺儿"之亚。（《诗法易简录》）

管世铭曰：司空曙之"知有前期在"，张仲素之"提笼忘采桑"，于武陵之"远天明月出"，刘采春所歌之"不喜秦淮水"，盖嘉运所进之"北斗七星高"，或天真烂漫，或寄意深微，虽使王维、李白为之，未能远过。（《读雪山房唐诗序例·五绝凡例》）

俞陛云曰：沈归愚评此诗，谓"不喜""生憎""经岁""经年"，重复可笑，的是儿女子口角。余谓故意重复，取其姿势生动，固合歌曲古逸之趣。且其重复，皆有用意。首二句言"不喜秦淮水"与"生憎江上船"者，乃因"水"与"船"之无情，为第三句张本。故接续言无情之"水"与"船"，竟载夫婿去矣。第四句"经岁复经年"，即年复一年，乃习用之语，极言分离之久，已历多年。虽用重复字，而各有用意。（《诗境浅说》续编）

（以上第一首）

钟惺曰："莫作商人妇"，懊恨无端，然非淫亵声口。"金钗当卜钱"，接语无伦，妙在情理忽然偶值。"朝朝江口望"，"朝朝"字，更含下"错认"矣。（《名媛诗归》卷十五）

黄周星曰：有如此才貌，乃作商人妇乎？可惜镜湖春色，何不早归元尚书！（《唐诗快》卷十四）

李锳曰：此首方明其望归之情。卜掷金钗，望穿江上，而终不见其归。"错认"者，望之切；"几人"者，无定之数，望之久也。所以如此者，则以夫婿为商人，重利轻别离故也。"莫作"者，怨之至也，怨之至而曰"莫作"，则既作商人妇，又分当如此矣。（《诗法易简录》）

俞陛云曰：言凝盼归舟，眼为心乱也。（《诗境浅说》续编）

（以上第三首）

杨慎曰：唐刘采春诗："那年离别日，只道住桐庐。桐庐人不见，今得广州书。"此本《诗》疏"何斯违斯"一句，其疏云："君子既行王命于彼远方，谓适居此一处，今复乃去，更转远于馀方。"（《升庵诗话·唐诗杂三百篇意》）

钟惺曰："那年离别日"，回想俱属虚摹。"年"字"日"字意直警动。"只道在桐庐"，"只道"字含语未竟。"桐庐人不见，今得广州书。"却是得书后疑猜未定，辗转不释，其意有在。（《名媛诗归》卷十五）

谢榛曰：陆士衡《为周夫人寄车骑》云："昔者待君书，闻君在高平。今者得君书，闻君在京城。"及观刘采春《啰唝曲》云："那年离别日，只道住桐庐。桐庐人不见，今得广州书。"此二绝同意，作者粗直，述者深婉。（《四溟诗话》）

冒春荣曰：五言绝有两种：有意尽而言止者，有言止而意不尽者。言止意不尽，深得味外之味，此从五言律而来，故为正格。意尽言止，则突然而起，斩然而住，中间更无委曲。此实乐府之遗音，故为变调，意尽言止，如："打起黄莺儿，莫教枝上啼，啼时惊妾梦，不得到辽西。"（金昌绪）"那年离别日，只道住桐庐。桐庐人不见，今得广州书。"（刘采春）"嫁得钱塘贾，朝朝误妾期。早知潮有信，嫁与弄潮儿。"（李益）此乐府之遗音也。（《葚原诗说》卷三）

李锳曰：前首（"莫作商人妇"）言离别之久，此又言夫婿之行踪靡定也。桐庐已无归期，今在广州，去家益远，归期益无日矣。只淡淡叙事，而深情无尽。（《诗法易简录》）

俞陛云曰：言书信偶传，行踪无定也。（《诗境浅说》续编）

（以上第四首）

据《云溪友议·艳阳词》"采春所唱一百二十首，皆当代才子所作"之语，及所载元稹赠采春诗"更有恼人肠断处，选词能唱《望夫歌》"之句，《云溪友议》所载七首《啰唝曲》的作者未必均是刘采春，而是有"当代才子"之作（其中"闷向江头采白蘋"一首即于鹄所作，题为《江南曲》）。明胡应麟《诗薮》亦举采春所歌"清江一曲柳千条"系刘禹锡诗，以证《啰唝曲》亦诸名士作，惜其人不可考。今系采春，非也。也许当署为无名氏更为确当。

但就诗本身而论，这几首诗确实称得上是神品。三首均用商人妇口吻，像是自言自语，也像是心理独白。似不经意间随口道出，极朴素本色，却颇耐寻味。

第一首写商妇的无理之怨。"不喜秦淮水，生憎江上船。"首句突然而起，直抒对秦淮水的"不喜"，语气斩钉截铁，毫无商量回旋余地；次句更进一步，由"不喜"发展到"生憎"，由"秦淮水"而连及"江上船"，感情更加激烈，厌憎的对象涉及更广。这突如其来、连贯而出的强烈怨憎不免引发读者的大惑不解，等待着下文的解释和交代。

"载儿夫婿去，经岁又经年。"三、四两句，回答"不喜""生憎"的缘由：秦淮河的流水和江上的船载着自家的丈夫离此而去，时间过了一年又一年，却一直没有等到水和船载着夫婿的归来。按之常情，这"秦淮水"与"江上船"只不过是无知之物，于人无仇无怨，夫婿之去之归，都与它们毫不相干，岂不是无理而"不喜"而"生憎"，找错了对象？妙处正在这"无理"上头。这位女子不怨夫婿之"重利轻别离"，也不怨自己的命运，而是把一股闷气撒在了载着丈夫离去的"秦淮水"和"江上船"上头。这正透露出在经历了"经岁又经年"的长期分离的痛苦折磨之后，她的强烈怨愤和积郁需要得到宣泄和释放，而自己的夫婿，是思而不忍怨；自己的命运，是虽怨而无益，找不到可以宣泄的对象，就只能抓住"载儿夫婿去"的"秦淮水"和"江上船"来发泄一通怨愤了。虽"无理"，却自有其合乎情理的情感逻辑。"经岁又经年"五字，是强烈的怨愤之根。如只是小别、暂别，自不会有此强烈的情绪。多少思念和牵挂，多少孤寂和痛苦，多少期待和失望，都在这"经岁又经年"五字中包孕无遗了。

第三首一开头也是陡起直抒，揭示"莫作商人妇"的主意。对于这样的感慨和结论，不同的人可以有各种不同的解答。"那作商人妇，愁水复愁风"（李益《长干行》），这是一种解答。而这位女子的解答却有些令人费解："金钗当卜钱。"商人行踪无定，归期难知，无奈之中，只得求神问卜，想借此预卜归期，何以说"金钗当卜钱"呢？金钗本是华美的首饰，但夫婿长期在外，纵然佩戴增姿添色的金钗又有谁能见，又谁适为容？对于自己来说，不过一件无用之物而已，因此当需要占卜归期时，就毫不犹豫地以钗掷地，权当卜钱了。这一细节，完全符合人物的特定情境，其中蕴含着这位女子的苦闷无聊和怨怅无奈。

"朝朝江口望，错认几人船。"不管占卜的结果如何，每天早晨起来就到江口守望，希望能迎到丈夫乘船归来，却是雷打不动的行为。这是因为对方杳无音讯，根本料不准什么时候归来，占卜问卦也只能给出一些似是而非、玄虚难凭的解答。但"朝朝江口望"的结果，却始终等不到丈夫归舟的踪影。由于长期等待的失望和焦急，不免产生错觉，竟然好几次将别人的船当成了丈夫的归舟。古代的船形制很小，外形又大致类似，在浩瀚宽阔的江面上行驶时，舟上的人影更模糊难辨。情急之中，盼归人心切，"错认几人船"

的情况时有发生，自是不足为奇。妙在自言自语的口吻中流露出对久滞不归的丈夫的无限思念与怨嗟。此类情景，前人的诗中已有所描写，如谢朓的名句"天际识归舟"即是，一"识"字传神地表现出深情凝眺之状，而此诗变"识"为"错认"，则生动地表现出初疑其是而欣喜，继知其非而失望而怨嗟的感情变化过程，更具戏剧性。谢诗明丽细腻，而此诗则朴素自然。晚唐温庭筠《梦江南》"梳洗罢，独倚望江楼。过尽千帆皆不是，斜晖脉脉水悠悠"，北宋柳永《八声甘州》"想佳人，妆楼颙望，误几回天际识归舟"所写情境，均与此二句相似，而艺术上各具特色。

　　第四首专写丈夫出外经商之行踪无定，"那年离别日，只道住桐庐"。丈夫与自己离别时，说自己要到桐庐经商，故自己心里一直以为丈夫就住在桐庐。"只道"二字，写出自己认定丈夫所在，别无他想，以反衬下文之事出意料之外。不说"去年"，而说"那年"，暗透与丈夫离别当在更远的年份，也透出自己已多时未接到丈夫的来信。

　　"桐庐人不见，今得广州书。"因为认定丈夫就在桐庐经商，又多时未接来信，故有托往桐庐的熟人打听消息之事，而熟人来信告诉自己，寻遍桐庐，并不见丈夫的踪影。这前前后后的许多情事，只用"桐庐人不见"一句便包括无遗，叙事之精练可见。正在为"桐庐人不见"的消息而担心、而焦急的时候，却突然收到了丈夫从广州寄来的书信，原来他已经漂向了更遥远的广州。诗写到这里，就淡淡收束，仿佛用极平常的心情对待这件事。而忽接丈夫来信时的意外与惊喜，惊喜之余丈夫愈离愈远的怅恨，会合更加渺茫的失落，便都包含在这貌似客观的叙述之中了。直起直落中有无限含蓄，正是此诗，也可以说是这三首诗的共同特点。

　　不管刘采春是否《啰唝曲》的作者，这几首诗之深得民歌神髓是显而易见的。它朴素真切，来自生活，具有原生态的特征；但却能于朴素中见淳厚，于平淡中见深挚，于直白中见含蓄。评家将它们与金昌绪的《春怨》、西鄙人歌"北斗七星高"等并提，确实看到了上述诸作的共同特征。

刘采春

白居易

白居易（772—846），字乐天，祖籍太原，徙居华州下邽（今陕西渭南北）。建中末随父至徐州别驾任所，寄居符离，后避难吴越。贞元十六年（800）登进士第。十九年登书判拔萃科，授秘书省校书郎。元和元年（806），登才识兼茂明于体用科，授盩厔尉。七月，权摄昭应事。二年十一月召入翰林为学士。三年除左拾遗。五年改京兆府户曹参军，均依前充翰林学士。六年丁母忧，退居下邽。九年冬服阕，授太子左赞善大夫。十年六月，上疏请捕刺宰相武元衡之贼，执政以宫官先台谏言事恶之，忌之者复诬其母看花坠井死而作《赏花》《新井》诗，贬江州司马。十三年十二月量移忠州刺史。穆宗即位，召为司门员外郎，改授主客郎中、知制诰。长庆元年（821）十月，转中书舍人。二年七月外任杭州刺史。四年五月，除太子左庶子分司。宝历元年（825）三月，除苏州刺史。次年九月因病罢官归洛阳。大和元年（827）三月征为秘书监，赐金紫。二年除刑部侍郎。三年春以太子宾客分司东都，此后定居洛阳，历河南尹、太子宾客分司、太子少傅分司等职。会昌二年（842）以刑部尚书致仕。会昌六年卒。居易前期以兼济天下为志，直言敢谏，倡导诗歌之美刺比兴，以"补察时政""泄导人情"，对新乐府的创作潮流有重要的推动作用。贬江州后，转向独善其身，闲适之作居多。曾将自己之诗作分为讽喻、闲适、感伤、杂律诗四类。讽喻诗中之《秦中吟》《新乐府》，揭露时弊、反映百姓疾苦，富于社会政治意义；感伤诗中之《长恨歌》《琵琶引》为古代文人叙事诗中之杰出代表。杂律诗中也有一部分吟咏惰性、诗酒唱和、描绘自然风光的佳作。其总体风格平易通俗，自然流畅，佳者犹不失精纯与韵味，为唐诗中影响广远的大家。自编《白氏文集》七十五卷，现存《白氏长庆集》七十一卷。《全唐诗》编其诗为三十九卷。今人朱金城有《白居易集笺校》，谢思炜有《白居易诗集校注》。

宿紫阁山北村〔一〕

晨游紫阁峰，暮宿山下村。村老见余喜，为余开一樽〔二〕。举杯未及饮，暴卒来入门。紫衣挟刀斧〔三〕，草草十余人〔四〕。夺我席上酒，掣我盘中飧〔五〕。主人退后立，敛手反如宾〔六〕。中庭有奇树，种来三十春。主人惜不得，持斧断其根。口称采造家〔七〕，身属神策军〔八〕。"主人慎勿语〔九〕，中尉正承恩〔一〇〕！"

校注

〔一〕紫阁山，即紫阁峰，在鄠县东南三十里。为终南山的一座山峰。张礼《游城南记》："圭峰、紫阁在终南山四皓祠之西，圭峰下有草堂寺，紫阁之阴即渼陂。"《关中胜迹图志》卷二引《雍胜略》："紫阁峰，旭日射之，烂然而紫，其形上耸若楼阁然。"此诗约作于元和五年（810）。

〔二〕樽，指酒樽，盛酒器。

〔三〕紫衣，粗紫衣，系下级胥吏所服，与贵官显宦所服之朱紫、金紫之服不同。《唐会要》卷三十一《杂录》："通引官许依前粗紫绝及紫布充衫袍……其行官门子等，请许依前服紫粗绝充衫袄。"此指神策军军校所穿之紫衣。

〔四〕草草，骚乱貌。《魏书·外戚传上·贺泥》："太祖崩，京师草草。"

〔五〕掣（chè），拉拽。飧（sūn），熟食。

〔六〕敛手，拱手，表示恭敬。

〔七〕采造家，采集木材为宫廷建造房屋的机构。朱金城注引《册府元龟》卷六十一帝王部·立制度第二："唐文宗太和元年五月癸酉，左神策军奏当军请铸'南山采造印'一面。"谓"可知南山采造系左神策军之直属机构。"

〔八〕神策军，唐禁军名之一。自代宗、德宗起，即由宦官统领。《旧唐书·职官志三》："贞元中，特置神策军护军中尉，以中官宦官为之，时号两军中尉。贞元以后，中尉之权倾于天下，人主废立，皆出其可否。"

〔九〕慎，千万，无论如何，与"勿""毋"等连用，表示警戒。

〔一〇〕中尉，此指当时的神策军左军中尉吐突承璀。《旧唐书·吐突承璀传》："吐突承璀，幼以小黄门直东宫，性敏慧，有才干。宪宗即位，授内常侍、知内省事，左监门将军。俄授左军中尉、功德使。四年，王承宗叛，诏以承璀为河中、河南、浙西、宣歙等道赴镇州行营兵马招讨等使……

谏官、御史上疏相属，皆言自古无中贵人为兵马统帅者……及承璀率禁军上路，帝御通化门楼，慰喻遣之，出师经年无功。""中尉正承恩"，正指吐突承璀极受宪宗宠信，权势气焰正炽。《旧唐书·白居易传》："王承宗拒命，上令神策中尉吐突承璀为招讨使，谏官上章者十七八，居易面论，辞情切至……上颇不悦。"《白居易集》卷五十九有《论承璀职名状》专论承璀充诸军行营招讨处置使一事之不可，谓"国家故事，每有征伐，专委将帅，以责成功，近年已来，渐失旧制，始加中使，命为都监……此皆权宜，且为近例。然则兴王者之师，征天下之兵，自古及今，未有令中使专统领者。"

笺评

白居易曰：闻《宿紫阁村》诗，则握军要者切齿矣。（《与元九书》）

洪迈曰：宣和间，朱勔挟花石进奉之名，以固宠规利。东南部使者郡守多出其门。如徐铸、应安道、王仲闳辈济其恶，豪夺渔取。士民家一石一木稍堪玩，即领健卒直入其家，用黄封表志，而未即取。护视稍不谨，则被以大不恭罪。及发行，必撤屋决墙而出……偶读白乐天《紫阁山北村》诗，乃知唐世固有是事，漫录于此。（《容斋续笔》）

钟惺曰：（"主人"二句下）乐府妙语。（《唐诗归·中唐四》）

汪立名曰：贞元十二年始立左右神策护军中尉，统禁旅。时窦、霍权势震赫，嗣是宦官之骄横日长，公《与元九书》所谓"闻《紫阁村》诗，则握军要者切齿"是也。（《白香山诗长庆集》卷一）

何焯曰："中尉正承恩"，此亦谓承璀。（同上书卷一引何氏评）

鉴赏

白居易的讽喻诗中，有相当一部分是先设题立意，而后据此搜集素材，进行叙述描写和议论的，不同程度上存在着从理念出发的弊病。这一首所叙写的却是他亲历的事件。因而感受特别痛切，感情也非常愤激。但诗人却没有像他通常写讽喻诗那样对此事大发议论，甚至对讽刺对象进行痛骂，而是采用客观写实的方式对整个事件进行描述，自始至终不发一句议论，这在他的讽喻诗中是相当特别的。

"晨游紫阁峰，暮宿山下村。村老见余喜，为余开一樽。"开头四句，紧扣题目，用简练的笔墨概写晨游暮宿的过程和村老设宴招待的情景。写得很紧凑，也很从容，字里行间流露出轻松喜悦的感情和主客间融洽而随便的气氛。这样的开头和前奏，使双方根本料想不到下面会发生那样令人扫兴和愤慨的情事。因此它对诗的主体部分正是一种有力的反衬。这里的"喜"，正为下文的怒和愤作了铺垫。

"举杯未及饮，暴卒来入门。紫衣挟刀斧，草草十余人。"酒宴刚设，主客举杯，尚不及饮，突然闯进了一群凶暴的士卒。他们身穿神策军的紫衣，挟带着明晃晃的刀斧，乱糟糟地有十来人。这是这帮不速之客给作者的第一印象。"暴卒"之"暴"，即从他们这伙人横冲直撞地闯入民宅的蛮横行动，从他们身着神策军的"紫衣"所标明的身份，从身带明晃晃的"刀斧"，也从那乱糟糟的狐假虎威架势上看出。

"夺我席上酒，掣我盘中飧。主人退后立，敛手反如宾。"接下来四句，进一步描绘这伙暴卒们的横暴行动：他们气势汹汹地夺过了酒席上的酒，掣过了盘里的菜肴，当着主人的面大吃大喝起来，好像他们才是这里的主人，而真正的主人村老见此情景反而退后而立，拱手胸前，恭恭敬敬，如同客人一般。一边是蛮横凶暴，肆意抢夺，一边却是拱手退让，默不作声。这鲜明的对照说明在暴卒的凶横面前，胆小怕事的主人只能采取忍让的态度，既不敢怒，也不敢言，也透露出村老对这伙人的身份已有所察觉，但抢夺酒食并非暴卒此行的目的，真正的掠夺还在后头。

"中庭有奇树，种来三十春。主人惜不得，持斧断其根。"村老家的庭院中一棵种植了三十年的珍奇树木，才是这伙人此行掠夺的真正目标。看来他们早就作了踏勘调查，此行"挟刀斧"而来就是为了砍伐这棵奇树。当主人明白他们一伙的真正意图时，暴卒们已经不由分说动手砍伐了，三下两下使用斧头砍断了它的根。诗人只用"主人惜不得"五个字便表现出主人在暴徒面前不但无理可讲，无话可说，而且连公开表示惋惜也不能的畏惧情态。这"惜不得"正是对暴卒们横暴凶恶嘴脸的更深一层的揭示。

"口称采造家，身属神策军。"暴卒们一边肆行掠夺，一边还不忘亮出自己的身份，声称自己是官里专门采集建筑材料、负责建造的机构，属于神策军管辖。表明这特殊的身份，自然意在威吓主人，警告他别想有所不满和反抗，也进一步表现了他们狐假虎威、有恃无恐的丑恶嘴脸。

"'主人慎勿语，中尉正承恩！'"结尾两句，是诗人对主人的告诫：千万别作声表示不满怨愤，这伙人的头子神策军的中尉眼下正深受皇帝的恩宠呢！整个事件中，暴卒肆行掠夺、凶横霸道，主人拱手退立、忍受沉默，目击这一切场景的诗人似乎也始终未置一词，但最后悄悄告诫主人的话却如同一柄连透数层的利剑，由眼前正在施暴的暴卒身上透过，直射暴卒身后深受皇帝宠信的宦官头子神策军中尉吐突承璀，又由"承恩"的"中尉"身上透过，直刺施恩的当今皇帝。诗胆之大，锋芒之利，揭露之深，感情之愤激，都臻于极致。妙在说到"中尉正承恩"随即截住，不再另置一词，满腔愤激化为无言的沉默和冷峻，尤其显得含蓄深沉、隽永耐味。

轻　肥〔一〕

意气骄满路〔二〕，鞍马光照尘。借问何为者，人称是内臣〔三〕。朱绂皆大夫〔四〕，紫绶或将军〔五〕。夸赴军中宴〔六〕，走马去如云。樽罍溢九酝〔七〕，水陆罗八珍〔八〕。果擘洞庭橘〔九〕，脍切天池鳞〔一〇〕。食饱心自若〔一一〕，酒酣气益振〔一二〕。是岁江南旱〔一三〕，衢州人食人〔一四〕！

校注

〔一〕本篇系《秦中吟》十首中的第七首。序云："贞元、元和之际，予在长安。闻见之间，有足悲者。因直书其事，命为《秦中吟》。"这组诗约作于元和五年（810）。组诗中各篇所闻所见之事，即生活素材，则可能发生在贞元末元和初这段时间内。如本篇提及"江南旱"之事，发生于元和三、四年（见注〔一三〕）。《论语·雍也》："乘肥马，衣轻裘。"此以"轻肥"借指权豪势要的豪华奢侈生活。

〔二〕意气，神色。《晏子春秋·杂上》："晏子为齐相，出，其御之妻从门间而窥，其夫为相御，拥大盖，策驷马，意气扬扬，甚自得也。"此处"意气"亦含神色自负得意之意。

〔三〕内臣，指宫中宦官。与外朝官员相对而言。

〔四〕朱绂（fú），本指古代礼服上的红色蔽膝，后多借指官服，此指朱红色的朝服。大夫，指将帅。朱金城注引《通鉴》胡三省注："唐中世以前，率呼将帅为大夫，白居易诗所谓'武官称大夫'是也。"

〔五〕紫绶，紫色的朝服。朱金城笺："唐人诗文中多称'朱衣''紫衣'为'朱绶''紫绶'。白氏《初著绯戏赠元九》诗：'……我朱君紫绶，犹未得差肩。'《初除尚书郎脱刺史绯》诗：'便留朱绶还铃阁，却着青袍侍玉除。'《早春西湖闲游……》诗：'贵垂长紫绶，荣驾大朱轮。'……今人所注唐诗及白诗选本，多误释为系印之绶，盖未熟谙唐人诗文之习语也。"唐代有权势的宦官常赐以将军的封号。《旧唐书·宦官传》："玄宗在位既久，崇重宫禁，中官稍称旨者，即授三品左右监门将军。"如高力士天宝初加冠军大将军、右监门卫大将军，程元振加镇军大将军、右监门卫大将军，俱文珍累迁至右卫大将军。宪宗所宠信之吐突承璀为左卫上将军等均其例。

〔六〕军中，指宦官所统领之神策军。

〔七〕樽，酒樽。罍，酒器上刻绘有云雷花纹者。九酝，美酒名。李肇《国史补》卷下："酒之美者，宜城之九酝。"

〔八〕八珍，本指八种烹饪法，后转指各种珍馐美味。《三国志·魏书·卫觊传》："饮食之肴，必有八珍之味。"杜甫《丽人行》："御厨络绎送八珍。"

〔九〕擘（bò），剖开。洞庭橘，苏州太湖洞庭山所产名橘。

〔一〇〕脍，将鱼肉等细切而制成的食品。天池，指海。《庄子·逍遥游》："南冥者，天池也。"天池鳞即珍奇的海鱼。

〔一一〕心自若，心情安闲自在，心满意足。

〔一二〕振，读平声，盛貌。

〔一三〕《旧唐书·宪宗纪》：元和三年："是岁淮南、江南、江西、湖南、山南东道旱。"《新唐书·五行志二》："元和三年，淮南、江南、江西、湖南、广南、山南东西皆旱。四年春夏，大旱。秋，淮南、浙西、江西、江东旱。"

〔一四〕衢州，唐江南东道州名，今属浙江。

白居易曰：闻《秦中吟》，则权豪贵近者，相目而变色矣。（《与元九书》）

吴乔曰：诗贵和缓优柔，而忌率直迫切。元结、沈千运是盛唐人，而元之《舂陵行》《贼退》诗，沈之"岂知林园主，却是林园客"已落率直之病。乐天《杂兴》之"色禽合为荒，政刑两已衰"，《无名税》之"夺我身上暖，买尔眼前恩。进入琼林库，岁久化为尘"，《轻肥》之"是岁江南旱，衢州人食人"，《买花》之"一丛深色花，十户中人赋"等，率直更甚。（《围炉诗话》）

何焯曰：言将相皆中官私人，召灾害而为民贼也。（《白香山诗长庆集》卷二评）又曰：《秦中吟》中何以所书者"江南"？其实秦中适当天旱人饥之会，故深刺之也。《春秋·庄公十一年》："秋，鲁大水。"公羊子曰："外灾不生，此何以书及我也？时鲁亦有水灾，书鲁则宋灾不见，两举则烦文不省，故诡例书外以见内也。"公之诗学，其源远矣。（同上）

宋长白曰：襄阳宜城东，有金沙泉，造酒甚美，世称宜城春，又名竹叶青。张华《轻薄篇》："苍梧竹叶青，宜城九酝酒。"梁简文《乌栖曲》："宜城酝酒今朝熟，投鞭系马暂栖宿。"（《柳亭诗话》卷十八）

《唐宋诗醇》：结句斗绝，有一落千丈之势。（卷十九）

宋宗元曰：（末二句下）与少陵"忧黎元"同一心事。（《网师园唐诗笺》）

罗宗强曰：这组诗与《新乐府五十首》所相同处，是规讽之旨；不同处，是不由理念写诗，而写所闻见，不夸饰，不隐讳，直歌其事。因之也具有比《新乐府五十首》更大的感染力。十首中《轻肥》先写权贵之骄奢，而结以"是岁江南旱，衢州人食人"，形成强烈对比，写法类似杜甫。《歌舞》《买花》都是这种写法。（《唐诗小史》）

鉴赏

这首诗从命题到写法都显然和杜诗有直接的渊源关系。"轻肥"一语，虽本自《论语·雍也》"乘肥马，衣轻裘"，但《论语》并未将"轻""肥"二字连缀为一个词语，且无讽意，杜甫《秋兴八首》"五陵衣马自轻肥"之句当为白此诗诗题所本。至于写法，更直接继承了杜甫《自京赴奉先县咏怀五百字》中"朱门酒肉臭，路有冻死骨"的鲜明对比手法。

"意气骄满路，鞍马光照尘。"开头两句，突兀而起，写一群人走马长街时的情景。"意气"，指人的神色、神态，着一"骄"字，其骄横跋扈、扬扬自得的神态如在目前。"骄"本来是表现于神色意态之间的，可以感受到，却难以描摹。"骄"而"满路"这一夸张的形容使它具象化了，仿佛道路上每一寸土地，每一个微小的空间都充满了那骄横之气，令人想见这伙人骑着高头大马，在繁华的街道上招摇过市，横冲直撞，旁若无人的神态。这句写"骄"。下句写"奢"：他们那油光发亮的骏马和华美光鲜的马鞍，简直可以照亮地上的灰尘。灰尘色暗，而可照亮，则鞍马之光鲜亮丽可想。作者《采地黄者》有句说："与君啖肥马，可使照地光。"可见追求鞍马之"照地光"，正是这帮人炫耀自己的权势富贵的一种手段，故虽写"奢"，而"骄"亦自含其中。

"借问何为者，人称是内臣。"两句是说，借问他们这一伙是干什么的呢？有人说，这不就是那帮太监嘛。这两句不但是为了交代这伙骄横豪奢的人物的身份，而且是为了表现路人对他们的鄙视和痛恨。"借问""人称"，语带冷刺。其实"问"是明知故问，答也是明知故答，不过借此发泄对这伙骄横豪奢的宦官的愤恨和不屑，两句所显示的，正是"道路以目"的情景。

"朱绂皆大夫，紫绶或将军。"宦官本是皇帝的家奴，身份卑贱。可现在他们一个个都得了将军的名号，穿上朱紫的官服，成了贵显的权势人物。两句中的"皆"和"或"都颇具感情色彩，大有"沐猴而冠"的讽嘲意味。既对这伙政治暴发户充满鄙视，又对皇帝宠信宦官、滥赐封爵表示不满。

"夸赴军中宴，走马去如云。"他们炫耀着自己是去赴神策军头子的宴会，骑着快马，疾速飞驰，像一团团乌云那样翻滚向前。这里着重点出了一个"夸"字，把前面的一系列描写串连在一起。原来他们金鞍骏马，朱绂紫绶，横冲直撞，走马如云，都是为了炫耀他们的权力地位，都是为了摆阔气，抖威风。

以上八句是一个场面，写宦官走马赴宴。下六句紧接"军中宴"，写宴会上的情景。

"樽罍溢九酝，水陆罗八珍。"两句先概写一笔，说各式酒器盛满了美酒，桌上摆满了山珍海味。用"溢""罗"写宴席的豪华，"九酝""八珍"突出其酒肴的珍奇。

"果擘洞庭橘，脍切天池鳞。"接下来两句，在概写的基础上突出两种最珍奇的果肴，以进一步渲染宴席的豪奢。上两句是宴席的全景，这两句则是特写。

"食饱心自若，酒酣气益振。"两句互文，形容这伙人食饱酒酣之后，心满意足、神气嚣张的样子。"心自若"，安闲自在、泰然自若、心满意足之意兼而有之；"气益振"，兴高采烈、趾高气扬、气焰嚣张之状如在目前。用语平易中见精练。

以上六句写宴会场景，前四句着重写其豪奢，后两句写其骄横。

通过长街走马和豪奢宴会这两个场景，层层铺叙渲染，已将宦官的骄横气焰和豪奢生活描绘得淋漓尽致，诗人对宦官的痛恨、鄙视的感情也流露在字里行间。按照讽喻诗"卒章显其志"的惯例，接下去似应对上述现象发表议论，但诗人却出乎意料地将镜头迅速从宴会场景上拉开，用这样两句诗结束：

是岁江南旱，衢州人食人！

据史载，元和三年（808），包括江南道在内的广大地区皆旱，四年春夏，浙西、江东又旱，可见江南一带受旱之烈，衢州地属江南东道，因连续受旱饥荒，竟发生了人吃人的惨剧。一边是花天酒地、山珍海味、美酒佳肴的豪奢宴会，一边却是旱饥绝食，被逼得"人食人"。这尖锐而鲜明的对比，既震撼人心，又发人深省。不着一字议论，却具有极强烈的艺术感染力。

此诗之所以具有极强烈的艺术感染力、震撼力，与此前一系列出色的描绘渲染分不开。不妨设想一下，将这首诗的前十四句概括为两句，但还保留原意，即将全诗变成一首五绝："内臣军中宴，水陆罗八珍。是岁江南旱，衢州人食人。"对比依然鲜明，但其尖锐的锋芒和强烈的震撼力却差远了。原因就在于作者在运用对比手法时，采用了层层铺叙渲染、引满而发的艺术手段，也就是所谓铺垫，前面十四句，写长街走马，写军中宴会，就是要把弓拉得满满的，等到将宦官的骄横气焰、豪奢生活渲染到极致时，才对准目标，猛地射出一箭，这一箭才特别有力，直刺宦官的心窝，形成震撼人心的艺术力量。

一边是骄横奢侈，一边是饥饿死亡，这鲜明而强烈的对比当然是对宦官的尖锐抨击。但这只是问题的一个方面，即两种现象的尖锐对立，但问题还有另一面，这就是两种现象之间的深刻内在联系，这是作者用意更深的地方。这种内在联系又可以从两个方面去理解。一是这帮人的奢侈生活就是建立在广大百姓饥饿和死亡的基础之上的；二是"衢州人食人"的现象正是这帮根本不顾百姓死活的人掌握了军政大权的结果。不要忽略了"食饱心自若，酒酣气益振"这两句诗，它暗示这伙人除了抖威风、摆阔气、干坏事以外，国家的命运、百姓的死活是根本不放在心上的，让这样一帮人掌握了大权，怎么能不发生"衢州人食人"的事件呢？这正是作者的深意所在，也是这首诗发人深省之处。从这个意义上说，这首诗也就并不单纯是对宦官骄横气焰和奢华生活的揭露，而且含有对这股腐朽势力的政治批判意义，无怪乎"权豪贵近，相目而变色"了。

上阳白发人〔一〕 愍怨旷也〔二〕

白
居
易

上阳人，红颜暗老白发新。绿衣监使守宫门〔三〕，一闭上阳多少春。玄宗末岁初选入〔四〕，入时十六今六十。同时采择百余人，零落年深残此身〔五〕。忆昔吞悲别亲族，扶入车中不教哭〔六〕。皆云入内便承恩，脸似芙蓉胸似玉。未容君王得见面，已被杨妃遥侧目〔七〕。妒令潜配上阳宫〔八〕，一生遂向空房宿。宿空房，秋夜长，夜长无寐天不明。耿耿残灯背壁影〔九〕，萧萧暗雨打窗声。春日迟〔一〇〕，日迟独坐天难暮。宫莺百啭愁厌闻，梁燕双栖老休妒。莺归燕去长悄然，春往秋来不记年。唯向深宫望明月，东西四五百回圆〔一一〕。今日宫中年最老，大家遥赐尚书号〔一二〕。小头鞋履窄衣裳〔一三〕，青黛点眉眉细长〔一四〕。外人不见见应笑，天宝末年时世妆〔一五〕。上阳人，苦最多。少亦苦，老亦苦，少苦老苦两如何！君不见苦时吕向美人赋〔一六〕，又不见今日上阳白发歌。

校注

〔一〕本篇系《新乐府》五十首的第七首。《新乐府序》说："凡九千二百五十二言，断为五十篇。篇无定句，句无定字。系于意，不系于文。首句标其目，卒章显其志，《诗》三百之义也。其辞质而径，欲见之者易喻也；其言直而切，欲闻之者深诚也；其事核而实，使采之者传信也；其体顺而肆，可以播于乐章歌曲也；总而言之，为君、为臣、为民、为物、为事而作，不为文而作也。"自注云："元和四年为左拾遗时作。"据陈寅恪《元白诗笺证稿》考证，五十首中亦有可能作于元和五年者，如《杏为梁》《海漫漫》等篇即是。本篇敦煌本题作《上阳人》。白此诗系和元稹《上阳白发人》之作，当有"白发"二字。此题为李绅原唱，元、白相继和之，见元稹

2303

《和李校书新题乐府十二首并序》。上阳，宫名，在东都洛阳。《新唐书·地理志》："上阳宫在禁苑之东，东接皇城之西南隅，上元中置。高宗之季常居此以听政。"《唐六典》卷七："上阳宫南临洛水，西拒穀水。"

〔二〕悠怨旷，怜悯宫女长期幽闭深宫、无缘得到皇帝临幸的哀愁痛苦。作者《奏请加德音中加节目二件·请拣放后宫内人》云："右伏见大历已来四十余载，宫中人数稍久渐多。伏虑驱使之馀，其数犹广。上则虚给衣食，有供亿糜费之烦，下则隔离亲族，有幽闭怨旷之苦。事宜省费，物贵遂情……臣伏见太宗、玄宗已来，每遇灾旱，多有拣放……伏望圣意，再加处分。"奏状上于元和四年，与本篇当为同年所作，可互参。长安大明宫西亦有上阳宫，而此诗一则云"已被杨妃遥侧目"，再则云"大家遥赐尚书号"，当指洛阳之上阳宫。作者自注："天宝五载已后，杨贵妃专宠，后宫人无复进幸矣。六宫有美色者，辄置别所，上阳是其一也，贞元中尚存焉。"

〔三〕绿衣监使，指管理宫苑的太监。唐内侍省有宫闱局，令二人，从七品下。掌侍宫闱，出入管籥。见《新唐书·百官志二》。唐制，六、七品官着绿，七品官着浅绿。

〔四〕陈寅恪笺："假定上阳宫人选入之时为天宝十五载（西历七五六年），则至贞元十六年（西历八〇〇年）其年六十。"按：诗既作于元和四年（809），则所谓"今"自不可能指贞元十六年，而当指作诗之当时，则上阳宫人年为六十四岁，此云"六十"，约略言之耳，不必拘。

〔五〕二句谓同时被采选入宫的百余宫女，年深日久，悉已零落逝世，唯余自身一人。残，剩、余。

〔六〕教，让。

〔七〕侧目，斜目而视，表示愤恨。

〔八〕潜配，暗地发配到。

〔九〕耿耿，烦躁不安。心事重重貌。《诗·邶风·柏舟》："耿耿不寐，如有隐忧。"按："耿耿"亦有明亮义，然下云"残灯"，与明亮之义不合。

〔一〇〕迟，久、长。相对于冬日之短，春日渐长。故下云"日迟独坐天难暮"。

〔一一〕东西，指月升于东方落于西方。陈寅恪笺："自入宫至此凡历四十五年，须加十六闰月，共约五百五十六望，除去阴雨暗夕，上阳宫人之获见月圆次数，亦不过四五百回。三五之时，月夕生于东，朝没于西，所以言东西者盖隐含上阳人自夕至旦通宵不寐之意也。"按："四五百回圆"亦大略言之，不必拘泥。

〔一二〕大家，宫中近臣或后妃对皇帝的习惯称呼。蔡邕《独断》上："天子自谓曰行在所……亲近侍从官称曰大家。"唐刘肃《大唐新语·酷忍》："初令宫人宣敕示王后，后曰：'愿大家万岁，昭仪长承恩泽，死是吾分也。'"李商隐《宜都内人》："宜都内人曰：'大家知古女卑于男邪？'"尚书，此指宫中女官，即女尚书。东汉、三国魏、后汉石虎宫中均有女尚书，管理批阅宫外奏章、文书等。此句"尚书号"指徒有虚名的女尚书名号。唐代宫中设"六尚"各二人，均正五品，其职掌类似六尚书。

〔一三〕陈寅恪笺："姚汝能《安禄山事迹》下云：'天宝初，贵游士庶，好衣胡服，为豹皮帽。妇人则簪步摇，衱衣之制度，衿袖皆小。'又《白氏长庆集》一四《和梦游春》：'时世宽妆束。'则知贞元末年妇人时妆尚宽大。"

〔一四〕青黛，画眉的青黑色颜料。陈寅恪笺："《才调集》五元微之《有所教》诗云：'莫画长眉画短眉，斜红伤竖莫伤垂。人人总解争时势，都大须看各自宜。'……颇疑贞元末年之时世妆，其画眉尚短，与乐天此诗所云天宝末年之时尚为'青黛点眉眉细长'者适得其反也。"

〔一五〕时世妆，时尚的装束。

〔一六〕自注："天宝末，有密采艳色者，当时号花鸟使。吕向献《美人赋》以讽之。"按：《文苑英华》卷九十六录吕向《美人赋》。《新唐书·文艺传·吕向》："玄宗开元十年，召入翰林……时常岁遣使采择天下姝好，内之后宫，号'花鸟使'，向因奏《美人赋》以讽，帝善之，擢左拾遗。"白氏自注载吕向献赋事于天宝末，恐系误记。

笺 评

洪迈曰：白乐天《长恨歌》《上阳人歌》，元微之《连昌宫词》，道开元间宫禁事最为深切矣。（《容斋随笔》）

田雯曰：香山讽喻诗乃乐府之变，《上阳白发人》等篇，读之心目豁朗，悠然有馀味。（《古欢堂杂著》）

黄周星曰：（"入时十六今六十"句）只此一语，可以泣鬼矣。（"零落年深残此身"句）泣鬼语。（"未容君王得见面"二句）殊可切齿。马嵬之死，不足悲也。（"唯向深宫望明月"句）泣鬼语。（"大家遥赐尚书

　　何焯曰：不可斥言宫掖，故举别都言之，却以吕向《美人赋》一语暗包两都。（《白香山诗长庆集》卷三）

　　沈德潜曰：只"唯向深宫望明月，东西四五百回圆"二语，已见宫人之苦，而杨妃之嫉妒专宠，足以致乱矣。女祸之诚，千古昭然。（《重订唐诗别裁集》卷八）

　　陈寅恪曰：元氏《长庆集》二四《上阳白发人》，本愍宫人之幽闭，而其篇末乃云："此辈贱嫔何足言，帝子天孙古称贵。诸王在阁四十年，七宅六宫门户闭……"此为微之前任拾遗时之言论，于作此诗时不觉连类及之，本不足异，亦非疵累。但乐天《上阳白发人》之作，则截去微之诗末题外之意，则更切径而少枝蔓。（《元白诗笺证稿》）

　　宫怨是唐诗中常见的题材，但这类作品多为抒情短章，往往只截取一个横断面或一个具体场景，很难从纵向上表现一个较长的时间过程与生活历程，容量比较有限，描绘也不易充分展开。白居易这篇《上阳白发人》，用叙事诗的形式，展现了一个幽闭深宫四十余年的宫女痛苦凄凉的生活和悲剧命运，对传统的宫怨诗无论在内容的涵量和描写的细致方面都有明显发展。

　　开头八句是对女主人公的概括介绍。这位宫女在天宝末年初选入时，还是十六岁的红颜少女，如今已是白发日新的憔悴老人了。青春的岁月与容颜就在这"绿衣监使守宫门"的上阳宫中黯然消逝。同时进宫的百余人中，现在就只剩下她这位"年深"的白发宫人了。这段介绍，像是伴着深沉的画外音出现的一组电影画面：寥落冷寂的上阳宫，朱漆斑斑的深闭着的宫门，像狱吏一样看守宫门的绿衣监使，然后是形容憔悴、白发满头、目光呆滞的宫人。这是一座变相的牢狱。"红颜暗老白发新"，不仅展示了这座牢狱对宫女青春容貌长期的无形的摧残，而且暗透出久居牢狱的宫女心灵上的麻木。"零落年深残此身"，孑然一身，是悲苦孤寂的，但还有更多的宫女甚至挨不到"白发新"便纷纷凋零了。这段介绍，不但概括了女主人公悲剧的大半生，而且初步展示了她所处的这个牢狱般的环境。

　　接下来"忆昔"八句，追述她入宫的过程。这是她一生悲剧境遇的直接根源。离家的情景，只用了两个镜头：一个是女主人公吞悲饮泣，与亲人告别的镜头，另一个是亲族忍泪安慰女主人公的镜头。明明都知道，生离即是死别，却因迫于皇家的淫威，连放声恸哭的权利也被剥夺了，还不得不装点一丝欢容，说一些连自己也未必相信的话（所谓"入内便承恩"）。这就更加突出了"别"的悲剧色彩。果然，一进宫迎接她的便是厄运。在宫里这个充满倾轧的环境中，特别是在"三千宠爱在一身"的情况下，女主人公"脸似芙蓉胸似玉"不仅不能成为"承恩"的凭借，反倒成了"杨妃遥侧目"的原因。于是，在"未容君王得见面"的情况下，就被暗中发配到了远离长安的上阳宫，开始了"一生遂向空房宿"的幽闭生活。人物命运的描写和宫廷环境的展示，在这里被巧妙地结合在一起了。

　　"空房宿"以下十三句，正面描写幽闭深宫四十余年的生活。幽闭生活的特点，就是同样情境的长期重复。因此，纵向的生活历程却不宜采用纵向的叙述方式。诗人撇开四十余年的漫长岁月的各个具体阶段，只选取"秋夜""春日"作为代表，来概写她"一生遂向空房宿"的寂寞凄凉生活。写秋夜，用残灯孤影、暗雨敲窗来烘托身处深宫的孤寂凄清、长夜不寐。写春日，则用宫莺百啭、梁燕双栖来反托她的哀怨和孤独，一正一反，笔法富于变化。"萧萧暗雨打窗声"的"暗"字，"梁燕双栖老休妒"的"休"字，一则传出漫漫长夜，愁听秋窗风雨的黯然伤神之状，一则透出红颜已老的白发宫人连妒美之意也不得不让它泯灭的心理，用语平易，而写景抒情却细致入微。"莺归燕去"四句，由分而合，不但写岁月的流逝，而且写心灵的可悲适应。年年都是一样的莺归燕回，春往秋来，都是一样的凄凉寂寞，久而久之，对时间的流逝，对环境的变化，都逐渐变得感受迟钝、感情麻木了，所以说"长悄然""不记年"。对生活失去了希望，被判处变相无期徒刑的人对这一切时序景物的变化往往是无动于衷的。这是一种令人揪心的漠然。深宫与外界人事完全隔绝，唯一能望见的外界事物便是天上的明月。望月，是寄托悠长的乡思？是向往人间的团圆？是排遣深宫的寂寞？是挨过漫漫的长夜？仿佛都是，又仿佛都不是，只是由于思绪寂寥，无聊而不由自主地失神痴望。"唯向深宫望明月"，"唯向"二字，殊可玩味，除了呆呆地"望月"，又能做什么呢？"东西四五百回圆"，四十余年的岁月，就在这"望月"中黯然消逝了。牢狱般的环境，囚徒般的生活，长期幽闭禁锢而形成的近乎麻木的心灵，在这一段中得到了充分的表现。

　　到这里，上阳白发人四十多年的怨旷生活似乎已经写尽。诗人却别开生

白居易

2307

面，转入新境，借仿佛是喜剧性的情节来表现更深刻的悲剧。"今日宫中年最老，大家遥赐尚书号"。四十多年幽闭深宫的痛苦生活，换来了一个宫中女尚书的头衔名号，而且还是"遥赐"。皇帝的这个"恩典"简直就是对她"一生遂向空房宿"的悲剧命运的一种无情嘲弄。"小头鞵履窄衣裳，青黛点眉眉细长。外人不见见应笑，天宝末年时世妆。"当年的时髦装扮，在过了四十多年之后，已经变得像是在古墓中木乃伊的妆容，只能让人感到滑稽可笑了。这正是四十多年囚徒般的幽闭生活在她身上留下的印记。这是一种含泪的幽默，字里行间充满了对这位身心受到长期摧残、恍如隔世之人的宫女深刻的人道主义同情。"愍怨旷"的主题最后是借助于"见应笑"来完成的。这种艺术上的曲笔所造成的始则令人感到滑稽可笑，继而令人哭笑不得，终则令人深悲沉思的艺术感染力，说明白居易优秀诗篇平易中的深刻内涵。

结尾七句，用"少苦老苦"概括上阳人的悲惨命运，并用对举吕向《美人赋》与《上阳白发歌》来点醒作诗意图，将批判的矛头指向封建统治者。按而不断，留有余地，是"卒章显其志"的又一种方式。

新丰折臂翁 [一] 戒边功也 [二]

新丰老翁八十八，头鬓肩须皆似雪。玄孙扶向店前行，左臂凭肩右臂折 [三]。问翁臂折来几年，兼问致折何因缘。翁云贯属新丰县，生逢圣代无征战。惯听梨园歌管声 [四]，不识旗枪与弓箭。无何天宝大征兵 [五]，户有三丁点一丁。点得驱将何处去 [六]，五月万里云南行 [七]。闻道云南有泸水 [八]，椒花落时瘴烟起 [九]。大军徒涉水如汤 [一〇]，未过十人二三死 [一一]。材南村北哭声哀，儿别爷娘夫别妻。皆云前后征蛮者 [一二]，千万人行无一回。是时翁年二十四，兵部牒中有名字 [一三]。夜深不敢使人知，偷将大石捶折臂 [一四]。张弓簸旗俱不堪 [一五]，从兹始免征云南。骨碎筋伤非不苦，且图拣退归乡土 [一六]。臂折来来六十年 [一七]，一肢虽废一身全。至今风雨阴寒夜，直到天明痛不眠。痛不眠，终不悔，且喜老身今独在。不然当时泸水头，身死魂孤骨不收。应作云南望乡鬼，万人冢上哭呦呦〔一八〕。老人言，君听取。君不闻开元宰相宋开府〔一九〕，不赏边功防黩武〔二〇〕。又不闻天宝宰相杨国忠，欲求恩幸立边功〔二一〕。边功未立生人怨〔二二〕，请问新丰折臂翁。

校注

〔一〕本篇系《新乐府》五十首的第九首。新丰，唐京兆府属县。今陕西省西安市临潼区新丰镇。《雍录》卷七："唐新丰县在（京兆）府东五十里。凡自长安东出而趋潼关，路必由此。"《旧唐书·地理志》：京兆府昭应县："隋新丰县，治古新丰城北。垂拱二年，改为庆山县。神龙元年，复为新丰。天宝二年，分新丰、万年置会昌县。七载，省新丰县，改会昌为昭应，治温泉宫之西北。"

〔二〕戒边功，以黩武开边战争为戒。诗中反映的战争，是天宝十载（751）至十三载唐王朝对南诏发动的不义战争。当时唐剑南节度使鲜于仲通与云南太守张虔陀对南诏肆行侮辱、征求，南诏王阁罗凤被迫反抗，杀死张虔陀。天宝十载，鲜于仲通率兵八万攻打南诏，在西洱河大败，死者六万人。天宝十三载，宰相杨国忠派李宓率兵七万攻打南诏，结果在太和城一带全军覆没，李宓被擒。杨国忠掩盖败状，向玄宗报捷，再发兵。兵士因水土不服，伤亡惨重。据《资治通鉴》载：鲜于仲通大败后，朝廷下制大募两京及河南北兵以击南诏。人闻云南多瘴疠，未战，士卒死者八九，莫肯应募。于是行者愁怨，父母妻子送之，所在哭声震野。诗中所说"天宝大征兵"，即指此。

〔三〕凭肩，靠在玄孙肩上。

〔四〕梨园，陈寅恪《元白诗笺证稿》第三章"胡旋女"笺："唐长安有二梨园，一在光化门北，一在蓬莱宫侧。其光化门北者，远在宫城墙外。其蓬莱宫侧者，乃教坊之所在。"《新唐书·礼乐志十二》："玄宗既知音律，又酷爱法曲，选坐部伎子弟三百教于梨园，声有误者，帝必觉而正之，号'皇帝梨园弟子'。宫女数百，亦为梨园弟子，居宜春北院。"

〔五〕无何，不多时、不久。天宝大征兵，参注〔二〕引《资治通鉴》。

〔六〕将，助词，用于动词之后。

〔七〕云南，指南诏国。因在云岭之南，故称云南。

〔八〕泸水，指今雅砻江下流及汇入金沙江以后的一段江流，在今四川宜宾以下者。

〔九〕椒，花椒。椒花落时，约当农历四五月。瘴烟，即瘴气。南部及西南部地区山林间湿热蒸发能致病之气。《后汉书·南蛮传》："南州水土温暑，加有瘴气，致死者十必四五。"

〔一〇〕汤，滚烫的水。

〔一一〕此句敦煌本作"未战十人五人死"。

〔一二〕蛮，古代对长江中游及其以南地区少数民族的泛称。此指南诏。《新唐书·南蛮传》："南诏……乌蛮别种也，夷语王为'诏'。"

〔一三〕兵部牒，兵部的花名册，兵部是唐代尚书省六部中管军政的部门。

〔一四〕捶，敲击。

〔一五〕籫旗，摇动军旗。

〔一六〕拣退，经挑选后不合格而退回。

〔一七〕臂折来来，《全唐诗》原作"此臂折来"，据敦煌本、那波本改。来来，以来。陈寅恪笺引段成式《戏高侍御七首》之一云："百媚城中一个人，紫罗垂手见精神。青琴仙子常教示，自小来来号阿真。"谓"来来"连文亦唐人常语。

〔一八〕万人冢，作者自注："云南有万人冢，即鲜于仲通、李宓曾覆军之所也，今冢犹存。"唐军先后两次大败，死亡十二万余人，战后南诏收敛尸骨，葬万人冢。

〔一九〕宋开府，指宋璟。开元八年（720），以开府仪同三司罢政事，故称。

〔二〇〕作者自注："开元初，突厥数寇边。时天武军牙将郝灵筌出使，因引特勒、回鹘部落，斩突厥默啜，献首于阙下，自谓有不世之功。时宋璟为相，以天子年少好武，恐徼功者生心，痛抑其赏。逾年，始授郎将，灵筌遂恸哭吐血而死也。"按：自注中"天武军"当作"大武军"，郝灵筌当作郝灵佺，特勒当作铁勒。详《元白诗笺证稿》。

〔二一〕作者自注："天宝末，杨国忠为相，重构阁罗凤之役，募人讨之，前后发二十余万众，去无返者。又捉人连枷赴役，天下怨哭，民不聊生。故禄山得乘人心而盗天下。元和初，而折臂翁犹存，因备歌之。"恩幸，皇帝的恩宠。

〔二二〕生人，生民，老百姓。

黄周星曰：（"夜深"二句）泣鬼语，呜呼！为民父母者，奈何使天下有折臂翁乎！（《唐诗快》）

沈德潜曰：穷兵黩武之祸，慨切言之。末以宋璟、杨国忠对言，见开、宝治乱之机实分于此。（《重订唐诗别裁集》卷八）

《唐宋诗醇》：大意亦本之杜甫《兵车》，前、后《出塞》诸篇，借老翁口中说出，便不伤于直遂。促促刺刺，如闻其声，而穷兵黩武之祸，不待言矣。末又以宋璟、杨国忠比勘，开元、天宝治乱之机，其分于此。前事不忘，后事之师也。可谓诗史。（卷二十）

施补华曰：《上阳白发人》《新丰折臂翁》两篇，长于讽咏，颇得风人之旨，惜词未简古。（《岘佣说诗》）

陈寅恪曰：此篇为乐天极工之作。其篇末"老人言，君听取"以下，固《新乐府》大序所谓"卒章显其志"者，然其气势若常山之蛇，首尾回环相应，则尤非他篇所可及也。后来微之作《连昌宫词》，恐亦依约摹此篇。盖《连昌宫词》假宫边老人之言，以抒写开元、天宝之治乱系于宰相之贤不肖及深戒用兵之意，实与此篇无不相同也。（此篇所写之折臂翁为新丰人。新丰即昭应县之本名，为华清宫所在，是亦宫旁居民也。）至《连昌宫词》以"连昌宫中满宫竹"起，以"努力庙谟休用兵"结，即合于乐天《新乐府》"首句标其目，卒章显其志"之体制，自是不待论矣。（《元白诗笺证稿》第五章《新乐府·新丰折臂翁》）

鉴赏

　　唐代三位大诗人李白、杜甫、白居易都写过以天宝末征南诏为背景的反黩武战争的优秀诗篇，但他们这些题材和主题相同的作品，都有各自独特的反映生活的方式和不同的艺术风貌。白居易的这首《新丰折臂翁》，既与李白挟带强烈主观感情色彩的《古风·羽檄如流星》不同，也与同具写实倾向而重在揭露黩武战争破坏生产、动摇国本的杜甫的《兵车行》有别。作为一首叙事诗，它主要是通过诗中人物独特的生活经历、命运和心理，来反映黩武战争给广大人民所带来的深重灾难和深刻创伤。正是由于这一点，尽管有李杜的名作在前，白居易这首于事隔六十余年后所写的反映天宝末年黩武战

白居易

2311

争的诗，仍然有它不可替代的思想艺术价值。

反黩武战争的作品一般多以其直接参加者——出征士兵为描写对象。这首诗却特意选取新丰折臂翁这样一个逃避战争的人物作为对象。从表面上看，似乎不如写征人的痛苦和牺牲更为直接。但由于这位老翁的独特经历与印记——折臂，与这场黩武战争有着特殊的联系，因此他的经历与命运反而更深刻地反映了黩武战争的反人民、反人道的本质。这和柳宗元揭露赋敛之毒的名作《捕蛇者说》不以直接遭受赋税剥削的农民而以捕蛇者的经历遭遇为描写对象，在选材和构思上可谓神合。一个是因为逃避苛税而冒死捕蛇，一个是因逃避黩武战争而忍痛折臂。这种富于创造性的选材和构思，正是这两篇诗文取得强烈艺术效果的重要原因。因此，当作者将这一构思化为具体的艺术描写时，就必须紧紧围绕"折臂"这个中心来结构故事，展开情节，塑造人物。

故事一开头，作者让我们首先接触的便是须眉似雪、右臂断折的新丰老翁。这不只是为了交代题目、避免平直（采用倒叙），更重要的是将黩武战争造成的严重恶果和历史见证突出地提到面前，使人们从老翁的折臂自然提出"致折何因缘"这个问题，进而引出下面一大段叙写。

紧接着是老翁的回答和自叙，自始至终都紧紧围绕折臂展开叙述。先渲染"无征战"时的无忧无虑，是为了突出当权者破坏人民的和平安乐生活，将战争强加在人民头上的罪恶，为"捶折臂"作远铺垫。接下"无何天宝大征兵"四句，正式点出了那场"万里云南行"的黩武战争，并用"驱将"二字暗示了它的不义与强迫性质。"闻道"四句，进一步渲染了云南自然环境的险恶和此前刚发生的那场"未过十人二三死"的惨剧；然后又拉回到眼前的征兵场面，描绘出哭声震天、生离死别的悲惨景象，最后归结为"皆云前后征蛮者，千万人行无一回"这样一个怵目惊心的严峻事实。这一切叙述，当然也有直接揭露黩武战争的作用，但主要还是为"捶折臂"的行动提供社会的心理的依据，使这样一个难以令人置信的行动显得合理而必然。在为黩武战争白白送命与"折臂"以"身全"之间，主人公作出"折臂"的抉择是不奇怪的。这种逃避是一种带有主人公独特性格印记的反抗方式。

折臂的过程写得很简单。因为对于揭露黩武战争来说，重要的不是折臂的具体情况，而是迫使主人公作出如此痛苦的惊人的抉择的原因和他的心理状态。因此，在叙述折臂之后，作者又集中笔墨来写主人公的心理。这里有两层对比：一层是"骨碎筋伤"的一时痛苦与"拣退"还乡而得终天年的对比，一层是折臂所造成的长期病痛与当年身死泸水头的对比。而无论是折臂时"骨碎筋伤"的剧烈痛苦或折臂六十年来风雨阴寒之夜的长期伤痛，都没有使主人公动摇过、后悔过。足可想见这场黩武战争是多么遭到人民的反对与憎恨。将折臂的痛苦与长期的残疾看成不幸中的幸事，这种心理本身就是对黩武战争的深刻揭露。这种写法也跟《捕蛇者说》以乡邻之不幸与自己之"幸"作层层对照十分相似。

结尾一段，借老翁之口进行议论。艺术上虽未见精彩，内容上却非蛇足。它把黩武战争和决策的统治者这个祸因和民心的怨愤这个后果联系起来，这就把主题进一步深化了。但对决策的统治者，只点了杨国忠，虽出于与开元宰相宋璟进行对照的需要，但和杜甫《兵车行》之直指"边庭流血成海水，武皇开边意未已"相比，就不免显得有些锋芒不够尖锐了。

在事隔六十余年后重提这场黩武战争的祸因和后果，自然有某种现实针对性。据《旧唐书·杜佑传》记载，宪宗元和初年，西北边境又有边将邀功求战的情况发生，故诗人要当权者记取这一"边功未立生人怨"的历史教训。但这首诗的客观意义，却超出了这种有限的现实政治考虑，而是向后世的人们展示了统治者发动的黩武战争给人民造成的永难磨灭的伤痕。这种伤痕，既是生理上的，更是心理上的。

卖炭翁 苦宫市也〔一〕

卖炭翁，伐薪烧炭南山中〔二〕。满面尘灰烟火色，两鬓苍苍十指黑。卖炭得钱何所营〔三〕？身上衣裳口中食。可怜身上衣正单，心忧炭贱愿天寒。夜来城外一尺雪，晓驾炭车辗冰辙〔四〕。牛困人饥日已高，市南门外泥中歇〔五〕。翩翩两骑来是谁？黄衣使者白衫儿〔六〕。手把文书口称敕〔七〕，回车叱牛牵向北〔八〕。一车炭，千馀斤〔九〕，宫使驱将惜不得〔一〇〕。半匹红纱一丈绫，系向牛头充炭直〔一一〕。

（校）（注）

〔一〕本篇系《新乐府》五十首中的第三十二首。宫市，本指宫廷内所设的市肆。此特指唐德宗贞元末年，宫中派宦官到民间市场强行买物，实为掠夺的弊政。韩愈《顺宗实录》卷二："旧事：宫中有要，市外物，令官吏主之，与人为市，随给其直。贞元末，以宦者为使，抑买人物，稍不如本估。末年不复行文书，置'白望'数百人于两市并要闹坊，阅人所卖物，但称宫市，即敛手付与，真伪不可复辨，无敢问所从来。其论价之高下者，卒用百钱物买人直数千钱物，仍索进奉'门户'并'脚价'钱。将物诣市，至有空手而归者。名为宫市，而实夺之。"

〔二〕薪，木柴。南山，指终南山，在长安城南五十里。

〔三〕营，营求，打算。

〔四〕冰辙，结了冰的车辙。

〔五〕市，指长安的东市或西市。

〔六〕黄衣使者，指穿黄衣的宫市使者。白衫儿，指宫使手下无品级着白衫的小宦官。

〔七〕把，持、拿。敕，皇帝的命令。

〔八〕回车，转过车头。叱牛，吆喝着牛。牵向北，将载炭的牛车拉向北面的皇宫。唐代都城建置，东西二市在南而皇宫在北。

〔九〕一车炭，《全唐诗》校："一本此下有'重'字。"

〔一○〕宫使，即上文之"黄衣使者"。

〔一一〕直，值、价。《通鉴》卷二百三十五："（宫市）率用直百钱物，买人直数千物。多以红紫染故衣败缯，尺寸裂而给之。"以"半匹红纱一丈绫"充千余斤炭之价钱，亦类此。

（笺）（评）

韩愈《顺宗实录》卷二：尝有农夫以驴负车至城卖，遇宦者称宫市，取之，才与绢数尺。又就索"门户"，仍邀以驴送至内。农夫涕泣，以所得绢付之，不肯受，曰："须汝驴送柴至内。"农夫曰："我有父母妻子，待此而后食。今以柴与汝，不取直而归，汝尚不肯，我有死而已。"遂殴宦者。街吏擒以闻。诏黜此宦官而赐农夫绢十四。然宫市亦不为之改易。

谏官御史数奏疏谏，不听。

《唐宋诗醇》：直书其事，而其意自见，更不用着一断语。（卷二十）

陈寅恪曰：宫市者，乃贞元末年最为病民之政，宜乐天《新乐府》中有此一篇，且其事又为乐天所得亲有见闻者，故此篇之摹写，极生动之致也……退之之史，即乐天诗之注脚也……今传世之《顺宗实录》，乃昌黎之原本，故犹得窥见当日宫市病民之实况，而乐天此篇竟与之吻合。于此可知白氏之诗，诚足当诗史。比之少陵之作，殊无愧色。其《寄唐生诗》中所谓"转作乐府诗"，"不惧权豪怒"者，洵非夸词也……关于乐天此诗，更有可论者，此篇径直铺叙，与史文所载者不殊，而篇末不着己身之议论，微与其他诸篇有异，而其感慨亦自见也。（《元白诗笺证稿》第五章"新乐府·卖炭翁"）

在白居易的讽喻性短篇叙事诗中，《卖炭翁》具有选材典型，叙事于顺畅中见波澜曲折，语言于平易中见奇警精切的优长，而没有他的讽喻诗常见的太尽太露的弊病，是艺术上比较完美的佳作。

宫市，由于对人民采取直接、公开的掠夺手段，在当时各项弊政中本就具有典型性，作者在揭露宫市之弊时，又特意选取一个极端穷困的老翁一车赖以活命的炭被肆意掠夺的事件作为题材，它的典型性由于集中和强烈，便变得更为突出。富有四海的统治者一方面大量浪费从人民那里掠夺来的财物而毫不爱惜（《新乐府》中的《重赋》《缭绫》《红线毯》等多次对此加以揭露抨击），另一方面却让他们的爪牙去不择手段地掠夺这一车炭。这个事实充分反映出他们的掠夺已经到了根本不顾百姓死活也不顾自己脸面的程度。这正是逐步走向末路的封建统治者的典型特征。卖炭翁这个人物，其生活原型很可能是同时代的韩愈在《顺宗实录》中所记载的那个进城卖柴被宦官抢掠的农夫。在实际生活中，这位农夫因为忍无可忍，将宦官揍了一顿，被街史所擒，结果反而意外地得到了皇帝十匹绢的赏赐，而宦官则受到了黜罚。这样的结局，显然带有偶然性，不能反映生活的本质，不具有典型性、普遍性。《卖炭翁》没有照搬生活，而是将生活中偶然的喜剧性结局变成了艺术作品中的悲剧性结局。可见作者在对生活进行提炼加工时，已经把某些个别的偶然的东西舍弃掉了。在史学家以史证诗、看到诗史的同时，似乎不能忽略文学创作对生活素材进行提炼加工，加以典型化的艺术创造性。当然，如果在保留农民被迫反抗的情节的同时写其悲剧的结局，其思想性可能更高，但这是今天的读者不能苛求于古人的。

全篇叙述的就是卖炭翁的一车炭被掠夺的事件，情节非常单纯，但写来却颇富波澜曲折。一开头用简练的笔墨交代主人公的身份、居处和职业，接着用"满面尘灰烟火色，两鬓苍苍十指黑"十四个字，为主人公画了一幅传神的肖像，不仅展现出其职业、年龄、外貌特征，而且透露出其生活的贫困与劳动的艰辛，那满脸的尘灰烟火之色和乌黑的十指，映衬着斑白的双鬓，便是长期"烧炭南山中"所烙下的印记，具有浮雕般的清晰和特写式的强烈感，为下面"卖炭得钱何所营？身上衣裳口中食"提供了形象的依据。而后者又正是全篇情节发展的基点，整首诗就是围绕着卖炭能否求得"身上衣裳口中食"这个最低也最迫切的生活愿望能否实现来设置悬念，展开情节的。

"可怜身上衣正单，心忧炭贱愿天寒。"寒冬腊月，老翁身上还穿着单薄的衣衫，不难想见其生活的贫困和在凛冽的寒气中瑟缩发抖之状。这一句还属一般的描写，但下一句却出乎意料。衣单，按说应盼天暖；但天暖则炭贱，炭贱则无法营求"身上衣裳口中食"，势必遭受更难堪的饥寒；因此宁愿衣单受冻而盼望天之寒。十四个字中包含许多曲折和难言的痛苦。这里深刻地揭示出社会底层善良的劳动者由于生活的重压所造成的心理状态：对生活从来不抱奢望，却又时刻担心连最微末的希望也不能实现，因而总是甘愿为微末的希望而忍受一切痛苦饥寒，以换取哪怕是暂时的温饱。这种心理刻画是个性化的（带有卖炭翁的职业特点），又具有典型性和普遍性。内涵深刻精警，语言平易浅显，如不经意中随口道出。刘熙载说："常语易，奇语难，此语之初关也；奇语易，常语难，此诗之重关也。香山用常得奇，此境甚非易到。"（《艺概·诗概》）这两句诗正是用常得奇的范例，也是于顺畅中见曲折的生动体现。

接下来"夜来城外一尺雪，晓驾炭车辗冰辙"两句，仿佛天从人愿，给"心忧炭贱愿天寒"的老人送来一个充满艰困却闪烁着希望的早晨。克服艰困的努力将希望点燃得更旺盛，以反衬下文希望突遭破灭的更大悲痛。以"牛困人饥日已高"一句稍稍点染到达目的地的艰难，却并不马上写卖炭，而是缀一闲笔："市南门外泥中歇。"这是因为情节发展到这里，需要稍作停顿间歇，也使读者在高潮到来之前情绪上稍微松弛一下，有一个回味思考的时间，以便迎接下面的高潮。但"泥中歇"的描写，仍显示出老翁经过长途艰难跋涉之后筋疲力尽、不择地而歇的艰困之状。

"翩翩两骑来是谁？黄衣使者白衫儿。"这是从老人眼里写宫使的出现。用"来是谁"这种疑问口吻，说明一开始老人并不知道这一黄一白，骑着大马，神气活现的人是谁，更不清楚他们的出现会给自己带来什么灾难。在高潮到来之前故作摇曳之笔，使下面情节的发展更加出人意料。

"手把文书口称敕，回车叱牛牵向北。"这两句用漫画化的手法，生动传神地刻画出宫使狐假虎威、装腔作势的丑态和骄横凶暴、为所欲为的嘴脸。这里一连用了五个动作，写出他们干这种掠夺的勾当已经十分熟练，到了得心应手、不假思索的程序化流程化程度，不由受害者分说的程度，也暗透出老人在这突然袭击面前瞠目结舌、茫然无措的情状。紧接着"一车炭，千馀斤，宫使驱将惜不得"三句，是老人在突然袭击下明白过来以后悲愤无告、无可奈何的心理反应。本该发泄心中的极端愤怒，却连"惜"都"惜不得"。这一层曲折，进一步揭露了统治者及其爪牙的淫威，也表明了老人善良的性格。

结尾尤为精彩。明明是公开掠夺，却又偏偏要扯出"半匹红纱一丈绫"的破烂，以示公平交易。这一被抢后的曲折，对统治者及其爪牙的残酷、虚伪与专横，对老人痛苦无告的心情都是深刻的揭示。

诗写到"系向牛头充炭直"，即在矛盾冲突的高潮中戛然收束。老人被劫后的命运，作者对这件事的感慨和议论，都不置一词，完全打破了作者讽喻诗"卒章显其志"的常规，结果反而留下了大片供读者玩索思考的空白，避免了太露太尽的弊病。

井底引银瓶〔一〕 止淫奔也〔二〕

井底引银瓶，银瓶欲上丝绳绝。石上磨玉簪，玉簪欲成中央折。瓶沉簪折知奈何〔三〕？似妾今朝与君别。忆昔在家为女时，人言举动有殊姿。婵娟两鬓秋蝉翼〔四〕，宛转双蛾远山色〔五〕。笑随戏伴后园中，此时与君未相识。妾弄青梅凭短墙，君骑白马傍垂杨。墙头马上遥相顾，一见知君即断肠。知君断肠共君语，君指南山松柏树〔六〕。感君松柏化为心，暗合双鬟逐君去〔七〕。到君家舍五六

2317

年，君家大人频有言。聘则为妻奔是妾〔八〕，不堪主祀奉蘋蘩〔九〕。终知君家不可住，其奈出门无去处。岂无父母在高堂，亦有亲情满故乡。潜来更不通消息〔一○〕，今日悲羞归不得。为君一日恩，误妾百年身。寄言痴小人家女〔一一〕，慎勿将身轻许人！

校注

〔一〕本篇系《新乐府》第四十首。银瓶，用来汲水的银质的瓶。题意详鉴赏。

〔二〕淫奔，古代称女子未经父母之命、媒妁之言而私自与男子结合、离家者为淫奔。

〔三〕知奈何，犹知如何，像什么。

〔四〕婵娟，美好貌。秋蝉翼，形容鬓发缥缈轻薄如同秋蝉之翼。《古今注·杂注》："魏文帝宫人绝所宠者，有莫琼树……日夕在侧，琼树乃制蝉鬓。缥缈如蝉翼，故曰蝉鬓。"

〔五〕宛转，形容女子眉毛细长弯曲之状。《西京杂记》卷二："（卓）文君姣好，眉色如望远山。"

〔六〕谓男子指南山松柏为誓，表明自己的爱情坚贞不变。

〔七〕唐代未婚女子梳双鬟发式，结婚时挽成发髻。"暗合双鬟"是说偷偷地将头发梳成已婚的发髻。逐，随。

〔八〕《礼记·内则》："聘则为妻，奔则为妾。"

〔九〕主祀，主持祭祀仪式。蘋蘩，古代祭祀祖先时供的两种水草。《礼·召南·采蘋》："于以采蘋，南涧之滨。"郑玄笺："古者妇人先嫁三月……教以妇德、妇言、妇容、妇功。教成之际，牲用鱼，芼用蘋蘩，所以成妇顺也。"又《采蘩序》："《采蘩》，夫人不失职也。夫人可以奉祭祀，则不失职矣。"正室始可奉蘋蘩，主祭祀，妾则无此资格。

〔一○〕潜来，暗地离家来到男方家。

〔一一〕痴小，幼稚。

㊟笺㊟评

　　杨慎曰：杜子美诗："不嫁惜娉婷。"此句有妙理，读者忽之耳。陈后山衍之曰："当年不嫁惜娉婷，傅粉施朱学后生。不惜卷帘通一顾，怕君着眼未分明。"深得其解矣。盖士之仕也，犹女之嫁也；士不可轻于从仕，女不可轻于许人也……白乐天诗："寄言痴小人家女，慎勿将身轻许人。"亦子美之意乎？（《升庵诗话·不嫁惜娉婷》）

　　陈寅恪曰：乐天《新乐府》与《秦中吟》所咏，皆贞元、元和间政治社会之现象。此篇以"止淫奔"为主旨，篇末以告诫痴小女子为言，则其时社会风俗男女关系与之相涉可知。此不须博考旁求，元微之《莺莺传》即足为最佳之例证。盖其所述者，为贞元间事，与此篇所讽刺者时间至近也……夫始乱终弃，乃当时社会男女间习见之现相。乐天之赋此篇，岂亦微之《和李校书新题乐府序》所谓"痛时之尤急"者耶？但微之则未必以斯为尤急者，元、白二人之不同，殆即由此而判与？（《元和诗笺证稿》第五章"新乐府·井底引银瓶"）

㊟鉴㊟赏

　　这是一个爱情婚姻悲剧故事。悲剧的根源既不是男女双方门第的悬殊，也不是男方的始乱终弃，甚至也不是男方父母的直接逼迫离异（这一切在作品中都找不到任何依据）。"聘则为妻奔是妾"的封建礼教固然是酿成悲剧的根本原因，但这又是通过女主人公的特有个性来实现的。

　　"井底引银瓶，银瓶欲上丝绳绝。石上磨玉簪，玉簪欲成中央折。"一开头刻意设置的两个比喻便颇可玩味。它所喻示的，乃是经过长期不懈的努力，眼看就要达到追求的目标，却突然跌落到绝望的深渊，遭受严重的毁灭性挫折。正是这种"欲上"而突"绝"，"欲成"而忽"折"的结局，加强了故事的强烈悲剧色彩。随着女主人公的"瓶沉簪折知奈何？似妾今朝与君别"这一声深沉的叹息，记忆的帷幕也就拉开了。

　　从"忆昔在家为女时"，到"暗合双鬟逐君去"一节，是女主人公自叙和对方相遇、结合的过程，也可以说是整个悲剧的喜剧前奏。

　　"忆昔"四句，在仿佛是客观地转述"人言"中，情不自禁地流露出对自己少女时代青春容颜的自赏。"婵娟两鬓秋蝉翼，宛转双蛾远山色。"是对

2319

"殊姿"的形容，却只用轻柔的笔触稍作点染而不施浓墨重彩，使读者从这有代表性的局部去想象她整个明丽天然的风韵。

"笑随"六句，写与对方的相遇相识。"笑随戏伴后园中，此时与君未相识。"这里特意点明"与君未相识"，正是要使相识前的单纯愉快与相识后的悲欢离合形成鲜明的对照。相识的场景写得简洁而充满诗情画意。李白的《长干行》用"郎骑竹马来，绕床弄青梅"描绘两小无猜的天真嬉戏，而这里的"弄青梅"则是天生丽质的少女未脱稚气而又略带娇羞的传神写照。在短墙的另一边，是骑马伫立的少年。白马和垂杨，不但衬出了对方的英武俊美，也衬出了他的飘逸风流。这样一种"墙头马上"邂逅相遇的场景，对于正处在青春觉醒期而又缺乏社交自由的少男少女，无疑是心灵上的一次强烈冲击。在"满园春色关不住"的环境气氛感染下，双方的心在短短的"遥相顾"中就立即得到了感应和交流——"一见知君即断肠"。在现代社会中可能显得有些过于匆遽，在古代社会条件下却显得合理可信。

接下来"知君"四句，进一步写到双方的结合。值得注意的是，首先采取主动的是女方："知君断肠共君语。"尽管在"墙头马上遥相顾"的过程中已经由脉脉含情迅速过渡到心心相印，但采取这样一个决定性步骤，却需要率真和大胆。正是在这种关节点上，显示出作为"痴小人家女"的这位女主人公与"以礼自持"、内心和行动有时不免矛盾的崔莺莺一类名门闺秀有着不同的个性。因为在这种小家碧玉身上，世袭的礼教负担相对来说是比较轻的。女方的主动又反过来促进了双方的迅即结合。"暗合双鬟逐君去"，是一个富于包蕴的诗句。它把"博山炉中沉香火，双烟一气凌紫霞"的炽热情景推到了幕后。当女主人公重新出现在面前时，双鬟分梳的少女已经变成了单髻的少妇。"暗合"二字，正是一个富于象征暗示色彩的镜头。结合后随即采取的行动是"逐君去"，即所谓私奔。这进一步反映出女主人公的个性和追求：并不以自由结合为满足，而是要争取长远的幸福和合法的地位。这是一个更加大胆的行动，尽管它不免显得幼稚。

这一节，整个节奏、风格，是欢快明朗，富于喜剧色彩的，特别是"妾弄"句以下，有意运用顶针句法，续续相生，意致流走，使读者仿佛感触到女主人公对生活的深情憧憬和柔情召唤。但喜剧在这里只是悲剧的前奏，在"暗合双鬟逐君去"的同时，悲剧的阴影已经开始笼罩女主人公了。

从"到君家舍五六年"至"今日悲羞归不得"这一节，写悲剧的发展过程与结局。过程的叙述极简括，一句话就掠过了"五六年"。这里有两点值得注意：一是这位私奔而来的女子在漫长的五六年中似乎并没有受到"君家大人"的辱骂与驱逐，只不过经常在她面前提到"聘则为妻奔是妾"这个封建礼教教条，不承认她的宗法地位——正妻而已。二是女主人公在身份未明的情况下，在事实上的夫家生活了五六年。究竟是什么想法在支持着她？这两点似乎说明了同一个问题：女主人公当初"暗合双鬟逐君去"，就是要取得"君家大人"的正式承认，取得家庭中合法的正妻地位。恰恰是在这一点上，恪守封建礼教的"君家大人"是绝对不肯让步的。如果女主人公安于被歧视的"妾"的地位，那么她也许可以在夫家继续待下去，但这恰恰又是把自己的爱情与婚姻看得很重，因而把家庭中的合法地位也看得很重的女主人公所不能忍受的。她去夫家忍受了五六年被歧视的生活，目的就是要用事实上的婚姻来换取合法的正妻地位，当她终于明白这个目的不可能达到，幻想完全破灭以后，"与君别"的结局便不可避免了。这是封建礼教压迫酿成的悲剧，也是像主人公这样一个不能忍受封建礼教安排的人物的性格悲剧。"终知君家不可住"，这里是饱含着五六年的长期盼望、努力、忍受而终归幻灭的痛苦生活体验的。读到这里，也就不难明白开头那两个比喻的真正含义。默默忍受了五六年，本以为长期的努力能达到追求的目的，最后才明白即使到老到死，也不可能改变"妾"的地位。这不正是"银瓶欲上丝绳绝""玉簪欲成中央折"吗？

白
居
易

"君家"既不可住，父母家中又"悲羞归不得"。当年"暗合双鬟逐君去"，已是公然无视"父母之命"，潜逃后不通消息的行动更无异于跟父母亲族断绝了关系。"今日悲羞归不得"同样反映出女主人公不能忍受屈辱的性格。欲留不能，欲归不得，悲剧的结局已经显示出来，具体的归宿便不再费辞。

跟上一节侧重于具体场景的描绘不同，这一节更侧重于人物内心感情的展示，通过直接抒情来渲染悲剧气氛，"终知""其奈""岂无""亦有""更不"等一系列词语连递而下，逼出"悲羞归不得"的悲剧心情，更增强了感染力。

结尾四句，是女主人公由自身悲剧遭遇引发出来的结论。它像是女主人公的自省自悔，又像是对痴情幼稚少女充满深情的告诫。不妨把它看成"卒章显其志"的一种形式。值得注意的是，题下的小序"止淫奔也"，更像是后世道学家的严厉口吻，读来不免刺耳。从诗歌的形象、情节、语吻，特别是在故事叙述中透露的感情看，诗人是怀着始则欣赏、后则同情的态度来歌

2321

咏这个始则喜、后则悲的爱情婚姻故事的；对自己笔下的女主人公，并没有进行道德上的谴责或鄙弃。在自主的爱情、婚姻被认为不合法、不道德的社会中，诗人的这种态度，已经相当可贵了。但诗人也无法解除封建礼教对青年男女自主爱情婚姻的束缚，而给他们安排更好的命运。在无可奈何的情况下，只能发出"慎勿将身轻许人"的告诫。我们有理由说"止淫奔"并非作品的实际主题，因为艺术形象和具体描绘都没有为这种道德上的谴责提供任何依据。

江楼闻砧〔一〕

江人授衣晚〔二〕，十月始闻砧〔三〕。
一夕高楼月，万里故园心。

校注

〔一〕题下原注"江州作。"作于元和十年（815）贬江州司马十月初到任时。江楼，当指江州（今九江市）城楼。砧，捣衣石，此指捣衣声。

〔二〕江人，此指江州一带的人。授衣，制备寒衣。《诗·豳风·七月》："七月流火，九月授衣。"朱金城校："查校谓'人'当作'城'。"

〔三〕因江州一带气候温暖，故十月始闻砧杵之声，家家开始缝制寒衣。

笺评

唐汝询曰：卒然而闻，所以动故园之思。（《唐诗解·五言绝句四》）

鉴赏

此篇白集卷十入感伤诗古调诗五言，当为短篇五古，不过写法倒近于一般的五绝。

"江人授衣晚，十月始闻砧。"前两句写江楼闻砧。初到异地，对异乡的物候往往特别敏感。诗人于贞元十八年（802）之后，一直居住在长安及附近的螯屋、下邽等地。深秋九月，家家都已在缝制寒衣，砧杵之声不绝。李白《子夜吴歌·秋歌》"长安一片月，万户捣衣声。秋风吹不尽，总是玉关情"所描绘的正是深秋月夜捣衣的情景。但诗人来到江州，已是初冬十月，月夜登上江楼，却听到城中传来阵阵清亮的砧杵声，这才恍然感到身处卑湿的异乡，连缝制寒衣的时间也推迟了。两句中的"晚"字、"始"字，前后呼应，正透露出诗人身处江南异乡的陌生感。而砧杵之声，又往往是触动游子故园之思的触媒，杜甫《秋兴八首》之一后幅云："丛菊两开他日泪，孤舟一系故园心。寒衣处处催刀尺，白帝城高急暮砧。"砧杵之声常与寒衣寄远相关，故闻砧杵之声的异乡漂泊者很自然因砧声之远闻而起思念故园之情。前两句的"闻砧"中已暗伏三、四句的"故园心"。

"一夕高楼月，万里故园心。"三、四两句，进一步写因闻砧而思故园。前两句的"授衣晚"和"始闻砧"已透露出身处异乡的陌生感，"砧"声又曲折透露出"故园"之情。第三句"高楼月"的意象更暗示"共对明月应垂泪，一夜乡心五处同"的情思，故末句的"故园心"便水到渠成，自然流出。"一夕"，见诗人终夜不寐，愁听砧声，愁对明月而思牵故园的情景；"万里"则不但突出了"故园心"与漂泊之地的遥隔，而且扩展了广远的诗境。如果将诗人此行的远贬境遇与"万里故园心"相联系，则所谓"故园心"实际上还蕴含了思念故园的感情和对朝廷的眷恋。

白诗平易通俗，有时不免失之浅俗。此诗却格高境阔，韵古情深，在白诗中是难得的佳作，一结尤富悠然不尽的余韵。

真娘墓〔一〕

真娘墓，虎丘道〔二〕。不识真娘镜中面，唯见真娘墓头草。霜摧桃李风折莲，真娘死时犹少年。脂肤荑手不牢固〔三〕，世间尤物难留连〔四〕。难留连，易销歇，塞北花，江南雪。

白居易

2323

校注

〔一〕原注："墓在虎丘寺。"李绅《真娘墓序》："吴之妓人歌舞有名者，死葬于吴武（虎）丘寺前。吴中少年从其志也。墓多花草，以满其上。"张祜《真娘基》自注："在虎丘西寺冈。"《云溪友议》卷中《谭生刺》："真娘者，吴国之佳人也。时人比于苏小小，死葬吴宫之侧。行客感其华丽，竞为诗题于墓树，栉比鳞臻。有举子谭铢者，吴门秀逸之士也，因书绝句以贻后之来者。睹其题处，经游之者稍息笔矣。诗曰：'武（虎）丘山下冢累累，松柏萧条尽可悲，何事世人偏重色，真娘墓上独题诗。'"据陆广微《吴地记》，虎丘有东西两寺。今苏州城西阊门外虎丘山上大道侧犹有真娘墓之古迹。诗当作于宝历元年至二年（825—826）白居易任苏州刺史期间。视末句，似作于宝历元年末或二年初，刘禹锡有《和乐天题真娘墓》。

〔二〕虎丘，山名，山上有虎丘寺。《越绝书·记吴地传》："阖庐冢在阊门外，名虎丘，千万人筑治之。筑三日而白虎居其上，故号曰虎丘。"《吴郡志》卷三十三："云岩寺即虎丘山寺，晋司徒王珣及弟司空王珉之别业也。咸和二年舍以为寺。即剑池而分东西，今合为一。"会昌五年（845）佛寺被废，后移建山顶，合为一寺。

〔三〕脂肤荑（tí）手，肤如凝脂，手如柔荑。荑，茅的嫩芽。《诗·卫风·硕人》："手如柔荑，肤如凝脂。"

〔四〕尤物，指特异的美女，绝色美女。《左传·昭公二十八年》："夫有尤物，足以移人。"留连，长久。

（笺）（评）

刘禹锡《和乐天题真娘墓》：苍蕡林中黄土堆，罗襦绣黛已成灰。芳魂已死人不怕，蔓草逢春花自开。幡盖向风疑舞袖，镜灯临晓似妆台。吴王娇女墓相近，一片行云应往来。（《刘禹锡集·外集》卷二）

李商隐《和人题真娘墓》：虎丘山下剑池边，长遣游人叹逝川。胃树断丝悲舞席，出云清梦想歌筵。柳眉空吐效颦叶，榆荚还飞买笑钱。一自香魂归不得，祗应江上独婵娟。

史承豫曰：促节古调。（《唐贤小三昧集》）

沈德潜曰：不着迹象，高于众作。梦得云："香魂虽死人不怕"，真可笑人也。（《重订唐诗别裁集》卷八）

高步瀛曰：（末二句）径住，笔力高绝。（《唐宋诗举要》卷二）

唐代诗人与歌妓舞人的交往相当密切，咏妓诗成为唐诗的重要品种，白居易诗集中尤多此类作品。除家喻户晓的《琵琶引》外，咏关盼盼的《燕子楼三首》和这首《真娘墓》也都是佳作。在现存唐人咏真娘的诗中，白氏此作堪称上品。

　　这是一首凭吊真娘的杂言诗，以七言为主，而首尾杂用三言句式，以造成一种整齐中有错综变化的格调和清畅流美的韵致，使全诗充满咏叹的情味。

　　"真娘墓，虎丘道。不识真娘镜中面，唯见真娘墓头草。"开头四句，在点出真娘墓所在之地——虎丘道旁之后，立即进入凭吊的主意。真娘生活的时代，离白居易不远，但当他到苏州任刺史时，这位一代名妓已经埋骨荒冢，再也见不到她在镜中映现的美好姿容，只见到虎丘道旁长满花草的坟墓了。"不识""唯见""镜中面""墓头草"两两对举，流露出不识真娘于生前的遗憾和对一代佳人埋骨荒冢的追思伤悼。

　　"霜摧桃李风折莲，真娘死时犹少年。脂肤荑手不牢固，世间尤物难留连。"接下来四句，是对真娘悲剧身世的叙写和由此引发的感慨。真娘去世时，正当青春妙龄之年，诗人用"霜摧桃李风折莲"这两个比喻来形况她的不幸早夭，不仅喻示她的美艳，而且暗透出她过早夭折的原因是"风刀霜剑"的摧残，这就使她的悲剧结局具有更深的社会根源而倍加令人同情。紧接着，诗人又由她的少年夭折而触发更深广的感慨：肤如凝脂、手若柔荑的美丽女子往往寿命不牢固，人世间的绝色美女常常难以久留。这是由真娘的少年夭折而联想到古往今来的一切美丽女子的共同遭遇。由个别上升到一般，诗的意蕴也因而加深、拓宽了。这种感慨，诗人在其他诗作中也抒发过，所谓"大都好物不牢固，彩云易散琉璃脆"的感慨也同样因歌妓苏简简之逝而发，和本篇这两句是同一个意思。则所谓"尤物"，不但指绝色美女，推而广之，也可指世间一切美好的事物。这正是人世间的普遍悲剧。

　　"难留连，易销歇，塞北花，江南雪。"前两个三字句是对"世间尤物难留连"的重复和强调，也进一步加强了深情咏叹的情味。妙在此下突接两个似兴似比复似赋，与上两句似断而实连的三字对句。塞北之花，迟开而早凋；江南之雪，稀见而易销。二者都密切关合着"不牢固"，"易销歇"。而花之明艳，雪之莹洁，又使人自然联想起真娘姿容之美好与心灵之纯洁。诗

白居易

人此时身处江南之苏州，"江南雪"更可能是眼前实景，由此触发联想，形成即景的比兴象征，更觉情景浑融，妙合无垠。而写到"江南雪"就立即收煞，又留下了无限的想象空间，使人回味不尽。在白诗中，这应是最高妙而富隽永韵致的结法。全篇对真娘的美貌并无多少具体的描绘渲染，而其美好的姿容和高洁的情操却引人遐思。沈德潜评"不着迹象，高于众作"，高步瀛评结尾"迳住，笔力高绝"，可谓的评。

长恨歌[一]

汉皇重色思倾国[二]，御宇多年求不得[三]。杨家有女初长成[四]，养在深闺人未识。天生丽质难自弃，一朝选在君王侧。回眸一笑百媚生，六宫粉黛无颜色[五]。春寒赐浴华清池[六]，温泉水滑洗凝脂[七]。侍儿扶起娇无力，始是新承恩泽时[八]。云鬓花颜金步摇[九]，芙蓉帐暖度春宵[一〇]。春宵苦短日高起，从此君王不早朝。承欢侍宴无闲暇，春从春游夜专夜。后宫佳丽三千人，三千宠爱在一身。金屋妆成娇侍夜[一一]，玉楼宴罢醉和春[一二]。姊妹弟兄皆列土[一三]，可怜光彩生门户[一四]。遂令天下父母心，不重生男重生女[一五]。骊宫高处入青云[一六]，仙乐风飘处处闻。缓歌慢舞凝丝竹[一七]，尽日君王看不足。渔阳鼙鼓动地来[一八]，惊破霓裳羽衣曲[一九]。九重城阙烟尘生[二〇]，千乘万骑西南行[二一]。翠华摇摇行复止[二二]，西出都门百余里。六军不发无奈何[二三]，宛转蛾眉马前死[二四]。花钿委地无人收[二五]，翠翘金雀玉搔头[二六]。君王掩面救不得，回看血泪相和流[二七]。黄埃散漫风萧索，云栈萦纡登剑阁[二八]。峨眉山下少人行[二九]，旌旗无光日色薄[三〇]。蜀江水碧蜀山青，圣主朝朝暮暮情[三一]。行宫见月伤心色[三二]，夜雨闻铃肠断声[三三]。天旋地转回龙驭[三四]，到此踌躇不能去[三五]。马嵬坡下泥土中，不见玉颜空死处[三六]。君臣相顾尽沾衣，东望都门信马归[三七]。归来池苑皆依旧，太液芙蓉未央柳[三八]。芙蓉如面柳如眉，对此如何不泪垂？春风桃李花开日，秋雨梧桐叶落时〔三九〕。西宫南内多秋草〔四〇〕，落叶满阶红不扫〔四一〕。梨园弟子白发新〔四二〕，椒房阿监青娥老〔四三〕。夕殿萤飞思悄然〔四四〕，孤灯挑尽未成眠〔四五〕。迟迟钟鼓初长夜〔四六〕，耿耿星河欲曙天〔四七〕。鸳鸯瓦冷霜华重〔四八〕，翡翠衾寒谁与共〔四九〕？悠悠生死别经年〔五〇〕，魂魄不曾来入梦。临邛道士鸿都客〔五一〕，能以精诚致魂魄〔五二〕。为感君王辗转思〔五三〕，遂教方士殷勤觅。排空驭气奔如电〔五四〕，升天入地求之遍。上穷碧落下黄泉〔五五〕，两处茫茫皆不见。忽闻海上有仙山〔五六〕，山在虚无缥缈间。楼阁玲珑五云起〔五七〕，其中绰约多仙子〔五八〕。中有一人字太真〔五九〕，雪肤花貌参差是〔六〇〕。金阙西厢叩玉扃〔六一〕，转教小玉报双成〔六二〕。闻道汉家天子使，九华帐里梦魂惊〔六三〕。揽衣推枕起徘徊〔六四〕，珠箔银屏迤逦开〔六五〕。云鬓半偏新睡觉〔六六〕，花冠不整下堂来。风吹仙袂飘飘举〔六七〕，犹似霓裳羽衣舞。玉容寂寞泪阑干〔六八〕，梨花一枝春带雨〔六九〕。含情凝睇谢君王〔七〇〕，一别音容两渺茫。昭阳殿里恩爱绝〔七一〕，蓬莱宫中日月长〔七二〕。回头下望人寰处〔七三〕，不见长安见尘雾。惟将旧物表深情，钿合金钗寄将去〔七四〕。钗留一股合一扇，钗擘黄金合分钿〔七五〕。但教心似金钿坚，天上人间会相见。临别殷勤重寄词〔七六〕，词中有誓两心知。七月七日长生殿〔七七〕，夜半无人私语时。在天愿作比翼鸟，在地愿为连理枝〔七八〕。天长地久有时尽，此恨绵绵无绝期〔七九〕。

（白居易）

校注

〔一〕作于元和元年十二月（807），时作者任盩厔（今陕西周至）尉。诗咏唐玄宗和杨贵妃的爱情悲剧故事，故题为《长恨歌》。陈鸿《长恨歌传》："元和元年冬十二月，太原白乐天自校书郎尉于盩厔，鸿与琅琊王质夫家于是邑。暇日相携游仙游寺，话及此事（指玄宗与杨妃的爱情悲剧故事），相与感叹。质夫举酒于乐天前曰：'夫希代之事，非遇出世之才润色之，则与时消沉，不闻于世。乐天深于诗、多于情者也，试为歌之，如何？'乐天因为《长恨歌》。"歌既成，使陈鸿为《长恨歌传》。故白集中传与歌并载。

〔二〕汉皇，借汉武帝指唐玄宗。倾国，美女的代称。汉武帝宠李夫人。其兄李延年曾在汉武帝面前歌曰："北方有佳人，绝世而独立。一顾倾人城，再顾倾人国。宁不知倾城与倾国，佳人难再得。"事见《汉书·外戚传》。这里暗以汉武帝与李夫人的关系喻指唐玄宗与杨贵妃的关系。

〔三〕御宇，统治天下。

〔四〕杨家有女，指杨玉环。《新唐书·后妃传上·杨贵妃》："玄宗贵妃杨氏，隋梁郡通守汪四世孙。徙籍蒲州，遂为永乐人。幼孤，养叔父家。始为寿王妃。开元二十四年（当作二十五年），武惠妃薨，后庭无当帝意者。或言妃资质天挺，宜充掖延，遂召内禁中。异之。即为自出妃意者，丐籍女官，号太真，更为寿王聘韦昭训女，而太真得幸。善歌舞，遹晓音律，且智算警颖，迎意辄悟。帝大悦，遂专房宴，宫女号'娘子'，仪礼与皇后等。天宝初，进册贵妃。"按：据《唐大诏令集》，开元二十三年（735）十二月二十四日，杨玉环已正式册封为寿王妃。开元二十五年十二月武惠妃薨后，杨氏入宫，度为女道士（事在开元二十八年十月），天宝四载（745），册为贵妃。同时册韦昭训女为寿王妃。此言"杨家有女初长成，养在深闺人未识。天生丽质难自弃，一朝选在君王侧"云云，系有意淡化杨妃原已为寿王妃之事。

〔五〕六宫，古代皇后的寝宫，正寝一，燕寝五，合为六宫。《礼记·昏义》："古者，天子后立六宫，三夫人，九嫔，二十七世妇，八十一御妻，以听天下之内治，以明章妇顺，故天下内和而家理。"后亦泛指后妃或其居住之地。六宫粉黛，犹后宫佳丽。

〔六〕华清池，华清宫内的温泉池。地在今陕西西安市临潼区南骊山西北麓。唐太宗贞观初建时名汤泉宫，咸亨年间改名温泉宫，天宝六载扩建，改名华清宫。玄宗每年冬携妃嫔来此游宴，翌年春暖后方归长安。

〔七〕《诗·卫风·硕人》："肤如凝脂。"形容皮肤洁白而柔腻。

〔八〕新承恩泽，新受皇帝的宠幸。

〔九〕金步摇，一种华美的头饰。用金丝制成的花枝，缀以垂珠，插在发髻上，行走时随步摇动。

〔一〇〕芙蓉帐，绣有荷花图案的帷帐。

〔一一〕金屋，《汉武故事》："帝……年四岁，立为胶东王。数岁，长公主嫖抱置膝上，问曰：'儿欲得妇不？'胶东王曰：'欲得妇。'……指其女问曰：'阿娇好不？'于是乃笑对曰：'好，若得阿娇作妇，当作金屋贮之也。'"此以"金屋"指杨妃所居华美的宫殿。下句"玉楼"亦同指宫中华美的楼阁。

〔一二〕醉和春，醉意与春意交融。

〔一三〕《新唐书·后妃传上·杨贵妃》："天宝初，进册贵妃。追赠父玄琰太尉、齐国公。擢叔玄珪光禄卿。宗兄铦鸿胪卿，锜侍御史，尚太华公主……而钊亦浸显。钊，国忠也。三姊皆美劭，帝呼为姨，封韩、虢、秦三国，为夫人。出入宫掖，恩宠声焰震天下。"杨国忠自御史至宰相，凡领四十余使。封卫国公。

〔一四〕可怜，可美。

〔一五〕《长恨歌传》："故当时谣咏有云：'生女勿悲酸，生男勿喜欢。'又曰：'男不封侯女作妃，看女却为门上楣。'其为人心羡慕如此。"

〔一六〕骊宫，骊山上的宫殿。

〔一七〕凝丝竹，指歌舞与管弦音乐的节奏配合得很紧密和谐。

〔一八〕渔阳，唐范阳节度使所辖八郡之一。此处泛指安禄山所盘踞的范阳地区。时安禄山身兼范阳、平卢、河东三镇节度使。鼙鼓，骑兵用的小鼓，此犹言战鼓。"渔阳"句暗用汉代彭宠据渔阳反叛的典故，以暗示"渔阳鼙鼓"的反叛性质。

〔一九〕霓裳羽衣曲，唐代著名大型舞曲名。开元中河西节度使杨敬述所进，可能曾经唐玄宗加工润色。陈寅恪曰："句中特取一'破'字。盖破字不仅含有破散或破坏之意，且又为乐舞术语，用之更觉浑成耳，又《霓裳羽衣》'入破时'，本奏以缓歌柔声之丝竹，今以惊天动地急迫之鼙鼓，与之对举，相映成趣，乃愈见造语之妙矣。"《元白诗笺证稿》第30页）

〔二〇〕九重城阙，指京城长安。《楚辞·九辩》："君之门以九重。"

〔二一〕西南行，指唐玄宗仓皇奔蜀。《通鉴·天宝十五载》：六月，"命龙武大将军陈玄礼整比六军，厚赐钱币，选闲厩马九百馀匹，外人皆莫之知。乙未，黎明，上独与贵妃姊妹、皇子妃主皇孙、杨国忠、韦见素、魏方进、陈玄礼，及亲近宦官宫人，出延秋门。妃主皇孙之在外者，皆委之而去"。

〔二二〕翠华，用翠鸟羽毛装饰的旗子，是皇帝的仪仗。

〔二三〕《旧唐书·肃宗纪》："玄宗幸蜀，至马嵬，六军不进。请诛杨氏。于是诛国忠，赐贵妃自尽。"六军，《周礼·夏官·序官》谓"王六军"。此指唐之禁军六军。《新唐书·百官志四上》："左右龙武、左右神武、左右神策，号六军。"实则其时仅有左右龙武、左右羽林四军。

〔二四〕宛转，细长弯曲的样子，用以形容蛾眉。《新乐府·井底引银瓶》："宛转双蛾远山色。"此以"宛转蛾眉"代指杨妃。《新唐书·后妃传上·杨贵妃》："及西幸至马嵬，陈玄礼等以天下计诛国忠，已死，军不解。帝遣力士问故，曰：'祸本尚在。'帝不得已，与妃决，引而去，缢路祠下，裹尸以紫茵，瘗道侧，年三十八。"

〔二五〕花钿，镶嵌珠宝的花朵形首饰。"委地无人收"五字贯下句。

〔二六〕翠翘，翠鸟尾部的长毛，此指翠鸟形的钗饰。金雀，钗名。玉搔头，玉簪，句意谓杨妃头上佩戴的翠翘钗、金雀钗和玉簪都委弃于地无人收。

〔二七〕"回看"者系玄宗。

〔二八〕云栈，高入云霄的栈道。萦纡，曲折盘绕。剑阁，指剑阁道，在今四川剑阁县大小剑山之间，绵延数十里。《水经注·漾水》："又东北迳小剑戍北，西去大剑戍三十里，连山绝险，飞阁通衢，故谓之剑阁也。张载铭曰：'一夫当关，万夫莫开。'信然。"

〔二九〕峨眉山，在今四川峨眉山市境。玄宗由长安至成都，并不经过峨眉山。此系泛举蜀中名山作为入蜀的标志，不必拘泥。

〔三〇〕日色薄，日色惨淡无光。

〔三一〕谓见蜀江水碧，蜀山青翠，都禁不住引动玄宗对贵妃的朝思暮想之情。

〔三二〕伤心色，谓月光惨淡，呈现令人伤心之色。

〔三三〕郑处晦《明皇杂录·补遗》："明皇既幸蜀，西南行。初入斜谷，霖雨涉旬，于栈道雨中闻铃音，与山相应。上既悼念贵妃，采其声为《雨霖铃》曲以寄恨焉。"栈道险处，行人攀铁索行走，索上系铃，闻铃响便于前后照应，然此句谓"夜雨闻铃"，疑指夜雨时闻风吹檐铃之声，与上"行宫"之句一贯。

〔三四〕天旋地转，喻指局势扭转，两京收复。回龙驭，皇帝的车驾回归。肃宗至德二载（757）十月，郭子仪收复长安。十二月，太上皇（玄宗）返回长安。

〔三五〕此，指马嵬坡。踌躇不能去，徘徊不前，不忍离去。

〔三六〕空死处，承上省"见"字，犹空见死处。

〔三七〕信马，听任马前行，不加鞭策拘束。形容心绪茫然失落之状。

〔三八〕太液，汉建章宫北有太液池，唐代大明宫含凉殿后亦有太液池。未央，汉代宫名。此与"太液"均泛指唐代宫中池苑。

〔三九〕二句均上承"泪垂"，写玄宗一年春秋四季均触景伤情，思念杨妃。

〔四〇〕西宫，指太极宫。南内，指兴庆宫。玄宗回长安后，先居兴庆宫，后迁居太极宫。

〔四一〕红，指红叶。

〔四二〕梨园弟子，《新唐书·音乐志十二》："玄宗既知音律，又酷爱法曲，选坐部伎子弟三百教于梨园，声有误者，帝必觉而正之，号'皇帝梨园弟子'。宫女数百，亦为梨园弟子，居宜春北苑。"

〔四三〕椒房，本指皇后所居宫殿，以花椒泥涂壁，取其温暖、芬芳、多子之义。后泛指后妃所居宫殿。阿监，宫中女官。青娥，美丽的少女，此指青春的容颜。

〔四四〕悄然，忧伤愁闷的样子。

〔四五〕古代宫廷燃烛，不点油灯，此云"孤灯挑尽"，是为了渲染玄宗的寂寞凄清。

〔四六〕因长夜难眠，故觉报时的钟鼓迟迟。

〔四七〕耿耿，微明貌。星河，指银河。

〔四八〕屋瓦一仰一俯，谓之鸳鸯瓦。霜华，霜花。

〔四九〕翡翠衾，绣有翡翠鸟图案的被子。

〔五〇〕谓玄宗贵妃，一生一死，别来悠悠经年。

〔五一〕临邛，剑南道县名，属邛州，治所在今四川邛崃市。系道教盛行之地。鸿都，东汉都城洛阳宫门名。《后汉书·灵帝纪》："光和元年二月，始置鸿都门学士。"鸿都客，谓其曾作客于东都。或说，鸿都，犹大都，借指京城长安。

〔五二〕句意谓临邛道士自称能以自己的精诚召致杨妃的魂魄。

〔五三〕辗转思，《诗·周南·关雎》："窈窕淑女，寤寐求之。求之不得，寤寐思服。悠哉悠哉，辗转反侧。"谓卧不安席，思念杨妃。

〔五四〕排空驭气，凌空驾风。

〔五五〕碧落，天上。黄泉，地府。下黄泉，即"下穷黄泉"，承上省。

〔五六〕海上仙山，指蓬莱、方丈、瀛洲三座神山。《史记·封禅书》：

"自威、宣、燕昭使人入海求蓬莱、方丈、瀛州，此三神山者，其传在勃海中，去人不远；患且至，则船风引而去。盖尝有至者，诸仙人及不死之药皆在焉。其物禽兽尽白，而黄金银为宫阙。未至，望之如云；及到，三神山反居水下。临之，风辄引去，终莫能至云。"下"山在虚无缥缈间""金阙"皆本此。

〔五七〕玲珑，形容楼阁构造华美精巧。五云，五色彩云。

〔五八〕绰约，柔婉轻盈貌。《庄子·逍遥游》："藐姑射之山，有神人居焉，肌肤若冰雪，淖约若处子。"释文引李曰："淖约，柔弱貌。"又引司马曰："好貌。"

〔五九〕太真，杨贵妃的道号。参注〔四〕引《新唐书·后妃传上·杨贵妃》。又《杨太真外传》上："（开元）二十八年十月，玄宗幸温泉宫，使高力士取杨氏女于寿邸，度为女道士，号太真，住内太真宫。"

〔六〇〕参差，仿佛，差不多。

〔六一〕金阙，指仙山上黄金制造的宫阙。玉扃，玉石的门户。

〔六二〕小玉，传说中吴王夫差之女，后成仙。双成，董双成，西王母的侍女。白居易《霓裳羽衣歌》"吴妖小玉化作烟"自注："夫差女小玉死后，形见于王。其母抱之，霏微若烟雾散空。"唐人诗中常用以指仙人侍女或人间的侍女。《汉武帝内传》："西王母命玉女董双成吹云和之笙。"

〔六三〕九华帐，汉宫中有九华殿，见《西京杂记》。《博物志》卷三："汉武帝好仙道，时西王母遣使乘白鹿告帝当来，乃供帐九华殿以待之。"此以"九华帐"泛指宫廷中华丽的床帐。

〔六四〕揽衣，披衣。

〔六五〕珠箔，珠帘。迤逦，接连不断。

〔六六〕新睡觉，刚睡醒。

〔六七〕袂，衣袖。

〔六八〕寂寞，静默凄清。阑干，纵横。

〔六九〕谓其面容正如一枝洁白的梨花沾满了春雨。

〔七〇〕凝睇，凝目注视。谢，告。指托方士转告。

〔七一〕昭阳殿，汉代宫殿名，汉成帝的皇后赵飞燕曾居此。此借指唐宫中杨妃居处。

〔七二〕蓬莱宫，指蓬莱仙山中的宫殿。

〔七三〕人寰，人世间。

〔七四〕钿合，镶嵌金丝珠宝的盒子，一盖一底。《长恨歌传》："定情之夕，授钿合金钗以固之。"

〔七五〕二句谓金钗留下一股，钿合留下一扇给自己永作纪念，擘开金钗的另一股，钿合的另一扇寄给君王。

〔七六〕殷勤，郑重。前已托方士转告，此处又托其捎话，故云"重寄词"。寄词，托人捎话。

〔七七〕长生殿，华清宫中殿名，又名集灵台，用以祀神。但唐代后妃的寝殿亦每称长生殿。

〔七八〕连理枝，两株不同根而枝干纠结的树。

〔七九〕此恨，指玄宗杨妃的生离死别之恨。

笺评

白居易曰：及再来长安，又闻有军使高霞寓者，欲聘倡妓，妓大夸曰："我诵得白学士《长恨歌》，岂同他妓哉！"由是增价……又昨过汉南日，适遇主人集众乐娱他宾。诸妓见仆来，指而相顾曰："此是《秦中吟》《长恨歌》主耳。"……仆数月来，检讨囊帙中，得新旧诗各以类分，分为卷目。自拾遗以来，凡所遇所感，关于美刺兴比者，又自武德迄元和，因事立题，题为《新乐府》者，共一百五十首，谓之讽喻诗。又或退公独处，或移病闲居，知足保和，吟玩情性者一百首，谓之闲适诗。又有事物牵于外，情理动于内，随感遇而形于叹咏者一百首，谓之感伤诗。又有五言七言长句绝句，自一百韵至两韵者四百馀首，谓之杂律诗……故仆志在兼济，行在独善……谓之讽喻诗，兼济之志也；谓之闲适诗，独善之义也。……今仆之诗，人所爱者，悉不过杂律诗与《长恨歌》已下耳。时之所重，仆之所轻。至于讽喻诗，意激而言质；闲适者，思澹而词迂，以质合迂，宜人之不爱也。（《与元九书》）又曰：一篇《长恨》有风情，十首《秦吟》近正声。每被老元偷格律，苦教短李伏歌行。世间富贵应无分，身后文章合有名。莫怪气粗言语大，新排十五诗卷成。（《编集拙诗成一十五卷因题卷末戏赠元九李二十》）

陈鸿曰：元和元年冬十二月，太原白乐天自校书郎尉于盩厔，鸿与琅玡王质夫家于是邑。暇日相携游仙游寺，话及此事，相与感叹。质夫举酒于乐天前曰："夫希代之事，非遇出世之才润色之，则与时消没，不闻于世。乐天深于诗，多于情者也，试为歌之，如何？"乐天因为《长恨歌》。意者不但感其事，亦欲惩尤物、窒乱阶，垂于将来者也。歌既成，使鸿传焉。世所不闻者，予非开元遗民，不得知；世所知者，有《玄宗本纪》在。今但传《长恨歌》云尔。（《长恨歌传》）按：《文苑英华》卷七百九十四载《长恨歌传》原文后附注云："此篇又见《丽情集》及京本大曲，颇有异同，并录于后。"其所录《丽情集·长恨歌传》篇末一段文字为："元和元年冬十二月，太原白居易尉于盩厔。予与琅玡王质夫家仙游谷，因暇日携手入山，质夫于道中语及于是。白乐天，深于思者也，有出世之才。以为往事多情而感人也深，故为《长恨词》以歌之，使鸿传焉。世所隐者，鸿非史官，不知；所知者有玄宗内传今在。予所据，王质夫说之尔。"与今流传之《长恨歌传》篇末一段文字有明显差异。

李忱（唐宣宗）曰：缀玉联珠六十年，谁教冥路作诗仙。浮云不系名居易，造化无为字乐天。童子解吟《长恨》曲，胡儿能唱《琵琶》篇。文章已满行人耳，一度思卿一怆然。（《吊白居易》）

黄滔曰：大唐前有李、杜，后有元、白，信若沧溟无际，华岳干天。然自李飞数贤，多以粉黛为乐天之罪。殊不谓《三百五篇》多乎女子，盖在所指说如何耳。至如《长恨歌》云："遂令天下父母心，不重生男重生女。"此刺以男女不常，阴阳失伦，其意险而奇，其文平而易，所谓言之者无罪，闻之者足以自戒哉！（《答陈磻隐论诗书》）

李觏曰：玉辇迢迢别紫台，系环衣畔忽兴哀。临邛漫遂蓬山好，争奈人间有马嵬。蜀道如天夜雨淫，乱铃声里倍沾襟。当时更有军中死，争奈君王不动心。（《读长恨辞二首》）

惠洪曰：老杜《北征》诗曰："惟昔艰难初，事与前世别。不闻夏商衰，中自诛褒妲。"意者明皇鉴夏、商之败，畏天悔过，赐妃子死也。而刘禹锡《马嵬》诗曰："官军诛佞倖，天子舍妖姬。群吏伏门屏，贵人牵帝衣。"白乐天《长恨词》曰："六军不发争奈何，宛转蛾眉马前死。"乃是官军迫使杀妃子，歌咏禄山叛逆耳。孰谓刘、白能诗哉！其去老杜何啻九牛毛耶？《北征》诗识君臣之大体，忠义之气与秋色争高，可贵也。（《冷斋夜话》卷二）

魏泰曰：唐人咏马嵬之事者多矣。世所称者，刘禹锡曰："官军诛佞幸，天子舍妖姬。群吏伏门屏，贵人牵帝衣。依回转美目，风日为无辉。"白居易曰："六军不发争奈何，宛转蛾眉马前死。"此乃歌咏禄山能使官军皆叛，逼迫明皇，明皇不得已而诛杨妃也。噫！岂特不晓文章体裁，而造语蠢拙，抑亦失臣下事君之礼矣！老杜则不然，其《北征》诗曰："忆昔狼狈初，事与古先别。不闻夏殷衰，中自诛褒妲。"乃见明皇鉴夏商之败，畏天悔过，赐妃子死，官军何预焉？《唐阙史》载郑畋《马嵬》诗，命意似矣，而词句凡下，比说无状，不足道也。（《临汉隐居诗话》）

白居易

范温曰：白乐天《长恨歌》，工矣，而用事犹误。"峨眉山下少人行"，明皇幸蜀，不行峨眉山也；当改云"剑门山"。"七月七日长生殿，夜半无人私语时。"长生殿乃斋戒之所，非私语地也。华清宫自有飞霜殿，乃寝殿也，当改"长生"为"飞霜"，则尽矣。（《潜溪诗眼》）

《林泉随笔》：白乐天《长恨歌》备述明皇、杨妃之始末，虽史传亦无以加焉。盖指其覆毕，托为声诗以讽时君，而垂戒来世。（转引自《唐诗汇评》）

周紫芝曰：白乐天《长恨歌》云："玉容寂寞泪阑干，梨花一枝春带雨。"人皆喜其工，而不知其气韵之近俗也。东坡作送人小词云："故将别语调佳人，要看梨花枝上雨。"虽用乐天语，而别有一番风味，非点铁成黄金手，不能为此也。（《竹坡诗话》）

吴开曰：白乐天《长恨歌》云："回眸一笑百媚生，六宫粉黛无颜色。"盖用李太白应制《清平乐》词云："女伴莫话孤眠，六宫绮罗三千。一笑皆生百媚，宸衷教在谁边？"（《优古堂诗话》）

张戒曰：梅圣俞云："状难写之景，如在目前。"元微之曰："道得人心中事。"此固白乐天长处，然情意失于太详，景物失于太露，遂感浅近，略无馀蕴，此其所短处。如《长恨歌》虽播于乐府，人人称诵，然其实乃乐天少作，虽欲悔而不可追者也。其叙杨妃进见专宠行乐事，皆秽亵之语。首云："汉皇重色思倾国，御宇多年求不得。"后云："渔阳鼙鼓动地来，惊破霓裳羽衣曲。"又云："君王掩面救不得，回看血泪相和流。"此固无礼之甚，"侍儿扶起娇无力，始是新承恩泽时"。此下云云，殆可掩耳也。"遂令天下父母心，不重生男重生女。"此等语乃乐天自以为得意处，然而亦浅陋甚。"夕殿萤飞思悄然，孤灯挑尽未成眠。"此尤可笑。南内虽凄凉，何至挑孤灯耶？惟叙上皇还京云："天旋日转回龙驭，到此踌躇不能去。马嵬坡下泥土中，不见玉颜空死处。君臣相顾尽沾衣，东望都门信马归。归来池苑皆依旧，太液芙蓉未央柳。"叙太真见方士云："风吹仙袂飘飘举，犹似霓裳羽衣舞。玉容寂寞泪阑干，梨花一枝春带雨。"一

2335

篇之中，惟此数语称佳耳。《长恨歌》元和元年尉盩厔时作，是时年三十五。谪江州十一年，作《琵琶行》，二诗工拙，远不侔矣。如《琵琶行》虽未免于烦悉，然其语意甚当，后来作者，未易超越也。（《岁寒堂诗话》卷上）

葛立方曰：杨妃专宠帝室，金印螯绶，宠偏于铦、钊；象服鱼轩，荣均于秦、虢。当时遂有"生女勿悲伤，生男勿喜欢。男不封侯女作妃，君看女却为门楣"之咏。而乐天《长恨歌》亦云："遂令天下父母心，不重生男重生女。"（《韵语阳秋》卷十）又曰：老杜《北征》诗云："忆昨狼狈初，事与古先别。不闻夏殷衰，中自诛褒妲。"其意谓明皇英断，自诛妃子，与夏商之诛褒妲不同。老杜此语，出于爱君，而曲文其过，非至公之论也。白乐天诗："六军不发无奈何，宛转蛾眉马前死。"非逼迫而何哉？然明皇能割一己之爱，使六军之情贴然，亦可谓知所轻重矣。故前辈有诗云："毕竟圣明天子事，景阳宫井是何人？"（同上卷十九）

范成大曰：金盘潋滟晓妆寒，国色天香胜牡丹。白凤诏书来已暮，六宫粉黛半春阑。　紫薇金屋闭春阳，石竹山花却自芳。莫道故情无觅处，领巾独有隔生香。　闻道蓬壶重见时，瘦来全不奈风吹。无端却作尘间念，已被仙宫圣得知。　别后相思梦亦难，东虚云路海漫漫。仙凡顿隔银屏影，不似当年取次看。　人似飞花去不归，兰昌宫殿几斜晖。百年只有云容姊，留得当时旧舞衣。　骊山六十二高楼，突兀华清最上头。玉明长川湘浦暗，三郎无事更神游。　帝乡云驭若为留，八景三清好在否？玉笛不随双鹤去，人间犹得听凉州。（《读长恨歌七首》）

马永卿曰：诗人之言，为用固寡，然大有益于世者，若《长恨歌》是也。明皇、太真之事本有新台之恶，而歌云："杨家有女初长成，养在深闺人不识。"故世人罕知其为寿王瑁之妃也。《春秋》为尊者讳，此歌真得之。（《懒真子》卷二）

张邦基曰：白乐天作《长恨歌》，元微之作《连昌宫词》，皆明皇时事也。予以为微之之作过乐天。白之歌，止于荒淫之语，终篇无所规正。元之词，乃微而显，而其荒诞之意皆可考，卒章乃不忘箴讽，为优也。（《墨庄漫录》卷六）

车若水曰：白乐天《长恨歌》叙事详赡，后人得知当时实事，有功记录。然以败亡为戏，更无恻怛忧爱之意。身为唐臣，亦当知《春秋》所以存鲁之法，便是草木，亦将不忍。盖祖、父与身，皆朝廷长养，不可谓草

茅不知朝廷。吾之此说不是不容臣下做此语，但有恻怛忧爱之意，语言自重。（《脚气集》）

瞿佑曰：乐天《长恨歌》凡一百二十句，读者不厌其长；元微之《行宫》才四句，读者不觉其短，文章之妙也。（《归田诗话》卷上）

郝穆曰：昔人词调，其命名多取古诗中语，如……《玉楼春》取白乐天"玉楼宴罢醉和春。"（《南濠诗话》）

杨慎曰：范元实《诗话》（按：即《潜溪诗眼》，已见前录）……按郑嵎《津阳门诗》："金沙洞口长生殿，玉蕊峰头王母祠。"则长生殿乃在骊山之上，夜半亦非上山时也。又云："飞霜殿前月悄悄，迎风亭下风飔飔。"据此，元实之所评信矣。（《升庵诗话·飞霜殿》）

王世贞曰：大历中，卖一女子，姿首如常，索价至数十万，云："此女子诵得白学士《长恨歌》，安可他比！"（《艺苑卮言》卷八）

胡应麟曰：乐天《长恨歌》妙极才人之致，格少下耳。唐时一女子，姿仅中庸，而索价十倍，以能诵《长恨歌》，故不知徐君蒨姬侍三百，悉暗记《鲁灵光》者，当何直酬之耶？（《读白乐天长恨歌》）

唐汝询曰：此讥明皇迷于色而不悟也。始则求其人而未得，既得而爱幸之，即沦惑而不复理朝政矣。不独宠妃一身，而又遍及其宗党，不惟不复早朝，益且尽日耽于丝竹，以致禄山倡乱，乘舆播迁，帝既诛妃以谢天下，则宜悔过，乃复辗转怀思，不以自绝。至令方士遍索其神，得钿合金钗而不辨其诈，是真迷而不悟者矣。呜呼！以五十年致治之主，而一女子覆其成功，权去势诎而以忧死，悲夫！女宠之祸岂浅鲜哉！杨妃本出寿邸，而曰"养在深闺人不识"，为君讳也。"花钿委地无人收"，伏后钿合金钗案。意谓妃就绝之时，花钿散落民间，必有得之者，方士特挟此以欺上皇，非有他术也。（《唐诗解》卷二十）又曰：乐天云："一篇《长恨》有风情"，此自赞其诗也。今读其文，格极卑庸，词颇娇艳。虽主讥刺，实欲借事以骋笔间之风流，其称"风情"，自评亦当矣。《品汇》收《琵琶行》而黜此，为其多肉而少骨也。（《删补唐诗选脉笺释会通评林·中七古》引）

唐陈彝曰：白善敷衍，真长篇手。"死别经年""不曾入梦"二句，起下迎神话头。"揽衣推枕"四语，皆从"惊"字生意。"临别殷勤"以下，天子私语，傍岂无人？恃钗钿足信矣，此段文人之装点不可知。（同上引）

唐孟庄曰："旌旗无光"句，惨。"夜雨闻铃"句，是实事。"春风桃李”二句，冷语含情，摹写入细。“忽闻”二字，装点其事，“虚无缥缈”，明见其假。“风吹仙袂飘飖举”四语，俱以媚词描写，是其弄笔法处，“旧物表深情”，方士所恃以欺上皇者，长生殿“夜半私语”，方士交通近臣，漏此言为信。（同上引）

钟人杰曰：文亦茜丽。（同上引）

周珽曰：作长篇法如构危宫大厦，全须接榫合缝，铢两皆称。乐天《琵琶行》《长恨歌》，几许胆力。觉龙气所聚，有疑行疑伏之妙，读者未易测其涯岸。（同上）

黄周星曰：乐天诗如《长恨歌》《琵琶行》，皆所谓老妪解颐者也。然无一字不深入人情，而且刺心透髓。即少陵、长吉歌行皆不能及。所以然者，少陵、长吉虽能为情语，然犹兼才与学为之；凡情语一夹才学，终隔一层，便不能刺透心髓。乐天之妙，妙在全不用才学，一味以本色真切出之，所以感人最深。由是观之，则老妪解颐，谈何容易！（《唐诗快》）

吴乔曰：《连昌》《长恨》《琵琶行》前人之法变尽矣。（《围炉诗话》卷二）

魏裔介曰：余读白乐天《长恨歌》，而不能无疑也。妃子以倾国之色，专宠金屋，养成渔阳之乱，以致鼙鼓动也，城阙烟生，翠华西幸，六军不发。蛾眉死于马前，花钿委于陌上。明皇于此，其有悔心之萌矣。故杜子美诗称之曰：“不闻夏殷衰，中自诛褒妲。”以见肃宗之所以能中兴者，由于明皇割衽席之爱，以援六军之心。天下闻之，皆知其有迁善改过之思也。至于龙驭既回，春风桃李，秋雨梧桐，复动其鸳鸯翡翠之梦。是以临邛道士乘间而入之，排空驭气，得之海上仙山，寄钿钗以明心，忆七夕以私语。此术士幻化之所为，明皇堕其中而不觉也。夫以妃子之狐媚，误人家国，使其死而有知，亦不过为丽色之鬼耳，岂得复处于金阙玉扃之间哉！然则七日之语，何以知之？金钿之寄，胡为来乎？此术士之易晓者耳。凡物之精魅者，尚能知人已往之事，岂鸿都羽客而不解此耶？余深怪明皇之既悟而复迷，乐天又著为歌诗以艳其事，恐后之人君陷溺于中，甘心尤物而煽处者，且妄觊其死后之馀荣也，则所云“窒乱阶”者，恐反为乱阶矣。故诗人之义，必当以子美为正。（《白乐天〈长恨歌〉论》）

宋征璧曰：七言初唐、盛唐虽各一体，然极七言之变，则元、白、温、李皆在所不废。元、白体至卑，乃《琵琶行》《连昌宫词》《长恨歌》未尝不可读。但子由所云“元、白纪事，寸步不遗”，所以拙耳。（《抱真杜诏曰：（"从此君王不早朝"）明皇荒淫乱政只（"不早朝"）三字蔽之。（"天旋地转"句下）上写禄山犯阙，只"鼙鼓"二字，此写肃宗收复，只"天旋地转"四字。读者但觉叙事明畅，不知简径如此。（《中晚唐诗叩弹集》）

杜庭珠曰：（"千乘万骑"句下）此下明皇幸蜀及缢皇妃于马嵬之事。（"天旋地转"句下）此下上皇还京之事。（"魂魄不曾"句下）以下命令求贵妃之事。（"天上人间"句下）此下重申密约，结归"长恨"之意。（同上）

徐增曰：收纵得宜，调度合板。譬如跳狮子，锣也好，鼓也好，狮子也跳得好。周身本事，全副精神俱显出来。（《而庵说唐诗》）

汪立名曰：按《隐居诗话》云（前已录），此论为推尊少陵则可，若以此贬乐天，则不可。论诗须相题。《长恨歌》本与陈鸿、王质夫论杨妃始终而作，犹虑诗有未详，陈鸿又作《长恨歌传》，所谓"不特感其事，亦欲惩尤物，窒乱阶，垂于将来也"，自与《北征》诗不同。若讳马嵬事实，则"长恨"两字便无着落矣。读书全不理会作诗本末，而执片词肆议古人，已属太过，至谓歌咏禄山能使官军云云，则尤近乎锻炼矣。宋人多文字吹求之祸，皆酿于此等议论。若唐人作诗本无所谓忌讳，忠厚之风，自可慕也。然陈《传》中叙贵妃进于寿邸，而白诗讳之，但云"杨家有女初长成，养在深闺人未识。天生丽质难自弃，一朝选在君王侧"，安得谓乐天不识文章大体耶！倘有祖其谬以罗织少陵者，必将以少陵《忆昔》诗"张后不乐上为忙"句为失以臣事君，"百官跣足随天王"句为歌颂吐蕃追逼代宗，又岂通论乎！（《白香山诗长庆集》卷十三）

赵执信曰：倾国争夸天宝时，才人例解说相思。三生影响陈鸿传，一种风情白傅诗。（《上元观演长生殿剧十绝句》之一）

贺裳曰：王勉夫《丛谈》中多辨论，余独喜其一则。乐天《长恨歌》："夕殿萤飞思悄然，孤灯挑尽未成眠。"或谓岂有兴庆宫中夜不点烛，明皇自挑灯之理？王曰："此所以状宫中向夜萧索之意，使言高烧画烛，贵则贵矣，岂复有长恨意耶！"此言深得诗人之致，前说小儿强作解人耳。（《载酒园诗话·野客丛谈》）按：黄生评：白语诚失检，勉夫与黄公终属书生之见。

沈德潜曰：此讥明皇之迷于色而不悟也。以女宠几乎丧国，应知从前之缪戾矣。乃犹令方士遍索，而方士固得以虚无缥缈之词为对，遂信钿钗私语为真，而信其果为仙人也。天下有妖艳之妇而成仙人者耶？（以上多本唐汝询解）迷离惚恍，不用收结，此正作法之妙。诗本陈鸿《长恨歌》而作，悠扬旖旎，情至久生，本王、杨、卢、骆而又加变化者矣。时有一妓夸于人曰："我能诵白学士《长恨歌》，岂与他妓等哉！"诗之见重于时如此。（《重订唐诗别裁集》卷八）

何焯曰：（"养在"句）此为尊者讳。（"仙乐"句）"仙乐风飘"乃暗入《霓裳曲》，不为突也，此处不甚铺叙最是。（"惊破"句）《霓裳羽衣曲》、金钗钿合二事乃传中纲领，此处宜先伏。然后照顾有情。今则"惊破霓裳"句既觉其突，"唯将旧物表深情"，"旧"字都无着落，亦不见二物系情之重矣。（"六军"二句）不直书"六军"二句则"恨"字不出。以《北征》比拟而议之者，真痴俗也。（"春风"句）此处铺叙，专为透出"恨"字。（"梨园"二句）二语亦是对贵妃之横天。（"梨花"句）画出玉真。（"钿合"句）唯其定情时所寄之妙，故曰谨献以寻旧好。前半不伏，此处遂少情致。白公此诗流传且向千载，愚者独妄议之如此。"此恨绵绵无绝期"，留在结处煞出"恨"字，缠绵中转峭拔。又曰：是传奇体，然法度好，风神顿挫，亦要为才子之最也。（《白乐天诗长庆集》卷十二）

薛雪曰：白香山"玉容寂寞泪阑干，梨花一枝春带雨"，有喜其工，有诋其俗。东坡小词："故将别语调佳人，要看梨花枝上雨。"人谓其用香山语，点铁成金，殊不然也。香山冠冕，东坡尝新，夫人婢子，各有态度。（《一瓢诗话》）

《唐宋诗醇》：从古女祸，未有甚于唐者。明皇践阼，覆辙匪远。开元厉精，几致太平。天宝以后，游情床第，太真潜纳，新台同讥。艳妻煽处，职为厉阶。仓皇播迁，祖宗再造，幸也。姚、宋诸贤臣辅之而不足，一太真败之而有馀，南内归来，倘返而自咎，恨无终穷矣，遑系心于既殒倾之妇耶？《长恨》一传，自是当时傅会之说，其事殊无足论者。居易诗词特妙，情文相生，沉郁顿挫，哀艳之中，具有讽刺。"汉皇重色思倾国""从此君王不早朝""君王掩面救不得"皆微词也。"养在深闺人未识"，为尊者讳也。欲不可纵，乐不可极，结想成因，幻缘奚罄？总以为发乎情而不能止乎礼义者戒也。通首分四段。"汉皇重色思倾国"至"惊破霓裳羽衣曲"畅叙杨妃擅宠之事，却以"渔阳鼙鼓动地来"二句暗摄下意，一气直下，灭去转落之痕。"九重城阙烟尘生"至"夜雨闻铃肠断声"，叙马嵬赐死之事，"行宫见月伤心色"二句，暗摄下意，盖以幸蜀之靡日不思，引起还京之彷徨念旧，一直说去，中间暗藏马嵬改葬一节，此行文之飞渡法也。"天旋地转回龙驭"至"魂魄不曾来入梦"，叙上皇南宫思旧之情，"悠悠生死别经年"二句，亦暗摄下意。"临邛道士鸿都客"至末，叙方士招魂之事。结处点清"长恨"，为一诗结穴，戛然而止，全势已足，更不必另作收束。（卷二十二）

袁枚曰：考据家不可与论诗。或訾余《马嵬》诗曰："'石壕村里夫妇别，泪比长生殿下多。'当日，贵妃不死于长生殿。"余笑曰："白香山《长恨歌》：'峨眉山下少人行。'明皇幸蜀，何曾路过峨眉耶？其人语塞。（《随园诗话》卷十三）又曰：莫唱当年《长恨歌》，人间亦自有银河。石壕村里夫妻别，泪比长生殿上多。（《马嵬四首》之二）

翁方纲曰：白公之为《长恨歌》《霓裳羽衣曲》诸篇，自是不得不然，不但不蹈杜公、韩公之辙也。是乃"浏漓顿挫，独出冠时"，所以为豪杰耳。始悟后之欲复古者，其强作解事。（《石洲诗话》卷二）

宋宗元曰：（"遂令天下"二句下）闲处一束，无限低回。（"蜀江水碧"四句下）从景上写出悲凉情味，虚际描摹，笔意宕漾，如聆三峡猿啼。（"悠悠生死"二句下）引起下半首。（"犹似霓裳"句下）回眸一盼。（"临别殷勤"四句下）征典故以虚无，异样空灵缥缈。（《网师园唐诗笺》）

赵翼曰：香山诗名最著，及身已风行海内，李谪仙以后一人而已。观其《与微之书》……是古来诗人，及身得名，未有如是之速且广者。盖其得名，在《长恨歌》一篇。其事本易传，以易传之事，为绝妙之词，有声有情，可歌可泣，文人学士既叹为不可及，妇人女子亦喜闻而乐诵之，是以不胫而走，传遍天下。又有《琵琶行》一首助之。此即无全集，而二诗已自不朽，现又有三千八百四十首之工且多哉！（《瓯北诗话》卷四）又曰：《长恨歌》自是千古绝作。其叙杨妃入宫，与陈鸿所传选自寿邸者不同，非惟惧文字之祸，亦讳恶之义，本当如是也。惟方士访至蓬莱，得妃密语归报上皇一节，此盖时俗讹传，本非实事。明皇自蜀还长安，居兴庆宫，地近市廛，尚有外人进见之事。及上元元年，李辅国矫诏迁至西内，元从之陈玄礼、高力士等，皆流徙远方。左右近侍，悉另易人，宫禁严密，内外不通可知。且鸿传云：上皇得方士归奏，其年夏四月，即晏驾，则是宝应元年事也。其时肃宗卧病，辅国疑忌益深，关防必益密，岂有听方士出入之理？即方士能隐形入见，而金钗，钿合，有物有质，又岂驭气者所能携带？此必无之事。特一时俚俗传闻，易于耸听，香山竟为诗以实之，遂成千古耳。（同上）

孙洙曰：（"风吹仙袂"二句）空虚处偏于实证。（《唐诗三百首》）

陆鎣曰：白傅诗"后宫佳丽三千人，三千宠爱在一身。"陈后山《妾薄命》云："主家十二楼，一身当三千。"语简意尽。考亭谓其笔力高妙，信不虚也。（《问花楼诗话》卷二）

林则徐曰：藉甚才名《长恨》篇，先皇愧德老臣宣。诗家解识君亲义，杜老而还只郑畋。（《题杨太真墓八首》之八）

施补华曰：讥刺语当含蓄，如少陵"落日留王母，微风倚少儿"，太白"汉宫谁第一，飞燕在昭阳"，皆刺明皇、贵妃事，何等婉曲。若香山《长恨歌》、微之《连昌宫词》，真是讪谤君父矣。诗品人品，均分高下。义山"如何四纪为天子，不及卢家有莫愁"，尤为轻薄坏心术。又曰：香山《长恨歌》今古传诵，然语多失体。如"汉皇重色思倾国"，明明言唐，何必曰汉！"春宵苦短日高起，从此君王不早朝。"岂非讪谤君父？"孤灯挑尽未成眠"，又似寒士光景，南内凄凉，亦不至此。又曰：读《公孙大娘弟子舞剑器》诗，叙天宝事只数语而无限凄凉，可悟《长恨歌》之繁冗。（《岘佣说诗》）

朱庭珍曰：吴梅村诗，善于叙事，尤善言闺房儿女之情……其诗虽缠绵悱恻，可歌可泣，然不过《琵琶》《长恨》一格，多加藻采耳。（《筱园诗话》卷三）至香山《长恨》《琵琶》二篇，亦一时风行，名满天下。至妓人能诵《长恨歌》，即增身份，到今脍炙人口。（同上卷四）

王国维曰：以《长恨歌》之壮采，而所隶之事，只"小玉""双成"四字，才有馀也。梅村歌行，则非隶事不办。白、吴优劣，即于此见。不独作诗为然，填词家亦不可不知也。（《人间词话》卷上）

吴闿生曰：如此长篇，一气舒卷。时复风华掩映。非有绝世才力，未易到也。（《唐宋诗举要》卷二引）

陈寅恪曰：《长恨歌》者，虽从一完整机构之小说，即《长恨歌》及《传》中分出别行，为世人所习诵，久已忘其与传文本属一体。然其本身无真正收结，无作诗缘起，实不能脱离传文而独立也……殊不知《长恨歌》本为当时小说之中歌诗部分，其史才、议论已别见于陈鸿传文之内，歌中自不涉及。而详悉叙写燕昵之私，正是言情小说文体所应尔，而为元、白所擅长者……唐人竟以太真遗事为一通常练习诗文之题目。此观于唐人诗文集即可瞭然。但文人赋咏，本非史家记述，故有意无意间逐渐附会修饰。历时既久，益复曼衍滋繁，遂成极富兴趣之物语小说……在白歌陈传之前，故事大抵尚局限于人世，而不及于灵界，其畅叙人天生死形魂离合之关系，似《长恨歌》及《传》为开始。此故事既不限现实之人世，遂更延长而优美。然则增加太真死后天上一段故事之作者，即是白、陈诸人，洵为富于天才之文士矣。虽然，此节物语之增加，亦极自然容易，即从汉武帝李夫人故事附益之耳。陈传所云"如汉武帝李夫人"者，其明证也。故人世上半段开宗明义之"汉皇重色思倾国"一句，已暗示天上下半段之全部情事。文思贯澈钩结如是精妙，特为标出……综括论之，《长恨歌》为具备众体体裁之唐代小说中歌诗部分，与《长恨歌传》为不可分离独立之作品。故必须合并读之、赏之、评之。明皇与杨妃之关系，虽为唐世文人公开共同作诗文之题目，而增入汉武帝李夫人故事，乃白、陈之所特创。诗句传文之佳胜，实职是之故。（《元白诗笺证稿》第一章《长恨歌》）

　　罗宗强曰：从《长恨歌传》与《长恨歌》的内容看，二者的故事情节是相同的。这样一个故事情节，在当时民间传说中是一个被普遍接受的情节。这样一个故事情节所表现的基本倾向，当然也是当时民间对这一故事所持的基本态度……全诗缠绵悱恻，纯然是一个带着感伤意味的动人爱情故事。本来，这一主题在当时应该是一个纠葛在政治事件中的敏感问题……但是马嵬坡之变，杨贵妃一死，却又在民间引起了同情。从《长恨歌》和《传》所反映的民间关于李、杨故事的传说看，着眼点已从政治转到爱情上来了，倾向也从责备转为同情。可以推想，这一故事在流传过程中受到了群众心理状态的影响，包括群众对于开元、天宝盛世的理想化，由这理想化而对风流天子的同情。由这同情而及其爱情生活，甚至可能还受到流行于民间的类似变文故事的因果报应思想的影响。在流行过程中，这一故事赋予了浓厚的人情味。帝王生活的政治色彩淡泊了，人情味加强了，它在流传过程中成了一个爱情悲剧故事。就故事本身看，非关讽喻。（《唐诗小史》）

《长恨歌》所歌咏的是一个帝、妃的爱情悲剧故事。如果从生活原型和历史事实出发，玄宗和杨妃的关系始末，不仅可以写成一个带有明显讽喻鉴戒意味的爱情悲剧，像作者在《新乐府·李夫人》序中所标明的那样——"鉴嬖惑"，而且可以用它作为中心线索，揭示唐王朝安史之乱前后的各种矛盾和政治危机，写成一个具有严肃政治批判色彩的历史悲剧。但白居易却在当时民间流传的李、杨爱情故事传说的基础上，根据自己的美学理想，把它写成了一个带有明显同情倾向乃至赞颂色彩的哀感顽艳的爱情悲剧。为了净化、美化悲剧故事中的主人公，诗人舍弃了历史人物原型中杨贵妃原为寿王妃及玄宗霸占儿媳的事实，竭力淡化玄宗由于专宠杨妃而导致的政治腐败、边防危机以及安史之乱给国家和人民带来的巨大灾难，而倾注感情于李、杨爱情的描写。安史之乱前，着意渲染他们的爱情遇合和欢爱的浓烈；安史之乱爆发（特别是马嵬事变）后，更集中全力描绘他们生离死别的痛苦和双方刻骨铭心的思念。悲剧性的事变和天上人间的隔绝，正是对他们生死不渝爱情充分展开描写并加以同情赞颂的凭借。在这个意义上，《长恨歌》不妨说是以悲剧形式出现的"长爱歌"。作者自己，也明确地将《长恨歌》归之于歌咏"风情"的感伤诗，而不归于有关"美刺兴比"的"正声"——讽喻诗之列。明刊本《文苑英华》卷七九四附引了《丽情集》中所收陈鸿《长恨歌传》的全文，篇末说道："白乐天，深于诗者也，有出世之才。以为往事多情而感人也深，故为《长恨词》以歌之，使鸿传焉。"没有通行本陈《传》中"意者不但感其事，亦欲惩尤物、窒乱阶，垂于将来者也"一段文字（陈寅恪疑《丽情》本为陈氏原文），也可作为《长恨歌》是歌咏一个"多情而感人也深"的爱情悲剧故事的佐证。联系中唐城市经济繁荣，市民阶层的思想意识在文艺作品特别是在传奇小说及与传奇并行的爱情故事诗中得到较多反映这一背景，《长恨歌》所歌咏的这个浪漫主义化了的悲剧爱情故事，多少也反映了市民阶层的审美理想和趣味，而与正统的封建统治阶级的思想（包括诗学观念）有一定的距离。尽管作者出于同情乃至赞颂李、杨爱情的需要而对笔下的主人公进行了种种净化、美化、淡化，但要写出李、杨的爱情悲剧，便不能不写到马嵬事变，不能不涉及导致马嵬事变的"从此君王不早朝""姊妹弟兄皆列土"等情事，因此客观上仍在一定程度上显示出这一爱情悲剧与玄宗后期荒政、任用戚属权幸之间的关联。这是这一题材本身的特殊性决定的，也是引起后世对《长恨歌》多种解读的原因。

《长恨歌》的价值，更主要地体现在它的独创性艺术成就上。

它突出地体现了我国古代文人叙事诗叙事与抒情密切结合的优良传统。古代民间叙事诗，一般重叙述故事、描绘人物而不大重视抒情。文人叙事诗如蔡琰《悲愤诗》，颇富抒情色彩，但这种类型的故事诗后来没有得到很大发展。盛唐诗人李白的《长干行》、杜甫的《佳人》，抒情气氛颇浓，而篇幅未广，白居易的《长恨歌》是在古代抒情诗发展到高度成熟和传奇小说高度繁荣条件下出现的。因而得以充分吸取抒情诗的艺术经验，用来刻画人物心理，渲染环境气氛，叙说故事及情节发展；同时又吸收传奇小说作意好奇的特色，创造出超现实的神仙境界。诗中叙事与抒情的结合大体上有三种情况。一是在情节性的叙述中带有浓郁的抒情色彩。如杨妃入宫、承宠，李、杨的欢爱，都用充满咏叹的笔调加以叙写，使这一段描叙洋溢着一种蜜月般的融洽热烈气氛。二是用情景交融的手法刻画人物心理。如入蜀、归京两节，写玄宗的刻骨思念、悲伤凄寂，就全部借助触景生情、情寓景中的手法来表现。在情景交融的意境不断展现的推移过程中，入蜀的行程、归途的情况、归来后的时序流逝和玄宗晚年的凄寂生活也自然表现出来了。这是全篇中写得最精彩、最感人的两个段落。三是在描绘人物情态、记叙人物对话时渗透抒情色彩。如太真听到方士到来时的一段描写：

闻道汉家天子使，九华帐里梦魂惊。

揽衣推枕起徘徊，珠箔银屏迤逦开。

云鬓半偏新睡觉，花冠不整下堂来。

风吹仙袂飘飘举，犹似霓裳羽衣舞。

前四句通过一系列行动描写，将乍闻消息时的惊喜交集、激动情况下的疑幻疑真和茫然失措，定神以后的迫不及待，都挟带着强烈的感情色彩生动展现出来。后四句写"下堂"情态，不仅极富美感，且与前面"缓歌慢舞"相互映照，寓含无限今昔之慨。末段杨妃致词，更充满深情密意。没有这一段，杨妃在读者心目中便仍止于宠妃的形象，而不是真挚爱情的化身。有了这一段，杨妃的形象就在精神领域得到了丰富和升华，使双方的爱情超越生死、超越仙凡、超越时空而达到永恒的境界。尽管结尾仍无法改变生死人天相隔的绵绵长恨的结局，但读者记住的却是"在天愿作比翼鸟，在地愿为连理枝"的爱情誓言和"但教心似金钿坚，天上人间会相见"的美好愿望。叙事诗不同于一般的叙事文学的特点，就在于它是诗，是深情地歌唱咏叹一个

2345

故事，而不是单纯地叙述一个故事。《长恨歌》在这方面的巨大成就，最能体现中国古代文人叙事诗在高度成熟的抒情诗辐射下形成的鲜明民族特点。

《长恨歌》还表现出围绕故事主线进行叙事的高度技巧。它所歌咏的故事本身就比较曲折，特别是又涉及一系列历史事件和多方面的社会情况，如果作者没有明确的意识和高明的手段，稍不注意，就有可能使叙事偏离李、杨爱情这条主线，去写天宝年间的政治、社会生活，写震惊全国的安史之乱，等等。如果这样，《长恨歌》便不再是一首爱情悲剧故事诗。作者一方面自始至终紧紧抓住主线，写结合、惊变、思念、寻觅、致词，笔笔不离男女主人公的爱情；另一方面，又不忽略对影响主人公命运和爱情悲剧结局的历史事件作必要的叙述交代。往往在情节发展的关键处用一两句极精练概括的话醒目地标示出来，紧接着便立即拉回到李、杨爱情上来。如叙安史之乱爆发，只用"渔阳鼙鼓动地来"一句突兀而郑重地揭出，下一句"惊破霓裳羽衣曲"马上回叙李、杨爱情的中断。大事变导致爱情的大转折，笔力极陡健，又极简括，毫不旁涉。叙玄宗回銮，只用"天旋地转回龙驭"一句带过，下句即接"到此踟蹰不能去"，回到杨妃昔日惨死的马嵬坡。马嵬事变，由于是这场爱情悲剧的关键性情节，所以用了六句加以叙写，但完全从爱情悲剧的发生这个角度来写男女主人公的情态心理，而不涉及这场事变的其他方面。比较起来，《长恨歌传》在这里叙及杨国忠被诛的情况，若从表现爱情悲剧的角度看，笔墨就显得不够集中省净。以上这些叙述，虽都非常简括，但因为都出现在情节发展的关键处，诗句本身又往往颇富气势，所以并不给人以草率匆遽之感，而是显得既简练又郑重。这样，就腾出了更多的篇幅来描写李、杨爱情，使整个爱情悲剧故事显得非常集中紧凑，不枝不蔓，毫无拖泥带水、喧宾夺主之弊。这既需要艺术的魄力，也需要艺术的功力。

《长恨歌》创造了一种明丽圆畅、优美和谐、雅俗共赏的叙事诗的语言风格。叙事诗的语言不同于抒情诗，它首先要求明晰流畅。刻意追求古奥、奇崛、瘦硬、简约，固然会破坏叙事的明快，就是过分的典雅、锤炼、含蓄也不完全适用叙事的需要。白居易的诗歌语言本就具有平易流畅的特点，比较便于叙事，他在《长恨歌》中所采用的这种受近体影响较深的七言歌行体，从初唐以来又一直具有语言明丽流美、音节谐和圆畅的传统。这两方面的优点结合起来，就形成了一种明丽圆畅、优美和谐、雅俗共赏的语言风格。既便于明畅婉转地叙事，又长于哀惋缠绵地抒情和鲜明如画地描绘渲染，具有很强的艺术表现力。如"归来池苑皆依旧"一段，在平易流畅和华美婉丽的和谐统一中，次第展现出宫苑中或美好或凄清的景物，将玄宗触景伤怀、凄冷寂寞的情思和物是人非的感慨表现得非常真切细腻，缠绵悱恻，既富华彩，复具诗情。而"春风桃李花开日，秋雨梧桐叶落时。西宫南内多秋草，落叶满阶红不扫"这类诗句，既明白如话，又富于包蕴。"玉容寂寞泪阑干，梨花一枝春带雨""回眸一笑百媚生，六宫粉黛无颜色"，前者写杨妃的情态，用优美的比喻展现出一种动人的悲剧美；后者写杨妃的娇媚，用平易而精练的语言传出其勾魂摄魄的魅力，都称得上是化工之笔。这种明丽圆畅、优美和谐的语言风格，也是《长恨歌》流传广远的一个重要原因。

中国古代叙事诗不发达，流传下来的少数作品无论在规模体制的宏大、想象的丰富和描写的细致等方面，都不能与源于古代史诗的外国古代叙事诗相比。但以白居易的《长恨歌》《琵琶引》为杰出代表的古代文人叙事诗，在抒情、优美、和谐等方面，却显示出鲜明的民族特色与优长。

寒食野望吟〔一〕

丘墟郭门外〔二〕，寒食谁家哭。
风吹旷野纸钱飞〔三〕，古墓累累春草绿。
棠梨花映白杨树〔四〕，尽是死生离别处。
冥冥重泉哭不闻〔五〕，萧萧暮雨人归去。

校注

〔一〕寒食，节令名，在清明节前一二日，参见元稹《连昌宫词》"初过寒食一百六"句注。唐时习俗，寒食有扫墓之俗。诗约作于长庆三年（823）之前，具体年份不详。

〔二〕丘墟，此指坟墓。郭门，外城门。

〔三〕纸钱，用以祭奠的圆铜钱形纸片，扫墓时撒向空中、挂于坟头或在墓前焚化。

〔四〕棠梨，俗称野梨，落叶乔木，叶长圆形或菱形，暮春开白花，果实小，略呈球形。元稹《村花晚》："三春已暮桃李伤，棠梨花白蔓菁黄。"

坟墓旁多栽白杨树。《古诗十九首》："古墓犁为田，松柏摧为薪。白杨多悲风，萧萧愁杀人。"陶渊明《拟挽歌辞三首》之三："荒草何茫茫，白杨亦萧萧。严霜九月中，送我出远郊。四面无人居，高坟正蕉峣。"

〔五〕冥冥，昏暗貌。重泉，即九泉。

王直方曰：东坡云：与郭生游寒溪，主簿吴亮置酒。郭生善作挽歌，酒酣发声，坐为凄然。郭生言恨无佳词，因改乐天《寒食》诗歌之。坐客有泣者。其词曰："乌飞鹊噪昏乔木，清明寒食谁家哭？风吹田野纸钱飞，古墓累累青草绿。棠梨花映白杨树，尽是死生离别处。冥冥重泉哭不闻，萧萧暮雨人归去。"东坡易以"乌飞鹊噪昏乔木，清明寒食谁家哭？"每句杂以散声。（《王直方诗话·寒食诗》）

贺裳曰：乐天"丘墟郭门外，寒食谁家哭"。（下略）东坡易以"乌飞鹊噪昏乔木，清明寒食谁家哭"，此如美人梳掠已竟，增插一钗，究其美处岂系此？至张子野衍其《花非花》为小词，则掖庭之流入北里也。（《载酒园诗话·改古人诗》）

史承豫曰：顿觉尽情。（《唐贤小三昧集》）

宋宗元曰：（末二句下）哀冷。（《网师园唐诗笺》）

寒食节是一个春游的节日，又是一个祭扫坟墓的节日。春天的明媚鲜艳和盎然生机与累累坟墓所显示的生命消逝的悲哀正形成鲜明的对比映照，使生命消逝的悲哀和生死离别的痛苦更显得突出。白居易的这首《寒食野望吟》正体现这个特点。

题为"寒食野望"，说明诗人在寒食节那一天信步出郭，游望春天的郊野。但首先扑入诗人眼帘，萦回诗人耳际的却并不是鲜花啼鸟，而是郭门外的一片坟茔丘墟和隐隐传来的阵阵哭声。这荒凉的丘墟和凄悲的哭声给眼前的寒食节平添了黯淡的色调和凄凉的气息。次句以问语出之，使诗的格调显得摇曳有致。

"风吹旷野纸钱飞，古墓累累春草绿。"三、四两句，进一步写寒食扫墓祭奠景象。哭祭既毕，飘撒纸钱，是扫墓的习俗。但见旷野之上，春风起处，纸钱漫天飞舞；累累古墓之旁，春草芊芊，一片盎然绿意。两句纯用白描，将旷野古墓荒冢的空寂荒凉与碧绿春草的欣然生机构成鲜明对比映衬，使旷野古墓在萋萋碧草的衬托下愈显其空寂荒凉，也显出自然界生生不已的规律和人间世界新陈代谢的常规。

"棠梨花映白杨树，尽是死生离别处。"五、六句分承三、四句。上句写旷野上的两种树，下句写墓前生死离别的悲哀。旷野上的树当然不止棠梨树与白杨树两种，之所以只写二者，是因为棠梨花开当暮春，一片白色，正渲染出祭扫亲人的生者伤悼逝者的哀思；而"白杨"的意象，由于在诗歌中常与坟墓相连，白杨萧萧更用来表达荒凉萧索的意绪，因而"棠梨花映白杨树"的景象在读者心中唤起的便不再是春花的鲜艳和生命的绿意，而是一片哀思愁绪和萧索的意绪，这就自然引出了下句的强烈深沉感慨——"尽是死生离别处"。在看来是花发树绿的春色中，上演的正是死生离别的悲剧。"尽是"二字，上应"古墓累累"，透露出在这寒食季候的旷野中，祭扫者不止一家两家，处处都充满生死相隔的悲哀。

"冥冥重泉哭不闻，萧萧暮雨人归去。"尽管生者祭扫哭吊，但身处昏暗泉下的逝者却根本听不到他们的哭声。一阴一阳，生死相隔，生者也只能徒寄哀思而已。"哭不闻"二字，写出了阴阳隔绝的深悲与无奈。在萧萧暮雨之中，祭扫者只能怀着黯然的心绪踏上归途。末句以景结情，富于悠然不尽的余韵。

这是一篇短篇七古，写"寒食野望"，全从所见祭扫坟墓节俗着眼。所写的虽是生死离别、阴阳相隔的悲哀，但却将情与景的相反相成的关系处理得相当成功，令人在感受到这种悲哀的同时仍然领略到诗歌意境、韵调的美感。全篇节奏明快、音调流美，也加强了它的艺术魅力。开头两句用五字句，以问语起，以下改用七言，使诗歌的节奏跳跃变化，更加流畅。苏轼改前两句为七言，不但未为全诗增色，反而使它变得呆滞了。

琵琶引 并序〔一〕

元和十年，予左迁九江郡司马〔二〕。明年秋，送客湓浦口〔三〕。闻船中夜弹琵琶者〔四〕，听其音，铮铮然有京都声〔五〕。问其人，本长安倡女〔六〕。尝学琵琶于穆、曹二善才〔七〕，年长色衰，委身为贾人妇〔八〕。遂命酒，使快弹数曲，曲罢悯默〔九〕。自叙少小时欢乐事，今漂沦憔悴〔一〇〕，转徙于江湖间〔一一〕。予出官二年，恬然自安，感斯人言，是夕始觉有迁谪意。因为长句〔一二〕，歌以赠之，凡六百一十六言〔一三〕，命曰《琵琶引》。

浔阳江头夜送客〔一四〕，枫叶荻花秋瑟瑟〔一五〕。主人下马客在船，举酒欲饮无管弦。醉不成欢惨将别，别时茫茫江浸月。忽闻水上琵琶声，主人忘归客不发。寻声暗问弹者谁？琵琶声停欲语迟。移船相近邀相见，添酒回灯重开宴〔一六〕。千呼万唤始出来，犹抱琵琶半遮面。转轴拨弦三两声〔一七〕，未成曲调先有情。弦弦掩抑声声思〔一八〕，似诉平生不得意〔一九〕。低眉信手续续弹〔二〇〕，说尽心中无限事。轻拢慢捻抹复挑〔二一〕，初为霓裳后六幺〔二二〕。大弦嘈嘈如急雨〔二三〕，小弦切切如私语〔二四〕。嘈嘈切切错杂弹，大珠小珠落玉盘。间关莺语花底滑〔二五〕，幽咽泉流冰下难〔二六〕。冰泉冷涩弦凝绝〔二七〕，凝绝不通声暂歇。别有幽愁暗恨生，此时无声胜有声。银瓶乍破水浆迸〔二八〕，铁骑突出刀枪鸣。曲终收拨当心画〔二九〕，四弦一声如裂帛。东船西舫悄无言，唯见江心秋月白。沉吟放拨插弦中〔三〇〕，整顿衣裳起敛容〔三一〕。自言本是京城女，家在虾蟆陵下住〔三二〕。十三学得琵琶成，名属教坊第一部〔三三〕。曲罢曾教善才伏〔三四〕，妆成每被秋娘妒〔三五〕。五陵年少争缠头〔三六〕，一曲红绡不知数〔三七〕。钿头云篦击节碎〔三八〕，血色罗裙翻酒污〔三九〕。今年欢笑复明年，秋月春风等闲度〔四〇〕。弟走从军阿姨死〔四一〕，暮去朝来颜色故〔四二〕。门前冷落鞍马稀，老太嫁作商人妇。商人重利轻别离，前月浮梁买茶去〔四三〕。去来江口守空船〔四四〕，绕船月明江水寒。夜深忽梦少年事，梦啼妆泪红阑干〔四五〕。我闻琵琶已叹息，又闻此语重唧唧〔四六〕。同是天涯沦落人，相逢何必曾相识！我从去年辞帝京，谪居卧病浔阳城。浔阳地僻无音乐〔四七〕，终岁不闻丝竹声。住近湓江地低湿，黄芦苦竹绕宅生〔四八〕。其间旦暮闻何物？杜鹃啼血猿哀鸣〔四九〕。春江花朝秋月夜，往往取酒还独倾。岂无山歌与村笛，呕哑嘲哳难为听〔五〇〕。今夜闻君琵琶语〔五一〕，如听仙乐耳暂明。莫辞更坐弹一曲，为君翻作琵琶行〔五二〕。感我此言良久立，却坐促弦弦转急〔五三〕。凄凄不似向前声〔五四〕，满座重闻皆掩泣。座中泣下谁最多？江州司马青衫湿〔五五〕。

校注

〔一〕诗题或作《琵琶行》，按：题当作《琵琶引》。宋人称引评论此诗，虽多作《琵琶行》，然今传各本及《文苑英华》卷三百三十四所载此诗题及序均作《琵琶引》。故仍从旧本及《文苑英华》。引与行均为乐府歌曲名。王灼《碧鸡漫志》卷一："古诗或名曰乐府，谓诗之可歌也。故乐府中有歌有谣，有吟有引，有行有曲。"诗作于元和十一年（816）秋，时作者谪贬江州司马已经年。余详序及注。

〔二〕左迁，谪官。古代以右为尊，故称贬官为左迁。九江郡，即江州（今江西九江市）。司马，州刺史的副职，协助刺史处理军政事务。但唐代的州司马每用以安排贬谪官吏或闲散官员。白居易之贬江州司马、柳宗元之贬永州司马均属此种安排。《旧唐书·白居易传》："（元和）十年七月，盗杀宰相武元衡，居易首上疏论其冤，急请捕贼以雪国耻。宰相以宫官非谏职，不当先谏官言事，会有素恶居易者，掎摭居易言浮华无行。其母因看花坠井死，而居易作《赏花》及《新井》诗，甚伤名教，不宜置彼周行。执政方恶其言事，奏贬为江州刺史。诏出，中书舍人王涯上疏论之，言居易所犯状迹不宜治郡，追诏江州司马。"

〔三〕湓浦口，湓水流入长江的入水口，亦即诗首句之"浔阳江头"。

〔四〕船，《全唐诗》校："一作舟。"按作者有《夜闻歌者》（题下注：宿鄂州）云："夜泊鹦鹉洲，江月秋澄澈。邻船有歌者，发词堪愁绝。歌罢继以泣，泣声通复咽。寻声见其人，有妇颜如雪。独倚帆樯立，娉婷十七八。夜泪如真珠，双双堕明月。借问谁家妇，歌泣何凄切。一问一沾襟，低眉终不说。"诗作于元和十年赴江州途中。情节与《琵琶引》有相似处。或有疑《琵琶引》所叙情事为作者虚构者，恐无据。参《夜闻歌者》，可见此类情事或遇于旅途中，或发生在江边送客时，均属常事。

〔五〕京都声，京城长安乐曲特有的声调风格。

〔六〕倡女，给人唱歌或弹奏乐器的歌妓、乐妓。

〔七〕善才，唐代对琵琶师或曲师的通称，《乐府杂录》卷上琵琶："贞元中有王芬、曹保保，其子善才，其孙曹纲，皆袭所艺。"穆、曹二善才，姓穆与姓曹的两位弹奏琵琶的高手。白居易有《听曹刚（曹纲）琵琶兼示重莲》诗。元稹《琵琶歌》"铁山已近曹穆间"原注："二善才姓。"

〔八〕委身，把自己托付给。贾（gǔ）人，商人。

〔九〕悯默，忧伤不语。

〔一○〕漂沦，漂泊沦落。

〔一一〕转徙，辗转迁徙。

〔一二〕长句，唐代称七言诗为长句，此指七言歌行。

〔一三〕六百一十六，原作六百一十二，据《文苑英华》及卢文弨校改。

〔一四〕浔阳江，指流经浔阳（今江西九江）的一段长江。

〔一五〕荻，生长在水边形状像芦苇的一种草，秋天开白花。瑟瑟，风吹草木声。或解为萧瑟，亦通。刘希夷《捣衣篇》："秋天瑟瑟夜漫漫，夜白风清玉露团。"杨慎《升庵诗话》卷十一谓"瑟瑟"本是珍宝名，其色碧。此句言枫叶赤、荻花白、秋色碧也，并引白氏诸诗为证。吴景旭《历代诗话》亦从杨说。然此句七字一意贯串，谓枫叶荻花均在秋风中瑟瑟作响，以渲染秋声秋意。与萧瑟意亦不矛盾。解"瑟瑟"为"碧色"则反破坏全句之萧瑟情调气氛。

〔一六〕回灯，重新挑亮灯。

〔一七〕转轴，转动琵琶上端系弦的木轴，以调节音的高低。

〔一八〕掩抑，形容音调低沉。思，读去声，悲伤、哀愁。《礼记·乐记》："亡国之音哀以思。"

〔一九〕意，《全唐诗》校："一作志。"

〔二○〕低眉，低头。信手，随手。续续，连续不断。

〔二一〕拢，左手指叩弦。捻（niǎn），左手指揉弦。抹，右手顺弦下拨。挑，右手反手回拨。拢、捻是指法；抹、挑是弹法。

〔二二〕霓裳，《霓裳羽衣曲》的简称。六幺，唐大曲名，又称《绿腰》《录要》，亦即《乐世》。元稹《琵琶歌》："绿腰散序多拢捻。"白居易《杨柳枝调》："六幺水调家家唱。"

〔二三〕嘈嘈，形容声音沉重舒长。

〔二四〕切切，形容声音细促轻幽。

〔二五〕间关，黄莺鸣叫声。

〔二六〕冰下难，《全唐诗》原作"水下滩"，据何焯、段玉裁校改。段氏《经韵楼集》卷八《与阮芸台书》云："白乐天'间关莺语花底滑，幽咽泉流水下滩'。'泉流水下滩'不成语，且何以与上句属对？昔年尝谓当作'泉流冰下难'，故下文接以'冰泉冷涩'。'难'与'滑'对，难者，滑之反也。莺语花底，泉流冰下，形容湿滑二境，可谓工绝。"陈寅恪《元白诗笺证稿》复引白诗《筝》"冰泉咽复通"，元诗《琵琶歌》，"冰泉呜咽流莺语"等句以证之。遂成定论。幽咽，形容声音的低微与抑塞不畅。

〔二七〕弦凝绝，琵琶弦上的声音好像（冰下的泉水）凝结不通了一样。

〔二八〕银瓶，汲井水的器具。水浆，即水。

〔二九〕拨，弹奏琵琶的拨子。当心画，用拨子对着琵琶槽的中心，用力一下划过四根弦。这是曲终收拨时的弹法。

〔三〇〕沉吟，沉思忖度、欲语犹疑的样子。

〔三一〕起敛容，起立而显出庄重的表情。

〔三二〕虾蟆陵，在长安东南曲江附近，是当时歌妓舞女聚居之地和游乐区。相传这里是汉代大儒董仲舒的墓地，名下马陵，音讹为"虾蟆陵"，《雍录》卷七："虾蟆陵在万年县南六里。"《长安志》卷十一万年县："虾蟆陵在县南六里。韦述《两京记》：本董仲舒墓。"李肇《国史补》卷下："旧说，董仲舒墓，国人过皆下马，故谓之下马陵，后语讹为虾蟆陵。"

〔三三〕教坊，唐代官方设立的管理、教练歌舞的机构，有内教坊，在京城长安蓬莱宫侧；有外教坊，分左、右二坊。崔令钦《教坊记》："西京右教坊在光宅坊，左教坊在延政坊。左多善歌，右多工舞。"此即外教坊。第一部，即坐部。白居易《新乐府·立部使》："太常部伎有等级，堂上者坐堂下立。……立部贱，坐部贵，坐部退为立部伎，击鼓吹笙和杂戏。"原注："太常选坐部伎无性识者，退入立部伎。"故坐部地位高于立部，称"第一部"，含有第一等之义。

〔三四〕伏，服，佩服。

〔三五〕秋娘，唐时歌舞妓常用名，此特指当时长安著名的歌舞伎人。高步瀛《唐宋诗举要》卷二："秋娘，或以李锜妾（杜）秋娘当之，非是……元微之《赠吕二校书》云：'竟添钱贯定秋娘'，当与此同，特其事迹未详耳。"陈寅恪《元白诗笺证稿》："韦縠《才调集》一载乐天《江南喜逢萧九彻因话长安旧游戏赠五十韵》云：'多情推阿软，巧语许秋娘。'即此《琵琶引》中秋娘，盖当时长安负盛名之倡女也。乐天天涯沦落，感念昔游，遂取以入诗耳。"

〔三六〕五陵，西汉长安西有五个皇帝的陵墓。汉元帝前，每立陵墓，从四方挑选富豪及外戚于此居住，令供奉园陵，称为陵县。五陵年少，指京都富豪子弟。缠头，古代舞女以锦缠头，唐时习俗，歌舞伎表演完后，以锦帛相赠，称缠头彩。争缠头，竞相送缠头彩，杜甫《即事》"歌罢锦缠头"。九家注："锦缠头以赏舞者。"

〔三七〕红绡，红色薄绸。当即赏歌舞伎之缠头彩。

〔三八〕钿头云篦，两头镶金翠珠宝的云形发篦。击节，打拍子。

〔三九〕翻酒污，因酒杯翻倾而为酒所污。

〔四〇〕等闲度，轻易随便地度过。

〔四一〕弟，指女弟，教坊中年轻的歌舞伎。从军，指入军幕为营妓。阿姨，指年长的歌舞妓。

〔四二〕颜色故，容颜衰老。

〔四三〕浮梁，唐江南西道饶州属县，今江西景德镇北浮梁镇，为当时著名的产茶地。《元和郡县图志》卷二十八：江南西道饶州浮梁县："每岁出茶七百万驮，税十五馀万贯。"

〔四四〕去来，走了以后。

〔四五〕梦啼，梦中啼哭。妆泪红阑干，纵横流溢的泪水沾湿了残妆上的红粉胭脂。

〔四六〕重唧唧，又复叹息。

〔四七〕地僻，《全唐诗》原作"小处"，校："一作地僻"，兹据改。

〔四八〕黄芦，枯黄的芦苇。

〔四九〕杜鹃鸟口红，相传其春末夏初时"夜啼达旦，血渍草木"，故云"杜鹃啼血"。杜鹃鸣声有如"不如归去"，与哀猿长鸣每易触动旅人之乡思。

〔五〇〕呕哑嘲（zhāo）哳（zhā），形容声音嘈杂不悦耳。难为听，难以入耳。

〔五一〕琵琶语，琵琶声，指琵琶所奏的曲调。语，指所谓音乐语言。

〔五二〕翻，按曲调写歌词。

〔五三〕却坐，退回到原处坐下。促弦，拧紧弦。

〔五四〕向前声，刚才奏过的曲调声情。

〔五五〕王楙《野客丛书》卷二十七："唐制服色不视职事官，而视阶官之品。"青衫，唐代八、九品官着青衫，白居易当时的官衔是"将仕郎守江州司马"，散官将仕郎为最低级之从九品下官阶，故着青衫。

 笺评

李忱（唐宣宗）曰：缀玉联珠六十年，谁教冥路作诗仙。浮云不系名居易，造化无为字乐天。童子解吟长恨曲，胡儿能唱琵琶篇。文章已满行人耳，一度思卿一怆然。（《吊白居易》）

洪迈曰：白乐天《琵琶行》一篇，读者但羡其风致，敬其词章，至形于乐府，咏歌之不足。遂以为真为长安故倡所作。予窃疑之。唐世法网虽于此为宽，然乐天尝居禁密，且谪官未久，必不肯乘夜入独处妇人船中，相从饮酒，至于极弹丝之乐，中夕方去，岂不虞商人者他日议其后乎？乐天之意，直欲摅写天涯沦落之恨耳。（《容斋五笔卷十·琵琶行海棠诗》）又见三笔卷六。按：曾慥《类说》卷二十二引《荆湖近事》：李守愚闻人诵白傅《琵琶行》，笑曰："此妇本长安倡女，嫁茶商在外，而居易辄于夜间移船就之，听其琵琶以佐欢，得非奸状显然耶？"与洪氏说近似。陈寅恪《元白诗笺证稿》："移船相近邀相见"之"船"，乃"主人下马客在船"之"船"，非"去来江口守空船"之"船"。盖江州司马移其客之船，以就浮梁茶商外妇之船，而邀此长安故倡从其所乘之船出来，进入江州司马所送客之船中，故能添酒重宴。否则江口茶商外妇之空船中，恐无如此预设之盛筵也。

朱熹曰：白乐天《琵琶行》云："嘈嘈切切错杂弹，大珠小珠落玉盘。"云云，这是和而淫。至"凄凄不似向前声，满座重闻皆掩泣。"这是淡而伤。（《朱子语类》）

何汶曰：《禁脔》云……乐天题琵琶曰："银瓶乍破水浆迸，铁骑突出刀枪鸣。"又曰："四弦一声如裂帛。"此皆曲尽万物之情状。若音声不可把玩，如石火电光，而人之才力能攫取之，然此但得其情状，非能写其不传之妙。如山谷《题芦雁图》，则妙绝矣。（《竹庄诗话》卷十）

刘克庄曰：《舞剑器行》，世所脍炙绝妙好诗也……余谓此篇与《琵琶行》，一如壮士轩昂赴敌场，一如儿女恩怨相尔汝，杜有建安、黄初骨气，

白未脱长庆体耳。（《后村诗话新集》卷一）

戴复古曰：浔阳江头秋月明，黄芦叶底秋风声。银龙行酒送归客，丈夫不为儿女情。隔船琵琶自怨思，何预江州司马事？为渠感激写歌行，一写六百十六字。白乐天，白乐天，生平多为达者语，到此胡为不释然。弗堪谪宦便归去，庐山正接柴桑路。不寻黄菊伴渊明，忍泣青衫对商妇？（《琵琶行》）

唐汝询曰：此宦游不遂，因琵琶以托兴也。言当清秋明月之夜，闻琵琶哀怨之音，听商妇自叙之苦，以动我逐臣久客之怀，宜其泣下沾襟也。《连昌》纪事，《琵琶》叙情，《长恨》讽刺，并长篇之胜。而高、李弗录，今采而笺释之，俾学者有所观法焉。（《唐诗解》卷二十）又曰：此乐天宦游不遂，因琵琶以托兴也。"饮无管弦"，埋琵琶话头。一篇之中"月"字五见，"秋月"三用，各自有情。何尝厌重！"声沉欲语迟"，"沉"字细，若作"停"字便浅，"欲语迟"，形容妙绝。"未成曲调先有情"，"先有情"三字，一篇大机括。"弦弦掩抑"，下四语总说，情见乎辞。"大弦"以下六语，写琵琶声响，曲尽其妙，"水泉冷涩"四语，传琵琶之神。"银瓶"二语，已歇而复振，是将罢时光景。"唯见江心秋月白"，收用冷语，何等有韵！"自言本是京城女"下二十二句，商妇自诉之词，甚夸，甚戚，曲尽青楼情意。"同是天涯沦落人"二句，钟伯敬谓"止此，妙，亦似多后一段"。若止，乐天本意，何处发舒！惟从"沦落人"转入迁谪，何等相关！香山善铺叙，繁而不冗，若百衲衣手段，如何学得？（《删补唐诗选脉笺释会通评林·中七古》引）

钟惺曰：（"冰泉冷涩"二句下）以此说曲罢，情理便深。（"门前冷落"二句下）唤醒人语，不怕说得败兴。（"同是天涯"二句下）止此，妙，亦似多后一段。（《唐诗归》）

陆时雍曰：乐天无简练法，故觉顿挫激昂为难。（《唐诗镜》）又曰：形容仿佛。又曰：作长篇须得崩浪奔窗，蓦涧腾空之势，乃知乐天只一平铺次第。（《删补唐诗选脉》引）

许学夷曰：乐天七言古，《长恨》《琵琶》及《新乐府》虽成变体，然尚有唐人音调。至《一日日一年年》及《达哉乐天行》，则全是宋人声口，始为之变矣。（《诗源辩体》卷二十八）

杨慎曰：白乐天"枫叶荻花秋瑟瑟"，此句绝妙。枫叶红，荻花白，映秋色碧也。瑟瑟，珍宝名，其色碧，故以"瑟瑟"影指"碧"字。读者草

唐诗选注评鉴（四）

草，不知其解也。今以问人，辄答曰："瑟瑟者，萧瑟也。"此解非是。何以证之？乐天又有《暮江曲》云："一道残阳照（铺）水中，半江瑟瑟半红（江）红。"此"瑟瑟"岂萧瑟哉！正言残阳照江，半红半碧耳。乐天有灵，必惊予为千载知音矣。（《升庵诗话·瑟瑟》）又曰：白居易诗："千呼万唤始出来。"始字不如"才"字。诗人有作者未工而后人改定者胜，如此类多有之。使作者复生，亦必心服也。（同上《古诗文宜改定字》）

李沂曰：初唐人喜为长篇，大率以词彩相高而乏神韵。至元、白，去其排比，而仍踵其拖沓。惟《连昌宫词》直陈时事，可为龟鉴。《琵琶行》情文兼美，故特取之。（《唐诗援》）

郝敬曰：以诗代叙，记情兴，曲折婉转，《连昌宫词》正是伯仲。（《批选唐诗》）

吴景旭曰：《博雅》："瑟瑟，碧珠也。"《杜阳杂编》有瑟瑟幕，其色轻明虚薄，无与为比。《唐语林》：卢昂有瑟瑟枕，宪宗估其值曰："至宝无价。"《水经注》："水木明瑟。"韦庄诗："留得溪头瑟瑟波，泼成纸上猩猩色。"据此，则升庵之说益信。乃陈晦伯以刘桢"瑟瑟谷中风"正之。盖乐天诗言色，公干诗言声，用意各别。安得强证为"萧瑟"之"瑟"也！若卢照邻"风横天而瑟瑟，云覆海而沉沉"，乃与公干同意。（《历代诗话》卷五十）

宋征璧曰：元、白体格不必论，若《琵琶行》，颇尽情事。又杨升庵曰："白居易'千呼万唤始出来'，不如易以'才'字。"予意诗以声调而工，若"才出来"，则不中宫商矣。升庵强作解事。（《抱真堂诗话》）

杜庭珠曰：（"梦啼妆泪"句下）以上琵琶妇自叙，下，乐天自言迁谪之感也。（《中晚唐诗叩弹集》）

田雯曰：余尝谓白香山《琵琶行》一篇，从杜子美《观公孙大娘弟子舞剑器行》得来。"临颍美人在白帝，妙舞此曲神扬扬，与余问答既有以，感时抚事增惋伤。"杜以四语，白成数行，所谓演法也。凫胫何短，鹤胫何长，续之不能，截之不可，各有天然之致。不惟诗也，文亦然。（《古欢堂杂著》卷三）

徐增曰：此篇铺叙甚佳，语多情至，顿挫之法颇有。若较子美之陡健，相去远矣。滥觞从此始。"琵琶声停欲语迟"，"欲语迟"，宛然妇人行径矣。"枫叶荻花秋瑟瑟"，人知是写景，不知是写秋。古人作长篇，法有详略。此篇纯用详法，此乐天短处也。（"转轴拨弦"句下）"未成曲调先有情"。司马迁谪，复当别离，此乐天之情也；嫁与商人，不得遂意，此妇人之情也。大家暗暗相关。此诗是乐天听过琵琶曲从亮处做的。"其间旦暮闻何物"，作问辞，句法变，方无直下之弊。"春江花朝秋月夜，往往取酒还独倾。"要知乐天不是单对妇人自叙，还有所送之客在此，正是眼光向客处。此二句妙甚。（《而庵说唐诗》卷三）

黄周星曰：乐天诗如《长恨歌》《琵琶行》皆所谓老妪解颐者也。然无一字不深入人情。不但入情，而且刺心透髓，即少陵、长吉歌行，皆不能及。所以然者，少陵、长吉虽能为情语，然犹兼才与学为之。凡诗语一夹才学，终隔一层，便不能刺透心髓。乐天之妙，妙在全不用才学，一味以本色真切出之，所以感叹最深，由是观之，则老妪解颐，谈何容易！（《唐诗快》卷七）

查慎行曰：春江带城沙嘴白，弓势弯环抱新月。我来纵棹半日游，败意眼前无一物。吟诗直入老僧家，小技忽痒难搔爬。分明有句和不得，古调岂叶筝琵琶。先生不作谁与语，白日茫茫变风雨。男儿失路虽可怜，何至红颜相尔汝，与公相去又千年，依旧荒城无管弦。扫空题壁孤亭在，笑指门前浪拍天。（《琵琶亭次宋郭明复旧韵》）

严元照曰：予向读吴梅村《琵琶行》，喜其浏漓顿挫，谓胜白文公《琵琶行》，久而知其谬也。白诗开手便从江头送客说到闻琵琶，此直叙法也。吴诗先将琵琶铺陈一段，便成空套（《蕙櫋杂记》）

吴瑞荣曰：香山每有所作，令老妪能解则录之，故格调局而不高，此篇以清壮发其悲情，写实追空，听词似泣。王元美、李于鳞虽不见收，要不失为佳制。（《唐诗笺要后集》卷五）

黄子云曰：香山《琵琶行》，婉折周详，有意到笔随之妙。笔中句亦警拔。音节靡靡，是其一生短处，非独是诗而已。（《野鸿诗的》）

沈德潜曰：写同病相怜之意，恻恻动人。诸本"此时无声胜有声"，既"无声"矣，下二语如何接出？宋本"无声复有声"，谓住而双弹也，古本可贵如此。（《重订唐诗别裁集》卷八）

《唐宋诗醇》：满腔迁谪之感，借商妇以发之，有同病相怜之意焉。比兴相纬，寄托遥深，其意微以显，其音哀以思，其辞丽以则。《十九首》云："清商随风发，中曲正徘徊。一弹再三叹，慷慨有馀哀。"及杜甫《观公孙大娘弟子舞剑器行》，与此篇同为千秋绝调，不必以古近、前后分也。

史承豫曰：感商妇之飘流，叹谪居之沦落。凄婉激昂，声能引泣。（《唐贤小三昧集》）

《精选评注五朝诗学津梁》：结以两相叹感收之。此行似江潮涌雪，馀波荡漾，有悠然不尽之妙，凡作长题，步步映衬，处处点缀，组织处，悠扬处，层出不穷。笔意鲜艳无过白香山者。

宋宗元曰：（"醉不成欢"二句下）为下二段伏线。（"此时无声"句下）即"声暂歇"时言。（"唯见江心"句下）应首段，作一束。（"绕船月明"句下）映上重作一束，为文章留顿法。（"同是天涯"二句下）双收上二段，转到自己。（"其间旦暮"句下）自叙踪迹，与起处相应。此诗及《长恨歌》，诸家选本率与元微之《连昌宫词》并存。然细玩之，虽同是洋洋大篇，而情辞斐亹，无论元词之远不逮白歌，即此与李亳州之《悲善才》，并为闻琵琶作，而亦有仙凡之判，固不但以人品高下为去取也。（《网师园唐诗笺》）

赵翼曰：盖其得名在《长恨歌》一篇……又有《琵琶行》一首助之。此即无全集，而二诗已自不朽。（《瓯北诗话》卷四）又曰：《琵琶行》亦是绝作，然身为本郡上佐，送客到船，闻邻船有琵琶女，不问良贱，即呼使奏技，此岂居官者所为？岂唐时法令疏阔若此耶？盖特香山借以为题，发抒其才思耳。然在鄂州，又有《夜闻歌者》一首云（诗略，见注〔四〕引）。则闻歌觅人，竟有其事，恬不为怪矣。（同上）

马位曰：乐天"转轴拨弦三两声，未成曲调先有情"，与谪仙"楚歌吴语娇不成，似能未能最有情"，异曲同工。（《秋窗随笔》）

陈鲤庭曰：乐天《长恨歌》节节蝉联，《琵琶引》处处截断。中云："冰泉冷涩弦凝绝，凝绝不通声暂歇。别有幽愁暗恨生，此时无声胜有声。"此作一断。下接云："银瓶乍破水浆迸，铁骑突出刀枪鸣。"于无声之后忽然有声，则"乍破""突出"始字字有力。今有改作"此时无声复有声"，则语意庸近，而曰"校自宋本"，今传宋本《长庆集》不如此。（《过庭录》卷十六）

洪亮吉曰：今人以九江郡西琵琶洲谓得名于白傅为江州司马时听商妇琵琶于此，因号琵琶洲，不知非也。《水经注·江水下》："江水东迳琵琶山南，山下有琵琶湾。"考其道里，正在浔阳境内，则"琵琶"之名久矣。（《北江诗话》卷三）

白居易

2359

施补华曰:《琵琶行》较有情味。然"我从去年"一段又嫌繁冗,如老妪向人谈旧事,叨叨絮絮,厌渎而不肯休也。(《岘佣说诗》)

陈廷焯曰:"商人重利轻别离",白香山沉痛语也。江开之《菩萨蛮·商妇怨》云:"嫁郎如未嫁,长是凄凉夜。情少利心多,郎如年少何?"俚极笨极,真是点金成铁。(《白雨斋词话》卷七)

吴汝纶曰:("同是"二句)一篇主句。(《唐宋诗举要》卷二引)

高步瀛曰:("犹抱"句下)以上送客江口遇弹琵琶妇人。("唯见"句下)以上摹写琵琶技术之工。("梦啼"句下)以上妇人自述其旧事。("江州"句下)以上自叙迁谪之感。(《唐宋诗举要》卷二)

陈寅恪曰:既专为此长安故倡女感今伤昔而作,又连绾己身迁谪失路之怀,直将混合作此诗之人与此诗所咏之人二者为一体,真可谓能所双亡,主宾俱化,专一而更专一,感慨复加感慨,岂微之泛泛之作(指《琵琶歌》)所能企及者乎!(《元白诗笺证稿》第47页)

靳极苍曰:白氏此处的"瑟瑟",绝不能解作碧色。因这一句的前一句是"夜送客"。夜间月下,能分清什么红色碧色呢?张若虚《春江花月夜》:"月照花林皆似霰。"月照下各种颜色的花林,全像霰一样的白色了,因为月下不可能辨别颜色呀,王弇州尝讥升庵"求之宇宙之外,而失之耳目之前",这便是一例。这里的"瑟瑟"句,该解为秋天枫叶荻花因夜风而响的声音。"秋"既点明出季节,更主要的是表现作者当时的情绪,奠定着全篇的气氛……作者送别友人,所以心情是萧瑟的,枫叶荻花发出来的"瑟瑟"之声,作者听来是有萧瑟意味的。(《百家唐宋诗新话》第360页)

罗宗强曰:《序》的中心,落在迁谪上。全诗的感情基调,也是这迁谪引起的凄凉之感。诗的两个主要部分,是写人生沦落。写弹琵琶者坎坷命运的一段,用对比的手法,写出年长色衰之后的悲怆遭遇……写自己遭遇的一段,着重抒发贬谪以来的冷落寂寞与孤独凄寂……这两段描写,在长篇叙事诗的手法上有了发展。两段都采用第一人称叙述自己的身世,叙述又都采用回顾的方式,类于倒叙,各自独立地展示了两个人的遭遇,中间用"我闻"转折,把两条线索贯穿起来,使感情的发展自然衔接,在叙事中自然抒发了"同是天涯沦落人"的凄凉情思。叙事用衬托、铺垫和高度浓缩的故事交代,显得既曲折动人,又干净利索,自然流畅,在叙事艺术上,《琵琶行》在唐诗发展中是一个高峰。《琵琶行》另一成功的地方,是对音乐的描写……把整个演奏过程的旋律变化完美表现出来……与韩愈、李贺比，白居易写乐声更趋于写实，更少幻想变怪的奇异的美，更多真切细腻的感受。这或者是它的魅力所在，它有自己的独特性。（《唐诗小史》第205～207页）

《琵琶引》与作者创作于十一年前的《长恨歌》，后先辉映，堪称古代文人叙事诗的双璧。比较而言，《琵琶引》思想内容的民主性更为明显，艺术上也有新的发展。

全诗三段。从开头到"犹抱琵琶半遮面"是一个引子。一上来先勾画出一个枫叶荻花在瑟瑟秋风中摇曳作响，充满凄清萧瑟情调的环境，为身世凄凉的琵琶女及天涯沦落的诗人的出场布置好一个自然场景。紧接着用饯别时"举酒欲饮无管弦"自然引出"水上琵琶声"，使下文"移船相近"顺理成章。琵琶女的出场写得有曲折有情致，始则殷勤相邀，继则声停语迟，再则千呼万唤，终则虽出而"犹抱琵琶半遮面"。这不单是引人入胜，更是为了表现"漂沦憔悴"的女主人公的身份与性格。这十四句诗像一部乐曲精彩的前奏，写得有声有色，有景有情，曲折自如，极富抒情气氛，可谓"转轴拨弦三两声，未成曲调先有情"。以下二十四句，便进而通过对琵琶女弹奏全过程的精心描摹，揭示其"平生不得意"的"幽愁暗恨"和听者的感情共鸣。这一部分音乐描写的出色成就及其在全篇中的作用，将在下面专门作具体阐说分析。

第二段从"沉吟放拨插弦中"到"梦啼妆泪红阑干"二十四句，写琵琶女自诉身世。明显分成"少小时欢乐事"和"年长色衰，委身为贾人妇"两层，前后构成鲜明对比。前一层着重写了两个方面：一是学艺于名师，技艺超群；二是五陵年少对她的倾倒。这主要是为了突出琵琶女身世遭遇的变化。"少小时欢乐事"越渲染得红火热闹，年长色衰、转徙江湖的生活越显得落寞凄凉。同时对上文的音乐描写，也是一种映照与补充。后一层写时光流逝中青春的消逝，门前的冷落和郁郁寡欢中的出嫁，以及独守空船的凄清，像是电影上一连串镜头的高明剪接，既层次分明又流畅自如。语言的照应、勾连、重叠，使一系列各自独立的生活片断连接得天衣无缝，读来如同行云流水。这一段的一个显著特点是在叙事中渗透一种带有浓郁感情色彩的诗美。它使得这首叙事诗兼有叙事与抒情的双重品格。这一点在下面将作重点剖析。

第三段从"我闻琵琶已叹息"到篇末二十六句，写诗人自抒迁谪之慨。"我闻"二句，分别照应前两段，承上启下，从琵琶女自叙身世过渡到诗人自抒感慨。在自我抒感中，只突出谪居浔阳、不闻音乐一事，而"天涯沦落"之恨自见。而"同是天涯沦落人，相逢何必曾相识"二句，又极其自然地将琵琶女的身世与诗人的身世融为一体，揭出全篇主旨。最后以"重弹"结束，回应开头的"水上琵琶声"。末二句主客双收，泪湿青衫，不仅为自己，也为琵琶女一洒同情之泪。

《琵琶引》具有叙事与抒情的双重品格。这一点与《长恨歌》有同有异。《长恨歌》是在叙事过程中渗透浓郁的抒情气氛，而《琵琶引》则既是琵琶女和听琵琶的诗人昔荣今悴、天涯沦落命运的传奇故事诗，又是抒发诗人天涯沦落之恨的抒情诗。作为一首叙事诗，《琵琶引》有两个贯串始终的人物，其中琵琶女是主角，白居易是配角。但他们之间的关系并非是简单地以宾托主，而是宾主互衬。白居易的同情固然进一步烘托出琵琶女的悲剧命运，而琵琶女昔荣今悴的遭遇也反映或暗示了白居易的类似遭遇。他们之间通过"琵琶声"这个中介，互相映衬，双向交流，最后汇成"同是天涯沦落人"的主题。这种格局的叙事诗，在白居易之前还没有出现过。作为一首特殊形式的抒情诗，《琵琶引》可以说是白居易"感斯人言"而抒"迁谪意"的贬谪者之歌。从这个角度看，琵琶女的天涯沦落命运和幽愁暗恨就成了诗人天涯沦落之恨的触发物和载体。诗歌性质的双重性和人物关系的双向性，正是《琵琶引》的显著特点。

诗中的两个人物形象，在当时都各有其典型意义。琵琶女是一个色艺双全、感情丰富而又根本不能掌握自身命运的市民社会下层的女子。这样一种人物，是特定时代的产物。中唐城市经济畸形繁荣，歌楼妓馆应运而大大发展起来，出现了许多像琵琶女这类人物。她们中有不少人凭借自己的青春美貌和出众技艺，曾经走红一时；但当年长色衰，不能再靠出卖青春来取得五陵年少的垂青时，便不能不落到"门前冷落鞍马稀""老大嫁作商人妇"的境地。在这种时候，甚至感到年轻时能够出卖青春的生活也是值得追恋的。"人生莫作妇人身，百年苦乐由他人。"（白居易《太行路》）妇女这种不由自主的命运，在琵琶女这类人物身上表现得最为典型。表现这类人物的命运和心态，成为中唐文人的一种风尚。除白居易的《琵琶引》外，刘禹锡、李绅、元稹等人都有类似的叙事诗或带叙事成分的诗。传奇小说中写妓女命运的更是屡见不鲜。可以说用叙事诗的形式来塑造琵琶女这种人物形象，是时代生活的需要及其产物。琵琶女的形象因此带有那个时代城市商业经济畸形发展的明显印痕。写妓女生活的文学虽早已出现，但用这种同情态度来叙写她们传奇式生活命运的却是首创。从此妓女命运就成为一个文学母题，从晚唐杜牧的《杜秋娘诗》《张好好诗》与李商隐的《和郑愚赠汝阳王孙家筝妓二十韵》，历宋元明清，从李师师、赵盼儿、谢天香一直到李香君、陈圆圆、傅彩云，各种文学样式中都出现了一系列这类人物，其著名的源头就是白居易的《琵琶引》。

《琵琶引》中诗人的自我形象，是一个怀有天涯沦落之恨的贬谪者形象。这个形象在中唐同样有其特殊的时代典型性。安史之乱后，国运衰落，矛盾复杂，中唐士大夫普遍要求政治革新。不仅追随二王的刘、柳以锐意革新著称，连元、白、韩愈等也都在不同程度上有革新政治的愿望和行动。但这些改革者的命运无一不与遭受贬谪相连。这种改革者"天涯沦落"的命运，带有时代悲剧的色彩，也自然成为这一时期的重要题材和主题。刘、柳、韩、白、元等人都写了不少贬谪诗，但其中多数人仍继承前人传统，用抒情诗形式来写，只有白居易别开生面借叙述琵琶女身世，抒迁谪之恨，而且取得巨大成功。从此"江州司马青衫泪"也成为表现迁谪之恨的一种典型。

志在革新而遭贬谪的官吏与年长色衰而漂沦转徙的琵琶旧倡之间的命运虽然具有某种相似性，古代也有以弃妇喻逐臣的比兴传统。但无论是京城故倡或江边商妇，在社会身份上与遭贬的官吏毕竟是悬殊的两类人。故除刘禹锡的《泰娘歌》曾于歌咏泰娘遭际及绝艺的同时微露以遗妾比逐臣之感外（详参陈寅恪《元白诗笺证稿》第48～49页），将这两种不同身份的人物的命运绾结在一起，以叙事长诗的形式来表现，不能不推白居易的《琵琶引》。诗人不仅以饱蘸同情之笔叙写了琵琶女的不幸身世遭遇，而且明确地将自己的迁谪沉沦遭遇与之相提并论，发为"同是天涯沦落人，相逢何必曾相识"的深沉感慨，集中揭示出全篇的主旨。这种思想感情，已经超越了一般封建文人对下层人民的怜悯，也不单纯是失意文人的怨嗟与牢骚，而是表现为一种超越身份地位的同命相怜之感，一种素昧平生的不同社会地位的男女之间感情的沟通与交流，一种同命运者与知音者之间的理解与尊重（细味"我闻琵琶已叹息，又闻此语重唧唧"及"感我此言良久立，却坐促弦弦转急"等语可知）。这在等级森严的封建社会中，显然具有民主性和进步性。"隔船琵琶自怨思，何预江州司马事""男儿失路虽可怜，何至红颜相尔汝"，从这些认为白居易有失身份的言论中，正可看出"同是天涯沦落人，相逢何必曾相识"所蕴含的思想观念和感情的可贵，这种基于"妇女固不定，士林亦如斯"（杜牧《杜秋娘诗》）认识基础上的朦胧平等意识，将推进作家对社会下层的接触与了解，从而为文学题材、思想内容与艺术的更新提供重要条件。

《琵琶引》保持了《长恨歌》中已经突出表现出来的诸方面的艺术特点，同时在以下几方面又有新的发展。

精妙的构思及曲折严谨的结构。《琵琶引》有比较纷繁的头绪与内容，如不精心安排，极易顾此失彼、拉杂重复或前后脱节。诗人在琵琶女、江州司马与琵琶演奏这三者之中，抓住琵琶演奏这个关键性的情节与场面，充分展开描写，既借此显示琵琶女精湛的演奏技艺，更透出她的幽愁暗恨。而透过听者与弹者的感情共鸣，听者自己的"平生不得意"也尽在不言之中。这样，下面接写琵琶女与诗人自身遭遇，归结到"同是天涯沦落人"的主题，便显得水到渠成，绝无喧宾夺主或平分秋色之弊。全篇以琵琶演奏与音乐贯串始终，从江头送客，忽闻水上琵琶声引出琵琶女，再引出琵琶演奏场面，又由此引出琵琶女与诗人身世境遇（叙身世也不离琵琶或音乐），最后以重弹琵琶作结。全篇既一线贯串，又有波澜变化，结构曲折而谨严。

叙述的详略安排极见匠心。全篇以琵琶演奏与琵琶女自叙身世最详，诗人自叙次之，重弹琵琶最略。琵琶演奏的场面由于在整体构思中具有如上所述的多方面作用，因而不惜笔墨细致地加以描写。琵琶女自叙身世一节，在全篇中是详写，但详中有略。其中既有"钿头云篦击节碎，血色罗裙翻酒污"那样的细节描写，也有"今年欢笑复明年，秋月春风等闲度"那样的大跨度笔法。诗人自叙身世一节，只紧扣"地僻无音乐"来写，而谪居生活的苦闷无聊与孤单寂寞均曲曲传出。重弹琵琶，只用"凄凄不似向前声"数语带过，但这里的"略"由于有前面的"详"作基础，内涵并不贫乏，能引起读者对经历了感情的充分交流的弹者与听者心绪的丰富想象。

出色的音乐描写。作者描写音乐的声调、意境和魅力，运用了一系列成功的艺术技巧。

一是运用一连串生动贴切富于独创性的比喻，将难以形容的音乐化为可感的视觉、听觉、触觉形象，所用喻体多为日常生活中习见的景物与现象，如急雨、私语、珠落玉盘、莺语花底、泉流冰下、银瓶水进、铁骑突出、裂帛之声等等，但又都用得新鲜贴切而富诗情。特别是"大珠小珠落玉盘"之喻，更深得琵琶不同声调旋律交错并现的神韵，可谓"用常得奇"的范例。

二是通过对比映照来传达不同的声调意境。如动与静、高与低、强与弱、缓与急、浊与清的相互映照衬托，使对立的双方都更为鲜明。特别是从"凝绝不通声暂歇"到"东船西舫悄无言"一节，几乎全在动静交替的对比中进行。先是由动到静，由有声到无声，然后突然发出急风骤雨式的节奏，由静突转到更强烈的动，最后在高潮中猛然收束，复归于乐终时出奇的静。波澜起伏，境界屡变，而又层次分明，富于节奏感。

三是写音乐的动人效果。有声的效果，如"主人忘归客不发""满座重闻皆掩泣""江州司马青衫湿"。更出色的是无声的效果："别有幽愁暗恨生，此时无声胜有声。""东船西舫悄无言，唯见江心秋月白。"前者写出了由"涩"到"凝"到"歇"的过程中，乐声似断似续，若有一丝幽怨从暂时的静寂中悄然传出的意境和听者在由动趋静的听觉暂留中凝神屏息、捕捉静中之境的情景，后者传出了听众沉浸在音乐意境中如醉如痴的情景，以致曲终之际恍若梦醒，唯见一轮明月映照江心。凡此种种，都堪称出神入化之笔。

但《琵琶引》音乐描写最为出色之处还在于它是人物描写的一个极其重要的组成部分。它表现了琵琶女的精湛演奏技艺，从"转轴拨弦"，调音试弹，到曲终收拨，生动细致地描绘出整个演奏过程中各种指法、弹法的纯熟变化，各种曲调的先后衔接，各种音乐意境的不断展现，无不体现出其技艺的高超，使下文自叙"曲罢曾教善才伏"有了充分的依据。同时，它还表现了琵琶女内心丰富复杂的感情。作者特别重视借声写情。从一开始调音试弹时的"未成曲调先有情"到"弦弦掩抑声声思，似诉平生不得意。低眉信手续续弹，说尽心中无限事"，固然直接点出声中所含之情与女主人公自身的悲剧境遇息息相关，就是下面描绘的各种音乐意境，也都曲折透露出历经人生悲欢和人世沧桑的琵琶女种种复杂的心态心声。而听者与弹者内心感情的沟通交流，也在这一大段出色的音乐描写中自然地表现出来了。从音乐描写成为人物描写的有力手段来看，《琵琶引》的成就在所有描写音乐的诗中可以说是独树一帜，难以企及的。

花非花〔一〕

花非花，雾非雾。夜半来，天明去。来如春梦几多时〔二〕，去似朝云无觅处〔三〕。

 校 注

〔一〕诗以首句为题，近似无题，约作于长庆三年（823）之前。后人用此诗题及句式为词牌《花非花》。

〔二〕几多时，即多少时，无多时之意。

〔三〕朝云，暗用宋玉《高唐赋序》"旦为朝云，暮为行雨"之典。

 笺 评

黄升（花庵词客）曰：白乐天《长相思》《望江南》，缛丽可爱，非后世作者可及。《花非花》一首，尤缠绵无尽。（沈雄《古今词话》引）

杨慎曰：白乐天之词，《望江南》三首在《乐府》，《长相思》二首见《花庵词选》。予独爱其《花非花》一首（略）。盖其自度之曲因情生文者也。"花非花，雾非雾"，虽《高唐》《洛神》，奇丽不及也。张子野衍之为《御街行》，亦有出蓝之色。（《词品》卷一）按：张先《御街行》云："天非花艳轻非雾，来夜半，天明去。来如春梦不多时，去似朝云何处？远鸡栖燕，落星沉月，絖絖城头鼓。参差渐辨西池树，珠阁斜开户。绿苔深径少人行，苔上屐痕无数。馀香遗粉，剩衾闲枕，天把多情付。"

徐士俊曰：因情生文，虽《高唐》《洛神》，奇丽不及也。（卓人月《古今词统》卷一引）按：此评与杨慎同。

茅暎曰：此乐天自谱体也，语甚趣。（《词的》卷一）

毛奇龄曰：白乐天《花非花》诗（略），自是词格。（《西河词话》卷一）

张德瀛曰：白太傅《花非花》词："来如春梦不多时，去似朝云无觅处。"此二语欧阳永叔用之，张子野《御街行》、毛平仲《玉楼春》亦同之。（《词徵》卷一）

沈雄曰：《花非花》近刻有作古风者，唐诗《擎香集》中收此。(《古今词话·词评》上卷)

徐棨曰：《白乐天诗集》收《花非花》于歌行曲引卷中。《词律》云："此本长庆长短句诗，而后人名之为词者。"于后二句"来如春梦不多时，去似朝云无觅处"，注"来"字"春"字可仄，"去"字可平，不知有无佐证。既收入词而为之制谱，则不得因其本是诗，而遂以诗句平仄注词谱也。若即依诗句之平仄，则何以"来""春""去"三字皆注，而"朝"字独不注为可仄耶？宋、元似无倚此调者，或有之余未见。余所见者明人计南阳一首云："同心花，合欢树。四更风，五更雨。画眉山上鹧鸪啼，画眉山下郎行去。"平仄小异，末句全反。万氏所注，又非据此，其或别有所据耶！(《词律笺榷》卷一)

王蒙曰："花非花，雾非雾，夜半来，天明去。来如春梦不多时，去似朝云无觅处。"白居易的诗写得够朦胧的了，结构却非常平实有序。先说形状——无一定的形状，所以非花非雾。再说活动规律，夜来朝去，昼伏夜出。最后写的是感觉，是意象。如这似那感觉也，不知是新感觉派还是老感觉派，春梦朝云，意象也。有此意象统领，花呀雾呀夜中呀天明呀也就都意象起来了。这首诗的朦胧美，就是由一群意象编织起来的。(《双飞翼·混沌的心灵场》)又曰：把诗当作谜语猜，猜中了也未必是定论，猜中了也难算解诗。《北京晚报》日前载文称白居易的"花非花，雾非雾。夜半来，天明去。来如春梦几多时，去似朝云无觅处"为谜语，谜底是"霜"，说老实话，这个谜底相当贴切，霜如花而非花，成雾而非雾，夜生而昼消，蒸发后哪有什么去处？这样的解释难以推翻，只是煞风景得厉害。盖以谜为诗，以破谜（解闷儿）的方法解诗，这个路子就太无诗意。(有这么一解聊备一格也挺妙)(同上《再谈锦瑟》)

鉴赏

古代是有诗谜的，那种严格遵循诗面中不出题咏之物的咏物诗，就是一种诗谜。《红楼梦》中的灯谜，更是名副其实的"诗谜"。这首《花非花》，从诗面看，也颇像一首诗谜，但它却不是"打一物"的咏物诗，而是抒写诗人的一种诗意印象和感受，一种对美好事物的记忆和失落的怅惘。把它理解为一首咏霜的诗谜之所以"煞风景"，最主要的原因是这个"谜底"完全阐割了诗的优美意境，特别是完全无法传达末二句所表现的诗情诗境，即使单从外在形态而言，那洁白清冷的霜和温馨美好的春梦以及红艳绚丽的朝云之间有哪一点相似之处呢？这样的解释首先是不符合谜面与谜底契合无间的标准，更无论有无诗意了。

"花非花，雾非雾。"开头两句表面上看是两个否定性的比喻，说诗中所咏的对象表面上像花而实非花，表面上像雾而实非雾。实际上诗人所要强调的倒是它像花又像雾的一面——尽管它实际上非真花，亦非真雾。这里的"花"和"雾"需要和下面的"春梦""朝云"联系起来体味，方能品出诗人说它像"花"像"雾"的真正感受，因为它们本是一个艺术整体。从对应关系看，"花"之明艳绚丽色彩与"朝云"之间明显相似，而"雾"之缥缈朦胧则近乎"梦"，而说"春梦"，则又包含着既美好又短暂的意蕴。

"夜半来，天明去。"三、四两句，写所咏对象的来去行踪。这一行踪带有两个明显的特点，一是时间短暂，夜半始来，天明即去；二是行踪飘忽朦胧，难以察觉。而这两个特点又都共同体现出某种神秘或私密的色彩。

"来如春梦几多时，去似朝云无觅处。"五、六两句，紧承三、四句的"来"和"去"，分别用"几多时"和"无觅处"来进一步表现其来时的短暂和消逝之迅疾而且无踪，而点眼之处则全在"春梦""朝云"这两个中心意象。"春梦"这个意象，具有美好、缥缈、朦胧、短暂、飘忽等一系列特征，而"朝云"（即朝霞）则具有灿烂明艳、绚丽多彩而又短暂的特点。如果将上述特点加以综合概括，并与前四句的"花""雾"及"夜半来，天明去"联系起来，那么这首诗所抒发的感受可以说是对某种美好情事匆匆消逝的记忆和惆怅。诗人特意选用"朝云"而不用"朝霞"，当是因为"朝云"暗用宋玉《高唐赋序》中巫山神女自称"妾在巫山之阳，高丘之阻，旦为朝云，暮为行雨。朝朝暮暮，阳台之下"的典故，其中隐含着一段美丽浪漫的爱情故事，而且它本身就是一个虚无缥缈的梦境。这梦境中的一夜情缘，无论是其人、其事、其情、其境，都既像花和朝云那样明艳，又像雾和春梦那样虚幻缥缈，飘忽不定，虽美好而短暂。这种情境与感慨，唐人诗歌、传奇小说中多有描写。传奇叙事，故有情节故事、人物活动；诗歌抒情，故每出以空灵缥缈之笔。我们从元稹的《莺莺传》《梦游春》《会真诗》等作品中可以看出白氏《花非花》这种诗谜式作品产生的背景，而在晚唐的李商隐诗中，则出以更加迷离惝恍之笔，如《碧城三首》之"星沉海底当窗见，雨过河源隔座看"，《明日》之"天上参旗过，人间烛焰销。谁言整双履，便是隔三桥"，所写的就是这种夜合晓离、如花似雾、美好且短暂的浪漫情缘。至于白氏《花非花》所写的究竟是自己的经历体验，还是别人的情事，甚至是泛写，诗人既未明言，读者自亦不必深究了。

邯郸冬至夜思家〔一〕

邯郸驿里逢冬至，抱膝灯前影伴身。
想得家中夜深坐，还应说着远行人〔二〕。

校注

〔一〕邯郸，唐河北道磁州属县，今河北邯郸市。诗作于贞元二十年（804）冬至。此年仍任秘书省校书郎，始徙家秦中，卜居下邽县义津乡金氏村。冬至前后，曾往洺州、磁州。《除夜宿洺州》云："家寄关西住，身为河北游。萧条岁除夜，旅泊在洺州。"邯郸在洺州之西南百余里。

〔二〕远行人，指诗人自己。

笺评

范晞文曰：白乐天"想得家中夜深坐，还应说着远行人"，语颇直，不如王建"家中见月望我归，正是道上思家时"有曲折之意。（《对床夜语》卷三）

何焯曰：却翻转道，妙甚。"遥知兄弟登高处，遍插茱萸少一人。"（《白香山诗长庆集》卷十三）

沈德潜曰：只得有一"真"字。（《重订唐诗别裁集》卷二十）

富寿荪曰：自己思家，却言家人思己。与王维"遥知兄弟登高处，遍插茱萸少一人"同一作法，皆从对面落笔，透过一层，愈见深挚。（《千首唐人绝句》）

钱锺书《管锥编·毛诗正义·陟岵》广引古代诗文词曲，阐发《陟岵》诗中"己思人乃想人亦思己"艺术手法在历代各种文学体裁作品中的广泛运用。其中引及白居易诗作的，除本篇外，还有《初与元九别后忽梦见之及寤而书忽至》："以我今朝意，想君此夜心。"《江楼月》："谁料江边怀我夜，正当池畔思君时。"《望驿台》："两处春光同日尽，居人思客客思家。"《客上守岁在柳家庄》："故园今夜里，应念未归人。"可见白居易对这种艺术手法的偏好与熟练运用。白居易在生活中是一个极重亲情、友谊的人，而这种"己思人乃想人亦思己"的艺术手法正适用于思念亲友的诗。

诗作于冬至旅途中，"每逢佳节倍思亲"，这是因为佳节常有家人团聚共同进行的种种活动。在唐代，一阳之始的冬至是一个重要的节日，皇帝隆重祭天，民间隆重祭祖，不但合家，而且合族团聚。同时冬至又是一年中最寒冷季节（数九）的开始，对于身在旅途中的远行人来说，会因此而倍感寒冷和孤单。诗的前两句，"邯郸驿里逢冬至，抱膝灯前影伴身"，就用既平易浅切而又简练传神的笔墨，写出了冬至之夜，独处客馆的情景。邯郸地处黄河之北，冬至时节，天气已经相当寒冷，入夜之后，四周一片黑暗，悄无声息。整个空荡荡的驿馆中，只剩下自己一人，独对着一盏黯淡的孤灯。这种夜宿空馆的情景，前人的诗中不乏精彩的描写，如高适的《除夜作》："旅馆寒灯独不眠，客心何事转凄然？故乡今夜思千里，霜鬓明朝又一年。"戴叔伦的《除夜宿石头驿》："旅馆谁相问，寒灯独可亲。一年将尽夜，万里未归人。"白诗的独特之处，是绘形逼肖，借形象的描绘传神。"抱膝"二字，既生动地描绘出因寒冷而不由自主地瑟缩之状，更传出一种长夜独坐、百无聊赖的意态。说"抱膝灯前"，则面前所对者唯一盏寒灯而已。灯前别无他人，唯有自身的影子与己相伴。虽不明说"孤""独"，而孤独之神已出，如果说戴诗是以一"亲"字反衬出自己的孤独，则白诗是以一"伴"字反托出自身的孤独，言外均含无限凄然之意。戴诗以抒写主观感受为主，白诗则以描绘客观景象为主。故意蕴虽似，而艺术表现手法则异。

"想得家中夜深坐，还应说着远行人。"如果说前两句是写"邯郸冬至夜"驿馆独坐的情景，三、四句便进一步写到"思家"。驿馆独对孤灯，形影相伴的孤单和凄寒，自然使诗人联想到千里之外的家中的温馨与热闹。虽未言想念二字，而于"抱膝灯前影伴身"的长时间过程中自己神驰家中，故第三句水到渠成地点明"想得家中夜深坐"，照应题目"夜思家"。但接下第四句，却忽地宕开一笔，既不写"家中夜深坐"时家人欢聚笑语的情景，也不写自己如何想念家人、神牵魂绕的情景，而是反过来写家中人如何思念自己、谈论自己这个"远行人"的情景。这种写法，虽很古老，却历久不衰，或谓之"从对面着笔"，或谓之"透过一层"，其实它的本质是感情深挚的诗人在深刻体验到自己客游他乡的凄寒孤独的同时，往往推己及人，想到亲人朋友此刻也正想念着自己、关切着自己。这是一种关系亲密的人与人之间心灵的自然沟通交流、契合相融。它来自深切的生活体验，而不是出于对前人技巧手法的单纯模仿。"还应说着远行人"，出语极平淡、自然却又极真切而有分寸感。"还应"是揣度之辞，但揣度之中透出其必然。"说着远行人"，则"远行人"虽是家人关切的对象，却只是家人谈说的话题之一而非全部。如果将这一点强调得过分，则反而不符合生活实际，在失去分寸感的同时也影响到它的真切感。至于家人"说着远行人"的时候，究竟说了些什么具体内容，正好利用绝句有限的篇幅就此淡淡收住，留下空间让读者自己想象。

　　范晞文批评白诗的后两句"语颇直"，只是单纯从字面的直白着眼。其实，"己思人乃想人亦思己"这种艺术构思和手法本身便已经包含了由己及人，又由人及己的曲折反复，再加上末句的即转即收中体现的含蕴，则这首表面上极平易朴直的诗，实可谓平直中见曲折含蓄，朴素中见真挚深厚了。

白居易

赋得古原草送别〔一〕

离离原上草〔二〕，一岁一枯荣。
野火烧不尽，春风吹又生。
远芳侵古道〔三〕，晴翠接荒城〔四〕。
又送王孙去，萋萋满别情〔五〕。

2371

(校)(注)

　　〔一〕赋得，见韦应物《赋得暮雨送李曹》注〔一〕。此或为集会分题赋咏以"古原草"为题的送别诗，也有可能是即景赋咏古原草送别。或作于贞元三年（787），见陈振孙谱。唐张固《幽闲鼓吹》载："白尚书（白居易以刑部尚书致仕），初至京，以诗谒顾著作（指顾况，曾于贞元四年任秘书省著作佐郎）。顾睹姓名，熟视白公曰：'米价方贵，居亦弗易。'乃披卷，首篇曰：'咸阳原上草，一岁一枯荣。野火烧不尽，春风吹又生。'即嗟赏曰：'道得个语，居即易矣。'因为之延誉，声名大振。"稍后王定保之《唐摭言》卷七亦载此事，内容相同。朱金城《白居易集笺校》云："居易十五六岁时在江南，至长安实不可能。往长安至少在贞元五年以后，而此时顾况已贬官饶州司户，则此诗或系在江南时作。"傅璇琮《唐代诗人丛考·顾况考》亦据白居易"贞元十五年秋，予始举进士，与侯生俱为宣城守所贡。明年，予中春官第"（《送侯权秀才序》）之自述，证明"白居易到长安谒见顾况以及顾况'长安居大不易'的誉语，只不过是一种故事传说。"顾肇仓《白居易年谱简编》以为只有贞元五年时白居易曾去长安，两人才能相遇。

〔二〕离离，浓密茂盛貌。曹操《塘上行》："蒲生我池中，其叶何离离。"唐陈昌言《白日丽江皋》："郁郁长堤上，离离浅渚毛。"原，郊原，原野。

〔三〕侵，迫近。

〔四〕晴翠，晴光映照下翠绿的草。荒城，指友人所往的远处的城。

〔五〕《楚辞·招隐士》："王孙游兮不归，春草生兮萋萋。"王孙，借指所送友人。萋萋，草生长茂盛貌。

笺评

《复斋漫录》：乐天以诗谒顾况，况喜其《咸阳原上草》云："野火烧不尽，春风吹又生。"予以为不若刘长卿"春入烧痕青"之句语简而意尽。（《苕溪渔隐丛话》引）又李东阳《麓堂诗话》袭此评。

吴开曰：顾况喜白乐天《送友人原上草》诗："野火烧不尽，春风吹又生。"乃是李太白《瀑布诗》"海风吹不断，江月照还空"意。（《优古堂诗话》）

范晞文曰：刘商《柳》诗"几回离别折欲尽，一夜春风吹又长"，不如乐天《草》诗"野火烧不尽，春风吹又生"语简而思畅。或又谓乐天此联不如"春入烧痕青"之句。（《对床夜语》卷三）

唐汝询曰：上二联写物生之无间，下二联是草色之关情。乐天语尚真率，佳处固自不少，要非入选之诗，独此丰格犹存。姑采以备长庆之一

体。(《唐诗解》卷三十八)

许学夷曰：乐天五言律，如"边角两三枝""离离原上草""烟翠三秋色"等篇，尚为小变；如"巧未能胜拙，忙应不及闲""荣华急如水，忧患大于山""虽过酒肆上，不离道场中""白首谁留住，青山自不归"等句，遂大入议论；如"寒衣补灯下，小女戏床头""莫强疏慵性，须安老大身""病看妻捡药，寒遣婢梳头""佛容为弟子，天许作闲人""百年慵里过，万事醉中休""天供闲日月，人借好园林"等句，则快心自得，宋人门户多出于此。(《诗源辩体》卷二十八)

周珽曰：首联原物理之循环，次联见生机之不息，三联咏草色之周遍，结联咏物情之系感。(《删补唐诗选脉笺释会通评林·中五律》)

冯时可曰：《续古诗》："何意掌上玉，化为眼中砂……晴沙金屑色，春水曲尘波"，自是晚唐色相；至《古原草》诗："野火烧不尽，春风吹又生。"几希初唐乎？(《雨航杂录》)

田雯曰：刘孝绰妹诗："落花扫更合，丛兰摘复生。"孟浩然"林花扫更落，径草踏还生"，此联岂出自刘欤？白乐天《咏原上草送别》诗"野火烧不尽，春风吹又生"一句之意，分为两句，风致亦自不减。古人作诗，皆有所本，而脱化无穷，非蹈袭也。(《古欢堂杂著·原上草诗》)

徐增曰：前一解，要看"原上"二字；后一解，要看"王孙去"三字。古人作诗，一丝不走。(《而庵说唐诗》)

冯舒曰：通翁(顾况)真巨眼。(《瀛奎律髓汇评》引)

查慎行曰：人但知三、四之佳，不知先有"一岁一枯荣"句紧接上，方更精神。试置之他处，当亦索然。(《初白庵诗评》)

吴昌祺曰：结不宜又用双字(指"萋萋"二字)。(《删订唐诗解》)

王尧衢曰：前解言原上草，以"荣枯"为眼；后解言其关情处。(《唐诗合解笺注》卷八)

谭宗曰：浑朴。其体当在《十九首》之间。(《近体秋阳》)

纪昀曰：此乃是未放笔时，后乃愈老愈颓唐矣。(《瀛奎律髓汇评》引)

屈复曰：不必定有深意，一种宽然有馀地气象，便不同啾啾细声。此大小家之别。(《唐诗成法》)

何焯曰：少作自不足存，如《古原草》之属。编为外集可耳。(《白香山诗长庆集》)

白居易

沈德潜曰：此诗见赏于顾况，以此得名者也。然老成而少远神，白诗之佳者，正不在此。（《重订唐诗别裁集》卷二十）

宋宗元曰：（"野火"二句）天然名句，宜见赏于逋翁。（《网师园唐诗笺》）

李因培曰："野火烧不尽，春风吹又生。"十字有化机。（《唐诗观澜集》）

顾安曰：三、四的是好句。五、六虽分"古道""荒城"，而用意实是合掌。结句呆用"王孙"，更庸弱。香山诸体颇称大手笔，此作独枯率窄狭，不能滚动，得非以好句累之乎？（《唐律消夏录》）

范大士曰：极平淡，亦极新异，宜顾况之倾倒也。（《历代诗发》）

黄叔灿曰："野火"一联，刻划跳脱，真是名句。若下半首，犹人所能。（《唐诗笺注》）

吴瑞荣曰：大段未免轻率，不能入人心脾，而久与之留。其价盛鸡林以此，其声施不久磨减亦以此。（《唐诗笺要》）

周咏棠曰：三、四信是名句。（《唐贤小三昧集续集》）

方南堂曰：白乐天"野火烧不尽，春风吹又生"，韩退之《拘幽操》，孟东野《游子吟》，是非有得于天地万物之理，古贤圣人之心，焉能至此？可知学问理解，非徒无碍于诗，作诗者无学问理解，终是俗人之谈，不足供士大夫之一笑。（《辍锻录》）

许印芳曰："又"字复。（《律髓辑要》）

刘文蔚曰：言离离原上之芳草，其生最易，而一枯一荣，顺其自然，岁序之中，当其枯也，野火烧之不尽；及其欲荣也，春风吹之又生。侵古道而接荒城，萋萋送王孙去，若不舍别离之情也。（《唐诗合选详解》卷六）

潘德舆曰：文章各有境界，宜繁而繁，宜简而简，乃各得之。推简者为上，则减字法成不刊典，而文章之妙晦而不出矣。王右丞"黄云断春色"，郎士元"春色临关近，黄云出塞多"，一语化作两语，何害为佳！必谓王系盛唐，能以简胜，此矮人之观也。然西涯犹谓"南山与秋色，气势两相高"不如"千崖秋气高"，"野火烧不尽，春风吹又生"不如"春入烧痕青"，则为简字诀所误者亦多矣。（《养一斋诗话》卷二）

王闿运曰：行卷诗便重一字，且重要紧字，若使我见之，居不易矣。（《手批唐诗选》）

高步瀛曰：情韵不匮，句亦振拔，宜其见重于逋翁也。（《唐宋诗举要》卷三）

　　俞陛云曰：此诗借草取喻，虚实兼写。起句实赋"草"字。三、四承上"荣枯"而言。唐人咏物，每有仅于末句见本意者，此作亦同之。但诵此诗者，皆以为喻小人去之不尽，如草之兹蔓。作者正有此意，亦未可知。然取喻本无确定，以为喻世道，则治乱循环；以为喻天心，则贞元起伏，虽严寒盛雪，而春意已萌。见智见仁，无所不可。一篇《锦瑟》，在笺者会意耳。五、六句"古道""荒城"，言草所丛生之地；"远芳""晴翠"，写草之状态，而以"侵"字"接"字，绘其虚神，善于体物，琢句尤工。末句由草关合人事，远送王孙，与南浦春来，同一魂销黯黯。作咏物诗者，宜知所取格矣。（《诗境浅说》甲编）

白居易

⊙鉴⊙赏⊙

　　历来评鉴此诗，最大的误区是把它看成一首单纯的咏物诗以至说理诗，而全然忽视诗中洋溢的浓郁诗情韵致。更有甚者，则谓"诗以喻小人也，消除不尽，得时即生，干犯正路，文饰鄙陋，却最易感人"（《唐诗三百首》评），堪称史上最煞风景之评鉴。另一误区，则是孤立赞赏诗中"野火"一联，而忽视全体，其实此诗不仅前幅一意贯串，自然工妙，后幅亦紧承前幅，富情韵而饶远神，固不能因其为少作而轻率读过。

　　"离离原上草，一岁一枯荣。"开头两句，从眼前所见原上青草发兴，引发出对它的生生不已的生命过程的联想。"离离"二字，形容望中原上青草，浓密茂盛，绿遍郊野的情景。用双声联绵字，读来自有一种赏心悦目、兴会淋漓的情致。"一岁一枯荣"亦即"岁岁一枯荣"，概括表现的正是枯荣交替、生生不已的自然规律。如果说"离离"二字表现的是生命的外在情状和蓬勃生机，那么"枯荣"二字表现的则是生命的内在节奏和变化规律。把开头两句看成是单纯的抽象议论，不免把诗人目接"离离原上草"时的兴会情思忽视掉了。

2375

　　"野火烧不尽，春风吹又生。"三、四两句，紧承"枯荣"，与前两句一意贯串。"野火"既可以是自然发生的野火，也可以是农民冬天于野外纵火烧草。"野火"所"烧"者乃是秋冬时枯黄的草叶草枝，它那生命的根仍藏于土壤之中。来年春回大地，春雨的滋润，春风的吹拂，使它那潜藏的生机又勃发出来，形成一片浓密茂盛的翠绿。这人人常见的原上草一岁一枯荣的景象，在诗人的妙笔点染下，不仅将自然界的生机表现得极为生动形象，饱满有力，任何外力的摧残也不能消灭，不能阻挡，生命的力量无法抗拒，而且充满了对生命的轮回与复苏的热情礼赞和诗意感悟。两句对偶工整，对照鲜明，而用流水对，意致流走，一气贯串。较之上联，更能充分表现诗人于赏会感悟之际那种抑制不住的兴奋喜悦和淋漓兴会。诗美的奥秘就在于发现。于极平凡的景象中发现生命的活力与奥秘，又用如此明快而富于启发性的语言表达出来，遂成千古名句。而平易流走中见奇警，正是它的独特风格，前人或以为此二句不如刘长卿"春入烧痕青"简省，实则刘诗所表现的是烧痕中初露青色的早春景象，与白诗所描绘的原上一片翠绿的三春景象并不相同。如此茂盛浓密、触处皆春、满眼晴翠的景象，自应用如此明快舒展之笔来充分渲染，如果把它勉强压缩成一句，反显得局促，也无法表现诗人的淋漓尽致的诗情。

　　"远芳侵古道，晴翠接荒城。"五、六二句，仍承首句"离离"续写远望中的"原上草"，而以"古道""荒城"关合题内"送别"。因为朋友就是沿着眼前的这条古道走向远处的荒城的。"古"与"荒"正紧扣题内"古原"。但这一联主要描写对象仍是"古原草"，"古道"与"荒城"只是陪衬。"远芳"与"晴翠"所指均为"原上草"，但一则以"芳"字引起读者的嗅觉联想，似乎那自近而远的原上绿草在春风和艳阳的吹拂照耀下，散发出一阵阵芬芳的气息，沁人心脾；一则以"晴翠"二字引发读者的视觉联想（包括光感和色感），使人似乎看到那在晴光映照下的一片翠绿显得更加光鲜亮丽，生意盎然。而两句的句眼则是"侵"字和"接"字。前者见青草生长之茂盛，不但绿遍郊原，而且紧挨着古道两边，仿佛要蔓连滋生到道路中间；后者见青草延展之遥远，仿佛随着古道的伸展一直弥漫到远处的荒城。原野之广阔，古道之遥远以及春草的绿遍郊原，弥漫伸展之态都因这一"侵"一"接"而变得鲜明生动，宛然在目。由于"古道""荒城"的衬托，那绵延广远的平芜晴翠变得更加鲜丽而富于生机，而"古道""荒城"也因这弥漫广远的绿芜的衬托而平添了生意和春色，整个境界给人的感觉是舒展而富于青春气息的，丝毫没有"古道""荒城"通常给人的古老荒寂之感。而由远望中景象，又可见诗人伫立遥望，目送友人沿古道逐渐远去，神驰荒城的形象，虽尚未明言"送"字，而目送神驰之情状已俨然在目。这就自然引出诗的末联。

"又送王孙去，萋萋满别情。"《楚辞·招隐士》有"王孙游兮不归，春草生兮萋萋"之语，这里化用故典，以"王孙"借指远去的友人，用"萋萋"形容指代茂盛的春草，不仅巧妙地将春草与送别自然联系起来，体现出用典的自然工妙，驾轻就熟，更重要的是"萋萋满别情"五字，赋予自然界的春草以人的感情，在诗人想象中，眼前这广远延展的芳草仿佛带着自己对友人的无限情意，一直沿着古道送友人直至荒城。这种构思和意境，有些类似王维的《送沈子福归江东》的后幅："唯有相思似春色，江南江北送君归。"而白诗不用"相思似春色"这种直接挑明的比喻语，而是浑说"萋萋满情"，将人的感情融于客观的物，使赋物与送别浑然一体，妙合无垠，构思之新妙，可谓化境。唯其如此，读者也往往浑然不觉，轻易读过，遂使诗人的妙思历千余年而始终未发。

欲与元八卜邻先有是赠〔一〕

平生心迹最相亲，欲隐墙东不为身〔二〕。
明月好同三径夜〔三〕，绿杨宜作两家春〔四〕。
每因暂出犹思伴，岂得安居不择邻。
可独终身数相见〔五〕，子孙长作隔墙人。

校注

〔一〕元八，元宗简（？—822），行八，河南府洛阳人。作者《故京兆元少尹文集序》云："居敬姓元，名宗简，河南人。自举进士历御史府、尚书郎讫京兆亚尹，凡二十年。"诗集中有《和元八侍御升平新居四绝句》《东坡秋意寄元八》《朝归书寄元八》《新秋早起有怀元少尹》《题故元少尹集后二首》《故京兆元少尹文集序》《浔阳岁晚寄元八郎中庆庚三十二员外》《答元郎中杨员外喜乌见寄》《哭诸故人……》《答元八郎中杨十二博士》《和元少尹新授官》《朝回和元少尹绝句》《重和元少尹》《题新居寄元八》《元家花》及本篇等均寄和元宗简之作。此诗作于元和十年（815），时元任监察御史，在升平坊有新居。白居易《和元八侍御升平新居四绝句》自注："时方与元八卜邻。"与此篇系先后同时之作。卜邻，选择邻居。《左传·昭公三年》："且谚曰：'非宅是卜，唯邻是卜。'"清徐松《两京城坊考》卷三：
"按白居易诗每言与元八卜邻，其后《哭元尹诗》云：'水竹邻居竟不成。'
是终未结邻也。"朱金城按："元宗简宅在长安升平坊，白时居昭国坊，地虽
邻近，然亦非隔墙之邻。其《和元八侍御升平新居四绝句》自注云：'时方
与元八卜邻。'亦指欲卜邻而言也。"

〔二〕隐墙东，《后汉书·逸民传·逢萌》："（王）君公遭乱独不去，侩
牛自隐，时人谓之论曰：'避世墙东王君公。'"后以"隐墙东"指隐于市
井。此以"隐墙东"指与元隔墙而居，偕隐于市。不为身，不独为己一身。

〔三〕三径，指隐者的家园。赵岐《三辅决录·逃名》："蒋诩归乡里，
荆棘塞门，舍中有三径，不出，唯求仲、羊仲从之游。"陶渊明《归去来兮
辞》："三径就荒，松竹犹存。"

〔四〕《南史·陆慧晓传》："慧晓与张融并宅，其间有池，池上有二株杨
柳。"

〔五〕可，《全唐诗》作"妙"，据宋本改。可独，岂独。数，屡屡。

笺评

查慎行曰：明月好同三五夜，绿杨宜作两家春。"对更好。（《查初白
诗评》）

王尧衢曰：前解写卜邻之美，后解推原卜邻之故，而极言之。（《唐诗
合解笺注》卷十一）

何焯曰：起句含盖全篇。后四句变化生动。结句欲远及子孙，第五却
言"暂出"，转掣不测。（《白香山诗长庆集》评）

沈德潜曰：两家意，语语夹写，一步深是（似）一步。（《重订唐诗别
裁集》卷十五）

《唐宋诗醇》：句句细贴，一层深一层。（卷二十三）

胡本渊曰：（首二句下）为有邻。（"明月"二句下）前写卜邻之契。
（末二句下）又深一层。（《唐诗近体》）

方东树曰："不为身"三字终未亮。（《昭昧詹言》）

王寿昌曰：何谓缠绵？……白香山之"平生心迹最相亲，欲隐墙东不为
身。明月好同三径夜，绿杨宜作两家春。每因暂出犹思伴，岂得安居不择
邻。可独终身数相见，子孙长作隔墙人"是也。（《小清华园诗谈》卷上）

唐诗选注评鉴（四）

王文濡曰：起句"最相亲"三字，是通首主脑。以下言卜邻之美，及所以卜邻之故，皆从此三字生出。（《唐诗评注读本》）

俞陛云曰：此诗论句法则层层推进，论交情则愈转愈深，在七律中此格甚少，词句亦流转而雅切也。首二句生平至友，独数君家，所以卜邻者，欲与吾友联踪叠迹，不独为身谋也。三、四言素月当天，绿杨拂地，虽佳景天然，只能独赏；今与卜邻，三径则清辉同照，两家则春色平分，其乐弥多。后人结邻诗，如吴企晋诗云："两岸人烟分市色，一溪灯火共书声。"梅圣俞诗云："隔篱分井水，穿壁共灯光。"徐铉诗云："井泉分地脉，砧杵共秋声。"皆结邻之佳句。比类纪之，俾初学者知题同句异，各有思致也。后半首意极明畅，言暂出犹思，何况久住？更愿子孙芳邻永结，交情至此，深挚无伦矣。杜牧《街西》诗"名园相倚杏交花"与"绿杨"句同妙，而工细过之。（《诗境浅说》丙编）

对日常生活中的诗美的注意与发现，是中唐诗歌新变的一个重要标志。像卜邻这种题材，此前似乎很少进入诗人的视野。白居易的这首诗，是为表达"欲与元八卜邻"的恳切意愿而寄赠给对方的，双方结邻之事不但当时尚未实现，而且最终也是"水竹邻居竟不成"。但在诗人的妙笔点染下，却将结邻而居的生活想象得极富诗情画意，极富人情味，称得上卜邻诗中的绝唱。

"平生心迹最相亲"，起句统摄全篇，"心迹最相亲"正是"欲与元八卜邻"之根。这里的心迹，不仅指心事，且兼包思想行为，志趣爱好而言。白居易的挚友，自首推元稹，而元宗简也是与其相交相知二十年的至交。集中寄酬及有关元宗简的诗文二十余篇。长庆二年（822）冬元宗简"疾弥留，将启手足，无他语，语其子途云：'吾平生酷嗜诗，白乐天知我者，我殁，其遗文得乐天为之序，无恨矣'"（《故京兆元少尹文集序》），可见元宗简视白居易为相知之一斑。

2379

"欲隐墙东不为身"，次句承"心迹最相亲"，化用王君公隐墙东之典，而以"墙东"指称元宗简新居之墙东，亦即表示欲为元八之东邻。王君公避乱世而居墙东，系独善其身之举，故曰"为身"，而自己之欲与元八卜邻，却并非如君公之避世，而是为了与"心迹最相亲"者朝夕相伴，共赏美景良辰，共诉彼此志趣，甚至使双方的子孙世世代代结邻，故说"欲隐墙东不为身"。这一句表达的是"欲与元八卜邻"的动机与目的。

"明月好同三径夜，绿杨宜作两家春。"颔联用工整流丽、明秀天然的对仗形容"卜邻"之美。彼此隔墙而居，园池相连，每当月明之夜，三径同游，佳景同赏；墙边绿杨，枝叶伸延，覆盖两园，正好给两家平添了绿意和春色。这一联化用蒋诩、陆慧晓两个事典，既巧切家国及卜邻，却又如同最通俗明畅的口语，丝毫不见用典的痕迹。尤为可贵的是用最常见的景物抒发了最浓郁的诗情画意，堪称化工之笔。

"每因暂出犹思伴，岂得安居不择邻。"畅想得傍佳邻之美以后，却不再继续对此作进一步描绘渲染，而是掉笔议论，以"暂出犹思伴"衬托"安居择邻"的重要性。上句是宾，下句是主。这两句看似泛泛的议论，实则暗中都紧贴着特定的对象——元宗简来说。白居易《答元八宗简同游曲江后明日见赠》云："长安千万人，出门各有营。唯我与夫子，信马悠悠行。行到曲江头，反照草树明。"这正是所谓"每因暂出犹思伴"的生动例证。长安千千万万人中，暂出而游曲江，亦君我相伴，实因彼此心迹相亲，出门无所营之故。既如此，则安居长住，岂不择如此志趣相投之佳邻？"犹"字与"岂得"相呼应。"犹"字先放一步，"岂得"反逼一步，意思递进而语气一贯。

"可独终身数相见，子孙长作隔墙人。"在强调了安居必择"心迹最相亲"之人——元八为邻之后，似乎话已说尽，诗人却又出人意料地转进一层。得与元八为邻，岂独彼此有生之年得以朝夕相邻，屡屡见面，同赏佳景，共赋新诗，连彼此的后辈子孙也可因此而长作隔墙而居的旁邻，永续"心迹最相亲"的世谊了。从己身想到后代子孙，从彼此心迹之相亲想到世代的情谊，从此前的"绿杨宜作两家春"想到"子孙长作隔墙人"，不但对诗境作了更深广的开拓，而且将那种"心迹最相亲"的深挚情谊也抒发到了极致，似乎可以传之子孙了。

白诗素称平易浅切，但这首诗却是在整体平易晓畅之中有波澜曲折，有层层转进。在表达"欲与元八卜邻"意愿的同时写出了佳邻相伴的情境之美，人情心迹相亲之美，子孙隔墙相居之美。卜邻诗写得如此富于生活美而毫无头巾气，堪称难得的佳构。

浦中夜泊〔一〕

暗上江堤还独立，水风霜气夜稜稜〔二〕。

回看深浦停舟处，芦荻花中一点灯。

白
居
易

校注

〔一〕浦，江边可泊船的港湾。诗作于元和十年初冬贬江州途中（约作于自鄂州至江州一段江行途中）。

〔二〕稜稜，寒气袭人状。

笺评

桂馥曰：七绝诗喜深而不宜浅，喜婉曲而不宜平直。白乐天《浦中夜泊》……自家泊舟之景，却自从堤上回看得之。此意最婉曲。（《札朴》卷六）按：林昌彝《射鹰楼诗话》卷三十一全袭此。

鉴赏

白诗每伤浅直，此诗却如桂馥所评，颇有婉曲风致。但并非故作婉曲，而是于不经意中偶然有所发现，故虽婉曲而自然天成。

"暗上江堤还独立，水风霜气夜稜稜。"这是一个没有月亮的暗夜。诗人泊舟江浦，独自一人上岸，登上江堤，伫立茫茫黑暗之中。时已初冬，江上吹来的寒风和暗夜中弥漫的霜气，阵阵袭来，砭人肌肤，寒意侵人。这两句写泊舟独自登堤所见所感，着重写触觉感受，既传达出诗人的孤孑感、迷茫感，又透露出心理上的凄寒感。这种感受，虽因初冬暗夜江堤独立的特定氛围环境而引起，却曲折地反映了贬谪者的凄寒孤寂心态。这种心态，在贬江州舟行途中的诗作中往往借景物描写自然流露出来。如《舟中读元九诗》之"逆风吹浪打船声"，《望江川》之"水烟沙雨欲黄昏"，《赠江客》之"岸绕芦花月满船"，均其例。

"回看深浦停舟处，芦荻花中一点灯。"伫立江堤的诗人，在寒气逼人的环境中忽然于不经意中回望自己泊舟的港湾，但见丛丛芦荻花中，一点灯火，在茫茫暗夜中闪烁不定，那正是自己所乘的一叶孤舟了。在四周茫茫黑夜的包围和舟旁隐隐的芦荻花的映衬下，这"一点灯"使诗人所寄的孤舟愈显得孤单凄清，这种境况和感受，与"水风霜气夜棱棱"的感受是一致的，都表现了谪宦天涯者的孤寂凄寒之感。但三、四两句所描绘的境界和所透露的诗人的感受又不止于此一端。更主要的是，诗人于回望深浦自己泊舟之处时，竟意外地发现了一种从未发现和领略的美的境界。这种"芦荻花中一点灯"的境界，虽然孤清，却又别具一种新鲜感和亲切感。说它新鲜，是因为这种境界，只有在离舟登岸，独立堤上，于茫茫暗夜中回望时才能发现，如果仍然留在舟中就无从发现与领略。这也正是桂馥所说的"自家泊舟之景，却自从堤上回看得之"。而这"芦荻花中一点灯"的景象，如果只是一般的客旅所泊之舟，则虽也能给人以新鲜的美感，却唤不起亲切感。正因为回看所见者恰是自己孤舟夜泊之景，故在感到新鲜的同时又感到亲切——那就是伴随着自己漂泊天涯的一叶孤舟。而在茫茫暗夜、凛凛水风霜气中闪烁的"一点灯"，又使这凄寒的氛围中透出稍许光亮和暖意。这一切，都使于不经意中发现这一境界的诗人在心灵中感到一丝意外的欣喜和愉悦。这种感受，多少冲淡了孤舟夜泊、漂泊天涯的凄寒孤寂。这种含蓄在诗境中的感情，诗人并未明白说出，需要读者自行细心体会品味。

大林寺桃花〔一〕

人间四月芳菲尽〔二〕，山寺桃花始盛开。
长恨春归无觅处，不知转入此中来。

校注

〔一〕大林寺，在庐山西大林峰南，晋代所建，白居易《游大林寺序》云："自遗爱草堂历东、西二林，抵化城，憩峰顶，登香炉峰，宿大林寺。大林穷远，人迹罕到。环寺多清流苍石、短松瘦竹。……山高地深，时节绝晚，于时孟夏月，如正二月天，梨桃始华，涧草犹短，人物气候与平地聚落不同，初到恍然若别造一世界者，因口号绝句云（诗略）……时元和十二年四月九日。"此即上大林寺。《大清一统志·九江府二》："上大林寺在庐山西大林峰南，晋建，元末毁，明宣德中重建……中大林寺在庐山锦涧桥北，下大林寺在桥西。"

〔二〕人间，此与山中相对而言，指一般的平原地区，即《序》中所说"平地聚落"。

（笺）（评）

沈括曰：古法采草药多用二月、八月，此殊未当……用花者取花初敷时，用实者成实时采，皆不可限以时月。缘土气有早晚，天时有愆伏。如平地三月花者，深山中则四月花。白乐天《游大林寺》诗云："人间四月芳菲尽，山寺桃花始盛开。"盖常理也。此地势高下之不同也。（《梦溪笔谈》）李颀《古今诗话》亦有类似语。

宋长白曰：白香山与元集虚十七人游庐山大林寺，时已孟夏，见桃花盛开，乃作诗曰："人间四月芳菲尽，山寺桃花始盛开。长恨春归无觅处，不知转入此中来。"梅花尼子行脚归，有诗曰："着意寻春不见春，芒鞋踏破岭头云。归来笑捻梅花嗅，春花枝头已十分。"二绝可谓得禅机三昧矣。（《柳亭诗话》）

黄周星曰：只恐"此中"亦不能久驻，奈何！（《唐诗快》）

查慎行曰：上大林寺，乐天先生曾游此，于四月见桃花，集中有诗序，今犹称"白司马花径"。寺前一溪泠然，宝树二株，叶如刺杉而细，如璎珞柏而长，桑《纪》谓为娑罗木者，非也。（《庐山纪游》）

刘永济曰：此诗亦以见诗人所感有与常人不同者，苏轼《望江南》词有"百舌无言桃李尽，柘林深处鹁鸪鸣，春色属芜菁"之句，辛弃疾《鹧鸪天》词亦有"城中桃李愁风雨，春在溪头荠菜花"之句，皆与白氏此诗用意相同，可以互参。（《唐人绝句精华》）

2383

（鉴）（赏）

这首诗所写的是日常生活中常见的物候现象。一般的人由于常见，往往习而不察，引不起任何诗情诗趣和意外的欣喜感悟，而敏感的诗人却从中触发了浓郁的诗情和带有启发性的诗思，从平常的现象中发现了美好事物的流转，给人以新鲜喜悦的感受和广泛的联想。

"人间四月芳菲尽，山寺桃花始盛开。"据《游大林寺序》，写这首诗的时间是农历四月初九。这个时间节点非常关键，春天刚刚消逝，对春天"百般红紫斗芳菲"的记忆还非常新鲜，对它的逝去的怅恨也非常强烈。诗人居近湓江低湿之地，到这个时候，不但早开的梅花、仲春的桃杏均已不存，就连暮春的杜丹、蔷薇也已凋谢，"人间四月芳菲尽"所咏叹的就是这种芳菲凋零的现象，一个"尽"字流露出的正是无限的怅恨与无奈。第二句紧接着描写的却是与"人间四月芳菲尽"完全不同的另一种景象，在庐山深处的大林古寺周围，桃花正繁英满枝，红艳盛开。海拔的高低、深山平地气温的差异，使同一时间内不同的空间呈现出完全不同的自然物候景观。由于心中正蕴藏着对刚刚逝去的春天芳菲的留恋与怅恨，因此乍到深山古寺，忽见此桃花盛开的景象，顿觉眼前一亮，仿佛置身另一个美好的既向往又陌生的世界。"始盛开"的"始"字正显示出这里的芳菲美景方兴未艾的态势。其中流露出一种意外的欣喜感、兴奋感，也有一种恍惚感、惊异感。这一切，又都集中凝聚成为对美好事物重现的新鲜感。因此，开头两句虽貌似客观叙事写景，其实却饱含着浓郁的诗情。

"长恨春归无觅处，不知转入此中来。"第三句承首句"四月芳菲尽"，着"长恨"二字，则不独今年如此，年年四月芳菲凋尽之时，都怀着"春归无觅"的怅恨与无奈。这仿佛是无法改变的客观事实。第四句承次句，转出新意。"此中"即指深山古寺之中，"不知转入"四字，语意殊妙。在同一空间的平地，四月芳菲净尽确实是不可改变的自然现象，但换一空间，进入深山之中，却意外发现春天并未消逝，那满枝桃花，繁英如簇，正显示春天在这里方兴未艾。如果说"转入"二字显示了春天的美好景象在不同空间的流转，则"不知"二字正显示出意外发现的欣喜与感悟。黄周星说："只恐'此中'亦不能久驻，奈何！"固定在同一空间，确实有"'此中'亦不能久驻"之感慨；但随着人类行踪的不断扩大，却会发现此地"春归无觅"，自会"转入"彼处。不但同一中国有"四季如春"之处，同一寰球，当北半球秋色满眼之时，南半球正繁花盛开。尽管诗人所处的时代，人们还不可能有这样宽广的视野和与之相应的思维，但这首诗的发现却给人以极富诗情诗趣的启示。

建昌江〔一〕

建昌江水县门前〔二〕，立马教人唤渡船〔三〕。
忽似往年归蔡渡〔四〕，草风沙雨渭河边〔五〕。

白
居
易

校注

〔一〕建昌江，即修水，又名抚河。源出江西修水县西幕阜山。唐江南西道洪州有建昌县，建昌江在其南。诗作于元和十二年（817）。

〔二〕县门，县治门。《元和郡县图志·江南道四·洪州》：建昌县，"东三里故海昏城，即汉昌邑王贺所封。今县城，则吴太史慈所筑"。

〔三〕教，令、让。

〔四〕蔡渡，渭河渡口名。与白居易故居下邽义津乡金氏村（俗称紫兰村）隔河相对。渡因汉孝子蔡顺而得名。

〔五〕白居易《重到渭上旧居》云："旧居清渭曲，开门当蔡渡。"王士禛《白居易》卷十三引《渭南图经》："渭水至临潼交口渡，东入渭南境。又东折至县城，北曰上涨渡，又东南流曰下涨渡，又东北折而流曰蔡渡，以汉孝子蔡顺得名，其地有蔡顺碑。与乐天故居紫兰村正隔渭河一水耳。"

笺评

《太平寰宇记》：唤渡亭，白居易贬江州司马过此作诗云："建昌江水县门前，立马教人唤渡船。好似往年归蔡渡，草风沙雨渭河边。"（《江南西道九·南康军》）

王士禛曰：唤渡亭在修水南岸，白居易过此，有诗云："建昌江水县门前，立马教人唤渡船。好似往年归蔡渡，草风沙雨渭河边。"黄庭坚书之亭上，明知县梁崧重刻石，今存。又曰：过唤渡亭，亭以白傅诗得名。有白诗石刻，堤行二里，人家种竹为藩篱，鸡声人语，皆在竹中。（《带经堂诗话》）

刘拜山曰：渭河近故居，建昌江则远在贬地。同一待渡，情味迥殊。对照而言，寄慨自深。（《千首唐人绝句》）

有些诗的诗味，缺乏某种特定的生活体验，是很难体味的。像这首诗中所写的"唤渡船"的景象，在高速公路、铁路、飞机为出行工具的时代，年青一代的读者习惯了快节奏的生活，恐怕很难想象旧时代那种慢节奏的生活，以及对这种生活产生的特有心态和美感。因此也就很难体味这首诗所抒写的情境所蕴含的情韵风调之美。

　　诗写作者贬任江州司马期间一次近境之游的经历与感触。建昌县属洪州，不属江州。作为贬职的司马，名为上佐，实为闲职。这次出游，恐非公务，而系闲游。诗的前两句写作者和从人行旅途中来到建昌江渡口的情景。渡口的对岸，就是建昌县的县府门，那大概就是诗人今晚的投宿之处，故首句特为标出。但一条建昌江水，却挡住了诗人的去路。修水流至建昌，已快到鄱阳湖口，水面较宽，水也比较深，故只有津渡而无桥渡，要渡江只能"唤渡船"。第二句便接写诗人令从人唤渡。"立马"即勒马停止行进，驻马等待。旧时的津渡，往往只有一只渡船，停泊在对岸的渡船，船上未必随时有船夫，只有来了过往客人，才会唤住在近旁的船夫摆渡。故"唤渡船"便是行旅之人经常经历的事。如无急事，这种"唤渡船"本身便是行旅生活的一道风景。这边拉长了声音慢悠悠地喊，那边则或即时或移时方懒洋洋地回答，然后才慢悠悠地踱向埠头，撑篙摇橹，先上水逆驶，再顺水横渡靠岸。这种情境，对心情悠闲的候渡者来说，本身就是一种带有诗意的享受。"时见归村人，平沙渡头歇"（孟浩然《秋登万山寄张五》）所描绘的风景，正蕴含着一种悠闲自在、从容不迫的天然韵致。

　　"忽似往年归蔡渡，草风沙雨渭河边。"三、四两句，忽然从眼前情境宕开，转写往年所历类似情境。"忽似"二字，极富神味，暗透诗人在建昌江边"立马教人唤渡船"时，脑海中忽然浮现当年归下邽旧居时在蔡渡等待渡船的情景：微风吹拂着河边的青草，如沙的细雨飘洒在河岸水中。这如诗似画的情境给等待渡船平添了无限意趣和韵味。今日建昌江边，忽如旧境重现，于意外发现的欣喜中又包含了一种既恍惚又亲切的感觉。诗写到这里，悠然而收，留下了不尽的余味。而那摇曳的风神韵味则更令人悠然神远。

问刘十九 〔一〕

绿蚁新醅酒〔二〕，红泥小火炉。
晚来天欲雪，能饮一杯无〔三〕？

校注

〔一〕刘十九，白居易在江州期间的友人。其《刘十九同宿》诗作于元和十二年（817）十月淮西吴元济之叛初平时，云："红旗破贼非吾事，黄纸除书我无名。唯共嵩阳刘处士，围棋赌酒到天明。"知刘十九系嵩阳（原河南府登封）人，时寓居江州。白集中又有《雨中赴刘十九二林之期及到寺刘已先去因以四韵寄之》《蔷薇正开春初酒熟因招刘十九张大夫崔二十四同饮》等诗，刘十九均同指一人，名未详。或以为即刘轲，非。轲郡望彭城，寄籍岭南，元和初由岭南至江西，隐于庐山。白此诗作于元和十二年冬，时刘轲已不在庐山。详参朱金城《白居易诗选编年注释质疑》（《中华文史论丛》第五辑）。

〔二〕绿蚁，米酒面上浮起的绿色泡沫。醅酒，未滤去糟的米酒。《文选·张衡〈南都赋〉》："酒则醪浮数寸，浮蚁若萍。"《释名·释饮食》："汎齐，浮蚁在上汎汎然也。"谢朓《在郡病卧》："绿蚁方独持。"

〔三〕无，否。问话的语气词。

笺评

黄周星曰：岂非天下第一快活人。（《唐诗快》）

《精选评注五朝诗学津梁》：气盛言直，所谓白诗"妇孺都解"也。

孙洙曰：信手拈来，都成妙谛。诗家三昧，如是如是。（《唐诗三百首》）

王文濡曰：用土语不见俗，乃是点铁成金手段。（《唐诗评注读本》）

俞陛云曰：寻常之事，人人意中所有而笔不能达者，得生花江管写之，便成绝唱，此等诗是也。即以字面而论，当天寒欲雪之时，家酿新熟，炉火生温，招素心人清谈小饮，此境正复佳绝。末句之"无"字，妙

作问语，千载下如闻声口也。（《诗境浅说》续编）

刘永济曰：读此二诗（指本篇及《招东邻》）知白居易之好客，有酒则呼友同饮。（《唐人绝句精华》）按：《招东邻》云"小榼二升酒，新簟六尺床。能来夜话否？池畔欲秋凉。"

富寿荪曰：佳酿新熟，晚来欲雪，正宜招素心人小饮。写来亲切隽永，声口盎然。此等诗浅淡中自有神味，乐天独擅也。（《千首唐人绝句》）

傅庚生曰：绿蚁红炉，已经蛮有意思，既"新"又"小"，更增强了诱惑力，又何况"晚来"没啥事体好做了，更兼"天欲雪"，有些寒意，正好饮些酒挡挡寒，解解闷。劝人饮酒，最好不要一开口就说"一举累十觞"，因此只问道："能饮一杯无？"我想这刘十九见了这二十个字是一定命驾无疑的。这首劝酒的诗，本身就带有醇美的酒意。（《百家唐宋新诗话》第361页）

朱金城曰：这首诗的构思十分精巧，从立意、布局到选词铸句都经过提炼，达到了浅淡中见神韵的境界……作者为诗歌设计了一个独特的令人羡慕的场景：夜雪拥炉小酌。先写酒，再写火，然后才提到夜雪，发出邀请，既顺乎自然思维，又造成一种诱人的情调。诗歌充分运用了色彩的调配：绿色的酒，红艳的火，洁白的雪……烘托出诗人好客的真心，洋溢着温暖炽热的情意。诗的末句设问，也别具一格。不仅与诗题遥相呼应，而且让我们恍然大悟，原来作者勾勒了那么美好的画图，为的是要引起朋友共酌的兴趣。问句的口吻十分亲切自然，诗人那坦荡而慈祥的形象跃然纸上。（《历代绝句精华鉴赏辞典》）

鉴赏

这是一首以诗代柬的招饮诗，写得非常质朴真率而浅切随便，但却创造出一种充满亲切温暖情感的氛围和真淳浓郁诗情的意境。招饮诗写得这样令人心醉神往的，唐代唯此一首。

既是招友同饮，自然要先写到酒。首句"绿蚁新醅酒"，点眼处在那个"新"字。酒未必名贵，却是家酿的新酒。还来不及过滤，上面还浮着一层细如绿蚁的泡沫，微微地泛着绿色。这"绿蚁"正显示出它的"新醅"，不但使我们如见其色其形，而且似乎可以闻到新酒的芳香。以新酿送人或新酿招友，都是亲切友谊的表现，强调"新醅"正见诗人时时想着对方的淳厚情谊。

"红泥小火炉",第二句接着写暖酒的炉子。点眼处在"小"字。这种用红色泥土制成的炉子,形制小巧,是专门用来暖酒的。米酒不宜凉喝,须用热水煨或微火温,取其暖胃,更取其热后四溢的芳香。形制小巧的暖酒炉,中置烧得不旺却能持续相当长时间的炭火,置小酒壶于火上,正可供挚友二人相对而坐,细斟慢酌,随意交谈。因此这似乎有些简陋而土气的"红泥小火炉",就不仅仅是温酒的工具,而且成了一种洋溢着酒香、暖意、友谊和诗情的艺术品了。

"晚来天欲雪",第三句仿佛离开了酒而转写天气。晚间的天空阴沉沉的。空气中弥漫着湿润的气息,正酝酿着一场雪。"天欲雪"的"欲"字,写出了一种正在变化进行中的天气状态(雪将下而未下),也透露出诗人面对这种天气状态时微微感到的寒意。而这即将到来的寒天雪夜,对于一个漂泊异乡的谪宦者来说,酒和友谊的温暖无疑是驱散心头的孤清和凄寒的最好精神慰藉。对于友人刘十九而言,在浔阳雪夜与良友拥炉相对,饮酒共话,无疑也是一种饶有诗意的精神享受。因此这"晚来天欲雪"不但没有离开招饮的主题,反而成了招饮与赴饮的最佳理由和最好氛围。

有了酒和温酒的火炉,又有了最适宜的饮酒理由与氛围,于是乎就水到渠成地引出了最关键的招饮词——"能饮一杯无?"尽管殷切盼望拥炉共饮,度此寒夜,但却出以轻松随意的问语。虽料其必来,却不催其必来速来。这正是好友之间常有的俏皮和幽默。曰"饮一杯",可见其兴趣不在酒,而在寒夜拥炉对饮共话的诗意氛围和精神享受。画龙点睛,这点睛之笔所流露的正是对即将到来的拥炉对饮共话情景的诗意想象。作为一首以诗代柬的五绝,以问语收束,不但紧扣题目,而且给读者留下了广阔的想象空间,使整首诗变得既亲切风趣,又隽永含蓄。它无须作答,也不能作答。如果有人嫌它意犹未足,将它展衍成一篇五古,那就只能是画蛇添足,狗尾续貂了。

勤政楼西老柳〔一〕

半朽临风树,多情立马人〔二〕。
开元一株柳,长庆二年春。

校注

〔一〕勤政楼，在唐长安兴庆宫西南隅，即勤政务本之楼的简称。《旧唐书·睿宗诸子·让皇帝传》："玄宗于兴庆宫西南置楼，西面题曰花萼相辉之楼，南面题曰勤政务本之楼。"《两京城坊考》卷一："楼向南，开元八年造。每岁千秋节酺饮楼前。元和十四年以左右军官健三千人修勤政务本楼。按：明皇劳遣哥舒翰及试制举人，尝御此楼。楼前有柳。"诗作于长庆二年（822）春，时作者任中书舍人。

〔二〕立马人，驻马（望树）之人，指诗人自己。

笺评

何焯曰：以刺穆宗荒怠厥政，不得见开元之盛也。公元和时诗多发露，此更蕴藏，抑所谓"匡谏者微，哀叹而已"者耶？（《白香山诗长庆集》卷十九何氏评）

《唐宋诗醇》：不着一字，尽得风流。（卷二十四）

宋顾乐曰：语似率易，而"开元""长庆"四字中，寓无限俯仰悲感。（《唐人万首绝句选》评）

俞陛云曰：四句皆对语而不异单行，由于语气贯注也。首二句言勤政楼乃当时紫禁朝天之地，今衰柳临风，驻马徘徊，怆然怀旧。后二句言自开元至长庆，其间国运之隆替，耆泪之凋零，等于无痕春梦，剩有当年垂柳，依依青眼，阅尽沧桑。诗仅言开元之树，长庆之人，不着言诠，而含凄无限也。（《诗境浅说》续编）

刘拜山曰：言开元之柳半朽，开元之政久息。长庆之世，所见唯此柳而已，多情者自然立马踟蹰而不能去。写来含蓄不露，深意只于"多情"二字微微一逗。（《千首唐人绝句》）

鉴赏

白居易对自己诗歌创作艺术上的缺点是有一定认识的，其《和答诗十首序》说："常与足下（元稹）同笔砚，每下笔时辄相顾，共患其意太切而理太周。故理太切则辞繁，意太切则言激。"辞繁意微，再加上感受体验不深，便难免太露太尽，缺乏含蕴和韵味。这对短小的抒情诗来说，尤为大病。他后期的部分诗作中，似乎有意纠正这种毛病，这首《勤政楼西老柳》便写得含蓄蕴藉，寓慨遥深。

诗只四句二十字，但却有四个要素：树和人，开元和长庆。树是通篇歌咏的对象，人是歌咏的主体，开元和长庆则是树所处的特定历史时间段，也是人兴感抒慨的特定历史时间段。尤其不能忽略的是诗的题目特为标出的"勤政楼西老柳"。建于开元八年（720）的勤政务本殿，殿名本身便显示出唐玄宗初当政时励精图治的精神意志，联系着整个开元时期比较开明的政治和繁荣昌盛的局面，而勤政殿西的柳树正是当年盛世的历史见证，也是从开元到长庆这一百多年盛衰变化的历史见证。因此题目本身便带有象征意味，寓含着历史的沧桑感。

"半朽临风树"，首句从眼前所见的柳树写起。建于开元八年（720）的勤政殿，植于约略同时的殿西柳树，到长庆二年（822）诗人面对它时，已是百龄的老树。"半朽临风"四字，正描绘出它那干老枝枯，树叶稀疏，在风中摇曳的衰朽之状。而"临风"二字，又使人联想起眼前这衰朽的柳树，也曾有过郁郁葱葱，玉树临风的当年。故此句虽明写柳之今已"半朽"，却暗寓有柳昔之繁茂葱郁。它似乎正象征着昔日繁荣昌盛的大唐王朝，经历百年历史风雨的侵袭摧残，如今已经"半朽"了。

"多情立马人"，次句由眼中之衰柳写到正在驻马观看的诗人自身，转接自然。"多情"之"情"，自非一般的男女风情，亦非泛指一切情感，而是专指关注国家命运、王朝盛衰的情思。此二字虽浑沦虚涵，含蓄不露，却是全篇点眼。其他各句中蕴含的感怆之意，均由此二字生发。

"开元一株柳，长庆二年春。"三、四两句，又由人回到树，但却特意标举出眼前这株半朽的柳树所经历的时间和朝代——"开元"和"长庆"。"忆昔开元全盛日"，在中唐诗人心中，"开元"是大唐王朝政治清明、经济繁荣、文化昌明的全盛时代，这"开元一株柳"也就自然寄托着后世诗人对这个全盛时代的向往追慕；而经历了安史之乱的八年浩劫和其后长期的内忧外患，昔日辉煌显赫、国威远扬的大唐王朝已经从繁荣昌盛的顶峰跌落到战乱频仍、民生凋零的低谷，眼前这"半朽临风树"也正像国运凋衰的王朝一样，在风中摇荡，日益衰朽了。"长庆二年春"，是一个关键性的时间节点。宪宗元和时期，先后平定各地藩镇的叛乱，曾经重现过全国统一的"中兴"局面。但长庆二年正月，河北魏博军乱，"牙将史宪诚夺帅，田布（节度使）

白居易

伏剑而卒"，朝廷即以史宪诚为节度使。二月，又诏雪叛镇王庭凑，以之为成德节度使。幽州则于长庆元年七月已为军阀朱克融所据。从此"再失河朔，迄于唐亡，不能复取"（《通鉴》卷二百四十二）。可以说，长庆二年正是唐王朝由乱而衰的过程中从暂时的统一再次恢复割据，由暂时的"中兴"再次走向衰落的关节点。白居易其时任中书舍人，仕途上虽有进展，而国运则再现凋衰。这种局面又和穆宗的荒政庸弱有密切关系。诗人面对勤政殿西这株经历了百年历史风雨的半朽衰柳，心系唐王朝百年由盛而衰的国运，处在"长庆二年春"这个历史关节点上，其心中的无限今昔盛衰之慨，无力回天之感，统统在"开元一株柳，长庆二年春"这仿佛不加任何评说的叙述中包括了。其艺术概括之深广，感慨之深沉，表情之含蓄都达于极致。

暮江吟〔一〕

一道残阳铺水中，半江瑟瑟半江红〔二〕。
可怜九月初三夜〔三〕，露似真珠月似弓。

校注

〔一〕此诗作年，有约作于元和十一年至十三年（816—818）任江州司马期间（朱金城《白居易集笺校》）、约作于长庆元年（821）秋在长安游曲江时（刘拜山、富寿荪《千首唐人绝句》）、约作于长庆二年（822）秋赴杭州途中时（文研所《唐诗选》）诸说。按：白集卷十九所收诸诗，作于长庆二年者较多，其他具体年代不明者，亦均作于长庆二年之前（包括长庆二年）。曲江虽亦可称"江"，但终非通常意义上的江水，且因其河水水流曲折而得名，与"半江瑟瑟半江红"之宏阔气象不甚符合，似作于赴杭州刺史任途中较合理。是年七月，居易由中书舍人除杭州刺史，因宣武军乱，汴河未通，取道襄汉洞庭沿长江而下，抵杭州时为十月。九月初正可见诗中所描绘之暮夜长江景象。

〔二〕瑟瑟，本绿色宝珠名，亦可指碧色。详参《琵琶引并序》"枫叶荻花秋瑟瑟"句注。二诗中之"瑟瑟"字同而义异。

〔三〕可怜，可爱。

范晞文曰：唐人绝句，有意相袭者，有句相袭者。王昌龄《长信宫》云："玉颜不及寒鸦色，犹带昭阳日影来。"孟迟《长信宫》亦云"自恨身轻不如燕，春来还绕御帘飞"。……又杜牧《沈下贤》云："一夕小敷山下梦，水如环珮月如襟。"白乐天《暮江吟》云："可怜九月初三夜，露似真珠月似弓。"刘长卿《送朱放》云："莫道野人无外事，开田凿井白云中。"韩偓《即日》云："须信闲中有忙事，晓来冲雨觅渔师。"此皆意相袭也。（《对床夜话》）

杨慎曰：诗有丰韵。言残阳铺水，半江之碧，如瑟瑟之色；半江红，日所映也。可谓工致入画。（《升庵诗话·白乐天暮江吟》）

王士禛曰：白古诗，晚岁重复十而七八；绝句作眼前景语，却往往入妙，如"上得篮舆未能去，春风敷水店门前""可怜九月初三夜，露似珍珠月似弓"之类，似出率易，两风趣复非雕琢可及。（《带经堂诗话》综述门二摘瑕类）

《唐宋诗醇》：写景奇丽，是一幅着色秋江图。（卷二十四）

宋顾乐曰：丽绝韵绝，令人神往。（《唐人万首绝句选》评）

俞陛云曰：此诗分两段写景。上二句言薄暮之景。大江空阔，阴阳划分，半为云气所掩，作瑟瑟秋光；半则一道斜阳，平铺水面，映江水面皆红。写江天晚景入妙。后二句言，一至深宵，如弓新月，斜挂楼头，正初三之夕，其时露气渐浓，如珠光的皪，正九月之时，夜色清幽，诵之觉凉生袖角。通首皆写景，惟第三句"谁怜"二字，略见惆怅之思。如水清愁，不知其着处也。（《诗境浅说》续编）

刘永济曰：此篇为传诵人口者，全诗从日晚写到夜，中间只"可怜"二字带感情，不知何意。但认明纪时日，多有事在。诗言"九月初三夜"，或有所指，但已无考。（《唐人绝句精华》）

富寿荪曰：前半写曲江薄暮之景，后半写曲江深宵之景，能状难写之景如在目前。通首设色奇丽，丰神绝世，故推名篇。第三句"可怜"为"可爱"义。"九月初三夜"正是"露似真珠月如弓"之时。乐天写景诗中，间有着作诗年月日者，则读《长庆集》可知矣。（《千首唐人绝句》）

鉴赏

白居易的七绝，佳者每于末句点染景物，烘托氛围，以造成摇曳不尽的风神情韵，通篇以描绘景物为主者鲜见。此诗写江上暮夜景色，除第三句交代特定时间外，其余三句全为写景，但却写得极为鲜明工丽，富于新鲜感和流丽圆转的音乐美。

"一道残阳铺水中，半江瑟瑟半江红。"前两句写残阳斜照江面景象。长江中下游一带，多为平野地区，江面宽阔，行将沉西的残阳得以无阻挡地放射出它的光辉，投向江面。用"一道"来形容残阳映江的形态，正准确地描绘出这残阳余光的宽度、长度和整齐度，就像一条闪光的道路一样。而"铺"字与"道"字紧相呼应，生动地展现了这一条闪光的道路平铺水面，向前伸展的情景。"铺"字给人以平缓舒展之感，可以想见夕阳映照下的江面水波不兴，安闲恬静之态，也透露出诗人此时平和舒展的心境。首句重在形态描写，次句则重在色彩的描绘。"瑟瑟"本是碧玉名，此处指碧色。由于行将沉西的残阳余晖斜照江面，故江面的一半向阳处，被映染得一片鲜红，而另一半阳光不及之处，则呈现出一片碧绿之色。红与碧是两种比较强烈鲜明的色彩，它们相互映衬，使红的更红，碧的更碧。这种景象，其实很多人都见过，但却几乎都没有引起注意，发现它特有的美感，一种色彩对比鲜明，景象新鲜奇丽，境界宽阔舒展的画面美、诗意美。而句中自对，"半江"重叠的句式又特具一种回环往复的音乐美。这又一次说明平常景象中本来就存在着美，关键在于发现。

"可怜九月初三夜，露似真珠月似弓。"后两句转写由暮入夜的江天景色。"九月初三夜"这个特定的季节时间，正是为第四句写景提供引线的，同时也是前后幅之间的连接过渡。前后幅之间，有时间的推移过渡（由暮入夜），却写得令人浑然不觉。用"可怜"二字领起，不但使全句，而且使全诗充满了咏叹赞赏的情味。上弦月出现得平，但真正明亮起来却在由暮入夜之后，九月初三，约当农历霜降节气，入夜之后，气温下降得快，故初夜江边草上即有露珠闪烁。仰望星空，一弯明亮的新月正高悬天际，放射清辉；俯视地下，草间的露珠在明月清辉映照下，正闪烁不定，晶莹似珠。用"弓"来形容初三的新月，用"真珠"来形容露，不但贴切逼真，而且流露出对它们的赞叹赏爱之情，句中自对，"似"字重复的句式不但与次句呼应，而且加强了第三句"可怜"二字的抒情咏叹韵味。诗从暮到夜，由残阳而月露，时间景物均有变化，但读来却一气流注，浑然一体，除第三句的勾连转接外，二、四两句句中自对而又有变化的句式，大大加强了全诗回环往复、流转如珠的风神韵味。

深秋、残阳、孤月、凉露，这些时令物象往往容易习惯性地触发萧瑟、暗淡、孤清、凄冷之感，但诗人却发现了一个色彩鲜明，境界阔远，充满新鲜感，令人赏心悦目、流连忘返的诗境。在审美情趣的独特方面，也给人以启发。

钱唐湖春行〔一〕

孤山寺北贾亭西〔二〕，水面初平云脚低〔三〕。
几处早莺争暖树〔四〕，谁家新燕啄春泥〔五〕。
乱花渐欲迷人眼，浅草才能没马蹄。
最爱湖东行不足，绿杨阴里白沙堤〔六〕。

校注

〔一〕钱唐湖，或作钱塘湖，亦即杭州西湖。作者《杭州回舫》云："欲将此意凭回棹，报与西湖风月知。"又有《西湖晚归回望孤山寺赠诸客》《早春西湖闲游怅然兴怀》《西湖留别》等诗。此诗作于长庆三年（823）春，时作者任杭州刺史。长庆四年春，白居易曾增筑钱塘湖堤，贮水以防天旱，见其《别州民》诗"唯留一湖水，与汝救凶年"二句自注。又白氏《钱塘湖石记》云："钱塘湖一名上湖，周回三十里。"因其在杭州城西，故名西湖。

〔二〕孤山，在西湖中，北里湖与外湖之间。元稹《永福寺石壁法华经记》："永福寺一名孤山寺，在杭州钱塘湖心孤山上。"《咸淳临安志》卷二十二："孤山在西湖中稍西，一屿耸立，旁无联附，为湖山胜绝处。旧有智果观音院、玛瑙宝胜院、报恩院、广化寺。"贾亭，即贾公亭。《唐语林》卷六："贞元中，贾全为杭州，于西湖造亭，为贾公亭。未五六十年废。"钱塘湖即在"孤山寺北贾亭西"。

〔三〕云脚，下雨前后流荡不定似垂于地面水面的云气。

〔四〕暖树，指春回大地，气候转暖，呈现春天的绿色和暖意的树木。

〔五〕啄春泥，指燕子啄泥衔草筑巢。

〔六〕白沙堤，今称白堤，在西湖东畔，建成于长庆之前。沿堤向西北行，直通孤山。春天桃柳满堤，景色秀丽。白居易《杭州春登》："谁开湖寺西南路，草绿裙腰一道斜。"自注云："孤山寺路，在湖洲中，草绿时望如裙腰。"白沙堤在居易刺杭前已有，后世或谓系其刺杭时所筑，非。（详参朱金城《白居易集笺校》第1352～1353页）

 笺 评

王夫之曰：大历之诗变为长庆，自如出黔中溪箐，入滇南佳地。元、白同以一往风味，流荡天下心脾。雅可以韵相赏，繁括微至，自非所长。不当以彼责此。（《唐诗评选》）

金圣叹曰：（前解）先写湖上。横开，则为寺北、亭西；竖展，则为低云、平水。浓点，则为早莺、新燕；轻烘，则为暖树、春泥。写湖上真如天开图画也。（后解）方写春行。花迷、草没，如以戥子称量此日春光之浅深也。"绿杨阴里白沙堤"者，居于如是浅深春光中，幅巾单袷，款段闲行，即此杭州太守白居士也。（五、六是春，七、八是行）（《贯华堂选批唐才子诗》卷五）

汪立名曰：按西湖苏、白堤，相传二公始筑。《新书》亦云："居易为杭州刺史，始筑堤捍钱塘湖。"此公初到杭州诗已有"十里河堤"句。又《钱塘湖石函记》但云："修筑河堤，加高数尺。"《别杭民》诗注云："增筑湖堤。"筑不自公始明矣。或以公诗有"绿杨阴里碧沙堤"，为白堤所自来，然公诗曰"护江堤白蹋晴沙"，亦用白沙，不独湖堤也。况公所修湖堤在湖之东北，接连下湖。旧志："近昭庆有石函桥、溜水桥"，是其故址，即李泌设闸泄水引灌六井处。今杭人率指苏堤之西为白堤，亦不相涉。又有指石径塘为白堤者，不知张祜已有"断桥荒藓合"之句矣。白诗"谁开湖寺西南路，草绿裙腰一径斜"自注云："孤山寺在湖州中，草绿时望如裙腰"，正指今石径塘也。（《白香山诗长庆集》）

毛奇龄曰：杭州钱塘湖中，有一堤穿于湖心。作志者初称白堤，后称白公堤，谓白乐天为刺史时所筑。及读乐天《杭州春望》诗有云："谁开湖寺西南路，草绿裙腰一道斜。"则并非白筑，未有己所开堤而反曰谁开者，且诗下自注有云：""孤山寺路，在湖洲中，草绿时望如裙腰。"是必前有此堤，故注以证己诗，其非初开可知也。是以张祜诗云："楼台映碧岑，一径入湖心。"其诗不知何时作，但乐天出刺杭州在长庆末，而陆鲁望每推张祜为元和诗人，则此堤非长庆后始筑断可知者。尝考此堤为白沙堤。乐天《钱塘湖春行》有云："最美湖东行不足，绿柳阴里白沙堤。"则意此堤本名白沙，或有时去"沙"字，单称白堤。而不幸白字恰与乐天姓合，遂误称白公。观有时去"白"字，单称"沙堤"。如乐天又有诗云："十里沙堤明月中。"是一"沙"一"白"，遂多误称。而不知白堤不得称白公堤，犹沙堤不得称宰相堤也。杭志极荒唐，至钱塘湖诸志则尤荒唐之至者，此第一节耳。（《西河文集·诗话三》）

胡以梅曰：三、四灵活之极，"争"字既佳，而"谁家"更有情。（《唐诗贯珠串释》）

赵臣瑗曰：何言乎上半首写湖上？察他口气所重，只在"寺北""亭面""几处""谁家"，见其间佳丽不可胜纪，而初不在"水平""云低""早莺""新燕""暖树""春泥"之种种布景设色也。何言乎下半首专写春行？察他口气所重，只在"渐欲迷""才能没""绿杨阴"之一路行来，细细较量春光之浅深，春色之浓淡，而初不在"湖东""白沙堤"几个印板上之衬贴字也。要之，轻重既已得宜，风情又复宕漾，最是中唐佳调。谁谓先生之诗近乎俗哉！（《山满楼笺注唐诗七言律》）

杭世骏曰：《金壶字考》云："《咸淳临安志》无白公堤。所谓白公筑之堤在上湖与下湖有隔处，公自著《钱塘湖石记》可证。今人所指之白堤即是白诗所云'绿杨阴里白沙堤'，白公前已有之。"（《订讹类编》卷五引）

沈德潜曰：今之白堤，即白沙堤，白公时已有之，非白公筑之。虎丘白公堤，公为刺史（指苏州刺史）时所筑。（《重订唐诗别裁集》卷十五）

何焯曰：平平八句，自然清丽，小才不知费多少妆点。（《唐律偶评》）

杨逢春曰：首领笔，言自孤山北贾亭西行起。下五句历写绕湖行处春景。七、八以行不到之湖东结，遥望犹有馀情。（《唐诗绎》）

宋宗元曰：娟秀无比。（《网师园唐诗笺》）

方东树曰：章法意匠，与前诗（指《西湖留别》）相似。而此加变化。佳处在象中有兴，有人在，不比死句。（《昭昧詹言》卷十八）又曰：句句回旋，曲折顿挫，皆从意匠经营而出。（同上）

苏轼的《饮湖上初晴后雨》"欲把西湖比西子，淡妆浓抹总相宜"之句，咏西湖之美，妙在巧喻而富于想象。实则早在苏轼之前数百年，白居易已在一系列咏杭州风景的诗中对西湖之美作了出色的描绘。其中《钱唐湖春行》一诗更对钱塘湖的春色进行了集中的描写，可以说是最早描绘西湖胜景的佳作。读这首诗，要特别注意题目中的那个"行"字，诗人不是在一个固定的立足点观赏西湖春色，而是边走边看，左顾右盼，处处观赏流连，人和景物都在流动变化之中，是随着诗人的足迹在眼前不断展开的活动画面。而在不断活动变化的画面展开的同时，又流注洋溢着浓郁的春天的气息和诗人的浓浓意兴。

首句"孤山寺北贾亭西"，正点"钱唐湖"的位置所在，也是诗人此次春游西湖之行的起点。孤山在西湖的外湖与北里湖之间，山上有寺，陈文帝天嘉初年建造，离白居易写诗时已有二百六十来年，算得上是西湖一处古迹了。贾亭却是贞元十三四年杭州刺史贾全所建的一处近代亭阁。寺与亭一古一今，正构成钱塘湖的一段人文景观的历史，给西湖之春增添了历史人文气息。站在孤山寺上、贾公亭边，正可俯瞰西湖的湖面，是观赏整个西湖的最佳立足点，所谓"湖山胜绝处"。"水面初平"，是形容春雨过后，湖水涨满，与岸齐平的景象，"初"字显出这正是春水初涨的早春天气。雨后初晴，流荡不定的云气低垂，贴近湖面，高空却已放晴了。两句均用句中自对，相互构成工整的对仗，而句法却有变化，显得既整齐又错综，读来自有一种抑扬顿挫、自然流走的美感，体现出"春行"一开始就带有一种轻快愉悦的感情。

"几处早莺争暖树，谁家新燕啄春泥。""暖树"似不必理解为向阳的树或枝条，用"暖"来形容树，无非是春归大地，天气转暖，树木发芽抽绿，呈现出一片嫩绿，使人感到一种暖融融的早春气息。而黄莺是春天最活跃的鸟，最早哺育出的莺对早春的气息尤其敏感，正如苏轼诗所说"春江水暖鸭先知"，这"暖树"所散发出的春天暖意被早出的黄莺首先感知到了，因而争相飞向带着春天暖意的树梢，发出清脆欢快的鸣啭声；"争"字虽明写早莺竞相扑向春树的形态，读者却可从中联想到它们的欢快啼鸣，感知到它们的喜悦。这正是写春天的生意与活力。"新燕啄春泥"也是一样。燕子每年飞去又飞来，说它"新"，是强调这是人们在今年春天见到的头一批燕子。

燕子衔泥筑巢，标志着一个新的春天的来临。"泥"而冠以"春"，和上句的"树"而冠以"暖"一样，都是写诗人感觉中的春天，使我们似乎能闻到那"泥"中带有春天的湿润与芳香。但如果只有"早莺争暖树"和"新燕啄春泥"，虽然也写出了早春景物的特征，早春的气息和气氛，用来形容钱塘湖之春也许差不多，用来表现"春行"却显得不够。这"行"字就在两句句首的"几处""谁家"四字上集中体现出来。"几处"，说明不是一处，这就暗示出了游人的活动，说明诗人是边走边看；而"几处"与"谁家"联系起来，更可明显体味到诗人在行走游赏的过程中，左顾右盼，目不暇接的情景。而不说"处处""家家"，则正体现出这是早春，而不是"杂花生树，群莺乱飞"的暮春，而且"处处""家家"也显得太实太死，只能说明客观情况，很难表达游赏者那种轻快愉悦和新鲜的感受。这些地方，可以看出作者遣词用语虽很平易通俗，但却很注意分寸感，很有表现力。

　　"乱花渐欲迷人眼，浅草才能没马蹄。"腹联写行进中见到的花草。用"乱"来形容花，是很有独创性的。春暖花开，树上有花，地上有花，这里一丛，那里一丛，各有各的特色和意态，所以说"乱"。这形形色色，各具姿态的花，使游赏的诗人目不暇接、眼花缭乱、目眩神迷，不知道欣赏哪一处哪一丛好，故说"迷人眼"。在"乱花"与"迷人眼"之间插入"渐欲"二字，是对"迷人眼"的一种限制。意味着它们已经接近"迷人眼"但还没有到"迷人眼"的程度，这时的花，将盛而未盛，所以给人的感受是"欲迷"而犹未全迷。如果是姹紫嫣红、繁花似锦的季节，那就不再是"渐欲迷人眼"而是"正欲迷人眼"了。说"渐欲"，是正在发展中的态势，同时也预示了姹紫嫣红开遍的景象行将来临。下一句"浅草才能没马蹄"，既写出早春时节的草长得浅浅的、嫩嫩的，刚刚能掩过马蹄，同时又显示人正在骑马行进。"才能"不是遗憾草长得太浅，而是"刚能""恰能"的意思，它传达的是一种惬意感。这草不长不短，刚刚好掩没马蹄，马走在上面，既不扬尘，又不碍蹄。这与其说是写春景之美，不如说是写春游的快感。

　　以上两联，是整首诗的主体。从选择的景物看，不过是莺、燕、花、草、树、泥这样一些最常见的东西，它们之间也各自独立，但当诗人用"行"字将它们串连起来，并写出其早春的特征和诗人对这一连串景象的诗意感受时，就组成了一个有机的艺术整体。这里有乱花浅草的颜色，有莺啼燕语的声音，有花草和春泥的芬芳气味，有早春的温暖气氛，不仅展示出钱塘湖早春景象的外在形态，而且传达出早春的内在活力，特别是传达出诗人对这一切景象的审美愉悦。

"最爱湖东行不足，绿杨阴里白沙堤。"尾联是全诗的总结。两句实际上是用"最爱"领起的一句话：在整个西湖中，我最赏爱而且游赏不倦的地方，就是湖东绿杨覆盖掩映的白沙堤一带。诗人把"绿杨阴里白沙堤"和"湖东"拆开，一方面是为了突出"白沙堤"之美，另一方面也使诗句更加疏宕，更加抑扬顿挫，富于咏叹情调，表现出对这一带风景的激赏和流连。实际上，颔腹二联所描绘的就是"湖东"的"绿杨阴里白沙堤"的美好春色。虽是总结，却非重复，"绿杨阴里白沙堤"的明丽画面就是前面两联当中没有出现过的新景象，而"行不足"的表态更给此后的重游预留了地步，显得余波荡漾，有不尽之致。

这首诗用春天习见的景物，平易浅切的语言，写钱塘湖春行所见所感。写得很轻松随便，从容不迫，但却写出了气氛，写出了心情。"意态由来画不成"，这首诗好就好在画出了钱塘湖早春的意态，特别是画出了诗人的风神意态，让我们不仅感受到钱塘湖早春的气氛，而且感受到诗人那种新鲜、愉悦、惬意、流连的感情。这两方面都饶有诗的韵味。同时，在构思、遣词、设色上也都下了一番工夫，不过不露雕琢之痕而已。从表面看，莺燕花草树木，仲春、暮春都有，并不能体现具体的季节特征，但诗人却凭借他对景物的敏锐细微感受，通过"初平""几处""早""争""暖""谁家""新""渐欲""浅""才能"等一系列词语，将早春的景物特征、气氛和诗人的心情毫不费力而又恰到好处地表现出来了。白居易的有些诗，确有浅率、繁冗、直露之弊，但这样的诗，却既平易通俗，又诗味浓郁，优游不迫，意到笔随，完全是大家风范。

华州西〔一〕

每逢人静慵多歇，不计程行困即眠。
上得篮舆未能去〔二〕，春风敷水店门前〔三〕。

校注

〔一〕华州，唐关内道华州华阴郡，州治在今陕西华县。文宗大和三年

（829）三月，白居易罢刑部侍郎，以太子宾客分司东都。诗作于由长安赴洛阳途中，当时在三月末。

〔二〕篮舆，类似后世的轿子，乘坐其上用人抬着走的代步工具。去，离开。

〔三〕敷水，即罗敷水，在华州西。《大清一统志·华州府》："敷水在华阴县西……县志：敷水在县西二十五里，源出大敷谷，即罗敷谷，以别于小敷谷也。"诗人大和元年有《过敷水》诗云："秦氏双蛾久冥寞，苏台五马尚踟蹰。"大和九年又有《罗敷水》诗："野店东头花落处，一条流水号罗敷。芳魂艳骨知何在，春草茫茫墓亦无。"此诗中之"野店"即《华州西》诗中之"店门前"。按之地理，诗题当作"华阴西"。

 笺评

王士禛曰：自古诗，晚岁重复，什而七八；绝句作眼前景语，却往往入妙，如"上得篮舆未能去，春风敷水居门前""可怜九月初三夜，露似真珠月似弓"之类，似出率易，而风趣复非雕琢可及……予过其地，忆白诗，亦为之流连而不发也。（《香祖笔记》卷五）

宋顾乐曰：情景俱绝，流连无尽。（《唐人万首绝句选》评）

刘拜山曰：前半写慵写困，逼出后半欣然会心，自觉精神奕奕。（《千首唐人绝句》）

鉴赏

白居易晚年的诗，题材、命意、诗语每多重复，且多流于率易，这是事实。有关敷水的诗，就多达四首。除本篇外，尚有《过敷水》《罗敷水》及《与裴华州同过敷水戏赠》，均为道途经过此地所作。可见其对这条在地理上很不起眼的敷水情有独钟。从其他三首有关敷水的诗不难看出，诗人之所以经过踟蹰流连而不能去，主要是因这条以"罗敷"命名的水引发了他对古诗《陌上桑》中那位美丽而智慧的女子秦罗敷的美好遐想，但这首《华州西》却独得主神韵的王士禛的欣赏，原因其实很简单。其他三首，或说"秦氏双蛾久冥漠，苏台五马尚踟蹰"，或说"芳魂艳骨知何在，春草茫茫墓亦无"，或说"每过桑间戏留意，何妨后代有罗敷"，把追思怀慕的那点意思说得既直白又浅率，没有给读者留下吟味玩赏的空间，读者自然也很难激发进一步想象的欲望。而这首诗却除点出"敷水"以外，通篇对罗敷其人其事其貌不着一字，只用虚笔点染出之，因此显得特别空灵含蓄，风神摇宕，令人神远，颇具王氏所特别赞赏的那种"不着一字，尽得风流"的神韵。

"每逢人静慵多歇，不计程行困即眠。"前两句概写从长安出发后一路行程，而白居易这次赴东都，是在长安任刑部侍郎后期长假百日期满罢职，以太子宾客分司的身份前往赴任的。可以明显看出他对朝廷政局的厌倦不满和对闲适自在生活的追求。太子宾客分司是个闲职，正符合他的这种愿望。因此，行程宽松，不必匆匆赶路。一路上每逢人静处，感到有些慵懒了，便停下来歇歇，不必计算一天的行程，困倦了，便在路边小憩入眠。"慵""因""歇""眠"四字，将自长安出发以来的行程描叙得从容自在，无拘无束，率意而行，不像是赴任，倒像是随意的出游。之所以逢人静处方歇，正反映出诗人对熙熙攘攘的场所的厌倦，也透露出人静处方能领略周围景物的佳胜，而"不计程行"则透露此次行程完全没有官程的迫促。这两句明写行程，实写心态之悠闲自在，从容不迫。而这种特定的心态，正是领略道途中诗趣的前提和凭借。

"上得篮舆未能去。"第三句承"歇"与"眠"，说自己休息之后重上轿子准备启程之际，却流连徘徊，舍不得离去。歇够了，眠够了，却"不能去"，这陡然的转折，使诗出现了波澜曲折，也引起了读者的悬念。点出"篮舆"，说明此行一直是以轿子代步的，这就更加强了"慵""困"的从容悠闲情致，对末句的景物点染起着进一步的铺垫渲染作用。

"春风敷水店门前。"末句是对上句的交代说明，却不着交代说明的痕迹，只用极清淡的笔墨不经意地点染出一幅眼前的图景：乡村的野店旁边，敷水静悄悄地流淌着，春风起处，河水涟漪轻荡。诗人的心也像眼前的河水一样，涟漪摇漾，悠然神远。这里可能包含着对那位美丽而智慧的女子秦罗敷的诗意遥想，但也可能含有对眼前这朴素而美好的乡野风光的流连欣赏。由于诗人并未正面点明自己当时的情思，读者从中只能作一些约略的推测和想象。景物本身是鲜明如画的，但内含的情思却是不确定的，模糊朦胧的。这种情景的关系，使诗变得意境悠远，情思摇漾，韵味无穷，分外让人神往了。

诗所写的正是一种彻底放松的心态，以及在这种心态下不经意发现的美。由于这种美的发现带有心与境会，妙处难与君说的性质，故诗人一反其他几首诗那种将自己的所思所感明白说出的方式，而只书即目所见的景物，而诗人在写出观赏景物，悠然与境相会的同时，读者也因此而悠然神远了。

魏王堤〔一〕

白居易

花寒懒发鸟慵啼，信马闲行到日西。
何处未春先有思〔二〕，柳条无力魏王堤〔三〕。

校注

〔一〕魏王堤，在东都洛阳。元《河南志》卷四："（魏王池）与雒水隔堤。初建都，筑堤壅水北流，馀水停成此池，与雒水潜通，深处至数顷。水鸟翔泳，荷芰翻覆，为都城之胜地。贞观中以赐魏王泰，故号魏王池。"魏王堤即魏王池上之堤。唐时洛水过皇城端门，经尚善、旋善两坊之北，南溢为池。诗作于大和四年（830）初春，时作者为太子宾客分司。

〔二〕思，意。未春先有思，虽未到春天却透露出春天的消息。

〔三〕柳条无力，形容初发的柳枝纤细柔弱的样子。

笺评

宋顾乐曰：触处有情，诗家妙境也。（《唐人万首绝句选》评）

俞陛云曰：岁暮凄寒，鸟慵花懒，斜日西沉之际，在魏王堤上信马行吟。其时春气已萌，虽枯干萧森，而堤柳已有回青润意，万缕垂垂。自来诗家，鲜有咏及者。乐天以"无力"二字状柳意之含春，与刘梦得之"秋水清无力"状水势之衰，皆体物之工者。（《诗境浅说》续编）

刘永济曰：杜甫有"漏泄春光有柳条"之句，白氏诗言"未春先有思"，则更进一层。"花懒""鸟慵""柳条无力"，皆是未春景象。然而柳之春思，乃为诗人所觉，正以见诗人之敏感，不必待"漏泄"而已。诗人之异于常人者即在此。（《唐人绝句精华》）

这首诗所写景物的时令，当是初春。洛阳地处中原，较之幽燕朔北，虽气候比较暖和，但总属北方地域。在岁暮的严冬季节，再敏感的诗人也不大可能在堤柳上捕捉到春天的气息。而初春季候，虽仍春寒料峭，但杨柳已生嫩枝，露出一丝春意，故有"柳条无力"的景象与感受。如果是岁暮严冬，这种描写便显得过于超前而失真了。诗中的"未春"，是说还没有到真正的春天的意思。

"花寒懒发鸟慵啼，信马闲行到日西。"初春季候，料峭的春寒尚自袭人，魏王堤上，花还在寒意的包围中瑟缩未开；树上枝头，鸟儿也因春寒的侵袭而缄默不啼。诗人用一"懒"字、一"慵"字将花、鸟加以拟人化，不但画出它们因春寒而尚瑟缩未舒、缄默无声之状，而且传出一种懒洋洋的神情意态。这种景象，似乎有些令人意趣索然，但诗人却在这行人尚稀的魏王堤上信马闲行，直到红日西沉的薄暮。这是因为，时令季候虽未到真正的春天，但诗人心中却早就盼望春天的来临。出现在魏王堤上，信马闲行的诗人形象，正是一位"未春"而"寻春"者。正因为诗人心中切盼春天，才会特别关注"花""鸟"的春情春态，否则，他所描绘的景象也许是寒风枯枝，一片萧瑟之景了。

"何处未春先有思，柳条无力魏王堤。"第三句突作转折，呼起末句。第四句紧相应接，点明"未春先有思"之处就在那魏王堤上的丝丝柳条上。"未春先有思"五字，一篇之主。这首诗所要抒写的，就是诗人在信马闲行魏王堤的过程中对春意的寻觅和忽见柳条透露春消息时的那份欣喜和新鲜的诗意感受。用"无力"来形容"柳条"，表面上看和前两句用"慵""懒"来形容花鸟似乎差不多。但细味却自有不同的神味，"花"之"懒"，"鸟"之"慵"所表现的是初春料峭寒意包围中花和鸟瑟缩无声，提不起精神的意致，给人的感受是春天的消息还相当遥远，而这魏王堤上看似"无力"的柳条所传递透露的却是春天的气息。在严寒的冬天，柳条是干枯的，即使寒风劲吹，柳条的姿态也是瑟缩而僵硬地随风摆动；而初春阳气萌动，柳条虽未显现一片鹅黄嫩绿的色彩，但由于春气的浸润，它已在不知不觉中抽出柔嫩的细丝，在风中轻轻摇漾。人们虽然还不能从它的颜色上看到春天的来临，却能从它那初生时柔弱无力的情态中感知到春天的消息。对于一个对大自然的体察特别细致敏感的诗人来说，这初生而"无力"的柳条正是春意的最早传递者，它标志着"万条垂下绿丝绦"的场景即将出现。正像韩愈在"草色遥看近却无"中发现春来临的脚步一样，白居易也在柔弱无力的柳条身上发现了春天的消息。敏锐细腻的感受都源于诗人对春天的热爱、追寻，源于诗人的心灵。

杨柳枝词八首（其四）〔一〕

红板江桥青酒旗，馆娃宫暖日斜时〔二〕。
可怜雨歇东风定〔三〕，万树千条各自垂。

校注

〔一〕《杨柳枝》，《乐府诗集》卷八十一列入近代曲辞。按：汉乐府横吹曲辞有《折杨柳》，开元时教坊曲有《杨柳曲》。王灼《碧鸡漫志》卷五："《乐府杂录》云：'白傅作《杨柳枝》。'予考乐天晚年唱和此曲词，白云：'古歌旧曲君休听，听取新翻《杨柳枝》。'又作《杨柳枝二十韵》云：'乐童翻怨调，才子与妍词。'注云：'洛下新声也。'刘梦得亦云'请君莫奏前朝曲，听唱新翻《杨柳枝》'。盖后来始变新声。而所谓乐天作《杨柳枝》者，称其别创词也。今黄钟商有《杨柳枝》曲，仍是七字四句诗，与刘、白及五代诸子所制并同。但每句下各增三字一句，此乃唐时和声，如《竹枝》《渔父》，今皆有和声也。"此八首《杨柳枝》词系与刘禹锡唱和之作，约作于大和二年（828）至开成三年（838）之间。

〔二〕馆娃宫，春秋时吴王夫差为西施所造，吴人呼美女为娃，故名。旧址在今江苏苏州西南灵岩山上，即今之灵岩寺。左思《吴都赋》："幸乎馆娃之宫，张女乐而娱群臣。"

〔三〕可怜，可爱。定，指风停歇。

2405

笺评

洪迈曰：薛能者，晚唐诗人，格调不能高，而妄自尊大……别有《杨柳词》五首，最后一章曰："刘白苏台总近时，当初章句总是推。纤腰舞尽春杨柳，未有侬家一首诗。"自注云："刘、白二尚书继为苏州刺史，皆赋《杨柳枝》词，世多传唱。虽有才语，但文字太僻，宫商不高耳。"能之大言如此。但稍推杜陵，视刘、白以下蔑如也。今读其诗，正堪一笑……白之词云："红板江桥青酒旗，馆娃宫暖日斜时。可怜雨歇东风定，万树千条各自垂。"其风流气概，岂能所仿佛哉！（《容斋随笔》卷七）

黄生曰：咏杨柳未有不咏其舞风者，此独从风定时着笔，另是一种风致。只写景，不入情，情自无限。（《唐诗摘抄》卷四）

查慎行曰："可怜雨歇东风定"二句，无意求工，自成绝调。（《查初白诗评》）

宋顾乐曰：于闲冷处传神，情味悠然。（《唐人万首绝句选》评）

俞陛云曰：乐天尚有《杨柳枝词》"红板江桥青酒旗"云云，专咏柳枝，不若"永丰"篇（按：指《永丰坊园中垂柳》，诗云："一树春风千万枝，嫩于金色软于丝。永丰西角荒园里，尽日无人属阿谁。"）之有馀味也。（《诗境浅说》续编）

刘永济曰：诗人作《柳枝词》，多有寓意，非纯粹咏物也。此二首（按：指第三首"依依袅袅复青青，勾引春风无限情。白雪花繁空扑地，绿丝条弱不胜莺"及本篇）前首讥之，后首怜之也。前首首二句写其得意之态，后二句则讥其无可贵处。后首以红板江桥比卑微者，馆娃宫比尊贵者。末二句见盛时一过，则同样无聊，故皆可怜也。于此知白居易盖有庄子"齐物"之思想。（《唐人绝句精华》）

鉴 赏

刘、白唱和之《杨柳枝词八首》，均为新翻《杨柳枝》旧曲、创制新词之当时流行歌曲。此类歌词，但取其情思婉转缠绵，格调清新爽利，声韵圆转流美，别无深刻寓托。此首除兼有上述特点外，在内容构思上亦新颖别致，不落咏柳熟套。

"红板江桥青酒旗。"首句写苏州城中桥边之柳。苏州城中，水网密布，到处可见跨河而建的桥梁，所谓"君到姑苏见，人家尽枕河。古宫闲地少，水港小桥多"。南方水不论大小，通称为"江"，此处之"江桥"，实即河港上的小桥，因多用红漆栏杆木板建造，故说"红板江桥"。白居易任苏州刺史时所作《正月三日闲行》诗云："黄鹂巷口莺欲语，乌鹊桥头冰欲销。绿浪东西南北水，红栏三百九十桥。（自注：苏之官桥大数）鸳鸯荡漾双双翅，杨柳交加万万条。借问春风来早晚，只从前日到今朝。"诗中之"红栏三百九十桥"亦即此诗所谓"红板江桥"。河边遍植杨柳，桥边每有酒店，挑出青色的酒帘。碧波荡漾的河港，跨河而建的红板桥梁，桥边的酒家青旗，为这一座具有千余年悠长历史的苏州城平添了鲜明的色彩和迷人的风韵，也将桥旁河边的成行柳树映衬点缀得更具袅娜的风姿。句中不出"杨柳"字，固是《杨柳枝词》常规，视题目及三、四句自见。

"馆娃宫暖日斜时。"次句写苏州城外馆娃宫畔之柳。时令已是春天，春日和煦的阳光映照在馆娃宫旧址上，让人感到一种暖融融的气氛。由于馆娃宫和著名的美女西施及吴王夫差对她的宠爱的一段历史故事紧密相连，这"馆娃宫暖"的"暖"字还容易唤起读者对当年历史情境的遐想。点出"日斜时"这个特定的时间，既是给斜日暮霭中的馆娃宫笼罩上一层迷离的氛围，更是给未曾明点出的宫旁垂柳增添一种烟笼雾罩的朦胧色调。以上两句，用对起句式分写苏州城中、城外之柳，虽只写环境景物，不正面写柳，而在此环境氛围中杨柳之身姿面影可想。

"可怜雨歇东风定，万树千条各自垂。"三、四两句，转写"雨歇东风定"时杨柳的万树千条，各自丝丝下垂的景象，而以"可怜"二字冠首，用充满咏叹的笔调表现诗人对这种景象的赏爱流连。咏柳者多赏其风姿情态，而柳之风姿情态多不离"风"。盖柳枝于风中摇曳荡漾，方能见其婀娜多姿、依依惜别的情态。而诗人却别具灵心慧感，发现雨歇风定之后的杨柳"万树千条各自垂"的景象自有另一种静态之美，闲雅淡定之美。正是对杨柳美好风姿情态的这种别有会心的新发现，使这首诗摆脱了咏柳的熟套，表现出新的构思、内容和意境，显得分外清新可喜。

但诗的值得玩味，还在于第三句虽明写"雨歇东风定"时的环境，却暗透了雨未歇、风未定时的昔境。上文说到"日斜"，此处又言"雨"和"风"，所写自非一日中同时之景象，而是对柳在晴日映照下、春风吹拂下、春雨飘洒等各种情境中的一种综合性描写。由于篇幅体制的限制，对上述不同的情境显然不能也不必一一展开描写，但读者却可由此而想象出在各种环境中的杨柳不同的风姿情态，这就进一步丰富了诗的内涵与意境。

八首中此首声韵格调最为圆转流美，吟咏之际，不但可以感受到其音乐美，而且可以感受到在和谐圆转的格调中流注的浓郁诗情，黄生说"不入情，情自无限"，指的正是这种与声韵格调相融的浓郁诗情。

贾 岛

贾岛（779—843），字阆（一作浪）仙，幽州范阳（今北京市）人。早岁为僧，法名无本。元和初在洛阳以诗投张籍、韩愈、孟郊。后随韩愈入京，返俗应举。连年不第。开成二年（837），因诽谤责授遂州长江县主簿。五年九月秩满，迁普州司仓参军。会昌三年（843），转授普州司户参军，未受命而卒。作诗以苦吟著称，有"两句三年得，一吟双泪流"之句。《新唐书·艺文志》著录其《长江集》十卷，《小集》三卷。《全唐诗》编其诗四卷。今人黄鹏有《贾岛诗集笺注》十卷（巴蜀书社2002年出版）。

暮过山村

数里闻寒水，山家少四邻。

怪禽啼旷野，落日恐行人。

初月未终夕〔一〕，边烽不过秦〔二〕。

萧条桑柘外〔三〕，烟火渐相亲。

校注

〔一〕初月，指月初的新月，因其早出早没，故云"未终夕"。

〔二〕边烽，边境地区报警的烽火台。不过秦，谓未越过秦地。换言之，即秦地关陇一带已属烽火相传的边境地区，即白居易《新乐府·西凉伎》"自从天宝兵戈起，犬戎（指吐蕃）日夜吞西鄙。凉州陷来四十年，河陇侵将七千里。平时安西万里疆，今日边防在凤翔"之意。《旧唐书·吐蕃传下》："（德宗建中）四年正月，诏张镒与尚结赞盟于清水……文曰：'……今国家所守界：泾州西至弹筝峡西口，陇州西至清水县，凤州西至同谷县，暨剑南西山大渡河东，为汉界。蕃国守镇在兰、渭、原、会，西至临洮，东至成州，抵剑南西界磨些诸蛮，大渡水西南，为蕃界。'"

〔三〕桑柘，桑树与柘树，叶均可养蚕。故常以"桑柘"指农桑之事或农耕地区。

欧阳修曰：圣俞（梅尧臣）尝语余曰："诗家虽率意，而造语亦难。若意新语工，得前人所未道者，斯为善也。必能状难写之景，如在目前；含不尽之意，见于言外，然后为至矣。贾岛云：'竹笼拾山果，瓦瓶担石泉。'姚合云：'马随山鹿放，鸡逐野禽栖。'等是山色荒僻，官况萧条，不如'县古槐根出，官清马骨高'为工也。"余曰："语之工者固如是。状难写之景，含不尽之意，何诗为然？"圣俞曰："作者得于心，览者会以意，殆难指陈以言也。虽然，亦可略道其仿佛。若严维'柳塘春水漫，花坞夕阳迟'，则天容时态，融和骀荡，岂不如在目前乎？又若温庭筠'鸡声茅店月，人迹板桥霜'，贾岛'怪禽啼旷野，落日恐行人'，则道路辛苦，羁愁旅思，岂不见于言外乎？"（《六一诗话》）

范晞文曰：岑参诗："疲马卧长坂，夕阳下通津。山风寒空林，飒飒如有人。"贾岛云："数里闻寒水，山家少四邻。怪禽啼旷野，落日恐行人。"远途凄惨之意，毕现于此。（《对床夜语》卷四）

方回曰："怪禽""落日"一联，善言羁旅之味，诗无以复加。"初月未终夕"，则村落之黑尤早。"边烽不过秦"，似是西边寇事始息，初有人烟处。（《瀛奎律髓》卷二十九）

冯舒曰：次联奇妙之句。（《瀛奎律髓汇评》卷二十九引）

冯班曰：六句谓不过京师也。字字洗拔。（同上引）

叶矫然曰：贾岛"怪禽啼旷野，落日恐行人"，夕阳驴背上，真有此景，想之心怦怦然动。（《龙性堂诗话续集》）

纪昀曰："无以复加"语太过。"初月"碍"落日"，"边烽"句语意未明。（《瀛奎律髓汇评》卷二十九引）

宋宗元曰：（"初月"联）一字作一句。（《网师园唐诗笺》）

沈德潜曰：后李洞全学此种。又"落日""初月"，平头之病。（《重订唐诗别裁集》卷十二）

李怀民曰："怪禽啼旷野，落日恐行人。"可畏，是谓能状难显。（《重订中晚唐诗主客图说》卷下）

赵翼曰：欧阳公称周朴诗"风暖鸟声碎，日高花影重"。"晓来山鸟闹，雨过杏花稀"，梅圣俞以严维"柳塘春水漫，花坞夕阳迟"，皆以为佳句。然总不如温庭筠《晓行》诗"鸡声茅店月，人迹板桥霜"，不着一虚字，而晓行景色都在目前，此真杰作也。贾岛有"怪禽啼旷野，落日恐行人"，亦写得孤客辛苦之状，然已欠自然矣。（《瓯北诗话》卷十一）

鉴赏

　　贾岛以苦吟著称。诗不妨有苦吟之时，苦吟而工之句。但如果将苦吟作为毕生追求的创作手段，则实际上表明诗人诗材、诗思的枯竭，也透露出唐诗发展过程中逐渐显露的危机，昭示出必须改弦更张的讯息。司空图《与李生论诗书》："贾阆仙诚有警句，然视其全篇，意思殊馁。"这正是对苦吟诗人切中要害的批评。"秋风吹渭水，落叶满长安"，诚可比美盛唐，但全篇与此联之气象迥不相侔；至于历代盛赞的"鸟宿池边树，僧敲月下门"，本身已乏韵味，更无论全篇了。这篇《暮过山村》，则既有"怪禽啼旷野，落日恐行人"这样新警的佳联，全篇意境氛围也比较和谐统一，是贾岛诗中艺术整体感较强的作品。

　　从全诗看，诗人这次所经的山村，是安史之乱后唐朝实际控制版图大大缩小后与吐蕃邻接地区的村庄。因而诗中所写景象，均暗透出特定的时代氛围和气息。

　　"数里闻寒水，山家少四邻。"首联分别从视、听角度写行程所见所闻。道路傍河蜿蜒伸展，一路行来，数里之内，但闻寒水潺潺，暗透除水声外别无鸡鸣犬吠之声和人声鸟语等内地村庄常有的景象，"寒水"和"寒"字既点明秋冬的时令，更透露出行人心理上的孤寂荒寒感受。偶尔见到一两家山边的住家，也是孤零零地散落着，见不到周边的邻舍。呈现出这一带人烟稀少，荒寂萧条的景况。这种荒寒萧条的景象，与"边烽不过秦"联系起来，便能深一层地体味出它所折射出的时代原因。由于吐蕃的势力深入秦陇交界一带地区，这一带历经吐蕃的多次侵掠，已经荒凉残破不堪，故昔日的内地，如今已经变得十分荒寒了。

　　"怪禽啼旷野，落日恐行人。"颔联续写行程中的闻见感受。在荒寂无人的旷野中，时不时地可以听到怪禽啼鸣的声音。着一"怪"字，突出渲染这种禽鸟的啼鸣声给人带来的惊恐感。由于天色已近晚暮，这昏暗的氛围更加强了行人闻声心惊的怵惕感和悄无人声的荒寂感。承平年代，边境地区的阔远和平景象，使诗人王维写出"大漠孤烟直，长河落日圆"的壮阔画面，而如今的边地落日景象，给行人带来的竟是一种恐怖感。这是因为，日落以

唐诗选注评鉴（四）

后，天地昏暗，本就荒寂萧森的边地变得更加令人不安和恐惧，因此才会有见落日而恐的特殊感受。"落日恐行人"是一个奇警而富创意的诗句，它也许显得有些突兀，但却完全符合生活真实和艺术真实。萧涤非先生说："贾岛诗'落日恐行人'，在乱世更有此感受。"这体会是很真切的。

"初月未终夕，边烽不过秦。"时值秋冬月初，落日沉西之际，新月已高悬天上。"未终夕"是想象之词，意在突出新月之早没而不能终夕照临，其中蕴含有对初月隐没后昏暗氛围的担忧，与第四句"落日恐行人"意脉相承，下句"边烽不过秦"意谓边境的烽火没有超越秦地的范围，言外则秦地以西的大片地区，如今已沦为吐蕃侵占的异域了。此句词虽婉曲而意实沉痛，与白居易"平时安西万里疆，今日边防在凤翔"对照，其意自明。方回说此句"似是西边寇事始息"，恰好把意思理解反了。这一句虽平平道出，实为一篇之主。前后所写一切景象、感受，都与此密不可分。昔日承平年代的京畿近地，今日竟为沿边荒寒之域，正反映出唐王朝国势的衰颓。

"萧条桑柘外，烟火渐相亲。"诗人的行进方向是由西向东，由与吐蕃邻接的秦陇边境向关中长安方向行进。因此透过秋冬间变得萧疏了的桑柘林，可以看到村庄聚落的烟火冉冉升起。"渐相亲"三字，显示出诗人的行进动态，更透露出在经历了沿边地区的荒寂萧条和惊恐不安后，望见不远处人烟稠密地区时内心升起的喜悦与亲切。平常的村庄烟火竟使诗人感到如此亲切，正反透出此前所历的荒寂萧条与惊恐不安。这个结尾，给全诗增添了一些温暖的色调，使诗境不至沦于枯寂。

诗所写的是一个动态的行进过程。随着景物的变化，诗人的感情也随之发生由冷寂惊恐到亲切欣喜的变化。由于将这个过程表现得很真实自然，因此前后仍显得浑然一体。贾岛的诗，极少关注时代民生，这首诗在描叙暮过山村的过程中无意透露出的时代氛围与气息，在他的诗中是个难得的例外。尾联于远望中收束，侧重写见到村庄烟火时的心态，也饶有余韵。

贾岛

孙 革

孙革，越（今浙江）人。德宗时登进士第，元和间任监察御史。长庆二年（822）任刑部员外郎。大和四年（830）为左庶子。今存诗一首。

访羊尊师〔一〕

松下问童子〔二〕，言师采药去。
只在此山中，云深不知处。

（校）（注）

〔一〕尊师，对道士的敬称。王昌龄《武陵开元观黄炼师院》："松间白发黄尊师，童子烧香禹步时。"此诗一作贾岛诗，题《寻隐者不遇》。非。诗首见于《文苑英华》卷二百二十八，题孙革作。《万首唐人绝句》卷二百七十五署无本（即贾岛）。《唐音统签》校记："岛集不载此。"（按：朱之蕃校《长江集》不载此诗。）今从《文苑英华》及贾岛本集，作孙革诗。

〔二〕松，《文苑英华》作"花"。非。

（笺）（评）

吴逸一曰：自是妙音，所谓不用意而得者。（《唐诗正声》）

《增定评注唐诗正声》：李（维桢？）曰：首句问，下三句答。直中婉，婉中直。

钟惺曰：愈近愈杳。（《唐诗归》）

唐汝询曰：设为童子之言，以状山居之幽。（《唐诗解》卷二十四）

俞仲蔚曰：意味闲雅，脍炙人口。（《唐诗广选》引）

蒋一葵曰：设为童子之答，以状山居之幽。首句问，下三句答。直中有婉，婉中有直。（《唐诗选汇解》）按：此兼唐解与李评。

王夫之曰：《十九首》及"上山采蘼芜"等篇，止以一笔入圣证。自潘岳以凌杂之心作芜乱之词，而后元声几熄。唐以后间有能此者，多得之绝句耳。一意之中但取一句，"松下问童子"是已。如"怪来妆阁闭"，又止半句，愈入化境。（《姜斋诗话》卷下）

徐增曰：夫寻隐者不遇，则不遇而已矣。却把一童子来作波折，妙极。有心寻隐者，何意遇童子，而此童子又所寻隐者之弟子，则隐者可以遇矣。问之，"言师采药去"，则不可以遇矣。童子既回他不在家便了，如何复有下二句？要知问不是一问，却是两问。岛既不知其师去采药，即应随口又问曰："可归来未？倘不即归，烦汝去寻一次。"童子即答"云深不知处"便了，偏不肯先说，乃曰"只在此山中"。"此山中"，见甚近。"只在"，见并不往别处，则又可以遇矣。岛方喜形于色，童子却又云："是便是，但此山中云深，卒不知其所在，却往何处去寻？"是隐者终不可遇矣。此诗一遇，一不遇，可遇而终不遇，作多少层折。今人每每趁笔直下。古人有云："笔扫中军，词流三峡。"误尽后贤。此唐以后所以无诗也。（《而庵说唐诗》卷九）

黄周星曰：此韩康、向平之流，不当以刘、阮目之。（《唐诗快》卷十四）

王尧衢曰："云深不知处"，虽然只在山中，山中云深，安能知其所向何处，如何寻得？则是隐者真个不能遇矣。一首二十字，有如是曲折。（《唐诗合解笺注》卷四）

吴烶曰：设为童子之言，以答寻问之意。不必实有其事。不露题字，而意已见。（《唐诗选胜直解》）

黄生曰：此诗分明两问两答。而复一问，却从答处见出，答中见问，例见古诗评。初问曰："令师何在"，言"师采药去矣"。又问："往何处采药？"答："只在此山中，云深不知处也。"（《唐诗摘抄》卷二）

朱之荆曰："采药去"，难寻矣；"此山中"，似可寻也；究答以"不知处"，何能寻也。"不遇"二字，写得如许曲折。（《增订唐诗摘抄》）

刘大勤曰：问："或论绝句之法，谓绝者截也。须一问一断，特藕断丝连耳。然唐人绝句如'打起黄莺儿''松下问童子'诸作，皆顺流而下，前说似不尽然。"（《师友诗传续录》）按：王士禛之答无关此篇，故不录。

袁枚曰：此设为童子之言。首句问童子起，次句以童子答承之，下二，一转一合，状隐者山居之幽。（《诗学全书》卷四）

黄叔灿曰：语意真率，无复人间烟火气。（《唐诗笺注》）

李锳曰：一句问，下三句答，写出隐者高致。（《诗法易简录》）

王文濡曰：此诗一问一答，四句开合变化，令人莫测。（《唐诗评注读本》）

刘拜山曰：说"在山中"，却"不知处"，用笔顿挫生姿。而隐者避世之深心，遂已不言而遇。（《千首唐人绝句》）

 鉴赏

这首诗自《万首唐人绝句》误收入无本（贾岛）名下以来，明清的许多唐诗选本均误为贾岛之作。其实，单就此诗之白描手法与闲逸风格来说，也与贾岛的苦吟诗风明显有别。

题为"访羊尊师"，诗的实际内容则是"访羊尊师不遇"。访人而不遇，本是生活中习见之事，要从这样平凡的小事中发现诗意，必须作诗者有不同于常人的诗心诗趣。由于诗极短小，其中又包含着访者与童子的问答，不少评者便将注意力集中到诗中究竟包含着几问几答（有说一问一答的，有说二问二答的，甚至有说三问三答的），并由此引出诗的精练和曲折有致的优长。相对于实际生活场景来说，诗确有以简驭繁、寓问于答、顿挫曲折之妙，但像徐增那样解说，却无异于将诗化为淡而无味的散文，还原于生活本身，而完全忽略甚至消解了原作的浓郁诗情诗趣。这可能是解说这首诗最大的误区。

在我看来，这首诗最令人神远的是从不遇中写出了被访者——羊尊师的精神风貌。按常理，写一个人的精神风貌，总是要亲见其人，从他的言谈举止、居处环境等方面画出其品性风神。但这首诗却很特别，访其人而不见，所遇者唯有道童。全诗就是由诗人与道童的问答组成。问答的次数并不重要，重要的是童子回答的内容与口吻神情。"松下问童子"，点出"松下"，是因为道院坐落于松林间，见其清幽高致。"言师采药去"，是道童对师父行止的最直白而简单的回答。道士采药，在实际生活中或为卖药为生，或为济世活人，都不免有现实的目的，但这里童子用略不经意的口吻道出，却是一种离世绝俗的生活方式和生活态度，把入山采药作为一种融于自然的生活乐趣。寻常的采药行为在这里显出了几分离世遁俗的仙气。

"只在此山中，云深不知处。"妙在三、四两句，先是一转，说师父采药，就在眼前这座山中，仿佛近在咫尺，不难见面，接着却突然一跌，说山中白云缭绕，云雾弥漫，深杳难测，正不知何处可寻其行迹呢。这一转一跌，将仿佛拉近了的寻觅对象忽然又引向虚无缥缈之域，变得杳不可即了。这位羊尊师也就飘飘然隐入茫茫云海之中，成了与尘世绝缘的具有仙风道骨和闲云野鹤风貌的另一世界中人了。

孙

革

童子所说，也许是事实。但透过那漫不经意而又有些神秘的口吻，却让诗人，也让读者感受到这位羊尊师的远离尘嚣、弃绝凡近的精神风貌和悠然陶然于深山白云之中的缥缈身影。于是诗人与读者也一齐悠然神往于深山白云之中的缥缈出尘境界，而忘却了此行此访的目的了。

这首诗所描绘的境界，有些类似韦应物的《寄全椒山中道士》。"只在此山中，云深不知处"二句，更神似韦诗的"落叶满空山，何处寻行迹"，只不过韦诗中的境界出自诗人的遥想，而孙诗中的境界却出自童子的回答。但从不见其人中透出对方的精神风貌来这一点上，二诗却有惊人的相似之处。诗虽曲折顿挫，读来却一气直下，浑然天成，这在中唐诗中也显得很突出。

刘　皂

　　刘皂，郡望彭城，咸阳（今属陕西）人。长期旅居并州（今山西太原市）。元和中曾摄孝义尉，以忤西河守董叔经而弃职，事见张读《宣室志》卷五。元和九年（814）至十三年间，翰林学士守中书舍人令狐楚编选进呈《御览诗》，收刘皂诗四首。《全唐诗》卷四百七十二录存其诗五首。

旅次朔方〔一〕

客舍并州数十霜〔二〕，归心日夜忆咸阳。
无端又隔桑干水〔三〕，却望并州似故乡〔四〕。

　　〔一〕旅次，旅途中留宿。朔方，有泛称北方及专指朔方郡两解。汉朔方郡治在今内蒙古杭锦旗北，唐夏州朔方郡治在今陕西靖边县北之白城子，均距诗中所言桑干水甚远。据三、四二句，此"朔方"当指朔州（今山西朔县），地正当桑干河之北，南距并州四百六十里，距咸阳一千七百余里。唐代并州、朔州均属河东节度使管辖。此诗最早见于元和九至十三年（814—818）令狐楚编选呈送之《御览诗》。而宋王安石《唐百家诗选》卷十五、《万首唐人绝句》卷二十一、《唐诗纪事》卷四十均引作贾岛诗，《长江集》卷九亦载此诗，均题为《渡桑干》。按：贾岛系范阳人，并无客居并州十载乃至数十载之经历，故此诗当据最早出之《御览诗》定为刘皂作。萧穆《敬孚类稿·卷六·跋卢抱经手校贾浪仙集》谓"恵士（令狐楚）于岛为先辈，并有交，诗果为岛所作，恵士选时不应有误"，甚是。详参李嘉言《长江集新校》。

　　〔二〕数，贾岛集作"已"，《苕溪渔隐丛话》《唐诗纪事》作"三"。霜，秋。数十霜，犹数十年。

　　〔三〕又，贾岛集作"更"。隔，《全唐诗》作"渡"，贾岛集同。此从《御览诗》。桑干水，古漂河，今永定河之上游。源出管涔山，经朔州、云州、蔚州入河北道之妫州、幽州入海。

〔四〕却望，回望。似，贾岛集作"是"。

笺评

惠洪曰：贾岛诗有影略句，韩退之喜之，其《渡桑干》诗曰（略）。
（《冷斋夜话》卷四）又曰：《登岷山》："荒山秋日午，独上意悠悠。如
何望乡处，西北是融州？"《渡桑干》："客舍并州已十霜，归心日夜忆咸
阳。无端更渡桑干水，却望并州是故乡。"《山驿有作》："策杖驱山驿，逢
人问梓州。长江那可到，行客替生愁。"此三诗，前一柳子作，后二贾岛
作。子厚客洛阳，融州盖岭外也。幽、燕、并、关、河东，望咸阳为西
南。长江在梓州之西。前辈多诵此诗，少游尝自题桑干诗于扇上。此所谓
含蓄法。（《天厨禁脔》卷上）

张邦基曰：唐人诗行役异乡，怀归感叹而意相同者，如贾岛云："客舍
并州已十霜，归心日夜忆咸阳。无端更渡桑干水，却望并州是故乡。"窦
群云："风雨荆州二月天，问人初雇峡中船。西南一望云和水，犹道黔南
有四千。"柳宗元云："林邑山县瘴海秋，牂牁水向郡前流。劳君更向龙池
地，正北三千到锦州。"李商隐云："君问归期未有期，巴山夜雨涨秋池，
何时更剪西窗烛，却话巴山夜雨时。"皆佳作也。（《墨庄漫录》卷五）

范晞文曰：唐人绝句，有意相袭者，有句相袭者……贾岛《渡桑干》
云（略）。李商隐《夜雨寄人》云（略）。此皆袭其句而意别者。若定优
劣，品高下，则亦昭然矣。（《对床夜语》卷四）

谢枋得曰：久客思乡，人之常情。旅寓十年，交游欢爱，与故乡无
殊。一旦别去，岂能无依依眷恋之怀。渡桑干而望并州，反以为故乡，此
亦人之至情也。非东西南北之人不能道此。（《注解章泉涧泉二先生选唐
诗》卷三）

安磐曰：并非故乡而以为故乡，久客无聊之意，可想见矣。只如此
说，似更直切。（《颐山诗话》）

王世懋曰：一日偶诵贾岛《桑干》绝句，见谢枋得注云："旅寓十年，
交游欢爱，与故乡无异。一旦别去，岂能无情？渡桑干而望并州，反以为
故乡也。"不觉大笑，招以问玉山程生曰："诗如此解否？"程生曰："向如
此解。"余谓此岛自思乡作，何曾与并州有情？其意恨久客并州，远隔故

乡，今非惟不能归？反北渡桑干，还望并州，又是故乡矣。并州且不得住，何况得归咸阳？此岛意也。谢注有分毫相似否？程始叹赏，以为闻所未闻，不知向自听梦中语耳。（《艺圃撷馀》）

唐汝询曰：居并州而忆咸阳，苦矣。渡桑干而远于昨，则并（州）非故乡乎？此从《庄子》"流人"一段想出话头。（《汇编唐诗十集》）

何仲德曰：为奇隽体。（《删补唐诗选脉笺释会通评林·中七绝》引）

徐充曰：远而不可见，故曰"忆"，近而可见，故曰"望"。妙在二字。"无端"二字，更妙。（同上引）

蒋一梅曰：萍飘蓬转，无限伤怀。（同上引）

陆时雍曰：诗之所云真者，一率性，一当情，一称物，彼有过刻以求真者，虽真亦伪矣。贾岛近真耳。（同上引）

焦竑曰：此诗及"凭君传语报平安""行人临发又开封""春明门外即天涯"，一时率然语，遂成千古口实，亦理有不可易者也。（同上引）

钟惺曰：两种客思，熔成一团说。（《唐诗归》）

邢昉曰：韵高调逸，意参盛唐。（《唐风定》卷二十二）

吴乔曰：景同而语异，情亦因之而殊。宋之问《大庾岭》云："明朝望乡处，应见岭头梅。"贾岛云："无端更渡桑干水，却望并州是故乡。"景、意本同，而宋觉优游，词为之也。然岛句比之问反为醒目，诗之所以日趋于薄也。（《围炉诗话》卷一）

徐增曰：《周礼》云："正北曰并州。"即今太原府。客舍，岛作客，寓并州。十年，无日无夜不思归咸阳。及至渡桑干河，较并州更远。无端，不是无谓，是不由我作主，出于无意也，连自己也想不出缘故，向在并州，与咸阳相近，终日思归咸阳；今在桑干，与咸阳相远，去望并州，如在并州之忆咸阳。在并州时，想归咸阳，终不得归，今在桑干，欲归咸阳，岂易得哉？而思归之心反渐渐歇息了。不但不思咸阳，即并州相近，亦不敢思。岛盖知思之无益，今始搁起念头。桑干、并州、咸阳住去总是一般，有何分别。万一又到一处，更远于桑干，吾又思桑干，则思从无了日，回想在并州时忆咸阳，岂不痴杀人哉？岛于是悟道矣。"却"字当如何解？昔日厌倦并州，故忆咸阳，今又望并州，向日厌倦之心，一旦却去，故用"却"字也。吾看今人，都不善用"却"字，故及之。"已"字好，寓并州十年，亦可当故乡矣。（《而庵说唐诗》卷十二）

周容曰：阆仙所传寥寥，何以为当时推重？"客舍并州"一绝，结构筋

力，固应值得金铸耳。（《春酒堂诗话》）

刘敬夫曰：自伤久客，用曲笔写出。（《唐诗归折衷》）

黄生曰：咸阳，即故乡。地志：太原府，本并州。桑干河，此去并州又二百馀里。客并州，非其志也，况渡桑干乎！在并州且忆故乡，今渡桑干，则望并州已如故乡之远，况故乡更在并州之外乎？必找此句，言外意始尽。久客不归，复尔远适，语意殊觉悲怨。后人不知故乡即咸阳，谬解可笑。（《唐诗摘抄》卷四）

王尧衢曰："无端更渡桑干水"，并州与咸阳近，尚不得归，不但不得归，而更北渡桑干河，又去并州又百馀里矣。并州尚不得住，何问归咸阳！"却望并州是故乡"，"却"字更用得妙。言向忆故乡，故厌并州；今却把并州一望，当作故乡，然则归并州而且不得，又安望归咸阳哉！此总为忆咸阳心切，故深一层写法，非真以并州为故乡也。（《唐诗合解笺注》卷六）

岳端曰：自起到结，句句相生，字字相应。章、句、字三法无一不妙。（《寒瘦集》）

沈德潜曰：谓并州且不得久住，况咸阳乎？仍是思咸阳，非不忘并州也。王敬美驳谢注甚允。（《重订唐诗别裁集》卷二十）

黄叔灿曰：谢看得浅，王看得深。诗内数虚字自见，然两层意俱有。（《唐诗笺注》）

宋宗元曰：咸阳之忆愈深。（《网师园唐诗笺》）

范大士曰：久客之人反以旅寓为故乡，萍踪飘荡，真情真境。（《历代诗发》）

邱文庄曰：眼前景致口头语，便是诗家绝妙词。（《唐绝诗钞注略》引）

施补华曰：李义山"君问归期"一首、贾长江"客舍并州"一首，曲折清转，风格相似，取其用意沉至，神韵尚欠一层也。（《岘佣说诗》）

刘文蔚曰：此恨久客并州，非惟不得归，反北渡桑干，还望并州又是故乡矣。然则归并而且不能，又安敢望归咸阳哉！（《唐诗合选详解》卷四）

俞陛云曰：此诗曲写其客中怀抱也。言家本秦中，自赴东北之并州，屈指已及十载。正日夕思归，乃又北渡桑干，望秦关更远，而并州久住，未免有情，南云回首，亦权作故乡矣。作七绝者，或四句一气贯注，或曲

折写出而仍能一气，最为难到之境，学诗之金针也。（《诗境浅说》续编）

刘拜山曰：此诗曲折深至，风格苍劲，盖炼意之作也。黄叔灿评折衷谢、王二家，最为允洽。（《千首唐人绝句》）

鉴赏

在通行的唐诗选本里，这首诗题为"渡桑干"，作者是贾岛。据清代萧穆及近人李嘉言考证，贾岛是范阳人，与诗中"归心日夜忆咸阳"显然不合；并且未久住并州，与"客舍并州已十霜"亦不合。当从最早收入此诗的令狐楚编选的《御览诗》，为刘皂所作。令狐楚之父为太原府功曹，家居太原，贞元七年（791）登进士第前，楚大部分时间在太原。贞元十一年至元和四年（809），李说、尹绶、郑儋相继为河东节度使，均辟楚为掌书记。因而在元和四年之前的绝大部分岁月中，除贞元八年至九年短期为桂林从事外，均未离开太原。对照刘皂"客舍并州数十霜"的经历，令狐楚与刘皂当在并州结识，并熟知其诗，故编选《御览诗》时选了刘皂四首诗。

题为"旅次朔方"，说明诗是在作者渡过桑干河后，在朔州居留时写的。前两句说自己客居并州已经数十个年头，日日夜夜都在思念着自己的故乡咸阳，盼望着有那么一天回到故乡的怀抱。"数"字贾岛集作"已"，从"数十"减到"已十"，时间压缩了至少一半（有引作"三十"的，则压缩了三分之二），这大约是由于贾岛的诗中丝毫看不到他有数十年客居并州的迹象而将"数十"改为"已十"的。其实，从末句"却望并州似故乡"看，作"数十霜"更接近生活的实际。从并州到咸阳，距离并不算太远，即使在古代交通不便的情况下，回一趟咸阳也不太难。而诗人却忍受着日夜思归而不能的煎熬，在并州这个异乡竟度过了几十年的漫长岁月，可见必有不得已的原因。客居的时间越久，思归之情越加急切；而思归之情越切，就越感到客居时间的漫长。二者是互为因果的。对故乡的思念、怀恋，对异乡并州的厌倦，都随着客居时间之越来越漫长而愈加强烈、深重。三、四句所抒写的感情，正是在这样的背景与前提下产生的。

在思乡之情日夜煎熬的情况下，不但不能回咸阳故乡，反而又"无端又隔桑干水"。这"无端"与"又"颇可玩味。"无端"，即所谓"没来由地"。诗人渡桑干北去，旅次朔方，自然是有具体原因的。这里说"无端"，表达的是一种身不由己之感。透露出此行本非所愿，而且出于自己意料，但又为某种原因所迫，不能不去，就像命运在摆弄自己。当时一些下层文士，为了谋生，不得不长期流寓异乡，甚至到边远地区去游宦，就像韩愈在《送董邵南游河北序》中所说的那个连连不得志于有司，无奈而游河北，希望在藩镇幕下求职的董生一样。尽管诗人没有明言，读者却不难从"无端"的自怨自叹中体味到他的苦衷。"又隔"，贾岛集作"更渡"。前者是说自己现在"旅次"的朔州与自己数十年旅居的并州、数十年思忆的故乡咸阳之间又隔了一条桑干水，"旅次"与"隔"正相呼应。"更渡"却是正在行进的行旅中的动态，与题中的"次"字明显脱节，改诗者当初大约没有想到这一层。诗人因为"日夜忆咸阳"，心总是朝向南方，哪怕往南走几十里，也会感到离家又近了一些；反之，哪怕再往北挪几十里，也会离家乡更远了。桑干河离并州虽不过数百里，但对日夜盼望南归的诗人来说，却无异于一道长城分成塞内塞外。中国境内自南往北，每隔一条较大的河流，自然而然就有一个显著变化。并州在唐代是著名的北都，政治、经济、军事地位都相当重要，而离并州数百里的桑干河北的朔州，则已接近荒寒的朔漠地区。所以"又隔桑干水"，就不止是再向北走了数百里，而是在心理上与故乡咸阳又隔了一道难以逾越的坎，跨进了荒寒的异域。这对于一个日夜思归的人来说，心理上增添的与故乡的隔绝感是可想而知的。"无端又隔"四字中，正含有事与愿违的感慨。

第四句是全诗的精彩处。前三句起、承、转，抒写的还都是常情。第三句虽抒发了身不由己、事与愿违之感，也还是生活中常有的情事，第四句却完全出乎意料，反乎常情。对这句诗，谢枋得与王世懋有不同的理解（见笺评引录）。谢的理解自然比较片面肤浅，因为前面两句明说日夜思念咸阳，丝毫没有流露出对并州的任何好感，如果"交游欢爱，与并州无异"，那还何必"日夜忆咸阳"呢？但王世懋的解说也不是没有可议之处。他指出末句含有"并州且不得住，何况得归咸阳"这层意思，是对的，但他绝对否定诗人对并州的感情，则很难解释何以"却望并州"之际，竟会感到"似故乡"。可以设想，如果仅仅是为了表达"离咸阳更远了，回故乡的希望更渺茫了"这样一层意思，而对并州仍然像原来那样怀着厌倦、厌烦的心理，那么诗人是绝不会写出"却望并州似故乡"的诗句来的。一切都以时间、地点、条件为转移。在不同的条件下，对同一事物的态度、感情也是可能发生变化的。当诗人长期客居并州，日夜思归时，对并州是厌倦的，巴不得早一刻离开；但当"无端又隔桑干水"，旅次更荒寒的朔北，回咸阳的希望更渺茫的情况下，却又突然感到回望中的并州竟有不少值得自己留恋追忆的地方，从而在心底里不由自主地涌起一种类似对故乡的感情。一切都是相比较而存在，并州与咸阳相比，自然是咸阳可亲，并州可厌；然而并州与桑干河北的朔州相比，则又显出并州的值得留恋。但是，如果认为诗人这时对并州已经怀有对故乡一样的深情，则又错会。末句的"似"字下得很有分寸。并州本非故乡，但在"无端又隔桑干水"的情况下，它竟成了望归而不得的"故乡"了。"似"字所透露的另一面正是貌似而实非。贾岛集把"似"改成"是"，不免执实拘泥，失去原作的活泛意味了。此时此刻，诗人心里想的也许是：纵使回不了咸阳，能在并州住下去也总比远赴朔漠好得多。可是，现在连这点微末的愿望也达不到了。无奈之中，竟把原先厌倦的异乡当作故乡来追忆了。末句在表现出对并州的某种追忆之情的同时，恐怕更多的是一种无奈和苦涩，一种含泪的自嘲。

与其说这首诗是通过"却望并州似故乡"进一层写出了思乡之情，不如说是通过长期客居异乡的人在迈进更加远离家乡的异域时发生的心理变化，深刻地表现了当时下层文士有家难归的处境和无法掌握自己命运的感慨。它的成功之处，主要是抓住了人们在特殊情况下心理的反常而又合乎情理的变化，予以集中的表现。谢枋得和王世懋两位诗评家，意见尽管相反，但对此诗在表现心理微妙变化方面的成就，似乎都没有注意到。

李 绅

　　李绅（772—846），字公垂，行二十，祖籍长安，寓居常州无锡（今属江苏）。元和元年（806）登进士第。南归润州，浙西观察使李锜辟为掌书记。翌年锜谋叛，绅屡谏，且拒为锜作疏，被囚。锜败获释。后历任校书郎、国子助教、山南西道节度判官、右拾遗。穆宗即位，擢翰林学士、中书舍人、御史中丞、户部侍郎。为李逢吉等构陷，贬端州司马。宝历元年（825）量移江州长史。迁滁州、寿州刺史。大和七年（833）为浙东观察使。开成元年（836）任河南尹，转宣武军节度使。武宗立，任淮南节度使。会昌二年（842）拜相，四年罢为淮南节度使。六年七月卒。其《新题乐府二十首》对中唐新乐府创作影响较大。《新唐书·艺文志》著录其《追昔游诗》三卷，今存。《全唐诗》编其诗四卷。

古风二首〔一〕

其 一

春种一粒粟，秋成万颗子〔二〕。
四海无闲田，农夫犹饿死。

其 二

锄禾日当午〔三〕，汗滴禾下土。
谁知盘中餐〔四〕，粒粒皆辛苦。

校注

　　〔一〕《全唐诗》校："一作《悯农二首》。"第二首《北梦琐言》卷二谓是聂夷中诗。按：唐范摅《云溪友议》卷上《江都事》载："初，李公（绅）赴荐，常以古风求知，吕光化温谓齐员外煦及弟恭曰：'吾观李二十秀才之文，斯人必为卿相。'果如其言。诗曰（略）。"《唐文粹》卷十六，《唐诗纪事》卷三十九亦题李绅作。古风，即古诗、古体诗。二诗皆押仄韵之古绝。唐人每将效法前代之诗而作的诗歌为"古风"。卞孝萱《李绅年谱》系此二首于贞元七、八年。

〔二〕秋成，秋季谷物成熟。成，《全唐诗》校："一作收。"

〔三〕锄禾，给禾苗松土并锄去杂草。当午，正值午时。

〔四〕餐，食物。餐，一作飧，熟食。

笺 评

何光远曰：李绅、郑云叟《伤农诗》，意亦皆同。李诗曰："锄禾日当午，汗滴禾下土。谁知盘中餐，粒粒皆辛苦。"郑诗曰："一粒红稻饭，几滴牛颔血。珊瑚枝下人，衔杯吐不歇。"（《诗话总龟前集·评论门一》引《鉴戒录》）

吴山民曰：由仁爱中写出，精透可怜，安得与风月语同看！知稼穑之艰难，必不忍以荒淫尽民膏脂矣。今之高卧水殿风亭，犹苦炎燠者，设身"日午""汗滴"，当何如？（《删补唐诗选脉笺释会通评林》引）

吴乔曰：诗苦于无意，有意矣，又苦于无辞。如聂夷中之"锄禾日当午，汗滴禾下土。谁知盘中餐，粒粒皆辛苦"。诗之所以难得也。（《围炉诗话》卷一）

徐增曰：种禾在偏极热之天，赤日杲杲，当正午之际，锄者在田里做活，真要热杀人。即此已极苦矣。更不必说到水旱之年，借公本，积逋欠，到涤场时，田中所收，偿人不足，至于分散夫妻，卖鬻男女之处矣。田中宁有遮蔽。酷烈烈火日晒身，即有簑笠，济得甚事？自头顶至面，至胸，至脐，后自颈至背，至腰，乃至股，至足，何处不是如雨之汗，连连滴着禾下之土！岂不痛心。幸得无病，却又谢天谢神，尚未知收获若何也。由此观之，最苦者是农人，受用者是田主。收租时，尚要嫌湿道秕，大斛淋尖，脚米需索，少升缺斗，限日追逼。及至转成四糙，煮饭堆盘，白如象齿，尽意大嚼，那知所餐之米，一粒一粒，皆农人肋骨上汗雨中锄出来者也。公垂作此诗，宜乎克昌其后。此题"悯"字自必点出。苦说得透彻，则"悯"字在其中矣。（《而庵说唐诗》卷九）

马鲁曰：李绅《悯农诗》，无一句用"青畴""紫陌""杏雨""蓼风"等语，然言锄禾苦矣，日当午又苦矣，汗滴更苦矣。骈手胝足尚不保其岁和年丰，获此盘中之粒而苗而秀而实，成此一粒也已难矣，则观此盘中之餐，想见锄禾之苦，粒粒皆自盛暑烈日汗流满面中得来，有谁知之乎！享之者得毋视之同秕糠，弃之如泥沙哉！此所以为伤也，不过眼前景致家常饭耳，写出无限深味，观诗者不可以其平易忽之。（《南苑一知集·论诗》）

贺裳曰："诗有别趣，非关理也。"然理原不足碍诗之妙，如元次山《舂陵行》、孟东野《游子吟》、韩退之《拘幽操》、李公垂《悯农》诗，真六经鼓吹。（《载酒园诗话》）

马位曰：平生最爱随笔纳忠触景垂戒之作，如"昨日到城郭，归来泪满巾。遍身绮罗者，不是养蚕人""锄禾日当午，汗滴禾下土。谁知盘中餐，粒粒皆辛苦"之类，不论唐、宋、元、明，中华、异域，男子、妇人所作，凡似此等，见必手录，信口吟哦，未尝忘之。（《秋窗随笔》）

吴瑞荣曰：至情处莫非天理。暴弃天物者不怕霹雳，却当感动斯语。（《唐诗笺要》）

李锳曰：此种诗纯以意胜，不在言语之工，《豳》之变风也。（《诗法易简录》）

刘永济曰：此二诗说尽农民遭剥削之苦，与剥削阶级不知稼穑艰难之事。而王士禛乃不入选。但以肤廓为空灵，以缥缈为神韵，宜人多有不满之论。（《唐人绝句精华》）

富寿荪曰：两诗不特命意甚高，而笔力之简动，论述之警策，亦自绝伦，宜其深入人心，为千载传诵也。（《千首唐人绝句》）

鉴赏

在历代的悯农诗中，李绅的《古风二首》无疑是最负盛名的杰作。它之所以流传广远，妇孺皆知，不仅由于其语言朴素通俗，揭露尖锐深刻，感情深沉愤激，而且具有高度的艺术概括力和典型性。因而它不仅在思想上给人以深刻的启示，而且在艺术上也具有强烈的震撼力。

第一首主要从宏观着眼，笼盖全局。首二句"春种一粒粟，秋成万颗子"，完全撒开悯农的内容与感情，就春种秋成的农事活动着笔，热情赞颂广大农民的伟大创造力。从"一粒"变成"万颗"，夸张的形容中正蕴含着诗人对这种创造力的惊奇感和钦佩感。从来的悯农诗多从俯视角度对农民的

李绅

2425

生活境遇表示怜悯，像李绅这样开宗明义就以仰视角度热情洋溢地赞颂和表现农民的伟大创造力的，还是破天荒第一遭。正是这种对农民劳动生产伟力的认识和态度，不但奠定了诗所独具的思想高度，而且使下面的揭露更加深刻，感情更加强烈，艺术震撼力也更巨大。

"四海无闲田，农夫犹饿死。"第三句从"春种""秋成"的时间过程所展示的农民生产创造力转向空间，从"四海"的广大范围进一步展示广大农民无地不辟、有田皆种的勤劳所创造的伟大业绩。这里出现的农民形象是群体形象，在他们的辛勤开辟、耕耘下，不但有大片肥沃的良田，而且有高入云霄的梯田乃至有在石漠荒瘠土地上见缝插针种上庄稼的一小片零零星星的田块，从而进一步展示出作为一个广大的群体，全国农民的辛勤劳作所创造的令人惊叹的劳动业绩。与一、二两句春种秋收的丰硕果实联系起来，这"四海无闲田"所创造的劳动果实便得到了淋漓尽致的表现。

单看前三句，似乎这首诗是对广大农民伟大创造力和劳动业绩的热情礼赞，但末句却突作转折，揭示出令人怵目惊心的残酷现实："农夫犹饿死。"如此丰硕的劳动果实，劳动者本身却无权享有，甚至出现了"犹饿死"的悲惨结局。由于前三句对农民伟大创造力和劳动业绩的充分描绘和赞美，这一笔转折所显示的残酷现实便特别具有震撼力和启示性。不管诗人自己主观上是否有明确的意识，但通过前三句和末句的鲜明对照，读者自然会强烈感受到整个社会的不公，引起对现存制度的合理性的怀疑甚至否定。从这一点说，这首仅二十字的小诗足以称为对封建社会剥削本质的强烈控诉和深刻揭露，字字力重千钧。

第一首是从宏观上对广大农民的伟大创造力及其悲惨命运作整体的艺术概括。第二首则集中笔墨对农民劳动之艰辛作生动的描绘。春种夏耘秋收冬藏，一年到头，辛苦终岁，周而复始，代代皆然。用绝句来表现农事之艰辛，势不能展开铺述，而只能对它进行典型化，抓住最能体现其繁重劳苦的情事作高度集中的描写。诗人选取的是夏耘的典型场景：时值盛夏，酷暑炎蒸，正是庄稼抽穗拔节生长的关键时节。从"锄禾"及"汗滴禾下土"看，诗所写的是旱地里松土锄禾的劳动。这时的庄稼已经长得相当高，地里密不透风，在当午炎炎赤日的高照下，庄稼地里犹如炽热的火炉，锄禾时须一直弯腰曲背，匍匐前行，忍受直射的骄阳和上蒸的暑气的烘烤，忍受饥渴的煎熬，一任汗水流淌直滴到冒着热气的土地上，不能停顿，甚至顾不上用手拭汗。这种辛劳难熬的滋味，非亲历此境者难以体味。诗人正是以一个亲历者的口吻，通过对三伏天正午时分锄禾劳动的集中描绘，极具震撼力地写出了农民劳动的无比艰辛，从"汗滴禾下土"的描绘中，甚至可以听到汗水大滴大滴地落在热土中冒出的吱吱声。白居易的《观刈麦》中也有"足蒸暑土气，背灼炎天光"这样的描写，但比起李诗来，旁观者的同情意味比较明显，缺乏的正是那种感同身受的痛切心情。

"谁知盘中餐，粒粒皆辛苦。"三、四两句，表面上看，似乎是作者的议论，实际上这正是从事繁重辛苦劳动的农民心声的自然流露。只有亲历过农事劳动艰辛的人才能真正感受和认识每一颗粮食的珍贵和它们所包含的辛勤汗水，认识到劳动果实中所包含的沉重付出和它们的真正价值。"谁知"二字，作诗人的训诫之词理解，不免力度稍逊；作农民的口吻来理解，则意味倍感深长。不但对那些不劳而获、暴殄劳动果实的达官显宦、富商大贾是一种愤怒的斥责，对一切不知稼穑艰难的人也是一种严肃的告诫。诗之所以超越时代、常读常新的原因也正在于此。

诗题或作"悯农"，其中所蕴含的对农民生活及命运的深挚厚重的感情是显然的。但这两首诗不同于一般悯农诗之处，却是在同情农民辛苦生活和悲惨命运的同时显示出农民的伟大创造力和劳动果实的可贵可珍。这就使诗不流于一般的悲悯，而是在悲剧美中显出崇高感，给人的感受不是低回喟叹，而是对劳动者的创造怀有一份深深的敬意。古典诗歌中的悯农诗，达到这种思想艺术境界的，恐怕也只有这两首了。

李
绅

李 涉

李涉（约768—?），洛阳人，自号清溪子。早岁客居梁园。贞元中避兵乱与弟李渤偕隐于庐山白鹿洞，后徙居终南。贞元末，陈许节度使刘昌裔辟为从事，后入朝为太子通事舍人。元和六年（811），因投匦为吐突承璀论功，为知匦使孔戣所恶，言其与中官结交，贬为峡州司仓参军，兼夷陵令。元和末自峡州遇赦还京，任太学博士。宝历元年（825）十月，坐武昭事流康州。后行迹无考。工七绝。《新唐书·艺文志》著录《李涉诗集》一卷。《全唐诗》编其诗为一卷。

润州听暮角〔一〕

江城吹角水茫茫〔二〕，曲引边声怨思长〔三〕。
惊起暮天沙上雁，海门斜去两三行〔四〕。

校注

〔一〕《全唐诗》校：一作《晚泊润州闻角》。润州，唐浙西观察使治所，今江苏镇江市。角，军中乐器。状如竹筒，本细末大，以铜管或皮革等制成，因表面有彩绘，故又称画角。发声哀厉高亢，古时军中多用以警昏晓、振士气、肃军容，故又有晓角、暮角之称。

〔二〕江，《全唐诗》校："一作孤。"润州北滨长江，故称江城。

〔三〕曲引边声，《全唐诗》校："一作风引胡笳。"边声，边塞的悲凉之声。传为李陵《答苏武书》："凉秋九月，塞外草衰。夜不能寝，侧耳远听。胡笳互动，牧马悲鸣，吟啸成群，边声四起。"此指暮角声。角原出于西北游牧民族，故称"边声"。

〔四〕海门，指长江入海口一带。润州以东江面，唐时宽十八里，长江至此东流入海，故称。唐时扬州以东除海陵县（今泰州市）外，大片陆地尚未淤积成。后世所设之海门县，唐时尚为海域，非此诗所指。

(笺)(评)

宋顾乐曰：在《博士集》中，此作可称高调。（《唐人万首绝句选》评）

刘永济曰：诗不言人惊而曰雁惊，所谓"不犯正位"写法也。然有第二句"怨思长"，则人惊可知。（《唐人绝句精华》）

刘拜山曰："惊起"二句，与李益《夜上西城听梁州曲》"鸿雁新从北地来，闻声一半却飞回"造意相似，皆极状曲声之哀厉。雁犹如此，则人之不堪闻自在言外。（《千首唐人绝句》）

(鉴)(赏)

李涉是中晚唐之交一位并不十分出名的诗人，但他的一些七绝却写得很有韵味。这首《润州听暮角》就曾被何其芳誉为"不仅形象性很强，不仅写得很精炼……还能创造出一种情调，一种气氛"。

首句"江城吹角水茫茫"，正点题面，展现出一幅江天茫茫的广阔背景：滨江的城市（即题内润州），茫茫的江水，城头上响起画角的悲凉的声音。阵阵角声传遍整个寥廓江天，悠悠余音正融入茫茫江水和悠悠暮色之中。这个寥廓空旷的背景，不但赋予角声以辽阔悲壮的境界，而且赋予它以黯淡苍茫的色调。因此，这一句虽未直接描摹角声，却能唤起读者对角声意境情调的联想。

接下来一句，"曲引边声怨思长"，方直接写到角声。角所奏多为悲壮苍凉的边地之声，曲中似乎寓藏着深长的怨思，故云。润州在江南，地理上与边塞相去甚远，而听者却感到曲中传出的是充满深长怨思的边声，这正突出了角声的特点和它所给予人的独特感受，以致虽身在江南，却恍如置身塞外了。这一句的"引"字、"长"字，不仅强调了角声的悠长和它所蕴含的边思的深永，而且和眼前的水天茫茫的广远之境融合无间，声、情、境三方面有机地统一起来了。

"惊起暮天沙上雁，海门斜去两三行。"三、四两句写角声惊雁。角声嘹亮悲壮，破空透远。停歇在薄暮平沙上的雁群，似乎不胜角声所流露的深长怨思，纷纷惊起，排列成两三行，在苍茫暮色中斜斜地向海门方向飞去了。海门，即海口，唐时润州离长江入海处很近，扬州以东还是大片海域，尚未淤积成陆。或以海门指今江苏海门市，当非，今海门唐时还是一片茫茫的大海。钱起《归雁》："二十五弦弹夜月，不胜清怨却飞来。"写瑟的音乐魅力使雁不胜清怨而飞来。这首诗则是写画角声的艺术力量使雁不胜怨思惊飞而去。雁之惊飞，正透露出角声传出的悲壮苍凉意境。这里特意点出"暮天"，使苍凉悲怨的角声在苍茫暮色和寥廓远天的背景映衬下，情致更为黯淡悲凉，意境更为悠远虚旷了。

题为"听暮角"，而三、四两句并没有直接表现"听"字。但写平沙惊雁，实际上是侧面虚写人的感受。诚如刘永济先生所说："诗不言人惊而曰雁惊，所谓'不犯正位'写法也。然有第二句'怨思长'，则人惊可知。"

诗中直接写角声的只有第二句，其他各句都是借助景物渲染烘托。诗人精心选择了最能表现"听暮角"的典型感受的物景：江城城头、茫茫江水、苍茫暮天，以及在苍茫江天中惊飞两三雁行，组成一幅色调黯淡、境界悠远虚廓的图景，将诗人的主观感受与客观景物融为一片，使全诗充满了乐感、画意和浓郁的抒情气氛，体现了诗、画、乐的和谐结合。

再宿武关〔一〕

远别秦城万里游〔二〕，乱山高下出商州〔三〕。
关门不锁寒溪水，一夜潺湲送客愁〔四〕。

校注

〔一〕《全唐诗》校：题"一作从秦城归再题武关"。武关，战国时秦之南关，在今陕西商南县西北。楚怀王三十年，秦昭襄王遗书诱楚怀王于此约会，执之入秦。公元前207年，刘邦由此入秦。唐时武关为由长安至南阳、赴襄阳和江陵必经之道。诗人此前曾旅宿武关，作《题武关》诗，此次离长安作远游，再宿于此，故题云。

〔二〕秦城，指长安。秦都咸阳，地近长安，故借指。

〔三〕商州，唐山南东道商州上洛郡，治所在今陕西商洛市商州区。《新唐书·地理志》："贞元七年，刺史李西华自蓝田至内乡开新道七百馀里，回山取涂，人不病涉，谓之偏路，行旅便之。""乱山高下"指商山路高高低低。

〔四〕潺湲，《全唐诗》校："一作潺潺。"

笺评

周弼曰：实接体。（《删补唐诗选脉笺释会通评林·中七绝》引）

何仲德曰：推敲体。（同上引）

唐汝询曰：调响气雄，中唐中之超者。（同上引）又曰：闻溪声而不寐，客愁所由生也。（《唐诗解》卷二十九）

周珽曰：前二句述从秦城回之景，后二句咏宿武关之情，好句调，好语意。（《删补唐诗选脉笺释会通评林·中七绝》）

沈德潜曰：一夜不寐意，写来偏曲。（《重订唐诗别裁集》卷二十）

俞陛云曰：凡临水寄怀者，或借水以写离情，或借水以书客愁，而用笔各殊。戴叔伦诗言湖水东流，不为愁人少住，此诗言武关之水，但送客愁，皆因一片乱愁，更无着处，但能怨流水无情耳。若严维诗："日晚江南望江北，寒鸦飞尽水悠悠。"亦临水寄怀，而不落边际，自有渺渺余怀之感也。武关在蜀道峻险处，水从万山中夺路而出，故第三句以"不锁"二字状之。客子孤眠，竟夕听溪声喧枕，故第四节以"潺湲一夜"状之，情、景俱到。（《诗境浅说》续编）

刘拜山曰：可与元稹《西归》"两纸京书临水读，小桃花树满商山"对看。一写入京之喜，一写出关之愁，笔意相敌。（《千首唐人绝句》）

鉴赏

武关是一座古老的关隘，战国时这里是秦的南关，历来为军事、交通要道。唐代由长安赴襄、荆、岭南，这里是必经之地。关在商州之东南。李涉这首诗，是再宿武关时抒写客愁之作。

起句概叙行踪，说自己远别长安（即所谓"秦城"），正从事万里之游。李涉宝历元年（825）十月，因与裴度门吏武昭"气使相许"，而武昭曾扬言刺杀李逢吉，被下狱处死，李涉受牵连而流贬康州（州治在今广东德庆），经武关时正当寒冬。诗中提到"万里游"与"客愁"，不知是否与这次流放有关。但诗里表现的情绪比较萧索，则是事实。这句"远别""万里"起末句"客愁"。

2431

次句叙写"万里游"中今日的行程,落到"宿"字。商州一带,道路随山势高下曲折,溪谷之水回绕,旧有"七盘十二绗(音争,萦绕之意)"之称。这句入本题,说自己在乱山中攀登跋涉,山势忽高忽低,道路时上时下,历尽艰辛崎岖后方出商州。"乱山高下"四字,朴质而生动地写出山路的崎岖起伏,也透露出道路的艰险难行,是很简练的笔墨。下面紧接"出商州"三字,更造成一种在劳顿困苦后又匆遽启程的印象。道途的险阻和行程的劳顿,为下面抒写悠长的客愁作好铺垫。这里的"出商州",指走出商州一带地面,武关在商州东南,从商州到武关还有一段路程。

"关门不锁寒溪水,一夜潺湲送客愁。"三、四两句集中抒写夜宿武关,卧听溪水的感受。武关附近,有一条小溪,自北向南,流出关外,汇入丹水。时值寒冷的冬季,又是在暗夜中闻流水潺湲作响,更添清冷凄寒的感受,故说"寒溪水"。万里客游,羁愁深重,一出武关,便向天涯。夜宿此地,彻夜无眠,卧听潺湲之声不绝,恍惚中感到那终夜流淌的寒溪水中,似乎声声充满客愁。因此反怪关门未能锁断溪水,致使它一夜潺湲,萦绕耳畔,向自己不断输送愁绪了。本是自己怀愁,却怨溪水送愁;又因溪水送愁,反怨关门不锁溪水。辗转相引,理舛而情真。溪水、关门,原是无情之物;诗人因自己满怀愁绪,遂觉得它仿佛是故意要给自己送愁添恨。这正是一方面以无情者为有情,另一方面又反怪无情者偏有意逗恨。语似直而意则深曲。

同样一条溪水,同样是羁旅之身,由于以不同的感情去感受,产生的联想会很不一样。温庭筠的《过分水岭》说:"溪水无情似有情,入山三日得同行。岭头便是分头处,惜别潺湲一夜声。"温庭筠因为入山以来与溪水相依相伴,对它产生了特殊的亲切感,因而从"潺湲一夜声"中似乎听出了溪水的惜别之意;而怀着深长客愁的李涉却从"一夜潺湲"中听出了它所送来的是无尽无穷的羁旅之愁。而移情于物,使物带上诗人的主观色彩,则又是两首诗的共同特点。

井栏砂宿遇夜客〔一〕

暮雨潇潇江上村〔二〕，绿林豪客夜知闻〔三〕。
他时不用逃名姓〔四〕，世上如今半是君。

李涉

校注

〔一〕井栏砂，在唐淮南道舒州怀宁县（今安徽潜山县），当皖水入江处皖口附近。《全唐诗》题下有注云："涉尝过九江，至皖口，遇盗，问：'何人？'从者曰：'李博士也。'其豪酋曰：'若是李涉博士，不用剽夺。久闻诗名，愿题一篇足矣。'涉遂赠诗云云。"按：此事初见范摅《云溪友议》卷下《江客仁》，略云："李博士涉，谏议渤海之兄，尝适九江看牧弟。临袂，凡有囊装，悉分匡庐隐士，唯书籍薪米存焉。至浣口之西，忽逢大风，鼓其征帆，数十人皆驰兵仗，而问是何人。从者曰：'是李博士船也。'其间豪酋曰：'若是李涉博士，吾辈不须剽他金帛。自闻诗名日久，但希一篇，金帛非贵也。'李乃赠一绝句。豪酋饯赂且厚，李亦不敢却。"题内夜客，即指绿林豪客。诗作于长庆二年（822）春。

〔二〕暮，《云溪友议》引作"春"。潇潇，象雨声。江上村，即指题内"井栏砂"。

〔三〕西汉末年，新市人王匡、王凤等组织饥民起义，以绿林山（在今湖北当阳市东北）为根据地，史称"绿林军"。后因称啸聚山林的豪杰为"绿林豪客"。绿，《云溪友议》引作"五"。知闻，知悉、知道。姚合《送宋慎言》："童稚便知闻，如今只有君。"即"闻诗名日久"之谓。

〔四〕《云溪友议》引此句作"他时不用相回避"。逃名姓，隐姓埋名。

笺评

2433

杨慎曰：唐李涉赠盗诗曰："相逢不用相回避，世上如今半是君。"可谓婉切。刘伯温《咏梁山泊分赃台》诗云："突兀高台累土成，人言暴客此分赢。饮泉清节今寥落，何但梁山独擅名？"元末贪吏亦唐末之比乎！《汉书》云："吏皆虎而冠。"《史记》云："此皆劫盗而不操戈矛者也。"二

诗之意皆祖此。(《丹铅总录》卷十二)

胡震亨曰：李涉井栏砂赠诗一事，或有之。至此盗归而改行。八十岁后遇李汇征，自署姓名为韦思明，备诵涉他诗，沥酒酹涉，则《云溪友议》所添蛇足也。唐人好为小说，或空造其事而全无影响，或影借其事而更加缘饰。即黄巢尚予一禅师号，为伪造一诗以实之，况此小小夜劫乎！(《唐音癸签·谈丛五》)

周珽曰：晦庵曰："为文必如酷吏案狱，直是勘问到底，不恕他情。"请以评此诗。(《删补唐诗选脉笺释会通评林·中七绝》引)

王闿运曰：怕人语，是受惊后情景。(《手批唐诗选》)

富寿荪曰："他时"二句，是同情语，亦愤世语，写来淋漓痛快，不嫌直致。(《千首唐人绝句》)

关于这首诗，《云溪友议》卷下《江客仁》有一段饶有趣味的记载（见注〔一〕所引）。这件趣闻不但生动反映出唐代诗人在社会上的广泛影响和所受到的普遍尊重，而且从中可以看出诗歌在唐代社会生活中应用之广泛——甚至可以用来应酬"绿林豪客"。不过，这首诗的流传，倒不单纯由于"本事"之奇，还由于它在即兴式的诙谐幽默中寓有颇为严肃的社会内容和现实感慨。

"暮雨潇潇江上村，绿林豪客夜知闻。"前两句用轻松抒情的笔调叙事。"江上村"即诗人夜宿的皖口小村井栏砂；"知闻"即"闻诗名日久"。风高放火，月黑杀人，这似乎是遇盗的典型环境。此处却不经意地点染出潇潇暮雨笼罩下一片静谧的江村。环境气氛既富诗意，人物面貌也不狰狞可怖，这从称对方为"绿林豪客"自可看出。看来，诗人是带着安然的诗意感受来吟咏这场饶有兴味的奇遇的。"夜知闻"，既流露出对自己诗名闻于绿林的自喜，也蕴含有对爱好风雅、尊重诗人的"绿林豪客"的欣赏。环境气氛与"绿林豪客"的不协调，他们的"职业"与"爱好"的不统一本身就构成一种耐人寻味的幽默。由于它直接来自眼前的生活，所以信口道出，自含清新的诗味。

"他时不用逃名姓，世上如今半是君。""逃名姓"即隐姓埋名，亦即逃名，避声名而不居之意（白居易《香炉峰下新卜山居》有"匡庐便是逃名地"之句）。诗人早年与弟李渤曾偕隐于庐山，后又曾隐于终南山，诗中颇多"转知名宦是悠悠"（《偶怀》）、"一自无名身事闲"（《寄河阳从事杨潜》）、"一从身世两相遗，往往关门到午时"（《山居》）一类句子，其中不免有与世相违、逃名于世的牢骚感慨。但这里所谓"不用逃名姓"云云，则是紧承次句"夜知闻"，对它的一种反拨，是诙谐幽默之词，意思是说，我本来打算隐居避世，逃名姓于天地之间，看来也不必了，因为连你们这些绿林豪客都知道我的姓名，更何况"世上如今半是君"呢。

表面上看，这里不过是用诙谐的口吻对绿林豪客久闻其诗名这件事表露了由衷的欣喜与赞赏（你们弄得我连逃名姓也逃不成了），但脱口而出的"世上如今半是君"这句诗，却无意中表达了他对现实的感受与认识。诗人生活的年代，农民起义尚在酝酿之中，乱象并不显著。所谓"世上如今半是君"，显然别有所指，它所指的应该是那些不蒙"盗贼"之名而所作所为却比"盗贼"更甚的人们，是诗人刘叉在《雪车》中所痛斥的"相群相党，上下为蟊贼"之辈。相比之下，这些眼前的"绿林豪客"如此敬重诗人，又富于人情，倒显得有些亲切可爱了。

三、四两句不妨有另一种理解：将来再遇上你们，也大可不必隐姓埋名，讳言自己曾经做过绿林豪客，要知道"世上如今半是君"，诸君的所作所为比那些人还高出一截呢。

这首诗的写作，颇有些"无心插柳柳成阴"的意味。诗人原未必有意讽世骂世，表达严肃的主题。只是在特定情境的触发下，向读者开启了思想库藏中珍贵的一角。因此，它寓庄于谐，别具一种天然的风趣和耐人寻味的幽默。据说豪客们听了诗人的即兴吟成之作后，饷以牛酒，看来其中是有知音者在的。

李

涉

李德裕

李德裕（787—850），字文饶，赵郡赞皇（今属河北）人。元和时宰相李吉甫之子。元和八年（813）以荫补秘书省校书郎。约于十二年受河东节度使张弘靖辟为掌书记，十四年入朝任监察御史。穆宗立，擢翰林学士，迁中书舍人。长庆二年（822）九月出为浙西观察使。大和三年（829）召为兵部侍郎，裴度荐以为相，李宗闵得宦官之助，先拜相，出德裕为郑滑节度使。四年十月改西川节度使。七年二月召为兵部尚书、同平章事。八年十一月复出为浙西观察使。九年四月贬袁州长史。武宗朝复拜相，以平刘稹功，进太尉，封卫国公。宣宗立，罢相，先后贬潮州司马、崖州司户参军。大中三年十二月（850）卒于贬所。德裕为中晚唐时期著名的政治家。《新唐书·艺文志》著录其《会昌一品集》二十卷。《全唐诗》编其诗为一卷。今人傅璇琮有《李德裕年谱》，又与周建国合撰《李德裕文集校笺》。

登崖州城作〔一〕

独上高楼望帝京〔二〕，鸟飞犹是半年程。
青山似欲留人住〔三〕，百匝千遭绕郡城〔四〕。

校注

〔一〕崖州，州治在今海南省海口市琼山区东南。大中元年（847）十二月，李德裕由太子少保分司东都贬为潮州司马。二年九月，再贬为崖州司户参军。三年正月抵崖州贬所，此诗当作于大中三年春。

〔二〕高楼，指崖州城北楼。帝京，指长安。

〔三〕似欲留人住，《全唐诗》校："一作也恐人归去。"

〔四〕百匝千遭，犹百层千层。匝、遭，均有周围环绕之义。

钱易曰：李太尉之在崖州也，郡有北亭子，谓之望阙亭。太尉每登临，未尝不北睇悲咽。有诗曰："独上江亭望帝京，鸟飞犹是半年程。青山也恐人归去，百匝千遭绕郡城。"今传太尉崖州之诗，皆仇家所作，只此一首亲作也。昔崖州，今琼州是也。（《南部新书》己）按：此事又载王说《唐语林》卷七，"青"作"碧"。

瞿佑曰：柳子厚诗："海畔尖山似剑铓，秋来处处割愁肠。若为化作身千亿，散上峰头望故乡。"或谓子厚南迁，不得为无罪，盖虽未死而身已上刀山矣。此语虽过，然造作险浑，读之令人惨然不乐，未若李文饶云："独上高楼望帝京，鸟飞犹是半年程。青山似欲留人住，千匝百遭绕郡城。"虽怨而不迫，且有恋阙之意。（《归田诗话》卷上）

周珽曰：恋阙虽殷，而对景聊能自慰。逐臣渊然丹悃，何如帷灯匣剑？（《删补唐诗选脉笺释会通评林·晚七绝》）

王闿运曰：无可奈何，却不切崖州。（《手批唐诗选》）

刘拜山曰：写贬地僻远归期无日之情，郁结既深，拟喻弥切。沉挚处可与子厚柳州诸诗相颉颃。（《千首唐人绝句》）

李德裕一生，两度拜相，无论是在地方长官任上还是在为相期间，政治上都卓有建树，是中晚唐时期杰出的政治家。武宗朝六年时间中，他在抗击回鹘侵扰、平定刘稹叛乱、打击佛教僧侣势力、裁减冗官冗吏等方面都作出过重要贡献和成绩，达到一生政治事业的巅峰。宣宗立，务反会昌之政，白敏中、令狐绹等迎合意旨，对李德裕及其亲密助手实施精心策划的打击陷害，先后远贬潮州司马、崖州司户。其境遇与会昌朝相比，可以说是冰火两重天的世界。这首《登崖州城作》是他大中三年（849）春抵达贬所后不久所作，诗中所表现的感情，虽具有贬谪诗的一些共同特点，又具有作为政治家的诗人的独特个性。

"独上高楼望帝京"，起句写自己登上崖州城北楼，遥望帝京长安。一"独"字写出自己独处茫茫大海包围中的孤岛上，政治上、精神上十分孤独的状况。他在《与姚谏议郎书》中说："天地穷人，物情所弃，虽有骨肉，亦无音书，平生旧知，无复吊问……大海之中，无人拯恤，资储荡尽，家事一空，百口嗷然，往往绝食，块独穷悴，终日告饥。"可见当时他所处的孤独穷困的绝境。在这种境遇下，登楼北望帝京，就成了他日常生活中的一种自然的行动要求和精神向往。点出"帝京"，倒并不是他对在位的宣宗抱有什么希望，也并不是抽象的恋阙之情。作为一个历仕六朝，极富政治经验的政治家，从贬崖之日起便知自己已经没有生还的可能（令狐绹所撰《李德裕崖州司户制》称"握尔之发，数罪未穷……纵逢恩赦，不在量移之恨"，可见他在当权者眼中已是十恶不赦的罪臣）。之所以"望帝京"，是因为那里曾是他深得武宗倚重，施展政治方略才干的地方，对这一切依然怀有深情的追忆，同时也透露出他对国家命运的关注与忧虑（政治权力竟掌握在白敏中、令狐绹这样一些人手里）。"望"中有忆念，也有忧思，不过含而未宣而已。

"鸟飞犹是半年程"，次句承"望"字，极言崖州贬所离京都长安路程之遥远。崖州至京师七千四百六十里（据《旧唐书·地理志》），说"鸟飞犹是半年程"当然是极度的夸张。但登城极目北望，"鸟飞"当是眼前实景，故虽夸张却并不失自然，鸟飞可以渡海而北，自己却枯守穷海，不能像鸟那样高飞远举；鸟飞犹须半年，无力奋飞远举的自己却只能望海兴叹，归期无日之意已暗寓其中。

"青山似欲留人住，百匝千遭绕郡城。"三、四两句，仍承"望"字，视线由北望（帝京）、仰望（飞鸟）而环顾郡城四周，但见重重叠叠的山岭，逶迤起伏，环绕包围。好像这重叠环绕的青山有意要留住自己这个流贬遐荒的人，不放自己北归中原。本来，这种青山重叠的景象很容易引起贬谪者被围困于遐荒绝城，老死而不得归的悲慨，像柳宗元诗中就有"岭树重遮千里目"这种感受，而诗人却把"青山"写得非常亲切而富人情味，感到它们似乎有意要挽留自己，因而"百匝千遭绕郡城"。在这里，逶迤重叠的青山不再是憎厌怨恨的对象，而成了贬谪遐荒者亲切的伴侣和精神的慰藉，一开头望帝京的渺不可即的愁绪在多情的青山面前仿佛得到了暂时的化解，诗人的心绪也变得平和了。一个真正经历过长期政治斗争风浪的政治家，当意识到自己面对的政治困境乃至绝境时，反而能够静下心来，比较理性地面对人生。诗的三、四两句，透露出的正是这种心境的反映。瞿佑拿这首诗与柳宗元的"海畔尖山似剑铓，秋来处处割愁肠"作对照，指出李诗"虽怨而不迫"，是很有见地的。这正是一位政治家与普通的被贬谪的文人的区别。

朱庆馀

朱庆馀，名可久，以字行。行大，越州（今浙江绍兴）人。长庆年间入京应进士试，行卷于张籍，受其称赏。宝历二年（826）登进士第。大和初授秘书省校书郎。后归越。与贾岛、姚合、章孝标、顾非熊、僧无可等交游唱酬。约开成中卒。有《朱庆馀诗》卷，《全唐诗》编其诗为二卷。

宫　词

寂寂花时闭院门〔一〕，美人相并立琼轩〔二〕。
含情欲说宫中事，鹦鹉前头不敢言。

校注

〔一〕花时，春天花开的时节。

〔二〕美人，《新唐书·后妃传》："唐制：皇后而下，有贵妃、淑妃、德妃、贤妃，是为夫人。昭仪、昭容、昭媛、修仪、修容、修媛、充仪、充容、充媛，是为九嫔。婕妤、美人、才人各九，合二十七，是代世妇；宝林、御女、采女各二十七，合八十一，是代御妻。"这里可能泛指一般的宫女。琼轩，华美的长廊。

笺评

范摅曰：王建校书为渭南尉，作宫词，元丞相亦有此句，河南、渭南合成二首矣。时长孙佐辅、朱庆馀各有一篇，苟为当矣。长孙词曰："一道甘泉接御沟，上皇行处不曾秋。谁言水是无情物，也到宫前咽不流。"朱君词曰："寂寂花时闭院门，美人相对泣琼轩。含情欲说宫中事，鹦鹉前头不敢言。"（《云溪友议·琅琊忤》）

唐汝询曰：美人相并，正宜私语，乃畏鹦鹉而不敢言。花开心事，必有不可使外人知者。（《唐诗解》卷二十九）

钟惺曰：纤而深。（《唐诗归·晚唐一》）

顾璘曰：不老成。（《批点唐音》）

陆次云曰：宫词中最新妙者。（《五朝诗善鸣集》）

贺裳曰：朱庆馀《闺意》："妆罢低声问夫婿，画眉深浅入时无？"《宫词》："含情欲说宫中事，鹦鹉前头不敢言。"真妙于比拟。《宫词》深妙，更在《闺意》之上。（《载酒园诗话又编》）

徐增曰：好个"花时"，宫门紧闭，不得君王信息，无以消此岑寂。女伴相逢，两两并立于琼轩之下。"相并"，好说话些。胸中所含之情，定是长门买赋、昭阳娇妒之事，不可传诸人口者。正欲提起，而无奈见鹦鹉之在前，鹦鹉是能言之鸟，故亦避忌他。此不是言美人谨慎，是言真若无道处。庆馀之怜美人至矣。（《而庵说唐诗》卷十二）

王尧衢曰："寂寂花时闭院门"，花时何时，而乃寂寂闭门，美人之伤春苦甚矣。"美人相并立琼轩"，女伴相并而立，情绪彼此不堪，各欲说其心中事也。"含情欲说宫中事"，含情不敢吐露，欲说不便即说，宫中事如宠移爱夺，娇极妒生，种种恩怨之事，不可泄于人者。"鹦鹉前头不敢言"，正欲说时，抬头看见鹦鹉甚能言之鸟，便避忌而不敢说，是则美人之苦，到底无可说处。避鸟比避人情更苦。（《唐诗合解笺注》卷六）

沈德潜曰：诗有当时盛称而品不贵者……朱庆馀之"鹦鹉前头不敢言"，此纤小派也。（《说诗晬语》卷上）

黄叔灿曰：此诗可作白圭三复，而宫中忧谗畏讥，寂寂心事，言外味之自见。（《唐诗笺注》卷九）

范大士曰：鹦鹉能言，即欲防之，聪慧深心如见。（《历代诗发》）

《精选评注五朝诗学津梁》：意颇机警，寄怨特深。

俞陛云曰：此诗善写宫人心事，宜为世所称。凡写宫怨者，皆言独处含愁。此则幸逢采伴，正堪一诉衷情。奈鹦鹉当前，欲言又止。防饶舌之灵禽，效灰盘之画字，只学金人缄口，不闻玉女传言。对锁蛾眉，一腔幽怨。宜宫中事秘，世莫能详矣。（《诗境浅说》续编）

刘永济曰：玩诗意似有所讽，恐鹦鹉泄人言语。鹦鹉当有所指。（《唐人绝句精华》）

沈祖棻曰：花时而言"寂寂"，而言"闭院门"，可见宫门深锁，韶华虚度。境况凄清，情亦惆怅。故美人偶值，并立琼轩，彼此含情欲诉，而鹦鹉在前，复不敢言。极低回吞吐之能事，诵之使人抑郁难堪，而仍以含

蓄之笔出之。此王龙标之遗响也。（《唐人七绝诗浅释》）

刘拜山曰：曰"相并"，曰"欲说"，曰"不敢言"，层层摹写，极含蓄吞吐之致。而宫人之幽怨，宫禁之森严，俱在言外。（《千首唐人绝句》）

唐人宫词，大体上有两种：一种是传统的宫怨诗，多抒写宫嫔失宠的哀怨，王昌龄、李益等人的宫词名作，即属此类。这一类数量较多，艺术成就也较高。另一种是描写宫廷的日常生活风习的诗，如王建的宫词百首即是。这一类作品具有细节的真实性和较浓的生活气息，但往往流于生活的实录，典型化程度和抒情气息都不强。朱庆馀的这首宫词，似乎介于以上两类作品之间，既写宫中日常生活，又有所寓讽，具有一定的典型性。而寓讽的内容又不同于一般的宫怨，在宫词中可谓别具一格。

"寂寂花时闭院门"，首句托出寂寥的环境。正当百花争艳的春天，宫中庭院里的花卉开得繁茂耀眼，但院门深闭，整个庭院中笼罩着一层寂寥的气氛。宫中本已与外界隔绝，如今院门又深闭，则重重闭锁，如同幽禁。言外见君主的"恩宠"从不及此。"花时"这一给人以繁艳、热闹感受的意象，与"寂寂""闭"正成强烈对照，结果反增强了"花时"的特殊寂寞感，院中人永日无聊、韶华虚度的境遇可想。

"美人相并立琼轩"，第二句正面写到处于这一环境中的两位宫女，画出她们悄然无语地并立于华美的长廊之上的情景。说"相并"，说"立"而不及其他，正是要暗示悄无声息的沉默。"美人"的艳丽，"琼轩"的华美，又适与这无声无息的沉默形成鲜明对照，使人感到这庭院琼轩之间，正流动着一层压抑幽禁的气氛。

"含情欲说宫中事，鹦鹉前头不敢言。"在形同幽禁的环境里，与别人交流感情的要求往往变得特别强烈。这两位相并而立的宫女在默默相对中都感到有"欲说宫中事"的要求。宫中事，所包含的内容可以很广，不独彼此在宫中的境遇、幽怨，而且兼包宫中的相互倾轧、争宠夺宠，乃至其他一系列宫闱秘事。"含情"一句，在电影画面上是人物面部细微表情的一个特写镜头，它将宫中的两位美人相对默默、含情欲吐、欲言又止的神情刻画得相当细腻。然而，就在她们启口欲说之际，忽然瞥见廊檐下的笼中鹦鹉，随即意识到：在这善于传人言语的学舌者面前，是无论如何不能谈论宫中事的。否则，言语一旦泄漏，就会给她们的已成幽禁之身带来更大的灾难。

末句是一个具有典型意义的细节。这首诗的成功，主要得力于这一警句。宫中种种黑暗丑恶的情事，总是掩盖在富丽庄严的外衣下，不为外界所知；最高封建统治者也对此讳莫如深，防范极严。久而久之，在宫廷中遂形成一种压抑沉闷、惊疑惕惧的气氛。在这种气氛笼罩下，宫女们不仅在人前不敢言及宫中事，即使在鹦鹉前头，也噤若寒蝉了。鹦鹉善传人言，并不解人意。它们传话出自本能，原非有意，而宫女们已自"不敢言"，则宫廷中那些专门窥伺过失、传人言语的宵小之徒对宫女们所造成的恐怖与压力就可想而知了。因此，这个细节不仅揭示了宫女们在长期压抑恐怖气氛下所形成的惊惧心理，而且从侧面透露了宫廷的黑暗、倾轧和缺乏最起码的人际交流自由。由于这个细节的典型性和独特性，才使这首宫词获得独特的艺术个性而为一般的宫词所不能替代。

近试上张籍水部〔一〕

洞房昨夜停红烛〔二〕，待晓堂前拜舅姑〔三〕。
妆罢低声问夫婿，画眉深浅入时无〔四〕？

校 注

〔一〕近试，临近科举进士考试。张籍，见本书小传。水部，此指水部郎中。按张籍于长庆二年四月至四年间任水部员外郎。宝历元年任水部郎中。范摅《云溪友议》卷下《闺妇歌》："朱庆馀校书，既遇水部郎中张籍知音，遍索庆馀新制篇什数通，吟改后，只留二十六章，水部置于怀抱而推赞焉。清列以张公重名，无不缮录而讽咏之，遂登科第。朱君尚为谦退，作《闺意》一篇，以献张公。张公明其进退，寻亦和焉。诗曰：'洞房昨夜停红烛，待晓堂前拜舅姑。妆罢低声问夫婿，画眉深浅入时无？'张籍郎中酬曰：'越女新妆出镜心，自知明艳更沉吟。齐纨未足人间贵，一曲菱歌敌万金。'朱公才学，因张公一诗，名流于海内矣。"《全唐诗》校：一作闺意献张水部。《唐五代文学编年史》系本篇于敬宗宝历元年（825）。朱庆馀于宝历二年登进士第。

〔二〕停，停放。此有"点燃"义，系唐人口语。白居易《岁暮夜长病中灯下闻卢尹夜宴以诗戏之且为来日张本也》："当君秉烛衔杯夜，是我停灯服药时。"

〔三〕舅姑，公婆。

〔四〕深浅，浓淡。入时无，合乎时尚吗？

 笺评

刘克庄曰：世称朱庆馀"妆罢低声问夫婿，画眉深浅入时无"之句，却不入选，岂嫌其自鬻耶！放翁云："谁言田家不入时，小姑画得城中眉。"比庆馀尤工。（《后村诗话后集》卷二）

时天彝曰：朱庆馀，张籍门人，传其诗法，然独以《闺怨（意）》一篇知名于时，此集（按：指《百家诗选》）乃不录。（《吴礼部诗话》引）

杨慎曰：诗人多以美人自喻。薛能《吴姬》之诗，亦其一也。宋人诗话云："东坡如毛嫱、西子洗妆，与天下妇人斗巧。"亦此意。洪容斋曰："此诗不言美丽，而味其诗意，非绝色第一不足以当之。"其评良是。（《升庵诗话·朱庆馀〈闺意上张水部〉》）又曰：后二句，审时证己，敛德避妒，可谓善藏其用，与王仲初"三日入厨下，携手作羹汤，未谙姑食性，先遣小姑尝"，一不恃才妄作，一不敢轻试违时，俱有无限深意。（《删补唐诗选脉笺释会通评林》引）

史承豫曰：托喻既深，何嫌近亵？（《唐贤小三昧集》）

梁章钜曰：毛西河曰：古诗人之意，有故为俚语而意实重，故为薄语而意实厚者……阎百诗尝曰：唐人朱庆馀作《闺情》一篇献水部郎中张籍云："洞房昨夜停红烛，待晓堂前拜舅姑。妆罢低声问夫婿，画眉深浅入时无？"向使无《献水部》一题，则偃偃数言，特闺阁语耳，有能解其以生平就正贤达之意乎！（《退庵随笔》卷二十）

刘永济曰：此托之新妇见舅姑，以比举子见考官。籍有酬朱庆馀诗曰："越女新妆出镜心，自知明艳更沉吟。齐纨未足人间贵，一曲菱歌敌万金。"其称许特甚，可见古人爱士之心。（《唐人绝句精华》）

刘拜山曰：纯用比体，妙造自然。于风神旖旎之中别具矜庄之致，正自占身份处。（《千首唐人绝句》）

我们暂且撇开题目，首先直接进入诗人所描绘的艺术境界。

像是一个戏剧小品。帷幕拉开，呈现在面前的是色彩缤纷，充满喜庆气氛的新婚洞房。天已破晓，案前的红烛还在燃烧，给本就华艳的洞房增添了融怡的春意。案旁，新娘对镜梳妆。新郎则在一旁端详着新婚的爱侣，间或给新娘递一样首饰，画一下眉毛。梳妆完毕之后，就要双双到堂前去拜见公婆。新娘的脸上，既洋溢着新婚的幸福、欢乐，又微露忐忑不安：即将拜见的公婆，究竟是什么脾性，还不大摸得清楚。新娘于是带着娇羞的神情低声向身旁的新郎问道：我这眉毛的浓淡画得是否合乎时宜，能讨公婆的喜欢吗？

三、四两句确是传神写照之笔。不用作任何琐细的分析，谁都能直感到画面的鲜明，人物内心活动、声容笑貌的生动毕肖，特别是强烈地感受到充溢在诗中的极为浓郁的生活气息。这两句完全是白描，而且只写了新嫁娘"问夫婿"的一句话，但新娘此时沉醉于新婚幸福之中的心理状态，顾影自怜的神情，乃至"低声问夫婿"时亲昵娇羞的口吻，都跃然纸上，使人感到一股新婚闺房的气息正迎面扑来。绝句不是小说，它不可能也没有必要像小说那样细致地描写人物的形貌言行、心理性格，但不排斥它可以有极精彩的简洁传神的人物描写。三、四两句，作为人物描写的一个精彩片断，足以与小说中的类似描写比美。它在艺术上的成功，可以归结为一句话：完全符合"规定情景"，即符合"洞房昨夜停红烛，待晓堂前拜舅姑"这样一个特定的环境。

如果只看这四句诗，肯定会认为这是一首闺房即事诗或新婚杂咏，然而不能忘记"近试上张籍水部"这个诗题（又作"闺意献张水部"）。这说明诗虽明写闺房情事，暗中却另有寄寓，特别是"近试"二字将它要寄寓的内容点得更加明显。原来，唐代参加科举考试的士人，为了造成声誉，往往在考试前将自己平日所作诗文（包括传奇作品）呈献给当时有文名的著名人物，叫作"行卷"；如果得到对方的赏识、揄扬，在上层社会有了声名，就有可能登第。这首诗就是作者在临近考试之时，将诗文呈献给当时著名诗人张籍（时任水部郎中），请他加以评论的一篇以诗代书之作。诗中的新嫁娘是诗人自喻，"夫婿"喻张籍，"舅姑"则喻主司（考官）。着意寄托的其实只是末句，即以画眉深浅是否入时，比喻自己的诗文是否合乎时尚，能否中主考官的意。这层意思，无论是当事人张籍还是读者，联系诗中所描绘的形象，自能意会。

　　谜底一经揭穿，今天的读者也许感到兴味顿减，因为诗寄托的内容在今天已经没有多少积极意义。但作为一首成功的比兴寓言体作品，这首诗却仍然能给我们以有益的启示。以男女之情托寓政治人事、身世遭际，这一传统源远流长，其中有不少优秀之作。但魏晋以来，许多比兴寓言体作品往往离开生活来运用比兴。把"托美人以喻君子"变成袭用前人作品的形象、语言、表达方式，来图解某种一成不变的概念，陈陈相因，流于公式化、概念化，缺乏新颖的构思、生动的形象、典型的细节和浓郁的生活气息，因而也自然缺乏感人的艺术力量。朱庆馀的这首诗，它的别开生面之处，就是比兴从生活中来。诗中的比兴形象，既新颖别致，不落窠臼，巧于构思，妙于设喻，又具有生活本身那样的生动性、具体性和鲜活气息。即使撇开它所寄托的内容，仍然是一首极为生动的描绘闺房儿女情事的好诗，具有独特的艺术价值。为了说明这一点，不妨以欧阳修的《南歌子》词为例：

　　　　凤髻金泥带，龙纹玉掌梳。走来窗下笑相扶。爱道"画眉深浅入时无"。弄笔偎人久，描花试手初。等闲妨了绣工夫。笑问"双鸳鸯字怎生书"。

很明显，欧词不但用了朱诗成句，而且在人物形象的描绘上也从朱诗偷得了一点灵感。欧词别无寄托，但它对女性形象的生动描绘却至今仍为人所称道。这说明，从生活中来的比兴形象本身对它所要寄寓的内容来说，有它的独立性。生活之树常青，这对比兴体作品来说，也是一条规律。

许 浑

许浑（约795—约858），字用晦（一作仲晦）祖籍安陆（今属湖北），寓居润州丹阳（今属江苏）。唐高宗朝宰相许圉师六世孙。早年曾北游燕赵，南至天台。大和六年（832）登进士第。大和九年秋入浙西崔郾幕。开成三年（838）秋除宣州当涂县尉，翌年秋摄当涂令，五年移摄太平令。会昌初罢摄官返润州，入浙西卢简辞幕。五年府罢赴岭南卢钧幕。后擢监察御史。大中三年（849），自监察御史东归，任润州司马。后历任虞部员外郎，郢州刺史，约大中十二年卒。大中四年，在京口丁卯桥自编《乌丝栏诗》五百首。《新唐诗·艺文志》著录其《丁卯集》二卷。《全唐诗》编其诗为十一卷。今人罗时进有《丁卯集笺证》。浑长于七律，以登临怀古之作著称，工于对仗，声韵铿锵，然语多雷同。

秋日赴阙题潼关驿楼〔一〕

红叶晚萧萧〔二〕，长亭酒一瓢〔三〕。
残云归太华〔四〕，疏雨过中条〔五〕。
树色随关迥〔六〕，河声入海遥〔七〕。
帝乡明日到〔八〕，犹自梦渔樵〔九〕。

校注

〔一〕《全唐诗》校："一作行次潼关逢魏扶东归。"按：《文苑英华》卷二百十八、二百九十八均录许浑《夜行次东关逢魏扶东归》（卷二百九十八题作《行次潼关驿逢魏扶东归》），诗云："南北断蓬飘，长亭酒一瓢。残云归太华，疏雨过中条。树色随关迥，河声入塞遥。劳歌此分首，风急马萧萧。"罗时进《丁卯集笺证》卷二并录二诗，以《英华》所录为大和四年（830）前所作，"东关"指函谷关；本篇则据《乌丝栏诗真迹》所录题为"行次潼关驿"。并谓"两首有五句重出，且宋人梓行《丁卯集》时又将'东关'误为'潼关'，致将两首诗混为一首"。认为此诗"当作于大中元年许浑赴京复拜监察御史途中"。潼关，古称桃林塞，东汉时设关，故址在今陕西潼关县东南。

〔二〕萧萧，落叶声。

〔三〕长亭，驿路上供行人休息或饮饯之亭。《白孔六帖》卷九《馆驿》："十里一长亭，五里一短亭。"

〔四〕太华，指华山，在陕西华阴市南。《元和郡县图志·关内道·华州》：郑县：少华山，在县东南十里；太华山，在县南八里。

〔五〕中条，山名。在山西永济市东南。

〔六〕关，《全唐诗》作"山"，据乌丝栏诗真迹改。迥，远。

〔七〕河，指黄河。

〔八〕帝乡，犹帝京，指长安。

〔九〕渔樵，指归隐于家居丹阳的闲适生活。

许
浑

笺评

胡应麟曰：初唐五言律，"独有宦游人"第一；盛唐，"昔闻洞庭水"第一；中唐，"巫峡见巴东"第一；晚唐，姚合《早期》、许浑《潼关》、李频《送裴侍御》，尚有全盛风貌，全篇多不称耳。（《诗薮·内编》卷四）又曰：许浑《潼关》五言、李频《乐游原》七言，中四句居然盛唐，而起、结晚唐面目尽露，余甚情之。（同上卷五）

雷起剑曰："帝乡明日到，独自梦渔樵。"悠然。（《丁卯集》评）

陆时雍曰：语虽浅近，致各自成。（《唐诗镜》卷五十）

陆次云曰：仲晦如此诗，虽与刘文房分居"长城"可也。何拙鲁若陈后山者亦复疵之太过。（《晚唐诗善鸣集》卷上）

范大士曰：景近趣遥。（《历代诗发》）

周咏棠曰：（"残云"二句）亦阔大，亦高华，晚唐中之近开、宝名句也。（《唐贤小三昧集续集》）

李怀民曰：（"残云"二句）博大，得登眺意。与许文化又自不同。（《重订中晚唐诗主客图》）

2447

黄叔灿曰：中四句写潼关景色雄壮，盖以地势然也。诗却平。（《唐诗笺注》）

《精选评注五朝诗学津梁》：此诗神昧秾郁，"条""遥"两韵，非后学所能几。

孙洙曰：格、意直追初、盛。（《唐诗三百首》）（一作《唐诗初选》）

王寿昌曰：唐人之诗，有清和纯粹，可诵而可法者，如许浑之"红叶晚萧萧……"。（《小清华园诗谈》卷下）

希斋曰：中两联是题潼关驿楼诗，不可刊置别处。声调亦峻爽。尾联见赴阙意。落句说到"梦渔樵"尤有远神，俗笔定不解如此住。（《唐诗惬当集》卷五引）

潘德舆曰：五律之"红叶晚萧萧"，全局俱动，为晚唐之翘秀也。（《养一斋诗话》）

吴闿生曰：高华雄浑，丁卯压卷之作。（《唐宋诗举要》卷三引）

俞陛云曰：凡作客途风景诗者，山川形势，最宜明了。笔气能包扫一切，而句法复雄宕高超，斯为上乘。许诗其佳选也。开篇从秋日说起，若仙人跨鹤，翩然自空而降。首句即押韵，神味尤隽。三、四皆潼关左右之名山；太华在关西，中条在关东，皆数百里而近。残云挟雨，自东而西，应过中条而归太华，地望固确，诗句弥工。五句以雍州为积高之壤，入关而后迤逦而登，故树色亦随关而迥。余曾在风陵渡河望潼关树色，高入云中，深叹"迥"字之妙。六句言大河横亘关前，浩浩黄流，遥通沧海。表里山河之险，涌现毫端。以上皆记客途风景。篇终始言赴阙。舻棱在望，而故乡回首，犹梦渔樵，知其荣利之淡也。（《诗境浅说》甲编）

鉴赏

唐代的潼关，是京城长安的门户，其依山滨河的险要雄峻形势使许多东行入关赴长安的诗人纷纷题咏。在许浑之前，盛唐诗人崔颢有《题潼关楼》五律云："客行逢雨雾，歇马上津楼。山势雄三辅，关门扼九州。川从陕路去，河绕华阴流。向晚登临处，风烟万里愁。"境界雄浑阔大，气势劲健沉雄，是题咏潼关的名作。许浑这首诗，题咏同一对象，又同用五律体裁，似有意与前贤争胜，就诗本身而论，确实如评家所说，雄浑高华，堪与崔诗匹敌。

"红叶晚萧萧，长亭酒一瓢。"首联写途经潼关驿楼，在驿亭饮酒赏景。时近傍晚，经霜的红叶纷纷凋落，发出萧萧的声响，诗人独坐长亭，手持一瓢清酒，正在观赏眼前的深秋景色。景象虽有几分萧瑟，但诗人的意绪并不低沉。境界清疏，色彩鲜明，音调轻快，读来自具一份从容潇洒的情致。

"残云归太华，疏雨过中条。"颔联写登上驿楼所见晚景。诗人到达潼关之前，下过一阵秋雨。登楼之际，天已晴霁，几缕残云正悠悠飘归西边的华山，稀疏的阵雨也飘过东面的中条山，眼前展现的正是一片寥阔明净的秋空。两句对仗工整，而意实互文。"归""过"二字，展现出正在进行中的云收雨散的动态过程，而诗人的心境亦随此高远阔大、晴朗明净之境的展开而变得更加开阔而舒展。

许

浑

"树色随关迥，河声入海遥。"腹联续写登楼极目东望所见所闻。潼关之外，道路两旁遍植树木，温庭筠《过潼关》有"十里晓鸡关树暗"之句。由于天已傍晚，潼关外道路两旁的树色随着离关的道路越来越远而渐次变得模糊隐约，最后隐入沉沉暮霭之中，而由北向南滚滚而来的黄河到潼关附近转向东流，怒涛之声隐约可闻，可以想见它东流入海的气势。黄河东流入海的景象自然是无法望见的，诗人借"声"写势，用一"遥"字写出黄河的巨浪怒涛滚滚东流入海的声势。和朱斌的《登楼》"黄河入海流"一样，许诗此句也融入了想象的成分，但用"河声"来表现其"入海流"的声势，便仿佛可以听到黄河入海的迢递征程中一路喧腾而去的声响，诗人登楼极望，神驰天外的情景也得到生动的表现。

以上两联，紧扣潼关特有的地理形势（西有华山，东有中条山、关树、黄河）写登楼览眺之景，境界雄浑阔大，高远无际，极具气势。虽有"归""过""随""入""迥""遥"等字作渲染，但并不显得刻意用力，其自然浑成的风貌确实逼近盛唐的高华雄浑气象。

"帝乡明日到，犹自梦渔樵。"尾联就题内"赴阙"作收。作这首诗时，诗人已担任过多次地方官及幕府官职。此次赴京，既有对帝乡的向往，又有对渔樵隐逸生活的留恋。故尾联抒写这种矛盾的心情，反映出诗人对仕途的厌倦和淡然。上句前瞻，下句回顾，虽用抒情之笔，而气度高远，与前三联仍铢两相称。

此诗有五句与《夜行次东关逢魏扶东归》重复（仅第六句作"河声入塞遥"，与此诗有一字之异），故历来注家或解者多将《夜行次东关逢魏扶东归》与此诗相异处作为此诗之异文来处理。但此诗既载《乌丝栏诗》，自为许浑之作无疑。而细味《夜行次东关逢魏扶东归》之题与诗，二者亦密合无间，且题亦非后人任意杜撰。如将《夜行次东关逢魏扶东归》移作此诗之题，则题与诗显然脱节，扞格难通，故将其作为两首诗来处理，是完全符合实际情况的。其实，唐人在写作五七言律体时，往往有先得一联两联，然后根据诗题或特定情景凑足全诗的情形。有时偶得佳联，则往往移用于他诗，甚至一用再用。许浑这首诗的中间两联，是他的得意之作，不仅在前后相隔十来年的两首五律中重复使用，其中的"残云归太华，疏雨过中条"一联，又见于《秋霁潼关驿亭》一诗（此诗亦早期之作）。这样屡次应用，固可见其对这一佳联的重视程度，也从另一面透露出其诗思、诗才的相对贫乏。但从整体来说，这首《秋日赴阙题潼关驿楼》在艺术上是比较完整的，诗题与诗面也扣合得比较紧。从另一角度看，不妨将此前的二诗视为习作，而将这一首看作题潼关驿的定稿。

值得注意的是，《宝真斋法书赞》卷六《唐许浑乌丝栏诗真迹》此诗下岳珂注云："内'残云''疏雨'联，原作'远帆秋水阔，高寺夕阳条（疑作遥）'，内'阳'字，'易'字不成，上有补绢，已不存，其笔画犹隐然在纸上。"可见诗人自己也不想一再重复用此联，但最后斟酌的结果，还是为了全诗的艺术完整作出了这种有些无奈的选择。

金陵怀古〔一〕

玉树歌残王气终〔二〕，景阳兵合戍楼空〔三〕。
松楸远近千官冢〔四〕，禾黍高低六代宫〔五〕。
石燕拂云晴亦雨〔六〕，江豚吹浪夜还风〔七〕。
英雄一去豪华尽，惟有青山似洛中〔八〕。

校注

〔一〕金陵，指东吴、东晋、宋、齐、梁、陈六朝的都城（吴称建业，东晋后称建康）。战国时楚威王灭越后于今南京市清凉山（石城山）设金陵邑，故称。《湘山野录》谓此诗系杜牧作，又曾见于薛能集。按：此诗见于《乌丝栏诗》，为许作无疑，作年未详。

〔二〕玉树，即《玉树后庭花》，屡见前注。残，《乌丝栏诗》作"愁"，《湘山野录》作"沉"。王气，帝王所在的祥瑞之气，《元和郡县图志·江南道·润州上元县》："本金陵地。秦始皇时望气者云：'五百年后，金陵有都邑之气。'故始皇东游以厌之，改其地曰秣陵，堑北山以绝其势。及孙权之称号，自谓当之。孙盛以为始皇逮于孙氏四百三十七载，考其历数，犹为未及。晋之渡江，乃五百二十六年，遂定都焉。"此句"金陵王气"即指建都于金陵的六个王朝的国运、气数。

〔三〕景阳，南朝都城建康宫名。据《陈书·后主纪》，祯明三年(589)春，隋军渡江，攻入建康，"后主闻兵至，从宫人十馀出后堂景阳殿，将自投于井"。后被俘。兵合，指隋将韩擒虎、贺若弼所率之军队从南北两面攻入宫中。戍，《乌丝栏诗》作"画"。

〔四〕松，《乌丝栏诗》作"梧"。松楸，松树与楸树，多植于墓旁。

〔五〕六代，即六朝。《诗·王风·黍离》小序云："《黍离》，闵宗周也。周大夫行役，至于宗周，过故宗庙宫室，尽为禾黍。闵周室之颠覆，彷徨不忍去而作是诗也。"句意谓昔日六朝的宫殿废墟上如今已长满了高高低低的禾黍。隋文帝《平陈诏》："建康城邑宫室，并平荡耕垦。"

〔六〕石燕，似燕之石。旧注引《水经注·湘水》）："湘水东南流迳石燕山东，其山有石，绀而状燕，因以名山。其石或大或小，若母子焉。及其雷风相薄，则石燕群飞颉颃如真燕矣。"又《初学记》卷二引《湘州记》："零陵山上有石燕，遇风雨即飞，止还为石。"然此题为"金陵怀古"，与湘中之石燕无涉，当指金陵近地之石燕。贺裳谓当指燕子矶，极是。矶在今南京东北部观音山，突出之岩石屹立长江边，三面悬绝，宛如飞燕，故名。

〔七〕江豚，俗称江猪。哺乳动物，形状像鱼，无背鳍，头短，眼小。郭璞《江赋》："鱼则江豚海狶。"李善注引沈怀远《南越志》："江豚似猪，居水中，每于浪间跳跃，风辄起。"

〔八〕《方舆胜览》卷十四《建康府》："洛阳四山周，伊、洛、瀍、涧在中。建康亦四山围，秦淮、直渎在中，故云'风景不殊，举目有山河之异'。李白云'山似洛阳多'，许浑云'只有青山似洛中'，谓此也。"

笺评

方回曰："禾黍高低六代宫"，此一句好。上句所谓"松楸远近千官冢"，非也。大抵亡国之馀，乌有松楸蔽千官之冢者？五、六却切于江上之景。(《瀛奎律髓》卷三)

谢榛曰：许用晦《金陵怀古》，颔联简板对尔，颈联当赠远游者，似有

戒慎意。若删其两联，则气象雄浑，不下太白绝句。（《四溟诗话》卷二）

顾璘曰：上篇前四句稍雄浑，而意象不合，次联粗硬，结语独急，如唱断头。然就其他作，又不足此矣。（《批点唐音》）

唐汝询曰：金陵本六朝建都之地，至陈主荒淫，王气由此而灭，故以《玉树》发端。遂言主就缚而戍楼空寂也。虽千官之冢犹存，而六代之阙庭已尽，唯余石燕、江豚作雨吹风而已。然英雄虽去，而青山盘郁，足为帝都，徒使我对之而兴慨耳。（《唐诗解》卷四十四）

周珽曰：前四句总慨南朝自亡之后，消废殆尽也。五、六句喻六朝君臣，自恃翻云覆雨权谋，专逞威福，肆志妄行，以致败亡。或谓"石燕""江豚"且知时出处，何六朝君臣不知时去，亦通。末叹英雄一去，基业榛芜，不能如青山不改，徒增凭吊者一份慨也。金陵本六朝建都之地，至陈主荒淫，王气因此而灭，故以"玉树"发端。建康山水与洛阳形势盘踞，俱足为干都，故结云"似洛中"。太息王气消沉，无如青山之盘郁尔。"唯有"二字可玩。（《删补唐诗选脉笺释会通评林·晚七律》）

金圣叹曰：（前解）此先生眼前一片楸梧禾黍，而悄然追叹其事也。一、二《玉树》歌残，景阳兵合，对写最妙。言后庭之拍板初擎，采石之隋兵已上；宫门之露刃如雪，学士之馀歌正清。分明大物改命，却作儿戏下场。又加"王气终""戍楼空"，对写又妙。言天之既去，人皆不在，真为可骇可悯也。于是合殿千官，尽成瓦散，六宫台殿，咸委积莽。如此楸梧禾黍，皆是当时朝朝琼树，夜夜璧月之地之人也。（后解）此又快语而痛说之也。言当时英雄有英雄之事，今日石燕有石燕之事，江豚亦有江豚之事。当时英雄有事，而极一代之豪华；今日石燕江豚有事，而成一日之风向。前者固不知后，后者亦不知前也。"青山似洛中"，掉笔又写王气未终，妙，妙！（《贯华堂选批唐才子诗》卷六）

冯舒曰：金陵，六朝建都之地，虽经变革，岂是朝朝伐树？可笑。（《瀛奎律髓汇评》引）按：此针对方回评而发。下诸家同。

冯班曰：陈亡之后，诸臣皆仕隋富贵，方君不知也。大谬。（同上引）

陆贻典曰：陈亡后，诸臣都半事隋，居大官。至唐，其子孙亦盛，何至不能庇祖先之墓。方公此论，未尝论世也。又曰：丁卯诗着意多在中四句，此篇起、结皆有力。（同上引）

查慎行曰：（方）此论太滞。且金陵多降王，则松楸无恙，亦常理耳。（同上引）

何焯曰：从陈发端，一笔带过往事，势亦空阔。（同上引）又曰：一歌未阕，王气遂终，发端自警。起连从陈事，将古迹一笔提过，以下只就目击处感叹，势亦空阔。（《唐三体诗》评）

纪昀曰："松楸"句本意指林莽蔽翳而言，非指旧日所插，但松楸乃蔽冢之木，似乎旧植之犹存，语意不明，故为虚谷所摘。（《瀛奎律髓汇评》引）

陆次云曰：此诗三、四对得微板。五、六一联变出比意，遂非寻常格律。金陵怀古诗中，岂易见此杰作？（《五朝诗善鸣集》）

贺裳曰：《金陵怀古》诗曰："玉树歌残王气终，景阳兵合戍楼空。"咏金陵而但举陈事者，自此南北不分也。"松楸远近千官冢，禾黍高低六代宫"，即太白"吴宫花草埋幽径，晋代衣冠成古丘"意。"石燕拂云晴亦雨，江豚吹浪夜还风"，尝见宋僧圆至注周弼《三体诗》，引《湘中记》"零陵有石燕，遇雨则飞"解此句，大谬。金陵有燕子矶俯临江岸，此专咏其景，何暇远及零陵！"英雄一去豪华尽，惟有青山似洛中。"语稍未练，亦自结得住。此诗在晚唐亦为振拔，顾璘称其"前四句雄浑而意象不合"，正不知何者为意象？又云"次联粗硬"，粗者如是乎？顾贬李贬温，又贬许不遗力，至如邵谒，虽略涉东野藩篱，而话多平直，又称词意俱到。此犹见衣褐者尊之，衣组者訾之，不知相马以瘦，亦犹相马以肥耳。
（《载酒园诗话》卷一）

《唐诗鼓吹笺注》：此感六朝兴废也。首言陈后主专事游宴至于国亡，而《玉树》之歌已残，王气亦已尽矣。隋之韩擒将兵入陈，而景阳戍楼已成空虚。但见松楸生于千官之冢，禾黍满于六代之宫，冢殿荒芜，伯图消灭，良可惜也。自古及今，唯石燕飞翔，江豚出没，景物常存耳。若英雄一去，豪华殆尽，不复再留，岂有能若青山之无恙哉！（卷一）

吴昌祺曰：言石能作雨，豚亦兴风，而英雄一死则无复豪华也。（《删订唐诗解》）

雷起剑曰：灵润之气，沸沸笔端，又曰："石燕拂云晴亦雨，江豚吹浪夜还风"，情景清切。（《丁卯集》评）

胡以梅曰：此诗以神致悠扬取胜，是凭吊之音也。（《唐诗贯珠串释》）

毛张健曰：并慨洛阳，寄兴深远。（《唐诗肤诠》）

张世炜曰：乐天见梦得诗而阁笔，而浑敢为之。此诗虽不及梦得之自

然，然亦甚刻炼，不教梦得独步。（《唐七律隽》）

王尧衢曰：前解写金陵之废，后解深怀古之情。（《古唐诗合解》）

黄叔灿曰：此诗不及刘梦得《西塞山怀古》。盖刘从孙吴说起，虚带六朝，凭吊深情，自有上下千古之慨，气魄宏阔，诗亦深厚。此诗以陈后主为南朝之终，追溯六朝，立局亦妙。（《唐诗笺注》卷六）

范大士曰：音响遏云。（《历代诗发》）

沈德潜曰：六朝建都金陵，至陈后主始灭，故以此发端。（《重订唐诗别裁集》卷十六）

姚鼐曰：第三句不稳贴。（《五七言今体诗抄》）

于庆元曰：直追盛唐体格。（《唐诗三百首续选》）

王寿昌曰：诗之慷慨悲歌者，易见精神；其富贵颂扬及有所希冀者，往往委靡不振。少陵所以特出流辈，良由是耳。他如许郢州《金陵怀古》……何啻精神百倍！（《小清华园诗谈》卷上）

朱三锡曰：许公此篇，单论陈后主事，只一起"王气终"三字，已括尽六朝，尤为另出手眼。"玉树歌残"与"景阳兵合"作对，直将鼎革改命大事，视同儿戏，真可慨也！（《东岩草堂评订唐诗鼓吹》）

王文濡曰：金陵为六朝故都，兹独摘取陈后主事者，陈灭则王气终也。诗以"王气终"三字作骨，而怀古伤今，深情如揭。（《唐诗评注读本》）

鉴赏

《金陵怀古》是许浑怀古七律的代表作，也是怀古诗发展到烂熟阶段的范型。中晚唐诗人，普遍怀有一种"六朝情结"，对六朝繁华的消逝怀有沉郁苍凉、惆怅伤感的情绪，曲折地反映出他们对唐王朝盛世的追恋和对其衰颓趋势的悲慨。而金陵作为六朝旧都，不仅是六朝政权的象征，也是六朝人物、文物的渊薮，用它来作六朝怀古诗的题目，自然是最合适不过的了。

"玉树歌残王气终，景阳兵合戍楼空。"首联从陈亡写起，以陈亡标志整个六朝的终结。金陵王气，始于吴而终于陈，"王气终"三字，一笔扫去三百七十年的六朝偏安江南的历史。而在它之前冠以"玉树歌残"，既点明了陈朝这个六朝的末代政权的覆灭，又昭示了它覆灭的原因在于君臣荒淫豪奢，不恤国事，其实这也是整个六朝各个小朝廷之间更迭的原因。第二句写陈亡，撇开对战事情况的具体描写，只用"景阳兵合戍楼空"七字就概括了隋总管贺若弼、韩擒虎率军从北、南二道分别进攻，形成合围之势，"城内文武百司皆遁出"，宫城失陷、后主及嫔妃被擒的整个过程。上句从时间方面着笔，从陈亡落笔而放眼六朝，下句从空间方面着笔，专写陈亡而见六朝"王气"之"终"，立意高远，运笔如橡，极概括而富气势。两句中的"残"与"终"、"合"与"空"都是诗人着意经营、渲染的词语，但读来并不感到有斧凿的痕迹，这是因为贯串全联的雄浑气势将它们统摄成一个艺术整体的缘故。从中可以体味出，在诗人的意念中，六朝的覆灭乃是一种必然的历史趋势。

"松楸远近千官冢，禾黍高低六代宫。"颔联写览眺所见六朝遗迹：放眼望去，那远远近近，长满松楸的坟墓上埋葬的尽是六朝时期的高官显宦，而往日豪华壮丽的六朝宫殿旧址上，如今只见高高低低的禾黍而已。前者见当年声势烜赫、享尽富贵荣华的六朝权贵都已成为历史上匆匆的过客，后者见繁华富贵的宫廷生活早已成为一片空幻，眼前所见的景象唯使人徒增黍离苗秀的亡国悲慨而已。下句用典，与眼前景密切结合，故不见用典之迹；所表现的感情也由典故原来蕴含的宗臣伤悼故国之思变为对前朝兴亡盛衰的悲慨。

"石燕拂云晴亦雨，江豚吹浪夜还风。"如果说颔联是对六朝人事变化的感慨，那么腹联则是自然景物永恒的咏叹，它的作用正是为了衬托社会历史、政治人事的沧桑变化，颔联是主，腹联是宾。"石燕"句旧注及今人注解多引《湘中记》零陵山上有石燕之记载为解，可以肯定其中"晴亦雨"三字当与此典中"遇风雨则飞，止还为石"的记述有关，但此"石燕"在湘中零陵，与金陵毫无关涉，作为一首金陵怀古诗，绝不可能作这样的"诗不对题"的描写。清初贺裳指出此"石燕"当为金陵城东北濒江之燕子矶，极是，与下句"江豚"相对，正写金陵山川景物依旧，关合极紧。两句意谓长江边上的燕子矶高矗拂云，在漫长的岁月中经历了无数次日晒雨淋，如今依然屹立江边，长江中的江豚直到如今仍然翻腾跳跃，掀起夜间的风浪。两句的句眼在"亦"字、"还"字，见昔日如此，今日"亦"如此，异日"还"如此，而"亦"与"还"的反面，正是历史人事盛衰变化的无常。"燕子矶"之得名不知始于何代，但顾名思义，必与其形状似燕相关。

"英雄一去豪华尽，惟有青山似洛中。"尾联承上三联作总收。这里的"英雄"既包括像东吴的孙权、宋代的刘裕等各朝有雄图大略的开国皇帝，也包括周瑜、鲁肃、谢安、王导乃至檀道济一类名臣名将；"豪华"，既指六朝君臣豪奢华侈的生活和六朝繁华富丽的宫殿建筑，也可以兼包与六朝历史人事有关的值得追思怀想的美好旧事，如今这一切，都已随着历史的风雨而销歇净尽了，只有围绕金陵古城四周的青山依然如故，像当年的洛阳之四遭皆山一样。上句承首句、"千官冢"，下句承次句、"六代宫"及腹联。为什么要说"青山似洛中"呢？一般人可能都只注意到洛阳与建康都具有"四山围"的地理形势特点，却忽略了这个相似点中包含着一个更加寓意深远的典故：《世说新语·言语》："过江诸人，每至美日，辄相邀新亭，藉卉饮宴。周侯（颛）中坐而叹曰：'风景不殊，正自有山河之异！'"当年东晋初年南渡的士大夫曾因"风景不殊"而感慨"山河之异"，今日的士人面对晚唐衰颓的局势和不变的江山景物，凭吊六朝的兴亡盛衰，难道不同样怀有易代的隐忧和悲慨吗？画龙点睛，探骊得珠，诗人凭吊六朝兴衰的真正用意正在于此。有此一结，一切怀古之情尽化为慨今之意，诗的现实感也就因此而凸现出来了。

全诗不仅起势雄浑高远，结尾寓意深长，中间两联对仗工切，声韵铿锵，极富声情格调之美，而且在运用典故上显示出很高的技巧。如首句用《玉树后庭花》事，因诗中有"玉树后庭花，花开不复久"之句，被视为陈朝将亡的歌谶，因此"玉树歌残"下紧接"王气终"，便显得特别自然贴切。再如"禾黍"句用"黍离""麦秀"之典，既说六朝覆亡，更见亡国的荒凉颓败景象，而诗人的深沉怀古伤今之慨亦寓其中。末句则典中有典，不仅悲慨江山依旧，人事全非，而且兼寓今之视昔，亦犹后之视今的深意。而所用的典故都是常见的熟典，妙处全在发掘典故本身所包含的深意，赋予诗人自身的独特感受，遂使常典的运用显出新警的用意。

咸阳西门城楼晚眺〔一〕

一上高楼万里愁，蒹葭杨柳似汀洲〔二〕。

溪云初起日沉阁〔三〕，山雨欲来风满楼。

鸟下绿芜秦苑夕〔四〕，蝉鸣黄叶汉宫秋〔五〕。

行人莫问前朝事〔六〕，渭水寒声昼夜流〔七〕。

校注

〔一〕《全唐诗》题原作"咸阳城东楼",今据《乌丝栏诗》改正。据诗意及第三句自注,诗人所登者,系咸阳西门城楼而非"城东楼"。《雍录》:"秦咸阳在京兆西微北四十里,本杜县地;至唐,咸阳县则在秦都之西二十里,名虽袭秦,非其故处矣。"《元和郡县图志·关内道一·京兆府咸阳县》亦云:"按秦咸阳在今县东二十二里。"

〔二〕蒹葭,芦荻。汀洲,水中的沙洲。

〔三〕此句下作者自注云:"南近磻溪,西对慈福寺阁。"则句中"溪"当指磻溪,然磻溪远在今宝鸡市东南,流入渭水。在咸阳门城楼晚眺,无论如何看不到三百余里外的磻溪云起,恐作者所指实系咸阳城南三里之渭水,磻溪既为渭水支流,则称渭水为磻溪亦自无妨,犹吕望钓于磻溪而诗人每言"钓渭滨"也。"阁"则自指慈福寺阁。

〔四〕秦苑,秦代的宫苑。此指上林苑。秦惠文王、秦昭王、秦始皇相继扩建。《三辅故事》:"秦始皇上林苑中,作离宫别馆一百四十六所。"地在渭河之南至终南山一带。

〔五〕汉宫,指汉上林苑。秦上林苑建筑,多毁于秦末战火,汉武帝建元三年(前138)在秦苑旧址上进行大规模扩建,东南至宜春、鼎湖、昆吾,南至御宿、终南山,西南至五柞、长杨,北跨渭河,绕黄山,周围三百四十里。

〔六〕前朝,《全唐诗》原作"当年",据《乌丝栏诗》改。

〔七〕《全唐诗》此句原作"故国东来渭水流",据《乌丝栏诗》改。

笺评

方回曰:(末联)一作"行人莫问前朝事,渭水寒光日夜流。"尾句合用此十四字为佳。又曰:中四句与前诗(指《骊山》)一同,皆装景而已。(《瀛奎律髓》卷三)

顾璘曰:此篇虽亦稍急,然下句均停,初学可入手。(《批点唐音》)

唐汝询曰:咸阳本人烟辐辏之所,今所见者唯蒹葭杨柳,俨然一汀洲也。况云雨凄其,遍于楼阁;蝉鸣鸟集,宫苑荒凉,岂复当年壮丽哉!独渭水东流,犹为旧物耳。(《唐诗解》卷四十二)

雷起剑曰："溪云初起日沉阁"，写景淡远。（《丁卯集》评）

王世贞曰：晚唐押二"楼"字，如"山雨欲来风满楼""长笛一声人倚楼"，皆佳。（《艺苑卮言》卷四）

陆时雍曰：《凌歊台》《咸阳城东楼》，三、四俱作仄调以取轻俊，此其病，与盛唐人好雄浑同。雄浑则气易不清，轻俊则格多不正。诗家要道，雅归中正。（《唐诗镜》卷五十）

周珽曰：创识由眼锐，创局由腕活。可怪读唐诗者，多横据"晚唐"二字在胸，致使用晦辈此等诗便用卑调概视，吹毛索瘢，徒烦饶舌。又曰：高楼一上，万里之愁顿生，便有不胜吊古之思。蒹葭杨柳，唯汀洲最多，以人烟辐辏之所茂盛似之，见荒凉之极矣。中二联以晚眺之景，分远近言，喻国家无事俱有先兆。如日将沉，溪中必先起云；雨欲来，楼上必先多风。此唯知几者能辨之也。今观秦苑绿芜满目，唯为鸟栖；汉宫黄叶飘零，唯闻蝉声。要之，当年亦必有先兆可以预知者。故行人不必问前朝之事，即观渭水寒声，可以识后流犹前流矣。（《删补唐诗选脉笺释会通评林·晚七律》）

唐孟庄曰：次联下句胜上句。（同上引）

金圣叹曰：（前解）仲晦，东吴人。蒹葭杨柳，生性长习，醉中梦中，不忘失也。无端越在万里，久矣形神不亲。今日独上高楼，忽地惊心入眼，二句七字，神理写绝。不知是咸阳西门，真有此景？不知是高城晚眺，忽地游魂？三、四极写"独上"高楼"独"字之苦（按：原文为"一上"）。言云起日沉，雨来风满，如此怕杀人之十四字中，却是万里外之一人，独立城头，可哭也。二句只是一景，有人乃言"山雨"句胜于"溪云"句，一何可笑！（后解）秦苑也，秦人其何在？吾徒见鸟下耳。然而日又夕矣。汉宫也，汉人其何在？吾徒闻蝉鸣耳，然而叶又黄矣。孔子曰："逝者如斯，不舍昼夜！"今人问前人，后人且将问今人，后人又复问后人，人生之暂如斯，而我犹羁万里耶？（《贯华堂选批唐才子诗》卷六）

冯班曰：许用晦诗工细，与"江西"诗格正相反，宜虚谷之不喜也。又曰：清妙。（《瀛奎律髓汇评》引）

查慎行曰：吾于《丁卯集》中只取"溪云初起日沉阁，山雨欲来风满楼"，二语工于写景而无板重之嫌。（同上引）

何焯曰：无此注（按：指第三句自注）则"阁"字何着！又曰：五、六言秦亡于赵高，汉衰于石显，今何乃兼之也。惨淡满目，晚唐所处之会然也。（《唐三体诗》评）又曰：何仲言诗："江暗雨欲来，浪白风初起。"第四偷其语缩作一句……作"前朝"得之，言今日亦复季世，与之同彼耳。（《唐诗鼓吹评注》眉批）

黄周星曰：如此凭吊，亦何可少。（《唐诗快》）

陆次云曰：此等诗是最上乘。（《晚唐诗善鸣集》）

王士禛曰：唐人拗体律诗……其一出句拗第几字，则偶句亦拗第几字，抑扬抗坠，读之如一片宫商。如许浑"溪云初起日沉阁，山雨欲来风满楼"是也。（《分甘馀话》）

黄生曰：尾联见意。首尾全是思乡，却插入五、六、七三句纵横出入，全不碍手，唯老杜有此笔力。许，润州人，润州水乡，故有"似汀州"语，犹言"无端登水阁，有处似家山"是也。此时愁思正在万里，况云起雨来，是增一倍凄切也。五、六则尽其晚眺所至而极言之。指秦苑，唯有鸟下绿芜；问汉宫，唯有蝉鸣黄叶。然而己方系怀故国眼看渭水东流，只人不能东归，又何暇与行人攀今吊古，细话当年之事乎？（《唐诗摘抄》卷三）

叶矫然曰：许浑"溪云初起日沉阁，山雨欲来风满楼"，刘沧"半夜秋风江色动，满山寒叶雨声来"，语意工妙相似，亦相敌。（《龙性堂诗话续集》）

吴烶曰：全首俱形容"愁"状处。（《唐诗选胜直解》）

吴昌祺曰：拗句最为有致，然当时长安何至如此？诗人语多太过也。（《删订唐诗解》）

毛奇龄曰：只七字（按：指第四句）写得到，惜上句景次不堪嘹亮，且"楼""阁"杂出不妥。（《唐七律选》卷四）

《唐诗鼓吹评注》：此诗览物怀古，首言上高城而望，兼葭杨柳似乎汀洲。日沉阁而溪云起，风满楼而山雨来，复见秦苑汉宫蝉下鸟鸣而已。今行路者，莫问前朝盛事，惟闻渭水之声昼夜长流耳，其事业复安在哉！（卷一）

朱三锡曰：许公，吴人也。兼葭杨柳，习见有素，怀想已深。无端于千里之外，独上高楼，忽地惊心入眼，大可愁也。（按：此数语袭金氏之评）三、四皆晚眺时景色，亦皆晚眺时愁思。云初起、月沉阁，雨欲来、风满楼，如此光景，高城晚眺，见之者大可怕人也。"秦苑""汉宫"，俱切"咸阳"……下一"夕"字又"秋"字，景况倍觉凄凉。感时怀古之

意，岂能已乎！（《东岩草堂评订唐诗鼓吹》）

王尧衢曰：（首句）从上楼写起，以"愁"字为根。（二句）此地人烟辐辏，非比汀洲，而今所见蒹葭杨柳，俨然却似汀洲，荒凉可叹。（三句）云自溪中而起，时已薄暮，而不觉日之西沉。（四句）雨未及来，风先吹动，山楼景色宛然。（五句）秦上林苑，当年何等巨丽，今但见鸟之夕宿而已。（六句）昔日之汉宫，秋色甚丽，今只蝉声夕唱而已。（七句）秦苑、汉宫，同为消歇，当年盛事，无有复存者，故莫须问也。（末句）陇西郡，渭水所出，东流长安，唯此是秦汉旧物而已。又云：前解写上咸阳城楼，后解怀古情深矣。（《古唐诗合解》卷十一）

纪昀曰：若专摘此二句（指三、四二句），原自不恶。（《瀛奎律髓汇评》引）

屈复曰：次联名句，"阁""楼"相犯，又重"楼"字，唐人往往有之，终是一病，在今日则不可。（《唐诗成法》）

沈德潜曰："一上高城万里愁，蒹葭杨柳似汀洲"，咸阳何地，而竟如汀洲耶？又曰：恐落吊古套语。少陵怀古诗，每章各有结束。（《重订唐诗别裁集》卷十六）

宋长白曰：许浑"溪云初散（起）日沉阁，山雨欲来风满楼"，韩偓"静中楼阁深春雨，远处帘栊半夜灯"，不独上下融化，风致嫣然，尤妙在不斤斤作二五句法，举一隅以该全鼎，无亦为含英咀华之一助乎！（《柳亭诗话》卷十五）

宋宗元曰：（"溪云"二句）荒凉如绘。即其写景运笔，足使人爱不忍释。（《网师园唐诗笺》）

焦袁熹曰：希斋云：三、四可匹赵（嘏）"残星""长笛"一联。（《此木轩唐五言律七言律读本》）

周咏棠曰：三、四绘景生动，自是名句，但"楼""阁"二字作对，殊觉草草。（《唐贤小三昧集续集》）

姚鼐曰："溪云"一联固警句，然必当是咸阳景色耶？大抵用晦诗，似先得句，而后加题附合者然，此其病也。（《五七言今体诗抄》）

薛雪曰：悠扬细腻之至。（《一瓢诗话》）

范大士曰：三、四机神凑合。（《历代诗发》）

梅成栋曰：一片铿锵，如金铃千万齐鸣。（《精选五七言律耐吟集》）

俞陛云曰：（颔联）上句因云起而日沉，为诗心所易到；下句善状骤雨

欲来，风先雨至之景，可谓绝妙好词。（《诗境浅说》）

罗宗强曰：许浑的有些怀古咏史诗，从具体史实上升为对历史的纵览，在更为广阔的时间背景上，回顾历史，往往带有哲理意味……咸阳为秦汉故都，秦汉是两个强盛的朝代，如今秦苑汉宫，也只有鸟下绿芜、蝉鸣黄叶而已。"莫问"者，不问自明……盖有盛必有衰，盛去衰来，朝朝如此，代代如此。感悟此人世盛衰的道理，也就明白曾经如此强盛的唐王朝同样摆脱不了盛极而衰的命运，衰败已经不可挽回的到来。"莫问"一句，不但感慨甚深，哲理意味亦明显。全诗纵览历史，思索现实，体察哲理，达到了很高的水平。（《唐诗小史》）

鉴赏

诗题为"咸阳西门城楼晚眺"，表明这是一首登临览眺之作。登高远眺，触景生情，这情既可以是思乡怀远之情，也可以是怀古伤今之情，甚至也可以是对览眺所见景物的审美感受。这首诗中虽有登临怀古的内容，但就全诗而言，并不是一首典型的怀古诗。如果对诗的性质有所误判，则很有可能导致对诗意的误解。

"一上高楼万里愁，蒹葭杨柳似汀洲。"首句突兀而起，说自己一登上高峻的咸阳西门城楼，便顿生"万里"之"愁"。这"万里愁"的具体内涵，就体现在第二句当中。登高眺望，但见远处芦荻丛生，杨柳遍地，风景正像万里之外的润州故乡一带江中的沙洲。蒹葭杨柳和江中沙洲，正是江南水乡的景物特点和标志。许浑诗中，像"吴门烟月昔同游，枫叶芦花并客舟"（《京口闲居寄两都亲友》）、"潮生水国蒹葭响，雨过山村橘柚流"（《赠萧兵曹先辈》）、"十里蒹葭入薜萝"（《春日郊园戏赠杨假评事》）、"日照蒹葭明楚塞，烟分杨柳见隋堤"（《送上元王明府之任》）等一系列诗句，正可证所谓"蒹葭杨柳似汀洲"，实即风景依稀似故乡之意，然则所谓"万里愁"者，即思念远隔万里的故乡的愁绪。"似"字所透露的正是眼前景与家乡景的相似。两句起势峻拔，境界阔远，景色明丽，系初登时览眺所见所感。

"溪云初起日沉阁，山雨欲来风满楼。"颔联续写登楼之后过了一段时间所见到的景象：时近傍晚，南边的渭水生起了层层云雾，夕阳也隐没到慈福寺阁的后面；天色阴暗，山雨即将来临，身处高峻的城楼之上，只感到满楼都充满了呼啸的风声。云起而日沉，风骤而雨至，本是平常的自然景象，当诗人将"溪云初起"与"日沉阁"，"山雨欲来"与"风满楼"组合在一起时，却顿现一个风起云涌、动荡变幻、气势雄浑、惊心动魄的境界。而"溪云初起"与"日沉阁"之间，"山雨欲来"与"风满楼"之间，又存在着因果联系。在关中平原上，夕阳落到西边的地平线下时，已是暮霭沉沉之际，这里说"日沉阁"，显然是因为溪云初起，天色阴霾，夕阳自然隐没于寺后的缘故，并非真正到了日落西山之时，而云起日隐，又正是下句风骤雨来的前奏，故上下句之间实际上也存在因果关系和一定的时间距离。而当身处高楼的诗人感到疾风满楼，呼啸作响时，就敏感地意识到一场骤雨即将降临，"风满楼"正是"山雨欲来"的先兆，而"山雨欲来"也正是"风满楼"的原因。诗人用一"欲"字，传神地表现出自然景象间的紧密关联，以及诗人对这种关联的美感体验和带有神奇警动意味的感受。这种体验感受及极富动荡变幻感的意境，前人还从未在诗歌中成功地表现过，遂成千古名句。由于它的意境的典型性，今之读者往往从它联想到一个动荡的巨大变革时代的来临。尽管诗人落笔时未必有此想，但形象的生动和意境的典型却使它在客观上给读者以类似的启示和联想。

"鸟下绿芜秦苑夕，蝉鸣黄叶汉宫秋。"腹联所写，是风停雨霁，夕阳斜照下的景象。咸阳为秦代旧都，秦、汉两代，都在这一带建造了规模巨大的上林苑。时移代改，往日盛极一时的秦汉王朝，连同豪华的上林苑均已消逝在历史的长河之中，如今在秦苑汉宫的旧址上，唯见飞鸟翔落在绿色的平芜之上，秋蝉啼鸣在黄叶凋衰的高树之上而已。诗人面对的是览眺中的眼前景，而思绪则遥接千载，联想到遥远的秦汉时代和繁华的宫苑，以及这一切繁荣昌盛景象在历史风雨的淘洗后荡然无存的情景。颔、腹两联之间，由自然界的风雨而暗渡到历史风雨的淘洗，正可谓有神无迹。由于在览眺中将现实的时空与历史的时空融合，这首登临诗便包含了怀古的内涵而不再是一首单纯的览眺之作。

"行人莫问当年事，渭水寒声昼夜流。"尾联紧承"秦苑""汉宫"，就怀古之意顺势收束。"行人"泛指，既可包括诗人自己，也可包括所有经行此前朝旧地的人，曰"莫问"者，不必问亦不堪问也，其中自含无限怀古伤今、凭吊悲慨之情，而"莫问"的答案正在末句暗透出来。历史人事代代更迭，盛衰荣悴转瞬即逝，唯有这眼前的渭水，不舍昼夜，千古长流，发出带有寒意的波声。"寒"字应上"秋"字，而"声"字、"夜"字正承上"夕"

字而进一步言之。透露出诗人在咸阳西门城楼上登眺时间之久，不知不觉间，已由"夕"而入"夜"，以致渭水已经沉入暮霭之中，不复见其形，而只能听其"声"了。而这昼夜流淌不息的渭水又使人自然联想到历史的长河，联想到诗人身处的唐王朝也将随着历史长河的流淌而最终消逝，诗人因怀古而引发的伤今意绪在"渭水寒声昼夜流"中集中体现出来了。

谢亭送客〔一〕

劳歌一曲解行舟〔二〕，红树青山水急流〔三〕。
日暮酒醒人已远，满天风雨下西楼〔四〕。

（校）（注）

〔一〕谢亭，即谢公亭，在安徽宣城市宣州区北。相传为南齐诗人谢朓任宣城太守时送别友人范云之处。客，《全唐诗》原作"别"，据《乌丝栏诗》改。本篇当作于开成四年（839）至会昌元年（841）任职宣州当涂或太平期间。

〔二〕劳歌，忧伤之歌，此指抒发离别的忧伤之歌。《诗·邶风·燕燕》："瞻望弗及，实劳我心。"劳即忧伤、愁苦之意。李白有《劳劳亭》五绝云："天下伤心处，劳劳送客亭。"此"劳劳"亦忧愁伤感之意。或谓"劳歌"指劳劳亭送客所唱之歌，为送别之歌的代称，亦通（见《事文类聚》）。

〔三〕树，《全唐诗》原作"叶"，据《乌丝栏诗》改。

〔四〕西楼，此当指谢亭送客时诗人所登之楼。

（笺）（评）

谢枋得曰：水急流则舟行速，醉中见红叶青山，景象可爱，必不瞻望涕泣矣。日暮酒醒，行人已远，岂能无惜别之怀。满天风雨，离愁当增几倍也。（《唐诗绝句》卷四）

吴逸一曰：《阳关》诸作，多为行客兴慨，此独申己之凄况，故独妙于

诸作。(《唐诗正声》评)

敖英曰：后二句可与《阳关》竞美。盖"西出阳关"写行者不堪之情，"酒醒""人远"写送者不堪之情。大抵送别诗妙在写情。(《类编唐诗七言绝句》)

唐汝询曰：唐人长于送别，而《阳关》称最。他若"雪晴云散""蓟庭萧飒"，转相步骤，几成套语，此独舍却行子，写居人之思，立意既新，调复清逸，堪与盛唐争雄。(《汇编唐诗十集》)又曰：歌以送舟，行者乘流而逝。居人于酒醒之后，对风雨下西楼，情之难堪。必有甚于别时者。(《唐诗解》卷三十)

胡次焱曰：第三句言"酒醒"，则曲罢解舟，隐然见在醉中。"水急流"则人易远，三句意脉相串。第四句不言别愁，而但言其景象，缱绻之意见于言外。至今读之，犹使人凄然。此诗家之妙。(《删补唐诗选脉笺释会通评林·晚七绝》引)

周珽曰：曲罢舟行，酒醒人远，红叶秋山，忽为"满天风雨"，皆含思无穷。盖舟因水急，有不可暂挽之行；去当人醉，有不忍醒时之别。至于酒醒之后，对"风雨下西楼"，情之难堪，必有甚于别时者。(同上)

黄生曰：此诗全写别后之景。首二句正从倚楼目送见出，却倒找"下西楼"三字，情景笔意俱绝。(《唐诗摘抄》卷四)

范大士曰：中晚唐人送别截句最多，无不尽态极妍。而不事尖巧，浑成一气，应推此为巨擘。(《历代诗发》)

沈德潜曰：黯然销魂。(《重订唐诗别裁集》卷二十)

许培荣曰：此写别后而致远思也。声情绵渺。(《丁卯集笺注》卷八)

宋宗元曰：(末二句)凄凉欲绝。(《网师园唐诗笺》)

宋顾乐曰：写出分手之易，怅望之切。(《唐人万首绝句选》评)

《精选评注五朝诗学津梁》："满天"句妙造自然，非浅学所能窥见。

希斋曰：犹是送别之情与景耳，却写得异常警动。(《唐诗惬当集》卷三)

俞陛云曰：唐人送别诗，每情文兼至，凄音动人，如"君向潇湘我向秦""明朝相忆路漫漫""西出阳关元故人""不及汪伦送我情"及此诗皆是也。曲终人远，江上峰青，倘令柳枝娘凤鞋点拍，曼声歌之，当怨入落花深处矣。(《诗境浅说》续编)

刘永济曰：通首不叙别情，而末句七字中别后之情，殊觉难堪。此以

景结情之说也。(《唐人绝句精华》)

沈祖棻曰：这首诗和李白的送孟（浩然）之作，题材、主题、结构、意境都非常相似，但风格情调不同。李诗开阔爽朗，许诗凄恻缠绵，因而给人们的感受也不一样。(《唐人七绝诗浅释》)

罗宗强曰：把一种送别的怅惘情怀写得幽微而又浓烈，不仅写出了情谊的深厚，离别的艰难，而且写出了别后凄凉寂寞的心绪和伴随着这心绪的凄迷冷落的氛围。(《唐诗小史》)

刘拜山曰：下一句以"日暮酒醒""满天风雨"着意烘染，不必更作伤感之诗，而离情自见。(《千首唐人绝句》)

 鉴赏

　　这是许浑在宣州属县任职期间送别友人后写的一首诗。谢亭，又称谢公亭，在宣州城北，南齐诗人谢朓任宣城太守时所建，他曾在这里送别朋友范云，后来谢亭就成为宣城著名的送别之地。李白《谢公亭》诗说："谢亭离别处，风景每生愁。客散青天月，山空碧水流。"反复不断的离别，使优美的谢亭风景也染上一层离愁了。

　　第一句"劳歌一曲解行舟"，写友人乘舟离去。古代有唱歌送行的习俗。"劳歌"指忧伤的离别之歌。《诗·邶风·燕燕》是一首送别之歌，其中有之子于归，远送于南。瞻望弗及，实劳我心"之句，"劳"即忧伤之意，"劳歌"指忧伤的离别之歌，或当本此。也有说"劳歌"指劳劳亭（旧址在今南京市南面，也是一个著名的送别之地）送客时唱的歌，后来成为送别歌的代称。劳歌一曲，缆解舟行，从送别者眼中写出一种匆遽而无奈的气氛。

　　第二句"红树青山水急流"，写友人乘舟出发后所见江上景色。时值深秋，两岸青山，霜林尽染。满目红叶丹枫，映衬着一江碧绿的秋水，显得色彩格外鲜艳。这明丽之景乍看似与别离之情不大协调，实际上前者恰恰是后者的有力反衬。景色越美，越显出欢聚的可恋，别离的难堪。大好秋光反倒成为增愁添恨的因素了。江淹《别赋》说："春草碧色，春水绿波。送君南浦，伤如之何！"借美好的春色反衬别离之悲，与此同一机杼。这也正是王夫之所揭示的"以乐景写哀，以哀景写乐，一倍增其哀乐"(《姜斋诗话》)的艺术辩证法。

这一句直接写到友人的行舟，但通过"水急流"的刻画，舟行的迅疾自可想见。诗人目送行舟穿行于夹岸红树青山的江面上的情景也宛然在目。"急"字暗透出送行者"流水何太急"的心理状态，也使整个诗句所表现的意境带有一点逼仄忧伤、骚屑不宁的意味。这和诗人当时那种并不和谐安闲的心境是相一致的。

诗的前后幅之间有一个较长的时间间隔。朋友乘舟走远后，诗人并没有离开送别的谢亭，而是在原地小憩了一会儿。别前喝了点酒，微有醉意，朋友走后，心绪不佳，竟不胜酒力睡着了。一觉醒来，已是薄暮时分。天色变了，下起了雨，回望一片迷蒙。眼前的江面，两岸的青山红树，都已经笼罩在蒙蒙雨雾和沉沉暮色之中。朋友的船呢，此刻更不知道随着急流驶到云山雾罩之外的什么地方去了。暮色的苍茫黯淡，风雨的迷蒙凄清，酒醒后在蒙眬仿佛中追忆别时情景所感到的怅惘空虚，使诗人此刻的情怀特别凄黯孤寂，感到无法承受这种环境气氛的包围，于是默默地独自从风雨笼罩的西楼上走了下来（"西楼"即指送别的谢亭，古代诗词中"南浦""西楼"系指送别之地）。

第三句极写酒醒后舟远人杳的怅惘空寂，第四句却并不接着直抒离愁，而是宕开写景，但由于这景物所特具的凄黯迷茫色彩与诗人当时的心境正相契合，因此读者完全可以从中感受到诗人的萧瑟凄清情怀。这样借景寓情，比起直抒别情的难堪来，不但更富含蕴，更有感染力，而且使结尾别具一种不言而神伤的情韵。

这首诗的前后两幅分别由两个不同时间和色调的场景组成。前幅以青山红树的明丽景色反衬别离，后幅以风雨凄其的黯淡景色正衬离情，笔法富于变化。而一、三两句分别点出舟发与人远，二、四两句纯用景物烘托渲染，则又异中有同，使全篇在变化中显出统一。

张 祜

张祜（792? —854?），字承吉，郡望清河，生于苏州。元和十五年（820），令狐楚自草表荐，以祜诗三百首献于朝，时元稹在内廷，与楚有隙，谓祜雕虫小巧，遂失意归。屡举进士不第，以处士终身，有《张承吉文集》十卷。《全唐诗》编其诗为六卷。

宫词二首（其一）〔一〕

故国三千里，深宫二十年。
一声何满子〔二〕，双泪落君前。

校注

〔一〕原作二首，其二云："自倚能歌日，先皇掌上怜。新声何处唱，肠断李延年。"用汉武帝李夫人事以咏曾事先皇宫人的凄怨。第一首尤为流传。陆龟蒙《和过张祜处士丹杨故居序》云："张祜字承吉，元和中作宫体小诗，辞曲艳发，当时轻薄之流能其才，合噪得誉。"《宫词二首》及下选《集灵台》均属元和中所作"宫体小诗"。

〔二〕白居易《听歌六绝句·何满子》："世传满子是人名，临就刑时曲始成。一曲四词歌八叠，从头便是断肠声。"自注："开元中，沧州有歌者何满子。临刑进此曲以赎死，上竟不免。"崔令钦《教坊记》记教坊曲调名中有《何满子》。元稹《何满子歌》则谓："何满能歌声宛转，天宝年中世称罕。婴刑受在图圄间，下调哀音歌愤懑。梨园弟子奏玄宗，一唱承恩羁网缓。便将何满为曲名，御府亲题乐府纂。"所载情事与白氏自注大同小异。唐代善歌《何满子》者，尚有玄宗时的胡二姐、骆供奉，宪宗时的唐有态，文宗时的沈阿翘，武宗时的孟才人等。张祜的《孟才人叹并序》记孟才人临死前歌《何满子》事甚详，可参看。苏鹗《杜阳杂编》卷中："（文宗）时宫人沈阿翘为上舞《何满子》，调声风态，率皆婉畅。"说明《何满子》不但可歌，且可作为舞曲。

笺评

杜牧曰：七子论诗谁似公，曹刘须在指挥中。荐衡昔日知文举，令狐相公曾表荐处士。乞火无人作蒴通。北极楼台长挂梦，西江波浪远吞空。可怜故国三千里，虚唱歌词满六宫。处士诗曰：故国三千里，深宫二十年。一声何满子，双泪落君前。（《酬张祜处士见寄长句四韵》）

范摅曰：白公（居易）又以《宫词》四句，中皆数对，何足奇乎？……张君诗……歌宫娥讽念思乡，而起长门之思也。（《云溪友议·钱塘论》）

郑谷曰：张生故国三千里，知音唯应杜紫薇。君有君恩秋后叶，可能更羡谢玄晖。（《高蟾先辈以诗笔相示抒成寄酬》）

桂天祥曰：衷情苦韵。（《批点唐诗正声》）

贺裳曰：宫体诸诗，实皆浅淡。即"故国三千里，深宫二十年"，亦甚平常，不知何以合誉至此！（《载酒园诗话又编·张祜》）

范大士曰：一气奔注。（《历代诗发》）

黄叔灿曰：此诗非有取于《何满子》。盖以断肠人而闻断肠声，故感一声而泪落也。（《唐诗笺注》卷七）

马位曰：最喜王摩诘"看花满眼泪，不共楚王言"，李太白"但见泪痕湿，不知心恨谁"，及张祜"一声何满子，双泪落君前"，又李峤"山河满目泪沾衣"，得言外之旨，诸人用"泪"字莫及也。（《秋窗随笔》）

翁方纲曰：张祜绝句，每如鲜葩飐艳，熠水泊浮，不特"故国三千里"一章见称于小杜也。（《石洲诗话》卷二）

章燮曰："故国三千里"，离乡远也；"深宫二十年"，侍君久也；末二句言不能保其身。居于深宫者且然，而况在于宫外者乎？（《唐诗三百首注疏·五言绝句》）

宋顾乐曰：《何满子》其声最悲。乐天诗云："一曲四词歌八叠，从头便是断肠声。"此诗更悲在上二句。如此而唱悲歌，那禁泪落。（《唐人万首绝句选》评）

 鉴赏

五言绝句，起源于汉魏六朝古代乐府，多以古淡清远、含蕴春容为尚。

张祜的这首《宫词》却以它特有的直率强烈、深沉激切，震撼着读者的心灵。和多数宫怨诗往往借环境景物的描绘渲染来抒写怨情不同，这首诗以叙事为主，借事抒情。

"故国三千里，深宫二十年。"前两句以"故国""深宫"对起。故国，指宫女的家乡。"三千里"，极言其远。孤身一人，离家入宫，本已可伤，更何况故乡又远在数千里之外。不要说和家人骨肉永无重见的机会，就是魂梦归去，也是路远归梦难成。上句极写空间距离之遥远，而独处深宫，时时引颈遥望的情景自寓言外。下句更进一层，极写困处深宫时间之久远。"深宫"二字，写尽宫女生活的孤孑凄凉和心情的阴暗抑郁。这种形同幽囚的生活，度日尚且如年，何况一入深宫二十年！两句对文，实际上重点落在对句。空间的悠远加强了时间久远带给抒情主人公的内心痛苦。这一联高度概括，笔力劲健，感情深沉而凝重。"三千里""二十年"，仿佛很着实，但实中寓虚，读来只感到它蕴蓄着无限的凄凉痛苦。

但诗人的目的并不是要写"深宫二十年"的痛苦生涯，他要着意表现的是宫女生活的一个片断，一个强烈的瞬间——"一声何满子，双泪落君前"，前两句所概括的二十年深宫生活只是为这个强烈的瞬间提供有力的铺垫。《何满子》是唐代教坊曲名。据白居易《听歌六绝句·何满子》"一曲四词歌八叠，从头便是断肠声"之句，可以想见，这曲调的声情是非常悲怆的，而且是一开头便令人肠断，故而有"一声"而"双泪落"这样强烈的艺术效果。不过，这位宫女是在"君前"演唱这支歌曲，在一般情况下，那是必须善于控制自己的感情，尽量不让自己内心的怨愤泄露的。否则，就会因"君前"失态而招致不测之祸。我们试看晏几道的《采桑子》词写贵家歌妓"泪粉偷匀，歌罢还颦"的情景，便可揣知在君主面前演唱更当如何小心谨慎了。然而，这位宫女不但未能控制住自己的感情，而且是刚一启齿，"一声"《何满子》，便禁不住"双泪"横流。这当然不是她在君前无所顾忌，而是由于"深宫二十年"这形同幽囚的生活，使她内心的怨愤积郁得过于深重，乃至一遇上某种外在条件的触发——在这里便是令人肠断的《何满子》，感情的潮水便无论如何压抑不住，冲破闸门奔进倾泻出来。歌曲艺术本身的感染可能也是催人泪下的因素，但这里更根本的却是宫人内心蕴积已久的悲愤抑郁。"蓄之既久，其发必速"，这里所表现的正是连当事人自己也不自知其然的感情强烈迸发。在电影上，"一声何满子，双泪落君前"，只是一刹那之间的情事，是一个表现强烈的近景镜头。但这个镜头的艺术震撼力量却主

张
祜

2469

要不取决于它本身，而是"故国三千里，深宫二十年"所概括的深广生活内容与感情内容。如果要将这两句话所概括的内容展示出来，那就必须拍摄一部主人公的宫廷生活传记。在电影上要花费很多镜头来表现的"深宫二十年"生活，在诗歌中借助高度概括造成的丰富含蕴，却可以用短短十个字来表达。而这十个字所提供的丰富含蕴，就使作者着意表现的瞬间具有极其强烈的艺术感染力。不妨说，成功地运用铺垫手法，将它与高度的概括结合起来，以"二十年"突出短暂的瞬间，乃是这首小诗艺术构思的根本特点，也是它强烈艺术力量的主要奥秘。至于女主人公内心的怨愤究竟包含什么样的内容，读者根据"深宫二十年"的概括自可想象。"三千宫女胭脂面，几个春来无泪痕？"这辛酸怨愤之泪，决不可能单为一端（例如失宠）而发，"得宠忧移失宠愁"自然也可包括在内。

人们对这首诗的连用数字（三千、二十、一、双），印象很深刻，其实数字的叠用可以流于堆砌乃至油滑，也可以极富表现力。这首诗数字运用的成功，首先是由于它们在表现深远背景和强烈瞬间上，都是带有明显强调作用而又不失分寸感的关键性字眼，而不是可有可无的点缀。同时，"三千"与"二十"的叠用，因时空的广远而具有加倍进层的作用；"一声""双泪"的叠用，则又构成强烈的对比。因此，数字在这里便成为抒情的有力凭借。

诗写得直率而激切，但并不给人一览无余之感。这是由于在时空背景的概括和瞬间情景的描写中都极富含蕴的缘故。这说明直率激切并不与含蓄（不是作为一种风格，而是作为艺术品的一种普遍品格）矛盾。

这首诗由于高度概括而又强有力地表现了宫人的悲剧境遇与命运，在当时的宫廷内外曾产生广泛的社会影响。杜牧在《酬张祜处士见寄长句四韵》中说："可怜故国三千里，虚唱歌词满六宫。"正可证明这一点。

集灵台二首（其二）〔一〕

虢国夫人承主恩〔二〕，平明骑马入宫门〔三〕。
却嫌脂粉污颜色〔四〕，淡扫蛾眉朝至尊〔五〕。

（校）（注）

〔一〕集灵台，本汉武帝宫观名，在华阴县界。唐代也有集灵台，在长生殿侧，系祀神之处。《元和郡县图志·关内道·京兆府昭应县》："华清宫，在骊山上。开元十一年，初置温泉宫。天宝六年改为华清宫。又造长生殿，名为集灵台，以祀神也。"本篇所指，系华清宫长生殿之集灵台。杨贵妃在正式册封前，曾入宫为女道士。《集灵台》（其一）云："日光斜照集灵台，红树花迎晓露开。昨夜上皇新授箓，太真含笑入帘来。"即咏度杨太真为女道士事。《集灵台》（其二）则咏杨妃之姊虢国夫人"承主恩"事。此诗一作杜甫诗，非。按：宋乐史《杨太真外传》谓此诗为杜甫作，系小说家言，不足信。宋蜀刻本《张承吉文集》卷五载《集灵台二首》，题下注："又云杜甫，非也。"《万首唐人绝句》卷四十三作张祜诗。

〔二〕《旧唐书·杨贵妃传》："太真有姊三人，皆有才貌，并封国夫人。大姨封韩国，三姨封虢国，八姨封秦国，并承恩泽，出入宫掖，势倾天下。"承主恩，受到玄宗的恩宠。

〔三〕《明皇杂录》卷下："杨贵妃姊虢国夫人，恩宠一时……虢国每入禁中，常乘骢马，使小黄门御。紫骢之俊健，黄门之端秀，皆冠绝一时。"题曰"集灵台"，句中"宫门"当指华清宫。

〔四〕却，反。污，损。

〔五〕扫，画（眉）。《杨太真外传》卷上："虢国不施妆粉，自炫美丽，常素面朝天。"至尊，天子，指玄宗。

（笺）（评）

王曰：词寓感慨，更有箴规。（郭濬《增定评注唐诗正声》引）

郭濬曰：就事起兴，妙。（同上）

唐汝询曰：此直赋实事，讽刺自见。（《唐诗解》卷二十九）又曰：刺时还以蕴藉为尚。（《唐诗训解》，题袁宏道校，训解实为唐作）

毛先舒曰："虢国夫人"一首，张承吉之作，又见杜集。然调既不类杜绝句，且拾遗诗发语忠爱，即使讽时，必不作此佻语，应属祜作无疑。（《诗辩坻》卷三）

徐增曰：贵妃姊妹有三，俱封夫人，韩国、秦国、虢国是也。而虢国尤艳。虢国既为贵妃之妹，玄宗贵之可也。何至"平明骑马入金门"以承主恩？大是丑事。后即云："却嫌脂粉污颜色，淡扫蛾眉朝至尊。"则承恩竟以貌矣。不事脂粉，天然妙丽，若说"却嫌"，虢国隐然要胜过其姊矣。此诗载少陵集中，余辄疑之。盖少陵忠厚，定做不到此讥刺太甚。因诗佳绝，殊不为觉。《品汇》以为祜作，从之。（《而庵说唐诗》卷十一）

王尧衢曰："虢国夫人承主恩"，贵妃三姊：韩国、秦国、虢国三夫人，而虢国尤艳，故独称其"承主恩"。"平明骑马入宫门"，平明何时？金门何地？而骑马以入者，为承主恩也。内作色荒，明皇其有之乎？"却嫌脂粉污颜色"，《外传》载虢国不施脂粉，自有美艳色，素面朝天，嫌脂粉为污，则自恃素面之洁矣，隐然有胜过其姊之意。"淡扫蛾眉朝至尊"，此正平明时也。淡扫蛾眉，不但为写其娟洁，亦有急欲朝天之态。此诗讥刺太甚，然却极佳。（《唐诗合解笺注》卷六）

王谦曰：具文见意，中遘不可道矣。（《碛砂唐诗纂释》）

黄生曰：具文见意。只言虢国以美自衿，而所蛊惑人上者，自在言外。"承主恩"三字，乃《春秋》之笔也。此题二首，"集灵台"三字，在前首见。真正美人，自不烦脂粉；真正才士，自不买声名；真正文章，自不假枝叶。以此律之，世间之"淡扫蛾眉"者寡矣！此诗入杜集，然不似少陵语。（《唐诗摘抄》卷四）

史承豫曰：如见其人。（《唐贤小三昧集续集》）

沈德潜曰：诗有当时盛称而品不贵者……张祜之"淡扫蛾眉朝至尊"，李商隐之"薛王沉醉寿王醒"，此轻薄派也。（《说诗晬语》卷上）

潘德舆曰：前谓讽刺诗贵含蓄，论异代诗犹当如此。臣子于其本朝，直可绝口不作诗耳。张祜虢国夫人诗："却嫌脂粉污颜色，淡扫蛾眉朝至尊。"李商隐《骊山》诗："平明每幸长生殿，不从金舆唯寿王。"唐人多犯此恶习。商隐爱学杜诗，杜诗中岂有此等猖獗处？或以祜此诗编入杜集中，亦不识黑白者。（《养一斋诗话》卷三）

俞陛云曰：宫禁森严之地，虢国夫人纵骑而入，言其宠之渥也；脂粉转嫌污面，蛾眉不费黛螺，言其色之丽也。（《诗境浅说》续编）

刘拜山曰：明写虢国之市宠，暗喻玄宗之荒淫。两面俱到，可当一篇《丽人行》读。（《千首唐人绝句》）

诗以"集灵台"为题,系借咏玄宗宠幸杨贵妃及其姊虢国夫人之事。虢
国夫人是一个美艳而风骚的女性,《新唐书·杨贵妃传》谓"虢国素与国忠
乱,颇为人知,不耻也。每入谒,并驱道中……靓妆盈里,不施帏障,时人
谓之雄狐"。堂兄妹之间尚且如此,传说其与玄宗之间有暧昧关系,恐非无
根之谈。这首诗的首句便开宗明义,揭出一篇主意。"承主恩"三字,似羡
似讽,已将虢国夫人置于准宠妃的地位。以下即具体叙写"承主恩"的虢国
夫人如何恃宠献媚的情况。但作者不去罗列铺叙他们之间的种种暧昧情事,
而是集中笔墨专写虢国夫人朝见玄宗的情景,通过一点反映全面。

第二句"平明骑马入宫门",表面上好像是一般地叙事,实际上却是生
动的细节描写。平明时分,华清宫还沉浸在玄宗贵妃沉酣享乐的醉梦中。虢
国夫人却无视于此,急匆匆地要入宫朝见,而且是"骑马"直入。这正显示
出虢国夫人享有自由出入宫禁的特权,而且像这样如入无人之境地进入宫禁
在她已是常家便饭。宫禁的森严,朝廷的礼仪于她是没有任何约束力的。这
个细节,生动地展示了虢国夫人的恃宠骄纵之态,也从侧面透露了玄宗的特
殊宠幸和他们之间不同寻常的关系。

"却嫌脂粉污颜色,淡扫蛾眉朝至尊。"三、四两句,又进一步集中笔
墨,专写虢国夫人朝见玄宗时的妆饰。宋乐史《杨太真外传》说:"虢国不
施妆粉,自炫美丽,常素面朝天。"这记载可能本自张祜这首诗,但"自炫
美丽"四个字倒是十分准确地道出了虢国夫人的"素面朝天"的真实意图和
心理状态。表面上看,虢国此举似乎表明她与那些浓妆艳抹、献媚邀宠的嫔
妃、宫眷不同,不屑于与这些庸俗者为伍,实际上她之所以"淡扫蛾眉",
却是因为怕脂粉污损掩盖了自己本来的天姿国色,以致出众的容貌达不到出
众的效果,反而不被"至尊"所特别垂青。对她来说,不施脂粉、淡扫蛾眉
乃是一种不妆饰的妆饰,一种比浓妆艳抹更加着意的献媚邀宠的举动。这个
典型细节,生动而深刻地表现了虢国夫人自恃美貌、刻意邀宠,但又极力加
以掩饰的心理,揭示了这位贵妇人工于心计的性格和内在的轻佻,写得相当
有个性。作者对这个人物,并没有明显的贬斥和讽刺,他只是选取意味深长
的细节,不动声色地加以叙写,态度似乎非常客观,但内里却包含着入骨的
讽刺。这种婉而多讽的写法,艺术效果往往比直露的冷嘲热讽更好。

诗的深层,隐含着对唐玄宗这位"好色"的"至尊"更加微婉的讽刺。

张
祜

2473

虢国夫人的"承主恩"，不光是由于她的外戚身份，而且更由于她的"颜色"对至尊的吸引力。这本身就是一种讽刺。虢国的骑马入宫，不仅显示了她所受到的殊宠，而且暗透出她入宫的频繁和不受约束。"淡扫蛾眉"而"朝至尊"，更把这位"占了情场，误了朝纲"的"至尊"所喜爱关注的东西和盘托出了。

张祜这首诗，实际上是咏史诗和宫词的结合。王建的宫词，多写宫廷日常生活情事，本篇的题材范围及细节描写方面类似这种宫词。但所咏的却是天宝年间的史事，而且带有讽刺意味，在这点上又接近咏史诗。这一类的诗，在张祜诗集中有相当的数量，在诗歌体制上是一种创造。它们不仅描写细节，而且大多具有一定情节性，所歌咏的又多为宫廷生活的一些遗闻轶事。这几方面的因素，构成了这类作品很浓的小说气。这很可能是唐代传奇小说繁荣以后对诗歌创作产生的影响之一。

题金陵渡〔一〕

金陵津渡小山楼，一宿行人自可愁〔二〕。
潮落夜江斜月里，两三星火是瓜洲〔三〕。

校注

〔一〕金陵渡，指唐润州（今江苏镇江市）京口渡，隔江与瓜洲相对。李绅《宿瓜洲》诗："烟昏水郭津亭晚，回望金陵若动摇。"杜牧《杜秋娘诗序》：杜秋，金陵女也。"冯集梧校注："唐人谓京口亦曰金陵。"赵璘《因话录》卷二："君（指李勉）初至金陵，于府主庶人锜坐，屡赞招隐寺标致。"此府主锜即指浙西节度使李锜，李勉曾为使府从事，招隐寺系润州名刹。

〔二〕行人，行役之人，可以包括诗人自己，但不必专指自己。

〔三〕瓜洲，《舆地纪胜》卷三十七："瓜洲，在江都县南四十里江滨，相传即祖逖击楫之所也。昔为瓜洲村，盖扬子江中之沙碛也。沙渐涨出，其状如瓜，接连扬子渡口。民居其上，唐立为镇。今有石城三面。"洲，《全唐诗》原误作"州"，据蜀刻本《张承吉文集》改。

宋顾乐曰：情景悠然。（《唐人万首绝句选》评）

《精选评注五朝诗学津梁》：江中夜景如画。

潘德舆曰：吾独惜以承吉之才，能为"晴空一鸟度，万里秋江碧""河流出郭静，山色对楼寒""海明先见日，江白迥闻风""地盘山入海，河绕国连天""仰砌池光动，登楼海气来""风帆彭蠡疾，云水洞庭宽""人行中路月生海，鹤语上方星满天""潮落夜江斜月里，两三星火是瓜洲"诸句，可以直跨元、白之上，而竟为微之所短，又为乐天所遗也。（《养一斋诗话》）

富寿荪曰：前半谓暂宿津渡小楼，自生旅愁。后半状深宵江上景色，正喻孤寂不寐，通首写景清迥，含情言外。（《千首唐人绝句》）

张
祜

鉴赏

一位旅人，晚上住宿在长江渡口的一座小楼上，心里萦绕着作客他乡的愁绪。夜深人静，月斜潮落，越过宽阔的江面，影影绰绰地看见对岸的几点星火，猜想那大概就是瓜洲吧。

这就是《题金陵渡》描绘的意境。景色原极平常，住在金陵渡口的人们对此大概早就司空见惯。一经诗人点染，却显得景色如画，诗味盎然。今天读来，还宛见当年金陵津渡夜景，鲜明地感触到旅人的情思。

前两句写夜宿金陵渡。小山楼是诗人住宿的地方。因为住在一座小山的楼上，隔江的景物便看得比较清楚。第二句点出夜宿时的愁绪，但这愁绪究竟因为什么而引起，它的具体内容、强烈程度、表现形态等等，诗人都不加任何描写。可能他认为在这里无须这样，读者根据自己的羁旅行役生活体验，自可体会，"自可愁"三字下得也很特别，仿佛是说，一个旅人到这金陵渡口小山楼上住一宿，便自然而然地会触动羁愁乡思。但他却不说出何以"自可愁"，这就引得读者对金陵渡口的特殊情景怀着浓厚的兴趣。不知不觉当中以旅人的目光和心情注视着金陵渡前景物的出现。这两句写得比较虚，但它对三、四两句的精彩描写，却有着不可忽视的引渡、衬托作用。这实际上是一种聪明的写法。

第二句写到"一宿行人自可愁"，可以想见诗人这一夜几乎一直沉浸在羁愁当中。在小山楼上，漫无目的地眺望江景，心里则时时翻动着羁旅的愁思。从潮起到潮落，从月上到月斜，经历了很长的一段时间。这中间的情景都没有加以抒写，却特意选择"潮落""月斜"时的景色来描绘，这是因为此时的景色不但有一种特殊的美感，而且触动了羁旅者的另一种感情。在月上、潮涨时，旅人刚到一个陌生的地方住宿下来，面对异乡风物，江潮夜月，心情往往很不平静，乡愁也最强烈。在这种情况下，外界景物是供愁献恨的凭借，而不是欣赏的对象，江对岸的点点星火是不易被发现和注意的，只有当夜深人静，潮水已经落下去，江面恢复平静，斜月半照着江面时，视线才会变得特别清晰，注意力也就自然集中到原来模糊一片的对岸，看到这里那里，有几点星火在闪烁。于是诗人猜想，那星火闪烁处，大约就是长江北岸著名的瓜洲渡吧。这里所描写的，是羁旅者经历了长时间的羁愁之后，心境逐渐趋于平静之后偶尔发现的一种美的境界，它虽然是羁旅者眼中所见，但其中所蕴含的，已经主要是一位旅人对自己不经意中发现的美的境界的喜悦，是对旅途景物的新鲜感和诗意遐想。江对岸点点星火闪烁处，就是明天要经过的瓜洲渡，那里究竟是一幅怎样的景象呢？在朦胧斜月与闪烁星光中，瓜洲似乎显得特别神秘、新奇，对渐渐恢复了心情平静的羁旅者充满着吸引力。而这种羁旅者对旅宿风物的新鲜感和喜悦感，并不直接说出，就寓含在所描绘的景色中，因此读来倍加耐人寻味。

生活中常有这样的情况：某些原极平常的，人们习而不察的事物，一经诗人的涉笔，往往诗味盎然，极富情韵和意境。人们在领略诗人所创造的优美艺术意境的同时，还往往从中得到如何发现平凡事物中所蕴含的诗意美的启示。《题金陵渡》之所以为人欣赏，后者大概是一个重要的原因。

温庭筠

温庭筠（801—866），一作庭云，字飞卿，郡望太原，家居苏州。元和
三年（808），初谒李绅于无锡。约大和初曾有出塞之游，后入蜀。约大和末
旅游淮上。开成初从太子永游。四年（839）秋，参加京兆府试，荐名居第
二，因遭毁罢举，未能参加五年春之礼部进士试。会昌元年（841）春，自
长安赴吴中旧乡，转赴越中，约于三年返长安。大中元年（847）春游湖
湘，拜谒湖南观察使裴休。自二年至九年，四试于礼部均未第。约大中十
年，以"搅扰科场罪，为执政黜贬"，贬隋县尉，旋居山南东道节度使徐商
幕。约咸通元年岁末赴江陵，于翌年居荆南节度使萧邺幕。后归长安闲居。
咸通六年（865）六月后，因宰相徐商之荐任国子监助教，七年冬贬方城
尉，旋卒。庭筠以词著称，亦工诗。《新唐书·艺文志》著录其诗集五卷。
《全唐诗》编其诗为九卷。有曾益、顾予咸、顾嗣立之《温飞卿诗集笺注》。
今人刘学锴有《温庭筠全集校注》。

塞寒行〔一〕

燕弓弦劲霜封瓦〔二〕，朴簌寒雕睇平野〔三〕。一点黄尘起雁
喧〔四〕，白龙堆下千蹄马〔五〕。河源怒浊风如刀〔六〕，剪断朔云天更
高〔七〕。晚出榆关逐征北〔八〕，惊沙飞迸冲貂袍〔九〕。心许凌烟名不
灭〔一〇〕，年年锦字伤离别〔一一〕。彩毫一画竟何荣〔一二〕，空使青楼泪
成血〔一三〕。

校注

〔一〕《才调集》卷二、《乐府诗集》卷一百新乐府辞乐府倚曲载此首。
乐府有《塞上曲》《苦寒行》，写边塞征戍及苦寒，此仿乐府旧题自拟之新
题。作年不详。

〔二〕燕弓，燕地所产的良弓。《文选·左思〈魏都赋〉》："燕弧盈库而

委劲，冀马填厩驵骏。"李周翰注："燕弧，角弓，出幽燕地。"

〔三〕朴簌，形容寒雕飞翔时拍击翅膀的声响。雕，鸷鸟，一种大型猛禽，嘴呈钩状，视力很强，腿部羽毛直达趾间。睇（dì），斜视。

〔四〕一点黄尘，指远处马群奔驰时所掀起之尘土，雁群即因此而惊喧高飞。

〔五〕白龙堆，西域中沙漠名，在今新疆天山南路，简称龙堆。《法言·孝至》："龙堆以西，大漠以北，乌夷兽夷，郡劳王师，汉家不为也。"李轨注："白龙堆也。"按：白龙堆即今新疆南部库姆塔格沙漠，沙冈起伏，形似卧龙，故称。

〔六〕河源，黄河之源，古代误以为河出昆仑。此"河源"指上游源头一带的黄河水。怒浊，怒涛浊浪。浊，《全唐诗》校："一作触，一作激。"

〔七〕朔云，北方边地的寒云。

〔八〕晚，晚年。榆关，即今之山海关。古称渝关、临喻关、临榆关，县与关均以水而得名。唐人多称此关为榆关。高适《燕歌行》："汉家烟尘在东北，汉将辞家破残贼……拟金伐鼓下榆关，旌旆逶迤碣石间。"于志宁《中书令昭公崔敦礼碑》："奉敕往幽州……建节榆关。"旧注引《汉书·地理志》谓此榆关指汉中之临同关，非。征北，汉代有征西、征南等将军名号，此泛指征讨北方边塞的将军。

〔九〕貂，《全唐诗》校："一作征。"

〔一〇〕许，期望。凌烟，即凌烟阁。封建王朝为表彰功臣而建筑的绘有功臣图像的高阁，以唐太宗贞观十七年画功臣像于凌烟阁事最为著称。刘肃《大唐新语·褒锡》："贞观十七年，太宗图画太原倡义及秦府功臣赵公长孙无忌……胡公秦叔宝等十四人于凌烟阁，太宗亲为之赞，褚遂良题阁，阎立本画。"

〔一一〕锦字，借指征戍将士的妻子抒写离别相思之情的书信或诗篇。《晋书·窦滔妻苏氏传》："窦滔妻苏氏，始平人也。名蕙，字若兰。善属文。滔，符坚时为秦州刺史，被徙流沙，苏氏思之。织锦为回文旋图诗以赠滔。宛转循环以读之。词甚凄惋，凡八百四十字。"武则天《织锦回文记》亦载苏氏织锦为回文璇玑图之事，情节与《晋书》有异。

〔一二〕彩毫，指画笔。

〔一三〕青楼，青绿饰锦之豪华精美楼房，指显贵人家女子所居之楼阁。此指征戍将士之妻子。泪成血，王嘉《拾遗记·魏》："文帝所爱美人，姓薛名灵芸，常山人也……灵芸闻别父母，歔欷累日，泪下沾衣。至升车就路之时，以玉唾壶承泪，壶则红色。既发常山，及至京师，壶中泪凝如血。"泪成血，极状其悲伤。

贺裳曰：《塞寒行》后曰："心许凌烟名不灭，年年锦字伤离别。彩毫一画竟何荣，空使青楼泪成血！"《照影曲》结云："桃花百媚如欲语，曾为无双今两身。"《莲蒲谣》末曰："荷心有露似骊珠，不是真圆亦摇荡。"《织锦诗》末云："象尺熏炉未觉秋，碧池已有新莲子。"皆意浅体轻，然实秀色可餐。此真所谓应对之才，不必督之幹理；蛾眉之质，无佚绳之井臼也。（《载酒园诗话又编》）

周咏棠曰：健如生猊。较浓丽诸作，进得一格。（《唐贤小三昧集续集》）

温庭筠用新题乐府写的边塞诗，内容多为虚拟想象中的边地征戍生活，并非对当时边事实际情况的反映。像这首诗所写的地域，西北至白龙堆，西至河源，东北至榆关，涉及整个北边广大地区。在当时这一带并没有发生诗中所描绘的征戍之事，显然是泛咏边塞征戍苦寒，借以抒写自己对战争的厌倦。

诗共十二句，每四句一换韵，构成内容上的一个段落。前四句所写的是西北边陲的情景。屋顶的浓霜已经堆满了屋瓦，天寒干燥，将士身上佩带的燕地良弓，弦绷得更加强劲了。平旷的原野上空，寒雕正扇动着翅膀，发出朴籁的声响，用锐敏的眼睛斜视着旷野，准备捕捉猎物。远处，一点黄尘卷起，惊起了平沙上的雁群，从白龙堆的沙漠深处，一群战马自远而近，飞驰而来。四句所写，是西北边塞富于秋冬季候特征的景象，燕弓弦劲，寒霜封瓦，寒雕展翅，睇视平野，黄尘起处，雁群惊喧，白龙堆下，马蹄杂遝，风驰而至。这一幅活动中的图画，显示出西北边塞的寒冷和肃杀，也显示出它的广阔和壮伟。三、四两句，画面富于动感，仿佛电影镜头，自远而近，逐渐放大，从"一点黄尘"惊起雁群，到千蹄铁马，蜂拥而至，是一个动态展

2479

现的过程，其中有悬念、有期待、有惊喜，观察主体（征戍将士）的心态变化也随景物的展现而次第显露。

"河源怒浊风如刀，剪断朔云天更高。晚出榆关逐征北，惊沙飞进冲貂袍。"中间四句，分写在河源地区和榆关之外的征战生活。前两句说黄河源头，怒涛浊浪滚滚，尖利的寒风像刀一样割向征戍将士的脸，怒吼的北风劲吹，像锐利的剪刀一样剪断了天上的寒云，使天空显得更加寥廓高远。两句写出西部边塞的严寒和荒凉，也写出境界的高远和明净。后两句写晚岁随着征北的主帅开赴榆关之外征战，一路上迎着扑面的黄沙艰难前行，令人心惊的狂沙直冲貂皮的战袍。前言"河源"，后曰"榆关"，中间点出"晚"字，说明这是主人公在不同时间参加的不同地区的征战生活，并透露出主人公已经从青年变成了老年。四句虽分写不同地域，但均极力渲染边塞的苦寒，而中心的意象则是"风"。无论是黄河的怒涛浊浪，还是剪断朔云的寥廓高天，或是惊沙扑面，冲击战袍，边塞劲厉如刀的寒风始终扮演了主要的角色。这是因为，北方的严寒往往因风力之猛烈而愈显其凛冽的威力。以上两段所写北方不同地域所经历的征戍生活的苦寒，借用柳中庸的《征人怨》来概括，那就是"岁岁金河复玉关，朝朝马策与刀环。三春白雪归青冢，万里黄河绕黑山"。

"心许凌烟名不灭，年年锦字伤离别。彩毫一画竟何荣，空使青楼泪成血。"从西北的白龙堆，到西边的河源，再到东北的榆关，从青年到老年，岁岁征戍，经受边塞的严寒和艰苦，经受流血和牺牲，究竟是为了什么呢？"心许凌烟名不灭"一句道出了主人公这一切行动后面的动机——建立殊勋，图像凌阁，成就不朽的功名。但主人公的艰苦经历并没有换来期许的结果，而只是导致夫妇长期分离，妻子岁岁独守空房，青春虚度，怨离伤别。理想抱负和现实之间的巨大反差，使主人公对自己一贯的追求和整个人生观、价值观产生了根本性的怀疑乃至否定：即使彩毫图像，留名凌烟，又究竟有什么值得引以为荣的呢？只不过使妻子苦守华美的青楼，悲伤哭泣，血泪空流罢了。这是全诗的结穴和主旨，也是主人公在经历长期艰苦征戍生活后得出的结论。与初盛唐时边塞诗中所表现的立功边塞、青史题名的普遍积极进取心态相比，竟有天壤之别。"雪暗凋旗画，风多杂鼓声。宁为百夫长，胜作一书生"（杨炯《从军行》），"孰知不向边庭苦，纵死犹闻侠骨香"（王维《少年行》），"万里奉王事，一身无所求。也知塞垣苦，岂为妻子谋"（岑参《初过陇山途中呈宇文判官》）。而温诗中"彩毫"二句，不仅极写边塞征戍给妻室带来的离别相思之苦，且连凌烟图像之荣也彻底否定，体现出一种与初盛唐时期完全不同的轻视功名事业、重视个人家庭幸福的人生价值观与幸福观。这是典型的衰颓时代的社会心理。它透露出的时代讯息同样值得重视。说明这一时期统治者所进行的边塞征战，往往以失败告终，既不能给将士带来荣宠，又使他们饱尝家室分离之苦。唐代后期与南诏的战争，就是典型的实例。尽管诗中所虚拟的征戍之事发生在北方，但它所表现的反战心理却极富真实的时代感。

温庭筠

达摩支曲〔一〕

捣麝成尘香不灭〔二〕，拗莲作寸丝难绝〔三〕。红泪文姬洛水春〔四〕，白头苏武天山雪〔五〕。君不见无愁高纬花漫漫〔六〕，漳浦宴馀清露寒〔七〕。一旦臣僚共囚虏〔八〕，欲吹羌管先汍澜〔九〕。旧臣头鬓霜华早〔一〇〕，可惜雄心醉中老。万古春归梦不归，邺城风雨连天草〔一一〕。

校注

〔一〕《全唐诗》题下有"杂言"二字。《才调集》卷二、《乐府诗集》卷八十近代曲辞载此首。《乐府诗集》题作《达磨（摩）支》。《乐府解题》曰："《唐会要》曰：'天宝十三载，改《达摩支》为《泛兰丛》'《乐苑》曰：'《泛兰丛》，羽调曲，又有《急泛兰丛》。'《乐府杂录》曰：'《达摩支》，健舞曲也。'"按：唐崔令钦《教坊记》谓《垂手罗》《回波乐》《兰陵王》《春莺啭》《半社渠》《借席》《乌夜啼》之属，谓之"软舞"；《阿辽》《柘枝》《黄獐》《拂林》《大渭州》《达摩》之属，谓之"健舞"。王昆吾曰："《达摩支》乃外语译音，一说出自突厥语，为厄从官；一说出自梵文，意为法轮。"（见《唐声诗》下编第599页）"《羯鼓录》中有《大达磨（摩）支》，属太簇角……曲既有大、小、缓、急之分，可知是大曲。"（《隋唐燕乐杂言歌辞研究》第153页）王克芬曰："从名称看，健舞《达摩支》与印度僧人达摩可能有所联系，僧人以锻炼身体为目的，传习武术，由武术发展成一种舞姿豪雄的'健舞'是可能的……唐人温庭筠作《达摩支》，可能是

健舞《达摩支》的舞曲新辞，更可能是据《达摩支》乐曲填写的词。"（《唐代文化·乐舞编》上册第368页）

〔二〕麝，指麝香，系雄麝脐部香腺中之分泌物，干燥后呈粒状或块状，故虽捣之成尘（粉末）而香气不灭。

〔三〕拗，折。拗莲作寸，将莲藕拗折成寸。丝难绝，藕丝不断。丝，谐"思"。

〔四〕红泪，用薛灵芸事，详《塞寒行》"空使青楼泪成血"句注引《拾遗记》。《后汉书·列女传·董祀妻》："陈留董祀妻者，同郡蔡邕之女也。名琰，字文姬。博学有才辩，又妙于音律，适河东卫仲道，夫亡无子，归宁于家。兴（按：当作"初"）平中，天下丧乱，文姬为胡骑所获，没于南匈奴左贤王。在胡中十二年，生二子。曹操素与邕善，痛其无嗣，乃遣使者以金璧赎之，而重嫁于祀……后感伤乱离，追怀悲愤，作诗二章（按：即《悲愤诗》及骚体《胡笳十八拍》）。"洛水，在今河南境，句意谓文姬被掳，身陷匈奴，但无时不怀念中原故国的洛水春色，为之泣血神伤。

〔五〕据《汉书·苏武传》，汉武帝天汉元年，苏武以中郎将使持节出使匈奴，单于留不遣归，欲其降，武坚贞不屈，持节牧羊于北海（今俄罗斯贝加尔湖）畔十九年，始元六年始得归，须发尽白。唐时称伊州（今新疆哈密市）、西州（今吐鲁番盆地一带）以北一带山脉为天山，亦称白山（参见《元和郡县图志·伊州》），而苏武牧羊之北海既为今贝加尔湖，则此句"天山"或非西域之白山，疑指燕然山。即今蒙古境内之杭爱山脉。北魏太延四年，拓跋焘击柔然，从浚稽山北向天山，或即此。但作为比兴象征，用"天山雪"象征苏武长期困居艰苦卓绝之环境，坚贞不屈，守节不移，直至白头，则自不必拘泥"天山"具体所指。

〔六〕《北齐书·后主纪》载，后主高纬骄纵，盛为无愁之曲，帝自弹胡琵琶而唱之，侍和之者以百数，人间谓之无愁天子。宫掖婢皆封郡君，宫女宝衣玉食者五百余人。增益宫苑，其嫔嫱诸宫中起镜殿、宝殿、玳瑁殿，丹青雕刻，妙极当时。又于晋阳起十二院，壮丽逾于邺下。花漫漫，即繁花似锦之意，喻其在位时种种奢华淫秽的情事。

〔七〕漳浦，漳水边。北齐都城邺城临漳水，故称。宴馀清露寒，谓其作长夜之歌宴，宴罢已是清露泛寒的清晨，以极状其"无愁"。《水经注》：漳水源出上党长子县发鸠山，东过邺县西，又东北过阜城县，与（黄）河会。

〔八〕《北周书·武帝纪下》："六年春……甲午，帝入邺城。齐任城王湝先在冀州，齐主至河，遣其侍中斛律教孝卿送传国玺禅位于湝。孝卿未达，被执送邺……尉迟勤擒齐王及其太子恒于青州……夏四月乙巳，至自东伐。列齐王于前，其王公等并从……献俘于太庙。"又《北史·齐本纪下》："黄门侍郎颜之推、中书侍郎薛道衡、侍中陈德信等劝太上皇帝（指后主高纬，时已禅位皇太子，即齐幼主恒）住河外募兵，更为经略，若不济，南投陈国，从之……太上皇既至青州，即为入陈之计，而高阿那肱召周军，约生致齐主。而屡使人告，言贼军在远，已令人烧断桥路。太子所以停缓。周军奄至青州，太上窘急，将逊于陈，置金囊于鞍后，马长鸾、淑妃等十数骑至青州南邓村，为周将尉迟纲所获，送邺。周武帝与抗宾主礼，并太后、幼主、诸王，俱送长安。"此即所谓"臣僚共囚虏"。

〔九〕羌管，即羌笛，原出古羌族，故称。汍澜，流泪迅疾貌。"先汍澜"与上"无愁"相映。

〔一〇〕旧臣，指后主高纬祖、父两代所遗留的老臣。华，《全唐诗》校："一作雪。"

〔一一〕邺城，北齐都城，故城在今河北临漳县西。《北齐书·后主幼主纪》："至建德七年，诬与宜州刺史穆提婆谋反，及延宗数十人无少长皆赐死，神武（指北齐高祖高欢）子孙所存者一二而已。"末二句形容北齐亡国后故都邺城一片荒凉景象。

 评

黄周星曰：读至末二语，不知几许销魂。（《唐诗快》）

杜诏曰：首四句，兴也。高纬无愁，终为囚虏；求如文姬、苏武之及身归汉不可得也。此诗盖深著淫佚之戒。（《中晚唐诗叩弹集》）

王闿运曰：以高纬比文、苏，未知其意，大约言有节能久，高不能久耳，用意甚拙。（《手批唐诗选》卷十）

鉴 赏

晚唐国势衰颓，吟咏前朝荒淫亡国旧事以寓历史鉴戒之意，成为诗歌取材、立意的风尚。温庭筠青年时代所历的穆、敬二宗，均为荒淫之主，其后

温庭筠

2483

所历武宗虽以武功著称，但也有宠王才人一类情事。温诗中如《鸡鸣埭曲》《春江花月夜词》等，多以南朝君主荒淫佚游之事为题材，而这首《达摩支曲》则以北朝齐后主荒淫奢侈之事为题材。同时稍后的李商隐，在《北齐二首》《无愁果有愁曲北齐歌》乃至《陈后宫》一类并非咏北齐亡国之事的作品中也常涉及这位骄奢淫逸的无愁天子。可见这一题材在当时诗坛上所受到的关注程度和它的典型意义。

这首诗在内容和构思上有两个显著的特点，一是它虽以咏北齐后主高纬荒淫奢华亡国事为主体，但内容上不止于以荒淫亡国为鉴戒，而且延伸到为因虏后不思复国而深致悲慨。二是援引历史上两位坚贞不移、终回故国的正面人物作为反衬，以突出对"无愁高纬"的批判和悲慨。

诗的开头四句，用两个形象化的比喻兴起对蔡琰、苏武的礼赞。把麝香捣成细细的粉末，它的香气依然扑鼻，把莲藕拗折成寸，藕丝依然不断，以此来比喻身陷匈奴、经历长期艰苦卓绝生活考验的蔡琰和苏武仍然一心向往祖国。两句中的"香"和"丝"谐"相思"，亦即对祖国的深情怀念。而"洛水春"和"天山雪"，一则表现蔡琰对中原故乡洛水春色的无限向往，一则象征苏武的高风亮节犹如巍巍天山的皑皑白雪。"红泪"与"白头"，"洛水春"与"天山雪"的工整对偶和鲜明色彩对照，使这两个以叙事为主的诗句带上了浓郁的抒情色彩、象征意味和强烈的视觉艺术效果。而一、二句喻体与三、四句本体之间在语言、意象上的跳跃性和内在意蕴上的密切关联，又使得这四句诗显示出若断若续，不即不离而又浑然一体的特征。像这样富于独创性的融比兴、象征、叙事、用典为一体的开篇，诗中少见。而对全篇来说，这四句又是一个起兴，起着兴起下文两段对高纬荒淫亡国情事的悲慨。

"君不见无愁高纬花漫漫，漳浦宴馀清露寒。一旦臣俘共囚虏，欲吹羌管先泫澜。"中间四句，转入对高纬亡国前后情事的抒写。"君不见"三字喝起，固是乐府套语，曲中衬字，但在这里，却明显含有警醒和感慨的意味。用"花漫漫"三字来形容无愁天子高纬的荒淫奢侈、肆意享乐生活，既可见其如繁花似锦般的繁华热闹，又透露出好景不长的意蕴，和下句"漳浦宴馀清露寒"联系起来体味，更可领略繁华热闹过后的凄清。这种笔墨，于叙事写实中微露象征意味，寓意在似无似有之间，最耐寻味。而接下来两句写高纬亡国后的情事，则讽慨悲悯之意兼而有之。写高纬与臣俘沦为囚虏之后，再也奏不出昔日之无忧之曲，而是欲吹羌笛而先涕泪横流了。这里有对其昔日肆意荒淫逸乐、不恤国事的讽慨，也有对其沦为囚虏后以泪洗面的悲悯。与开头四句对照，更寓含着对其不思故国、不图恢复的鄙夷，感情相当丰富复杂。这后一层意蕴，与下文联系起来体味，便更加明显。

"旧臣头鬓霜华早，可惜雄心醉中老。万古春归梦不归，邺城风雨连天草。"前面提到"臣僚共囚虏"，这里的"旧臣"当指与高纬一起被俘的前朝旧臣。诗人感叹不但高纬本人亡国后唯知涕泪汍澜，连那些旧臣们也都徒有复国的"雄心"而无任何实际行动，一个个在忧愁无奈中头鬓早白，在沉醉纵酒中送走馀生。"头鬓霜华"与一开头的"白头苏武天山雪"形成意味深长的对照，就像上文的"先汍澜"与"红泪文君"形成对照一样，但苏武、蔡琰心怀故国而终归故土，高纬君臣则徒然"先汍澜""醉中老"而无所作为，终于遭到族灭的结局。悲悯之中显然含有对其软弱无能的讽慨。末二句渲染北齐亡国后都城邺城的荒凉景象。往昔繁华，均成旧梦。春天虽然年年归来，而邺都的繁华旧梦则一去不复返，值此春又归来之际，故都邺城正笼罩在一片凄迷的风雨之中，惟见芳草连天而已。这两句是全诗的结穴，也是全诗感情的凝聚。诗人对无愁天子高纬的荒淫奢侈亡国和亡国后软弱无能的讽慨和哀悯，对高齐旧臣无所作为的悲慨，对北齐亡国后凄凉景象的凭吊，都在这情景交融的境界中得到了集中而又含蓄的表现。

温诗多绮艳纤丽，这首诗虽亦用了一系列色彩浓艳的词语，但整体风格却显得雄健峻拔，悲慨苍凉，这和一开头用苏武、蔡琰之事兴起作有力的反衬，和结尾的悲慨及阔远意境有密切关联。说到底，则与诗人的构思立意密切相关。

在历史上，北齐后主高纬称得上是一个典型的昏暴荒淫君主。诗中对他虽有所讽慨，但悲悯惋惜之情多，而揭露批判之意则不明显，透露出诗人内心深处对所谓繁华旧梦亦有所留恋。这在咏前朝覆亡旧事的其他作品中也有所流露。

春江花月夜词〔一〕

玉树歌阑海云黑〔二〕，花庭忽作青芜国〔三〕。秦淮有水水无情〔四〕，还向金陵漾春色〔五〕。杨家二世安九重〔六〕，不御华芝嫌六龙〔七〕。百幅锦帆风力满〔八〕，连天展尽金芙蓉〔九〕。珠翠丁星复明灭〔一〇〕，龙头劈浪哀筂发〔一一〕。千里涵空澄水魂〔一二〕，万枝破鼻团香雪〔一三〕。漏转霞高沧海西〔一四〕，颇黎枕上闻天鸡〔一五〕。蛮弦代雁曲如语〔一六〕，一醉昏昏天下迷。四方倾动烟尘起〔一七〕，犹在浓香梦魂里〔一八〕。后主荒宫有晓莺，飞来只隔西江水〔一九〕。

校注

〔一〕《才调集》卷二、《乐府诗集》卷四十七清商曲辞四吴声歌曲四载此首。《乐府诗集》题内无"词"字。《旧唐书·音乐志二》："《春江花月夜》《玉树后庭花》《堂堂》，并陈后主所作。叔宝常与宫中女学士及朝臣相和为诗，太乐令何胥又善于文咏，采其尤艳丽者以为此曲。"《乐府诗集》载隋炀帝《春江花月夜》二首，其一云："暮江平不动，春花满正开。流波将月去，潮水带星来。"又载诸葛颖及唐张子容、张若虚之作，均咏春江花月夜景。或融入离别相思之情。温氏此作，体制虽类似张若虚之作，用七言歌行体，平仄韵交押，内容则专咏隋炀帝奢淫游佚游亡国情事，与乐府原题之意不相涉。盖取陈后主荒淫事加以发挥而讽慨隋炀帝之荒淫。

〔二〕玉树，指《玉树后庭花》歌曲。《陈书·皇后传·后主张贵妃》："后主每引宾客对贵妃等游宴，则使诸贵人及女学士与狎客共赋新诗，互相赠答，采其尤艳丽者以为曲词，被以新声……其曲有《玉树后庭花》《临春乐》等。大指所归，皆美张贵妃、孔贵嫔之容色也。"《旧唐书·音乐志》："御史大夫杜淹对曰：'前代兴亡，实由于乐。陈将亡也，为《玉树后庭花》；齐将亡也，而为《伴侣曲》，行路闻之，莫不愁泣，所谓亡国之音也。'"歌阑，歌残。海云黑，写景中暗寓国之将亡。许浑《金陵怀古》"玉树歌残王气终，景阳兵合戍楼空"与此意似。

〔三〕花庭，即《玉树后庭花》之"后庭"，指陈代宫苑。青芜国，青草丛生的平芜故国。句意指陈之繁华宫廷忽成平芜故国，谓其迅速覆亡。

〔四〕秦淮，河名，在今江苏南京市。传秦始皇南巡至龙藏浦，发现有王气，于是凿方山，断长阜为渎入于江，以泄王气，故名秦淮。

〔五〕金陵，今南京市的旧称。战国时楚威王埋金以镇王气，故曰金陵。

〔六〕杨家二世，指隋炀帝，暗喻其如秦二世而覆亡之意。安九重，安居九重深宫，即皇帝位。

〔七〕华芝，华盖，皇帝所乘车的车盖。扬雄《甘泉赋》："登凤皇而翳华芝。"服虔曰："华芝，华盖也。"六龙，古代天子车驾用六马，马八尺为龙，故以六龙为天子车驾的代称。句意谓炀帝出游，不乘六匹骏马驾的车，御华盖。

〔八〕《隋书·炀帝纪》："大业元年……（三月）辛亥，发河南诸郡男女百馀万，开通济渠，自西苑引谷、洛水达于河，自板渚引河通于淮。庚申，遣黄门侍郎王弘、上仪同於士澄往江南采木，造龙舟、凤艒、赤舰、楼船等数万艘……八月壬寅，上御龙舟，幸江都……舳舻相接二百馀里。"锦帆，即炀帝所乘龙舟所用锦缎制作的船帆。颜师古《大业拾遗记》："炀帝幸江都，御龙舟，萧妃乘凤舸。锦帆彩缆，穷极侈靡。"

〔九〕金芙蓉，金莲花。疑暗用南齐后主"凿金为莲花以匝地，令潘妃行其上，曰：'此步步生莲花也。'"之事，谓炀帝展尽豪奢。或以"金芙蓉"借指美好的嫔妃。

〔一〇〕丁星，闪烁貌。系联绵词，形容船上的嫔妃们珠翠满头，闪烁明灭。或指龙舟上装饰的金玉闪烁明灭。宋无名氏《开河记》："龙舟既成，泛江沿淮而下。至大梁，又别加修饰，砌以七宝金玉之类。"

〔一一〕龙头，指炀帝所乘龙舟的船头。哀筎，形容筎声的清亮动人。盖龙舟启动时筎声齐发，故云。

〔一二〕千里涵空，指自汴州至扬州的千里水路上碧水涵空。澄，静。《全唐诗》原作"照"，据一作改。水魂，指水中精怪。盖谓龙舟过处，水怪宁静，不敢兴风作浪。

〔一三〕团，《全唐诗》原作"飘"，据冯抄宋本及《全唐诗》校"一作团"改。团香雪，指琼花。王禹偁《后土庙琼花诗序》云："扬州后土庙有花一株，洁白可爱，且其树大而花繁……俗谓之琼花。"琼花暮春开放，繁盛如雪，香气馥郁，故称"团香雪"，言芳香洁白的琼花开时成团如簇。或谓真正的琼花仅有一株，即生长于扬州后土庙者，后世所谓琼花者，多为嫁接聚八仙而成，或将聚八仙、玉蕊花误认为琼花。但温此诗已云"万枝破鼻团香雪"，则其误认自晚唐已然。又唐末吴融《隋堤》有"曾笑陈家歌玉树，却随后主看琼花"之句，可能其时已有炀帝至扬州看琼花的传说。或云琼花宋代始有，恐未必然。

〔一四〕漏转，更漏不停转换，由初更而五更。霞高，指东方日出时红霞高映。沧海西，指海西头的扬州。

〔一五〕颇黎，即玻璃，宝玉名，亦称水玉。或以为即水晶。天鸡，神话传说，"桃都山上有大树，名曰桃都。枝相去三千里。上有天鸡，日初出。照此木，天鸡则鸣，天下鸡皆随之鸣"。见任昉《述异记》卷下。

〔一六〕蛮弦，指南方少数民族的弦乐器。代雁，指北方的弦乐器，如秦筝。雁，指雁柱，筝柱斜列如雁行。"雁"，《全唐诗》原作"写"，校："作雁。"冯抄宋本作"雁"，兼据故。

〔一七〕倾，《全唐诗》校："一作颒"。倾动，倾覆动荡。魏曹冏《六代论》："天下所以不能倾动，百姓所以不易心者，徒以诸侯强大，盘石胶固。"四方倾动，谓四方变乱迭起，国家倾覆动荡。烟，《全唐诗》校："一作风。"按："倾动"字并不误。因疑其为"颒动"之误而连带改"烟尘"为"风尘"，以实其用杜诗"风尘颒洞昏王室"之说，更属臆改。

〔一八〕香，《全唐诗》校："一作团。"以上二句谓四方倾覆动荡，烟尘弥漫，炀帝仍肆意享乐，沉醉于浓香好梦之中。参下句注。《隋遗录》："炀帝在江都，昏湎滋深，尝游吴公宅鸡台，恍惚间与陈后主相遇，尚唤帝为殿下。后主舞女数十，中一人迥美，帝屡目之。后主云，即丽华也。乃以绿文测海蠡（酒杯）酌红梁新酝劝帝。帝饮之甚欢，因请丽华舞《玉树后庭花》，丽华徐起，终一曲。后主问帝：'萧妃何如此人？'帝曰：'春兰秋菊，各一时之秀也。'后主问帝：'龙舟之游乐乎？始谓殿下致治在尧、舜之上，今复此逸游。大抵人生只图快乐，曩时何见罪之深耶？'帝忽寤，叱之，恍然不见。"

〔一九〕二句谓陈后主荒宫旧址如今唯有晓莺飞翔，彼晓莺飞过西江水（指长江流经南京附近的一段）至隋炀帝江都荒宫。又见隋之转瞬覆亡，繁华丘墟矣。建康在江都之西，故称这一段长江为西江。

笺评

许学夷曰：庭筠七言古声调婉媚，尽入诗馀……如"四方倾动烟尘起，犹在浓香梦魂里。后主荒宫有晓莺，飞来只隔西江水"，"为君裁破合欢被，星斗迢迢共千里。象尺薰炉未觉秋，碧池已有新莲子"，"回嗔笑语西窗客，星斗寥寥波脉脉。不逐秦王卷象床，满楼明月梨花白"，"玉墀暗接昆仑井，井上无人金索冷。画壁阴森九子堂，阶前细月铺花影"，"百舌问花花不语，低回似恨横塘雨。蜂争粉蕊蝶分香，不似垂杨惜金缕"等句，

皆诗馀之调也。（《诗源辩体》卷三十）

贺裳曰：温不如李，亦时有彼此互胜者。如义山《隋宫》诗"玉玺不缘归日角，锦帆应是到天涯"，飞卿《春江花月夜》曰："十幅锦帆风力满，连天展尽金芙蓉。"虽极力描写豪奢，不及李语更能状其无涯之欲。至结句"地下若逢陈后主，岂宜重问后庭花"，较温"后主荒宫有晓莺，飞来只隔西江水"，则温语含蓄多矣。（《载酒园诗话又编》）

杜诏曰：观此诗，盖赋隋炀，《玉树后庭花》不过借此作比兴耳。又曰：（"不御华芝"句下）此下总言炀帝游幸江都，荒淫无度也。（《中晚唐诗叩弹集》卷八）

杜庭珠曰：起讫俱用后主事。金陵、广陵，隔江相望，与义山《隋宫》诗结语同意，所谓"后人哀之而不鉴之"也。（同上）

许宗元曰：（首四句下评）借陈后主陪起，思新彩艳。（末二句下评）仍应起处作结，如连环钩带。（《网师园唐诗笺》）

这是一首讽慨隋炀帝荒淫奢侈而亡国的乐府诗。咏隋亡而以《春江花月夜词》为题可能是因为《春江花月夜》本是陈后主创制的艳词新曲，既是其荒淫生活的标志，又是靡靡亡国之音的代表；而继陈而建的隋朝，到炀帝时其荒淫奢侈的程度远超陈后主，终于导致隋朝的覆灭，且炀帝自己也写作过《春江花月夜》二首。因此，用"春江花月夜"这个题目，便可串连起陈、隋两代亡国败君相继的史实，且为全诗的艺术构思和主题表达提供重要的凭借。这正是温庭筠这首《春江花月夜》与一般的沿袭旧题的乐府诗不同之处。

诗一开头，撇开隋朝，先从陈亡写起。"玉树歌阑海云黑"，表面上说陈宫中《玉树后庭花》的艳曲歌舞将要停歇之时，阴沉弥漫的海云也变黑了，但叙事写景之中却寓含着象征意味。《隋书·五行志·诗妖》载："祯明初，后主作新歌，词甚哀怨，令后宫美人习而歌之。其辞曰：'玉树后庭花，花开不复久。'时人以为歌谶，此其不久兆也。""玉树歌阑"因此带有隋朝政□将要沦亡的象征意味。"海云黑"也同样透露出一种昏暗的时代气氛。此□用意与许浑《金陵怀古》"玉树歌残王气终"略同，许诗直接点明"王气终"，意思比较醒豁，而温诗则更隐晦不露。次句突然跳到陈亡，却不用叙

2489

事而出以写景之笔：往日繁华的陈宫后庭花团锦簇，忽然间变成了青草丛生的荒芜旧宫。"花庭"与"青芜"之间用一"忽"字连接，见陈朝覆亡之迅速，两相对照，令人感慨唏嘘。

"秦淮有水水无情，还向金陵漾春色。"三、四两句从陈亡过渡到隋朝。秦淮河的河水，终古长流，不管人间的兴亡，仍旧穿过古老的金陵城，荡漾着春水碧波，映照着岸边春色。"水无情"三字，正透露出历史的无情。二句意蕴类似刘禹锡《石头城》之"淮水东边旧时月，夜深还过女墙来"，而温诗用"水无情"直接点醒，鉴戒之意更加明显。

从"杨家二世安九重"到"犹在浓香梦魂里"均写隋炀帝之奢淫无度、肆意逸游，是全诗的主体部分。先写隋炀帝高居九重，登上皇位以后，出游不用华盖高车和六龙雄骏，而是要乘龙舟南游，百幅锦缎制成的船帆涨满了风力，运河上舳舻相接，船上去妃嫔如云，像向世人尽情展示皇家的繁华气派。"金芙蓉"即金莲花，系暗用南齐后主潘妃步步生莲故事，曰"连天展尽"，正见妃嫔从游之盛。

"珠翠丁星复明灭，龙头劈浪哀筲发。""珠翠"承上妃嫔从游之盛，写她们头上的饰物，闪烁明天。高大的龙舟，船头高耸，劈波斩浪前进，船上嘹亮的筲声齐发，响彻云霄，既写其豪奢，更写其气势。

"千里涵空澄水魂，万枝破鼻团香雪。"这两句由乘舟南行过渡到抵达江都。上句点出"千里"，为龙舟之游作一总束，并以"涵空澄水魂"五字进一步对南游的皇家气势作进一步渲染，见此游不仅沿途扰民，连水中的精怪亦为之隐避静匿；下句点出"万枝"，见此游的目的之一就是到扬州观赏花繁如雪、香气扑鼻的名花——琼花。"团"字精当，正是琼花盛开时如香雪之成团如簇。

"漏转霞高沧海西，颇黎枕上闻天鸡。"接下二句，写炀帝在沧海西头的扬州彻夜达旦地享乐的情景，在沉迷之中，不知更漏之转，东方红霞之高，刚酣卧于玻璃枕上，已闻天鸡报晓了。这两句的写法和意境，有些近似李白《乌栖曲》中"银箭金壶漏水多，起看秋月坠江波。东方渐高奈乐何！"但讽刺的意味不像李诗那样明显。

"蛮弦代雁曲如语，一醉昏昏天下迷。"蛮弦代雁，分别借指南方、北方的弦乐器，它们所奏出的乐曲如窃窃私语，令人沉醉，沉迷在酒色乐舞享受中的炀帝更是一醉昏昏，根本不顾天下的治乱兴衰。"一醉"句一笔勾转，直露讽慨本意，极有力度，也透露出前面的一系列铺叙渲染，都是为了逼出这个直揭本旨的主句。

"四方倾动烟尘起，犹在浓香梦魂里。"两句将当时全国的政治局势与炀帝的昏湎沉迷加以对照。据《隋书·炀帝纪》，大业九年（613）以来，各地农民不断聚众起义，已成燎原之势，大业十三年，李密、翟让陷兴洛仓，密自号魏公，众至数十万，河南诸郡相继皆陷，李渊起义师于太原，十一月攻入长安，"区宇之内，盗贼蜂起……每出师徒，败亡相继……黎庶愤怒，天下土崩"。"四方倾动烟尘起"正是对当时天下危局的艺术概括，在这种情况下，炀帝仍然沉迷于享乐，甚至有吴公台梦见陈后主，犹请张丽华舞《玉树后庭花》那样的情事，真正称得上是"至于就擒而犹未之寤了。""犹"字着意，揭出炀帝至死而不悟的淫昏本性。

"后主荒宫有晓莺，飞来只隔西江水。"后主荒宫，也就是次句的"青芜国"。昔日繁华的建康陈代宫苑，已成青草遍地的荒野；而隋代江都的豪华宫苑，如今又成了荒宫旧苑。从陈代灭亡到隋朝覆灭（589—618），不过短短三十年；而从后主建康荒宫到炀帝江都行宫，更仅仅是一水之隔。诗人想象中，陈后主荒宫中的晓莺，飞过西江水到达炀帝的江都旧宫，不过转瞬之间罢了。历史的惊人重复，竟在这短促的时间和有限的空间中发生，它所昭示的历史教训难道还不令人深思吗？结尾两句，回抱篇首。正显示出全篇的构思，就是要用亡陈为亡隋作衬，以显示封建统治者不汲取近在咫尺的历史教训，终至重蹈亡国覆辙，亦即杜牧《阿房宫赋》篇末所谓"后人哀之而不鉴之，亦使后人而复哀后人也"。李商隐《齐宫词》"梁台歌管三更罢，犹自风摇九子铃"，用"九子铃"这一微物串连起齐、梁两代统治者歌管依旧、淫乐相继的历史，温庭筠则用"晓莺"串连起陈隋两代奢淫依旧、败亡相继、荒宫隔江相望的历史，在构思上可谓灵犀暗通，异曲同工。

此诗主题，盖讽隋炀帝不知汲取亡陈奢淫亡国的历史教训，反而变本加厉，肆意淫游，穷极奢侈，故重蹈覆辙，迅即灭亡。因而诗之开端、结尾均以亡陈与亡隋并提作衬，以深寓讽慨之意。诗写陈、隋之覆亡，一则出以概括精练之笔，一则出以铺张渲染之笔，正因以亡陈为陪衬之故。但在铺张渲染中仍寓讽慨，如"蛮弦代雁曲如语，一醉昏昏天下迷。四方倾动烟尘起，犹在浓香梦魂里"，即讽意明显，末二句于铺张渲染之余忽转用温婉含蓄之笔，以景语作结，尤觉讽慨弥深。

温庭筠

2491

侠客行〔一〕

欲出鸿都门〔二〕，阴云蔽城阙。
宝剑黯如水〔三〕，微红湿馀血。
白马夜频惊〔四〕，三更霸陵雪〔五〕。

⊙校⊙注

〔一〕《才调集》卷二、《乐府诗集》卷六十七杂曲歌辞载此首。《才调集》题下注：“齐梁体。”此篇一作张祜诗，非。《乐府诗集》晋张华《游侠篇》题解：“《汉书·游侠传》曰：‘战国时，列国公子，魏有信陵、赵有平原、齐有孟尝、楚有春申，皆藉王公之势，竞为游侠，以取重诸侯，显名天下。故后世称游侠者，以四豪为首焉。汉兴，有鲁人朱家及剧孟、郭解之徒，驰骛于闾里，皆以侠闻。其后长安炽盛，街闾各有豪侠。时萬章在城西柳市，号曰城西萬章；酒市有赵君都、贾子光，皆长安名豪，报仇怨，养刺客者也。’《魏志》曰：‘杨阿若后名丰，字伯阳，少游侠，常以报仇解怨为事，故时人为之号曰：东市相斫杨阿若，西市相斫杨阿若。后世遂有《游侠曲》，魏陈琳、晋张华又有《博陵王宫侠曲》。’”

〔二〕鸿都，东汉洛阳宫门名。《后汉书·崔寔传》：“灵帝时，开鸿都门榜卖官爵。”

〔三〕赵晔《吴越春秋》：“越王允常聘欧冶子作名剑五枚，一曰纯钩。秦客薛烛善相剑，越王取示之，烛曰：‘光乎如屈阳之华，沉沉乎如芙蓉始生于湖，观其文如列星之行，观其光如水溢于塘，此纯钩也。’”按：句意谓宝剑如黯夜反射出如水的寒光。

〔四〕惊，《全唐诗》校：“一作嘶。”

〔五〕霸陵，汉文帝陵墓，在长安东。《长安志》：“汉文帝庙在县（霸陵县）东本陵，北去县二十五里。”今陕西西安市东灞桥区毛西村即霸陵所在。

沈德潜曰：温诗风秀工整，俱在七言。此篇独见警绝。（《重订唐诗别裁集》卷四）

纪昀曰：纯于惨淡处取神，节短而意阔。（《删正二冯先生评阅才调集》）

翁方纲曰：温诗短篇则近雅，如五古"欲出鸿都门"一篇，实高作也。（《石洲诗话》卷二）

温庭筠

鉴赏

温庭筠的乐府学李贺，多辞采繁艳之作，表现亦时有繁冗晦涩之弊，五古尤多晦涩之作。这首《侠客行》却写得极为精练奇警而富于气势，且能创造出与人物行为及精神面貌浑然一体的气氛与意境。诗的内容系写侠客"杀人都市中"的情事，如正面直接描叙，虽也可以写得很生动，总不免落俗套。此诗却避开正面，从侧面着笔，虚处传神，取境纯在夜间。

"欲出鸿都门，阴云蔽城阙。"起二句写其杀人后欲出城门之际，阴云密布，笼罩整个洛阳宫阙的情景。次句似即景描写，却渲染出一种阴沉而危急的氛围，透露出城中如网罗密布，气氛森严，亦透露出侠客内心的阴郁沉重之感，虽不直接运用象征手法，却富于象征意味。

"宝剑黯如水，微红湿馀血。"三、四两句专写侠客身上佩带的宝剑，以暗示此前不久杀人都市中的情事（鸿都门是洛阳宫门，前面写他"欲出鸿都门"，则所杀者甚至有可能是宫城中的高官显宦）。在阴暗的夜色中，剑光森寒如水，映出剑刃上沾湿的余血。二句极精练含蓄，杀人的情景全用虚写，只用宝剑上沾的殷红的余血略作暗示，其他情景全由读者想象来补充。"温"字尤为出色，暗示杀人之事只在顷刻之前发生，极富暗示性和现场感，仿佛能闻到剑上的血腥气息。

"白马夜频惊，三更霸陵雪。"五、六写出城之后驱马疾驰，飘然而去。胯下的白马因加鞭疾驰而频频惊嘶，反衬出侠客的剽悍勇武、身手敏捷。夫入夜刚出鸿都门，而三更已踏霸陵雪，可谓"千里不留行"了。神骏之姿，跃然纸上。末句以"三更霸陵雪"的静寂景物作衬并顺势收束，尤为明快直截而富于远神。

唐代任侠之风盛行，吟咏任侠精神的佳作亦多，但多作于初盛唐时期，且多写游侠之尚武精神与报国壮志，故游侠每与边塞相连。中晚唐少有此类作品，且内容亦由慷慨报国转为对社会的愤激不平。贾岛《剑客》云："十年磨一剑，霜刃未曾试。今日把示君，谁有不平事？"可见其时侠客的行动趣向。庭筠此诗，写其杀人都市，亦抒其愤激不平之气，具有时代特色。

　　唐诗佳作每新鲜如乍脱笔砚，此即一例。关键在对生活有深切的体验，而又能选取最富有典型意义的事物场景乃至细节加以表现。游侠诗得庭筠此篇，可称压轴。从中亦可见诗人风流浪漫个性之外的另一面。其七绝《赠少年》也有对少年游侠精神风貌的描写，可以参看。

利州南渡〔一〕

澹然空水带斜晖〔二〕，曲岛苍茫接翠微〔三〕。
波上马嘶看棹去〔四〕，柳边人歇待船归〔五〕。
数丛沙草群鸥散〔六〕，万顷江田一鹭飞〔七〕。
谁解乘舟寻范蠡〔八〕，五湖烟水独忘机〔九〕。

校注

　　〔一〕利州，唐山南西道利州，治绵谷县，今四川广元市。《元和郡县图志》："本秦蜀郡地，汉分巴、蜀置广汉郡……大业三年改为义成郡，武德元年又改为利州，州城西临嘉陵江。"按：此云"南渡"，当非指州城西之嘉陵江渡口。利州之南，有益昌县之桔柏津，为自秦入蜀途中自利州入剑州至成都之重要津渡，所谓"利州南渡"，殆指此。约大和四年（830）秋，温庭筠曾有入蜀之游，诗当作于赴蜀途中。

　　〔二〕澹然，水波起伏貌。空水，指江面空阔，船只稀少。带，《全唐诗》原作"对"，校："一作带。"兹据冯抄、述抄改。带，映带，映照。阴铿《渡青草湖》："带天澄迥碧，映日动浮光。"元稹《遭风二十韵》："暝色已笼秋竹树，夕阳犹带旧楼台。"

　　〔三〕曲岛，指江中岸边曲折的洲渚。翠微，此指山光水色之青翠缥缈。《文选·左思〈蜀都赋〉》："郁葐蒀以翠微，崛巍巍以峨峨。"刘逵注："翠微，山气之轻缥也。"韩愈《送区弘南归》："淘淘洞庭莽翠微。"

〔四〕波上，犹江边，或谓此句"写渡船过江，人渡马也渡"。（文研所《唐诗选》）

〔五〕文研所《唐诗选》："写待渡的人（包括作者自己）歇在柳边。"按：二句意一贯，谓岸上待渡的人（包括诗人自己）系马柳树之下，马在岸边嘶鸣，眼看着渡船南去，等待它的归来。

〔六〕鸥，指江鸥。

〔七〕江田，指江对岸的水田。鹭，白鹭。

〔八〕解，懂得。寻，追寻。范蠡，春秋末年越国大夫，曾辅佐越王勾践复国灭吴。《史记·越王勾践世家》："范蠡事越王勾践，既苦身戮力，与勾践深谋二十余年，竟灭吴，报会稽之耻……范蠡以为大名之下，难以久居，且勾践为人可与同患，难与处安，为书辞勾践……自与其私徒属乘舟浮海以行，终不反。"《史记·货殖列传》："范蠡既雪会稽之耻，乃喟然而叹曰：'计然之策七，越用其五而得意。既已施于国，吾欲用之家。乃乘扁舟浮于江湖。"

〔九〕五湖，古代吴越地区的湖泊，其说不一，或说即指太湖。《国语·越语下》："果兴师而伐吴，战于五湖。"韦昭注："五湖，今太湖。"《文选·郭璞〈江赋〉》"注五湖以漫漭"李善注引《吴录》："五湖者，太湖之别名也。"忘机，忘却机巧权诈之心。此指远离机诈纷争的政局，淡然处世。《列子·黄帝》："海上之人有好沤（鸥）鸟者，每旦之海上，从沤鸟游，沤鸟之至者百住而不止。其父曰：'吾闻沤鸟皆从汝游，汝取来，吾玩之。'明日之海上，沤鸟舞而不下也。"此联承上"鹭飞"联想到"鸥鹭忘机"之典，故有寻范蠡泛五湖之感。

笺评

金圣叹曰：（前解）水带斜晖加"淡然"字，妙！分明画出落日贴水之际，不知是水"淡然"，斜晖"淡然"也。再加"曲岛苍茫"字，妙！曲岛相去甚远，而其苍茫之色，遂与翠微不分，则一时之荒荒抵暮，真是不能顷刻也。三、四"波上人嘶""柳边人歇"，妙，妙！写尽渡头劳人，情意迫促。自古至今，无日无处，无风无雨，而不如是，固不独利州南渡为然矣。（后解）日愈淡，则岛愈微；渡愈急，则人愈哗。于是而鸥至鹭飞，自所必至。我则不晓其一一有何机事，纷纷直至此时，始复喧豗求归

温庭筠

去耶？末以范蠡相讽，正如经云：如责蛾螂成妙香佛，固必无是理矣。（《贯华堂选批唐才子诗》卷六）

朱三锡曰：一、二写是日晚渡景色，三、四写渡头劳人情意迫促。自古至今无日无处而不然者，不独一利州为然也。五、六即"鸥散""鹭飞"，以逼出八之"独忘机"三字耳。（《东岩草堂评订唐诗鼓吹》）

赵臣瑗曰："水带斜晖"以下十一字，只是写天色将暝，妙在水上加一"空"字，而"空"字上又加"淡然"二字，以反挑下文之"棹去""船归"，见得水本无机，一被有机之人纷纷扰乱，势必至于不能空，不能淡而后已，则甚矣机心之不可也。三、四写日虽已晡，人马不堪并渡。五、六写人方争渡，禽鸟为之不安。吾不知人生一世，有何机事，必不容已，碌碌皇皇，真不足当范少伯之哂也已。（《山满楼笺注唐诗七言律》）

王尧衢曰：（"波上"二句）此联野渡如画。（末二句）"独"字与"一"字相应，与"谁解"字相呼。言独有范蠡忘机，而世人不但不能学，且不能解也。前解写渡，后解因所渡之事而别以兴感也。（《古唐诗合解》卷十一）

《精选评注五朝诗学津梁》：高旷夷犹之致，落落不群。

鉴赏

这是一首色彩清丽明净、意境空阔淡远的行旅诗。诗中所描写的，是利州南渡头一带的景色以及由此触发的淡然忘机心境。景中寓情、情境相谐是这首诗的显著特征。但清代以来的评家对诗的颔、腹二联却多有误解，从而导致对诗境的错误把握。

"澹然空水带斜晖，曲岛苍茫接翠微。"首联写远望中的利州南渡阔远苍茫暮景。时近黄昏，夕阳的斜晖映照在水波荡漾的空阔江面上，江中的洲渚，岸边曲折回环，微茫不清，连接着青翠缥缈的山光水色。"斜晖""苍茫"二语，点染暮景。"翠微"通常指山色，但亦可用以形容水色，注引韩诗"淼淼洞庭莽翠微"可证。在苍茫暮色中，空阔的碧绿的嘉陵江水、江中的洲渚和远处的山色都混茫连接，呈现出一片阔远的青翠缥缈之色。"带"字、"接"字，正是表现这种阔远苍茫之境的传神写照之笔。而起句的"澹""空"二字，既状水波之荡漾与江面的空阔，也透露出诗人面对此阔远苍茫之境时心境的淡远与虚静。全篇的意趣已于此二字中初露端倪。

"波上马嘶看棹去，柳边人歇待船归。"颔联写待渡情景。"波上"即江上，亦即江边，与下句"柳边"相对，互文同指，"柳边"亦即江边的柳树下。待渡者有人有马，故上句云"马嘶"，下句云"人歇"；"看棹去"与"待船归"亦均从江边待渡者眼中着笔。二句意实一贯，写出岸边待渡的人（包括诗人自己）系马柳树之下，马在悠然嘶鸣，人在柳下歇息，眼看着渡船徐徐南去，等待着它的归来。这幅江边待渡图所表现的正是一种悠闲自在、从容不迫的情致。将一幅完整的图景分散在两句中，正是为了在吟诵之际感受到这份纡徐不迫的情味。因此这一联不但景色可以入画，而且表现出渡者悠闲容与的情态，"看"字、"待"字，尤为体现这种情致的字眼。

"数丛沙草群鸥散，万顷江田一鹭飞。"腹联转写过渡情景。渡船行至江中洲渚附近，曲岸边上，沙草数丛，看到渡船驶近，停歇在草丛上的鸥群纷纷飞散；江的对岸，是一片平展的万顷水田，一只白鹭，正在水面上高翔。此联写正渡时所见情景，却不直接点明，只于"群鸥散"中选出，令人浑然不觉，而渡船徐徐南去，移步换形之情景自含于所描绘的景色之中。此联之境，于阔远之中复饶明丽之致。对句"万顷江田"与"一鹭飞"对映，尤为突出，而鸥之散、鹭之飞，亦均自由自在、自然而然之景。

"谁解乘舟寻范蠡，五湖烟水独忘机。"尾联是由利州南渡所见之景触发的感慨。"忘机"之情，即由前三联所描绘的空阔苍茫、容与悠闲、自由自在的情境所触发。曰"谁解"者，正谓我今对此情境，油然而生"忘机"之情，是自得语，非所谓争渡之人不解也。而腹联明写"鸥""鹭"，暗写舟渡，又正触发鸥鹭忘机和范蠡乘舟泛五湖的联想。因此，诗的结联，无论是从总体呈现的境界或是具体的景物（鸥鹭和舟），都是水到渠成的自然收束。解诗忌带主观成见，先入为主，更忌求之过深，穿凿牵附，金圣叹等评家对此诗的诠解，犯的正是这个毛病。

过陈琳墓〔一〕

曾于青史见遗文〔二〕，今日飘蓬过古坟〔三〕。
词客有灵应识我〔四〕，霸才无主始怜君〔五〕。
石麟埋没藏春草〔六〕，铜雀荒凉对暮云〔七〕。
莫怪临风倍惆怅，欲将书剑学从军〔八〕。

〔一〕《又玄集》卷中、《文苑英华》卷三百六载此首。陈琳，建安七子之一。《三国志·魏书·王粲传》："始文帝（曹丕）为五官将，及平原侯植皆好文学。粲与北海徐幹字伟长、广陵陈琳字孔璋、陈留阮瑀字元瑜、汝南应玚字德琏、东平刘桢字公幹并见友善……琳前为何进主簿，进欲诛宦官……乃召四方猛将，并便引兵向京城……琳谏进……进不纳其言，竟以取祸。琳避难冀州，袁绍使典文章。袁氏败，琳归太祖（曹操）。太祖谓曰：'卿昔为本初移书（按：指《为袁绍檄豫州》），但可罪状孤而已。恶恶止其身，何乃上及父祖耶？'琳谢罪，太祖爱其才而不咎……并以琳、瑀为司空军谋祭酒、管记室，军国书檄，多琳、瑀所作也。"《大清一统志》：江苏徐州府，魏陈琳墓在邳州界。武宗会昌元年（841）春，温庭筠自长安启程归吴中旧居。约暮春时，经泗州下邳县，作《过陈琳墓》。

〔二〕青史，古代用竹简纪事，故称史籍为"青史"。江淹《诣建平王上书》："俱启丹册，并图青史。"陈琳《为袁绍檄豫州》，见《后汉书》及《三国志·魏书·袁绍传》，《谏何进召外兵》，见《后汉书·何进传》。此即所谓"青史见遗文"。

〔三〕蓬，《全唐诗》校："一作零。"古，《全唐诗》校："一作此。"按：作者《蔡中郎坟》亦云："古坟零落野花春。"

〔四〕词客，擅长文辞的人。王维《偶然作》之六"宿世谬词客，前身应画师。"此指陈琳。曹丕《典论·论文》："琳、瑀之章表书记，今之隽也。"

〔五〕霸才，能辅佐明主成就霸业之才，亦可径解为"雄才"。"霸才无主"，诗人自指，应首句"飘蓬"。怜，美。白居易《长恨歌》："姊妹兄弟皆列土，可怜光彩生门户。"可怜，即可美意。历代注家解此句多误，详"笺评"所引方回、周珽、沈德潜、《唐诗鼓吹评注》之笺解。按：《太平御览》卷五百九十七引晋王沈《魏书》："陈琳作檄，草成，呈太祖。太祖先苦头风，是日疾发，卧读陈琳所作，翕然而起，曰：'此愈我疾病。'太祖平邺，谓陈琳曰：'君昔为本初所檄书，但罪孤而已，何乃上及父祖乎？'琳谢罪曰：'箭在弦上，不得不发。'太祖爱其才，不咎。"按：陈琳《为袁绍檄豫州》云："司空曹操，祖父中常侍腾，与左悺、徐璜并作妖孽，饕餮放横，伤化虐民。父嵩，乞匄携养，因赃假位，舆金辇璧，输货权门，窃盗鼎司，倾覆重器。操赘阉遗丑……"此即所谓"上及父祖"。作者意中，盖谓陈琳终遇曹操，操爱其才，不咎既往，委以军国文书之重任，使之得以施展才能，诚可谓"霸才有主"。己则才亦堪比陈琳，可称霸才，然遭遇不偶，飘蓬无托，故过其坟而方羡君之终遇明主矣。全句盖慨己与陈琳才虽同而遇则异。

〔六〕石麟，石刻麒麟。古代帝王显宦墓前石刻群中常有石麟、石虎等。此类石刻非陈琳墓前所应有，系指遥想中曹操墓前之石麟，参下句意益显。春，《全唐诗》校："一作秋。"误。

〔七〕铜雀，台名。《三国志·魏书·武帝纪》："（建安十五年）冬，作铜雀台。"晋陆翙《邺中记》："铜爵台高一十丈，有屋一百二十间。"《水经注·浊漳水》："邺西三台……中曰铜雀台，高十丈，有屋百一间。"

〔八〕将，持。从军，指入戎幕。按：作者于作此诗稍后，途经扬州，有《感旧陈情五十韵献淮南李仆射》，系投献时任淮南节度使李绅之作，中云："有客将谁托，无媒空自怜……未展干时策，徒抛负郭田，转蓬犹邈尔，怀橘更潸然。"此与本篇"今日飘蓬""霸才无主"之语正合；又云："舟弱营中柳，披敷幕下莲。倘能容委质，非敢望差肩。"有希冀入李绅幕之意，与"欲将书剑学从军"之语亦正合。学从军，学陈琳之在曹操幕府，施展自己之文才。

笺评

方回曰：谓曹操有无君之志而后用此等人，甚妙。（《瀛奎律髓》卷二十八）

周弼曰：前虚后实体。（《删补唐诗选脉笺释会通评林·晚七律》引）

顾璘曰：此篇前四句浊俗。后语颇实，终不脱晚唐。（《批点唐音》）

李维桢曰：感怀寄意中，尽伤心语。（《唐诗隽》）

周珽曰：自古称才难，才非难，知之者难。知而宠遇维艰，犹弗知也；遇而明良乖配，犹弗遇也。如陈琳名列"邺中七子"，比之贾生之于汉文，终屈长沙稍殊，而飞卿犹以"霸才无主"为琳叹息，若祢衡不免杀戮之惨，怀才至此，时运之厄，不令人千载感吊乎！故读"汉文有道恩犹薄，湘水无情吊岂知"与"词客有灵应识我，霸才无主始怜君"之四语，既知君臣遇合之难；读"曹瞒尚不能容物，黄祖何曾解爱才"，益为万古英豪魂惊发竖矣。又曰：首谓曾于史传见君遗文，已知为一代词客，第生不同时，无由识面，今过其坟，不能不吊其才也。次联正吊之之词。言君若有灵，应识我为千载知己，但君有霸佐之才，而东臣西仕，遇非其主，虽有才无用，岂不足怜哉！既死之后，墓上石麟埋没，与邺都铜雀之胜同一消废，而魏王虽见为贤才，终非怜才之主可知也。然则人而有才，惟济（际？）遇何如耳。所以未尽如其愿者，故临风惆怅，莫怪因琳而倍增，欲将书剑学从军，恐知遇亦如琳也。（《删补唐诗选脉笺释会通评林·晚七律》）

金圣叹曰：（前解）一、二言昔读其文，今过其坟也。不知从何偷笔，忽于句中魆地插得"飘零"二字，于是顿将上句十四字，一齐收来尽写自己。犹言昔读君文之时，我是何等人物；今过君坟之时，竟成何等人物，则焉禁我之不失声一哭也。三、四词客有灵，霸才无主。"应识我""始怜君"，其辞参差屈曲，不计如何措口，妙，妙！犹言昔读君之文时，我亦自拟霸才，今过君坟之时，我亦竟成无主。然则我识君，君应识我；我怜我，故复怜君也。（轻细手下，又有如此屈曲）（后解）前解之二句，若依寻常笔墨，则止合云"今日荒凉过古坟"也，忽被"飘零"二字横搀过去，先自写其满胸怨愤，于是直至此五、六，始得补写古坟。然而七云"莫怪"，八云"欲将"，依旧横搀过去，仍写自己。盖自来笔墨，无此怨愤之甚矣。（《贯华堂选批唐才子诗》卷六）

吴乔曰：诗意之明显者，无可著论，惟意之隐僻者，词必迂回婉曲，必须发明。温飞卿《过陈琳墓》诗，意有望于君相也。飞卿于邂逅无聊中，语言开罪于宣宗，又为令狐绹所嫉，遂被远贬。陈琳为袁绍作檄，辱没曹操之祖先，可谓酷毒矣。操能赦而用之，视宣宗何如哉！又不可将曹操比宣宗，故托之陈琳，以便于措词，亦未必真过其墓也。起句"曾于青史见遗文，今日飘零过古坟"，言神交，叙题面，以引起下文也。"词客有灵应识我"，刺令狐绹之无目也；"霸才无主始怜君"，"怜"字诗中多作"羡"字解，因今日无霸才之君，大度容人之过如孟德者，是以深羡于君。"石麟埋没藏春草"，赋实境也；"铜雀荒凉对暮云"，忆孟德也。此句是诗之主意。"莫怪临风倍惆怅，欲将书剑学从军"，言将受辟于藩府，永为朝廷所弃绝，无复可望也。怨而不怒，深得风人之意。以李顾之"新加大邑绶仍黄，近与单车向洛阳。顾盼一过丞相府，风流三接令公香"，"知君官属大司农，诏幸骊山职事雄。岁发金钱供御府，昼看仙液注离宫"等

视此，直是应酬死句。（《围炉诗话》卷一）

陆次云曰：凭吊古人诗，得恁般亲切，性情不远。（《五朝诗善鸣集》）

杨逢春曰：此诗吊陈琳，都用自己伴说，盖己之才与遇，有与琳相似者，伤琳即以自伤也。（《唐诗绎》）

胡以梅曰：五、六承"古坟"，是中二联分承一、二之法。结仍以三、四之意归于己，欲学古人，故"倍惆怅"耳。自有一种回环情致。（《唐诗贯珠串释》）

赵臣瑗曰：题是吊古，诗却是感遇。看他起手，一提一落，何尝不为陈琳而设。而特于其中间下得"飘零"二字，此便是通篇血脉也。（《山满楼笺注唐诗七言律》）

《唐诗鼓吹评注》：此言陈琳文章曾于青史中见之，我今飘零到此而过其墓焉。以余之寥落不偶，"词客有灵"，知当"识我"；而公之始事袁绍，绍非霸才，不堪佐辅，我亦"当怜君"也。兹者，古墓石麟长埋秋（《鼓吹》作"秋"）草，而当时事曹公而游铜雀，今亦荒凉寂寞，台锁暮云。余也飘零，过此追慕遗风，亦将以书剑之术，学公之从事于军中也。能不临风惆怅哉？（卷七）

何焯曰：感愤抑物，不觉其词之过。（《唐三体诗评》）又曰：不与科第，直思作贼。愤东诸侯不足与有为，故曰"霸才无主"。只前三句借陈发端，后五句都是思曹瞒耳。（《唐诗鼓吹评注》卷八何氏眉批）

朱三锡曰：一言昔读公之文，二言今过公之墓。无端于二句十四字中忽地插入"飘零"二字，顿将读史、过墓二句文字，一齐都收到自己身上来，妙，妙。言昔日读史时何等气概，今日过墓时何等胸襟，感怀及此，不觉失声一哭也。三、四"应识我""始怜君"即承此意来。五、六写墓。七、八仍写自己。通首只将"飘零"二字，写尽满腔怨愤，参差屈曲，绝妙文章。（《东岩草堂评订唐诗鼓吹》卷七）

冯舒曰：（方回解）误甚。（《瀛奎律髓汇评》卷二十八引）冯班曰：第四句自叹也。（同上引）

纪昀曰："词客"指陈，"霸才"自谓。此一联有异代同心之感，实则彼此互文。"应"字极兀傲，"始"字极沉痛。通篇以此二语为骨。纯是自感，非吊陈琳也。虚谷以"霸才"为曹操，谬甚。（同上引）

沈德潜曰：前四句，插入自己凭吊。五、六句，魏武亦难保其荒台

矣，对活。七、八句，已与琳踪迹相似，言袁绍非霸才，不堪为主也。有伤其生不逢时意。（《重订唐诗别裁集》卷十五）

毛张健曰：（首二句）自写飘零，已伏下意。（末二句）以琳自况，回顾"飘零"。（《唐体肤诠》）

张世炜曰：飞卿负才不遇，一尉终身。此诗借他人杯酒，浇自己块垒矣，读之堕千古才人之泪。（《唐七律隽》）

宋宗元曰：同调相惜，才不是泛然凭吊。（《网师园唐诗笺》）

吴瑞荣曰：飞卿此篇，不愧与义山对垒。（《唐诗笺要》）

薛雪曰：《过陈琳墓》一起，汉唐之远，知心之通，千古同怀，何曾可隔。三、四神魂互接，尔我无间。乃胡马向风而立，越燕对日而语，惺惺相惜，无可告语。（《一瓢诗话》）

屈复曰：抑扬顿挫，沉痛悲凉，结亦甚合。"飘零"一篇之主，三、四紧承二字。（《唐诗成法》）

许印芳曰：三、四语晓岚之说最当。虚谷之解固非。又沈归愚云："言袁绍非霸才，不堪为主也。有伤其生不逢时意。"此解胜虚谷，然亦未的。（《律髓辑要》）

这可能是温庭筠最负盛名的一首诗，也是唐代七律中最优秀的作品之一。吴瑞荣说"飞卿此篇，不愧与义山对垒"，确非过誉。但从南宋末方回以来，这首诗却一直遭受各种各样的误解。这种误解，既有对关键词语、诗句的错误诠解，也有对全篇章法结构的错误梳理，更有对全诗意旨的错误阐释，而它们之间又存在着密切联系。这种盛誉与误解并存的情形，成为古代诗歌阐释史上的一道奇观。而在这种种错误解读的背后，又隐藏着更深层次的原因——用古代人对某一历史人物的看法和评价来替代诗人对历史人物的看法和评价。这种情况，在诗歌本意的被误读方面，并非偶发的个案。因此，正确理解诗的本意，并揭示出误解的根源，不仅对还原诗的本旨具有正本清源的意义，而且可以引发对诗歌接受史上的一种具有相当普遍性的现象的思考。

不妨先撇开前人的一切旧说，先进入诗人创造的诗歌艺术境界进行解读和鉴赏。

"曾于青史见遗文，今日飘蓬过古坟。"开头两句用充满仰慕、感慨的笔调领起全篇，说过去曾经在史书上拜读过陈琳的文章，今天在漂流蓬转的人生旅途中又正好经过并拜访陈琳的古老坟墓。古代史书常引录一些有关军国大计的著名文章，这类大手笔，往往成为文家名垂青史的重要凭借。陈琳所处的建安时代，是一个文学的自觉时代的开始。曹丕在《典论·论文》中所宣称的"文章经国之大业，不朽之盛事。年寿有时而尽，荣乐止乎其身，二者必至之常期，未若文章之无穷"，正可视为文学自觉的宣言，也可移作"青史见遗文"的注脚。陈琳一生，虽有遇与不遇，但所从事的始终是文章之事，官位并不显达，但凭借其"青史"所载之"遗文"，"声名自传于后"。因而首句不仅点出陈琳以文章著名于当时与后世，而且寓含着歆慕与尊崇的感情。先着此一句，第二句正面点题，读者在感情上就有了酝酿和准备，感受到了诗人落笔之郑重。"今日飘蓬"四字，暗透出诗中所抒的感慨和诗人当时的际遇分不开，而这种感慨又是紧密联系着陈琳这位前贤的际遇来抒写的。不妨说，这是对全篇构思的一种提示。在写这首诗之前的文宗大和末年（835），诗人曾游江淮，拜谒地方长官，为其属下的小人所嫉妒、相倾，并受到"守土者"之"忘情积恶"与"当权者"之"承意中伤"，从而导致"绝飞驰之路，塞饮啄之涂"的严重后果。（见《上裴相公启》）开成元年（836）始从太子李永游，三年九月，文宗以皇太子"慢游败度，欲废之"，十月太子暴薨。四年秋，庭筠参加京兆府试，荐名居第二，然竟因遭人毁谤被黜落，取消了第二年春天应礼部进士试的资格和翌年秋参加京兆府试的资格。这一连串沉重的打击，对于一位自命"经济怀良画"的才人来说，无异于雪上加霜。从这里可以体味出"今日飘蓬"所蕴含的政治境遇之艰困和感情之沉痛。这也是后面几联所抒发的感情产生的根由，不妨说它又是全诗之根。

"词客有灵应识我，霸才无主始怜君。"颔联紧承首联，"君""我"对举夹写，是全篇托寓的重笔，对句更是全篇的主体。"词客"，承首句"青史见遗文"，指以文章名世的陈琳；"识"，这里含有真正了解、相知的意思。出句是说，陈琳灵魂有知，想必会真正了解我这个飘蓬不遇的异代才人吧。这里蕴含的感情颇为复杂。其中既有对自己才能的自负自信，又含有才人惺惺相惜、异代同心的意思。纪昀评道："'应'字极兀傲。"这是很有见地的。但却忽略了另一更重要的方面，这就是诗句中所蕴含的极沉痛的感情，诗人在《书怀百韵》这首长诗中曾慨叹道："有气干牛斗，无人辩辘轳（即鹿卢，宝剑名）。"他觉得自己就像一柄气冲斗牛而被沉埋的宝剑，不为世人所知。一个杰出的才人，竟不得不把真正了解自己的希望寄托在早已作古的前贤身上，正反映出他见弃于当时的寂寞处境和"举世无相识"的沉重悲慨。因此，"应"字便不单是自负，而且含有世无知音的自伤与愤郁。对句"霸才"，指辅佐明主成就霸业之才，亦即雄才，温庭筠在诗中一再表明自己"经济怀良画，行藏识远图"，"自笑漫怀经济策，不将心事许烟霞"，宣称"韬钤岂足为经济，岩壑何尝是隐沦"，他之所以"霸才"自指，正是这种抱负和自信的表现。在他看来，陈琳这位"词客"，始谏何进，不被采纳；继事袁绍，又不被重用；但终遇曹操这样一位惜才重才，不计前嫌，委以军国文书重任的明主，也算得上是"霸才有主"，得以施展才能抱负了。而自己连多年寓居的长安也待不住，不得不东归吴中旧乡，漂流蓬转。"霸才无主"四字，正是对自己困顿境遇的写照，其中也寓含着与陈琳境遇的对比。正因为自己"霸才无主"，对照陈琳的终遇重才的明主，因而不由得羡慕陈琳的际遇。纪昀说：'始'字极沉痛。"体味得也同样深切。在诗人心目中，自己的才能抱负即使不超越陈琳这位以文章名世的前贤，至少也可与其比肩匹敌，但境遇之偃蹇竟然如此，这就自然不能不羡慕陈琳了。"始"字中正含有才同遇异、事与愿违、生不逢时等种种悲愤与无奈的复杂感慨。如果说"今日飘蓬"四字是全篇之根，那么这一句就是全篇之主——既是主体，也是主旨。

　　"石麟埋没藏春草，铜雀荒凉对暮云。"腹联紧承第四句，由悲慨自己的"霸才无主"、羡慕陈琳的霸才有主转而缅怀陈琳当年所遇的明主曹操，从眼前陈琳的古墓遥想曹操的坟墓和所建的铜雀台。时空跨越，仿佛不可端倪，却自有其内在感情发展逻辑。在诗人的想象中，曹操的陵墓前的石麒麟，恐怕早已倾圮残败，埋藏在茂盛的春草之中，他在世时所建造的铜雀高台，如今也只剩下荒凉的遗址，空对着黯淡的暮云了。这一联的意蕴，与陈子昂的《蓟丘览古·燕昭王》"南登碣石馆，遥望黄金台。丘陵尽乔木，昭王安在哉"，以及李白的《行路难》之二"昭王白骨萦蔓草，谁人更扫黄金台"类似。这不仅是对曹操这样一位具有雄才大略而又重视人才的明主的追思，也是对那个重视人才的时代的追恋。"石麟埋没""铜雀荒凉"，正象征着一个重视人才时代的消逝，而诗人对当世这个弃才毁才的时代的不满，也就自在不言中了。

　　"莫怪临风倍惆怅，欲将书剑学从军。"尾联出句是对以上六句的总束，诗人之所以临风遥想，倍感惆怅，正缘自身"霸才无主"，飘零蓬转，生不逢时，与陈琳才同而遇异之故，句首用"莫怪"提起，正见这种惆怅之情出于必然。这句以感慨之笔重重一抑，对句却突作转折，遥承第四句"怜"字，向上一扬，由欣羡陈琳之霸才有主而欲效其行——"欲将书剑学从军"。两句意谓，请不要责怪我临风遥思倍感惆怅，我并不因今日飘蓬而自甘沉沦，而是要效法前贤，持书剑而从军戎幕，以求一展才能抱负。这个结尾，和陈子昂《燕昭王》的结尾"霸图怅已矣，驱马复归来"，李白《行路难》的结尾"行路难，归去来"都有所不同，表现出虽遭重重挫折，仍思奋发进取、建功立业的精神。联系他在写这首诗后不久，即抵扬州谒见淮南节度使李绅，作《感旧陈情五十韵献淮南李仆射》诗，明确表示希企入幕意图（诗末有"冉弱营中柳，披敷幕下莲。倘能容委质，非敢望差肩"之句），"欲将书剑学从军"之语并非泛泛表态，而是对即将付诸行动的意图的明确宣示。

全诗贯串着诗人自己和陈琳之间不同的时世、不同的际遇的对比，即霸才无主和霸才有主的对比、青史垂名与飘流蓬转的对比。文采斐然，寄托遥深，不下李商隐咏史怀古佳作。就咏怀古迹一体看，不妨视为杜甫此类作品的嫡传。

诗人过陈琳墓，深有感于琳之终遇曹操，得展才能，青史遗文，名垂后世，而自己则霸才无主，飘零蓬转，因而欣羡琳之得遇重才之明主，叹己之才同而遇异。"飘蓬"二字，固全篇感情之根由，"霸才无主始怜君"一语，尤为全篇之主意。"怜（美）君"之中，即包含对陈琳"霸才有主"的认定。因己之"霸才无主"，故对陈琳所遇之"主"曹操无限向往追慕，五、六一联即因此而生。西陵石麟早已深埋春草，铜雀高台今亦荒凉空对暮云。彼重才之明主已杳然不见，安得不临风而倍感惆怅也哉！因琳之"霸才有主"，己不但羡之，且欲追踪前贤，"欲将书剑学从军"，此一篇之大意，亦全篇思想感情发展的脉络线索。但自方回以来，对这首诗的内容旨意实未领会。纪昀"霸才自谓"之说，吴乔"怜作羡解"之说固为确解，但对全篇意旨仍未掌握。究其原因，主要由于自南宋尊蜀汉为正统以来，对曹操形成贬抑性乃至否定性的传统观念，影响到对此诗主旨的正确理解，如方回谓"曹操有无君之志而后用此等人"，周珽谓"遇非其主，虽有才无用"，何焯谓"不与科第，直思作贼"，均其例。实则魏武素以"唯才是举"著称，其重才识才之意，屡见于诗文，且付诸实践，其卒成霸业者，此为重要原因。唐人对魏武并无后世之贬抑性观念，如张说《邺都引》云："君不见魏武草创争

温庭筠

天禄，群雄睚眦相驰逐。昼携壮士破坚阵，夜接词人赋华屋。"即表现出对其重用"壮士""词人"，成就武功文治之赞美。此诗对曹操之追慕缅怀，明显表现在五、六一联中，由于对曹操的事功及重视人才缺乏正确认识，故对陈琳之事曹操亦认为遇非其主，从而将"才同而遇异"的原意误解为"己之才与遇，有与琳相似者，伤琳即以自伤也"，而"怜"字这一关键词语亦被误解为"怜惜""同情"，而失其羡慕的本意。影响所及，五、六一联亦无法正确感受理解其追缅曹操之原意，且与前后无法贯串，"学从军"亦与"伤琳即以自伤"之解相矛盾。错误的传统观念影响到对诗意的正确理解，这是一个典型例证。这也正是诗歌接受史上一场悬而未决的公案。庭筠《蔡中郎坟》云："古坟零落野花春，闻说中郎有后身。今日爱才非昔日，莫抛心力作词人。""今日爱才非昔日"一语，正可为《过陈琳墓》所表现的"才同而遇异"的悲慨作一注脚。

题崔公池亭旧游〔一〕

皎镜芳塘菡萏秋〔二〕，此来重见采莲舟〔三〕。
谁能不逐当年乐〔四〕，还恐添成异日愁〔五〕。
红艳影多风袅袅〔六〕，碧空云断水悠悠〔七〕。
檐前依旧青山色，尽日无人独上楼。

校注

〔一〕《全唐诗》校："一作题怀贞亭旧游。"按：《文苑英华》卷三百十六题作《题怀贞亭旧游》，校："集作'崔公池亭'。"崔公，名未详。庭筠有《经故秘书崔监扬州南塘故居》七律，此"秘书崔监"为崔咸。《旧唐书·文苑传》："崔咸字重易……元和二年进士擢第，又登博学宏词科……及登朝，历践台阁，独行守正，时望甚重……累迁陕州大都督府长史、陕虢观察等使……入为右散骑常侍、秘书监。大和八年十月卒。"据白居易《祭崔常侍文》，咸曾为中书舍人。不知此诗题内之"崔公"是否即崔咸，姑录以备考。

〔二〕皎镜，形容水清如镜的池塘。芳，《全唐诗》原作"方"，校："一作芳。"按：冯抄宋本作"芳"，《文苑英华》作"方"，兹据冯抄宋本改。芳塘，池塘内有荷花，故称。菡萏，荷花。

〔三〕"此来重见"，明点"旧游"。联系下文，似是昔游有所遇。

〔四〕逐，《全唐诗》校："一作送。"句意谓当年荡舟采莲之游，谁能不追欢逐乐呢？盖谓昔游之尽兴。

〔五〕成，《全唐诗》校："一作为。"异日，他日，将来。谓当年之乐，还恐添成异日之愁。

〔六〕红艳，指荷花。影，《全唐诗》校："一作花。"按影多，谓荷花繁盛，水中倒影与水上之花枝一齐摇曳。

〔七〕作者《梦江南》词："山月不知心里事，水风空落眼前花。摇曳碧云斜。""斜晖脉脉水悠悠。"可与此句互参。

笺评

金圣叹曰：（前解）欲写昔日莲舟，反写今日莲舟；欲写今日感慨，反写后日感慨。不知其未措笔先如何设想，又不知其既设想后如何措笔，真为空行绝迹之作也。（后解）"红艳"七字，写今日池亭也；"碧空"七字，写昔日池亭也。"红艳"七字，写不是昔日池亭也；"碧空"七字，写不是今日池亭也。"依旧青山色"，妙！犹言不依旧者多矣。"无人独倚楼"，妙，犹言虽复喧喧若干游人，岂有一人是昔人哉！（《贯华堂选批唐才子诗》卷六）

朱三锡曰：重见采莲舟，池亭旧游也。三、四人多承写昔日景况，此偏反写后日感慨，设想灵幻，真空行绝迹之文。后半方写"池亭旧游"。"依旧青山色"，犹言不依旧者正多耳。"无人独倚楼"，岂竟无人同游耶？言昔日同游之人竟无人在伴，深为可感也。（《东岩草堂评订唐诗鼓吹》卷九）

毛张健曰：（"谁能"二句）承"重见"以伤旧游，笔意既曲，情味无限。（"红艳"二句）五句略松，六句急照本意。（《唐体肤诠》）

赵臣瑗曰：首句先将尔日池塘之景，一笔写开。次句亦不过是找足上文，妙在轻轻点得"重见"二字，而旧游之神理无不毕出。三、四承之，便全不费力矣。三一顿，四一宕，言日前已不如昔，后来安得如今？此盖从右军《兰亭记》中撮其筋节也（按：《兰亭集序》中有"当其欣于所遇，

温庭筠

2507

暂得于己，快然自足，不知老之将至。及其所之既倦，情随事迁，感慨系之矣。向之所欣，俯仰之间，已为陈迹，犹不能不以之兴怀。况修短随化，终期于尽？……后之视今，亦犹今之视昔，悲夫"等语）。五、六再写首句，红艳袅风，"菡萏秋"也；"碧空映水"，"方塘皎"也。一结无限感慨，"依旧青山色"，是青山而外，更无"依旧"者在矣。至"尽日无人"，则崔公亦且不在，此来之客独倚楼而已矣。当年之乐，岂可得而逐？而异日之愁，又岂待异日始添也耶！（《山满楼笺注唐诗七言律》）

屈复曰：情景兼到，照应有法。而三、四从已往、未来夹写"重来"，生新有致。此画家最忌之正面也。（《唐诗成法》）

庭筠七律，多风华秀美、清爽流利之作，这首《题崔公池亭旧游》却于风华秀美、清爽流利之中别具顿宕曲折、低回婉转之致和俯仰今昔之慨，且全篇避免正面具体叙事，只用空灵虚缈之笔隐约透露今昔情事，在他的七律中算得上别开生面的佳作。

"皎镜芳塘菡萏秋，此来重见采莲舟。"起句从眼前所见的崔公旧池写起：水清如镜的池塘里，开放着芳香红艳的荷花，时节已是初秋了。句末的"秋"字，不光是为了凑韵，也透露出满池的荷花不久行将凋落的前景。次句用"此来重见"点明"旧游"，紧承上句"芳塘菡萏"特意点出重见的主要对象——"采莲舟"，暗示这"采莲舟"在"旧游"中的突出位置，"旧游"中值得追忆兴感的情事都与它有密切关联。自汉乐府《江南》、梁武帝《江南弄·采莲曲》以来，梁、陈、隋、唐以女子荡舟采莲为题材的乐府诗均与爱情相关。这首诗写"旧游"而明点"采莲舟"，联系下文，似是昔游荡舟采莲而有所遇。但此处仅虚提一笔，使读者于"重见"二字中引动隐约朦胧的遐想。

"谁能不逐当年乐，还恐添成异日愁。"颔联"当年乐"即与"采莲舟"有关之"旧游"。但却避开对昔游之乐的具体描写，以顿宕摇漾的纯粹抒情之笔写今日的感慨。题曰"题崔公池亭旧游"，而诗曰"尽日无人独上楼"，明言此次重游故地，乃是独自一人，自始至终并无他人陪伴同游，因而第三句"谁能不逐当年乐"非谓此次重游，谁能不追效当年之乐。盖既为独自一人，又如何能追效当年之乐哉？其意盖谓：当年荡舟池上，面对红艳之荷花与采莲人，谁能不尽兴追欢逐乐呢？由于句法稍变（用散文句法表达，本为"当年谁能不逐乐"），遂易误解为今日重来效当年之乐，而下句之"异日"亦易理解为今日之"异日"，即将来。实则自"当年"视之，今日即当年之"异日"也。故第四句"还恐添成异日愁"，实蕴含双重意涵。一是当年尽兴而游时已有"添成异日愁"的预忧。二是今日重来，果然应验了昔日的预忧。重游旧地，重见莲舟，而采莲人已不复见，昔日之"还恐添成异日愁"，果不幸而成为面对的事实了。盖此类游宴，主人盛情招待，宴游荡舟之际，偶有所遇，本属寻常。游罢人散，下次重游，本已难期，即使重游，能否再见采莲舟上之伊人，更属渺茫。故昔日尽兴而游时有此预忧，原是常情；今日重来，舟在人杳，亦属自然。但诗人却将这样一段生活中常有的情事，写得如此顿宕曲折，委婉缠绵，空灵虚缈，摇曳生姿，既富情致，又寓感慨与人生哲理，使人读后深感情之难已，不能不说是大家手笔。赵臣瑗说"此盖从右军《兰亭记》中撮其筋节"，可谓具眼。对照《兰亭集序》中"当其欣于所遇，暂得于己，快然自足，不知老之将至。及其所之既倦，情随事迁，感慨系之矣。向之所欣，俯仰之间，已为陈迹，犹不能不以之兴怀"一段，便不难感到此联中所寓的人生感慨与人生哲理。

"红艳影多风袅袅，碧空云断水悠悠。"腹联即承"异日愁"，抒写"重见采莲舟"而不见伊人的情景：红艳的荷花依然在袅袅秋风中摇曳，而明艳如花的采莲人已不复见，唯见碧空云断，池水悠悠而已。两句音调婉转，感情缠绵，写景中透出一种物是人非、空廓失落之感。境界颇似其《梦江南》词"斜晖脉脉水悠悠""水风空落眼前花，摇曳碧云斜"。从中不难窥见其诗境与词境相通的消息。

"檐前依旧青山色，尽日无人独上楼。"尾联紧扣题目，由"池"而"楼"，写徘徊流连尽日，薄暮独自登楼，虽檐前青山依旧，而人事全非矣。从"尽日无人"之语看，则不但所怀之伊人杳然不见，池亭的主人崔公当亦逝世。故物是人非感慨中当寓含更广泛的内容。怀人之情与怀旧之感相互交融，将全诗的境界进一步拓展了。

温庭筠

2509

经李征君故居〔一〕

露浓烟重草萋萋〔二〕，树映阑干柳拂堤〔三〕。
一院落花无客醉，五更残月有莺啼〔四〕。
芳筵想象情难尽〔五〕，故榭荒凉路已迷〔六〕。
惆怅羸骖往来惯〔七〕，每经门巷亦长嘶〔八〕。

校注

〔一〕《才调集》卷二、《文苑英华》卷二百三十载此首。《唐诗鼓吹》卷八王建名下载此首，文字与此有歧异，题作"李处士故居"。按：此诗显为温作。李征君即李羽，为温庭筠过从甚密之挚友，庭筠诗中又称其为李处士、李羽处士、李十四处士。除本篇外，尚有《题李处士幽居》《春日访李十四处士》《李羽处士故里》《宿城南亡友别墅》《经李处士杜城别业》《登李羽处士东楼》《李羽处士寄新酝走笔戏酬》等首，均为李羽生前、死后温庭筠酬赠过访及凭吊之作。征君，征士之尊称，指不受朝廷征聘的隐士。《后汉书·黄宪传》："友人劝其仕，宪亦不拒之。暂到京师而还，竟无所就。年四十八终，天下号曰征君。"李羽故居在长安城南杜城（又名下杜城、杜县），即今西安市西南十五里之下杜村。李羽在此有别业，与寓居鄠杜的温庭筠邻近，故常相过从。

〔二〕烟重，指如烟的浓雾。萋萋，草繁茂貌。

〔三〕映，遮蔽。《文选·颜延之〈应诏观北湖田收〉》："楼观眺丰颖，金驾映松山。"李善注："映，犹蔽也。"

〔四〕五更，《鼓吹》作"半窗"。

〔五〕想象，缅怀、追忆。《楚辞·远游》："思旧故以想象兮，长太息而掩涕。"李商隐《及第东归次灞上却寄同年》："下苑经过劳想象，东门送饯又差池。"

〔六〕已，《鼓吹》作"欲"。迷，辨别不清。

〔七〕《英华》《鼓吹》此句作"风景宛然人自改"，《英华》校："（温）集作'惆怅羸骖往来惯'。"羸骖，瘦马，指诗人自己的坐骑。

〔八〕《英华》此句作"却经门巷马嘶嘶",《鼓吹》作"却惊门外马频嘶"。

笺评

金圣叹曰：（前解）一解先写故居。细思天下好诗，只在眉毛咳唾之间。如此前解一、二，露自浓，烟自重，草自萋萋，树自映阑干，柳自拂堤，曾有何字带得悲凉之状？却无奈作者眉毛咳唾之间，早有存亡之感，于是读者读未终口，亦便于眉毛咳唾之间，先领尽其存亡之感也。三、四，逐字皆人手边笔底寻常惯用之字，而合来便成先生妙诗。若知果然学做不得，便须千遍烂熟读之也。（后解）一解次写征君，看他避过自家眼泪，别写羸马长嘶，便令当时常常过从意尽出。（《贯华堂选批唐才子诗》卷六）

陆次云曰：心骨悄然。（《五朝诗善鸣集》）

贺裳曰：（温诗）写景如"一院落花无客醉，五更残月有莺啼"……真令人谡谡在耳，忽忽在目。（《载酒园诗话又编》）

赵臣瑗曰：此诗前半先写故居，后半乃是追悼征君也。勿谓起手十四字何曾有悲凉之状，予读之，早已觉其悲凉满目矣；三、四一承，乍见之，如不过是诗人口头语言，乃一连吟唱数十遍不厌者，何耶？以其情深而调稳耳。大凡好诗必从自然中来，此类是也。（《山满楼笺注唐诗七言律》）

《唐诗鼓吹评注》：此言旧居草树萋然，更无客至，唯有莺啼而已。是以芳筵不胜其想象，故榭唯见其荒凉。风景俨然而人无复在，经其门外，马亦为之长嘶也。（卷八王建诗）

宋宗元曰：（"一院"二句）的是故居。（《网师园唐诗笺》）

梅成栋曰：全从"故"字中想象得来。（《精选五七言律耐吟集》）

俞陛云曰："一院落花无客醉，五更残月有莺啼"此经李征君故宅而作。当日莺在庭院，列长筵招客，醉月飞觞，何等兴采！乃旧地重过，但有"一院落花""五更残月"，故其第七句有"风景宛然人事改"之叹。（《诗境浅说》）

温庭筠

2511

温庭筠是一个感情丰富、笃于友谊的诗人。在寓居鄠杜期间，与居于下杜的处士李羽相知，不但于李羽生前频频过访唱酬，而且于其死后一再重访旧居伤悼凭吊。这首《经李征君故居》就是李羽卒后，重访其旧居而悼念伤感之作。从诗所描写的情况看，诗人在李羽故居当有夜宿之情事，故有"露浓"及"五更残月"之景。较长时间的居留，不但表现出诗人流连徘徊，情难已已，而且为其感情体验提供了足够的时间条件。

　　"露浓烟重草萋萋，树映阑干柳拂堤。"首联写眼前所见李羽故居清晨时分景物：如烟的迷雾笼罩着茂草丛生的地面，草上沾满了浓密晶莹的露水，茂密的树枝树叶遮蔽着桥上的栏杆，垂柳的枝条轻拂着池堤。故居的草树桥栏堤柳，这一切都依然如旧，似曾相识，但俯仰顾盼之间，杳然不见人的踪影，这一切熟悉的景物便顿然显示出一种空廓凄清的况味。上句俯视，着一"浓"字、一"重"字，让人感到那萋萋芳草似乎不胜冷露浓雾的重压；下句仰观，着一"映"字、一"拂"字，景象虽摇曳多姿，却反衬出寂然无人的凄清。

　　"一院落花无客醉，五更残月有莺啼。"李羽嗜酒，且常招集名士宾客高谈宴饮，庭筠《李羽处士寄新酝走笔戏酬》说："高谈有伴还成薮，沉醉无期即是乡。已恨流莺欺谢客，更将浮蚁与刘郎。"可以想见昔日春暖花开时节，庭院之中列宴聚宾，高谈细斟，欢乐竟夕的情景，如今则人亡客散，再无往昔对花欢宴，尽醉而休的热闹场景，唯见一院落花，狼藉满地而已。独步空庭，面对五更时分一弯清冷的下弦残月，耳畔不时传来晓莺的啼鸣声，更触发对往日情景的追忆，增添凄清的况味。庭筠有关李羽的诗中，屡次写到"流莺""莺啼""闻莺"，如《宿城南亡友别墅》之"还似昔年残梦里，透帘斜月独闻莺"，及上引《李羽处士寄新酝走笔戏酬》之"已恨流莺欺谢客"，可见他在宿李羽别业时，清晨闻莺啼曾给他留下深刻印象和美好感受，而今人亡月残，清晨之际，庭院空寂无人，唯有莺啼依旧而已。则莺啼不但唤不起欢欣愉悦的感受，反而增添院空人亡的怅恨了。这一联的物是人非之慨，因借"无客醉"与"有莺啼"的对照映衬以传，点眼处尤在句末的"醉"字、"啼"字。"醉"字不仅透露出昔日共醉花前的欢聚情景，且传达出眼前院空无人、落花满地，无言似醉的神韵，堪称神来之笔。"啼"字不仅写出诗人此时闻莺的凄清感慨，且传出莺啼如有泪的悼伤情绪。

"芳筵想象情难尽，故榭荒凉路已迷。"腹联上句承第三句，进一步抒写对往日满院繁花、芳筵相对、欢聚竟夕情景的不尽追忆，补足第三句中所蕴含的无限低回伤悼之意。下句承第四句，进一步写故居的荒凉情景。旧日的台榭，曾是与友人列筵欢宴之所，如今已荒凉颓败，萋萋荒草长满了路径，连通往台榭的路也辨识不清了。上句追昔，下句伤今，昔之芳筵欢宴只留存于追忆之中，眼前面对的则是一片空寂与荒凉，今昔相形，益感情之难堪。

"惆怅羸骖往来惯，每经门巷亦长嘶。"尾联紧承第六句"路已迷"，撇开自己，写熟悉故人居处的瘦马每经此门亦频频长嘶。以羸骖识途反托己之"路已迷"，以马犹怀旧，反托人之情何以堪。这一画龙点睛之笔，非有真切生活体验不能道。一经拈出，遂成妙语。虽避开正面写侧面，但无限感怆之意自见于言外。《英华》作"风景宛然人自改"，不仅直白道出，反乏余味，且近套语。晏几道《木兰花》词"紫骝认得旧游踪，嘶过画桥东畔路"，师其意而不袭其辞，可谓善学。庭筠七律，每擅长用清浅语言与白描手法抒写真切怀旧之情，本篇为其显例。由于屡相过从，对李之居处极为熟悉。故居中一切草树花月、门巷亭榭均易唤起对已往两人密切交往的记忆与物在人亡的感怆，信手写来，情感自深，然亦须领联及尾联典型情景与生活细节之出色点染，方见精彩。

经旧游〔一〕

珠箔金钩对彩桥〔二〕，昔年于此见娇娆〔三〕。
香灯怅望飞琼鬓〔四〕，凉月殷勤碧玉箫〔五〕。
屏倚故窗山六扇〔六〕，柳垂寒砌露千条〔七〕。
坏墙经雨苍苔遍，拾得当时旧翠翘〔八〕。

校注

〔一〕《才调集》卷二载此首，题作"怀真珠亭"。按：诗中虽有怀旧游之句，但就全诗而言，系经旧游之地而有所怀想，仍以眼前景物为主。故题当作"经旧游"。作者另有《偶游》七律云："曲巷斜临一水间，小门终日不开关。红珠斗帐樱桃熟，金尾屏风孔雀闲。云髻几迷芳草蝶，额黄无限夕阳山。与君便是鸳鸯侣，休向人间觅往还。"所谓"旧游"，当属此类艳遇。

〔二〕珠箔，珠帘。金，《才调》作"银"。对，《才调》作"近"。彩桥，装饰华丽的桥。

〔三〕于，《才调》作"曾"。娇娆，美人。字亦作"娇饶"。《玉台新咏》载汉宋子侯《董娇饶》诗，后遂以"娇娆（饶）"代指美人。李商隐《碧瓦》："他时未知意，重叠赠娇娆。"

〔四〕飞琼，神话传说中西王母侍女。《汉武帝内传》："王母乃命诸侍女……许飞琼鼓震灵之簧。"此借指所怀女子，其人身份或为乐妓及歌姬侍妾一类人物。

〔五〕殷勤，情意深厚。碧玉箫，指侍姬吹箫。南朝乐府吴声歌曲《碧玉歌》："碧玉小家女，不敢攀贵德。感郎千金意，惭无千金色。"碧玉系东晋宗室汝南王之侍姬。此处又兼指箫以碧玉制成。

〔六〕山，屏山，形容屏风之形状如山形之曲折。山六扇，指屏风六曲。

〔七〕砌，台阶。露，指带露的柳枝。

〔八〕翠翘，妇女首饰，状如翠鸟尾上毛羽。韦应物《长安道》："丽人绮阁情飘飘，头上鸳钗双翠翘。"

（鉴）（赏）

此重游旧地而怀所恋女子之作，其人身份，视颔联"飞琼""碧玉"之称，当为歌姬侍妾一类人物。

"珠箔金钩对彩桥，昔年于此见娇娆。"起联谓昔年曾在珠帘金钩正对彩饰华美的画桥的居处遇见对方，点明题目。写其人居处，叠用"珠箔""金钩""彩桥"等色彩秾艳的字眼，以渲染所居之华美，其人之身影亦于珠帘金钩中隐现。

"香灯怅望飞琼鬓，凉月殷勤碧玉箫。"颔联追忆昔年"见娇娆"的情景：时值凉秋月夜，于香灯之下，怅望对方的鬓影，在明月之下，听对方吹奏碧玉箫。"怅望""殷勤"二语，透露对方虽借吹奏玉箫，通殷勤之意，但自己终未能与之相通，惟"怅望"而已。二句写出在华美温馨的环境中一种可望而不可即的怅惘情思和虽感遗憾却又追恋的复杂意绪。虽"殷勤"而"怅望"，表现的正是有情人难成眷属的遗憾。

"屏倚故窗山六扇，柳垂寒砌露千条。"腹联从追忆昔年转写此番重游所见：室内屏风六曲，仍倚故窗；室外柳垂寒阶，千条带露。景物如昔，而室空人杳，一片寂寥凄清的气氛。出句"故"字，透出物是人非的今昔之感；对句"寒"字，透出目睹此情景时心绪的凄寒寂寥。

"坏墙经雨苍苔遍，拾得当时旧翠翘。"尾联由室外寒阶垂柳而绕墙徘徊，于寻寻觅觅、恍然若有所失之际，见坏墙经雨，苍苔遍生，忽于墙边拾得旧翠翘，睹物思人，益感惆怅。上句见旧居荒颓，其人离去已久；下句却通过"拾得当年旧翠翘"这一偶然的细节，将诗人的思绪又拉回到从前的珠帘金钩、鬓影箫声的氛围中，与眼前的坏墙苍苔相映，益感情之难堪。

这首诗的内容，类似李商隐的《春雨》，均写重访旧地不见所思女子的失落惆怅，其风格亦同具绮艳的特点。而李作于绮艳中渗透浓重的感伤意绪，变绮艳为凄美芳菲，缠绵悱恻。而温作虽亦寓含失落惆怅之情，遣词用语却一味绮艳。李作"红楼"一联所创造之情景浑融、意蕴深远的境界，尤为温诗所缺乏。

过五丈原〔一〕

铁马云雕久绝尘〔二〕，柳阴高压汉营春〔三〕。
天晴杀气屯关右〔四〕，夜半妖星照渭滨〔五〕。
下国卧龙空误主〔六〕，中原逐鹿不因人〔七〕。
象床锦帐无言语〔八〕，从此谯周是老臣〔九〕。

校注

〔一〕《文苑英华》卷二百九十四载此首，题作"经五丈原"，校："集作过。"《三国志·蜀书·诸葛亮传》："（建兴）十二年春，亮悉大众由斜谷出，以流马运，据武功五丈原，与司马宣王（懿）对于渭南。亮每患粮不继，使己志不申，是以分兵屯田，为久驻之基。耕者杂于渭滨居民之间，而百姓安堵，军无私焉。相持百馀日，其年八月，亮疾病，卒于军，时年五十四。及军退，宣王案行其营垒处所，曰：'天下奇才也！'"按，五丈原在今陕西眉县西南渭水南岸。

〔二〕铁马，配有战甲的战马。雕，《全唐诗》校："一作雠。"云雕，云中雕鸟，形容马奔驰之迅疾。久，《全唐诗》校："一作共。"绝尘，绝迹。《宋书·自序》："间者獯猃凭横，掠剥边鄙，邮贩绝尘，峒介靡达。"句意谓昔日蜀魏交兵时铁骑如云中雕鸟般迅疾奔驰的景象久已绝迹。因误解"绝尘"为飞速奔驰之意而改"雕"为"骓"，又改"久"为"共"。

〔三〕柳营，西汉大将周亚夫驻军细柳（在长安附近），治军严整，后世称"柳营"。此代指诸葛亮当年驻军的营垒。事详《史记·绛侯周勃世家》。句意谓诸葛亮素以治军严整著称，如今唯见浓密的柳阴高高覆盖着往昔汉营的遗迹而已。"春"与"柳"相应。

〔四〕晴，《英华》作"清"。关右，指函谷关或潼关以西地区。王粲《从军诗五首》之一"相公征关右，赫怒震天威"。句意谓遥想当年，虽天晴气朗之时，仍可见杀气屯聚在五丈原一带的关右地区。

〔五〕妖星，古代指预兆灾祸的星。《左传·昭公十年》："居其维首，而有妖星焉。"此指预兆诸葛亮去世的星。《三国志·蜀书·诸葛亮传》裴注引《晋阳秋》曰："有星者而芒角，自东北西南流，三投再还，往大还小。俄而亮卒。"渭滨，渭水之滨。五丈原北滨渭水。

〔六〕下国，小国，指偏处西南一隅的蜀汉，相对于中原大国曹魏而言。语含贬损之意。卧龙，指诸葛亮。《三国志·蜀书·诸葛亮传》："（徐庶）谓先主曰：'诸葛孔明者，卧龙也，将军岂愿见之乎？'"误，《英华》作"寤"。空误主，谓诸葛亮隆中对策，建言刘备先取荆、益，建立三分之霸业，进而出师伐魏，统一中国，是空自误导先主。与下句意一贯。

〔七〕逐，《英华》作"得"。因，《英华》作"由"。《史记·淮阴侯列传》："（蒯通曰）秦失其鹿，天下共逐之，于是高材疾足者先得焉。"鹿，喻政权。不因人，非人谋所能致。

〔八〕锦，《全唐诗》校："一作空。"象床锦帐，象牙装饰的床和锦制的帷帐。句意谓蜀汉后主刘禅庸愚，空居象床锦帐，对国事不能出一语。

〔九〕老，《英华》校："集作旧。"《三国志·蜀书·谯周传》："谯周字允南，巴西西充国人也……后主立太子，以周为仆，转家令。时后主颇出游观，增广声乐，周上疏谏……徙为中散大夫，犹侍太子。时军旅数出，百姓凋瘁，周与尚书令陈祗论其利害。退而书之，谓之《仇国论》……后迁光禄大夫，位亚九列……景耀六年冬，魏大将军邓艾克江油，长驱而前……后主使群臣会议，计无所出……周曰：'……若陛下降魏，魏不裂土以封陛下者，周请身诣京都，以古义争之。'……于是遂从周。刘氏无虞，一邦蒙赖，周之谋也。"句意谓从此国之大事取决于谯周这样的老臣。

 评

陆次云曰：成事在天，惟有鞠躬尽瘁而已。武侯知己。（《五朝诗善鸣集》）

杨逢春曰：七、八是题后托笔。言亮卒后，蜀汉无人，老臣唯一谯周，卒说后主降魏耳。（《唐诗绎》）

吴乔曰：结句结束上文者，正法也；宕开者，别法也。上官昭容之评沈、宋，贵有馀力也。"曲终人不见，江上数峰青"，贵有远神也……温飞卿《五丈原》诗以"谯周"结武侯，《春日偶成》以"钓诸"结旅情……宕开者也。（《围炉诗话》卷一）

胡以梅曰：二、三可以言目今，亦可以言武侯当年，是活句。（《唐诗贯珠串释》）

沈德潜曰：一至五句，《出师》二表是也。六句，天意不可知。七、八句，诮之比于痛骂。（《重订唐诗别裁集》卷十五）

黄叔灿曰：首言铁马云雕，当时争战，久已绝尘矣。（《唐诗笺注》）

姚鼐曰：第三句借用细柳营以比武侯之营。五丈原在武功，东望盩厔，有汉离宫。然终是凑句，不佳。（《五七言近体诗钞》）

梅成栋曰：收二句痛煞、愤煞之言，却含蓄无穷。（《精选五七言律耐吟集》）

余成教曰：《过陈琳墓》《经五丈原》《苏武庙》三诗，手笔不减于义山。温、李齐名，良有以也。（《石园诗话》）

鉴 赏

这是一首以诸葛亮为吟咏对象的咏怀古迹七律。五丈原是诸葛亮六出祁山，最后一次兴师伐魏的驻军之地，也是他积劳成疾，鞠躬尽瘁，病死军中之所。蜀汉与曹魏，各方面的实力对比相差悬殊，诸葛亮晚年坚持伐魏，带有知其不可为而为之的性质，其悲剧的历史结局是必然的。温庭筠吟咏诸葛亮，对他的悲剧命运是有深切感受的。

"铁马云雕久绝尘，柳阴高压汉营春。"首联从眼前所见五丈原的春天景象兴起对往昔蜀魏交兵情景的追忆：在浓密的柳阴高高覆盖之下的原头上，该是诸葛亮当年驻屯陈兵的营垒吧，现在已是遗迹荡然了，当年两军交战时铁马如云中雕鸟飞翔一样奔驰的景象也久已绝迹了。两句由今及古，由当前的和平宁静景象遥想当年营垒密布、铁马驰突的战争景象，又由古而今，感慨蜀魏交兵历史遗迹的消逝，思绪回环往复，境界高远寥廓，气势雄浑壮阔。在感慨蜀魏交兵历史远去的同时，透露出来的是对当前和平而富于生机景象的欣喜。

"天晴杀气屯关右，夜半妖星照渭滨。"颔联分承一、二句，但所写的则是当年情事。上句说，遥想当年，即使在天晴气朗之时，由于铁马驰突，兵戈相击，整个五丈原地区都充满了杀气；下句说，经历多次交战，心力交瘁的诸葛亮终于病死军中，人们见到夜半时分预兆不祥的妖星高照着蜀军的营垒。两句分写战争之惨烈与诸葛亮的悲剧结局。"妖星"之事已暗示诸葛亮的悲剧乃是天意，而非人事。第三句如孤立地看，确如胡以梅所说"可以言目今，亦可以言武侯当年，是活句"，但与前后联系起来理解，就可发现，如此句是目前景象，一则与第二句所描绘的和平宁静景象冲突，二则与下句不相连贯，忽今忽古，跳跃过大而且突兀。

"下国卧龙空误主，中原逐鹿不因人。"腹联是诗人就诸葛亮的悲剧结局一事抒发感慨，发表议论，是全篇的主旨。诗人认为，诸葛亮虽号称卧龙，才能杰出，但他当年隆中对策时提出的先取荆益以成霸业，继而北伐中原统一中国的战略方针实在是空自误导了君主，要知道中原逐鹿，争夺天下，最后究竟由谁来统一中国并非取决于诸葛亮的个人才智。"空误主"三字，贬损之意明显；"不因人"，言外之意实由天命。这种历史观，带有浓厚的宿命色彩，但却是当时许多人的共识，李商隐的《武侯庙古柏》"玉垒经纶远，金刀历数终"，表达的正是同一观念。从客观实际情况看，当时的魏国，不但占据长江以北的大片国土，其财力、物力、人力资源条件也远胜于蜀汉，后者的覆灭只是时间迟早问题，而覆灭的命运则是必然的，从这方面看，蜀之覆亡确实不是诸葛亮的个人才智所能挽救的。

"象床锦帐无言语，从此谯周是老臣。"尾联承第六句，进一步补足题旨，说更何况继先主而立的后主刘禅庸愚无能，虽安居象床锦帐而对国事则不能置一词，而诸葛亮死后，他举荐的贤能蒋琬、费祎等也相继去世，从此朝中的老臣就只剩下谯周这种在国事危殆之际只能出降魏之谋的人了。诗人对谯周并无讥诮讽刺之意，实际上到邓艾伐蜀，攻克江油，兵临成都城下时，选择降魏确实是使"刘氏无虞，一邦蒙赖"的无奈决策。说诗人"诮之比于痛骂"，那是后世《三国演义》及其评点者的观念。

诗中所表现的杰出人物个人的才智无法挽救一个注定要覆亡的政权的观念，在晚唐有其普遍性，其中所透露的时代讯息值得注意。

蔡中郎坟〔一〕

古坟零落野花春〔二〕，闻说中郎有后身〔三〕。
今日爱才非昔日，莫抛心力作词人〔四〕。

校注

〔一〕蔡中郎，蔡邕，字伯喈，陈留人。汉献帝初平元年（190）拜左中郎将，其卒在初平三年。事详《后汉书·蔡邕传》，参注〔四〕。曾益注引《吴地志》：（蔡邕）坟在毗陵（今江苏常州市）尚宜乡互村。据《后汉书·蔡邕传》，邕曾"亡命江海，遗迹吴、会"，其墓在毗陵或因此而附会。此诗可能作于会昌三年（843）春，由吴中旧乡返长安途经常州时。

〔二〕"春"字用如形动词，温庭筠诗中"春"字多有此类用法，如"唯有漳河柳，还向旧营春"（《邯郸郭公祠》）、"浓阴似帐红薇晚，细雨如烟碧草春"（《题李处士幽居》）、"丝飘弱柳平桥晚，雪点寒梅小院春"（《和道溪君别业》）、"西州城外花千树，尽是羊昙醉后春"（《经故翰林袁学士居》）、"雀声花外暝，客思柳边春"（《江岸即事》）、"野梅江上晚，堤柳雨中春"（《和段少常柯古》）、"沃田桑景晚，平野野花春"（《宿沣曲僧舍》）、"桑浓蚕卧晚，麦秀雉声春"（《送北阳袁明府》）等，均其例。此句"春"字系呈现春色之意。

〔三〕《太平御览》卷三百六十引《裴子语林》："张衡之初死，蔡邕母始孕。此二人才貌相类，时人谓邕是衡之后身。"事又见《殷芸小说》卷三。佛教有"三世"之说，谓转世之身为后身。《文心雕龙·才略》："张衡通略，蔡邕精雅。文质彬彬，隔世相望。"以蔡邕与张衡并称，且言其"隔世相望"，此类论述殆即蔡为张之后身之传说所本。此句则谓，听说如今蔡中郎又有后身。按：蔡邕有后身，载籍未见，殆诗人之推想或姑妄言之。从语

2519

气口吻看，当为不确定的泛指。而诗人意中，则隐然以蔡邕转世之身自许，观末句自知。

〔四〕莫，《万首唐人绝句》作"柁"。词人，擅长文辞的人。《后汉书·蔡邕传》："少博学，师事太傅胡广。好辞章、数术、天文，妙操音律。……建宁三年，辟司徒桥玄府，玄甚敬待之……召拜郎中，校书东观……熹平四年……奏求正定六经文字，灵帝许之。邕乃自书册于碑，使工镌刻，立于太学门外。"后为宦官中伤，下狱，与家属髡钳徙朔方，居五原。邕在东观时，尝与卢植、韩说撰《后汉纪》未成，在五原奏其《十意》（即十志），"（桓）帝嘉其才富，会明年大赦，乃宥邕还本郡"。复为人所谮，亡命江海，远迹吴、会。"中平六年，灵帝崩，董卓闻邕名高，辟之，称疾不就。卓大怒……邕不得已，到，署祭酒，甚见敬重……三日之内，周历三台……献帝迁都长安，封高乡县侯……卓重邕才学，厚相遇待……及卓被诛，邕在司徒王允坐，殊不意言之而叹，有动于色，允……即收付廷尉治罪。邕陈辞谢，乞黥首刖足，继成汉史。士大夫多矜救之，不能得。太尉马日磾驰往谓允曰：'伯喈旷世逸才，多识汉事，当续成汉史，为一代大典。'"允不从，遂死狱中。以上记载，既见邕之博学多才，又见其才受到当时皇帝、大臣的重视。

笺评

陆次云曰：借古人发泄，立意遂远。（《五朝诗善鸣集》）

刘永济曰：此感已不为人知而作。以蔡邕曾识王粲，欲以藏书赠之，伤今日无爱才如蔡邕者，故有"莫抛心力"之句。（《唐人绝句精华》）

鉴赏

温庭筠的七律《过陈琳墓》是寄慨遥深，文采斐然的名作，他的这首《蔡中郎坟》则不大为人注意。其实，这两首诗虽然内容相近，艺术上却各有千秋，不妨参读并赏。

首句正面写蔡中郎坟。蔡邕卒于汉献帝初平三年（192），到温庭筠写这首诗时（会昌三年春，843），已经六百五十余年。历史的风雨，人世的变迁，使这座埋葬着一代名士的古坟已经荒凉颓败不堪，只有那星星点点不知名的野花点缀在它的周围。"野花春"的"春"字，形象地显示出逢春而发的野花开得热闹繁盛，春意盎然。由于这野花的衬托，更显出古坟的零落荒凉。这里隐隐透出一种今昔沧桑的感慨，这种感慨，又正是下文"今日爱才非昔日"的一条引线。

第二句暗含着一段故实。南朝梁代《殷芸小说》记载：张衡死的那一天，蔡邕的母亲刚好怀孕。张、蔡二人，才貌非常相似，因此人们都说蔡邕是张衡的转世后身。这原是人们对先后辉映的才人文士传统继承关系的一种带有迷信色彩的传说，诗人却巧妙地利用这个传说进行推想：既然张衡死后有蔡邕作为他的后身，那么蔡邕死后想必也会有后身了。这里用"闻说"这种活泛的字眼，正暗示"中郎有后身"乃是出之传闻或是推测。如果单纯咏古，这一句似乎应当写成"闻说中郎是后身"或"闻说张衡有后身"。现在这样写，既紧扣题内"坟"字，又巧妙地将诗意由吊古引向慨今。在全诗中，这一句是前后承接过渡的枢纽，诗人写来却似顺口道出，毫不费力，可见其艺术功力。

"今日爱才非昔日，莫抛心力作词人。"三、四两句，紧承"中郎有后身"抒发感慨，是全篇主意。蔡邕生当东汉末年政治黑暗腐朽的时代，曾因上书议论朝政阙失，遭到诬陷，被流放到朔方；遇赦后，又因宦官仇视，亡命江海，遁迹吴、会；董卓擅权，他被迫出来做官；卓被诛后，又因与卓的关系病死狱中。总其一生，遭遇还是相当悲惨的，可以说是一个身处衰颓末世的才人不能掌握自身命运的悲剧典型。但他毕竟还是被允许参与校写熹平石经这样的盛事，而且董卓迫他为官，也是因为欣赏其文才。一生中还受到过上至皇帝，下至大臣及众多士大夫的嘉许推重。而今天的文士，则连蔡邕当年那样的待遇也得不到，只能老死户牖，与时俱没。因此诗人十分感慨，对不爱惜人才的当权者来说，蔡邕的后身生活在今天，即使用尽心力写作，又有谁来欣赏和提拔呢？还是根本不要白白抛掷自己的才力吧。

这两句好像写得直率而刻露，但并不妨碍其内涵的丰富与深刻。这是一种由高度的概括、尖锐的揭发和绝望的愤慨所形成的耐人思索的艺术境界。熟悉蔡邕所处的时代和他的具体遭遇的人，都不难体味出"今日爱才非昔日"这句诗中所包含的深刻的悲哀。如果蔡邕的时代都算爱才，那么"今日"之糟蹋人才便不问可知了。换言之，"今日"之世，就"爱才"而论，尚不如"昔日"之东汉末世；推而论之，则"今日"之皇帝大臣，甚至不如"昔日"之桓、灵、董卓。愤懑之情，溢于言表，对"今日"之批判，可谓

温
庭
筠

强烈尖锐之至。正因为这样，末句不是单纯地慨叹"枉抛心力作词人"，而是愤激决绝地说"莫抛心力作词人"。诗中讲到"中郎有后身"，看来诗人是隐然以此自命的，但又不明说。这样，末句的意思就显得比较活泛，既可理解为告诫自己，也可理解为告诫所有"抛心力作词人"的人们，内涵既广，艺术上亦复耐人寻味。这两句诗是对那个糟蹋人才的时代的有力抨击，也是广大文士不平心声的集中表露。

弹筝人〔一〕

天宝年中事玉皇〔二〕，曾将新曲教宁王〔三〕。
钿蝉金雁今零落〔四〕，一曲伊州泪万行〔五〕。

校注

〔一〕《才调集》卷二、《文苑英华》卷二百十二载此首，题均作"赠弹筝人"。筝，拨弦乐器，形似瑟。应劭《风俗通·声音·筝》："筝，谨按《礼·乐记》'筝，五弦筑身也'。今并、凉二州筝形如瑟，不知谁所改作也。或曰秦蒙恬所造。"《隋书·音乐志下》："四曰筝，十三弦。"

〔二〕中，《全唐诗》校："一作间。"玉皇，道教称天帝为玉皇大帝，简称玉帝、玉皇。此借指唐玄宗（玄宗崇奉道教，故称。玄宗以前皇帝未见有称其为玉皇者）。无本《马嵬》亦云："一自玉皇惆怅后，至今来往马蹄腥。"

〔三〕《旧唐书·睿宗诸子传·让皇帝宪》："让皇帝宪，本名成器，睿宗长子也。文明元年，立为皇太子……（开元）四年……改名宪，封为宁王……二十九年……十一月薨。"《新唐书·让皇帝宪传》："凉州献新曲，帝御便坐，召诸王观之。宪曰：'曲虽佳，然宫离而不属，商乱且暴，君卑逼下，臣僭犯上。发于忽微，形于音声，播之咏歌，见于人事，臣恐一日有播迁之祸。'帝默然。及安、史乱，世乃思宪审音云。"《开元天宝遗事》卷上："天宝初，宁王日待，好声乐，风流蕴藉，诸王弗如也。"按：宁王李宪薨于开元二十九年（741），此弹筝宫妓如曾将新曲教宁王，则开元时即已入宫，至开元末年龄已近二十岁，此诗如作于庭筠二十岁（820）左右，则其时弹筝人已届百岁，则"曾将新曲教宁王"之句不但与首句"天宝年中事玉皇"相矛盾（天宝时宁王已卒），其年龄亦不可信。天宝后期宫妓至元和末尚存世自有可能，但将新曲教宁王则姑妄言之，不必当真。

〔四〕钿蝉，筝饰，蝉形金花。雁今，《英华》作"凤皆"。金雁，对筝柱的美称，筝柱斜列有如雁行，故云。李商隐《昨日》："十三弦柱雁行斜。"作"凤"者非。

〔五〕伊州，唐陇右道伊州伊吾郡，治所在今新疆维吾尔自治区哈密市。此句"伊州"为大曲名。《新唐书·礼乐志十二》："天宝乐曲，皆以边地名，若《凉州》《伊州》《甘州》之类。"《伊州》系商调大曲。白居易《伊州》："老去将何散老愁，新教小玉唱《伊州》。"伊州一带隋末为西域杂胡所据，贞观四年（630）归化。

笺评

顾璘曰：庭筠独此绝可观。（《批点唐音》）

桂天祥曰：时移代换，极悲处正不在弹筝者。（《批点唐诗正声》）

邢昉曰：可与中山"何戡"（刘禹锡《与歌者何戡》）比肩。（《唐风定》）

《梦蕉诗话》卷下：此作感慨凄惋，得诗人之怨也。

沈德潜曰：与"白头宫女""说玄宗"（元稹《行宫》）同意。（《重订唐诗别裁集》卷二十）

《绝句类选评本》：与刘宾客《赠旧宫人》诗同一感怆。

俞陛云曰：唐天宝间，君臣遐逸，歌舞升平，由极盛而逢骤变，由离乱而复收京。残馀菊部，白头犹念先皇。老去词人，青琐重赡禁苑，闻歌感旧，屡见于诗歌。如"白尽梨园弟子头""旧人唯有米嘉荣""一曲霖铃泪数行""村笛犹歌阿滥堆"，皆有"重闻天乐不胜情"之感，与玉谿（按：当为飞卿）之"金雁""钿蝉"齐声一叹也。（《诗境浅说》续编）

刘永济曰：弹筝人当系明皇宫妓，诗语系追忆昔时而生感叹，必弹筝人自述而诗人写以韵语也。（《唐人绝句精华》）

抒写时代盛衰之感，是中晚唐诗歌的重要主题，温庭筠的这首《弹筝人》便借抒写一位天宝年间曾经侍奉过玄宗的宫女乐妓弹筝的情景，抒发了强烈的时代沧桑之感。

"天宝年中事玉皇，曾将新曲教宁王。"诗的前幅是对弹筝人昔日身世经历的叙述。从叙述的语气口吻看，似乎是弹筝宫妓的自我介绍，而诗人择要加以转述的。弹筝人有值得追忆怀恋的荣宠过去，天宝年间曾经以"前头人"的身份侍奉过当时的玄宗皇帝，还曾将新制的曲调教过宁王。这里特意提到的两位人物，一个是前期励精图治，创造了开元盛世的皇帝；一个是当过皇太子，让位于弟的宁王李宪，其地位的崇高显赫可谓无以复加。而他们又都是酷爱精通音律的音乐家，前者是亲自教授梨园弟子的班头，"凡是丝管，必造其妙"，"虽古之夔旷，不能过也"（南卓《羯鼓录》）；后者也是"好声乐"以"审音之妙"闻名的宫廷音乐家。"事玉皇""教宁王"这样的荣宠经历，对于弹筝人而言，是值得自己永远追忆回味的，故言语口吻之间，自然流露出一种自我夸耀而又不胜追恋的意味。诗人在转达其昔日经历时，也于不经意中曲折流露出对开天盛世的向往追恋之情。

"钿蝉金雁今零落，一曲伊州泪万行。"三、四两句，时间上由昔而"今"，描写对象则由人而筝，由筝而曲，作大幅度的跳跃和转折，"钿蝉"是指筝上蝉形的金饰，"金雁"则是对筝柱的美称。往昔装饰华美的筝如今早已金饰零落、弦柱残破，但弹筝宫妓弹奏的却仍是开天国势极盛时期的商调大曲《伊州》。一曲奏罢，不但弹筝人悲泪纵横，连听筝的诗人自己也不禁触绪多端，泪沾衣襟。弹筝人曾在唐王朝极盛时代"事玉皇""教宁王"，所弹之曲《伊州》又使人自然联想起大唐帝国盛世的辽阔版图与壮盛声威。而今，时移世迁，唐王朝已是凋败衰颓，日薄西山。以一位经历盛衰两个时代的弹筝人，在衰世重弹盛世之"前朝曲"，不但弹者因感慨时世身世之沧桑巨变而"泪万行"，听者亦不胜今昔盛衰之感。音乐常是特定时代精神风貌的反映与象征。衰世而闻盛世之乐，既唤起对逝去不复返的盛世的怅然追忆，更触发对眼前所处衰世的无穷感慨。经历了盛衰两个时代的弹筝人和"钿蝉金雁今零落"的旧筝，正是大唐帝国今昔盛衰的见证和象征。自杜甫《江南逢李龟年》首开此调以来，中晚唐诗人，历有佳制，形成一借音乐抒盛衰的系列（包括时代盛衰和个人荣悴、朝局变化）。此类作品的艺术构思和魅力，值得深入研究。

瑶瑟怨〔一〕

冰簟银床梦不成〔二〕，碧天如水夜云轻〔三〕。
雁声远过潇湘去〔四〕，十二楼中月自明〔五〕。

温庭筠

校注

〔一〕《才调集》卷二、《万首唐人绝句》卷四十四载此首。瑶瑟，用美玉装饰的瑟。

〔二〕冰簟，竹席。银床，银饰的床。

〔三〕轻，淡、薄。

〔四〕远过，《绝句》作"还向"。潇湘，潇水与湘水的汇合处。潇水源出九嶷山，至永州入湘水。传雁南飞不过衡阳，潇湘一带正是雁南飞止宿之地。杜牧《早雁》："莫厌潇湘少人处，水多菰米岸莓苔。"

〔五〕十二楼，神话传说中的仙人居处。《史记·封禅书》："方士有言'黄帝时为五城十二楼，以候神人于执期，命曰迎年。"《汉书·郊祀志下》"五城十二楼"颜注引应劭曰："昆仑玄圃五城十二楼，仙人之所常居。"唐人诗中"十二楼"既可借指帝王宫苑中楼阁，也可借指道观。如李商隐《碧城三首》之一"碧城十二曲栏干"即指女道观，《赠白道者》之"十二楼前再拜辞"则指男道观。此首之"十二楼"可能指女道观。全诗所表现的内容亦即李商隐《送从翁从东川弘农尚书幕》之"素女悲清瑟"情景。

笺评

谢枋得曰：此诗铺陈一时光景，略无悲怆怨恨之辞。枕冷衾寒，独寐寤叹之意在其中矣。（《注解章泉涧泉二先生选唐诗》卷四）

胡应麟曰：此等入盛唐亦难辨，惜他作殊不尔。温庭筠《瑶瑟怨》、陈陶《陇西行》、李洞《绣岭词》、卢弼《四时词》，皆乐府也。然音响自是唐人，与五言绝稍异。（《诗薮·内编》卷六）

周珽曰：展转反侧，所闻所见，无非悲思，含怨可知。（《删补唐诗选脉笺释会通评林·晚七绝》）

黄周星曰：不言瑟而瑟在其中，何必"二十五弦弹夜月"耶？（《唐诗快》）

黄生曰：因夜景清寂，梦不可成，却倒写景于后。瑶瑟用雁事，亦如《归雁》用瑟事。轻，微也。（《唐诗摘抄》卷四）

宋宗元曰：深情遥寄。（《网师园唐诗笺》）

《精选评注五朝诗学津梁》：神韵独绝。

范大士曰："月自明"，不言怨，而怨已深。（《历代诗发》）

宋顾乐曰：此作清音渺思，直可追中、盛唐名家。（《唐人万首绝句选》评）

孙洙曰：通首布景，只"梦不成"三字露怨意。（《唐诗三百首》）

胡本渊曰：通篇布景，正以含浑不尽为妙。（《唐诗近体》）

俞陛云曰：通首纯写秋闺之景，不着迹象，而自有一种清怨……首句"梦不成"略露闺情，以下由云天而闻雁，而南及潇湘，渐推渐远，怀人者亦随之神往。四句仍归到秋闺，剩有亭亭孤月，留伴妆楼，不言愁而愁与秋宵俱永矣。此诗高深秀丽，作词境论，亦五代冯、韦之先河也。（《诗境浅说》续编）

刘永济曰：瑟有柱以定声之高下。瑟弦二十五，柱亦如之，斜列如雁行，故以"雁声"形容之。结言独处，所谓"怨"也。（《唐人绝句精华》）

富寿荪曰：刘禹锡《潇湘神》词："楚客欲听瑶瑟怨，潇湘深夜月明时。"殆为此诗所本。（《千首唐人绝句》）

刘拜山曰：用湘灵鼓瑟之事，写秋闺独处之情。空灵委婉，晚唐佳境。（同上）

 鉴赏

诗的题目和内容都很含蓄。瑶瑟，是玉镶的华美的瑟。瑟声悲怨，相传"太帝使素女鼓五十弦瑟，悲，帝禁不止，故破其瑟为二十五弦"（《史记·封禅书》）。在古代诗歌中，它常和别离之悲联结在一起。题名"瑶瑟怨"，正暗示诗所写的是女子别离的悲怨。

头一句正面写女主人公。"冰簟银床"指冰凉的竹簟和银饰的床。"梦不成"三字很可玩味。它不是一般地写因为伤离念远难以入眠，而是写她寻梦不成，会合渺茫难期，只能把希望寄托在本属虚幻的梦寐上；而现在，竟连梦中相见的微末愿望也落空了。这就更深一层地表现出别离之久远，思念之深挚，会合之难期和失望之强烈。一觉醒来，才发现连虚幻的梦境也未曾有过，伴着自己的只有散发着秋天凉意和寂寞气息的冰簟银床。这后一种意境，似乎比在冰簟银床上辗转反侧不能成眠更隽永而富情韵，仿佛可以听到女主人公轻轻的叹息。

"碧天如水夜云轻。"第二句不再续写女主人公的心情，而是宕开写景。展现在面前的是一幅清寥淡远的碧空夜月图：秋天的深夜，长空澄碧，月华似水，只偶尔有几缕轻薄飘浮的云絮在空中掠过，更显出夜空的澄洁与空阔。这是一个空镜头，境界清丽而略带寂寥。它既是女主人公活动的环境的背景，又是她眼中所见的景物，不仅衬托出人物皎洁轻柔的形象，而且暗透出人物清冷寂寞的心绪。孤居独处的人面对这清寥的景色，心中萦回着的也许正是"碧海青天夜夜心"一类的感触吧。

"雁声远过潇湘去。"这一句转从听觉角度写景，和上句"碧天"紧相承接。夜月朦胧，是不容易看到飞过碧天的大雁的。只是在听到雁声时才知道有雁飞过。在寂静的深夜，雁叫更增添了清冷孤寂的情调。"雁声远过"，写出了雁声自远而近，又由近而远，渐渐消失在长空中的过程，也从侧面暗透出女主人公凝神屏息、倾听雁声远去而若有所思的情状。古有湘灵鼓瑟和雁飞不过衡阳的传说，所以这里有雁去潇湘的联想。但同时恐怕和女主人公心之所系有关。雁足传书，听到雁声远去，女主人公的思绪也被牵引到南方。大约暗示女子思念的人正在遥远的潇湘那边。

"十二楼中月自明。"前面三句，分别从女主人公的所感、所见、所闻的角度写，末句却似撇开女主人公，只写沉浸在月光中的"十二楼"。诗中用神话传说中神仙所居的"十二楼"，或许借以暗示女主人公是女冠者流，或许借以指帝王宫苑中的华美楼阁，这里似指前者。"月自明"的"自"字用得很有情味。孤居独处的离人面对明月，会勾起别离的情思、团圆的期望，但月本无情，仍自照临高楼。"玉户帘中卷不去，捣衣砧上拂还来。"诗人虽只写了沉浸在月光中的高楼，但女主人公的孤寂、怨思，却仿佛融化在这似水的月光中了。这样以景结情，更增添了悠然不尽的余韵。

回到诗题。"瑶瑟怨"是否仅仅暗示女子的别离之怨呢？仔细寻味，似

温庭筠

2527

乎同时暗示诗的内容与"瑟"有关。"中夜不能寐，起坐弹鸣琴"（阮籍《咏怀》），如果说温诗头一句是写"中夜不能寐"，那么后三句不妨说就是"起坐弹鸣琴"了，不过写得极含蓄，几乎不露痕迹。刘永济说："瑟有柱以定声之高下。瑟弦二十五，柱亦如之，斜列如雁行，故以'雁声'形容之。"这是独具慧眼的发现。但我的理解，更倾向于第三句是将月夜闻雁声之实境与瑟上弦柱所发之乐声融为一体，不言弹瑟而瑟之音乐意境自见，不言弹瑟女子之清怨而怨思自见。它把弹奏时的环境气氛，音乐的意境和感染力，曲终时的情景，都融化在鲜明的画面中。弹瑟时正好有雁飞向南方，就像是因瑟声的动人而飞来，又因不胜曲中的清怨飞去一样。曲终之后，万籁俱寂，惟见月照高楼，流光徘徊。弹奏者则如梦初醒，怅然若失。这样理解，诗的抒情气氛似乎更浓一些，题面与诗的内容也更相称一些。

全篇除"梦不成"三字点出人物以外，全是景物描写。整首诗就像几个组接得很巧妙的写景镜头。诗人要着重表现的并不是女主人公的具体心理活动、思想感情，而是通过景物的描写和组合，渲染一种和主人公的相思离别之怨和谐统一的氛围、情调。冰簟、银床、秋夜、碧空、明月、轻云、南雁、潇湘，以及笼罩在月光下的玉楼，这一切，组成了清丽而含有寂寥哀伤情调的氛围。整个画面的色调和谐统一在轻柔朦胧的月色之中。读这样的诗，对诗中的人的思想感情也许只有一个朦胧的印象，但那具有浓郁诗意的情调、气氛却将长时间留在记忆中。诗构思精妙，表情含蓄，意境空灵莹澈，如笼罩在如水的月光中，其人其境其瑟其怨，都浑化为一体了。

过分水岭〔一〕

溪水无情似有情，入山三日得同行。
岭头便是分头处〔二〕，惜别潺湲一夜声。

 校注

〔一〕《文苑英华》卷二百九十四、《万首唐人绝句》卷四十四载此首。《水经注·漾水》："嶓冢以东，水皆东流；嶓冢以西，水皆西流。即其地势源流所归，故俗以嶓冢为分水岭。"分水岭虽各地以山脉为界作为河流走向分界线者多有之，但著名而不必在分水岭前特别冠名提示者则为嶓冢山。此系汉水与嘉陵江之分水岭，在今陕西略阳南勉（沔）县西，为秦、蜀间交通要道，元稹有《分水岭》，李商隐有《自南山北归经分水岭》，均同指一地，吴融《分水岭》亦云："两派潺湲不暂停，岭头长泻别离情。南随去马通巴栈，北逐归人达渭城。"王士禛《蜀道驿程》曰："金牛驿西稍南入五丁峡，一名金牛峡，此峡为蜀道第一险。次宁羌州过百牢关，关下有分水关。岭东水皆北流至五丁峡，北合漾水至沔岭；西水皆南流，迳七盘关、龙洞，合嘉陵水为川江。"此诗约为大和四年秋庭筠由秦入蜀途中作。

〔二〕分头，《英华》作"分流"。按：分头，分别、离别，指与"入山三日得同行"之"溪水"分离。

笺评

富寿荪曰：通首以溪水"同行""惜别"，反衬客程寂寞及秋夜不寐，于无情处生情，最得用笔之妙。（《千首唐人绝句》）

鉴赏

化无情之物为有情，往往是使平凡事物富于诗意美的一种艺术手段。这首短诗，很能说明这一点。题称"过分水岭"，实际上写的是在过分水岭的行程中与路旁溪水的一段因缘，以及由此引起的诗意感受。

首句就从溪水写起。溪水本是没有感情的自然物，但眼前这条溪水，却又似乎有情。在这里，"无情"是用来引出"有情"，突出"有情"的。"有情"二字，是一篇眼目，下面三句，都是围绕着它来具体描写的。"似"字用得恰到好处，它暗透出这只是诗人在行旅中时或浮现的一种主观感受。换成"却"字，便觉过于强调、坐实；改成"亦"字，又不免掩盖主次，使"无情"与"有情"平分秋色。只有这个"似"字，语意灵动轻妙，且与全诗平淡中见深情的风格相统一。这一句在点出"溪水""似有情"的同时，也就设置了悬念，引导读者去注意下面的解答。

次句叙事，暗点感到"溪水似有情"的原因。嶓冢山是汉水与嘉陵江的分水岭，因为山深，所以"入山三日"方能到达岭头。山路蜿蜒曲折，绕溪而行，故而行旅感到这溪水一直在自己侧畔而行，其实，诗人入山是向上行，而水流总是向下，溪流的方向和诗人入山的方向并不相同。但溪水虽不断向相反方向流逝，而其潺湲声却一路伴随。因为深山空寂无人，旅途孤孑无伴，这一路和旅人相伴的溪水便变得特别亲切，仿佛有意不离左右，以它的清澈面影、流动身姿和清脆声韵来慰藉旅人的寂寞。我们从"得同行"的"得"字中，可以体味到诗人在寂寞旅途中邂逅良伴的欣喜，而感于溪水的"有情"，也从"得"字中见出。

"岭头便是分头处，惜别潺湲一夜声。"在"入山三日"，相伴相依的旅程中，"溪水有情"之感不免与日俱增，因此，当登上岭头，就要和这股溪水分头而行的时候，心中便不由自主地涌起依依惜别之情。但却不从自己方面来写，而是从溪水方面来写，以它的"惜别"进一步写它的"有情"。岭头处是旅途中的一个站头，诗人这一夜就在岭头住宿，在寂静的深山之夜，耳畔只听到岭头流水，潺潺作响，彻夜不停，仿佛是和自己这个"三日同行"的友伴殷勤话别。这"潺湲一夜声"五字，暗补"三日同行"时日夕所闻。溪声仍是此声，而当将别之际，却极其自然地感到这"潺湲一夜声"如同是它的深情惜别之声。在这里，诗人巧妙地利用了分水岭的自然特点，由"岭头"引出自己与溪水的"分头"，又由"分头"引出"惜别"，因己之"惜别"而移情于溪水，因而创造出"惜别潺湲一夜声"这样极富人情味的诗句，联想的丰富曲折和表达的平易自然，达到了和谐统一。写到这里，溪水的"有情"已经臻于极致，诗人对溪水的深情和彻夜无眠也自在不言中了。

分水岭下的流水，潺湲作响，千古如斯。看到过这条溪水的旅人，何止万千。但似乎还没有人从这种平凡现象中发现美，发现诗。由于温庭筠对羁旅行役生活深有体验，对朋友间的情谊分外珍重，他才能发现溪水这样的伴侣，并赋予它一种动人的人情美。这里与其说是客观事物的诗意美触发了诗人的感情，不如说是诗人将自己的美好感情移注到了客观事物身上。化无情为有情，前提是诗人自己有情。

碧涧驿晓思^{〔一〕}

香灯伴残梦^{〔二〕}，楚国在天涯^{〔三〕}。
月落子规歇^{〔四〕}，满庭山杏花。

校注

〔一〕碧涧驿，所在不详，据诗中"楚国在天涯"句，应是离诗人旧乡较远的某处山驿。刘长卿有《碧涧别墅喜皇甫侍御相访》五律，储仲君《刘长卿诗编年笺注》谓碧涧在阳羡（今江苏宜兴）山中，然阳羡即在庭筠所称之"楚国"范围内，离其旧乡吴县很近。故此诗之"碧涧驿"当非阳羡山中之碧涧。

〔二〕香灯，油脂中加入香料的灯。

〔三〕楚国，指诗人的旧乡吴县。吴地在战国时为楚国所属，故庭筠诗中每称其旧乡为楚国。

〔四〕子规，即杜鹃鸟，常夜鸣，故诗中每言子规啼夜月。又其鸣声似"不如归去"，故每易触动旅人乡思。《蜀王本纪》："蜀望帝淫其臣鳖灵之妻，乃禅位而逃。时此鸟适鸣，故蜀人以杜鹃鸣为悲望帝，其鸣为不如归去云。"李白《宣城见杜鹃花》："蜀国曾闻子规鸟，宣城还见杜鹃花。一叫一回肠一断，三春三月忆三巴。"唐无名氏《杂诗》："早是有家归未得，杜鹃休向耳边啼。"

笺评

周咏棠曰：晓色在纸。（《唐贤小三昧集续集》）

宋顾乐曰：写得情景悠扬婉转，末句更含无限寂寥。（《唐人万首绝句选》评）

李慈铭曰：此等句诚清畅易于讨好，然非天趣淡泊，不能得言外之神。（《唐人万首绝句选》批）

胡本渊曰：别有风致。（《唐诗近体》）

俞陛云曰：诗言楚江客舍，残梦初醒，孤灯相伴，其幽寂可想。追起步闲庭，子规啼罢，其时群嚣未动，唯见满庭山杏，浥晨露而争开。善写晓天清景。飞卿尚有咏春雪诗……不若《晓思》诗之格高味永也。（《诗境浅说》续编）

刘拜山曰：子规声罢，山杏花前，残梦初回，始觉身为远客。倒装写来，其味弥永。（《千首唐人绝句》）

在五、七言绝句中，五绝较为近古；前人论五绝，也每以"调古"为上乘。温庭筠这首五绝，却和崇尚真切、浑朴、古澹的"调古"之作迥然有别。它的意境和风格都更接近于词，甚至不妨说它就是一种词化的小诗。

碧涧驿所在不详，据次句可知，是和诗人怀想的"楚国"相隔遥远的一所山间驿舍。诗中所写的，全是清晨梦醒以后瞬间的情思和感受。

首句"香灯伴残梦"写旅宿者清晨刚醒时恍惚迷离的情景。乍醒时，思绪还停留在刚刚消逝的梦境中，仿佛还在继续着昨夜的残梦。在恍惚迷离中，看到孤灯荧荧，明灭不定，更增添了这种恍在梦中的感觉。"残梦"，正点题内"晓"字，并且透出一种迷惘的意绪。不用"孤灯"而用"香灯"这种绮丽的字面，固然和作者喜作绮语有关，但在这里，似有暗示梦境的内容性质的意味，且与全诗柔婉的格调取得统一。"香"与"残梦"之间，着一"伴"字，不仅透露出旅宿者的孤子无伴，而且将夜梦的时间无形中延长了，使读者从"伴残梦"的瞬间联想到整个梦魂萦绕、孤灯相伴的长夜。

次句忽然宕开，写到"楚国在天涯"，似乎跳跃很大。实际上这一句并非一般的叙述语，而是刚醒来的旅人此刻心中所想，而这种怀想又和夜来的梦境有密切关系。原来旅人夜间梦魂萦绕的地方就是远隔天涯的"楚国"；而一觉醒来，惟见空室残灯，顿悟此身犹在山驿，自己魂梦所系的"楚国"仍远在天涯，不觉怅然若失，这真是所谓山驿梦回楚国远了。温庭筠郡望太原，但出生在吴地苏州，青少年时代均在吴中度过，故以"楚国"（指吴地）为故乡。诗中每称己为"江南客""江南戌客"，又每称自己在吴中的旧乡为"楚乡"，称自己为"楚客"，称吴中旧乡一带的天为"楚天"，称吴地的寺为"楚寺"，盖因战国时吴地后尽入楚之故。因而这一句正点明诗人所怀想的地方是"楚国"（指吴地）的旧乡，诗就是抒写思乡之情的。解诗者因未考明庭筠旧乡在吴中，又不熟悉诗人的用语习惯，对这句诗每有误解（如云"楚江客舍，残梦初醒"，或云此句即"作客在楚"意，"在天涯"乃对其故乡太原而言）。

"月落子规歇，满庭山杏花。"三、四两句，又由心之所系、梦之所萦的"楚国"旧乡回到碧涧驿的眼前景物：月亮已经落下去，"啼夜月，愁空山"的子规鸟也停止了凄清的鸣叫声；在月色朦胧中，驿舍的庭院正开满了繁茂的山杏花。这两句情寓景中，写得非常含蓄。子规鸟又叫"思归""催归"，鸣声似"不如归去"。空山月夜，鸣声尤其显得凄清。这里说"月落子规歇"，正暗透出昨夜一夕，诗人独宿山驿，在子规的哀鸣声中翻动着羁愁归思的情景。这时，子规之声终于停歇，一直为它所牵引的归思也稍有收束，心境略趋于平静。就在这种情况下，诗人忽然瞥见满庭盛开的山杏花，心中若有所触。全诗也就在这但书即目所见与若有所感中悠然收住。对这景物所引起的感触、联想和记忆，则不着一字，任凭读者去寻味。这境界是美的，但似乎带有一点寂寞和忧伤。其中蕴含着一种愁思稍趋平静时目遇美好景物而引起的淡淡喜悦，又好像在欣喜中仍不免有身处异乡的陌生感与孤子感。碧涧驿此刻已是山杏盛开，远隔天涯的"楚国"旧乡，想必也是满目春色、繁花似锦了。诗人当日目接神遇之际，其感触与联想可能本来就是浑沦一片，不甚分明，因此笔之于纸，也就和盘托出，不加点醒，构成一种朦胧淡远的境界。这种表现手法，在温词中运用得非常普遍而且成功，如《菩萨蛮》词之"江上柳如烟，雁飞残月天""心事竟谁知？月明花满枝""花落子规啼，绿窗残梦迷""雨后却斜阳，杏花零落香"等句，都是显例，对照之下，可以发现"月落子规歇，满庭山杏花"两句，无论意境、情调、语言，都与词非常接近。

　　这首诗几乎通篇写景（第二句从抒情主人公心中所想的角度去理解，也是写景，而非叙事），没有直接抒情的句子，也没有多少叙事成分。图景与图景之间没有勾连过渡，似续似断，中间的空白比一般的诗要大得多；语言则比一般的诗柔婉绮丽。这些，都更接近词的作风。温庭筠的小诗近词，倒主要不是表明词对诗的影响，而是反映出诗向词演化的迹象（撇开音乐与词的特殊关系不论，仅就诗、词同为抒情诗的一种体制而言）。

温庭筠

商山早行〔一〕

晨起动征铎〔二〕，客行悲故乡。
鸡声茅店月，人迹板桥霜〔三〕。
槲叶落山路〔四〕，枳花明驿墙〔五〕。
因思杜陵梦〔六〕，凫雁满回塘〔七〕。

〔一〕《文苑英华》卷二百九十四载此首。商山，在今陕西商洛市商州区东。又名商岭、地肺山、楚山。地形险阻，景色幽胜。秦末汉初四皓曾隐此山，诗为作者离长安鄠杜郊居经商山南行途中所作，时令在春天。

〔二〕征铎，车上的铃铛。动征铎，车行铃响，指启程。

〔三〕板桥，指山间道路上用木板搭成的桥。刘禹锡《途中早发》："中庭望启明，促促事晨征。寒树鸟初动，霜桥人未行。水流白烟起，日上彩霞生。隐士应高枕，无人问姓名。"前四句所写情景与温诗相近，"霜桥"句尤为近似。可以参较。

〔四〕槲（hú），木名，即柞栎，落叶乔木。温庭筠《送洛南李主簿》："想君秦塞外，因见楚山青。槲叶晓迷路，枳花春满庭。"或谓"槲"当作"檞"（jiě），即松檞，檞叶冬天存留在枝上，次年嫩芽发生时才脱落，春天正是槲叶脱落时。但元稹《痁卧闻幕中诸公征东会饮因有戏呈三十韵》云："夜灯燃槲叶，冻雪堕砖墙。"可证严寒时亦有槲树落叶。槲叶冬天落叶，堆满山路，春天行路时仍未清除，正见山路荒寂。现存温诗各本均作"槲"，无作"檞"者。

〔五〕枳，木名，似橘树而小，茎上有刺，春开白花。至秋成实，果小，味酸苦不堪食。《周礼·考工记序》："橘逾淮而北为枳。"庭院中常植枳树作篱笆，称枳篱。枳花色白，故云"明驿墙"。

〔六〕杜陵，汉宣帝陵墓杜陵的陵邑。《三辅黄图·陵墓》："宣帝杜陵在长安城南五十里。帝在民间时，好游鄠、杜间，故葬此。"温庭筠寓居鄠杜间，时间从中年直至晚年。此曰"因思杜陵梦"，当是昨晚在商山驿店住宿时曾梦见杜陵家居，晨起征行时回想昨夜梦境，故云。

〔七〕凫雁，水鸭和大雁。回塘，曲折的池塘。此句所写即"杜陵梦"的内容。

笺评

梅尧臣曰：诗家虽率意，而造语亦难。若意新语工，得前人所未道者，斯为善也。必能状难写之景，如在目前；含不尽之意，见于言外，然后为至矣……温庭筠"鸡声茅店月，人迹板桥霜"，贾岛"怪禽啼旷野，

落日恐行人"，则道路辛苦，羁旅愁思，岂不见于言外乎？（欧阳修《六一诗话》引梅氏语）

欧阳修曰：余尝爱唐人诗云"鸡声茅店月，人迹板桥霜"，则天寒岁暮，风凄木落，羁旅之愁，如身履之。（《温庭筠严维诗》）

王直方曰：欧阳文忠《送张至秘校归庄》诗云："鸟声梅店雨，柳色野桥春。"此"茅店月""板桥霜"之意。（《王直方诗话》）按：《苕溪渔隐丛话·前集·温庭筠》引《三山老人语录》亦以为欧此诗效温诗之体。

曾季貍曰：刘梦得"神林社日鼓，茅屋午时鸡"，温庭筠"鸡声茅店月，人迹板桥霜"，皆佳句，然不若韦苏州"绿阴生昼静，孤花表春馀"。（《艇斋诗话》）

方回曰：温喜赋，号为八叉手而八韵成。三、四极佳。（《瀛奎律髓》卷十四）

李东阳曰："鸡声茅店月，人迹板桥霜。"人但知其能道羁愁野况于言意之表，不知二句中不用一闲字，止提掇出紧关物色字样，而音韵铿锵，意象具足，始为难得。若强排硬叠，不论其字面之清浊，音韵之谐舛，而云我能写景用事，岂可哉！（《麓堂诗话》）

胡应麟曰：盛唐句如"海日生残夜，江春入旧年"，中唐句如"风兼残雪起，河带断冰流"，晚唐句如"鸡声茅店月，人迹板桥霜"，皆形容景物，妙绝千古，而盛、中、晚界限斩然。故知文章关气运，非人力。（《诗薮·内编》卷四）

李维桢曰：对语天然，结尤苍老。（《唐诗隽》）

陆时雍曰：三、四似太逼削。至《渚宫晚春》"凫雁野塘水，牛羊春草烟"，更为少味矣。（《唐诗镜》卷五十一）

周珽曰：此诗三、四二语……六一居士甚爱之，极力摹仿，有"鸟声茅店雨，野色柳桥春"之句，点缀虽善，终未免为效颦。国朝莆田李在称为善画，曾以此二语作图颇佳。又鸡在店门外，立在笼口之上而啼，似为失理。故唐人赋早行者不少，必情景融浑，妙极形容，无如此诗矣。即一起发行役劳苦之怀，一结含安居群聚之想，而五、六"落"字"明"字，诗眼秀拔，谁谓晚唐乏盛、中音调耶？（《删补唐诗选脉笺释会通评林·晚五律》）

黄周星曰：三、四遂成千古画稿。（《唐诗快》）

查慎行曰：颔联出句胜对句。（《初白庵诗评》）

盛传敏曰：（"鸡声"二句）非行路之人，不知此景之真也。论章法，承接自在；论句法，如同呓出。描画不得出，偏能写得。（"槲叶"二句）句句是早行，故妙。（《碛砂唐诗纂释》）

黄生曰：起联总冒格。三、四道尽旅客早行之景，使读者如其意之所欲言，所以为绝唱。七、八接次句说，随手将梦中之景写一笔，结遂有味。（《唐诗矩》四集）

何焯曰：中四句从"行"字，次第生动。次联东坡亦叹为绝唱。（《瀛奎律髓汇评》引）又曰："人迹"二字，亦从上句"月"字一气转下，所以更觉生动，死对者不解也。（《唐三体诗评》）

沈德潜曰：中、晚律诗，每于颈联振不起，往往索然兴尽。（《重订唐诗别裁集》卷十二）

纪昀曰：归愚讥五、六卑弱，良是。七、八复衍第二句，皆是微瑕，分别观之。（《瀛奎律髓刊误》）

冒春荣曰：三、四句法贵匀称，承上陡峭而来，宜缓脉赴之。五、六必耸然挺拔，别开一境，上既和平，至此必须振起也……温岐《商山早行》，于"鸡声茅店月，人迹板桥霜"下接"槲叶落山路，枳花明驿墙"……便塌下去，少振拔之势。（《葚原诗说》）

屈复曰：此诗三、四名句，后半不称。（《唐诗成法》）

黄叔灿曰："鸡声"一联，传诵人口，写早行而旅人之情亦从此画出。诗有别肠，非俗子所能道也。（《唐诗笺注》）

周咏棠曰：三、四脍炙人口，虽气韵近甜，然浓香可爱，不失为名句也。（《唐贤小三昧集续集》）

薛雪曰：得句先要练去板腐。后人于高远处，则茫然不会；于浅近处，最易求疵。如温太原《早行》诗："鸡声茅店月，人迹板桥霜。"未尝不佳，而俗子偏指摘之，谓似村店门前对子。（《一瓢诗话》）

顾安曰：三、四写晨起光景极妙。若五、六自应说出"悲故乡"意来，又写闲景无谓。结句轻忽，亦与"悲故乡"不合。"因思"二字，接五、六耶？接三、四耶？总之依稀仿佛而已。（《唐律消夏录》）

赵翼曰：蔡天启与张潜论韩、柳五言，以韩诗"暖风抽宿麦，清风卷归旗"，柳诗"壁空残月曙，门掩候虫秋"为集中第一。欧阳公称周朴诗"风暖鸟声碎，日高花影重""晓来山鸟闹，雨过杏花稀"，梅圣俞以严维"柳塘春水漫，花坞夕阳迟"，皆以为佳句。然总不如温庭筠《晓行》诗

"鸡声茅店月，人迹板桥霜"，不着一虚字，而晓行景色，都在目前，此真杰作也。贾岛有"怪禽啼旷野，落日恐行人"，亦写得孤客辛苦之状，然已欠自然矣。(《瓯北诗话》卷十一)

　　郭麐曰：温飞卿《晓行》诗"鸡声茅店月，人迹板桥霜"，世谓绝调。余谓不如刘梦得"寒树鸟初动，霜桥人未行"二语。近见瘦山诗"残月半花树，孤村尚有灯"，亦佳。(《灵芬馆诗话》卷三)

　　古代行旅诗，写早发情景的作品很多。这不单是为了赶站头住宿经常需要早起，还因为早行常能见到一些日间行旅不易见到的特殊景象，获得某些新鲜的美好的诗意感受和体验。因此早行诗就不单单反映了行旅的辛苦，而且往往给人以新鲜的审美愉悦。这首《商山早行》诗之所以出名，主要原因也正在于写出了早行所发现的典型诗境。

　　"晨起动征铎，客行悲故乡。"首联总起，上句叙事，点"早行"。用"动征铎"来表明车动启程，是因为在晓色朦胧中，对外界景物的感受往往首先诉之听觉。说明天刚蒙蒙亮，就已听到车上的铃铛叮咚作响，一天的旅程又已开始了。想到离长安鄠杜的家居越来越远，自己这个羁旅漂泊者不免思念起故乡而触动思绪。下句抒情，点客思。但写得很虚括，为下文留下足够的空间余地。

　　"鸡声茅店月，人迹板桥霜。"这一联承上"动""行"写启程后所闻所见。路旁的茅店中，传出了报晓的鸡鸣声，一弯下弦月，正悬在茅店的上空。用木板搭的小桥上，凝上了一层白霜，上面已经印着行人的足迹。两句所写之景，"鸡声"、晓"月"、"霜"，均切"早"字，而茅草盖顶的小店，木板搭成的小桥，正切"山"间特色，而又都紧扣题内"行"字，是在行进过程中所见所闻，而非在静止状态中观赏周围景物。清晓时分山间茅店中传出的鸡鸣，打破了深山清晨的寂静，也更衬托凸显出整个环境的寂静；而茅店上空孤悬的残月，则烘托出了清冷的氛围。整句诗具有鲜明的画面感，却又很难用画面来表现。像有人画"鸡在店门外，立在笼口之上而啼"，固然是拙劣的演绎，就是画得更高明一些，也很难传达这五个字中所蕴含的诗的氛围、情调和意境。似乎可画，却又画不出，这正是诗的特长。上句与下句之间，隔着一段时间和空间。"鸡声茅店月"所显示的是周遭环境仍较幽暗朦胧的时分，而行进一段路之后，来到一条木板小桥，见到桥上铺满的晨霜上印下的一行人的足迹，已是天色明亮，残月隐没之时。刘禹锡的《途中早发》诗有"霜桥人未行"之句，温庭筠的这句诗是否受到它的启发，不得而知。但温诗在艺术上后来居上则显而易见，关键就在"霜桥人未行"只能表现一个"早"字，而"人迹板桥霜"则蕴含着丰富得多的感情内涵和艺术意境，表现也更为精练含蓄。这一点，留到后面再作重点阐说。

"槲叶落山路，枳花明驿墙。"五、六两句，续写行进途中所见山间景物。上句写道路经由山林之间，但见槲树的黄叶落满了山路，时或还有残叶飘落，景象幽静荒寂；下句写穿越山林之后，又见路旁的驿店墙边，白色的枳花开得正繁，仿佛把驿墙也点缀得明亮了。景象明丽而富生意，与上句相映成趣。类似景象，在诗人的《送洛南李主簿》中也出现过（"槲叶晓迷路，枳花春满庭"），说明这是春天山行常见的景色。两句的景象色调虽有别，但诗人对它的感受则基本上是新鲜而愉悦的。

"因思杜陵梦，凫雁满回塘。"尾联由眼前旅途所遇之景触发对故居杜陵的思念。"因思"二字，正承颔、腹二联，而"杜陵梦"三字，则回抱"悲故乡"，但感情已由"悲"转"思"。昨夜宿于山驿，梦回鄠杜郊居，见到水鸭大雁正在曲折的池塘中游泳嬉戏的情景，不禁勾起对故居的亲切怀念。诗也就在追思杜陵情景的亲切温煦气氛中结束。

全篇自始至终，都紧紧围绕"行"字来抒情写景。从"晨起"到"动征铎"，到闻茅店鸡鸣，见残月孤悬，再到过木板霜桥，见霜上人迹，继而穿林而槲叶满路，过村而见枳花耀墙，最后转而思昨夜梦回鄠杜故居，仍是"行"中之"思"。随着行进的路程，景物不断变换，时间亦逐渐推移，情感也随之变化。忽略了"行"字，就容易产生一系列的误解。

这首诗从欧阳修《六一诗话》引梅尧臣语以来，历代评者甚多。但有真知灼见者，也只梅尧臣和李东阳二人。梅氏之评，虽以"状难写之景，如在目前"与"含不尽之意，见于言外"并提，实侧重于后一方面。而后世发挥梅氏之论者，多侧重于前者，不免轻重倒置。而所谓"含不尽之意，见于言外"，又实不止梅氏所揭示之"道路辛苦，羁旅愁思"一端。此诗虽以"客行悲故乡"始，以"因思杜陵梦"结，但全诗所表现的思想感情，并不单纯是"悲故乡"（即因思念故乡而悲），诗人的思想感情，随着早行行程的推进，所见所闻景物的变化，本身就呈现为动态的发展过程。当其晨起启程，征铎初动之时，虽曾浮现过"悲故乡"的羁旅情思，但当他耳闻目接"鸡声茅店月，人迹板桥霜"的景象时，心中不仅有对此山野早行图景的新鲜感、愉悦感，且有一种对这种特殊的诗意美的美好体验与感受，一种对诗意美的新发现的审美愉悦。上述感受，对"悲故乡"之情乃是一种缓解、冲淡和替代。这同样是"含不尽之意，见于言外"的重要一端。李东阳所指出的"不用一闲字，止提掇出紧关物色字样，而音韵铿锵，意象具足"，相当于今之所谓"意象叠加"，且全为名词性意象的叠加组合。这种写法，在传统诗词曲创作中虽不乏例，但真正成功且千古流传者，除温氏此联外，亦仅陆游之"楼船夜雪瓜洲渡，铁马秋风大散关"（《书愤》）及马致远《天净沙》小令之"枯藤老树昏鸦，小桥流水人家，古道西风瘦马"数例而已。温氏此联之成功，一在体验真切，全从羁旅生活的实际见闻感受中来，无丝毫造作之痕。二在表现自然，虽意象密集，内容浓缩而无刻意锤炼之迹；宛如天然的画图。三是意象集中，两句所写景象虽有时间上的先后，但都集中出现在"早行"之时。无论是茅店中传出的报晓鸡声，茅店上空悬挂的残月，或是木板小桥上的一层清霜与霜上留下的一行人行足迹，都极具"早行"的羁旅生活典型特征，故非强排硬叠、堆砌杂凑者可比，能形成浑融统一的意境，给人留下深刻印象。四是实而能虚，能于密集的意象组合中创造出特定的情景气氛，给人以丰富的联想。至于全诗各联不大相称，五、六较为平衍，七、八与一、二意复，自是微瑕。但像顾安那样，认定"悲故乡"三字，以此责五、六"闲景无谓"，则出于对诗中所蕴含的感情过于简单化的理解。实则"槲叶"一联已是"悲故乡"之情缓解淡化后对途中景物心情较为平和的欣赏，"明"字尤透出一种喜悦之情。

此诗作年，向无考证。颇疑系大中十年春贬隋县尉南行途中作。《渚宫晚春寄秦地友人》有"凫雁野塘水，牛羊春草烟"一联，结亦有"思归"语。"凫雁"句即类此之"凫雁满回塘"，均系对鄠杜故居的想象思念。《渚宫晚春寄秦地友人》作年虽在咸通二年，但均为此次南行后之作，从二诗造语及所抒思乡感情之近似，可以看出它们的联系。

2539

送人东游〔一〕

荒戍落黄叶〔二〕，浩然离故关〔三〕。
高风汉阳渡〔四〕，初日郢门山〔五〕。

江上几人在，天涯孤棹还^{〔六〕}。

何当重相见？尊酒慰离颜。

校注

〔一〕《才调集》卷二、《文苑英华》卷二百七十九载此首。题内"游"字，《全唐诗》校："一作归。"

〔二〕荒戍，荒废的旧关戍，即下句的"故关"。

〔三〕《孟子·公孙丑下》："予然后浩然有归志。"注："浩然，心浩浩有远志也。"朱熹集注："浩然，如水之流不可止也。"此句"浩然"系形容友人浩然而离去的情状。

〔四〕高风，长风、秋风。汉阳，唐沔州汉阳郡，今湖北武汉汉阳区。

〔五〕初日，朝阳。郢门山，即荆门山。《三楚记》：荆门山在大江之南，与虎牙相对，即郢门山。《水经注·江水二》："江水又东，历荆门、虎牙之间。荆门在南，上合下开，暗彻山南；有门像虎牙，在北，石壁色红，间有白文，类牙形，并以物像受石。此二山，楚之西塞也。"荆门在今湖北宜都市西北，长江南岸。

〔六〕孤棹，指友人所乘的孤舟。

笺评

王士禛曰：律诗贵工于发端，承接二句尤贵得势……如"万壑树参天，千山响杜鹃"，下即云"山中一夜雨，树杪百重泉"……"古戍落黄叶，浩然离故关"，下云"高风汉阳渡，初日郢门山"……此皆转石万仞手也。（《带经堂诗话》）

沈德潜曰：贾长江："秋风吹渭水，落叶满长安。"温飞卿："古戍落黄叶，浩然离故关。"卑靡时乃有此格。后唯马戴亦间有之。（《说诗晬语》卷上）又曰：起调最高。（《重订唐诗别裁集》卷十二）

黄叔灿曰：首联领起，通篇有势。中四语结撰亦称。如此写离情，直觉有浩然之气。（《唐诗笺注》）

宋宗元曰：中晚罕此起笔，竟体亦极浑脱。（《网师园唐诗笺》）

周咏棠曰：高朗明健，居然盛唐格调。晚唐五言似此者，亿不得一。（《唐贤小三昧集续集》）

纪昀曰：苍苍莽莽，高调入云。温、李有此笔力，故能熔铸一切浓艳之词，无堆排之迹。（《删正二冯先生评阅才调集》）

管世铭曰：温庭筠"古戍落黄叶"，刘绮庄"桂棹木兰舟"，韦庄"清瑟怨遥夜"，便觉开、宝去人不远。可见文章虽限于时代，豪杰之士终不为风气所囿也。（《读雪山房唐诗序例》）

鉴赏

此诗题曰"送人东游"，而诗有"汉阳渡""郢门山""江上""孤棹"等语，似是诗人晚年寓江陵幕时送友人乘舟东游之作，时间或在咸通二年（861）秋。题末"游"字一作"归"，视"天涯孤棹还"句，似作"归"近是。但现存温集旧本及《才调》《英华》所载均作"游"，颇疑作"归"者是后人因"孤棹还"之语而改。

"荒戍落黄叶，浩然离故关。"首联写送别时地景物和友人离去。时值深秋，在荒废的关戍边，萧瑟的秋风吹落着一片片凋枯的黄叶，于荒凉萧飒中透露出一种旷远的情致，令人从眼前的荒戍联想到遥远的历史时空。而友人就在这种环境氛围中怀着一种浩然之气离开故关，乘舟东下。"浩然"二字用《孟子·公孙丑下》"予然后浩然有归志"之语，似乎暗示友人是因为不遇于时而离去的；尽管不遇，却仍挟带着一股浩然的远大志向而毅然离去，这荒戍故关、秋风黄叶与浩然之气的对照，使友人的离去显示出一种苍凉壮阔的情调，而无低回伤感、流连徘徊之态。评家均极赞此诗起调之高，洵为有识。

"高风汉阳渡，初日郢门山。"颔联乘"离故关"概写江上景色。"初日""高风"互文。郢门山在江陵之西，汉阳渡在江陵之东，两地相隔千里。友人乘舟去，这一联展示的正是万里长江阔远图景中的两个镜头。初升的朝阳正映照在号称楚之西塞的郢门山上，而千里之外的汉阳渡口，强劲的秋风也正在掀起江中的波涛。"初日""高风"是友人离去时的眼前景，而"郢门山"与"汉阳渡"却是想象中的地点。这样虚实结合，便展示出一幅极其阔远的江山图景，为友人"浩然"离去提供了广阔的背景，也为这"浩然"之气增添了壮彩。

"江上几人在，天涯孤棹还。"腹联续写友人乘孤舟东去的情景。在空阔浩渺的江面上，不见其他的帆影，唯有友人所乘的一叶孤舟渐行渐远，驶向遥远的天涯。这一联写出诗人目送友人孤舟远去的情景，透露出依依惜别的情感和友人离去后的孤孑感，但空阔浩渺的江上图景却使这种孤孑感并不显得低沉。"孤棹还"的"还"字似乎透露出诗人在目送友人乘舟远去时浮起的一种潜意识，希望有朝一日，友人又能乘舟归来，这就自然引出了末联。

"何当重相见？尊酒慰离颜。"今日江上一别，不知何时才能重新相会，共持尊酒，以慰离别想念的愁颜呢？方别而憧憬将来的欢聚，益见别情之殷，也使诗的结尾增添了温煦亲切的色彩。

诗的前四句一气直下，气象阔大，境界高远，故虽写清秋萧瑟景象而无衰飒之气，抒离情而无凄恻之音，近于盛唐高浑和平格调。

苏武庙〔一〕

苏武魂销汉使前〔二〕，古祠高树两茫然〔三〕。
云边雁断胡天月〔四〕，陇上羊归塞草烟〔五〕。
回日楼台非甲帐〔六〕，去时冠剑是丁年〔七〕。
茂陵不见封侯印〔八〕，空向秋波哭逝川〔九〕。

校注

〔一〕《文苑英华》卷三百三十、《唐诗纪事》卷五十四载此首。苏武，字子卿。汉武帝天汉元年（前100）以中郎将出使匈奴，为匈奴所扣留，被遣北海（今俄罗斯贝加尔湖）牧羊凡十九年。昭帝立，匈奴与汉和亲，遣使求武，方得归汉。事详见《汉书·苏武传》及本篇各句注。苏武庙，所在未详。陈尚君《温庭筠早年事迹考辨》谓"据诗意，庙址似在边塞"。按：诗中领联所写，并非眼前所见实景（参注〔四〕、注〔五〕），不能作为祠在边塞之证。武系杜陵（今西安市东南）人，其地或有苏武之祠庙，而温庭筠长期寓居鄠杜郊居，苏武庙为其近地，故往访谒而有此作。

〔二〕《汉书·苏武传》："昭帝即位数年，匈奴与汉和亲。汉求武等，匈奴诡言武死。后汉使复至匈奴……使者谓单于，言天子射上林中，得雁，足有系帛书，言武等在某泽中……单于视左右而惊，谢汉使曰：'武等实在。'"此句形容苏武囚禁匈奴十九年后初见汉使时悲喜交集，黯然销魂的情景。颇疑庙内有根据苏武出使匈奴及归汉之经历绘成之连环壁画，诗人入庙而见一幅幅图景时而有此描写，非凭空想象。下数联同。

〔三〕茫然，年代久远之状。李白《蜀道难》："蚕丛及鱼凫，开国何茫然。尔来四万八千岁，不与秦塞通人烟。"祠古树老，年代久远，故云"两茫然"。

〔四〕断，《全唐诗》校："一作落。"

〔五〕陇上，丘垄之上。此联描绘当年苏武困居匈奴期间的生活情景。上句是望雁思归图，下句是荒塞归牧图。此亦苏武庙内壁画上有此图景，故如画描写，既非眼前实景，亦非凭空想象。据《汉书·苏武传》：匈奴单于欲使苏武降，武不从，"单于愈益欲降之，乃幽武，置大窖中，绝不饮食。天雨雪，武卧啮雪，与旃毛并咽之，数日不死，匈奴以为神，乃徙武北海上无人处，使牧羝，羝乳乃得归……武既至海上，廪食不至，掘野鼠、去草实而食之。杖汉节牧羊，卧起操持，节旄尽落"。

〔六〕回日，归汉之日。《汉书·苏武传》："武以始元（汉昭帝年号）六年（前81）春至京师。诏武奉一太牢谒武帝园庙，拜为典属国。"甲帐，汉武帝所造的帐幕。《北堂书钞》卷一百三十二引《汉武帝故事》："上以琉璃珠玉，明月夜光杂错天下珍宝为甲帐，次为乙帐。甲以居神，乙以自居。"此言出使匈奴归来之日，武帝已逝，宫观楼台依然，而武帝所造的甲帐已经不存。

〔七〕去时，奉使匈奴之时，即武帝天汉元年。冠剑，戴冠佩剑，指出使的冠服。丁年，男子成丁之年，即青壮之年。《汉书·苏武传》："始以强壮出，及还，须发尽白。"《文选·李陵〈答苏武书〉》："且足下以单车之使，适万乘之虏，遭时不遇，至于伏剑不顾，流离辛苦，几死朔北之野。丁年奉使，皓首而归。老母终堂，生妻去帷。"二句用逆挽法，先叙"回日"再溯"去时"，倍增感慨。所写当亦壁画上所画"去时""回日"情景。

〔八〕茂陵，汉武帝陵墓。在今陕西兴平市东北。此借指已经去世之汉武帝。《汉书·苏武传》："昭帝崩，武以故二千石（官秩名）与计谋立宣帝，赐爵关内侯。""封侯"指此。

〔九〕句意为武帝已逝，苏武归国谒拜武帝园庙时只有空对秋波逝水哭吊而已。亦画中情景。"逝川"用《论语》"子在川上曰：逝者如斯夫"，指人之逝世。

笺评

朱弁曰："回日楼台非甲帐，去时冠剑是丁年。"尝见前辈论诗云，用事属对如此者罕见。（《风月堂诗话》）

刘克庄曰："甲帐"是武帝事，"丁年"用李陵书"丁年奉使，皓首而归"之语，颇有思致。（《后村诗话续集》卷二）

方回曰：此见别集。"甲帐""丁年"甚工，亦近义山体。（《瀛奎律髓》卷二十八）

杨逢春曰：首点苏武，提"魂销汉使前"五字，最为篇主。（《唐诗绎》）

毛奇龄、王锡曰："丁年"亦是俊语，然使高手作此，则"回日""去时"，不如是板煞矣。（《唐七律选》）

查慎行曰：三、四即用子卿事点缀景物，与他手不同。（《瀛奎律髓汇评》引）

何焯曰：五、六不但工致，正逼出落句。落句自伤。（同上引）

纪昀曰：五、六生动，馀亦无甚佳处。结少意致。（同上引）

方世举曰：温之《苏武庙》结句"空向秋波哭逝川"，"波"字误，既"川"复"波"，涉于侵复，且"波"字言"秋"，亦觉不稳，上有何来路乎？（《兰丛诗话》）

范大士曰：子卿一生大节，八句中包括无遗。（《历代诗发》）

沈德潜曰：五、六句与"此日六军同驻马"一联，俱属逆挽法。律诗得此，化板滞为跳脱矣。（《重订唐诗别裁集》卷十五）又曰：温、李擅长，固在属对精工，然或工而无意，譬之剪彩为花，全无生韵，弗尚也……飞卿"回日楼台非甲帐，去时冠剑是丁年"，对句用逆挽法，诗中得引一联，便化板滞为跳脱。（《说诗晬语》卷上）

梅成栋曰：全以议论行之，何尝有意属对？近人学之，便如优孟衣冠矣。（《精选五七言律耐吟集》）

王寿昌曰：吊古之诗，须褒贬森严，具有《春秋》之义，使善者足以动后人之景仰，恶者足以垂千秋之炯戒。如……温飞卿之"苏武魂销汉使前（下略）"。如此诸作，其凄恻既足以动人，其抑扬复足以惩劝，犹有诗人之遗意也。（《小清华园诗谈》卷下）

朱庭珍曰：玉溪生"此日六军同驻马，当时七夕笑牵牛"，飞卿"回日楼台非甲帐，去时冠剑是丁年"，此二联用逆挽句法，倍觉生动，故为名句。所谓逆挽者，倒扑本题，先入正位，叙现在事，写当下景，而后转溯从前，追叙已往，以反衬相形。因不用平笔顺拖，而用逆笔倒挽，故名。且施于五、六一联，此系律诗筋节关键处，中晚以后之诗，此联多随笔敷衍，平平顺下。二诗能于此一联提笔振起，逆而不顺，遂倍精采有力，通篇为之添色，是以传诵人口，亦非以马、牛、丁、甲见长，故求工对仗也。然使二联出工部手，则必更神化无迹，并不屑于"此日""当时""回日""去时"字面明点，必更出于浑成，使人言外得之。盖工部以我运法，其用法入化；温、李就法用法，其驭法有痕，此大家所由出名家上也；后人学其句，而不得其所以然之妙，仅以字面对仗求工……学者勿为所惑，从而效蟹。(《筱园诗话》)

苏武是历史上著名的坚持民族气节的英雄人物。汉武帝天汉元年（前100）出使匈奴，被扣留。匈奴多次逼降，坚贞不屈，后被流放到北海牧羊，直至汉昭帝始元六年（前81）才返归汉朝，前后长达十九年。这首诗就是作者瞻仰苏武庙后追思凭吊之作。

首联两句分点"苏武"和"庙"。汉昭帝时，匈奴与汉和亲。汉使到匈奴后，得知苏武尚在，乃诈称汉朝皇帝射雁上林苑，得到苏武系在雁足上的帛书，知武在某泽中，匈奴方才承认，并遣送回国。首句是写苏武初次会见汉使时的情景。苏武身陷异域十九年，历尽常人难以想象的艰辛，骤然见到来自汉朝的使者，表现出极为强烈、激动、复杂的感情。这里有辛酸的追忆，有意外的惊喜，悲喜交集，感慨万端，种种情绪，一时奔集，难以言状，难以禁受。诗人以"魂销"二字概括，笔墨精练，真切传神。第二句由人到庙，由古及今，描绘眼前苏武庙景物。"古祠高树"，写出苏武庙苍古肃穆气象，渲染出浓郁的历史气氛，透露出诗人的崇敬追思之情。"茫然"即渺然久远之意。"古祠高树两茫然"，是说祠和树都年代久远。这就为三、四两句转入对苏武身陷异域生活的描绘渲染创造了条件。

"云边雁断胡天月，陇上羊归塞草烟。"这是两幅图画，上一幅是望雁思归图。在寂静的夜晚，天空中高悬着一轮带有异域情调的明月，望着大雁从遥远的北方飞来，又向南方飞去，一直到它们的身影消失在南天的云彩中。

温庭筠

2545

这幅图画，形象地表现了苏武在音讯隔绝的漫长岁月中对故国的深长思念和欲归不得的深刻痛苦。下一幅是荒塞归牧图。在昏暗的傍晚，放眼远望，只见笼罩在一片荒烟中的连天塞草和丘垅上归来的羊群。这幅图画，形象地展示了苏武牧羊绝塞的单调、孤寂生活，概括了幽禁匈奴十九年的日日夜夜。环境、经历、心情，相互交融，浑然一体。

"回日楼台非甲帐，去时冠剑是丁年。"颈联分别描绘历尽艰辛归来和奉命出使匈奴的图景。上句写苏武十九年后归国时，往日的楼台殿阁依旧，但武帝早已逝去，往日的"甲帐"也不复存在，其中寓含着一种物是人非，恍如隔世的感慨和对于故君的追思。下句写当年戴冠佩剑，奉命出使之时，正当意气风发的壮盛之年。"甲帐""丁年"巧对，向为诗评家所称。此联先写"回日"，再溯"去时"，诗评家称之为"逆挽法"，由"回日"忆及"去时"，以"去时"反衬"回日"，倍增感慨。一个历尽艰辛、头白归来的爱国志士，目睹物在人亡的情景，想到当年出使时的情况，能不感慨唏嘘吗！

"茂陵不见封侯印，空向秋波哭逝川。"尾联描绘苏武归朝奉命谒拜武帝园陵的图景，表现苏武对故君的追悼。武帝已经长眠茂陵，再也见不到完节归来的苏武后来受爵封侯的情景了，苏武只能空自面对秋天的流水逝波哭吊已经逝去的先皇。史载李陵劝苏武降匈奴时，苏武曾说："武父子之功德，皆为陛下所成就……兄弟亲近，常愿肝胆涂地。今得杀身自效，虽蒙斧钺汤镬，诚甘乐之。"这种故君之思，是融忠君与爱国为一体的感情。最后一笔，把一个带有特定历史时代特征的爱国志士形象，更真实感人地展现在我们面前。

晚唐国势衰颓，民族矛盾尖锐。表彰民族气节，歌颂忠贞不屈，心向故国，是时代的需要。杜牧《河湟》诗云："牧羊驱马虽戎服，白发丹心尽汉臣。"温庭筠这首诗，正塑造了一位"白发丹心"的汉臣形象。

这首诗题为《苏武庙》，而全篇正面写庙者仅"古祠高树两茫然"一句，其他各句，均为描绘苏武幽禁匈奴的十九年生活及与汉使相见、归汉、出使、谒庙等情事，直似一篇压缩之苏武传。而上述情事，又均采取图景式的显现方式，且不按时间先后顺序描写，起句尤显突兀。因悟诗中所写苏武种种情事，均非凭空想象，而系谒庙时见庙中所绘苏武出使匈奴始末之壁画，而有此一系列描写，如此方与题内"庙"字相合。庙内之壁画，当按时间顺序次第描绘其奉命出使、异域思归、持节牧羊、初见汉使、完节归汉、奉命谒陵、哭吊武帝等图景。为了加强艺术效果，诗人特意错易时间顺序，先将"魂销汉使前"这一最为激动人心的一幕图景置于篇首，以凸显苏武的强烈爱国感情和崇高民族气节；然后再回过头去描绘其滞留异域十九年的生活，以望雁思归、持节牧羊两幅图景分别表现其故国之思与民族气节；继又用逆挽法先写"回日"，再溯"去时"，以增其感慨；最后则以拜谒园陵、哭吊武帝以突出其忠君爱国之志。可见其在构思上的精心设计与安排。

晚唐诗人杜牧、温庭筠等均有歌咏赞颂苏武的诗作。温作表彰苏武的民族气节，可能与其对自己远祖温彦博的景仰有关。据《新唐书·温彦博传》："突厥入寇，彦博以并州道行军长史战太谷，王师败绩，被执。突厥知近臣，数问唐兵多少及国虚实，彦博不肯对，因阴山苦寒地。太宗立，突厥归款，得还。"庭筠为彦博裔孙，其先祖坚守国家机密被囚禁阴山苦寒之地的民族气节与苏武之事颇为相似。作者咏苏武庙，笔端富于感情，当与此有密切关联。

温
庭
筠

雍　陶

（约805—?），字国钧，成都（今属四川）人。大和三年（829），南诏侵蜀，陷成都，掳子女工匠数万人以去，陶有诗纪其事。大和八年（834）登进士第。后曾以侍御衔佐尧海幕。大中六年（852）授国子毛诗博士。大中八年任简州刺史。后辞官归隐雅州卢山。《新唐书·艺文志》著录《雍陶诗集》十卷，已佚。《全唐诗》编其诗为一卷。

题君山〔一〕

风波不动影沉沉〔二〕，碧色全无翠色深〔三〕。
应是水仙梳洗处〔四〕，一螺青黛镜中心〔五〕。

校注

〔一〕君山，在洞庭湖口附近。《水经注·湘水》："湖（洞庭湖）中有君山……湘君之所游处，故曰君山矣。"《元和郡县图志·江南道三·岳州》："君山，在县西三十里青草湖中。昔始皇欲入湖观衡山，遇风浪，至此山止泊，因号焉。又云湘君所游止，故名之也。"作者《望月怀江上旧游》云："往岁曾随江客船，秋风明月洞庭边。为看今夜天如水，忆得当时水如天。"可见其游洞庭不止一次。《唐才子传校笺》据此诗及《送契玄上人南游》疑其登第后或曾应辟岳州。

〔二〕影，指君山在水中的倒影。因系夜间，倒影的颜色深暗，故曰"沉沉"。

〔三〕碧色全无翠，《全唐诗》原作"翠色全微碧"，此据其校语改。碧色，指洞庭湖的碧波。翠色，指君山的翠色。

〔四〕水仙，当指传说中的娥皇、女英，死后为湘水之神。

〔五〕一螺青黛，一丛螺形的发髻，因其颜色深青，故云。镜，镜面。指洞庭湖。李白《陪族叔刑部侍郎晔及中书贾舍人至游洞庭五首》之五："帝子潇湘去不还，空馀青草洞庭间。淡扫明湖开玉镜，丹青画出是君山。"

何光远曰：刘禹锡尚书有《望洞庭》之句，雍使君（陶）有《咏君山》之诗。其如作者之才，往往暗合。刘《望洞庭》诗曰："湖光秋月两相和，潭面无风镜未磨。遥望洞庭山水翠，白银盘里一青螺。"雍《咏君山》诗曰："烟波不动影沉沉，碧色全无翠色深。疑是水仙梳洗处，一螺青黛镜中心。"（《鉴诫录》）

富寿荪曰："应是"二句，色彩明丽，设想奇绝。以洞庭之湖光山色与湘君的故事相结合，倍觉空灵缥缈。

雍

陶

鉴赏

唐代咏洞庭的名篇佳句层见叠出，写日间景象者，多以境界阔远浩渺，气势雄浑壮盛取胜，间亦有写湖面无波之静美景色，巧于取譬者，如刘禹锡的《望洞庭》即是。雍陶这首诗，从巧于设譬，特别是所用喻象（青螺）看，很可能受到刘诗的启发，但将所咏的对象由整个洞庭湖集中到君山这个重点上，时间也由白天变成了夜间，而作为主要喻象的"青螺"则由实物变成了"螺髻"。这几方面的改变，使得两诗的诗境显出了不同的特色，雍诗也就在借鉴前人的基础上有了新的创造。

君山在洞庭湖口，故咏君山必兼咏洞庭湖。诗的首句"风波不动影沉沉"，即湖与山并写。这是一个风平浪静的暗夜。往日波涛汹涌的景象不见了，眼前的湖面，沉静无风，波平浪歇。君山的倒影映入平静的湖水中，显现出幽暗的身影。"沉沉"二字，既状其色调的幽暗，也写出倒影的纹丝不动。

"碧色全无翠色深"，次句仍湖、山并写。"碧色"，指洞庭的碧水绿波。由于是在暗夜，白天能放眼览眺的万顷碧波此刻已经全然不见。"翠色"，指君山的苍翠之色，白天苍翠在目的君山，在暗夜中也只显现出一个黑黝黝的轮廓，因此说"碧色全无翠色深"。这句与上句的句式相同，都是上四下三，水、山并写，而以水托山。上句以水波不兴衬托山影之沉定不动，下句以碧波之不见衬托山形山色之模糊，都显示出无风的暗夜洞庭湖水及君山的特征。这种景象，虽不像晴日白昼所见之壮阔浩渺，但由于很少有人写过，读来自具一种新鲜感。或有将下句理解为碧绿色的湖水不及青翠的山影深

2549

重，不但句式与上句不协，而且误解了"碧色全无"的含义（指湖面一片黑暗，全然不见碧波万顷）。诗人虽写暗夜的湖水和君山，但意中仍有晴昼的景象作为参照，故有"全无"及"深"之语，从中仍可想象出晴昼碧波万顷，山色苍翠的明丽浩阔景象。

"应是水仙梳洗处，一螺青黛镜中心。"三、四两句，因洞庭君山系湘君所游止之处的神话传说而生奇想。"水仙"即湘水之神娥皇、女英。"一螺青黛"指女仙的青黛色螺形发髻，"镜"指洞庭湖面，因"风波不动"，故水平如镜。在诗人的想象中，眼前这如镜的湖面和翠色深深的君山朦胧身影仿佛幻化成了仙境，大约这就是湘水女神的梳洗之处吧，那洞庭湖面正像她梳妆用的镜子，而那君山不正像镜中映出的青黛色螺形发髻吗？由于是在暗夜，君山的身影隐约朦胧，更容易产生这种似耶非耶的美好遐想。或有将"一螺青黛"理解为女子用以画眉的螺形黛墨者，但美人临镜，映现于"镜中心"的当非用来画眉的一锭黛墨，而应是她所绾结的螺形发髻。黄庭坚的《雨中登岳阳楼望君山》之二："满川风雨独凭栏，绾结湘娥十二鬟。"是说风雨迷蒙中的君山十二峰，如同湘娥之螺鬟，而雍诗是将隐约朦胧的君山想象成水仙的青黛色螺髻发髻，黄诗当从雍诗脱化。由于这一想象和比喻，使全诗平添了空灵缥缈的情致和柔美的风韵。人间的自然景象被仙化了。洞庭君山以这种面貌出现在诗里，这还是第一次，李白的《陪族叔刑部侍郎晔及中书贾舍人至游洞庭五首》之一、之五都写到"吊湘君"和"帝子潇湘去不还"，将湘水女神的神话传说融入洞庭景色，在构思上或对雍陶有所启发，但李诗写的是阔远明丽之景（"日落长沙秋色远，不知何处吊湘君""淡扫明湖开玉镜，丹青画出是君山"），而雍诗写的是暗夜中的洞庭君山，故有"应是水仙梳洗处，一螺青黛镜中心"的空灵缥缈之境。而刘禹锡的"白银盘里一青螺"，设喻虽亦新奇巧妙，但"青螺"实写，与"一螺青黛镜中心"之想象之虚幻缥缈，风格又自有别。

城西访友人别墅〔一〕

沣水桥西小路斜〔二〕，日高犹未到君家。
村园门巷多相似，处处春风枳壳花〔三〕。

校注

〔一〕据"沣水"句，城西当指长安城西郊。

〔二〕沣水，《全唐诗》原作"澧水"，误，据《唐诗品汇》改。沣水，原出秦岭山中，北流至长安西北汇入渭水，为关中八水之一。《史记·封禅书》："霸、产、长水、沣、涝、泾、渭皆非大川。"司马贞索隐引《十三州记》："沣水，出鄠县南。"

〔三〕枳壳花，即枳树的花。枳树似橘树而小，茎上有刺，春天开白花，花细而香。秋天结果，味酸苦不能食。"枳壳"本指枳树已干的果实，此处"枳壳花"即枳花。

笺评

释圆至曰：遍地枳棘，谁可结交？所以不辞远访也。然极蕴藉。（《笺注唐贤三体诗法》）

焦竑曰：如画。（《删补唐诗选脉笺释会通评林·晚七绝》引）

陆时雍曰：风味自足。（同上引）

周珽曰：末二句见友人村居不求异，所以访求者未易一问即到其家也。王右丞《访吕逸》云："门外青山如屋里，东家流水入西邻。"与此后联俱尽别墅之景，妙，妙！（同上）

俞陛云曰：咏乡村风物者，宜以闲淡之笔，写天然之景。山花野草，皆可入诗。渔洋自赏其"开遍空山白芨花"，颇似此作第四句之意。（《诗境浅说》续编）

刘拜山曰：写郊居景物逼真，闲处传神，特见韵致。（《千首唐人绝句》）

鉴赏

从极平常的景物中感受到新鲜的诗意，发现诗美，并创造出富于情致韵味的诗境，是唐人的看家本领。他们好像随时随地都在用敏感的诗心感受周围的世界。

这是一首写寻访友人城西别墅的小诗，完全按照寻访的时间顺序来写行程和所见所感。首句"沣水桥西小路斜"，点出友人别墅所在的大致方位——越过长安城西的沣水上的桥梁，沿着一条斜斜的小路继续向西前行。从下几句所写的情况看，诗人是初次造访友人的别墅，这"沣水桥西小路斜"就是按照友人事先的指点所见到的景物，因而在见到它们的同时，除了为眼前村野的朴素风光所吸引外，也自然会浮现一种与友人所指点完全符合的喜悦感、亲切感。

次句"日高犹未到君家"却突作转折，说自己走了很久，日头已经当空高照，却依然没有到达友人的家。"犹未"二字，透露出些许焦急和不解。友人的指点原说了沣水桥沿斜斜的小路西行不远便可到达自己的别墅，但诗人却感到这路仿佛很远很长。同样一条道路，对于熟悉而经常行走的人来说，会觉得它很短，而对一个从未行走过的陌生者来说，却会感到它很长。"犹未到君家"的感觉正是由于不熟悉而造成的。由陌生感而产生的焦急和不解（该不会是友人故意把路程说得很短吧）造成了诗的顿宕曲折，为三、四两句精彩传神之笔的出现作了铺垫。

"村园门巷多相似，处处春风枳壳花。"终于到了友人所居的村庄，可是诗人却被眼前的景象所迷惑了：整个村子里，人家的门户、巷子、家中的园子竟然一例地相似，人家院落、篱笆，处处生长着枳树，编成枳篱，春风起处，白色的枳花或迎风颤动，或缤纷下坠，散发出特有的芬芳，竟根本弄不清哪所房舍院落是友人的别墅了。友人也许提起过自家的别墅院落有枳篱卫护的事，却忽略了这村庄的"门巷多相似"，于是使诗人虽到了友人所居的村庄却一时找不到友人的别墅。这真有点像是"春来遍是桃花水，不辨仙源何处寻"了。

诗写到这里，戛然而止。单从题目"城西访友人别墅"和单纯叙事的角度看，这结尾似乎有些令人失望和惆怅。但诗的情致韵味，却正在这虽到而不辨的感受上。诗人面对这"村园门巷多相似，处处春风枳壳花"的景象，似乎在刹那间忘记了此行的目的，而对这充满了乡居朴野气息的景象产生了浓厚的兴趣，陶醉流连于春风传送的枳花的芬芳，也陶醉于整个村居环境的闲逸幽野而又充满生机的气息。这种不期而遇的诗意和美感，正是诗人此"访"的最大收获，相比之下，原先的目的地——友人别墅似乎不那么重要了，因为它已经融入了这个整体环境之中。

虽没有具体写"友人别墅"（因为不必要），但友人的风神却正在这"门巷多相似"中隐约透露出来，这位友人，也正跟他的别墅一样，融入了这朴野自然的环境中，成为地地道道的"此中人"了。

宣宗宫人

某氏，宣宗时宫女。因题诗红叶为应举士人卢渥所得，后嫁于卢渥（820—905），生平事迹见司空图《故太子太师致仕卢公神道碑》。

题红叶〔一〕

流水何太急〔二〕，深宫尽日闲。
殷勤谢红叶〔三〕，好去到人间〔四〕。

校注

〔一〕范摅《云溪友议》卷下《题红怨》：明皇代，以杨妃、虢国宠盛，宫娥皆颇衰悴，不备披庭。常书落叶，随御沟水而流云：“旧宠悲秋扇，新恩寄早春。聊题一片叶，将寄接流人。”顾况著作，闻而和之。既达宸聪，遣出禁内者不少。或有五使之号焉。和曰：“愁见莺啼柳絮飞，上阳宫女断肠时。君恩不禁东流水，叶上题诗寄与谁？”卢渥舍人应举之岁，偶临御沟，见一红叶，命仆搴来。叶上乃有一绝句，置于巾箱，或呈于同志。及宣宗既省宫人，初下诏，许从百官司吏，独不许贡举人。渥后亦一任范阳，获其退宫人，睹红叶而吁怨久之，曰：“当时偶题随流，不谓郎君收藏巾箧。”验其书，无不讶焉。诗曰：“水流何太急，深宫尽日闲。殷勤谢红叶，好去到人间。”《云溪友议》未载此宫人姓氏，《全唐诗》署为韩氏，系误据《名媛诗归》卷九。

〔二〕流水，指御河水。《云溪友议》作“水流”。《太平广记》卷一百九十八引《云溪友议》作“流水”，卷三百五十四引《北梦琐言》同，而谓进士李茵见红叶。

〔三〕殷勤，情意深厚，恳切叮咛。谢，告知，寄语。

〔四〕好去，送别之词，犹言好走，一路平安。张相《诗词曲语辞汇释》：“好去，居者安慰行者之辞。”

唐汝询曰：情态不露，与缝衣结缘者自别。（按：开元宫人尝作诗置赐边军纩衣中，云："沙场征戍客，寒苦若为眠？战袍经手作，知落阿谁边？蓄意多添线，含情更着绵。今生已过也，结取来生缘。"）（《唐诗解》卷二十四）

周珽曰：斩断六朝浮靡妖艳蹊径，是真性情之诗。"谢"字、"好去"字，涵无限情绪，无限风趣。（《删补唐诗选脉笺释会通评林·晚五绝》）

题钟惺撰《名媛诗归》："殷勤""好去"，有无限叮咛意。只此四字，波波折折，深情委曲，微而澹，宕而远，非细心女子写不出如此幽怀，做不出如此幽事。（卷九）

黄生曰：（"殷勤"二句）丁宁见意。又曰："好去"二字，略断，盖嘱咐之词，杜工部"好去张公子"，陈羽"殷勤好去武陵客"。绝不言情，无限幽忧之意，自在言外。女人作宫词，便有许多无聊怨望之语，岂知自历其地者，转觉难言耳。（《唐诗摘抄》卷二）

朱之荆曰：只"尽日闲"三字，含蓄无限情事。三、四与李建勋"却羡落花春不管，御沟流得到人间"同意，而一藏一露，一直一婉，相去天渊矣。（《增订唐诗摘抄》）

冒春荣曰：五言绝有两种，有意尽而言止者，有言止而意不尽者。言止意不尽者，深得味外之味，此从五言律而来，故为正格……"流水何太急，深宫尽日闲。殷勤谢红叶，好去到人间。"此五绝之正格也。正格最难，唐人亦不多得。（《葚原诗说》）

黄叔灿曰：首句是兴，"何"字妙，言流水如人，似亦有不耐深宫之意。而已不能偕行，特寄情红叶，流到人间，思致极缠绵。（《唐诗笺注》）

刘拜山曰："殷勤"二句，语挚而情深，有求出牢笼之意。若玄宗时宫女诗"自嗟不及波中叶，荡漾乘春取次行"，虽凄婉多讽，然几乎绝望矣。比较论之，此诗为佳。（《千首唐人绝句》）

唐代诗人写了大量宫怨诗，其中颇多流传广远的佳作。但文人的宫怨诗每多抒写官女嫔妃失宠的哀怨和幽居的寂寞，在潜意识中与文人希图得到君主的赏识知遇有密切关联，即使是"珊瑚枕上千行泪，不是思君是恨君"（刘皂《长门怨》）这种怨极而恨的宫怨诗，也还是因为失宠而致。但宫人自己写的宫怨诗，却完全突破了文人宫怨诗局限于"得宠忧移失宠愁"的狭窄范围，她们从亲身经历出发，抒写出对人间世界正常自由生活的热烈向往和对深宫幽闭生活的厌倦。

在这首著名的红叶题材的五绝之前，孟启《本事诗》曾载有两则类似的紵袍寄诗与梧叶题诗的事，后者不但有宫女寄诗、顾况和诗，且有宫女再题诗的复杂情节。这类记载虽出自传闻，但说明幽闭深宫的宫女借御沟流水浮叶传递自己的情感和希望，是当时常发生的富于诗意的事情。从诗艺的角度来考量，这首宣宗时不知名的宫人写的《题红叶》无疑是后来居上，极富含蕴而隽永耐味的。

"流水何太急"，首句就眼前的御沟流水发兴，"何太急"是官女对沟水匆匆流逝的直观感受，好像是埋怨水流得太急，不为驻足观赏的自己稍留片刻；又好像是联想起自己的华年似水，匆匆即逝；更像是感慨连流水也不耐深宫的寂寞无聊，急欲流出宫外。而这一切可能引起的感受与联想，又都和下一句"深宫尽日闲"形成鲜明的对照，使前者成为后者的有力反衬。这五个字是全篇的主句，"深"字、"尽"字、"闲"字都是着意渲染的词语，"深"字见官中之幽闭深邃、森严阴暗，"尽"字见永日无聊、度日如年。而"深"字、"尽"字又都落实到全句的句眼"闲"字上。这是一种终日孤寂无绪，没有欢乐，没有爱情，没有自由，没有沟通对象，形同幽囚，如同死寂般的"闲"。正是由于这个"闲"字，引发出三、四两句题诗红叶的情节和深情致意。

"殷勤谢红叶，好去到人间。"正在这时，御沟流水漂来了几片红叶，想到红叶将随着水流漂出宫城，流向宫外的人间世界，不由得触发对红叶的欣羡和对"深宫"之外的"人间"的强烈向往，于是情不自禁地题诗于红叶之上，深情地嘱咐叮咛红叶，希望它带着自己的全部希望和向往，流向宫外的世界。"人间"在这里是和"尽日闲"的"深宫"相对立的世界，它的内涵极其丰富，举凡青春的欢乐，爱情的美好，家人团聚的天伦之乐，大自然的美丽景色，自由自在不受拘束的生活乐趣，以及一切正常的美好的生活统统可以涵盖在这无所不包的"人间"二字当中，实际上它已经由于高度的概括而带有象征的色彩。尽管抒情主人公身处幽闭阴暗的深宫，但她的心却随着

2555

这一片红叶飞向人间的自由、幸福、欢乐的天地。"殷勤""谢""好去"等词语的连用，更把她的柔婉、深挚、缠绵的感情表现得极为生动传神。全诗的情调也正因此而显得虽哀婉而不低沉，表现出对生活的希望和追求。

杜 牧

　　杜牧（803—853），字牧之，京兆万年人，行十三。宰相杜佑之孙。少即博览群籍，关注"治乱兴亡之迹，财赋兵甲之事"，以才略自负。大和二年（828）登进士第，又举贤良方正直言极谏科。释褐弘文馆校书郎，试左武卫兵曹参军。旋佐江西观察使、宣歙观察使沈传师幕。大和七年，入淮南节度使牛僧孺幕，为推官、掌书记。九年入为监察御史，移疾分司东都。开成二年（837），复入宣歙观察使崔郸幕为团练判官。三年迁左补阙、史馆修撰，转膳部、比部员外郎。会昌二年（842）出为黄州刺史。四年九月，转池州刺史。六年秋，徙睦州刺史。大中二年（848），入为司勋员外郎、史馆修撰。四年秋，出为湖州刺史。五年入为考功郎中、知制诰。六年迁中书舍人，十二月卒。杜牧诗、赋、古文兼擅，诗与李商隐并称小李杜。诗风豪迈俊爽，清丽秀逸，长于五古、七律、七绝。《新唐书·艺文志》著录《樊川集》二十卷，《全唐诗》编其诗为八卷，其中混入不少他人之作，清人冯集梧有《樊川诗集注》及《樊川诗补遗》。今人吴在庆有《杜牧集系年校注》。

感怀诗一首〔一〕

　　高文会隋季〔二〕，提剑徇天意〔三〕。扶持万代人，步骤三皇地〔四〕。圣云继之神，神仍用文治〔五〕。德泽酌生灵〔六〕，沉酣薰骨髓〔七〕。旄头骑箕尾〔八〕，风尘蓟门起〔九〕。胡兵杀汉兵〔一〇〕，尸满咸阳市〔一一〕。宣皇走豪杰〔一二〕，谈笑开中否〔一三〕。蟠联两河间〔一四〕，烬萌终不弭〔一五〕。号为精兵处，齐蔡燕赵魏〔一六〕。合环千里疆，争为一家事〔一七〕。逆子嫁虏孙，西邻聘东里〔一八〕。急热同手足，唱和如宫徵〔一九〕。法制自作为，礼文争僭拟〔二〇〕。压阶螭斗角〔二一〕，画屋龙交尾〔二二〕。署纸日替名〔二三〕，分财赏称赐〔二四〕。刳隍欸万寻〔二五〕，缭垣叠千雉〔二六〕。誓将付屠孙〔二七〕，血绝然方已〔二八〕。九庙仗神灵〔二九〕，四海为输委〔三〇〕。如何七十年，汗赩含羞耻〔三一〕！韩彭不再生，英卫皆为鬼〔三二〕。凶门爪牙辈〔三三〕，穰穰如儿

戏〔三四〕。累圣但日吁〔三五〕，阃外将谁寄〔三六〕。屯田数十万，堤防常
慑惴〔三七〕。急征赴军须〔三八〕，厚赋资凶器〔三九〕。因隳画一法〔四〇〕，
且逐随时利。流品极蒙茏〔四一〕，网罗渐离弛〔四二〕。夷狄日开张〔四三〕，
黎元愈憔悴〔四四〕。邈矣远太平，萧然尽烦费〔四五〕。至于贞元末，风
流恣绮靡〔四六〕。艰极泰循来〔四七〕，元和圣天子〔四八〕。元和圣天子，
英明汤武上〔四九〕。茅茨覆宫殿〔五〇〕，封章绽帷帐〔五一〕。伍旅拔雄
儿〔五二〕，梦卜庸真相〔五三〕。勃云走轰霆〔五四〕，河南一平荡〔五五〕。继
于长庆初，燕赵终异襁〔五六〕。携妻负子来，北阙争顿颡〔五七〕。故老
抚儿孙，尔生今有望。茹鲠喉尚隘〔五八〕，负重力未壮〔五九〕。坐幄无
奇兵〔六〇〕，吞舟漏疏网〔六一〕。骨添蓟垣沙，血涨滹沱浪〔六二〕。只云
徒有征，安能问无状〔六三〕。一日五诸侯，奔亡如鸟往〔六四〕。取之难
梯天，失之易反掌。苍然太行路，翦翦还榛莽〔六五〕。关西贱男
子〔六六〕，誓肉虏杯羹〔六七〕。请数系虏事〔六八〕，谁其为我听。荡荡乾
坤大，瞳瞳日月明〔六九〕。叱起文武业〔七〇〕，可以豁洪溟。安得封域
内，长有扈苗征〔七一〕。七十里百里〔七二〕，彼亦何尝争〔七三〕。往往念
所至，得醉愁苏醒〔七四〕。韬舌辱壮心〔七五〕，叫阍无助声〔七六〕。聊书
感怀韵，焚之遗贾生〔七七〕。

校注

〔一〕题下自注："时沧州用兵。"沧州，唐河北道州名。沧州用兵，指
朝廷对擅据沧、景（沧州属县景城）一带地区的横海叛镇李同捷征讨。《通
鉴·宝历二年》：三月，"横海节度使李全略薨，其子副大使同捷擅领留后，
重赂邻道，以求承继。"又《大和元年》："二月，李同捷擅据沧景，朝廷经
岁不问。同捷冀立世之后，或加恩贷。"五月，"以前横海节度副使李同捷为
兖海节度使"，七月"李同捷托为将士所留，不受诏"，"八月庚子，命乌重
胤、王智兴、康志睦、史宪诚、李载义，与义成节度使李昕，义武节度使张
璠，各帅本军讨之。"《大和二年》：十一月，"时河南北诸军讨同捷，久未
成功。每有小胜，则虚张首虏以邀厚赏，朝廷竭力奉之，江淮为之耗弊"。

至大和三年四月，沧景方平，"沧州承丧乱之餘，骸骨蔽地，城空野旷，户口存者，什无三四"。缪钺《杜牧年谱》谓："《感怀诗》中杜牧自称'贱男子'，杜牧于大和二年春进士及第，制策登科，授官，此后即不应自称'贱男子'矣，故知此诗应作于大和元年。"

〔二〕高，指唐高祖李渊。文，指唐太宗李世民，其初谥号为文皇帝，故称。会，适遇。隋季，隋朝末年（的动乱年代）。

〔三〕《史记·高祖本纪》："吾以布衣提三尺剑取天下，此非天命乎？""提剑"用此，指其太原举义兵讨隋，终定天下之事。徇，顺从。

〔四〕步骤，犹追随、效法。三皇，传说中的伏羲氏、神农氏、燧人氏，犹古圣先王。《后汉书·曹褒传》注引《孝经钩命决》："三皇步，五帝骤，三王驰。"地，指境地、境界。

〔五〕圣，指唐太宗，其谥号全称为"文武大圣广孝皇帝"。神，指唐高祖，其谥号全称为"神尧大圣光孝皇帝"，此处各取其谥号中的"圣""神"一字。此谓太宗继承高祖开创的事业。

〔六〕谓太宗仍以文德治天下。《旧唐书·音乐志一》："贞观元年，宴群臣，始奏《秦王破阵》之曲……太宗曰：'朕虽以武功定天下，终当以文德绥海内。'"酌，饮。生灵，指百姓。

〔七〕谓德泽广被百姓，使百姓如饮醇酒，沉酣薰入骨髓。

〔八〕旄头，即昴宿，二十八宿之一。《汉书·天文志》："昴日旄头，胡星也。"《晋书·天文志》："昴七星……皆黄，兵大起……大而数尽动若跳跃者，胡兵大起。"此即以"旄头"指安禄山所率的胡兵。箕、尾，均二十八宿之一，箕、尾之分野在燕地。"旄头骑箕尾"即象征安禄山所率胡兵从燕地（幽州）发动叛乱。《晋书·天文志》："箕四星……主客蛮夷胡貉。故蛮胡将动，先表箕焉。"

〔九〕蓟门，即蓟丘，在今北京德胜门外西北隅。这里代指安禄山盘踞的幽燕地区。风尘，指战尘。

〔一〇〕安禄山所部多奚、契丹、同罗等少数民族，故称"胡兵"。汉兵，指唐王朝的军队。

〔一一〕咸阳市，借指长安街市。杜甫《悲陈陶》："孟冬十郡良家子，血作陈陶泽中水。野旷天清无战声，四万义军同日死。群胡归来血洗箭，仍唱胡歌饮都市。"可参证。

〔一二〕宣皇，指肃宗，其谥号为"文明武德大圣大宣孝皇帝"。又，此处亦取用宣王中兴周室之意。杜甫《北征》："周汉获再兴，宣光果明哲。"走豪杰，使英雄豪杰之士奔走效命。

〔一三〕《易·否》："否（pǐ）之匪人。"陆德明释文："否，闭也，塞也。"中否，中道衰落的局面。开中否，指打开了中衰的局面而使唐朝复兴。

〔一四〕蟠联，盘踞联结。两河，指河北、河南两道。

〔一五〕烬，火的余烬。句意谓反叛藩镇未彻底消灭，如大火余烬再度萌发，难以消弭。

〔一六〕齐蔡燕赵魏，此以战国时之列强借指唐中叶的强藩淄青镇、彰义镇、卢龙镇、成德镇、魏博镇。这些强藩集合了天下的精兵强将。

〔一七〕二句谓上述强藩环绕合围起来，占据着广大的疆土，有时彼此争斗，各为自己的私利。

〔一八〕二句谓他们彼此结为婚姻，联合对抗朝廷。

〔一九〕急热，形容关系紧密亲热。《新唐书·李宝臣传》："与薛嵩、田承嗣、李正己、梁崇义相姻嫁，急热为表里。"宫徵，古代音乐五音中之两音。强藩之间，彼此唱和，如五音中之宫、徵相应。

〔二〇〕二句谓强藩自立法制，不遵守朝廷的制度，礼仪制度也就妄自僭越，自行拟定。

〔二一〕螭，无角龙。皇宫殿阶上刻画螭龙。

〔二二〕龙交尾，两龙蟠结的图案，亦皇宫殿中文饰。

〔二三〕署纸，在公文上署名。替，废弃。句意谓仿效皇帝批阅奏章的方式，不再在上面署名。

〔二四〕句意谓分赏财物给下属时仿效皇帝的口吻称"赐"。

〔二五〕刳，挖掘。隍，城壕。歋，贪。寻，八尺曰寻。

〔二六〕雉，城墙高一丈长三丈为一雉。句意谓绕城的城墙重叠高达千雉。古代礼制，"天子千雉"。以上六句，均强藩自立法制，争相僭越的具体表现。

〔二七〕孱，弱。句意谓强藩誓欲将割据世袭的领地付于自己的子孙。

〔二八〕血绝，血嗣断绝。《通鉴·汉顺帝汉安元年》："身首横分，血嗣俱绝。"胡三省注："或曰：父子气血相传，故曰血嗣。"

〔二九〕九庙，皇帝的宗庙。古时帝王立庙祭祖先，有太祖庙及三昭庙、三穆庙共七庙。王莽增为祖庙五、亲庙四，共九庙，为其后历代沿用。谓唐王朝倚仗祖先神灵的护佑，幸未遭受毁灭之祸。

〔三〇〕谓四海各地，尚输送捐献财物给朝廷。

〔三一〕七十年，自安史乱起之年（755）至作者写这首诗（827），首尾七十三年。此举成数。汗靦，犹汗颜。靦，指脸红。

〔三二〕韩彭，汉初名将韩信、彭越。英卫，指唐初开国元勋名将英国公李勣、卫国公李靖。

〔三三〕凶门，古代将军出征时，凿一向北的门，由此出发，像办丧事一样，以示必死之决心，称"凶门"。《淮南子·兵略训》："将已受斧钺……凿凶门以出。"爪牙，喻武将。《诗·小雅·祈父》："祈父，予王之爪牙。"

〔三四〕穰穰，众多貌。儿戏，《史记·绛侯周勃世家》："文帝之后六年，匈奴大入边，乃以宗正刘礼为将军，军霸上；祝兹侯徐厉为将军，军棘门；以河内守亚夫为将军，军细柳，以备胡。上自劳军，至霸上及棘门军，直驰入，将以下骑送迎。已而之细柳……天子先驱至，不得入……居无何，上至，又不得入……文帝曰：'嗟乎，此真将军矣！曩者霸上、棘门军，若儿戏耳！'"此言武将军纪不严，如同儿戏。

〔三五〕累圣，历代皇帝，指肃、代、德、顺各朝。吁，叹息。

〔三六〕阃外，郭门以外。《史记·张释之冯唐列传》："臣闻上古王者之遣将也，跪而推毂，曰：'阃以内者，寡人制之，阃以外者，将军制之。'"裴骃集解引韦昭曰："此郭门之阃也。"寄，托付。

〔三七〕屯田，此指以戍卒在边境地区垦荒以取得粮饷并戍边。汉武帝通西域时已置校尉屯田渠犁。唐代仍沿此制。杜甫《兵车行》："或从十五北防河，便至四十西营田。"堤防，犹提防。愡惝，惊恐不安。此言为防吐蕃等边境民族入侵，常屯田戍卒数十万以防备，但内心仍惊惧不安。

〔三八〕句意谓为了应付军队需要，常对百姓急征粮食税收。

〔三九〕《六韬·兵略》："圣人号兵为凶器，不得已而用之。""兵"原指兵器，此指战争。资，供给。

〔四〇〕隳，毁坏。画一法，统一严格的规章制度。《史记·曹相国世家》："参代（萧）何为相国，举事无所变更，一遵萧何约束……百姓歌之曰：'萧何为相，颛若画一，曹参代之，守而勿失。载其清净，民以宁一。'"

2561

〔四一〕流品，指官吏的流品，即品类、等级。蒙茸，杂乱。

〔四二〕网罗，指法度纲纪。离弛，离析松弛。

〔四三〕开张，势力扩展。

〔四四〕黎元，百姓。憔悴，困苦。

〔四五〕萧然，犹骚然。《史记·酷吏列传》："及孝文帝欲事匈奴，北边萧然苦兵矣。"烦费，大量耗费。《史记·平准书》："自是之后，严助、朱买臣等招来东瓯，事两越，江淮之间萧然烦费矣。"诗语本此。

〔四六〕风流，风尚习俗。《汉书·刑法志》："吏安其官，民乐其业……风流笃厚，禁罔疏阔。"恣，恣意，放纵。绮靡，奢侈浮华。

〔四七〕《易·杂卦》："否泰，反其类也。"《吴越春秋·勾践入臣外传》："否终则泰。"此化用其语，谓国运艰难到了极点就会转循安泰的轨道前进。

〔四八〕元和，唐宪宗年号。李商隐《韩碑》："元和天子神武姿，彼何人哉轩与羲。"杜牧此句意相类。

〔四九〕汤武，商汤和周武王。

〔五〇〕茅茨，茅草盖的屋顶。《墨子·三辩》："昔日尧之有茅茨者，且以为礼，且以为乐。"《韩非子·五蠹》："尧之王天下也，茅茨不剪，采椽不斫。"此言其去奢从俭。下句同。

〔五一〕封章，言机密之事的奏章用皂（黑）囊重封以进。《汉书·东方朔传》："朔对曰：'……孝文皇帝之时……贵为天子，富有四海……集上书囊以为殿帷。'"绽，缝缀。

〔五二〕伍旅，犹军旅。拔雄儿，提拔雄骏的猛将。尚镕《聚星札记》谓此句用《三国志》："邓艾曰：'姜维自一时雄儿也。'"

〔五三〕梦卜，用殷高宗、周文王重用傅说、吕望事。据《史记·殷本纪》，殷高宗武丁梦遇圣人，访于郊野，果得傅说。又《齐太公世家》载，周文王将出猎，占卜，卜得贵相之兆，后果于渭滨遇吕望，立为师。此指其任用贤相。李商隐《韩碑》："帝得圣相相曰度。"庸，用，登用。尚镕《聚星札记》谓此句用《汉书》："匈奴望见王商曰：'真汉相矣。'"

〔五四〕此为倒装句，意为震疾的雷霆驱走了勃然兴起的云雾（喻反叛的方镇）。

〔五五〕句意谓地处黄河以南的淮西叛镇吴元济被扫除荡平。

〔五六〕长庆初，指穆宗登基之初年〔宪宗卒于元和十五年（820）正月〕，即元和十五年及长庆元年（821）。《新唐书·穆宗纪》：元和十五年十月，"王承宗卒，辛巳，成德军观察支使王承元以镇、赵、深、冀四州归于有司"。长庆元年二月，"刘总以卢龙军八州归于有司"。成德军系旧赵地，卢龙军系旧燕地。昇，抬；襁，背负婴儿的包被背带。昇襁，指百姓抬着老人、背着婴儿前来归附唐朝廷。此二事系承宪宗平藩之余威。不久，河北三镇即叛。

〔五七〕北阙，朝廷。顿颡，叩头。二句意谓当地百姓携妻背子，争相向朝廷所在的方向叩首表达自己的欢欣。

〔五八〕茹鲠，吞食鱼骨。句意谓像吞食鱼骨被卡住咽喉一样，朝廷的政令常阻塞不通。

〔五九〕谓如马之负重而上，力量尚未壮盛，喻朝廷的力量不够壮大。

〔六〇〕坐幄，坐在帷帐中运筹划策的当权者。无奇兵，没有制敌必胜的奇谋。《史记·高祖本纪》："夫运筹帷幄之中，决胜千里之外，吾不如子房。"意为其时宰相中无张良那样的人物。

〔六一〕吞舟，吞舟之鱼，喻指罪恶大的藩镇。《汉书·酷吏传》："网漏于吞舟之鱼。"谓朝廷的法网疏漏，使本应消灭的藩镇逍遥法外。

〔六二〕蓟垣，指卢龙军所在的蓟门一带地区。《旧唐书·穆宗纪》：长庆元年七月"甲辰，幽州监军使奏：'今月十日军乱，囚节度使张弘靖别馆，害判官韦雍、张宗元、崔仲卿、郑埙。'"《新唐书·穆宗纪》：长庆元年七月"甲辰，幽州卢龙军都知兵马使朱克融囚其节度使张弘靖以反"。滹沱，河名，流经成德军节度使治所镇州（今河北正定）。《新唐书·穆宗纪》：长庆元年七月"壬戌，成德军大将王廷凑杀其节度使田弘正以反"。二句所叙即上述二镇反叛之事。

〔六三〕徒，指军队。二句谓朝廷虽派军队进讨，却不能将其生擒问罪。

〔六四〕《新唐书·穆宗纪》：长庆元年八月，"丁丑，魏博、横海、昭义、河东、义武兵讨王廷凑"。"五诸侯"指此。鸟往，像鸟飞一样迅疾。

〔六五〕翦翦，狭窄貌。榛莽，草木杂乱丛生，阻塞道路。

〔六六〕作者家居京兆万年，在潼关之西，时尚未登第，故称自"关西贱男子"。

〔六七〕虏，指叛乱的藩镇。誓肉虏杯羹，誓食反叛者的肉，并分其杯羹。"杯羹"语本《史记·项羽本纪》。

〔六八〕谓请听我历陈如何缚送叛虏的策略。

〔六九〕瞳瞳，明亮貌。

〔七〇〕句意为己呵斥之间便能开创文王武王的事业。

〔七一〕扈苗征，夏禹曾征讨有苗，夏后启曾征讨有扈，分见《墨子》

杜牧

2563

与《吕氏春秋》。此借指讨伐藩镇的战争。

〔七二〕《孟子·公孙丑上》："以德行仁者王，王不待大，汤以七十里，文王以百里。"谓汤与文王以七十里、百里之地即能统一天下。

〔七三〕彼，指汤与文王。"何尝争"谓不争地盘之大小，唯行仁德而已。

〔七四〕句意谓但得一醉而愁苏醒，盖不忍面对当前纷乱的割据局面。

〔七五〕韬舌，闭口不言。谓闭口不言世事则使自己的壮志受到折辱。

〔七六〕叫阍，到皇帝宫门外大声诉说冤愤。无助声，无人出声相助。

〔七七〕感怀韵，即《感怀诗》。贾生，指贾谊，贾谊曾上《陈政事疏》，谓天下事"可为痛哭者一，可为流涕者二，可为长太息者六"。因自感忧国的感情与主张无人理解采纳，故欲"焚之"而赠给与自己遭际相似的同调贾谊。

笺评

翁方纲曰：小杜《感怀诗》，为沧州用兵作，宜与《罪言》同读。《郡斋独酌》诗，意亦在此。王荆公云："末世篇章有逸才"，其所见者深矣。（《石洲诗话》卷二）

王闿运曰：牧好言兵，故为此长篇，殊可不必，不若流连风月之愈。（《手批唐诗选》卷二）

鉴赏

《感怀诗》是杜牧早期所作的一首著名的政治抒情诗。在写这首诗的前两年，他因敬宗"大起宫室，广声色"，写下了流传千古的《阿房宫赋》，对最高封建统治者的奢侈淫佚进行了愤怒的揭露抨击；大和元年，他又因李同捷的叛乱而追本溯源，对唐王朝长期以来藩镇割据叛乱局面的形成和发展作了深刻的反映，表现了对国家命运的强烈忧愤。一赋一诗，显出青年时期的杜牧高涨的政治热情和对国家命运的深沉思考，可以看作杜牧早期最具代表性的作品。

诗虽因朝廷对窃据沧景地区叛乱的李同捷用兵而引发，但诗人并没有将目光局限在一时一地，而是由此联想到藩镇割据叛乱的整个历史发展过程，借以深刻揭露这一严重政治问题长期存在并不断发展深化的原因。诗的开头一段八句，首先追溯了唐王朝开国的历史和文治武功之盛。用笔简括郑重，对高祖、太宗"提剑徇天意"的壮举和"文治""德泽"之广被生灵作了热情赞颂。"沉酣薰骨髓"一语，生动形象地显出贞观盛世的德泽深入人心，使百姓如饮醇醪，沉酣陶醉，深入骨髓。这是议论赞颂，更是纯诗的语言。这一段高置篇首，不但与下面写长期的衰乱形成鲜明对照，以突出诗人对衰乱局面的忧愤之情，且标举"文治""德泽"作为为政的根本，以显示长期衰乱局面形成的原因，用意深刻，不能忽略。

从"旄头骑箕尾"到"颟顸还榛莽"，共八十句，描叙自安史之乱到沧景之乱长达七十余年的藩镇割据叛乱局面的形成发展、起伏变化，是全诗的主体部分。其中又因其过程的曲折起伏形成三个回旋形的段落。第一段从"旄头骑箕尾"到"血绝然方已"二十六句，写安史乱起、肃宗平叛、藩镇割据叛乱势力复萌及其互相勾结，形成割据世袭的独立王国等情事。叙安史之乱，只用短短四句，两句点明地点，两句以"胡兵杀汉兵，尸满咸阳市"写长安沦陷、兵民惨遭杀戮的情景，中间越过自范阳发动叛乱到京城失陷这一长过程中的种种具体战事，以一点概全面，用笔极为简括而不失形象之鲜明，令人怵目惊心。述及肃宗平叛，笔墨更为省净，"走豪杰"与"谈笑开中否"之形容赞颂，可称史笔而兼诗笔，但如与"蟠联两河间，烬萌终不弭"联系起来体味，则对肃、代未彻底根除藩镇割据叛乱的遗憾与批评反愈益凸显。以下"号为精兵处"四句，概写大河南北的广大范围内，幽州、魏博、成德、淄青、淮西诸强藩拥有精兵，千里环伺，各利其私的局面。"合环千里疆"，见割据范围之广，形成对唐王朝的极大威胁；"争为一家事"，见割据叛乱势力利己贪婪的本质与好斗的特性。"逆子"四句，揭露其互为婚姻，相互勾结，彼此唱和，关系亲密，前者是勾结的手段，后者是勾结的表征。"法制"十句，揭露其自立法制，不遵守朝廷法令制度的约束，在礼仪上更擅自僭越，采用皇帝的仪制，大搞独立王国。前两句总说，中间六句分述（分别从官殿的服饰、签署的方式、分财的称呼，以及挖城隍、筑城墙等方面加以揭露），末二句收束，进一步揭露他们要将自己盘踞的独立王国传之子孙万代的野心。"血绝然方已"正是对这种野心的痛斥和诅咒。

从"九庙仗神灵"到"萧然尽烦费"二十二句，是对藩镇长期割据叛乱局面及唐王朝各方面危机进一步深化的描叙和议论。先用二句总说：皇帝的宗庙社稷虽有赖于神灵的护佑未至倾覆，但四海之内广大地区的百姓都为支

杜牧

2565

撑长期的战争输尽了人力财力物力。上句扬中含抑，下句则直抒痛愤。然后用"如何七十年，汗颜含羞耻"的诘问语沉痛喝起，下启对形成这种局面的原因的揭露："韩彭"六句，是对将帅庸劣无能的斥责，也是对人才危机的揭露；其实，在这几十年中，也出现过李晟、浑瑊、马燧这样的名将，但由于德宗的猜忌以及整个政治环境的影响，他们终于未能建树像李勣、李靖那样的业绩，且诗人标榜历史上的韩信、彭越，唐初的李勣、李靖，其矛头所指，乃是当时现实中那些军纪腐败、不愿为朝廷效力的方镇，像讨李同捷的战争所出现的"虚张首虏以邀厚赏"的腐败现象就是将朝廷的严肃命令视同儿戏。这种情况，自然要使历朝皇帝叹息阃外无可托付重任的将帅了。"屯田"六句，转写唐朝廷的财政经济危机。数十万的屯田戍边将士，小心翼翼、惊恐不安地防守着边疆，浩大的军费开支，加重了税赋负担，急征暴敛戆坏了画一的法令，官吏们纷纷追逐眼前的利益而不顾百姓的死活。"流品"六句，又转而揭露官吏流品的杂乱和法律的松弛，说明吏治的腐败是引起藩镇长期割据叛乱的政治根源。正因为这样，才导致周边的少数民族屡屡入侵，势力扩张，而百姓的生活日益困苦艰难。诗人深沉地叹息，贞观年间的太平盛世已经远去，眼前所看到的尽是一片骚然，不胜苛重的税费负担的景象。这是财政危机，更是社会政治危机的酝酿。"至于"四句，揭露贞元末期上层社会风尚的奢侈浮华已达极点，从而引出"艰极泰来"的议论，过渡到下一层元和、长庆间藩镇割据叛乱势力消长情况的叙写。

从"元和圣天子"到"翦翦还榛莽"二十八句，先用十四句写元和至长庆初平定叛镇、河北归附朝廷的情况。诗人热情地赞颂宪宗的英明、节俭，任用具有军事、政治才能的良将贤相，终于像雷霆扫荡浮云那样平定淮西、淄青叛镇，长庆初年更进而使长期割据叛乱的河北强藩归附中央。文势至此，陡然振起，似乎唐室中兴有望，诗人也借"故老"之口表达了对天下从此太平的期盼。"茹鲠"以下十四句，忽又跌落，落到幽州、成德二镇的叛乱和李同捷据沧景以叛的乱局上来。诗人认为这种局面的再次反复，是由于"坐幄无奇兵"即谋划军国大事的宰臣缺乏政治、军事才能之故。《旧唐书·萧俛传》载，穆宗承宪宗恢复之余，即位之始，两河廓定，四鄙无虞。俛与段文昌以为时已治矣，不宜黩武，请密诏天下军镇有兵处，每年百人之中，限八人逃死，谓之销兵。帝诏天下如其策而行之。而藩镇之兵，合而为盗，伏于山林。明年朱克融、王廷凑复乱河朔，一呼而遗卒皆至。朝廷征兵诸藩，籍既不充，寻行招慕，乌合之众，动为贼败，由是复失河朔。这虽不是河朔再失的全部原因，但宰辅的失策的确是重要原因。诗人对此痛心疾首，悲愤交集。"取之难梯天，失之易反掌"两句，不但形象概括了元和至长庆这十多年间，平叛统一事业所历的种种艰难曲折和来之不易的统一局面顷刻消失的沉痛心情，而且对朝廷的当权者表现了极度的失望。"苍然太行路，翦翦还榛莽"，"还"字情感沉痛苍凉，黯然神伤。

第三大段从"关西贱男子"到篇末，共十八句，是诗人面对藩镇长期割据叛乱的历史与现实所激发的壮怀和忧愤。诗人夙怀壮志，喜谈兵论政，认为自己呵叱而可建树文武盛世之业，开拓出浩瀚的局面，但自己的系房平藩之策，却没有当权者加以倾听，从而使自己誓灭叛房的愿望无法实现。如何使封域之内，时有平叛统一的征伐之事呢？在作者看来，商汤、周文，虽起初封域不过七十里、百里，最终都能成就统一中国的大业，关键就在施行良好的政治，以"德泽"惠民，而不在以武力相争，藩镇长期割据叛乱局面的反复和延续，根本原因还在于此。想到这一切，诗人不禁痛心疾首，但愿一醉之后便不复苏醒。欲闭口不言政事，又有辱于自己的壮志；想亲赴宫门诉说对国事的忧愤，又无同心相助之人。只能聊书此诗，焚之以赠异代同心的贾生而已。其实，当时有志之士忧虑国家命运的并不乏其人。大和二年应贤良方正能直言极谏科的刘蕡便是一位杰出的代表。尽管他的对策深为朝野正直之士所推赏，但却因得罪宦官而被斥不取。这一事例正可为诗的末四句作证。

全篇五十三韵，从唐初之盛到安史之乱，到肃、代、德诸朝的藩镇割据叛乱局面，再到元和至长庆初的平叛和短暂的统一，最后到河北复叛，失之反掌的现状，在广远的历史现实背景下对唐王朝因藩镇割据叛乱而演成的由盛而乱而衰的政局作了集中的描叙议论，最后归结到对唐王朝命运的忧愤。洋洋洒洒，在唐诗中可称得上是掣鲸碧海的大篇。诗人笔力雄健，挥洒自如，但中含多次曲折顿宕，既真实地反映出历史进程的曲折反复，又体现出诗人的心潮起伏和文势的宕折有致。这些都表现出杜牧诗歌鲜明的艺术个性。

值得注意的是，这首诗对李商隐的长篇政治诗《行次西郊作一百韵》的直接影响。义山诗作于甘露之变以后的开成二年末，其时唐王朝的衰落趋势更加明显，危机也愈加全面深重，故李诗无论在规模格局的宏大和内容的深广上较之小杜诗都有明显发展。但小杜此诗感怀唐王朝由盛而乱而衰的基本格局却明显对义山诗有所启发，末段抒发感慨，尤为神似。从中既可看出小李杜关注国运、忧愤国事的共同政治感情，也可见因时势的变化发展而引起的诗歌内容的变化以及诗人不同的艺术风貌。李诗局势稍显平衍，而小杜此诗则豪健峻拔，从诗艺层面看，自胜一筹。

念昔游三首（其一）〔一〕

十载飘然绳检外〔二〕，樽前自献自为酬〔三〕。
秋山春雨闲吟处，倚遍江南寺寺楼。

〔一〕念昔游，怀念昔日（在江南）的游历。王西平、张田《杜牧诗文考辨》谓："杜牧入仕后的十年，大部分时间是在江南作幕吏，而以宣州时间最长，故三首之二、之三均为思念宣州游览之事。"并据诗中"十载飘然绳检外"之句，谓"杜牧于大和二年（828）入仕，后推十年，恰好是开成三年，此年杜牧正在宣州，诗应为杜牧此年在宣州所作"。按：此诗其三提及"李白题诗水西寺"，水西寺在宣州泾县，其二则提及"云门寺外逢猛雨"，云门寺在越州。则诗虽作于开成三年（838）在宣州幕时，而"昔游"所指则兼包江西、宣歙乃至淮南、浙东各地（扬州虽在江北，但地理人文环境一似江南）。

〔二〕十载，指大和二年（828）十月应江西观察使沈传师之辟赴洪州，至开成三年（838）写这组诗的十来年。飘然，高远超脱貌。绳检，指礼法约束。绳，绳墨；检，法式。

〔三〕献酬，指宴席上主客双方互相敬酒。《诗·小雅·楚茨》"献酬交错"郑笺："始主人酌宾为献，宾既酌主人，主人又自饮酌宾曰酬。"自献自为酬，犹自斟自饮。

笺评

黄叔灿曰："飘然绳检外"，言不自检束，随身飘泊；自献自酬，叹无知己也。"倚遍江南寺寺楼"，真不堪回首矣。"绳检外"，有自悔意。

（《唐诗笺注》）

宋顾乐曰：含情言外，悠然神远。（《唐人万首绝句选》评）

刘永济曰：此诗可作《遣怀》诗之自注。（《唐人绝句精华》）

刘拜山曰：此诗回忆早年在江南宣州等地为幕僚时之放浪情景，所谓"十载青春不负公"（《题禅院》）也。然当时之落拓无聊，亦从言外见之。（《千首唐人绝句》）

鉴赏

这是一首怀念昔日在江南一带的游历，抒写人生感慨，富于风调之美的小诗。

起句"十载飘然绳检外"，是对自己十年来生活经历的形象概括。从大和二年（828）到开成三年（838）写这组诗的十年中，杜牧除短期入朝任监察御史（旋即分司东都）外，都辗转于江西、宣歙、淮南幕府作幕僚。诗人青年时代登第，又举贤良方正直言极谏科，并任弘文馆校书郎，在唐代（尤其是晚唐）士人中已是早年登第入仕者。但对于一位出身高门，"自负经纬才略"的志士来说，这十年依人作幕的经历无异于虚度了可以大有作为的宝贵岁月。诗人用"飘然绳检外"来形容这段岁月，既形象地显示出诗人那种高迈超脱，不受礼法拘束，放逸潇洒的精神风貌，又暗透出空怀壮心、无从施展才略的苦闷与无奈。外表的"飘然"与内心的"怅然"在这里是有机地统一在一起的。

"樽前自献自为酬"，次句紧承"飘然绳检外"，写自己闲来无事，醉酒自遣的生活状态。"自献自为酬"的饮酒方式，显示出一种自在而从容、随意而潇洒的风流自赏情态，也透露出世无知音的寂寞与无聊。会昌二年（842）作的《郡斋独酌》诗中说："寻僧解忧梦，乞酒缓愁肠。岂为妻子计，未去山林藏。平生五色线，愿补舜衣裳。弦歌教燕赵，兰芷浴河湟。腥膻一扫洒，凶狠皆披攘。生人但眠食，寿域富农桑。孤吟志在此，自亦笑荒唐。"其中抒写的独酌孤吟之志不被理解的寂寞感，正可为这句诗作注脚。

"秋山春雨闲吟处，倚遍江南寺寺楼。"江南一带，名寺众多，所谓"南朝四百八十寺，多少楼台烟雨中"，正是江南名胜风景的一个重要方面。杜牧生性喜爱游赏，江南各地的佛寺正是他游赏的佳胜之处，而"江南多以佛寺停客"（《北史·李公绪传》）的习俗更使他吟赏流连于佛寺的烟雨楼台之中，写出了一系列以游寺为题材的诗篇。而春秋佳日，更是游赏寺观的大好季节，同年所作的《题宣州开元寺》即有"阅景无旦夕，凭栏有今古。留我酒一樽，前山看春雨"的诗句，这组诗之三也说："李白题诗水西寺，古木回岩楼阁风。半醒半醉游三日，红白花开山雨中。"可见他对"秋山春雨"之际游赏江南佛寺兴趣之浓、印象之深。十年之中，诗人的足迹遍及江西、宣歙、越州、扬州，所到之地，必游名寺，必有题咏，故说"秋山春雨闲吟处，倚遍江南寺寺楼"。这既是对十年游遍江南名寺，吟赏江南美丽风光的诗意经历与美好感受的概括，又是对这十年辗转漂泊，无所作为人生经历的轻微感喟。点眼处正在"闲吟""倚遍"四字上。壮志蹉跎，只能在游赏闲吟中度过壮岁的宝贵时光，"闲"字中正透露出虚度年华的感慨；而"倚遍"二字中，也同样透露出一种"无人会，登临意"的寂寞。

　　整首诗的格调非常爽利流畅，潇洒自然，乍读之下，似乎只是对十年江南游赏吟诗生活和美好感受的诗意概括，但吟味讽咏之时，又使人感到在潇洒自得的外表下蕴含着一种无所作为的忧伤寂寞和无聊无奈。正是这种外在的高迈超脱、潇洒自得与内在的忧伤寂寞、无聊无奈构成了这首诗的特色，形成了它的特有的在潇洒风神中寓含无所用于世的感慨的艺术风貌。由于全篇的格调清爽流利，语言流美婉转，又使这种人生感慨并不显得沉重。在"念昔游"之中，虽有忧伤与无奈，但仍可感受到江南风物的美好与诗人的流连怀念，从而使外在与内在感情相反相成，既矛盾又统一，读来倍感情味悠长，令人神远。

过华清宫绝句三首（其一）[一]

长安回望绣成堆[二]，山顶千门次第开[三]。
一骑红尘妃子笑，无人知是荔枝来[四]。

〔一〕华清宫，在今陕西西安临潼区南骊山西北麓。其地有温泉。唐贞观十八年（644）于此建汤泉宫，咸亨二年（671）改名温泉宫。天宝六载（747），再加以扩建，改名华清宫。唐玄宗每年冬携嫔妃来此避寒游宴，第二年春暖后方回长安宫中。天宝十五载安史之乱时毁于兵火。

〔二〕绣，锦绣。绣成堆，指骊山的东、西绣岭，兼状华清宫及骊山如花团锦簇般的华美。《雍土记》：“东绣岭在骊山右，西绣岭在骊山左。唐玄宗时，植林木花卉如锦绣，故以为名。”

〔三〕千门，指骊山上宫殿的千门万户。《长安志》卷十五：“华清宫北向正门曰津阳门，东面曰开阳门，西面曰望京门，南面曰昭阳门。津阳之东曰瑶光楼，其南曰飞霜殿，御汤九龙殿亦名莲花汤、玉女殿、七圣殿、宜春亭、重明阁、四圣殿、长生殿、集灵台、朝元阁、老君殿、钟楼、明楼殿、笋殿、观风楼、斗鸡殿、按歌台、球场、连理木、饮鹿槽、丹霞、羯鼓楼。禄山乱后天子罕复游幸，唐末遂皆圮废。”可见骊山上宫殿楼台之众多。次第，一个接一个地（非指时间顺序的前后相续，而指视觉上的连续展现）。

〔四〕李肇《唐国史补》卷上：“杨贵妃生于蜀，好食荔枝。南海所生，尤胜蜀者，故每岁飞驰以进。然方暑而热，经宿则败，后人皆不知之。”《新唐书·杨贵妃传》记载：“妃嗜荔枝，必欲生致之，乃置骑传送，走数千里，味未变，已至京师。”二句所写即驰驿传送荔枝情景。

笺评

王观国曰：杜牧之《华清宫》诗曰：“一骑红尘妃子笑，无人知是荔枝来。”按明皇每年十月幸华清宫，至明年三月始还京师。荔枝以夏秋之间熟，及其驿至，则妃子不在华清宫矣。牧之此诗颇为当时所称赏，而题为《华清宫》诗，则意不合也。（《学林》卷八）

《遁斋闲览》云：杜牧《华清宫》诗云：“长安回望绣成堆，山顶千门次第开。一骑红尘妃子笑，无人知是荔枝来。”尤脍炙人口。据《唐纪》，明皇以十月幸骊山，至春即还宫，是未尝六月在骊山也。荔枝盛夏方熟，词意虽美，而失事实。（《苕溪渔隐丛话·前集》卷二十三引）

程大昌曰：“长安回望绣成堆，山顶千门次第开。一骑红尘妃子笑，无人知是荔枝来。”说者非之，谓明皇从十月幸华清宫，涉春辄回。是荔枝熟时，未尝在骊山。然咸通中，有袁郊者，作《甘泽谣》，载：“许云封所得《荔枝香》笛曲曰：‘天宝十四年六月一日，贵妃诞辰，驾幸骊山，命小部音声奏乐长生殿，进新曲，未有名。会南海献荔枝，因名《荔枝香》。’”《开元遗事》：“帝与妃每至七月七日夜在华清宫游宴。”而白乐天

杜牧

2571

《长恨歌》亦言："七月七日长生殿，夜半无人私语时。"则知杜牧之诗，乃当时传信语也。世人但见唐史所载，遂以传闻而疑传信，最不可也。（《考古编》卷八）

　　罗大经曰：又如荔枝，明皇时所谓"一骑红尘妃子笑，无人知是荔枝来"者，谓泸、戎产也，故杜子美有"忆向泸戎摘荔枝"之句。是时闽品绝未有闻，至今则闽品奇妙香味皆可仆视泸、戎。（《鹤林玉露》卷四）

　　谢枋得曰：明皇天宝间，涪州贡荔枝到长安，色香不变，贵妃乃喜。州县以邮传疾走称上意，人马僵毙，相属于道。"一骑红尘妃子笑，无人知是荔枝来"形容走传之神速如飞，人不见其为何物也。又见明皇致远物以悦妇人，穷人之力，绝人之命，有所不顾，如之何不亡！（《叠山先生注解章泉涧泉二先生选唐诗》卷三）

　　释圆至曰：《华清宫》（酒幔高楼一百家）盖讥明皇违时取物，求口体奇巧之举，以悦妇人。杜牧《华清宫》"一骑红尘妃子笑，无人知是荔枝来"亦讥以口腹劳人也。（《唐三体诗》卷三）

　　谢榛曰：鲍防《杂感》诗曰："五月荔枝初破颜，朝离象郡夕函关。"此作托讽不露。杜牧之《华清宫》诗曰："一骑红尘妃子笑，无人知是荔枝来。"二绝皆指一事，浅深自见。（《四溟诗话》卷二）

　　钟惺曰：可见可想。（《唐诗归》卷三十三）

　　陆时雍曰：似记事语。（《唐诗镜》卷五十）

　　郭濬曰："无人知"，写得忽然，又讽得婉。（首句）俗。（末句）妙。（《增选评注唐诗正声》）

　　敖英曰：此赋当时女宠之盛，而今日凄凉之意于言外见之，太白"吴王美人"篇同意。（《唐诗绝句类选》）

　　周珽曰：为嗜味动驰千里以供妃子一笑，乃旷古人主所无之事。后二句妙，"无人知"三字更妙，意言人见骑尘如飞，将谓国事有何报急，不道为宠妃劳役至此也。旧解作传走神速，人不见为何物，欠妥。（《删补唐诗选脉笺释会通评林·晚七绝上》）

　　胡济鼎曰：见得如此做作，出于所不料，天下不以此望其君也。得其旨矣。此诗妙于形容。或云：按明皇每十月幸骊山，至春即还。荔枝夏熟，词意虽美而失实。不知诗人援事寓讽，笔随兴至。如王建《华清宫》有曰："二月中旬已破瓜。"亦不过讥明皇违时，求口腹之奇奉耳，何必穷瓜之果二月熟否也。（同上引）

焦竑曰：世读杜牧诗"一骑红尘妃子笑，无人知是荔枝来"，谓以果实劳递送，独明皇耳，不知汉已有之。武帝元鼎六年，破南越，起扶荔宫，植所得奇草异木，荔枝自交趾移植百株，无一生者，连年犹移植不息……其实则岁贡焉，邮传者疲毙于道，极为民患。至后汉安帝时，交趾郡守极陈其弊，乃罢贡。（《焦氏笔乘》卷二）

贺裳曰：按陈鸿《长恨传》叙玉妃授方士说曰："昔天宝十载，侍辇避暑骊山宫，秋七月，牵牛织女相见之夕……因仰天感牛女事，密相誓心，愿世世为之夫妇，言毕，忽执手呜咽。"白诗曰："七月七日长生殿，半夜无人私语时。"正咏其事，长生殿在骊山顶，则暑月未尝不至华清，牧语未为无据也。然细推诗意，亦止形容杨氏之专宠，固不沾沾求核。（《载酒园诗话》卷一考证）

吴乔曰：诗乃一念所得，于一念中，唐、宋体有相参处，何况初、盛、中、晚而能必无相似耶？如杜牧之《华清宫》诗"霓裳一曲千峰上，舞破中原始下来"，语无含蓄，即同宋诗。又云："一骑红尘妃子笑，无人知是荔枝来。"语有含蓄，却是唐诗。宋人乃曰："明皇帝以十月幸骊山，至春还宫，未曾过夏。"此以讥薛王、寿王同席者，一等村夫子。（《围炉诗话》卷三）

洪亮吉曰：《后汉书·和帝纪》云：临武长汝南唐羌上书云："旧南海献龙眼荔枝，十里一置，五里一候，奔腾阻险，死者继路"云云，帝遂下诏敕大官勿复受献，由是遂省焉。谢承《后汉书》所载亦同上。是荔枝之贡，东汉初已然，不自唐始，亦不自贵妃始也。（《北江诗话》卷二）

宋顾乐曰：此因过华清宫追思往事而作。末二句谓红尘劳攘，专奉内宠，感慨殊深。（《唐人万首绝句选》评）

俞陛云曰：首二句赋本题，宫在骊山之上，楼台花木，布满一山，亦称绣岭，故首句言"绣成堆"也。后二句言回想当年滚尘一骑而来，但见贵妃欢笑相迎，初不料为驰送荔枝，历数千里险道蚕丛，供美人之一粲也。唐人之过华清宫者，辄生感喟，不过写盛衰之感，此诗以华清为题，而有褒姬烽火一笑倾国之慨。（《诗境浅说》续编）

刘拜山曰："笑"字背后，有多少人间血泪。末句"无人知"二字，尤语意蕴藉，而讽刺深刻。（《千首唐人绝句》）

杜牧

2573

鉴赏

前人对这首诗的评论,大都集中在荔枝成熟时唐玄宗和杨贵妃是否在骊山华清宫上。其实这个问题本不复杂。每年十月至次年春暖帝妃在骊山避寒固属常例,但并不排斥其他时间也可以前往游幸,包括暑天避暑。《长恨歌传》《甘泽谣》都分别提到七夕和六月初一帝妃在骊山之事,虽非信史,恐亦非任意虚构。再说杨妃在骊山顶上看到驿马送荔枝与在兴庆宫的楼上见到,事情的实质并没有什么不同。诗人之所以要把场景安排在骊山华清宫,并以此为题写成连章组诗,却有其艺术构思上的考虑。这是因为,华清宫的宴安享乐,是唐玄宗后期政治上逐渐腐败、危机日益深化的一种表征,也是唐王朝由极盛转衰的前兆和典型标志。抓住这个题目,便可揭示出这两方面的内容。晚唐前期,杜牧有《华清宫三十韵》,温庭筠有《过华清宫二十二韵》,张祜有《华清宫和杜舍人》,均为五言排律长篇,内容即主要围绕华清宫之兴废抒写盛衰之慨及揭示由盛而衰的原因。杜牧这三首诗,均用七言绝句体裁,内容主要写对当年玄宗、贵妃在华清宫中恣意享乐、无视危机的历史场景的想象,而兆乱之因、盛衰之慨即寓其中。第一首专就唐玄宗因杨妃嗜食新鲜荔枝,命人数千里驰驿传送的情事抒慨。首句"长安回望绣成堆",是对华清宫所在的骊山的全景描写。说从去长安的方向回望骊山,但见其上林木葱郁,花卉繁艳,宫殿楼台辉煌壮丽,掩映其间,如同花团锦簇,锦绣重叠。"绣成堆"既巧妙地关合了骊山的东西绣岭,又写出了华清宫和骊山的富丽繁华和皇家气派。这里的"回望"系泛写,并无确定的主体。或谓"回望"正点题内"过"字,其实诗题"过华清宫"只表明诗人经华清宫旧址而有所思有所感,并不一定表明诗人经行时"回望"所见。如果第一句写诗人回望所见,那么第二句也顺理成章应为诗人望中所见,但经安史之乱破坏的华清宫恐怕早已无"山顶千门次第开"的气象了。其实,三首诗所写的,全是诗人对昔时情景的想象,与诗人的具体行踪及当下见闻无涉。

次句的"千门"本就是对皇家宫殿千门万户的一个习惯性用语(语本《史记·孝武本纪》:"于是作建章宫,度为千门万户。"),我们从《长安志》的记载中也可知华清宫中殿阁楼台之众多。"山顶千门次第开"正展现出华清宫当年极盛时山顶宫殿巍峨,楼阁重叠,万户千门,一一洞开的恢宏气象。以上两句,由骊山的全景到山顶的宫殿,均为诗人对天宝年间华清宫豪华富丽的皇家宫苑气象的想象,目的是为了渲染环境气氛,为下两句写玄宗、贵妃的穷奢极欲造势。次句点出"山顶"，正逗引下句贵妃望见"一骑红尘"，过渡自然。

　　"一骑红尘妃子笑，无人知是荔枝来。"三、四两句，想象当年杨妃在山顶宫殿上望见红尘起处，一骑飞驰而来。杨妃心知这正是为自己千里驰驿传送的荔枝，不禁莞尔而笑，心中却窃喜这一秘密只有自己知道，这样的待遇也只有自己方能享受。两句是对贵妃望见"一骑红尘"时的表情与内心活动的描写。点眼处在上句的"笑"和下句的"无人知"。妃子之"笑"，自是因为能受到玄宗如此的恩宠而得意；而"无人知"紧承"笑"字，更揭示出其内心那种独自享有如此恩宠，以及享有独知千里传驿驰送荔枝秘密的窃喜。这当然是对杨妃这样一位宠妃的心理的传神描写。但诗人的言外之意，却远比这要丰富深刻得多。在"妃子笑"的后面，是数千里驰驿传递过程中人力、物力、财力的巨大耗费，是"人马僵毙，相属于道"的悲惨场景。"妃子"之"笑"，正透露出生民百姓之苦与哭。而唐玄宗这种宠幸贵妃的方式，更使人自然联想起周幽王为博褒姒一笑，举烽火以戏诸侯的历史闹剧（实际上"妃子笑"即暗用这一典实）。然则，今日的妃子之"笑"，不正预兆着异日的"渔阳鼙鼓动地来""宛转蛾眉马前死"和"回看血泪相和流"吗？诗人将这一切荒淫奢侈、宴安荒政造成的苦果（对玄宗和杨妃自身）和恶果（对国家和人民）都含蕴在貌似客观描写的历史场景中，而读者通过典故和字面的暗示，自能想象到这一切。这正是唐诗特有的蕴藉。对照苏轼的《荔枝叹》"十里一置飞尘灰，五里一候兵火催。颠坑仆谷相枕藉，知是荔枝龙眼来。飞车跨山鹘横海，风枝露叶如新采。宫中美人一破颜，惊尘溅血流千载"等诗句，倒正像是对杜牧此诗含蕴的形象化阐释。从中正可见绝句与七古的区别，也可见唐诗与宋诗的不同。

牧

沈下贤〔一〕

斯人清唱何人和〔二〕，草径苔芜不可寻〔三〕。
一夕小敷山下梦〔四〕，水如环佩月如襟〔五〕。

校注

〔一〕沈下贤，即沈亚之（？—约832）。亚之字下贤，吴兴（今浙江湖州）人。元和十年（815）登进士第，泾原节度使李汇辟为掌书记。入朝任秘书省正字。长庆元年（821）登贤良方正能直言极谏科，补栎阳令。四年，为福建都团练副使。大和三年（829），以殿中侍御史充沧德宣慰使柏耆判官。五年，柏耆获罪贬官，亚之亦贬虔州南康尉。五年，量移郢州司户参军，卒于任所。《新唐书·艺文志》著录《沈亚之集》九卷。《全唐诗》编其诗为一卷，《全唐文》编其文为五卷。这首诗根据缪钺《杜牧年谱》，当作于大中五年（851），时诗人任湖州刺史。

〔二〕斯人，指沈亚之。清唱，指其诗作。按：沈亚之与殷尧藩、张祜、徐凝等诗人均有唱和。这里说"何人和"，是对其诗歌艺术成就的赞誉。

〔三〕草径苔芜，形容沈亚之的故居长满青草的小路上青苔芜没，荒凉不堪。据《吴兴掌故》，沈亚之宅在府治北，唐中和二年（882）舍为寺。但此诗所说的"不可寻"的旧居，当指在小敷山者，参下注。

〔四〕小敷山，在湖州西南二十里，沈亚之曾居于此。（参下笺评引王士禛《池北偶谈》）

〔五〕水如环佩，形容其声如环佩之叮咚作响。月如襟，形容其衣襟之洁白。

笺评

范晞文曰：唐人绝句有意相袭者，有句相袭者……杜牧《沈下贤》云："一夕小敷山下梦，水如环佩月如襟。"白乐天《暮江吟》云："可怜九月初三夜，露似珍珠月似弓。"……此皆意相袭者。（《对床夜语》）

王士禛曰：杜牧之吊沈下贤诗云："一夜小敷山下梦，水如环佩月如襟。"坊刻讹作"小孤"，与本题无涉。按《吴兴掌故》，敷山在乌程县西南二十里。《易》曰："震为敷。"敷，花蒂也。《说卦》："山之东曰敷。"此山在福山东，故名，福山又名小敷山，与敷山相连接。唐诗人沈亚之下贤居此。（《池北偶谈》）

宋顾乐曰：小杜之咏下贤，与义山之咏小杜，皆自有暗合意。（《唐人万首绝句选》评）

俞陛云曰：前二句言独行苔径，清咏无人，乃怀沈下贤也。后言重过小敷山下，明月堕襟，水声鸣佩，凝想悠然。诗意若有微波通辞之感，不类《停云》怀友之诗，何风致绰约乃尔！其有哀窈窕、思贤才之意乎！（《诗境浅说》续编）

刘拜山曰：想象仪型，形于梦寐，以水月喻其文采风流，特见情思窈邈。（《千首唐人绝句》）

这是一首追思凭吊中唐著名文人沈亚之的诗作。亚之工诗能文，善作传奇小说。他的《湘中怨解》《异梦录》《秦梦记》等传奇，幽缈奇艳，富于神话色彩和诗的意境，在唐人传奇中别具一格。李贺、杜牧、李商隐对他都很推重。杜牧这首极富风调意境之美的七绝，抒发了对他的仰慕追思之情。

首句"斯人清唱何人和"，以空灵夭矫之笔咏叹而起。"斯人"，指题中的沈下贤，语含赞慕；"清唱"，指他的诗歌。着一"清"字，其诗作意境的清迥拔俗与文辞的清新秀朗一齐写出。全句亦赞亦叹，既盛赞下贤诗歌的格清调逸，举世无与比肩，又深慨其不为流俗所重，并世难觅同调。

沈下贤一生沉沦下僚，落拓不遇，其生平事迹，早就不为人所知。当杜牧来到下贤家乡吴兴的时候，离下贤去世不过二十年，但其旧日在故乡的遗迹已不复存留。"草径苔芜不可寻"，这位"吴兴才人"的旧居早已青苔遍地，杂草满径，淹没在一片荒凉之中了。生前既如此落寞，身后又如此凄清，这实在是才士最大的悲哀，也是社会对他的最大冷落。"清唱"既无人和，遗迹又不可寻，诗人的凭吊悲慨之意，景仰同情之感，已经相当充分地表达出来。三、四两句，就从"不可寻"进一步引发出"一夕小敷山下梦"来。

小敷山又叫福山，在浙江湖州乌程县西南二十里，是沈下贤旧居所在地。旧居遗迹虽"草径苔芜不可寻"，但诗人的怀想追慕之情却悠悠不尽，难以抑止，于是便引出"梦寻"来——"一夕小敷山下梦，水如环佩月如襟"。诗人的梦魂竟在一天晚上来到了小敷山下，在梦境中浮现的，只有鸣声玲珑的一脉清流和洁白澄明的一弯素月。这梦境清寥高洁，极富象征色彩。"水如环佩"，是从声音上设喻。柳宗元《小石潭记》："隔篁竹闻水声，如鸣佩环。"月下闻水之清音，可从想见其清莹澄澈。"月如襟"，是从颜色上设喻，足见月色的清明皎洁。这清流与明月，似乎是这位才人修洁的衣饰，令人宛见其清寥的身影；又像是他那清丽文采和清迥诗境的外化，令人宛闻其高唱的清音孤韵；更像是他那高洁襟怀品格的象征，令人宛见其孤高寂寞的诗魂。杜牧《题池州弄水亭》诗云："光洁疑可揽，欲以襟怀贮。"光洁的水色可以揽以贮怀，如水的月光自然也可作为高洁襟怀的象征了。因此，这"月如襟"，既是形况月色皎洁如襟，又是象征襟怀皎洁如月。这样回环设喻，彼此相映，融比兴、象征为一体，在艺术上确是一种创造，与白居易的"露似真珠月似弓"之单纯设喻自有区别。李贺的《苏小小墓》诗，借"草如茵，松如盖，风为裳，水为佩"的想象，画出了一个美丽深情的芳魂，杜牧的这句诗，则画出了一个高洁的诗魂。如果说前者更多地注重形象的描绘，那么后者则更多地侧重意境与神韵。对象不同，笔意也就有别。

这是交织着深情仰慕和深沉悲慨的追思凭吊之作。它表现了沈下贤的生前寂寞、身后凄清的境遇，也表现了他的诗格与人格。但通篇不涉及沈下贤的生平行事，也不作任何具体的评赞，而是借助咏叹、想象、幻梦和比兴、象征，构成空灵蕴藉的诗境，让读者通过这种境界，在自己心中想象出沈下贤的高标逸韵。全篇集中笔墨，反复渲染一个"清"字：从"清唱何人和"的寂寞，到"草径苔芜"的凄清，到"水如环佩月如襟"的清寥梦境，一意贯串，笔无旁骛。这样把避实就虚与集中渲染结合起来，才显得虚而传神，而全篇咏叹有情的笔调，与"一夕小敷山下梦，水如环佩月如襟"的摇曳顿挫、句中自对的句法结合起来，又使诗极具风调之美。

长安秋望〔一〕

楼倚霜树外〔二〕，镜天无一毫〔三〕。
南山与秋色〔四〕，气势两相高。

2578

校注

〔一〕诗人家居长安之南下杜樊川，入仕后曾于大和二年（828）、九年及开成三年（838）至会昌二年（842），大中二年（848）至四年，大中五年至六年先后担任京职。此诗作于在长安时，具体写作年代难以考索。秋望，秋日登高远望。

〔二〕霜树,秋天经霜后树叶黄落的树。

〔三〕镜天,像明镜那样清朗的天空。一毫,一丝云彩。

〔四〕南山,即终南山,在长安城南。《元和郡县图志·关内道·京兆府》:万年县:"终南山,在县南五十里。"

笺 评

陈师道曰:世称杜牧"南山与秋色,气势两相高"为警绝,而子美才用一句,语益工,曰"千崖秋气高"也。(《后山诗话》)

陈知柔曰:予初喜杜紫薇"南山与秋色,气势两相高"语,已乃知出于老杜"千崖秋色高",盖一语领略尽秋色也。然二家言岩崖间秋气耳,然未及江天水国气象宏阔处。一日雨后过太湖,泊舟洞庭山下,乃得句云"木落洞庭秋"。或云此蹈袭"枫落吴江冷"语,第变"冷"为"秋",则气象自不同。彼记时耳,是安知秋色之高尽在洞庭里许乎?此渊源自楚骚中来,《九歌》云"洞庭波兮木叶下",其陶写物景,宏放如此,诗可以易言哉!(《休斋诗话·诗写气象》)

李东阳曰:"南山与秋色,气势两相高",不如"千崖秋气高";"野火烧不尽,春秋吹又生",不如"春入烧痕青",谓其简而尽也。(《麓堂诗话》)

胡应麟曰:杜牧"南山与秋色,气势两相高",宋人极称。然五言古诗著此语,犹可参伍储、韦,今乃作绝,声调乖舛甚矣。(《诗薮·内编》卷六)

翁方纲曰:诗不但因时,抑且因地。如杜牧之云:"南山与秋色,气势两相高。"此必是陕西之终南山。若以咏江西之庐山、广东之罗浮,便不是矣。(《石洲诗话》卷二)

潘德舆曰:文章各有境界,宜繁而繁,宜简而简,乃各得之。推简者为上,则减字法成不刊典,而文章之妙晦而不出矣。王右丞"黄云断春色",郎士无"春色临关尽,黄云出塞多",一语化作两语,何害为佳?必谓王系盛唐,能以简胜,此矮人之观也。然李西涯犹谓"南山与秋色,气势两相高"不如"千崖秋气高","野火烧不尽,春风吹又生",不如"春入烧痕青",则为简字诀所误者亦多矣。(《养一斋诗话》卷三)又曰:唐喻凫以诗谒杜牧不遇,曰:"我诗无绮罗铅粉,安得售?"然牧之非徒以

"绮罗铅粉"擅长者。史称其刚直有大节，余观其诗，亦伉爽有逸气，实出李义山、温飞卿、许丁卯诸公上。如："楼倚霜树外，镜天无一毫。南山与秋色，气势两相高。""长空碧杳杳，万古一飞鸟。生前酒伴闲，愁醉闲多少。烟深隋家寺，殷叶暗相照。独佩一壶游，秋毫泰山小。""寒空动高吹，月色满清砧。残梦夜魂断，美人边思深。孤鸿秋出塞，一叶暗辞林。又寄征衣去，迢迢天外心。""长空澹澹孤鸟没，万古销沉向此中。看取汉家何事业，五陵无树起秋风。"皆竟体超拔，俯视一切。（《养一斋诗话》卷十）

鉴赏

这是一曲秋的赞歌，题为"长安秋望"，重点却不在最后那个"望"字，而是赞美远望中的长安秋色。"秋"的风貌才是诗人要表现的直接对象。

首句点出"望"的立足点。"楼倚霜树外"的"倚"是"倚立"的意思，重在强调自己所登的高楼巍然屹立的姿态；"外"是"上"的意思。秋天经霜后的树木，多半木叶黄落，越发显出它的高耸挺拔；而楼又高出霜树之上。在这样一个立足点上，方能纵览长安秋景的全局，充分领略它的高远澄洁之美。所以这一句实际上是全诗的出发点和基础，没有它，也就没有"望"中所见的一切。

次句写登楼仰望所见的天宇。"镜天无一毫"，是说天空明净澄洁得像一面纤尘不染的镜子，没有丝毫阴翳云彩。这正是秋日天宇的典型特征。这种澄洁明净到近乎虚空的天色，又进一步表现了秋空的高远寥廓，同时也写出了诗人当时那种心旷神怡的感受和高远澄净的心境。

"南山与秋色，气势两相高。"三、四两句，转笔写到远望中的终南山，将它和"秋色"相比，说远望中的南山，它那峻拔入云的气势，像是要和高远无际的秋色一赛高低。

南山是具体有形的个别事物，而"秋色"却是抽象虚泛的，是许多带有秋天景物特点的具体事物的集合与概括，二者似乎不好比拟。而此诗却别出心裁地用南山衬托秋色。秋色是很难作概括性描写的，它存在于秋天所有的景物里，而且不同的作者对秋色有不同的观赏角度和感受，有的取其凄清萧瑟，有的取其明净澄洁，有的取其高远寥廓。这首诗的作者显然偏于欣赏秋色之高远无极，这是从前两句的描写中可以明显看出来的。但秋之"高"却很难形容尽致（在这一点上，和写秋之"凄"之"清"很不相同），特别是那种高远无极的气势更是只可意会，难以言传。在这种情况下，以实托虚便成为最有效的艺术手段。"南山塞天地，日月石上生"（孟郊《游终南山》），"终南阴岭秀，积雪浮云端"（祖咏《终南望馀雪》），从这些著名诗句中，不难想见在八百里关中平原南面耸起的南山那高耸挺拔的气势。具体有形的南山，衬托出了抽象虚泛的秋色。读者通过"南山与秋色，气势两相高"的诗句，不但能具体感受到"秋色"之"高"，而且连它的气势、精神和性格也若有所悟了。

这首诗的好处，还在于它在写长安高秋景色的同时写出了诗人的胸襟气度、精神性格。它更接近于写意画。高远、寥廓、明净的秋色，实际上也正是诗人胸怀的象征与外化。特别是诗的末句，赋予南山与秋色一种峻拔向上、互争雄长的动态，这就更加鲜明地表现出了诗人的性格气质，也使全诗在跃动的气势中结束，留下了充分的想象余地。

晚唐诗往往流于柔媚绮艳，缺乏清刚遒健的骨格。这首五言短章写得意境高远，气势健举，诗的气象与诗人的胸襟，一等相称，和盛唐诗人朱斌的《登楼》有神合之处，尽管在雄浑壮丽、自然和谐方面还未免略逊一筹。

将赴吴兴登乐游原一绝〔一〕

清时有味是无能〔二〕，闲爱孤云静爱僧〔三〕。
欲把一麾江海去〔四〕，乐游原上望昭陵〔五〕。

校注

〔一〕吴兴，指唐江南东道湖州吴兴郡，治所在今浙江湖州市。大中四年（850）夏，杜牧连上宰相三启，求外任湖州刺史。七月，朝廷任命他为湖州刺史。此诗系出守湖州前登乐游原有感而作。乐游原已屡见前注。

〔二〕清时，清平的时代。

〔三〕李白《独坐敬亭山》："孤云独去闲。"

〔四〕把，持。一麾，语本颜延之《五君咏·阮始平》："屡荐不入官，一麾乃出守。"颜诗原意为阮咸受到荀勖的排斥（"麾"有挥斥、排挤之义）

而出为始平太守。因"麾"又有旌麾义，故后常以"一麾出守"指朝官出为外任。杜牧此诗即用此义。其《即事》诗亦云："莫笑一麾东下计，满江秋浪碧参差。"后人或谓杜牧诗始误用"一麾"（参"笺评"录沈括语），实则杜牧之前的柳宗元，其《为刘同州谢上表》已云："八命作牧，一麾出守。拔之下位，寄之雄藩。""一麾"已用作旌麾之义。

〔五〕昭陵，唐太宗的陵墓，在今陕西礼泉县东北九峻山。乐游原地势高敞，故可遥望昭陵。

笺评

王得臣曰：吾友顿隆师尝言："颜延之《五君咏》至《阮始平》曰：'屡荐不入官，一麾乃出守。'麾，去也。咸为山涛麾出，杜牧之'欲把一麾江上去'，即旌也，盖误矣。"余以为"麾"即"旌"也，子美亦有"持旌麾"之句，杜牧不合用"一麾"耳。（《麈史·诗论》）

沈括曰：今人守郡谓之"建麾"，盖用颜延年诗"一麾乃出守"，此误也。延年谓"一麾"者，乃指麾之麾，如武王"右秉白旄以麾"之麾，非旌麾之麾也。延年《阮始平》诗云"屡荐不入官，一麾乃出守"者，谓山涛荐咸为吏部郎，三上，武帝不用，后为荀勖一挤，遂出始平，故有此句。延年被摈，以此自托耳。自杜牧为《登乐游原》诗云："欲把一麾江海去，乐游原上望昭陵"，始谬用"一麾"，自此遂为故事。（《梦溪笔谈》卷四）

潘淳曰：颜延年《阮始平》诗云："屡荐不入官，一麾乃出守。"盖谓山涛三荐咸为吏部郎，武帝不能用，荀勖一麾之，即左迁始平太守也。杜牧："清时有味是无能，闲爱孤云静爱僧。欲把一麾江海去，乐游原上望昭陵。"山谷云："爱闲爱静，求得一麾而去也。"别本作"欲把一麾"，非是。"麾"之训，即汉严助、汲黯招之不来、麾之不去。（《潘子真诗话》）

黄朝英曰：以余意测之，杜樊川之意则善矣，而谓之"拟把"，则尤谬也。盖自作太守，而谓之一麾，于理无碍，但不可以此言赠人作太守耳。宋景文诗云"使麾得请印垂要"，又云"一封通奏领州麾"，又云"乞得一麾行"，又云"竟获一麾行"，是真得延年之意，未尝谬用也。（《缃素杂记》卷七）

叶梦得曰：此盖不满于当时，故末有"望昭陵"之句……（宋人江辅

之被贬）谢表有云："清时有味，白首无能。"蔡持正为侍御史，引杜牧诗为证，以为怨望，遂复罢。（《石林诗话》）

马永卿曰："清时有味是无能，闲爱孤云静爱僧。欲把一麾江海去，乐游原上望昭陵。"右杜牧之自尚书郎出为郡守之作，其意深矣。盖乐游原者，汉宣帝之寝庙在焉。昭陵，即唐太宗之陵也。牧之之意，盖自伤不遇宣帝、太宗之时，而远为郡守也。藉使意不出此，以景趣为意，亦自不凡，况感寓之深乎！此所以不可及也。（《懒真子》卷四）

程大昌曰：或谓《周礼》"州长建麾"，则州麾自可遵用，此又非也。周之州绝小，不得与汉州为比。周制累州成县，而汉世累县为郡，累郡始为州也。若夫崔豹《古今注》，则又异矣。其说曰："麾所以指也，乘舆以黄，诸侯以朱，刺史二千石以缥。"则汉以来，自人主至二千石，莫不有麾也。则谓太守为把麾，亦自可通也。（《演繁露》卷八）又曰：宁戚《饭牛歌》曰："生不逢尧与舜禅。"则太斥言矣。杜牧曰：（诗略）。一麾为出，独望昭陵，此意婉矣。（同上卷四）

周必大曰："独把一麾江海去"，实用"旌麾"之"麾"，未必本之颜诗，后人因此二字，误用颜诗耳。（《二志老堂诗话》）

王楙曰：仆因考唐人诗，如杜子美、柳子厚、许用晦、独孤及、刘梦得、陆龟蒙等，皆用"一麾"事，独牧之谓"把一麾"为露圭角，似失延年之意。若如张说诗"湘滨拥出麾"，如此而言，初亦何害。《缃素杂记》谓：牧之意则善矣，言"拟把"则谬也，自谓"一麾"，于理无碍，但不可以此言赠人。宋景文公诗曰："使麾请得印垂腰。"又曰："一封通奏领州麾。"是真得延年之意，未尝谬用也。仆谓黄朝英妄为之说耳，牧之之误，正坐以"指麾"之"麾"为"旌麾"，景文之误亦然。朝英乃取宋斥杜，谓牧之不当言"拟把"，而景文自用为宜。然则牧之"拟把一麾江海去"，岂不自用？景文"使麾请得印垂腰"，独非旌麾邪？朝英又谓"一麾"事但不可以赠人，仆谓以景文诗"使麾""州麾"字语赠人，又何不可？所谓贬辞者，"麾去"云尔，既是"旌麾"，何贬之有？朝英又谓景文用"一麾"事，真得延年之意，则是延年以"一麾"为"旌麾"之"麾"，初非"指麾"之"麾"也。其言翻覆，无一合理，甚可笑也，《笔谈》谓今人守郡为"建麾"，谓用颜诗事自牧之始。仆谓此说亦未有是。观《三国志》"拥麾守郡"，《文选》"建麾作牧"，此语在牧之前久矣。谓"把一麾"之误自牧之始则可，谓"建麾"之误则不可。（《野客丛书》卷

　　陈叔方曰：作文者好作两学语，但取饰其说而已。递相承袭，背其本义，而不假问也。……如郡守用"一麾"字，意为旌麾之麾也，而不思颜延年诗"一麾乃出守"，是麾去之麾。非旌麾也。自益公《诗话》云："后人误用'一麾出守'，以为起于杜牧之。然牧之自云'独把一麾江海去'，实用旌麾之麾，未必本之颜诗，后人因此二字，自误用颜诗耳。"（《颍川语小》卷下）

　　释圆至曰：旧史云：牧自负才略，见惊隆盛于时，而牧居下位，心常不乐。"望昭陵"者，不得志于时，而思明君之世，盖怨也，前言"清时"，反辞也。（《唐三体诗》卷二）

　　敖英曰：前二句乏逸俊。（《唐诗绝句类选》）

　　胡震亨曰：汉制，太守车两幡。所谓"麾"也。唐人如杜子美、柳子厚、刘梦得皆用之，谓之误不可。（《唐音癸签·诂笺一》）

　　黄周星曰："闲爱孤云静爱僧"，遂成名言。"乐游原上望昭陵"，此岂得意人语耶？（《唐诗快》卷十六）

　　薛雪曰：张表臣驳老杜"轩墀曾宠鹤"，小杜"欲把一麾江海去"，以为误用懿公好鹤与颜延年诗意。殊不知二公非死煞用事者，其好处正是此种。（《一瓢诗话》）

　　孙洙曰："欲把一麾江海去，乐游原上望昭陵。"惓惓不忍去，忠爱之思，溢于言表。（《唐诗三百首》卷八）

　　张文荪曰：昭陵为唐创业守成英主，后世子孙陵夷不振，故牧之于去国时登高寄慨。词意浑含，得风人遗意。（《唐人清雅集》）

　　俞陛云曰：司勋将远宦吴兴，登乐游原而遥望昭陵，追怀贞观，有江湖魏阙之思。前三句诗意尤深。（《诗境浅说》续编）

　　刘拜山曰：满怀愤郁，于"望昭陵"三字寄之。妙在含蓄不露。（《千首唐人绝句》）

　　这是唐宣宗大中四年（850）秋天，杜牧由京官外调湖州刺史（湖州又称吴兴郡）行前，登乐游原游赏而作的一首诗。乐游原在长安东南，地势高敞，可以登临遥望。

首句议论起。清时，指政治清明的承平年代。句意是说，在当今这个政治清明的年代，能够享有清闲幽静生活情味的人，应当是像我这种缺乏才能之辈。这是一句带有牢骚的反话。大中三年，原先被吐蕃侵占的秦、原、安乐三州及石门七关的人民归附唐朝。这年八月，河、陇诸州老幼千余人来到长安，宣宗在皇城东北延喜门接见，他们欢呼跳跃，脱去胡服，换上汉族衣冠。这是当时被看成太平盛世的一件大事。但统治集团却因此而志满意得，粉饰太平，竟为豪侈。大中四年春天，诗人曾在《长安杂题长句六首》这组诗中对这种现象进行婉讽："舐笔和铅欺贾马，赞功论道鄙萧曹"，"四海一家无一事，将军携镜泣霜毛"，"南苑草芬眠锦雉，夹城云暖飞霓旌"。实际上，当时的政治是"贤臣斥死，庸懦在位"，整个唐王朝正处于回光返照的状态。所谓"清时"，不过如李商隐所说"夕阳无限好，只是近黄昏"而已。杜牧素以才略自负，"敢论列大事，指陈利病尤切至"。这里说自己"无能"，显然也是对自己"居下位"，无所作为处境的一种牢骚不平。

次句承"有味"，具体形容自己的闲静生活情趣。孤云来去悠悠，无心无机，特具闲逸的意态，历来被视为闲情逸致的象征，所以说"闲爱孤云"。僧人生活幽静，心境虚静，向来被视为静默淡泊的化身。所以说"静爱僧"。这句用"爱孤云""爱僧"这两种具体的心理将自己的"闲""静"的生活意趣完全形象化了。

以上两句，表面上似乎非常淡泊潇洒，其实都是反言若正。杜牧不但不以当时为"清时"，自己为"无能"，且他当时的心境，也并不闲静。这从大中三年李商隐《杜司勋》《赠司勋杜十三员外》二诗中"高楼风雨感斯文""刻意伤春复伤别""鬓丝休叹雪霜垂"等诗句中，可以清楚看出。诗人在这里反话正说，其中正蕴含有被迫投闲置散、无所作为的苦闷。

"欲把一麾江海去，乐游原上望昭陵。"麾，旌麾。古代将外出任郡守叫"建麾"。吴兴地近太湖、长江与东海，自可称"江海"，但古代也常用"江海"指远离朝廷的地方（杜牧《新转南曹未叙勋散初秋暑退出守吴兴书此篇以自见志》有"平生江海志，佩得左鱼归"之句）。这里兼含以上两义。昭陵是唐太宗的陵墓，在今陕西礼泉九嵕山。乐游原地势高敞，故可以遥望西北方向的昭陵。两句说，正要手持旌旗，到远离朝廷的江海之地去过潇洒自在的生活，但登上乐游古原，却不由自主地遥望起西北方向的昭陵。第三句顺承次句的"闲""静"，表示既闲静无事，不如干脆远赴江海，过更无拘检的生活；第四句一笔逆转，含有无限感慨。这首诗的主意和点睛之处，就在

杜
牧

2585

末句。乐游原这个古原，作为唐诗中经常出现的意象，往往和今昔盛衰之慨、吊古伤今之慨相联系。诗人另一首《登乐游原》七绝说："长空澹澹孤鸟没，万古销沉向此中。看取汉家何事业，五陵无树起秋风。"于苍茫寥廓的广远时空中，充满盛衰不常之感，可以帮助我们理解"乐游原上望昭陵"所包含的复杂而丰富的意蕴。昭陵，在唐人心目中，既是盛世，也是明君的象征。登乐游原而望昭陵，既表明了对盛世明君的不胜追恋，同时也暗示了对当前时世、君主的不满。唐太宗的文治武功之盛，与他知人善任、重用贤才分不开，而杜牧所处的时代，恰恰是一个风雨如晦的昏暗衰颓时世，在位的唐宣宗又是一个以察察为明专门任用庸懦之才的君主。因此，这"望昭陵"的无声行动中，正蕴有无穷的盛衰之慨和生不逢时之感，自己才不见用的牢骚愤郁也隐见言外。这个结尾，妙在点到即止，不作任何说明，故能余味曲包，给读者以多方面联想。而结尾这一转折，反过来将一开头的"清时""无能"乃至次句的"闲""静"也一并否定了。这种将全部精神凝聚于末句，前三句从反面作势的写法，使这首诗别具一种拗峭顿宕而又隽永耐味的情致。这种构思，在绝句中亦不多见，可以称得上是一种创造。

江南春绝句

千里莺啼绿映红〔一〕，水村山郭酒旗风〔二〕。
南朝四百八十寺〔三〕，多少楼台烟雨中。

校注

〔一〕千，冯集梧注本一作"十"。

〔二〕山郭，山城、山村。"郭"本指外城，此处"山郭"与"水村"对文，既可指依山的城郭，亦可指依山的村庄。酒旗风，谓酒旗迎风招展，"风"字带有动态。

〔三〕南朝，指建都于建康（今江苏南京）的东晋、宋、齐、梁、陈五个朝代（317—589）。南朝皇帝多信佛教，梁武帝尤甚，故当时所建佛寺特多。《南史·郭祖深传》："都下佛寺，五百馀所，穷极宏丽。僧尼十馀万，资产丰沃。"

笺评

张表臣曰：杜牧诗云："南朝四百八十寺，多少楼台烟雨中。"帝王所都，而四百八十寺，当时已为多，而诗人侈其楼阁台殿焉，近世，浙、福建诸州，寺院至千区，福州千八百区。秔稻桑麻，连亘阡陌，而游惰之民，常籍其间者十九，非为落发修行也，避差役为私计耳。以故居积资财，贪毒酒色，斗殴争讼，公然为之，而其弊未有过而问者，有识之士，每叹息于此。（《珊瑚钩诗话》卷二）

释圆至曰：观本集，此诗盖杜牧之赴宣州时，行道中所见。（《唐三体诗》卷一）

杨慎曰：千里莺啼，谁人听得？千里"绿映红"，谁人见得？若作"十里"，则莺啼绿红之景，村郭、楼台、僧寺、酒旗皆在其中矣。（《升庵诗话》）

周弼曰：实接体。（《删补唐诗选脉笺释会通评林·晚七绝》引）

周敬曰：小李将军画山水人物，色色争妍，真好一幅江南春景图。大抵牧之好用数目字，如"南朝四百八十寺""二十四桥明月夜""故乡七十五长亭"是也。（同上）

周珽曰：此诗乃牧之赴宣州时，总记道中随所耳目之景以成咏也。杨用修欲改"千"字为"十"字，谓千里之远，莺啼谁听得？绿映红谁见得？珽玩下联，十里之内，又焉能容得四百八十寺，不过广言江南之春，地有千里，寺有多少楼台，则"十"字之改，用修未咀玩下文耳。且从牧之之途入江南，岂止得十里之景乎？骤读之，可发一笑，即用修亦云"戏谓"也。依唐本"千里"为是。（同上）

胡震亨曰：诗在意象耳，"千里"毕竟胜"十里"也。（《唐音癸签》）

黄生曰：曰"烟雨中"，则非真有楼台矣。感六朝遗迹之湮灭，而语特不直说。许浑亦云"鸟下绿芜秦苑夕，蝉鸣黄叶汉宫秋"。窦牟云"满目山阳笛里人"，言人已不存也，然不言其人不存，而曰"满目山阳笛里人"，不曰楼台被毁，而曰"多少楼台烟雨中"，皆见立言之妙，岂必如唐彦谦云"汉朝冠盖皆陵墓"，而后谓之吊古哉！（《唐诗摘抄》卷四）

何文焕曰：余谓即"十里"，亦未必尽听得着、看得见。题云《江南春》，江南方广千里，千里之中，莺啼而绿映焉；水村山郭，无处无酒旗；四百八十寺，楼台多在烟雨中也。此诗之意既广，不得专指一处，故总而命曰"江南春"，诗家善立题者也。（《历代诗话·考索》）

黄周星曰：若将此诗画作锦屏，恐十二扇铺排不尽。（《唐诗快》）

何焯曰：缀以"烟雨"二字，便见春景，古人工夫细密。（《唐三体诗评》）

周咏棠曰：字字着色画。此种风调，樊川所独擅。（《唐贤小三昧集续集》）

范大士曰："四百八十寺"，无景不收入结句，包罗万象，真天地间惊人语也。（《历代诗发》）

宋宗元曰：江南春景指写莫尽，能以简括胜人多许。（《网师园唐诗笺》卷十六）

黄叔灿曰：极言江南春色之佳。莺啼绿映，水村山郭，着处俱有酒旗。若楼馆歌台，南朝四百八十寺，更不知如何行乐。今则半归烟雨，销沉而已，亦凭吊之意也。南朝四百八十寺，无可考，盖寺非僧寺之谓。古寺与院通称，如宦寺、太常寺之类，王建诗"宫前杨柳寺前花"，牧之又有"倚遍江南寺寺楼"之句可证。后人必欲指为僧寺，因有以刹、招提、精舍以实其数，皆穿凿附会。六朝时号江南佳丽处楼台，唐去南朝不远，所谓四百八十寺，必有确据。且此诗"楼台"二字，何以说之小耶？况说到四百八十寺，岂得以十里限之？（《唐诗笺注》）

余成教曰：梦得、牧之喜用数目字。梦得诗："大舸高帆一百尺，新声促柱十三弦""千门万户垂杨里""春城三百九十桥"。牧之诗："汉宫一百四十五""南朝四百八十寺""二十四桥明月夜""故乡七十五长亭"，此类不可枚举，亦诗中之算博士也。（《石园诗话》卷二）

宋顾乐曰：二十八字中写出江南春景，真有吴道子于大同殿画嘉陵山水手段，更恐画不能到此耳。（《唐人万首绝句选》评）

于庆元曰：江南数千里风光景物，尽在此二十八字中。（《唐诗三百首续选》）

俞陛云曰：前二句言江南之景，渡江梅柳，芳信早传；袁随园诗所谓"十里烟笼村店晓，一枝风压酒旗偏"，绝妙惠崇图画也。后言南朝寺院多在山水胜处，有四百八十寺之多。况空濛烟雨之时，罨画楼台，益增佳景。小杜曾有"倚遍江南寺寺楼"句，刘梦得有"偏上南朝寺"句，可见琳宫梵宇随处皆是。（《诗境浅说》续编）

刘永济曰：按杨慎之说，拘泥可笑，何文焕驳之是也。但谓为诗家善立题，则亦浅之夫视诗人矣。盖古诗人非如后世作者先立一题，然后就题成诗，多是诗成而后立题。此诗乃杜牧游江南时，感到景物之繁丽，追想南朝盛日，遂有此作。"千里"之词，亦概括言之耳，必欲以听得着、看得见求之，岂不可笑！（《唐人绝句精华》）

富寿荪曰：寥寥二十八字，写出江南无边春色，真一幅绝妙青绿山水图也。通首层层布景，色彩明丽，一结以烟雨楼台映衬，尤见笔致灵妙。此为唐人写景七绝中有数之作，宜为历来传诵。（《千首唐人绝句》）

这首流传广远的七绝向未编年。按杜牧大和四年（830）九月，随沈传师至宣歙观察使幕，大和七年入淮南节度使牛僧孺幕。开成二年（837），复入宣歙观察使崔郸幕为团练判官，至三年冬迁左补阙。九年中两历宣州幕。他在开成三年春写的《题宣州开元寺》（题下自注：寺置于东晋时）中说："南朝谢朓城，东吴最深处。亡国去如鸿，遗寺藏烟坞。楼高九十尺，廊环四百柱……留我酒一樽，前山看春雨。"同时作之《念昔游三首》之一也说："秋山春雨闲吟处，倚遍江南寺寺楼。"将这两首诗与本篇对照，可以明显看出它们在诗歌内容意蕴、诗歌意象及写景等方面的联系，可以大体推定此诗亦开成三年春在宣州幕时所作。这时，诗人对江南春天的风物之美已经积累了丰富的诗意感受与体验，这首诗就是对它所作的一种艺术概括。

"千里莺啼绿映红"，起句大处落墨，展现出一幅广袤千里的江南大地上，到处是黄莺欢快的啼鸣声，到处是碧草如茵，绿树成荫，映衬着明艳的红花的画面。这画面不但有明丽的色彩，而且有悦耳的声音。对照前人写江南春景的名句"暮春三月，江南草长。杂花生树，群莺乱飞"（丘迟《与陈伯之书》），便可看出"莺啼绿映红"五字确实体现出了江南春之景物的典型特征。"千里"之广远，自非同时同地即目所见，却不妨是异时异地（江南之各地）之亲历。古代虽无艺术概括的词语，却完全可以有艺术概括的事实和实践。杨慎欲改"千里"为"十里"，正是由于忽视了艺术创作中早就存在的艺术概括的实际。在现代电影艺术中，这"千里莺啼绿映红"的景象完全可以用移动着的电影画面来展现。其实，古代的山水长卷已经作了"咫尺应须论万里"的成功创造。"千里"二字，笼盖全篇，显示出广远的气势。

"水村山郭酒旗风"，次句紧承"千里"，展现出江南大地上，处处有傍水的村庄，依山的城郭，到处都可以看到酒旗迎风招展的景象。如果说上一

2589

句展示的是江南春天的典型自然景观，那么这一句就主要是江南春天的人文景观。依山傍水的村庄城郭，点缀在绿树红花映衬的锦绣江南大地上，不但使整个画面显得山重水复，错落有致，而且透露出浓郁的生活气息。特别是"酒旗风"三字，不仅从侧面显示出江南的富庶丰饶，使人仿佛于迎风招展的酒旗中闻到春酒的芳香，给画面增添了浪漫的色彩和情调，而且那个点眼的"风"字还带有一种动感，从而使得整个画面也充满了生动活泼的气息，可以说是对"江南春"的神韵的出色描写。

以上两句，写千里江南大地上的啼莺、绿树、碧草、红花、水村、山郭和迎风招展的酒旗，所展示的江南自然景观和人文景观，已经使人目不暇接，心醉神驰，但似乎比较平面，还不足以充分显示江南春天风物之美，于是有三、四两句更为集中的描写。

"南朝四百八十寺，多少楼台烟雨中。"前幅意象密集，后幅却只写了佛寺楼台，意象高度集中。为什么写江南春要集中写佛寺呢？这是因为，佛寺作为一种自然景观、人文景观的结合体，往往是千里江南大地上水村山郭之中最显眼也最华美的建筑；而这些建筑又往往都选择在山水佳胜之境，华美的建筑与周围幽美的自然环境的融合，使它们成为江南大地上最亮丽的风景；特别是这些寺庙又往往历史悠久（像上文提到的宣州开元寺，就始建于东晋时），因而又极富历史、人文、宗教气息。而江南一带经济的繁荣富庶，也使得广建佛寺有了现实的可能，因此佛寺的广布也反映出江南的富饶面貌。以上这一系列因素集合到一起，遂使佛寺成为江南胜景最突出而典型的代表。明乎此，方能理解杜牧"秋山春雨闲吟处，倚遍江南寺寺楼"的诗句，理解他对江南佛寺有那么大的兴趣了。但佛寺全国各地均有，作为一种胜景，又必须具有地域的、季候的特征。在杜牧的审美体验中，江南佛寺为何最美的景象就是在春天的迷蒙烟雨中，华美的楼台在周围山水树林的掩映中若隐若现，显得特别缥缈朦胧，恍若仙境。因此"多少楼台烟雨中"，正是"江南春"之美的突出表现和典型特征。但前后幅之间的连接过渡却出现了问题。前幅所写的景象，诗人虽未明说，但读者从黄莺欢快的啼鸣、红花绿树相映的明丽色彩和水村山郭酒旗迎风招展的景象当中，完全可以想象出这是春日艳阳高照下才能有的，而佛寺楼台却要用烟雨迷蒙之景来衬托。一晴一雨，出现在同一幅"江南春"的画面上，虽然也可以用"千里"之广、阴晴不齐来解释，或者干脆用艺术概括来解释，但总会感到有些生硬、突兀，甚至脱节。妙在有第三句"南朝四百八十寺"作过渡，便使前后幅之间的连接过渡显得非常自然。这里就涉及诗人的诗思轨迹问题。在"千里"江南的大地上，诗人不仅看到绿树红花、水村山郭、酒旗迎风，也看到点缀其间的华美佛寺。由于佛寺往往具有悠久的历史，江南又是南朝旧地，而佛教之盛、佛寺之多，在唐代之前又莫盛于南朝，因而诗人的思绪遂由眼前的佛寺联想到历史上南朝佛教极盛时的情况，从而想象出当时广布江南的四百八十座佛寺，华美的楼台在春天的烟雨迷蒙中隐现的情景。由于这是对历史的想象，自然就不存在前后幅之间阴雨晴明不一致的问题。相反，由于有了第三句由当前到历史的神思飞越，遂使得这幅"江南春"的画图不但景象更为丰富多样，而且具有了历史的悠远感和纵深感。而"四百八十寺"的明确数字的强调，与"多少"这种带有模糊意味的咏叹，又使诗平添了一种风调之美。这两句诗，与"亡国去如鸿，遗寺藏烟坞"在内容上有相似之处，都是由眼前深藏于烟雨笼罩的村坞中的南朝遗寺联想到已经远去了的整个南朝，但给人的感受（或者说诗人要表达的感受）却不尽相同。"亡国去如鸿，遗寺藏烟坞"，突出的是佛寺的悠久与南朝更迭的迅速，于存亡的对照中含有对南朝历史的凭吊之情，而"南朝四百八十寺，多少楼台烟雨中"所着重抒写的则是对南朝佛寺极盛时烟雨楼台美好景象的追怀和赞美流连。悠远的历史想象使"江南春"的美好景象更加令人神往了。

从政治和民生的层面看，佛教势力的膨胀确实是中唐时期的弊政和祸害之一。在杜牧写这首诗之前，有韩愈的大力反佛；在杜牧写这首诗后不久，一场规模浩大的灭佛运动即将在全国范围内展开。诗中提到的"南朝四百八十寺"以及唐代遍布全国的几十万所佛寺，毫无疑问也是耗尽民脂民膏建造起来的。但杜牧这首诗，却并不是从政治和民生的层面来写佛寺楼台的，他要抒写的只是佛寺楼台笼罩于江南烟雨之中的景象给自己带来的诗意感受。作为读者，只能按照诗人的诗思指引去领略其中的情思，而不能将诗人写诗时并不存在的思想感情强加给诗人，用政治和民生的评价去代替诗人的审美评价。

2591

题宣州开元寺水阁阁下宛溪夹溪居人〔一〕

六朝文物草连空〔二〕，天淡云闲今古同。
鸟去鸟来山色里，人歌人哭水声中〔三〕。

深秋帘幕千家雨，落日楼台一笛风。

惆怅无因见范蠡，参差烟树五湖东〔四〕。

校注

〔一〕冯集梧《樊川诗注》卷一《题宣州开元寺》注引《名胜志》："宣城县城中景德寺，晋名永安，唐名开元，兰若中之最胜者。"按：唐玄宗开元年间，令天下州郡各建一大寺，即以年号为名。宣州之开元寺当亦开元年间改名。水阁，临水的楼阁，一般为两层建筑，四周开窗，可凭高远望。宛溪，发源于宣城东南峄山，流绕城东为宛溪（一名东溪），至县东北里许与句溪汇合。夹溪居人，谓宛溪两岸有人家夹溪而居。据缪钺《杜牧年谱》，此诗作于开成三年（838）为宣州团练判官时，时令在深秋。

〔二〕六朝，三国时的东吴、东晋、宋、齐、梁、陈先后建都于古金陵（今南京市。东吴时称建业，东晋至陈称建康），合称六朝。文物，本指礼乐典章制度，此指古代遗留下来的有形的历史文化遗迹。

〔三〕《礼记·檀弓下》："晋献文子成室，张老曰：'美哉轮焉，美哉奂焉！歌于斯，哭于斯，聚国族于斯。'"此句化用其意，谓宛溪两岸世代有人聚居。

〔四〕范蠡，春秋末期越国大夫，曾辅佐越王勾践复国灭吴，后弃官隐于江湖。《史记·越王勾践世家》："范蠡事越王勾践，既苦身戮力，与勾践深谋二十馀年，竟灭吴，报会稽之耻……范蠡以为大名之下，难以久居，且勾践为人可与同患，难与处安，为书辞勾践……乃装其轻宝珠玉，自与其私徒属乘舟泛海以行，终不返。"又《货殖列传》："范蠡既雪会稽之耻……乃乘扁舟浮于江湖。"《吴越春秋·勾践伐吴外传》谓范蠡"乃乘扁舟，出三江，入五湖"。五湖，太湖的别称。

笺评

惠洪曰：东坡尝曰：渊明诗初看若散缓，熟读有奇趣。如曰："日暮巾柴车，路暗光已夕。归人望烟火，稚子候檐隙。"又曰："霭霭远人村，依依墟里烟。犬吠深巷中，鸡鸣高树颠。"才高意远，造语精到如此。不知者疲精力至死不知悟，而俗人亦谓之佳。如曰："一千里色中秋月，十万军声中夜潮""蝴蝶梦中家万里，子规枝上月上更""深秋帘幕千家雨，落日楼台一笛风"，皆寒乞相。初如秀整，熟视无神气，以字露故也。东坡则不然。如曰："山中老宿依然在，案上楞严已不看"之类，更无龃龉之态，细味对甚的而字不露，以其得渊明之遗意耳。（《冷斋夜话》卷一）田同之《西圃诗说》全袭惠洪之说，不录。

魏庆之曰：锵金戛玉，双句有闻："羌管一声何处曲，流莺百啭最高枝""深秋帘幕千家雨，落日楼台一笛风"。（《诗人玉屑》卷四）

谢榛曰：杜牧之《开元寺水阁》诗……此上三句落脚字，皆自吞其声，韵短调促，而无抑扬之妙。因易为"深秋帘幕千家月，静夜楼台一笛风"。乃示诸歌诗者，以予为知音否邪？（《四溟诗话》卷三）

周珽曰：六朝文物销歇无遗，天色云容依然如故。山鸟无情，去来任其所适。居人有感，歌泣变态不常。前四句总言古今兴废存亡，徒足动人怀思也。五、六咏寺阁之景，末句世之奔走功利者无已，故思及范蠡之高蹈，意谓六朝多少事业，终归荒芜如此，何功成者，不知身有所退也。时牧为宣州判官作。（《删补唐诗选脉笺释会通评林·晚七律》）

黄周星曰："人歌人哭水声中"，奇语镌刻。"深秋帘幕千家雨，落日楼台一笛风。"可想可画。（《唐诗快》卷十二）

金圣叹曰：（前解）倏然是文物，倏然却是荒草；倏然是荒草，乌知不倏然又是文物？古古今今，兴兴废废，知有何限！今日方悟一总不如天澹云闲，自来一如。本不有兴，今亦无废，直使人无所宕心于其间。斯真寺中阁上，眼前胸底，斗地一段妙理，未易一二为小儒道也。"去""来""歌""哭"，是再写一；"山色""水声"字，是再写二。妙在鸟、人平举。夫天澹云闲之中真乃何人、何鸟。（后解）约今年，已是深秋；约今日，又复落日。嗟乎！嗟乎！日更一日，秋更一秋，天澹云闲，固自如然；人鸟变更，何本可据。望五湖，思范蠡，直欲学天学云去矣。（"帘幕"五字，是画深秋；"楼台"五字，是画落日，切不得谓是写雨写笛。唐人法如此。）（《贯华堂选批唐才子诗》）

盛传敏曰：（"深秋"二句）每于此等句法，最爱其全无衬字，而其中自具神通。（《碛砂唐诗纂释》）

查慎行曰：第二联不独写眼前景，含蓄无穷。（《瀛奎律髓汇评》引）

何焯曰：寄托高远，不在逐句写景，若为题所牵，便无味矣。又曰：

六朝不过瞬息，人生那可不乘壮盛立不朽之功。然而此怀谁与可语。"风""雨"二句，思同心而莫之致也。我思古人功成身退如范子者，虽为执鞭，所欣慕焉。五、六正为结句。（同上引）

纪昀曰：赵饴山极赏此诗，然亦只风调可观耳。推之未免太过。（同上引）

无名氏（甲）曰：此诗妙在出新，绝不沾溉玄晖、太白剩语。（同上引）

许印芳曰：此诗全在景中写情，极脱洒，极含蓄。读之再三，神味益出，与空讲风调者不同。学者须从运实于虚处求之，乃能句中藏句，笔外有笔。若徒揣麾风调，流弊不可胜言矣。（同上引）

赵熙曰：风调好。（同上引）

《唐诗鼓吹评注》：首言六朝文章人物，皆已无存，但芳草连空而已。至天色云容，古今如此，是以鸟之去来，依于山色；人之歌哭，杂以水声。此阁前山水之景，与天色云容，俱久远者也。若夫帘幕深秋，散千家之雨；楼台落日，吹一笛之风，宛溪居人之胜，抑又如斯已。然而余有惆怅者，昔范蠡功成身退，游于五湖，可谓识进退之宜矣。今所可见者，唯有五湖烟树，如蠡者岂得而见之哉？言外有感叹人己意。（卷六）

叶矫然曰：晚唐七言律佳句，有……颓放纵笔生姿者，如……"鸟去鸟来山色里，人歌人哭水声中"诸如此类是也。（《龙性堂诗话》续集）

朱三锡曰：起云"六朝文物"四字同，何等豪华；紧接"草连空"三字，何等衰飒！（以下多袭金圣叹解，不录）（《东岩草堂评订唐诗鼓吹》卷六）

贺裳曰：杜长律亦极有佳句，如"深秋帘幕千家雨，落日楼台一笛风""蒲根水暖雁初浴，梅径香寒蜂未知""千里暮山重叠翠，一溪寒水浅深清"，又"江碧柳青人尽醉，一瓢颜巷日空高"，俱洒落可诵。至《西江怀古》"千秋钓艇歌明月，万里沙鸥弄夕阳"，尤有江天浩荡之景。（《载酒园诗话又编·杜牧》）

杨逢春曰：此诗言人事有变易，而清景则古今不变易。"今古同"三字，诗旨点眼，全身提笔。（《唐诗绎》）

赵臣瑗曰：七、八用感慨作结。生必有死，盛必有衰，此自然之理。（《山满楼笺注唐诗七言律》）

黄叔灿曰：此伤唐末之乱，因念六朝。曰"古今同"，并下"人歌人哭"句，可见首联起得突兀，俯仰悲怀，寄慨甚深。次联只赋目前景色，不粘六朝，而荒残意自见。"深秋"二句，亦说目前。"一笛风"三字，炼句妙。因水阁遥看，参差烟树，念及扁舟五湖，如范蠡拨乱之才，意更显然。（《唐诗笺注》七律）

薛雪曰：杜牧之晚唐翘楚，名作颇多，而恃才傲物纵笔亦不少。如《题宣州开元寺水阁》，直造老杜门墙，岂特人称小杜已哉！（《一瓢诗话》）

《四库全书总目》：《诗家直说》二卷，明谢榛撰……多指摘唐人诗病而改定其字句……如谓杜牧《开元寺水阁》诗"深秋帘幕千家雨，落日楼台一笛风"。句不工，改为"深秋帘幕千家月，静夜楼台一笛风"，不知前四句为"六朝文物草连空，天淡云闲今古同。鸟去鸟来山色里，人歌人哭水声中"。末二句"惆怅无因见范蠡，参差烟树五湖东"，皆登高晚眺之景。如改"雨"为"月"，改"落日"为"静夜"，则"鸟去鸟来山色里"非夜中之景，"参差烟树五湖东"，亦非月下所能见。而就句改句，不顾全诗，古来有是法乎？王士禛《论诗绝句》："何因点帘澄江练，笑杀谈诗谢茂榛。"固非好轻诋矣。（集部文评类存目提要）

屈复曰：一、二从宣州今古慨叹而起，有飞动之势。闲适题诗，却用吊古，胸中眼中，别有缘故。气甚豪放，晚唐不易得也。（《唐诗成法》）

范大士曰：藻思蕴蓄已久，偶与境会，不禁触绪而来。（《历代诗发》）

宋宗元曰：三、四无穷寄慨。五、六写景处，可以步武青莲。（《网师园唐诗笺》）

周咏棠曰：（"深秋"二句）高调秀韵，两擅其胜。（《唐贤小三昧集续集》）

梁章钜曰：赵松雪尝言作律诗用虚字殊不佳，中两联须填满方好。此语虽力矫时弊，初学者正不可不知。唐人如贾至《早朝大明宫》等作，实开其端。此外则少陵之"五更鼓角声悲壮，三峡星河影动摇""锦江春色来天地，玉垒浮云变古今"，杜樊川之"深秋帘幕千家雨，落日楼台一笛风"，陆放翁之"楼船夜雪爪洲渡，铁马秋风大散关"皆是。（《退庵随笔》卷二十一）

吴汝纶曰：起四句极奇，小杜最喜琢制奇语也。（《唐宋诗举要》卷四引）

罗宗强曰：这是杜牧写得非常精彩的一首怀古诗，纵贯今古的大概括，而又具体形象，寓深刻的人生哲理于感情的抒发之中。意象是高度浓缩的，而且带着象喻的性质。"六朝文物"，使人想起六朝豪华，想起当年的歌吹宴乐，想起当年的文化之昌盛，商业之繁荣，以至楼台亭榭，寺庙山林等等；而接以"草连空"，中间压缩进岁月绵远的种种变化，直接示以变化之结果；一片衰飒荒凉、引人愁思的杳远景象。两个带象喻性的意象的衔接，容纳了大跨度的时间与空间，留下了广阔的联想余地。"天淡云闲""鸟去鸟来""人歌人哭"，都既是具象，又是高度的抽象，前两个意象，是对亘古不变的山光物态的最有特色的大概括，但又十分生动具体；后一个意象则使人想起人世的种种悲欢离合、纷争扰攘。颈联则是一系列意象的叠合：深秋——帘幕——千家——雨，落日——楼台——一笛——风。由于直接叠合，省略判断词，因此造成多义性，可以作多种解释，使情思和境界都具有多层次的性质。大概括、意象高度压缩、情思丰富，而表达又明快俊爽，可以说是杜牧怀古咏史诗的一个创造。（《唐诗小史》第273～274页）

鉴赏

　　用传统的题材分类法来界定这首诗的性质，恐怕很难。从表面看，诗中大部分篇幅都是描写登开元寺水阁所见所闻的景物，像是一首写景诗，但全诗在景物描绘中所寓含的感情思绪和深长感慨都给读者以更深的感受和领悟。从感情内涵看，诗中确有对六朝文物成空的感怀凭吊意味，但它又不像是一般的怀古诗。究其实际，倒更像是一首借景物描写抒发人生感慨的诗。

　　"六朝文物草连空，天淡云闲今古同。"登高望远，每使人产生时空广远的渺渺情思。宣城一带，六朝时因地近京城（建业或建康），为人文荟萃之地，繁华富庶之邦。诗人登上开元寺的水阁，仰望秋空，但见天高无极，澄洁明净，白云悠悠，自去自来，不禁引发对悠远历史时空的想象：这一切自然景象，恐怕自古及今都是相同的吧。但曾经延续了几百年的六朝文物遗迹，却已荡然不存。俯视四野，但见秋草连天，一片平芜旷野。"文物"原指典章制度，此处从远望的角度说，应指六朝的有形文物遗迹。但实际上，在诗人的意念中，这一意象已经被虚化、泛化了，它可以包括六朝的一切有形的无形的历史、人物、文化、名胜古迹乃至无所不包的所谓六朝繁华。如果说"天淡云闲"象征着亘古不变的自然界，那么"六朝文物"就象征着社会的历史和人事。"今古"之"同"，正反衬出"六朝文物"亦即社会历史及人事之变、之"空"。因此，这一联可以说是触景生情，由情及理，用高度概括的笔法表现了诗人登楼览眺时引发的自然宇宙长存而人事变化不常的历史感慨与人生感慨。这个发端，境界寥廓高远，具有笼盖全篇的气势，一开始就将读者的思绪引向悠远的历史时空和广远的现实时空。在唐人七律中，这是发端高远的范例。

"鸟去鸟来山色里，人歌人哭水声中。"颔联表面上纯写登阁仰观俯视所见所闻：在一片青翠苍茫的山色中，飞鸟时来时去；宛溪两岸，民居毗连，人们的歌哭之声和潺潺的流水之声相应相和，清晰可闻。上句是眼前所见的自然景象，下句是眼前所闻的人事景象。但一和上联的意蕴联系起来体味，便会自然悟出今中寓古，古今相融的意味。正如"天淡云闲古今同"一样，这"鸟去鸟来山色里"的自然景象恐亦终古如斯吧。而这"人歌人哭水声中"的人事景象，表面上看，似乎也是亘古如此，世世代代聚族而居，但今之人已非古之人，则不变的表象中实寓含着人事的沧桑变化。这一联对仗工巧，格调流利，而寓含的感慨则紧承上联，意蕴深沉含蓄。

"深秋帘幕千家雨，落日楼台一笛风。"腹联续写诗人登水阁所见所闻：深秋季节，天气转寒，宛溪两岸的人家都垂下了帘幕，看上去就像是千家都挂着一层雨帘；倚着落日映照的楼台栏杆，秋风送来了一阵悠扬嘹亮的笛声。诗一开头就描绘出"天淡云闲""草连空"的秋日晴空旷野景象，第三句又写"鸟去鸟来山色里"这种只有晴明天气才能见到的景象，至腹联对句又明确点出"落日"，则诗人当是深秋晚晴之时登水阁览眺。出句所谓"千家雨"当非实写雨景，而是对千家帘幕低垂的一种借喻性描写。诗的前两联在内涵意蕴上虽有俯仰今古，感慨今昔的特点，笔法高度概括，但诗人此时此地登阁览眺这个基本时空范围并无变化，因此腹联不大可能将同地异时所见到的晴雨不同的景象统摄于一联之中。这和《江南春绝句》中前后幅分写晴、雨不同的景象，中间有"南朝四百八十寺"作由今及古的过渡情况显然有别。这一联对仗与颔联一样，非常工巧，但意象与上联相比，则一密一疏，显然有别。所抒发的视听感受也不像上一联那样，带有寓古于今、今古相融的意味。从工整而流走的格调中可以体味到诗人目睹这明秀清丽之景时愉悦的感受。既然自然永恒、人事变易、繁华不再，与其徒增伤感，不如及时享受现实的美好景色，这正是杜牧旷放自遣的一贯性格。从表面上看，这一联所表现的感情似与前两联之感慨今昔变易有别，但从感情发展的内在逻辑上说，与前两联仍是一脉相承而又自然转换的。而这一转换，又水到渠成地引出尾联。

"惆怅无因见范蠡，参差烟树五湖东。"历史上的范蠡，是士大夫功成身退的典范。但诗人此时对范蠡的追缅向往，却是在功成渺茫难期的情况下对"乘扁舟、泛五湖"，过自由自在、无拘无束生活的一种退而求其次的欣慕追求。这本身就不免使诗人深感惆怅。更何况登阁举目东望，在暮霭轻烟笼罩的参差错落的丛丛树林之外，烟波浩渺的太湖之上，昔日乘着扁舟遨游的范蠡的身影早已随着历史的长河悠悠远去，心头浮起的那种空落惆怅之情就更使人难以为情了。这个结尾，带着几分失落无奈，却并不十分沉重，毕竟仍能面对宣州的清秋美好景色，享受当前的生活乐趣。"惆怅"二字，正恰到好处地表现了诗人的感情。

这首诗中出现的"六朝文物"，与晚唐许多带有明显政治感慨的怀古诗中出现的"六朝""六代"有明显区别。后者常作为腐朽没落王朝的代称，而前者却主要是已经消逝了的一段历史文化和人事的一种标志，本身并不含政治内容和意义，它抒写的只是一种带有普遍哲理意味的自然永恒、人事变易的历史感慨、人生感慨。

九日齐山登高〔一〕

江涵秋影雁初飞〔二〕，与客携壶上翠微〔三〕。
尘世难逢开口笑〔四〕，菊花须插满头归〔五〕。
但将酩酊酬佳节〔六〕，不用登临恨落晖。
古往今来只如此，牛山何必泪沾衣〔七〕。

校 注

〔一〕九日，指九月九日重阳节。齐山，在今安徽池州市东南。《方舆胜览》卷十六江南路池州"山川"下齐山引王皙《齐山记》："有十馀峰，其高等，故名齐山。或曰以齐映得名。"按唐贞元年间齐映曾为池州刺史，有政声，常登此山，故或说以其姓命山名。重阳节有登高、赏菊、饮酒等习俗。

据缪钺《杜牧年谱》，杜牧会昌四年（844）秋由黄州刺史徙池州刺史。此诗当作于会昌五年（845）九月。是年秋，张祜至池州访杜牧，二人于重阳节同登齐山，诗酒酬和。张祜有《奉和池州杜员外重阳日齐山登高》。题内"山"字，《全唐诗》原作"安"。

〔二〕江涵秋影，谓长江涵容倒映着秋空和齐山的倒影。

〔三〕客，指张祜。魏泰《临汉隐居诗话》："池州齐山石壁有刺史杜牧、处士张祜题名。"翠微，青翠缥缈的山色，此处借指青翠的齐山。

〔四〕尘世，人世间。《庄子·盗跖》："人上寿百岁，中寿八十，下寿六十。除病瘦（王念孙谓当作"庚"）死丧忧患，其中开口而笑者，一月之中不过四五日而已。"

〔五〕冯集梧《樊川诗注》："崔寔《月令》：九月九日，可采菊花。《续神仙传》：许碏插花满头，把花作舞，上酒家楼醉歌。"重阳节有登高、赏菊、饮菊花酒、赋诗等习俗。

〔六〕酩酊，醉酒貌。萧统《陶渊明传》："尝九月九日出宅边菊丛中坐，久之，满手把菊。忽值（王）弘送酒至，即便就酌，醉而归。"酬，酬谢，报答。

〔七〕牛山，在今山东淄博市东。《晏子春秋》卷一《内篇·谏上》："（齐）景公游于牛山，北临于国城而流涕曰：'若何滂滂去此而死乎？'艾孔、梁丘据皆从而泣，晏子独笑于旁，公刷涕而顾晏子曰：'寡人今日游悲……子之独笑，何也？'晏子对曰：'使贤者常守之，则太公、桓公将常守之矣；使勇者常守之，则庄公、灵公将常守之矣。数君者将守之，则吾君安得此位而立焉？以其迭处之，迭去之，至于君也，而独为之流涕，是不仁也。不仁之君见一，谄谀之臣见二，此臣所以独窃笑也。'"泪，《全唐诗》校："一作独。"

⬚笺⬚评

朱弁曰：落句云："牛山何必独沾衣。"盖用齐景公游于牛山，临其国流涕事。泛言古今共尽，登临之际何必感叹耳。非九日故实也。后人因此，乃于诗或词，遂以牛山作九日事用之，亦犹牧之用颜延年"一麾出守"为施麾之麾，皆失于不精审之故也。（《风月堂诗话》卷下）

刘克庄曰：《登高》云："无边落木萧萧下，不尽长江滚滚来。万里悲

杜

牧

2599

秋常作客，百年多病独登台。"此联不用故事，自然高妙，在樊川《齐山九日》七言之上。(《后村诗话新集》卷二)

方回曰：此以"尘世"对"菊花"，开阖抑扬，殊无斧凿之痕，又变体之俊者。后人得其法，则诗如禅家散圣矣。(《瀛奎律髓》卷二十六)

胡应麟曰：崔曙"汉文皇帝有高台，此日登临曙色开"，老杜"野老篱前江岸回，柴门不正逐江开""白帝城中云出门，白帝城下雨翻盆"……杜牧"江涵秋影雁初飞，与客携壶上翠微"，虽意稍疏野，亦自一种风致。(《诗薮·内编》卷五)

顾璘曰：此一意下来，近似中唐，盖晚唐之可学者。(《批点唐音》)

郝敬曰：豪爽真率，不用雕饰，可想其人。(《批选唐诗》)

金圣叹曰：(前解)一句七字，写出当时一俯一仰，无限神理。异日东坡《后赤壁赋》："人影在地，仰见明月"，便是一副印板也。只为此句起得好时，下便随意随手，任从承接。或说是悲情，或说是放达，或说是傲岸，或说是无赖，无所不可。东坡《后赤壁赋》通篇奇快疏妙文学，亦只是八个字起得好也。(后解)得醉便醉，又何怨乎！"只如此"三字妙绝，醉也只如此，不醉也只如此，怨也只如此，不怨亦只如此。(《贯华堂选批唐才子诗》卷六)

毛先舒曰：杜牧之"江涵秋影"，截首四句，乃中唐佳什；衍为八句，便齐气。"古往今来"，竟成何语？(《诗辩坻》卷三)

胡以梅曰：起赋景，次写事。下六句皆议论，另一气局，格亦俊朗松灵。然如第七句，不可法，粗率无味，五、六言速为饮酒，勿于登临之际，而叹日之易落也……杜少陵诗云："故里樊川菊，登离素浒源。他时一笑后，今日几人存。"今此三、四盖全取其意欤？(《唐诗贯珠串释》卷五十一)

冯舒曰：牧之才大，对偶收拾不住，何变之有？(按：此针对上引方回"变体之俊者"评语而发)(《瀛奎律髓汇评》引)

查慎行曰：第四句少陵成语。(同上引)

杨逢春曰：通体浑浩流转，挥洒自然，犹见盛唐风格。(《唐诗绎》)

陆次云曰：用旧事只当不用一般，善翻新法。(《晚唐诗善鸣集》)

赵臣瑷曰：中二联亦只是自发其一种旷达胸襟，然未必非千秋万世卖菜佣、守钱虏之良药也。至其抑扬顿挫，一气卷舒，真能化板为活，洗尽庸腔俗调，在晚唐中岂易得乎？七一笔束住，"只如此"者，言古往今来

任从何人，断不能翻此局面也。（《山满楼笺注唐诗七言律》）

《唐诗鼓吹评注》：此言秋雁初飞，与客携壶而上翠微之山。因思尘世之事忧多乐少，今乘登高之兴，当采菊而归也。其所以携壶者，将此酩酊以酬九日之节，岂以上翠微而致叹于落晖耶？此联应第二句。末言自古皆有死，登牛山而流涕，适见景公之愚耳。其何当于达人之旷观哉？此联又括中四句意。

吴烶曰：通篇赋登高之景，而寓感慨之意。（《唐诗选胜直解》）

杜诏曰：《风月堂诗话》谓：结语用景公故事，泛言古今共尽，非重九故实。愚谓：此正影切齐山登高，亦非泛言也。（《中晚唐诗叩弹集》）

何焯曰：发端却暗藏一"怨"字。此句（指颔联出句）妙在不实接登高，撇开"怨"字。后半却一气贯注。（《唐三体诗评》卷三）又曰，此诗变幻不测，体自浑成。（《瀛奎律髓汇评》引）

纪昀曰：前四句自好。后四句却似乐天，"不用""何必"，字与意并复，尤为碍格。（同上引）

无名氏（乙）曰：次联名句不磨，胸次豁然。（同上引）

屈复曰："难逢""须插""但将""不用""只如此""何必"相呼应。三、四分承一、二，五、六合承三、四。六就今说，八就古事说，虽似分别，终有复意。

范大士曰：明润如玉。（《历代诗发》）

黄叔灿曰：起联写景便爽健。"尘世"一联，意致凄恻，却跳脱不群。"但将"二句，切登高说，并申上二句意，言光阴迅速，古今同慨，何用伤悲。牛山用齐景公事，盖用晏子有"何暇念死"之语也。通幅气体豪迈，直逼少陵。（《唐诗笺注》）

周咏棠曰：通体流转如弹丸，起句尤画手所不到。（《唐贤小三昧集续集》）

朱三锡曰：起句极妙。"江涵秋影"，俯有所思也；"雁初飞"，仰有所见也。此七字中已具无限神理，无限感慨，提壶登高，正所谓及时行乐也。三、四即承此意。五、六又总承三、四而言，甚有旷观古今，随在自得之趣。"只如此"二字，又总承五、六意也。（《东岩草堂评订唐诗鼓吹》卷六）

赵翼曰：今俗惟女簪花，古人则无有不簪花者。其见于诗歌，如王昌龄"茱萸插鬓花宜寿"，戴叔伦"醉插茱萸来未尽"，杜牧之"菊花须插满

杜

牧

2601

头归"……之类，不一而足。（《陔馀丛考》卷三十一）

王寿昌曰：七律发端信难于五言，如……杜牧之"江涵秋影雁初飞，与客携壶上翠微"之清超，温飞卿之"澹然空水共斜晖，曲岛苍茫接翠微"之苍秀，元微之之"凤有高梧鹤有松，偶来江外寄行踪"之松爽，尚可备脱胎换骨之用。然但宜师其势，不当仿其意。（《小清华园诗谈》卷下）

潘德舆曰：晚唐于诗外胜境，不可一味钻仰，亦不得一概抹杀。予尝就其五七律名句，摘取数十联，剖为三等……上者风力郁盘，次者情思曲挚，又次者则筋骨尽露矣。以此法更衡七律，如"江海秋影雁初飞，与客携壶上翠微"，"玉帐牙旗得上游，安危须共主君忧"，"永忆江湖归白发，欲回天地入扁舟"，"半夜秋风江色动，满山寒叶雨声来"，七言之上也。（《养一斋诗话》卷四）

吴汝纶曰：此等诗，自杜公外，盖不多见。当为小杜七律中第一。（《桐城先生评点唐诗鼓吹》）又曰：感慨苍茫，小杜最佳之作。（《唐宋诗举要》卷四引）

俞陛云曰：（"尘世"一联）极写其清狂之态耳。（《诗境浅说》）

这是一首很见杜牧个性才情的七律。重阳登高，游赏赋诗，饮酒赏菊，本是赏心乐事。但诗人素以才略自负，自大和二年（828）登第入仕以来，一直辗转于使府幕僚、州郡刺史之职，难以实现其"平生五色线，愿补舜衣裳"的宏愿，因此内心常抑郁不平。会昌五年，他已经四十三岁，更不免有岁月蹉跎的迟暮之感。这种感情，平日即郁积于胸，适逢重阳登高，因眼前景物与佳节风俗的触发，遂写下这首以旷达豪放的情怀排忧遣闷的诗篇。

"江涵秋影雁初飞，与客携壶上翠微。"首联写景叙事起，点明"九日登高"。此次登齐山，是与好友张祜同登，点明"与客"，则下文"须""将""不用""何必"等词语，便不单纯是诗人的内心独白，而兼有自劝劝人之意。首句写登齐山所见秋景，俯视山下，但见秋天的长江，水色清澈澄碧，涵容着秋天晴空和青翠齐山的倒影；仰望碧空，但见鸿雁阵阵，向南方的远天飞翔。"江涵秋影"四字，不但造语新奇清丽，而且画出秋江、秋空、秋山浑然一体的澄碧境界。"涵"字用得尤为新颖而贴切，仿佛秋空、秋山都包含在澄碧的秋江中了。"雁初飞"的"初"字，则透出虽到深秋，但南方气候温暖，大雁刚开始南飞，并未到草木凋衰枯黄，天气凛寒的时候。全句给人的总体感受，套用韩愈的诗来形容，便是"正是一年秋好处"。在这样一个美好的重阳佳节"与客携壶上翠微"，登高游赏，饮酒赋诗，自然是人生难得的乐事了。次句叙事，从时间次序上说，应是先有"上翠微"之事，方见"江涵秋影雁初飞"之景，将它倒过来写，正是为了突出首句所写美好秋景给人的清澄明丽感受。而次句用"翠微"来借代齐山，不仅丰富了首句"秋影"的内涵，且传出一种身心为青翠缥缈的山色所包围浸染的沁人感受。

"尘世难逢开口笑，菊花须插满头归。"颔联紧扣题内"九日"抒感。"尘世"句是诗人对人生感受的总括，也是多少年来内心积郁的抒发。虽用典却如同己出。正因为人生欢少愁多，适逢重阳佳节，深秋美景，便应尽情游赏，将金黄的菊花插满头鬓，极欢而归。前因后果，前宾后主，一气直下，天然浑成。虽用议论，却出之以生动的形象；虽属遣愁，却画出潇洒不羁的风神。"菊花"虽为重阳佳节赏玩宴饮之物，但"菊花须插满头归"的形象却纯属诗人的独特艺术创造，它将诗人的个性、神采，表现得既淋漓尽致，又超凡脱俗，是典型的杜牧式的俊迈风流、浪漫豪迈的诗人形象。在略带颓放的神情意致中，仍难以抑制地流露出诗人对生活的热情。

"但将酩酊酬佳节，不用登临恨落晖。"起联即点出"携壶"而上，颔联又提及"菊花"，登高而饮酒，面对翠微山色，江天美景，值此佳节良辰，自当尽醉而归，极欢而罢，不必因登临而见苍茫落日余晖兴起人生迟暮的感叹。时诗人年逾四十，正是骚人"恐美人之迟暮"的年龄，故有"登临恨落晖"之语。上句用一"酬"字，生动新颖，表现出尽醉相欢方对得起佳节良辰的豪情逸兴。下句用一"叹"字，透露出诗人内心深处日月不居、功业不就的感慨与无奈。而上句"但将"与下句"不用"彼此呼应，又将这感慨与无奈一笔扫去。

"古往今来只如此，牛山何必泪沾衣。"尾联出句束上起下，"只如此"三字既包括古往今来"尘世难逢开口笑"的客观事实，又包括古往今来才人志士岁月蹉跎、功业难成的悲剧境遇，更涵盖人生有限、年寿终尽的自然规律。诗人的思绪由当下登临的"齐山"，联想到齐景公登临而泪下沾衣的牛山（齐国的牛山与眼前的齐山正构成由今及古的桥梁），不禁发出这样的感慨：既然从古及今，人寿有时而尽，欢乐时少而愁日多，志士才人功业难成更属常事，那又何必像齐景公那样，登高而泪下沾衣呢？由于"只如此"的

包蕴丰富，因此"泪沾衣"之"泪"也不止年寿有时而尽这一端。诗人虽用
"只如此"与"何必"来排遣忧愁苦闷，但在旷达的外表下仍深藏着对"古
往今来只如此"的客观事实和客观规律的无奈。这一全诗的归宿，正透露出
诗人虽极力用旷放排遣忧闷，但忧闷终难以消解。李商隐在《赠司勋杜十三
员外》中说："心铁已从干莫利，鬓丝休叹雪霜垂。"胸中之甲兵尽管利如干
将莫邪，切中时须，无奈不为世用，因此只能叹惜鬓丝雪垂，功业蹉跎了。

整首诗的格调抑扬有致，轻爽流利，一气转折，浑然天成，与诗人要表
达的旷放襟怀显得似乎非常协调。"难逢"与"须插"，"但将"与"不
用"，"只如此"与"何必"等词语，开合相应，加强了这种旷放的情调。但
旷放的外表下，又深藏着难以排遣的忧闷，这种表里不一的感情矛盾，更深
一层地表现了诗人的精神世界，再现了一个真实的杜牧。

早　雁〔一〕

金河秋半虏弦开〔二〕，云外惊飞四散哀。
仙掌月明孤影过〔三〕，长门灯暗数声来〔四〕。
须知胡骑纷纷在〔五〕，岂逐春风一一回〔六〕？
莫厌潇湘少人处〔七〕，水多菰米岸莓苔〔八〕。

校注

〔一〕《通鉴·武宗会昌二年》：八月，回鹘乌介可汗"帅众过杷头烽
南，突入大同川，驱掠河东杂虏牛马数万，转斗至云州（今山西大同市）城
门。刺史张献节闭城自守。吐谷浑、党项皆挈家入山避之。庚午，诏发陈、
许、徐、汝、襄阳等兵屯太原及振武、天德，俟来春驱逐回鹘"。此以"早
雁"喻北方边地因回鹘侵掠而流离失所的百姓。据缪钺《杜牧年谱》，诗当
作于会昌二年（842）八月回鹘南侵时。雁通常于深秋时节南徙，此时方值
仲秋，故曰"早雁"。

〔二〕金河，县名，在今内蒙古自治区呼和浩特市南。《新唐书·地理
志》："单于大都护府，本云中都护府，龙朔三年置，麟德元年更名……县
一：金河。"虏弦开，谓回鹘举兵南侵。《汉书·晁错传》注引苏林曰："秋

气至，弓弩可用，北寇常以为候而出军。"

〔三〕仙掌，汉武帝为求仙，在建章宫神明台上造铜仙人，舒掌捧铜盘玉杯，以承接天上的仙露，后称承露铜人为仙掌。事详《三辅黄图·建章宫》。孤影，指惊飞四散的孤雁。

〔四〕长门，宫名。汉武帝陈皇后失宠后居长门宫。

〔五〕胡骑，指回鹘军队。

〔六〕雁春暖后北归，故云"逐春风"而"回"。"一一"应上"四散""孤影"。

〔七〕潇湘，潇水源出今湖南宁远县九嶷山，流至永州市西北入湘水，合称潇湘。传雁飞不过衡阳，故想象飞散的孤雁在潇湘一带停留。

〔八〕菰米，茭白的果实，一名雕胡米。《本草纲目·谷二·菰米》（杂解）引苏颂曰："菰生于水中……至秋结实，乃雕胡米也。古人以为美馔。今饥岁，人犹采以当粮。"莓，蔷薇科植物。北魏贾思勰《齐民要术·莓》："莓，草实，亦可食。"苔，青苔。

笺评

张为曰：高古奥逸主……入室六人……杜牧："烟着树姿娇，雨馀山态活。""四海一家无一事，将军携剑泣霜毛。""山密斜阳多，人稀芳草远。""仙掌月明孤影过，长门灯暗数声来。"（《诗人主客图》）

胡仔曰：杜牧之《早雁》诗云："仙掌月明孤影过，长门灯暗数声来。"六一居士《汴河闻雁》："野岸柳黄霜正白，五更惊破客愁眠。"皆言幽怨羁旅，闻雁声而生愁思。至后山则不然。但云："远道勤相唤，羁怀误作愁。"则全不蹈袭也。（《苕溪渔隐丛话·后集》卷三十三）

王世贞曰：杜紫微……咏物如"仙掌月明孤影过，长门灯暗数声来"亦可观。（《全唐诗说》）

许学夷曰：七言《早雁》一篇，声气甚胜。（《诗源辩体》卷三十）

周珽曰：此必有臣窜于江南者，劝其未可复朝，小人犹在，意欲弹之。如雁在潇湘，犹有菰米、莓苔可充饮啄栖止，何必北归以中胡虏之弦也。赋而比也。（《删补唐诗选脉笺释会通评林·晚七律》）

金圣叹曰：（首解）此诗慰喻流客，且安侨寓，时方艰难，未可谋归也。（前解）追叙其来，（后解）婉止其去。（《贯华堂选批唐才子诗》卷六）

贺裳曰："仙掌月明孤影过，长门灯暗数声来"，光景真是可思。但全篇唯"金河秋半"四字稍切"早"字，馀皆熠缴之惨，劝无归还，似是寄托之作。（《载酒园诗话又编·杜牧》）

陆次云曰：牧之之咏早雁，如郑谷之咏鹧鸪，都是绝唱。（《晚唐诗善鸣集》）

杨逢春曰：此借雁而伤流寓也。（《唐诗绎》）

胡以梅曰：雁自北而南，今指山西北边之金河，而非西域矣。此时回纥尚强，"虏弦"以此。通首宗起句，故结亦劝其止潇湘而莫返。三、四绝佳，承"四散"来。故或见于仙掌，或闻于长门。按仙掌在东，与山西相近，长门又在西，则是从金河由东至西，亦有次第也。华山有仙人掌，诗意言雁见仙掌，亦有惊虏被攫而更飞动也。长门，汉之幽宫，如陈皇后被黜所居，闻雁声而更凄凉耳。菰米，菰茭之子。（《唐诗贯珠串释》卷五十三）

叶矫然曰：晚唐七言律佳句……有写景绘物入情入妙者，如……"仙掌月明孤影过，长门灯暗数声来"之类是也。（《龙性堂诗话续集》）

赵臣瑗曰：此慰喻避难流落之人，欲其缓作归计而托言之也……先生于羁旅，可谓情深而意切矣。（《山满楼笺注唐诗七言律》）

《唐诗鼓吹评注》：此言秋高弓劲，胡人将开弦而射雁，故惊飞四散而哀鸣也。然来时尚早，所以过仙掌而度长门，月明之中止看孤影，灯暗之际惟闻数声耳。乃今胡骑犹在，即至春期，未可遽回。盖潇湘虽甚寂寞，犹有菰米莓苔可充饮啄，毋北归以中金河之弦也。言外有"相教慎出"意。（卷六）

黄叔灿曰：金河塞外地，秋高射猎，朔雁南飞，"仙掌"一联，语在景中，神游象外，真名句也。三联言纷纷骑射，不独金河可居，何必归去，似有托意。（《唐诗笺注》）

宋宗元曰：思家怨别。（《网师园唐诗笺》）

翁方纲曰：此五、六"须知""岂逐"，七句"莫厌"，皆提起之笔，不得以后人作七律多用虚字者藉口也。（《咏物七言律诗偶记》）

周咏棠曰：咏雁诗多矣，终无见逾者。（《唐贤小三昧集续集》）

胡本渊曰：前半写雁之来，后半挽雁之去。句格用意，犹有老杜风骨。（《唐诗近体》）

曾国藩曰：雁为虏弦所惊而来。落想奇警，辞亦足以达之。（《求阙斋

读书录》)

王寿昌曰：从来咏物之诗，能切者未必能工，能工者未必能精，能精者未必能妙……杜牧之《早雁》……如此等作，斯为能尽其妙耳。(《小清华园诗谈》卷下)(又见余成教《石园诗论》卷二)当是余评而王袭之。

唐武宗会昌二年（842）八月，北方少数民族回鹘乌介可汗率众南侵，进入大同川，驱掠当地各族百姓，人民流离四散。杜牧当时任黄州（治所在今湖北武汉市新洲区）刺史，听到这个消息，对边地人民的命运深为关注同情。八月是早雁开始南飞的季节，诗人目送征雁，触景感怀，因以"早雁"为题，托物寓意，以描写早雁遭受胡人弓箭射击，四散惊飞，喻指饱受侵扰、流离失所的边地百姓，并寄予深切同情。

"金河秋半虏弦开，云外惊飞四散哀。"金河，在今内蒙古自治区呼和浩特市南，这里指回鹘发动侵掠的边地。"虏弦开"，双关挽弓射雁和发动军事袭扰。开头两句凌空起势，生动地展出一幅边塞惊雁的活动图景：仲秋塞外，广漠无边，正在云霄展翅翱翔的雁群忽然遭到胡骑的袭射，立时惊飞四散，发出凄厉的哀鸣。"惊飞四散哀"五个字，从情态、动作到声音，写出一时间连续发生的情景，层次分明而又贯串一气，是非常真切凝练的动态描写。

"仙掌月明孤影过，长门灯暗数声来。"颔联续写"惊飞四散"的征雁飞经都城长安上空的情景。汉代建章宫有金铜仙人舒掌托承露盘，"仙掌"指此。凄清的月色映照着宫中孤耸的仙掌，这景象已在静谧中显出几分冷寂；在这静寂的画面上又飘过孤雁缥缈的身影，就更显出境界之清寥和雁影之孤子。失宠者幽居的长门宫，灯光黯淡，本就充满悲愁凄冷的气氛，在这种氛围中传来几声失群孤雁的哀鸣，就更显出境界的孤寂与雁鸣的悲凉。"孤影过""数声来"，一绘影，一写声，都与上联"惊飞四散"相应，写的是失群离散、形单影只之雁。两句在情景的描写、气氛的烘染方面，极细腻而传神。透过这幅清冷孤寂的孤雁南征图，可以隐约感受到那个衰颓时代悲凉的气氛。诗人特意使惊飞四散的征雁出现在京城长安宫阙的上空，似乎还隐寓着微婉的讽慨。它让人感到，居住在深宫中的皇帝，不但无力，而且也无意拯救流离失所的北方边地百姓。月明灯暗，影孤啼哀，整个境界，正透出一种无言的冷漠。

"须知胡骑纷纷在，岂逐春风一一回?"腹联又由征雁南飞遥想到它们的北归，说如今胡人的骑兵射手还纷纷布满北方边地，明春气候转暖时节，你们又怎能随着和煦的春风一一返回自己的故乡呢?大雁秋来春返，故有"逐春风"而回的设想，但这里的"春风"似乎还兼有某种比兴象征意义。据《通鉴》载，回鹘侵扰边地时，唐朝廷命陈、许、徐、汝、襄阳等兵屯太原及振武、天德，等待来年（会昌三年）春天驱逐回鹘。朝廷上的"春风"究竟能不能将流离异地的征雁吹送回北方呢?大雁还在南征的途中，诗人却已想到它们的北返；正在哀怜它们的惊飞离散，却已在担心它们来春的无家可归。这是对流离失所的边地人民无微不至的关切。"须知""岂逐"，更像是面对边地流民深情嘱咐的口吻。两句一意贯串，语调轻柔，情致深婉。这种深切的同情，正与上联透露的无言的冷漠形成鲜明的对照。

流离失所、欲归不得的征雁，究竟何处方是它们的归宿——"莫厌潇湘少人处，水多菰米岸莓苔。"潇湘指今湖南中部、南部一带。相传雁飞不过衡阳，所以这里想象它们在潇湘一带停歇下来。菰米，是一种生长在浅水中的多年生草本植物的果实（嫩茎叫茭白）。莓，是一种蔷薇科植物，子红色。苔即青苔。这几种东西都是雁的食物。诗人深情地劝慰南飞的征雁：不要厌弃潇湘一带空旷人稀，那里水中泽畔长满了菰米莓苔，尽堪作为食料，不妨暂时安居下来吧。诗人在无可奈何中发出的劝慰与嘱咐，更深一层地表现了对流亡者的深情体贴。由南征而想到北返，这是一层曲折；由北返无家可归想到不如暂且在南方栖息，这又是一层曲折。通过层层曲折转跌，诗人对边地人民的深情系念也就表达得愈加充分和深入。"莫厌"二字，担心南来的征雁也许不习惯潇湘的空旷孤寂，显得蕴藉深厚，体贴备至。

这是一首托物寓慨的诗。通篇采用比兴象征手法，表面上似乎句句写雁，实际上句句写人。风格婉曲细腻，清丽含蓄。而这种深婉细腻又与轻快流走的格调和谐地统一在一起，在以豪宕俊爽为主要特色的杜牧诗中，是别开生面之作。

赤　壁〔一〕

折戟沉沙铁未销〔二〕，自将磨洗认前朝〔三〕。
东风不与周郎便〔四〕，铜雀春深锁二乔〔五〕。

杜
牧

校注

〔一〕赤壁，指汉献帝建安十三年（208），孙权与刘备联军大破曹操军队处，史称赤壁之战。地在今湖北赤壁市西北长江南岸，隔江与乌林相对。《元和郡县图志·江南道三·鄂州》："赤壁山在县（蒲圻县）西一百二十里，北临大江，其北岸即乌林，与赤壁相对，即周瑜用黄盖计，焚曹公舟船败走处，故诸葛亮论曹公危于乌林是也。"或说即今湖北武昌西赤矶山，与汉阳南纱帽山隔江相对。郦道元《水经注·江水三》："江水左迳百人山（今纱帽山）南，右迳赤壁山北，昔周瑜与黄盖诈魏武大军处也。"而杜牧此诗所谓"赤壁"，乃黄州之赤鼻矶，在今湖北黄冈市黄州区江滨，因山形截然如壁而有赤色，亦称赤壁。实非赤壁古战场旧址。诗作于杜牧任黄州刺史期间（会昌二年至四年秋间，842—844）。此诗又见李商隐诗集。按：义山生平宦历，足迹未到黄州。而杜牧任黄州刺史首尾三年，集中黄州诗颇多。诗为杜牧作无疑。然据阮阅《诗话总龟》卷十一评论门载："杜牧《赤壁》诗云（略）。《李义山集》中亦载此诗，未知果何人作也。"则此诗误入义山诗集为时甚早。

〔二〕戟，古代兵器，长杆头上附有月牙形状的利刃。铁未销，谓沉入江沙中的断戟虽锈迹斑斑，但锈铁尚未销蚀净尽。

〔三〕将，持。认前朝，辨认出是前朝（指三国时）的遗物。

〔四〕《三国志·吴书·周瑜传》："瑜部将黄盖曰：'今寇众我寡，难与持久。然观操军船舰首尾相连，可烧而走也。'乃取蒙冲斗舰数十艘，实以薪草，膏油灌其中，裹以帷幕。上建牙旗，先书报曹公，欺以欲降。又豫备走舸，各系大船后，因引次俱前……盖放诸船，同时发火。时风威猛，悉延烧岸上营落。顷之，烟炎张天，人马烧溺死者甚众，军遂败退。还保南郡。"裴松之注引《江表传》云："时东南风急，因以十舰最着前，中江举帆，盖举火白诸校，使众兵齐声大叫曰：'降焉！'……去北军二里馀，同时发火，火烈风猛，往船如箭，飞埃绝烂，烧尽北船。"周郎，指周瑜。《三国志·吴书·周瑜传》："建安三年，（孙）策亲自迎瑜，授建威中郎将……瑜时年二十四，吴中皆呼为周郎。"便，便利，有利条件。

〔五〕铜雀，台名。《三国志·魏书·武帝纪》：建安十五年（210），"冬，作铜雀台"。铸大孔雀置于楼顶，舒翼奋尾，势若飞动，故名。晋陆翙《邺中记》："铜雀台高一十丈，有屋一百二十间。"故址在今河北临漳县西南古邺城西北隅。二乔，即大乔、小乔。《三国志·吴书·周瑜传》："孙策欲取荆州，以瑜为中护军，领江夏太守，从攻皖，拔之。时得桥公（玄）二女，皆国色也。策自纳大桥，瑜纳小桥。"乔、桥通。句意为如东吴战败，大、小二乔均将成为曹操铜雀台中的新宠。

笺评

《道山清话》：石曼卿一日在李驸马家，见杨大年书绝句诗一首（按：即《赤壁》），后书义山二字，曼卿笑云："昆里没这段文章。"涂去"义山"二字，书其旁曰："牧之"。盖两家集中皆载此诗也，此诗佳甚，但颇费解说。（按：《道山清话》不署撰人姓氏，如所载情况属实，则可证《赤壁》诗误为义山诗在北宋杨亿时已然。）

许颛曰：杜牧之作《赤壁》诗（略）。意谓赤壁不能纵火，为曹公夺二乔置之铜雀台上也。孙氏霸业，系此一战。社稷存亡，生灵涂炭都不问，只恐捉了二乔，可见措大不识好恶。（《彦周诗话》）

胡仔曰：牧之于题咏，好异于人。如《赤壁》云："东风不与周郎便，铜雀春深锁二乔。"《题南山四皓庙》："南军不袒左边袖，四老安刘是灭刘。"皆反说其事。至《题乌江亭》，则好异而叛于理。（《苕溪渔隐丛话·后集》卷十五）

罗大经曰：周瑜赤壁、谢安淝水、寇莱公澶渊、陈鲁公采石，四胜大略相似。杜牧云："东风不与周郎便，铜雀春深锁二乔。"意亦著矣。谢安围棋别墅，真是矫情镇物，喜出望外，宜其折屐。澶渊之役，毕士安有相公交取鹘仑官家之说，高晾有好唤宰相来饮两首诗之说，则当时策略，亦自可见。"天发一矢胡无酋"，荆公句意与杜牧同。采石之师，若非逆亮暴急嗜杀，自激三军之变，亦未驱攘。是时亮虽遭戕，虏师北归，纪律肃然，无人叛亡。此岂易胜之师乎！朱文公曰："谢安之于桓温，陈鲁公之于完颜亮，幸而挨得他死尔。"要之，吴、晋乃天幸，宋朝真天勋也。
（《鹤林玉露》甲编卷一）

方岳曰：牧之《赤壁》诗（略），许彦周不论此老以滑稽弄翰，每每反用其锋，辄雌黄之，谓孙氏霸业，系此一战，宗庙丘墟皆置不问，乃独含情妖女，岂非与痴人言不应及于梦也……本朝诸公喜为论议，往往不深谕唐人主于性情，使隽永有味，然后为胜。牧之处唐人中，本是好为论议，大概出奇立异，如《乌江亭》（略），要之"东风"借"便"与"春深"数个字，含蓄深窈，与后一诗辽绝矣。（《深雪偶谈》）

杜
牧

谢枋得曰：二乔者，汉太尉乔玄二女，姿色逼人……铜雀台，曹操宠妾所居。予自江夏溯洞庭，舟过蒲圻县，见石崖有"赤壁"二字，因登岸访问。父老曰："此正是周郎破曹公之地。"南岸曰赤壁，北岸曰乌林，又曰乌巢有烈火冈，冈上有周公瑾庙。至今土人耕田园者，或得弩箭，镞长一尺有馀，或得断枪。想见周郎与曹公大战可畏。此诗磨洗折戟，非妄言也。后二句绝妙。众人咏赤壁，只喜当时之胜，杜牧之诗《赤壁》独忧当时之败。其意曰东风若不助，周郎、黄盖必不以火攻胜曹操，使曹操顺流东下，吴必亡，孙仲谋必虏，大小乔必为俘获。曹操得二乔，必以为妾，置之铜雀台矣。此是无中生有，死中求活，非浅识所到。（《注解章泉涧泉二先生选唐诗》卷三）

释圆至曰：虚接。谓非东风助顺，则瑜不能胜，家国俱亡矣。（《唐三体诗》卷二）

何孟春曰：杜牧之《赤壁》诗："东风不与周郎便，铜雀春深锁二乔。"说天幸不可恃；《乌江》诗："江东子弟多豪俊，卷土重来未可知。"说人事犹可为。同意思，都是要于昔人成败已成定时上翻说为奇耳。
（《馀冬诗话》卷上）

朱孟震曰：赤壁之战，阿瞒以数十万众，火于东吴。而杜紫微云："东风不与周郎便，铜雀春深锁二乔。"此言似辩而理。孙武《火攻篇》亦云："发火有时，举火有日。"盖用火攻策，当察风之有无逆顺，此于水战，尤当审之。（《续玉笥诗谈》）

胡应麟曰：晚唐绝"东风不与周郎便，铜雀春深锁二乔""可怜夜半虚前席，不问苍生问鬼神"，皆宋人议论之祖。间有极工者，亦气韵衰飒，天壤开、宝。然书情，则怆恻易动人；用事，则巧切而工悦俗。世希大雅，或以为过盛唐，具眼观之，不待其辞毕矣。（《诗薮·内编》卷六）

周弼曰：用事体。（《删补唐诗选脉笺释会通评林·晚七绝》引）

周珽曰：此诗评者纷纷，如许彦周（略），似是道学正论。然作诗有翻案法，在擎空架出新意，不涉头巾气为妙。所谓"锁二乔"，非专惜二乔也。意此战不胜，吴之君臣受虏，即室家妻孥，俱不能保，不必论到社稷生灵。末句甚言所关非小可也，正道人所不道，乃妙思入微处。胡云轩曰："赤壁火攻之策虽善，倘非借势于风，胜负未可必，人谋，亦天意也。古今咏赤壁之境，罕有及此。"是矣。至落句，或谓其有微疵，或评其不典重，尽属拘腐学究识论。至有谓二乔事，见于战皖城时，牧之用事多不审，益不知诗家播弄圆融之妙矣。盖"东风不与""春深"数字，含蓄深窈，人不识牧之以滑稽耳，辄每每雌黄之。（同上）

陆时雍曰：第二语滞色。末语响调。（《唐诗镜》卷五十）

周容曰：杜牧之咏赤壁诗云："东风不与周郎便，铜雀春深锁二乔。"今古传诵。容少时，大人尝指示曰："此牧之设词也。死案活翻。"及容稍知作诗，复指示曰："如此诗必不可学，恐入轻薄耳，何苦以先贤闺阁，簸弄笔墨！"（《春酒堂诗话》）

贺贻孙曰：牧之此诗，盖嘲赤壁之功，出于侥幸，若非天与东风之便，则周郎不能纵火，城亡家破，二乔且将为俘，安能据有江东哉！牧之诗意，即彦周伯（霸）业不成意，却隐然不露，令彦周辈一班浅人读之，只从怕捉二乔上猜去，所以为妙。诗家最忌直叙，若竟彦周所谓社稷存亡、生灵涂炭，孙氏霸业不成等意在诗中道破，抑何浅而无味也！惟借"铜雀春深锁二乔"说来，便觉风华蕴藉，增人百感，此政是风人巧于立言处。彦周盖知其一，不知其二者也。（《诗筏》）

吴乔曰：古人咏史，但叙事而不出正意，则史也，非诗也。出己意，发议论，而斧凿铮铮，又落宋人之病。如牧之《息妫诗》（略）、《赤壁》（略），用意隐然，最为得体……《赤壁》谓天意三分也。许彦周乃曰："此战系社稷存亡，只恐捉了二乔，措大不识好恶。"宋人之不足以言诗如此。（《围炉诗话》卷三）

贺裳曰：详味诗旨，牧之实有不满公瑾之意。牧尝自负知兵，好作大言，每借题自写胸怀。尺量寸度，岂所以阅神骏于牝牡骊黄之外？（《载酒园诗话》卷一《宋人议论拘执》）

黄生曰：唐人妙处，正在随拈一事而诸事俱包括其中。若如许意，必要将"社稷存亡"等方面真真写出，然后赞其议论之纯正。具此诗解，无

怪宋诗远隔唐人一尘耳。(《载酒园诗话》评)

宋长白曰：诗中有翻案法。如吕衡州《刘郎浦》诗："谁将一女轻天下，欲换刘郎鼎峙心？"杜紫薇《赤壁》诗："东风不与周郎便，铜雀春深锁二乔。"张文定《歌风台》诗："淮阴反接英彭族，更欲多求猛士为？"郑毅夫《蠡湖口》诗："若论破吴功第一，黄金只合铸西施。"禅宗所谓"杀活自由"，兵法所谓"致人而不致于人"也。拈此四则，以例其馀。(《柳亭诗话》卷十八)

徐增曰："折戟沉沙"，言魏、吴昔日相战于此；"铁未销"，见去唐不远，何必要认，乃自将折戟磨洗乎？牧之《春秋》在此七个字内，意中谓魏武精于用兵，何至大败？周郎才算，未是魏武敌手，又何获此大胜？一似不肯信者，所以要认，仔细看来，果是周郎得胜。虽然胜魏武，不过一时徼悻耳。下二句言周郎当时，亏煞了东风，所以得施其火攻之策，若无东风，则是不与便，见不惟不能胜魏，江东必为魏所破，连妻子俱是魏家的，大乔小乔贮在铜雀台上矣。牧之盖精于兵法者。(《而庵说唐诗》卷十二)

王尧衢曰："折戟沉沙铁未销"，吴、魏鏖兵，赤壁所遗之折戟，沉于沙际，唐去吴日子未远，故其铁尚未消磨。"自将磨洗认前朝"，自将折戟磨洗，一认，信是魏武败于周郎，而前朝之遗迹宛然。夫周郎何以遂能胜魏，似乎难信，所以要认。"东风不与周郎便"，周郎之所以胜魏者，恃有东风之便，所以得成功于火攻。今乃反其说，云假如当日没有东风，则是无便可乘了。"铜雀春深锁二乔"，周郎若无东风之便，不但不能胜魏，恐江东必为魏破，妻子不保，大乔小乔，春深时贮在铜雀台上矣，此以议论行时者。杜牧精于兵法，此诗似有不足周郎处。(《古唐诗合解》卷六)

薛雪曰：樊川"东风不与周郎便，铜雀春深锁二乔"。妙绝千古。言公瑾军功止藉东风之力。苟非乘风力之便，以破曹兵，则二乔亦将被虏，贮之铜雀台上。"春深"二字，下得无赖，正是诗人调笑妙语。许彦周……此老专一说梦，不禁齿冷。(《一瓢诗论》)

沈德潜曰：牧之绝句，远韵远神。然如《赤壁》诗"东风不与周郎便，铜雀春深锁二乔"，近轻薄少年语，而诗家盛称之，何也？ (《重订唐诗别裁集》卷二十)

何文焕曰：夫诗人之词微以婉，不同论言直遂也。牧之之意，正谓幸而成功，几乎家园不保。彦周未免错会。(《历代诗话考索》)

黄叔灿曰："认"字妙，怀古深情，一字传出。下二句翻案，从"认"

字中生出。（《唐诗笺注》）

陈婉俊曰：诗谓无此东风，则二乔当为铜雀中人矣。（《唐诗三百首补注》）

吴景旭曰：牧之数诗（指《四皓庙》《乌江亭》及本篇），俱用翻案法，跌入一层，正意益醒。谢叠山所谓"死中求活"也。（《历代诗话》）

何焯曰："认前朝"，以刺今日不如当年，能尽时人之用也。第三句只言独赖此一战耳，看作东风之助，即说梦矣。上二句极郑重，第四澈头痛说，关系妙在第三句转身，却用轻笔点化。（《唐三体诗》评）

秦朝釪曰：温柔敦厚，诗教也。《国风》《小雅》皆是时君子忧衰念乱，无可如何，而托词以讽，冀其万一有益焉。所谓闻之者足以戒，是亦冀幸万一之词也。……杜牧之"东风不与周郎便，铜雀春深锁二乔"亦如吴门市上恶少年语，此等诗不作可也。（《消寒诗话》）

赵翼曰：杜牧之作诗，恐流于平弱，故措辞必拗峭，立意必奇辟，多作翻案语，无一平正者。方岳《深雪偶谈》所谓"好为议论，大概出奇立异，以自见其长"也。如《赤壁》（略）、《题四皓庙》（略）、《题乌江亭》（略），此皆不度时势，徒作异论，以炫之耳。其实非确论也。唯《桃花夫人庙》云："细腰宫里露桃新，脉脉无言几度春。至竟息亡缘底事？可怜金谷坠楼人。"以绿珠之死，形息夫人之不死，而词语蕴藉，不显露讥讪，尤得风人之旨耳。皮日休《馆娃宫怀古》云："越王大有堪羞处，只把西施赚得吴。"亦是翻新，与牧之同一蹊径。（《瓯北诗话》卷十一）

《精选评注五朝诗学津梁》：意思翻新，可当《史记》。

刘永济曰：（彦周）此论似正，却不免迂腐，非可谓知言者。大抵诗人每喜以一琐细事来指点大事。即如此诗二乔不曾被捉去，固是一小事；然而孙氏霸权决于此战，正与此小事有关。家国不保，二乔又何能安然无恙？二乔未被捉去，则家国巩固可知。写二乔正是写家国大事。且以二乔立意，可以增加诗之情趣。其非翻案、好异以求滑稽弄辞，断然可知。至叠山所谓"死中求活"，盖论《乌江》诗则合，《乌江》诗谓项羽当可回江东以图再起，乃于无可为之中犹谓有可为，故曰"死中求活"，但不可以论此诗。（《唐人绝句精华》）

沈祖棻曰：杜牧有经邦济世之才，通晓政治军事，对当时中央与藩镇、汉族与吐蕃的斗争形势，有相当清楚的理解，并曾经向朝廷提出过一些有益的建议，如果说孟轲在战国时代就已经知道"天时不如地利，地利不如人和”的原则，而杜牧却还把周瑜在赤壁战役中的巨大胜利，完全归之于偶然的东风，这是很难想象的。他之所以这样地写，恐怕用意还在自负知兵，借史事以吐其胸中抑郁不平之气。其中也暗含有阮籍登广武战场时所发出的“时无英雄，使竖子成名”那种感叹在内，不过出语非常隐约，不容易看出来罢了。（《唐人七绝诗浅释》）

刘拜山曰：“东风”二字，乃讥周瑜侥幸取胜。杜牧知军事，好论兵，而不为当时所重，故借咏史抒其怀抱。（《千首唐人绝句》）

杜
牧

鉴赏

这可能是杜牧咏史诗中最著名、后人的阐释评论也最多的一首。诗面的意思其实非常明显，但它的言外之意却很少有人真正悟出。问题的关键就在未能真正做到知人论世，而只是一味地就诗论诗。但要领悟诗之弦外之音，却首先要从诗面入手。

“折戟沉沙铁未销，自将磨洗认前朝。”和一般的咏史诗往往就所咏的历史事件、人物叙起不同，诗的前两句撇开赤壁的山川形势和昔日曹操与孙刘联军赤壁鏖兵等情事，单就诗人亲历的一件与远去了的赤壁之战有关的小事说起：在赤壁附近的江沙中，诗人偶然发现了一柄沉埋多年、锈迹斑斑的断戟。尽管年深日久，但并未锈蚀净尽。诗人出于好奇，亲自把它磨洗一番，辨认出这正是当年赤壁鏖战的遗物。杜牧喜欢谈兵，曾注《孙武十三篇》（即《孙子兵法》）行于世。来到赤壁古战场，自然会引发对这场决定三国鼎立局面的战争的追缅和对战争遗迹寻觅的浓厚兴趣。因此，这“折戟沉沙”的偶然发现和“磨洗认前朝”的行为描写，正符合杜牧这样一位自负才略，关注“治乱兴亡之迹，财赋兵甲之事，地形之险易远近，古人之长短得失”的才人志士的性格与行为特点。这样的开头，较之一般的咏史怀古之作多从江山景物或史事落笔的常套显得更为新颖超妙、亲切自然。如果说“自将磨洗”的行为显示出诗人对这段沉埋的历史的浓厚兴趣，那么“认前朝”便不单是对沉沙折戟历史年代的鉴定辨认，而且蕴含了对当年赤壁鏖战、“樯橹灰飞烟灭”历史场景的联翩浮想和对历史的沉思。

“东风不与周郎便，铜雀春深锁二乔。”三、四两句，紧承“认前朝”，发表对这场战争的历史结局的独特看法：假如当年不是由于东风大起，给了周瑜顺利施行火攻的便利条件，那么赤壁之战的结局就会是曹操胜利，孙吴

2615

覆灭，美丽的大乔、小乔也将成为俘虏，被深锁在春意深浓的铜雀台中，变成曹操的新宠。

历史是已经发生了的自然的、社会人事的客观事实，可以评论、探究，却无法改变。杜牧发表这通议论，自然也不是企图改变历史，而是对"治乱兴亡之迹"与"古人之长短得失"有自己的独特看法。许彦周对杜牧的讥评固然既不懂诗，也不了解杜牧的才略胸襟（如果读过杜牧的《感怀诗》《雪中书怀》《河湟》《早雁》等诗，绝不至于说出"社稷存亡，生灵涂炭都不问"这样的话）。但被许彦周的评论牵着鼻子走，也会忽略诗人的真正用意。如果诗人只是想用形象而风趣的语言告诉读者：假若不是孙吴获得赤壁之战的胜利，孙权的霸业就要落空，三国鼎立的局面也不会出现。那么这首诗不过是用韵语来议论赤壁之战对东吴存亡、三国鼎立的重大意义，这就完全是重复人所皆知的历史常识，毫无新意可言，作者就不再是杜牧，而是胡曾、孙元晏一流诗人了。杜牧咏史好作翻案文章，在立意上力求出新，这是历代评家都注意到的。如果旨在强调赤壁之战的重大意义，那就与翻案不沾边，不过老生常谈而已。更重要的是，这种说法，完全离开了诗歌的语言表达，对它的意旨进行不符原意的阐释。三、四两句，是个条件复句（假如不是东风给了周郎有利条件，那么二乔就要成为俘虏），在这里前提条件至关重要，是全篇最吃紧、最关键之处，既不能忽视不管，也不能改换成假若不是东吴胜利。诗人的意思表达得非常清楚，周瑜打败曹操，是得了"东风"之便。假如老天爷不给他这个有利条件，他的夫人和大姨早就当了俘虏。诗人强调的是"东风"的重要，而不是赤壁之战的重要。

"东风"是自然界的事物，在古代气象预测还处于纯粹经验的阶段和水平时，它只能是自然的无意恩赐。在现存的有关三国及赤壁之战的文献资料中，也丝毫找不到孙刘一方有任何人曾测到隆冬季节有这场势头极猛的东南风（不像后世《三国演义》中诸葛亮凭经验或神机妙算已先预测到几日后有东南风，又装神弄鬼，设坛祭风），因此"东风"之"便"便完全出于偶然的机遇，是"天"助孙吴。看来，诗人的言外之意相当清楚：凭实力、凭计谋、凭政治优势（曹操挟天子以令诸侯），周瑜与孙权都未必是曹操的对手，这场战争之所以最终孙吴大胜，曹操大败，不过是由于天赐周瑜以有利的机缘（东风）而已。杜牧家富藏书，博览群籍，曾说"经书括根本，史书阅兴亡"，他对曹魏的实力，曹操的军事才能都是有了解的（曹操也注过《孙子兵法》），他的这番议论，应是经过思考，并非故作耸人听闻之论（至于赤壁之战孙吴胜利、曹操失败的真正原因或三国鼎立的根本原因，作为一个历史研究课题，又当别论）。

　　诗人这样来评论赤壁之战的胜败双方，显然不单纯是论史，发表不同流俗的见解，而是借此咏怀抒慨。赤壁其地其事，本就容易使才人志士引发对建功立业的向往。杜牧既自负才略，喜议政论兵，却又始终怀才不遇，苦闷抑郁。做黄州刺史期间，又正是他一生中情绪低落，苦闷郁结很深的时期。作于会昌二年十二月的《雪中书怀》诗说："孤城（指黄州）大泽畔，人疏烟火微。愤悱欲谁语，忧愠不能持。天子号仁圣，任贤如事师。凡称日治具，小大无不施……人才自朽下，弃去亦其宜。北虏坏亭障，闻屯千里师（指回鹘南侵，朝廷屯兵准备驱逐）。牵连久不解，他盗恐旁窥。臣实有长策，彼可徐鞭笞。如蒙一召议，食肉寝其皮。斯乃庙堂事，尔微非尔知。向来躐等语，常作陷身机。"对边事的关注和谋划得不到当权者的重视和人微言轻、怀抱难申的境遇表现了强烈的忧愤。而"明庭开广敞，才俊受羁维。如日月缅升，若鸾凤葳蕤"的情景，更使诗人在对比中深慨自己的怀才不遇。这一切，都是《赤壁》这首诗中所表达的议论的时代身世背景和心理动因。在诗人看来，历史的某些偶然机遇或条件，使一些才能未必很高的人侥幸获得成功和不朽的声名，而另一些真正有才的人却因为缺乏这些机遇条件而沉埋不显。单纯以成败论英雄，实际上是对怀才不遇者的又一种不公。详味"东风不与周郎便，铜雀春深锁二乔"之语，不难听出弦外之音。这和历史上的周瑜依靠正确的战略战术取得赤壁之战的胜利自有其必然性是两回事，诗人借咏史以自抒英雄失路的怀抱，固不等同于史家论史。

　　如果联系诗人的一系列重要诗作，还不难发现这种"东风不与周郎便，铜雀春深锁二乔"的议论，实际上反映了诗人对历史、对人生际遇时感偶然茫然，无法掌握自身命运的心理。《题四皓庙》"南军不袒左边袖，四老安刘是灭刘"的议论，认为汉初的历史系于南军的一念之间，否则历史就要改写，其中蕴含的历史的偶然观正与《赤壁》神似。而著名的《杜秋娘》诗更借女主人公一生荣悴不常的际遇，抒发了"女子固不定，士林亦难期"的人生感慨。诗人在这首诗的结尾处说："主张既难测，翻覆亦其宜。地尽有何物，天外复何之。指为何而捉，足何为而驰？耳何为而听，目何为而窥？己身不自晓，此外何思维。"大至宇宙自然、社会历史，小至己之一身，都茫然不可解，历史人事上的许多偶然现象以至个人的机遇境遇，都感到茫然难知，难以自主。这正是衰颓之世的一种典型心态，因此引起包括李商隐在内的不少士人的共鸣。对比李白的"天生我材必有用"的自信，更可看出这种机遇偶然、可遇不可求的观念心理的时代根源。

诗的三、四两句，奇警新颖的议论借助骏爽跳脱的笔调、明丽而风趣的语言来表达，其中又带有浪漫气息的想象，故能给人以锋发而韵流的感觉。使人宛见诗人风神超迈、议论风发的精神面貌，颇具杜牧七绝特有情采个性，而侧面落笔，意蕴言外，又极耐人寻味。

泊秦淮〔一〕

烟笼寒水月笼沙，夜泊秦淮近酒家。
商女不知亡国恨〔二〕，隔江犹唱后庭花〔三〕。

校注

〔一〕秦淮，即秦淮河。在今江苏省西南部，流经溧水及南京市区。古称龙藏浦、淮水。相传秦始皇南巡至龙藏浦，发现有王气，于是凿方山、断垄掘流入长江，因名秦淮。自东晋建都建康以来，这一带为酒家林立、歌舞繁华之地。吴在庆《杜牧集系年校注》："《诗话总龟》卷二五引《唐贤抒情》云：'杜牧之绰有诗名，纵情雅逸，累分守名郡，罢任，于金陵舣舟，闻倡楼歌声，有诗曰：烟笼寒水月笼沙……风雅偏缀，不可胜纪。'按杜牧生平，会昌六年（846）九月罢池州任，徙为睦州刺史。据其《唐故进士龚轺墓志》：'自秋浦守桐庐，路由钱塘'，此行可经金陵，泊于秦淮河。其经秦淮河时恰为秋冬之际，与'烟笼寒水'合。故此诗约为会昌六年秋冬间所作。"兹从之。

〔二〕商女，指酒楼中以卖唱为生的歌女。

〔三〕江，即指秦淮河。长江以南，水无论大小，均称江。酒家即在秦淮河的对岸，故歌声隔江清晰可闻。《后庭花》，即《玉树后庭花》，《南史·陈后主本纪》："后主愈骄，不虞外难，荒于酒色，不恤政事，左右嬖佞，珥貂者五十人。常使张贵妃、孔贵人等八人夹坐，江总、孔范等十人预宴，号曰'狎客'。先令八妇人襞采笺制五言诗，十客一时继和，迟则罚酒。君臣酣饮，从夕达旦，以此为常。"又《陈后主张贵妃传》："后主每引宾客，对贵妃等游宴，则使诸贵人及女学士与狎客共赋新诗，互相赠答，采其尤艳丽者，以为曲调，被以新声……其曲有《玉树后庭花》《临春乐》等……大抵所归，皆美张贵妃、孔贵嫔之容色。"《旧唐书·音乐志一》："御史大夫杜淹对曰：'前代兴亡，实由于乐。陈将亡也，为《玉树后庭花》，齐将亡也，而为《伴侣曲》，行路闻之，莫不悲泣，所谓亡国之音也。'"

笺评

葛立方曰：《后庭花》，陈后主之所作也。主与倖臣各制歌词，极于轻荡。男女唱和，其音甚哀，故杜牧之诗云（略）。《阿滥堆》，唐明皇之所作也……二君骄淫侈靡，耽嗜歌曲，以至于亡乱，时代虽异，声音犹存，故诗人怀古，皆有"犹唱""犹吹"之句。呜呼！声音之入人深矣。（《韵语阳秋》卷十五）

谢枋得曰：齐之亡，有《伴侣曲》，陈之亡，有《后庭花》，皆亡国之音……舟中商女，染陈朝旧俗，妖淫哀思，不知其为亡国之音。此诗有关涉，圣贤不欲闻桑间濮上之音，晋孟不愿闻《墙有茨》之诗也。（《注解章泉涧泉二先生选唐诗》卷三）

周弼曰：用事体。（《删补唐诗选脉笺释会通评林·晚七绝》引）

桂天祥曰：写景命意俱妙，绝处怨体反言，与诸作异。（《批点唐诗正声》）

周珽曰：隋有《伴侣曲》，陈有《玉树后庭花》，皆亡国之声。隋鉴陈，而仍蹈其辙；唐鉴隋，而复有《霓裳羽衣》，何能不蒙尘也。夫以炀帝、明皇之敏慧，尚不之悟，何望于商女哉？然后唐而帝者，焉即皆知亡国之可恨者也。（《删补唐诗选脉笺释会通评林·晚七绝》）

胡济鼎曰：自陈亡至牧之之时，已二百四十馀年，而调曲犹熟于商女之口，妖声艳辞，非但入人，深不可解。"不知"两字，见得与之俱化，声音感人如此。（同上引）

何仲德曰：为熔意体。（同上引）

吴山民曰：国已亡矣，而靡靡之音，深溺人心。孤泊骤闻，自然兴感。（同上引）

唐汝询曰：秦淮，陈之故都。即景寂寞，足兴黍离之慨，况闻亡国之贺裳曰:偷语一事,名家不免。如刘梦得"山围故国周遭在,潮打空城寂寞回。淮水东边旧时月,夜深还过女墙来",杜牧之"烟笼寒水月笼沙,夜泊秦淮近酒家。商女不知亡国恨,隔江犹唱后庭花",韦端己"江雨霏霏江草齐,六朝如梦鸟空啼。无情最是台城柳,依旧烟笼十里堤",三诗虽各咏一事,意调实则相同。愚意偷法一事,诚不能不犯,但当为韩信之背水,不当为虞诩之增灶,慎毋为邵青之火牛可耳。若霍去病不知学古兵法,究亦非是。(《载酒园诗话》卷十三)

徐增曰:"烟笼寒水",水色碧,故云"烟笼";"月笼沙",沙色白,故云"月笼"。下字极斟酌。夜泊秦淮而于酒家相近,酒家临河故也。商女是以唱吟为生涯者,唱《后庭花》者,唱而已矣,哪知陈后主以此亡国,有恨于其内哉!杜牧之隔江听去,有无恨兴亡之感,故作是诗。

(《而庵说唐诗》卷十二)

王尧衢曰:烟水色清,故烟笼水;月沙色白,故月笼沙。此夜泊秦淮景色也……酒家临水,泊舟近酒家,而歌声飘逸,所从来矣……商女止知唱曲,安知曲中有恨。杜牧隔江听去,知《玉树后庭花》曲,乃陈后主亡国之音。触景生悲,便有无限兴亡之感。(《古唐诗合解》卷六)

沈德潜曰:绝唱。(《重订唐诗别裁集》卷二十)

宋宗元曰:后人咏秦淮者,更从何处措词。(《网师园唐诗笺》)

杨逢春曰:首句写景荒凉,已为"亡国恨"钩魂摄魄。三、四推原亡国之故,妙就现在所闻犹是亡国之音感叹,索性用"不知"二字,将"亡国恨"三字扫空,文心幻曲。(《唐诗绎》)

李锳曰:首句写秦淮夜景。次句点明夜泊,而以"近酒家"三字引起下二句。"不知"二字感慨最深,寄托甚微。通首音节神韵,无不入妙,宜沈归愚以为绝唱。(《诗法易简录》)

吴瑞荣曰:盱目刺怀,合毫不尽。"千里枫树烟雨深,无朝无暮听猿吟",凄不过此。(《唐诗笺要》)

管世铭曰:王阮亭司寇删定洪氏《唐人万首绝句》,以王维之《渭城》,李白之《白帝》,王昌龄之"奉帚平明",王之涣之"黄河远上"为压卷,廼于前人所举之"葡萄美酒""秦时明月"者矣。近沈归愚宗伯,亦效举数首以读之。今按其所举,唯杜牧"烟笼寒水"一首为当。(《读雪山房唐诗序例·七绝凡例》)

何焯曰：发端一片亡国恨。（《唐绝诗抄注略》引）

朱宝莹曰：首句状景起，烟、水色青，故"烟笼水"；月、沙色白，故"月笼沙"，此秦淮景色也。次句点"泊秦淮"。泊近酒家，为下商女唱曲之所从来处，已伏三句之根。三句变换，四句发之，谓杜牧听隔江歌声，知《玉树后庭花》曲系陈后主亡国之音，足动兴亡之感，而商女不知曲中有恨，但唱曲而已。（《诗式》）

俞陛云曰：《后庭》一曲，在当日琼枝璧月之场，狎客传笺，纤儿按拍，何等繁华！乃因此珠喉清唱，传与秦淮寒夜，商女重唱，可胜沧桑之感。……独有孤舟行客，俯仰兴亡，不堪重听耳。（《诗境浅说》续编）

陈寅恪曰：牧之此诗，所谓"隔江"者，指金陵与扬州二地而言。此商女当即扬州之歌女，而在秦淮商人舟中者。夫金陵，陈之国都也，《玉树后庭花》，陈后主亡国之音也。此来自江北扬州之歌女，不解陈亡之恨，在其江南故都之地，尚唱靡靡之音，牧之闻其歌声，因为诗而咏之耳。此诗必作如是解，方有意义可寻。（《元白诗笺证稿》）

刘永济曰：首二句写夜泊之景，三句非责商女，特借商女犹唱《后庭花》以叹南朝之亡耳。六朝之局，以陈亡而结束，诗人用意自在责后主君臣轻荡，致召危亡也。（《唐人绝句精华》）

刘拜山曰：晚唐国势日危，而时风淫靡，诗人所以深慨。（《千首唐人绝句》）

 鉴赏

"刻意伤春复伤别，人间唯有杜司勋。"（李商隐《杜司勋》）如果要从杜牧诗集中挑出一首最能体现其"伤春"特征的作品，这首伤时感世的《泊秦淮》无疑是首选。

东吴、东晋和宋、齐、梁、陈六朝，都建都于金陵（吴称建业、东晋南朝称建康）。秦淮河一带，成为当时豪门贵族享乐游宴的场所。入唐以后，金陵的政治、地理位置虽不像六朝那样重要，但仍是江南繁华的商业都市。秦淮沿岸，酒家林立，六朝金粉的遗风，由于中唐以来城市经济的畸形繁荣愈演愈烈。诗人在由池州刺史调任睦州刺史的途中，夜泊秦淮河边，目睹耳闻衰颓时世中上层社会奢华淫侈、醉生梦死的生活，写下这首感慨深沉的伤时绝唱。

"烟笼寒水月笼沙"，首句写夜泊秦淮眼前所见景象：一片淡淡的烟雾般的水汽，像轻纱似的笼罩着秦淮河那泛着波光、带着寒意的水面。溶溶的月色笼罩着秦淮河边的白沙。诗人选取了最能体现在夜泊秦淮所见景象特征的四种事物：水、月、烟、沙，分别用两个"笼"字将它们组合成一个完整的艺术境界。烟、水、月、沙，都是白的。视野所及，是一片轻柔静寂、缥缈朦胧之中带着微微浮动流走意态的白茫茫的夜色。

这是写景，但景中有情、景中有人。画面本身是在轻柔缥缈之中带有一点迷茫的色彩，在静寂朦胧之中带有一点凄寒的意味，很含蓄地透露出诗人当时的感情。透过这个画面，仿佛能感到诗人一方面为静寂幽美的秦淮夜色所吸引，另一方面又微微有些孤寂凄清的感触。特别是"烟笼寒水"的那个"寒"字，不仅透露出特定的时令，而且透露出诗人心头的那股寒意，从而在不经意间折射出特定的时代凄寒氛围。这种心境，正和下面要描写的江对岸的歌吹宴饮的情景构成鲜明的对照：一寂一喧、一醒一醉，很出色地烘托了那热闹喧哗后面的空幻与悲凉。

"夜泊秦淮近酒家"，次句直接点出"夜泊秦淮"，按实际情况，应是先有"夜泊秦淮"，然后才看到"烟笼寒水月笼沙"的景象。但如果真试着按实际发生的时间次序来写，便会感到平直无味，诗意顿减。这是因为对这首诗来说，头一句担负着用最精练的笔墨渲染氛围，创造典型环境的任务（诗人正是在这样的环境和心态下夜泊秦淮，听到隔江歌女的歌唱的）。第一句如果平平叙起，第二句再来写典型的抒情环境氛围，就失去了那种先声夺人的艺术效果了。

但是，如果第二句仅仅为了交代一下时间（夜）、地点（秦淮）和"泊舟"之事，起着点明题目的作用，则它的任务又显得过于轻松，近乎浪费笔墨。实际上，这一句是在点明题目、为上一句描绘的景象补充交代时间、地点的同时又为下两句的描绘与抒情提供了引线，这就是"近酒家"这三个字。这"酒家"就是河对岸的酒馆歌楼。有了这"酒家"，才有"商女"的歌唱，才有醉客的喧闹，也才有诗人的深沉感慨。因此这一句七个字，正是承上启下，网络全篇，起着枢纽关键作用，可以从中看出诗人运思的细密。但读来却只感到承接过渡得非常自然，丝毫不见刻意安排之迹，不感到前后幅之间转换的突然。因为秦淮河和一般的河不同，它的特点就是六朝金粉、江左繁华的历史展览馆，就是现实环境下的风月繁华、歌吹宴饮的展示厅。因此当我们读到"近酒家"这三个字时，感到它非常真实自然。如果不是

"近酒家"，反而不是秦淮河了。

"商女不知亡国恨，隔江犹唱后庭花。"商女，指在歌馆酒楼中卖唱的歌女。这种人是都市商业经济畸形繁荣的产物，也是上层社会（包括官僚、富商等人）腐朽生活的产物。在秦淮河两岸，酒楼歌馆很多，官僚士大夫和富商们饮酒作乐时，她们就在席上唱些歌曲来侑觞助兴。因为要适应这帮人的趣味，歌曲的内容、情调可想而知。"隔江"的"江"，指的就是秦淮河。诗人在船上，商女的歌声从河对岸的酒楼歌馆传出来，故说"隔江"。《后庭花》是南朝末代皇帝陈后主等所制的歌曲，曲调内容淫靡（有"璧月夜夜满，琼树朝朝新"之句），声调凄凉（刘禹锡《金陵怀古》有"后庭花一曲，凄凉不堪听"之句）。因为其中有"玉树后庭花，花开不复久"之句，被人视为歌谶（预示着陈朝不久即将覆亡的命运），因而被作为靡靡之音与亡国之音的代名词。这两句是说，歌女们根本不懂得亡国的悲哀和愁恨，在河对岸的酒楼上依然还在唱着《玉树后庭花》这种淫靡的亡国之音。

诗的伤时感世之情，主要就是通过三、四两句来集中抒发的。头一句在写景中虽也蕴含着情，但那种情是比较虚泛、朦胧的，只是隐隐约约有那么一种孤寂、凄寒的情绪而已，而三、四两句则不同，它是隔江听到商女在唱《玉树后庭花》时引起的一种具体而强烈的带有深沉激愤之情的感受。两句中的"不知""犹唱"，前呼后应，寓慨尤深，是诗人"刻意"渲染之笔。两句的表层意蕴是说，歌女们唯以卖唱为生，她们在唱《玉树后庭花》这首流传了几百年的前朝歌曲时，根本不知道这首歌联系着一个王朝的荒淫奢华与覆灭的历史，即使知道了，按照她们的职业和身份，也不会怀有亡国的忧愁和怅恨，但对于隔江听到这首亡国哀歌的诗人来说，却因此而引发深沉的历史、现实感慨，引起无穷的亡国的忧愁与怅恨。歌女因"不知"而"犹唱"，而诗人则因"知"而无限感慨，这是一层对照。但诗人用意更深的，却是"商女"背后的座上客，那些官僚贵族、富商大贾们。他们当中，不少人是深知《玉树后庭花》与南朝覆亡命运的关联，也深知"亡国"之"恨"的，但他们却既无视历史的教训，也无视现实的危机，更不顾唐王朝将来步亡陈后尘、一朝覆灭的命运，仍然醉生梦死、苟安享乐，过着纸醉金迷的生活，在精神麻木中享受最后的疯狂。"不知"和"犹唱"，可以说是把历史、现实和将来串到了一起，透过一层，凝聚了很深的感慨。这《玉树后庭花》的靡靡之音，过去唱了，现在还在唱，恐怕还要唱到又一次亡国悲剧的上演吧。这正是诗人内心深处潜藏的沉重悲慨。"隔江"二字，显示了唱者与听

杜牧

者一江之隔的空间距离。这既真切地表现江这边的船上听者对江那边的酒楼歌管之声的痛愤感受，又为诗人感愤的产生提供了必要的条件（如果歌吹喧闹之声就在近处发生，则除了厌恶之外根本就静不下心来思考）。而江这边的静和江那边的闹，正形成鲜明的对照，显示出一边是醉生梦死、"不知亡国恨"，另一边则是清醒而又痛苦忧伤地思考着危殆的国运。这种"知"与"不知"的对照，正是这首诗艺术构思和意境创造的一个显著特点。

诗蕴含的感情是沉痛忧愤的，但并不令人感到沉闷窒息。写景抒情中仍然有一股清丽俊爽之气。

寄扬州韩绰判官〔一〕

青山隐隐水迢迢〔二〕，秋尽江南草未凋〔三〕。
二十四桥明月夜〔四〕，玉人何处教吹箫〔五〕？

校注

〔一〕韩绰，杜牧在淮南节度使牛僧孺幕府时的同僚。时韩绰任节度判官。《全唐诗》卷五四八薛逢有《送韩绛归淮南寄韩绰先辈》诗（一作赵嘏诗）。此诗系杜牧离淮南幕后思念韩绰寄赠之作。诗有"秋尽江南（此处当包括扬州）"语，作诗时诗人当在北方。按杜牧大和九年调任监察御史，赴长安，同年八月，以监察御史分司东都，赴洛阳，开成二年（837），离洛阳至扬州看望其弟杜颚，不久即赴宣州幕。故此诗当作于大和九年（835）或开成元年秋，因开成二年秋他已在江南。

〔二〕迢迢，水流绵长貌。杜牧《李贺集序》："水之迢迢，不足为其情也。"《全唐诗》校："一作遥遥。"

〔三〕江南，此包括扬州。扬州虽在长江北岸，但其风土人情、季候景物实与江南无异。自身处北方者视之，更属当然。未，《全唐诗》原作"木"，据杨慎及段玉裁《经韵楼集·与阮芸台书》说改。

〔四〕二十四桥，沈括《梦溪笔谈·补》谓唐时扬州最为繁盛，可纪者有二十四桥，并列载桥名。《方舆胜览》卷四十四《淮东路·扬州》古迹"二十四桥"下云："隋置，并以城门坊市为名。后韩令坤省筑州城，分布阡陌，别立桥梁，所谓二十四桥者，或存或废，不可得而考。"证以时代接近杜牧的张乔《寄维扬故人》诗"月明记得相寻路，城锁东风十五桥"、施肩吾《戏赠李主簿》"不知暗数春游处，偏记扬州第几桥"等诗句，则扬州城有二十四座桥之说洵为事实。视下句"何处"亦可知扬州桥之众多。或有谓"二十四桥"即吴家砖桥，后名红药桥者，则吴家砖桥即"第二十四桥"也。总数有二十四桥，与"第二十四桥"专指某一桥并不矛盾，视施肩吾诗"偏忆第几桥"之句可知。张乔诗"十五桥"当即"第十五桥"之意。

〔五〕玉人，指年轻俊美的男子。《世说新语·容止》："（裴楷）粗服乱头皆好，时人以为玉人。"《晋书·卫玠传》："年五岁，风神秀异……总角乘羊车入市，见者皆以为玉人，观之者倾都。"此借指韩绰。《扬州府志》谓炀帝于月夜同宫女二十四人吹箫于桥上，盛唐包何有诗云："闻说到扬州，吹箫忆旧游。"说明月下吹箫于桥上当为扬州故实。

（笺）（评）

谢枋得曰：唐诸道郡国之富实，人物之众多，城市之和乐，声色之繁华，扬州为冠，益州次之，号为扬一益二。牧之仕淮南，《寄扬州韩判官》诗，其实厌江南之寂寞，思扬州之欢娱，情虽切而辞不露。（《注解章泉涧泉二先生选唐诗》卷三）

盛如梓曰：杜牧官于金陵，《寄扬州韩判官》诗……"草未凋"，今作"草木凋"，不见江南草木经寒之意。（《庶斋志学丛谈》卷中）

刘辰翁曰：韩之风致可想，书记薄幸自道耳。（《唐诗品汇》卷五十三引）

胡应麟曰：此等入盛唐亦难辨，惜他作殊不尔。（《诗薮·内编·近体下》）

杨慎曰：唐诗绝句，今本多误字……《寄扬州韩判官》云："秋尽江南草未凋。"俗本作"草木凋。"秋尽而草木凋，自是常事，不必说也。况江南地暖，草本不凋乎？此诗杜牧在淮南而寄扬州人者，盖厌淮南之摇落，而羡江南之繁华，若作"草木凋"，则与"青山""明月""玉人吹箫"不是一套事矣。（《升庵诗话》卷八）又曰：贺方回作《太平时》一词，衍杜牧之诗也。其诗云："秋尽江南叶未凋，晚云高。青山隐隐水迢迢，接亭皋。二十四桥明月夜，弭兰桡。玉人何处教吹箫，可怜宵。"按此，则

杜
牧

2625

牧之本作"叶未凋"（《词品》卷一）

郑郏曰：清响裂云。（引自吴在庆《杜牧集系年校注》）

顾璘曰：优柔平实，有似中唐。（《删补唐诗选脉笺释会通评林·晚七绝》引）

胡次焱曰：对草木凋谢之秋，思月桥吹箫之夜，寂寞之恋喧哗，殆不胜情。"何处"二字最佳。（同上引）

陆时雍曰：杜牧七言绝句，婉转多情，韵亦不乏，自刘梦得后一人。（同上引）

周珽曰：牧之尝为淮南节度使书记，又守黄州，历淮、楚、宣、浙，皆江南宦游之地。风土虽暖，至秋尽无不凋之草。若必改"木"字为"未"字，则江南风土和厚，俱属可爱，何独羡扬州乎？牧之诗有"十年一觉扬州梦"之句，素恋其景物奇美。此不过谓韩判官当此冷落之族，教箫于月中，不知二十四桥之夜，在于何处，含无限意绪耳，何必究草木之凋与未凋也？（同上）

黄生曰：作"草未凋"，本句始有意；若作"木"，读之又索然矣。言桥有廿四，不知在何处桥边教玉人吹箫耳。扬州本行乐之地，故以此讯韩，言外有羡之意。"教"字义平声，读去声，"教"，犹命也。（《唐诗摘抄》卷四）

吴景旭曰：扬州之盛，唐世艳称。故张祜诗"人生只合扬州死，禅智山光好墓田"，徐凝诗"天下三分明月夜，二分明月在扬州"。旧称牧之诗好用数目，如"二十四桥"之类是也。按《笔谈》记二十四桥云：最西浊河茶园桥，次东大明桥（今大明寺前）。入西水门有九曲桥（今建隆寺前），次当正，当帅牙南门有下马桥，又东作坊桥，桥东河转向南，有洗马桥、次南桥（见在今州城北门外），又南阿师桥、周家桥（今此处为城北门）、小市桥（今存）、广济桥（今存）、新桥、开明桥（今存）、顾家桥、通明桥（今存）、太平桥、利国桥。出南水门有万岁桥（今存）、青园桥。自驿桥北河流东出有参佐桥（今开元寺前）。次东水门（今有新桥，非古迹也），东出有山光桥（见在今山光寺前）。又自衙门下马桥直南有北三桥、中三桥、南三桥，号九桥，不通船，不在二十四桥之数，皆在今州西门外。（《历代诗话》卷五十二）

余成教曰：杜司勋诗："谁家唱水调，明月满扬州"，"谁知竹西路，歌吹是扬州"，"扬州尘土试回首，不惜千金借与君"，"二十四桥明月夜，玉人何处教吹箫”，“春风十里扬州路，卷上珠帘总不如”，“十年一觉扬州梦，赢得青楼薄幸名”，何其善言扬州也！（《石园诗话》卷二）又曰：梦得、牧之喜用数目字……牧之诗“汉宫一百四十五”“南朝四百八十寺”“二十四桥明月夜”“故乡七十五长亭”，此类不可枚举，亦诗中之算博士也。（同上）

　　段玉裁曰：杜牧之“秋尽江南草木凋”，本作“草未凋”，坊本尚有不误者。“草木凋”，尚何意味哉！（《与阮芸台书》）

　　孙洙曰：《寄扬州韩绰判官》：“二十四桥明月夜，玉人何处教吹箫？”二语与谪仙“烟花三月”七字，皆千古丽句。（《唐诗三百首》卷八）

　　黄叔灿曰：“十年一觉扬州梦”，牧之于扬州，绻恋久矣。“二十四桥”二句，有神往之致，借韩以发之。二十四桥，在扬州府城，今名虹桥。（《唐诗笺注》）

　　赵彦传曰：《天禄识馀》：“敩”“学”，古文通用。唐人“玉人”云云，乃学吹箫也。唐诗中“教”字皆平用，无去声字。且“学吹箫”煞有风致，“教吹箫”有何意味耶？（《唐人绝句诗钞注略》）

　　《精选评注五朝诗学津梁》：风流秀曼，一片精神。

　　范大士曰：丰神摇曳。（《历代诗发》）

　　周咏棠曰：（末句）只此七字，便已妙绝。（《唐贤小三昧集续集》）

　　宋顾乐曰：深情高调，晚唐中绝作，可以媲美盛唐名家。（《唐人万首绝句选》评）

　　刘拜山曰：只是留恋扬州旧游之意，而于清诗丽句中行以疏宕之气，小杜胜场。（《千首唐人绝句》）

　　这是一首很富风调美的七绝名篇，诗人的“风流俊赏”，往往通过这类作品鲜明地体现出来。

　　唐文宗大和七年（833）四月到九年初，杜牧曾在淮南节度使（使府在扬州）牛僧孺幕中做过推官和掌书记，和当时在幕任节度判官的韩绰相识。这首诗是杜牧离扬州幕后不久寄赠韩绰之作[大和九年秋或开成元年（836）秋]。韩绰去世后，杜牧曾作《哭韩绰》诗凭吊，看来两人之间有一定的交谊。

"青山隐隐水迢迢，秋尽江南草未凋。"前两句写回忆想象中扬州一带地区的秋日风光：青山逶迤起伏，隐现天外，绿水绵长悠远，迢迢不断。眼下虽然已到深秋，但温暖的江南想必草木尚未凋黄，仍然充满生机绿意。扬州地处长江北岸，但整个气候风物实与江南无异。唐代扬州特别繁华，"烟花三月下扬州""春风十里扬州路"等诗句，说明在当时人的心目中，扬州简直就是花团锦簇，永远是春天的城市。加以诗人此刻正在北方中原地区遥念扬州，因而在意念中便自然而然地将扬州视为风光绮丽的"江南"了。"草未凋"与"青山"绿水组合在一起，正突出显现了江南之秋明丽而富于生意的特色。由于是怀念繁华的旧游之地，诗人在回忆想象中便赋予扬州以丰富的诗意美。"未"字一作"木"，虽也可通，但从意境的优美来看，却显然逊色多了，而且与上下文所显示的境界也不够合拍。这两句特意渲染山青水远、草木绿秀的江南清秋景色，正是要为下两句想象中的生活图景提供美好的背景。而首句句中自对，山、水相对，隐隐、迢迢叠用，次句"秋尽江南"与"草未凋"之间的转折，更构成了一种既圆转流美，又抑扬有致的风调。诗人翘首遥望，神驰天外的情景和不胜怀恋繁华旧游的感情也隐现于字里行间。

"二十四桥明月夜，玉人何处教吹箫？"这是一首寄赠旧日同游扬州友人的诗（此刻对方仍身在扬州），诗的三、四句，既要落到友人韩绰身上，点醒寄赠之意、怀友之情，又要关合扬州旧游之地，表现出扬州特有的佳胜和自己对它的怀念，更要切合自己和对方的身份、气质和情致，难度是相当大的。诗人将回忆的范围集中到"二十四桥明月夜"。因为这时、地、景物正是最能集中体现扬州风光中既繁华又清绝、既浪漫又富诗情的所在。二十四桥，是唐朝扬州城内桥梁的总称，所谓"二十四桥明月夜"，实际上等于说扬州明月夜，只不过借此突出扬州的"江南"水乡特点，并将活动场所集中在小桥明月之上而已。杜牧在扬州期间，经常于夜间到十里长街一带征歌逐舞，过着诗酒风流的生活。当时韩绰想必也时常与诗人一同游赏，所以三、四两句说，值此清秋明月之夜，你这位丰仪俊美、风流倜傥的才士，又究竟在二十四桥的哪一座桥上与歌妓们吹箫作乐、流连忘返呢？"何处"，应上"二十四桥"，表现了想象中地点不确定的特点，且从问语隐隐传出悠然神往的情味。这幅用回忆想象编织成的月明桥上教吹箫的生活图景，不仅表现了扬州繁华景象的一个重要侧面，而且带有杜牧这类风流才士所醉心的生活的典型特点；不仅借此抒发了对往日旧游之地的怀念，而且重温了往日彼此同游的情谊；字里行间，既含蓄地表现了对友人的善意调侃（这种调侃本身就是表达友谊的一种方式），又流露出对友人现在处境的无限欣慕，作用是多方面的。

杜牧在扬州期间征歌逐舞的风流俊赏生活自然包含着某些颓废成分，但这首诗特具的优美风调和集中笔墨表现对象典型特征，表现诗人自己鲜明个性的手法，却对我们具有艺术上的启发借鉴作用。

赠别二首（其二）[一]

多情却似总无情，唯觉樽前笑不成[二]。
蜡烛有心还惜别[三]，替人垂泪到天明。

〔一〕《赠别二首》（其一）云："娉娉袅袅十三馀，豆蔻梢头二月初。春风十里扬州路，卷上珠帘总不如。"诗当作于扬州，赠别对象为歌妓。缪钺《杜牧年谱》系二诗于大和九年，系是年春夏间杜牧罢扬州幕入京前赠别歌妓之作。

〔二〕樽前，指别筵酒杯之前。

〔三〕心，指烛芯，关合人的心情。还，尚且。

（笺）（评）

张戒曰：《国风》云："爱而不见，搔首踟蹰。""瞻望弗及，伫立以泣。"其词婉，其意微，不迫不露，此其所以可贵也。古诗云："馨香盈怀袖，路远莫致之。"李太白云："皓齿终不发，苦心空自持。"皆无愧于《国风》矣。杜牧之云："多情却似总无情，惟觉尊前笑不成。"意非不佳，然而词意浅露，略无馀蕴。元、白、张籍，其病正在此，只知道得人心中事，而不知道尽则又浅露也。后来诗人能道得人心中事者少尔，尚何无馀蕴之责哉！（《岁寒堂诗话》卷上）

黄叔灿曰：曰"却似"，曰"唯觉"，形容妙矣。下却借蜡烛托寄，曰

"有心"，曰"替人"，更妙。宋人评牧之诗豪而艳、宕而丽，其绝句于晚唐中尤为出色。（《唐诗笺注》）

《精选评注五朝诗学津梁》：（三、四）不言人而言烛，衬笔绝佳。

刘永济曰：此二诗为张好好作也。杜有赠张好好五言古诗一首，诗前有小序曰："牧大和三年佐故吏部沈公江西幕，好好年十三，始以善歌来乐籍中。后一岁，公移镇宣城，复置好好于宣城籍中。后二岁，为沈著作述师以双鬟纳之。后二岁，于洛阳城东重睹好好，感旧伤怀，故题诗赠之。"按：此诗有"娉娉袅袅十三馀"句，当是与好好别时所作。前首言其美丽，后首叙别。"似无情""笑不成"，正十三龄女儿情态。（《唐人绝句精华》）

鉴赏

《赠别二首》是杜牧大和九年离开淮南节度使幕府时赠别当地一位容貌出众的年轻歌女而作。第一首深情赞美对方的艳丽轻盈，"春风十里扬州路，卷上珠帘总不如"。这里选的是第二首，抒写别夜离席的伤感情怀。

首句以议论的方式陡然而起。"多情"，指离别的双方本来就有深挚的感情，此刻在离席别筵之上，更是思绪万千，黯然销魂，照理说，应当表现出缱绻缠绵依依不舍的柔情，但实际情况，却是彼此默然相对，无以为语，看起来几乎像是无动于衷似的，所以说"总无情"。"总"字带有明显的强调意味，说明这是一种普遍现象。为什么"多情"反似"无情"呢？这是因为，情到深处，一切通常的语言、表情、动作都不足以表达内心深处百转千回的感情。在惜别情绪的高潮中，这一切外在的表现都显得苍白无力而且多余了，而离别的伤感痛苦又使双方的表情近乎漠然。推而广之，一切最多情的人往往会有这种看起来似乎漠然无情的表象。说"却似"又正透出这看起来像是"无情"的表象正深藏着"多情"的实质。这句诗，寓叙于议，既高度概括了"多情"与"无情"的实质与表象之间的矛盾统一的生活现象，以及诗人对此的深刻人生体验，同时又展现了别筵上的黯然伤魂、默然相对的情景，是很高妙的写法。它和宋代词人姜夔的名句"人间别久不成悲"在抒情的深刻和概括上可以媲美。

接下来一句，"唯觉樽前笑不成"，是进一步补足上句的。樽前相对，为了宽慰对方，缓解离绪，彼此都想努力装点欢容，这正是"多情"的表现；

但由于内心的痛苦太深，却无论如何也无法强颜为欢，结果仍然是无言相对，却似"无情"了。但这种"无情"，正是太"多情"的结果。"唯觉"二字，于无可奈何的口吻中见惨然的情味，隐逗下文"垂泪"，过渡得自然无迹。以上两句，文势跌宕腾挪，极有情味。

"蜡烛有心还惜别，替人垂泪到天明。"三、四两句，正面描写别夜离情，似乎已成箭在弦上之势，但诗人却反而绕开，借离筵蜡烛来侧面表现伤离意绪。这两句的好处在于亦赋亦兴亦比，将眼前蜡烛的形象与黯然伤魂的离人形象融为一体。离筵上的蜡烛，燃烧时脂泪流溢，这是赋实；由蜡泪联想到离人伤别之泪，由蜡烛有芯联想到离人的"有心"惜别，并以前者隐喻后者，这是由兴而比。在这亦赋亦兴亦比的描写中，又特意插入"有心""替人"四字，将本来无知的蜡烛人格化，赋予它人的感情，这就使得这两句不局限于单纯的形象性比喻，而达到物我交融、浑然一体的境界。以致很难分清是借物寓情还是直接以物拟人了。"蜡泪"的形容比喻，早已有之（庾信《对烛赋》有"铜华承蜡泪"之句），与杜牧同时或先后的诗中用"蜡泪"来比喻惜别伤离之泪的也屡见，但像这样新鲜贴切、工巧天然的却不多见。这两句的重点虽然是在渲染伤离意绪的深挚，但通过"蜡烛……垂泪到天明"的描写，这一对离人在整个离夜耿耿不寐、无言垂泪相对的情景也就暗透出来了。蜡烛尚且有意替人垂泪，则离人之心在暗自泣血神伤也就不言而喻了。正面不写写侧面，正是为了进一步突出正面，使读者于言外领之。

一般的惜别伤离之作，大都以正面描绘别时情景为主。本篇特点，在不直接对此作正面描写，而是以议论和拟人化的比兴象征暗透别时情景。诗中蕴含深刻的人生体验的议论和细腻的心理描写的结合，眼前景和联想、妙喻、拟人化等艺术手段的结合，使这首诗在惜别伤离之作中别具一格。

杜牧

南陵道中〔一〕

南陵水面漫悠悠〔二〕，风紧云轻欲变秋〔三〕。
正是客心孤迥处〔四〕，谁家红袖凭江楼〔五〕。

〔一〕南陵，唐江南西道宣州属县，今属安徽。杜牧于唐文宗大和四年（830）九月至七年四月、开成二年（837）至三年曾先后在宣歙观察使幕为从事，此诗当作于寄幕宣州期间，具体时间以在大和五、六年秋可能性较大。因开成二年深秋杜牧方抵宣州，开成三年深秋虽仍在宣州，但此时外出的可能性相对较小。《才调集》卷四题作《寄远》五首之二。

〔二〕漫，平缓。

〔三〕欲变秋，谓天气将向秋天转变。

〔四〕孤迥，孤清寂寞。"迥"有荒僻远离家乡之义。

〔五〕凭，《全唐诗》校："一作倚。"

笺评

董其昌曰：杜樊川诗时堪入画。"南陵水面漫悠悠，风紧云轻欲变秋。正是客心孤迥处，谁家红袖凭江楼？"陆瑾、赵千里皆图之，余家有吴兴小册，故临于此。（《画禅庵随笔》卷二题自画《江心秋思图》）又曰：江南顾大中，尝于南陵巡捕舫子上，画杜樊川诗意。时大中未知名，人莫加重，后为过客窃去，乃共叹惋。予曾见文征仲画此诗意，题曰："吾家有赵荣禄仿赵伯驹小帧画，妙绝，间一摹之，殊愧不似。"（同上卷二评旧画）又曰："万事不如杯在手，一年几见月当头"，文征仲尝写此诗意。又樊川翁"南陵水面漫悠悠，风紧云轻欲变秋"，赵千里亦图之。此皆诗中画，故足画耳。（同上卷三评诗）

陈继儒曰："南陵水面漫悠悠，风紧云轻欲变秋。正是客心孤迥处，谁家红袖凭江楼。"右樊川诗。宋顾大中曾于南陵捕司舫子卧屏上画此诗意，而人不知其名，未复赏誉。后为具眼者窃去，乃更叹息。（《佘山诗话》卷上）

贺裳曰：杜紫微"南陵水面漫悠悠……"，罗邺曰："别离不独恨蹄轮……"，每读此二诗，忽忽如行江上。（《载酒园诗话又编》）

周咏棠曰：近人有以诗意入画者，恐未能尽其风景之妙。（《唐贤小三昧集续集》）

宋顾乐曰：恼人客思，每每有此，妙能写出。（《唐人万首绝句选》评）

赵彦传曰：《寄远》第三首云："只影随惊雁，单栖锁画笼。向春罗袖薄，谁念舞台风？"按此与前诗（即本篇）同意。（《唐绝诗抄注略》）

俞陛云曰：此诗纯以轻秀之笔，达宛转之思。首句咏南陵，已有慢橹开波之致。次句咏江上早秋，描写入妙。后二句尤神韵悠然。意谓客怀孤寂之时，彼美谁家，江楼独倚，因红袖之当前，忆绿窗之人远，遂引起乡愁。云鬟玉臂，遥念伊人，客心更无以自聊矣。（《诗境浅说》续编）

沈祖棻曰：前半写旅途所见，景色时令，皆在其中。后半言己心当孤迥之际，而有红袖之女，方凭江楼，闲赏风物，遂忽觉其恼人，觉其不情。东坡《蝶恋花》下阕云："墙里秋千墙外道。墙外行人，墙里佳人笑。笑渐不闻声渐小，多情却被无情恼。"正可移释此诗。夫此红袖自凭江楼，固不知客心之孤迥；而客心之孤迥，亦本与此红袖无关。是二者固无交涉，客岂不知？然以彼美之悠闲与己之孤迥对照，乃不能不觉其无情而恼人矣。其事无理，其言有情。（《唐人七绝诗浅释》）

刘拜山曰：见红袖凭楼，联想家人忆远，拓开一层，烘染旅思，用笔极为灵秀。（《千首唐人绝句》）

杜牧

（鉴）（赏）

　　这首诗收入《樊川外集》，题一作"寄远"。杜牧两次作幕宣州，南陵是宣州属县，诗大约就写于任职宣州期间。以前一次（大和四年至七年）的可能性较大。

　　题称"南陵道中"，从首句及末句看，当是写乘舟江上旅途所见所感。

　　前两句分写舟行所见水容天色。"南陵水面"，指流经南陵城的青弋江上游江面。"漫悠悠"，见水面的平缓、水流的悠长，也透露出江上的空寂。这景象既显出舟行者的心情一开始比较平静容与，也暗透出一丝羁旅的孤寂。一、二两句之间，似有一个时间过程。"水面漫悠悠"，是清风徐来，水波不兴时的景象。过了一会儿，风变紧了，云彩因为风的吹送变得稀薄而轻盈，天空显得高远，空气中也散发着秋天的凉意。"欲变秋"的"欲"字，正表现出天气变化的动态。从第二句的景物描写可以感到，此刻旅人的心境也由原来的相对平静变得有些骚屑不宁，由原来的一丝淡淡的孤寂进而感到有些清冷了。这些描写，都为第三句的"客心孤迥"作了准备。

　　正当旅人触物兴感、心境孤迥的时候，忽见岸边的江楼上有红袖女子正

2633

在凭栏遥望。三、四两句所描绘的这幅图景，色彩鲜明，饶有画意，不妨当作江南水乡风情画来欣赏。在客心孤迥之时，意绪本来有些索寞无聊，流目江上，忽然望见这样一幅美丽的图景，精神为之一爽，羁旅的孤寂在一时间似乎冲淡了不少。这是从"正是""谁家"这样开合相应、摇曳生姿的语调中可以感觉出来的。但这幅图景中的凭楼而望的红袖女子，究竟是怀着闲适的心情眺江上景色，还是像温庭筠《望江南》词中所写的那位等待丈夫归来的女子那样，"梳洗罢，独倚望江楼"，在望穿秋水地历数江上归舟呢？这一点，江上舟行的旅人并不清楚，自然也无法向读者交代，只能浑涵地书其即目所见。但无论是闲眺还是望归，对旅人都会有所触动而引起各种不同的联想。在这里，"红袖凭江楼"的形象内涵的不确定，恰恰为联想的丰富、诗味的隽永创造了有利的条件。这似乎告诉我们，在一定条件下，艺术形象或图景内涵不确定或多歧，不但不是缺点，相反的还是一种优点，因为它使诗的意境变得更富含蕴、更为浑融而耐人寻味，读者也从这种多方面的寻味联想中得到艺术欣赏上的满足。当然，这种不确定仍然离不开"客心孤迥"这样一个特定的背景，因此尽管不同的读者会有不同的联想体味，但总的方向是大体相近的。这正是艺术的丰富与芜杂、含蓄与晦涩的一个重要区别。

遣　怀〔一〕

落魄江湖载酒行〔二〕，楚腰纤细掌中轻〔三〕。
十年一觉扬州梦〔四〕，赢得青楼薄幸名〔五〕！

校注

〔一〕吴在庆《杜牧集系年校注》云："《本事诗·高逸》：'杜（牧）登科后，狎游饮酒。为诗曰……'所引诗中'十年'作'三年'。杜牧大和七年至扬州幕，第三年为大和九年。则此诗应作于大和九年（835）杜牧将离扬州淮南节度使幕入京时。"但现存杜牧《樊川诗集·外集》各本均作"十年"，《才调集》卷四选入此诗，题虽为"题扬州"，但第三句亦作"十年一觉扬州梦"。按《本事诗》所载本事，近小说家言，难以采信，如谓此诗系登科后狎游饮酒而作，即显误。据"十年"语，诗当作于武宗会昌中后期，即出守黄州或池州刺史期间。

〔二〕落魄（tuò），放荡不羁。《魏书·尔朱仲远传》："太得财货，以资酒色，落魄无行。"《才调集》作"落托"，义同。《抱朴子·疾谬》："然落拓之子，无骨鲠而好随俗者，以通此者为亲密，距此者为不泰。"后世有落拓不羁之语，亦此意。

〔三〕《韩非子·二柄》："楚灵王好细腰，而国中多饿人。"楚腰纤细，此指歌妓舞女体态轻盈。传汉成帝皇后赵飞燕体态轻盈，能为掌上舞，"掌中轻"用此，形容美丽的女子细腰善舞。

〔四〕杜牧大和七年至扬州淮南节度使幕。此云"十年一觉"，诗当作于会昌二年（842）左右。觉，梦醒。

〔五〕青楼，指妓院。南朝梁刘邈《万山见采桑人》："倡妾不胜愁，结束下青楼。"薄幸，薄情。

杜
牧

笺评

孟棨曰：杜登科后，狎游饮酒，为诗曰："落魄江湖载酒行，楚腰纤细掌中轻。十年一觉扬州梦，赢得青楼薄幸名。"（《本事诗·高逸》卷三）

高彦休曰：唐中书舍人杜牧有逸才……性疏野放荡，虽为检刻，而不能自禁。会丞相牛僧孺出镇扬州，辟节度掌书记。牧供职之外，唯以宴游为事。扬州胜地也，每重城向夕，倡楼之上，常有绛纱灯万数，辉罗耀列空中。九里三十步街中，珠翠填咽，邈若仙境。牧常出没驰逐其间，无虚夕。复有卒三十人，易服随后，潜护之，僧孺之密教也。（《太平广记》卷三百七十三引《阙史》）又曰：牧又自以年渐迟暮，常追赋感旧诗曰："落魄江湖载酒行，楚腰纤细掌中情。三年一觉扬州梦，赢得青楼薄幸名。"（同上引《阙史》）

胡仔曰：《遣怀》诗（略）。余尝疑此诗必有谓焉，因阅《芝田录》曰："牛奇章帅维扬，牧之在幕中，多微服逸游，公闻之，以街子数辈潜随牧之，以防不虞。后牧之以拾遗召，临别，公以纵逸为戒，牧之始犹讳之，公命取一箧，皆是街子辈报贴，云杜书记平善，乃大感服。"方知牧之此诗，言当日逸游之事耳。（《苕溪渔隐丛话·后集》卷十五）

陆时雍曰：情至，语自耿耿。（《唐诗镜》卷五十）

胡鸣玉曰：若杜牧之"落魄江湖载酒行"一绝，尤为豪放，乃知"落

2635

魄"为放荡失检之意，非沦落不堪也。（《订讹杂录》卷一）

《精选评注五朝诗学津梁》：亦风流，亦落拓。后人谓小杜忆妓，多于忧民，大约指此。

周咏棠曰：韵事绝调。（《唐贤小三昧集续集》）

俞陛云曰：此诗着眼在"薄幸"二字，以扬郡名都，十年久客，纤腰丽质，所见者多矣。而无一真赏者。不怨青楼之萍絮无情，而反躬自嗟其薄幸，非特忏除绮障，亦诗人忠厚之旨。（《诗境浅说》续编）

刘永济曰：才人不得见重于时之意，发为此诗，读来但见其傲兀不平之态。世称杜牧诗情豪迈，又谓其不为龊龊小谨，即此等诗可见其慨。（《唐人绝句精华》）

富寿荪曰：杜牧早岁放浪不羁，纵情声色，十年绮梦醒来，所得者仅为青楼薄幸之名，则所失者多矣。此忏悔之词，言下感慨不尽。又曰：杜牧早年在沈传师洪州及宣州幕中，继在牛僧孺扬州幕中，后又在崔郸宣州幕中，皆放浪不羁，故云（落拓江南）。按杜牧在扬州仅年馀，此云十年，殆举在洪州、宣州幕中时往来扬州言之。（《千首唐人绝句》）

鉴赏

这是一首颇能窥见杜牧思想个性、生活作风，既蕴含对现实境遇的不满与牢骚，又表现出明显颓放情调的作品，也是一首经常遭到误解的作品。它的内容，表面上是抒写自己对往昔扬州幕僚生活的追忆与感慨，实际上它的深层意蕴要比表层内容深广得多。

"落魄江湖载酒行，楚腰纤细掌中轻。"前两句追述自己在扬州时放荡不羁、放浪形骸的生活，意思是说往昔自己放浪不受羁束，在江湖之上过着醉酒自遣的生活，每日里载酒相随；楚地的美女体态轻盈，能歌善舞，每日里与她们相伴为伍。作者《题禅院》云："觥船一棹百分空。"可见"载酒行"确有其事。而所谓"落魄江湖"，也正是《念昔游》"飘然绳检外"之意。表面上看，这里说到的似乎只是以酒色自娱自遣，但由于一开头大书"落魄江湖"，这"载酒"与沉溺声妓的行为便具有一种无可奈何、聊以自遣乃至玩世不恭的意味。文人放荡无拘检的生活作风在这里被涂上了一层浪漫的色彩，借以自慰自赏；但骨子里却又透露出一种自嘲自伤的意味。这两方面就是这样矛盾地统一在一起。这就是真正的杜牧。

2636

但在前面两句中，叙述、回忆过去那段生活是主要的，作者的感情还比较隐蔽，只是到了三、四句，作者的感慨才集中表露出来。"十年一觉扬州梦"，第三句大笔揽转，说过了十年之后再回过头去看在扬州的那段生活，感到就像做了一场幻梦，直到今天方才梦醒。杜牧在扬州作幕的时间不足两年（大和七年至九年），这里说"十年一觉"，显然是指十年之后的现在回顾过去，恍如大梦初醒，则往日沉溺之深，今日感慨之深都可想见。所谓"扬州梦"，固然是指往日所历的繁华热闹、酒色声妓，尽皆消逝不存，如同梦幻，同时也寓含着对那段放荡不羁生活的反思，这一点，和"十年一觉"联系直来体味，就看得比较明显。第四句顺着"扬州梦"进一步发挥、收足——"赢得青楼薄幸名！"扬州一梦，究竟留下了什么呢？什么也没有，梦醒反思，不过一片空虚，唯一"赢得"的，不过"青楼薄幸名"而已。"薄幸"不必拘泥表面的词义，"青楼薄幸名"，无非是说他自己只不过在娼楼妓馆中留下了寻花问柳的名声。对于杜牧这样一个以"经纬才略"自负，注意研究"治乱兴亡之迹，财赋兵甲之事，地形之险易远近，古人之长短得失"，怀有"平生五色线，愿补舜衣裳"的宏大抱负的才人志士来说，这简直是最大的悲剧。"赢得"二字，表面上是自慰自嘲，骨子里是一肚子不遇于时的牢骚和英雄迟暮的悲凉，是"老却英雄是等闲"的深沉感慨。这里确有对扬州旧梦的反思，但主要不是什么"忏悔艳游"而是在反思中深慨使他寄情声色的境遇，其中寓含着对现实政治环境的不满。

杜牧在扬州做幕僚时的处境，按常情来衡量，应该说还是比较好的。淮南节度使府是唐代首屈一指的重镇，他所担任的掌书记又是相当重要的幕职，节度使牛僧孺对他又特别器重关爱，甚至连杜牧晚上外出游赏，也派人暗中保护。因此，所谓"十年一觉扬州梦，赢得青楼薄幸名"，不会是对他在扬州那段生活遭遇有什么不满，关键还在于他的宏大抱负与晚唐整个政治现实环境之间的巨大反差使他有志难申，于无聊中不得不以声色自娱自遣。"十年一觉"的"十年"固然是约举成数，但大体上可以推断这首诗当作于会昌中期到后期，这正是杜牧出守黄州、池州，政治上郁郁不得志的时期：会昌二年冬作的《雪中书怀》说："愤悱欲谁语，忧悒不能持。天子号仁圣，任贤如事师……人才自朽下，弃去亦其宜。"他自己虽有破敌长策，却未得到当权者的采纳。在这种情况下，想起过去在扬州以诗酒声色自遣的生活，想起这些年来不得志的政治遭遇，就不免强烈地感到前尘如梦、一事无成，而深深感慨于"十年一觉扬州梦"了。这也就是说，理解"扬州梦"的内涵，不应单纯着眼于扬州两年的放浪形骸生活，而应看到"十年一觉"这个更长远的生活背景。

北宋词人柳永《鹤冲天》词云："才子词人，自是白衣卿相。烟花巷陌，依约丹青屏障。幸有意中人，堪寻访。且恁偎红倚翠，风流事，平生畅。青春都一饷。忍把浮名，换了浅斟低唱！"以旷放疏狂的笔谓，抒写"明代暂遗贤"的愤郁，而杜牧这首诗以幽默诙谐的自嘲表达不遇于时的深沉感慨，机杼各别，而意旨略似，正可互相发明。

山　行〔一〕

远上寒山石径斜，白云生处有人家。
停车坐爱枫林晚〔二〕，霜叶红于二月花〔三〕。

校注

〔一〕此诗收入《樊川诗集·外集》，作年未详。

〔二〕坐，因。枫林晚，晚秋的枫林。

〔三〕霜叶，深秋经霜后变红的树叶。红于，比……更红。

笺评

瞿佑曰：予为童子时，十月朝从诸长上拜南山先垄，行石磴间，红叶交坠。先伯元范诵杜牧"停车坐爱枫林晚，霜叶红于二月花"之句，又在荐桥旧居，春日新燕飞绕檐间，先姑诵刘梦得"旧时王谢堂前燕，飞入寻常百姓家"之句。至今每见红叶与飞燕，辄思之，不但二诗写物咏景之妙，亦先入之言为主也。（《归田诗话》卷五）

何良俊曰：杜牧之诗："远上寒山石径斜，白云生处有人家。"亦有亲笔刻在甲秀堂贴中。今刻本（生）作"深"，不逮"生"字远甚。（《四友斋丛说》卷三十六）

唐汝询曰：妙在冷落中寻出佳景。（刘邦彦《唐诗归折衷》引）

周珽曰：人家住在白云生处，霜枫叶色，美似春花，山行之趣自得，

当不觉其径之远矣。(《删补唐诗选脉笺释会通评林·晚七绝》引)

周弼曰:为实接体。(同上引)

徐充曰:此直述体。(同上引)

周启琦曰:末句俏。(同上引)

敖英曰:次句与卢纶"几家烟火隔松云"同意。(《唐诗绝句类选》)

盛传敏曰:味此诗,似与"老马反为驹,不顾其后"之语同义。(《碛砂唐诗纂释》)

何焯曰:"白云"即是炊烟,已起"晚"字;"白""红"二字,又相映发。"有人家"三字下反接"停车""爱"字方有力。(《唐三体诗》评)

黄生曰:次句承上"远"字说,此未上时所见。三、四则既上之景。诗中有画,此秋山行旅图也。(《唐诗摘抄》卷四)

黄叔灿曰:"霜叶红于二月花",真名句。诗写山行,景色幽邃,而致也豪荡。(《唐诗笺注》)

范大士曰:结句写得秋光绚烂。(《历代诗发》)

王文濡曰:从山行直起,初见唯白云而已,至白云深处,因有人家,故偶然停车子小憩,坐看枫叶,嫣然可爱,较之二月花,更觉红艳,成绝好一幅秋景图,所谓诗中有画者也。(《唐诗评注读本》卷四)

俞陛云曰:诗人之咏及红叶者多矣,如"林间暖酒烧红叶""红树青山好放船"等句,尤脍炙词坛,播诸图画。唯杜牧诗专赏其色之艳,谓胜于春花。当风劲霜严之际,独绚秋光,红黄绀紫,诸色咸备,笼山络野,春花无此大观,宜司勋特赏于艳李秾桃外也。(《诗境浅说》续编)

刘永济曰:读此可见诗人高怀逸致,霜叶胜花,常人所不易道出者。一经诗人道出,便留诵千口矣。(《唐人绝句精华》)

富寿荪曰:"霜叶红于二月花",以霜叶与春花比胜,为前人所未道。而于萧条秋色中写出绚烂之景,尤觉动心悦目。加以通首音节、神韵,色彩俱胜,宜其传诵千载。(《千首唐人绝句》)

在历代写枫叶的名句之林中,"霜叶红于二月花"自然属于知名度最高者之列。尽管就一句诗即创造出一个浑融完整的艺术意境来说,它未必赶得上崔信明的孤句"枫落吴江冷",但就意境的创新和富于启发性而言,却无疑远超前者。尤其难得的是，它并不是那种全篇显得很平淡甚至平庸，只有一个佳句孤悬的类型，而是通篇相当完美，而佳句尤显新警的典型。它的真正好处，也必须联系全诗，才能体味得更加深切、全面。

题称"山行"，说明诗中所描绘的是抒情主人公在山行过程中所见所感。阅读时不能忽略这个"行"字，把它当作一幅单纯的秋山景物画来欣赏。

"远上寒山石径斜，白云生处有人家。"前两句写"山行"的人在山下眺望远山时看到的景象：远处，是一带呈现出深秋萧瑟凄寒色调的山峦。一道盘旋弯曲的石头砌成的小径，斜斜地向着山的高处伸展。在小路的尽头，山的深处，白云在浮动缭绕，透过白云浮动的空隙，可以隐隐约约地看到有几座房舍，几户人家。

这是一幅远眺中的秋山景物图，诗人的视线，由近而远，顺着弯曲斜绕的石径渐次伸延，直到山的深处浮动的白云和隐现的人家。"寒山"二字，点出深秋时令，也给整个画面涂上一层凄寒的色调。从视线中清晰可见的石径斜伸，可以想象此时山上树木黄落、寒风萧瑟的景象，显示出了秋山的空旷疏朗。而"白云生处有人家"又给这空旷寥落的寒山带来了人间烟火的生活气息，"生"字更给整个画面带来一种动感。整个画面，给人一种既高远寥廓又带有凄寒意致，既疏淡清远又不乏人间气息的感受。

"停车坐爱枫林晚，霜叶红于二月花。"三、四两句，是山行的人在近处看到晚秋的枫林红叶，停车观赏流连的情景。他本来是坐着小车，一边行进，一边遥望远处秋山白云人家的，可是在行进中忽然被一片经霜之后变得火红的枫林深深吸引住了，于是停车驻足，就在路旁观赏起这晚秋的枫林来，觉得这绚烂称艳的枫叶比二月的春花更加耀眼，也更加精神。

作为一幅完整的秋山景物画，远处的寒山石径、白云人家和近处的一片火红的枫林，构成了淡与浓、疏与密、隐与显、高与低、冷与热、白与红的鲜明强烈对照，在疏朗高远、带有凄寒色调的远山秋色衬托下，眼前的这一片浓烈鲜艳的枫林，显得特别绚烂夺目、动人遐想，枫林和作为它背景的寒山、石径、白云、人家，色调虽然是对立的，但又都统一在"寒山"所标志的"秋"字里。但诗人笔下的秋山，在对立统一的两种色调中，凸显的是"枫林"这个主体，这就和通常见到的秋山景物图大异其趣了。准确地说，作为一幅图画，应该正名为秋山霜林图。

但这首诗的真正好处主要不在"诗中有画"，具有图画的鲜明形象和构图设色方面的优长，而是突出地体现在"霜叶红于二月花"这一警句中所蕴含的诗意感受和它给读者带来的丰富联想和启示上。这正是"画图难足"的一面。枫叶与春花，一出现于秋，一出现于春；一为叶，一为花。季节、品类的不同，使人们很难将它们联系在一起加以比较。从火红的枫叶联想到鲜艳的春花，写出"霜叶红于二月花"的诗句，这显然是诗人的独特发现、独特感受。需要特别注意的是，诗人不是说"霜叶红似二月花"，而是说"霜叶红于二月花"，前者只是简单的比拟，后者却蕴含了独特的诗思乃至哲理。在这首诗里，诗人着意强调的主要不是经霜的枫叶比二月的鲜花在色彩上更浓烈这一外在特征，而是"霜叶"胜于春花的内在精神品格。尽管诗人并没有明确说出这个胜似春花的精神品格是什么，但通过环境、背景的衬托和语言的暗示，却不难引发丰富的联想。作为这一片火红的枫叶的环境和背景的那一带落木萧萧，带着凄寒色调的远山，不仅衬托出了枫林的绚烂浓烈耀眼的色调，而且凸显出了其经受深秋风霜的考验后愈显得富于顽强生命力的精神品格和傲霜的美好风姿。诗人之所以不说"红叶""枫叶"，而说"霜叶"，正是为了强调其经霜后显示出来的内在美和外在美的统一。尽管"霜"是白色的，但"霜叶"这个意象所唤起的联想却不是白，而是充满生机的浓烈和绚烂。

杜牧

这种联想和启示纯属于诗。别的艺术样式即使想表现，也很难表现出蕴含其中的荡漾诗情与深邃哲思。从"霜叶红于二月花"可以看出诗人的审美情趣的独特和健康。一般人总是习惯于将秋天和凋衰、凄伤联系在一起，即使看到火红的枫叶，也总不免与萧瑟、凄伤的心绪相连。不妨举一些历代咏枫的名句：

湛湛江水兮上有枫，目极千里兮伤春心。（《招魂》）

枫落吴江冷。（崔信明残句）

枫叶荻花秋瑟瑟。（白居易《琵琶行》）

君不见满川红叶，尽是离人眼中血。（董解元《西厢记》）

晓来谁染霜林醉，总是离人泪。（王实甫《西厢记》）

从这些历代传诵的咏枫名句中可以看出，要突破传统审美观念的束缚，写出思想感情健康、富于艺术独创性的诗句，并不单纯是一个艺术技巧问题。

秋 夕 〔一〕

银烛秋光冷画屏〔二〕，轻罗小扇扑流萤。
天阶夜色凉如水〔三〕，坐看牵牛织女星〔四〕。

校注

〔一〕宋周紫芝《竹坡诗话》云："'银烛秋光冷画屏，轻罗小扇扑流萤。天阶夜色凉如水，卧看牵牛织女星。'此一诗，杜牧之、王建集中皆有之，不知其谁所作也。以余观之，当是建诗耳。盖二子之诗，其流婉大略相似，而牧多险侧，建多工丽，此诗盖清而平者也。"按：《全唐诗》王建诗集中未见此诗，而胡仔《苕溪渔隐丛话·后集》卷十四王建则云："予阅王建《宫词》，选其佳者，亦自少得。只世所脍炙者数词而已，其间杂以他人之词，如'闲吹玉殿昭华管，醉折梨园缥蒂花。十年一梦归人世，绛缕犹封系臂纱'。又如'银烛秋光冷画屏，轻罗小扇扑流萤。天街夜色凉如水，坐看牵牛织女星'。此并杜牧之作也。"胡仔之言当有据。建宫词多写宫中日常生活琐事及习俗，多用俗语，内容具体琐屑，与此诗风格清丽含蓄者明显不同。题称"秋夕"，而诗有"坐看牵牛织女星"之句，"秋夕"或指七月七日。

〔二〕银，《全唐诗》原作"红"，校："一作银。"据改。按：曾季狸、释惠洪、胡仔等人引此诗，并作"银"，惟赵与旹《宾退录》作"红"。然"红"字与下"冷"字不协，当以作"银"为佳。

〔三〕天阶，宫殿的台阶。天，《全唐诗》校："一作瑶。"

〔四〕坐，《全唐诗》校："一作卧。"按：上言"天阶"此句自当作"坐"。

笺评

释惠洪曰：诗有句含蓄者，如老杜"勋业频看镜，行藏独倚楼"。郑云叟曰："相看临远水，独自上孤舟。"有意含蓄者，如宫词曰："银烛秋光冷画屏，轻罗小扇扑流萤。天阶夜色凉如水，坐看牵牛织女星。"……有句、意俱含蓄者，如《九日》诗曰："明年此会知谁健，醉把茱萸仔细看。"宫怨曰："玉颜不及寒鸦色，犹带昭阳日影来"是也。（《冷斋夜谈》卷四）

曾季狸曰：小杜《秋夜》宫词曰："银烛秋光冷画屏，轻罗小扇扑流萤。天阶夜色凉如水，坐看牵牛织女星。"含蓄有思致。星象甚多，而独言牛、女，此所以见其为宫词也。（《艇斋诗话》）

赵与峕曰：王建以宫词著名，然好事者多以他人之诗杂之，今所传百篇，不皆建作也。"红烛秋光冷画屏，轻罗小扇扑流萤。瑶阶夜色凉如水，坐看牵牛织女星。"杜牧之《秋夕》诗也。（《宾退录》卷一）

谢枋得曰：此诗为宫中怨妇作也。牵牛、织妇一年一会，秦宫人望幸，至有一十六年不得见者，卧看牵牛织女星，隐然说一生不蒙宠幸，愿如牛、女一夕之会，亦不可得。怨而不怒，真风人之诗。（《注解章泉涧泉二先生选唐诗》卷三）

杨慎曰：王建《宫词》一百首，至宋南渡后失去七首，好事者妄取唐人绝句补入之……"银烛秋光冷画屏"，及"闻吹玉殿昭华管"一首，一杜牧之诗也。（《升庵诗话》卷二）又曰：幽怨自见。（《增定评注唐诗正声》引）

吴逸一曰：词亦浓丽，意却凄婉。末句玩"看"字。（《唐诗正声》评）

郭濬曰：小妆点，入诗馀便为佳境。落句似浅。（《增定评注唐诗正声》）

陆时雍曰：冷然情致。"坐看"不如"卧看"佳。（《唐诗镜》卷五十）

周弼曰：为实接体。（《删补唐诗选脉笺释会通评林·晚七绝》引）

王直方曰：意有含蓄。（同上引）

至天隐曰：烛光屏冷，情之所以生也。扑萤以戏，写忧也。卧观牛、女，羡之也，盖怨女之情也。（同上引）

敖英曰：落句即牛、女会合之难，喻君臣际遇之难，盖牧之自况也。（同上引）

2643

胡次焱曰："卧看"之中，有无限感慨，与悠哉悠哉，展转反侧则同一意度。（同上引）

贺裳曰：亦即"参昴衾裯"之意，但古人兴意在前，此倒用于后。昔人感叹中犹带庆幸，表情毕露。此诗全写凄凉，反多含蓄。（《载酒园诗黄生曰："坐"，诸本皆作"卧"，唯《记纂渊海》引此作"坐"，今从之。《三体》以此诗作王建《宫词》，详末句与宫词较近。苕溪渔隐曰："此诗断句极佳，意在言外，其幽怨之情，不待明言而自见也。"（《唐诗摘抄》卷四）又曰：此即《古诗》"盈盈一水间，脉脉不得语"之意。殊非"参昴衾裯"之义。（《载酒园诗话》评）

朱之荆曰：烛光屏冷，情之所由生也；扑萤以戏，写忧也；看牛、女，羡之也，怨女之情也。然怨而不怒，立言有味。（《增订唐诗摘抄》）

何焯曰：（"银烛秋光冷画屏"）凄冷。崔颢《七夕》诗后四句云："长信深阴夜转幽，瑶阶金阁数萤流，班姬此夕愁无限，河汉三更看斗牛。"此篇盖点化其意，次句再用"团扇"事，却浑成无迹。此篇在杜牧集中。（《唐三体诗》卷一评）

冒春荣曰：（绝句）两不对，如……杜牧"银烛秋光冷画屏，轻罗小扇扑流萤。天阶夜色凉如水，坐看牵牛织女星"（四句作主）。（《葚原诗说》卷三）

《精选评注五朝诗学津梁》：细腻熨帖，善写秋夕家庭。

宋顾乐曰：诗中不着一意，言外含情无限。（《唐人万首绝句选》评）

孙洙曰：此乃宫中秋怨也。有一团幽怨之情，含于"坐看"二字内。（《唐诗三百首》）

陈婉俊曰：层层布景，是一幅着色人物画。只"坐看"二字，逗出情思，使通身灵动。（《唐诗三百首补注》卷八）

王文濡曰：此宫中秋怨诗也。自初夜写至夜深，层层绘出，宛然为宫人作一幅幽怨图。（《唐诗评注读本》卷四）

俞陛云曰：为秋闺咏七夕情事。前三句写景极清丽，宛若静院夜凉，见伊人逸致。结句仅言坐看双星，凡悲欢离合之迹，不着毫端，而闺人心事，尽在举头坐看之中。（《诗境浅说》续编）

刘永济曰：此亦闺情诗也。不明言相怨之情，但以七夕牛、女会合之期，坐看不睡，以见独处无郎之意。（《唐人绝句精华》）

刘拜山曰：首句以一"冷"字点出深宫岑寂。次句写宫人无聊意绪。三、四句写夜深不寐，坐看女、牛，从侧面托出愁思，可谓曲曲传神。（《千首唐人绝句》）

诗题"秋夕",义同七夕,非泛指秋天的夜晚,这从末句遥看牵牛、织女星可以意会。而诗中的女主人公,从"天阶"二字可以看出,当是深宫中的女子。何焯引崔颢《七夕》诗后四句,谓此诗点化其意,为历来解诗者所未发。将此诗与崔诗末四句对照,确实可以看出小杜诗在命题、造境与意象上与它有明显的相似之处。但这种点化,并非因袭,而是在利用前人诗料基础上的一种创造。

　　"银烛秋光冷画屏",首句写七夕之夜女主人公室内的环境氛围:银色的蜡烛在初秋的夜晚放射出幽冷的光,映照着床前的画屏,仿佛连这画屏也笼罩着一层凄冷的氛围。"银"字、"秋"字都带有明显的冷色调,再加上"冷"字的着意渲染,更增添了整个室内的幽冷孤寂气氛,透露出女主人公处境的孤清寂寞和心境的幽冷凄寂。

　　"轻罗小扇扑流萤",次句转写女主人公在室外的行动。由于室内空寂幽冷,难以度过漫漫的长夜,她不得不移步走到室外,手持薄罗小扇来扑打飞舞闪烁的流萤。由于时令刚值初秋,暑热尚未全退,女主人公持轻罗小扇出户应是符合季节自身特点的,似未必暗用班婕妤《怨歌行》团扇弃捐诗意。这一句如孤立地看,似乎意致轻俏流走,给人以扑流萤为戏的印象,但一和上句的幽冷凄寂氛围心境联系起来体味,便会感到这只是女主人公挨过漫漫秋夜的聊自排遣的行动。而流萤的出没闪烁,也从侧面透露出所居环境的荒寂空旷。如果是在得宠嫔妃所居的宫殿里,应是灯烛辉煌,充满热闹气氛的,不大可能见到这种"流萤飞复息"(谢朓《玉阶怨》)的景象。

　　"天阶夜色凉如水,坐看牵牛织女星。"诗的前后幅之间,有时间的推移流逝。"夕殿萤飞",是入夜不久的景象,而"天阶夜色凉如水"则已是夜深时分,凉意侵人了。"天阶"是对宫殿中台阶的专称。"夜色凉如水"的"夜色"并不专指眼中所见的"夜色",而是泛指整个秋天深夜的环境氛围,诗人用"凉如水"三字来形容,正传神地表现了女主人公对整个环境氛围的清冷感受,这种"凉"意,不但侵人肌肤,而且渗入人心,使整个身心都感到一种凄冷之意,而"如水"的形容又赋予这"凉"意以四处流动渗透的印象。

　　如此清冷的深夜,女主人公却仍逗留在宫外,她默默地坐在凉意侵人的台阶上,在遥望着天上的银河旁两颗迢迢相望的牵牛星和织女星。深夜尚未

杜牧

2645

回到室内，当是"心怯空房不忍归"，而"坐看牵牛织女星"，则在默默无言中透露出极其丰富的情思和心理活动。从"扑流萤"及坐台阶的举动看，这位女主人公的身份大约就是一般的年轻宫女而非嫔妃。因此她们的命运就不是色衰宠移、秋扇弃捐，而是根本就不可能得到君主的宠幸，甚至连皇帝的面也见不到。在牛、女相会的七夕之夜，她默默地坐在凉意侵人的宫殿台阶上遥望牵牛、织女星，心里想的是牛、女犹能每年渡鹊桥而相会一夕，而自己则一入深宫，终身幽闭，独居空房，求为牛、女每年一度相聚亦不可得。这里，有对牛、女的羡慕向往，更有对自己悲剧处境命运的怨嗟。一"看"字中蕴含着无限悲愁暗恨，却不明白道出，表情极为含蓄蕴藉。

末句"坐"或作"卧"，自以作"坐"义长。从三、四两句的联系看，上句写"天阶"，故下句的"坐"，即坐台阶而遥看，连接自然，如改成"卧"字，则三、四两句不能无缝对接，此其一。从实际情况看，深夜时分，银河正在中天，在室内躺在床上，很难看到中天斜贯的银河和牛、女二星，此其二。更重要的是，"卧看"二字，给人以闲逸欣赏之感，而作"坐看"，则正如李白之《玉阶怨》"却下水晶帘，玲珑望秋月"的"望"字那样，无限幽怨尽含其中了。

清　明〔一〕

清明时节雨纷纷，路上行人欲断魂。
借问酒家何处有？牧童遥指杏花村。

校注

〔一〕此诗清冯集梧《樊川诗集注》（包括本集、补遗、别集、外集、遗收诗补录）及清编《全唐诗》均不载。始见于南宋刘克庄编《后村千家诗》卷三节候门，署杜牧作（见清曹寅《楝亭十二种·后村千家诗》，其后谢枋得即据以收入所编之《千家诗》）。按：刘克庄藏有《樊川续别集》，其《后村千家诗》选此诗署杜牧作当据《樊川续别集》。因此诗后出，而洪迈又曾谓《樊川续别集》中所收之诗均许浑诗，故近人多疑其非杜牧诗。或据许浑之《下第归蒲城别墅居》诗中"薄烟杨柳路，微雨杏花村"之句，谓此诗乃许浑之作（胡可先《杜牧研究丛稿·〈清明〉诗作者和杏花村地望蠡测》）。但成书于宋初之乐史《太平寰宇记》卷九十昇州（治所在今南京市）已云："杏花村在（江宁）县理西，相传为杜牧之沽酒处。"可证此前已有杜牧沽酒于杏花村之传说，则此诗传为杜牧作在五代时或五代前即已如此。宋谢逸有"杏花村馆酒旗风"（《江神子》词）之句。

（笺）评

谢榛曰：杜牧之《清明》诗曰："借问酒家何处有？牧童遥指杏花村。"此作宛然入画，但气格不高。或易之曰："酒家何处是，江上杏花村。"此有盛唐调。予拟之曰："日斜人策马，酒肆杏花西。"不用问答，情景自见。（《四溟诗话》卷一）

（鉴）赏

这首诗的著作权虽尚有争议，但确实是首佳作，不能因为它被选入《千家诗》就斥之为"气格不高"。从诗的悠扬风调和俊逸清丽的语言风格来看，确有接近小杜诗风之处。诗写得很通俗，但意境并不浅露。特别是后两句，写出了一个很富诗情画意和启示联想的境界，雅俗共赏、隽永耐味，是这首诗广泛传诵的主要原因。

起句直入本题，点出"清明"。"雨纷纷"三字，勾画了江南地区清明时节的显著气候特征。这是一种霏霏细雨，带着江南春雨特有的湿润、温馨和缥缈的感觉。它既不是夏日那种"来往喷洒何颠狂"（杜牧《大雨行》）的豪雨，也不是秋天那种凄清萧瑟的苦雨。对于一个没有多少心事，心境比较轻松的行人来说，在这种带有梦幻色彩的春雨中行路，别有一种晴朗天气所享受不到的意趣。杜牧曾在不少诗中怀着欢快或欣赏的感情写到春雨。如"留我酒一樽，前山看春雨"（《题宣州开元寺》）、"秋山春雨闲吟处，倚遍江南寺寺楼"（《念昔游》）、"南朝四百八十寺，多少楼台烟雨中"（《江南春绝句》）、"芳草渡头微雨时，万株杨柳拂波垂"（《初春雨中舟次》）等等。这首诗中的"雨纷纷"，诗人的心情同样是欣赏和陶醉，而不是厌烦和愁苦，正如"杏花春雨江南"在人们心中唤起的是诗意和美感一样。

2647

　　接下来一句"路上行人欲断魂"，便进而写到"行人"（实即诗人自己）对这种霏霏微微的清明雨的感受。"断魂"义近"销魂"，但不必把它的意涵理解得过于局狭拘泥，以为一定是指极为哀伤愁苦的感情。实际上，在不同的场合使用这个词语，往往有不同的感情内涵，它有时义近于一往情深。在这里，则是一种混合着莫名其妙的伤感和难以言状的陶醉感的茫茫然的精神状态。正像一阕带有梦幻色彩、内容不大确定的乐曲一样，这霏微的清明雨所形成的特有气氛，撩动人的感情，触发人的某些模糊联想和记忆，使人如痴如迷，却又说不清是怎么回事。

　　怀着这种莫名其妙的伤感和诗意陶醉，"行人"在不知不觉当中想到了酒，想到了村野风味的小酒店，想到在这样的气氛和心情下，到乡村小酒店喝上一杯，该是何等富有诗意。就在这时，在纷纷细雨中迎来了一个骑在牛背上的牧童（在诗人眼里，这牧童也被诗化了），于是便向他打听近处哪里有小酒店，牧童也不搭话，只是悠然地用鞭梢朝那边随便一指，顺着他鞭指的方向，透过霏霏细雨，隐约可见前面有一座杏花围绕的村庄。在村子的一头，似乎有一家门前，挑出了一面作为酒家标志的青旗。

　　诗写到这里，就悠然住笔，"遥指"以后的情事，不作任何具体交代甚至暗示。诗的妙处也正在这里。有各种不同性格和心理素质的读者，他们对这以后将要出现的情事会有不尽相同的想象。但无论想象的内容有多少差异，那杏花深处的村庄和酒家，都将带着"杏花春雨江南"式的浓郁诗意和醇醪芳香，使读者进入更深一层的陶醉。杏花村中人未必意识到的诗意美，也由于诗人在特定情境下的"借问"和牧童的"遥指"，忽然被诗人所敏感地发现并成功地表现出来了。读者从这"借问"和"遥指"之中，不但可以清晰地想象出"行人"与"牧童"问答指点的鲜明画面，想象出这以后的一系列情事——美的欣赏和酒的陶醉，而且从这顿挫有致的风调中想象出一位神情潇洒、风神俊逸的诗人形象。

　　因为这首诗的广泛流传，"杏帘在望"甚至成了酒店的招牌，而且连这招牌也带有强烈的诱惑力，似乎要溢出诗意、春色和酒香来。这正说明这首诗所创造的艺术意境的典型性。

赵嘏

赵嘏（806？—853？），字承祐，楚州山阳（今江苏淮安）人。弱冠前后，有河东塞北之行。大和初游浙东元稹幕，继入宣歙沈传师幕，结识杜牧。后入京应试，累举不第。会昌四年（844）始登进士第。大中三年（849）左右为渭南尉。卒。其《长安晚秋》诗"残星几点雁横塞，长笛一声人倚楼"之句为杜牧所赏，称"赵倚楼"。有《渭南集》三卷、《编年诗》（均为咏史之作）二卷。《全唐诗》编其诗为二卷。《编年诗》残存于《敦煌遗书》中，共三十六首。

经汾阳旧宅〔一〕

门前不改旧山河，破虏曾轻马伏波〔二〕。
今日独经歌舞地，古槐疏冷夕阳多。

校注

〔一〕汾阳，指郭子仪（697—781），天宝十三载（754）以天德军使兼九原太守，进朔方节度右兵马使。十四载安禄山反，诏为朔方节度使，率军讨叛。至德二载（757）九十月，率军相继收复西京、东都。乾元元年（758）进中书令，人称郭令公。宝应元年（762）进封汾阳郡王，世称郭汾阳。后又屡退吐蕃入侵。建中二年（781）卒。《长安志》："郭汾阳宅在亲仁里。"

〔二〕马伏波，指东汉伏波将军马援。光武帝时曾讨平隗嚣、先零羌，又平交趾及五溪蛮。此谓郭子仪平安史之乱，再造唐室的功勋使历史上著名的伏波将军马援的功勋也显得轻微了。

笺评

唐汝询曰：山河不改，唐祚无恙，宜保功臣之家，况汾阳之功又非伏

波之比，奈何经其第而古槐疏冷如此。时盖以宅为寺矣。德宗得功臣如此，安得不啖蒲青根。（《唐诗解》卷三十）

徐子扩曰："独"字为诗眼，言生前非止一人来也，可见荣瘁反掌。（《唐诗绝句类选》引）

周弼曰：为实接体。（《删补唐诗选脉笺释会通评林·晚七绝》引）

杨慎曰：多少勋业在此，非此不能为悼。（同上引）

周敬曰：吊功之悲，伤世之薄，说得凄怆。（同上）

何仲德曰：为平淡体。（同上引）

周珽曰：谢叠翁谓崔护《题城南庄》诗妙，岂若此后二句之有味。然崔诗清雅，赵诗明响，各有好处。（同上）

高士奇曰：张籍《法雄寺东楼》诗云："汾阳旧宅今为寺，止有当年歌舞楼。四十年来车马路，古松（应作槐）深巷暮蝉愁。"观此，则宅已为寺矣。按史称，郭氏子孙富贵封爵，至开成后犹不绝，则其宅不应在贞元、元和中已为寺也。然《郭晞传》云：卢杞秉政，多论夺郭氏旧宅。德宗稍闻，乃诏曰："子仪有大勋，尝誓山河琢金石，自今有司毋得受。"按：此诏虽禁有司论夺，未尝以已夺者还之也。岂宅为寺在此时乎？夫以子仪之勋，肉未寒而不保其室，德宗待功臣何薄耶？故此诗第一、第二句深致意焉。（《三体唐诗辑注》卷一）

吴昌祺曰："山河不改"而曰"门前"，其意无限。用"伏波"者，与帝为婚姻也。（《删订唐诗解》）

沈德潜曰：见山河如故，而恢复山河者已不堪凭吊矣。可感全在起句。（《重订唐诗别裁集》卷二十）

宋宗元曰：一起已具全神。（《网师园唐诗笺》）

宋顾乐曰：此非仅伤兴废，乃叹本朝待功臣之薄也。用意全在上半首。山河之誓，千古不改。今门前山河如故，而功臣之第已如此。次句复著明显功，以形其薄。用意深婉，所以有味。（《唐人万首绝句选》评）

朱宝莹曰：从"旧"字兴慨，凌空盘旋而起。次句写汾阳功业之盛，引用"马伏波"，借宾形主，以显"汾阳"。三句从"旧"字咀嚼，由衰而想到盛，曰"独经"，则寂无人过可知。四句只是从"旧"字点染，有无限低徊也。前半写其盛，后半写其衰。（《诗式》）

俞陛云曰：汾阳为唐室中兴元辅，乃正朔未更，而高勋名阀已换。槐阴斜日，一片凄迷。誓寒带砺，唐帝亦寡恩哉！张籍有汾阳旧宅改法雄寺

诗，则舞榭歌台更无遗迹矣。（《诗境浅说》续编）

　　刘永济曰：此盛衰无常之感也。结句以景结情。（《唐人绝句精华》）

　　这首诗乍读之下，会感到与中唐诗人张籍的《法雄寺东楼》内容、情调、意境非常相似，特别是末句"古槐疏冷夕阳多"与"古槐深巷暮蝉愁"更是连使用的意象也有相同者。但细加品味，却会感到它们之间在感情内涵上有明显的不同侧重点。张籍的《法雄寺东楼》虽也可以引发多种联想，作多种解读，但它的中心意涵无疑是盛衰不常的人生感慨，而赵嘏的这首《经汾阳旧宅》却主要是感慨一代功臣门庭的冷落，言外自含对唐代统治者乃至世人对功臣的遗忘的讽慨。

　　"门前不改旧山河"，起句凌空取势，重笔抒慨。"门前不改旧山河"五字，仿佛无理，却含深意。长安城中，亲仁里旁，并无山河，此"山河"自非实指，而系用典。《史记·高祖功臣侯者年表》："封爵之誓曰：'使黄河如带，泰山若厉。国以永宁，爰及苗裔。'"裴骃集解引应劭曰："封爵之誓，国家欲使功臣传祚无穷。带，衣带也；石，砥石也。河当何时如衣带，山当何时如厉石，言如带厉，国乃绝耳。"然则，"山河"乃是"山河带厉"之誓的浓缩语。"不改旧山河"者，泰山黄河依旧，言外功臣自应传祚无穷。同时，"山河"又有江山、国土之意。《世说新语·言语》："过江诸人，每至美日，辄相邀新亭，藉卉饮宴。周侯中坐而叹曰：'风景不殊，正自有山河之异！'""不改旧山河"者，亦含唐室江山依旧，国祚仍传之意。以上两重意蕴的叠合，使这首诗一起笔就包含感慨，山河依旧，唐室延续，这一切都和功臣的伟绩密不可分。

　　"破虏曾轻马伏波"，次句即承"不改旧山河"，落到汾阳郡王往昔建立的功勋上。虏即胡虏、逆虏，以明安史叛军不但是以地方反叛中央，而且是以异族蹂躏华夏，其中有民族自卫的大义在。在建立破虏之功上，郭子仪与马援之南征有相似之处，故用以作比较，着一"轻"字，突出郭子仪的再造唐室之功远胜于往昔征蛮的伏波将军。与上句"不改旧山河"正紧相呼应。山河之所以依旧，正缘汾阳往日建立的"破虏"殊勋所致。一、二两句，互相发明补充，正透露出诗人的感慨，重点落在建立了平定安史之乱、使唐室得以延续的殊勋的功臣郭子仪，如今究竟受到当朝的统治者怎样的待遇这一点上。

2651

"今日独经歌舞地，古槐疏冷夕阳多。"三、四句正面描绘渲染汾阳旧宅今日之冷落荒凉。从张籍的《法雄寺东楼》可知，彼时之汾阳旧宅已成了法雄寺，只剩下了当年的歌舞楼，到赵嘏写这首诗时，时间又过去了数十年，当年残留的"歌舞楼"早已遗迹荡然，只空余"歌舞地"了，只有那门前的古槐依然存在，但也已经枝叶萧疏，意态闲冷，在深秋夕阳的映照下显得分外萧瑟凄清。上句着一"独"字，见此旧宅早已是门前冷落，车马绝迹，无人造访凭吊，下句着"疏冷"二字，与"独"字呼应，正透出当权的统治者对昔日功臣的遗忘与冷遇。而"古槐疏冷"与"夕阳多"的对映则更出色地渲染出汾阳旧宅的荒凉冷落。这荒凉冷落的汾阳旧宅和宅旁的疏冷古槐，正像是昔日功臣命运的一种象征，看来当权的统治者早已把他们的历史功勋以及往昔的带厉山河的誓言彻底忘却了。

诗人在重经汾阳旧宅时抒发这种感慨，可能不单纯是为前朝功臣遭受冷遇这一现象而发，其中也许蕴含了某些现实感慨。当时的唐王朝，衰颓趋势日益明显，但却缺乏像郭子仪这种能扶危济颠、忠心耿耿的将帅来匡救危局，在对昔日功臣的追缅凭吊中，恐怕也透露了"思昔日之良将，叹今日之无人"一类感慨吧。

江楼感怀〔一〕

独上江楼思渺然〔二〕，月光如水水如天。
同来望月人何处〔三〕？风景依稀似去年〔四〕。

校注

〔一〕《全唐诗》题原作"江楼旧感"，校："（旧感）一作感怀。""旧感"不词，兹从校语改。《才调集》卷七选录此诗，题作"感怀"。

〔二〕渺然，渺茫广远、空虚无着落貌。

〔三〕望，《全唐诗》校："一作玩。"按《才调集》此句作"同来看月人何在"。

笺评

谢枋得曰：崔护"去年今日此门中，人面桃花相映红。人面不知何处去，桃花依旧笑春风"，岂若此诗后两句之有味。（《注解章泉涧泉二先生选唐诗》卷四）

钟惺曰：言独上之时，思同来之友；见水月连天，思去年之景，皆有针线。（《唐诗归》）

唐汝询曰：月光如旧，同游者不复在矣。物是人非，所以兴感。（《唐诗解》卷三十）

何仲德曰：为平淡体。（《删补唐诗选脉笺释会通评林·晚七绝》引）

胡次焱曰："同""独"二字小巧。又：崔诗清雅，赵诗明丽，各有好处。（同上引）

王尧衢曰：人有离合，风景则同。此水月同，人之心情不同。同来则欢，然独上则"悄（原诗作渺）然"，故视此风景不无小异。所以加"依稀"二字，"依稀"似犹云不差、大概也。倒结出"去年"二字，最有情。（《古唐诗合解》）

黄叔灿曰："风景依稀"句缭绕有情，极似盛唐人语。（《唐诗笺注》）

宋顾乐曰：情景真，不嫌其直。下二句分足上二句。（《唐人万首绝句选》评）

宋宗元曰："独上""同来"四字，为此诗线索。（《网师园唐诗笺》）

王文濡曰：此怀旧诗也。言风景依然如旧，而去年同来玩月之人，则不在矣。"独上"二字，与第三句相应。（《唐诗评注读本》卷四）

俞陛云曰：唐人绝句，有刻意经营者，有天然成章者。此诗水到渠成，二十八字一气写出。月明此夜，风景当年，后人之抚今追昔者不能外此。在词家中，唯"月到旧时明处，与谁同倚栏干"句，与此意境相似。（《诗境浅说》续编）

沈祖棻曰：此诗也是对于一件美好的事、一位亲密的人的追忆。至于其人是男是女，是好友还是情人，诗人既未明言，读者也无须深究。前两句写今夜登江楼，望明月。而起句冠以"独上"，接以"思渺然"，就伏下了以下怀人感旧的情事。次句写江天月色，月光明净如水，而水光又澄清如天……月、水、天三者交融辉映，构成了一幅极其空灵明丽的图景……

这样幽美的风物，为什么会引起登临者的怀旧之思呢？这里只用"独上"二字暗点，引起下文，后两句由今思昔，着重写出物是人非。一样的江楼，一样的明月，一样的流水，一样的遥空，只是同来玩赏之人，已经不知所在了。"人何处"，应上"独上"。不说风景和去年全然相同，而只说其与去年依稀相似，这就敷上了一层感情的色彩，暗示出尽管景物依旧，由于人事之变迁，在重游之人的心目中，就不能毫无差别。这种心理描绘是相当细致的，很容易被忽略过去。这首诗也是以前后各两句对照，表现对物思人。但崔（护）诗是从昔到今，一上来就写出去年情事，是从回忆中追叙往事，此诗则是从今到昔，先写今日，而以往事作结。直抒胸臆，彼此虽同，而章法安排，却又相异。（《唐人七绝诗浅释》）

刘拜山曰：结构细密，语浅情深，犹是中唐婉约音响。（《千首唐人绝句》）

这是一首登楼感怀的小诗，写得既通俗易懂，又空灵淡远，情味隽永。优秀的唐诗，尤其是绝句，都有这种雅俗共赏的特点，所感之"怀"，究竟是思念旧友，还是情人，诗人并未作任何交代或暗示。因为诗人所要表现的，主要是一种景似人非的感受，是更带普遍意义的生活体验和人生感受，至于具体的人事，已经退居次要地位可作模糊化的处理了。

"独上江楼思渺然，月光如水水如天。"前两句写当前登江楼所见所感。点出"江楼"，为次句所展示的景色提供条件。不说"一上"而说"独上"，便隐然带有强调自身孤孑的意味，与下"同来"对应。"思渺然"是形容思绪渺茫广远，又空廓无着落的样子，这和句首的"独上"显然有密切联系。但何以"独上"就会产生这样的感情状态，诗人并不忙着作正面回答，而是在第二句转笔写景："月光如水水如天。"一句中写了江楼所见的月光、水色和天容，并用两个"如"字将这三者联成一个空明澄澈、广远无边的境界。

"月光如水"，是突出月光的明净、柔和以及像水波那样的荡漾流动感，静态与动态兼而有之；"水如天"，既是描绘水色与天光同其空明澄澈的色感，又是描绘水天相连相接，茫然空阔的景象。句中"水"字连叠、"如"字重复，加强了全句所展示的境界浑然一体的感觉。这空明广远而又带有迷茫朦胧色彩的江楼夜景，既可以令登临者心旷神怡，又可以引发悠远的思绪乃至惘然无着的情绪。实际上作者在不同时间、不同条件下登临望远，引起的思绪也确实不同。读到这里，我们恍然领悟首句的"思渺然"即因这"月光如水水如天"的广远迷茫之境所引起，而这广远迷茫之境在情态上又正和"渺然"之思相吻合。但这"渺然"之思究竟包含什么内容，这里仍含而未宣，要等下文来加以展示。

第三句"同来望月人何处"，是由眼前所见"月光如水水如天"的景象所触发的感慨。今夕"独上江楼"望月，触动诗人对去年"同来望月"的记忆，而同来的人此刻却不知到哪里去了。这一句与其说是设问，不如说是诗人发自心底的一声长叹。从表面上看，这一句是由今忆昔的转折，实际上第一句"独上"中就已含着今昔的对比，"思渺然"中更包含着因怀旧而产生的悠远迷惘的情思，只是没有自觉地意识到而已。到这里，由于特定情景的触发，才发展为明确的意识，而有此感慨式的发问和叹息。

按照常规，第四句似应就人之不在再抒感慨，但诗人却出乎常情，仍然折回到"风景"上来——"风景依稀似去年"。这是一个极富韵味的结尾。"风景似去年"，当然指的是登江楼所见"月光如水水如天"的景象。但作者意中要强调的恰恰是"不似"的一面。风景虽仍然与去年相似，而人却不同——去年是"同来望月"，今岁是"独上江楼"。正因为这样，感受也就不同：去年江楼同赏，"月光如水水如天"的景象令人心旷神怡；今岁江楼独上，同样的景象却令人怅触感伤，思绪茫然。"依稀"二字，自然精妙，刻画入微。它既传出诗人回忆去年情景时依稀仿佛、记得不很真切的情态，又透出诗人因昔日同来之人不在，连带着觉得眼前的景物也带上了一层孤清迷茫、如梦似幻、是耶非耶的色彩。物是人非，景是人非，是表现怀旧感情时常用的词语。其实，景物无论就它本身的形态或它在不同情境中的人的主观感受中，都只是大略相似而不能尽同。这里用"风景依稀似去年"来形容，实在是十分细微真切而传神的描写。没有比这两句更能传达那种梦幻式的空廓失落感受的了。

妙在写到"风景依稀似去年"就徐徐收住，不言感慨而感慨自深。要说明这一点，有一个极简单的检验方法，那就是将这首诗略微调整一下次序，改为：

> 月光如水水如天，风景依稀似去年。
>
> 同来望月人何处？独上江楼思渺然。

内容文字没有任何改动，但那隽永的情味和空灵淡远的意境却都减色多了。

赵昌平

2655

马　戴

马戴，字虞臣，曲阳（今江苏东海西南）人。屡试不第，尝居华山。会昌四年（844）登进士第，与赵嘏同榜。大中初为太原幕府掌书记，以直言获罪，贬朗州龙阳尉。咸通末，终国子博士，善五律。有《会昌进士集》行世。《新唐书·艺文志》著录《马戴诗》一卷，《全唐诗》编其诗为二卷。

楚江怀古三首（其一）〔一〕

露气寒光集，微阳下楚丘〔二〕。
猿啼洞庭树，人在木兰舟〔三〕。
广泽生明月，苍山夹乱流。
云中君不降〔四〕，竟夕自悲秋。

校注

〔一〕楚江，长江流经古楚国的一段，视下"洞庭""广泽"等语，似在长江中游荆楚洞庭一带。

〔二〕楚丘，楚山。

〔三〕木兰舟，用木兰树木制成的舟船。《楚辞·离骚》："朝搴阰之木兰兮，夕揽洲之宿莽。"木兰系香木，皮似桂而香，状如楠树。《楚辞·九歌·湘君》又有"桂櫂兮兰枻（船桨）"之语。任昉《述异记》卷下："木兰洲在浔阳江中，多木兰树。昔吴王阖闾植木兰于此，用于构宫殿也。诗家云木兰舟，出于此。"

〔四〕《楚辞·九歌》有《云中君》篇，王逸注谓"云中君"即云神丰隆。

笺评

张为曰：清奇雅正主：李益。升堂十人：马戴："露气寒光尽，微阳下楚丘。猿啼洞庭树，人在木兰舟。"《楚江怀古》（《诗人主客图》）

杨慎曰：马戴《蓟门怀古》，雅有古调。至如"猿啼洞庭树，人在木兰舟"，虽柳吴兴无以过也。晚唐有此，亦希声乎！（《升庵诗话》卷十）

王世贞曰：权德舆、武元衡、马戴、刘沧五言，皆铁中铮铮者。"猿啼洞庭树，人在木兰舟"，真不减柳吴兴。（《艺苑卮言》）

胡应麟曰：晚唐"猿啼洞庭树，人在木兰舟"，宋人"雨砌堕危芳，风轩纳絮绵"，皆句格之近六朝。（《诗薮》）

钟惺曰：（"猿啼"二句）二语以连读为情景。（《唐诗归》卷三十四）

谭元春曰："光集"，妙，承"气"字，尤妙。（同上）

胡震亨曰：马虞臣（戴）"猿啼洞庭树，人在木兰舟"，风致自绝，然未如"空流注大荒"为气象。（《唐音癸签·评汇四》）

许学夷曰："猿啼洞庭树，人在木兰舟"，元美谓"不减柳吴兴"，然全篇则实中唐。（《诗源辩体》卷三十一）

王夫之曰：神情光气，何殊王子安？固非高廷礼辈所知。"广泽生明月"，较之"乾坤日夜浮"，孰正孰变，孰雅孰俗，必有知者。"云中君不降"，五字一直下语，而曲折已尽，可谓笔外有墨气，奇绝。（《唐诗评选》）

陆次云曰：读虞臣（《楚江怀古》）中两联，赞叹不足，唯令人顶礼，我欲如李洞之铸浪仙。（《晚唐诗善鸣集》）

贺裳曰：至如"虹霓侵栈道，风雨杂江声"，"猿啼洞庭树，人在木兰舟"，每读此语，便真若自游楚、蜀。（《载酒园诗话》）

黄生曰：尾联见意。三、四语真脍炙千古。韦庄亦有"鸟栖彭蠡树，月上建昌船"，法与此同，何以不为人所称？此亦景事衬对句，中便含有悲秋意故也。（《唐诗摘抄》卷三）

王士禛曰：弇州云：皇甫子安、子循兄弟论五言，推马戴"猿啼洞庭树，人在木兰舟"，以为极则。（《带经堂诗话》）

沈德潜曰："猿啼洞庭树，人在木兰舟"，二语连读，乃见标格。（《重订唐诗别裁集》卷十二）

朱之荆曰：怀古，即怀屈、宋诸贤也。（《增订唐诗摘抄》）

顾安曰："广泽"二句，只写闲景，不曾蓄得"怀古"意，故结句便觉直率。"生明月"似应首二句，"夹乱流"似应三、四句，但尚模糊耳。（《唐律消夏录》）

马
戴

2657

吴瑞荣曰：诗至会昌，气最薄而情最幻，薄极乃幻，幻则无复能厚之理矣。此间关系气运甚微，恐主之者非之事也。（《唐诗笺要》）

屈复曰：三、四王渔洋以为诗之极致。五、六作"梦泽""巫山"方切，但与"楚丘""洞庭"用地名太多，故浑言"广泽""苍山"耳，有议其不切者，非。（《唐诗成法》）

周咏棠曰：次联十字令人揽结不尽。皇甫兄弟谓此为五言极则，洵具眼也。（《唐贤小三昧集续集》）

李怀民曰："猿啼洞庭树，人在木兰舟"，意景较宽，声响较大，不知者认为初、盛，胜贾（岛）、喻（凫）也。"广泽生明月，苍山夹乱流"，何必是楚江，确是楚江。（《重订诗人主客图》卷下）

王寿昌曰：唐人佳句，有可以照耀古今，脍炙人口者，如……马戴之"猿啼洞庭树，人在木兰舟"……此等句当与日星河岳同垂不朽。（《小清华园诗谈》卷下）

俞陛云曰：唐人五律，多高华雄厚之作，此诗以清微婉约出之，如仙人乘莲叶轻舟，凌波而下也。（《诗境浅说》）

鉴赏

　　怀古诗最常见的主题是抒发今昔盛衰的历史感慨和现实感慨，但马戴的《楚江怀古三首》却显然偏离怀古诗的传统主题。三首诗都以描绘楚江景色为主，怀古之意只在第三首的颔联"屈宋魂冥寞，江山思寂寥"中有较明显的表露，其余则均隐含在诗歌意象、意境之中。无论是怀古的对象、主题和写法，都与一般的怀古诗显然有别。

　　"露气寒光集，微阳下楚丘。"这是一个深秋的傍晚，淡淡的夕阳余晖已经落下了楚地的山丘，江面上雾气弥漫，波光动荡，散发出一阵阵寒意。上句写江上景色，却不明标"楚江"字样，而从下句"楚丘"暗透。句末的"集"字，写出日落后江上波涛泛着寒光，给人以凛冽生寒的强烈感受。下句既点明特定的季节时间，也创造出一种迷茫朦胧的氛围，为下一联写幻觉中的境界伏根。这一联境界阔大苍茫，气势雄浑，而意绪则透出凄寒的色彩。

　　"猿啼洞庭树，人在木兰舟。"领联从写实的角度说，实际上是写诗人置身江上舟中，听到岸边树上哀猿长啸的声音。但由于其中融化了《楚辞》中的意象和意境，遂使整个境界呈现出古今交融、真幻莫辨的特征。《楚辞·山鬼》中有"猨啾啾兮狖夜鸣，风飒飒兮木萧萧"之句，《湘夫人》中更有"嫋嫋兮秋风，洞庭波兮木叶下"的千古名句，所写皆为深秋景象，"木兰""兰枻"也是《楚辞》中用以象征诗人芬芳高洁品格的意象。因此这一联在写实之中就融入了象征的色彩，恍惚中似乎回到了遥远的历史年代，在想象中浮现出诗人屈原"人在木兰舟"中的缥缈身影，以及当年他置身舟中，听到洞庭高树上哀猿长鸣时的凄凉孤寂感受。今与古，诗人与屈原，在这里浑化一体，亦真亦幻，给人以悠远的联想。两句一气直下，极具悠扬的风致韵调。

马
戴

"广泽生明月，苍山夹乱流。"腹联续写舟中所见。所谓"广泽"，联系"洞庭树"之语，当即指洞庭湖这一方圆数百里的湖泽，而"苍山"当即指湖中的君山。时间由暮入夜，广阔苍茫的湖面上升起了一轮明月，在月色映照下，青苍的君山之畔，波涛汹涌，像是由于山的逼仄使流水受到约束，激而奔射成为"乱流"。这一联撇开"怀古"，纯写眼前景，境界壮阔、气势雄浑，而"夹乱流"三字又暗透诗人目睹上述景象时引起的骚屑纷乱的感受。

"云中君不降，竟夕自悲秋。""云中君"是《楚辞·九歌·云中君》中所迎祭的云神，而"悲秋"则是《楚辞·九辩》开宗明义的主句"悲哉秋之为气也，萧瑟兮草木摇落而变衰"的浓缩与提炼。诗人独处舟中，神思遥接千古，仰视天宇，既不见云中君的到来，更不见骚人屈、宋的身影，面对萧瑟的江上秋色，通宵不寐，只能空自悲秋而已。尾联结出"怀古""悲秋"正意，是全篇的结穴。

晚唐五、七言律，由于多数诗人才力的限制，往往致力于一句一联，少有通篇完整浑成的佳作。这首五律，从怀古诗的角度看，思想感情内容其实比较平常，只不过是由于置身楚江一带昔日骚人的贬逐之地，由眼前景引发对昔日情景的历史想象，又因此触发自身的悲秋情绪而已。诗人所着意表现的，是骚人曾经活动过的楚江洞庭一带景物所特具的情调气氛。从这一点说，不但为评家所盛赞的"猿啼洞庭树，人在木兰舟"一联写得今古相浃，既见诗人的高情逸韵，又宛见当年骚人的凄怨与高洁情怀，全联又极具摇曳的风致；而且通篇骨格苍劲，气象阔大，意境雄浑，在晚唐堪称佳构。

李群玉

李群玉（约811—861），字文山，澧州澧阳（今湖南澧县东）人。大和初应举不第，屏居澧州十年。开成初赴吴、越，往返中经池、宣诸州。会昌初有三峡之行。裴休为湖南观察使（会昌三年至大中元年，843—847），延至郡中在幕陪奉宴饮。大中七年（853）秋，赴京上表，得裴休之延誉、推荐，授弘文馆校书郎，进所作诗三百首。因讦直上书，傲视公卿而辞官归，未几卒。与张祜、杜牧、段成式、方干等交往唱酬。《新唐书·艺文志四》著录《李群玉诗》三卷、《后集》五卷，《全唐诗》编其诗为三卷。

黄陵庙〔一〕

小姑洲北浦云边〔二〕，二妃明妆共俨然〔三〕。
野庙向江春寂寂，古碑无字草芊芊〔四〕。
风回日暮吹芳芷〔五〕，月落山深哭杜鹃〔六〕。
犹似含颦望巡狩〔七〕，九疑如黛隔湘川〔八〕。

校注

〔一〕黄陵庙，在今湖南湘阴县北洞庭湖畔。系为传说中舜之二妃娥皇、女英所建的祠庙。《水经注·湘水》："湖水西流，迳二妃庙南，世谓之黄陵庙也。"《云溪友议》卷中载："李校书群玉，既解天禄之任（指校书郎之任）而归涔阳，经湘中，乘舟题二妃庙诗二首（按：指此首及七绝"黄陵庙前莎草春"……题诗后二年，乃逝于洪井。"则诗当作于大中十三年（859）左右。

〔二〕姑，《云溪友议》《文苑英华》作"孤"。《英华》校："孤，一作袁。"浦，水口。

〔三〕明妆，《全唐诗》原作"容华"，校："一作啼妆，一作明妆。"按：《云溪友议》作"明妆"，《文苑英华》作"啼妆"。兹据《云溪友议》改。共，《全唐诗》原作"自"，校："一作共。"按，《云溪友议》《文苑英华》均作"共"，兹据改。俨然，严肃庄重貌。

〔四〕芊芊，茂盛貌。

〔五〕风回日暮，《云溪友议》作"东风近暮"，《文苑英华》作"东风日暮"。芳芷，芳香的白芷。

〔六〕传杜鹃为古蜀王杜宇之魂所化。春末夏初，常昼夜哀鸣，血渍草木。

〔七〕相传舜南巡，其二妃娥皇、女英追之不及，溺于湘江。《水经注·湘水》："大舜陟方，二妃从之，溺于湘江，神游洞庭之渊，出入潇湘之浦。"

〔八〕九疑，山名，在湖南宁远县南。《山海经·海内经》："南方苍梧之丘，苍梧之渊，其中有九嶷山，舜之所葬，在长沙零陵界中。"如黛，《全唐诗》作"愁断"，校："一作如黛，一作愁绝。"按《云溪友议》作"九疑如黛"，兹据改。

笺评

方回曰：第六句好。（《瀛奎律髓》卷二十八）

纪昀曰：总是套头。（《瀛奎律髓刊误》）

金圣叹曰：（前解）前解写入庙瞻礼也。为欲写他尊像俨然，因先写他小姑洲北，言神道直以此洲为案，则可想见尊像之俨然也。"春寂寂""草芊芊"，又言庙中除二尊像外，乃更一无所有也。（后解）后解写出庙凝望也，"东风""芳芷"，写意中疑有一线生意。"落日""杜鹃"，写耳中纯是一片恶声。如此便是悄然意尽之路也。而又云"九疑黛色"，含颦犹望者，嗟乎！此为写二妃，为不写二妃，必有读而黯然泣下者也。（《贯华堂选批唐才子诗》卷八）

陆次云曰：有声无声，有色无色，雅令韶秀，一字更易不得。（《五朝诗善鸣集》）

谭宗曰：怆浑亮壮，得吊古体。而含颦望幸，且能通二灵之神，晚唐高作。（《近体秋阳》）

梅成栋曰：白描之笔，不异龙眠画手。（《精选五七言律耐吟集》）

余成教曰：文山进诗表云："居住沅、湘，宗师屈、宋，枫江兰浦，荡思摇情。"可为《黄陵庙》《玉真妃》诸诗注脚。（《石园诗话》）

李群玉写了两首《黄陵庙》诗，一首七律，一首七绝。前者着重写瞻仰二妃神像的感受联想和神庙的环境气氛，情调凄恻缠绵；后者主要写黄陵庙前美好风物，风调悠扬婉转。虽内容、风格不同，却都是佳作。

"小姑洲北浦云边，二妃明妆共俨然。"首句点出黄陵二妃庙所在的位置。"小姑洲"当是湘江入洞庭湖处的一片沙洲。"浦"即湘江入洞庭湖的水口。"小姑洲"的名称，虽不详所由，但熟悉南朝乐府民歌《清溪小姑曲》的读者却容易联想起"开门白水，侧近桥梁。小姑所处，独居无郎"的诗句，从而引发对二妃寂处江滨情景的想象，这和下面描绘的"春寂寂"的景象有着若有若无的联系。而笼罩在浦口上的迷蒙云雾，又为黄陵庙增添了缥缈迷离的色彩。首句系入庙前所见，次句紧承，写入庙后见神龛上所塑的二妃神像。娥皇、女英传为尧之二女，嫁舜，此处用"二女"，既点明此意，也因此字宜仄，故不用"二妃"。"明妆"，一作"啼妆"，恐非。二妃的传说虽带有浓重的悲剧色彩，但作为神像供奉，恐不宜塑成泣流满面的"啼妆"，且下用"共俨然"来形容，也是指其容仪端严矜庄，方切其尧女舜妃的身份。"共"字应句首"二"字。此句既写出二女容颜明艳美丽，又写出其神情之端庄矜重，笔下既含赞美之情，亦寓敬仰之意。

"野庙向江春寂寂，古碑无字草芊芊。"颔联系诗人身在庙中所见庙前、庙内景象。说"野庙"则透露此庙系村野百姓为纪念二妃所建的简朴的神庙，非通都大邑那种金碧辉煌的庙宇，同时也透露其所处环境的荒寂。时值芳春季节，二妃庙面对着湘江，周围空寂无人，显得分外冷落荒凉。庙内竖立着一座石碑，上面的字迹由于风雨的侵蚀已经漫漶模糊，无法辨认，只有它周围的野草，春来芊蔚繁茂，杂乱丛生，看来这座庙宇历时已久，而且久已无人修葺了。这一联纯粹写景，以春日的丽景反衬野庙的荒寂冷落，也显示出对二妃这样忠贞美丽的女子为人们所遗忘的哀惋。

"风回日暮吹芳芷，月落山深哭杜鹃。"随着时间的推移，不知不觉间，天色已晚，暮色苍茫中，回荡旋转的春风传送来一阵阵白芷的袭人幽香，使人自然联想起二妃的幽洁芬芳的品行风采；月落之后，两岸的深山中传来了杜鹃泣血般的哀鸣，像是为二妃寂寞悲苦的幽魂传达着千古的悲哀怨恨。《楚辞·九歌·湘夫人》中有"沅有芷兮澧有兰"之句，白芷等香草在《楚辞》中又是芬芳高洁品质的象征，这里写风吹白芷传送幽芳，也自然具有象征色彩，与下句的"哭杜鹃"象征悲苦怨怅正具有同样的作用，而一则诉之嗅觉，一则诉之听觉，又均符合自暮入夜的感受景物的特点。

"犹似含颦望巡狩，九嶷如黛隔湘川。"尾联遥应首联对句，又回到二女神像的神态描写上，说她们眉黛含愁，似乎还在凝望着南巡不返、葬于苍梧的舜帝，但遥远的九嶷山深青的黛色却在隐约的南天之间，可望而不可即，和二妃所在的湘水遥遥相隔。舜南巡苍梧而不返，二妃追之不及，溺于湘江，这传说本身就带有浓厚的悲剧色彩，而死后成为湘水之神仍然相隔而不能相会，更是永恒的悲剧。诗的结尾，通过对神像含颦遥望九嶷的描写，将二妃的悲剧推向极致，诗也就在到达高潮时徐徐收束，使读者引发无穷的怅恨和同情。

引水行〔一〕

一条寒玉走秋泉〔二〕，引出深萝洞口烟〔三〕。
十里暗流声不断，行人头上过潺湲〔四〕。

〔一〕引水，指南方山区一种用竹筒打通连接的引水工程。
〔二〕寒玉，形容翠绿如玉泛着寒光的引水竹筒。
〔三〕谓山泉水从蒙盖着绿萝、弥漫着雾气的深洞中引出。
〔四〕引水的竹筒渡槽凌空架设，故潺湲不断的水声从行人头上流过。

（鉴）（赏）

包括绝句在内的唐代诗歌，题材丰富，内容广阔，生动地反映出生活的千姿百态。令人感到美中不足的是，劳动人民的生活，特别是他们改造自然的智慧创造，在诗歌中却少有反映，李群玉的这首《引水行》却使人耳目一新。

诗里描写的是竹筒引水工程，多见于南方山区。用凿通竹节的长竹筒节节相连，将高山上的泉水引向需要灌溉或饮用的地方，甚至直接通到人家的水缸里，叮咚之声不绝，形成南方山区特有的富于诗意的风光。

一、二两句写竹筒引泉出洞。"一条寒玉"，这是富于诗意想象的创造性隐喻。李贺《昌谷北园新笋》曾用"削玉"形容新竹的光洁挺拔，这里用"寒玉"形容竹筒的碧绿光洁，可谓异曲同工。玉色光洁润泽，着一"寒"字，突出了清冷之感，这是将视觉印象化为感觉。碧色本来就是一种清冷的色调，这里为了与"秋泉"相应，特用"寒"代"碧"，以加深引水的竹筒给人带来的清然泠然的感受。寒玉秋泉，益见水之清冽，也益见竹之光洁。玉是固体，泉却是流动的，"寒玉走秋泉"，仿佛不可能。但正是这样，才促使读者去寻求其中奥秘。原来这条"寒玉"竟是中空贯通的。所以"寒玉走秋泉"的比喻本身就蕴含着诗人发现竹筒引水奥秘的欣喜之情。这就不是单纯的设谕、寻常的刻画，而是对普通的引水竹筒有着一种新鲜诗意感受。

高山泉水涌出的洞口外面，常有藤萝一类植物丛生蒙盖。洞口附近，常弥漫着一层烟雾似的水汽。竹筒就是从这里将水引出，这正是所谓"引出深萝洞口烟"。按通常顺序，应先写深萝泉洞，再写竹筒流泉，现在这样倒过来写，是因为诗人先发现竹筒流泉，其声淙淙，然后才按迹循踪，发现它来自幽深的岩洞。这样写不但符合观察事物的过程，而且由于先把最吸引人的新鲜景物描绘出来，可以收到先声夺人的艺术效果。反之，如按引泉出洞、竹筒流泉的次序来写，就显得平直无味了。

竹筒引水，一般都是顺着山势，沿着山路，由高而低，蜿蜒而下。所以多数情况下，诗人都和连绵不断的引水竹筒相伴而行，这就是所谓的"十里暗流声不断"。有时山路折入两山峡谷之间，而竹筒渡槽便须凌空飞越，这就成了"行人头上过潺湲"。诗不是说明文，花费很大气力去说明某一事物，即使再精确，也不见得有感人的艺术力量。这两句诗对竹筒引水的描写是精确的，但它决不单纯是对竹筒引水的说明，而是诗的描写，关键就在于它写出了行人对竹筒引水的诗意感受。十里山行，竹筒蜿蜒，泉流不断，只闻其声，不见其形，似是有意与行人相伴。在寂寥的深山中，邂逅如此多情的良伴，该会平添多少兴味！"暗流声不断"，也写出了行人在行路过程中时时侧耳倾听竹筒流泉的琤琤清韵的情景。忽而潺湲泉声又流过行人头上，则简直像顽皮的孩子在和你捉迷藏，它该给行人带来多少新奇、亲切之感啊！引水的竹筒，在这里被赋予了人的感情。

竹筒引水，是古代劳动人民巧妙地利用自然、改造自然的生动事例，劳动人民在改造自然的同时，也为自然增添了新的景色，新的美。而这种美的事物，又是自然与人工的不露痕迹的和谐结合。它本就富于诗意，富于朴素、清新的美感。但劳动人民用自己的智慧创造出来的这种美的事物，能为文人所发现、欣赏并加以生动表现的却不多。诗人写这首诗，尽管未必是有意赞美劳动者的智慧与创造，但他确实是怀着一种新鲜、亲切、喜悦之感来欣赏和描写的，也确实发现了这一平凡事物所蕴含的诗意美。这说明诗人的美学趣味是比较健康的，对新鲜事物也是敏感的。这种取于自然，改造、服务自然，又与自然浑然一体的引水竹筒，较之钢筋水泥的引水渡槽，恐怕要有诗意得多吧。

李群玉

陈　陶

陈陶（803？—879？），字嵩伯，里贯不详。大和三年（829）至大中初，曾南游福建、江西、岭南，作诗投献各地刺史、观察使。大中三年（849）隐居洪州（今江南南昌）西山。卒后方干、曹松、杜荀鹤、张乔均有诗哭吊。有《文录》十卷，已佚。五代南唐时另有一陈陶，其事迹及诗作常与此陈陶相混。《全唐诗》编其诗为二卷，其中亦有南唐陈陶诗误入者。今人陶敏有《陈陶考》。

陇西行四首（其二）〔一〕

誓扫匈奴不顾身，五千貂锦丧胡尘〔二〕。
可怜无定河边骨〔三〕，犹是春闺梦里人。

校 注

〔一〕《陇西行》，汉乐府相和歌辞旧题，古辞"天上何所有，历历种白榆"，内容与征戍之事无关。梁简文帝《陇西行三首》，始言边塞征战之事，其一云"边秋胡马肥，云中惊寇入"；其二云"陇西四战地，羽檄岁时闻"。此后诗人所作，方多以边塞征戍之事为内容。《通典》曰："秦置陇西郡，以居陇坻之西为名。"地在今甘肃东南部一带。陈陶另有《水调词十首》，亦闺中怀念良人远戍之作。《陇西行四首》，系讽汉武开边之作。

〔二〕貂锦，穿貂皮裘、着锦衣的朝廷精锐部队。刘禹锡《和白侍郎送令狐相公镇太原》："十万天兵貂锦衣，晋城风日斗生辉。"司马迁《报任少卿书》："且李陵提步卒不满五千，深践戎马之地，足践王庭，垂饵虎口……转斗千里，矢尽道穷，救兵不至，士卒死伤如积。"此句化用其意。

〔三〕无定河，黄河中游支流。在陕西省北部，源出白于山北侧，绕经内蒙古自治区南端，折而东南流，经绥德县，至清涧县东入黄河。原名囵水，后人因其溃沙急流，深浅不定，故改名无定河。唐代无定河流经夏州、银州、绥州入河。《元和郡县图志·关内道·夏州朔方县》："无定河一名朔水，一名奢延水。"

　　魏泰曰：李华《吊古战场文》："其存其殁，家莫闻知。人或有云，将信将疑。悁悁心目，寝寐见之。"陈陶诗云："可怜无定河边骨，犹是春闺梦里人。"盖工于前也。（《临汉隐居诗话》）

　　杨慎曰：后汉肃宗诏曰："父战于前，子死于后。弱女乘于亭障，孤儿号于道路。老母寡妻设虚祭，饮泣泪，想望归魂于沙漠之表，岂不哀哉！"李华《吊古战场文》祖之。陈陶《陇西行》云："可怜无定河边骨，犹是春闺梦里人。"可谓得夺胎之妙。（《升庵诗话》卷十一，又见卷十二）

　　王世贞曰："可怜无定河边骨，犹是春闺梦里人。"用意工妙至此，可谓绝唱矣。惜为前二句所累，筋骨毕露，令人厌憎。"葡萄美酒"一绝，便是无瑕之璧，盛唐地位不凡乃尔。（《艺苑卮言》卷四）

　　江盈科曰：唐人题沙场诗，愈思愈深，愈形容愈凄惨。其初但云："凭君莫话封侯事，一将功成万骨枯。"则愈悲矣，然其情尤显。若晚唐诗云："可怜无定河边骨，犹是春闺梦里人。"则悲惨之甚，令人一字一泪，几不能读，诗人穷工极变，此亦足以观矣。（《雪涛小书（品）

　　唐汝询曰：（末二句）余谓是联晚唐中堪泣鬼神。于鳞莫之选，直为首句欠浑厚耳。然径尺之璧，正不当以纤瑕弃之。（《唐诗解》）又曰：想头入细，堪泣鬼神，盛唐人所未发。（《汇编唐诗十集》）

　　陆时雍曰：此诗不减盛唐，第格力稍下耳。（《唐诗镜》）

　　何新之曰：为镕意体。（《删补唐诗选脉笺释会通评林·晚七绝》引）

　　梅纯曰：后二句命意，可谓精到。初玩似不经意者。若在他人，不知费几多词说。（同上引）

　　周启琦曰：穿天心、破月胁之语，能使沙场磷火焰灭。（同上引）

　　陆次云曰：嵩伯《陇西行四首》，"可怜无定河边骨，犹是春闺梦里人"，皆是此题佳句。（《五朝诗善鸣集》）

　　黄周星曰：不曰"梦里魂"而曰"梦里人"，殊令想者难想，读者难读。（《唐诗快》）

　　贺裳曰：陈陶《陇西行》"五千貂锦丧胡尘"，此必为李陵事而作。汉武欲使匈奴兵毋得专向贰师（按：指贰师将军李广利），故令陵旁挠之。一念之动，杀五千人，陶讥此事而但言闺事，唐诗所以深厚也。（《载酒

陈

陶

沈德潜曰：作苦语无过此者。然使王之涣、王昌龄为之，更有馀蕴，此时代使然，作者亦不自知其然而然也。（《重订唐诗别裁集》卷二十）

宋宗元曰：（三、四句）刺骨寒心。（《网师园唐诗笺》）

吴瑞荣曰：风骨棱露，与文昌《凉州词》同一意境。唐中、晚时事日非，形之歌咏者，促切如此，风气所不能强也。（《唐诗笺要》）

周咏棠曰：刻骨伤心，感动顽艳。（《唐贤小三昧集续集》）

孙洙曰：较之"一将功成万骨枯"句更为沉痛。（《唐诗三百首》）

高步瀛曰：升庵推许不免太过。元美谓为前二句所累亦不然。若前二句不若此说，则后二句何以着笔？此特横亘一盛唐、晚唐之见于胸中，故言之不能平允。（《唐宋诗举要》卷八）

刘永济曰：此诗以第三句"无定河边骨"与第四句"春闺梦里人"一对照，自然使人读之生感，较沈彬之"白骨已枯"二句沉着相同，而辞采则此诗为胜。王世贞《艺苑卮言》虽赏此诗工妙，却谓"惜为前二句所累，筋骨毕露，令人厌憎"，其立论殊怪诞。不知无前二句则不见后二句之妙。且貂锦五千乃精练之军，一旦丧于胡尘，尤为可惜。故作者于前二句着重描绘，何以反病其"筋骨毕露"至"令人厌憎"耶？（《唐人绝句精华》）

刘拜山曰：李陵名将，尚且丧师，言开边之不可为也。下二句措语警辟，唱叹有神，故为千载传诵。（《千首唐人绝句》）

陈陶的《陇西行四首》，是一组反黩武战争的咏史边塞诗。第一首说："汉主东封报太平，无人金阙议边兵。纵饶夺得林胡塞，碛地桑麻种不生。"反对黩武开边的意旨显然。或因诗中渲染了战争中的惨重牺牲和它给人民造成的沉重心灵伤痛，怀疑它是笼统反战的和平主义作品，那是没有通观整个组诗的缘故。

首句"誓扫匈奴不顾身"，写汉兵的奋勇作战。"誓扫""不顾"，一强调其意志的坚决，一突出其行动的勇猛。黩武战争本来是和广大人民的利益直接违背的，统治者为了驱使人民为其黩武开边政策效命，往往欺骗人民，打着国家民族利益的招牌。因此，诗中的战士不是怀着畏战、厌战的心理，而是怀着卫国破敌的决心英勇作战。这样来写受欺骗的士兵心甘情愿地走向不义战争，比写他们厌战更深刻，对下文的反跌作用也更强烈。

次句"五千貂锦丧胡尘"，是这场战争的直接后果。貂锦，指貂裘锦衣，这是汉代羽林军的服装，这里借指精锐的部队。一场战争，被派去冲锋陷阵的五千精锐全军覆没，丧身胡尘，则战斗之惨烈、损失之惨重可见。但当事的士兵却并不知道他们的牺牲只是为统治者的好大喜功卖命，反而看作是为国家民族的利益英勇献身。黩武战争后果的悲惨和士兵思想行动的壮烈，构成意味深长的对照，将悲剧的意蕴进一步深化了。

但是，只有上面两句，这首诗便和一般的揭示黩武战争带来惨重牺牲的作品没有任何区别。要把对黩武战争的揭露引向更深刻、更强烈的境地，就必须对生活现实进行集中概括和典型化，这正是三、四两句所要承担的任务。

"可怜无定河边骨，犹是春闺梦里人。""无定河边"，是这场战争进行的战场，"无定河边骨"，即指这场战争中新战死的"五千貂锦"的尸骨，承上"丧胡尘"。上句用"可怜"咏叹作势，下句用"犹是"重笔抒慨，将"无定河边骨"与"春闺梦里人"构成一实一虚、一死一生的强烈对照。开赴边地的貂锦战士已经战死沙场，成为无定河边的尸骨，但后方家中的妻子却并不知道丈夫战死的消息，每日里仍在苦苦思念丈夫，盼望丈夫的归来，春闺寻梦，梦见自己勇武英俊、锦衣貂裘的丈夫。一边是荒无人迹、凄凉萧瑟的无定河边，一边是充满温馨气息的春闺兰房；一边是怵目惊心的累累枯骨，一边是梦中浮现的英武貂锦战士；一边是无情的现实，一边是美好的梦境。这仿佛不能同时并存的两个极端，却被作者用"可怜……犹是"联结了起来，从而产生巨大的悲剧力量，使人在对照中强烈地感到黩武战争是何等残酷地摧毁了人民的和平幸福生活，葬送了无数人的青春、爱情和生命。这是一种深刻入骨的揭露和强烈之极的控诉，但并不剑拔弩张，声色俱厉，而是在从容有致的咏叹中进行鲜明的对照，而读者心灵上所受到的震撼却比那种剑拔弩张的控诉更强烈，也更持久。关键在于这里所进行的对比已经超越一般的艺术手法，而达到由高度的集中概括而创造出的典型化的境界。前方的战士已经埋骨沙场，后方的妻子由于消息不通，仍然以为他还活着。这种情况，生活中习见，但融无定河边的白骨于春闺梦思，融残酷惨烈的现实于温馨绮

陈
陶

丽的幻梦，却是诗人的创造性构思。它源于生活，又比生活更高，更集中，更强烈。许浑的《塞下曲》："夜战桑干北，秦兵半不归。朝来有乡信，犹自寄寒衣。"题材与构思与陈诗类似，写得也凄恻动人，但比较之下，陈诗在对比的鲜明强烈、构思的新颖独特、辞采的工妙婉丽等方面显然更胜一筹。

李商隐

　　李商隐（812—858），字义山，号玉谿生，又号樊南生，原籍怀州河内（辖境包括今河南沁阳市及博爱县），从祖父起迁居郑州荥阳。幼年随父李嗣赴幕，"浙水东西，半纪漂泊"。大和初曾在玉阳山学道。大和三年（829），以所业文谒令狐楚于洛阳，楚奇其才，令与诸子（绪、绹、纶）同游。岁末，随楚赴天平节度使幕，为巡官。后又入令狐楚太原幕。大和五至七年，三应进士试未第。八年依重表叔崔戎于华州、兖海幕。开成二年（837）始登进士第。楚卒，应博学宏辞科试被黜，三年春入泾原节度使王茂元幕，娶其女。四年释褐为秘书省校书郎，旋调补弘农尉。五年秋移家长安樊南，应茂元之召赴陈许幕代草章表。旋居华州周墀幕。会昌二年（842）以书判拔萃授秘书省正字。旋丁母忧居丧。四年春移家永乐。服阕重官秘省正字。大中元年（847）三月，随桂管观察使郑亚赴桂林，为观察支使，掌表记。二年亚贬，罢幕归京，选盩厔尉，京兆尹留其假参军事，专章奏。十月，武宁节度使卢弘止奏辟其为判官，得监察御史衔。四年夏，随弘止至宣武节度使幕。五年春暮，妻王氏卒，商隐罢幕归京。以文章干令狐绹，授太学博士。七月，东川节度使柳仲郢辟其为掌书记，后改判官。约七年冬，曾自东川归京。九年冬，罢东川幕随柳仲郢还朝，任盐铁推官。十二年病废返郑州，卒。商隐工诗擅骈文，曾自编其骈文为《樊南甲集》《樊南乙集》各二十卷。北宋真宗朝编其诗集为三卷。《全唐诗》编其诗为三卷。其诗情调感伤，意境朦胧，富于象征暗示色彩，咏史、咏物、无题及吟咏爱情的篇章均多佳作。清人朱鹤龄、冯浩，近人张采田均有其诗文笺注及年谱。今人叶葱奇有《李商隐诗集疏注》，刘学锴、余恕诚有《李商隐诗歌集解》。

锦　瑟 〔一〕

锦瑟无端五十弦〔二〕，一弦一柱思华年〔三〕。
庄生晓梦迷蝴蝶〔四〕，望帝春心托杜鹃〔五〕。
沧海月明珠有泪〔六〕，蓝田日暖玉生烟〔七〕。
此情可待成追忆〔八〕，只是当时已惘然。

（校）（注）

〔一〕锦瑟，绘有锦绣般花纹的瑟。瑟是古代一种弦乐器。诗咏锦瑟所奏的音乐意境及因此引起的联想和感受，即"思华年"。此诗大约作于诗人的暮年。

〔二〕无端，没来由地。五十弦，《史记·封禅书》："太帝使素女鼓五十弦瑟，悲，帝禁不止，故破其瑟为二十五弦。"

〔三〕柱，系弦的木柱。思，忆。华年，青年时代，此处含有身世年华之意。

〔四〕《庄子·齐物论》："昔者庄周梦为胡蝶，栩栩然胡蝶也；自喻适志与？不知周也。俄而觉，则蘧蘧然周也。不知周之梦为胡蝶与？胡蝶之梦为周与"

〔五〕望帝，《蜀记》："昔有人姓杜名宇，王蜀，号曰望帝。宇死，俗说云，宇化为子规。"子规，即杜鹃。

〔六〕月明珠有泪，古代认为海中蚌珠的圆缺与月的盈亏相应。《博物志》："南海外有鲛人，水居如鱼，不废织绩，其眼能泣珠。"

〔七〕蓝田，山名，产美玉，在今陕西蓝田县。司空图《与极浦书》："戴容州（叔伦）云：诗家之景，如蓝田日暖，良玉生烟，可望而不可置于眉睫之前也。"

〔八〕可待，何待、岂待。

（笺）（评）

刘攽曰：李商隐有《锦瑟》诗，人莫晓其意，或谓是令狐楚家青衣也。（《中山诗话》）

黄朝英曰：义山《锦瑟》诗……山谷道人读此诗，殊不晓其意，后以问东坡，东坡云："此出《古今乐志》，云：锦瑟之为器也，其弦五十，其柱如之，其声也，适、怨、清、和。"案李诗"庄生晓梦迷蝴蝶"，适也；"望帝春心托杜鹃"，怨也；"沧海月明珠有泪"，清也；"蓝田日暖玉生烟"，和也。一篇之中，曲尽其意，史称其瑰迈奇古，信然。刘贡父《诗话》以谓锦瑟乃当时贵人爱姬之名，义山因以寓意，非也。（《靖康缃素杂记》）

邵博曰：《庄生》《望帝》，皆瑟中古曲名。（《邵氏闻见后录》）

张邦基曰：瑟谱有适、怨、清、和四曲名，四句盖形容四曲耳。（《墨庄漫录》）

元好问曰：望帝春心托杜鹃，佳人锦瑟怨华年。诗家总爱西昆好，独恨无人作郑笺。（《论诗》三十首之十二）

王世贞曰：李义山《锦瑟》中二联是丽语，作适、怨、清、和解甚通。然不解则涉无谓，既解则意味都尽，以此知诗之难也。（《艺苑卮言》卷四）

胡应麟曰：锦瑟是青衣名，见唐人小说，谓义山有感作者。观此诗结句及"晓梦""春心""蓝田"、珠泪等，大概《无题》中语，但首句略用锦瑟引起耳。宋人认作咏物，以适、怨、清、和字面附会穿凿，遂令本意懵然。且至"此情可待成追忆"处，更说不通。学者试尽屏此等议论，只将题面作青衣，诗意作追忆读之，自当踊跃。（《诗薮·内编·近体上·五言》）

胡震亨曰：以锦瑟为真瑟者痴，以为令狐楚青衣，以为商隐庄事楚，狎绹，必绹青衣亦痴。商隐情诗，借诗中两字为题者尽多，不独《锦瑟》。（《唐音癸签·诂笺八》）

周珽曰：此诗自是闺情，不泥在锦瑟耳……屠长卿注云：义山尝通令狐楚之妾，名锦而善弹，故作以寄思。言瑟声甚悲，而情思在妙年女子所弹者乃有适、怨、清、和之妙，令人思之不能释也。末谓此自宜及时尽情抚弄，岂可待他年空成追忆，致悔当时惘然不曲传其怀抱而自失也。
（《删补唐诗选脉笺释会通评林·晚七律》）

陆时雍曰：总属影借。（《唐诗镜》）

朱鹤龄曰：按义山《房中曲》："归来已不见，锦瑟长于人。"此诗寓意略同。是以锦瑟起兴，非专赋锦瑟也。《缃素杂记》引东坡适怨清和之说，吾不谓然，恐是伪托耳。《刘贡父诗话》云："锦瑟，当时贵人爱姬之名。"或遂实以令狐楚青衣，说尤诬妄，当亟正之。（《李义山诗集笺注》）

吴乔曰：《唐诗纪事》以锦瑟为令狐丞相青衣，愚谓丞相指楚言。（首句）旧事年深，托怨于瑟柱之多。（次句）追思前事。（三句）"迷"言仕途速化之无术。（四句）义山王孙，故用望帝。（五句）述己思楚之意。（六句）言绹通显之乐。（七八句）言楚之厚德，不待绹今日见疏而后追思

之，虽在其存日，已自惘然出于望外也。（《西昆发微》）

冯舒曰：义山又有句云："锦瑟长于人。"则锦瑟必是妇人。或云令狐楚妾也，则中四句了然可辨，不过云此有泪明珠、生烟宝玉是活宝耳。宋人梦说何足道！（《二冯评阅瀛奎律髓》）

冯班曰：令狐，玉谿之师。若盗其妾，岂堪入咏？此是李集第一首，决如东坡解方是。（同上）

陆次云曰：义山晚唐佳手，佳莫佳于此矣。意致迷离，在可解不可解之间，于初、盛诸家中得未曾有。三楚精神，笔端独得。（《五朝诗善鸣集》）

朱彝尊曰：此悼亡诗也。意亡者喜弹此，故睹物思人，因托物起兴也。瑟本二十五弦，弦断而为五十弦矣，故曰"无端"也，取断弦之意也。"一弦一柱"而接"思华年"，二十五岁而殁也。蝴蝶、杜鹃，言已化去也。"珠有泪"，哭之也，"玉生烟"，已葬也，犹言埋香瘗玉也。此情岂待今日追忆乎？只是当时生存之日已常忧其至此，而预为之惘然，必其婉弱多病，故云然也。（《李义山诗集辑评》卷二）

钱良择曰：此悼亡诗也……锦瑟当是亡者平日所御，故睹物思人，因而托物起兴也。集中悼亡诗甚多，所悼者即王茂元之女。旧解纷纷，殊无意义。（《唐音审体》）按：句下笺与朱彝尊评略同，不录。

田同之曰：义山《锦瑟》诗，拈首二字为题，即无题义，最是。盖此诗之佳，在一弦一柱中思其华年，心思紊乱，故中联不伦不次，没首没尾，正所谓"无端"也。而以"清和适怨"傅之，不亦拘乎！（《西圃诗说》）

何焯曰：此悼亡之诗也。首特借素女鼓五十弦瑟而悲，泰帝禁不可止发端，言悲思之情有不可得而止者。次连则悲其遽化为异物，腹连又悲其不能复起之九原也。曰"思年华"，曰"追忆"，指趣晓然，何事纷纷附会乎？钱饮光亦以为悼亡之诗，与吾意合。"庄生"句，取义于鼓盆也。但云"生平不喜义山诗，意为词掩"，却所未喻。亡友程湘衡谓此义山自题其诗以开集首者，次联言作诗之旨趣，中联又自明其匠巧也。余初亦颇喜其说之新，然义山集三卷出于后人掇拾，非自定，则程说固无据也。（《义门读书记》）按：王应奎《柳南随笔》云："玉谿《锦瑟》诗，从来解者纷纷，迄无定说。而何太史义门（焯）以为此义山自题其诗以开集首者。首联……言平时述作，遽以成集，而一言一咏，俱是追忆生平也。

次联……言集中诸诗，或自伤其出处，或托讽于君亲，盖作诗之旨趣尽在于此也。中联……言清词丽句，珠辉玉润，而语多激映，又有根柢，则又自明其匠巧也。末联……言诗之所陈，虽不堪追忆，庶几后之读者知其人而论其世，犹可得其大凡耳。"与何焯《读书记》所云不同，姑附此。

《李义山诗集辑评》朱笔评曰：此篇乃自伤之词，骚人所谓美人迟暮也。"庄生"句言付之梦寐，"望帝"句言待之来世；"沧海""蓝田"，言埋而不得自见；"月明""日暖"，则清时而独为不遇之人，尤可悲也。义山集三卷，犹是宋本相传旧次，始之以《锦瑟》，终之以《井泥》，合二诗观之，则吾谓自伤者更无疑矣。感年华之易迈，借锦瑟以发端。"思年华"三字，一篇之骨。三四赋"思"也，五六赋"年华"也。末仍结归"思"字。诸家皆以为悼亡之作。"庄生"句，言其情历乱；"望帝"句，诉其情哀苦；珠泪、玉烟，以自喻其文采。（以上各条与何焯《读书记》之解不同，疑非何氏评，故另立一条。）

查慎行曰：此诗借题寓感，解者必从锦瑟着题，遂苦苦牵合。读到结句，如何通得去？（《初白庵诗评》）

胡以梅曰：兴言锦瑟，必当年所善之人能此乐者，故触绪兴思……今专用五十弦，言悲来无端耳……思年华，从弦柱配合言，若谓五十弦论年，则非矣……第二句既脱卸于年华，中四尽承之……三当年之迷恋，四五彼此离思凄惋，六即"绿叶成荫子满枝"也。此情即四句之情，当年已是不堪，而况今日成追忆哉！（《唐诗贯珠串释》）

《唐诗鼓吹评注》：此义山有托而咏也。首言锦瑟之制，其弦五十，其柱如之，以人之年华而移于其数。乐随事去，事与境迁，故于是乎可思耳。乃若年华所历，适如庄生之晓梦，怨如望帝之春心，清而为沧海之珠泪，和而为蓝田之玉烟，不特锦瑟之音有此四者之情已。夫以如此情绪，事往悲生，不堪回首，固不可待之他日而成追忆也。然而流光荏苒，韶华不再，遥遡当时，则已惘然矣，此情终何极哉！此诗说者纷纷……自东坡谓咏锦瑟之声，则有适怨清和之解说，诗家多奉为指南。然以分配中两联固自相合，如"无端""五十弦柱""思年"，则又何解以处此？详玩"无端"二字，锦瑟弦柱当属借语，其大旨则取五十之义，"无端"者，犹言岁月忽已晚也，玩下句自见。顾其意言所指，或忆少年之艳冶，而伤美人之迟暮，或感身世之阅历，而悼壮夫之晼晚，则未可以一辞定也。

杜诏曰：诗以锦瑟起兴。"无端"二字，便有自诧自怜之意，此瑟之弦遂五十耶？瑟之柱如其弦，而人之年已历历如其柱矣，即孔北海所谓五十年忽焉已至也。庄生梦醒，化蝶无踪；望帝不归，啼鹃长托；以比华年之难再也。感激而明珠欲泪，绸缪而暖玉生烟，年华之情尔尔。不但今日追忆无从，而在当日已成虚负，故曰"惘然"。（《中晚唐诗叩弹集》）

徐夔曰：此义山自伤迟暮，借锦瑟起兴……五十以前，如庄生之梦了不可追；五十以后，如望帝之心托于来世。珠玉席上之珍，无如沉而在下，韬光匿彩，只自韫椟而已。"此情可待成追忆，只是当时已惘然"，谓始原不薄，自今追忆，不觉惘然，能不痛念而自伤哉！"当时"，言非一日也。（王欣夫《唐人书录十四种》引，载《中国古典文学丛考》第一辑）

杜庭珠曰："梦蝶"，谓当时牛、李之纷纭；"望帝"，谓宪、敬二宗被弑；五十年世事也。"珠有泪"，谓悼亡之感；"蓝田玉"，即龙种凤雏意：五十年身事也。（《中晚唐诗叩弹集》）

徐德泓云：此就瑟而写情也。弦多则哀乐杂出矣。中二联，分状其声，或迷离，或哀怨，或凄凉，或和畅，而俱有年华之思在内也。故结联以"此情"二字紧接。追维往昔，不禁百端交感，又不知从何而起，故曰"可待"、曰"惘然"，与"无端"两字合照，惝恍之情，流连不尽。（《李义山诗疏》）

陆鸣皋曰："无端"二字，即含兴感意，而以"思华年"接之。物象、人情，两意交注，首尾拍合，情境始佳。若仅谓写瑟之工，便成死煞。（《李义山诗疏》）

陆昆曾曰：悼亡之作无疑。盖颂瑟本二十五弦，今曰五十弦，是一齐断却，一弦变为两弦故也。曰"无端"者，出自不意也。一弦一柱思华年，从此意说到人身上来。庄生蝴蝶，望帝杜鹃，同是物化，引以悼其妻之亡。五六指所遗之子女言。古人爱女，以掌上珠譬之。孙权见诸葛恪，谓其父瑾曰："蓝田生玉。"又戴容州有"蓝田日暖，良玉生烟，可望而不可置于眉睫之间"之语。义山悼伤后，即赴东蜀辟，诗曰"珠有泪"，悲女之失母也；曰"玉生烟"，叹已之远子也。结言夫妇儿女之情，每一追忆，辄为惘然，此《锦瑟》所由寄慨也。（《李义山诗解》）

姚培谦曰：此悼亡之作，托锦瑟起兴。瑟本五十弦，古人破之为二十五弦，是瑟已破矣。今曰"无端五十弦"，犹已破之镜，而想未破时之团圆。一弦一柱，历历都在心头，正七句所谓"追忆"也。次联蝴蝶杜鹃，乃已破后之幻想。中联明珠暖玉，乃未破时之精神。而已愁到已破之后，

盖人生奇福，常恐消受不得也。（《李义山诗集笺注》）

屈复曰：此诗解者纷纷，有言悼亡者，有言忧国者，有言自比文才者，有言思侍儿锦瑟者，不可悉数。凡诗无自序，后之读者，就诗论诗而已，其寄托或在君臣朋友夫妇昆弟间，或实有其事，俱不可知。自《三百篇》、汉、魏、三唐，男女慕悦之词，皆寄托也。若必强牵其人其事以解之，作者固未尝语人，解者其谁曾起九原而问之哉？以"无端"吊动"思华年"，中四紧承。七"此情"紧收，"可待"字、"只是"字遥应"无端"字。一，兴也，二，一篇主句。中四皆承"思华年"。七八总结。三四言情厚也……五别离之泪。六可望而不可亲，别离之情。月明而珠有泪，则月亏珠阙可知矣，故曰别离之泪。（《玉谿生诗意》）

程梦星曰：夫妇琴瑟之喻，经史历有陈言，以此发端，无非假借……三四谓生者辗转结想，唯有迷晓梦于蝴蝶；死者魂魄能归，不过托春心于杜鹃。五六谓其容仪端妍，如沧海之珠，今深沉泉路，空作鲛人之泪矣；性情温润，如蓝田之玉，今销亡冥漠，不啻紫玉之烟矣。（《重订李义山诗集笺注》）

汪师韩曰：《锦瑟》乃是以古瑟自况……世所用者，二十五弦之瑟，而此乃五十弦之古制，不为时尚。成此才学，有此文章，即己亦不解其故，故曰"无端"，犹言无谓也。自顾头颅老大，一弦一柱，盖已半百之年矣。"晓梦"喻少年时事，义山早负才名，登第入仕，都如一梦。"春心"者，壮心也。壮志销歇，如望帝之化杜鹃，已成隔世。珠、玉皆宝货，珠在沧海，则有遗珠之叹，唯见月照而泪。生烟者，玉之精气，玉虽不为人采，而日中之精气，自在蓝田。（《诗学纂闻》）

叶矫然曰：细味此诗，起句说"无端"，结句说"惘然"，分明是义山自悔其少年场中，风流摇荡，到今始知其有情皆幻、有色皆空也。次句说"思华年"，懊悔之意毕露矣，此与香山《和微之梦游》诗同意。晓梦、春心、月明、日暖，俱是形容其风流摇荡处，着解不得。义山用事写意，皆此类也。袁中郎谓《锦瑟》诗直谜而已，岂知义山者哉！（《龙性堂诗话》）

杨守智曰：琴瑟喻夫妇，冠以"锦"者，言贵重华美，非荆钗布裙之匹也。五十弦，五十柱，合之得百数。"思华年"者，犹云百岁偕老也。（《玉谿生诗笺注》引）

冯浩曰：杨说似精而实非也，言瑟而曰锦瑟、宝瑟，犹言琴而曰玉

2677

琴、瑶琴，亦泛例耳。有弦必有柱，今者抚其弦柱而叹年华之倏过，思旧而神伤也，便是下文"追忆"二字，前人每以求深失之。（庄生句）取物化之义，兼用庄子妻死，惠子吊之，庄子方箕踞鼓盆而歌。义山用古，颇有旁射者。（望帝句）谓身在蜀中，托物寓哀。下半重致其抚今追昔之痛。五句美其明眸，六句美其容色，乃所谓"追忆"也。木庵谓是哭之葬之，则接第七句必不融洽矣。（七八句）"惘然"紧应"无端"二字。"无端"者，不意得此佳耦也。当时睹此美色，已觉如梦如迷，早知好梦必不坚牢耳。（《玉谿生诗笺注》）

纪昀曰：前六句托为隐语猝不可解，然末二句道明本旨，意亦止是，非真有深味可寻也。集中"一片非烟隔九枝"一篇亦因此体格，缘此诗偶列卷首，故昔人皆拈为论端耳。此自用素女鼓瑟事耳，非以弦断为义也。"雨打湘灵五十弦"岂亦悼亡耶？问长孺解《锦瑟》如何？曰详诗末二句，是感旧怀人之作，此说是也，但不得坐实悼亡，涉于武断耳。问香泉解《锦瑟》如何？曰惟坐实悼亡未敢遽以为是，馀解皆直捷切当与鄙意暗合也。（《玉谿生诗说》）以"思华年"领起，以"此情"二字总承。盖始有所欢，中有所限，故追忆之而作。中四句迷离惝恍，所谓"惘然"也。韩致光《五更》诗云："光景旋消惆怅在，一生嬴得是凄凉。"即是此意，别无深解。因偶列卷首，故宋人纷纷穿凿。遗山《论诗绝句》独拈此首为论端，皆风幡不动，贤者心自动也。（《李义山诗集辑评》引）

许昂霄曰：题名《锦瑟》，义取断弦无可疑者。或因古瑟本五十弦，故于首句次句尚多别解。不知既曰"无端"，则是变出意外，断言已断之后，非犹未破之时矣，三四庄生、望帝，皆谓生者也。往事难寻，竟同蝶梦；哀心莫寄，唯学鹃啼耳。五六珠玉，以喻亡者也。明月、日暖，岂非昔人所谓美景良辰，今则泉路深沉，徒有鲛人之泪；形容缥缈，已如美女之烟矣，盖即珠沉玉碎之意也。结意又进一层，义山惯用此法。（张载华、张佩兼辑《初白庵诗评》附识引许昂霄《笺注玉谿生诗·〈锦瑟〉诗解》）

黄子云曰：诗固有引类以自喻者，物与我自有相通之义。若"锦瑟无端五十弦，一弦一柱思年华"，物与我均无是理。"庄生晓梦"四语，更又不知何所指。必当日獭祭之时，偶因属对工丽，遂强题之曰"锦瑟无端"。原其意亦不自解，而反弁之卷首者，欲以欺后世之人，知我之篇章兴寄，未易度量也。子瞻亦堕其术中，犹斤斤解之以适怨清和，惑矣。（《野鸿诗的》）

薛雪曰：此诗全在起句"无端"二字，通体妙处，俱从此出。意云：锦瑟一弦一柱，已足令人怅望年华，不知何故有此许多弦柱，令人怅望不尽，全似埋怨锦瑟无端有此弦柱，遂致无端有此怅望。即达若庄生，亦迷晓梦；魂为杜宇，犹托春心。沧海珠光，无非是泪；蓝田玉气，恍若生烟。触此情怀，垂垂追溯，当时种种，尽付惘然。对锦瑟而兴悲，叹无端而感切。如此体会，则诗神诗旨，跃然纸上。（《一瓢诗话》）

翁方纲曰：（元遗山《论诗绝句》：望帝春心托杜鹃，佳人锦瑟怨华年。诗家总爱西昆好，独恨无人作郑笺）拈此二句，非第趁其韵也。正以先提唱杜鹃句于上，却押华年于下，乃是此篇回复幽咽之旨也。遗山当日必有神会，惜未见其所述也。又曰：锦瑟本是五十弦，其弦五十，其柱如是，故曰"一弦一柱"也。此义山回复幽咽之旨，在既破作二十五弦之后，而追说未破之初。"无端"二字，从空顿挫而出。言此瑟若本是二十五弦，则此恨无须追诉耳。无奈其本是五十弦，谁令其未破之先本自完全哉！"无端"者，若诉若怪，此善言幽怨者，正以其未破之时，不应当初完全，致令破作二十五弦而懊惜也。所谓欢聚者，乃正是结此悲怨之根耳。五六句珠以月明，而已先含泪；玉以日暖，而已自含烟。所以末二句……不待今已破而后感伤也，其情种全在当时未破时耳。以此回抱三四句之晓梦蝴蝶、春心杜鹃，乃得通体神理一片。所以遗山叙此二句，以杜鹃之托说在前，而思华年之怨收在后，大旨了然矣，何庸复觅郑笺乎？（《石洲诗话》）

姜炳璋曰：此义山行年五十，而以锦瑟自况也。和雅中存，文章外著，故取锦瑟。瑟五十弦，一弦一柱而思华年，盖无端已五十岁矣。此五十年中，其乐也，如庄生之梦为蝴蝶，而极其乐也；其哀也，如望帝之化为杜鹃，而极其哀也。哀乐之情，发之于诗，往往以艳冶之辞，寓凄绝之意，正如珠生沧海，一珠一泪，暗投于世，谁见知者？然而光气腾上，自不可掩，又如蓝田产玉，必有发越之气，《记》所谓精神见于山川是也。则望气者亦或相赏于形声之外矣。四句一气旋折，莫可端倪。末二，言诗之所见，皆吾情之所钟，不历历堪忆乎？然在当时，用情而不知情之何以如此深，作诗而不知思之何以如此苦，有惘然相忘于语言文字之外者，又岂能追忆乎？盖心华结撰，工巧天成，不假一毫凑泊。此义山之自评其诗，故以此为全集之冠也。（《选玉谿生诗补说》）

吴汝纶曰：此诗疑为感国祚兴衰而作。五十弦，一弦一柱，则百年矣。

盖自安史之乱至义山作诗时凡百年也。梦迷蝴蝶，谓天宝政治昏乱也；望帝春心，谓上皇失势之乱也。沧海明珠，谓利尽南海；蓝玉生烟，谓贤人憔悴也。结言不但后人感吊，即当时识者已有颠覆之忧也。（《桐城先生评点唐诗鼓吹》）

梁启超曰：义山的《锦瑟》《碧城》《圣女祠》等诗，讲的什么事，我理会不着……但我觉得他美，读起来令我精神上得一种新鲜的愉快。须知美是多方面的，美是含有神秘性的；我们若还承认美的价值，对此种文字，便不容轻轻抹煞。（《中国韵文内所表现的情感》）

孟森曰：义山婚王氏时年二十五，意其妇年正同，夫妇各二十五，适合古瑟弦之数。（《李义山锦瑟诗考证》）

张采田曰：此为全集压卷之作，解者纷纷……迄不得真象，惟何义门云："此篇乃自伤之词，骚人所谓美人迟暮也。"其说近似。盖首句谓行年无端将五十。"庄生晓梦"，状时局之变迁；"望帝春心"，叹文章之空托。而悼亡斥外之痛，皆于言外包之。"沧海""蓝田"二句，则谓卫公毅魄久已与珠海同枯，令狐相业方且如玉田不冷。卫公贬珠崖而卒，而令狐秉钧赫赫，用"蓝田"喻之，即"节彼南山"意也。结言此种遭际，思之真为可痛，而当日则为人颠倒，实惘然若堕五里雾中耳，所谓"一弦一柱思华年"也。隐然为一部诗集作解。（《玉谿生年谱会笺》）

汪辟疆曰：此义山自道生平之诗也，第二句"思华年"三字，即一篇眼目。庄生句，喻己功名蹭蹬。以彼其才，又似非终身郁郁下僚者，天为之抑人为之也，故用庄生梦蝶事以见迷离恍惚，而迷字已透露之。望帝句，喻己抱一腔忠愤，既不得信，而又不甘抑郁，只可以掩抑之词出之，即楚天云雨尽堪疑之意也。沧海月明喻清时，然珠藏海中，不能自见，以见自伤之意。蓝田日暖喻抱负，然玉韫土中，不为人知，而光彩终不可掩，则文章之事也……此句又全本戴氏，详戴之言，则此句指其诗文又无可疑。末二句总结此情，即以上四句之情。"成追忆"三字，正与"思华年"相应。第八句仍不肯直说，以当时已惘然五字逆挽，为上文作不即不离之咏叹，益增怊怅矣。（《玉谿诗笺举例》）

岑仲勉曰：余颇疑此诗是伤唐室之残破，与恋爱无关。好问金之遗民，宜其特取此诗以立说。（《隋唐史》）

钱锺书曰：李商隐《锦瑟》一篇，古来笺释纷如……多以为影射身世。何焯因宋本《义山集》旧次，《锦瑟》冠首，解为"此义山自题其诗以开集者首"……视他说之瓜蔓牵引，风影比附者，最为省净。窃采其旨而疏通之。自题其诗，开宗明义，略同编集之自序。拈锦瑟发兴，犹杜甫《西阁》第一首："朱绂犹纱帽，新诗近玉琴。"锦瑟玉琴，殊堪连类。首二句言华年已逝，篇什犹留，毕世心力，平生欢戚，清和适怨，开卷历历。"庄生晓梦迷蝴蝶，望帝春心托杜鹃。"此一联言作诗之法也。心之所思，情之所感，寓言假物，譬喻拟象，如飞蝶征庄生之逸兴，啼鹃见望帝之沉哀，均义归比兴，无取直白。举事宣心，故"托"；旨隐词婉，故易"迷"。此即十八世纪以还，法国、德国心理学常语所谓"形象思维"：以"蝶"与"鹃"等外物形象体示"梦"与"心"之衷曲情思。"庄生晓梦迷蝴蝶，望帝春心托杜鹃"，此一联言诗成之风格或境界，如司空图所形容之诗品。《博物志》卷九《艺文类聚》卷八四引《搜神记》载鲛人能泣珠，今不曰"珠是泪"，而曰"珠有泪"，以见虽化珠圆，仍含泪热，已成珍玩，尚带酸辛，具宝质而不失人气；"暖玉生烟"，此物此志，言不同常玉之坚冷。盖喻己诗虽琢炼精莹，而真情流露，生气蓬勃，异乎雕绘夺情、工巧伤气之作。若后世所谓"昆体"，非不珠光玉色，而泪枯烟灭矣！珠泪玉烟亦正以"形象"体示抽象之诗品也。（《冯注玉谿生诗集诠评》未刊稿，周振甫《诗词例话》引。钱氏《谈艺录》补订本另有长篇阐论，见该书第433～438页，文长不录）

李商隐

鉴赏

　　这可能是中国古代诗歌史上解说最为纷纭的一首名作——它以含意的隐晦、意境的朦胧著称，也以特有的朦胧美和丰富的暗示性，吸引着历代的诗评家、注家和诗人一次又一次地试图撩开它神秘的面纱。从北宋的刘攽、苏轼到现在，解者不下百人，重要的异说也近十来种。面对珠圆玉润而又扑朔迷离的诗歌境界和一大堆纷纭的异说，开始时不免眼花缭乱，但细加寻绎，却可发现在迷离中自有线索可循，在纷纭中也不无相通之处。不少异说，实际上是诗歌本身的丰富蕴含和暗示在不同读者中引起的不同感受与联想。它们往往各得其一体而未窥全豹，但不必互相排斥。如果我们根据诗人自己提供的线索按迹循踪，找到它的主意和基调，融汇各种原可相通、相包或相并行的异说（包括最占优势的自伤身世说和悼亡说，以及古老的"适怨清和"说和后起而别开生面的自述诗歌创作说等），也许可以做到比较接近这首诗的本来面目而不致阉割其丰富的内涵，对它的艺术特点也会有比较切实的体察认识。

律诗的首、尾二联，在一般情况下较多叙事和直接抒情成分，全篇的主意也往往寓含在这两联里，有时甚至明白点出。而颔、腹两联则往往敷演主意，意象密度较大。李商隐的这首《锦瑟》，首联以"五十弦"的形制和"一弦一柱"（即弦弦柱柱）所发的悲声引出"思华年"，尾联以"成追忆"回应"思"字，以"惘然"点醒华年之思的感受，已经明白告诉我们：这首诗是诗人追忆华年往事、不胜惘然之作。这种惘然的华年身世之感，内涵非常宽泛，既可以兼包诗人的悼亡之痛乃至悼亡之外的爱情生活悲剧，也和抒写诗人不幸身世、充满感伤情调的诗歌创作密切相关。伤身世、咏悼亡、述创作，对于李商隐这样一位身世凄凉、处境孤羁、"刻意伤春复伤别"的诗人来说，原不妨是三位一体的。锦瑟，既可以是诗人凄凉身世的一种象征，也不妨看作感伤身世的诗歌创作的一种形象化比喻，正像他在《崇让宅东亭醉后沔然有作》诗中所说的："声名佳句在，身世玉琴张。"（张是张设的意思。"身世玉琴张"，就是说自己的身世正如丝弦已张的玉琴，这和本篇首联是一个意思。而用玉琴或锦瑟象征身世，本身就暗喻自己是一位诗人。）当然，根据作者"新知他日好，锦瑟傍朱栊"（《寓目》）、"归来已不见，锦瑟长于人"（《房中曲》）、"凤女弹瑶瑟"（《西溪》）等诗句，认为锦瑟和怀念王氏妻有关，也自可与上述理解并存，因为锦瑟的弦弦柱柱所奏的悲音中原就包括了悼亡之音。

"锦瑟无端五十弦，一弦一柱思华年。"锦瑟而言"五十弦"，本属作者诗中通例（如《七月二十八日夜与王郑二秀才听雨后梦作》有"雨打湘灵五十弦"），但这里将"五十弦"与回顾华年往事联系在一起，可能和诗人当时大致年岁不无关系（张采田《玉谿生年谱会笺》认为这首诗作于诗人病废居郑州时，这一年他四十七岁）。"无端"，是没来由、平白无故的意思，这里含有睹物心惊、怨怅和无可奈何等多种感情。诗人触物兴感，本来是由于内心感情的郁积，反而觉得是物之有意逗恨，所以不禁怨之而曰"无端"。或说"无端"即"无心"，虽也可通，情味不免大减。"一弦一柱思华年"，与白居易《琵琶行》"弦弦掩抑声声思，似诉平生不得意"之句意蕴相近，意思是说，听到这锦瑟弦弦柱柱上所弹奏出的悲声，不禁触动自己的身世之感而沉浸在对华年逝岁的回忆中。这对颔、腹两联的内容和表现手法是一种概括的提示，说明它们所描绘的既是锦瑟的弦弦柱柱所奏出的音乐境界，又是诗人华年所历的人生境界；既是瑟声，又是诗人思华年时流露的心声。苏轼认为颔、腹二联分咏瑟声的适、怨、清、和（见《苕溪渔隐丛话·前集》卷二十二引《缃素杂记》），虽不尽切合各句所写情景，但他看出中间四句直接描绘音乐意境，还是很有鉴赏力的。

　　颔联出句用《庄子·齐物论》："昔者庄周梦为蝴蝶，栩栩然蝴蝶也，自喻适志与？不知周也。俄而觉，则蘧蘧然周也。不知周之梦为蝴蝶与？蝴蝶之梦为周与？"庄周梦蝶故事本身就充满变幻迷离色彩，诗人在运用这一故事时，又突出一个"迷"字。"庄生晓梦迷蝴蝶"，即庄生迷蝴蝶之晓梦，"迷"字既形况梦境的迷离恍惚、梦中的如痴如迷，也写出梦醒后的空虚幻灭、惘然若迷。这迷离之境、迷惘之情，从描绘音乐境界来说，是形况瑟声的如梦似幻，令人迷惘；从表现诗人的华年所历与身世之感来说，则正是梦幻般的身世和追求、幻灭、迷惘历程的一种象征。作者在其他诗篇中多次用梦幻来形容身世的变幻、理想的幻灭，有的还直接用梦蝶的典故，如"神女生涯原是梦"（《无题二首》）、"顾我有怀如大梦"（《十字水期韦潘侍御同年不至》）、"怜我秋斋梦蝴蝶"（《偶成转韵七十二句赠四同舍》）、"枕寒庄蝶去"（《秋日晚思》）等句，都可和"庄生"句互参。说"晓梦"，正是极言其幻灭之迅速。主张悼亡说的注家因为庄周梦蝶的典故中提到"物化"，便牵扯庄子鼓盆的故事，以证明这句寓丧妻之痛，未免胶柱鼓瑟。其实，短促而美好的幻梦的破灭本就可以包括悼亡之痛，因为后者正是诗人梦幻般的悲剧身世的组成部分。

　　颔联对句用望帝魂化杜鹃的典故。《文选·蜀都赋》"鸟生杜宇之魄"注引《蜀记》说："杜宇王蜀，号曰望帝。宇死，俗说云：宇化为子规。蜀人闻子规鸣，皆曰望帝也。"《华阳国志》等书还有望帝让国委位的传说。杜鹃鸣声悲凄，俗有杜鹃啼血之说。春心，一般指对爱情的向往追求，也可借喻对美好事物的追求。但这里的"春心"既和杜鹃的悲啼联结在一起，则实际上已包含了伤春、春恨的意蕴。而伤春，在李商隐的诗歌中，多指忧国伤时、感伤身世，所谓"天荒地变心虽折，若比伤春意未多"（《曲江》）、"刻意伤春复伤别"（《杜司勋》）、"年华无一事，只是自伤春"（《清河》），都可作为明证。"望帝春心托杜鹃"，这里所展示的正是一幅笼罩着哀怨凄迷气氛的图画：象征着望帝冤魂的杜鹃，在泣血般的悲鸣中寄托着不泯的春心春恨。这幅图画，一方面是表现瑟声的哀怨凄迷，如杜鹃啼血；另一方面又是象喻自己的春心春恨（美好的愿望和忧时忧国、感伤身世之情）

都托之于如杜鹃啼血般的哀怨凄断的诗歌。用禽鸟的鸣啭来比喻自己的诗歌，作者诗中多有其例，像"巧啭岂能无本意，良辰未必有佳期"的流莺伤春之啼和"五更凄欲断，一树碧无情"的寒蝉凄断之鸣，都是显例。句中的"托"字，即"寄托"之意，乃是全句的句眼，它暗示用来寄托"春心"者的性质。倾诉春心春恨的杜鹃，正不妨视为作者的诗魂。杜牧《寄浙江韩乂评事》说："梦寐几回迷蛱蝶，文章应广畔牢愁。"上句与"庄生晓梦迷蝴蝶"意略同；下句则正可作为"望帝春心托杜鹃"的注脚，只不过小杜诗用直抒写法，小李诗用象征而已。

腹联上句"沧海月明珠有泪"包含一系列与珠有关的典故。古代认为海中的蚌珠的圆缺和月亮的盈亏相应，月满则珠圆，月亏则珠缺，所以这里把圆润的明珠置于"沧海月明"的背景之下。古代又有南海鲛人哭泣时眼泪化为珍珠的传说（见《博物志》、左思《吴都赋》注），所以这里又把"珠"和"泪"连在一起。而全句则又暗用"沧海遗珠"典故。《新唐书·狄仁杰传》："举明经，调汴州参军。为吏诬诉。黜陟使阎立本召讯，异其才，谢曰：'仲尼称观过知仁，君可谓沧海遗珠矣。'"沧海中的明珠，本是稀世之珍，为人所重，现在却被采集者所遗，独处明月映照的苍茫大海中，成为盈盈的"泪"珠。这幅沧海月明、遗珠如泪的图画，在辽阔清朗的背景下，透露出一种无言的寂寞和伤感。它既是对锦瑟清寥悲苦音乐意境的描摹，又是诗人沉沦废弃、才能不为世用的寂寞身世的一种象征。"珠有泪"，仿佛无理，却正可见这人格化的沧海遗珠内心的悲苦寂寞。这句与"望帝"句虽同属哀怨悲苦之境，但"望帝"句因杜鹃啼血而近乎凄厉，"沧海"句则因沧海月明而透出寂寥，意境仍自有别，寓意更不相重。苏轼分别用"怨"和"清"来概括四、五句所描绘的音乐意境，大体上符合实际。

腹联下句"蓝田日暖玉生烟"，描绘的是这样一幅图景：蓝田山中沉埋的美玉，在暖日晴辉的映照下，升起丝丝缕缕的轻烟。蓝田山在陕西蓝田县，是著名的产玉地。晚唐司空图《与极浦书》说："戴容州（按：即中唐诗人戴叔伦）云：'诗家之景，如蓝田日暖，良玉生烟，可望而不可置于眉睫之前也。'"从司空图所引戴氏语和李商隐诗语完全一致可以推知："蓝田日暖，良玉生烟"是当时流行的一种比兴象征说法，它的象征性含义就是"可望而不可置于眉睫之前"。只不过戴叔伦是借它来形况"诗家之景"，而李商隐则是借以形况锦瑟所奏出的音乐意境缥缈朦胧，像暖日映照下蓝田玉山上升起的丝丝轻烟，远望若有，近之则杳；也是用来象征自己平生所向往、追求的境界，正像"蓝田日暖玉生烟"一样，可望而不可即，属于缥缈虚无之域。类似的境界与感受，在李商隐的其他诗作中，是经常出现的。像"浦外传光远，烟中结响微"（《如有》）、"如何雪月交光夜，更在瑶台十二层"（《无题》）、"恍惚无倪明又暗，低迷不已断还连"（《七月二十八日夜与王郑二秀才听雨后梦作》）等句，都与"蓝田"句声息暗通。或以为这句是说美玉沉埋土中，不为人所知，但光彩终不能掩，以比喻自己虽沉沦不遇，但词华文采却显露于世。虽然与诗人身世文章也相吻合，但既和颔、腹二联借乐境寓身世的通例不符，又和"可望而不可置于眉睫之前"的象征含义脱节，疑非诗人本意。

末联是对"一弦一柱思华年"的总括。"此情"统指颔、腹二联所概括抒写的情事，即自己的悲剧身世的各种境界。"可待"，即何待、岂待。两句意谓：华年所历的这种情境何待今日闻乐追思时才不胜怅惘呢，就是在当时即已使人惘然若失，惆怅不已了。"惘然"二字，概括"思华年"的全部感受，举凡迷惘、哀伤、寂寥、虚幻之情，统于这二字中包括。而何待追忆、当时已然的感喟则不但强调了华年往事的可悲，而且以昔衬今，加倍渲染了今日追忆时难以禁受的怅惘悲凉。如果说在颔、腹二联是听到锦瑟弹奏时涌现于脑海的对华年情境的联翩浮想和发自心底的与瑟声相应的悲凉心声，那么，末联就是弹奏结束后如梦初醒的怅惘的沉思。锦瑟的悲声终止了，在静默中却依然笼罩着一片无边的惆怅，回荡着悠长的凄清余韵——"繁丝何似绝言语，惆怅人间万古情！"

这是一位富于抱负和才华的诗人在追忆悲剧性的华年逝岁时所奏出的一曲人生哀歌。全篇笼罩着一层浓重的哀伤低回、凄迷朦胧的情调氛围，反映出一个衰颓的时代中正直而不免软弱的知识分子典型的悲剧心理：既不满于环境的压抑，又无力反抗环境；既有所追求向往，又时感空虚幻灭；既为自己的悲剧命运而深沉哀伤，又对造成悲剧的原因感到惘然。透过这种悲剧心理，可以看出那个趋于没落的时代对人才志士的压抑摧残。诗中的哀伤迷惘令人同情，但毕竟是属于已经过去的时代了。

从总体看，这首诗和诗人许多托物自寓的篇章性质是相近的。但由于他在回顾华年逝岁时并没有采用通常的历叙平生的方式，而是将自己的悲剧身世境遇和悲剧心理幻化为一幅幅各自独立的象征性图景，这些图景既具有形象的鲜明性、丰富性，又具有内涵的虚泛、抽象和朦胧的特点。这就使得它们既缺乏通常抒情方式所具有明确性，又具有较之通常的抒情方式更为丰富的暗示性，能引起读者多方面的联想。但这些含意朦胧虚泛的象征性图景，又是被约束在"思华年"和"惘然"这个总范围里，因而读者在感受和理解上的某些具体差异并不影响从总体上去把握诗人的悲剧身世境遇和悲剧心理。这种总体含意的明确和局部含意的朦胧，象征性图景的鲜明和象征含义的朦胧，构成了这首古代朦胧诗意境创造上一个突出的特点，而它的优点和缺点也同时寓于其中。

诗的颔、腹二联展示的象征性图景在形象的构成和意蕴的暗示方面，具有诗、画、乐三位一体的特点。它们都是借助诗歌的语言和意象，将锦瑟的各种艺术意境（迷幻、哀怨、清寥、缥缈）化为一幅幅形象鲜明的图画（庄生之梦迷蝴蝶、望帝之魂化杜鹃、沧海月明而遗珠如泪、蓝田日暖而良玉生烟），以概括抒写其华年所历的种种人生境界和人生感受，传达他在思华年时迷惘、哀伤、寂寞、惆怅的心声。因此它们同时兼有音乐意境、画面形象和诗歌意象的三重暗示性。这多重暗示的融汇统一，一方面使得它们的意蕴显得特别丰富复杂，另一方面又使它们兼有画面形象美、音乐意境美和诗歌意象美。实际上，这种诗、画、乐三位一体的象征暗示，正是《锦瑟》诗整体构思的一个根本特点。由于未能把握这一特点，单纯从诗歌语言方面去探寻颔、腹两联的含义，往往造成某些误解。

颔、腹二联所展示的象征性图景在时间、空间、感情方面尽管没有固定的次序和逻辑联系，但它们都带有悲怆、迷惘的情调，再加上工整的对仗、凄清的声韵和相关的意象等多种因素的映带联系，全诗仍具明显的整体感。而悲怆的情思和声韵，与珠圆玉润、精丽典雅的诗歌语言的和谐结合，更使这首诗成功地表现出一种哀惋美好事物幻灭的悲剧意境。这种片断的独立性与整体的统一性的结合，也是这首诗的一个特点。

金代诗人元好问《论诗绝句》说："望帝春心托杜鹃，佳人锦瑟怨华年。诗家总爱西昆好，独恨无人作郑笺。"解《锦瑟》者往往以为前两句只是复述《锦瑟》诗语，后两句则慨叹无人作解。实际上，元好问已经用貌似复述的方式钩玄提要，为《锦瑟》作了"郑笺"——李商隐这位才人（即所谓"佳人"）正是要借咏锦瑟来寄托华年身世之悲，他的一腔春心春恨都寄寓在这杜鹃啼血般的诗歌中了。可惜他言之未详，以致这位李商隐的真知音、解开《锦瑟》诗秘密的第一人的发现被历史尘封了七百多年。

重过圣女祠〔一〕

白石岩扉碧藓滋〔二〕，上清沦谪得归迟〔三〕。
一春梦雨常飘瓦〔四〕，尽日灵风不满旗〔五〕。
萼绿华来无定所〔六〕，杜兰香去未移时〔七〕。
玉郎会此通仙籍〔八〕，忆向天阶问紫芝〔九〕。

李商隐

〔校〕〔注〕

〔一〕《水经注·漾水》："故道水合广香川水，又西南入秦冈山（在今陕西略阳县境），尚婆水注之。山高入云，悬崖之侧，列壁之上，有神象若图，指状妇人之容，其形上赤下白，世谓之曰圣女神。"此圣女祠地在陈仓、大散关间，为秦、蜀或秦、梁往来道途所经。商隐在作此诗前已写过《圣女祠》五言排律（杳蔼逢仙迹）、七言律诗（松篁台殿蕙香帏）各一篇，故本篇题为《重过圣女祠》。诗作于大中十年（856）东川幕罢随柳仲郢还朝途经此祠时，据"一春梦雨"句，时令当在暮春。

〔二〕扉，门户。滋，滋生。

〔三〕上清，道教所称的三清（玉清、上清、太清）仙境之一。《太真经》："三清之间，各有正位：圣登玉清，真登上清，仙登太清。"沦谪，贬谪到下界凡间。

〔四〕梦雨，迷蒙的细雨。王若虚《滹南诗话》引萧闲曰："盖雨之至细若有若无者谓之梦。"此处暗用宋玉《高唐赋序》巫山神女自述"妾在巫山之阳，高丘之阻，朝为行云，暮为行雨"，与楚怀王梦遇事。

〔五〕旗，指祠前神旛。

〔六〕萼绿华，仙女名。《真诰》："萼绿华者，自云是南山人……年可二十上下，青衣，颜色绝整。以升平三年十一月十日夜降羊权家，自此往来，一月辄六过其家。"

〔七〕杜兰香，仙女名。《墉城仙录》谓其本为渔父在湘江边收养的弃婴，长大后有青童灵人自天而降，携其升天而去，临行时对渔父说："我仙女也，有过谪人间，今去矣。"未移时，谓其升仙尚未过多久时间。

2687

〔八〕玉郎，掌管学仙簿篆的仙官。《太平御览》引《金根经》："青宫之内北殿上有仙格，格有学仙簿篆，及玄名年月深浅，金简玉札，有十万篇，领仙玉郎所典也。"仙籍，仙人的名籍。通仙籍，将名字载入仙籍，取得登仙界的资格。

〔九〕忆，思。天阶，天上宫殿前的台阶。问，寻访、求取。紫芝，仙人所服的神芝。

笺评

吕本中曰：深爱义山"一春梦雨常飘瓦，尽日灵风不满旗"之句，以为有不尽之意。（《紫薇诗话》）

周珽曰：首谓祠宇闲封者，由圣女被谪上清，留滞人间也。雨常飘瓦，风不满旗，正归迟虚寂之景。来无定所，去不移时，乃仙伴疏旷之象，末谓己之姓名，倘在仙籍之中，当会此相问飞升不死之药也。（《删补唐诗选脉笺释会通评林·晚七绝》）

金圣叹曰：（前解）此则又托圣女以摅迁谪之怨也。言此岩扉本白，而今薜滋成碧者，自蒙放逐，久不召还，多受沉屈，则更憔悴也。雨常飘瓦者，归朝之望，一念奋飞，恨不拔宅冲举；风不满旗者，寡党之士，无有扶掖，终然颠坠而止也。（后解）前解写被谪，此解写得援也。萼绿华，言定得有人怜而援手，特未卜其因缘则在何处也。杜兰香，言近已有人，唇承面许，然无奈其别去犹无多日也。末言既有相援之人，则必有得归之日。此番若至中朝，定须牢记一问，有何巧宦之方，始终得免沦谪，盖怨之甚，而遂出于戏言也。萼绿华、杜兰香，皆圣女之同人也。玉郎，即称圣女也。忆问，即记问也。（《贯华堂选批唐才子诗》卷六）

朱鹤龄曰：此以"沦谪"二字发自己愤懑也。（《李义山诗集补注》）

朱彝尊曰：（首句）祠。（次句）圣女。（三句）幽景可想。（三、四句）祠。（五、六句）圣女。末二句归到自身，结出"重过"字。（《李义山诗集辑评》引）

胡以梅曰：起因其形在石壁而言……三、四本言其风雨飘零……五、六以二仙女比拟之……若使九天玉郎来会此，以通仙籍，将必思向天阶去问紫芝矣。言追随之而去也。"忆紫芝"是代为饰词，"通籍"犹通谱，还说得蕴蓄，然以仙女而会玉郎，知非庄语。（《唐诗贯珠串释》）

赵臣瑗曰：此借题以发抒此意也……"得归迟"三字是通篇眼目。首句上四字喻己操行洁白，下三字喻被人点污。次句实之，言所以沦谪归迟者职此之由。三梦雨常飘，言无时不愿奉君王之后尘也。四灵风不满，言无路再沾天家之雨露也。此二句是写欲归而不得归。五、六萼绿华、杜兰香借圣女同袍以暗指二知己。来无定所，即肯援手无奈其难于即就也。此二句是申写得归而犹尚迟迟。结带谴意。玉郎谓圣女，即自谓也。此会，此番也。通仙籍，还朝也；忆，记也；问紫芝，求其得以不沦谪之方也。此又预拟得归后事，以供天下人一笑也。怨而不怒，其犹有《风》之遗乎！（《山满楼笺注唐诗七言律》）

贺裳曰：长吉、义山皆善作神鬼诗，《神弦曲》有幽阴之气，《圣女祠》多缥缈之思。如"无质易迷三里雾，不寒长着五铢衣"，真令人可望而不可亲，有是耶非耶之致。至"一春梦雨常飘瓦，尽日灵风不满旗"，又似可亲不可望，如曹植所云"神光离合，乍阴乍阳"也。（《载酒园诗话又编》）

张谦宜曰："一春梦雨常飘瓦，尽日灵风不满旗"，思入微妙。夫朝云暮雨，高唐神女之精也。今经春梦中之雨历历飘瓦，意者其将来耶？来时风肃然，上林神君之迹也。乃尽日祠前之风尚不满旗，意者其不来耶？恍惚缥缈，使人可想而不可即。鬼神文字如此做，真是不可思议。（《絸斋诗谈》卷五）

何焯曰：次连乃是圣女祠，移向别仙鬼庙不得。（《义门读书记》）此自喻也。名不挂朝籍，同于圣女沦谪不字。萼华、兰香，则梦得所谓"沉舟侧畔千帆过，病树前头万木春"者耳。"无定所"，则非"沦谪"；"未移时"，则异"归迟"。以岩扉碧藓滋，知沦谪已久。梦雨，言事之虚幻，不满旗，言全无凭据，日见荒凉困顿，一无聊赖也。杜兰香，以比当时之得意者，来去无以，相欲相炫，以揽我心，更无可以相语耳。玉郎曾通仙籍，紫芝得仙所由，忆一周之，诚知是也（疑有误字），则自不沦谪；即沦谪亦不至得归之迟，为彼所揶揄矣。（首句）已含"迟"字。看来只借圣女以自喻，文亦飘忽。（《李义山诗集辑评》引）

黄周星曰："梦雨""灵风"犹可解，梦雨何以常飘瓦？灵风何以不满旗？殊觉难解也。然亦何必甚解乎！（《唐诗快》）

陆次云曰："梦雨""灵风"，大有《离骚》之致。（《晚唐诗善鸣集》）

徐德泓曰：此思登第之诗。开成初，李在令狐楚山南幕，当必赴试过此，借题自况，亦比体也。首联，喻沦落而未第。中二联，皆言圣女之情缘未化，以喻己之奔走名场也。梦雨常飘，则名心时动矣；灵风不满，则未得畅怀矣。去来无定，则仆仆道途矣。故结寓言此去当策名通籍，而思向帝廷受禄也。"忆"字竟作"思"字读，则意自亮。（《李义山诗疏》）

陆昆曾曰：通篇以圣女自况，"沦谪"二字，是一诗眼目……一春梦雨，尽日灵风，言其栖迟寂寞，疑有疑无，如人处显晦之际也。（《李义山诗解》）

姚培谦曰：按《水经注》，圣女以形似得名，非果有其神也。诗特点出"沦谪"二字，发自己愤懑。岩扉碧藓，留滞此间，梦雨灵风，凄凉无托。然既有神灵精爽往来，必非凡偶。回想未沦谪时，天阶紫芝，必曾亲摘，岂无真仙眷属如玉郎者，会此同登上界耶？义山登第后，仕路偃蹇，未免以汲引望人，故其词如此。（《李义山诗集笺注》）

屈复曰：一祠，二圣女，三四顺承。五六开，七八重过。前过此祠，松篁蕙香，今则碧藓已滋者，沦谪不归，故神女梦雨，一春飘瓦，山鬼灵风，日不满旗，犹留此不去也。萼绿华来，杜兰香去，虽有伴侣，来去无常。唯有玉郎会此，可通仙籍，追忆日前曾向天阶问紫芝也。玉郎与崔、刘意同，皆自喻也。此《圣女祠》与《锦瑟》《无题》皆自寄托，不必认真。起以"碧藓滋"吊动"归迟"。下"一春""尽日"正应"归迟"。五六以萼绿华、杜兰香逼出"玉郎"，以"无定所""未移时"逼出"通仙籍"，以"忆向"遥应首句，言所会皆女仙，且不能长也。（《玉谿生诗意》）一春飘瓦者乃神女梦中之雨，尽日不满旗者乃仙灵来往之微风，既写寂寥景况，兼起五六。（《唐诗成法》）

程梦星曰：《圣女祠》集中凡三见，皆刺当时女道士者。"白石岩扉碧藓滋"，言其道院之清幽也。"上清沦谪得归迟"，言天上之谪仙也。"一春梦雨"，言其如巫山神女，暮雨朝云，得所欢也。"尽日灵风"，言其如湘江帝子，北渚秋风，离其偶也。下紧接云"无定所""未移时"，言其暗期会合无常……何不明请下嫁，竟向天阶，免嘲寄靦，共通仙籍为得耳。（《重订李义山诗集笺注》）

冯浩曰：自巴蜀归，追忆开成二年事，全以圣女自况。"沦谪"二字，一篇之眼，义山自慨由秘省清资而久外斥也。三四谓梦想时殷，好风难得，正顶次句之意。五六不第正写重过，实借慨投托无门，徒匆匆归去

也。七句望入朝仍修好于令狐。八句重忆助之登第，即赴兴元而经此庙之年也。（《玉谿生诗笺注》）

纪昀曰：前四句写圣女祠，后四句写重过。盖于此有所遇而托其祠于圣女。（《玉谿生诗说》）

姜炳璋曰：次句为一篇之主……（三四）是写圣女神境，又是写圣女凄凉之境……妙绝。五六，因想仙姬沦谪，不久即归，而圣女不然，以况己之久滞于外也。七八，倘掌仙籍者会得此意……当有立时召归天府者，而何以置之不论，此则咎执政之不见省也。（《选玉谿生诗补说》）

施补华曰："一春梦雨常飘瓦，尽日灵风不满旗"，作飘缈幽冥之语，而气息自沉，故非鬼派。（《岘佣说诗》）

张采田曰：此随仲郢还朝时作。"上清沦谪得归迟"，一篇之骨……结则回忆子直助之登第，正经过此庙之年。今则无复"灵风"，只有付之"梦雨"而已，尚堪复问也哉！（《玉谿生年谱会笺》）

汪辟疆云：此义山借圣女以寄慨身世之诗也……全篇皆以仙真语出之，空灵幽渺，寄托遥深。而结二句打开说，与上文之上清沦谪，春梦灵风，混茫相接，精细无伦。大家换笔之妙，一至于此。（《玉谿诗笺举例》）

李商隐写过三首以"圣女祠"为题的诗，另两首，一首是五言排律《圣女祠》（杳霭逢仙迹），一首是七律《圣女祠》（松篁台殿蕙香帏）。祠在陈仓（今陕西宝鸡市东）、大散关间，是由京城赴兴元（今陕西汉中市）或赴蜀地必经之地。商隐开成二年（837）冬在往返兴元、长安时，曾经过这里。大中十年（856）春，商隐在罢梓州幕之后，随内征为吏部侍郎的原东川幕主柳仲郢返京途中再次经过这里，写下这首《重过圣女祠》。或以为圣女祠实即女道士观。两说不妨并存。不过，诗中直接歌咏的还是一位"上清沦谪"的"圣女"以及她所居住的环境——圣女祠。因此，我们首先仍不妨从诗人所描绘的直接形象入手来理解诗意。

古代有不少关于天上神女谪降人间的传说，因此诗人很自然地由眼前这座幽寂的圣女祠生出类似的联想。"白石岩扉碧藓滋，上清沦谪得归迟。"——圣女祠前用白石建造的门扉旁已经长满了碧绿的苔藓，看来这位从上清洞府谪降到下界的圣女沦落在尘世已经很久了。首句写祠前即目所见，从"白石""碧藓"相映的景色中勾画出圣女所居的清幽寂寥，暗透其"上清沦谪"的身份和幽洁清丽的风神气质；门前碧藓滋生，暗示幽居独处，久无人迹，微逗"梦雨"一联，同时也暗寓"归迟"之意。次句是即目所见而引起的联想，正面揭出全篇主意。"沦谪得归迟"，是说沦谪下界，迟迟未能回归天上。

领联从门前进而扩展到对整个圣女祠环境气氛的描绘——"一春梦雨常飘瓦，尽日灵风不满旗。"如丝春雨，悄然飘洒在屋瓦上，迷蒙飘忽，如梦似幻；习习灵风，轻轻吹拂着檐角的神旗，始终未能使它高高扬起。诗人所看到的，自然只是一段时间内的景象。但由于细雨轻风连绵不断的态势所造成的印象，竟仿佛感到它们"一春"常飘、"尽日"轻扬了。眼前的实景中融入了想象的成分，意境便显得更加悠远，诗人凝望时沉思冥想之状也就如在目前。单就写景状物来说，这一联已经极富神韵，有画笔难到之妙。不过，它更出色的地方恐怕还是意境的朦胧缥缈，能给人以丰富的联想与暗示。王若虚《滹南诗话》引萧闲语云："盖雨之至细若有若无者谓之梦。"这梦一般的细雨，本来就已经给人一种虚无缥缈、朦胧迷幻之感，再加上高唐神女朝云暮雨的故实，又赋予"梦雨"以爱情的暗示，因此，这"一春梦雨常飘瓦"的景象便不单纯是一种气氛渲染，而是多少带上了比兴象征的意味。它令人联想到这位幽居独处、沦谪未归的圣女仿佛在爱情上有某种朦胧的期待和希望，而这种期待和希望又总是像梦一样的飘忽、渺茫。同样地，当我们联系"何处西南待好风"（《无题二首》之一）、"安得好风吹汝来"（《无题二首》）一类诗句来细加体味，也会隐隐约约感到"尽日灵风不满旗"的描写中暗透出一种好风不满的遗憾和无所依托的幽怨。这种由缥缈之景、朦胧之情所融合成的幽渺迷蒙之境，极富象外之致，却又带有不确定的性质，略可意会，而难以言传。这是一种典型的朦胧美。尽管它不免给人以雾里看花之感，但对于诗人所要表现的特殊对象——一位本身就带有虚无缥缈气息的"圣女"来说，却又有其特具的和谐与适应。"神女生涯原是梦"（《无题二首》之二）。这梦一般的身姿面影、身世遭遇，梦一般的爱情期待和心灵叹息，似乎正需要这梦一样的氛围来表现。

颈联又由"沦谪"不归、幽寂无托的"圣女"，联想到处境与之不同的两位仙女。道书上说，萼绿华年约二十上下，青衣，颜色绝整，于晋穆帝升平三年夜降羊权家，从此经常往来，后授权尸解药引其升仙。杜兰香本是渔父在湘江岸边收养的弃婴，长大后有青童自天而降，携其升天而去。临上天时兰香对渔父说："我仙女也，有过谪人间，今去矣。"来无定所，踪迹飘忽不定，说明并非"沦谪"尘世，困守一地；去未移时，说明终归仙界，而不同于圣女之迟迟未归。颔、颈两联，一用烘托，一用反衬，将"圣女"沦谪不归、长守幽寂之境的身世遭遇，从不同的侧面成功地表现出来了。这是诗人面对细雨灵风包围中寂寥的圣女祠时所生的联翩浮想。不知不觉中，仿佛已身处其境，化身为圣女了。因此，尾联就自然以圣女的身份口吻抒慨。

"玉郎会此通仙籍，忆向天阶问紫芝。"玉郎，是天上掌管神仙名册的仙官。通仙籍，指登仙界的资格（古称登朝为官为通朝籍）。忆，是思念、想望的意思。这一联是说，处此沦谪不归的寂寥境遇，希望能有职掌仙籍的玉郎和自己在这里相会，以便帮助自己重登仙籍，在天阶采取紫芝。"玉郎"盖影指柳仲郢，当时他内征为吏部侍郎，职掌官吏诠选，商隐希望他能帮助自己重登朝籍。以沦谪归迟的境遇而有此重登"仙籍"的企盼，是很自然的事。

这首诗成功地塑造了一位沦谪不归、幽居无托的圣女形象。有的研究者认为诗人是托圣女以自寓，有的则认为是托圣女以写女冠。实际上圣女、女冠、作者，不妨说是三位而一体：明赋圣女，实咏女冠，而诗人自己的"沦谪归迟"之情也就借圣女形象隐隐传出。所谓"圣女祠"，大约就是女道观的异名，这从七律《圣女祠》中看得相当清楚。所不同的，只是《圣女祠》借咏圣女而寄作者爱情方面的幽渺之思，而《重过圣女祠》则借咏圣女而寄其身世沉沦之慨罢了。清人钱泳评"梦雨"一联道："作缥缈幽冥之语，而气息自沉，故非鬼派"（《履园谭诗》）。由于其中融合了诗人自己遇合如梦、无所依托的人生体验，诗歌的意境才能在缥缈中显出沉郁。

李
商
隐

霜　月

初闻征雁已无蝉[一]，百尺楼南水接天[二]。
青女素娥俱耐冷[三]，月中霜里斗婵娟[四]。

〔一〕《礼记·月令》:"孟秋之月寒蝉鸣,仲秋之月鸿雁来,季秋之月霜始降。"陶潜《己酉岁九月九日》:"哀蝉无留响,征雁鸣云霄。"初闻征雁,已无蝉声,时令已到深秋。

〔二〕南,《全唐诗》原作"高",校:一作南。兹据改。

〔三〕青女,主管霜雪的女神。《淮南子·天文训》:"秋三月……青女乃出,以降霜雪。"高诱注:"青女,青要玉女,主霜雪也。"素娥,即嫦娥。月色白,故称。俱,读平声。耐,宜。

〔四〕婵娟,美好的容态。作者《秋月》云:"姮娥无粉黛,只是逞婵娟。"

笺评

周必大曰:唐李义山《霜月》绝句:"青女素娥俱耐冷,月中霜里斗婵娟。"本朝石曼卿云:"素娥青女元无匹,霜月亭亭各自愁。"意相反而句皆工。(《二老堂诗话》)

何焯曰:第二句先虚写霜月之光,最接得妙。下二句常语也。(《李义山诗集辑评》引)

陆鸣皋曰:妙语偶然拈到。(《李义山诗疏》)

姚培谦曰:从无伴中说出有伴来,如此伴侣,煞是难得。(《李义山诗集笺注》)

屈复曰:一岁已云暮,二履高视远。三四霜月中犹斗婵娟,何其耐冷如此。(《玉谿生诗意》)

冯浩曰:艳情也。(《玉谿生诗笺注》)

纪昀曰:首二句极写摇落高寒之态,则人不耐冷可知。却不说破,只以青女、素娥对照之,笔意深曲。(《玉谿生诗说》)

张文荪曰:托兴幽缈,自见风骨。(《唐贤清雅集》)

鉴赏

这首吟咏秋夜的霜华、月色的小诗,不但生动地展示了霜天夜月一片空明澄澈的自然美，而且象征性地表现了一种"耐冷"的精神美和人格美，称得上是一首寓有"高情远意"的作品。

首句从秋夜闻雁写起。古代对于时令的感受往往和自然界中禽鸟虫兽的活动联系在一起，陶潜《己酉岁九月九日》："哀蝉无留响，征雁鸣云霄。"李商隐这句似括陶诗之意，但意味小异。陶诗平列二者，"无""鸣"对映，重在表现对于深秋季节肃杀清寥景象的感受，略带感伤意味；李诗由秋夜初闻雁声而联想到蝉鸣已绝，言外对深秋的高远寥廓、清净绝喧怀有一种欣赏的感情，这与下面几句所显示的感情是一致的。

次句"百尺楼南水接天"，转从视觉角度写秋夜高楼遥望之景。百尺高楼，视野极为广远，望见远水遥天、混茫相接的景象，原不奇怪，但题为"霜月"，写水势浩茫却与题面无涉，三、四两句所写景象也与水无关。细味全诗，这句的"水"并非实写，而是暗写、虚写霜、月。秋天的月夜，整个天宇特别明净，皎洁的月光像无边无际的水波一样充满了天地之间；而皎洁的霜华和充盈空间的月光又浑然一色。因此，所谓"水接天"，正是霜华月光，似水一色在诗人眼中所引起的幻觉似的感受。在李商隐之前或同时，写"月光如水"（赵嘏）或"月如霜"（李益）的不乏其例，但是像李商隐这样，将霜、月交辉，浑然一体的情景用"水接天"来不着痕迹地加以表现，却是一种独创。它已经不是一般的所谓暗喻，而是如实抒写自己独特的幻觉式感受。这里所展示的高远寥廓、空明澄澈的境界，正为后两句的神话式想象创造了意念飞跃的条件。何焯说："第二句先虚写霜、月之光，最接得妙。"大概就是有见于这句与下两句的关系。

"青女素娥俱耐冷，月中霜里斗婵娟。"三、四两句从霜华月光交相辉映的情景中展开想象，进而以象征性笔意摄取霜、月之神。青女，是神话传说中主管霜雪的女神。《淮南子·天文训》："秋三月，青女乃出，以降霜雪。"高诱注："青女，天神，青要玉女，主霜雪也。"素娥，即嫦娥，月色洁白，如美人不施粉黛，故称"素娥"。"耐"字可以作"忍耐"之耐解，也可作"宜""称"解（参见张相《诗词曲语辞汇释》），后一种解释可能更切合一些。婵娟，美好的容态，这里特指一种高洁清雅的风姿。两句将霜月交辉的景象想象为霜、月之神在竞妍斗美，意思是说，霜神青女和月神嫦娥都特别适宜于清冷的环境，她们各自在霜中月里呈现自己的本色，比赛看谁更美丽。这里有好几层美好的想象。诗人首先将霜月交辉的自然美幻化为霜神、月神斗美竞妍，这就不但使美好的自然景象具有生动的意态风貌，而且

2695

赋予了（或者说摄取了）霜、月的精神魂魄。同时，诗人还进而想象，霜、月之神具有特殊的性格气质——"耐冷"，她们在清冷的环境中不是瑟缩畏惧，而是倍增生气精神，充分展示出她们的美。而她们的美，又不是那种凡俗的艳丽，而是一种不施粉黛的本色美，一种与清冷环境相称的高洁幽雅的意态美，一种环境越是清冷就越富于生气的精神美。更重要的是，诗人通过想象，寄寓了自己对这种超凡脱俗的精神美、人格美的向往追求和深情赞颂。这种向往追求，是诗人长期处于污浊黑暗的现实环境中，精神人格上受到压抑的一种反激。他在《高松》中说："有风传雅韵，无雪试幽姿。"《霜月》所写，正是"无雪"句的对面。

作为一首写景咏物与抒怀密切结合的诗，《霜月》的根本特点在于略貌取神，着重抒写主观感受，寄托诗人自己的精神情操。

蝉〔一〕

本以高难饱〔二〕，徒劳恨费声。
五更疏欲断，一树碧无情。
薄宦梗犹泛〔三〕，故园芜已平〔四〕。
烦君最相警〔五〕，我亦举家清〔六〕。

校注

〔一〕据"薄宦"句，诗当作于羁泊寄幕期间，以作于大中四年（850）秋寓居卢弘止幕时的可能性较大。参注〔六〕。

〔二〕《吴越春秋》："秋蝉登高树，饮清露，随风�（挥）挠，长吟悲鸣。"

〔三〕薄宦，官职卑微。梗泛，《战国策·齐策》载：齐孟尝君欲赴秦，苏秦劝阻道："今者臣来过于淄上，有土偶人与桃梗相对语。桃梗谓土偶人曰：'子西岸之土也，挺子以为人，至岁八月，降雨下，淄水至，则汝残矣。'土偶曰：'不然。吾西岸之土也，土则复西岸耳。今子东国之桃梗也，刻削子以为人，降雨下，淄水至，流子而去，则子漂漂者将何如？'"后因以"梗泛"喻漂泊流转的生活。

〔四〕芜已平，杂草丛生，长得一片平齐，形容荒芜景象。陶潜《归去来兮辞》："归去来兮，田园将芜胡不归！"卢思道《听鸣蝉篇》："故乡已超忽，空庭正芜没。"

〔五〕君，指蝉。警，警醒、提醒。

〔六〕大中三年十月商隐应卢弘止之辟入徐州幕为节度判官时有《上尚书范阳公启》，其中述及自己境况时云："去年远从桂海，来返玉京，无文通半顷之田，乏元亮数间之屋。"即此句"举家清"之意。清，清贫。

钟惺曰：（起句）五字名士赞。（碧无情）三字冷极幻极。结自处不苟。（《唐诗归》）

钱良择曰：（一树句）神句非复思议可通，所谓不宜释者是也。（《唐音审体》）

吴乔曰：义山（蝉）诗，绝不描写、用古，诚为杰作……《落花》起句奇绝，通篇无实语，与《蝉》同，结亦奇。（《围炉诗话》）

朱彝尊曰：第四句更奇，令人思路断绝。（《李义山诗集辑评》引）

姚培谦曰：此以蝉自况也。蝉之自处既高矣，何恨之有？三承"声"字，四承"恨"字。五六言我今实无异于蝉。听此声声相唤，岂欲以警我耶？不知我举家清况已惯，豪无怨尤，不劳警得也。（《李义山诗集笺注》）

屈复曰：三四流水对，言蝉声忽断忽续，树色一碧。五六说目前客况，开一笔，结方有力。（《唐诗成法》）通首自喻清高。三四承"恨费声"。五六又应"难饱"。七结前四，八结五六。本言其费声，而翻写不鸣。盖除却五更欲断，此外无不鸣时也。高即清也。本以居高，终身难饱，鸣以传恨，徒劳费声。惟至五更，树碧无情，乃不鸣耳。费声如此。梗泛园芜，吾之遭逢如此。故烦君相警，而举家亦清也。（《玉谿生诗意》）

徐德泓曰：此从事幕府而以蝉见意也。首联，写高洁。颈联，微寓失所依栖意，是以嗟泛梗而兴故园之思也。末以人、物同情结之。前写物，而曰"高"曰"恨"，曰"欲断""无情"，不离乎人；后写人，而曰"梗"曰"芜"曰"清"，不离乎物，正诗家针法精密处。（《李义山诗疏》）

冯浩曰：此章无可征实，味其意致，当在斯时。（《玉谿生诗笺注》）按：冯谱编大中五年。

纪昀曰：起二句斗入有力，所谓意在笔先。前半写蝉，即自喻；后半自写，仍归到蝉。隐显分合，章法可玩。（《玉谿生诗说》）

沈德潜曰：（一树碧无情）取题之神。（《唐诗别裁》）

宋宗元曰：（五更二句）咏物而揭其神，乃非漫咏。（《网师园唐诗笺》）

李因培曰：（五更二句）追魂之笔，对句更可思而不可言。（《唐诗观澜集》）

顾安曰：首二句写蝉之鸣，三四写蝉之不鸣。"一树碧无情"，真是追魂取气之句。五、六先作"清"字地步，然后借"烦君"二字折出结句来。法老笔高，中、晚一人也。（《唐律消夏录》）

黄叔灿曰：上四句就蝉之大致刻划，便有比意。起极超脱，人不能道也，入神之笔也。"薄宦"一联，即自己说，结二语仍收转蝉说，觉"一树"句更情思惘然。古人善咏物者必有比托。（《唐诗笺注》）

施补华曰：《三百篇》比兴为多，唐人犹得此意。同一咏蝉，虞世南"居高声自远，端不（按：集作"非是"）藉秋风"，是清华人语；骆宾王"露重飞难进，风多响易沉"，是患难人语；李商隐"本以高难饱，徒劳恨费声"，是牢骚人语。比兴不同如此。（《岘佣说诗》）

张采田曰：起四句暗托令狐屡启陈情不省，有神无迹，真绝唱也，非细心不能味之。（《李义山诗辨正》）又云：颇难征实，冯编徐幕，无据。（《玉谿生年谱会笺》）

 鉴赏

李商隐是唐代咏物诗的名家，其托物寓怀寄慨身世之作往往绝去比附、物我浑融；离形入神，传神空际；不涉理路，极饶神韵，在艺术上对传统咏物诗有明显发展。这首《蝉》正是体现上述特征的名作。

"本以高难饱，徒劳恨费声。"起手即撇开蝉的外在形貌特征，将它人格化，赋予它"高难饱"的清高寒士气质，直传其悲鸣诉恨而徒劳费声的悲慨。古人认为蝉栖息高树，啜饮清露，故说"高难饱"。蝉声悲切，似乎在诉说自己"高难饱"的怨恨，但却得不到同情，故说"徒劳""费声"。"徒劳恨费声"，即徒劳费声以寄恨。"高"字双关，既指蝉栖高饮露，也隐寓诗人自身品格之高洁。初唐虞世南的《蝉》、骆宾王的《在狱咏蝉》与本篇立意有别，但都间接或直接地提及蝉的高洁品性。两句揭出"高"与"饱"、"费声"与"徒劳"的矛盾，隐寓自己因品格高洁而穷愁困苦，虽悲鸣寄恨而无人同情的悲剧性命运，起势突兀，笼盖全篇，纪昀说："起二句斗入有力，所谓意在笔先。"

"五更疏欲断，一树碧无情。"颔联承"徒劳恨费声"，说彻夜悲鸣的蝉，到五更天将晓时，鸣声逐渐稀疏无力，似乎就要嘶断声绝，而所栖息的高树，却一片碧绿，悄然无言，像是对寒蝉的悲鸣全然无动于衷。上句传神地描绘出五更时分蝉声悲凄无力、欲断仍嘶的神韵，透出自己濒于绝望而仍不甘沉默、有所希冀的心理状态；下句奇想入幻，将清晨时分静寂不动的一树碧阴想象为对凄断欲绝的寒蝉冷漠无情的反应，显示出所处环境的冷酷及对这种环境绝望的怨愤。两句构成强烈对比，使下句的反跌更为沉痛有力。钟惺说："'碧无情'三字冷极幻极。""冷"是指心境的幽冷凄清，"幻"是指意境的奇幻。"碧"色本为青翠而具生机之色，此却曰"无情"，正缘于抒情主体自身主观感受的投射所致。这种描写，纯然是把蝉当作有知觉、有感情的人来写，而且表现的是诗人这样一个有着清高品性、梗泛身世而又承受着冷漠环境压抑的士人的心态。评家谓此联"取题之神"，正道出其离形取神、传神空际的特点。在这方面，它比虞、骆二作更加脱略形迹，因为它们都分别写到了"垂緌""玄鬓影"等外在特征。

"薄宦梗犹泛，故园芜已平。"上句由蝉的流转栖息于树枝，联想到自己的宦游羁泊生活，说自己至今仍然过着漂泊梗泛的生活，官卑职微。何焯说此句"双抱"，指的正是其兼指蝉与人的"梗泛"。"犹"字着意，见这种薄宦梗泛生活为时已久，其中隐隐透出对此的厌倦与难堪，下句化用陶潜《归去来兮辞》"归去来兮，田园将芜胡不归"之意，而改"将"为"已"，言外见虽欲归而不能的意蕴。这句疑亦物、我双抱。明为自写，隐亦写蝉。蝉的幼虫生长在树下的土洞中，至若虫、成虫阶段才栖息于高树，"故园"贴"蝉"说，或正指幼虫所居已被一片荒草所掩。

2699

"烦君最相警，我亦举家清。"尾联"君""我"对举双收，意谓：劳烦你用悲鸣警醒提示我的身世境遇，我和你一样，也是举家清寒，有家难归啊！"亦"字双抱，"举家清"回抱首句"高难饱"，首尾一贯。

这首托物寓怀诗抓住寒蝉栖高饮露、悲鸣欲绝这两个特点，突出表现其

"高难饱""恨费声"的处境遭遇，为自己志行高洁而不免穷困潦倒，满腔悲愤而却无人同情，羁宦漂泊而欲归不得的悲剧命运写照。诗人写蝉，不着重于外在形貌的描绘刻画和它与人的形似，而致力揭示它的感情、感受和心理，在将蝉人化的同时达到人、物浑然一体的有神无迹的境界。评家所说的"空际传神""意在笔先"，指的正是这种特点。在结构章法上，首联总起，颔、腹二联，分承"恨费声"与"高难饱"，尾联双收，回抱首联。前四句写蝉即以自寓，五、六句写己兼抱寒蝉，七、八"君""我"对举收束。隐显分合，严密而有变化。

悼伤后赴东蜀辟至散关遇雪〔一〕

剑外从军远〔二〕，无家与寄衣〔三〕。
散关三尺雪，回梦旧鸳机〔四〕。

校注

〔一〕悼伤，指妻子亡故，商隐妻王氏卒于大中五年（851）春夏间。同年七月，新任东川节度使柳仲郢奏辟商隐为节度书记。商隐因料理王氏丧葬、安顿子女托长安亲友照顾等事，未即随柳仲郢赴幕，迟至深秋九月方只身前往梓州（今四川三台）。行至散关（即大散关，在今陕西宝鸡市），遇大雪，作此诗。东蜀，即东川。节度使府在梓州。

〔二〕剑外，剑门关之外，东川节度使府梓州在剑门关南。唐人称蜀地为剑外，有剑南西道（治成都）、剑南东道（治梓州），亦称西川、东川或西蜀、东蜀。从军，指在节度使军幕任职。从京城长安至梓州二千九十里。（据《旧唐书·地理志》）

〔三〕《诗·秦风·无衣》写从军出征，每章均以"岂曰无衣"开头。此处借用"无衣"的字面谓妻子亡故，已经无家人可给自己寄寒衣。

〔四〕鸳机，织锦机。句意谓梦中回到家中见妻子正在织锦机旁。

何焯曰：通首不离"悼伤后"三字。（《义门读书记》）

姚培谦曰：悲在一"旧"字。（《李义山诗集笺注》）

屈复曰：以"从军"起"无衣"，以"无衣"起"三尺雪"。四总结上三。（《玉谿生诗意》）

纪昀曰：气格高远，犹存开、宝之遗。"回梦旧鸳机"，犹作有家想也。缩退一步，正是加一倍法。（《玉谿生诗说》）陈陶《陇西行》曰："可怜无定河边骨，犹是春闺梦里人。"是此诗对面。（《李义山诗集辑评》引）

姜炳璋曰：一呼三应，二呼四应。机上无人，故无衣可寄。积雪散关，益增梦想。凄绝！（《选玉谿生诗补说》）

刘永济曰：无家之人于远方雪夜中，忽作有家之梦，情已可伤，况当悼亡之后，何以为怀？"鸳机"二字中含有无限温暖在。（《唐人绝句精华》）

唐宣宗大中五年（851）深秋，诗人在丧妻后不久，又应东川节度使柳仲郢之辟，抛下幼小的子女，只身远赴剑门关外的梓州（今四川三台县）任节度书记。行至大散关，遇到大雪，在凄冷孤子中写下这首层深曲折而又浑成无迹的小诗。

首句明点赴东蜀军幕。着一"远"字，不仅显示出"京华庸蜀三千里"长途跋涉的艰辛，而且透露出对又一次漂泊天涯的人生旅途的伤感。《诗·秦风·无衣》写从军出征，每章都以"岂曰无衣"开头。从军远行的人惦念家人寄衣，不单是为了御寒，还因为寄衣象征着亲情的温暖。因此由"从军远"联想到"寄衣"，原极自然。但现实情况却是"无家与寄衣"。"无家"，正点题内"悼伤"。这层转折，于长途跋涉的辛苦之外又加失去家庭温暖和精神慰藉的痛苦，孤子凄凉之感更深化了。

在这种情况下，偏偏又遇上了"散关三尺雪"。大雪不仅增添跋涉之艰，更加强了生理上心理上的凄寒感。由"无衣"而"三尺雪"，凄苦之情已累积转进到最高点。第四句仿佛无可为继，却转出新境——"回梦旧鸳

2701

机"。鸳机，即织锦机。身心的孤孑凄寒使诗人更加向往家庭的温暖。这种在现实中根本无法实现的向往遂幻化为温馨的梦境。"鸳机"与上"无衣""三尺雪"正成为鲜明对照。梦境的温馨似乎驱散了彻骨的凄寒，但"梦里不知身是客"的悲慨和梦醒后更令人难以禁受的凄寒却因此更加强烈。梦境是凄冷现境的反激，又是诗人凄冷心境更深一层的表现。诗写到"回梦"，即徐徐收住，梦中梦后种种情事和无限凄凉都留给读者去咀嚼体味。

诗"以'从军'起'无衣'，以'无衣'起'三尺雪'"（屈复评），由"三尺雪"又转出温馨梦境，层层转折加深，却又一气浑成，极为自然。三、四句的转折，看似突然，实有深刻心理依据。在朴素平淡的叙说中蕴含着丰富的感情。纪昀称此诗为"盛唐余响"，当是着眼于其浑融无迹的一面。

乐游原〔一〕

向晚意不适〔二〕，驱车登古原〔三〕。
夕阳无限好，只是近黄昏。

校注

〔一〕乐游原，在长安东南，地势较高，四望宽敞，可以眺望长安全城。汉宣帝神爵三年（前59）于此建乐游苑。《汉书》颜师古注引《关中记》云："宣帝立庙于曲池之北，今所呼乐游庙者是也。"又称乐游园。唐代太平公主于此建亭阁，玄宗时宁、申、岐、薛诸王再加修建，遂成长安登览胜地。每年正月晦日、三月三日、九月九日，长安士女多到此登赏。《唐诗品汇》《唐音统签》题作《登乐游原》。

〔二〕向晚，傍晚。

〔三〕古原，指乐游原。自秦于此建宜春苑、汉于此建乐游苑，已历近千年。

笺评

许颉曰：洪觉范……作《冷斋夜话》，有曰："诗至李义山，为文章一厄。"仆读至此，蹙额无语。渠再三穷诘，仆不得已曰："夕阳无限好，只是近黄昏。"觉范曰："我解子意矣。"即时删去。今印本存之，盖已前传出者。（《彦周诗话》）

杨万里曰：此诗忧唐祚将衰也。（《唐诗品汇》引）

吴乔曰：宋之最著者苏、黄，全失唐人一唱三叹之致，况陆放翁辈乎？但有偶然撞着者，如明道云："未须愁日暮，天际是轻阴。"忠厚和平，不减义山之"夕阳无限好，只是近黄昏"矣。（《答万季埜诗问》）问曰："唐诗六义如何？"答曰："《风》《雅》《颂》各别，比兴赋杂出乎其中……'忽见陌头杨柳色，悔教夫婿觅封侯'，兴也；'夕阳无限好，只是近黄昏'，比也；'海日生残夜，江春入旧年'，赋也。"（《围炉诗话》）

朱彝尊曰：言值唐家衰晚也。（《李义山诗集辑评》引）

吴昌祺曰：（三四）二句似诗馀，然亦首选。宋人谓喻唐祚，亦不必也。（《删订唐诗解》）

杨守智曰：迟暮之感，沉沦之痛，触绪纷来。（《玉谿生诗笺注》引）按：《李义山诗集辑评》朱笔评引此"触绪纷来"下有"悲凉无限"四字。此条下又有朱笔批曰："叹时无宣帝，可致中兴，唐祚将沦也。"与上一条似非出一手，是否何焯批，亦未可定。姑附此。

姚培谦曰：销魂之语，不堪多诵。（《李义山诗集笺注》）

屈复曰：时事遇合，俱在个中，抑扬尽致。（《玉谿生诗意》）

程梦星曰：此诗当作于会昌四、五年间，时义山去河阳退居太原，往来京师，过乐游原而作是诗，盖为武宗忧也。武宗英敏特达，略似汉宣，其任德裕为相，克泽潞，取太原，在唐季世，可谓有为，故曰"夕阳无限好"也。而内宠王才人，外筑望仙台，封道士刘玄静为学士，用其术以致身病不复自惜，识者知其不永，故义山忧之，以为"近黄昏"也。（《重订李义山诗集笺注》）

纪昀曰：百感茫茫，一时交集，谓之悲身世可，谓之忧时事亦可。下二句向来所赏，然得力处在以"向晚意不适"句倒装而入，下二句已含句下。（《玉谿生诗说》）或谓"夕阳"二句近小词，此充类至义之尽语，要不为无见，赖起二句苍劲足相救耳。（《李义山诗集辑评》引）

姜炳璋曰：此忧年华之迟暮也。名利场中，多少征逐，回头一想，黯然销魂，天下事大抵如此。"向晚"二字，领起全神。（《选玉谿生诗补说》）

管世铭曰：李义山《乐游原》诗，消息甚大，为绝句中所未有。（《读雪山房唐诗序例》）

宋宗元曰：（三四句）爱惜景光，仍收到"不适"。（《网师园唐诗笺》）

李锳曰：以末句收足"向晚"意，言外有身世迟暮之感。（《诗法易简录》）

施补华曰：义山"向晚意不适，驱车登古原。夕阳无限好，只是近黄昏"，叹老之意极矣，然只说夕阳，并不说自己，所以为妙。五绝七绝，均须如此，此亦比兴也。（《岘佣说诗》）

吴仰贤曰：李义山诗："夕阳无限好，只是近黄昏。"宋程伯子诗："未须愁日暮，天际是轻阴。"两人身世所遭不同，故其咏怀寄托亦异……寥寥十字，两朝兴废之迹寓焉。（《小匏庵诗话》）

张采田曰：杨氏……可谓善状此诗妙处。谓忧唐之衰者，只一义耳。（《玉谿生年谱会笺》）

俞陛云曰：诗言薄暮无聊，藉登眺以舒怀抱。烟树人家，在微明夕照中，如天开图画。而无情暮景，已逐步逼人而来。一入黄昏，万象都灭，玉谿生若有深感者。（《诗境浅说》续编）

刘永济曰：作者因晚登古原，见夕阳虽好而黄昏将至，遂有美景不常之感。此美景不常之感，久蕴积在诗人意中，今外境适与相合，故虽未明指所感，而所感之事即在其中。（《唐人绝句精华》）

鉴赏

乐游原在长安东南，四望宽敞，可以俯瞰全城，为唐代登临胜地。汉宣帝曾于其地起乐游苑，故诗称"古原"。

前两句写登临之由。薄暮的环境气氛，每易枨触愁绪。这里只笼统说"意不适"，当是一种郁积盘结、复杂多端、难以言说的惆怅。因此后幅因登览而触发的感慨，其内涵也就特别深广虚涵。纪昀说："末二句向来所赏。妙在第一句倒装而入，末二句乃字字有根。"

后两句写登览所感。诗人于登临所见诸多景物中独取"夕阳"，固缘在薄暮的旷远迷茫中，最引人注目的景象便是正在西沉的一轮红日；同时也由于潜藏之"不适"恰与景遇，触发更深广的人生感慨。诗人既激赏夕阳之

"无限好",又因其"近黄昏"而不胜低回流连,惋惜怅惘。唯其"无限好",怅惘之情便愈加浓重,三句之极赞正所以反跌末句之浩叹。其间"无限"与"只是",一扬一抑,一纵一收,将浓重的怅惘渲染得非常充分,却又显得唱叹有致。作者身处衰世,国运陵夷,身世沉沦,岁月蹉跎,对好景不长的感受特深。登古原骋望,见夕阳沉西之苍茫景象,自不免触发上述种种感受。情与景浃,遂浑沦书感,而家国之忧、身世之感、时光流逝之恨均一齐包括。而在"百感茫茫,一时交集"(纪昀语)之中,还蕴含着更深一层的带有哲理意味的感慨:某种行将消逝的事物往往呈现出特有的美,而这种美又是如此匆匆易逝。美的发现与消逝,美的赞叹与惋惜紧密地联结在一起,诗人的感情也陷入既赞赏流连又惋惜怅惘的矛盾苦闷之中。诗中所表现的这种感慨,既带有那个衰颓时世特有的色彩,又具有一定的普遍性。管世铭谓此诗"消息甚大,为绝句中所未有",正道出其感慨的深广虚涵。

　　本篇触景生慨,最近兴体,妙在有意无意、不即不离之间,可以引起广泛联想,却不必泥定一端。若认作有明确意图的比喻,便全失语妙。

李商隐

北齐二首〔一〕

其　一

一笑相倾国便亡〔二〕,何劳荆棘始堪伤〔三〕。
小怜玉体横陈夜〔四〕,已报周师入晋阳〔五〕。

其　二

巧笑知堪敌万机〔六〕,倾城最在著戎衣〔七〕。
晋阳已陷休回顾,更请君王猎一围〔八〕。

2705

校注

　　〔一〕二首均咏北齐后主高纬宠冯淑妃,荒淫亡国事。《北史》卷八有《北齐后主本纪》,卷十四有北齐后主《冯淑妃传》。二诗或有所托讽。可能作于武宗会昌五年(845)。

〔二〕《诗·大雅·瞻卬》："哲夫成城，哲妇倾城。"《汉书·外戚传》李延年歌曰："北方有佳人，绝世而独立。一顾倾人城，再顾倾人国。宁不知倾城与倾国，佳人再难得。""一笑相倾"之"倾"为倾心、倾倒之义，句意为君主一旦为美色所迷，便种下亡国祸根。

〔三〕《吴越春秋》：夫差听谗，伍子胥垂涕曰："以曲作直，含谗攻忠，将灭吴国，城郭丘墟，殿生荆棘。"句意为何必要等到国家覆亡、宫殿长满荆棘时才值得悲伤呢。堪，《全唐诗》校："一作悲。"

〔四〕小怜，北齐后主高纬的宠妃。《北史·冯淑妃传》："冯淑妃名小怜，大穆后从婢也。穆后爱衰，以五月五日进之，号曰'续命'。慧黠能弹琵琶，工歌舞。后主惑之，坐则同席，出则并马。"怜，一作"莲"。宋玉《讽赋》："内怵惕兮徂玉床，横自陈兮君之傍。""玉体横陈夜"，指冯小怜进御之夕。

〔五〕晋阳，今山西太原市，北齐军事、政治重镇，自齐高祖高欢起，历代皇帝均以晋阳为根本，屡次巡幸，常驻其地。据《北齐书》载，武平七年十二月，周武帝来救晋州（今山西临汾），齐师大败。齐后主弃军先还，留安德王延宗等守晋阳。后主逃奔到都城邺城（今河北临漳）。同月十七日（577年1月21日），延宗与周师战，大败，为周师所虏。周师攻破晋阳。这里用"周师入晋阳"表明北齐面临亡国的危急局势。

〔六〕《诗·卫风·硕人》："巧笑倩兮，美目盼兮。"万机，君主日常处理的繁剧政务。《书·皋陶谟》："兢兢业业，一日二日万几。"孔传："几，微也，言当戒惧万事之微。"后多以"万几"或"万机"径指繁多政事。

〔七〕谓冯淑妃之美艳绝伦尤在着戎装之时。盖指其与后主围猎，参下注。

〔八〕《北史·冯淑妃传》："周师之取平阳，帝猎于三堆，晋州告急，帝将还，淑妃请更杀一围，帝从其言。识者以为后主名纬，杀围言非吉征。及帝至晋州，城已欲没矣。"《通鉴》亦载，晋州告急，自旦至午三至；至暮更至，曰："平阳已陷。"乃奏之，齐主将还，冯淑妃请更杀一围，从之。据此，"已陷"者系晋州平阳，非晋阳，当是作者一时误记。杀一围，再围猎一次。

朱彝尊曰：（首章第三句评）故用极亵昵字，末句接下方有力。（次章三四句评）有案无断，其旨更深。（《李义山诗集辑评》引。冯浩《玉谿生诗笺注》引作钱良择评）

何焯曰：上言其一为所惑，祸败即来；下言转入转迷，必将祸至不觉，用意可谓反复深至矣。首章最警切。又按：上篇叹其不知不见是图，下篇笑其至死不悟。（《义门读书记》）又云：（首章三四句）警快。（《李义山诗集辑评》引）

张谦宜曰：不说他甚底，罪案已定，此咏史体。（《絸斋诗谈》）

姚培谦曰：前者是惑溺开场，后者是惑溺下场。沉痛得《正月》诗人遗意。（《李义山诗集笺注》）

屈复曰：（首章）"一"字"便"字，"何劳"字"始堪"字"已报"字相呼相应。（次章）"知堪""最在""已陷""更请"相呼相应。不用论断，具文见意。（《玉谿生诗意》）

程梦星曰：此托北齐以慨武宗、王才人游猎之荒淫也。（《重订李义山诗集笺注》）

冯浩曰：（首章）北齐以晋阳为根本地，晋阳破则齐亡矣。诗言淑妃进御之夕，齐之亡征已定，不待事至始知也。（次章）程氏、徐氏以武宗游猎苑中，王才人必袍骑而从，故假事以讽之。夫武宗岂高纬之比，断非也。寄托未详，当直作咏史看。（《玉谿生诗笺注》）

纪昀曰：廉衣评曰："芥舟云二诗太快，然病只在前二句欠深浑，后二句必如此快写始妙。"议论以指点出之，神韵自远。若但议论而乏神韵，则周昙、胡曾之流仅有名论矣。诗固有理正意足而不佳者。（次章）此首尤（《辑评》作"较"）含蓄有味，风调欲绝，而不纤不佻，所以为诗人之言。（《玉谿生诗说》）

林昌彝曰：唐人诗："晋阳已陷休回顾，更请君王猎一围。"……诗但述其事，不溢一词，而讽谕蕴藉，格律极高。此唐人擅长处。（《射鹰楼诗话》）

俞陛云曰：（次章）后二句神采飞扬，千载下诵之，声口宛然，词人妙笔也。（《诗境浅说》续编）

北齐后主高纬是著名的荒淫之君。他宠冯淑妃（名小怜，一作小莲），曾作《无愁曲》，自弹琵琶，民间称其为"无愁天子"。这两首联章咏史七绝，即以严冷辛辣的笔调讽刺后主与淑妃的荒淫废政，导致国家覆亡，以寓鉴戒之意。

首章前两句以议论揭出两章主旨，极力强调君主一为美色所迷，便种下亡国之祸，何必等到宫殿长满荆棘才悲伤呢？上句既用汉李延年歌"北方有佳人，绝世而独立。一顾倾人城，再顾倾人国"的字面，又暗用周幽王为博褒姒一笑，举烽火召诸侯，终为犬戎所杀之事；下句"荆棘"字本《吴越春秋》伍子胥谏夫差之语："以曲作直，舍谗攻忠，将灭吴国，城郭丘墟，殿生荆棘。"融化古语故事，浑然无迹。"一"与"便"，"何劳"与"始堪"两两相承，正反相形，一气贯注，极言美色惑君覆国为祸之速之烈。在议论中糅合了史事，灌注了感情，并运用了强烈的夸张。"一""便"相承，直启下两句。

三、四句由议入叙，用史事为前面的议论提供有力的印证。公元577年初，周师攻破北齐军事重镇晋阳（今太原市），向齐都邺城进军，高纬出逃被俘，北齐遂灭。此处即以"周师入晋阳"表明北齐面临危亡局面。小莲进御之夕与周师入晋阳，在时间上本不相连，这里为极言色荒之祸，特将二者加以连缀剪接。表面上看，似乎夸张失实。但这种在时间上超前的夸张，由于融合了鲜明的对比，使极亵昵的情景与极危急的局势并列，从而有力地揭示出其间的因果联系，表达了"一笑相倾国便亡"的主题，显得警切明快，发人深省。

次章前两句"巧笑""倾城"仍遥承前章"一笑相倾"而言，意脉贯通，正是联章体的章法。"巧笑"与"万机"（指皇帝要处理的繁重政务），对于一国之君来说，孰轻孰重，本属常识；但对迷恋美色的无愁天子高纬来说，冯淑妃的"巧笑"却足以"敌万机"。"敌"字讽刺极尖锐而辛辣。美人而"着戎衣"，如驰骋疆场，固然英姿飒爽，但"着戎衣"而迷畋猎，废武备，则这种"倾城"之姿适足以覆国而已。妙在"知堪""最在"二语，反言若正，似赞实讽，冷隽的讽刺中含有耐人寻味的幽默，读之但觉谐趣横生。

三、四两句进而选取一个最能表现讽刺对象性格的典型情节，以印证上两句的议论。史载：周师取平阳，帝猎于三堆。晋州告急，帝将还。淑妃请更杀一围（再围猎一次），从之。这里说"晋阳已陷"，可能是一时误记，也可能是为了与上首"周师入晋阳"相承而作出的改动。两句拟冯淑妃口吻，貌似客观叙说，有案无断，而淑妃的恃宠放娇，后主的昏愦麻木，以及这一对无愁天子、后妃不顾一切后果，肆意行乐的性格，乃至冯淑妃的神情，都刻画得生动传神，入木三分。这两句同样运用了强烈的对比，极危急的局面（晋阳已陷）与极闲暇的态度（休回顾，更杀一围）形成的巨大反差，构成了一种耐人寻味的幽默，使得讽刺更加冷隽了。

这两首诗可能有某种现实针对性，非泛泛的以古鉴今之作。唐武宗喜畋猎，宠女色。史载王才人善歌舞，每猎苑中，才人必从，"袍而骑，佼服光侈"，与次章所写有相似处。武宗固非高纬一流，但诗人从关心国运出发，自不妨借北齐亡国事进行警戒。首章"一""便""何劳""始堪"等语，危言耸听，语重心长，若作泛论来读，便乏情味。

两章均有较重的议论成分，但由于诗人善于提炼、剪裁典型的场景、情节，与议论相互映照，不但使议论落到实处，而且由于"议论以指点出之，神韵自远"（纪昀评语）。而对比、夸张的融合，更使这两首诗具有奇警强烈的艺术效果。前首重在写后主，后首重在写淑妃；前首严肃切至，后首幽默俏皮；前首警快，后首含蓄，则又是其不同点。

夜雨寄北〔一〕

君问归期未有期，巴山夜雨涨秋池〔二〕。
何当共剪西窗烛〔三〕，却话巴山夜雨时〔四〕？

校注

〔一〕冯浩《玉谿生诗笺注》云：《万首绝句》作"寄内"。按：文学古籍刊行社影印明嘉靖刊本《万首唐人绝句》题作"夜雨寄北"，冯氏所见当是别本。现存李商隐诗集诸旧本（包括影宋抄本及明、清刊本及抄本）除明姜道生刊本作"夜雨寄内"外，均题为"夜雨寄北"。诗当作于商隐居梓州幕期间，以作于大中七年（853）秋的可能性最大。关于此诗系年考证，详下鉴赏。寄北，寄给身居北方（当是长安）的某位亲友。时商隐同年进士、连襟韩瞻在京任职。

〔二〕巴山，泛指东川一带的山。商隐《唐梓州慧义精舍南禅院四证堂碑铭》："掩霭巴山，繁华蜀国。"《为崔从事福寄尚书彭城公启》（亦作于梓幕期间）："潼水千波，巴山万嶂。"以"潼水"（即梓潼水。《旧唐书·地理志》：梓州梓潼郡，以梓潼水为名。）与"巴山"对举，均可证"巴山"即泛指东川梓州一带的山。

〔三〕何当，何时，盼望之词。

〔四〕却话，回过头来谈说。

范晞文曰：唐人绝句，有意相袭者，有句相袭者……贾岛《渡桑干》云："客舍并州已十霜，归心日夜忆咸阳。无端更渡桑干水，却望并州是故乡。"李商隐《夜雨寄人》云：……此皆袭其句而意别者。若定优劣、品高下，则亦昭然。（《对床夜语》）

李梦阳曰：唐诗如贵介公子，风流闲雅，观此信然。（《唐诗选脉会通评林》引）

唐汝询曰：题曰"寄北"，此必私昵之人。就景生意，为后人话旧长谈。（同上引）

周珽曰：以今夜雨中愁思，冀为他日相逢话头，意调俱新。第三句应转首句，次句生下落句，有情思。盖归未有期，复为夜雨所苦。则此夕之寂寞，唯自知之耳。得与共话此苦于剪烛之下，始一腔幽衷，或可相慰也。"何当""却话"四字妙，犁犁云树之思可想。（同上）

何焯曰：水精如意玉连环，荆公屡仿此。（《李义山诗集辑评》引）

王士禛曰：婉转缠绵，荡漾生姿。（《唐人万首绝句选》）

杨逢春曰：首是寄诗缘起，一句内含问答。二写寄诗时景，时、地俱显，三四于寄诗之夜，预写归后追叙此夜之情，是加一倍写法。（《唐诗绎》）

姚培谦曰："料得闺中夜深坐，多应说着远行人"，是魂飞到家里去，此诗则又预飞到归家后也。奇绝。（《李义山诗集笺注》）

屈复曰：即景见情，清空微妙，玉谿集中第一流也。（《玉谿生

诗意》）

冯浩曰：语浅情浓，是寄内也。（《玉谿生诗笺注》）

徐德泓曰：翻从他日而话今宵，则此际羁情不写而自深矣。（《李义山诗疏》）

桂馥曰：眼前景反作后日怀想，意更深。（《札朴》）

黄叔灿曰：滞迹巴山，又当夜雨，却思剪烛西窗，将此夜之愁细诉，更觉愁绪缠绵，倍为沉挚。（《唐诗笺注》）

王尧衢曰：此诗内复用"巴山夜雨"，一实一虚。（《古唐诗合解》）

纪昀曰：探过一步作结，不言当下如何，而当下意境可想。作不尽语每不免有做作态，此诗含蓄不露，却只似一气说完，故为高唱。（《玉谿生诗说》）

施补华曰：李义山"君问归期"一首，贾长江"客舍并州"一首，曲折清转，风格相似，取其用意沉至，神韵尚欠一层也。（《岘佣说诗》）

林昌彝曰：七绝喜深而不宜浅，喜婉曲而不宜平直……李义山《夜雨寄北》……眼前景却作后日怀想，此意更深。（《射鹰楼诗话》）

姜炳璋曰：只一转换间，慧舌慧心。（《选玉谿生诗补说》）

李慈铭曰：淡淡中有无限意思。（《越缦堂读书简端记·万首唐人绝句选》批）

俞陛云曰：清空如话，一气循环，绝句中最为擅胜。诗本寄友，如闻娓娓清淡，诗情弥见。此与"客舍并州已十霜"，皆首尾相应，同一机轴。（《诗境浅说》续编）

鉴赏

冯浩、张采田均系此诗于大中二年（848）巴蜀之游。岑仲勉《玉谿生年谱会笺平质》已详辨包括梓、阆在内的大中二年巴蜀之游并不存在，冯、张所援为此游之证的篇章多为大中五至九年梓幕期间或大中元年赴桂幕、二年由桂返长安途中所作。兹不赘引，读者可自行参阅。此处单就本篇辨之。按冯谱，义山系先自桂返洛，然后又游江汉巴蜀，于深秋略顿巴巫之境。此说之误显然。《陆发荆南始至商洛》《归墅》（均大中二年桂管归途作）已言"四海秋风阔""邓橘未全黄"，则至邓州、商洛时已届深秋，返洛后再出行至江汉巴蜀，往返数千里，而云"深秋略顿巴巫之境"，则时间直若停滞不动矣。张笺谓桂管归途先至巴蜀寻杜悰，不果而中途折回，由荆南赴洛，而后归京，并谓《夜雨寄北》所写系初秋景况，由洛赴京则在九月初。是则客游巴蜀之时至返洛又复入京之时，前后亦不过两月左右，如此长途往返，时日又岂敷分配？况诗明言"君问归期未有期"，明为长期羁留某地（巴山一带）之口吻，作诗时归期尚在不可知之数，又何从测其"即作归计"乎？"何当"云云，亦见归期未卜。且如张氏所云，义山巴蜀之游，几乎全部时日皆于仆仆道途中度过，并无一地有较长时日之羁留（实亦无此可能）。试问于如此变动不居之旅途中，双方书信往来竟若今日有现代化通讯工具传递之迅便，一似预知其何日当在何地者，岂非纯属想当然？

实则根据商隐梓幕所撰之文提及"巴山"者（已见注引），已可确定此诗系其羁留梓幕已有数年之久，尚未归京探望在长安寄养之儿女时所作（大中七年冬至八年春，商隐有归京及返梓之行，详笔者《李商隐梓幕期间归京考》）。参《二月二日》《初起》《写意》诸篇，此诗当作于大中七年秋。所寄对象，当为其亲友如韩瞻者。此时妻王氏已去世两年余，"寄内"之说自不能成立。

此诗佳处，首在诗心诗情，而非缘刻意构思。首句包含着一问一答，仿佛深夜灯前，向来书询问归期的友人倾吐归期无日的心曲。次句推开，写想象中室外夜雨浸淫之景。巴山、夜、雨、秋、池这一系列蕴含着遥远、寂寥、凄清、萧瑟意味的物象，用一"涨"字绾结，构成极富包孕的抒情氛围。客居异地的孤寂凄清，对友人的深长思念，郁积心底的重重愁思，似乎都随着单调凄清的夜雨声暗暗涨满秋池，这是融写实与象征、物象与心象为一体的典型境界。尤妙在三、四两句，紧扣夜雨，从深重绵长的愁思中生出异想，转出新境：遥想他日重逢，今宵巴山夜雨的凄凉情景都将成为西窗剪烛的谈资。在重逢的欢愉中回首凄清的往事，不但使遥想中的重逢显得更富诗意的魅力，而且给眼前的雨夜羁客带来一丝温暖与慰藉。"西窗剪烛"这个细节，更加强了重逢的温煦亲切气氛和今宵遥想时的悠然神往之情。此诗"期"字叠用，"巴山夜雨"重见，固然构成一种外在的回环映带的风调美，尤在"巴山夜雨"的重见中运用时空交错跳跃的手法，融凄清与温煦、黯然与神往、寂寥与慰藉为一体，构成极为含蓄蕴藉的内在情韵美。何焯用"水精如意玉连环"形容此诗风格，颇为形象。从中可见义山不仅善于将生活中凄清之情事化为凄伤之美，且具有一种摆脱凄伤心境、化凄伤为温煦之心灵潜能。此正义山诗心诗情之特质，使其诗虽感伤而不陷于绝望之原因。

韩　碑〔一〕

元和天子神武姿，彼何人哉轩与羲〔二〕。誓将上雪列圣耻〔三〕，坐法宫中朝四夷〔四〕。淮西有贼五十载〔五〕，封狼生貙貙生罴〔六〕。不据山河据平地，长戈利矛日可麾。帝得圣相相曰度〔七〕，贼斫不死神扶持〔八〕。腰悬相印作都统〔九〕，阴风惨澹天王旗〔一〇〕。愬武古通作牙爪〔一一〕，仪曹外郎载笔随〔一二〕。行军司马智且勇〔一三〕，十四万众犹虎貔。入蔡缚贼献太庙〔一四〕，功无与让恩不訾〔一五〕。帝曰汝度功第一，汝从事愈宜为辞〔一六〕。愈拜稽首蹈且舞，金石刻画臣能为〔一七〕。古者世称大手笔〔一八〕，此事不系于职司〔一九〕。当仁自古有不让，言讫屡颔天子颐〔二〇〕。公退斋戒坐小阁，濡染大笔何淋漓。点窜《尧典》《舜典》字，涂改《清庙》《生民》诗〔二一〕。文成破体书在纸〔二二〕，清晨再拜铺丹墀。表曰臣愈昧死上，咏神圣功书之碑。碑高三丈字如斗，负以灵鳌蟠以螭〔二三〕。句奇语重喻者少，谗之天子言其私。长绳百尺拽碑倒，粗砂大石相磨治〔二四〕。公之斯文若元气，先时已入人肝脾。汤盘孔鼎有述作〔二五〕，今无其器存其辞。呜呼圣王及圣相〔二六〕，相与烜赫流淳熙〔二七〕。公之斯文不示后，曷与三五相攀追〔二八〕？愿书万本诵万过，口角流沫右手胝〔二九〕。传之七十有三代〔三〇〕，以为封禅玉检明堂基〔三一〕。

李商隐

校注

〔一〕韩碑，指韩愈的《平淮西碑》。唐宪宗元和十二年（817）十月，宰相裴度统率的讨叛诸军平定淮西叛镇吴元济。十二月，诏命韩愈撰《平淮西碑》。

〔二〕轩与羲，轩辕氏（黄帝）与伏羲氏，举以概指三皇五帝。

〔三〕列圣耻，指安史之乱以来玄宗、肃宗、代宗、德宗、顺宗历朝皇帝所蒙受的耻辱。即指藩镇跋扈，不奉皇命，甚至反叛作乱。

2713

〔四〕法宫，帝王处理政事的正殿。朝四夷，使四方外族来朝。

〔五〕淮西，唐彰义军节度使，辖申、光、蔡州，称淮西镇。自李希烈于代宗大历末割据叛乱，历陈仙奇、吴少诚、吴少阳到吴元济，已近四十年。这里将肃宗宝应元年（762）到大历十四年（779）镇蔡，后来成为叛臣的李忠臣据镇的时间也包括在内，故称"有贼五十载"。

〔六〕封狼，大狼。貙（chū），似狸而大的兽。罴（pí），即"人熊"。均喻指凶悍的割据叛乱者。

〔七〕圣相，《晏子春秋》："仲尼，圣相也。"度，指裴度。

〔八〕"贼斫"句，元和十年（815）六月，淄青镇节度使李师道为了反对朝廷于前一年开始的讨伐淮西叛镇的战争，派刺客暗杀了主战的宰相武元衡；御史中丞裴度头、背部被刺伤，伤愈后拜相。

〔九〕都统，统领各道兵马的统帅。元和十二年（817）七月，因淮西久讨不克，大臣李逢吉等竞言师老财竭，意欲罢兵，裴度请亲往前线督战，充淮西宣慰招讨处置使，实际上居于统帅地位。

〔一〇〕天王旗，皇帝的旗帜。

〔一一〕愬武古通，李愬、韩公武、李道古、李文通。均为朝廷先后任命讨淮西的将领。牙爪，喻部下战将。

〔一二〕仪曹外郎，时以礼部员外郎李宗闵掌书记。

〔一三〕行军司马，时以右庶子韩愈为行军司马。

〔一四〕"入蔡"句，元和十二年十月十五日，李愬雪夜袭蔡州，擒吴元济，缚送长安，献于太庙。

〔一五〕恩不訾（zī），恩遇隆重不可计量。淮西平，裴度加金紫光禄大夫、弘文馆大学士，赐勋上柱国，封晋国公。

〔一六〕从事，幕僚。

〔一七〕金石刻画，指撰写歌颂功德的碑文。

〔一八〕大手笔，指有关朝廷大事的诏令文书等大文章。

〔一九〕职司，主管部门。这里指主管撰拟诏命、起草文件的部门，如翰林院。当时段文昌为翰林学士。

〔二〇〕颔、颐，点头（表示赞许）。

〔二一〕《尧典》《舜典》，《尚书》篇名。《清庙》《生民》，《诗经》篇名。两句谓韩愈撰写碑文时精心推敲修改，模仿典诰雅颂的文体。

〔二二〕破体，破当时为文之体。

〔二三〕灵鳌，指负载石碑的龟形基石。蟠以螭（chī），碑上刻着盘绕的螭龙。

〔二四〕"谗之"三句，据《旧唐书·韩愈传》说，李愬妻（唐安公主女）出入禁中，诉碑辞不实。诏令磨愈文，命翰林学士段文昌重撰文勒石。罗隐《说石烈士》谓愬武士石孝忠因愤韩碑不叙愬功，推碑几仆，为宪宗所闻，孝忠面陈愬功，宪宗乃令段文昌另撰。王载源《李义山〈韩碑〉诗事实考辩》认为以上二说均不可靠。进谗者应是牛党成员李逢吉、皇甫镈等。

〔二五〕汤盘，传为商汤沐浴用的大盘。孔鼎，孔子先世正考父的鼎。上均有铭文。

〔二六〕圣王，指宪宗。

〔二七〕淳熙，正大光明。

〔二八〕三五，三皇五帝。

〔二九〕胝（zhī），长老茧。

〔三〇〕七十有三代，《史记·封禅书》说"古者封泰山、禅梁父者七十二家"，这里把唐代也加进去。

〔三一〕玉检，封禅文书外面罩的玉石封盖。明堂，古代天子宣明政教的地方。

许顗曰：李义山诗，字字锻炼，用事宛约，仍多近体。惟有《韩碑》一首古体。有曰"涂抹《尧典》《舜典》字，点窜《清庙》《生民》诗"，岂立段碑时躁辞耶？（《彦周诗话》）

黄彻曰：李义山《咏淮西碑》云："言讫屡颔天子颐。"虽务奇崛，人臣言不当如此。（《碧溪诗话》）裴度平淮西，绝世之功也；韩愈《平淮西碑》，绝世之文也。非度之功，不足以当愈之文；非愈之文，不足以发度之功。（《诗话总龟》卷五十引）

曾季貍曰：李义山诗雕镌，唯《咏平淮西碑》一篇，诗极雄健，不类常日作，如"点窜《尧典》《舜典》字，涂改《清庙》《生民》诗"，及"帝得圣相相曰度，贼斫不死神扶持"等语，甚雄健。（《艇斋诗话》）

陆时雍曰：宏达典雅，其品不在《淮西碑》下。（《唐诗镜》）

钟惺曰："此事不系于职司"句下评：特识。"点窜《尧典》《舜典》

字，涂改《清庙》《生民》诗"二句下评：二语是此诗大主意。"公之斯文若元气，先时已入人肝脾"二句下评：文章定价，说得帝王无权。篇末总评：一篇典谟雅颂大文字，出自纤丽手中，尤为不测。（《唐诗归》）

谭元春曰："汤盘周鼎有述作，今无其器存其辞"二句下评：此例甚妙。篇末总评：文章语作诗，毕竟要看来是诗不是文章。（《唐诗归》）

许学夷曰：七言惟《韩碑》《安平公诗》二诗稍类退之，而《韩碑》为工。（《诗源辩体》）

贺裳云：《韩碑》诗亦甚肖韩，仿佛《石鼓歌》气概，造语更胜之。（《载酒园诗话》）

吴乔曰：时有病义山骨弱者，故作《韩碑》诗以解之，直狡狯变化耳。（《围炉诗话》）

朱彝尊云：题赋韩碑，诗定学韩文，神物之善变如此。此诗韵即学韩文，非学韩诗也，识者辨之。（《李义山诗集辑评》引）

陆次云曰：此大手笔也。出之鲜秾艳丽之人，令人不则。非惟晚唐，亦初、盛、中有数文字。（《五朝诗善鸣集》）

钱良择曰：义山诗多以好句见长，此独浑然元气，绝去雕饰，集中更无第二首，神物善变如此。（《唐音审体》）

何焯曰：可继《石鼓歌》。字字古茂，句句典雅，颂美之体，讽刺之遗也。"古者世称"四句批：此等皆波澜顿挫处，不尔便是直头布袋。（《义门读书记》）《韩碑》三百六十六字，《石鼓歌》四百六十二字。与韩《石鼓歌》气调魄力旗鼓相当。气雄力健，足与题称。（《李义山诗集辑评》引）

王应奎曰：诗之有律，非特近体为然也，即古诗亦有之……予观李商隐《韩碑》一篇，"封狼生貙貙生罴"，此七言皆平也；"帝得圣相相曰度"，此又七言皆仄也；然而声未尝不和者，则以其于清浊轻重之律仍自调协耳。（《柳南随笔》）

沈德潜曰：晚唐人古诗秾鲜柔媚，近诗馀矣，即义山七古亦以辞胜。此篇意则正正堂堂，辞则鹰扬凤翔，在尔时如景星庆云，偶然一现。（《唐诗别裁》）七字每平仄相间，而义山《韩碑》一篇，"封狼生貙貙生罴"，七字平也；"帝得圣相相曰度"，七字仄也。气盛则言之短长与声之高下皆宜。（《说诗晬语》）

杜庭珠曰：义山古诗奇丽有酷似长吉处，独此篇直逼退之。（《中晚唐

诗叩弹集》）

田雯曰：李商隐《韩碑》一首，媲杜凌韩，音声节奏之妙，令人含咀无尽。每怪义山用事隐僻，而此诗又别辟一境，诗人莫测如此。（《古欢堂杂著》）

李因培曰：玉谿诗以纤丽胜，此独古质，纯以气行，而字奇语重，直欲上步韩碑，乃全集中第一等作。（以上总批）"封狼"句：奇句。"帝得"句：重句。"行军司马"句：特表韩，诗为韩作也。"帝曰汝度"句：转入韩碑，音节好。"点窜"二句：句奇而法韩公，亦自谓编之乎？"文成"二句：诗书之册而无愧高文典册，用相如瞠乎后已。"句奇语重"四字尽韩碑之妙。"公之斯文"二句：与东坡水在地中之喻同妙。"今无其器"句：斟酌得宜。"七十有三"句：所谓"吏部文章日月光"也。（《唐诗观澜集》）

宋宗元曰：昌黎出人头地，正在句奇语重。咏韩诗便似韩笔，才人能事，无所不可。（《网师园唐诗笺》）

张文荪曰：义山自负杜诗韩文，此篇即本碑体成诗。渔洋山人谓直追昌黎，愚意有过之无不及也。叙事简明，极似碑文。（"行军司马"句下）一路云烟缭绕，至此三峰连合，脱卸到作碑，着重司马一层。（"濡染大笔"句下）写得十分郑重，与后"拽碑倒"相激射。确亦可谓大笔淋漓，句奇语重。（"长绳百尺"二句下）大段排宕，至此"一落千丈强"。故意用"长绳""粗砂""大石"等字增其气焰，亦自学韩得来。仍用总束回应成章法，归重碑文作结。余尝言不熟《史记》，不能作七古大篇，观此知非臆说。作七古最要紧是气，最好熟读千万遍，自然异人。（《唐贤清雅集》）

李锳曰：（"帝得圣相"句下）七仄句作提笔，倍见峭劲。叠用"相"字，其和转筋脉在此，其古趣横生亦在此。（《诗法易简录》）

姚培谦曰：起手至"功无与让恩不訾"，直叙平淮西事，都作轩天盖地语，见得淮西之寇，裴相之功，却似天要放这一篇大文字出头者。"句奇语重"下，又言此碑一出，乃天地间元气流行之文，而碑之存与不存，殊不足为此文损益。（《李义山诗集笺注》）

屈复曰：碑文不叙李愬之首功，昌黎不得无过。今段文不大传，而韩文家弦户诵，不无议者，好而不知其恶，可叹也。生硬中饶有古意，甚似昌黎，而清新过之。（《玉谿生诗意》）

程梦星曰：其云"古者世称大手笔，此事不系于职司"，乃讥段文昌。文昌官翰林学士，文词是其职业。然《平淮西碑》文，安能如昌黎之大手笔乎？义山不敢显言，而托诸微辞，故不以为己之论断，而属之昌黎之口吻，隐而显矣。（《重订李义山诗集笺注》）

冯浩曰：推崇韩碑不待言矣。淮西覆辙在前，河朔终于怙恶，作者其以铺张为风戒乎？按：韩昌黎年至长庆四年，段墨卿年至大和九年，此当非大和前所作。（《玉谿生诗笺注》）

纪昀曰：蘅斋评曰：首四句叙平淮西之由，庄重得体，亦即从韩碑首段化来。"誓将上雪列圣耻"句：说得尔许关系，已为平淮西高占地步。"淮西"四句极言元济之强，便令平淮西之功益壮。入手八句两段，字字争先，不是寻常铺叙之法。"帝得"句，遥接起四句，大书特书，提出眼目。十四万兵如何铺叙，只"阴风"七字传神，便见出号令森严，步武整齐，此一笔作百十笔用也，盖从《诗》"萧萧马鸣，悠悠旆旌"化来。层层写下，至"帝曰"二句，一笔定母，眼目分明，前路总为此二句。"公之斯文"四句：真撑得起。非此坚柱，如何搘挂一段大文。凡大篇须有几处精神团聚，方不平衍散缓。收处只将圣皇圣相高占地步，而碑文之发扬壮烈，不可磨灭自见。此一篇之主峰，结处标明。有一起合有一结，必如此章法乃称。（《玉谿生诗说》）笔笔挺拔，步步顿挫，不肯作一流易语。（《李义山诗集辑评》引）

管世铭曰：李义山《韩碑》句奇语重，追步退之……三百年之后劲也。（《读雪山房唐诗序例·七古》）

姜炳璋云：淮西之役，晋公以宰相督师，则功罪系焉。韩碑归美天子，推重晋公，《春秋》法也。况碑文于愬功原未尝略，前人论之详矣。义山此摩昌黎酷肖。或云义山与段文昌之子成式交，故不敢贬段。愚谓诗取蕴藉，极力推重韩碑，则段碑自见。（《选玉谿生诗补说》）

方东树曰：此诗但句法可取而已，无复章法浮切气脉之妙，由不知古文也。欧、王皆胜之。此诗李、杜、韩无所解悟。此诗之病，一片板满，而雄杰之句，胜介甫作。（《昭昧詹言》）

乔亿曰：义山《韩碑》，淋漓尽致，独讳言段碑，盖事由奉敕也。或曰与柯古（段文昌子成式字）交善。（《剑溪说诗》）

刘熙载云："点窜《尧典》《舜典》字，涂改《清庙》《生民》诗"，其论昌黎也外矣。古人所谓俳优之文，何尝不正如义山所谓。诗有借色而无真色，虽藻缋实死灰耳。李义山却是绚中有素。敖器之谓其"绮密瑰妍，要非适用"，岂尽然哉！至或因其《韩碑》一篇，遂疑气骨与退之无二，则又非其质矣。（《艺概》）

吴闿生曰：姚姜坞云：此诗前代无推信者，至阮亭始取以配昌黎。又云：此诗瑰丽磅礴，亦昌黎所鲜。闿生案：此诗琢句有近韩处，至其取势平衍，意亦庸常，无纵荡开阖、跳荡票姚之韵，以故无甚可观。王、姚、刘诸公，皆盛推赞，以为有过昌黎，盖非笃论也。（《古诗钞》评）

鉴赏

被历代诗评家推为晚唐七古杰构的《韩碑》，是李商隐刻意经营的有为之作。它和韩愈的《平淮西碑》一样，都密切联系着现实的政治斗争。韩碑在记述颂美淮西平叛战争胜利的同时，反映了朝廷内部在对待藩镇割据势力上主战派与妥协派的分歧，突出了宪宗的明断和裴度的决策统帅之功，不但为这场交织着政治斗争的重大战役作了出色的总结，而且对当时仍持对抗或观望态度的强藩具有震慑告诫作用。其后宪宗信谗命人推倒韩碑，具体原因虽或有叙裴度与李愬功是否符合实际的问题，但从段文昌的政治倾向（与李逢吉、韦贯之、令狐楚、皇甫镈同属反对讨伐淮西的人物）与重撰的碑文所强调的"守文之王，安而忘战"一类反对用兵的主张来看，推韩碑树段碑这一事实本身确实反映了朝廷内主战派与妥协派势力的消长。元和末裴度被排挤出朝廷。紧接着穆宗长庆二年（822），河北三镇恢复割据，正是这种政局的自然结果。李商隐一贯认为，藩镇割据叛乱局面的长期延续，关键在于朝无贤相。在这首诗中，他极力推崇韩碑，并一再强调宪宗的英武果断、专任裴度和裴度的决策统帅之功，表明他对韩碑的用意有深刻理解，也反映他在根除藩镇割据叛乱问题上的一贯主张。

李商隐的咏史之作，多寓现实感慨。本篇具体写作时间难以详考，但据诗中"呜呼圣皇及圣相"作追思赞叹语看，最早亦当在开成四年（839）裴度卒后。会昌年间，宰相李德裕在武宗的专任与支持下，力排众议，坚决主张讨伐叛镇刘稹，并亲自部署指挥，取得了泽潞战役的胜利。这和当年宪宗专任裴度，取得淮西战役的胜利，情况极为相似。宣宗继立，牛党执政，李德裕等会昌有功旧臣纷纷遭到贬黜，这几乎又是推碑事件另一种形式的重演。李商隐对李德裕的相业及伐叛之功极为推崇，在代郑亚拟的《会昌一品集序》中，借武宗之口，称扬其"居第一功"，誉之为"万古之良相"。联系《韩碑》诗中对"圣皇及圣相"的赞颂和对推碑的不满，以及"帝曰汝度功第一"等诗句，似不难体味出诗中所寓的现实政治感慨。坚决伐叛并为中兴统一大业作出贡献的君相，其历史功绩是任何人也难以磨灭的。

本篇叙、议相兼，而以叙事为主体，以议论为结穴。从叙事部分看，它歌咏了讨叛和撰碑这两件事。开头一段八句，是平叛的缘起；结尾一段，是对韩碑的热烈赞颂，可以看作上述两件事的前伸后延。从题目"韩碑"看，撰碑前占了三分之一篇幅，似有头重之嫌；但从主题表达看，如无对淮西之战的缘起及过程的叙写，后面对韩碑的赞颂便失去事理依据。这表明作者在构思与叙事详略安排上的匠心。

这首诗的一个突出特点，是笔力气势的雄健。一开头就以健举挺拔之势，大笔渲染宪宗的"神武"与平叛的决心，显出堂堂正正之气。"誓将上雪列圣耻"一句，将眼前的平叛战争与安史之乱以来国家多难的历史联系起来，更显出此役关系到国家的中兴事业，是高占地步之笔。接下来掉笔写淮西镇长期对抗朝廷，有意突出其嚣张跋扈，以反衬下文裴度平淮西之功的不同寻常。正如纪昀所评："入手八句两段，字字争先，不是寻常铺叙之法。"

第二段开头四句，遥承篇首，用古文笔法，郑重其事地点出裴度，暗示"上雪列圣耻"的关键在于"得圣相"。随即直入本题，叙到裴度统兵出征，毫不拖泥带水。叙出征，只用"阴风惨澹天王旗"稍作点染，便将森严肃穆气氛传出，空际传神，笔意超妙，气势豪健。接下"愬武"四句，从麾下武将文僚一直铺叙到士兵，以突出裴度的最高统帅形象和猛将精兵如云的盛大气势。其中"行军司马"单提，为下文奉命撰碑伏笔。写到这里，已充分显示出大军压境、蔡州必破之势，故下面写战争便用"入蔡缚贼"一笔带过。整个一段，无论写皇帝、部将、幕僚、士兵，写出征、作战、功赏，笔笔不离裴度，故末句"功无与让恩不訾"的重笔概括便极有分量。

第三段开头"帝曰"两句，束上起下，从伐叛过渡到撰碑，是全篇的主峰和枢纽。何焯说："提明晋公功第一，以明其辞之非私也。"奉命撰碑，特用详笔铺叙渲染，不但写宪宗的明确指示，韩愈的当仁不让，连宪宗的领首称许、韩愈的稽首拜舞也一齐写出，令人宛见当日彤庭热烈气氛。以极恣肆的笔墨写极郑重的场面，别具奇趣。受命后，再用详笔铺写撰碑、献碑、树碑的过程。"点窜"二句，用奇警的语言道出韩碑高古典重的风格，"句奇语重"四字，言简意赅，揭出韩碑用意之深刻。唯其如此，故"喻者少"，说得兴起，无形中将宪宗也包括到不喻其用意的行列了。紧接着又写推碑和自己对这件事的感慨，写推碑，直言"谗之天子言其私"，不稍假借；抒感慨，盛赞碑如元气入人肝脾，推碑磨字也不能磨灭它在人们心中留下的深刻影响。气盛言壮，连皇帝的权威也仿佛不在话下。整个这一段，可谓"濡染大笔何淋漓"，波澜顿挫，酣畅淋漓。纪昀说："'公之斯文'四句……撑柱全篇，凡大篇有精神固结之处，方不迟缓。"这几句精彩的抒情性议论正是前面一大段酣畅淋漓的铺叙的结穴。

最后一段，紧接上段末尾的赞颂，着重从韩碑与国家中兴统一事业的关系着眼，进一步盛赞其不朽价值，是全诗意旨的深化与升华。而大气磅礴，兴会淋漓，特具笼罩一切的气势，展现出汪洋恣肆的境界。诚如纪昀所说："有此起，合有此结，章法乃称。"

这首诗既保持和发扬了不入律的七古笔力雄健、气象峥嵘的特点，又吸取了韩诗以文为诗，多用赋法的经验，而避免了韩诗过分追求奇崛拗险的弊病，形成一种既具健举气势，又能步骤井然地叙事、议论的体制。全篇多用拗调、拗句，多用散文化句子和虚字，像"誓将"句用六个仄声字，"帝得"句、"入蔡"句、"愈拜"句连用七个仄声字，"封狼"句连用七个平声字，都刻意造成高古奇峭的风格。但由于不像韩诗那样多用古字僻字和佶屈聱牙的句法，整体的语言风格仍显得既高古雄健又清新明快，正如屈复所评："生硬中饶有古意，甚似昌黎，而清新过之。"在晚唐七古普遍流于纤秾婉媚的时风中，《韩碑》是迥拔于流俗之作。

李商隐

宿骆氏亭寄怀崔雍崔衮〔一〕

竹坞无尘水槛清〔二〕，相思迢递隔重城〔三〕。
秋阴不散霜飞晚，留得枯荷听雨声〔四〕。

校注

〔一〕冯浩《玉谿生诗笺注》引杜牧《骆处士墓志》："骆处士峻，扬州士曹参军。元和初，母丧去职，于瀍陵东阪下得水树居之，朝之名士，多造其庐。栖退超脱三十六年，会昌元年卒。"疑此诗题目中"骆氏亭"即骆峻

2721

之园亭，似之。崔雍、崔衮，商隐重表叔兼幕主崔戎之子，从诗题径称二人之名看，其时二人尚未登第。崔雍字顺中，咸通间官和州刺史；崔衮字炳章，咸通间官漳州刺史。崔戎在长安有宅，见商隐《安平公诗》及《过故崔兖海宅》。此诗系作者离长安后宿骆氏亭寄怀二崔之作，作年当在会昌元年骆峻卒前。

〔二〕竹坞，植竹的船坞。水槛，临水有栏杆的亭轩。

〔三〕迢递，有高、远二义，此用"高"义。"迢递隔重城"，即"隔迢递之重城"。重城，即高城。

〔四〕孟浩然《初出关旅亭夜坐怀王大校书》："荷枯雨滴闻。"

何焯曰：寓情之意，全在言外。（《义门读书记》）"秋阴"旁批：欲雨。"霜飞晚"旁批：留荷。下二句暗藏永夜不寐，相思可以意得也。（《李义山诗集辑评》引）

陆鸣皋曰：枯荷听雨，正是怀人清致，不专言愁也。（《李义山诗疏》）

姚培谦曰：秋霜未降，荷叶先枯，多少身世之感！（《李义山诗集笺注》）

屈复曰：一骆氏亭，二寄怀，三见时，四情景，写"宿"字之神。（《玉谿生诗意》）

纪昀曰：分明自己无聊，却就枯荷雨声渲出，极有馀味。若说破雨夜不眠，转尽于言下矣。"秋阴不散"，起"雨声"；"霜飞晚"，起"留得枯荷"，此是小处，然亦见得不苟。香泉（汪存宽）评曰：寄怀之意，全在言外。（《玉谿生诗说》）不言雨夜无眠，只言枯荷聒耳，意味乃深。"相思"二字，微露端倪，寄怀之意，全在言外。（《李义山诗集辑评》引）

2722

一个深秋的夜晚，诗人寄宿在一位骆姓人家的园亭里，寂寥中怀念起远方的朋友，听着秋雨洒落在枯荷上的沙沙声，写下了这首富于情韵的小诗。诗题中的崔雍、崔衮是诗人的知遇者兼幕主崔戎的两个儿子。这首诗就是诗人与崔雍、崔衮告别后旅途中寄怀之作。

　　首句写骆氏亭：翠绿的修竹环抱着一尘不染的船坞；水槛，指傍水的有栏杆的亭轩，也就是题中的"骆氏亭"。清澄的湖水，翠绿的修竹，把这座亭轩映衬得格外清幽雅洁，"无尘"和"清"，正突出了骆氏亭这个特点，可以想见诗人置身其间颇有远离尘嚣之感。

　　幽静清寥的境界，每每使人恬然自适；但对有所思念、怀想的人来说，又往往是牵引思绪的一种触媒：或因境界的清幽而倍感孤寂，或因无良朋共赏幽胜而微感惆怅。一、二两句，由清幽的景色到别后的相思，其间虽有跳跃，却并不突兀，原因就在于景与情之间存在相反相成的内在联系。诗人眼下所宿的骆氏亭和崔氏兄弟所居的长安，中间隔着迢递的高城。"迢递隔重城"，即"隔迢递之重城"。由于"迢递隔重城"，所以深深怀念对方；而思念之深，又似乎缩短了彼此间的距离，诗人的思念之情，宛如随风飘荡的游丝，悠悠然越过来路和重城，飘向友人所在的长安。"隔"字在这里不只是表明"身隔"，而且曲折地显示了"情通"。这正是诗歌语言在具体条件下常常具有的一种妙用。

　　第三句又回到眼前景物上来。"秋阴不散霜飞晚"。时令已届深秋，但连日天气阴霾，孕育着雨意，所以霜也下得晚了。诗人是旅途中暂时宿骆氏亭，此地近一段时期的天气，包括霜期之晚，自然是出自揣测，这揣测的根据就是"秋阴不散"与"留得枯荷"。这一句一方面是为末句伏根（由于"秋阴不散"故有"雨"；由于"霜飞晚"所以"留得枯荷"），另一方面兼有渲染气氛、烘托情绪的作用。阴霾欲雨的天色，四望一片迷蒙，本来就因相思而耿耿不寐的诗人，心情不免更加暗淡，而这种心情又反过来更增加了相思的浓度。

　　末句是全篇的点睛之笔，但要领略诗句所蕴含的情趣，却须注意从"秋阴不散"到"雨"，以及这"雨"本身，都有一个时间的过程。诗人原来是一直在那里思念着远隔重城的朋友的，由于神驰天外，竟没有留意天气的变化。不知不觉间，下起了淅沥的秋雨，雨点洒落在枯荷上，发出一阵错落有致的声响。这才意外地发现，这萧瑟的秋雨敲打残荷的声韵，竟别具一种美的情趣。看来倒是"秋阴不散霜飞晚"的天气特意作美了。枯荷给人一种残败衰飒之感，本无可"留"的价值；但自己这样一个旅宿思友、永夜不眠的人，却因聆听枯荷秋雨的清韵而略慰相思，稍解寂寞，所以反而深幸枯荷之"留"了。"留""听"二字，写情入微，其中就蕴含有这种不期而遇的意外

李商隐

2723

喜悦。不说"望"而说"听"，自然是因为夜宿的缘故，但主要还是"听雨"蕴含着一种特有的意境与神韵。而这"听雨"也同样是一个过程。初发现时，可能是略感意外——呵！下雨了。继而侧耳倾听，忽而发觉它竟有一种特别的美感。久听之后，这单调而凄清的声音，却又增加了环境的寂寥，从而加深了对朋友的思念。"梧桐树，三更雨，不道离情正苦，一叶叶，一声声，空阶滴到明"（温庭筠《更漏子》），意境或与此近似吧。

这首诗虽然写了秋亭夜雨的景色，而且写得清疏秀朗，历历如画，但它并不是一首写景诗，而是一首抒情诗。"宿骆氏亭"所见所闻是"寄怀"的凭借。纪昀说："'相思'二字，微露端倪，寄怀之意，全在言外。"何焯说："下二句暗藏永夜不寐，相思可以意得也。"都指出了本篇以景托情、寓情于景的特点。

风　雨〔一〕

凄凉宝剑篇〔二〕，羁泊欲穷年〔三〕。
黄叶仍风雨〔四〕，青楼自管弦〔五〕。
新知遭薄俗〔六〕，旧好隔良缘〔七〕。
心断新丰酒〔八〕，消愁斗几千？

（校）（注）

〔一〕诗写羁泊异乡时因风雨引起的身世之感，风雨，是一个带有象征色彩的题目。此诗可能作于大中十一年（857）任盐铁推官游江东时。

〔二〕宝剑篇，指唐前期名将郭震（字元振）托物寓怀的《古剑篇》，详参本书所选郭震《古剑篇》及作者小传。诗中有句云："何言中路遭弃捐，零落漂沦古狱边。虽复尘埋无所用，犹能夜夜气冲天。"

〔三〕羁泊，羁旅漂泊。庾信《哀江南赋》："下亭飘泊，高桥羁旅。"穷年，有一年到头及毕生二解，此取后义。欲穷年，犹将终生。

〔四〕仍，且，连词，含有"更加上，兼之以"之意。

〔五〕青楼，指豪贵人家。自，犹自，含有自顾、只管之意。

〔六〕薄俗，浇薄的世俗、轻薄的习俗。

〔七〕隔良缘，良缘相隔，关系疏远。

〔八〕心断，念念不忘、念极。新丰酒，新丰产的美酒。《新唐书·马周传》："舍新丰，逆旅主人不之顾，周命酒一斗八升，悠然独酌，众异之。至长安，舍中郎将常何家……周为条二十馀事，皆当世所切。"后得太宗赏识，拜监察御史，终拜相。此用马周未遇时以新丰酒独酌事。王维《少年行》："新丰美酒斗十千。"

李商隐

笺评

陆时雍曰：三四语极自在。诗以不做为佳。中、晚刻核之极，有翻入自然者，然未易多摘耳。（《唐诗镜》）

何焯曰：义山为弘农尉，故以元振通泉自比。因令狐责其薄，不之礼，故有是篇。（《李义山诗集辑评》引）

姚培谦曰：凄凉羁泊，以得意人相形，愈益难堪。风雨自风雨，管弦自管弦，宜愁人之肠断也。夫新知既日薄，而旧好且终暌，此时虽十千买酒，也消此愁不得，遑论新丰价值哉！（《李义山诗集笺注》）

屈复曰：当凄凉羁泊时，风雨之夕，听青楼管弦，因感新知旧好，而思斗酒消愁，情甚难堪。（《玉谿生诗意》）

杨守智曰：（三四）一喧一寂，对勘自见。（《玉谿生诗笺注》引）

冯浩曰：引国初二公为映证，义山援古证今皆不夹杂也。不得官京师，故首尾皆用内召事焉。曰"羁泊"，是江乡客中作矣。（《玉谿生诗笺注》）

纪昀曰：神力完足。"仍"字"自"字多少悲凉。芥舟谓"旧好"句疵。（《玉谿生诗说》）余谓"新知"句亦露骨。此诗累于此二句。（《李义山诗集辑评》引）

薛雪曰：老杜善用"自"字……李义山"青楼自管弦""秋池不自冷""不识寒郊自转蓬"之类，未始非无穷感慨之情，所以直登老杜之堂，亦有由矣。（《一瓢诗话》）

张佩纶曰：姚平山谓"新知日薄而旧好暌"，得之，即杜陵"晚将末契托年少，当面输心背面笑"。此必义山自桂府还都后之作。"新知"指轻薄少年，"旧好"则回思往事，感慨系之。其起句"凄凉《宝剑篇》，羁泊欲穷年"，意旨甚明。茂元乃玉谿密姻，不应以为"薄俗"也。（《涧于日记》）

张采田曰：不能久居京师，翻使穷年羁泊。自断此生已无郭震、马周之奇遇，诗之所以叹也。味其意致，似在游江东时矣。（《玉谿生年谱会笺》）

 鉴赏

这首诗大约作于诗人晚年羁泊异乡期间。这时，长期沉沦漂泊、寄迹幕府的诗人已经到了人生的穷途。这篇《风雨》，正像是这位饱受人世风雨摧残的一代才人，在生命之火将要熄灭之前所唱出的一曲慷慨不平的悲歌。

"凄凉宝剑篇，羁泊欲穷年。"诗一开头就在一片苍凉沉郁的气氛中展示出理想抱负与实际境遇的矛盾。《古剑篇》是唐代前期名将郭元振落拓未遇时所写的托物寓怀之作。诗借古剑尘埋托寓才士不遇，在磊落不平中显示出积极用世的热情。后来郭元振上《古剑篇》，深得武后赏爱，终于实现匡国之志。这里暗用此典。两句意为：自己尽管也怀有像郭元振那样的宏大抱负和用世热情，却没有他那样的际遇，只能将满腔怀才不遇的悲愤，羁旅漂泊的凄凉托之于诗歌。首句中的"宝剑篇"，系借指自己抒发不遇之感的诗作，故用"凄凉"来形容。从字面看，两句"凄凉""羁泊"连用，再加上用"欲穷年"来突出凄凉羁泊生涯的无穷无已，似乎满纸悲酸凄苦。但由于"宝剑篇"这个典故本身所包含的壮怀激烈的意蕴和郭元振这位富于才略的历史人物在读者脑海中引起的联想，它给人们的实际感受，却是在羁旅漂泊的凄凉中蕴积着一股金剑沉埋的郁勃不平之气。

颔联承上，进一步抒写羁泊异乡期间风雨凄凉的人生感受。上句触物兴感，实中寓虚，用风雨中飘零满地的黄叶象征自己不幸的身世遭遇，与下句实写青楼管弦正形成一喧一寂的鲜明强烈对比，形象地展现出沉沦寒士与青楼豪贵苦乐悬殊、冷热迥异的两幅对立的人生图景。两句中"仍""自"二字，开合相应，极富韵味。"仍"是更、兼之意。黄叶本已凋衰，再加风雨摧残，其凄凉景象更令人触目神伤。它不仅用加倍法写出风雨之无情和不幸之重沓，而且有力地透出内心难以忍受的痛苦。"自"字既有转折意味，又含"自顾"之意，画出青楼豪贵得意纵恣、自顾享乐、根本无视人间另有忧苦的意态。它与"仍"字对应，正显示出苦者自苦、乐者自乐那样一种冷酷的社会现实和人际关系，而诗人对这种社会现实的愤激不平，也含蓄地表现了出来。

在羁泊异乡的凄凉孤子境况中，友谊的温暖往往是对寂寞心灵的一种慰藉，颈联因此自然引出对"新知""旧好"的忆念。但思忆的结果却反而给心灵带来更深的痛苦——"新知遭薄俗，旧好隔良缘"。新交的朋友遭到浇薄世俗的诋毁，旧日的知交也关系疏远，良缘阻隔。注家对"新知""旧好"具体所指有过不同的猜测，实际上放空了看也许更符合实际。由于无意中触犯了朋党间的戒律，诗人不但仕途上偃塞不遇，坎壈终身，而且人格也遭到种种诋毁，被加上"放利偷合""诡薄无行"（《新唐书·李商隐传》）一类罪名。在这种情况下，"旧好"关系疏远，"新知"遭受非难便是必然的了。两句中一"遭"一"隔"，写出了诗人在现实中孑然孤立的处境，也蕴含了诗人对"薄俗"的强烈不满。从"青楼自管弦"到"旧好隔良缘"，既是对自己处境的深一层描写，也是对人生感受的深一层抒发。凄冷的人间风雨，已经渗透到知交的领域，茫茫人世，似乎只剩下冰凉的雨帘，再也找不到任何一个温暖的角落了。

能使凄凉的心得到暂时温暖的便只有酒——"心断新丰酒，消愁斗几千？"和首联的"宝剑篇"一样，这里的"新丰酒"也暗含着一段唐初故实：马周落拓未遇时，西游长安，宿新丰旅舍。店主人只顾接待商贩，对马周颇为冷遇。马周遂取酒独酌。后来马周得到皇帝赏识，擢居高位。诗人想到自己只有马周当初未遇时的落拓，却无马周后来的幸遇，所以只能盼望着用新丰美酒一浇胸中块垒。然而羁泊异乡，远离京华，即使想如马周失意时取新丰美酒独酌也不可得，所以说"心断"。通过层层回旋曲折，终于将诗人内心的郁积苦闷发抒到极致。末句以问语作收，似结非结，正给人留下苦闷无法排遣、心绪茫然无着的印象。

题称"风雨"，说明这首诗是写羁泊异乡时因目接凄风苦雨而引起的身世之感。但这"风雨"又是一个象征性的题目。它象征着包围、压抑、摧残才智之士的冷酷的社会现实和社会氛围。不过，这首诗的突出特点与优点，并不单纯表现在它反映了人间风雨的凄冷，而表现在它同时透露了诗人内在的用世热情与生活热情。首、尾两联，暗用郭元振、马周故事，不只是作为自己当前境遇的一种反衬，同时也表露出对唐初开明政治的向往和匡世济时的强烈要求。即使是正面抒写自己的孤子、凄凉与苦闷，也都表现出一种愤郁不平和挣脱苦闷的努力。这种环境的冷与内心的热的相互映衬和矛盾统一，正是这首诗最显著的思想艺术特点。

梦　泽〔一〕

梦泽悲风动白茅〔二〕，楚王葬尽满城娇〔三〕。
未知歌舞能多少？虚减宫厨为细腰。

校注

〔一〕梦泽，古代有云梦泽，传为一方圆八九百里之大湖泊，地跨今湖北、湖南之间，包括今洞庭湖在内。旧有云在江北、梦在江南之说。这里所说的"梦泽"，或即指洞庭湖一带。大中元年（847）闰三月中下旬，诗人随桂管观察使郑亚赴桂林途中经过古梦泽，作此诗。

〔二〕白茅，俗称茅草，春夏抽生有银白色丝状毛的花穗。古代用裹束之菁茅置椑中以滤酒。周代时楚国每年要向周天子贡苞茅。《左传·僖公四年》："尔贡苞茅不入，王祭不共，无以缩酒，寡人是征。"

〔三〕楚王，指楚灵王。《韩非子·二柄》："楚灵王好细腰，而国中多饿人。"《后汉书·马廖传》引传曰："楚王好细腰，宫中多饿死。"

笺评

朱彝尊曰：题不曰"楚宫"，而曰"梦泽"，亦借用也。（《李义山诗集辑评》引）

姚培谦曰：普天下揣摩逢世才人，读此同声一哭矣！（《李义山诗集笺注》）

陆鸣皋曰：从饿死生情，其意为因小害大者言也。（《李义山诗疏》）

屈复曰：此因梦泽宫娃之坟而兴叹当时之歌舞也。制艺取士，何以异此！（《玉谿生诗意》）

冯浩曰：与《楚宫》（复壁交青琐）同意。（《玉谿生诗笺注》）按：《楚宫》云：复壁交青琐，重帘挂紫绳。如何一柱观，不碍九枝灯。扇薄常规月，钗斜只镂冰。歌成犹未唱，秦火入夷陵。冯笺云：末则诮其未遑行乐，忽遇惊危。

纪昀曰：繁华易尽，却从当日希宠者一边落笔，便不落吊古窠臼。（《玉谿生诗说》）

2728

对生活现象挖掘愈深，概括就愈广，作品就愈具普遍意义，因而也就愈能引发不同读者多方面的感受和联想。这是文艺创作和鉴赏的一条规律。这首《梦泽》可以为这条规律提供一个生动的例证。

这是诗人途经梦泽一带的时候，因眼前景物的触发，引起对历史和人生的联想与感慨而写下的一首诗。梦泽，这里约指今湖南北部长江以南、洞庭湖以北的一片湖泽地区。大中元年（847）春天，作者由长安赴桂林途中，曾经行这一带。这首诗大约就写在这个时候。

首句写望中所见梦泽一带荒凉景象。茫茫湖泽荒野，极目所见，唯有连天的白茅。旷野上的悲风，吹动白茅，发出萧萧悲声。这旷远迷茫、充满悲凉肃杀气氛的景象，本来就很容易引发怀古伤今的情感。加上这一带原是楚国旧地，眼前的茫茫白茅又和历史上楚国向周天子贡苞茅的故事有某种意念上的联系。因此，在诗人脑海里就自然而然地映现出一连串楚国旧事的叠印镜头。而变得越来越清晰的则是平常最熟悉的楚宫细腰故事。

相传楚灵王好细腰的故事，先秦两汉典籍中多所记载。诗人在选择、提炼这些历史传说材料时，选取了比较典型的"楚王好细腰，宫中多饿死"（《后汉书·马廖传》）的记载，但范围却由"宫中"扩展到"满城"，为害的程度也由"多饿死"变成"葬尽"。这当然是为了突出"好细腰"的楚王这一癖好为祸之惨酷。但"葬尽满城娇"的想象却和眼前"悲风动白茅"的萧瑟荒凉景象分不开。今日这悲风阵阵、白茅萧萧的地下，也许正埋葬着当日为细腰而断送青春与生命的女子的累累白骨呢。眼前的景象使诗人因历史想象而引起的悲凄之感更加强烈了。

楚王的罪孽是深重的，是这场千古悲剧的制造者。但如果只从这一点上立意，诗意便不免显得平常而缺乏新意和深意。作者的可贵之处，在于对这场悲剧有自己的独特的深刻感受与理解。三、四两句，就是这种独特感受的集中表现。

"未知歌舞能多少？虚减宫厨为细腰。"由于楚灵王好细腰，这条审美标准风靡一时，成了满城年轻女子的共同追求目标。她们心甘情愿地竞相为造就纤细的腰肢而节食减膳，以便能在楚王面前轻歌曼舞，呈现自己绰约纤柔的风姿，博得楚王的垂青和宠爱。她们似乎丝毫没有想到，这是对自己青春的摧残，是在慢性自戕中将自己推向坟墓；更没有想到，"好细腰"的楚王是葬送自己青春与生命的罪魁祸首。就是那些终于熬成了细腰，在楚宫歌舞中"长得君王带笑看"（李白《清平调》）的幸运者，也似乎一点都没有意识到，这样的细腰曼舞又能持续多久。今日细腰竞妍，明日又焉知不成为地下的累累白骨。这自愿而又盲目地走向坟墓的悲剧，比起那种纯粹是被迫而清醒地走向死亡的悲剧（例如殉葬），即使不一定更深刻，却无疑更能发人深省。因为前一种悲剧如果没有人出来揭示它的本质，它就将长期地以各种方式不受阻碍地持续下去。这两句中，"未知""虚减"，前呼后应，正是对盲目而自愿的悲剧的点睛之笔。它讽刺入骨，又悲凉彻骨。在讽刺之中寄寓同情，但又不是一般地同情她们的处境与命运，而是同情她们作为悲剧人物所不应有的无知、愚蠢和灵魂的麻木。因此，这种同情之中又含有一种悲天悯人式的冷峻。

就这样，诗人将用笔的重点放到这些被害而又自戕的女子身上，从她们的悲剧中发掘出这种类型和性质的悲剧深刻而内在的本质。因而这首以历史上的宫廷生活为题材的小诗，在客观上获得了远远超出这一题材范围的典型性和普遍意义。人们从诗人所揭示的生活现象中可以联想起许多类似的生活现象，从弥漫楚国宫廷上下，举国皆受其害而不自知的"细腰风"中联想起另一些风靡一时的现象，并进而从中得到启迪，去思考它们的本质。清代注家姚培谦说："普天下揣摩逢世才人，读此同声一哭矣！"（《李义山诗集笺注》）另一位注家屈复也说："制艺取士，何以异此！可叹！"（《玉谿生诗意》）他们所说的，当然并不是《梦泽》的主题（它的实际主题应该是对"虚减宫厨为细腰"这种生活现象的本质的揭示），但作为对《梦泽》主题典型性与普遍意义的一种理解，却是相当准确而深刻的。

寄令狐郎中〔一〕

嵩云秦树久离居〔二〕，双鲤迢迢一纸书〔三〕。
休问梁园旧宾客〔四〕，茂陵秋雨病相如〔五〕。

校注

〔一〕令狐郎中，令狐绹。李商隐的恩师和幕主令狐楚的次子。大和三年（829）商隐以文谒楚并得楚之赏识后，即与绹同游，多诗文酬赠。开成二年（837）春商隐第五次应进士试，高锴知贡举，绹奖誉甚力，得登第。令狐楚去世后，商隐于开成三年春入泾原节度使王茂元幕，并娶茂元女。此后令狐绹对商隐的态度有猜疑，关系也产生隔阂。武宗会昌年间，李德裕当政，牛僧孺、李宗闵之党失势。会昌二年（842）冬至五年，商隐因守母丧离职家居。五年夏秋之际，商隐与家人居洛阳，骨肉之间，病恙相继。时任右（一作左）司郎中之令狐绹有书信自长安寄商隐问候，商隐作此诗以答谢。

〔二〕嵩，嵩山。地近洛阳，借指作者所居。秦，秦中，指长安，令狐绹时居之地。嵩云秦树，从杜甫《春日忆李白》"渭北春天树，江东日暮云"化出，分指居于洛阳、长安的自己与友人令狐绹。

〔三〕双鲤，指代书信。古乐府《饮马长城窟行》："客从远方来，遗我双鲤鱼。呼儿烹鲤鱼，中有尺素书。"

〔四〕问，存问、慰问。梁园，梁孝王所筑宫苑。司马相如曾为梁孝王门下的宾客。《史记·司马相如列传》："（相如）事孝景帝为武骑常侍，非其好也。会景帝不好辞赋，是时梁孝王来朝，从游说之士齐人邹阳、淮阴枚乘、吴庄忌夫子之徒。相如见而说（悦）之，因病免，客游梁，梁孝王令与诸生同舍。"此以"梁园旧宾客"自指。商隐从大和三年至开成二年（829—837），曾在令狐楚天平幕、太原幕、兴元幕为幕僚。梁园，喻指楚幕。

〔五〕《史记·司马相如列传》：相如尝称病闲居，"既病免，家居茂陵"。商隐于会昌二年至五年因服母丧在家闲居，时又多病，故以"茂陵病相如"自况。

⊚笺⊚评

敖英曰：义山此诗落句以相如自况，此是用古事为今事，用死事为活事。（《唐诗绝句类选》）

唐汝询曰：嵩云秦树，天各一方，所可达者惟书耳。然我秋雨抱疴，无足问也。（《唐诗解》）

陆鸣皋曰：李系令狐楚旧客，故云。冀望之情，写得雅致。（《李义山诗疏》）

姚培谦曰：相如病卧茂陵，非杨得意无由见知于武帝，此以杨得意望

令狐也。(《李义山诗集笺注》)

屈复曰:求荐达之意在言外。(《玉谿生诗意》)

程梦星曰:此亦居郑亚幕中寄绚者。曰"梁园宾客",皆追论畴昔从楚……之时。未语以茂陵卧病自慨者,亦颓然自放,免党怨之词也。(《重订李义山诗集笺注》)

杨守智曰:其词甚悲,意在修好。(《玉谿生诗笺注》引)

纪昀曰:一唱三叹,格韵俱高。(《玉谿生诗说》)

宋顾乐曰:布置工妙,神味隽永,绝句之正鹄也。(《唐人万首绝句选》评)

张采田曰:"嵩云"自谓,"秦树"谓令狐。时义山还自郑州,卜居洛下,方患瘵恙,子直有书问讯,故诗以报之。未几,令狐即出刺湖州矣。冯编入之永乐,盖未见《补编》耳。(《玉谿生年谱会笺》)

俞陛云曰:义山与令狐相知久。退闲以后,得来书而却寄以诗,不作乞怜语,亦不涉触望语。鬓丝病榻,犹回首前尘,得诗人温柔悲悱之旨。(《诗境浅说》续编)

这是会昌五年(845)秋天,作者闲居洛阳时回寄给在长安的旧友令狐绹的一首诗。令狐绹当时任右司郎中,所以题称"寄令狐郎中"。

首句嵩、秦分别指自己所在的洛阳和令狐绹所在的长安。"嵩云秦树"化用杜甫《春日忆李白》中即景寓情的名句:"渭北春天树,江东日暮云。"云、树是分居两地的朋友即目所见之景,也是彼此思念之情的寄托。"嵩云秦树"之所以不能用"京华洛下"之类的词语替代,正是因为后者只说明京、洛离居的事实,前者却能同时唤起对他们相互思念情景的悠远想象,在脑海中浮现出两位朋友遥望云树、神驰天外的画面。这正是诗歌语言所特具的意象美。

次句说令狐绹从远方寄书存问。双鲤,语出古乐府《饮马长城窟行》:"客从远方来,遗我双鲤鱼。呼儿烹鲤鱼,中有尺素书。"这里用作书信的代称。上句平平叙起,这句款款承接,初读只觉平淡,但和上下文联系起来细加吟味,却感到平淡中自含隽永的情味。久别远隔,两地思念,正当自己闲居多病、秋雨寂寥之际,忽得故交寄书殷勤问候自己,格外感到友谊的温暖。"迢迢""一纸",从对比映衬中显出对方情意的深长和自己接读来书时油然而生的亲切感念之情。

三、四两句转写自己目前的境况,对来书作答。据《史记·司马相如列传》,司马相如曾为梁孝王宾客。作者从大和三年到开成二年,曾三居绚父令狐楚幕,得到令狐楚的知遇;开成二年应进士试时又曾得到令狐绹的推荐而登第,此处以"梁园旧宾客"自比(梁园是梁孝王的宫苑,此喻指楚幕)。司马相如晚年"尝称病闲居……既病免,家居茂陵",作者会昌二年因丁母忧而离秘书省正字之职,几年来一直闲居。这段期间,他用世心切,常感闲居生活的寂寞无聊,心情郁悒,身弱多病,此以闲居病免的司马相如自况。

这两句写得凝练含蓄,富于情韵。短短十四个字,将自己过去和令狐父子的关系、当前的处境心情、对方来书的内容以及自己对故交情谊的感念融汇在一起,内涵极为丰富。闲居多病,秋雨寂寥,故人致书问候,不但深感对方情意的殷勤,而且引起过去与令狐父子关系中一些美好事情的回忆("梁园旧宾客"五字中就蕴含着这种内容)。但想到自己落寞的身世、凄寂的处境,却又深感有愧故人的存问,增添了无穷的感慨。第三句用"休问"领起,便含难以言尽、欲说还休的感怆情怀,末句又以貌似客观描述、实则寓情于景的诗句作结,不言感慨,而感慨愈深。

李商隐写过不少寄赠令狐绹的诗,其中确有一部分篇什"词卑志苦",或迹近陈情告哀,或希求汲引推荐,表现了诗人思想性格中软弱和庸俗的一面。但会昌年间他们的关系比较正常。这首诗中所反映的相互关系,就是比较平等而真诚的。诗中有感念旧恩故交之意,却无卑屈趋奉之态;有感慨身世落寞之辞,却无乞援望荐之意;情意虽谈不上深厚浓至,却比较真率诚恳。纪昀说:"一唱三叹,格韵俱高。"这个评语是比较合乎实际的。

哭刘蕡[一]

上帝深宫闭九阍[二],巫咸不下问衔冤[三]。
黄陵别后春涛隔[四],湓浦书来秋雨翻[五]。
只有安仁能作诔[六],何曾宋玉解招魂[七]?
平生风义兼师友[八],不敢同君哭寝门[九]。

2733

校注

〔一〕刘蕡（fēn），字去华，唐幽州昌平（今北京昌平区）人。文宗大和二年（828），应贤良方正能直言极谏科考试，在对策中猛烈抨击宦官把持禁军，擅权乱政，要求"揭国柄以归于相，持兵柄以归于将"，指出唐王朝正面临"天下将倾，海内将乱"的深重危机，在当时士人和朝官中引起强烈反响。刘蕡因此遭到宦官头子仇士良等的嫉恨，被黜不取。令狐楚、牛僧孺节度山南西道、东道，曾表蕡幕府，授秘书郎。商隐与蕡于开成二年（837）令狐楚节度山南西道时，当已结识。蕡后于会昌元年（841）受宦官诬陷，贬柳州司户参军。至大中元年（847）始量移澧州司户参军。大中二年初春，商隐在奉使江陵归桂林途经湘阴黄陵时与刘蕡匆匆晤别，有《赠刘司户蕡》七律。大中三年秋，刘蕡客死浔浦（今江西九江市）的消息传至长安（时商隐在京兆府暂时代法曹参军，专章奏）。听到这一噩耗，一连写了四首诗沉痛哭吊，本篇是其中的一首（另三首是五律）。新、旧唐书均有《刘蕡传》。刘蕡贬柳、迁澧、客死的时间，史籍阙载，此前有关考证颇多失误。详参笔者《李商隐传论》上编第十一章及有关考证文章。

〔二〕九阍（hūn）：犹九门、九关。传说天帝所居有九门，也指皇宫的重门。《楚辞·九辩》："君之门兮九重。"

〔三〕巫咸，古代神巫。屈原《离骚》："巫咸将夕降兮，怀椒糈而要之。"巫是神、人之间的使者，故有"下问衔冤"之语。衔冤，指刘蕡被冤贬长期斥外。

〔四〕黄陵，旧本均误作"广（廣）陵"，何焯、冯浩、纪昀等据商隐《哭刘司户蕡》"去年相送地，春雪满黄陵"之句，认为应作"黄陵"，兹据改。黄陵，在今湖南湘阴县，当湘水入洞庭湖处。山下有黄陵庙，传为舜之二妃娥皇、女英所葬之地。

〔五〕浔浦，指浔阳。书来，指告知刘蕡死讯的书信。翻，飞。

〔六〕安仁，西晋作家潘岳的字。诔（lěi），叙述死者生前行事，在丧礼上宣读的文章。刘勰《文心雕龙·诔碑》："诔者，累也，累其德行，旌之不朽也……潘岳构意，专师孝山（苏顺的字，东汉作家，有《和帝诔》），巧于叙悲，易入新切，所以隔代相望。"

〔七〕宋玉，战国时楚国著名辞赋家。王逸《楚辞章句》认为《招魂》系宋玉"怜哀屈原忠而斥弃……魂魄散佚"而作。宋玉、安仁均借以自喻。

解，会，懂得。

〔八〕风义，情谊。兼师友，兼有师、友之谊。《旧唐书·刘蕡传》谓令狐楚、牛僧孺表蕡幕府，待之如师友。

〔九〕同君，和您居于同等的（朋友）地位。《礼记·檀弓》载孔子语："师，吾哭诸寝，朋友，吾哭诸寝门之外。"

笺评

金圣叹曰：一解四句，便有搏胸叫天，奋颡击地，放声长号，涕泗纵横之状。……末句因言：古礼：朋友若死，则哭诸寝门之外，今刘于己，情虽朋友，义从师事，然则今日我则哭之于寝，不敢同于朋友之礼也。（《贯华堂选批唐才子诗》）

胡以梅曰：起……虽用《离骚》，实赋当时之事，比既切当，而"上帝"亦可双夹，即指天子。将忠良受屈，昏君无权，全部包举，阔大典雅，所以为妙……（三四）二句不同寻常格调，是倒插之意，然弥见其疏宕耐味。（《唐诗贯珠串释》）

姚培谦曰：此痛忠直之不容于世也……举声一哭，盖直为天下恸，而非止哀我私也。（《李义山诗集笺注》）

沈德潜曰：上帝不遣巫咸问冤，言既阨于人，并阨于天也。（《唐诗别裁》）

纪昀曰：悲壮淋漓，一气鼓荡。（《玉谿生诗说》）

管世铭曰：不知其人视其友。观义山《哭刘蕡》诗，知非仅工词赋者。（《读雪山房唐诗序例》）

方东树曰：一起沉痛，先叙情，三四追溯。五六顿转。收亲切沉着。先将正意作棱，次融叙，而三四又每句用棱，此秘法也。（《昭昧詹言》）

鉴赏

首联寓言刘蕡被冤贬的情景：高高在上的天帝，安居深宫，重门紧闭，也不派遣巫咸到下界来了解衔冤负屈的情况。这幅超现实的上下隔绝、昏暗阴冷的图景，实际上是对被冤贬的刘蕡所处的现实政治环境一种象征性描写。比起他另一些诗句如"九重黯已隔""天高但抚膺"等，形象更加鲜明，感情也更加强烈。诗人的矛头，直接指向昏聩的"上帝"，笔锋凌厉，情绪激愤，使这首诗一开始就笼罩在一种急风骤雨式的气氛中。

颔联从去年春天的离别写到今秋的突闻噩耗。大中二年（848）初春，两人在黄陵离别，以后就一直没有再见面，故说"黄陵别后春涛隔"。第二年秋天，刘蕡的死讯从浔阳传来，故说"溢浦书来秋雨翻"。这两句融叙事、写景、抒情为一体，具有鲜明而含蕴的意境和浓烈的感情色彩。"春涛隔"不只形象地显示了别后江湖阻隔的情景，而且含蓄地表达了因阻隔而引起的深长思念，"春涛"的形象，更赋予这种思念以优美丰富的联想。"秋雨翻"，既自然地点明听到噩耗的时间，又烘托出一种悲怆凄凉的气氛，使诗人当时激愤悲怆与凄冷哀伤交织的情怀，通过具体可感的画面形象得到极富感染力的表现。两句一写生离，一写死别，生离的思念更衬出死别的悲伤。感情先由上联的激愤沉痛转为纤徐低回，又由纤徐低回转为悲怆激愤，显得波澜起伏。

前幅由冤贬到死别，在叙事的基础上融入浓厚的抒情成分。后幅转为直接抒情。颈联以擅长作哀诔之文的西晋作家潘岳（字安仁）和"怜哀屈原忠而斥弃……魂魄散佚"而作《招魂》的宋玉自喻，说自己只能写哭吊的诗文深致哀悼，却无法招其魂魄使之复生。两句一正（只有……能）一反（何曾……解），相互映衬，有力地表现出诗人悲痛欲绝而又徒唤奈何的心情，下句尤显得拗峭道劲。

尾联归结到彼此间的关系，正面点出题中的"哭"字。刘蕡敢于和宦官斗争的精神和鲠直的品质，使他在士大夫和知识分子中获得很高的声誉和普遍的崇敬，当时有声望的大臣牛僧孺、令狐楚出镇襄阳、兴元时，都辟刘蕡入幕，待之如师友。诗人和刘蕡之间，既有多年的友谊，而刘蕡的风采节概又足以为己师表，所以说"平生风义（情谊）兼师友"。《礼记·檀弓上》说，死者是师，应在内寝哭吊；死者是友，应在寝门外哭吊。诗人尊刘蕡如师，所以说不敢自居于刘蕡的同列而哭于寝门之外。这两句，不但表达了诗人对刘蕡的深挚情谊和由衷敬仰，也显示了这种情谊的共同理想、政治基础。正因为这样，这首哭吊朋友的诗，其思想意义就远远超越一般友谊的范围，而具有鲜明的政治内容和强烈的政治批判色彩；诗人的悲痛、愤激、崇敬与同情也就不只属于个人，而具有普遍的意义。姚培谦说："盖直为天下恸，而非止哀我私也。"这是深得作者之意的。直接抒情，易流于空泛、抽象，但由于诗人感情的深挚和表达的朴素真切，读来只觉深沉凝重。纪昀对李商隐的诗颇多指摘，但对这首诗却誉为"一气鼓荡，字字沉郁"，这个评语看来并不是溢美之词。

杜司勋〔一〕

高楼风雨感斯文〔二〕，短翼差池不及群〔三〕。
刻意伤春复伤别，人间唯有杜司勋。

校注

〔一〕杜司勋，指杜牧。大中二至三年（848—849），杜牧任司勋员外郎，兼史馆修撰。此诗作于大中三年春，时商隐在京兆府暂代参军，专章奏。

〔二〕《诗经·郑风·风雨》："风雨如晦，鸡鸣不已。"原抒风雨怀人之情。此处化用其意。斯文，此文。王羲之《兰亭集序》："后之览者，亦将有感于斯文。"

〔三〕《诗经·邶风·燕燕》："燕燕于飞，差池其羽。之子于归，远送于野。瞻望弗及，涕泣如雨。"原诗系伤别之作。差（cī）池，形容燕飞时尾羽参差不齐之状。

笺评

何焯曰：高楼风雨，短翼差池，玉谿方自伤春伤别，乃弥有感于司勋之文也。（《义门读书记》）

朱彝尊曰：意以自比。（《李义山诗集辑评》引）

姚培谦曰：天下惟有至性人，方解伤春伤别。茫茫四海，除杜郎外，真是不晓得伤春，不晓得伤别也。（《李义山诗集笺注》）

屈复曰：三即首句"斯文"，言司勋之诗当世第一人也。（《玉谿生诗意》）

程梦星曰：义山于牧之凡两为诗，其倾倒于小杜者至矣。然"杜牧司勋字牧之"律诗，专美牧之也，此则借牧之以慨己。盖以牧之之文词，三历郡而后内迁，已可感矣，然较之于短翼雌伏者不犹愈耶？此等伤心，唯杜经历，差池铩羽，不及群飞，良可叹也。玩上二语，则伤己意多，而颂杜意少，味之可见。（《重订李义山诗集笺注》）按：刘永济《唐人绝句精华》云：诗人之措意，至为融圆，伤人即以伤己，体物即是抒情，咏古即是讽今，故不宜过于拘泥。

杨守智曰：极力推重樊川，正是自作声价。（《玉谿生诗笺注》引）

纪昀曰：起二句义山自道，后二句乃借司勋对面写照，诗家弄笔法耳。"杜司勋"三字摘出为题，非咏杜也。（《玉谿生诗说》）

 鉴赏

宣宗大中三年（849）春天，李商隐曾为当时同住长安、任司勋员外郎的诗人杜牧写过两首诗，对杜牧极表关切倾倒之意。这首七绝，专赞杜牧的诗歌创作。

首句"高楼风雨感斯文"，写自己对杜牧诗歌独特的感受。斯文，即此文，指他当时正在吟诵的杜牧诗作。这是一个风雨凄凄的春日。诗人登上高楼，凭栏四顾，只见整个长安城都沉浸在迷茫的雨雾中。这风雨如晦的景象，正像包围着他的昏暗凄迷的时代氛围，不免触动胸中郁积的伤世忧时之感。正是在这种恶劣的环境中，诗人对杜牧的诗作也就有了更深切的感受，因为后者就是"高楼风雨"的时代环境的产物。杜牧的"斯文"，不能确指，也不必确指，应是感伤时世、忧愁风雨之作。他的《题敬爱寺楼》说："暮景千山雪，春寒百尺楼。独登还独下，谁会我悠悠？"就颇有高楼暮景、百感茫茫的味道。只不过他的"悠悠"之情并非没有知音罢了。

次句"短翼差池不及群"，转说自己，也暗含杜牧。差池，语出《诗·邶风·燕燕》："燕燕于飞，差池其羽（形容燕飞时尾羽参差不齐）。之子于归，远送于野。瞻望弗及，泣涕如雨。"这是一首送别诗。李商隐用"差池"暗寓"伤别"之情。全句是说，自己正如风雨中艰难行进的弱燕，翅短力微，赶不上同群。这是自伤身世孤孑，不能奋飞远举，也是自谦才力浅短，不如杜牧。这后一层意思，正与末句"唯有"相呼应。上句因"高楼风雨"兴感而兼写双方，这句表面上似专写自己，其实，"短翼差池"之恨岂独李商隐！他在《赠杜十三司勋员外》中曾深情劝勉杜牧："心铁已从干镆利，鬓丝休叹雪霜垂。"正说明杜牧同样有壮心不遂之恨。这里单提自己，只是一种委婉含蓄的表达方式。

"刻意伤春复伤别，人间唯有杜司勋。"三、四两句极力推重杜牧的诗歌。伤春、伤别，即"高楼风雨"的忧时伤世之意与"短翼差池"的自慨身世之情，也就是这首诗的基本内容和主题。何焯评一、二句说："含下伤春""含下伤别"。这是正确的。"伤春""伤别"，不但概括了杜牧诗歌的主要内容与基本主题，而且揭示了它的重要风格特征——带有那个衰颓时代所特有的感伤情调。"刻意"二字，既强调其创作态度之严肃，又突出其运思寓意之深至，暗示他所说的"伤春伤别"，并非寻常的男女相思离别，而是"忧愁风雨""可惜流年"，伤心人别有怀抱。末句更以"唯有"二字，重笔勾勒，对杜牧在当时诗坛上的崇高地位作了热情的称誉。

不过，这首诗的艺术感染力却主要不取决于全面而准确的评论，而在于渗透在字里行间的对诗友的深刻理解，深情赞叹。正是这种内在的抒情因素，使它有别于一般的论诗绝句，而具有知音之歌的抒情诗品格。

这首诗之所以耐人咀嚼，还因为它蕴含着丰富的言外之意、弦外之音。诗人极力称扬杜牧，实际上含有引杜牧为同调之意。"天荒地变心虽折，若比伤春意未多""曾苦伤春不忍听，凤城何处有花枝""相见时难别亦难，东风无力百花残""人世死前唯有别，春风争拟惜长条"，这些诗句表明，"刻意伤春复伤别"不但评杜，亦属自道。何焯说："高楼风雨，短翼差池，玉谿方自伤春伤别，乃弥有感于司勋之文也。"这是深得诗人用心的精到评论。同心相应，同气相求，诗人在评杜、赞杜的同时，也就寄托了自己对时代和身世的深沉感慨，而在"刻意伤春复伤别，人间唯有杜司勋"的赞叹中，似乎也包含着诗坛寂寞、知音稀少的弦外之音。

隋　宫〔一〕

紫泉宫殿锁烟霞〔二〕，欲取芜城作帝家〔三〕。
玉玺不缘归日角〔四〕，锦帆应是到天涯〔五〕。
于今腐草无萤火〔六〕，终古垂杨有暮鸦〔七〕。
地下若逢陈后主，岂宜重问后庭花〔八〕？

李商隐

2739

〔一〕隋宫，指隋炀帝在江都（今江苏扬州市）建造的江都、临春、显福等豪华的行宫。张采田《玉谿生年谱会笺》系此诗于大中十一年商隐任盐铁推官期间游江东时。

〔二〕紫泉，即紫渊，司马相如《上林赋》叙长安形胜，有"丹水亘其南，紫渊径其北"之语，唐人避高祖李渊讳改"渊"为"泉"，此借指长安。

〔三〕芜城，广陵的别称，亦即隋时之江都。南朝刘宋诗人鲍照见广陵故城荒芜，作《芜城赋》。后遂以芜城为广陵别称。帝家，帝都。

〔四〕日角，古代星相家将人的额骨中央隆起如日者称为日角，认为这是帝王之相。李渊起兵夺取隋政权之前，唐俭曾说他"明公日角龙庭……天下属望"（《旧唐书·唐俭传》）。此以"日角"指代李渊。

〔五〕锦帆，指隋炀帝南游江都时所乘的龙舟，船帆均用高级宫锦制成。

〔六〕《隋书·炀帝纪》："大业十二年，上于景华宫征求萤火，得数斛，夜出游山放之，光遍岩谷。"此在东都事。扬州有放萤苑，据说亦为炀帝放萤之处。《礼记·月令》："腐草为萤。"

〔七〕终古，长久。垂杨，指隋堤杨柳。炀帝开通济渠及邗沟（运河自汴口至长江的一段），沿堤一千三百里，遍植杨柳，世称隋堤。《开河记》："虞世基献计，请用垂柳栽于汴渠两堤上。"

〔八〕陈后主，南朝陈代末代君主陈叔宝。《后庭花》，即《玉树后庭花》。《陈书·皇后传·后主张贵妃》："后主每引宾客对贵妃等游宴，则使诸贵人及女学士与狎客共赋新诗，互相赠答，采其尤艳丽者以为曲词，被以新声……其曲有《玉树后庭花》《临春乐》等。大指所归，皆美张贵妃、孔贵嫔之容色也。"《旧唐书·音乐志》："御史大夫杜淹对曰：'前代兴亡，实由于乐。陈将亡也，为《玉树后庭花》……所谓亡国之音也。'"因曲词中有"玉树后庭花，花开不复久"之句，故亦被视为预兆亡国的歌谶。据《隋遗录》卷上载："炀帝在江都，昏湎滋深，尝游吴公宅鸡台，恍忽间与陈后主相遇，尚唤帝为殿下。后主舞女数十，中一人迥美，帝屡目之，后主云：'即（张）丽华也。'……（帝）因请丽华舞一曲，丽华徐起，终一曲。"地下逢后主问《后庭花》，即用此事。

方回曰：日角、天涯，巧。（《瀛奎律髓》）

吴师道曰：《隋宫》中四句……日角、锦帆、萤火、垂杨是实事，却以他字面交蹉对之，融化自称，亦其用意深处，真佳句也。（《吴礼部诗话》）

顾璘曰：此篇句句用故实，风格何在？况又俗，且用小说语，非古作者法律。初联、结联亦俗，大抵晚唐起结少有好语。（《批点唐音》）

周秉伦曰：通篇以虚意挑剔讥意。即结语，不曰难面阴灵于文帝，而曰岂宜问淫曲于后主，见殷鉴不远，致覆成业于前车，可笑可哭之甚，殊有深思。评者病其风格不雅则可。如谓其用小说语，彼稗官野史，何者非古今人文赋中料耶？（《唐诗选脉会通评林》引）

金圣叹曰：写淫暴之夫，流连荒亡，无有底极，最为条畅尽事也。（《贯华堂选批唐才子诗》）

冯班曰：腹联慷慨，专以巧句为义山，非知义山者也。（《二冯评阅才调集》）

贺裳曰：义山《隋宫》诗："玉玺不缘归日角，锦帆应是到天涯。"飞卿《春江花月夜》云："十幅锦帆风力满，连天展尽金芙蓉。"虽竭力描写豪奢，不及李语更能状其无涯之欲。（《载酒园诗话又编》）

胡以梅曰：按诗情乃凭吊凄凉之事，而用事取物却一片华润。本来西昆出笔不宜淡薄，加以炀帝始终以风流淫荡灭亡，非关时危运尽之故，故作者犹带脂粉，即以诮之耳，最为称题。（《唐诗贯珠串释》）

陆次云曰：五六是他人结语，用在诗腹，别以新奇之意作结，机抒另出。义山当日所以独步于开成、会昌之间。（《五朝诗善鸣集》）

查慎行曰：前四句中转折如意。三四有议论，但"锦帆"事实，"玉玺"事凑。（《瀛奎律髓汇评》引）

钱湘灵曰：此首以工巧为能，非玉谿佳处。（同上）

赵臣瑗曰：紫泉宫殿，从来帝王之家也，今乃锁之而取芜城。夫芜城曷足为帝家哉？推炀帝之意不过为一树琼花，遂不恤殚我万方民力。倘太原之龙迟迟而起，则安知琼花谢后，又不锁芜城而取他处耶？写淫暴之主，纵心败度，至于无有穷极，真不费半点笔墨。不缘、应是，当句呼应，起伏自然，迥非恒调。日角、天涯，对法尤奇。五六节举二事，言繁华过去，单剩凄凉，为古今炀帝一辈人痛下针砭。末运实于虚，一半讥

李商隐

弹，一半嘲笑，阿麽真何以自解于叔宝耶？（《山满楼笺注唐诗七言律》）

何焯曰：无句不佳，三四尤得杜家骨髓。前半展拓得开，后半发挥得足，真大手笔。发端先言其虚关中以授他人，便已呼起第三句。着"玉玺"一联，直说出狂王抵死不悟，方见江都之祸非出于偶然不幸。后半讽刺更觉有力。（《义门读书记》）日角、天涯，佳处固不在此，然不必抹也。多看齐梁四六，便知杜诗中不用，乃其极老成处。元次山《闵荒诗》云："欢娱未央极，始到沧海头。"次连从之出也。（次连）激昂浏亮。"于今"二句：兴在象外。《（李义山诗集辑评》引）

沈德潜曰：言天命若不归唐，游幸岂止江都而已。用笔灵活。后人只铺叙故实，所以板滞也。末言亡国之祸甚于后主，他时魂魄相遇，岂宜重以《后庭花》为问乎？（《唐诗别裁》）

陆昆曾曰：与《南朝》一篇，同刺荒淫覆国。彼用谐语，读者或易忽略；此则庄以出之，自能令人惊心动魄，怵然知戒也。（《李义山诗解》）

姚培谦曰：此为以有涯之生徇无涯之欲者警也……独怪其吴公台遇鬼之时，犹以《后庭花》为问，是不惟欲到天涯，且欲穷地下矣。痴人无心肝至是哉！（《李义山诗集笺注》）

纪昀曰：纯用衬贴活变之笔，一气流走，无复排偶之迹。首二句一起一落，上句顿，下句转，紧呼三四句。"不缘""应是"四字，跌宕生动之极。无限逸游，如何铺叙，三四句只作推算语，便连未有之事一并托出，不但包括十三年中事也。此非常敏妙之笔。结句是晚唐别于盛唐处。若李、杜为之，当别有道理。此升降大关，不可不知。学义山者，切戒此种笔墨。结虽不佳，然缘炀帝实有吴公台见陈后主一事，借为点缀，尚不大碍，若凭空作此语，则恶道矣。（《玉谿生诗说》）中四句步步逆挽，句句跳脱。（《瀛奎律髓刊误》）

姜炳璋曰：八句跌宕顿挫，一气卷舒，似怜似谑，无限深情。（《选玉谿生诗补说》）

杨逢春曰：此诗全以议论驱驾事实，而复出以嵌空玲珑之笔，运以纵横排宕之气，无一笔呆写，无一句实砌，斯为咏史怀古之极。（《唐诗绎》）

黄叔灿曰：五十六字中以议论运实事，翻空排宕，与《南朝》诗同一笔墨。（《唐诗笺注》）

张文荪曰：参用活法夹写，便动荡有情。古今凭吊绝作。（《唐贤清雅集》）

李锳曰：言外无限感叹，无限警惕。（《诗法易简录》）

方南堂云：所谓"语不惊人死不休"者，非奇险怪诞之谓也。或至理名言，或真情实景，应手称心，得未曾有，便可震惊一世……李商隐之"于今腐草无萤火，终古垂杨有暮鸦"，不过写景句耳，而生前侈纵，死后荒凉，一一托出，又复光彩动人，非惊人语乎？（《辍锻录》）

方东树曰：先君云："寓议论于叙事，无使事之迹，无论断之迹，妙极妙极。"又曰："纯以虚字作用，五六句兴在象外，活极妙极，可谓绝作。"（《昭昧詹言》）

张采田曰：结以冷刺作收，含蓄不尽，佥觉味美于回。（《李义山诗辨正》）

黄侃曰：平陈之役，炀帝为晋王，实总戎重。末路荒淫，过于叔宝，讥刺之意甚显，不必以稗官所记觌鬼事实之也。（《李义山诗偶评》）

俞陛云曰：凡作咏古诗，专咏一事，通篇固宜用本事，而须活泼出之。结句更须有意，乃为佳构。玉谿在之《马嵬》《隋宫》二诗，皆运古入化，最宜取法……萤火垂杨，即用隋宫往事，而以感叹出之。句法复摇曳多姿。（《诗境浅说》续编）

李商隐的咏史政治讽刺诗大体上有两类。一类是托古讽今、借端寄慨之作，另一类是以古鉴今、昭示教训之作。这首《隋宫》就属于后一类。两类作品其实都是为"今"而作的，不过途径方式不同而已。

隋宫，指隋炀帝在江都（今扬州）建造的江都宫、显福宫、临春宫等豪华的行宫。这个中国历史上著名的荒淫昏暴的皇帝，在位十四年，绝大部分时间在外地游乐，在京不到一年。前后三次南游江都，耗尽民脂民膏，正像李商隐在七绝《隋宫》中所描写的那样："春风举国裁宫锦，半作障泥半作帆。"每次为了船帆等制作之用，光丝绸锦缎就不知用去了多少！这种近乎疯狂的淫游，极大地加快了隋朝政权走向覆亡的步伐。这首诗就是以隋炀帝南游江都为中心，对这个亡国之君进行入骨的讽刺，并且深深寄寓着历史教训的。

"紫泉宫殿锁烟霞，欲取芜城作帝家。"首联从出游江都写起，说长安的宫殿已经穷极壮丽，隋炀帝却还要把江都作为享乐的帝京。紫泉，就是紫渊，原是汉代长安的一条水的名字。这里用它来指代长安，是为了加强色彩的渲染，构成彤庭朱阁、彩碧辉煌的宫廷华美意象。"锁烟霞"，是说宫殿为烟云彩霞所缭绕。这不仅映衬出宫殿的巍峨壮丽，也显示出一种流动飘逸意态。如此壮丽的长安宫阙，竟然还不满足，要另取芜城（即江都）作为"帝家"，足见隋炀帝奢淫享乐欲望永无止境，同时也暗示江都行宫的豪华更甚于长安宫殿。这一联点明题目，交代出游，揭示隋炀帝的贪欲，为下一联开拓诗境作好准备。

"玉玺不缘归日角，锦帆应是到天涯。"玉玺，是皇帝的印章，也是国家权力的标志。日角，指唐高祖李渊，古代星相家把人的额骨中央隆起如日者称为日角，认为这是帝王之相。李渊起兵反隋前，有人曾吹捧他"日角龙庭"，必能取天下。锦帆，借指隋炀帝游江都时乘坐的龙舟。据史书记载，大业元年（605），隋炀帝带着皇后、妃嫔、文武官员、尼姑道士和卫队到江都游玩，龙舟杂船数千艘，在运河中首尾相接二百余里，仅拉纤的民夫就达八万多人。龙舟高四十五尺，长二百尺，起楼四层，船帆都用高级锦缎做成。最后一次游江都，从大业十二年七月，一直住到十四年三月隋炀帝被部下宇文化及杀掉为止。隋炀帝已经开了八百里的江南运河，如果不是被杀，南游的下一站便将是会稽。所以这一联嘲讽他说，如果不是传国的玉玺落到了日角龙庭的真命天子李渊手里，隋炀帝的龙舟想必会游遍天涯海角吧。这两句中的"日角""天涯"，对仗工巧，历来为诗评家所赞赏。不过真正值得称道之处，恐怕主要是高妙的诗歌讽刺艺术。诗歌不同于小说戏剧，尽管可以夸张变形，却很少虚构事实。特别是咏史诗，所咏对象往往是历史上的著名人物，史实俱在，如果任意虚构，必然会使人感到不真实。但假如完全拘泥于史实，又往往会使事件不够典型，对讽刺对象的揭露不够深刻，或者让读者感到只是在铺陈故实，缺乏新警的含意。这是一个矛盾。李商隐这两句诗，正是在不违背史实、不虚构事实的前提下，作出了使生活真实上升到艺术真实的成功尝试。隋炀帝并没有乘舟游遍天涯，但根据他那种永不知足的享乐贪欲和肆意横行的昏暴性格，根据已经开通八百里江南运河的事实，只要这个昏君还坐在皇帝宝座上，就必要"乘兴"而游"到天涯"。正是由于把握了这一点，诗人才巧妙地用"不缘""应是"这样的假设推想之辞，对他的穷奢极欲、至死不悟进行尖刻的讽刺。这样写，既不违背史实，又不拘于史实，做到了在史实基础上进行艺术的升华，更深刻地揭示了这个亡国之君既淫奢又昏愦的性格，深入到了讽刺对象的灵魂。比起一般地直叙实写南游江都情景，艺术效果显然要强烈得多。清代诗评家沈德潜评这一联说："言天命若不归唐，游幸岂止江都而已。用笔灵活。后人只铺叙故实，所以板滞也。"实际上这种写法，已经和戏剧小说创作中根据人物性格的内在发展逻辑，描写人物行动的必然发展非常类似，仅仅是没有虚构史实而已。不妨认为这正是一种体现咏史特点的典型化艺术手段。两句用流水对，"不缘"先让一步，"应是"随即翻卷过去，大大推进一步，运掉自如，极为圆转流畅，在轻松幽默的语调中寓有极辛辣的讽刺，笔意的巧妙更是一般诗人所难以企及的。

　　诗的前半部分从隋炀帝出游江都写到隋朝的覆亡，后半部分进一步写亡国以后的情事。"于今腐草无萤火，终古垂杨有暮鸦。"腹联暗含隋炀帝生前荒淫逸乐的两件典型事例。一件是"放萤"。他在洛阳景华宫时，曾命人搜求萤火数斛，夜间游山时放出，光照山谷，以此取乐。江都有放萤苑，相传是隋炀帝放萤的地方。古代有"腐草为萤"的说法，"腐草无萤火"，是说只有腐草，而无萤火。另一件是"植柳"。隋炀帝开通济渠和邗沟（运河由汴口到长江的一段），沿堤一千三百里，遍植杨柳，世称"隋堤"。如今，"隋家宫阙已成尘"，在荒凉的隋宫废墟上，但见荒芜的腐草，却再也见不到往昔萤火闪熠的热闹景象了；长久以来，千里运河上再也见不到锦帆相接的繁华场景，只有隋堤上垂柳暮鸦，在点缀着亡国的凄凉。这一联的突出特点，是把深刻的讽刺和深沉的感慨融合起来，"兴在象外"，含蕴无穷。讽刺性作品常犯的一个毛病，是只图讽刺得尖刻痛快，忽视艺术的含蕴，结果虽让读者获得一时的满足，却经不起细细咀嚼回味。这一联却能将讽刺的笔锋深寓在充满今昔盛衰感慨的鲜明画面中，特别耐人寻味。"放萤""植柳"这两件事，如果单纯作为隋炀帝荒淫逸乐的事例，在这一联中平列着来写，只不过在逸游之外再作一点量的增加，意义不大。诗人没有采取这种堆砌事例的写法，而是将这两件事和隋朝的兴亡联系起来，让它们作为盛衰的标志、历史的见证出现在读者面前，引导读者透过饱含历史沧桑之感的物象与图景去领会其内在意蕴。两句中的"无"和"有"，正是集中体现作者寓托感慨讽刺的句眼。"腐草无萤火"既是嘲讽萤火被隋炀帝搜尽，至今连腐草亦不复生萤，又是慨叹荒宫腐草，萤火绝迹，满目幽暗凄凉。今日之"无"，正透露出往昔之"有"，也正暗示往昔隋宫繁华何以变为一片空无。"垂杨有暮鸦"，不仅是着意渲染昏暗凄凉的景象，更寓有无限今昔盛衰的感慨。昔日龙舟游幸，锦帆耀日，何等煊赫，而今唯余隋堤衰柳，暮鸦聒噪，何等凄凉！这样的"有"，比什么都没有的"无"更令人感慨唏嘘不已。一个腐朽的政权，当它的遗物作为荒淫亡国的历史见证被保留下来后，这个政权的代表人物也就被永远钉在历史的耻辱柱上了。清初诗评家冯班说："腹联慷慨，专以巧句为义山，非知义山者也。"他看出这一联不只是对仗工巧，而且寓含了深沉的感慨，这是很有见地的。诗人对隋炀帝的深微讽刺，正是通过这种俯仰今昔的历史感慨更含蕴也更有力地表现出来的。前人说李商隐的诗"寄托深而措辞婉"，这一联正是很能体现其深婉特点的。

诗写到这里，无论是叙事、抒情、议论，似乎要说的话都已经说过，很难再转出新意来。换一个比较平庸的诗人，尾联很可能顺着腹联的一"无"一"有"，再发一点荒淫亡国的感慨，以昭示教训，点示主题，收束全篇。但这样的收束几乎注定要成为蛇足。因为荒淫亡国的意旨早就蕴含在颔、腹两联的具体描写中，根本无须再用抽象的议论去点示。律诗的尾联，往往容易松懈、空洞、平庸，重要原因之一就是不能在中间两联的基础上转出新境。这首诗的一个突出优点，正是在"山重水复疑无路"的情况下，转出"柳暗花明又一村"的新境来——"地下若逢陈后主，岂宜重问后庭花？"诗人讽刺的笔锋不但从南游、亡国一直追到亡国以后，而且追到地下，确实可以说是穷追不舍而又匪夷所思了，一般人是很难想到的。

尾联包含着一段耐人寻味的故事。陈后主名叔宝，陈朝的末代皇帝，也是历史上出名的荒淫之君。《玉树后庭花》是他创作的反映宫廷淫靡生活的舞曲，历来被看作亡国之音的典型。据《隋遗录》一书说：隋炀帝在江都时，一次梦见陈后主，看到舞女数十人，其中有后主的宠妃张丽华。隋炀帝就请她舞一曲《玉树后庭花》。舞完以后，后主对隋炀帝说："您的龙舟之游快乐吗？我原以为您会把政治搞得比尧舜还好，岂不料您今天也在走我的老路。人生各图快乐，您先前何必那样严厉责备我呢？"这个记载可能出自传闻，虚构成分很大，但包含着非常真实、合理的内核，它把隋炀帝因步陈后尘而预感到亡国危险但又不思悔改的心理表现得十分深刻。但李商隐并不是简单地搬用这个故事，而是根据主题表达的需要，将生前梦遇引申为死后重逢，由请张丽华舞《玉树后庭花》进一步料想其必然"重问"，并用"若逢""岂宜"这样的语气来表达——已经国亡身死的隋炀帝，如果在地下和陈后主重逢，难道还好意思再请张丽华舞一曲《玉树后庭花》吗？

和颔联一样，尾联也是运用典型化的艺术手段和假设推想之辞更深刻地揭示讽刺对象的本质与灵魂，但想象更虚幻，措辞更巧妙，讽刺也更辛辣。

梦中相逢，已属虚幻；地下重见，更近荒诞。但诗人用"若逢"这样的假设之辞，便把虚构荒诞不经之事的嫌疑很轻松地脱掉，而这一想象中所反映的事物本质的内容则全部保留下来。这里包含着好几层微妙而辛辣的讽刺。第一，隋炀帝和陈后主，是一对臭味相投的难兄难弟，不但活着的时候前趋后效，竞相荒淫，死后也一定会相随于地下。说是"若逢"，其实诗人意中料其必逢。第二，不但重逢，而且"重问"。按照常情，隋炀帝步亡陈后尘，身死国亡，为天下笑，照说总会觉得"《后庭花》一曲，幽怨不堪听"而不再重问了，但他仍兴致勃勃，十分迷恋这亡国之音。说"岂宜重问"，实际上就包含了料其必问。这就暗示出，像隋炀帝这样一个昏君，即使掉了脑袋，做了鬼，他的享乐贪欲、淫昏本性也不会有丝毫改变。如果说颔联"玉玺不缘归日角，锦帆应是到天涯"还只是讽刺他不见棺材不落泪，那么尾联"地下若逢陈后主，岂宜重问后庭花"就是进而讽刺他见了棺材也不落泪了。这确实是对死不悔改的隋炀帝的诛心之笔。第三，对隋炀帝的"重问"，诗人并不正言厉色地加以愤怒斥责，而是用轻描淡写的"岂宜"二字投以冷峻的嘲讽。读者从这两个字中感受到的，正是对无可救药的亡国之君极大的轻蔑和无情的嘲弄。

历史是常常重复的，但像亡陈和亡隋这样迅速的重复，像陈后主和隋炀帝这样并世而生的昏君却不多见。它似乎特别能够说明：封建统治者所实行的政策和本身的行为，是国家兴亡盛衰的重要原因。用李商隐自己的诗句来表达，就是"成由勤俭败由奢"。陈后主、隋炀帝早已相从于地下，诗人从陈、隋两代亡国败君相继的事实中总结的历史教训，显然是为着警戒当代的封建统治者。从这个意义上去领会"岂宜重问后庭花"这句诗，它的弦外之音是不难默会的。

清代何焯评这首诗说："前半展拓得开，后半发挥得足，真大手笔。"所谓展拓、发挥，实际上不妨理解为典型化的艺术手段，其中既包括颔、尾两联那种入骨的讽刺，也包括腹联那种兴在象外、含蕴无穷的讽叹。在如何做到讽刺的深刻、寄慨的深沉与抒情气氛的浓郁方面，这首诗确实提供了成功的艺术经验。

政治讽刺诗与一般重在抒写诗人自我感情的抒情诗有所不同，它不能不将笔墨集中在讽刺对象身上，诗人自己的感情和个性便往往表现得不很明显和突出。而这首诗比较成功的另一点，正是在深刻揭示讽刺对象本质特点的同时，比较明显地体现了诗人的个性。这里，像"不缘""应是""无"

"有""若逢""岂宜"等一系列极富表现力的词语起了重要作用。它们把诗人对隋炀帝那种鄙视、挖苦、嘲弄的感情，那种冷嘲热讽的神情口吻淋漓尽致地表现出来了，也把诗人面对亡隋的历史遗迹时那种深沉的感慨和清醒而严肃的思考表现出来了。站在我们面前的，是一位既尖刻又含蕴，既嬉笑怒骂又深沉严肃的诗人形象。读完这首诗，讽刺对象的形象和讽刺者的形象都一齐跃然纸上了。

二月二日〔一〕

二月二日江上行，东风日暖闻吹笙〔二〕。
花须柳眼各无赖〔三〕，紫蝶黄蜂俱有情。
万里忆归元亮井〔四〕，三年从事亚夫营〔五〕。
新滩莫悟游人意〔六〕，更作风檐夜雨声〔七〕。

校注

〔一〕据《全蜀艺文志》，成都以二月二日为踏青节，蜀中风俗当同此。诗作于居柳仲郢梓州幕期间。据"三年"句，当作于大中七年（853）二月二日。

〔二〕笙，管乐器，由簧片、笙管、斗子三部分组成。簧片古时用竹制，后改为响铜。《说文·竹部》："笙，十三簧，象凤之身也。笙，正月之音。物生，故谓之笙。"

〔三〕花须，花的雄蕊细长如须，故称。柳眼，柳叶初生时细长如眼初展。各，皆。无赖，有意逗恼人。杜甫《奉陪郑驸马韦曲》："韦曲花无赖，家家恼杀人。"《送路六侍御入朝》："剑南春色还无赖，触忤愁人到酒边。"

〔四〕元亮，东晋诗人陶潜的字，其《归园田居》有"井灶有遗处，桑竹残朽株"之句。此处"元亮井"即借指故园乡井。

〔五〕从事，指担任幕职。亚夫，汉文帝时名将周亚夫。屯军细柳，军纪严明。世称"细柳营""柳营"。事详《史记·绛侯世家》。此处以"亚夫营"借指柳仲郢军幕，以"柳营"切仲郢之姓。商隐大中五年冬抵柳幕，至大中七年已是第三个年头。

〔六〕新滩莫悟，《全唐诗》校："滩，一作春；悟，一作讶。"

〔七〕夜雨，《全唐诗》校："一作雨夜。"

金圣叹曰：此二月二日，乃是偶然恰值之日。是日本是东风，却又日暖，江上闲行，忽闻吹笙，因而遽念家室，不能自裁也……看他"无赖""有情"上加"各"字、"俱"字，犹言物犹如此，人何以堪也。（《贯华堂选批唐才子诗》）

王夫之曰：何所不如杜陵，世论悠悠不足齿。（《唐诗评选》）

何焯曰：两路相形，夹写出忆归精神。合通首反复咀咏之，其情味自出。《隋宫》《筹笔驿》《重有感》《隋师东》诸篇，得老杜之髓矣，如此篇与《蜀中离席》，尤是《庄子》所云"善者机"。前半逼出忆归，如此浓至，却使人不觉，所谓"《国风》好色而不淫"也。此等诗，其神似老杜处，在作用不在气调。"东风"句：即温诗"并起别离恨，似闻歌吹喧"之意。同一江上行也，耳目所接，万物皆春，不免引动归思。及忆归不得，则江上滩声顿有凄凄风雨之意。笔墨至此，字字化工。（《义门读书记》）拗体。直写甚老。（《李义山诗集辑评》引）

李重华曰：拗体律诗亦有古今之别。如老杜《玉山草堂》一派，黄山谷纯用此体，竟用古体音节，但式样仍是律耳。如义山《二月二日》等类，许丁卯最善此种，每首有一定章法，每句有一定字法，乃拗体中另自成律，不许凌乱下笔。（《贞一斋诗说》）

陆昆曾曰：身羁使府，偶然出行，而风日晴暖，游人已有吹笙为乐者。且目之所接，万木皆春，不来江上，几不知花柳蝶蜂如此浓至也。于是因闻见而归思萌焉。曰"万里"，则为路甚远；曰"三年"，则为时甚久。而寄人庑下，知有无可奈何者。故犹是滩声也，一时听之，便有凄凄风雨之意，觉与初到时迥然不同。（《李义山诗解》）

姚培谦曰：此义山在东川时怀归之作。大凡人生境界无常，只心头不乐，好境都成恶境。此诗前四句，乍读之岂不是春游佳况，细玩一"各"字，一"俱"字，始觉无赖者自无赖，有情者自有情，于我总无与也。（《李义山诗集笺注》）

屈复曰：偶行江上，日暖闻笙，花柳蜂蝶，皆呈春色。独客游万里，

李商隐

2749

从军数载，睹此春光，能不怀乡？故嘱令今夜新滩莫作风雨之声，令人思家不寐也。（《玉谿生诗意》）

王鸣盛曰：第三联斗接有神，一结凄惋有味，唯义山有之。（《玉谿生诗笺注》初刊本王氏手批）

纪昀曰：七句如何下"莫悟"二字？滩岂有知之物也？曰：此正沧浪所云"诗有别趣，非关理也"。（《玉谿生诗说》）

方东树曰：此即事即景诗也。五六阔大，收妙出场。起句叙，下三句景。后半情。此诗似杜公。（《昭昧詹言》）

大中五年（851）春夏间，李商隐的妻子王氏亡故。为了谋生，他不得不应东川节度使柳仲郢之辟，入幕任节度书记，于同年秋撇下幼女稚子，只身远赴梓州（州治在今四川三台），开始了他一生中最后也是时间最长的一次幕府生涯。"三年从事亚夫营"，到写这首诗时，他在柳幕已经是第三个年头了。

蜀中风俗，二月二日为踏青节。诗的首句，开门见山，点明踏青节江上春游。次句紧承，写江行游春的最初感觉和印象。和煦的东风，温暖的旭日，都散发着融和的春意，就是那笙声，也似乎带着春回大地的暖意。笙簧畏潮湿，天寒吹久则声涩不扬，须以微火香料暖笙。东风日暖，笙自然也簧暖而声清了。"闻吹笙"并非泛语，它和"东风日暖"分别从听觉和感觉写出了踏青江行的感受——一种暖洋洋的春意。

领联从所见角度续写江上春色。如果说"东风"句还是刚接触外界事物时一种自然的感受，这一联则是有意寻春、赏春了。花、柳、蜂、蝶，都是春天最常见的事物，是春天生命与活力的标志，红（花）、绿（柳）、黄、紫，更写出了春天的绚烂色彩。但这一联并非抒写诗人对秾丽春色的流连陶醉，而是表现因美好春色而触动的伤感。"无赖"，有意逗恼人。花、柳本是没有人的感觉和感情的事物，它只按自然规律行事，春天来了，便吐蕊、长叶，在东风旭日中显示出生命的活力，散发着春天的气息，而不顾人的悲欢哀乐。但在满怀愁绪的诗人感觉中，它们却好像是有意逗恼自己。蜂、蝶是有生命的动物，春到人间，穿花绕柳，翩翩飞舞，像是满怀喜悦宣告着春天的来临，故说"有情"。然而，不管是无心的花柳，还是有情的蜂蝶，它们作为春色的标志，生命活力的象征，又都和失去了生命春天的诗人形成鲜明对照。"无赖者自无赖，有情者自有情，于我总无与也"（姚培谦《李义山诗笺注》），其实还不止是"无与"，而且是一种刺激。细味"各"字、"俱"字，不难发觉其中透露出的隐痛。要之，前两联极写江间春色，写物遂其情，正是为了要反衬出自己的沉沦身世与凄苦心境。何焯说："前半逼出忆归，如此浓至，却使人不觉。"这"不觉"正是诗的蕴藉处。

    颈联转写长期寄幕思归。初读似与前幅脱榫，但颔联"各""俱"二字，已暗逗消息，而且前幅越是把春色、春意渲染得充分，就越能引渡到"虽信美而非吾土兮，曾何足以少留"（王粲《登楼赋》）这层意思上去，所以前后幅之间是形断而神连。元亮井，用陶潜（字元亮）《归园田居》："井灶有遗处，桑竹残朽株"；亚夫营，用周亚夫屯兵细柳营事，暗寓幕主的柳姓。虽用典，却像随手拈来，信口道出。他曾说自己"无文通半顷之田，乏元亮数间之屋"，可见诗人连归隐躬耕的起码物质条件也没有。"万里""三年"，表面上是写空间的悬隔，时间的漫长，实际上正是抒写欲归不能的苦闷。对照着"三年已制思乡泪，更入新年恐不禁"（《写意》）、"三年苦雾巴江水，不为离人照屋梁"（《初起》）等诗句，不难感到"三年从事亚夫营"之中所蕴含的羁泊天涯者的精神痛苦。

    末联回应"江上行"，写新滩流水在羁愁者耳中引起的特殊感受。春江水涨，新滩流水在一般游春者听来，自然是欢畅悦耳的春之歌；但在思归不得的天涯羁旅者耳中，却像是午夜檐间风雨的凄其之声，不断撩动着自己的羁愁，所以发出"新滩莫悟游人（作者自指）意"的嗟叹。本是听者主观感情作怪，却说"新滩莫悟"，曲折有致。冯浩说："悟字入微。我方借此遣恨，乃新滩莫悟，而更作风雨凄其之态，以动我愁，真令人驱愁无地矣。"可谓深得其旨。

    李商隐许多抒写身世之悲的诗篇，往往以深沉凝重的笔调，绮丽精工的语言，着意渲染出一种迷蒙悲凄的环境气氛。这首诗却别具一格。它以乐境写哀思，以美丽的春色反衬自己凄苦的身世，以轻快流走的笔调抒发抑塞不舒的情怀，以清空如话的语言表现宛转曲折的情思，收到了相反相成的艺术效果。

筹笔驿〔一〕

猿鸟犹疑畏简书〔二〕，风云常为护储胥〔三〕。

徒令上将挥神笔〔四〕，终见降王走传车〔五〕。

管乐有才终不忝〔六〕，关张无命欲何如〔七〕。

他年锦里经祠庙〔八〕，梁父吟成恨有馀〔九〕。

校注

〔一〕筹笔驿，旧址在今四川省广元市（唐时属利州绵谷县）北。《方舆胜览·利州东路·利州》："筹笔驿，在绵谷县，去州北九十九里。旧传诸葛武侯出师，尝驻此。"杜牧《和野人殷潜之题筹笔驿十四韵》："永安宫受诏，筹笔驿沉思。"筹笔之名，因诸葛亮曾驻此筹划军事而得名。诗作于大中九年（855）冬随柳仲郢还朝途中经此驿时，筹笔驿为川、陕间交通要站。

〔二〕猿，《全唐诗》校："一作鱼。"简书，古代用竹简写字，称简书。这里特指军令文书。《诗·小雅·出车》："岂不怀归，畏此简书。"传曰："简书，戒命也。"

〔三〕储胥，军队驻扎时设以防卫拒障的木栅藩篱。《汉书·扬雄传》："木雍枪累，以为储胥。"颜师古注："储，峙也；胥，须也。以木雍（拥）枪及累绳连结以为储胥。"

〔四〕徒令，空教。上将，犹主将。此指诸葛亮。《孙子·地形》："料敌制胜，计险阨远近，上将之道也。"挥神笔，指筹划军事，挥笔出令，含有料敌如神之意。

〔五〕降王，指蜀后主刘禅。传车（zhuàn jū），驿站所备供长途旅行用的车。传，传舍，驿站。魏景元四年（263），司马昭派邓艾、钟会伐蜀。邓艾兵至成都城北，"后主舆榇自缚诣军垒门……举家东迁（洛阳）"。"走传车"即指后主降魏后举家乘传车迁往洛阳事。

〔六〕管，管仲，春秋时著名政治家，佐齐桓公成霸业。乐，乐毅，战国时著名军事家，曾为燕昭王破齐。《三国志·蜀书·诸葛亮传》："亮躬耕陇亩，好为《梁父吟》……每自比于管仲、乐毅，时人莫之许也。唯博陵崔州平、颍川徐庶元直与亮友善，谓为信然。"终，纵然，纵使。忝，愧。《全唐诗》校："终，一作真。"

〔七〕关，关羽；张，张飞。两人均为蜀汉著名大将。无命，天亡。指关羽镇荆州，为孙权遣将偷袭，兵败被杀，以及张飞从先主刘备伐吴，为部将张达、范疆所杀之事。详参《三国志·蜀书·关羽传》及《张飞传》。欲何如，又能有什么办法。

〔八〕他年，犹往年、昔年。用"他"字指时间有过去与将来的两种用法，此处指前者。锦里，在成都城南，武侯祠所在处。此句指大中五年冬，商隐自梓州差赴西川推狱，曾拜谒武侯祠。

〔九〕梁父，即《梁父吟》，古乐曲名，诸葛亮躬耕陇亩时，好为《梁父吟》。今传古辞，内容系咏齐相晏婴以二桃计杀争功三勇士之事。署诸葛亮作。后世或以为诸葛亮借此抒发政治感慨。这里即以《梁父》转指自己当年所写的借咏史以寓慨的诗篇《武侯庙古柏》，诗中有"玉垒经纶远，金刀（寓指刘汉王朝）历数终。谁将出师表，一为问昭融"之句，与"恨有馀"之语正合。杜甫《登楼》尾联云："可怜后主还祠庙，日暮聊为梁父吟。"

 笺评

范温曰：义山诗云："鱼鸟犹疑畏简书，风云长为护储胥"，简书盖军中法令约束，言号令严明，虽千百年之后，鱼鸟犹畏之也。储胥盖军中藩篱，言忠谊贯神明，风云犹为护其壁垒也。诵此两句，使人凛然复见孔明风烈。至于"管乐有才真不忝，关张无命欲何如"，属对亲切，又自有议论，他人亦不及也。（《潜溪诗眼》）

方回曰：起句十字壮哉！五六痛恨至矣。（《瀛奎律髓》）

周珽曰：此追忆武侯而深致感伤之意。谓其法度忠诚，本足感天人，垂后世，然筹画虽工，而汉祚难移，盖才高而命不在也。他年而经过武侯祠庙，而恨功之徒劳，与武侯赋《梁父吟》所以恨三良者更有馀也。联属清切又有意，他人不能及。（《唐诗选脉会通评林》）

金圣叹曰：言直至今日，而鱼鸟犹畏，然则当时上将挥笔，其所号令部署，为是何等简书，何等储胥。而彼刘禅也者，乃终不免衔璧舆榇，跪为降王，此真不能不令千载英雄父兄拊膺恸哭，至于泪尽出血者也。分明如子美先生手。后解言：然此，亦无用多责刘禅也。天生武侯，虽负王霸之才，然而炎德既终，虎臣既损，大事之去，早有验矣。所以鞠躬尽瘁，犹未肯即弛担者，只为远答三顾之殷勤，近奉遗诏之苦切耳。至于自古有才，决是无命，此固不能与天力争者也。（《贯华堂选批唐才子诗》）

冯舒曰：荆州失，翼德死，蜀事终矣。第六句是巨眼。（《二冯评阅瀛奎律髓》）

胡以梅曰：起得凌空突兀……猿鸟无知，用"疑"；风云神物，直用"长为"矣，有分寸。"徒令"与"神"字皆承上文，而转出题面，下则发议论。五申明三四，六则言第四所以然之故。结借少陵诗"可怜后主还祠庙，日暮聊为《梁父吟》"之语，言昔年有人经过后主之祠庙，吟成《梁父》而有馀恨，今我同有馀恨于后主也……此结应"降王"也。（《唐诗贯珠串释》）

赵臣瑗曰：鱼鸟风云，写得诸葛亮武侯生气奕奕。"徒令"一转，不禁使人嗒焉欲丧……汉祚之衰，固非武侯之力所可得而挽回也。自古英雄有才无命，关、张虎臣，先后凋落，即大事可知矣。然武侯之志未申，武侯之心不死，后之过其地而吊者，其能无馀恨耶？此诗一二擒题，三四感事。五承一二，六承三四，尚论也。七八总收，以致其惓惓之意焉。（《山满楼笺注唐诗七言律》）

黄周星曰：少陵之叹武侯"诸葛大名"一首，正可与此诗相表里。（《唐诗快》）

何焯曰：议论固高，尤当观其抑扬顿挫处，使人一唱三叹，转有馀味。不离承祚旧论，却非承祚本意。读书论世真难事。"猿鸟"二句一扬。"简书"切"筹笔"，"储胥"切"驿"。"徒令"二句一抑。破题来势极重，妙在次联接得矫健，不觉其板。"管乐"句：此句又扬。"关张"句：此句又抑。"他年"句对"驿"字，"梁父"句对"筹笔"。（《义门读书记》）起二句本意已尽，下无可措手矣，三四忽作开笔，五六收转，而两意相承，字字顿挫。七八振开作结，与少陵"丞相祠堂"作不可妄置优劣也。起二句即目所见，觉武侯英灵奕奕如在。"终见"句：起"恨"字，反醒"驿"字。通首用意沉郁顿挫，绝似少陵。（《李义山诗集辑评》引）

陆昆曾曰：直是一篇史论，而于"筹笔驿"三字又未尝抛荒。从来作此题者，摹写风景，多涉游移；铺叙事功，苦无生气，唯此最称杰出，首云简书，指筹笔也。次云储胥，指驿也，妙在衬帖猿鸟风云等字，又妙在虚下"犹疑""常护"等字，见得当时约束严明，藩篱坚固，至今照耀耳

目也。（《李义山诗解》）

姚培谦曰：此因武侯志业不遂，而叹时命之不可强也。（《李义山诗集笺注》）

屈复曰：一二壮丽称题，意亦超脱。下四句是武侯论，非筹笔驿诗。七八犹有馀意。四、六二句与题无涉，律以初唐之法，背谬极矣……乃作轻薄之词，将鞠躬尽瘁之纯忠，反若多事者，不惟诗法背谬，议论如此，识见何等！（《玉谿生诗意》）

杨守智曰：沉郁顿挫，绝似少陵。（《玉谿生诗笺注》引）

沈德潜曰：瓣香老杜，故能神完气足，边幅不窘。（《唐诗别裁》）

宋宗元曰：起势突兀，通首一气呵成。（《网师园唐诗笺》）

纪昀曰：起手抬得甚高，三四忽然驳倒，四句之中几于自相矛盾，盖由意中先有五六一解，故敢下此离奇之笔，见是横绝，其实稳绝。前六句天矫奇绝，不可方物，就势直结，必为强弩之末。故提笔掉转前日之经祠庙吟《梁父》而恨有馀，则今日抚其故迹，恨可知矣。一篇淋漓尽致，结处犹能作掉开不尽之笔，圆满之极。香泉曰："议论固高，尤难其抑扬顿挫处一唱三叹，转有馀昧。"此最是诗家三昧语。若但取议论而无抑扬顿挫之妙，则胡曾之咏史矣，须知神韵筋节皆自抑扬顿挫中来。（《玉谿生诗说》）笔笔有龙跳虎卧之势。他年乃当年之谓，言他时经过其祠，恨尚有馀，况今日亲见行兵之地乎？亦加一倍法。通篇无一钝置语。（《瀛奎律髓刊误》）

方东树曰：先君云："此诗人不得其解，以为布置不匀。不知武侯之能尚待呆说乎？诗只咏蜀之亡，天命为之，'关张'句尤有识力。起正赋题，第四句是主。末只作衬收驿耳。"又曰："'恨有馀'三字收足。"树按：义山此等语，语意浩然，作用神魄，真不愧杜公。（《昭昧詹言》）

张采田曰：此随仲郢还朝途次作。结指大中五年西川推狱，曾至成都也。（《玉谿生年谱会笺》）

唐宣宗大中九年（855）冬，诗人罢梓州幕后由蜀中返回长安，途经利州绵谷县（今四川广元市）的筹笔驿时，写下这首咏怀古迹之作。相传诸葛亮出师伐魏，曾经驻扎在这里筹划军事，因而得名。在李商隐之前，杜甫的

《蜀相》已经成功地塑造出诸葛亮的形象，表现他的崇高品质和悲剧命运。李商隐的这首《筹笔驿》之所以堪与《蜀相》并称咏武侯的双璧，正在于他在学习杜诗神髓的同时能自具面目。

跟《蜀相》一样，这首诗中的诸葛亮也是一位才智杰出而志业不成的悲剧性人物，甚至两首诗的结句"泪满襟""恨有馀"的感情反应也非常相似。但杜诗在慨叹其"出师未捷身先死"的悲剧命运时着意突出其鞠躬尽瘁、死而后已的主观精神品质，即所谓"两朝开济老臣心"，这正是杜甫所处的那个战乱时代对整顿乾坤的辅弼之才的需要；而李商隐在这首诗中着意表现的却是诸葛亮的才智跟他所遭遇的客观时势之间的悲剧性矛盾。诗人慨叹诸葛亮虽然才比管、乐，用兵如神，但既遇刘禅这样昏庸的君主，又失关、张这样忠勇的大将，终难挽救蜀汉危亡的命运。末句以"恨"字点醒全篇，说明诗人引为遗恨的正是爱国志士"才"与"命"的矛盾。晚唐政治腐败，危机深重，才智之士因客观环境制约，不但难成匡国大业，而且往往遭到忌毁打击。被李商隐推为"万古之良相"的李德裕在建树破回鹘、平泽潞的功勋后不久就被新即位的唐宣宗一再贬谪至死，就是突出的例证。李商隐在大中五年拜谒成都武侯祠时写的怀古伤今、借端寄慨的"梁父吟"式的诗篇《武侯庙古柏》，就借歌咏诸葛亮而融合了这方面的现实政治感慨。《筹笔驿》的尾联追忆往年情事，以"恨有馀"兼缩他年与今日，正暗示今日凭吊古迹，所抱者仍为志士"才命两相妨"的无穷遗恨。叹诸葛，即所以叹千古遭逢末世的才人志士，而诗人对晚唐衰颓国运的深切忧虑和深沉感慨自寓其中。相比之下，《蜀相》更侧重于表现竭忠尽力而志业未成的崇高感，《筹笔驿》则侧重于表现运去难回、无能为力的悲怆感。虽同为赋咏悲剧命运，时代不同，着眼点有别，造成的悲剧美感也有所区别。

与爱国志士遭逢末世才命相妨的思想主题相应，这首诗在构思上的显著特点是用诸葛亮的杰出才智反托其悲剧命运，并以开合抑扬的手法突出才与命的悲剧性矛盾。颔联出句"上将挥神笔"极力上扬，对句"降王走传车"一落千丈，反跌有力；腹联出句极赞其才略，对句极叹其无助。两联中"徒令""终见""终不忝""欲何如"，开合相应，在对照中更显出其才智超卓而命运不济的可悲。笔力雄健，感慨深沉，为尾联"恨有馀"作了充分铺垫。

《蜀相》突破杜甫以前七律主于情景的传统，兼用叙事、写景、议论、抒情，《筹笔驿》也兼容上述四端，而议论成分更见突出。但由于以抒情贯串全篇，故虽多议论而仍富唱叹之致。首联即景兴感，将客观景物（猿鸟、风云）主观化，在景物描写中渗透崇敬追思之情，"使人凛然复见孔明风烈"（范温《潜溪诗眼》）；颔腹二联，将大开大合的议论与抑扬有致的唱叹融为一体，而蜀汉衰亡史事的叙述也巧妙地穿插其中。尾联追昔绾今，昔之慨，今之恨，一齐收束，言外更含无限沉悲，正如纪昀所评："一篇淋漓尽致，结处犹能作掉开不尽之笔，圆满之极。"（《玉谿生诗说》）

屏　风

六曲连环接翠帷[一]，高楼半夜酒醒时。
掩灯遮雾密如此，雨落月明两不知。

校注

〔一〕六曲，指十二扇叠为六曲的屏风。帷，床帐。

笺评

朱彝尊曰：似有所寓。（《李义山诗集辑评》引）

姚培谦曰：此为蔽明塞聪者发。（《李义山诗集笺注》）

屈复曰："昔有传语屏风者云：方今明目达聪，汝是何物，乃壅贤者路！"遂推倒之。玉谿亦此意。（《玉谿生诗意》）

程梦星曰：此亦近艳词而非者也。乃为有情不遂，深憾壅闭之作。（《重订李义山诗集笺注》）

冯浩曰：与《可叹》诸作互参（按：冯以《可叹》为刺贵家姬妾外遇）。或谓刺蔽贤之人，非也。（《玉谿生诗笺注》）

纪昀曰：四家以为寓浮云蔽日之感，是也。然措语有痕，反而平浅。（《玉谿生诗说》）

姜炳璋曰：此真艳词。铁老擅场，多本此。或以为诮诋蔽明，谬甚。（《选玉谿生诗补说》）

张采田曰：此诗是咏屏风，借物寓慨，故措语不嫌太显。此正深得比喻之妙。看似直致，实则寄托不露，神味更深。（《李义山诗辨正》）

从诗题和内容看，这首诗颇像是专写屏风的咏物之作，解者更因诗中有"掩灯遮雾""雨落月明两不知"之语而认为系托讽"蔽明塞聪"之流。细审诗意，并不专咏屏风，更未必有所比附托寓。它所抒写的，不过是"高楼半夜酒醒时"对周围环境的一种感觉印象和朦胧情思。

首句写室内陈设。古代屏风每置于床边，以障蔽和挡风。这里说"六曲连环接翠帷"，是指十二扇叠为六折的屏风横置床边，连接着翠绿的帷帐。这种陈设对翠帷中浓睡的人构成了一个近乎封闭的环境，为三、四句"掩""遮""不知"伏根。次句点出地点——高楼，时间——半夜，人物活动状态——酒醒时。这样一个特殊的时、地和人物活动背景，最易触发对环境醉意朦胧的感受。这句叙事，在全篇中处于关键地位。

三、四句即集中抒写夜半酒醒时的印象与感受。六曲屏风，层层帷幕，不但遮住了室内的灯光，而且挡住了室外的雾气，整个室内成为一个严密闭锁的空间，以致醒来时连外面究竟是下雨还是月明都弄不清楚了。说屏风掩灯自可，但遮雾却必须隔绝室内外的层帷，从这里也看出此诗并不单咏屏风，而是抒写"夜半酒醒时"对屏帷帘幕锁闭中的环境的印象与感觉，一种在浓艳温馨中微感室闷的感受。

此诗既非传统的"托物寓志"之作，也并没有表现某种明确的情感，它只是写一种直觉印象、朦胧意绪。这种内容，标志着五、七言诗内容意境的词化。在后来的词中，写夜半酒醒梦回室内环境气氛便成为常境。"梦后楼台高锁，酒醒帘幕低垂"一类典型的词境在这里正可找到它的滥觞。此诗作词境读，颇饶情致韵味；作诗境读，不免纤细轻艳；以寄托为解，则全乏诗意了。

无题二首（其一）[一]

昨夜星辰昨夜风，画楼西畔桂堂东[二]。
身无彩凤双飞翼，心有灵犀一点通[三]。
隔座送钩春酒暖[四]，分曹射覆蜡灯红[五]。
嗟余听鼓应官去[六]，走马兰台类转蓬[七]。

校注

〔一〕无题诗是李商隐的艺术独创。其诗集中以"无题"为题的诗，可以认定的共十四首，即《无题》（八岁偷照镜）、《无题》（照梁初有情）、《无题二首》（昨夜星辰昨夜风；闻道阊门萼绿华）、《无题四首》（来是空言去绝踪；飒飒东风细雨来；含情春晼晚；何处哀筝随急管）、《无题》（相见时难别亦难）、《无题》（紫府仙人号宝灯）、《无题二首》（凤尾香罗薄几重；重帏深下莫愁堂）、《无题》（近知名阿侯）、《无题》（白道萦回入暮霞）。其他六首，或因与《无题》相连而失题误入，或与他题相连误入后又改题"无题"，或佚去本题而编录者署曰无题，均不可靠。可以认定的十四首无题，诗面大都写相思离别、会合难期之情。其中有的寄托痕迹较明显，有的寄托似有若无，有的显赋艳情或爱情。详参笔者《李商隐传论》下编第八章。这二首无题中，另一首是七绝："闻道阊门萼绿华，昔年相望抵天涯。岂知一夜秦楼客，偷看吴王苑内花。"二首合参，可揣知诗人所怀的对象是一位贵家女子（家妓之类）。据"走马兰台"句，诗当作于商隐任职秘书省期间，以作于会昌六年（846）春重官秘省正字期间的可能性较大。

〔二〕楼，《全唐诗》校："一作堂。"

〔三〕灵犀，古代将犀牛角视为灵异之物，犀角中心的髓质像一条白线贯通上下，故云"灵犀一点通"。《汉书·西域传》："通犀翠羽之珍。"如淳注："通犀，谓中央色白，通两头。"

〔四〕送钩，指藏钩之戏。周处《风土记》："义阳腊日饮祭之后，叟妪儿童为藏钩之戏。分为二曹（队），以校胜员……一钩藏在数手中，曹人当射（猜）知所在。"

〔五〕射覆，古代游戏，在巾盂等物下覆盖着东西让人猜。

〔六〕听鼓，唐制：五更二点，鼓自内发，诸街鼓承振，坊市门皆启。鼓响天明，官员即须上班。应官，唐人常用语，上班应差。

〔七〕兰台，汉代藏图书秘籍的宫观称兰台，唐代指秘书省。《旧唐书·职官志》："秘书省。隶中书省之下。汉代藏书之所……（唐）龙朔改为兰台，光宅改为麟台，神龙复为秘书省。"有校书郎八人，正字四人。作者开成四年（839）曾任秘书省校书郎，旋出尉弘农。会昌二年曾任秘书省正字，同年守母丧离职。六年春服阕后复官正字。转，全唐诗原作"断"，校："一作转。"兹据改。

冯舒曰：妙在首二句。次连衬贴流丽圆美，西昆一世所效。义山高处不在此。（《义门读书记》引）

冯班曰：起句妙。（《义门读书记》引）三四不过可望不可即之意，点化工丽如此。次句言确有定处也。义山《无题》诸作，真有美人香草之遗，正当以不解解之。（何焯引。见《李义山诗集辑评》）又云：义山以畿赤高贤，失意蹉跎，出而从事诸侯幕府，此诗托词讽怀，以序其意。"身无彩凤"一联，言同人之相隔也。下二联：序宴会之欢，而己不得与，方走马从事远方以为慨也。杨孟载云："义山无题诗，皆寓君臣遇合，得其旨矣。"（《西昆发微》引）

吴乔曰：（昨夜二句）述绚宴接之地。（身无二句）言绚与之位地隔绝，不得同升，而已两心相照也。（隔座二句）极言情礼之欢洽。（嗟余二句）结唯自恨，未怨令狐也。（《西昆发微》）又："昨夜星辰昨夜风，画楼西畔桂堂东"，乃是具文见意之法。起联以引起下文而虚做者，常道也；起联若实，次联反虚，是为定法。（《围炉诗话》）

胡以梅曰：此诗下半首，语气显然。且若作遇合论，席间座上已是灵犀通照，何尚烦转蓬之叹乎？此章本集内二首，其二曰："闻道阊门萼绿华，昔年相望抵天涯。岂知一夜秦楼客，偷看吴王苑内花。"则席上本有萼绿华其人，于吴王苑中偷看之而感情耳，已有注脚……此诗是席上有所遇追忆之作。妙在欲言良宵佳会，独从星辰说起，是言星辰晴焕，昨夜如良夜，而风亦和风也。叠言"昨夜"，是追思不置……两句凌空步虚，有绘风之妙……得三四铺云衬月，顿觉七宝放光，透出上文。身远心通，俨然相对一堂之中。五之胜情，六之胜境，皆为佳人着色。且隔座分曹，申明三之意；送钩春暖，方见四之实。蜡灯红后，恨无主人烛灭留髡之会。闻鼓而起，今朝寂寞，能不重念昨夜之为良时乎？若欲谓之伤遇合而作，则起处何因，首二句旨在何处，便入暗室。五六亦觉肤浅泛语，嚼蜡无味矣。（《唐诗贯珠串释》）

陆鸣皋曰：此因羁宦而思乐境，亦不得志之诗也。（《李义山诗疏》）

徐德泓曰：此诗非咏夜景，然既以夜说入，则酒暖、灯红、听鼓字样，俱属夜间，律法始合。一起超忽，尤争上游处也。（《李义山诗疏》）

陆昆曾曰：首句星辰字、风字，非泛然写景，正见得昨夜乃良夜也。

当此良夜，阻我佳期，则画楼桂堂之间，虽不能至，心向往之矣。隔座送钩，分曹射覆，言一宵乐事甚多，而听鼓应官之客，曾不得身与其间，伤之也，亦妒之也。（《李义山诗解》）

钱良择曰：义山无题诗直是艳语耳。杨眉庵谓托于臣不忘君，亦是故为高论，未敢信其必然。（《唐音审体》）

姚培谦曰：此言得路与失路者之不同也。星辰得路，重以好风，画楼桂堂，正得意人集聚之地。此时虽不必傅翼而飞，而已许作一路上人矣。于是隔座送钩，分曹射覆，眉目传情，机关默会，留髡送客之乐，不言可知。而余以听鼓应官之身，虽从走马兰台之后，巧拙冷暖，真是咫尺千里之叹也，如何！本集此章后有绝句云（按即"闻道阊门萼绿华"首），意其人必少俊而骤蹑清华者钦？（《李义山诗集笺注》）

屈复曰：一二昨夜所会时地。三四身虽似远，心已相通。五六承三四言，藏钩送酒，其如隔座；分曹射覆，唯碍灯红。及天明而去，应官走马，无异转蓬。感目成于此夜，恐后会之难期。（《玉谿生诗意》）

程梦星云：义山无题诸作，世多以艳语目之，不知义山转皆有题，凡无题者皆寄托也。杨孟载能知其为寓言，是矣，但皆以为感叹君臣之遇合，未免郛郭。……此诗第一首有"兰台"字，当是初成进士，释褐秘书省校书郎，调补农尉时作，盖叹不得立朝，将为下吏也。（《重订李义山诗集笺注》）

赵臣瑗曰：一是记其时，二是记其地。三可望而不可即也，四是欲舍之而不能舍也。五六是实记其所见之事，两行粉黛，十二金钗，后庭私宴，促坐追欢，有如此者。七八彼席未终，我踪靡定，彷徨回惑，唯有付之一叹而已。此义山在王茂元家窃睹其闺人而为之，或云在令狐相公家者，非也……（观）次首绝句"岂知一夜秦楼客，偷看吴王苑内花"，则义山固已自写供招矣，又何疑焉？（《山满楼笺注唐诗七言律》）

冯浩曰：次联言身不接而心能通；五六正想象得之，与下章"偷看"相应，非义山身在其中也，意味乃佳。又云：自来解无题诸诗者，或谓其皆属寓言；或谓其尽赋本事，各有偏见，互持莫决。余细读全集，乃知实有寄托者多，直作艳情者少，夹杂不分，令人迷乱耳。此二首定属艳情，因窥见后房姬妾而作，得毋其中有吴人耶？赵笺大意良是，他人苦将上首穿凿，不知下首明道破矣。（《玉谿生诗笺注》）

王鸣盛曰：其所怀者，吴人也，故云"阊门"，又云"吴王苑内花"。

冯先生因"秦楼"二字用萧史弄玉事，故以为王茂元后房，恐太泥。唐时风气，宴客出家妓，常事耳，何必妇翁？（《玉谿生诗笺注》初刊本王氏手批）

纪昀曰：二首直是狭邪之作，了无可取。何以定二首为实有本事也？以第一首七八句断之。（《玉谿生诗说》）义山风怀诗，注家皆以寓君臣为说，殊多穿凿。（《瀛奎律髓刊误》引）

张采田曰：此初官正字，欤羡内省之寓言也。首句点其时地。"身无"二句，分隔情通。"隔座"二句，状内省诸公联翩并进得意情态。结则艳妒之意，恐已不能身厕其间，喜极故反言之也。（《玉谿生年谱会笺》）

鉴赏

这是一首有作者自己直接出场的无题诗，抒写对昨夜一度相值、旋成间隔的意中人深切的怀想。原题二首，另一首是七绝，其中有"岂知一夜秦楼客，偷看吴王苑内花"的诗句，看来诗人所怀想的对象可能是一位贵家女子。

开头两句由今宵情景引发对昨夜的追忆。这是一个美好的春夜：星光闪烁，和风习习，空气中充溢着令人沉醉的温馨气息，一切都似乎和昨夜相仿佛。但昨夜在"画楼西畔桂堂东"和所爱者相见的那一幕却已经成为亲切而难以追寻的记忆。诗人没有去具体叙写昨夜的情事，只是借助于星辰好风的渲染，画楼桂堂的映衬，烘托出一种温馨旖旎、富于暗示性的环境气氛，读者自可意会。"昨夜"复叠，句中自对，以及上下两句一气蝉联的句式，构成了一种圆转流美、富于唱叹之致的格调，使得对昨夜的追忆抒情气氛更加浓郁了。

三、四两句由追忆昨夜回到现境，抒写今夕的相隔和由此引起的复杂微妙心理。两句说，自己身上尽管没有彩凤那样的双翅，得以飞越阻隔，与对方相会，但彼此的心，却像灵异的犀角一样，自有一线相通。彩凤比翼双飞，常用作美满爱情的象征。这里用"身无彩凤双飞翼"来暗示爱情的阻隔，可以说是常语翻新。而用"心有灵犀一点通"来比喻相爱的双方心灵的契合与感应，则完全是诗人的独创和巧思。犀牛角在古代被视为灵异之物，特别是它中央有一道贯通上下的白线（实为角质），更增添了神异色彩。诗人正是从这一点展开想象，赋予它以相爱的心灵奇异感应的性质，从而创造

2762

出这样一个略貌取神、极新奇而贴切的比喻。这种联想，带有更多的象征色彩。两句中"身无"与"心有"相互映照、生发，组成一个包蕴丰富的矛盾统一体。相爱的双方不能会合，本是深刻的痛苦；但身不能接而心则相通，却是莫大的慰藉。诗人所要表现的，并不是单纯的爱情间隔的苦闷或心灵契合的欣喜，而是间隔中的契合，苦闷中的欣喜，寂寞中的慰安。尽管这种契合的欣喜中不免带有苦涩的意味，但它却因身受阻隔而显得弥足珍贵。因此它不是消极的叹息，而是对美好情愫的积极肯定。将矛盾着的感情的相互渗透和奇妙交融表现得这样深刻细致而又主次分明，这样富于典型性，确实可见诗人抒写心灵感受的才力。

李
商
隐

五、六两句乍读似乎是描绘诗人所经历的实境，但也可能是因身受阻隔而激发的对意中人今夕处境的想象。送钩、射覆，都是酒宴上的游戏（前者是传钩于某人手中藏着让对方猜，后者是藏物于巾盂之下让人猜，不中者罚酒）；分曹，是分组的意思。在诗人的想象中，对方此刻想必就在画楼桂堂上参与热闹的宴会。宴席之上，灯红酒绿，觥筹交错，笑语喧哗，隔坐送钩，分曹射覆，气氛该是何等热闹！越是阻隔，渴望会合的感情便越热切，对于相隔的意中人处境的想象便越加鲜明。"春酒暖""蜡灯红"，不只是传神地表现了宴会上融怡醉人的气氛，而且倾注了诗人强烈的向往倾慕之情和"身无彩凤双飞翼"的感慨。诗人此刻处境的凄清寂寞自见于言外。这就自然引起末联的嗟叹来。

"如此星辰非昨夜，为谁风露立中宵？"在终宵的追怀思念中，不知不觉，晨鼓已经敲响，上班应差的时间到了。可叹的是自己正像飘转不定的蓬草又不得不匆匆走马兰台（秘书省的别称，当时诗人正在秘书省任职），开始寂寞无聊的校书生涯。这个结尾，将爱情间隔的怅惘与身世飘蓬的慨叹融合起来，不但扩大了诗的内涵，而且深化了诗的意蕴，使得这首采用"赋"法的无题诗，也像他的一些有比兴寄托的无题诗一样，含有某种自伤身世的意味。

李商隐的无题诗往往着重抒写主人公的心理活动，事件与场景的描写常常打破一定的时空次序，随着心理活动的流程交错展现。这首诗在这方面表现得相当典型。起联明写昨夜，实际上暗含今宵到昨夜的情景联想与对比；次联似应续写昨夜，却突然回到今夕相隔的现境；颈联又转为对对方处境的想象，末联则再回到自身。这样大幅度的跳跃，加上实境虚写（如次句）、虚境实写（如颈联）等手法的运用，就使得这首采用赋法的无题诗也显得断续无端，变幻迷离，使读者感到困惑了。其实，把它看成古代诗歌中的"意识流"作品，许多困惑和歧解原是不难解决的。

无题四首

其 一

来是空言去绝踪，月斜楼上五更钟。
梦为远别啼难唤，书被催成墨未浓[一]。
蜡照半笼金翡翠[二]，麝熏微度绣芙蓉[三]。
刘郎已恨蓬山远[四]，更隔蓬山一万重。

校注

〔一〕书，书信。

〔二〕蜡照，烛光。笼，罩，指烛光照及的范围。烛光用罗罩盖住，故帷帐的上部为烛照所不及，因谓之"半笼"。金翡翠，用金线绣成翡翠鸟图案的帷帐。

〔三〕麝熏，古代豪贵人家用名贵的香料放在香炉中熏被帐衣物，这里指麝香熏燃后散发的芬芳气味。绣芙蓉，绣有芙蓉（荷花）图案的被褥。

〔四〕刘郎，汉武帝刘彻与传说中与阮肇同入天台山采药遇仙女的刘晨均可称刘郎。汉武帝曾派人入海寻三神山（蓬莱、方丈、瀛洲）求不死之药，此处用"蓬山"字面，似用武帝事，但全篇内容与求仙无涉，系咏爱情间隔，故仍以用刘晨事较切，"蓬山"泛指仙山。传东汉永平间，剡县人刘晨、阮肇入天台山采药迷路，遇二仙女，被邀至家同结仙缘。半年后返里，子孙已历七世。后重入天台山访女，踪迹杳然。事见刘义庆《幽明录》。晚唐诗人曹唐有《刘阮洞中遇仙子》诗等五首，诗中有"免令仙犬吠刘郎""此生无处访刘郎"之句，是刘晨亦可称"刘郎"，刘禹锡"前度刘郎"亦用此。

其 二

飒飒东风细雨来〔一〕，芙蓉塘外有轻雷〔二〕。
金蟾啮锁烧香入〔三〕，玉虎牵丝汲井回〔四〕。
贾氏窥帘韩掾少〔五〕，宓妃留枕魏王才〔六〕。
春心莫共花争发，一寸相思一寸灰〔七〕。

校注

〔一〕《楚辞·九歌·山鬼》："东风飘兮神灵雨。"风，一作南。

〔二〕芙蓉塘，荷塘。轻雷，《文选·司马相如〈长门赋〉》："雷殷殷而响起兮，声象君之车音。"

〔三〕金蟾（chán），一种蛤蟆形状的香炉。啮（niè），咬。锁，指香炉的鼻钮，可以开闭，以填入香料。

〔四〕玉虎，用玉石装饰的虎形辘轳。丝，指井索。

〔五〕《世说新语·惑溺》："（晋）韩寿美姿容，贾充辟以为掾（yuàn，僚属）。充每聚会，贾女于青琐中看，见寿，说（悦）之。"二人遂私通。女以皇帝赐充之西域奇香赠寿，被贾充发觉，遂"秘之，以女妻寿"。"窥帘"即于青琐（窗）中窥见韩寿之事。

〔六〕宓（fú）妃，传伏羲氏之女宓妃溺于洛水，遂为洛神。诗中"宓妃"借指曹丕甄后。《文选·洛神赋》李善注引《记》曰："魏东阿王（曹植），汉末求甄逸女，既不遂，太祖回与五官中郎将（曹丕）。植殊不平，昼思夜想，废寝与食。黄初中入朝，帝示植甄后玉缕金带枕，植见之，不觉泣。时已为郭后谗死。帝意亦寻悟，因……以枕赍植。植还，度辕辕，少许时，将息洛水上，思甄后，忽见女来，自云：'我本托心君王，其心不遂。此枕是我在家时从嫁，前与五官中郎将，今与君王。'遂用荐枕席，欢情交集……（王）悲喜不能自胜，遂作《感甄赋》。后明帝见之，改为《洛神赋》。"

〔七〕《庄子·齐物论》："心固可使如死灰乎？"

其 四

何处哀筝随急管〔一〕，樱花永巷垂杨岸〔二〕。
东家老女嫁不售〔三〕，白日当天三月半。
溧阳公主年十四〔四〕，清明暖后同墙看。
归来展转到五更，梁间燕子闻长叹。

校注

〔一〕哀，形容筝声的清亮动人。筝，古代弦乐器，最初五弦，后增为十三弦。管，古代竹制吹奏乐器。

〔二〕永巷，长巷。

〔三〕东家老女，宋玉《登徒子好色赋》："臣里之美者，莫若臣东家之子（指女子）。"古乐府《捉搦歌》："老女不嫁，蹋地唤天。"嫁不售，嫁不出去。

〔四〕溧阳公主，梁简文帝女，有美色，嫁侯景，为景所宠。大宝元年（550）三月，景请简文帝禊宴于乐游苑。此借指清明出游的贵家女子。

笺评

朱鹤龄曰：（次章）窥帘留枕，春心之摇荡极矣。迨乎香销梦断，丝尽泪干，终归灰灭。不至此，不知有情之皆幻也。乐天《和微之梦游（春）诗序》谓曲尽其妄，周知其非，然后返乎真，归乎实，义山诗即此义。不得但以艳语目之。（《李义山诗集笺注》）

贺裳曰：（艳诗）至元稹、杜牧、李商隐、韩偓，而上宫之迎，埼垣之望，不唯极意形容，兼亦直认无讳，真桑濮耳孙也……元微之"频频闻动中门锁，犹带春酲懒相送"，李义山"书被催成墨未浓"，"车走雷声语未通"，始是浪子宰相，清狂从事。（《载酒园诗话》）按：黄白山《载酒园诗话》评云：李为幕客，而其诗多寄情牵恨之语，虽不明所指，大要是主人姬妾之类。

吴乔曰：（首章）（首句）言绚有软语而无实情。（次句）言作诗时

（五六）两句从第二句来，此诗与《相见时难》皆是致书于绚时作，即《旧·传》所言屡启陈情也。（次章）（六句）言己才藻足为国华，绚不拔擢也。（四章）东家老女自比，溧阳公主比绚。又云：老女，自伤也。（《西昆发微》）

何焯曰：此等只是艳诗，杨孟载说迂缪穿凿，风雅之贼也。（《义门读书记》）（首章）梦别、书成、为远、被催、啼难、墨未，皆用双声叠韵对。（七八句）小冯云：应首连。（次章）雷雨之动满盈，则君子经纶之时也。曰"细"曰"轻"，盖冀望而终未能必之词。五六言杂进者多，不殊"病树前头万木春"也。三句言外之不能入，四句言内之不能出，防闲亦可谓密矣。而窥帘留枕，春心荡漾如此，此以见情之一字决非防闲之所能反也。（五句）年不如。（六句）势不逮。（七八句）小冯云：所谓止于礼义哉！（四章）此篇明白。溧阳公主，又早嫁而失所者。然则我生不辰，宁为老女乎？鸟兽犹不失伉俪，殆不如梁间之燕子也。（《李义山诗集辑评》引）按：《辑评》之笺解与《读书记》显有别，疑非何氏评，姑附此。

胡以梅曰：（首章）此诗内意：起言君臣无际会之时，或指当路止有空言之约。二三四是日夕想念之情。五六言其寂寥。七八言隔绝无路可寻。若以外象言之，乃是所欢一去，芳踪便绝，再来却付之空言矣。五更有梦，惊远别而犹啼；讯问欲通，徒情浓而墨淡。为想蜡照金屏，香熏绣箔，仙娥静处，比刘郎之恨蓬山更远也。（次章）内意：一二阴蒙而天日为蔽。三四言隔绝不通。五六羡古人之及年少而用才。七八不能与众芳齐艳使人灰心耳。外象则起言东南不日出而有细雨，是不有照见所欢之楼矣。莲塘可游而有雷声，则所欢不能出而采莲矣。想其静处遥深，唯有烧香汲井，欲得贾氏、宓妃之怜才爱少既不可得，已令人思之灰心。按此诗五六说明贾氏、魏王，大露圭角，翻是假托之词，而非真有私昵事可知，决不犯对题直赋也。（《唐诗贯珠串释》）

赵臣瑗曰：（首章）只首句七字便写尽幽期虽在、良会难成种种情事，真有不觉其望之切而怨之深者。次句一落，不是见月而惊，乃是闻钟而叹，盖钟动则天明，则此宵竟已虚度矣。三四放开一步，略举平日事，三写神魂之恍惚，四写报问之仓皇，情真理至，不可以其媟而忽之。五六乃缩笔重写。月斜楼上，烧烛以俟之，烛犹未灭也；焚香以候之，香犹未歇也。而昔也欲去，留之未能；今也不来，致之无路，将奈之何哉！以为远诚不知其远之若何，以为恨诚不知其恨之何若也。（《山满楼笺注唐诗七

言律》）

《唐诗鼓吹评注》：（首章）此有幽期不至，故言来是空言而去已绝迹，待久不至，又当此月斜钟动之时矣。唯其空言，所以梦为远别，啼难唤醒，而裁书作答，催成墨淡也。想君此时，蜡烛犹笼，麝香微度，而我不得相亲，比之刘郎之恨，不更甚哉！刘郎宜指刘晨。（次章）此言细雨轻雷之候，思其人之所在，烧香入而金蟾啮锁，汲井回而玉虎牵丝，亦甚寂寞矣。然而窥帘留枕，则未尝留意于韩掾、魏王也。末则如怨如诉，相思之至，反言之而情愈深。

徐德泓曰：传载令狐绹作相，义山屡启陈情，绹不之省，数首疑为此作也，俱是喻体。（首章）此篇首二句，言信杳而时将尽矣。然痴情不醒，梦寐系之，急切裁书，亦不及修饰也。五六二句，想象华显之地。随言此地前已恨其远，今不更远乎？时李不得补官，故云。（次章）首句蒙晦之象。次句"雷"字从"风""雨"字生出，雷车奔逐，而曰"塘外"，曰"轻"，喻趋捷径者。是以私谒侯门者，如啮锁而入；暗相援引者，似牵丝而汲也。五六句，言一爱少，一怜才，今非少年，而又无怜才者，徒为热中何益乎？故结语云云。（四章）此又以老女伤春为比。首二句，亦倒装法，言声在某地也。三月半，则春垂尽。"溧阳"二句，言年少逢时者，而与之相形，尤不得不归而叹矣。结得黯然凄绝，古乐府之遗也。（《李义山诗疏》）

陆鸣皋曰：（首章）起得飘空，来无踪影，有春从天上之意，与《昨夜星辰》等篇同法。（次章）义山用事，大半借意，如"贾氏"二语，只为一"少"字"才"字，是属确解。而人舍此不求，徒以窥帘、留枕事实之，则失作者之意，而前后上下自成格塞，知此始可与读李也。（同上）

陆昆曾曰：（首章）一意反覆，只发挥得"来是空言去绝踪"七字耳。言我一夜之间，辗转反侧，而因见夫月之斜，因闻夫钟之动，思之亦云至矣。乃通之梦寐，而梦为远别，何踪迹之可寻乎？味其音书，而书被催成，宁空言之足据乎？蜡照半笼，言灯光已淡；麝熏微度，言香气渐消，夜将尽而天欲明之时也。言我之凄清寂寞至此，较之蓬山迢隔，不啻倍蓰，则信乎"来是空言去绝踪"也，（次章）承上言不特道之云远已也。彼飒然者风雨耶？殷然者雷声耶？是皆阻我良会者也。于计无复之之处，忽生出下文转步来。金蟾啮锁，喻情之牢固也；曰"烧香入"，则扃钥尽开矣。玉虎牵丝，喻丝之萦绕也；曰"汲井回"，则辘轳不转矣。下半言情欲之感，终归灰灭，岂独今日为然？彼韩掾之香既销，窥帘者安在？陈思之梦已断，留枕者何人？甚矣相思无益，而春心之摇荡，不可不以礼义自裁也。（《李义山诗解》）

姚培谦曰：（首章）极言两人情愫之未易通，开口便将世间所谓幽期密约之丑尽情扫去，其来也固空言，其去也已绝踪，当此之时，真是水穷山断。然每到月斜钟动之际，黯然魂销，梦中之别，催成之书，幽忆怨乱，有非胶漆之所能喻者。乃知世间咫尺天涯之苦，正在此时。遥想翡翠灯笼，芙蓉帏幙，所谓"其室则迩，其人甚远"，纵复沥血刳肠，谁知我耶？（次章）极言相忆之苦，首句暗用巫云事，思之专而恍若有见也。次句暗用古诗"雷隐隐，动妾心"语，思之专而恍若有闻也。计此时，金蟾啮锁，非侍女烧香莫入；玉虎牵丝，或侍儿汲井时回，惆怅终无益耳。于是春心一发，妄想横生，念贾氏之窥帘，或者怜我之少；如宓妃之留枕，或者怜我之才。要之念念相续，念念成灰，毕竟何益！至此则心尽气绝时矣。（四章）前四句，寓迟暮不遇之叹。"溧阳"二句，以逢时得志者相形。"归来"二句，恐知己之终无其人也。读之此首，前三章之寄托可知。按义山自述云："夙闻妙喻，常在道场。至于南国妖姬，丛台妙妓，虽有涉于篇什，实不接于风流……可使国人尽保展禽，酒肆无疑阮籍。"观此四章，托兴幽深，寄词微婉，方知斯言之非欺我。（《李义山诗集笺注》）

屈复曰：（首章）一相期久别，二此时难堪。三梦犹难别，四幸通音信。五六孤灯微香，咫尺千里。七八远而又远，无可如何矣。（次章）此诗寓意在朋友遇合，言凶终隙末也。一二时景。三四当此时而汲井方回，烧香始入。五六即从三四托下，于是帘窥韩掾，枕留宓妃，须臾之间，不可复得。故七八以春心莫发自解自叹，而情更深矣。（四章）贫家之女，老犹不售；贵家之女，少小已嫁。故展转长叹，无人知者，唯燕子独闻也。（《玉谿生诗意》）

程梦星曰：此四首则已入茂元幕府时感叹之作。第一首起句言来居幕府，曾是何官，已去秘书，竟绝踪迹，次句言幕中供职之勤……七八谓今则君门万里，比之汉武求仙，虽未得至蓬山，犹邀王母之降，若己甫授秘书省，竟未得入，是则较蓬山之远更为过矣。第二首专言幕中，盖作此寂寂之叹……第四章乃归后索居之怨。（《重订李义山诗集笺注》）

冯浩曰：此四章……盖恨令狐绹之不省陈情也。首章首二句谓绹来相见，仅有空言，去则更绝踪矣。令狐为内职，故次句点入朝时也。"梦为远别"，紧接次句，犹下云"隔万重"也。"书被催成，"盖令狐促义山代书而携入朝。文集有《上绚启》（按：指《上兵部相公启》训），可推类也。五六言留宿。蓬山，唐人每以比翰林署，怨恨之至，故言更隔万重也。若误认作艳体，则翡翠被中，芙蓉褥上，既已惠然肯来，岂尚徒托空言而有梦别催书之情事哉？次首二句纪来时也。三句取瓣香之义，四句申汲引之情。五句重在"搉"字，谓己之常为幕官；六句重在"才"字，谓幸以才华，尚未相绝。结则叹终无实惠也。四章又长言叹息之。首言何处告哀，固惟有此地耳。无盐自喻，"溧阳公主"比令狐。末二句重结"归"字，闻长叹者只有梁燕，令狐之不省，言外托出矣。（《玉谿生诗笺注》）

薛雪曰：（四章）意云：永巷樱花，哀弦急管，白日当天，青春将半，老女不售，少女同墙。对此情景，其何以堪！展转不寐，直至五更，梁燕闻之，亦为长叹。此是一副不遇血泪。双手掬出，何尝是艳作！（《一瓢诗话》）

纪昀曰：（次章）起二句妙有远神，不可理解而可以意喻。"魏王"字合是"陈王"，为平仄所牵耳。贾氏窥帘，以韩搉之少；宓妃留枕，以魏王之才。自顾生平，岂复有分及此，故曰"春心莫共花争发，一寸相思一寸灰"，此四句是一提一落也。四首皆寓言也，此作较有蕴味，气体亦不堕卑琐。此四首纯是寓言矣。第一首三四句太纤小，七八句太直而尽……第四首尤浅薄径露。（《玉谿生诗说》）

姜炳璋曰：（首章）（来是句）写梦。（月斜句）梦之时。（梦为二句）梦中之景，点出梦，统贯上下，以清意旨，针线极细。（蜡照二句）二语写梦觉之景。（刘郎二句）落句极沉痛。"蓬山"指朝中显秩。（四章）（何处二句）春意恼人，入耳触目皆闷。（东家二句）喻己之不遇也。（溧阳二句）二句喻后进皆贵显也。（归来二句）望用之情迫矣，而绚何终不省也？观末章云"东家老女嫁不售"，则知义山自况，而非艳辞矣。然予决以为寄令狐绹之作。一章，犹云"梦令狐学士"也。（《选玉谿生诗补说》）

黄叔灿曰：（首章）语极摇曳，思却沉挚。（《唐诗笺注》）

潘德舆曰：自来咏雷电诗，皆壮伟有馀，轻婉不足，未免狰狞可畏。唯陶公"仲春遘时雨，始雷发东隅"，杜审言"日气含残雨，云阴送晚雷"，李义山"飒飒东风细雨来，芙蓉塘外有轻雷"，最耐讽玩。（《养一斋诗话》）

张采田曰：（首章）纪令狐来谒，匆匆竟去之事。"蜡照"二句，去后寂寞景况。结言从前内相位望，已恨悬隔；今则礼绝百寮，真不啻云泥万里矣。次章盼其重来。"金蟾"句瓣香甚切，"玉虎"句汲引无由。后四句言贾氏窥帘，以韩掾之少；宓妃留枕，以魏王之才，我岂有此哉！相思寸灰，深叹思之无益也。四章纪归来展转思忆之情……老女不售，自喻；溧阳公主，比令狐……末二句则极写独自无聊耳。（《玉谿生年谱会笺》）

黄侃曰：（首章）"啼难唤"者，言悲思之深；"墨未浓"者，言草书之促；五六句指所忆之地言。（次章）古诗"雷隐隐，感妾心。侧耳倾听非车音"。第二句略用其意，以兴三四句，言所忆者之自外独归也。五六句以下，则禁约闲情之词。言情事与韩寿、曹植既殊，则徒思无益者也。"东风细雨"，所以兴起"轻雷"，且"轻雷"又非真雷，乃以拟车声也。三四句亦所以足第二句之意，言其自外独归而已，非必真有"烧香""汲井"之事也。诗乃有所求于人而人不见谅之词也。（《李义山诗偶评》）

汪辟疆曰：原编共四首……盖编者取其用意从同，故统括以《无题》耳，当非一时所作也……首章前四句写梦中，后四句写梦觉，来去既不常，故言曰空言，踪曰绝踪，已非醒眼时境界，从古诗"既来不须臾，又不处重帏"脱化出也。次句点时地，入梦之时地也。三四梦中之情事，极恍惚迷离之境，决非果有其事。而张、冯二家必泥《上绚书》云令代书《太清宫寄张相公》旧诗，抑何可笑。五六则为梦醒时之景况，故云"半笼"，云"微度"，即为梦醒时在枕上重理梦境之感受。七八则叹蓬山本远而加以梦中障隔，较之醒时之蓬山更远也，此诗变化不拘常格。次章言事已如此，然终似有几希之望而终断之无益也。起二句曰细雨，曰轻雷，喻膏泽之不能大霈。然香炉虽闭，而金蟾可以啮通之；井水虽深，而玉虎可以汲引之。况己与令狐，乖隔虽深，旧情犹在，则援手亦不难也。但所疑虑者，窥帘以韩掾之少，留枕以魏王之才，而我何有哉？转念至此，则寸心灰尽，其无益也可断言之。此二首或为一时之作。（《玉谿诗笺举例》）

鉴赏

《无题四首》，包括七律两首，五律、七古各一首。体裁既杂，各篇之间在内容上也看不出有明显的联系，似乎不一定是同时所作的有统一主题的组诗。

（其一）

　　这首无题写一位男子对远隔天涯的所爱女子的思念。"梦为远别"四字是一篇眼目。全诗就是围绕着"梦"来抒写"远别"之情的。不过它没有按照远别——思念——入梦——梦醒的顺序来写，而是先从梦醒时的情景写起，然后再将梦中和梦后、实境与幻觉糅合在一起抒写，最后才点明蓬山重隔，归结到远别之恨。这样的构思，不只是为了避免艺术上的平直，而且是为了更好地突出爱情阻隔的主题。

　　首句说当初远别时对方曾有重来的期约，结果却徒为"空言"，一去之后便杳无踪影。这句凌空而起，似感突兀。下句宕开写景，更显得若即若离。这要和"梦"联系起来，才能领会它的韵味。经年远别，会合无缘，夜来入梦，忽得相见，一觉醒来，踪迹杳然。但见朦胧斜月空照楼阁，远处传来悠长而凄清的晓钟声。梦醒后的空寂更证实了梦境的虚幻，也更加强了"来是空言去绝踪"的感受。如果说第二句是梦醒后笼罩着一片空虚、孤寂、怅惘的氛围，那么第一句就是处在这种氛围中的抒情主人公一声长长的叹息。

　　颔联出句追溯梦中情景。梦境往往是人们美好愿望的反映，远别的双方"枕上片时春梦中，行尽江南数千里"，得以越过万重蓬山的阻隔而相会；但梦境又毕竟离不开真实的现实，紧接着梦中短暂的欢聚而来的还是难堪的远别和不能自制的哭泣。这样的梦，正反映了远别所造成的深刻心灵伤痛，也强化了刻骨的相思。因此梦醒后不假思索而至的第一个冲动，就是立刻给对方写信。强烈思念之情驱使着抒情主人公奋笔疾书，倾诉积愫，好像连他自己也不知其所以然，处于一种不由自主的状态，这正是所谓的"书被催成"。心情急切，墨未磨浓就写起信来，这在日常生活中并不罕见，如果一般地说墨未浓而草成书信，也未见精彩。但"书被催成墨未浓"却是极真切传神的描写。在急切心情支配下写信的人当时是不会注意到墨的浓淡的，只有在"书被催成"之后，才意外地发现这个事实。这样的细节描写，完全符合主人公当时的心境，很富生活实感。

　　梦醒书成之际，残烛的黯淡余光半照着用金线绣成翡翠鸟图案的帷帐，芙蓉褥上似乎还依稀浮动着麝熏的幽香。颈联对室内环境气氛的描绘渲染，是实境与幻觉的交融，很富有象征暗示色彩。"金翡翠""绣芙蓉"，本来就是往昔美好爱情生活的象征，在朦胧的烛光映照下，更笼罩上了一层如梦似幻的色彩。刚刚消逝的梦境和眼前所见的室内景象在朦胧光影中浑为一片，恍惚中几疑梦境是真实的存在，甚至还仿佛可以闻到飘浮在被褥上的余香——日夜思念的人此刻也许就近在咫尺吧？这自然只是一刹那间产生的幻觉。幻觉一经消失，随之而来的便是室空人杳的空虚怅惘，往事不可复寻的感慨，"金翡翠""绣芙蓉"也就成了离恨的触媒，索寞处境的反衬。

幻梦的彻底消失，使抒情主人公更清醒地意识到会合无缘的现实。末联用刘晨重入天台寻觅仙侣不遇的故事，点醒爱情间阻的主题。细味诗意，似是双方本就阻隔不通，会合良难，后来对方又复远去，会合的希望就更加渺茫了。这两句本来应该是全篇抒情的出发点，现在却成了它的归宿。这是因为，只有通过前六句对远别之恨和相思之苦的反复描绘渲染，后两句集中抒写的天涯阻隔之恨才具有回肠荡气的艺术力量。

末联所点出的情事，是可以成为叙事的题材的；即使写成抒情诗，在别的诗人笔下，也可能含有较多叙事成分。但在这里，生活的原料已经被提炼、升华到只剩下一杯浓郁的感情琼浆，一切具体情事都消溶得几乎不留痕迹。拿李商隐这类纯粹抒情的爱情诗和元、白的叙事成分很浓的爱情诗略作比较，就不难发现它们的显著区别。前者由于过分忽略必要的叙事，可能比较费解，但就其"精纯"的程度而言，却远远超过了元、白那些绘形绘色有时却不免流于艳亵的爱情诗。

（其二）

这首无题写一位深锁幽闺的女子追求爱情而失望的痛苦，是一篇"刻意伤春"之作。

首联描绘环境气氛：飒飒东风，飘来蒙蒙细雨；芙蓉塘外，传来阵阵轻雷。这里，既隐隐传达了生命萌动的春天气息，又带有一些凄迷黯淡的色调，烘托出女主人公正在萌发跃动的春心和难以名状的迷惘苦闷。这种"象外之致"，和诗歌语言的富于暗示性有密切关系。东风细雨，会使人自然联想起"梦雨"的典故和"东风飘兮神灵雨，留灵脩兮憺忘归"（《楚辞·九歌·山鬼》）一类诗句；芙蓉塘即莲塘，在南朝乐府和唐人诗作中，常常代指男女相悦传情之地；"轻雷"则又暗用司马相如《长门赋》："雷殷殷而响起兮，声象君之车音。"这一系列与爱情密切相关的词语，所给予读者的暗示和联想是很丰富的。纪昀说："起二句妙有远神，不可理解而可以意喻。"所谓"远神"，或许正是指这种富于暗示性的诗歌语言所构成的深远的艺术意境，以及可以意会、难以言传的朦胧美。

颔联续写女子居处的幽寂。金蟾是一种蟾状香炉；"锁"指香炉的鼻钮，可以开启放入香料；玉虎，是用玉石装饰的虎状辘轳，"丝"指井索。室内户外，所见者惟闭锁的香炉，汲井的辘轳，正衬托出女子幽居孤寂的情景和长日无聊、深锁春光的惆怅。香炉和辘轳，在诗词中也常和男女欢爱联系在一起。（如南朝乐府《杨叛儿》："欢作沉水香，侬作博山炉。"牛峤《菩萨蛮》："玉炉冰簟鸳鸯锦，粉融香汗流山枕。帘外辘轳声，敛眉含笑惊。"）所以它们同时又是牵动女主人公相思之情的事物，这从两句分别用"香""丝"谐音"相""思"可以明显见出。总之，这一联兼用赋、比，既表现女主人公深闭幽闺的寂寞，又暗示她内心的情丝在时时被牵动。由于务求深隐，读来不免感到晦涩。和上一联对照，可以看出朦胧之与晦涩，虽然貌似，实际上并不相同。

后幅是女主人公的内心独白。颈联出句用贾充女与韩寿的爱情故事。《世说新语》载：晋韩寿貌美，大臣贾充辟他为掾（僚属）。一次充女在帘后窥见韩寿，私相慕悦，遂私通。女以皇帝赐充之西域异香赠寿，被充所发觉，遂以女妻寿。对句用甄后与曹植的爱情故事。《文选·洛神赋》李善注说：魏东阿王曹植曾求娶甄氏为妃，曹操却将她许给曹丕。甄后被谗死后，曹丕将她的遗物玉带金镂枕送给曹植。植离京归国途经洛水，梦见甄后对他说："我本托心君王，其心不遂。此枕是我在家时从嫁，前与五官中郎将（曹丕），今与君王。……"植感其事作《感甄赋》，后明帝改名《洛神赋》（句中"宓妃"即洛神，代指甄后）。由上联的"烧香"引出贾氏窥帘，赠香韩掾；由"牵丝（思）"引出甄后留枕，情思不断，前后幅之间藕断丝连。这两个爱情故事，尽管结局有幸有不幸，但在女主人公的意念中，无论是贾氏窥帘，爱韩寿之少俊，还是甄后情深，慕曹植之才华，都反映出青年女子追求爱情的愿望是无法抑止的。如果把这两句诗翻成女主人公的内心独白，那就是——春心自共花争发。

末联陡转反接，迸发出内心的郁积与悲愤：向往美好爱情的心愿（即所谓"春心"），切莫和春花争荣竞发，因为寸寸相思都化成了灰烬！这是深锁幽闺、渴望爱情的女主人公相思无望的痛苦呼喊。这里有幻灭的悲哀，也有强烈的激愤不平。透过"春心莫共花争发"的诗句，读者实际感受到的却是：春心，永远无法抑止，也不会泯灭！诗中的女主人公，可能是一位幽闺少女，所谓"相思"也并不一定有具体的对象，可能竟是杜丽娘式的相思。唯其如此，就更能反映出有形的无形的封建束缚对青年男女美好爱情的禁锢与摧残，女主人公的痛苦呼喊也就更具典型性。这一联之所以具有震撼人心的艺术力量，除了感情的强烈和富于典型性外，还由于它在艺术上的创造性，以"春心"喻对爱情的向往，是平常的比喻；但把"春心"与"花争发"联系起来，不仅赋予"春心"以美好的形象，而且显示了它的自然合理性。"相思"本是抽象的概念，诗人由香销成灰生发联想，创造出"一寸相思一寸灰"的奇句，化抽象为具象，而且用强烈对照的方式显示了美好事物的被毁灭，使这首诗具有一种动人心弦的悲剧美。

李商隐写得最好的爱情诗，几乎全是写失意的爱情。这和他失意沉沦的身世遭遇不无关系。自身的失意遭遇使他对现实生活中青年男女失意的爱情有特别深切的体验，而当他在诗歌中抒写这种失意的爱情时也就有可能融入自己的某些身世之感。像本篇和前一首，在蓬山远隔、相思成灰的爱情感慨中，是不是也有可能融入仕途间阻、政治上的追求屡遭挫折的感触呢？

（其四）

在李商隐的无题诗中，这首唯一的七古是别具一格的。

开头两句好像只是描写环境，人物并未出场，但景物描写中隐含着人物的感情活动。"哀筝随急管"，不只表现出急管繁弦竞逐的欢快、热烈和喧闹，也透露出听者对音乐的那种撩拨心弦的力量的特殊感受。照一般的写法，这两句似乎应该写成"樱花永巷垂杨岸，哀筝急管相驰逐"，现在却以"何处"发问领起，先写闻乐，再写乐声从樱花盛开的深巷、垂杨飘拂的河边传出，这就生动地表现了听者闻乐神驰、按声循踪的情状。《牡丹亭》中伤春的杜丽娘有两句唱词："良辰美景奈何天，赏心乐事谁家院！"用来解释这两句诗的意蕴，倒是非常恰切的。

三、四两句写"东家老女"婚嫁失时，自伤迟暮。宋玉《登徒子好色赋》说："臣里之美者，莫若臣东家之子（指女子）。"可见东家老女之所以嫁不售，只是由于家境贫寒。这两句的句法也很特别，先推出人物，再拉开一幅丽日当天，春光将暮的图景。不用任何说明，读者自能想见容华绝世而婚嫁失时的东家老女面对这幅图景时那种触目心惊的迟暮之感。冯浩说第四句是"神来奇句"，可能正是感到了它的那种奇妙的比兴作用。

五、六两句掉笔写另一人物。历史上的溧阳公主是梁简文帝的女儿，嫁侯景，为景所宠。这里借用这个名号作为贵家女子的代称。同样是阳春三月，丽日当天，一边是年长难嫁，形单影只；一边却是少年得意，夫妇同游。用对比鲜明的图景，表现了两种不同社会地位的女子完全不同的境遇。

结尾写东家老女归来后的情景。暮春三月、芳华将逝的景色，丝管竞逐、赏心乐事的场面，贵家女子得意美满的生活，益发触动她的身世孤子之感，增添内心的苦闷与哀怨。"卧后清宵细细长"，在寂寥的长夜中，该有多少痛苦的回忆、焦急的思虑和无法掌握自己命运的感慨！这一心理过程，都只用"展转到五更"一语轻轻带过，用笔极简。末句以不解人的感情的梁燕犹"闻长叹"，反衬东家老女的痛苦心情却无人理解与同情，侧面虚点，倍觉隽永而有余味。

以美女的无媒难嫁，朱颜的见薄于时，寓才士不遇的感慨，屡见于历代诗家的篇什。这首无题从内容到写法，都很容易使我们联想起曹植的《美女篇》《杂诗》（南国有佳人）以及其他一些比兴寓言体作品。不妨再看一下诗人的《戏题枢言草阁三十二韵》中一段寓意明显的描写：

> 榆荚乱不整，杨花飞相随。
>
> 上有白日照，下有东风吹。
>
> 青楼有美人，颜色如玫瑰。
>
> 歌声入青云，所痛无良媒。
>
> 少年苦不久，顾慕良难哉！

这段文字，脱胎于曹植的《美女篇》，显系托寓政治上的不遇。"无良媒"的"美人"和这首《无题》中"嫁不售"的"东家老女"，不正是同一类型的虚拟假托人物吗？所不同的，只是这首无题中设置了一个对衬的"溧阳公主"，在鲜明的对比中更加突出寒士的落拓不遇和贵显子弟的仕宦得意而已。清薛雪评说这首无题诗说："此是一副不遇血泪。双手掬出，何尝是艳作！"（《一瓢诗话》）可谓知言。

李商隐的无题，以七律为主要形式。这类无题，以抒情的深细婉曲，意境的含蓄朦胧为主要特色，多取抒情主人公内心独白的表达方式，很少叙写事件、人物和客观生活场景。这首七古无题却不主抒情，不作心理刻画，以第三人称的表达方式，描写出一幕有人物、有事件的生活场景，诗的旨意就寓含在生活场景之中。语言也明朗通俗，富于民歌风味，与七律无题那种华美而富于象征暗示色彩的语言显然有别。

王十二兄与畏之员外相访见招
小饮时予以悼亡日近不去因寄〔一〕

谢傅门庭旧末行〔二〕，今朝歌管属檀郎〔三〕。

更无人处帘垂地，欲拂尘时簟竟床〔四〕。

嵇氏幼男犹可悯〔五〕，左家娇女岂能忘〔六〕！

秋霖腹疾俱难遣〔七〕，万里西风夜正长。

李商隐

（校）注

〔一〕王十二，王茂元之子，商隐内兄。十二是其行第。畏之，李商隐的连襟韩瞻的字，时任尚书省某部员外郎。大中五年（851）秋，王、韩往访商隐，邀其前往小饮。商隐因妻子王氏亡故未久，心情悲痛，未曾应邀。事后写作此诗寄给王、韩。

〔二〕谢傅，指谢安，死后追赠太傅。此以"谢傅"借指王茂元。《世说新语·贤媛》：谢夫人（道韫，谢安侄女）曰："一门叔父，则有阿大、中郎，群从兄弟则有封、胡、遏、末，不意天壤之中尚有王郎（指其夫王凝之)!"门庭旧末行，谦称自己在茂元门下诸子婿中，忝居行列之末。商隐所娶系茂元幼女，故云。

〔三〕檀郎，晋潘岳小字檀奴，后人或称之为檀郎。唐人惯称夫婿为檀郎，此借指韩瞻。

〔四〕潘岳《悼亡诗》："展转眄枕席，长簟竟床空。床空委清尘，室虚来悲风。"这一联化用潘岳诗意及诗语。簟，竹席；竟，满。簟竟床，即《房中曲》"玉簟失柔肤"之意，谓席在人亡。

〔五〕嵇氏幼男，指嵇康之子嵇绍，绍幼年丧母。此借指自己的儿子衮师。嵇康《与山巨源绝交书》："女年十三，男年八岁，未及成人，况复多疾。"

〔六〕左家娇女，指左思之女。此处借指自己的女儿，即《骄儿诗》中与衮师一起玩耍的"阿姊"。左思《娇女诗》："吾家有娇女，皎皎颇白皙。"

〔七〕秋，《全唐诗》校："一作愁。"秋霖，秋天下个不停的苦雨。腹疾，本指因淫雨引起的腹泻，这里泛指内心隐痛。《左传·昭公元年》："雨淫腹疾。"

（笺）（评）

金圣叹曰：先生与畏之同为王茂元婿，此王十二兄，想即茂元之子，故得以闺房之至悲，尽情相告也。一二言己昔日先忝门下……乃身今有故，不忍便过，遂让畏之独叨此宴也。三四承写今朝所以不忍便过之故，最是幽艳凄惋，虽在笔墨，亦有貌不瘁而神伤之叹也。前解写悼亡，此解悼亡中即有无数不堪之事也。方如幼男啼乳，娇女寻娘，秋霖彻宵，腹悲成疾。略举四隅，俱是难遣，则有何理又来欢聚乎？"夜正长"者，自诉今夜决不得睡，犹言十二兄与畏之共听歌管之时，正我一人独听西风之时。加"万里"字，并西风怒号之声皆写出来也。（《贯华堂选批唐才子诗》）

钱良择曰：平平写去，凄断欲绝，唐以后无此风格矣。（冯浩《玉谿生诗笺注》引）按：《李义山诗集辑评》作朱彝尊批语，末句作"此种风格，唐以后人不能及"。

张谦宜曰："更无人处帘垂地，欲拂尘时簟竟床。"乍看只似平常，深思方可伤悼。盖"帘垂地"，房门锁闭可知；"簟竟床"，衾裯收卷可想。悼亡作如此语，真乃血泪如珠。（《𦆑斋诗谈》）

何焯曰："更无"二句：指悼亡。"嵇氏"二句：儿女满前，身兼内外之事，欲片时宴饮亦复不可。然则此怀岂能遣也！"万里"句："西风"加"万里"，"夜长"加"正"字，皆极写鳏鳏不寐之情。（《义门读书记》）

胡以梅曰：指挥如意，用事措词不同，妙处在意在言外，所以松灵。而五六正用悼亡诗内事尤妙。（《唐诗贯珠串释》）

赵臣瑗曰：尝读元微之《遣悲怀》云："惟将终夜长开眼，报答平生未展眉。"以为镂心刻骨之言，不啻血泪淋漓，然却不如先生此作，始终相称，凄惋之中复饶幽艳也。（《山满楼笺注唐诗七言律》）

屈复曰：起二句写王兄招饮。下二句皆写悼亡日近，此做题详略之法。（《玉谿生诗意》）

王鸣盛曰：声情哀楚，而一归于正，圣人不能删也。（《玉谿生诗笺注》初刊本王氏手批）

宣宗大中五年（851）春夏之交，李商隐的妻子王氏病故。多年来在政治上饱受排挤压抑的诗人，现在又失去了在忧患中相濡以沫的伴侣，精神上遭到极大打击。这年秋天，商隐的内兄王十二（十二是排行）和连襟韩瞻（字畏之，时任尚书省某部员外郎）往访商隐，邀他前往王家小饮。诗人因王氏亡故未久，心绪不好，没有应邀。过后写了这首诗寄给王、韩二人，抒写深切的悼亡之情，说明未能应约的原因。

"谢傅门庭旧末行，今朝歌管属檀郎。"谢傅，即谢安，死后追赠为太傅。这里借指岳丈王茂元。晋潘岳小字檀奴，后人或称之为檀郎，唐人多用以指女婿。这里借指韩瞻。两句是说，过去我在王家门庭之中，曾忝居诸子婿行列之末，参与过家庭的宴会，而今天的歌吹宴饮之乐，却只能属于韩瞻了。李商隐娶的是王茂元的幼女，故谦称"末行"。不过他最得茂元的赏爱。如果说"旧末行"的身份所引起的是对往昔翁婿夫妇间家庭温馨气氛怅然若失的怀想，那么，"今朝歌管"所带给诗人的就只有无边的孤孑与凄凉了。"歌管属檀郎"，"属"字惨然。在诗人的感觉中，自己与家庭宴饮之乐已经永远绝缘了。

"更无人处帘垂地，欲拂尘时簟竟床。"颔联顶上"歌管属檀郎"，掉笔正面抒写悼亡。对句化用潘岳《悼亡诗》"展转眄枕席，长簟竟床空；床空委清尘，室虚来悲风"句意。两句以重帘垂地、长簟竟床和清尘委积来渲染室空人亡、睹物思人。这原是悼亡诗中常用的手法和常有的意境，但此处却不给人以蹈袭故常之感，而是在似曾相识中别具新意与深情，写得极富神韵。它的奥妙大概就在"更无人处"与"帘垂地"、"欲拂尘时"与"簟竟床"之间各有一个短暂的停顿。正是这两个停顿，显出了顿挫曲折的情致，构成了特有的韵味。诗人在恍惚中，似乎感到妻子还在室内，不觉寻寻觅觅，下意识地到处搜寻那熟悉的身影，结果却发现已是人迹消逝的空房，不禁发出"更无人处"的悲伤叹息。正在这时，眼光无意中落到悄然垂地的重帘上，这才恍然若有所悟，怅然若有所失。看到床上积满了灰尘，不免习惯地过去拂拭，但定睛一看，这竟是一张除了铺满的长席之外别无所有的空床！这后一个停顿，不但突出了诗人目击长簟竟床时的那种神惊心折之感，而且极为微妙地表现了诗人面对空床委尘而不忍拂拭的心理状态，似乎那会拂去对亡妻辛酸而亲切的记忆。句首的"欲"字，正传出这种欲拂而未能的意态。由于在平易中寓有细微曲折，传出恍惚怅惘之态，这两句诗便显得特别隽永有味。比较起来，潘岳原诗不免显得意直而词费了。

"嵇氏幼男犹可悯，左家娇女岂能忘！"颈联续写幼女稚子深堪悯念，是对悼亡之情的深一层抒写。嵇康之子嵇绍，十岁而丧母；左思曾为他的女儿作《娇女诗》，有"左家有娇女，皎皎颇白皙"之句。这里分别以"嵇氏幼男""左家娇女"借指自己的幼子衮师和女儿。"犹可悯"与"岂能忘"，互文兼指，不主一方。失去母亲怜爱的孩子是可怜的，自己孑然一身，在寂寞凄凉中稍感慰藉的，也只有幼男娇女，身在幽冥的妻子，想必更加系念留在人间的幼男娇女，经受着幽显隔绝无缘重见的痛苦，两句又好像是对幽冥中的妻子所作的郑重表白和深情安慰。怜念子女、自伤孤子、悼念亡妻，这几方面的感情内容都不露痕迹地包蕴在这看来有些近乎"合掌"的诗句中了。

"秋霖腹疾俱难遣，万里西风夜正长。"末联情景相生，在秋雨西风、漫漫长夜的背景下进一步抒写因悼念亡妻而触发的深长而复杂的内心痛苦。秋霖，指秋天连绵不断的苦雨。腹疾，语本《左传·昭公元年》"雨淫腹疾"，原指因淫雨而引起的腹泻，这里借指内心的隐痛。李商隐一生的悲剧遭遇和他的婚姻密切相关。由于他娶了王茂元的女儿，遭到朋党势力的忌恨，从此在仕途上一再受到排抑。这种遭遇使得诗人的婚姻家庭关系长久地笼罩着一层悲剧的阴影，造成他心灵上深刻的创伤和无法解脱的痛苦。如今王氏虽已去世，早已种下的悲剧仍在继续。绵绵秋雨，万里西风，茫茫长夜，包围着他的是无边无际、无穷无尽的凄冷和黑暗，内心的痛苦也和这绵延不绝的秋雨一样无法排遣，和这茫茫长夜一样未有穷期。"西风"而说"万里"，"夜"而说"正长"，都写出了在黑暗的夜晚，外界环境作用于诗人的听觉、感觉所引起的感受。由于在悼亡中织入了对时代环境和畸零身世的感受，这首悼亡诗的内涵就比一般的同类作品要丰富复杂，而它那种意余言外的特点也就显得分外突出了。钱良择评这首诗说："平平写去，凄断欲绝。"颇能道出其平易而富感情含蕴的特点。

无　题

相见时难别亦难〔一〕，东风无力百花残。
春蚕到死丝方尽〔二〕，蜡炬成灰泪始干〔三〕。

晓镜但愁云鬓改〔四〕，夜吟应觉月光寒。

蓬山此去无多路〔五〕，青鸟殷勤为探看〔六〕。

校注

〔一〕曹丕《燕歌行》："别日何易会日难。"曹植《当来日大难》："今日同堂，出门异乡。别易会难，各尽杯觞。"此化用其语而别出己意。

〔二〕南朝乐府《西曲歌·作蚕丝》："春蚕不应老，昼夜常怀丝。何惜微躯尽，缠绵自有时。"丝，谐"思"。

〔三〕蜡炬，指蜡烛的烛芯。成灰，指烛芯烧尽成灰烬。泪，指蜡烛燃烧时流溢如泪的油脂。庾信《对烛赋》："腊花长递泪。"杜牧《赠别》："蜡烛有心还惜别，替人垂泪到天明。"

〔四〕晓镜，晨起对镜。"镜"字作动词用，与下句"吟"字对文。云鬓，形容年轻女子如云般浓密乌黑的鬓发。

〔五〕蓬山，传说中海中的神山，此借指所思女子居处。

〔六〕青鸟，神话传说中为神仙西王母传递消息的仙鸟，此借指信使。探看（平声），试看。

笺评

葛立方曰：仲长统云："垂露成帏，张霄成幄，沆瀣当餐，九阳代烛。"盖取无情之物作有情用也。自后窃取其意者甚多……李义山《无题》云："春蚕到死丝方尽，蜡烛成灰泪始干。"此又是一格。今效此体为俚语小词，传于世者甚多，不足道也。（《韵语阳秋》）

谢榛曰：李义山曰："春蚕到死丝方尽，蜡炬成灰泪始干。"措辞流丽，酷似六朝。（《四溟诗话》）

冯舒曰：第二句毕世接不出。次联犹之"彩凤""灵犀"之句，入妙未入神。（《二冯评阅瀛奎律髓》）

冯班曰：妙在首连，三四亦杨、刘语耳。（同上）

吴乔曰："东风"比绚，百花自比……无多路、为探看，侯门如海，事不可知。亦屡启陈情事也。又曰"相见时难"……怨矣，而未绝望。

2781

陆次云曰：诗中比意从汉魏乐府中得来，遂为无题诸篇之冠。（《五朝诗善鸣集》）

查慎行曰：三四摹写"别亦难"，是何等风韵。（《初白庵诗评》）

何焯曰：（次句）言光阴难驻，我生行休也。（《义门读书记》）又曰：东风无力，上无明主也；百花残，已且老至也。落句其屈子远游之思乎？末路不作绝望语，愈悲。（《李义山诗集辑评》引）

胡以梅曰：此首玩通章亦圭角太露，则词藻反为皮肤，而神髓另在内意矣。若竟作艳情解，近于露张，非法之善也。细测其旨，盖有求于当路而不得耶？首言难得见，易得别，别后不得再见，所以别亦难耳。次句措辞媚极，百花残，花事已过也。丝，思也，三四谓心不能已。五恐失时，六见寂寥。结则欲托信再探之。青鸟王母之使，殆当路之用人欤？蓬山无多路，故知其非九重，而为当路。（《唐诗贯珠串释》）

赵臣瑗曰：泛读首句，疑是未别时语，及玩通首，皆是别后追思语。乃知此句是倒文，言往常别时每每不易分手者，只缘相见之实难也。接句尤奇，若曰当斯时也，风亦为我兴尽不敢复颠，花亦为我神伤不敢复艳，情之所钟至于如此。三四承之，言我其如春蚕耶，一日未死，一日之丝不能断也；我其如蜡烛耶，一刻未灰，一刻之泪不能制也。呜呼！言情至此，真可以惊天地而泣鬼神。《玉台》《香奁》其犹粪土哉！下半不过是补写其起之早，眠之迟，念兹释兹，不遑假寐。然人既不可得而近，信岂不可得而通耶？青鸟一结，自不可少。又曰：（春蚕二句）镂心刻骨之言。（《山满楼笺注唐诗七言律》）

徐德泓曰：此诗应是释褐后，外调弘农尉而作。纯乎比体。首句，喻登进之难而去亦难。"东风"句，承"别"字来。风为花之主，犹君为臣之主，今曰"无力"，已失所倚庇，而不得不离矣。然此情不死，故接以"春蚕"两句。五六，又愁去后君老而寂寥也。末言使人探问，见情总难忘也。弘农离京不远，故曰"无多路"。惓惓到底，风人绪音。（《李义山诗疏》）

陆鸣皋曰：宋仁宗见东坡《水调歌头》词云："我欲乘风归去，又恐琼楼玉宇，高处不胜寒。"叹曰："苏轼终是爱君。"解此，可以得是诗之妙矣。（同上）

陆昆曾曰：此作者以诗代竿牍也，八句中真是千回万转。"晓镜""镜"

字，作活字看，方对"吟"字有情。（《李义山诗解》）

姚培谦曰：人情易合者必易离，唯相见难，则别亦难，情人之不同薄幸也。"东风"句，极摹消魂之意，然不但此际之消魂，春蚕蜡炬，到死成灰，此情终不可断。中联，镜中愁鬓，月下怜寒，又言但须善保容颜，不患相逢无日。虽蓬山万里，呼吸可通，但不知谁为青鸟，能为我一达殷勤耳。此等诗，似寄情男女，而世间君臣朋友之间，若无此意，便泛泛然与陌路相似，此非粗心人所知。（《李义山诗集笺注》）

屈复曰：三四进一步法。结用转笔有力。（《玉谿生诗意》）

程梦星曰：此诗似邂逅有力者，望其援引入朝，故不便明言而属之无题也。起句言缱绻多情。次句言流光易去。三四言心情难已于仕进。五六言颜状亦觉其可怜。七八望其为王母青禽，庶得入蓬山之路也。（《重订李义山诗集笺注》）

冯浩曰：首言相晤为难，光阴易过。次言己之愁思，毕生以之，终不忍绝。五言唯愁岁不我与，六谓长此孤冷之态。末句则谓未审其意旨究何如也。（《玉谿生诗笺注》）

纪昀曰：感遇之作易为激语，此云"蓬山此去无多路，青鸟殷勤为探看"，不为绝望之词，固诗人忠厚之旨也。但三四太纤近鄙，不足存耳。（《玉谿生诗说》）

姜炳璋曰：此亦寄绹之作，"东风"指绹，言绹不为主持，而王、郑之交好皆凋落殆尽也。然则予非他人之比也，一息尚存，功名之志不能少懈。所虑年华易老，不堪蹉跎，世态炎凉，甚难消受。蓬山在望，青鸟为予探之，其果有援手之时乎？通体大意如此。（《选玉谿生诗补说》）

黄叔灿曰：首句七字屈曲，唯其相见难，故别更难。（《唐诗笺注》）

孙洙曰：一息尚存，志不少懈。可以言情，可以喻道。（《唐诗三百首》）

张采田曰：此徐府初罢，寓意子直之作。"春蚕"二句，即谚所谓"不到黄河心不死"之意。结言此去京师，誓探其意旨之所向也。确系是时作，观起结自悟。（《玉谿生年谱会笺》）

黄侃曰：次句言无计相怜，任其憔悴；三四句自叙。五六句斥所怀者。七八则"无由见颜色，还自托微波"意。（《李义山诗偶评》）

汪辟疆曰：此当为大中五年徐府初罢寓意子直之诗也。欲绝而不忍遽绝，中怀悲苦，故以掩抑之词出之，然诗意固显然也。起句言相见既难，

2783

即决绝亦不易。此"别"字，非离别之别，乃决别之别。次句言绚既无意嘘植，而己则必就沦落。东风指绚，百花指己……三四极言己心不死……五句即诗人"维忧用老"之意。六句即极言孤独无偶。然犹对绚有几希之望，不能不藉青鸟之探看也……史所谓屡启陈情，此当其时所作。词苦而意婉。百诵不厌。（《玉谿诗笺举例》）

元好问用"精纯"二字赞义山诗，这首《无题》可以说是最能体现"精纯"特征的"刻意伤春复伤别"之作。就此诗而言，"精"即精练含蓄，"纯"即纯情化、纯诗化，纯粹抒情，不涉叙事。

起联点染暮春伤别。"别易会难"是古人常语，也是古人普泛的人生体验，诗人却别有会心，常语翻新，推进一层，说相爱的双方相见固然困难，离别也同样令人难以为怀。起句叠用两"难"字，义却有别。上"难"指困难、艰难，下"难"指难堪。"相见"既可指别后重会，也可指别前相见，不加说明，任人自领，也不妨理解为兼包别前、别后。无论是指哪一种情况，"相见"之"难"都使得"别"之"难"更加突出。本意在强调离别之难堪，却从"相见时难"着笔，这就延伸了时间内涵，暗示了眼前这场难堪的离别之前或之后的种种已经发生的或想象中的情事。它把双方历经种种磨难曲折的爱情悲剧经历全部隐入幕后，也把别后相见的渺茫无期寓于言外。劈头一句突如其来的"相见时难别亦难"，就像抒情主人公一声沉重的心灵叹息，什么具体的事也没有说，也可以说什么事（过去、现在、将来）都融化在里面了。只此一句，便鲜明地体现出对人生经历的深刻体验和高度概括所形成的精练含蓄，以及纯情化、纯诗化的特征。

次句紧承"别"字，展现出离别之际东风无力、百花凋残的暮春景象。如果说上句是"点"，则下句是以景语作"染"。但又和一般的渲染不同，具有融写实与象征为一体的特点，能引发读者多方面的联想。它既像是为这场难堪的离别提供一幅黯然销魂的背景，又像是双方难以禁受的心灵创痛的外化和触景伤怀、发自内心的长叹，更像是以春尽花阑象征着青春和爱情的消逝和一个更大范围的悲剧性环境。诗人未必有意运用象征手法，读者却可从这幅典型的图景中品味出丰富的象征意蕴。冯舒说"第二句毕世接不出"，正透露出他从第二句的似接非接中领悟到的丰富象外之意。或以为义山无题诸诗各句次序可解构重组，并不固定。在他诗或然如此，就此诗一、二句而言，如一倒过来，则情味全失。

次联从自己方面着笔，写别后悠长不已的思念和终身不已的痛苦。这一联将比喻与象征融为一体。吐丝的春蚕和流泪的蜡烛都是喻义显明的比喻——怀着相思和别恨的抒情主人公。但绵绵不绝、至死方尽的蚕丝，又是悠长不绝、至死不渝的相思之情的象征，在无望的情况下仍然执着追求的精神的象征；燃成灰烬才停止流溢的蜡泪，又是绵绵不绝的别恨与痛苦的象征、殉情精神的象征。由于象征与比喻融为一体，不但使象征含意毫不晦涩，而且使读者浑然不觉其为象征。特别是"到死丝方尽""成灰泪始干"的着意强调，更使全联的意蕴愈加丰富深刻。"到死"、"成灰"、丝尽、泪干，充满了悲剧情调，甚至带有悲观绝望的色彩，但正是在这种仿佛是绝望的悲哀痛苦中透露出感情的坚韧执着，既悲观又坚定，既痛苦又缠绵。明知思念之徒劳与追求之无望，却仍然要作无穷无尽的无望追求；明知思念与追求只能使自己终生与痛苦为伴，但却心甘情愿背负终生的痛苦去作无望的追求。将殉情主义精神表现得如此沉挚深至，富于悲剧美，在诗歌史上亦不多见。

腹联转从对方着笔，设想对方别后的处境和心情：晨起揽镜，唯忧青春容颜之消逝；凉夜吟诗，当感月光之凄寒。不说自己如何想念对方，而是设身处地想象对方的行为心境，情尤深至。"但愁""应觉"，于拟想中见细意体贴、关怀备至之情，"寒"字兼透对方处境之孤孑与心境之悲凉。上联沉挚深至，这一联转为委婉舒缓，感情、语调亦张弛有致。

尾联借青鸟传书的神话传说，故为宽解之词，说对方与自己虽如仙凡之相隔，但借青鸟传书，或可抵达对方所居之蓬山仙境，不妨试为探望致意，于无望中仍存一通消息的希望。何焯说："末路不作绝望语，愈悲。"纪昀说："七八不作绝望语，诗人忠厚之道。"语异而意实相通，可以合参。

全篇写别恨相思，虽纯粹抒情，不涉叙事，而感情的发展脉络清晰，转接自然，没有作者有的无题诗那种跳跃过大，比较晦涩的缺点。无论思想内容和艺术形式，都更为精纯。作为爱情诗，已经舍弃生活本身的大量杂质，提纯、升华为艺术的结晶。后代学者或据这种高度提纯了的无题诗去考索作者的恋爱事迹，试图将艺术还原为生活，不知作者早已舍粗而取精了。

唯其精纯深至，不涉具体情事，它也就有可能自然而然地渗透融合诗人的某种更广泛的人生体验感受，如政治上追求失意的苦闷和虽失意而不能自已的心理。姚培谦说："此等诗，似寄情男女，而世间君臣朋友之间，若无此意，便泛泛然与陌路相似，此非粗心人所知。"不说它必有寄托，而说意可相遇，亦可作读此类诗一法。

端　居〔一〕

远书归梦两悠悠〔二〕，只有空床敌素秋〔三〕。
阶下青苔与红树，雨中寥落月中愁〔四〕。

校注

〔一〕端居，平居。本篇是客中闲居思家之作，可能作于大中元年（847）秋居桂幕时。

〔二〕悠悠，遥远、久长。

〔三〕《初学记》卷三引梁元帝《纂要》："秋曰白藏，亦曰……素秋、素商、高商。"据古代五行说，秋季色尚白，故称"素秋"。

〔四〕寥落，冷落、冷清。

笺评

屈复曰：书、梦俱无，正唤"只有""空""敌"等字。对"青苔""红树"皆愁，正结上"空床敌素秋"耳。（《玉谿生诗意》）

杨守智曰："敌"字险而稳。（《玉谿生诗笺注》引）

冯浩曰：客中忆家，非悼亡也。（《玉谿生诗笺注》）

纪昀曰："敌"字自是险而稳。然单标此等以论诗，不知引出几许魔障矣。（《玉谿生诗说》）

鉴赏

这是作者滞留异乡，思念妻子之作。题目"端居"，即平常居处、闲居之意。

诗人远别家乡和亲人，时间已经很久。妻子从远方的来信，是客居异乡寂寞生活的慰藉，但已很久没有见到它的踪影了。在这寂寥的清秋之夜，得不到家人音书的空廓虚无之感变得如此强烈，为寂寞所咬啮的灵魂便自然而然地想从"归梦"中寻求慰藉。即使是短暂的梦中相聚，也总可稍慰相思。但"路遥归梦难成"（李煜《清平乐》），一觉醒来，竟是悠悠相别经年，魂魄未曾入梦。"远书归梦两悠悠"，正是诗人在盼远书而不至、觅归梦而不成的情况下，从心灵深处发出的一声长长的叹息。"悠悠"二字，既形象地显示出远书、归梦的杳邈难期，也传神地表现出希望两皆落空时怅然若失的意态。而双方山川阻隔，别后经年的时间、空间远隔，也隐见于言外。

次句写中宵醒后寂寥凄寒的感受。素秋，是秋天的代称。但它的暗示色彩却相当丰富。它使人联想起洁白清冷的秋霜、皎洁凄寒的秋月、明澈寒冽的秋水，联想起一切散发着萧瑟清寒气息的秋天景物。对于一个寂处异乡、"远书归梦两悠悠"的客子来说，这凄寒的"素秋"便不仅仅是引动愁绪的一种触媒，而且是对毫无慰藉的心灵一种不堪忍受的重压。然而，诗人可以用来和它对"敌"的却"只有空床"而已。清代冯浩《玉谿生诗笺注》引杨守智说："'敌'字险而稳。"这评语很精到。这里本可用一个比较平稳而浑成的"对"字。但"对"只表现"空床"与"素秋"默默相对的寂寥清冷之状，偏于客观描绘。而"敌"则除了含有"对"的意思之外，还兼传出空床独寝的人无法承受"素秋"的清寥凄寒意境，而又不得不承受的那种难以言状的心灵深处的凄怆，那种凄神寒骨的感受，更偏于主观精神状态的刻画。试比较李煜"罗衾不耐五更寒"（《浪淘沙》），便可发现这里的"敌"字虽然下得较硬较险，初读似感刻露，但细味则感到它在抒写客观环境所给予人的主观感受方面，比"不耐"要深细、隽永得多，而且它本身又是准确而妥帖的。这就和离开整体意境专以雕琢字句为能事者有别。

三、四两句从室内的"空床"移向室外的"青苔""红树"。但并不是客观地描绘，而是移情入景，使客观景物对象化，带上浓厚的主观色彩。寂居异乡，平日很少有人来往，阶前长满了青苔，更显出寓所的冷寂。红树，则正是暮秋特有的景象。青苔、红树，色调本来是比较明丽的，但由于是在夜间，在迷蒙雨色、朦胧夜月的笼罩下，色调便不免显得黯淡模糊。在满怀愁绪的诗人眼里，这"阶下青苔与红树"似乎也在默默相对中呈现出一种无言的愁绪和清冷寥落的意态。这两句中"青苔"与"红树"，"雨中"与"月中"，"寥落"与"愁"，都是互文错举。"雨中"与"月中"，似乎不大可能

2787

是同一夜间出现的景象。但当诗人面对其中的一幅图景时（假定是月夕），自不妨同时在心中浮现先前经历过的另一幅图景（雨夕）。这样把眼前的实景和记忆中的景色交织在一起，无形中将时间的内涵扩展延伸了，暗示出像这样地中宵不寐，思念远人已非一夕。同时，这三组词两两互文错举，后两组又句中自对，更使诗句具有一种回环流动的美。如果联系一开头的"远书""归梦"来体味，那么这"雨中寥落月中愁"的青苔、红树，似乎还可以让读者联想起相互远隔的双方"各在天一涯"默默相思的情景。风雨之夕，月明之夜，胸怀愁绪而寥落之情难以排遣者，又岂止是作客他乡的诗人一身呢？

齐宫词〔一〕

永寿兵来夜不扃〔二〕，金莲无复印中庭〔三〕。
梁台歌管三更罢〔四〕，犹自风摇九子铃〔五〕。

校注

〔一〕诗咏南齐东昏侯萧宝卷荒淫亡国事及由此引发的感慨。张采田《玉谿生年谱会笺》系此诗于大中十一年（857）任盐铁推官游江东时。

〔二〕永寿，南齐宫殿名。扃（jiōng），闭锁。据《南史》及《南齐书·东昏侯本纪》记载，齐东昏侯萧宝卷起芳乐、芳德、仙华、含德等殿，又别为宠妃潘妃起神仙、永寿、玉寿三殿。四周用黄金、璧玉作饰。永元三年（501），雍州刺史萧衍（即后来的梁武帝）率兵攻入京城建康（今南京市）。齐叛臣王珍国、张稷作内应，夜开云龙门，引兵入宫。当晚东昏侯正在含德殿吹笙作乐，卧未熟，兵至，被直后张齐斩首，送萧衍。

〔三〕《南史·齐废帝东昏侯本纪》载："又凿金为莲华以贴地，令潘妃行其上，曰：'此步步生莲华也。'"此句谓东昏侯身死国亡，宫殿的中庭再也见不到潘妃步步生莲的舞姿了。

〔四〕梁台，即梁宫（亦即原先的齐宫，不过宫殿易主而已）。晋、宋以后，称朝廷禁省为台，称禁城为台城，见《容斋随笔》。

〔五〕九子铃，一种用金、玉等材料制成的挂在宫殿、寺塔四角的檐铃。

2788

《南史·齐废帝东昏侯纪》载："庄严寺有九子铃，外国寺佛面有光相，禅灵寺塔诸宝珥，皆剥取以施潘妃殿饰。"

笺评

冯班曰：咏史俱妙在不议论。（《玉谿生诗笺注》引）

贺裳云：义山咏史，多好讥刺，如"梁台歌管三更罢，犹自风摇九子铃""晋阳已陷休回顾，更请君王猎一围""如何一梦高唐雨，从此无心入武关"。然论前代之事，则足以备讽戒，昭代则不可，不曰"定、哀之际多微词"乎？（《载酒园诗话》）

姚培谦曰：荆棘铜驼，妙在从热闹中写出。（《李义山诗集笺注》）

屈复曰：不见金莲之迹，犹闻玉铃之音；不闻于梁台歌管之时，而在既罢之后。荒淫亡国，安能一一写尽，只就微物点出，令人思而得之。（《玉谿生诗意》）

沈德潜曰：此篇不着议论，"可怜夜半虚前席"竟着议论，异体而各极其致。（《唐诗别裁》）

徐逢源曰：伤敬宗也。借古为言，四句中事皆备具。（《玉谿生诗笺注》引）

冯浩曰：《南史》言东昏侯常以五更就卧，至晡乃起。无会之日，百僚陪坐，皆僵仆菜色。每出游还宫，常至三更，被害时年十九。与敬宗诸事相合，故借伤也。徐说似矣。然何以兵来永寿，不云含德？所用金莲、九子铃，皆专咏潘妃，岂致叹于敬宗宫嫔，如所云"新得佳人"者乎？此意一无可征，疑其别有寄慨矣。（《玉谿生诗笺注》）

纪昀曰：意只寻常，妙从小物寄慨，倍觉唱叹有情。（《李义山诗集辑评》引）

芥舟曰：胜《北齐二首》。（《玉谿生诗说》）

姜炳璋曰：三四，歌管已属梁宫，而九子铃犹在，潘妃得而有之乎？盖恶齐宫之词。按：前五代惟梁不闻荒淫。武帝贵妃以下，衣不曳地；简文、孝元，救死不暇。此云"三更歌管"，顺势成文，非实事矣。（《选玉谿生诗补说》）

张采田曰：游江东时咏古之作，别无寓意，深解者失之。（《玉谿生年谱会笺》）

　　俞陛云曰：人去台空，风铃自语，不着议论，洵哀思之音也。（《诗境浅说》续编）

　　刘永济曰：三句言兵入永寿殿而笙歌罢，此时庄严寺之九子铃犹自因风而摇。以铃声与笙歌对比，即从热闹中写其衰亡也。（《唐人绝句精华》）

 鉴赏

　　一位大诗人，往往具有多副笔墨、多种风格。即使是同一体裁、同类性质的作品，也很少艺术上的雷同重复。这首《齐宫词》，和李商隐的其他一些七绝咏史之作一样，也具有立意深刻、构思精妙、含蓄蕴藉、富于情韵等特点，但它们又显然各有机杼，自具面目。这种同中有异，异中有同，在多样化中显示出统一性的情况，正是一个作家艺术上高度成熟的一种标志。

　　这首诗题为"齐宫词"，实际上所咏内容包括齐、梁两朝宫廷生活，题目与诗的内容这种似乎不一致的现象，不但不是诗人的疏忽，却正是诗人的一种有意安排和巧妙提示，是引导读者深入理解诗的立意和构思的一个线索。

　　前两句"永寿兵来夜不扃，金莲无复印中庭"咏唱的是南齐亡国史实。南朝齐后主萧宝卷是一个出名的荒淫奢侈的皇帝。他大兴土木，修建了芳乐、芳德、仙华、含德等豪华宫殿；又专门为宠妃潘妃建造了神仙、永寿、玉寿三座宫殿，四周用黄金璧玉作装饰，还用黄金凿成莲花，贴放于地，让潘妃在金莲上行走，说这是"步步生莲花"。这样一个君主，自然逃脱不了历史的惩罚。永元三年，雍州刺史萧衍（即后来的梁武帝）率领军队攻入京城建康，齐朝叛臣王珍国、张稷等作内应，夜开宫门，引兵入殿。那天晚上，齐后主正在含德殿笙歌作乐，兵到以后被斩。齐后主宠幸潘妃，荒淫亡国，在实际生活中是一个比较长的时间过程，这在篇幅短小、不宜叙事的绝句里是很难展开叙写，也没有必要展开叙写的。诗人截取横断面，从事件发展的高潮——兵来国破之夜着笔；而在这一夜中，又只集中笔墨写了一个细节，即所谓"兵来夜不扃"。扃，是关闭门户的意思。"夜不扃"，是说叛兵到来的时候，齐宫竟然宫门洞开，毫无戒备。这个细节，和原来的历史事实稍有出入，但却更突出地表现了这个亡国之君死到临头依旧浑然不觉，还像平常一样笙歌彻夜的那种醉生梦死的嘴脸和近乎麻木的精神状态。诗中笙歌作乐的地点，也由含德殿改为潘妃居住的永寿殿，这不但是为了与下句中提到的"金莲印中庭"相应，也是为了使人物、场景更加集中。这种不完全拘泥于历史事实的细微改动，正体现出作者对生活素材的加工、集中概括。集中笔墨的结果，并没有丢掉重要的内容；相反地，由于"永寿""金莲"等词语暗中概括了后主建造豪华宫殿、凿金为莲花一类奢侈景况，读者正可从横断面中约略窥见全过程。这种以点带面、以少概多的写法，恰恰避免了绝句篇幅短小的天然局限，发挥了它的艺术上的特点和长处，使得这个开头既单刀直入，简捷紧凑，又概括了丰富的生活内容。紧接着"永寿兵来夜不扃"，作者却又不再去费力地描写后主的被杀，而是轻轻宕开，用"金莲无复印中庭"一句托出一幅荒凉的图景，说宫殿里潘妃"步步莲花"的情事现在再也见不到了。这样就使读者从"兵来"前后的热闹与冷落的对照中，自然领悟到齐宫豪华奢侈生活的消逝和齐代腐朽政权覆亡所昭示的历史教训。笔意轻灵跳脱，毫不黏滞拖沓，感慨却颇深沉。"无复"二字，似慨叹，又似讽刺，讽刺寓于慨叹之中，更显得含蓄蕴藉，耐人寻味。

这两句已写尽齐代荒淫亡国的事实。按照题目的要求，后两句似乎应该就齐亡抒发感慨或进行议论。但诗人却别开生面，接着写在齐宫旧址上建立起来的新朝宫廷的情景："梁台歌管三更罢，犹自风摇九子铃。"梁台，就是梁宫。晋、宋以后，习惯上把皇宫和朝廷禁省称为台；台城，即宫城。今天的梁宫，也就是不久前齐后主和潘妃荒淫享乐的齐宫，不过宫殿已经易主而已。九子铃，是一种用金、玉等材料制成的挂在宫殿、寺塔四周的檐铃。据历史记载，齐后主曾经把庄严寺的玉制九子铃取下来，用以装饰潘妃的宫殿。这两句是说：梁宫新主如今又在这里寻欢作乐了。你听，那宫中传来的阵阵歌舞管弦之声，不正像当年的齐宫一样吗？甚至当深夜三更，歌管之声终于沉寂下去的时候，那静夜中传来的风摇九子铃的声音，也令人宛然想见齐宫当年的情景呢。

末句"犹自风摇九子铃"，是全篇的点睛之笔。作者立意构思的深刻精妙，表现手法的含蓄委婉和语言的富于暗示性，在这里都有生动的体现。"九子铃"是一个细小的事物，它在齐后主的全部荒淫生活中，不过是一个小小的插曲。抓住它来写，当然也能在一定程度上表现出齐后主的淫乐和荒唐，但这是一般的作者也可以做到的，而且它的典型意义也未必能超过"步步金莲"这种更加引人注目的事情。诗人的高妙之处，是把这个小小的九子铃安置在"梁台歌管"声中，使它成为贯串齐、梁两代宫廷荒淫生活的一个

李商隐

2791

具有丰富象征暗示色彩的事物。这样，九子铃这个微小的物件，就在与其他事物的映照对比中被高度典型化了，充分显示出小中现大、一以当十的作用，给读者以丰富的联想和启示。

在"梁台歌管"声停之后传出的九子铃声，于喧闹和寂静的鲜明对照中，越发显出它的凄清寂寥。它不单单唤起人们对于齐宫已经消逝的豪奢荒淫生活的联想，更引发人们对于齐代亡国悲凉的感慨。昔日的齐宫歌管之声已不复能闻了，金莲步步之舞也不复能见了，只有九子铃这个齐宫遗物似乎还在诉说着繁华易尽、亡国凄凉，正像清代注家屈复所说的那样："不见金莲之迹，犹闻玉铃之音；不闻于梁台歌管之时，而在既罢之后。荒淫亡国，安能一一写尽，只就微物点出，令人思而得之。"

在"梁台歌管"声停之后传出的九子铃声，以静谧衬托喧闹。由于绝句篇幅有限，这里如果正面描绘梁宫狂欢极乐的状况，很不容易写得充分。诗人避开正面描写，对"梁台歌管"只虚提一笔，却实写歌管罢后方才听得到的铃声。这就从侧面进一步烘托出了梁宫狂欢时的喧闹，让人想象出不久前喧嚣充塞于耳的梁台歌管之声，正像狂流一样淹没了九子铃声的情景。而梁台歌管喧闹依旧，又正暗示出梁宫新主荒淫生活一如前代。

在"梁台歌管"声停之后传出的九子铃声，又仿佛是荒淫依旧的新朝覆亡的前奏和不祥预兆。"九子铃"这个齐宫旧物所奏出的凄凉亡国之音，本来应该使沉醉于歌管声色之中的新朝统治者有所鉴戒，从亡齐的覆辙中得到教训，从眼前的热闹中想到日后的凄凉。但他们麻木不仁，对此充耳不闻。"无复""犹自"，这前后的对照映衬，说明梁宫新主根本无视历史教训，正在重蹈亡齐覆辙。因此，这"九子铃"所奏出的齐代亡国余音，又正像电影上的叠印一样，融入梁宫歌管之中，成为新朝覆亡命运的一种象征。

以上几层意思，环环相扣，层层深入，而又都借"九子铃"暗暗点出。诗人不发任何议论，读者通过前后左右的映照对比，自可领悟其丰富的言外之意。一个小小的九子铃，串演了齐、梁两代统治者荒淫腐朽生活的丑剧，以及他们亡国殒身与必将覆灭的悲剧，而且表现得这样不露痕迹，不能不令人叹服诗人艺术手段的高妙。清代评家纪昀说："妙从小物寄慨，倍觉唱叹有情。"这确实是一语破的的精到评论。需要说明的是，这里尽管"不着议论"，却并非没有评论，只不过诗人的议论已经完全融化到极富含蕴的艺术形象和感慨无穷的唱叹之中，以至于我们初接触到它的时候，只觉得有神无迹、不见褒贬罢了。

作者的寓意似乎还不止于此。如果写这首诗的目的，仅仅是以古鉴今，向当时的封建统治者提供一个典型的荒淫亡国的历史教训的标本，那么，专写齐代亡国之事就可以达到目的，不必兼写齐、梁。这就自然要回到一开头所提出的问题上去：为什么题为"齐宫词"，诗中所咏的却是齐、梁两代的事情？当我们已经比较深切地感受与理解了"九子铃"这一微物中所寓的感慨之后，再回过头来探寻诗人更深刻、更内在的用意，就比较容易把握了。原来，这首诗虽然题为"齐宫词"，但诗人用笔的重点，却不在齐之亡国，而是落在梁宫新主淫乐相继，无视历史教训，重蹈亡齐覆辙这一方面。题目的真正含义应该是：在亡齐的旧宫中重复演出的一幕新的荒淫亡国的戏剧，表面上看，这出戏有前后两幕，平分秋色，舞台、布景、道具依旧，情节相似，只是演员不同；实际上，作者要观众凝神注目、认真记取的恰恰是老戏新演的后一幕。而作者立意、构思的深刻精妙，也正是通过这一点集中体现出来的。对于一个已经趋于腐朽的封建政权，真正的危险并不在于没有可资借鉴的历史教训，而是对于历史教训的无知与麻木。晚唐时代的封建统治者，早已把唐初统治者一再告诫的亡隋之鉴丢到九霄云外，正开足马力在亡隋的旧辙上奔驰。和李商隐同时代的杰出诗人杜牧，为了警告后世统治者，让他们从秦国灭亡中吸取教训，写过一篇《阿房宫赋》，在这篇赋的结尾，他沉痛而愤激地写道："秦人不暇自哀而后人哀之。后人哀之而不鉴之，亦使后人而复哀后人也。"说秦国的统治者对自己骄奢淫逸所酿成的悲惨后果顾不上哀叹，而后来的统治者哀叹它；但后来的统治者光是哀叹，而不把它当作镜子，引以为戒，就必然使更后的统治者又为后来的统治者哀叹了。李商隐暗寓在艺术形象中没有明白点破的旨意，杜牧似乎替它作了痛快淋漓的表达。《阿房宫赋》中的六国与秦，正像《齐宫词》中的齐和梁。只不过赋可以铺陈排比，淋漓尽致，而诗则主要借助于形象的暗示，以微物寄托感慨。可悲可恨的是，当时的封建统治者不仅不以前车之覆为鉴，而且已经到了连"哀"都不再哀的程度了。诗中着重写"梁台歌管"依旧，正是给当代沉迷不悟的封建统治者画像。昔日的梁宫新主已经重演了齐后主荒淫亡国的悲剧，今日的唐宫主人难道还想再重演一幕亡梁的悲剧吗？作为一个清醒的面对现实的诗人，当他在想象中重现"梁台歌管"的情景，倾听着"九子铃"亡国哀音的时候，心中正交织着对沉酣于醉梦中的眼前统治者的深沉的愤激和对于大唐帝国没落衰亡命运的无可奈何的悲哀。"商女不知亡国恨，隔江犹唱后庭花"；"梁台歌管三更罢，犹自风摇九子铃"。杜牧和李商隐，这两位关注国家命运的诗人，对现实的感受和慨叹是如此相似，而他们表达的方式却并不相同。从这个对照中，我们可以进一步看出《齐宫词》以微物寓慨的特点，也可以更清楚地看出诗人真正的创作意图。

马嵬二首（其二）〔一〕

海外徒闻更九州〔二〕，他生未卜此生休〔三〕。
空闻虎旅传宵柝〔四〕，无复鸡人报晓筹〔五〕。
此日六军同驻马〔六〕，当时七夕笑牵牛〔七〕。
如何四纪为天子〔八〕，不及卢家有莫愁〔九〕？

校注

〔一〕马嵬，即马嵬坡，在长安西百余里，今陕西兴平市西。唐玄宗天宝十五载（756）六月，安史叛军攻破潼关，玄宗与杨国忠、杨贵妃姊妹等仓皇奔蜀。行至马嵬驿，随行"禁军大将陈玄礼密请太子诛国忠父子，而四军不散。帝遣（高）力士宣问，对曰：'贼本尚在。'盖指贵妃也。力士复奏，帝不获已，与妃诏，遂缢死于佛堂，时年三十八，瘗于驿西道侧"。李商隐咏马嵬事变的诗共二首，第一首是七绝，云："冀马燕犀动地来，自埋红粉自成灰。君王若道能倾国，玉辇何由过马嵬。"按：商隐《为举人献韩郎中琮启》："一日三秋，空闻《马嵬》之清什。"冯浩曰："义山有《马嵬》诗二首，或琮亦赋之。意是诸人唱和之作也。"据商隐《为濮阳公陈许奏韩琮等四人充判官状》，王茂元镇泾原时，韩琮已在幕，马嵬为长安、泾原往来所经，故此二首有可能是开成三年（838）李商隐居泾原茂元幕时与韩琮唱和之作。韩琮《马嵬》诗今佚。

〔二〕海外更九州，古代将中国分为九个州（《书·禹贡》作冀、兖、青、徐、扬、荆、豫、梁、雍）。《史记·孟子荀卿列传》："邹衍……以为儒者所谓中国于天下乃八十一分居其一分耳。中国名曰赤县神州。赤县神州内自有九州……中国外如赤县神州者九，乃所谓九州也。于是有裨海环之，人民禽兽莫能相通者，如一区中者，乃为一州。如此者九，乃有大瀛海环其外，天地之际焉。"此以"海外九州"借指传说中的海外仙境。陈鸿《长恨歌传》说，玄宗命方士召杨妃魂魄，方士报称在海外蓬莱仙山上找到了杨妃，并带回金钗钿盒作为信物。

〔三〕他生，犹来世。卜，《全唐诗》校："一作决。""他生未卜"系针对唐玄宗与杨贵妃"愿世世为夫妇"的誓愿而发。参注〔七〕。

〔四〕虎旅，此指护卫皇帝的禁军。《文选·张衡〈西京赋〉》："陈虎旅于飞廉。"李善注："《周礼》：'虎贲，下大夫；旅贲，中士也。'"虎贲氏与旅贲氏均掌王之警卫。传，《全唐诗》校："一作鸣。"宵柝（tuò），夜间巡逻时用以报警的木梆。

〔五〕鸡人，古时宫廷中不养鸡，设有代替公鸡司晨的人。《周礼·春官·鸡人》："鸡人……夜嘑旦，以嘂百官。"鸡人敲击更筹（竹签）报晓，称"晓筹"。

〔六〕此日，指夜宿马嵬这一天（天宝十五载六月十四日）。六军，唐之禁军。《新唐书·百官志》："左右龙武、左右神武、左右神策，号六军。"古代亦称天子所统领的军队为六军。同驻马，不再前进，即"六军不发"。

〔七〕当时七夕，指天宝十载七月七日。《长恨歌传》："方士将行……请当时一事不闻于他人者验于太上皇（玄宗）……玉妃（杨妃）惘然退立，若有所思，徐而言曰：'昔天宝十载，侍辇避暑于骊山宫。秋七月，牵牛织女相见之夕，上凭肩而望，因仰天感牛女事，密相誓心，愿世世为夫妇。言毕执手各呜咽。此独君王知之耳。'"笑牵牛，牵牛织女每年只能在七夕相会，自己则能永世相守，故云。或云"笑"为欣羡之义，见张相《诗词曲语辞汇释》。按：商隐《韩同年新居饯韩西迎家室戏赠》有"云路招邀回彩凤，天河迢递笑牵牛"之句，此"笑牵牛"当亦因韩瞻夫妇团聚而笑牵牛与织女之常年离别，非"欣羡"之义。

〔八〕古以十二年为一纪（以木星绕日一周相当于地球上的十二年计算），玄宗自先天元年（712）即位，至天宝十五载（756）退位，一共当了四十五年皇帝，"四纪为天子"系约而言之。《旧唐书·玄宗本纪》载其天宝十五载八月"御成都府衙，宣诏曰：'朕以薄德，嗣守神器……聿来四纪，人亦小康。'"

〔九〕梁武帝萧衍《河中之水歌》："河中之水向东流，洛阳女儿名莫愁。十五嫁为卢家妇，十六生儿字阿侯。卢家兰室桂为梁，中有郁金苏合香。头上金钗十二行，足下丝履五文章……"此以卢家莫愁借指普通的民间女子。

笺 评

范温曰："海外徒闻更九州，他生未卜此生休"，语既亲切高雅，故不用愁怨堕泪等字，而闻者为之深悲。"空闻虎旅鸣宵柝，无复鸡人报晓筹"，如亲扈明皇，写出当时物色意味也。"此日六军同驻马，他时七夕笑牵牛"，益奇。义山诗后人但称其巧丽，至与温庭筠齐名。盖俗学只见其皮肤，其高远情意皆不识也。"海外徒闻更九州"，其意则用杨妃在蓬莱山，其语则用邹子云："九州之外，更有九州。"如此然后深稳健丽。（《潜溪诗眼》）

方回曰：六军、七夕、驻马、牵牛，巧甚。善能斗凑，昆体也。（《瀛奎律髓》）

唐汝询曰：海外九州，事属虚诞，帝乃求妃之神于方外乎？他生未必可期，此生已不可作，帝复废寝思之耶？虎旅鸡人，几于虚设矣。吾想六军皆驻，徒然七夕私盟。五十年天子求保一妇人而不可得，堪为色荒之戒矣。（《唐诗解》）

吴乔曰：起联如……义山之"海外徒闻更九州，他生未卜此生休"，则势如危峰矗天，当面崛起，唐诗中所少者。叙天下大事，而六、七、马、牛为对，恰似儿戏，扛鼎之笔也，义山《马嵬》诗一代绝作，惜于结处说破。（《围炉诗话》）

贺裳曰：中晚唐人好以虚对实，如……李义山"此日六军同驻马，当时七夕笑牵牛"，皆援他事对目前之景。然持戟徘徊，凭肩私语，皆明皇实事，不为全虚，虽借用牵牛，可谓巧心潜发。（《载酒园诗话》）

方世举曰：有似浅薄而胜刻至者，如《马嵬》，李义山刻至矣，温飞卿浅浅结构，而从容闲雅过之。比之试帖，温是元，李是魁。用力过猛，毕竟面红耳赤，倘遇赵州和上，必俶醒歇歇去。（《兰丛诗话》）

何焯曰：纵横宽展，亦复讽叹有味。对仗变化生动。起联才如江海。老杜云："前辈飞腾入，馀波绮丽为。"义山足窥此秘。五六倒叙奇特。看温飞卿作，便只是《长恨歌》节要，不见些子手眼。落句专责明皇，识见最高，此推本言之也（《义门读书记》）定翁（谓）此首以工巧为能，此玉谿妙处，吾以为本未尝专示工巧。起联变化之至，超忽。（《李义山诗集辑评》引）

胡以梅曰：起句就方士复命之语发端……"闻"，乃闻方士之言也。

"他生"即方士所述贵妃七夕之盟誓。"未卜"乃诗人断词，盖言徒闻其说得玄远，他生之说，亦不确也。此推翻《长恨歌》中之事，因他生引出此生，言他生不可卜，则此生早休矣。三四承明"此生休"。而他生之盟誓在七夕，所以三四专写暮夜，暗中有线。其意有深浅两层：一言当年骊山七夕与今次马嵬之夜，同是夜间，当年必穿针乞巧，多少幽事，即有宵柝，亦非虎贲禁旅，还有鸡人唱筹，皆悠扬情景。今则传柝乃虎旅，鸡人亦苍茫不至矣。更深一层，言贵妃一死，遂成大暮，彼徒心惊于虎旅之柝，永不知鸡人之晓，总有鸡筹，亦不能醒夜台。此申明"休"字之精神，可以飞舞。用"虎旅"亦带贵妃馀畏意。"此日"指有虎旅无鸡人之日。六军驻马所以逼杀妃子，却用歇后语止言六军驻马……"四纪"二字即用玄宗幸蜀赦诏之辞。（《唐诗贯珠串释》）

赵臣瑗曰：上皇思慕贵妃，溺于方士蓬壶之说，以为此生虽则休矣，犹可望之他生，愚之至也，故此诗特用以发端，言方士之说妄也。他生若犹可卜，此生何故早休。此等议论不知提醒世人多少。三四紧承今生休，写出道路流离、长夜耿耿之苦。回思美妇煽席，真是宴安鸩毒，能不为之寒心哉！五六再提，言在当年亦何尝计有此日耳。而"六军""七夕""驻马""牵牛"，信手拈来，颠倒成文，有头头是道之妙。七八感慨作收，以五十年共主不能保一妇人之非命，不可解也。"如何"二字中有无限含蓄，令为人上者自思之。（《山满楼笺注唐诗七言律》）

沈德潜曰：温、李擅长，固在属对精工，然或工而无意，譬之剪彩为花，全无生韵，弗尚也。义山"此日六军同驻马，当时七夕笑牵牛"，飞卿"回日楼台非甲帐，去时冠剑是丁年"，对句用逆挽法。诗中得此一联，便化板滞为跳脱。（《说诗晬语》）

陆昆曾曰：承上首，言不但从前不悟，即贵妃殁后，仍然未悟也。何也？夫妇之愿，他生未卜，而此生先休，已可哀矣。又命方士索之四虚上下，仿佛其神于海外，得不谓之大哀乎？三四言途中追念贵妃，每至废寝，然但闻虎旅戒严，不闻鸡人传唱，无复在朝之安富尊荣矣。六军驻马，应上"此生休"意；七夕牵牛，应上"他生未卜"意。结言身为天子，不能庇一妇人，专责明皇，极有识见。（《李义山诗解》）

姚培谦曰：此首则深叹其至贵妃既死之后，犹复沉迷不悟，故不觉言之反复而沉痛也。首联皆用《长恨传》中事：海外九州，即临邛道士之说；他生夫妇，即长生殿中语。二语已极痛针热喝。下二联，却将"此生休"三字荡漾一番。方其西出都门时，宵柝凄凉，六军不发，遂致陈玄礼等追原祸本，请歼贵妃。追思世世为夫妇之誓，曾几何时！谓宜如酒醒梦觉，悔恨从前，而徒写怨《淋铃》，伤心钿合，曾不思四纪君王，不及民间夫妇，却以何人致之？甚矣色荒之难悟也！（《李义山诗集笺注》）

屈复曰：谁从海外徒闻乎？徒仿佛其神于海外，如何讲得通？空闻、无复，熟套语。七八轻薄甚，前人论之极详。玉谿诸七律唯《筹笔驿》《马嵬》二首诗法背谬，体格舛错，句亦浅近，意更荒疏。诸家偏选此二首，且极口称之，甚矣，真知之难也。五与三四复，六与二意复。（《玉谿生诗意》）

程梦星曰：明皇以天子之尊而并不能庇一女子，则其故可知。观"如何"二句，唐史赞所谓"方其励精政事，开元之际，几致太平：及侈心一动，穷天下之欲不足为其乐，溺其所爱，忘其所可戒，至于窜身失国而不悔"，皆檃括于二句之中，而又不露其意，深得风人之旨。《渔隐丛话》乃以浅近讥之，不亦陋乎！（《重订李义山诗集笺注》）按：《苕溪渔隐丛话》谓义山诗"浅近者亦多"，并举此诗"如何"二句，曰："似此等语，庸非浅近者乎？"

毛奇龄曰：是诗五六对稍通脱，然首句不出题，不知何指？三四殊庸泛无意。若落句则以本朝列祖皇帝而调笑如此，以视杜诗之忠君恋国，其身分何等。虽轻薄，不至此矣。有心六义者，盍亦于此际商之？（《唐七律选》）

冯浩曰：起句破空而来，最是妙境，况承上首（按：指《马嵬》七绝"冀马燕犀动地来"），已点明矣，古人连章之法也。次联写事甚警。三联排宕。结句人多讥其浅近轻薄，不知却极沉痛。唐人习气，不嫌纤艳也……西河之评，殊未然。（《玉谿生诗笺注》）

纪昀曰：马嵬诗总不能佳，此二诗前一首后二句直率，次一首亦多病痛也。（《玉谿生诗说》）

姜炳璋曰：八句一气挽搏，魄力甚雄。（《选玉谿生诗补说》）

朱庭珍曰：玉谿生"此日六军同驻马，当时七夕笑牵牛"，飞卿"回日楼台非甲帐，去时冠剑是丁年"，此二联皆用逆挽句法，倍觉生动，故为名句。所谓逆挽者，倒扑本题，先入正位，叙现在事，写当下景，而后转溯从前，追述已往，以反衬相形。因不用平笔顺拖，而用逆笔倒挽，故名。且施于五六一联，此系律诗筋节关键处。中晚以后之诗，此联多随笔敷衍，平平顺下。二诗能于此一联，提笔振起，逆而不顺，遂倍精采有力，通篇为之添色。是以传诵人口，亦非以马、牛、丁、甲见长，故求工对仗也。然使二联出工部手，则必更神化无迹，并不屑以"此日""当时""回日""去时"字面明点，必更出以浑成，使人言外得之。盖工部以我运法，其用法入化；温、李就法用法，其驭法有痕。此大家所由出名家上也。（《筱园诗话》）

施补华曰：讽刺语须含蓄。如少陵"落日留王母，微风倚少儿"，太白"汉宫谁第一？飞燕在昭阳"……皆刺明皇、杨妃事，何等婉曲……义山"如何四纪为天子，不及卢家有莫愁"，尤为轻薄坏心术。（《岘佣说诗》）

黄侃曰：首句言神仙茫昧，次句言轮转荒唐，以此思哀，哀可知矣。中二联皆以马嵬与长安对举，六句笔力尤矫健，不仅属对工巧也。由此振出末二句，言当耽溺声色之时，自以宴安可久，岂悟波澜反复，变起宠胡，仓卒西行，又不能保其婴爱，以视寻常伉俪，偕老山河者，良多愧恧；上校银潢灵妃，尤不可同年而语矣。讽意至深，用笔至细。胡仔以为浅近，纪昀以为多病痛，岂知言者乎？唯"空闻""徒闻"犯复，则夏后之璜，不能无瑕也。（《李义山诗偶评》）

张采田曰：虎鸡马牛四字用典并未并头，原不碍格，归愚之论未允。至末句借莫愁以寓慨，倍觉沉痛，不嫌拟其非伦也。（《李义山诗辨正》）

这首历代传诵的咏史名作，往往遭到一些诗评家的激烈批评，其中固然有传统的忠君卫道观念、温柔敦厚的诗学观念在起作用，也和评家对诗中流露的感情态度的片面理解有关。如果单纯从讽刺的尖锐这一角度着眼，很容易认为这首诗写得浅近轻薄，其实此诗所流露的感情态度相当复杂，既有揶揄嘲讽，又有同情悲悯，更有深沉的感慨与思考。

诗题为《马嵬》，一开头却不从马嵬事件落笔，而是采用倒叙手法，先从玄宗遣方士招杨妃之魂一事抒发议论感慨：空自听说海外更有所谓九州，但海上仙境，虚幻难凭，他生结为夫妇的盟誓能否实现，亦渺茫难期，而杨妃马嵬身死，两人今生的夫妇缘分肯定是完结了。"海外更九州"，仿佛扯得很远；"他生"重结良缘，更加令人向往，但一个"徒闻"、一个"未卜"，却把这美妙的期望击得粉碎。"此生休"三字，重重地落到血泪斑斑的马嵬坡的现实土地上。吴乔说起联"如危峰矗天，当面崛起"，冯浩说"起句破空而来，最是妙境"道出了首联凌空而来、突兀而起的气势。但作者之所以要这样写，却自有其警示的深意。作为荒淫失政、宠信权奸、酿成安史之乱的主要责任人，玄宗于杨妃死后不是痛定思痛，反而沉溺于情，听信方士的谎言，作海外招魂的荒唐之举，真可谓沉迷不悟了。突兀的起势正是为警示的意蕴服务的。"徒闻""未卜""此生休"等词语，亦讽亦慨，耐人咀味。

"空闻虎旅传宵柝，无复鸡人报晓筹。"颔联折转，回叙夜宿马嵬情景：只听到禁卫的军士敲击巡夜的木梆的声响不断地传来，更增加了仓皇出奔途中紧张不安、疑惧怵惕的气氛，再也不能像平日宫中那样，酣然高卧，安闲自在地听鸡人击筹报晓了。两句一今一昔，正构成乱离奔亡和承平安定两个迥然不同的时代图景。既像是作者满怀感慨的叙述，更像是设身处地，悬想当年玄宗夜宿马嵬所闻所感，其中"空闻""无复"，前呼后应，既有对玄宗居安而不思危，致有今日之播迁流离、惊恐惕惧之祸的微婉讽慨，又有对玄宗历此险困之境的些许同情。范温说此联"如亲扈明皇，写出当时物色意味也"，正道出诗人设身处地想象当年场景所流露出的同情与感怆。

"此日六军同驻马，当时七夕笑牵牛"，腹联分承三、四句。"此日"承"空闻"句，时间则由"夜"而再折转至"日"，"六军同驻马"五字，概括了整个马嵬事变的过程。白居易《长恨歌》中"翠华摇摇行复止，西出都门百馀里。六军不发无奈何，宛转蛾眉马前死。花钿委地无人收，翠翘金雀玉搔头。君王掩面救不得，回看血泪相和流"八句所描绘的场景统于此五字包括。作者用如此简括的笔法，固然与七律篇幅有限，不可能如歌行之展开铺写，但更主要的原因是与下句构成意味深长的对比。对这一联的逆挽写法，沈德潜、朱庭珍各有或精到或详细的分析评论，但这种逆挽中含对比的写法所要表达的深意则作者既含而未宣，评者亦未发明。恐怕起码有这几层含意：一是当时七夕盟誓，世世相守，笑牵牛织女之常年分离，根本就没有料想到会有今日的六军驻马、生离死别的惨痛结局；二是正缘当年之沉溺声色、荒政用邪，才导致今日之乱离播迁；三是昔时之信誓旦旦，在亲自酿成的祸乱面前尽成虚语。然则居安而不思危，种祸因而获祸果，徒发虚誓而临危只能牺牲对方的意思也尽包含其中了。

"如何四纪为天子，不及卢家有莫愁？"结联是就马嵬事变君妃永诀的悲剧结局引发出一个发人深省的问题：为什么做了四十多年皇帝的玄宗，到头来连自己的宠妃也保不住，反而不如民间的卢家人那样，可以拥有莫愁女而夫妇白头相守呢？这出人意想的一问，口吻中虽带几分揶揄嘲讽的味道，问题本身却是严肃而深刻的，包含着诗人对这一历史事件的深沉思考与感慨。作者只提出问题，不作出答案，并不单纯出于艺术表现上的需要，更主要的原因是，这问题本身是开放性的，不同读者固然可以有多种不同的答案，同一读者从多方面去思考也可以有多种答案。其中最具普遍性的答案自然是君主的溺于美色、荒淫失政，不仅祸国殃民，也酿成自身夫妇生离死别的长恨。但这远不是答案的全部。对于"四纪为天子"，开创过辉煌的开元之治的玄宗来说，"靡不有初，鲜克有终"的历史教训也许更值得深思和记取。这是从政治层面上来思考问题。从爱情层面上看，君主的恩宠在通常情况下固然可以决定被宠者的幸运和尊荣，但当这种恩宠超越了一定的程度和范围，导致裙带关系和政治腐朽，酿成变乱之后，被宠者不但要一起承担变乱的后果，甚至要首先成为牺牲品。在这种时候，"四纪为天子"的统治者即使想效仿"卢家有莫愁"亦不可得了。总而言之，诗中每一联均包含鲜明对照：杨妃已死与海外招魂之对照，承平年代鸡人报晓与奔亡途中虎旅宵柝之对照，长生殿七夕盟誓与马嵬坡六军驻马之对照，四纪为君反不如民间夫妇白头相守之对照。再辅之以"徒闻""空闻""无复""如何""不及"等一系列词语之抑扬照应，其讽玄宗之沉迷不悟、自取其祸之意固甚显明，然在对照中又寓含更深感慨。尤其耐人咀味思考者为尾联之发问，其中所蕴含之内涵自不单纯为对玄宗之揶揄嘲讽，而是可以引发一系列有关政治、爱情等方面问题之深入思考，且每一读者均会有不同或不尽相同之结论。作者对此，引而不发，正为读者之咀味体悟留下广阔空间。

代赠二首（其一）〔一〕

楼上黄昏欲望休〔二〕，玉梯横绝月如钩〔三〕。
芭蕉不展丁香结〔四〕，同向春风各自愁。

校注

〔一〕代赠，代别人拟的赠人之作。原作共二首，另一首说："东南日出照高楼，楼上离人唱石州。总把春山扫眉黛，不知供得几多愁？"

〔二〕欲望休，欲远望而还休。

〔三〕玉梯，形容楼梯的华美。横绝，横渡。如，《全唐诗》原作"中"，校："一作如。"兹据改。

〔四〕芭蕉不展，指芭蕉的里层蕉心卷缩未展。丁香结，指丁香花的花蕾缄结未开。

(笺)(评)

杨万里曰：五七字绝句，最少而最难工，虽作者亦难得四句全好者，晚唐人与介甫最工于此。如李义山……"芭蕉不展丁香结，同向春风各自愁。"（《诚斋诗话》）

许学夷曰：商隐七言绝如《代赠》云："芭蕉不展丁香结，同向春风各自愁。"《鸳鸯》云："不须长结风波愿，锁向金笼始两全。"《春日》云："蝶衔花蕊蜂衔粉，共助青楼一日忙。"全篇较古、律艳情尤丽。（《诗源辨体》）

屈复曰：（首章）望而不见，不如且休。两地含愁，安用望为！（《玉谿生诗意》）

冯浩曰：（首章三四句）彼此含愁，不言自喻。（《玉谿生诗笺注》）

纪昀曰：艳诗之有情致者，第二首更胜。（《玉谿生诗说》）艳体之不伤雅者。（《李义山诗集辑评》引）

(鉴)(赏)

代赠，是代别人拟的赠人之作。李商隐诗集中，这类代赠、代答的作品有十余篇，大都是以男女离别相思为题材，有的不一定具有代拟的对象，只不过是一种类似无题的标题方式而已。《代赠二首》，分别写伤离的女子在黄昏、清晨时分的愁绪。本篇是第一首。

首句从黄昏高楼远望发端。"欲望休"是欲望而还休的意思。所思念的男子远在天涯，黄昏时分，又往往是触动孤子之感和暮愁的时刻，为了排遣愁绪，寄托怀远之情，便自然有高楼望远的行动。但极目而望，唯见层层暮霭，遮断天涯路，所思念的人既无法望见，反而增添了空虚怅惘，因此只能欲望还休了。三个字写出由望而休的行动过程和这一过程中复杂的意念活动，用笔精练。

接下来一句承上"黄昏"，点染暮景。玉梯，指女子所居高楼的楼梯。"玉"言其华美。玉梯横绝，形容华美的楼梯斜度连接层楼的景象，见楼宇之空寂。新月如钩，是楼上人望中所见，也是黄昏特有的景色。这句渲染出黄昏时寂寞凄清的气氛，进一步烘托女子的孤子处境和凄清情怀。

"芭蕉不展丁香结，同向春风各自愁。"三、四两句写出楼上人俯视所见庭院中景物的情态。芭蕉叶片未展时，卷成圆筒形状，"芭蕉不展"指此；丁香花未开时，花蕾缄结不解，"丁香结"指此（或说丁香结指丁香枝条的柔弱纠结）。这不展的芭蕉和缄结的丁香，在春天的晚风中彼此默默相对，正像含愁不解的人面对春风暗自伤神一样，所以说"芭蕉不展丁香结，同向春风各自愁"。这两句是李商隐诗中融比兴与象征为一体的名句。"芭蕉不展丁香结"，是对客观景物的真实描写，是赋实，但"同向春风各自愁"却是人的主观感受，是怀有固结不解的愁绪的女主人公"以我观物"，移情于景的结果，其中包含了由此及彼的联想——兴和比喻。由于诗人用特具情态（不展与结）的物象来比喻抽象的愁绪，不但使固结不解的愁绪得到形象的表现，而且使这种比喻本身兼有象征的意味。那不展的芭蕉和缄结的丁香，作为客观物象来说，是诗中女主人公愁绪的一种触媒；作为诗歌意象，却又是女主人公愁绪的一种象征。两句意致流走，音情摇曳，更增加诗的风调之美。上句句中自对，而字数不等，显得整齐而错落；下句"同向春风"与"各自愁"又适成鲜明对照，加重了伤春复伤别的情味。自从李商隐这一联富于艺术创造性的名句一出，后世诗词中化用其意者不乏成功之例。像钱翊的《未展芭蕉》中"芳心犹卷怯春寒"就和本篇"芭蕉不展"有着某种渊源关系；而李璟《山花子》词"丁香空结雨中愁"更显然从"丁香结"翻出。直到现代诗人戴望舒的名作《雨巷》中，我们仍然可以看到它的影响。

春　雨〔一〕

怅卧新春白袷衣〔二〕，白门寥落意多违〔三〕。

红楼隔雨相望冷，珠箔飘灯独自归〔四〕。

远路应悲春晼晚〔五〕，残宵犹得梦依稀〔六〕。

玉珰缄札何由达〔七〕，万里云罗一雁飞〔八〕。

（校）（注）

〔一〕诗写因春雨而怀情人，非咏春雨。

〔二〕白袷（jiá）衣，白色的夹衣，白衫是当时人闲居的便服。袷，衣无絮，即夹衣。

〔三〕白门，南朝民歌《杨叛儿》："暂出白门前，杨柳可藏乌。欢作沉水香，侬作博山炉。"这里可能是用"白门"借指过去和所爱女子欢会之地，不一定实指建康（《南史》谓建康正南门宣阳门为白门，亦用作建康的代称。今江苏南京市）。意多违，意绪不佳。

〔四〕珠箔（bó），珠帘，这里借指雨帘。作者《细雨》："帷飘白玉堂，簟卷碧牙床。"也以"帷飘"形况飘荡的细雨。

〔五〕晼（wǎn）晚，日暮黄昏的情景，宋玉《九辩》："白日晼晚其将入兮。"

〔六〕依稀，仿佛，不清晰。

〔七〕玉珰，玉做的耳坠。古时常以耳珰作为男女间定情致意的信物，并将耳珰与书信一齐寄给女方，称为"侑缄"。此处"玉珰缄札"即指此。缄札，封好的书信。作者《夜思》："寄恨一尺素（写在素帛上的书信），含情双玉珰。"《燕台·秋》："双珰丁丁联尺素。"均可互证。

〔八〕云罗，阴云弥漫如张网罗。雁，古有雁足传书之说，此处"一雁飞"兼含传书之意。

（笺）（评）

何焯曰：腹连奥妙。（《李义山诗集辑评》引）

陆昆曾曰：此怀人之作也。上半言怅卧新春，不如意事，什常八九。况伊人既去，红楼珠箔之间，阒其无人，不且倍增寥落耶？"远路"句，言在途者之感别而伤春也。"残宵"句，言独居者之相思而托梦也。结言爱而不见，庶几音问时通，乃一雁孤飞，云罗万里，虽有明珰之赠，尺素之投，又何由得达也哉！（《李义山诗解》）

姚培谦曰：此借春雨怀人，而寓君门万里之感也。……春晼晚，则虑年岁不我与；梦依稀，则忧疏远不易通。玉珰缄札，喻言始犹冀一达君聪，今既无由，则云路苍茫，网罗密布，一雁孤飞，不但寥落堪悲，抑亦

损伤可虑矣，哀哉！此等诗，字字有意，概以闺帏之语读之，负义山极矣。（《李义山诗集笺注》）

屈复曰：中四是白门怅卧时忆往多违事。末二句是怅卧时所思后事。（《玉谿生诗意》）

程梦星曰：此亦应辟无聊、望人汲引之作，盖将入藩幕未出长安之时也。前四句言在长安之景，后四句言就辟聘之情。（《重订李义山诗集笺注》）

冯浩曰：末联记私札传情之事。（《玉谿生诗笺注》）

纪昀曰：宛转有味。平山笺以为此有寓意，亦属有见；然如此诗，即无寓意，亦自佳。景州李露园尝曰："诗令人解得寓意见其佳，即不解所寓意亦见其佳，乃为好诗。盖必如是乃蕴藉浑厚耳。"（《玉谿生诗说》）此因春雨而感怀，非咏春雨也。亦宛转有致，但格未高耳。（《李义山诗集辑评》引）"白门"句：下六句从此生出。"红楼"句：四句所谓寥落。"玉珰"句：此所谓意多违。（《删正二冯评阅才调集》）

张文荪曰：以丽语写惨怀，一字一泪。用比作结，不知是泪是墨。义山真有心人。（《唐贤清雅集》）

张采田曰：此与《燕台》二章相合。首二句想其流转金陵寥落之态。三四句经过旧室，室迩人远，唯笼灯独归耳。五句道远难亲，六句梦中相见。结即"欲寄相思花寄远"之意。（《李义山诗辨正》）

 鉴 赏

李商隐仿长吉体的爱情诗以感情的炽烈、辞采的华艳、象征色彩的浓郁和跳跃性的章法结构为突出特征，而他用七律写的爱情诗则以情韵的深长、语言的清丽、音律的圆融、表情的婉转为显著特色。《春雨》便是这类作品中的杰出代表。

诗写一个春天的雨夜，诗人重访所爱女子居住的旧地，不见后归来，独自和衣怅卧时寂寥、怅惘、迷茫的情思。首联总起。"新春"点时，"白门"点地，"白袷衣"点人，而"怅卧""意多违"则点明人的行为和感情状态。两句写所爱者远去的寂寞惆怅。往日欢聚之处，寂寥冷落，不见对方踪影，意绪非常萧索。"白门"不必实指建康，作为诗歌意象，它和青年男女欢会的炽烈情景相联系，很容易引发读者对往昔欢情的想象。这与眼前所见的寥落景象正构成鲜明的对比，"白门寥落"四字显示了重聚愿望的落空，这也正是"意多违"的原因。以下三联，便都围绕着"白门寥落"来抒写"怅卧"时的种种情思。

"红楼隔雨相望冷，珠箔飘灯独自归。"颔联承"怅卧"，回想独自重访所爱女子旧居的情景：隔着迷蒙的细雨，望着对方住过的红楼，因为人去楼空，只感到一片凄冷的气氛；独自归来的路上，细雨飘荡洒落在手提的灯笼前面，丝丝雨帘，随风摇曳，犹如珠帘飘荡。这一联，不用典故，纯用白描，却借助春雨创造出含蕴丰富、情景浑融的艺术境界。"红楼"之"红"，本来属于热烈欢快的色彩，作为所爱者曾经居住过的地方，也本应唤起许多温馨美好、热烈欢快的记忆，而此刻却因人去楼空，隔雨相望，只觉得它仿佛透出一股寂寥冷落的气氛。这是雨浸冷了抒情主人公的心，还是抒情主人公的心浸冷了雨中的红楼？是雨"隔"断了近在咫尺的红楼，还是心灵中的阻隔感使眼前的红楼变得遥远了？色彩与感觉的反常对应（"红"而曰"冷"），景象与心理感受之间这种微妙的关系正透露了抒情主人公心境的孤寂凄冷和心灵深处的阻隔感（这种阻隔感正是"意多违"的一个重要方面）。下句形容雨丝在风中灯前摇曳有如珠帘飘荡，这雨帘——珠帘的联想本身就透露了一种潜在的意念活动，即由眼前的雨帘映灯联想到昔日红楼高阁之中，珠帘灯影之间的温馨旖旎生活场景，而于"珠箔飘灯"之下着"独自归"三字，则往昔的一切美好情景都已随着伊人的远去而成为一片幻影，眼前跟自己相伴的，只有凄冷的雨丝了。意象和境界极美，含蕴的情思则非常丰富，既有温馨的追忆，也有失落的怅惘和独归的凄清。

"远路应悲春晼晚，残宵犹得梦依稀。"腹联分承三、四句。出句承"红楼"，因伊人远去，而悬想她在道路上也应和自己一样，产生日暮黄昏、青春难驻的悲感，意蕴、手法都和《无题》"晓镜但愁云鬓改"近似，见对所爱者的深情体贴。对句承"独自"，转写自己，说彼此远隔天涯，这个春天的雨夜自己恐怕只能在残宵的迷梦中才能依稀见到对方的容颜身影了。说"残宵犹得"则终夕相思、辗转难寐之意自见于言外，"犹得"二字，似庆幸而实深悲，措辞婉转而情意深挚。

"玉珰缄札何由达，万里云罗一雁飞。"尾联承"远路"和"梦依稀"而引发寄"玉珰缄札"给对方的想法，但万里云天、阴云弥漫，如张网罗，即使托孤飞的鸿雁传书，又如何能到达对方手中呢？"万里云罗一雁飞"仍描春雨之夜的眼前景，故末句似赋似比似兴，饶有情致韵味，路途的遥远、希望的渺茫都蕴含其中。

　　全诗弥漫着梦一样的氛围，弥漫着一种寂寥、怅惘、失落、迷茫之感。这种氛围和感受，跟迷蒙的春雨有密切的关系。全篇虽只有第三句正面写到雨，但却通篇笼罩着雨意。它在凄冷寂寞中带有一点温馨，在怅惘失落中又寓含有对往昔的甜美追忆。用"春雨"作题目，正可以说是取题之神了。将感伤的情绪、凄艳的情事写得如此富于美感，《春雨》可以算作典型的诗例。通篇浑融完整，无一败笔，在七律中尤属难得的佳制。

李商隐

晚　晴〔一〕

深居俯夹城〔二〕，春去夏犹清〔三〕。
天意怜幽草，人间重晚晴。
并添高阁迥〔四〕，微注小窗明〔五〕。
越鸟巢干后〔六〕，归飞体更轻〔七〕。

校注

〔一〕晚晴，指雨后晚晴。作于大中元年（847）六月九日抵桂林后不久。时商隐在桂管观察使郑亚幕为观察支使，担任表状启牒等公文的草拟工作。

〔二〕深居，幽居。夹城，两边筑有高墙的通道。《旧唐书·玄宗纪上》：开元二十年（732）六月，"遣范安及于长安广万花楼，筑夹城至芙蓉园"。莫休符《桂林风土记》："夹城，从子城二百步北上，抵伏波山，沿江南下，抵子城逍遥楼，周回六七里。光启年中，前政陈太保可环轫造。"莫道才《李商隐寓桂居所遗址考》疑光启前已有夹城，光启间系重建。或解："夹城"即大城门外的曲城，即瓮城。

〔三〕商隐抵达桂林时虽已六月上旬，但将抵时逢连日阴雨（《为中丞荥阳公桂州祭城隍神文》："始维画鹢，将下伏熊，属楚雨蔽空，湘云塞望，晦我中军之鼓，湿予下濑之师。"），故季候虽已盛夏，气候仍尚清和。

〔四〕并，且，含强调、进一步之意。高阁迥，指凭高阁览眺，视界更远。

2807

〔五〕微注，形容西斜的阳光微微流注之状。

〔六〕越鸟，南方的鸟。《古诗十九首》之一："胡马依北风，越鸟巢南枝。"

〔七〕归，指归巢。

笺评

钟惺曰：（"人间"句下评）妙在大样。（《唐诗归》）

谭元春曰：（"并添"句下评）此句说晚晴，其妙难知。（《唐诗归》）

吴乔曰：次联澹妙。（《围炉诗话》）

黄周星曰：（"天意"二句下评）不必然，不必不然，说来却便似确然不易，故妙。（《唐诗快》）

顾安曰：三四妙在将"天意"突说一句，然后对出晚晴。"并添""微注"，"晴"字说得深细。结句有意无意，亦是少陵遗法。（《唐律消夏录》）

贺裳曰：义山之诗，妙于纤细。如《全溪作》："战蒲知雁唼，皱月觉鱼来。"《晚晴》："并添高阁迥，微注小窗明。"《细雨》："气凉先动竹，点细未开萍。"（《载酒园诗话又编》）

何焯曰：淫雨不止，幽隐无以滋蔓，正不晓天意何爱此草，忽焉云开日漏，虽晚犹及，有人欲天从之快，盖寓言也。但露微明，已觉心开目舒，五六是倒装语，酷写望晴之极也。越鸟，越燕也。（《李义山诗集辑评》引）

姚培谦曰：言外有身世之感。（《李义山诗集笺注》）

屈复曰：当良时而深居索寞之况。三四自解自慰意。五六晚晴景，七八亦自喻。（《玉谿生诗意》）又曰：一地二时。三四出题。五六承三四。七八开笔。三四写题深厚。五六得题神。七八自喻，盖归欤之叹也。（《唐诗成法》）

纪昀曰：轻秀，是钱、郎一格。五六再振起，则大历以上矣。末句结"晚晴"，可谓细意熨贴，即无寓意亦自佳也。（《玉谿生诗说》）

宋宗元曰：玉谿咏物，妙能体贴。时有佳句，在可解不可解之间。（天意二句）风人比兴之意，纯自意匠经营中得来。（《网师园唐诗笺》）

周咏棠曰："天意怜幽草，人间重晚晴。"大家数语。结近滞。(《唐贤小三昧集续集》)

许印芳曰：前半深厚，后半细致，老杜有此格律。(《律髓辑要》)

这首诗写于唐宣宗大中元年（847）。这年春天，李商隐跟随桂管观察使郑亚远赴桂林，在郑亚幕府担任幕僚。到桂林后不久，夏日的一个傍晚，久雨新晴，空气清澄，夕晖映照，自然界的一切都显得分外清新明朗，富于生机。面对美好的晚晴景物，在人生道路上久历坎坷的诗人，心境也一时变得明朗起来，写下这首洋溢着乐观气息的诗篇。

细腻生动地描绘晚晴景物，或许不算太难。但要通过景物描绘渲染出一种心境，甚至要不露痕迹地寓托某种积极的人生态度，使读者从中不仅领略到晚景之美，而且在思想感情上受到启迪和鼓舞，这就需要诗人在思想境界和艺术功力上都"更上一层楼"。李商隐这首《晚晴》，将美好的晚晴图景和欣慰喜悦的诗情、珍重晚晴的人生哲理融合在一起，在生动地再现自然美的同时，表现了诗人的精神美，确实可以说是达到了后一种更高的境界。

晚晴景物，是望中所见，须有一个观赏的立足点。首句"深居俯夹城"便从这里落笔。"深居"，指自己在桂林的寓所。着一"深"字，可以想见其处地之幽僻，环境之清静。寓所地势较高，俯临夹城，故说"深居俯夹城"。这样一个幽静而高敞的地方，正是可以从容览眺晚晴景物的理想立足点。不同的季节，有不同情调和不同色彩的晚晴图景。因此第二句又进一步点明时令特点——"春去夏犹清"。春天虽然已经过去，燠热炎蒸的盛夏却还没有到来，眼下正值气候清和宜人的时节。这样的节令，正是万物生机勃发而又不失清新明朗色调的美好时光。句末的"清"字，是一个句眼，概括地显示了环境的特点。整个这一联，实际上是从地点和时间两个方面进一步把诗题具体化了。

次联正面点出"晚晴"。但却不像通常的写景诗那样，首先去用力刻画具体景物，而是着重抒写对晚晴的主观感受。从这里可以约略窥见诗人立意的重点。久雨新晴，傍晚云开日现，万物沐浴着金色的夕阳光照，顿时增彩生辉，人的精神也为之一爽。这种景象与感受，本为一般人所习见、所共有。诗的高妙之处在于作者并不停留在这种一般的观察与感受上，而是深处挖掘，大处落墨，把它自然地升华到人生命运和人生哲理的高度。生长在幽僻处的小草，是不大引人注意的，诗人却在众多的景物中特加关注，发现连这细小平凡的生命也因沾沐晚晴的余晖而平添无限生意，并且进一步想象这似乎是天公有意同情它的命运而特为之放晴。这就赋予"幽草"这一平凡的自然物以人格的色彩，并且使"天意怜幽草"这个诗句无形中带有人生命运的象征意味。从诗人的深情关注和细心体贴中，又暗透出他和"幽草"之间，有一种同命相怜之感。诗人出身比较寒微，"内无强近，外乏因依"，在人生道路上曾经多次遭受过凄风苦雨的摧残，留下许多痛苦的记忆。看到夕晖映照下生意盎然的幽草，自然很容易联想起自己的命运和处境。这里，有对目前境遇的欣慰喜悦，也有对过去困顿遭遇的苦涩回味，而过去的困顿又反过来更使自己感到目前境遇的可慰可珍，这就很自然地引出了下一句。

"人间重晚晴"，这是全篇的核心句子。表面上看，这似乎纯粹是抽象的议论。实际上，诗人在写这个诗句时，眼前是跃动着一系列生动的图景与形象的。读者从中不但可以想象出千家万户喜迎晚晴的种种行动，而且仿佛可以见到人们脸上浮现的欣慰喜悦的表情。它是一幅浓缩了的晚晴风情画。如果说上句是以个别见一般，通过"幽草"的平添生意反映出晚晴给整个自然界带来一片生机，那么下句便不妨说是一般之中含个别，抽象之中有形象。人间既普遍珍重晚晴，那么诗人自己的态度与心情也就不言自喻了。诗人之所以不去直接描绘人们喜迎晚晴的图景，而采取这种比较抽象概括的表达方式，正是为了使它具有一种耐人寻味、引人深思的哲理意蕴。

"晚晴"为什么值得珍重呢？它使为霖雨所苦的万物得以滋荣繁茂，获得温暖与阳光，这一点在"天意怜幽草"的诗句中已经透露出来了。但还有一层意蕴并没有点破，而是隐含在"晚晴"的"晚"字当中。晚晴是美好的，但却短暂。人们常常在赞赏流连的同时，对它的匆匆即逝感到惋惜和怅惘。李商隐在五绝《乐游原》中就曾这样写道："夕阳无限好，只是近黄昏。"这里所流露的是对即将消逝的美好晚景的感伤。尽管也有热情的赞叹，但唯其"无限好"而"近黄昏"，便格外加深了感伤怅惘的情绪。而"人间重晚晴"却不同。明知晚晴的短暂，却不因此而伤感嗟叹，徒唤奈何，而是恰恰相反，感到唯其美好而短暂，便更值得珍视。这个"重"字，正是在清醒地意识到晚晴的短暂的前提下，对它的价值的一种更深刻的认识。出语平易，含意却很深长。这个诗句，既蕴含着一个在人生道路上历经坎坷、终遇"晚晴"的人欣慰喜悦的感情，也包含着对人生执着热情而又深沉严肃的哲理性思考。它没有去演绎哲理，却蕴含有给人以启迪的人生哲理。如果说"夕阳无限好，只是近黄昏"是由于感叹美的即将消逝而不免使消逝以前的美好人生也笼罩上一层浓重的黄昏阴影，那么，"天意怜幽草，人间重晚晴"便更多的是从过去的不幸和将来的短暂中激发出对现实人生的分外珍重。很明显，后者是一种现实、积极、乐观的人生态度。

次联写得浑融概括，深有托寓，第三联却转而对晚晴作工笔的描绘刻画。这样虚实疏密相间，诗便显得弛张有致，不平板、不单调。雨后晚晴，云收雾散，天地澄清，烟尘俱净。凭高览眺，视界更为广远，所以说"并添高阁迥"。这"高阁"就是诗人所居寓所的楼阁，是凭高远眺的立足点。"并"含"更"的意思，从中可以体味到诗人纵目极望之际兴会淋漓之状。"迥"是"远"的意思，这个字似乎比较虚，但却令人想见造成视界广远的许多因素（如前面所说的云消雾散，天地澄清等），而这些因素又都因晚晴而生，所以写高阁望远，正是对"晚晴"的传神描写。下句写景路线与上句由内向外相反，是由外向内。"微注小窗明"，是说夕阳的余晖淡淡地流注在小窗上，给整个室内带来了一片光明。因为是晚景斜晖，光线显得比较柔和轻淡，所以说"微注"。这一抹斜晖虽然不像中天丽日那样强烈璀璨，却自有一种使人身心都得到抚慰的安恬温柔的美。"微注"二字，刻画晚晴斜晖的悄然流动意态精细入微，以至仿佛可以触摸到柔和的光波，感受到它在流注时发出的轻微声响。这一联并没有什么托寓，但写景中自然流露出一片明朗的心境。诗人的视野、心胸变得更加阔远，诗人的心灵窗户也似乎被晚晴的余晖照亮了。

"越鸟巢干后，归飞体更轻。"诗人所在的桂林，古为百越之地；《古诗十九首》中又有"越鸟巢南枝"的诗句，故用"越鸟"来泛指当地的鸟儿。这一联由静物转向动物，通过飞鸟归巢情景的描写来表现晚晴。上句"巢干"表明天晴，下句"归飞"表明傍晚，"体更轻"则既暗示因天气转晴，飞鸟的羽毛由重湿变为干燥，飞翔起来显得体态轻捷，又生动地描摹出鸟儿因遇晚晴而分外轻松喜悦的意态。这是对晚晴的进一步刻画，但又带有比兴象征意味。正如晴晖映照下的幽草会触动诗人对自身遭遇处境的联想一样，这归飞栖巢、体态轻捷的越鸟也很容易使他联想到当前托身有所的处境。因此，当他描绘越鸟归飞的图景时，便自然地将自己的喜晴心理融化进去了。在这里，诗人的振奋轻松的精神状态，借飞鸟的轻捷体态表现出来了，无形中得到了外化，而越鸟和诗人也似乎合而为一，浑融一体了。

这里需要略为追述一下诗人走过的人生道路。李商隐早年依附于牛党官僚令狐楚门下，令狐楚死后，转依泾原节度使王茂元，并做了他的女婿，被令狐绹认为"忘家恩"。王茂元当时被有些人视为李党。从此李商隐就被卷入了党争的旋涡，一再遭到牛党的忌恨和排挤。开成四年（839），他初任秘书省校书郎，不久就外调为弘农尉，由清职降为俗史。会昌二年（842），重入秘省任正字，后又因母丧离职闲居，蹉跎岁月。服丧期满回到原任，武宗去世，宣宗继位，牛党完全把持朝政。在这种情况下，他只得离开长安，应李党郑亚的聘请到桂林当幕僚。远赴边地，抛妻别子，虽不免感到孤孑，但郑亚对他颇为厚待，因而有托身得所之感；加之远离长安这个党争的旋涡，精神上也是一种解放。因此，诗人在面对晚晴景物时，才会有幽草幸遇新晴，越鸟喜归栖巢的欣慰之情。对李商隐一生的坎坷历程来说，桂林幕僚生活只不过是一小段相对平静的插曲，是长路风波中一个暂时的港湾，但诗人已经如此珍视，发出"人间重晚晴"的心声，这正表明他对生活具有多么巨大的热情。

　　整个来说，这首诗所描绘的晚晴景物，是清新明朗而富于生机的；所表现的心境，是欣慰喜悦而带有乐观气息的，因而风格偏于轻秀明朗。但由于其中融入了身世之感和人生哲理，便在清新秀朗中含有深沉凝重的成分，在一定程度上表现为清新与老成、轻秀与浑厚的统一。

　　在寄兴的深微与自然这一点上，这首诗更有自己的创造。"天意怜幽草，人间重晚晴"这一联，历来被视为巧于寄托的名句，关键在于作者不是为了寄托而去刻意设喻，使人感到那只是用来图解概念的一种工具，而是在观赏览眺晚晴景物时情与景合、思与境偕，自然引发出对人生遭遇和人生哲理的联想。这种联想，又并不是直接表述出来，而是只隐寓在字里行间，这就显得特别浑融无迹。王夫之说："兴在有意无意之间。""天意怜幽草"一联正是这种介乎有意无意之间的"兴"。它只暗示"幽草"的命运和诗人的命运之间、"人间重晚晴"的现象和诗人的心理活动之间存在着某种联系，但却避免直接用幽草来比喻什么，用晚晴来象征什么。这种写法，往往是使诗歌寄意深微、含蕴丰富的重要手段。清人刘熙载说："诗中……微妙语……须是一路坦易中，忽然触著，乃足令人神远。"所谓"忽然触著"，就是创作过程中眼中所见与心中所想的悠然神会。这样的寄托，才是寄托中的上乘。

安定城楼[一]

迢递高城百尺楼[二]，绿杨枝外尽汀洲[三]。
贾生年少虚垂泪[四]，王粲春来更远游[五]。
永忆江湖归白发[六]，欲回天地入扁舟[七]。
不知腐鼠成滋味，猜意鹓雏竟未休[八]！

李商隐

校注

〔一〕安定，《全唐诗》原作"定安"，据汲古阁唐人八家诗《李义山集》、影宋抄等乙转。《元和郡县图志·关内道·泾州》："汉分北地郡置安定郡……武德元年……改安定郡为泾州。"治所保定县在今甘肃泾川县北。唐泾原节度使府所在地。开成三年（838）春，作者参加吏部博学宏辞科考试中第，到注拟官职上报中书省时，却因某"中书长者"认为"此人不堪"而被抹去了名字。落选后，他应泾原节度使王茂元之邀，到泾原幕府充当幕僚。本篇是他初到泾原不久登安定城楼览眺抒怀之作。

〔二〕迢递，有高、远二义，此用"高"义。百尺楼，指城墙上的百尺高楼。

〔三〕汀（tīng），水边的平地。《元和郡县图志·关内道·泾州》：保定县（即安定县），"泾水在县东一里"。《汉书·郊祀志》："湫渊，祠朝郡。"苏林注："湫渊在安定朝那县，方四十里，停水不流。"

〔四〕贾生，指贾谊。西汉初期著名政论家。年少即颇通诸子百家之书。汉文帝六年，在所上《陈政事疏》中，曾针对当时诸侯王割据势力膨胀，匈奴屡次侵扰等内忧外患，指出时势有"可为痛哭者一，可为流涕者二，可为长太息者六"。文帝本想任贾谊为公卿，后因一些大臣沮毁贾谊"年少初学，专欲擅权，纷乱诸事"而作罢。故云"年少虚垂泪"。泪，《全唐诗》校："一作涕。"

〔五〕王粲，东汉末年人，《三国志·魏书·王粲传》载："献帝西迁，粲徙长安……年十七，司徒辟，诏除黄门侍郎，以西京扰乱，皆不就，乃之荆州依刘表。"曾作《登楼赋》，据盛弘之《荆州记》，赋系王粲登当阳县城

2813

楼所作。"远游"即指荆州依刘表事。

　　〔六〕永忆，长想，一贯向往。江湖，与朝廷相对，指归隐的处所。

　　〔七〕回天地，回天转地，旋转乾坤，指在政治上做一番大事业。入扁（piān）舟，暗用春秋末期越国大夫范蠡辅佐越王勾践灭吴功成后，弃官乘舟游五湖而归隐的典故，与上句"永忆江湖"相应。《史记·货殖列传》："范蠡既雪会稽之耻……乃乘扁舟浮于江湖。"商隐《为濮阳公贺郑相公状》："范蠡扁舟之志，梦想江湖。"即兼"入扁舟"与"永忆江湖"之意。

　　〔八〕《庄子·秋水》："惠子相梁（魏），庄子往见之。或谓惠子曰：'庄子来，欲代子相。'于是惠子恐，搜于国中三日三夜。庄子行见之，曰：'南方有鸟，其名曰鹓（yuān）雏（凤凰一类的鸟），子知之乎？夫鹓雏，发于南海而飞于北海，非梧桐不止，非练实不食，非醴泉不饮。于是鸱得腐鼠，鹓雏过之，仰而视之，曰：吓（怒叫声）！今子欲以子之梁国而吓我耶！'"成滋味，当成美味。猜意，胡乱猜疑。

笺评

　　蔡居厚曰：王荆公晚年亦喜称义山诗，以为唐人知学老杜而得其藩篱者，唯义山一人而已。每诵其"雪岭未归天外使，松州犹驻殿前军""永忆江湖归白发，欲回天地入扁舟"，与"池光不受月，暮气欲沉山""江海三年客，乾坤百战扬"之类，虽老杜无以过也。（《蔡宽夫诗话》）

　　冯班曰：杜体。如此诗岂妃红媲绿者所及，今之学温、李者，得不自羞！（《二冯评阅瀛奎律髓》）

　　朱彝尊曰：通首皆失意语，而结句尤显然。第六句尤奇，后人岂但不能作，且不能解。（《李义山诗集辑评》引）

　　何焯曰：（五六）二句亦是荆公一生心事，故酷爱之。（《义门读书记》）

　　陆昆曾曰：上半言登高望远之馀，俯视身世，何异贾生之迁长沙、王粲之依刘表耶？下半言所以垂泪、远游者，岂为此腐鼠而不能舍然哉？吾永忆江湖，欲归而优游白发，但必俟回旋天地功成，却入扁舟耳。何猜意鹓雏者之卒未有已也！（《李义山诗解》）

　　姚培谦曰：此义山在茂元泾原幕中所作。百尺城楼，绿杨洲渚，边地有此，亦佳境也。其奈遇如贾生，游同王粲。且贾生曾陈痛哭之书，吾则泪犹虚泪；王粲曾作《登楼》之赋，吾更客中作客。悲在一虚字，一更字。人生至此，百念顿灰。自念江湖之上，纵得归时，已成白发；天地之内，欲成退步，唯有扁舟。乃世有不我谅者，欲以腐鼠之味猜意鹓雏，不亦重可怪乎？义山之随茂元，令狐绹等深恶之，故其言如此。（《李义山诗集笺评》）

屈复曰：一登楼，二时。中四情。七八时事。一上高楼而睹杨柳汀州，忽生感慨。故下紧接贾生王粲之远游垂泪，以贾生有《治安策》，王粲有《登楼赋》。五六欲泛扁舟归隐江湖，己之本怀如此，而谗者犹有腐鼠之吓。盖忧谗之作。（《玉谿生诗意》）

程梦星曰：义山博极群书，负经国之志，特以身处卑贱，自噤不言。兹因人妄相猜忌，全不知己，故发愤一倾吐之。然而立言深隐，略无夸大，真得《三百》诗人风旨，非他手可摹也。首二句借城楼自喻，有立身千仞，俯视一切之意。三四叹有贾生之才而不得一摅，只如王粲之游而穷于所往。五六言本欲功成名立，归老江湖，旋转乾坤，乃始勇退。七八言己之意量如此，而彼庸妄者方据腐鼠以吓鹓雏也。岂不可哀矣哉！（《重订李义山诗笺注》）

冯浩曰：应鸿（按：当作"宏"）博不中选而至泾原时作也，玩三四显然矣。其应鸿（宏）博不中，已因往依茂元之故。下半言我志愿深远，岂恋此区区者，而俗情相猜忌哉！（《玉谿生诗笺注》）

纪昀曰：刺同侣猜忌之作。（《李义山诗集辑评》引）四家评以为逼真老杜，信然。然使老杜为之，末二句必另有道理也。（《玉谿生诗说》）"欲回"句言归老扁舟，舟中自为世界，如缩天地于一舟然。即仙人敛日月于壶中，佛家缩山川于粟颖之意。注家谓欲待挽回世运，然后退休，非是。又云：江湖扁舟之兴，俱自汀州生出，故次句非趁韵凑景。五六千锤百炼而出于自然，杜亦不过如此。世但喜其浮艳琱镌之作，而义山之真面隐矣。结太露。（《瀛奎律髓刊误》）

姜炳璋曰：盖义山至泾原，茂元倾倒之甚，而泾原幕僚有忌其才，恐夺己之位者，故用惠子恐庄子夺梁相之事以示意也。时令狐楚卒，绹已扶丧归里，而朱以为犯绹之怒，非是。（《选玉谿生诗补说》）

方东树曰：此诗脉理清，句格似杜。玩末句，似幕中有忌间之者。然用事秒杂，与前不相称。（《昭昧詹言》）

施补华曰：（杜甫）"路经滟滪双蓬鬓，天入沧浪一钓舟"，李义山

"永忆江湖归白发，欲回天地入扁舟"全学此种，而用意各别。（《岘佣说诗》）

许印芳曰：句中层折暗转暗递，出语浑沦，不露筋骨，此真少陵嫡派。（《律髓辑要》）

张采田曰：贾生对策，比鸿（宏）博不中选；王粲依刘，比己为茂元幕官。欲回天地、永忆江湖，言我之所志甚大，岂恋此区区科第，而俗情相猜忌鼓！义山一生躁于功名，盖偶经失志，姑作不屑语以自慰也。（《玉谿生年谱会笺》）

 鉴赏

这是李商隐一首著名的登览抒怀七律。首联写登楼览眺，起势耸拔阔远：高峻的城墙上耸立着百尺高楼。登楼远望，越过近处披拂的绿杨枝柯，可以一直看到泾水岸边的一片沙洲。上句"迢递"与"高"叠用，以层递手法，突出城楼之高峻，给读者以"上尽高城更上楼"的强烈印象；下句随视线的由近而远，展现出视野的阔远。"绿杨"点春时，启下"春来"。矗立高峻的城墙和摇曳披拂的绿杨枝条相互映衬，使画面于高峻坚挺中显出流动的意致，而杨柳汀洲的景色也给这座北方的边城带来几分江南的春意。"外"字"尽"字，暗示绿杨枝外、汀洲尽处是一片空阔，引发读者更加悠远的想象。

"贾生年少虚垂泪，王粲春来更远游。"颔联接写登临所感，分别以贾生、王粲自况。上句说自己正像当年的贾谊那样，青年才俊，富于忧国之情和匡国之才，却不被当权者所理解和任用。在写这首诗之前三个月，他根据长期观察思考写成的《行次西郊作一百韵》，全面揭示了唐王朝的政治、经济、军事危机和民生凋敝、穷民被逼为盗的情况，不妨看作他自己的《陈政事疏》，而长诗篇末所说的"九重黯已隔，涕泗空沾唇"，正是这里所说的"虚垂泪"。"虚"字沉痛愤郁，既有对国事的忧愤，也包含宏博试最终落选的愤郁不平。博学宏辞考试科目中包括论议，商隐曾自称"夫博学宏辞者岂容易哉？天地之灾变尽解矣，人事之兴废尽究矣，皇王之道尽识矣，圣贤之文尽知矣"（《与陶进士书》）。在这次考试的论议中，可能也会将《行次西郊作一百韵》中的一些内容包括进去，则"贾生年少虚垂泪"的诗句和宏博落选一事的联系便更加明显。下句以王粲离开长安，远赴荆州依刘表，喻自己离京赴泾，远幕依人，用事贴切。而且由于王粲作《登楼赋》，与作者登楼览眺抒怀的境况正合，便进一步扩大了典故的内涵，丰富了读者的联想，将诗人当时那种去国怀乡、忧时伤世、郁郁不得志的感情也透露出来了。"春来"应上"绿杨"点时，而诗人此时"虽信美而非吾土兮"的心情自蕴其中。"更"字承上句"虚"字，见政治失意之余再加上远幕依人，情绪更觉难堪。

"永忆江湖归白发，欲回天地入扁舟。"腹联因登高望远触发自己宏远的政治抱负和胸襟，其中"江湖""扁舟"都暗用了范蠡功成身退、归隐江湖的典故。两句一意贯串，说自己长期向往着白发苍苍的暮年归隐江湖，过着悠闲自在的生活，但必待做出一番扭转乾坤的大事业之后才身入扁舟，悠然离去。上句承"虚垂泪""更远游"，先尽量放开，下句却用力收转，强调必待"欲回天地"之志既遂，然后方"入扁舟"。纵收开合的对照，突出了诗人不慕个人荣华富贵的品格和"欲回天地"宏愿的坚定性。诗语也因此显得拗峭峻拔，顿挫生姿。而"江湖""天地""扁舟"之想，仍由登楼远望之景触发。

"不知腐鼠成滋味，猜意鹓雏竟未休！"尾联用庄子见惠子，以鹓雏、腐鼠设喻之典，抒发对猜忌自己的人们的愤慨。这里以"鹓雏"比喻具有远大志向和高洁品格的人物，借以自喻；以"鸱鸟"比喻醉心利禄、猜忌志士的小人；以"腐鼠"比喻庸俗的权位利禄，说真料想不到，权位利禄这只"腐鼠"，竟然成了"鸱鸟"酷嗜的美味，它们自己嗜腐成癖，却对志存高远的"鹓雏"猜忌不休！这对那些啄腐吞腥已成习性者的腐朽本质和变态心理是深刻的揭露和辛辣的讽嘲。"不知"与"竟"，语含轻蔑与愤慨，感情激烈，却并不流于一泻无余的怒骂，其中仍含耐人寻味的幽默。

这首登临之作，以抒写宏大高远的志趣抱负为中心，将忧念国事、感慨身世、抨击腐朽、蔑弃庸俗等内容融为一体，展示了青年诗人阔远的胸襟和在逆境中所显示出来的峻拔坚挺的精神风貌。"虚垂泪""更远游"、受"猜意"的处境遭遇，在诗中正成为回天转地的宏大胸襟抱负的有力铺垫与反衬，在理想与现实、个人与时代环境的矛盾对立中，更有力地激射出进步人生理想和积极人生态度的光辉。王安石特别称赏"永忆"一联，认为"虽老杜无以过"，可能就首先着眼于它所显示的理想美和人格美，以及那种既坚定执着又潇洒出尘的风神。

2817

诗题为"安定城楼"，但除首联以高楼骋望发端以外，以下三联都不再写景，而是反复抒怀寄慨。这在登临的律体中可谓创格。但贯注全诗的高情远意和登临望远的规定情境在整体上仍是神合的。而且腹联抒情，情由景生，情中含景；尾联在俯视一切、蔑弃庸俗的气概中，也能感受到登高望远的情境。这种构思，正体现出义山诗"有神无迹"的特点。

流　莺〔一〕

流莺漂荡复参差〔二〕，度陌临流不自持〔三〕。
巧啭岂能无本意〔四〕？良辰未必有佳期〔五〕。
风朝露夜阴晴里，万户千门开闭时〔六〕。
曾苦伤春不忍听〔七〕，凤城何处有花枝〔八〕。

 校注

〔一〕流莺，即莺鸟。流，谓其鸣声婉转圆润。据"漂荡"及"凤城"等语，诗当作于长期辗转作幕后居京城长安时，可能作于大中三年（849）春。

〔二〕漂荡，流转迁徙。参差，本系形容鸟飞翔时翅膀张敛振落之状，这里用如动词，犹张翅飞翔。

〔三〕陌，道路。流，江河。不自持，不能自主。

〔四〕本意，内心的真实愿望。

〔五〕良辰，指春天。佳期，美好的期遇。

〔六〕《史记·孝武本纪》："作建章宫，度为千门万户。"

〔七〕忍，《全唐诗》校："一作思。"

〔八〕凤城，即凤凰城、丹凤城，借指京城长安。尾联从李义府《咏乌》诗"上林多少树，不借一枝栖"化出。

笺评

陆昆曾曰：此作者自伤漂荡无所依归，特托流莺以发叹耳。……结句从"上林多少树，不借一枝栖"翻出。（《李义山诗解》）

姚培谦曰：此伤己之飘荡无所托而以流莺自寓也。渡陌临流，全非自主，然听其巧啭之声，岂无迫欲自达之意，所恨者佳期之未可卜耳。试看风朝露夜，阴晴不定，万户千门，开闭随时，无日不望佳期，无日得遇佳期。凤城一枝，不知何时得借，伤春之音，宜我之不忍听也。（《李义山诗集笺注》）

屈复曰：流莺之飞鸣来去，风露阴晴，无处不到。我亦伤春者，不忍听此，恐凤城中无处有花枝耳。（《玉谿生诗意》）

程梦星曰：起句"漂荡"字，结句"伤春"字是正义。（《重订李义山诗集笺注》）

冯浩曰：颔联入神，通体凄惋，点点杜鹃血泪矣。亦客中所赋。（《玉谿生诗笺注》）

纪昀曰：前六句将流莺说做有情。七句打合到自己身上，若合若离，是一是二，绝妙运掉，与《蝉》诗同一关捩，但格力不高，声响觉靡耳。（《玉谿生诗说》）

张采田曰：含思宛转，独绝古今。亦寓客中无聊，陈情不省之慨。味其词似在京所作，岂大中三年春间耶？此等诗当领其神味，不得呆看，若泥定为何人事而发，反失诗中妙趣矣。读《玉谿集》者当于此消息之。（《李义山诗辨正》）

　　这是李商隐托物寓怀、抒写身世之感的诗篇。写作年份不易确定。从诗中写到"漂荡""巧啭"和"凤城"来看，可能是"远从桂海，来返玉京"以后所作。宣宗大中三年（849）春，作者在长安暂充京兆府掾属，"天官补吏府中趋，玉骨瘦来无一把"（《偶成转韵》），应是他当时生活和心情的写照。

　　流莺，指漂荡流转、无所栖托的黄莺。诗的开头两句，正面重笔写"流"字。参差，本是形容鸟儿飞翔时翅膀张敛振落的样子，这里用如动词，犹张翅飞翔。漂荡复参差，是说漂荡流转之后又紧接着再飞翔转徙。"度陌""临流"，则是在不停地漂荡流转中所经所想，应上句"复"字。流莺这样不停地漂泊、飞翔，究竟是为什么呢？又究竟要漂荡到何时何地呢？诗人对此不作正面交代，只轻轻接上"不自持"三字。这是全联点眼，暗示出流莺根本无法掌握自己的命运，仿佛是被某种无形的力量主宰着。用流莺的漂荡比喻诗人自己的辗转幕府的生活，是比较平常的比兴寓托，独有这"不自持"三字，融和着诗人的独特感受。诗人在桂林北返途中就发出过怅然的叹息："昔去真无奈，今还岂自知。"（《陆发荆南始至商洛》）"去真无奈""还岂自知"，正像是"不自持"的注脚。它把读者的思绪引向"漂荡复参差"的悲剧身世后面的社会原因，从而使诗的意境深化了。

漂荡流转，毕竟是流莺的外在行动特点，接下来三、四两句，便进一步通过对流莺另一特点——巧啭的描写，来展示它的内心苦闷。"巧啭岂能无本意？良辰未必有佳期。"流莺那圆转流美的歌吟中分明隐藏着一种殷切的愿望——希望在美好的三春良辰中有美好的期遇。然而，它那"巧啭"中所含的"本意"却根本不被理解，因而虽然适逢春日芳辰也未必能盼来"佳期"，实现自己的愿望。如果说流莺的漂泊是诗人飘零身世的象征，那么流莺的巧啭便是诗人美妙歌吟的生动比喻。它的独特之处，就在于强调巧啭中寓有不为人所理解的"本意"，这"本意"可以是诗人的理想抱负，也可以是诗人所抱的某种政治遇合的期望。这一联和《蝉》的颔联颇相似。但"五更疏欲断，一树碧无情"所强调的是虽凄楚欲绝而不被同情，是所处环境的冷酷；而"巧啭"一联所强调的却是巧啭本意的不被理解，是世无知音的感叹。"岂能""未必"，一纵一收，一张一弛，将诗人不为人所理解的满腹委屈和良辰不遇的深刻伤感曲曲传出，在流美圆转中有回肠荡气之致。可以说这两句诗本身就是深与婉的统一。

颈联承上"巧啭"，仍写莺啼。"风朝露夜阴晴里，万户千门开闭时。"这是"本意"不被理解、"佳期"不遇的流莺永无休止的啼鸣：无论是刮风的早晨还是降露的夜晚，是晴明的天气还是阴霾的日子，无论是京城中万户千门开启或关闭的时分，流莺总是时时处处在啼啭歌吟。它仿佛执着地要将"本意"告诉人们，而且在等待着渺茫无日的佳期。这一联是由两个略去主、谓语的状语对句构成的，两句中"风朝"与"露夜"、"阴"与"晴"、"万户"与"千门"、"开"与"闭"又各自成对，读来别有一种既整饬又优美，既明畅又含蓄的风调。

尾联联系到诗人自身，点明"伤春"正意。"凤城"借指长安，"花枝"指流莺栖息之所。两句是说，自己曾为伤春之情所苦，实在不忍再听流莺永无休止的伤春的哀鸣，然而在这广大的长安城内，又哪里能找到可以栖居的花枝呢？初唐诗人李义府《咏乌》云："上林多少树，不借一枝栖。"末句从此化出。伤春，就是伤佳期之不遇；佳期越渺茫，伤春的情绪就越浓重。三春芳辰就要在伤春的哀啼中消逝了，流莺不但无计留春，而且连暂时栖息的一枝也无从寻找。这已经是杜鹃啼血般的凄怨欲绝的情境了。诗人借"不忍听"流莺的哀啼，强烈地抒发了自己的"伤春"之情——抱负成空、年华虚度的精神苦闷。末句明写流莺，实寓自身，读来既像是诗人对无枝可栖的流莺处境的关心，又像是诗人从流莺哀啼声中听出的寓意，更像是诗人自己的心声，语意措辞之精妙，可谓臻于化境。

此《蝉》之姊妹篇，寓感相类。唯《蝉》诗于抒写梗泛漂泊境遇时突出"高"与"饱"之矛盾与环境之冷漠无情，此则突出其"巧啭"之本意不被理解之苦闷与良辰难遇、无所依托之境遇。《蝉》诗所塑造之形象更多清高寒士气质，此则更侧重于表现其苦闷伤感之诗人特征。流莺之巧啭，正可视为其美妙歌吟之象喻。所谓"巧啭岂能无本意"，不妨看作诗人"寄托深而措辞婉"诗风之形象化说明。

常　娥〔一〕

云母屏风烛影深〔二〕，长河渐落晓星沉〔三〕。
常娥应悔偷灵药〔四〕，碧海青天夜夜心〔五〕。

校注

〔一〕常娥，或作嫦娥、姮娥。《淮南子·览冥》："譬若羿请不死之药于西王母，姮娥窃以奔月。"高诱注："姮娥，羿妻，请不死之药于西王母。未及服之，姮娥盗食之，得仙，奔入月中为月精。"

〔二〕云母，一种柔韧富于弹性的矿物，晶体透明，有珍珠光泽，其薄片可用作屏风、窗户、车等装饰。深，暗淡。

〔三〕长河，指银河。晓星，指稀疏的晨星。沉，隐没。

〔四〕偷灵药，即窃不死之药。参注〔一〕。

〔五〕碧海，青碧的大海。古人认为明月晚间从碧海升起，历青天而复入碧海，故云"碧海青天夜夜心"。

2821

吕本中曰：杨道孚深爱义山"嫦娥应悔偷灵药，碧海青天夜夜心"，以为作诗当如此学。（《紫薇诗话》）

谢枋得曰：嫦娥有长生之福，无夫妻之乐，岂不自悔？前人未道破。（《叠山诗话》）

敖英曰：此诗翻空断意，从杜诗"斟酌嫦娥寡，天寒奈九秋"变化出来。（《唐诗绝句类选》）

钟惺曰：（夜夜心下评）语、想俱刻，此三字却下得深浑。（《唐诗归》）

胡次焱曰：羿妻窃药奔月中，自视梦出尘世之表，而入海升天，夜夜奔驰，曾无片暇时，然而何取乎身居月宫哉？此所以悔也。按商隐擢进士第，久中拔萃科，亦既得灵药入宫矣。既而以忤旨罢，以牛李党斥，令狐绹以忘恩谢不通，偃蹇蹭蹬，河落星沉，夜夜此心，宁无悔耶？此诗盖自道也。上二句纪发思之时，下二句志凝想之意。（《唐诗选脉会通评林》引）

唐汝询曰：此疑有桑中之思，借嫦娥以指其人，与《锦瑟》同意。盖义山此类作甚多，如《月夕》……等什，俱与《嫦娥》篇情思相左右，但不若此沉含更妙耳。（同上引）

周容曰：李义山云："嫦娥应悔偷灵药，碧海青天夜夜心"，伤风雅极矣，何以人尽诵之？至又云："兔寒蟾冷桂花白，此夜嫦娥应断肠。"差觉蕴藉，似亦悔其初作而为此。（《春酒堂诗话》）

贺裳曰：义山"云母屏风烛影深，长河渐落晓星沉"。已为灵妙。陆（龟蒙）更云："古往天高事渺茫，争知灵媛不凄凉。月娥如有相思泪，只待方诸寄两行。"此可谓吹波助澜。（《载酒园诗话又编》）

黄生曰：义山诗中多属意妇人，观《月夕》一首云："草下阴虫叶上霜，朱栏迢递压湖光。兔寒蟾冷桂花白，此夜嫦娥应断肠。"玩次句语景，嫦娥字似有所指。此作亦然。朱栏迢递，烛影屏风，皆所思之地之景耳。（《唐诗摘抄》）

何焯曰：自比有才调，翻致流落不遇也。（《李义山诗集辑评》引）

沈德潜曰：孤寂之况，以"夜夜心"三字尽之。士有争先得路而自悔者，亦作如是观。（《唐诗别裁》）

　　姚培谦曰：此非咏嫦娥也。从来美人名士，最难持者末路，末二语警醒不少。（《李义山诗集笺注》）

　　屈复曰：嫦娥指所思之人也。作真指嫦娥，痴人说梦。（《玉谿生诗意》）

　　程梦星曰：此亦刺女道士。首句言其洞房曲室之景，次句言其夜会晓离之情。下二句言其不为女冠，尽堪求偶，无端入道，何日上升也。盖孤处既所不能，而放诞又恐获谤，然则心如悬旌，未免悔恨于天长海阔矣。（《重订李义山诗集笺注》）

　　冯浩曰：或为入道而不耐孤子者致诮也。（《玉谿生诗笺注》）

　　纪昀曰：意思藏在上二句，却从嫦娥对面写来，十分蕴藉。非咏嫦娥也。（《玉谿生诗说》）此悼亡之诗。（《李义山诗集辑评》引）

　　姜炳璋曰：此伤己之不遇也。一二喻韶光易逝。三四喻不如无此才华，免费夜夜心耳。（《选玉谿生诗补说》）

　　宋顾乐曰：借嫦娥抒孤高不遇之感，笔舌之妙，自不可及。（《唐人万首绝句选》评）

　　张采田曰：义山依违党局，放利偷合，此自忏之词，作他解者非。（《玉谿生年谱会笺》）写永夜不眠，怅望无聊之景况，亦托意遇合之作。嫦娥偷药比一婚王氏，结怨于人，空使我一生悬望，好合无期耳，所谓"悔"也。（《李义山诗辨正》）

　　这首诗题为"常娥"，实际上抒写的是处境孤寂的主人公对于环境的感受和心灵独白。

　　前两句描绘主人公的环境和永夜不寐的情景。室内，烛光越来越黯淡，云母屏风上笼罩着一层深深的暗影，越发显出居室的空寂清冷，透露出主人公在长夜独坐中黯然的心境。室外，银河逐渐西移垂地，牛郎、织女隔河遥望，本来也许可以给独处孤室的不寐者带来一些遐想，而现在这一派银河即将消失。那点缀着空旷天宇的寥落晨星，仿佛默默无言地陪伴着一轮孤月，也陪伴着永夜不寐者，现在连这最后的伴侣也行将隐没。"沉"字正逼真地描绘出晨星低垂、欲落未落的动态，主人公的心也似乎正在逐渐沉下去。"烛影深""长河落""晓星沉"，表明时间已到将晓未晓之际，着一"渐"

字，暗示了时间的推移流逝。索寞中的主人公，面对冷屏残烛、青天孤月，又度过了一个不眠之夜。尽管这里没有对主人公的心理作任何直接的抒写刻画，但借助于环境氛围的渲染，主人公的孤清凄冷情怀和不堪忍受寂寞包围的意绪却几乎可以触摸到。

在寂寥的长夜，天空中最引人注目、引人遐想的自然是一轮明月。看到明月，也自然会联想起神话传说中的月宫仙子——嫦娥。据说她原是后羿的妻子，因为偷吃了西王母送给后羿的不死药，飞奔到月宫，成了仙子。"嫦娥孤栖与谁邻？"在孤寂的主人公眼里，这孤居广寒宫殿、寂寞无伴的嫦娥，其处境和心情不正和自己相似吗？于是，不禁从心底涌出这样的意念：嫦娥想必也懊悔当初偷吃了不死药，以致年年夜夜，幽居月宫，历青天而入碧海，循环往复，寂寥清冷之情难以排遣吧。"应悔"是揣度之词，这揣度正表现出一种同病相怜、同心相应的感情。由于有前两句的描绘渲染，这"应"字就显得水到渠成，自然合理。因此，后两句与其说是对嫦娥处境心情的深情体贴，不如说是主人公寂寞的心灵独白。

这位寂处幽居、永夜不寐的主人公究竟是谁？诗中并无明确交代。诗人在《送宫人入道》诗中，曾把女冠比作"月娥孀独"，在《月夜重寄宋华阳姊妹》诗中，又以"窃药"喻指女子学道求仙。因此，说这首诗是代困守宫观的女冠抒写凄清寂寞之情，也许不是无稽之谈。唐代道教盛行，女子入道成为风气，入道后方体验到宗教清规对正常爱情生活的束缚而产生的精神苦闷，三、四两句，正是对她们处境与心情的真实写照。

但是，诗中所抒写的孤寂感以及由此引起的"悔偷灵药"式的情绪，却融入了诗人独特的现实人生感受，而含有更丰富深刻的意蕴。在黑暗污浊的现实包围中，诗人精神上力图摆脱尘俗，追求高洁的境界，而追求的结果往往使自己陷于更孤独的境地。清高与孤独的孪生，以及由此引起的既自赏又自伤，既不甘变心从俗，又难以忍受孤子寂寞的煎熬这种微妙复杂的心理，在这里被诗人用精微而富于含蕴的语言成功地表现出来了。这是一种含有浓重伤感的美，一片高天寂寞心，在旧时代的清高文士中容易引起广泛的共鸣。诗的典型意义也正在这里。

孤栖无伴的嫦娥，寂处道观的女冠，清高而孤独的诗人，尽管仙凡悬隔，同在人间者又境遇差殊，但在高洁而寂寞这一点上却灵犀暗通。诗人把握住了这一点，塑造了三位一体的艺术形象。这种艺术概括的技巧，是李商隐的特长。

贾　生〔一〕

宣室求贤访逐臣〔二〕，贾生才调更无伦〔三〕。
可怜夜半虚前席〔四〕，不问苍生问鬼神〔五〕。

李商隐

校注

〔一〕贾生，贾谊，西汉初著名政论家，曾多次上书，主张削弱诸侯王势力，巩固中央集权；抗击匈奴侵扰，加强国防；重农抑商，广积粮食。

〔二〕宣室，汉未央宫前殿的正室。访，征询、咨询。逐臣，被贬谪的臣子，这里指贾谊。文帝曾越级提拔贾谊为太中大夫，后为大臣周勃、灌婴等排挤，贬为长沙王太傅。数年后，文帝又将他召回长安，在宣室接见他，"宣室求贤访逐臣"指此。

〔三〕才调，才气，才情。无伦，无比。《史记·屈原贾生列传》："是时贾生年二十餘，最为少。每诏令议下，诸老先生不能言，贾生尽为之对，人人各如其意所欲出。诸生于是乃以为能不及也。""孝文帝初即位……诸律令所更定，及列侯悉就国，其说皆自贾生发之。于是天子议以为贾生任公卿之位。"余参注〔四〕。

〔四〕可怜，可惜。前席，古人席地跪坐，"前席"指移坐向前（在席上移膝向前）以靠近对方，表示恭敬和倾听。虚，空自。《史记·屈原贾生列传》："贾生征见。孝文帝方受釐（xī）（刚举行过祭神仪式，接受神的福佑），坐宣室。上因感鬼神事，而问鬼神之本。贾生因具道所以然之状。至夜半，文帝前席（因为谈得投机，不自觉地在坐席上移膝靠近贾谊）。既罢，曰：'吾久不见贾生，自以为过之，今不及也。'"

〔五〕苍生，老百姓。

2825

笺评

严有翼曰：文人用故事有直用其事者，有反其意而用之者。（王）元之《谪守黄冈谢表》云："宣室鬼神之问，岂望生还？茂陵封禅之书，唯期死后。"此一联每为人所称道，然皆直用贾谊、相如之事耳。李义山诗："可怜夜半虚前席，不问苍生问鬼神。"虽说贾谊，然反其意而用之矣。林和靖诗："茂陵他日求遗稿，犹喜曾无《封禅书》。"虽说相如，亦反其意而用之矣。直用其事，人皆能之；反其意而用之者，非识学素高，超越寻常拘挛之见，不规规然蹈袭前人陈迹者，何以臻此？（《艺苑雌黄》）

胡应麟曰：晚唐绝，"东风不与周郎便，铜雀春深锁二乔""可怜夜半虚前席，不问苍生问鬼神"，皆宋人议论之祖。间有极工者，亦气韵衰飒，天壤开、宝。然书情则怆恻而易动人，用事则巧切而工悦俗。世希大雅，或以为过盛唐。具眼观之，不待其词毕矣。（《诗薮》）

周珽曰：以贾生而遇文帝，可谓获主矣。然所问不如其所策，信乎才难，而用才尤难。此后二句诗而史断也。（《唐诗选脉会通评林》）

许学夷曰：晚唐绝句，二子（按：指杜牧、李商隐）乃深得之。但二诗（按：指《赤壁》《贾生》）虽为议论之祖，然"东风"二句，犹有晚唐音调，"可怜"二句，则全入议论矣。（《诗源辩体》）

陆次云曰：诗忌议论，憎其一发无馀耳。此诗议论之外，正多馀味。（《五朝诗善鸣集》）

沈德潜曰：钱牧斋"绛灌但知谗贾谊，可思流汗愧陈平"全学此种。（《唐诗别裁》）

何焯曰：末二句即诗人"召彼故老，讯之占梦"意。（《义门读书记》）徒问鬼神，贾生所以吊屈也。彤庭私至，才调莫知，伤如之何，又后死之吊贾矣。（《李义山诗集辑评》引）

姚培谦曰：老杜"前席竟为荣"，一"竟"字已含此一首意。（《李义山诗集笺注》）

屈复曰：前席之虚，今古盛典。文帝之贤，所问如此，亦有贾生遇而不遇之意欤！（《玉谿生诗意》）

程梦星曰：此谓李德裕谏武宗好仙也。德裕自为牛僧孺、李宗闵党人所阻，出入十年，三在浙西，武宗即位，始得为相，此首句之意也。史称德裕当国，方用兵时决策制胜，他相无与，此次句之意也。及德裕谏帝信赵归真，学养生术，帝乃不听，此下二句之意也。（《重订李义山诗集笺注》）

冯浩云：义山退居数年，起而应辟，故每以逐客逐臣自喻，唐人习气也。上章（按：指《异俗二首》）亦云"贾生事鬼"，盖因岭南瘴疠之乡，故以借慨，不解者乃以为议论。（《玉谿生诗笺注》）

纪昀曰：纯用议论矣，却以唱叹出之，不见议论之迹。（《玉谿生诗

说》）不善学之，便成伧语。第二句率笔。（《李义山诗集辑评》引）

姜炳璋曰：绝大议论，得未曾有，言外为求神仙者讽。（《选玉谿生诗补说》）

晚唐诗坛上，咏史诗的写作成为风气。比李商隐时代稍晚的汪遵、胡曾等诗人甚至写过几十首到上百首的咏史七绝。不过多数作品取材陈旧，立意不高，而且往往单纯议论，发露无余，缺乏丰富的含蕴和深长的情韵。李商隐的咏史诗却很少有这些弊病。这首《贾生》，取材、立意和表现手法尤其新颖独特，很能代表他的咏史诗的艺术风貌。

贾谊贬长沙，早已成为诗人们寄寓怀才不遇之感的熟滥题材。李商隐尽管也有一肚子生不逢时的牢骚，却能力避熟滥，首先在题材上出新。他特意选取《史记·屈原贾生列传》里这样一段情节：贾生征见。孝文帝方受釐，坐宣室。上因感鬼神事，而问鬼神之本。贾生因具道所以然之状。至夜半，文帝前席。既罢，曰："吾久不见贾生，自以为过之，今不及也。"

在一般封建文人心目中，"宣室夜对"大概是值得大加渲染的君臣遇合的盛事。但诗人却独具只眼，抓住不为人们所注意的"问鬼神"这件事，借题发挥，翻出了一段新警透辟、发人深省的诗的议论。

"宣室求贤访逐臣，贾生才调更无伦。"头一句连用"求"和"访"两个字，仿佛是特意表明文帝求贤意愿的殷切、待贤态度的谦诚，在读者面前树立起一位求贤若渴、虚怀若谷的明君形象。为寻求贤才，把贬逐在远方的臣子都特意召回来，并且向他虚心垂询，可见"求贤"是多么广泛，多么彻底，也许可以称得上做到"野无遗贤"了。

第二句"贾生才调更无伦"，掉笔正面描写贾谊，突出强调他的才情过人，没有人能和他相比。据史传记载，贾谊开始在朝廷任职时，只不过是二十刚出头的年轻人，却已表现出卓越的政治识见和才能。每逢文帝下令交议朝廷大事，同列的年长的博士们都说不出中肯的意见，独有他能一一对答。博士们无不佩服，认为自己才能都不如贾谊。文帝特别欣赏他，一年之内就将他越级提拔为太中大夫。当时许多重要法令的修改和某些重大的政治决策，也都出自贾谊的建议。可见，"才调更无伦"并非虚泛的赞辞，而是恰当的评价，虽然下笔的分量很重。但这句诗又不单纯是对贾谊过去的政治才能的评价和赞扬，其中还暗含着文帝在宣室接见之后对贾谊的热情称叹，读来既像是作者，又像是文帝对贾生的由衷赞赏，用笔也相当巧妙。这一句有叙、有议，而叙述与议论又都融化在抒情色彩很浓的赞叹中。"才调"一词，兼包才能风调，它与"更无伦"这样的尽情称赞相配合，让人宛然可见贾生少年才俊、议论风发、华采照人的精神风貌，诗的形象感和咏叹的情调也就自然地显示出来。

前两句完全从正面着笔，丝毫不露贬意、讽意。文帝对贤臣，是由"求"而"访"而衷心叹赏；贾谊呢，又确实才能出众，不负厚望。如不看下文，几乎会误认为这是一篇圣主重贤颂或者君臣遇合颂。其实，这正是作者特意布下的机关和迷阵。

第三句"可怜夜半虚前席"，有承接、有转折，承中寓转，是全诗枢纽。承，即所谓"夜半前席"，如果把"宣室夜对"比作一出独幕剧，那么"夜半前席"就是它的高潮。"夜半前席"这类细节，后来的许多史家往往视为无足轻重，弃而不取。但它对文艺作品，却往往是传神写照的重要凭借。诗人似乎只是将《史记》中的文字信手拈来，嵌入自己的诗篇之中，却起了神妙的作用，大为作品增色。因为"夜半前席"这四个字，把文帝当时那种虚心垂询、凝神倾听，以至于"不自知膝之前于席"的情状描绘得惟妙惟肖，使历史陈迹一下子变成了充满生活气息、历历在目的活动画面。这种善于选取典型细节，善于"从小物寄慨"的艺术手段，正是李商隐在咏史诗里经常采用的绝招。诗人正是通过这个生动的细节，才把那架由"求"而"访"、由"访"而赞的节节上升的"重贤"的云梯升到了最高处，而"转"，也就在这顶峰与高潮中同时开始。不过，并不硬转陡折，显得突兀费力，而是用咏叹之笔轻轻拨转，转得令人浑然不觉，这就是在"半夜"和"前席"的前面分别安上一个"可怜"，一个"虚"。"可怜"，这里是"可惜"的意思。不用感情色彩强烈的"可悲""可叹"一类词语，只说"可怜"，一方面是为末句那全篇之警策预留地步；另一方面也是因为在这里貌似轻描淡写的"可怜"，比剑拔弩张的"可悲""可叹"更为蕴藉，更耐人寻味。仿佛给文帝留有余地，其实却含着冷峻的嘲讽，让人感到作者对他的讽刺对象有一种居高临下的精神上的优势，一种意味深长的轻蔑。这种写法，可以说是似轻而实重。"虚前席"的"虚"，是空自、徒然之意思。虽然同样只是轻轻一点，却使读者对文帝"夜半前席"的重贤姿态从根本上产生了怀疑，这也许可以称得上是举重而若轻吧。如此推重贤者，何以竟然成"虚"？

诗人引而不发，给读者留下了悬念，诗也就显出跌宕波折的情致，而不是一泻无余。这一句承转交错的艺术处理，精练，自然，和谐，浑然无迹，给人以流美圆转、毫不着力的感觉。而且由于在因承接而上升的最高点上同时出现转折，这转便更有分量，由转而引起的疑团也就更浓重，这样，就引诱读者把全部注意力集中到最后一句上来，急切地要求弄清"虚"前席的原因。

末句紧紧承接"可怜"与"虚"，引满而发，射出直中目标的极其尖锐的一箭——"不问苍生问鬼神。"原来郑重求贤，虚心问贤，衷心赞贤，乃至"夜半前席"，这一切根本不是为了询问治国安民之道，却是为了"问鬼神"！这究竟是什么样的求贤、重贤，这种求贤与重贤，对贤者又究竟意味着什么啊！但诗人仍只点破而不说尽，他只把客观事实摆出来，让读者自己通过"问"与"不问"的对照，得出应有的结论。词锋极犀利，讽刺极辛辣，感慨极深沉，却又极抑扬吞吐之妙。由于前几句围绕"重贤"逐步升级，节节上扬，第三句又盘马弯弓，故意蓄势，末句由强烈对照和出人意料的转折而形成的贬抑便显得特别有力，给了讽刺对象以致命的一击。这正是通常所说的"抬得高，摔得重"。整首诗在正与反、扬与抑、轻与重、承与转等方面的艺术处理上，都蕴含着艺术的辩证法，而它那种新警含蕴、唱叹有情的艺术风格也就通过这一系列成功的艺术处理，逐步显示出来。

这里，作者点破而不说尽，有案而无断，并非由于内容贫弱而故弄玄虚，而是由于含蕴丰富，片言不足以尽意。诗里有讽刺有慨叹，寓感慨于讽刺之中，旨意并不单纯。而且无论是讽刺还是感慨，都须透过表面的历史帷幕才能看清它的真实用意。就讽刺的方面看，表面上似乎是针对汉文帝，实际上诗人的用意并不在此。历史学家是称颂文景之治的。汉文帝也确实称得上是一位励精图治的君主。宣室召见贾谊而"问鬼神之本"，原来并不一定是政治上昏愦的表现，即使有可议可讽之处，也和"不问苍生"没有必然的联系。诗人因汉文帝"问鬼神"而推出他"不问苍生"，既不符合情理，也于史实无征。这种与历史事实的若即若离，恰恰是这篇作品托古讽时、借端寄慨性质的一种标志，或者说是作者故意露出的蛛丝马迹。晚唐许多皇帝，都崇佛信道，服药求仙，不顾民生，不任贤才，所以诗人表面上是讽刺历史上的汉文帝，实际上矛头所指，正是当时的君主，是当时现实中那些"不问苍生问鬼神"的封建统治者。与此同时，诗中又寓有诗人自己怀才不遇的深沉感慨。李商隐从青年时代起，就有"欲回天地"的远大抱负，深切关注国家的命运；但才高而命薄，偏遭衰世，沉沦下僚，志不能申，长期寄迹幕府，以文墨事人，诗中感慨常有流露。因此，这首诗中的贾谊，正有诗人自己的影子；慨叹贾生的不遇明主，实际上是感喟自己的生不逢时。

透过讽刺和感慨，我们可以进一步看出作者观察问题的立足点。在诗人看来，贤者之所以为贤，就在于他具有安"苍生"的杰出才能。皇帝是否重贤，主要不在表面的姿态，而在于是否重视贤者治国安民的主张。徒然有"夜半前席"的姿态，却"不问苍生"而"问鬼神"，正好暴露了不能识别贤者、任用贤者的昏愦面目。而对贤者来说，"夜半前席"而"问鬼神"，与其说是什么优礼、厚遇，倒不如说是一种羞辱与讽刺。因为这意味着自己在皇帝眼里，不过是一个高级的巫师而已。诗人的这种感受和认识，无疑是很深刻的。在封建社会里，许多杰出的人才被沉埋、被压抑，老死家门，不被任用的情况也是很常见的，也容易引起人们的注意；而那些在表面上得到厚遇、垂青，实际上用非其才的情况则往往为人所忽视，而这，同样也是才智之士深刻的悲剧。作者所揭示的这后一种悲剧，是具有很大普遍性和典型性的，可以说概括了封建社会中许多被统治者当作倡优的才士的共同遭遇。诗人在揭示这种悲剧时，胸中不但蕴积着怨愤和沉痛，也包含着难以名状的苦涩和悲哀。这里分明体现着诗人进步的政治遇合观。在作者看来，政治上的遇与不遇，不应当单纯从个人的得失荣辱着眼，而应首先从整个国家的利益出发，把安苍生的政治主张是否得到采纳与实施作为衡量的标准。正因为作者从这样一个立足点来观察问题，他才能跳出一般封建文人借贾谊长沙之贬抒写个人穷愁不遇的陈套，选取了新颖的题材，表达出深刻的思想；才能透过宣室夜召、优礼有加的表象，借题发挥，揭示出君主昏愦、贤才不遇的实质；才能从一般人只看到矛盾和对立的题材和主题之间，看到它们的内在联系。讽刺君主的昏愦弃贤，感慨贤士的怀才不遇，可以说是屡见不鲜的，但用"问鬼"于贤来兼包这两个方面，其构思之深刻，感慨之深沉，对照之鲜明，批判之尖锐，却为同类诗歌中所少见。从这些地方，我们可以领悟到作家的胸襟识度与作品的取材、立意以及艺术表现之间的密切关联。

然而，光有卓绝的见解与高超的立意，并不能保证作品具有感人的艺术力量。对比一下王安石的同题七绝，很能说明问题。王安石的诗说：

> 一时谋议略施行，谁道君王薄贾生？
>
> 爵位自高言尽废，古来何啻万公卿！

贾生的政治主张，有些在他生前就已被文帝采纳实行，另一些在他身后也逐步付诸实施。因此王安石认为贾谊虽然没有位至公卿，并不能算不遇。

相反，古往今来有许多身居高位的公卿，他们的主张却不被采纳，这才是真正的不遇。

从对比中可以发现一个很有趣的现象。从思想内容看，王安石和李商隐的这两首诗貌似相反，实则相通——都不以个人名位显达与否来衡量遇或不遇，而以进步的政治主张是否得到采纳作为标准，都表现了他们脱出庸人之见的胸襟识度，可以说是貌异而神合。但从艺术表现角度看，王、李二作却是貌似而神异。表面上，两首诗都发议论，但一则几乎纯粹是议论，发露无余，简直就像一篇逻辑严密的有韵的短论，一则把唱叹有致、抑扬顿挫的抒情与新警透辟的议论和谐地结合起来，使人读来只觉得它充满抒情的气氛，而不觉得有论断的痕迹。不妨说，一个是散文的议论，一个是诗的议论；一个是以理服人，一个是以情动人。一般地说，诗歌并不一定都排斥议论，特别是咏史诗，不管直接间接，明显隐蔽，总寓有作者对历史人物、事件的见解和评价。但诗歌的本质特点是抒情的，顾名思义，咏史诗应该是"咏"史，而不是单纯"论"史。咏史诗中的议论，应该有助于加强而不是削弱或取消它的抒情性。忽略了诗歌的抒情性这一基本要素，就必然导致诗歌形象性的削弱和情韵的缺乏。这正是以论代咏的王安石的诗作在艺术上的明显缺陷。而李商隐的咏史诗在这方面确实胜人一筹。

曲　江〔一〕

望断平时翠辇过〔二〕，空闻子夜鬼悲歌〔三〕。
金舆不返倾城色〔四〕，玉殿犹分下苑波〔五〕。
死忆华亭闻唳鹤〔六〕，老忧王室泣铜驼〔七〕。
天荒地变心虽折〔八〕，若比伤春意未多〔九〕。

校注

〔一〕曲江，又名曲江池，唐代长安最大的风景区，在城东南隅（旧址在今西安市东南郊）。康骈《剧谈录》卷下："曲江池，本秦世隑洲，开元中疏凿，遂为胜境。其西有紫云楼、芙蓉苑，其南有杏园、慈恩寺。花卉环周，烟水明媚。都人游玩，盛于中和、上巳之节。"安史之乱后荒废。大和九年（835）春，郑注上言秦中有灾，需要兴工役以消除灾祸，文宗读杜甫《哀江头》，知天宝乱前曲江四岸皆有行宫台殿，颇想恢复"升平故事"，遂采郑注建议，派神策军淘曲江，仍许公卿家于江头立亭馆。十月，宴群臣于曲江亭。十一月，甘露之变发生。十二月，下令罢修曲江亭馆。此诗作于开成元年（836）春，系有感于甘露之变导致国家危机深化而作。

〔二〕望断，极望而不见。平时，承平时代。翠辇，皇帝的车驾，车盖上以翠羽装饰。过，读 guō。

〔三〕子夜，半夜。鬼悲歌，暗透甘露之变中朝臣惨遭宦官统领的禁军大批杀戮之事。即《有感二首》"鬼箓分朝部""谁瞑衔冤目"，《重有感》"昼号夜哭兼幽显"之意。

〔四〕金舆，华美的车驾，指从游的嫔妃所乘的车。倾城色，即泛指从游嫔妃。

〔五〕下苑，即曲江。曲江与御沟相通而地势较高，故其水可"分波"于"玉殿"。

〔六〕华亭唳鹤，晋陆机因被宦官孟玖所谮而受诛，临死前悲叹道："华亭鹤唳，岂可复闻乎！"华亭，陆机故宅旁谷名，在今上海市松江区西。唳，鸟鸣（一般用作鹤鸣）。此句亦借慨甘露之变中宦官杀戮士人，其中包括像卢仝这样的文人。

〔七〕泣铜驼，西晋灭亡前，索靖预感到天下将乱，指着洛阳宫门前的铜驼叹息道："会见汝在荆棘中耳！"以上二句用典，分见《晋书·陆机传》及《索靖传》。

〔八〕天荒地变，本指自然界的巨变或浩劫，这里借指甘露之变这场政治浩劫。折，摧。

〔九〕伤，《全唐诗》原作"阳"，据《唐音戊签》及《全唐诗》校语改。伤春，本指人在春天因节物变化、时光流逝、芳华衰歇引起的伤感。亦可借指感时伤乱、忧虑国家命运的情怀。杜甫有《伤春五首》，即忧时感乱之作。

朱鹤龄曰：《旧唐书》：大和九年十月……壬午，赐群臣宴于曲江亭。十一月，有甘露之变，流血涂地，京师大骇。十二月甲申，敕罢修曲江亭

馆。此诗前四句追感玄宗与贵妃临幸时事，后四句则言王涯等被祸，忧在王室而不胜天荒地变之悲也。（《李义山诗集笺注》）

何焯曰：此亦感愤文宗之祸而作。（朱）注所引甚当，特未尽作者之意。盖此篇句句与少陵《哀江头》相对而言也。（《义门读书记》）

程梦星曰：朱氏之论，划然分作两截，律诗无此章法。即如所云，前半亦蒙混，未见翠辇、金舆等字便切天宝时事；后半亦鹘突，何以铜驼、鹤唳二言忽入大和诸臣……且"天荒地变"总结一篇，"若比伤春"之言，则别有事外之感，只以"忧在王室而不胜天荒地变之悲"一语了之，于本句之"心虽折"，下句之"伤春""多"一语皆若不可解者。以愚求之，此诗专言文宗。盖文宗时曲江之兴罢，与甘露之事相终始也。曲江之修，因郑注厌灾一言始之；曲江之罢，因李训甘露一事终之。故但题曲江，而大和间时事足以概见矣。（《重订李义山诗集笺注》）

冯浩曰：凡诗须玩其用意用笔、正陪轻重，乃可引事证之。今次联正面重笔，即所谓伤春，五六乃陪笔耳。此盖伤文宗崩后，杨贤妃赐死而作也。……诗首句谓文宗，次句谓贤妃，三四承上，五六则以甘露之变作衬，而谓伤春之痛较甚于此。盖文宗受制阉奴，南司涂炭，已不胜天荒地变之恨，孰知宫车晚出，并不保深宫一爱姬哉！语极沉郁顿挫。……余深味此章与下章（按：指《景阳井》），杨贤妃之死也，必弃骨水中，故以王涯等弃骨渭水为衬，实可补史之阙文，非臆度也。四句似亦以弃骨水中，故云"分波"。（《玉谿生诗笺注》）

纪昀曰：五六宕开，七八收转。言当日陆机虽有天荒地变之悲，亦不过如此而已矣。大提大落，极有笔意，不得将五六看作借比，使末二句文理不顺也。（《玉谿生诗说》）

方东树曰：收句欲深反晦。（《昭昧詹言》）

张采田曰：此诗专咏明皇、贵妃事。首二句总起，言曲江久废巡幸，只有夜鬼悲歌，亟写荒凉满目之景。"金舆"一联，言苑波犹分玉殿，而倾城已不返金舆矣，所谓伤春也。后二联则言由今日回想天宝乱离，华亭唳鹤，王室铜驼，天荒地变之惨，虽足痛心，然岂若伤春之感，愈足使人悲诧耶？旧注皆兼甘露之变言，诗意遂不可解，冯氏又臆造杨贤妃弃骨水中以附会之，益纰缪矣。（《玉谿生年谱会笺》）

曲江的兴废，和唐王朝的盛衰密切相关。杜甫在《哀江头》中曾借曲江今昔抒写国家残破的伤痛。面对经历了另一场"天荒地变"——甘露之变后荒凉满目的曲江，李商隐心中自不免产生和杜甫类似的感慨。杜甫的《哀江头》，可能对他这首诗的构思有过启发，只是他的感慨已经寓有特定的现实内容，带上了更浓重的悲凉的时代色彩。

一开始就着意渲染曲江的荒凉景象：放眼极望，平时皇帝车驾临幸的盛况再也看不到了，只能在夜半时听到冤鬼的悲歌声。这里所蕴含的并不是吊古伤今的历史感慨，而是深沉的现实政治感喟。"平时翠辇过"，指的是事变前文宗车驾出游曲江的情景；"子夜鬼悲歌"，则是事变后曲江的景象，这景象，荒凉中显出凄厉，正暗示出刚过去不久的那场"流血千门，僵尸万计"的残酷事变。在诗人的感受中，这场大事变仿佛划分了两个时代："平时翠辇过"的景象已经成为极望而不可再见的遥远的过去，眼前面对的就是这样一幅黑暗、萧森而带有恐怖气氛的现实图景。"望断""空闻"，从正反两个方面暗寓了一场"天荒地变"。

三、四承"望断"句，说先前来金舆陪同皇帝游赏的美丽宫妃已不再来，只有曲江流水依然在寂静中流向玉殿旁的御沟（曲江与御沟相通）。"不返""犹分"的鲜明对照中，显现出一幅荒凉冷寂的曲江图景，蕴含着无限今昔沧桑之感。文宗修缮曲江亭馆，游赏下苑胜景，本想恢复升平故事。甘露事变一起，受制家奴，形同幽囚，翠辇金舆，遂绝迹于曲江。这里，正寓有升平不返的深沉感慨。下两联的"荆棘铜驼"之悲和"伤春"之感都从此生出。

第五句承"空闻"句。西晋陆机因被宦官孟玖所谗而受诛，临死前悲叹道："华亭（陆机故宅旁谷名）鹤唳，岂可复闻乎！"这里用以暗示甘露事变期间大批朝臣惨遭宦官杀戮的情事，回应次句"鬼悲歌"。第六句承"望断"句与颔联。西晋灭亡前，索靖预见到天下将乱，指着洛阳宫门前的铜驼叹息道："会见汝在荆棘中耳！"这里借以抒写对唐王朝国运将倾的忧虑。这两个典故都用得非常精切，不仅使不便明言的情事得到既微而显的表达，而且加强了全诗的悲剧气氛。两句似断实连，隐含着因果联系。

末联是全篇结穴。在诗人看来，"流血千门，僵尸万计"的这场天荒地变—甘露之变尽管令人心摧，但更令人伤痛的却是国家所面临的衰颓没落的命运。（"伤春"一词，在李商隐的诗歌语汇中占有特别重要的地位，曾被他用来概括自己诗歌创作的基本主题，这里特指伤时感乱，为国家的衰颓命运而忧伤。）痛定思痛之际，诗人没有把目光局限在甘露之变这一事件本身，而是更深入地去思索事件的前因后果，敏锐地觉察到这一历史的链条所显示的历史趋势。这正是本篇思想内容比一般的单纯抒写时事的诗深刻的地方，也是它的风格特别深沉凝重的原因。

这首诗在构思方面有一个显著的特点：既借曲江今昔暗寓时事，又通过对时事的感受抒写"伤春"之情。就全篇来说，"天荒地变"之悲并非主体，"伤春"才是真正的中心。尽管诗中正面写"伤春"的只有两句（六、八两句），但实际上前面的所有描写都直接间接地围绕着这个中心，都透露出一种浓重的"伤春"气氛，所以末句点明题旨，仍显得水到渠成。

以丽句写荒凉，以绮语寓感慨，是杜甫一些律诗的显著特点。李商隐学杜，在这方面也是深得杜诗诀窍的。读《曲江》，可能会使我们联想起杜甫的《秋兴》，尽管它们在艺术功力上还存在显著的差别。

燕台四首〔一〕

春

风光冉冉东西陌〔二〕，几日娇魂寻不得〔三〕。蜜房羽客类芳心〔四〕，冶叶倡条遍相识〔五〕。暖霭辉迟桃树西〔六〕，高鬟立共桃鬟齐〔七〕。雄龙雌凤杳何许〔八〕？絮乱丝繁天亦迷〔九〕。醉起微阳若初曙〔一〇〕，映帘梦断闻残语〔一一〕。愁将铁网罥珊瑚〔一二〕，海阔天翻迷处所〔一三〕。衣带无情有宽窄〔一四〕，春烟自碧秋霜白〔一五〕。研丹擘石天不知〔一六〕，愿得天牢锁冤魄〔一七〕。夹罗委箧单绡起〔一八〕，香肌冷衬琤琤佩〔一九〕。今日东风自不胜〔二〇〕，化作幽光入西海〔二一〕。

夏

前阁雨帘愁不卷，后堂芳树阴阴见。石城景物类黄泉〔二二〕，夜半行郎空柘弹〔二三〕。绫扇唤风阊阖天〔二四〕，轻帏翠幕波渊旋〔二五〕。

蜀魂寂寞有伴未〔二六〕？几夜瘴花开木棉〔二七〕。桂宫流影光难取〔二八〕，嫣薰兰破轻轻语〔二九〕。直教银汉堕怀中，未遣星妃镇来去〔三〇〕。浊水清波何异源，济河水清黄河浑〔三一〕。安得薄雾起缃裙〔三二〕，手接云軿呼太君〔三三〕。

秋

月浪衡天天宇湿〔三四〕，凉蟾落尽疏星入〔三五〕。云屏不动掩孤嚬〔三六〕，西楼一夜风筝急〔三七〕。欲织相思花寄远，终日相思却相怨〔三八〕。但闻北斗声回环〔三九〕，不见长河水清浅〔四〇〕。金鱼锁断红桂春〔四一〕，古时尘满鸳鸯茵〔四二〕。堪悲小苑作长道〔四三〕，玉树未怜亡国人〔四四〕。瑶琴愔愔藏楚弄〔四五〕，越罗冷薄金泥重〔四六〕。帘钩鹦鹉夜惊霜，唤起南云绕云梦〔四七〕。双珰丁丁联尺素〔四八〕，内记湘川相识处〔四九〕。歌唇一世衔雨看〔五〇〕，可惜馨香手中故〔五一〕。

冬

天东日出天西下〔五二〕，雌凤孤飞女龙寡〔五三〕。青溪白石不相望〔五四〕，堂上远甚苍梧野〔五五〕。冻壁霜华交隐起〔五六〕，芳根中断香心死〔五七〕。浪乘画舸忆蟾蜍〔五八〕，月娥未必婵娟子〔五九〕。楚管蛮弦愁一概〔六〇〕，空城罢舞腰支在〔六一〕。当时欢向掌中销〔六二〕，桃叶桃根双姊妹〔六三〕。破鬟倭堕凌朝寒〔六四〕，白玉燕钗黄金蝉〔六五〕。风车雨马不持去〔六六〕，蜡烛啼红怨天曙〔六七〕。

校注

〔一〕燕台，他本或作"燕台诗"。原本《春》《夏》《秋》《冬》四题分置于诗后，作"右春""右夏""右秋""右冬"。今分别移置每首之前，去"右"字。作者《柳枝五首序》云："他日春曾阴，让山下马柳枝南柳下，咏余《燕台》诗，柳枝惊问：'谁人有此？谁人为是？'"《柳枝五首》约作于大和末开成初义山未登第时，则《燕台四首》当作于此前不久。所咏对象不能确考。冯浩谓："燕台，唐人惯以言使府，必使府后房人也。"可参。详后笺评及鉴赏。

〔二〕风光，此指春天的景象物色。冉冉，渐进貌。东西陌，田间小路，泛指郊野。

〔三〕娇魂，指所思念的女子。

〔四〕蜜房，蜂房。羽客，指蜜蜂。

〔五〕冶叶倡条，形容杨柳枝条的婀娜多姿。

〔六〕暖蔼，春天和煦的烟霭。蔼，通"霭"。辉迟，温暖充足的阳光。《诗·豳风·七月》："春日迟迟。"

〔七〕桃鬟，形容繁盛如云鬟的桃花。

〔八〕雄龙雌凤，喻指自己和所思女子。杳，远。

〔九〕絮乱丝繁，柳絮纷乱、柳丝纷繁。象征思绪纷乱。

〔一〇〕微阳，指西斜的夕阳。初曙，清晨曙日的光。

〔一一〕映帘，指斜阳照帘。残语，指梦将醒时对方的最后几句零零星星的话语。

〔一二〕将铁网罥珊瑚，用铁丝网挂取珊瑚。《新唐书·拂菻国传》："海中有珊瑚树，海人乘大舶堕铁网水底。珊瑚初生盘石上，白如菌，一岁而黄，三岁赤，枝格交错，高三四尺，铁发其根，系网舶上，绞而出之。"

〔一三〕海阔天翻，沧海浩阔，波涛汹涌，天亦为之翻倾。翻，各本均同，唯席本作"宽"。

〔一四〕《古诗十九首》之一："相去日以远，衣带日以缓。"有宽窄，谓因苦苦思念而瘦损，衣带变得宽了。

〔一五〕言春烟自碧、秋霜自白，自然界的景物并不顾人间相思之苦。

〔一六〕研丹擘（bò）石，《吕氏春秋·诚廉》："石可破也，而不可夺坚；丹可磨也，而不可夺赤。"此化用其意，喻爱情的赤诚坚贞。擘，劈开。

〔一七〕天牢，星名。《晋书·天文志》："天牢六星在北斗魁下。"此处仅用其字面，应上"天不知"。

〔一八〕夹罗委箧，将夹的罗衫委放在箱箧里。单绡起，穿上了单薄轻绡衣衫。绡，薄丝织品。

〔一九〕句意谓芳香的肌肤紧贴着琤琤作响的玉佩，感到一丝凉意。以上二句暗示季候已由暮春入夏。

〔二〇〕不胜，不能禁受。亦即"东风无力"意。

李商隐

2837

〔二一〕谓东风化作幽光入于西海，暗示春天的消逝。

〔二二〕石城，女主人公所居之地，或谓即指金陵（石城即石头城之省）。景物类黄泉，形容雨天昏暗的景象。

〔二三〕行郎，少年行人。柘弹（zhè dàn），用柘木作弹弓以弹鸟雀。《西京杂记》："长安五陵人，以柘木为弹，真珠为丸，以弹鸟雀。"《晋书·潘岳传》："岳美姿仪……少时常挟弹出洛阳道，妇人遇之，皆连手萦绕，投之以果。""空柘弹"或暗用此事。

〔二四〕阊阖（hè）天，犹西方之天。《史记·律书》："凉风居西南维，阊阖风居西方。"

〔二五〕渊旋，回旋。《说文·水部》："渊，回水也。"渊，旧本均同，唯戊签作"洄"。

〔二六〕蜀魂，指杜鹃鸟，相传为蜀王杜宇魂所化。

〔二七〕瘴花，指南方蛮烟瘴雨之地开的花，即下所云"木棉"。木棉花多产岭南，落叶乔木，先叶开花，大而红。《太平御览》卷九百六十引晋郭义恭《广志》："木棉树赤华，为房甚繁，逼则相比，为棉甚软，出交州永昌。"

〔二八〕桂宫，月宫，传月中有桂树。流影，犹流光。

〔二九〕嫣薰兰破，形容女子启齿时嫣香如幽兰破苞，幽香四溢。曹植《洛神赋》："含辞未吐，气若幽兰。"

〔三〇〕银汉，指银河。星妃，指织女。镇，长，久。

〔三一〕《战国策·燕策》："齐有清济浊河。"

〔三二〕缃裙，浅黄色的裙子。

〔三三〕云軿（píng），神仙乘的云车。太君，泛称神仙，指所思女子。

〔三四〕月浪，月亮的光波。衡，《全唐诗》原作"衝"（冲），校："一作衡。"兹据改。衡天，即"横天"，布满整个天空。

〔三五〕凉蟾，犹秋月，传月中有蟾蜍，故称秋月为凉蟾。入，指疏星入户。

〔三六〕嚬，同"颦"，皱眉。孤嚬，指孤寂含愁的女主人公。

〔三七〕风筝，悬挂在屋檐下的金属片，风起作响，故名，即铁马。

〔三八〕却，还。

〔三九〕回环，反复不绝。北斗声回环，指斗转星移，时间流逝。

〔四〇〕长河，指银河。《古诗十九首》："河汉清且浅，相去复几许？"

此化用其语。句意为天上的银河已隐没不见。

〔四一〕金鱼，指鱼钥，鱼形的铜锁。红桂，即丹桂。《南方草木状·木类》："桂有三种。叶如柏叶，皮赤者为丹桂。"李时珍《本草纲目》谓花红者为丹桂。此处代指深锁重门中的女主人公。作者《和友人戏赠》（其二）云："殷勤莫使清香透，牢合金鱼锁桂丛。"桂丛亦借指深锁重门之女子。春，指青春芳华。

〔四二〕古时，旧时。鸳鸯茵，绣有鸳鸯图案的茵褥。

〔四三〕小苑作长道，昔日的小苑已经荒废，成为一条人行的长路。

〔四四〕玉树，即《玉树后庭花》，参《隋宫》（紫泉宫殿锁烟霞）"岂直重问后庭花"句注。亡国人，指陈后主的宠妃张丽华，她曾舞《玉树后庭花》。此暗示女主人公原来的身份可能是贵家姬妾或歌舞妓人。后贵人去世，故云"玉树亡国人"。

〔四五〕琴，一作瑟。愔（yīn），安静和悦貌。楚弄，指琴曲。《新唐书·礼乐志》："琴工犹传楚、汉旧声及《清调》，蔡邕五弄、楚调四弄，谓之九弄。"

〔四六〕越罗，越地产的薄绸。金泥，即"泥金"、金屑，指罗衣上的泥金花饰。越罗冷薄示秋深。

〔四七〕南云，陆机《思亲赋》："指南云以寄钦。"陆云《九愍》："眷南云以兴悲。"这里借指怀想思念之情。

〔四八〕双珰，一对耳珠。丁（zhēng）丁，这里形容玉珰碰击之声。尺素，指书信。古代写信用帛，通常长一尺。古代常以耳珠作为男女间定情致意的信物，如繁钦《定情诗》："何以致区区？耳中双明珠。"将耳珠连同书信一起寄给对方，称"侑缄"。

〔四九〕湘川，湘江一带地方。作者《河阳诗》有"湘中寄到梦不到"之语，《夜思》有"寄恨一尺素，含情双玉珰"之语，《春雨》有"玉珰缄札何由达"之语，可能与本篇所咏情事有关。

〔五〇〕雨，指泪雨。

〔五一〕馨香，指书信上留下的馨香气息。故，形容馨香气息逐渐淡薄以至消失。

〔五二〕形容冬天日短，似刚从东出即西下。

〔五三〕雌凤、女龙，均借指女主人公。"孤""寡"状其处境。

〔五四〕青溪、白石，南朝乐府《神弦歌》有《白石郎》《清溪小姑》

曲。《白石郎》词云："白石郎，临江居，前导江伯后从鱼。""积石如玉，列松如翠。郎艳独绝，世无其二。"《清溪小姑》词云："开门白水，侧近桥梁。小姑所居，独处无郎。"这里以青溪、白石分指相隔的女方和男方。

〔五五〕苍梧野，舜南巡不返，死葬苍梧。此以借指男女双方虽处堂上，却相隔之远过于苍梧，如同死别。

〔五六〕霜华，霜花。交隐起，交错隐现。

〔五七〕芳根中断，谓庭中丹桂，芳根已断。香心死，不再散发芳香。喻爱情幻灭。

〔五八〕浪，空。蟾蜍，指嫦娥。张衡《灵宪》："姮娥托身于月，是为蟾蜍。"

〔五九〕月娥，亦指嫦娥，与上文避复。婵娟子，容态美好的女子。

〔六〇〕楚管蛮弦，泛指南方的乐器和音乐。愁一概，同样发出悲愁之音，使人触绪生愁。

〔六一〕腰支在，只剩下瘦损的腰肢。

〔六二〕欢，欢乐。掌中，相传赵飞燕体轻，能作掌上舞。

〔六三〕桃叶，东晋王献之的妾。桃根，传为桃叶之妹。

〔六四〕破鬟，蓬乱的发鬟。倭堕，即倭堕髻，发鬟偏向一边，似堕非堕。凌朝寒，为清晨的寒气所侵。

〔六五〕燕钗，别在发髻上的燕形钗饰。黄金蝉，一种蝉形的黄金头饰。

〔六六〕不持去，谓夜来风雨未化作车马将她带走。

〔六七〕蜡烛啼红，蜡烛流淌红色的烛泪，有似悲啼。亦象喻女主人公对烛空流红泪。

 笺评

周庭曰：寄意深远，情意怆然。"金鱼锁断"四句，更饶悲感。（《唐诗选脉会通评林》）

周启琦曰：气脉调畅。（同上引）

何焯曰：四首实绝奇之作，何减昌谷？唯《夏》一首思致太幽，寻味不出。（《义门读书记》）又云：寄托深远，耐人咀味。（《李义山诗集辑评》引）

朱彝尊曰：语艳意深，人所晓也。以句求之，十得八九；以篇求之，终难了然。定远（冯班）谓此语不解亦佳，如见西施，不必识姓名而后知其美，亦不得已之论也。（《李义山诗集辑评》引）按：此条又作钱良择评，见冯浩《玉谿生诗笺注》引，文字小有异。

杜庭珠曰：寄托深远，与《离骚》之赋美人、恨蹇修者同一寄兴。（《中晚唐诗叩弹集》）

徐德泓曰：诗与燕台两字，毫无关涉，即四时亦不尽贴合。李之命题，往往多寓意者，亦如诗之不能一时通解也。按其《柳枝诗序》，谓能为幽忆怨断之音，爱慕《燕台》之作，将无此四首，亦分幽忆怨断乎？春之困近于幽，夏之泄近于忆，秋之悲邻于怨，冬之闭邻于断，题意或于此而分也。玩其词义，亦颇近似，虽其间字样亦有彼此参杂者，而大旨不离乎是矣。至其音纯属悲咽，所谓北声也，是则燕台之义，又北声之寓言欤？惟此庶几可合，而奥穾荒忽，的是鬼才。《春》：此写幽也。分五段，每段四句。首段，言幽欢之无觅也。风光暗度，无处寻春，反不若游蜂之遍识花丛矣。第二段，言幽情之未遂也。气暖桃夭，正婚姻时候，而人立其间，惟两鬓相对，佳偶杳如，即问天而亦朦胧不明也。高鬓，属人；桃鬓，仍属桃言。第三段，言幽梦之难续也。睡起模糊，夕阳映帘，认为初曙，而梦语亦不能全记，欲再寻之，已如沉珊瑚于海，茫茫不知处矣。第四段，言幽恨之莫诉也。夫衣带无情之物，尚有宽有窄，烟霞似有情者，而竟自碧自白，不识人意乎？则此坚结不可磨灭之恨，已无可控告矣。只好诉于之天，而天亦不知，其惟收系天牢，天始知也。第五段写到魂消魄灭，则幽之至者。谓天气峭寒，衣单珮冷，风力难禁，情不自克，亦当化作冷光，随风而入海耳。四首中段落，其起止语气，各不相蒙，与《小雅·鹤鸣》章、杜甫《饮中八仙歌》，义例相类。然亦有次序，如此篇寻春不得，则情难遂，由是积而为梦，积而为恨，至于形消质化而后已焉。《夏》：此写忆也。分四段，每段四句。首段，忆人物之荒残也。前帘不卷，则见后堂，而后堂应多芳丽，因忆南朝佳冶之地。无如景物已荒暗如夜，想此时挟弹游郎，又何所遇乎？次段，忆旅魂之孤寂也。风吹帷幕，尚尔回旋，因而忆不得旋归之客魂，何其寂寞，所伴者不过烟瘴之花耳，能有几夜开乎？上二段，乃怜生惜死之情也。第三四段，则上穷碧落下黄泉之意，忆之极矣。言月光难取，因口吐幽香，暗言私语，计惟取银汉而藏之，当以阻牛女之会焉。"浊水"二句，比也，言同一水耳，何故清浊各异。安得驾雾起空，呼天而问之耶？上二段，一不甘独悴之情，一荣枯不自晓之情也。由人至鬼，又穷极上天而下泽焉，其序如此。《秋》：此写怨也。分五段，每段四句。首段，时景之怨也。言星月沉西，孤嘹独掩，而又加以凄风之苦焉。次段，别离怨也，言欲织缣寄远，思而成怨，但觉斗转时移，而不见银河之水，无从渡而相会矣。第三段，故宫怨也，言门锁尘积，昔日芳园，化为行路，人则生悲耳。至所遗玉树，当年以之制曲者，亦又何知，而岂解怜亡国乎？第四段，怨声也，言凄清楚调，指冷身寒，禽亦闻声惊起，怜其独而欲其欢会焉。第五段，怨词也，言寄来缄札，内记初情，今其人不得见，惟时执其词而含泪歌之阅之已耳。但使芳香之物，不觉漫灭手中，为可惜也。因时而伤别，又因今而伤古，情无寄而以声写之，声犹虚而以词实之。一世衔雨，则怨无穷尽矣。其序如此。《冬》：此写断也。分五段，前三段各四句，后两段各二句。首段，言途路之断也。东日西沉，孤而无偶，所云青溪白石，一郎一姑也，而杳不相见，其远甚于二女之望苍梧矣。次段，言芳情之断也。时气凝寒，众芳枯槁，而此心亦同寂灭。即或夜泛空明，而以月娥之容质，亦疑其未必美耳，盖甚言心灰也。第三段，言旧欢之断也。管弦惟觉其愁，貌态空留其质，回想当日之妙舞清歌，尽消归无有矣。第四段，言晓妆之断也。破鬟撩乱，虽有燕蝉，亦不成饰。况晓寒已经难受，又岂胜此金玉之寒姿也。第五段，言夜梦之断也。雨必有具，今不持去，岂能为暮雨之行，而天又曙，则好梦断难成矣。后二段若合而为一，则首句点明"朝"字，次句与第三句又不属，俱难承接，且非转韵体也，故从韵而以晓夜分之。路绝而心死，旧情不堪回想，又何有于此日之朝欢暮乐乎，其序如此。（《李义山诗疏》）

陆鸣皋曰：《春》：冶叶倡条，蜂能遍识；絮乱丝繁，天亦能迷。字语皆属奇创。至微阳初曙、梦断残语等句，尤耐人十日思。《夏》：后堂芳树，似阴用"后庭玉树"意。石城，应指金陵。蜀魂，南方之鸟；木棉，南土之花，故相属也。《秋》：南云、云梦，从楚弄生出，而中忽以鹦鹉联之，灵心奥折乃尔。末句"故"字，从"一世"生出，持看一世，不得不故矣。《冬》：二妃犹望苍梧，而此则不相望，故云"远甚"。岂阻绝更甚于死乎？李别有句曰："远别长于死。"往往好作此尽头语也。浪乘画舸，似暗用谢尚牛渚事，只泛月意耳。空城，即"惑阳城"意，"掌中"谓舞；欢销，兼歌言，即装并下句，此倒法也。玉燕金蝉，顿缴上句，其法亦倒。不曰云车，而曰风车，避"朝"字耳。（《李义山诗疏》）

姚培谦曰：《春》：首四句，言意中之人不见。"暖蔼"四句，言幸得见之。"醉起"四句,言见后相思。"衣带"四句,言无可告诉。"夹罗"四句,言春光暗去,魂为之消也。《夏》:起手八句,言相思之深。前四句,属自己;后四句,属所思。"桂宫"四句,言相逢之际。"浊水"四句,则相别之况也。《秋》:首四句,秋宵景色。"欲织"四句,托织女以寄兴。"金鱼"四句,悲往日之风流易散,恐后之视今,亦犹今之视昔也。"瑶琴"四句,恨现前之欢娱有限,用巫山事,所谓"犹恐相逢是梦中"也。"双珰"四句,言别后之相思无极,所谓"置书怀袖中,三岁字不灭"也。"馨香"指尺素,"衔雨看"应是泪雨,言尺素为泪雨浸渍耳。《冬》:首四句,言冬日苦短,其室则迩,其人甚远也。"冻壁"四句,隐语:霜华映壁,影虽存而心已断;月娥临夜,寒既苦而色应凋。"楚管"四句,言此时虽楚女蛮姬腰支尚在,恐不堪作掌中舞也。末四句,又作无聊想象之词,白玉燕钗,风车雨马,纵彼情思不断,又岂能相持俱去耶?此皆所谓幽忆怨乱者。(《李义山诗集笺注》)

屈复曰:冤魄锁天牢,"幽光入西海",皆所谓幽忆怨断之音也。《春》:一段无处不寻到。二段可望不可即。三段夕阳在地,酒醒梦断而终迷处所。四段相思之诚无可告语。五段幽魂飘荡,不胜东风,而相随直入西海,无已时也。《夏》:一段无聊景况。二段风光迅速。三段想其来而留之。四段冀其忽然从云中降也。水源之清浊既异,流亦不同,比其终不相合也。安得驾云而来,著薄雾之细裙,得手接而呼,方遂此愿。《秋》:一段长夜不寐。二段相思不相见。三段空房寂寞。四段梦寐无聊。五段唯展玩书札而已。南云绕云梦,谓方在高唐梦中,乃鹦鹉惊霜而动帘钩,遂惊醒也。《冬》:一段咫尺千里。二段天上所无之色。三段况是双美。四段物是人非。是四首词太盛,意太浅,味太薄。四句一解,格不变化,全无盛唐诸公之起伏顿挫,读者望其云雾,人人为绝不可解,可叹!可叹!
(《玉谿生诗意》)

程梦星曰:四诗乃《子夜四时歌》之义而变其格调者。诗无深意,但艳曲耳。其格调与《河内诗》皆取法于长吉。(《重订李义山诗集笺注》)

冯浩曰:余初阅其(按:指徐德泓)逐句疏解,穿凿牵强,力斥其非。今细玩四章,若统以幽、忆、怨、断味之,颇饶趣味。其分属四字者,以《春》《秋》《冬》三首各有"幽"字、"怨"字、"断"字在句中,《夏》虽无"忆"字,而忆之情态自呈。然拘且凿矣。柳枝为东诸侯取去,故以"燕台"之习拟使府者标题,其亦可妄揣欤?《锦瑟》一篇分适、怨、清、和，已为诗家公案，乌可益以《燕台》之幽、忆、怨、断哉！（《玉谿生诗笺注补》）又云：解者各有所见，未能合一，愚则妄定之若是：首篇细状其春情怨思；次篇追叙旧时夜会；三篇彼又远去之叹；四篇我尚羁留之恨。每章各有线索。否则时序虽殊，机杼则一，岂名笔哉！总因不肯吐一平直之语，幽咽迷离，或彼或此，忽断忽续，所谓善于埋没意绪者。唐季有此一派，于诗教中固非正轨，然而神味原本楚《骚》，文心藉以疏瀹，譬之金石灵品，得诀者炼服以升仙，愚懵者乃中毒而戕命矣。又曰：燕台，唐人惯以言使府，必使府后房人也。参之《柳枝序》，则此在前，其为"学仙玉阳东"时有所恋于女冠欤？其人先被达官取去京师，又流转湘中矣。以篇中多引仙女事，故知女冠。"铁网珊瑚"，他人取去也。玉阳在京，京师在西，故曰"东风""西海"也。玉阳在济源县，京师带以洪河，故曰"浊水清波"也。曰"石城"，曰"瘴花"，曰"南云"，曰"楚弄"，曰"湘川"，曰"苍梧"，皆楚地之境，故知又流传湘中也。与《河内》《河阳》诸篇事属同情，语皆互映。《柳枝》而外，似别有一种风怀也。内惟"石城"二字，与《石城》《莫愁》之作又相类，何欤？又曰：读此种诗，着一毫粗躁不得。（《玉谿生诗笺注》）

纪昀曰：以"燕台"为题，知为幕府托意之作，非艳词也。纯用长吉体，亦自有一种佳处，但究非中声耳。（《李义山诗集辑评》引）

姜炳璋曰：此托为妇人哀其君子之词，盖哭李赞皇（德裕）之作也。第一章，言卫公为党人排挤而含冤入地，可伤也（略）。（《夏》）此一章言其贬谪时虽讼冤无益，而无由以君子小人之党告之君也。此言赞皇逐后，其门寂寞无人也。（略）（《秋》）此一章言赞皇死，而已将无进用之望也。（略）（《冬》）此一章言可危者不独义山，而义山更切也。（略）又曰：此义山哀死之诗，而所哀之人。《春》则曰"海阔天翻无处所""愿得天牢锁冤魂""越罗冷薄金泥重"；《冬》则曰"堂中远甚苍梧野""楚管蛮弦愁一概"，则分明自下注脚矣，其贬潮、崖二州之李文饶乎？……及三复集中《李卫公》题诗，乃怳然曰：信矣，其为哭赞皇也。其云"绛纱弟子音尘绝，鸾镜佳人旧会稀"，即诗中取喻怨女思妇之说也；其云"今日致身歌舞地"，即小苑玉树、舞罢腰支之喻也；其云"木棉花暖鹧鸪飞"，即南云瘴花、越罗蛮管之词也。而义山（《柳枝五首序》）自谓少年所作艳诗，则自乱其词也。盖德裕既卒之后，正绹秉政之年，而"诡薄无行"之谤既腾，义山又乐自炫其才，一诗既出，人必传诵，而前后干绹之作，俱托之男女相思，而此四首，词则哀死，地则崖州，非哭赞皇而何？绚窥见意旨，必益其怒，故以《柳枝》五诗列于《燕台》之前，紧相联属，使观者以艳体目之。不然义山集中共五百六十七题，从无作长序一篇者，且柳枝一面相识，一语未通，而义山生平未尝驰心艳冶，胡为而作此长序乎？盖与《李卫公》题诗同为一岁内之作，皆有所畏忌而不敢昌言其意。（《选玉谿生诗补说》）

秦朝釪曰：义山诗如《无题》《碧城》《燕台》等诗，且放空著，即以为如《离骚》之美人香草，犹有味也。要其人风情，固自不浅。（《消寒诗话》）

张采田曰：《春》：首二句总冒，为四篇主意。"蜜房"二句，言平日寻春，冶叶倡条无不相识，未曾见有此人。"暖蔼"二句，记初见时态。"雄龙"二句，既见依然分阻，"絮乱丝繁"，所谓"有情痴"也。"醉起"四句，托之梦中欢会，梦醒而云迷处所，能不使人怅恨哉！"衣带"四句，言自春徂秋，惟有相思刻骨，心同石坚，不可磨灭，安得锁之天牢，不令分散也。"夹罗"二句点景，"今日"二句，言相思不胜，直欲随之而去矣。亦暗起后篇意也。通篇皆状苦思痴想，惆怅恍忽，真深于言情者，宜柳枝闻而惊叹与？《夏》：此首承前篇，代其人写怨。其人为人取去，必先流转金陵，故以石城点题。首二句闭置后房，人不得窥。"石城"二句，预想金陵景物，生离死别，有类黄泉，空使我弹柘而歌奈何也。"绫扇"四句，皆状其人冷落之态，寂寞中亦有欢伴乎？问之也。"桂宫"二句，为人取去之恨。"直教"二句，言取之者直据为己有矣。"浊水"二句，比其人落溷，昔为清流，今为浊污，何能使人不妒也？结二句言安得亲近其人，手接云轺，呼而询其近状哉！此篇皆是想象之词，冯氏谓实赋欢会，谬矣。据《河阳诗》，义山与燕台相见在人家饮席，其人已先为人后房矣。故诗中只叙为人后房情态，言其据为独有，更无出来之日也。无一语涉及为人取去，自与柳枝先遇后取者不同。冯氏泥"瘴花""木棉"字，疑为岭南风景，谓指杨嗣复贬潮事，最为无稽。不知瘴花木棉，泛言南方天暖耳。《河阳诗》亦有"蛱蝶飞回木棉薄"句，金陵亦南方地，况篇中固明言"石城景物"耶？《秋》：此篇言其人自金陵至湘暗约相见之事。首二句点秋景。"云屏"二句，言其又将远去。"欲织"二句，言我欲寄书问询，而无如终日思怨，两情不能遥达，惟回望北斗，叹河清之难俟耳。"金鱼"四句，言其人已离金陵，如鲤鱼失钩。但有鸳茵尘满，旧时小苑，任人往来，真有室迩人遐之恨。"《玉树》亡国"，岂天意不怜美人如是乎？《玉树》亦借用金陵故事。"瑶琴"四句，言其人至湘中正值初秋之时也。"双珰"二句，记其人私书约我湘川相见，"内记"即书中所言也。结言其人又去，手香已故，只有私书缄封，可想象其歌唇衔雨而已。盖封书多用口缄也。此二句暗逗下篇，四首章法相生。学者细阅之，可以悟作诗之法矣。《冬》：此篇义山赴约至湘而其人又远去之恨也。"天东"二句，彼此参商。"青溪"二句，室迩人远。"冻壁"句点景，"芳根"句相思无益，芳心已灰。"浪乘"二句，对月怀人，言纵使再遇月娥，亦未必如彼美之婵娟矣。"楚管"二句，言彼此含愁一概，其人当亦为我消瘦，只有腰肢尚在耳。"当时"二句，言回想旧欢，桃叶桃根之乐，安可复得耶？"破鬟"二句，忆其人之容饰。结言风车雨马，匆匆持去，竟不能稍缓须臾，亲近芳泽，空使我对烛流涕而已。"蜡烛"句即杜牧之"替人垂泪到天明"意也。盖其人春天与义山相见，即为人取去，夏间流转金陵，至秋又赴湘川，曾约义山赴湘江及冬间赴约，而其人又不知转至何处矣。诗所以分四时写之。义山开成五年冬作江乡之游，当专为此事，与柳枝不可混合也。又曰：长吉诗派之佳处，首在哀感顽艳动人，其次练字调句，奇诡波峭，故能独有千古。若无其用意用笔，而强采撮其字面，以欺俗目，则优孟衣冠矣。如长吉诗中喜用"死"字"泣"字。此等险字，却要用之得当。至于典故，已经长吉运化，亦不宜生剥。玉谿此种数篇，凡长吉已用之典，一概不用，而独取未经人道者探寻用之。且语语运以沉思，出之奇笔，读之如异书古刻，光怪五色，不可逼视，如此方能与长吉代兴。（《李义山诗辨正》）又云：四诗为杨嗣复作也。首章起二句一篇之骨。"风光冉冉"，喻嗣复相业方隆，"几日娇魂"，喻无端贬窜……结则以"东风不胜"比中官倾轧，而嗣复之冤，将从此沉沦海底矣。次章专纪杨贤妃、安王溶事……三章嗣复之湘约已赴幕之事……四章义山赴湘，嗣复已去之事……哀感顽艳，语僻情深，使人不易寻其脉络，真善于埋没意绪者。集中凡关于家国身世，隐词诡寄，无不类此。若判作艳情，则大谬矣。（《玉谿生年谱会笺》）

《燕台四首》的本事和具体的写作时间，难以确考。有的学者认为这四首诗只是写一种长怀憾恨的心灵境界，不必指实。但这组诗有好几处提到与这场悲剧性的爱情有关的地点与情事，如"蜀魂寂寞有伴未？几夜瘴花开木棉""双珰丁丁联尺素，内记湘川相识处""当时欢向掌中销，桃叶桃根双姊妹"等等。一定要说这些诗句都不反映具体的生活情事，是和读者的实际感受不相符的。作为对诗歌的艺术欣赏，自不妨更多地着眼它所表现的情感和心灵境界，但不必认为这组诗不包含具体的情事，纯粹是写主观的幻想。不能确考、详考，自不必硬求其确、其详，但根据诗中已经写到的情事断片作一些大致的推断，还是必要和可能的。约而言之，有以下数端：

其一，男女双方曾在湘川一带相识，其后男方曾以尺素双珰寄赠女方。

其二，写诗时女方现居之地，可能在岭南，视诗中"几夜瘴花开木棉""楚管蛮弦愁一概"等句可知。至于《夏》诗中提到的"石城景物类黄泉"，无论是指《石城乐》中的石城，或是指金陵，当是男方在《夏》诗中所在之地。

其三，此女子有姊妹二人（所谓"桃叶桃根双姊妹"），男方所恋者为其中一人。

其四，此女子的身份可能是歌舞伎人。这从"玉树未怜亡国人""歌唇一世衔雨看""空城罢舞腰支在"等句可以推知。

商隐《河阳》《春雨》《夜思》诸诗所写情事，与《燕台四首》颇可相互参证。《河阳》有"南浦老鱼腥古涎，真珠密字芙蓉篇。湘中寄到梦不到，衰容自去抛凉天"等句，《春雨》有"远路应悲春晼晚，残宵犹得梦依稀。玉珰缄札何由达，万里云罗一雁飞"等句，《夜思》有"寄恨一尺素，含情双玉珰"等句，与《燕台四首·秋》之"双珰丁丁联尺素，内记湘川相识处"当为同一情事。而《河阳》有"巴陵夜市红守宫，后房点臂斑斑红"之语，似其人为使府后房，而《燕台四首》之"燕台"又似取义于使府，则这组诗的题目可能暗示所写的内容是对现为使府后房的一位往日恋人的怀想，这与前面所说的其人身份为歌舞伎人亦相一致。至于四首诗分别以春、夏、秋、冬标题，可能与以下几个方面相关：

其一，取四季相思之意。

其二，与四首诗表现的情调有关。徐德泓在其与陆鸣皋合解的《李义山诗疏》中曾以《柳枝五首序》中的"幽忆怨断"四字分释春夏秋冬，谓"春之困近于幽，夏之泄近于忆，秋之悲邻于怨，冬之闭邻于断"，冯浩进一步指出《春》《秋》《冬》三首各有"幽"字、"怨"字、"断"字在句中，

李商隐

2847

《夏》虽无"忆"字，而忆之情态自呈。虽或稍拘，但可以参考。

其三，与四首诗所表现的具体情事可能有关。从四首诗所写的情况看，双方相遇相识可能在春天，《春》诗"暖蔼辉迟桃树西，高鬟立共桃鬟齐"可证。其后女方远去，不复见面。夏天男方曾去"石城"寻访其人未见，她已到了"几夜瘴花开木棉"的南方。秋天男方曾寄尺素书与双耳珰给对方，书中言有当初湘川相识之事。冬季时其人仍在南方而似已新寡，故有"雌凤孤飞女龙寡""空城罢舞腰支在""蜡烛啼红怨天曙"等句。

《燕台四首》的写作年代，当在商隐登进士第之前。《柳枝五首》中提到商隐的堂兄李让山在柳枝面前吟诵商隐的《燕台》诗，说明《燕台》诗当作于《柳枝五首》之前。又据《柳枝五首序》说到柳枝年十七，而让山称商隐为"吾里中少年叔"，说明其时商隐年龄尚轻，一般说不会超过二十五岁。而诗中所抒写的对爱情的深切体验和深微复杂的意绪，又非年龄过小者所具有。因此认为这组诗是诗人二十余岁未登第时的作品，应该大体不差。至于诗中所写的悲剧性爱情发生的时间，则应比诗的创作时间稍早。

由于这组诗所咏的当下时间跨越春、夏、秋、冬四季，每首诗中的时空又常有很大跳跃性，所咏情事或是对过去所历的回忆，或是对对方现时境况的想象，或是抒情主人公眼前面对的景物，或是抒情主人公的心灵独白，非常错综复杂。要想大体读懂它，必须首先明确一个基点，这就是四首诗究竟是男子思念女子还是女子的自我抒情？我曾在《李商隐诗歌集解》（增订重排本）和《李商隐诗选》（增订本）中就这一问题作过一次试验，前者处理成男思女，后者处理成女子自我抒情，结果似乎都可以解释得通。这种人称不明晰的特点和商隐某些无题诗非常相似。不过，通过反复比较，我认为还是以解为男思女比较妥当。下面便以此为基点对这四首诗作初步的解析。

首章开头四句写男主人公在春光遍布陌头时像采蜜寻芳的蜜蜂那样，到处寻觅对方的芳踪而不可得。"娇魂"及下面的"冤魂"均指所思念的女子精魂。所谓"几日娇魂寻不得"，实际上是精神上一种寻觅不已的反复追寻，不必拘实以为对方即居其地。寻觅不得，乃转而追忆初见伊人时的情景：在春天的迟晖暖蔼中，对方梳着高高的发鬟，伫立在桃树的西边，桃鬟云髻，两相辉映，颇似"去年今日此门中，人面桃花相映红"的情境，却写得迷离惝恍，疑幻疑真。而今"人面祇今何处去"，故接下来又回到当前独处的现境，发出雄龙雌凤杳远相隔的呼喊。面对暮春时节柳絮漫天飘荡、柳丝历乱纷繁的景象，内心一片迷茫，感到整个天宇也是一片迷蒙。"醉起"二句，写男主人公在这种迷茫失落的心境中，午间酒醉初醒，斜日映帘，迷迷糊糊中将"一场愁梦酒醒时，斜阳却照深深院"的情景错当成了清晨阳光初熹时的情景。酒醒梦断之际，耳畔似乎还依稀听到对方最后几句细语（暗示酒醉后入梦，梦见对方，双方细语切切，故梦醒时似乎还听得到对方的残语）。这种亦真亦幻、似真似幻的感觉，正传神地表现了男主人公痴迷恍惚的情态。梦醒后的恍然若失又导致了新的一轮追寻。"愁将"二句，是说自己满怀愁绪，想用铁网挂取珊瑚那样寻觅到对方的踪影，但海阔浪高天翻，终迷处所。"衣带"四句，谓自己因刻骨思念而瘦损，春烟自碧，秋霜自白，大自然的景象如此韶丽，自己的内心却只是悲凉与无奈。自己虽如研丹擘石，一片赤诚，但天公似乎并不了解，惟愿有一座天牢以紧锁住对方那迷失的冤魂。最后四句，想象值此暮春时节，对方当已委夹罗而着单绡。香肌上衬贴着仍带有一点寒意的玉佩。伊人远去，春光亦逝。自己的一片幽情苦思也随着逝去的春光入于西海。

第二章开头四句写夏天雨暮之景。雨帘不卷，芳树阴阴，石城景物，幽暗阴霾，有类黄泉或夜半时分。少年郎君虽然像潘岳那样丰姿秀逸，挟弹行游，却无人欣赏。"石城"当是男主人公现居之地。处此凄黯孤寂之境，自然又想到远去的伊人。"绫扇"四句，是想象所思女子现时的情况，谓值此夏夜，对方想亦寂寥独处，绫扇轻摇，呼唤西南风至，轻帷翠幕，如漩波荡漾回旋。而今流落异乡，如同泣血啼红的蜀魂，寂寞之中有无女伴相慰相怜？南中荒远之地，近日来木棉花想又夜开数树吧？"瘴花木棉"，点明时令及所思女子现居之地，且以木棉花之红艳反衬女子处境之孤寂。下四句由双方现时处境之孤寂转忆昔日双方的欢会：月华流转，清光四射，如此良夜，双方窃窃私语，对方的气息如香薰兰绽，沁人心脾。当时真想让银河堕我怀中，免得这天孙织女常苦于来来去去。"浊水"二句是用浊河清济之异源比喻两人之清浊异途，不能相偕。最后二句，又转而企盼对方像天降仙女那样乘着云车、穿着缃裙倏然降临。

第三章起四句想象对方在清寥明净的秋夜独坐含愁的情景：月华满天，似乎整个天宇都被月光的凉波所浸湿。伊人夜深不寐，凉月既落，疏星入户，云屏不动，颦眉独坐。只听到檐前铁马，一夜叮当作响。"欲织"四句，说对方想殷勤寄信以达相思之意，但终日相思却反而化作满腔的怨思（因思极而不得见故生怨怀）。只仿佛听到北斗酌浆之声回环不绝，而清浅的银河已隐没不见。"不见长河水清浅"即"长河渐落"之意。暗示斗转河隐、时间流逝，而会合无期。这八句的意境颇类《常娥》诗："云母屏风烛影深，长河渐落晓星沉。常娥应悔偷灵药，碧海青天夜夜心。""金鱼"四句，是写所怀女子旧居荒凉冷寂的景象：鱼钥深锁重门，院中芬芳的丹桂已经不再含蕊流香，旧时华美的茵褥上已经布满了灰尘。小苑荒废，已经变成了人行的道路，当年玉树歌舞之人，又有谁怜惜她的不幸命运呢？"金鱼锁断红桂春"，兼寓金屋贮娇、断送其人青春芳华之意，"玉树"点明其人身份。"瑶琴"四句，转而想象所思女子秋夜弹瑟寄情的情景，谓瑶瑟愔愔，深含悲怨的楚声；越罗衣薄，难禁秋夜之清寒，似乎连罗衣上的泥金之饰的一分沉重都感觉到了（用"金泥重"反衬"越罗衣薄"）。帘钩金笼中的鹦鹉，因为惊霜而夜啼，惊醒了伊人萦绕的绮梦（"南云"用陆机《思亲赋》"指南云以寄钦"、陆云《九愍》"眷南云以兴悲"，用作怀想思念之情的代称。）"双珰"四句，谓昔日双珰尺素，寄情殷殷，内记湘川相识时的情景。料想对方将终生含泪，珍藏珰札。可惜双方杳远隔绝，会合无期，珰札上被对方反复摩挲把玩而留下的馨香也将随着时间的流逝而逐渐消失。末句正象征着这一段充满温馨记忆的情缘已成过去。

第四章首四句写双方永隔之恨。首句点冬令，"雌凤""女龙"喻所思女子；"孤飞""寡"似谓其人现已寡居。青溪小姑与白石郎分喻对方与自己，谓双方远隔，对方所居之画堂比苍梧之野还要遥远，盖用舜葬苍梧之典，极言生离甚于死别。"冻壁"二句，谓冬日严寒。壁间霜华隐结，遥想其人，恐亦正如芳树根断，其芳心亦枯死矣。自己空乘画舸，追忆当年如同莫愁之伊人，想历此磨难，其时美如嫦娥的对方如今也未必再是美婵娟了。"楚管"四句，想象其人在南方的生活及姊妹欢销之恨，谓当日歌舞堂前，楚管蛮弦，纷然杂奏，而今此管弦均成供愁添恨之具。寂寞空城，欢销舞罢，唯剩瘦损的腰肢。昔日曾作掌上舞的桃叶、桃根姊妹，均已舞歇香销，无复当年的欢情了。最后四句，想象对方孤冷憔悴之态与伤离怨断之情。谓其人如今破鬟蓬鬓，倭堕髻斜，燕钗金蝉，独自瑟缩于冬晨寒气的侵凌中，夜来风雨亦未能化作风车雨马持之而去，唯独对啼红的蜡烛，彻夜不寐，和泪直至天明。

2850

根据上面的疏解，可以看出这组诗有以下几个鲜明特征：

其一，强烈的主观抒情性。《燕台四首》显然包含着一个悲剧性的爱情故事。这样一种生活素材，如果让元稹、白居易等善于叙事的诗人来处理，肯定会敷演成一篇《长恨歌》式的爱情悲剧故事诗。但在李商隐手里，却把生活素材中事的成分几乎全部抽掉，完全只写抒情主人公对这场悲剧性爱情的心灵感受和对所爱女子刻骨铭心的思念。诗的绝大部分都是通过回忆或想象，来抒写与对方过去相遇、相识、欢会时的情景，或对方在不同季节、时地的处境和心情。而且这种抒写，主要不是交代事件的发生、发展与结局，而是化事为情、借事写情。像《春》诗中的"暖霭辉迟桃树西，高鬟立共桃鬟齐"，《夏》诗中的"桂宫流影光难取，嫣薰兰破轻轻语"，《秋》诗中的"双珰丁丁联尺素，内记湘川相识处"，《冬》诗中的"当时欢向掌中销，桃叶桃根双姊妹"这些片断情景的叙写，其目的并不在交代事件，而是为了表现抒情主人公对这些情景难以消磨的鲜明印象和深刻记忆。至于对女子现时处境、心境的想象，更明显是为了表现刻骨铭心的思念和同情体贴对方的感情。

其二，跳跃性的章法结构。这一点和强烈的主观抒情性密切相关。由于诗不是以事件的发生、发展和结局来组织，即按时间顺序作线性叙述，而是以诗人强烈而时刻流动变化的感情为线索，因此诗的章法结构就必然是随着诗人的感情流程，忽而回忆，忽而想象；忽而昔境，忽而现境；忽而此地，忽而彼地；忽而闪现某一场景片断，忽而直抒心灵感受这样一种断续无端、来去无迹的章法结构。如《春》诗从一开头的"几日娇魂寻不得"的茫然自失，到转忆初见时"暖霭辉迟桃树西，高鬟立共桃鬟齐"的融怡明媚情景，再折回当前"雄龙雌凤杳何许？絮乱丝繁天亦迷"的一片迷茫，从叙事角度看，似极为错综变幻，从感情变化发展的流程看，却又极为自然。这说明这种章法结构对抒写强烈多变的感情流程来说，是非常适合的，可以说这是一种心灵诗、意识流诗的章法结构。

其三，着意表现一种悲剧美。这可能是这组诗具有强烈艺术感染力的重要原因。约而言之，有以下两个方面：一是诗中描绘的女主人公形象具有悲剧美。像《秋》诗的结尾："双珰丁丁联尺素，内记湘川相识处。歌唇一世衔雨看，可惜馨香手中故。"寄寓着美好爱情的尺素双珰，被女主人公在永无休止的思念中反复摩挲、把玩、阅读，那上面不仅渗透了她的点点泪痕，也留下了手泽的芳香，但这一切都将随着时间的流逝而逐渐消失。这个想象中浓缩了长久时间的情景，将一段美好情缘的消逝和女主人公一世含悲回忆往事的形象表现得极具悲剧美。《冬》诗结尾出现的那个"破鬟倭堕凌朝寒，白玉燕钗黄金蝉"的伊人，尽管风鬟雨鬓，难以禁受冬晨的朝寒，但那室外风雨凄寒、室内蜡烛流红的境界，却将这位独自伴着蜡烛默默流泪的女子衬托得极具悲剧性美感。不妨说这"蜡烛啼红怨天曙"的形象既是女主人公悲

2851

剧形象的传神描写，也是整组诗悲剧意境的象征性表现。二是诗中所表现的情境往往在丽景哀情的映衬中显示出动人的悲剧美。如"衣带无情有宽窄，春烟自碧秋霜白"所显示的韶丽春光秋色和背负着沉重哀情的男主人公之间的映衬对照，"蜀魂寂寞有伴未？几夜瘴花开木棉"所展现的南中鲜丽景物和女主人公寂寞哀伤情境之间的映衬对照，都是显例。

诗分春、夏、秋、冬四题，分别抒写抒情主人公的四季相思。程梦星认为系取《子夜四时歌》之义而变其格调者，可参。随着时间的流逝和四季景物的变化，抒情主人公的感情也由一开始的反复寻觅、怀想、企盼重会，到悲慨相思无望、情缘已逝，最后到"芳根中断香心死"，爱情终归幻灭。《冬》诗中出现在凄风苦雨和朝寒侵袭下破鬟蓬鬓、对烛悲泣的女主人公形象，从外形到内心，都与《春》诗、《夏》诗乃至《秋》诗中大不相同。徐德泓借《柳枝诗序》"幽忆怨断"四字概括四首大意，谓"春之因近于幽，夏之泄近于忆，秋之悲邻于怨，冬之闭邻于断"（《李义山诗疏》），虽未必尽切各首之意，但却启示我们，各首所表现的情感不但各有特点，而且整组诗的悲剧气氛是在不断加强、深化的，感情和人物的心理都是有变化发展的。

在这组诗中，通过回忆、想象所展现的昔境与现境的交错，实境与虚境、幻境的交融，几乎随处可见，加上结构章法的跳跃性，遂使全诗呈现出一种朦胧迷幻的色调。它在学习李贺诗的想象新奇、造语华艳方面，可谓深得其神髓，但它又具自己的独特面目。它不像长吉诗那样奇而入怪，艳中显冷，而是将奇幻的想象用于创造迷离朦胧的境界，用华艳的辞采来表达炽热痴迷、执着缠绵的感情。使人读后，既深为诗中所抒写的生离甚于死别的悲剧性爱情而悲叹，但同时又感到其中荡漾着一种悲剧性的诗情，一种执着追求的深情，一种令人心田滋润的诗意。哀感缠绵中流露的正是对生活中美好情事的无限留恋，故虽极悲悭，却不颓废。

崔 橹

崔橹，大中（一说广明）时登进士第，曾官棣州司马。《新唐书·艺文志》著录其《无讥集》四卷。《全唐诗》录存其诗三十八首。

华清宫三首（其三）〔一〕

门横金锁悄无人，落日秋声渭水滨〔二〕。

红叶下山寒寂寂，湿云如梦雨如尘。

（校）（注）

〔一〕华清宫，见杜牧《过华清宫三绝句》（其一）注。

〔二〕华清宫在骊山北麓，在京兆府新丰县，北临渭水。

（笺）（评）

谢枋得曰：形容离宫荒废寂寞之状尽矣，可与杜子美《玉华宫》参看。此诗只四句，尤简而切。（《注解选唐诗》卷二）

敖英曰：离宫凄寂之景，写得入神，奚啻诗中有画。（《删补唐诗选脉笺释会通评林·晚七绝》）

范大士曰：叙离宫荒废之状，如按图指点。（《历代诗发》）

宋顾乐曰：此二作（指第一、三首）只写题神，言外自有无限感慨，直欲夺李、杜之席而自树一帜者也。（《唐人万首绝句选》评）

俞陛云曰：崔橹诗言华清宫之兴废。第一首言宫内，"明月自来"二句，玄宗归来咸阳之意，自寓其中。与（张祜《雨霖铃》）"月明南内更无人"句，同一凄绝。第二首（按：即第三首）言宫外，四无人声，宫门深锁。回首天半笙歌，殊有鹤归之感。宋人故宫词："漆车夜出宫门静，凉雨萧萧德寿宫。"与此诗意境相似。（《诗境浅说》续编）

刘永济曰：此题唐人作者甚多，崔氏但从眼前所见景象描写，而今昔

盛衰、荒唐召乱之故，皆可从言外得之。（《唐人绝句精华》）

沈祖棻曰：两诗都极写天宝之乱以后华清宫的荒凉景色。而其作意则在于缅怀唐帝国先前的隆盛，感叹现在的衰败，有很浓重的感伤情绪……后一首起句点明空山宫殿，门户闭锁，悄然无人。以下三句，都就此生发，写离宫荒凉寥落的景色。宫在渭水之滨，由于宫中悄然无人，故诗人经过，所见唯有落日，所闻唯有秋声（指被秋风吹动的一切东西所发生的音响）。而山头红叶，也由于气候的寒冷，飘落到了山下，带来了寂静的寒意。"红"与"落日"配色，"叶"与"秋声"和声。而夕阳西沉之后，却又下起雨来。含雨的云浮游天际，像梦一样迷离；而云端飘落的雨丝，却又像灰尘一样四处随风飘落。绘声绘色，极为逼真。《文心雕龙·隐秀篇》云："情在词外曰隐，状溢目前曰秀。"崔橹这两首诗，纯属描写，而能"状溢目前"，不着议论，自然"情在词外"，可以算得上隐秀之作。

华清宫是晚唐诗人经常吟咏的对象。它既是唐玄宗由前期的励精图治向后期的荒淫失政转变的标志，也是唐王朝由繁荣昌盛走向动乱衰败的标志。崔橹的《华清宫三首》，第一首、第三首都写得非常出色。第一首说："草遮回磴绝鸣銮，云树深深碧殿寒。明月自来还自去，更无人倚玉栏干。"黄生评曰："后二语真如十四颗明珠，惜起句欠浏亮。"从气氛的渲染和意境的创造来看，也以第三首更为含蓄传神。

"门横金锁悄无人"，首句是对华清宫门的一个近景特写。油漆斑驳的宫门上，横挂着锈迹斑斑的铁锁，宫门内外，悄寂无人。华清宫在安史之乱时曾遭到战火的破坏，其后的历朝皇帝，罕有到此巡幸者，到崔橹写这首诗时，久已荒废。这从大中六年杜牧、张祜、温庭筠等人的咏华清宫的长篇排律中可以清楚看出。绝句篇幅短小，不可能对华清宫荒废颓败景象作具体铺写，故把笔墨集中在"门横金锁"这一点上，借此透露华清宫荒凉冷寂的面貌，使读者想象得之。

"落日秋声渭水滨"，第二句撇开华清宫，将目光投向宫外的环境氛围。时已深秋，又值傍晚，一轮落日，正渐渐隐没于西南方。渭水之滨，秋风萧瑟，万物都在发出秋声。"渭水滨"点明华清宫北滨渭水的地理位置，而"落日""秋声"的渲染，则给整个环境染上了一层浓重的黯淡凄凉气氛。

唐诗选注评鉴（四）

"红叶下山寒寂寂"，第三句承上"秋声"，写骊山上经霜的红叶，在秋风的劲吹下，纷纷飘落山下，堆积道旁，给人以凄寒寂寥的感受。红叶在树上时，色彩鲜艳耀眼，而当它凋落之际，则颜色已变为暗红，加上整个环境气氛的影响，故诗人目接"红叶下山"时，只感到深秋的凄寒寂寥了。

"湿云如梦雨如尘"，结句写笼罩在华清宫上空的雨云。日落之后，天气转为阴霾。饱含水分、带着湿意的云层在上空徘徊流动，给人以如梦似幻的感觉；而从云层轻洒下来的细雨则像极细的尘土一样，只是在它给人带来一丝凄其的寒意时，才感受到它的存在。这一句描绘"云""雨"两种物象，用了两个前人很少用过的比喻，极传神地传达出了诗人对它们的细微感受。而且由于它用作全篇的结句，又使全诗极富含蓄的韵味。

从整首诗看，诗人对华清宫正面着笔的仅首句"门横金锁悄无人"七字，其余几句，均从侧面烘托渲染，通过落日、秋声、红叶、湿云、细雨等物象，着意营造一种没落、黯淡、凄清、寂寥、如梦似幻的氛围和意境，曲折透露诗人面对荒废的华清宫时那种凄凉黯淡的心声和盛世繁华如梦的心理。全篇几乎没有一句叙述、议论语，全为景物的描绘渲染，但它给人的凄寒黯淡感受却非常深刻。

崔櫓

高　骈

高骈（821—887），字千里，幽州（今北京）人，世为禁军将领。系高崇文之孙。少习武，亦好文学。大中时为灵武都督府左司马。历神策军都虞侯、秦州刺史。咸通五年（864），为安南都护。僖宗立，加同中书门下平章事，迁剑南西川节度使。乾符五年（878），徙荆南节度使。六年冬移镇淮南，统率诸军讨伐黄巢起义，然拥兵自重，欲割据一方。朝廷削其兵权，骈上书诋毁朝廷，后为部将毕师铎所杀。《新唐书·艺文志》著录高骈诗一卷。《全唐诗》编其诗为一卷。

山亭夏日

绿树阴浓夏日长，楼台倒影入池塘。
水精帘动微风起，满架蔷薇一院香。

谢枋得曰：此诗形容夏日之光景，极其妙丽如画然。想山亭人物，无一点尘埃味也。"水精帘"乃微风吹池水，其波纹如水精帘也。（《注解章泉涧泉二先生选唐诗》卷四）

宋宗元曰：盛唐格调。（《网师园唐诗笺》）

【鉴赏】

诗题中的"山亭"，是指贵显之家华美庭院花园中的一座建在小山上的亭台，可以俯览观赏园中景物。诗中所写的，就是诗人在山亭上所见所感到的夏日正午时分的幽静境界。

首句"绿树阴浓夏日长"，写夏日正午时分，耀眼炽热的阳光垂直照射在一片枝叶茂密的树林上，使碧绿的树叶显得更加夺目，也使浓密的树阴显得更浓。妙在"绿树阴浓"下接"夏日长"三字，一方面说明"绿树阴浓"

的景象标志着"夏日长"的季候景物特征，另一方面更重要的是写出了山亭中观赏景物的诗人面对夏日正午绿树浓阴遮的景象时的那一份静谧的感受。夏日正午时分，人们都在憩息，整个庭院花园都沉浸在静寂之中，那满树碧绿的浓阴正传出了夏日正午静谧的神韵，也显示出了夏天白昼悠长的神韵。

次句"楼台倒影入池塘"，写池边楼台的倒影映入池塘之中，这既显示出池水之清澈，也暗透池水的平静和微风不起的景象。风之定、池之清、影之不动，归根到底仍是写夏日正午的寂静。

一、二两句，写夏日中午园中绿树浓阴覆地，一片静寂；写楼台倒影映入池塘，波纹不兴，写的都是无风时的景象，显示的是无风情况下的静谧境界。三、四两句，转而写微风起时的庭院景象，而表现的则同样是一种静谧的境界。

"水精帘动微风起"，第三句仍从视觉感受角度写。过了一会儿，只见楼阁上挂的水晶帘在微微摇漾晃动，这才意识到有轻微的风吹过，身在山亭的诗人脸上、身上也感受到微风带来的一丝凉意，这说明先是从视觉上感受到有微风，继而从触觉上感受到它的吹过。这一句虽写到"帘"之"动"，"风"之"起"，但由于是"微风"，故整个境界氛围仍是静悄悄的。"帘动""风起"不但没有破坏整个环境的静寂，相反地，还进一步渲染出静寂的氛围。

"满架蔷薇一院香"，末句既从视觉感受写，又从嗅觉角度写。蔷薇通常在初夏季节开花，花期约半月，盛开时香气特别馥郁，因此"满架"盛开的蔷薇使馥郁的香气充溢"一院"自是实情。但这里的"一院香"实际上也暗写了"微风"的传送。夏日中午，阳光正炽，盛开的蔷薇在阳光照射下香气自然变得更浓，而"微风"的传送则使整个庭院都充满了它的芳香。这里写出了诗人一种沁人心脾的陶醉感。而满院蔷薇芳香背后所透露的同样是一种夏日中午整个庭院的静谧氛围。

全诗四句，纯为写景，没有一笔正面写到人。但它所要表现的主要不是绿树浓阴、池塘倒影、珠帘微动、蔷薇花香等具体景物，而是由这一系列景物及诗人的视、触、嗅觉感受所构成的一种静谧幽美的意境，以及诗人对这种意境的陶醉流连。评者或赞其有"盛唐格调"，其实就意境及写法而言，它则更接近于词。诗所写的虽是富贵人家的华美庭院景象，但却并没有流俗的富贵气，而是使人感到诗人欣赏品味的不俗。这一点对于高骈这样一个武人来说，也值得赞许。

高
骈

2857

陆龟蒙

陆龟蒙（？—882），字鲁望，自号"江湖散人""天随子""甫里先生"，苏州吴县人。咸通中隐于松江甫里。咸通十年（869）秋在苏州应举试取解，因朝廷停试，不复应试，皮日休为苏州刺史崔璞从事，与之交游酬唱，龟蒙编为《松陵集》。乾符四年（877），往依湖州刺史郑仁规。六年春卧病松江笠泽，自编其诗文为《笠泽丛书》。李蔚、卢携为相，召拜左拾遗，诏方下而病卒。南宋叶茵将《笠泽丛书》《松陵集》合编为《甫里先生文集》二十卷。《全唐诗》编其诗为十四卷。

和袭美春夕酒醒〔一〕

几年无事傍江湖〔二〕，醉倒黄公旧酒垆〔三〕。
觉后不知明月上，满身花影倩人扶〔四〕。

校注

〔一〕袭美，陆龟蒙诗友皮日休的字。诗当作于咸通十年（869）至十一年皮日休为苏州从事、与陆龟蒙结识以后，二人相互酬唱期间。皮日休的原唱为："四弦才罢醉蛮奴，醽醁馀香在翠炉。夜半醒来红蜡短，一枝寒泪作珊瑚。"

〔二〕傍江湖，指其隐居于松江甫里，过着放浪江湖，不拘形迹的生活。

〔三〕黄公旧酒垆，《世说新语·伤逝》："王浚冲为尚书令，著公服，乘轺车，经黄公酒垆下过。顾谓后车客：'吾昔与嵇叔夜、阮嗣宗共酣饮于此垆。竹林之游，亦预其末。自嵇生夭、阮公亡以来，便为时所羁绁。今日视此虽近，邈若山河。'"此处只取与诗友共饮酒垆，仿竹林之游之意。

〔四〕倩，请。

笺 评

周珽曰：珽读绝句，至晚唐多臻妙境。龟蒙别寻奇调；《自遣》之外，如《春夕》（按：即《和袭美春夕酒醒》）、《初冬》（《初冬偶作》）、《寒夜》等作，俱有出群寡和之音。若《白莲》《浮萍》，又当求之骊黄牝牡之外者也。（《删补唐诗选脉笺释会通评林·晚七绝》）

朱宝莹曰：题系酒醒，从"醉"字入，系题前起法，首句第曰"无事"，徐徐引起"醉"字。次句正面入"醉"字。三句转到"醒"字。四句承三句吟咏，尤切"春夕"。[品] 细丽。（《诗式》）

刘拜山曰："满身花影倩人扶"，自是晚唐佳句，然不免纤琐。东坡《西江月》诗云："解鞍倚枕绿杨桥，杜宇一声春晓。"气象何等开朗！（《千首唐人绝句》）

鉴 赏

陆龟蒙是唐代著名的隐逸诗人。他曾作《江湖散人歌并传》，自称"散人者，散诞之人也。心散、意散，形散、神散"。这首《和袭美春夕酒醒》，不妨说是一幅江湖散人的自画像。

皮日休的原唱紧贴题目，写春夜酒醒时见席上红烛蜡泪流溢，犹如一枝红色的珊瑚，在想象的新奇与设喻的新颖中透出醉眼蒙眬的情态，也称得上是佳作。陆龟蒙的和诗，虽也写酒醒后的情态，却不拘于题目和原唱，而是通过对自己几年来生活状态的艺术概括和春夕酒醒情态的描写，画出"江湖散人"任情散诞、潇洒风流的精神风貌，较之皮日休的原唱，显然进入了更高的精神境界。

"几年无事傍江湖"，诗虽写"春夕酒醒"情事，却撇开当晚，从远处着笔取势，诗人隐于江湖，过着放浪形骸、散漫不拘的隐逸生活。所谓"无事"，也就是"十载江南尽是闲"（皮日休《奉和秋赋有期次韵》）的"闲"，其中既有对潇洒清闲生活的自赏自足，也蕴含着遭逢浊世末世，既无所用于世，也不求用于世的心态。这样一种大的生活环境和心境，正是此次"春夕"酒醉和酒醒的背景。

次句"醉倒黄公旧酒垆"，紧承"无事"，写与诗友酒垆买醉。"黄公酒垆"之典，此处仅取如王戎之与嵇、阮，共为竹林之游，相与宴饮之意。与原典中怀念已逝旧友之意无涉。句中"旧"字，透露诗人与皮日休早就在这家酒店宴饮，已经和酒家是老相识了。正因为如此，这次春宵宴饮，便更不拘形迹，尽兴而饮，故彼此都"醉倒"垆侧，浑然不觉。"醉倒"正起下两句的"觉"与"扶"。

"觉后不知明月上，满身花影倩人扶。"醉倒酣卧，时间在醉酒的诗人浑然不觉的情况下流逝推移，转眼之间，明月已经升上天空，月光映照在春天盛开的花枝上，斑斑驳驳的花影，投射在醉卧的诗人身上，使诗人满身都布满了花影。这时，酣睡的诗人方才醒来，见到这种"满身花影"的情景，正想起身，却又感到乏力，遂只能请人扶起身子了。这两句写醉后明月映射，满身花影的情景固然非常新颖而富于美感，但尤妙在"觉后不知"四字所传出的那份情趣。照一般人的想法和写法，此处说"觉后方知"似乎比较合乎常情，而且这样写也不失诗趣。但诗人却说连刚醒来时也不知道明月已上，只看到满身花影扶疏的情景，欲起而乏力，须请人扶起。这就把酣醉乍醒时意识尚未完全清醒状态下的美好新奇感受极为生动传神地表现了出来，而诗人的那种潇洒脱俗、豪纵不羁的风神意态也得到了充分的表现。将醉酒的情态写得这样美，又这样生动传神，这首诗算得上是难得的佳作。

白　莲〔一〕

素蘤多蒙别艳欺〔二〕，此花真合在瑶池〔三〕。
还应有恨无人觉〔四〕，月晓风清欲堕时。

校注

〔一〕此系《和袭美木兰后池三咏》之三。木兰，即木兰院，在苏州郡治后。按皮日休原唱云："但恐醍醐难并洁，只应詹卜可齐香。半垂金粉如何似？静婉临溪照额黄。"

〔二〕素蘤，白色的花，此指白莲。蒙，受。别艳，异类之艳，这里指红莲。欺，压倒。

〔三〕真，《全唐诗》校："一作端。"瑶池，古代传说中昆仑山上池名，西王母所居。

〔四〕还应，《全唐诗》校："一作无情。"无，《全唐诗》校："一作何。"

 笺评

石曼卿曰：如皮日休（当作陆龟蒙）咏白莲诗云："无情有恨何人觉，月冷风清欲堕时。"若移作咏白牡丹诗，有何不可？弥更亲切耳。（《苕溪渔隐丛话·前集》引）

苏轼曰：诗人有写物之功。桑之"沃若"（《诗·卫风·氓》："桑之未落，其叶沃若。"）他木殆不可以当此。林逋《梅花》诗："疏影横斜水清浅，暗香浮动月黄昏。"决非桃李诗。皮日休（当作陆龟蒙）白莲诗："无情有恨何人觉，月晓风清欲堕时。"决非红莲诗。此乃写物之功。若石曼卿《红梅》诗："认桃无绿叶，辨杏有青枝。"此至陋语，盖村学中体也。（《东坡志林》）

刘绩曰：唐人咏物诗，于景意事情外，别有一种思致，必心领神会始得，此后人所以不及唐也，如陆鲁望《白莲》诗云："素蘤多蒙别艳欺，此花端合在瑶池。无情有恨何人觉，月晓风清欲堕时。"……妙处不在言句上，宋人都不晓得。（《霏雪录》）

焦竑曰：花鸟之诗，最嫌太着。余喜陆鲁望《白莲》诗……花之神韵，宛然可掬，谓之写生手可也。（《焦氏笔乘》卷三）又曰：此诗为白莲写神。李长吉《昌谷笋》诗佳，然终不如鲁望此诗之妙。长吉在前，鲁望在后。"情""恨"诗句，非相蹈袭，着题不得避耳。胜棋所用，败棋之着也。良庖所宰，族庖之刀也，而工拙却悬矣。（《删补唐诗选脉笺释会通评林·晚七绝》引）

杨慎曰：观东坡与子帖，则此诗之妙可见。然陆此诗祖李长吉。长吉咏竹诗云："斫取青光写楚辞，腻香春粉黑离离。无情有恨何人见，露压烟笼千万枝。"或疑"无情有恨"不可咏竹，非也。竹亦自妩媚。（《升庵诗话·白莲诗》）

周珽曰：此亦自比素洁，不当溷居浊世，致以清修见欺，无人怜悯其冷落，又恨其不可名言者也。又曰：落想下笔，直从悟得，咏物之入神者也。（《删补唐诗选脉笺释会通评林·晚七绝》）

陆时雍曰：风味绝色。（同上引）

黄生曰：比喻贞素之士宜立朝廷，反为谗邪所蔽，不见知于世也。杜牧（《齐安郡中偶题》）"多少绿荷相倚恨，一时回首背西风"，与此末二语皆极体物之妙。若长吉"无情有恨何人见，露压烟迷千万枝"，乃咏竹也，天趣稍减矣。（《唐诗摘抄》卷四）

王士祯曰：余谓陆鲁望"无情有恨何人见，月晓风清欲堕时"二语恰是咏白莲诗，移用不得。而俗人议之，以为咏白牡丹、白芍药亦可，此真盲人道黑白。（余）在广陵，有《题露筋祠》绝句云："翠羽明珰尚俨然，湖云祠树碧于烟。行人系缆月初堕，门外野风开白莲。"正拟其意。（《渔洋诗话》卷上）

朱之荆曰：末语的是白莲，动不得。（《增订唐诗摘抄》）

吴景旭曰：鲁望《白莲》二句，无论体物之工，即"月冷风清"，是何气韵！断不属三春物候。东坡解人，且道决非红莲诗也……余观范石湖《岭梅》诗："花不能言客无语，日暮清愁相对生。"又似脱胎鲁望，而韵格并绝。（《历代诗话·唐诗·白莲牡丹》）

沈德潜曰：取神之作。（《重订唐诗别裁集》卷二十）

宋宗元曰：诗殆借以自况。（《网师园唐诗笺》）

俞陛云曰："月晓风清"七字，得白莲之神韵，与昔人咏梅花"清极不知寒"，咏牡丹诗"香疑日炙消"，皆未尝切此花，而他处移易不得，可意会不可言传也。（《诗境浅说》续编）

刘永济曰：此亦借白莲咏怀也。结句得白莲之神韵，故古今传诵以为佳句。（《唐人绝句精华》）

刘拜山曰：隐逸非出于本心，飘零自伤于迟暮，咏白莲正所以自况也。诸家仅取其体物之工，未免失之于浅。（《千首唐人绝句》）

钱仲联曰：它以神韵独绝见长，所谓神韵，就是有远神，有清韵，不着痕迹，言外含不尽之意，耐人寻味。语句尤贵雅素自然，有淡扫蛾眉之美，不要穷尽力气，句雕字琢，甚至落得笨相。这首诗做到了这点。通首不用"白"字"莲"字，而百花中只有白莲才配得上身份。它从月晓风清的境界中，显示了"欲堕"时的"无情有恨何人觉"情致，这就是遗貌取神的艺术手段。（《百家唐宋新诗话》第457页）

这首咏物诗，写出了白莲的境遇、感情和精神气韵，是这类诗中遗貌取神、独具标格的佳作。

首句直叙白莲的境遇。"素蕖"的"蕖"，是古代"花"字的别写。"素蕖"在这里即指白莲，"别艳"指红莲。莲花中红莲居多，由于它开得比较艳丽，因而也就容易受到一般人的喜爱。而白莲颜色素淡，常不为人所欣赏。但在作者看来，那为世俗所重的红莲不过是俗艳、别艳（指其非莲花的正宗颜色，而是旁门异类），只有那素净淡雅的白莲才是莲花的正色，才和它那出污泥而不染的高洁品格相称。"素蕖""别艳"两个词语，褒贬分明，暗透出作者写作此诗是有意托物寓感。不说一般人不欣赏白莲而欣赏红莲，却说"素蕖多蒙别艳欺"，这就更明显地将它们作为两种对立品格的象征。而白莲既寂寞无赏，又时受同类的别艳排挤欺压的境遇，也于此可现。

"此花真合在瑶池"，第二句撇开"别艳"，专咏"素蕖"，但却不加具体描摹形容，只从虚处唱叹传神。不但暗示白莲是超凡脱俗的仙品，而且暗示她正如瑶池的仙姝，自有明丽天然的高标逸韵。"真合"二字，强调的意味很重，言外自含人间世俗难以容纳、也无人赏识这白莲仙品之意。这句虽写得很虚，但通过富于想象的虚拟，却传出了白莲的仙标逸韵。

当然，一首咏物诗，如果单靠"真合在瑶池"一类的虚泛赞叹，是不可能给人留下深刻印象的。因此三、四两句便进而通过环境景物的烘托传其神韵。

"还应有恨无人觉，月晓风清欲堕时。"第三句苏轼引作"无情有恨何人觉"，这原是李贺《昌谷北园新笋》（其三）中的诗句，苏轼在称引时误作皮日休诗，可见是全凭记忆。在引用时因对李贺的那句诗印象颇深，故有可能误将李诗成句误成皮（陆）诗，后人因苏轼的名气很大，也就依苏轼所引，将这一句改成了"无情有恨何人觉"。其实，将陆诗的上下文联系起来体味，诗中并无而且也没有必要去强调白莲的"无情"。三、四两句的语气是连贯的，意思是说，当晓月尚在、晨风轻拂的时候，盛开而不被人注意的白莲就要悄悄凋谢了，它想必怀有满腔的幽怨而不为人所知吧。诗人不去具体描绘白莲洁净素雅的身姿、清淡幽隐的馨香，也不去形容它的含苞欲放或纷纷盛开之时，而是特意渲染其悄然"欲堕"之时；而写"欲堕时"，也不去描绘其白色的花瓣离披纷落之状，而是用"月晓风清"这样一个幽静寂寞而

2863

又洁净晶莹的环境氛围来烘托它的幽怨和寂寞、高洁和清雅。可以说，一直到最后，作者始终没有对白莲进行任何外形的刻画描绘，而是致力于写它的精神情态。诗人通过第三句"还应有恨"的微挑，和第四句"月晓风清欲堕时"的出色烘染，一方面写了它的幽恨，它的不被欣赏和同情的悲剧境遇；另一方面，又显示了它的精神品格，气韵风采。在白莲身上，诗人不仅寄托了自己的情操、品格和境遇，也概括了封建社会中一部分清高正直、孤芳自赏、怀才不遇的士人的共同特点。

一般的咏物诗，要求不即不离，不粘不脱，形神兼备。这首咏白莲的诗却遗貌取神，纯从虚处着笔。这在咏物诗中是匠心独运之作。

新　沙〔一〕

渤澥声中涨小堤〔二〕，官家知后海鸥知。
蓬莱有路教人到〔三〕，应亦年年税紫芝〔四〕。

 校注

〔一〕新沙，指海边新淤涨的沙洲。

〔二〕渤澥，《文选·司马相如〈子虚赋〉》："浮渤澥，游孟诸。"李善注引应劭曰："渤澥，海别支也。"或云即指渤海。但陆龟蒙生平足迹似未及渤海一带，此处意或即指小海。小堤，指沙堤。堤内是一片沙荒地。

〔三〕蓬莱，传说中的海上三神山之一。

〔四〕紫芝，木芝，似灵芝。古人以为瑞草，道教以为仙草，此取后义。《十洲记》："方丈洲在东海中心，群仙不欲升天者，皆往来此洲，仙家数十万，耕田种芝草。"

鉴赏

唐代末期，政治腐败，赋敛苛重，封建统治危机深重。一些不满现实政治、同情人民疾苦的文人，写了不少犀利泼辣的政治讽刺小品和讽刺诗。陆龟蒙和罗隐，便是兼擅讽刺小品和讽刺诗的能手。

这首《新沙》所反映的是当时尖锐的社会政治问题——封建官府对农民敲骨吸髓的赋税剥削（唐末农民大起义的直接导火线之一就是苛税），但取材和表现手法都不落窠臼。诗人不去写官府对通都大邑、良田膏沃之地的重赋苛敛，也不去写官府对普通贫苦农民的残酷压榨，而是选取了海边上新淤积起来的一片沙荒地作为描写对象。诗的开头一句"渤澥声中涨小堤"展示的是这样一幅图景：海潮不断冲向海岸，又不断退回大海，在循环往复、经年累月的涨潮落潮声中，海边逐渐淤垒起一线沙堤，堤内形成了一片沙荒地。这短短七个字，反映的是一个长期、缓慢而不易察觉的大自然的变化过程。这里的慢，与下句的快，这里的难以察觉，与下句的纤毫必悉，形成了鲜明的对照，使诗的讽刺意味特别强烈。

　　"官家知后海鸥知。"海鸥一直在大海上飞翔盘旋，对海边的情况是最熟悉的；这片新沙的最早发现者照理说必定是海鸥。然而海鸥的眼睛却敌不过贪婪地注视着一切剥削机会的"官家"，他们竟抢在海鸥前面盯住了这片新沙。这当然是极度的夸张，在实际生活中，不要说"官家知后海鸥知"的情况不会有，就是"海鸥知后官家知"的情况也不大可能出现。那么，这夸张是否失实呢？不，讽刺的生命是真实，衡量艺术作品中的夸张是否成功，关键就在于它是否反映了对象的本质。在深刻揭露官家敲骨吸髓、无孔不入、随时随地都在盘算着增加剥削收入的贪婪本性这一点上，这种近乎荒诞的夸张正是高度的艺术真实。"海客无心随白鸥"，海鸥虽然一直在海上飞翔盘旋，看惯了潮起潮落，但它是没有心机的，对新沙之类的自然变化虽见而"无心"。而"官家"呢，却做梦时也睁着贪婪的眼睛，是有意的，正因为这样，贪婪的本性所产生的对剥削机会的敏感，自然使海鸥望尘莫及了。这夸张既匪夷所思，却又那样合乎情理。它的幽默之处还在于：当官府第一个发现新沙，并打算宣布对它的所有权，以便榨取赋税时，这片新沙还是人迹未到的不毛的斥卤之地呢。连剥削对象都还不存在，就打起榨取赋税的如意算盘，这仿佛很可笑，但对官家本质的揭露，又何等深刻！

　　一个歌唱家一开始就"高唱入云"，是很危险的。因为再扶摇直上，就会撕裂声带。这首诗的第二句，夸张已达极致，如下面仍用此法揭露官家剥削本性，是难以为继的。诗人没有回避艺术上的困难，也不采取撕裂声带的笨法，而是把夸张与假设推想之辞结合起来，翻空出奇，更上一层。

　　"蓬莱有路教人到，应亦年年税紫芝。"蓬莱仙境，传说有紫色的灵芝，服之可以长生。神仙们在那里耕田种芝，过着自在逍遥的生活。在常人眼里，蓬莱是神仙乐园，不受尘世一切约束，包括赋税的苛扰，就像桃花源中"秋熟靡王税"一样。那里盛产的紫芝，自然也可任凭仙家享用，无须纳赋和进贡。但在诗人看来，这些都不过是天真的幻想。蓬莱仙境之所以还没有税吏的足迹，仅仅是由于烟涛微茫，仙凡路隔；如果有路让人可到，那么官家想必也要年年去收那里的紫芝税吧。

这种假设推想，别说"税紫芝""蓬莱有路"，连蓬莱本身就属子虚乌有，但这更近荒诞的推想却反映了本质的真实：官家搜刮的触须无处不到。这仿佛是对善良人们"乐土"幻想的一种善意嘲讽。《诗·魏风·硕鼠》的作者向往过没有"硕鼠"的"乐土"，陶渊明也虚构了"秋熟靡王税"的人间仙境——桃花源。诗人毫不留情地撕破了这种幻想。"溥天之下，莫非王土；率土之滨，莫非王臣"，蓬莱仙境，也不是化外之境，只要有路可到，就得年年征税。只要办得到，他们会把天上地下、四海之内的一切地方都列入赋税范围。杜荀鹤的《山中寡妇》说："任是深山更深处，也应无计避征徭！"所表现的实际生活内容和陆诗"蓬莱"二句大体相似，仅就艺术效果而论，陆诗显然更为强烈。原因之一，就在于杜荀鹤的那两句诗仅止于事实的叙述和一般的议论，而陆诗则以高度的夸张更深刻地揭示了官府无孔不入的贪婪剥削本质。

这里还有一个讽刺艺术问题。高度的夸张，尖刻的讽刺，在这里是用近乎开玩笑的幽默口吻表达的。话说得轻松、平淡，仿佛事情本就如此，毫不足怪。这丝毫也不减弱它的艺术力量。相反地，人们倒是从这里感受到一种看透了讽刺对象丑恶本质而无限鄙视的精神力量。把仙家的"紫芝"和人间的"税"联系起来，是荒诞滑稽的。但人们在笑的同时却意识到了一个严酷的事实：人间天上，都没有任何乐土。在阶级斗争白热化的时代，对现实持清醒态度的人，才能说出这种打通后壁的话。不管作者主观意图如何，它是有利于被剥削者丢掉幻想的。

怀宛陵旧游〔一〕

陵阳佳地昔年游〔二〕，谢朓青山李白楼〔三〕。
唯有日斜溪上思〔四〕，酒旗风影落春流。

（校）（注）

〔一〕宛陵，汉旧县名，唐宣州宣城县。《元和郡县图志·江南道四·宣州》："宣城县，本汉宛陵县，属丹阳郡，后汉顺帝置。至晋置宣州郡，隋自宛陵移于今理。"今安徽宣城市。

〔二〕陵阳，山名，在宣城。据《方舆胜览》，一峰为叠嶂楼，一峰为谯楼，一峰为景德寺。非指在泾县东南传为陵阳子明得仙处之陵阳山。此以"陵阳"借指宣城。

〔三〕谢朓，南朝齐代著名诗人，曾任宣城太守。曾建自名为"高斋"之楼，后代又名谢公楼、北楼。唐咸通年间，宣州刺史独孤霖改建，称叠嶂楼。李白游宣城时，曾登楼赋诗，此句"谢朓青山"当即指谢朓建高斋的陵阳山，而"李白楼"则指李白所登之北楼（谢公楼）。或谓"谢朓青山"指当涂县东南之青山，谢朓曾筑室及池于山南，故称谢公山；"李白楼"则指李白晚年寓居当涂时所居之楼，恐非。因下二句提及"溪"及"春流"，均指谢朓楼下之溪水。

〔四〕溪，指宛溪及句溪二水。参见李白《秋登宣城谢朓北楼》诗"两水夹明镜"句注。

（笺）（评）

敖英曰：三、四佳。情景融会，句复俊逸。（《唐诗绝句类选》）

沈德潜曰：（三、四句）佳句，诗中画本。（《重订唐诗别裁集》卷二十）

李锳曰：通首以"佳地"二字贯下，第三句点入"怀"字。末句写景，可作画本。（《诗法易简录》）

范大士曰：掷地有金石声。（《历代诗发》）

朱宝莹曰：题有"怀"字，处处须从"怀"字着想。首句"昔年游"三字，便从"怀"字含咀而起。次句但写宛陵名胜，而"怀"字之神自在。以下言有一种风景最系人思，如溪上日斜之际酒旗风动，影照春流。三句变换，四句发之，十四字作一句读，神韵最胜。（品）神韵。（《诗式》）

俞陛云曰：宛陵为濒江胜地，诗吟澄练，楼倚谪仙，更得"风影""酒

旗"佳句，客过陵阳，益彰名迹。犹之"桃花流水"，遂传西塞之名；"杨柳晓风"，争唱井华之句也。(《诗境浅说》续编)

这是一首怀念旧游之地的作品。题中的"宛陵"，本为汉代设置的县名，即今安徽宣城市，这是一座风景秀丽、富于历史文化传统气息和名胜古迹的江南名城，也是一座充满诗情画意的城市，诗人的怀念，便围绕着这些特点展开。

"陵阳佳地昔年游"，首句平平叙起，点明"旧游"。"佳地"总起以下三句，"昔年"应题内"怀"字，也暗透以下三句所写，均为怀念想象中的昔游景象。"昔年"的时间间隔，对于记忆中的情事景物，起着淘洗与发酵的双重作用。那些平常或缺乏特点的景象，往往因时间的淘洗而逐渐在记忆中淡出而至遗忘，而那些最具特色和美感的景象则因时间的发酵而在记忆中愈加清晰而鲜明。因此第二句"谢朓青山李白楼"，就从"陵阳佳地"的众多"旧游"之胜中自然涌现出留存在记忆中最鲜明突出、也最能代表宣州悠久历史文化传统的名胜古迹。南齐大诗人谢朓在任宣城太守时，曾游览过这里的许多风景佳胜之地，留下了一系列名篇佳制，像《游敬亭山》《之宣城郡出新林浦向板桥》《郡内登望》《冬日晚郡事隙》《高斋视事》《落日怅望》《送江兵曹檀主簿朱孝廉还上国》等都是在宣城任内所作。可以说，在谢朓之前，还没有任何一位著名的诗人如此生动地描绘歌咏过宣城的人事景物、山川秀色。这里所说的谢朓青山，实际上就是指他在任宣城太守期间曾在其上建有高斋的陵阳山。这座高斋后来改建成谢公楼(又称北楼、叠嶂楼)。唐代大诗人李白游宣城时，曾数登此楼，写下《秋登宣城谢朓北楼》《宣州谢朓楼饯别校书叔云》等著名诗篇，前诗中有"谁念北楼上，临风怀谢公""今古一相接，长歌怀旧游"等句，可见，山和楼都与今古相接的两位大诗人有过不解之缘。这里将"青山"属之谢朓，将"楼"属之李白，只是为了造成一种俊爽流利的风调，实际上在文义上是互见的("青山"与"楼"既属于谢朓，也属于李白)。这"青山"和"楼"是宛陵著名的风景胜地、文化古迹，是当地文化传统的象征，也是当地的骄傲，城市的名片，因此特为标举。这一句虽然只是标举了人名和胜景，没有任何具体描写，但由于人们对谢朓、李白的熟悉，它们仍然可以唤起一系列优美的想象，并在想象中寓含着对这两位诗人的仰慕和缅怀。

三、四两句，进一步描绘往昔游历宛陵佳胜——"谢朓青山李白楼"时所留下的最为鲜明深刻、最富诗情画意的印象和感受——"唯有日斜溪上思，酒旗风影落春流"。"溪"和"流"，指环绕宣城而流的宛溪、句溪二水。李白《秋登宣城谢朓北楼》有"两水夹明镜，双桥落彩虹"之句。三、四两句，描绘出这样一幅充满诗情的图景：春天的傍晚，西斜的夕阳映着楼下的溪水和溪边的楼阁，酒楼上的青帘被晚风轻轻斜拂着，它的倒影映入了清澈的充满春天气息的溪流。那情景，该是何等地牵人思绪！这画图在景物的选择和配搭，色调的和谐统一等方面确实是意匠经营。晚风、斜日，色调略显黯淡，容易引起惆怅、伤感的思绪，而配上迎风招展的酒旗、清澈的溪流和溪流中风旗摇曳的倒影，又使整个画面变得活泼灵动、明朗舒展起来。特别是"落春流"的"春"字，更使整个画面带上了春天的色调与气息。这种在清新明丽的基调中略带黯淡色调的构图，最适宜于表达诗人那种既深情赞美流连又稍感惆怅的怀旧情绪。因此，读了这幅画，不但宛陵佳景如在目前，而且诗人的怀旧之情也自见言外。

诗人与酒，向来有不解之缘。诗中怀念的李白，更是一位酒仙式的人物。《宣州谢朓楼饯别校书叔云》中便有"长风万里送秋雁，对此可以酣高楼"的名句。此诗末句点出"酒旗"，并非不经意的闲笔。在诗人心目中，那随风飘拂的酒旗，以及它在水中的倒影就像是前辈诗人流风余韵的一种标志和象征。"今古一相接，长歌怀旧游。"李白在面对前代诗人遗迹时所产生的这种感慨缅怀，此刻恐怕也在陆龟蒙心中浮动。作为后辈诗人，他自己能不能为这陵阳佳地留下一份供后人歆慕感怀的流风余韵呢？这层意蕴，诗中没有明言，只是含蓄在充满诗情画意的图画中。"唯有"二字，稍稍逗引了这方面的消息。

这首诗的整个格调非常轻爽流利，但遣词造句，却相当考究，特别是后两句，更是在华美工致中显出潇洒风流的韵致，经得起反复讽咏、寻味。

陆龟蒙

司空图

唐诗选注评鉴（四）

司空图（837—908），字表圣，自号知非子。泗州临淮人。有先人所置别业在河中虞乡（今山西永济）中条山王官谷，故避地栖隐其间。咸通十年（869）登进士第。曾为宣歙观察使王凝幕僚。乾符五年（878），召拜殿中侍御史，寻贬光禄寺主簿、分司东都。后迁礼部员外郎、礼部郎中。光启元年（885），拜知制诰，迁中书舍人。三年，归隐于中条山王官谷。昭宗时累以谏议大夫，户部、兵部侍郎召，皆不赴。后梁开平二年（908），闻唐哀帝为朱温所杀，不食而卒。图为著名诗论家，论诗主"韵外之致""味外之旨"，对后世严羽、王士禛的诗论有深远影响。曾自编其诗文为《一鸣集》三十卷，已佚。后人辑有《司空表圣文集》十卷、《司空表圣诗集》五卷。《全唐诗》编其诗为三卷。

华上二首（其一）[一]

故国春归未有涯[二]，小栏高槛别人家[三]。
五更惆怅回孤枕[四]，犹自残灯照落花。

校注

〔一〕华上，指华州（今陕西华县）。乾宁三年（896）七月，李茂贞攻陷长安，唐昭宗出奔华州。此为诗人避乱旅居华州时所作。作于乾宁四年春。

〔二〕故国，指沦陷的长安城。春归，春天归来。未有涯，谓春色无边无际。

〔三〕小栏高槛，指诗人旅居华州所住的房舍楼上有细小的栏杆围绕。栏、槛均指栏杆。

〔四〕回孤枕，梦醒于孤枕之上。

贺贻孙曰：（司空图）绝句如"故国春归未有涯，小栏高槛别人家。五更惆怅回孤枕，犹自残灯照落花"，亦自有致，然绝非盛唐气象也。（《诗筏》）

叶矫然曰：司空表圣多佳句，如"绿树连村暗，黄花入麦稀""川明虹照雨，树密鸟冲人""马色经寒惨，雕声带晚饥""孤屿池痕春涨满，小栏花韵午晴初""五更惆怅回孤枕，犹自残灯照落花"，皆足称也。（《龙性堂诗话续集》）

俞陛云曰：表圣为唐末完人，此诗殊有君国之感。首句言收京之无望，次句言河山之易主。三、四句，明知颓运难回，犹冀一旅一成，倘能兴复，不敢昌言，以"残灯""落花"为喻，顾周原之禾黍，徘徊而不忍去也。（《诗境浅说》续编）

沈祖棻曰：乾宁三年到光化元年（896—898），昭宗被军阀李茂贞逼迫，曾离开长安，在华州暂住……这首诗是他在华州的怀归之作。首句写梦中之境。故国，即故乡。梦中回到故乡，看到春天已经回来，春光洒遍大地，无际无边。出"未有涯"三字，则姹紫嫣红，莺啼燕语，皆在其内。次句写梦后之境。一梦醒来，眼前所见，是小栏高槛，环境幽美，也很不差，可惜不是自己家里。出"别人家"三字，即王粲《登楼赋》"虽信美而非吾土兮，曾何足以少留"之意。后两句续写客况。五更已到，天色将晓，乡梦醒时，仍是孤零零地一个人睡着，房内是残灯，屋外是落花，一个美好的春天又算过去了，怎么能不使人惆怅呢！此诗大部分写景，前两句对比，后两句顺承次句，而用"惆怅"两字点出情怀，显示题旨。（《唐人七绝诗浅释》）

刘拜山曰：首二句写客中春尽，抒倦怀故国之思；下二句状时局飘摇，有不尽忧危之意。缠绵蕴藉，晚唐佳境。（《千首唐人绝句》）

2871

"故国"一词，在不同的时空背景和具体语境中，有不同的含义。可以是指故乡（如张祜《宫词》之"故国三千里"），也可以是指故都、旧国（如刘禹锡之"山围故国周遭在"、李煜之"故国不堪回首月明中"）。对这首诗的不同阐释，实际上源于对"故国"的不同理解。从写这首诗的时间（乾宁四年春，897）看，唐室虽已岌岌可危，但离亡国尚有十来年，因而"故国"不可能指已亡之旧国。那么会不会是指京城长安呢？联系作者《漫题三首》之一"乱后他乡节，烧残故国春"之句，此"故国"当指长安无疑。

"故国春归未有涯"，首句写遥想中故国春归的情景。春天又回到了人间，但自己却因战乱避居华州，流滞未归故长安。遥想长安此时，该是烂漫春色，无边无际，一片姹紫嫣红、绿芜碧树的景象了。"未有涯"三字，既状春色之弥漫遍布大地，也透露出诗人遥想长安时思绪的绵延无尽，向往思慕中又隐含有欲归而未能的无奈。

"小栏高槛别人家"，次句点明诗人现在华州的居处。栏、槛均指栏杆，诗人当是在所居的楼上凭栏西望，遥想故国春归的景象，故这句用"小栏高槛"来指代在华州的居处。如果是在承平年代，凭栏遥想京华，虽亦不免引起思念之情，但情绪不至于如此低沉。而值此战乱年代，咫尺天涯，欲归不得，那种身处异乡之慨就特别强烈，在"小栏高槛"之下接以"别人家"三字，就将这种强烈的身处异乡的孤子感表现出来了。

一、二两句与三、四两句之间，似乎有时间上的推移。一、二两句所写，系白昼凭栏所见所思，三、四两句，则转写"五更"梦回时所见所思。日有所思，则夜有所梦，梦境的内容自然也离不开故国长安。五更梦醒，残灯荧荧，映照着栏杆外的残花，犹疑身在故国，面对着风雨中的缤纷落花呢。转念一想，此身原在异乡的华州，不禁倍感惆怅失落，伤感凄清。"犹自"二字，正透出梦回之际，恍惚迷离，疑梦为真的情状。

诗的内容不过写客居异乡时对故国春色的想象思念。但由于身处唐代末世，又因战乱避居异乡，情怀便特别伤感惆怅，缠绵哀惋。特别是诗中"故国""五更""惆怅""孤枕""残灯""落花"等一系列带有浓重感伤色彩的词语的反复渲染，遂使全诗虽无一语正面道及战乱及末世，却分明能感受到一种乱世的凄清孤寂意绪，缠绵宕往，令人低回不尽。

聂夷中

聂夷中，字坦之，河南中都（今河南沁阳东北）人。咸通十二年（871）登进士第，曾任华阴县尉。《新唐书·艺文志》著录《聂夷中诗》二卷，《全唐诗》编其诗为一卷。

咏田家〔一〕

二月卖新丝，五月粜新谷〔二〕。
医得眼前疮，剜却心头肉。
我愿君王心，化作光明烛。
不照绮罗筵〔三〕，只照逃亡屋。

校注

〔一〕《全唐诗》校："一作伤田家。"

〔二〕粜（tiào），出卖谷物。

〔三〕绮罗，本指华贵的丝织品或丝绸衣服，此借以形容富贵人家筵席的华美丰盛。

笺评

冯道曰：农家岁凶则死于流殍，岁丰则伤于谷贱，丰凶皆病者，唯农家为然。臣记进士聂夷中有诗云："二月卖新丝，五月粜新谷。医得眼前疮，剜却心头肉。"语虽鄙俚，曲尽田家之情状。农于四人（民）之中，最为勤苦，人主不可不知也。（《资治通鉴》卷二百七十六载冯道对后唐明宗问）

孙光宪曰：聂夷中少贫苦，精于古体，有《公子家》诗……又《咏田家》诗……所谓言近意远，合《三百篇》之旨也。（《北梦琐言》卷二）

蔡居厚曰：（聂夷中）有诗曰："二月卖新丝……"，孙光宪谓有《三百

篇》之旨。此亦诗史也。（《诗史》）

胡三省曰：谓新谷未熟，农家艰食，先称贷以自给，至于卖丝籴谷，仅足以偿债耳。（《通鉴注》）

《留青日札·诗谈新编》：聂夷中"卖丝""籴谷"之篇，《全唐诗话》以为言近意远，合《三百篇》之旨；或又谓：可为诗史。皆非也。试观《三百篇》中如谭大夫"南箕""北斗"之讽，何其温厚和平，初不必显然如"医疮""剜肉"之怨讪也。

何孟春曰：聂夷中《咏田家》诗"二月卖新丝"……"籴新谷"者，乃贫民其时预指丝、谷去借债耳。到丝、谷出时，俱是他人之物，是所谓"医得眼前疮，剜却心头肉"也。（《馀冬诗话》卷上）

陆时雍曰：唐人入古，便少雅趣，所以为难。唯韩昌黎"青青水中蒲"最绝。（《唐诗镜》）

陆次云曰：烂熟不可删去。（《五朝诗善鸣集》）

宋长白曰：聂夷中诗："二月卖新丝，五月籴新谷。"或曰："二月蚕尚未生，新丝乌有？"何燕泉曰："盖谓贫民预指丝、谷作借贷之资耳。至丝、谷出时，俱是他人之物，故谓'医得眼前疮，剜却心头肉'也……陆宣公奏议曰：'蚕事方兴，已输缣税，农功未艾，遽敛谷租。有者急卖而耗其半直，无者求假而费其倍酬。'"夷中盖用其意。（《柳亭诗话》）

钱大昕曰：唐末诗人，多以绮丽纤巧为工，所谓桑间濮上，亡国之音也，而昧者转以为唐人正声，谬矣。若……聂夷中之"二月卖新丝，五月籴新谷。医得眼前疮，剜却心头肉。"……语近情深，有《三百篇》之馀意。（《十驾斋养新录·晚唐诗》）

沈德潜曰：唐时尚有采诗之役，故诗家每陈下民苦情，如柳州《捕蛇者说》亦其一也。此诗言简意足，可匹柳文。（《重订唐诗别裁集》卷四）

宋宗元曰：《国风》乎？《小雅》乎？悱恻乃尔。（《网师园唐诗笺》）

在唐代的悯农诗中，李绅的《古风二首》和聂夷中的这首《咏田家》是历代传诵，流传最为广远的作品。它们的共同特点之一，就是选取最能反映农民之苦的典型细节或事例，用直率尖锐的语言集中表现出来，从而造成强烈的艺术震撼力。

"二月卖新丝，五月粜新谷。医得眼前疮，剜却心头肉。"没有任何交代、铺垫和酝酿，一开头就单刀直入，尖锐地揭示出看似极其反常，却最能反映农民无以为生的苦况的两种现象：二月尚未开始养蚕，农民却已开始卖丝；五月新谷刚刚播种不久，农民却已开始卖谷。对这极反常的"卖"和"粜"的原因，诗人不作任何说明。但熟悉旧社会农民困苦状况的都知道，二月和五月，正是贫苦农民春荒、夏荒已经开始严重，吃了上顿就没有下顿的季节。这种时候，为了活命，就只能将未来的"新丝""新谷"预作抵押，廉价地卖给放高利贷的地主富商，以求暂时度过春荒和夏荒。但这样地预"卖"预"粜"，却无异于将今年一年的蚕丝收入和粮食收成全部或绝大部分预先支付给了地主富商，等待着他们的只能是更大的饥荒，更加严重的恶性循环。最终必然是秋谷刚则登场，家中已无斗储，陷入借贷无门，无衣无食的绝境。对这种"卖"和"粜"的后果，农民自然深知，但为了求得眼前的活命，只能无奈地作出此举。"医得眼前疮，剜却心头肉"这个极富创造性和震撼力的比喻，就是对农民"二月卖新丝，五月粜新谷"的沉痛而无奈的心理的深刻描写，也是对其严重后果的形象展示。剜肉补疮，本近荒唐，何况是"剜却心头肉"来"医得眼前疮"！极荒唐而不近理的事却被迫着不能不去做，明知这样做会断绝生活后路，也只能无可奈何忍痛去做。一个对农民困绝处境和卖青经历没有亲身体验的人，一个对农民这种难以言传的痛苦没有切肤感受的人，写不出这样痛切肺腑、惊心动魄的诗句。孙光宪说聂夷中"少贫苦"，辛文房更谓其"奋身草泽，备尝辛楚，卒多伤俗闵时之举，哀稼穑之艰难"，正是这种"贫苦"而"备尝辛楚"的生活经历，成就了像《咏田家》这样的诗。这也正是聂夷中和白居易的区别。

　　"我愿君王心，化作光明烛。不照绮罗筵，只照逃亡屋。"前四句将田家之苦痛表现得如此深刻尖锐，淋漓尽致，后四句却突然刹住，不再对这种现象更添一语，而是掉转笔锋，表达对君主的希望祈愿。乍看似乎前后幅之间缺乏连接过渡，转接有些突兀，对君主的祈望更不免纯属幻想。实则第五句开头的那个"我"字，正是连接前后幅的枢纽关键。诗的前幅，是春荒、夏荒相接，卖青度日，陷于绝境的农民痛苦心情的自白；诗的后幅，则是处于绝境中的农民在万般无奈中发出的善良而天真的希望，希望君主的心，化作光耀的明烛，不照富贵人家华美丰盛的筵席，只照贫苦困穷、逃亡流离百姓的茅屋。这个"我"固然可以理解为诗人以贫苦农民代言人的身份出现在诗中，但理解为困穷无奈的农民的直接抒情似乎更符合实际，更具悲剧性。中国的农民，即使处境再艰困，甚至到了"二月卖新丝，五月粜新谷"这种剜肉补疮的程度，绝大多数仍然不会去铤而走险、走向造反的一途，而是寄虚幻的希望于封建统治者。诗的后幅，如果从表现农民的善良愿望和悲剧性心态这个角度去理解，也许更会感到它的真实性。

曹 唐

曹唐，字尧宾，桂州（今广西桂林）人，或云郴州（今属湖南）人。初为道士，后还俗。大中年间举进士不第。咸通中为州郡从事，后暴病卒。《新唐书·艺文志》著录《曹唐诗》三卷，《全唐诗》编其诗二卷。集中多游仙之作。

仙子洞中有怀刘阮[一]

不将清瑟理霓裳[二]，尘梦那知鹤梦长[三]。
洞里有天春寂寂，人间无路月茫茫[四]。
玉沙瑶草连溪碧[五]，流水桃花满涧香[六]。
晓露风灯零落尽，此生无处访刘郎。

校注

〔一〕《法苑珠林》卷四十一引刘义庆《幽明录》谓：东汉永平五年（62），剡县（今浙江嵊州）人刘晨、阮肇共入天台山（在今浙江天台县北）采药，迷不得返。经十三日，粮乏尽，饥馁殆死，遥望山上有一桃树，大有子实，上，各啖数枚，而饥止体充。复下山饮水，见芜青叶从山腹间流出，复有一杯流出，便共汲水。逆流行二三里，复度山。出一大溪边，溪边有二女子，姿质妙绝，见二人持杯出，便笑曰："刘、阮二郎，捉向所流失杯来。"乃相见，而悉问来何晚，因邀还家。遂停半年，求归。既出，亲旧零落，邑屋改异，无相识。问讯，得七世孙。《太平御览》引《幽明录》谓二人重入天台访二女，踪迹杳然。曹唐根据这一传说，写了七言律体组诗《刘晨阮肇游天台》《刘阮洞中遇仙子》《仙子送刘阮出洞》《仙子洞中有怀刘阮》《刘阮再到天台不复见仙子》共五首。系曹唐所作《大游仙诗》五十篇中的一组诗。

〔二〕将，持。理，治理、温习。《霓裳》，《霓裳羽衣曲》的简称，参白居易《长恨歌》"惊破霓裳羽衣曲"句注。此指仙家的乐曲。

〔三〕尘梦，尘世之梦。鹤梦，仙家之梦。传说中仙人多以鹤为坐骑，故常以"鹤"作为仙家的代称。

〔四〕月茫茫，形容月光朦胧。

〔五〕瑶草，即蓂草，传说中的香草。瑶，通"蓂"，东方朔《与友人书》："相期拾瑶草，吞日月之光华，共轻举耳。"李贺《天上谣》："王子吹笙鹅管长，呼龙耕种拾瑶草。"此泛指仙草。

〔六〕流水桃花，参注〔一〕引《幽明录》，因溪边山上有桃树，故溪水中有桃花流出。涧，即溪。

笺评

《太平广记》引《灵怪录》：（曹唐）久举不第，尝寓居江陵佛寺中，亭沼境甚幽胜，每日临玩赋诗，得两句曰："水底有天春漠漠，人间无路月茫茫。"吟之未久，自以为常制皆不及此作。一日，还坐亭沼上，方用怡咏，忽见二妇人，衣素衣，貌甚闲冶，徐步而吟，则唐前所作之二句也。唐自以制以翌日，人固未有知者，何遽而得之？因近而讯之，不应而去，未十步间，不见矣……数日后，唐卒于佛舍中。

阮阅曰：曹唐、罗隐同时，才情不异。罗曰："唐有鬼诗。"或曰："何也？"曰："水底有天春漠漠，人间无路月茫茫。"

方回曰：曹唐专借古仙会聚离别之事，以寓写情之妙，有如鬼语者，有太粗者。选此二首（《仙子送刘阮出洞》《刘阮再到天台不复见仙子》），极其精婉。（《瀛奎律髓》卷四十八）

辛文房曰：唐尝会（罗）隐，各论近作。隐曰："闻见游仙之制甚佳，但中联云：'洞里有天春寂寂，人间无路月茫茫'，乃是鬼耳。"唐笑曰："足下牡丹诗一联乃咏女子障：'若教解语应倾国，任是无情也动人。'"（《唐才子传》卷八）

陆时雍曰：是为平调。（《唐诗镜》卷五十三）

胡震亨曰：曹唐寓江陵寺亭沼间，得句："水底有天春漠漠，人间无路月茫茫"。明日还坐沼上，见素裳女子步咏前句，追讯之，遽没，数日唐殂。考此乃唐刘阮游仙诗"洞里有天"云云，无不说"水底"，人改之以就所云"池沼"者。诗谶故有之，然率然自出胸臆，故验。何须人点窜代为之欤？（《唐音癸签·谈丛五》）

《唐诗鼓吹评注》：首言自别刘阮之后，懒将瑶瑟而理霓裳之曲。想、刘、阮已归尘世，其梦当不及仙梦之长也。综彼此而言之，我居洞里，别有一天，而春光寂寂；君在人间，相寻无路，而月色茫茫。尘梦鹤梦，其相去为何如哉！五、六句言仙家景物常在，而不得与刘、阮相赏。今刘、阮一去，俨若晓露风灯易于零落，悠悠仙梦乃与尘寰相隔，正未知此生何处可问刘郎耳。（卷四。按：《唐诗鼓吹》将曹之游仙诗置宋邕名下）

黄子云曰：曹唐游仙诗有"水底有天春漠漠，人间无路月茫茫"，玉谿《无题》诗，千妖百媚，不如此二语缥缈销魂。（《野鸿诗的》）

何焯曰："月茫茫"，用奔月事。（同上引）

潘德舆曰：曹唐"水底有天春漠漠，人间无路月茫茫"，罗隐"云中鸡犬刘安过，月下笙歌炀帝归"，同属鬼诗。然未若黄滔之"冢上题诗苏小见，江头酹酒伍员来"为尤足笑也。盖晚唐丑态，无所不备。（《养一斋诗话》卷四）

冯继聪曰：洞中仙子别刘郎，尘梦那知鹤梦长。流水桃花香满洞，而今好句忆曹唐。（《论唐诗绝句·曹唐》）

 鉴赏

前人对曹唐诗，颇多恶评。实则他的大、小游仙诗，不但颇多丽句佳联，且有极富想象的诗境。这首《仙子洞中有怀刘阮》便是一例。

刘晨、阮肇入天台山遇仙事，是一个富于浪漫色彩的仙凡爱情传奇故事，它不但内容情节美丽动人，而且具有诗的元素。但曹唐之前的诗人，只将这一故事化为典故运用于诗中（如刘禹锡咏玄都观桃花二绝句之"刘郎"与"前度刘郎"），却未能发掘其中诗的元素，将它敷演成以游仙诗的形式出现的爱情传奇故事诗。曹唐的五首咏刘阮入天台遇仙女的组诗，实现了将传奇故事化为融叙事、抒情为一体的诗歌的创造。不但在游仙诗的写作上是一种突破，在爱情诗的领域也是一个新品种。

原来的刘、阮遇仙故事中，并没有两位仙女在刘、阮归去后于仙洞中思念对方的情节，因此这首诗的全部内容情事，纯属诗人虚拟幻设，这就需要发挥丰富的想象，创造出优美的诗境。这正是此诗创作上的难点，通过诗人的想象和妙笔，将它化为诗的突出优点。

"不将清瑟理霓裳，尘梦那知鹤梦长。"首句写刘、阮去后，两位仙女由于思念情人，情怀黯然，失去了往日欢聚时的兴致，再也不持清美动听的瑟来温习重奏《霓裳羽衣曲》了。次句进一步写仙女内心的怨怅。尘梦，指尘世之梦；鹤梦，指仙家之梦。在仙女的想象中，此刻处于尘世的刘、阮自然也思念着自己，在梦中见到了自己；但他们哪里知道，自己想念他们的感情更为深长，梦境也比他们更长呢？传说中山中方半载，尘世已历七代，仙家的日月比尘世要长得多。古人这一极富想象力和创造性的奇想在这里变成了"尘梦那知鹤梦长"的奇语，而表达的意思则是仙女思念情人的感情之深长远胜于凡俗尘世，可以称得上是奇思妙想，意新语警。

"洞里有天春寂寂，人间无路月茫茫。"颔联续写仙女孤居洞中的寂寞和对人间思念向往的渺茫。神仙洞府，别有天地，异于尘世，故说"洞里有天"；但洞府中的春天，由于刘、阮两位情郎的归去，却显得分外寂寥。"春"色原应鲜艳灿烂，给人以热闹的感受，这里说"春寂寂"，正透露出仙女内心的孤独寂寞和苦闷无聊。思念人间的情郎，想去寻访，却无路可往，只见眼前是一片朦胧的月色，弥漫仙山，人间不知杳在何处。"月茫茫"同样透露出仙女内心的渺茫失落。这一联不用华丽的辞藻，不施用力的刻画，却创造出神仙洞府孤清凄寂的意境，表现出仙女寂寞无聊、渺茫失落的意绪，对仗工整，出语自然，仿佛随口道出，浑然天成，确实是唐诗中少见的佳联警句。黄子云极赞此联，以为"玉谿《无题》诗千妖百媚，不如此二语缥缈销魂"，可称具眼。盖此二语之艳在骨，非寻常绮语之艳在字面。

"玉沙瑶草连溪碧，流水桃花满洞香。"腹联承"春寂寂"，进一步渲染刘、阮去后，虽春色依然，而人去春空，仙山寂然。如玉的白沙缘溪而布，馥郁的瑶草连溪而碧，溪水中桃花片片，香气四溢，这一切明艳的春色依然如故，但情人的踪迹却已杳然。两句看似纯粹写景，但景外有人，景中含情，从这幅画图中可以想象出仙女面对溪边沙草、溪中桃花时景是人非、景在人杳的空虚怅惘。景丽而情悲，表情特别含蓄，写"怀"旧的意绪不露痕迹。

"晓露风灯零落尽，此生无处访刘郎。"尾联写仙女长夜不寐，思念情人，直至天明，感叹自己就像清晓的露水，风中的残灯，眼看就要零落殆尽，此生再也无处寻觅自己的情郎了。此联承"人间无路"句，以仙女"无处访刘郎"的长叹结，而"晓露风灯零落尽"的即景描写中寓含的比兴象征意味，又加强了这种长叹的悲剧色彩。唐人诗中多以仙真喻女冠，这首诗如果把它理解为女冠对一去不复返的情人的怀念，也很真切耐味。

来 鹏

来鹏（一作鹄，非），豫章（今江西南昌）人。咸通中举进士不第。广
明元年（880）黄巢克洛阳、破潼关，入长安称帝，僖宗奔成都，鹏避游
荆、襄，南返。中和年间（881—885）客死维扬。唐末另有来鹄，工文。
《全唐诗》编其诗为一卷，其中除《圣政纪颂并序》外，均为来鹏所作。

云

千形万象竟还空〔一〕，映水藏山片复重〔二〕。
无限旱苗枯欲尽，悠悠闲处作奇峰〔三〕。

校注

〔一〕竟，终竟。
〔二〕重，重重叠叠。
〔三〕顾恺之《神情诗》："春水满四泽，夏云多奇峰。"

笺评

蔡居厚曰：（来鹏）喜以诗说讪当路，为人所恶，卒不第。《金钱花》
云："青帝若教花里用，牡丹应是得钱人。"《夏云》云："无限旱苗枯欲
尽，悠悠闲处作奇峰。"《偶题》云："可惜青天好雷电，只能驱趁懒蛟
龙。"（《诗史》）

刘永济曰：此借云以讽不恤民劳者之词。（《唐人绝句精华》）

刘拜山曰：此讥执政者徒托空言，不能为苍生霖雨也。（《千首唐人
绝句》）

富寿荪曰：宋惠洪《冷斋夜话》载：北宋章惇罢相南贬，僧奉忠于其
前诵《夏云》诗云："如风如火复如绵，飞过微阴落槛前。大地生灵枯欲
死，不成霖雨漫遮天。"与此诗托讽相似，可参看。（同上）

夏天的云彩，变化多端，形状奇特，古代诗人早有"夏云多奇峰"的名句。但这首诗的作者却对千形万象的夏云颇有微词。这是因为在"无限旱苗枯欲尽"的情况下，对悠闲作态的夏云怀着别一种感情的缘故。

一开头对夏云并不作具体描写。夏云千姿百态，千变万化，仅以"千形万象"一笔带过，紧接着下了"竟还空"这几个转折意味很强、感情分量很重的字眼。原来，诗人并非怀着悠闲的心情观赏夏云的奇幻多姿，而是怀着久旱盼甘霖的心情注意着风云变幻。这一句概括地写出了一个过程：云彩不断地幻化出千形万象，诗人也焦急地经历着盼望、失望、再盼望、再失望的反复，到后来，那变幻的云彩竟连一点雨意也没有了，诗人终于绝望。"竟还空"三字中正蕴含着始料未及的强烈失望、希望落空的焦急和受欺骗后的愤慨，感情内涵颇复杂。

次句补足首句，"映水"，是说云彩倒映入水；"藏山"，是说云彩隐蔽山峦，"片复重"则指云彩忽而成片，忽而重叠。这正是"千形万象"中的几种具体形象和姿态。如果有闲情逸致，这悠闲自得、怡然自乐的云彩的确可以愉情悦目；但在久旱盼雨的人们看来，它仿佛故意跟你捉迷藏、玩戏法，在故意作弄怀着善良希望的人们。孤立地看，这一句像是对云的各种形象作客观描写，但联系上句的"竟还空"就不难体味出，这里同样渗透了对怡然作态的夏云的厌恶情绪。

"无限旱苗枯欲尽，悠悠闲处作奇峰。"苗枯欲尽，是看云的背景。不放在开头而在这里才点明，一方面是为了避免平直，另一方面也是为了与末句形成鲜明的对照：一边是大片旱苗干枯焦渴，人们心如火燎，亟盼夏云作雨，降下甘霖；一边却是夏云悠闲容与，怡然自得，毫不理会，幻化出最生动的形象——奇峰，既供人欣赏，也自我欣赏。第三句提得极重、极急，第四句却落得极轻、极缓。正是通过这跌宕起伏，对比鲜明的描写，将全诗推向高潮。诗人对夏云作了最后一笔画龙点睛的描绘，这一笔一经完成，全诗的主题，诗人的思想感情就得到了集中的表达，对夏云的愤激、憎恶之情就寓于貌似不动声色的客观描写之中。这种写法，比起那种剑拔弩张、大声疾呼的表达方式要更有艺术力量。

一首好诗，总是能以它生动而具有典型性的形象启人深思。这首诗中"云"的形象，既带有自然界中夏云的特点，又概括了社会上某一类人的特征。那高高在上，变幻出奇的夏云，似乎给人们以酝酿作雨的无限希望，其实根本无心解救无限干枯的旱苗，当你焦急地盼望它降下甘霖时，它却正悠闲自得，化作奇峰，在自我欣赏呢。不言而喻，这正是旧时代那些自命解民倒悬，实际上不问苍生的高高在上的统治者的尊容。它的艺术概括力是很强的，直到今天，我们还会感到这首诗里所描绘的人格化了的"云"是似曾相识的。

　　古代诗歌中咏云的名句不胜枚举，但大都用以表现文人悠闲的生活情趣、孤高的思想感情。用直接从事生产劳动的农民的眼睛来观察云，用他们的思想感情来描绘云的，几乎没有。来鹏的这首《云》，也许算得上是少数用农民的眼光和感情来咏云的作品。我们读一读他的《蚕妇》《题庐山双剑峰》等诗，可以明白他写出《云》这样的作品并非偶然。

来鹏

2883

罗 邺

罗邺，余杭（今浙江杭州）人，父则，为盐铁小吏。累举进士不第。咸通末入江西观察使崔安潜幕。乾符三年（876）安潜迁镇许州，邺随赴忠武节度使幕。晚年从军塞北，赴单于都护府幕，悒郁而卒。《新唐书·艺文志》著录《罗邺诗》一卷。《全唐诗》编其诗为一卷。与族人罗隐、罗虬俱以声格著称，号"三罗"。

雁二首〔一〕（其一）

暮天新雁起汀洲〔二〕，红蓼花开水国愁〔三〕。
想得故园今夜月，几人相忆在江楼。

校注

〔一〕此首又作杜荀鹤诗，题作"题新雁"。《文苑英华》卷三二八作杜，《万首唐人绝句》卷七十二作罗。从二诗同韵看，当为罗作。

〔二〕汀洲，水中沙洲。

〔三〕红蓼，蓼的一种，多生于水边，花呈淡红色。又名泽蓼、水蓼、水荭花。高一尺五六寸。枝蔓红褐色，叶为披针形。秋初始花，花蓓蕾相连，成穗状，枝枝下垂，参差披拂。

笺评

唐汝询曰：已闻雁而思故园，安知故园之人不对月而思我？以景唤情，更是一法，终不离《陟岵》诗意。（《删补唐诗选脉笺释会通评林·晚七绝》引）按：《唐诗解》仅有前两句评。

刘永济曰：不言己思乡，却写人思己，与《陟岵》诗不写己思父母兄弟，而写父母兄弟思己，同一机杼。（《唐人绝句精华》）

沈祖棻曰：这首诗是触景生情，托物起兴，以抒发故乡之思的。前两句写眼前景物，雁是候鸟，春北去，秋南来。栖息于汀洲之上，而汀洲上又正开着稀疏的红蓼花。诗人在傍晚时分，看到新来的雁子从汀洲的红蓼花中飞起，感到一片水国秋光，于是联想到雁子还能一年一度，去而复返，而人却长在异乡，因此更加想念起故国来了。后两句写思乡之情，也是从对面着笔。由他乡之水国，想到故园之江楼，想到在今夜月光之中，必定有几人在江楼之上，对月怀远吧。不写己之触景生情而忆在故国之人，偏写其人之对景登楼而念在异乡之己，不但见己之思乡情切，而且展示了一幅江楼望月图，情致也更丰满。此诗后半也是用从对面设想和着笔的方法以深化主题。但前半不写自己的情况，而专写景物，托物起兴，引起想象，因景及人，故和上面三篇（按：指王维《九月九日忆山东兄弟》、韦应物《寒食寄京师诸弟》、白居易《邯郸冬至夜思家》）又有同中之异。

（《唐人七绝诗浅释》）

富寿荪曰：白诗因冬至而思家，此诗因闻雁而思家，而皆反言家人之思己，拓开一层，意更深挚。比较而言，白诗亲切动人，此诗隽妙可喜。

（《千首唐人绝句》）

 鉴赏

罗邺的《雁》诗共二首，其二云："早背胡霜过戍楼，又随寒日下汀洲。江南江北多离别，忍报年年两地愁。"因见雁飞而起两地之离愁。据第三句当是诗人身在江北，怀念江南故乡（余杭）之亲人。诗中亦有"汀洲"字、"愁"字、"楼"字，韵脚全同，可见二首当同属罗邺之作，写作时、地当亦相同。不过第二首通篇托雁寓怀，"早背""又随""忍报"的主体均为南飞之雁，而第一首中的雁只是引起乡愁离思的一种触媒。

"暮天新雁起汀洲，红蓼花开水国愁。"诗的前两句，是身在江北的诗人见北雁南飞而触发诗人对江南故乡景物的悠远想象：时值秋天，家乡的江中沙洲上，暮色苍茫中该有新雁飞翔回旋了，江南的水乡泽国，此时正是红蓼花盛开的季节。雁起汀洲，红蓼花开江畔，本是水国秋天的明丽秋景，如今身在江北，不能随南飞的大雁一起回到故乡，则这想象中明丽的水国秋景反而成了触发乡愁离情的媒介了。第二句句末的"愁"字，正点明诗人见南飞雁而忆故乡水国秋日丽景而生愁的情景。如这两句系写眼前景，则诗人已身处水乡泽国之江南故乡，又何用忆念故国之亲人呢？与第二首联系起来理

罗
邺

2885

解，就明白诗人是身处江北而忆故园了。这两句以丽景反衬乡愁，风调悠扬，韵味悠长。

"想得故园今夜月，几人相忆在江楼。""想得"二字，绾结诗的前幅与后幅，点明前后幅均系诗人想象中的情景，从而将全诗贯通为一个整体。前面提到"暮天"，透露诗人是在暮色苍茫中见秋雁南飞而触动对故乡水国秋景的思忆而生愁的，这两句进一步想象到"今夜"的情景：今天夜里，在秋月映照的故乡江楼上，又该有几人在忆念远在北方异乡的自己呢？罗邺是余杭人，家傍钱塘江畔，故说"江楼"。不说自己如何思念故园的亲人，而转说故乡的亲人如何思念在北方的自己，这种从对方着笔的写法似乎并不新鲜，但诗人写来，仍显得情景相浃，情致缠绵，原因就在情中有景。这里有"月"，有"江楼"。"隔千里兮共明月"，"月"是相隔千里的亲人今夜共对的景物，也是触发和寄托思念之情的媒介与载体，而"江楼"则是昔日同登共赏美好秋夜月色的地方，如今却只能成为分隔两地的亲人凭栏相忆之处了。其中既包含时空的远隔，又包含了今昔的对比，故弥觉情味之绵长。王定保《唐摭言》卷十谓："时宗人隐，亦以律韵著称。然隐才雄粗疏，邺才清而绵致。"本篇正可视为"才清而绵致"的典型诗例。

罗　隐

罗隐（833—910），本名横，字昭谏，新城（今浙江富阳）人。十举进士不第，遂改名隐。咸通十一年（870），投湖南观察使于瑰，授衡阳县主簿。旋辞官。历游淮、润诸镇，均不得意。广明间（880—881）避乱寓居池州。自号江东生。光启三年（887），东归投杭州刺史钱镠，表为钱塘县令，拜秘书省著作郎。景福二年（893）九月，钱镠任镇海军节度使，隐为掌书记。天祐三年（906），转司勋郎中，镇海节度判官、盐铁发运副使。后梁开平二年（908），吴越国王钱镠表授为给事中。世称罗给事。三年迁盐铁发运使，十二月十三日病卒。隐工诗善文，多讽刺愤世之语。著有《谗书》五卷、《甲乙集》十卷等多种。清人辑有《罗昭谏集》八卷。《全唐诗》编其诗为十一卷。今人潘慧惠有《罗隐集校注》。

登夏州城楼〔一〕

寒城猎猎戍旗风〔二〕，独倚危楼怅望中〔三〕。
万里山河唐土地〔四〕，千年魂魄晋英雄〔五〕。
离心不忍听边马〔六〕，往事应须问塞鸿〔七〕。
好脱儒冠从校尉〔八〕，一枝长戟六钧弓〔九〕。

校注

〔一〕夏州，唐关内道州名，治所在今陕西横山县西白城子。

〔二〕猎猎，象声词，此状风声。鲍照《上浔阳还都道中》："鳞鳞夕云起，猎猎晚风道。"亦可形容物体随风飘拂之状，陈陶《海昌望月》："猎猎谷底兰，摇摇波上鸥。"此处似兼含二义。

〔三〕危楼，高楼。

〔四〕河，《全唐诗》校："一作川"。

〔五〕晋英雄，据《晋书·载记·赫连勃勃》：东晋安帝义熙十三年（417）九月，太尉刘裕灭后秦姚泓，入长安。大夏王赫连勃勃率大军与东晋军战，晋军败绩，赫连勃勃将"买德获晋宁朔将军傅弘之、辅国将军蒯恩、义真司马毛修之于青泥，积人头以为京观"。此句"晋英雄"疑指战死之东晋将士。但亦可能指唐初太原起义诸功臣。

〔六〕离心，离别家乡的愁绪。《文选·李陵〈答苏武书〉》："凉秋九月，塞外草衰，夜不能寐，侧耳远听，胡笳互动，牧马悲鸣，吟啸成群，边声四起，晨坐听之，不觉泪下。""不忍听边马"盖用此。

〔七〕往事，指"千年"以来的事情。塞鸿，边地的大雁。

〔八〕校尉，军职名。隋、唐时为武散官之名号。句意谓己当弃文习武。

〔九〕六钧弓，一种强弓。一钧为三十斤。六钧指拉弓之力。《左传·定公八年》："颜高之弓六钧。"

 笺 评

冯舒曰：（首句）城。（次句）登楼。（"万里"句）从"怅望"落下。（《二冯先生评阅才调集》）

冯班曰：并不椎琢，慷慨可爱。（同上）

《唐诗鼓吹评注》：此言寒城风起，戍旗猎猎。此时凭栏怅望，见万里山川皆唐王地，千年魂魄尽汉英雄。而我于此闻边马而动离心，对塞鸿而思往事，盖不胜其吊古悲今已。然边塞乃用武立功之地，投笔从戎当以弓戟为事，其能不上寒城而动念哉！言外见悲感意。（卷八）

何焯曰：祖宗以一旅定天下，西北二边拓地皆过万里，望中莫非唐家有也。子孙无令政，将为节镇所据，且复如勃勃之侵扰关中，有志报国主者又无阶进，此其所以深怅者也。三、四言目中孰非唐土地，恐旋见分裂，复出晋英雄耳。"英雄"指刘勃勃，"城"当作"声"，"汉"当作"晋"。（《唐诗鼓吹评注》批）

朱三锡曰：一写夏州城楼，二写登夏州城楼。下六句皆凭栏怅望也。三、四是由今而吊古，五、六又吊古而悲今，无非自叹自伤之意。投笔从戎，固有满腔忧愤，于言外见之者矣。（《东岩草堂评订唐诗鼓吹》）

杨逢春曰：声情慷慨，笔力雄健，不以椎琢为工，固是晚唐之杰。（《唐诗绎》）

沈德潜曰：唐末昭谏诗，犹稜稜有骨。（《重订唐诗别裁集》卷十六）

周咏棠曰：高唱。（《唐贤小三昧集续集》）

胡本渊曰：（"万里"句）健笔。（"离心"二句）感怀。（《唐诗近体》）

梅成栋曰：此老满眼涕泪，满腹骚愁，溢于言外。（《精选七律耐吟集》）

鉴赏

　　罗隐诗以七律、七绝见长，但常失之粗俗浅直，不耐讽咏。这首《登夏州城楼》，境界开阔，笔力雄健，调高韵响，是他七律中优秀之作。诗的作年不详，据"好脱儒冠从校尉"之句看，可能是其屡次应进士试不第期间北游夏州时所作。

　　"寒城猎猎戍旗风，独倚危楼怅望中。"唐末的夏州，已属塞外之地。凉秋九月，登上高高的夏州城楼，但觉寒风扑面而来，猎猎风声，劲吹着城头矗立的征旗，发出哗哗的声响。独倚危楼，凭栏远眺，触绪兴怀，怅恨无端。起联写登城楼的初始感受。高楼多悲风，起句即从写风势入手，"寒城"既点明北边塞外之地，又透露寒秋季节；"戍旗"则表明夏州边防要地的特征和军旅气氛；"猎猎"二字，虽状风声，兼写风势。全句一开始就渲染出一种寒秋边城要塞凛冽整肃、阔大悲壮的氛围，先声夺人。次句方补足上句，点明"独倚危楼"。"独"字"危"字，都透出一种作客异乡的孤孑感和登高远望时的高危感，显示出心绪的不平静。"怅望"二字，统领全篇，"望"中有思绪的起伏萦绕。整个一联，虽叠用"寒""风""独""危""怅"等带有明显悲凉色彩的词语，但整个境界却阔大悲壮，气势雄健，可谓工于发端。

　　"万里山河唐土地，千年魂魄晋英雄。"颔联承"怅望"，分别从空间、时间着眼。夏州一带，地近毛乌素沙漠，登高四望，万里山河，尽收眼底。唐代极盛时期，东极大海，西逾葱岭，北抵小海（今贝加尔湖），南达驩州，东西南北，均逾万里，说"万里山河"，信非虚语，下接"唐土地"三字，力重千钧，豪情四溢。下句由眼前景触发对前代英雄的遥想，思绪由今及古。东晋末刘裕北伐，攻取长安，但却为大夏赫连勃勃所败，牺牲了大量将士。千年之后，这些英雄将士的英魂毅魄犹令人景仰追缅，感慨歔欷。空间的广阔与时间的悠远，组成了极为开阔广远的境界；上句豪迈遒壮，下句激越悲壮，更形成一种激昂慷慨的风格。但联系次句的"怅望"二字，便不难体味出在这种赞美追缅之中暗寓着对唐末军阀割据、战乱不已、生灵涂炭、士卒死伤的残破局面的感慨，昔日广袤的"唐土地"，现在已局狭逼仄于关中一隅，而昔日的英雄将士如今也再难觅其踪影。只不过这种感慨隐藏得比较深，不联系上下文细细体味，不容易发现罢了。

"离心不忍听边马，往事应须问塞鸿。"腹联写"怅望"中的视、听感受。"离心"句承"万里"句，昔日全盛时代，夏州属关内道，系腹里之地，今日却已成了穷边之地。寒秋九月，听到边马的悲嘶之声，使怀有离乡去国之愁的自己更加思绪悲凉，不忍卒听。"往事"句承"千年"句，昔日的英雄魂魄已无可寻觅，包括全盛时代的英雄将帅也不能再遇，这一切英雄往事都只能问边塞的鸿雁了。两句正面写全盛时代的消逝，明点"怅"字。

"好脱儒冠从校尉，一枝长戟六钧弓。"值此末世衰乱之秋，奉儒习文既不能挽救国家的危局，又不能登仕进之途，看来只有弃文习武，脱下儒冠，跟随校尉，奋长戟挽强弓以图进取报国了。晚唐士人仕途狭窄，多次应举不第是常事，罗隐十上不第不过是当时的一个比较典型的事例。但对自视甚高的罗隐来说，却因此而感到特别愤激不平。他在《谒文宣王庙》中说："晚来乘兴谒先师，松柏凄凄人不知。九仞萧墙堆瓦砾，三间茅殿走狐狸。雨淋状似悲麟泣，露滴还同叹凤悲。觉使小儒名稍立，岂教吾道受栖迟。"大圣孔子的遭遇尚且如此，何况区区小儒。尾联于"怅望"之中，悲慨衰世之余重新振起，声情遒壮浏亮。但在"脱儒冠从校尉"的匡国之志中又寓含有不遇于时的感慨与牢骚。

从全篇看，仍是罗隐一贯的粗豪雄放的风格，但由于发端的阔大悲壮，颔联的境界广远，腹联的意绪悲凉，尾联的遒壮浏亮，使得这首诗整体上显得气势雄放，韵调悠扬，在晚唐七律中不失为上乘之作。

雪〔一〕

尽道丰年瑞，丰年事若何〔二〕？
长安有贫者，为瑞不宜多。

校注

〔一〕诗写因下雪而触发的感慨，非通常的咏物之作。

〔二〕事，情事，情况。

（笺）（评）

褚人获曰：今人谚语多古人诗。"瓜田不纳履，李下不正冠。"曹子建诗。……"长安有贫者，为瑞不宜多。"罗隐诗。"但知行好事，莫要问前程。"冯道诗。"在家贫亦好。"戎昱诗。（《坚瓠集》）

刘永济曰：此仁者别有用心，与平常但描写雪色、寒气者不同。（《唐人绝句精华》）

罗
隐

（鉴）（赏）

有一类诗，刚接触时感到质木无文，平淡无奇，反复涵泳，却发现它自有一种发人深省的艺术力量。罗隐的《雪》就是这样的作品。

题目是"雪"，诗却非咏雪，而是发了一通雪是否瑞兆的议论。绝句长于抒情而拙于议论，五绝篇幅极狭，尤忌议论。作者偏用其短，看来是有意造成一种特殊的风格。

瑞雪兆丰年，是劳动人民在长期生产实践中总结出来的含有科学道理的经验。盼望自己的劳动能有一个好收成的农民，看到飘飘瑞雪而产生丰年的联想与期盼，是很自然的。但眼下是在繁华的帝都长安，这一片"尽道丰年瑞"的声音就颇值得深思。"尽道"二字，语含讥讽。联系下文，可以揣知"尽道丰年瑞"者是和"贫者"不同的另一世界的人们。这些安居深院华屋、身袭蒙茸皮裘的达官显宦，在酒酣饭饱、围炉取暖、观赏一天风雪的时候，正异口同声地大发瑞雪兆丰年的议论，他们也许会自命是悲天悯人、关心民生疾苦的仁者呢！

正因为是此辈"尽道丰年瑞"，所以接下去的是冷冷的一问："丰年事若何？"即使真的丰年，情况又怎样呢？这是反问，没有作答，也无须作答。"尽道丰年瑞"者自己心里清楚。唐代末叶，苛重的赋税和高额的地租剥削，使农民无论丰歉都处于同样悲惨的境地。"二月卖新丝，五月粜新谷""六月禾未秀，官家已修仓""山前有熟稻，紫穗袭人香。细获又精舂，粒粒如玉珰。持之纳于官，私室无仓箱"。这些诗句对"事若何"作出了明确的回答。但在这首诗里，不道破比道破更有艺术力量。它好像当头一闷棍，打得那些"尽道丰年瑞"者哑口无言。

三、四两句不是顺着"丰年事若何"进一步抒感慨、发议论，而是回到

2891

开头提出的雪是否为瑞的问题上来。因为作者写这首诗的主要目的，并不是抒写对贫者的同情，而是向那些高谈丰年瑞者出其不意地投一匕首。"长安有贫者，为瑞不宜多。"好像在一旁冷冷地提醒这些人：当你们享受着山珍海味、在高楼大厦中高谈瑞雪兆丰年时，恐怕早就忘记了这帝都长安有许许多多食不果腹、衣不蔽体、露宿街头的"贫者"。他们盼不到明年丰收结出的果实，却会被你们所津津乐道的"丰年瑞"所冻死。一夜风雪，明日长安街头会出现多少"冻死骨"啊！"为瑞不宜多"，仿佛轻描淡写，留有余地，但内里蕴含的愤怒却能深深刺痛那些大谈特谈丰年瑞的人们。冷隽的讽刺和深沉的愤怒在这里被和谐地结合在一起了。

雪究竟是瑞兆，还是灾难，离开一定的前提条件，是很难辩论清楚的，何况这根本不是诗的题材。诗人无意进行这样一场辩论。他感到愤慨的是，那些饱暖无忧的达官贵人们，本与贫者没有任何共同感受、共同语言，却偏偏要装出一副对丰年最关心、对贫者最关切的样子。因而他抓住"丰年瑞"这个话题，剑走偏锋，巧妙地作了一点反面文章，扯下了那些"仁者"的假面具，让他们的尊容暴露在光天化日之下。

诗里没有直接出现画面，也没有任何形象的描绘。但读完全诗，诗人自己的形象却鲜明可触。这是因为，诗中那些看来缺乏形象性的议论，不但饱含着诗人的憎恶、愤激、蔑视之情，而且处处显示出诗人的幽默、诙谐、愤世嫉俗的个性。从这里可以看出，对诗歌的形象性是不宜作过分偏狭的理解的。

绵谷回寄蔡氏昆仲〔一〕

一年两度锦城游〔二〕，前值东风后值秋〔三〕。
芳草有情皆碍马，好云无处不遮楼。
山将别恨和心断〔四〕，水带离声入梦流〔五〕。
今日不堪回首望〔六〕，淡烟高木隔绵州〔七〕。

校注

〔一〕绵谷，唐山南西道利州县名，今四川广元市。蔡氏昆仲，蔡姓兄弟二人，系作者游成都时结识的友人。罗隐曾游蜀。诗题《全唐诗》原作

《魏城逢故人》。魏城，唐剑南道绵州（治所在今四川绵阳市）县名，在绵州东北。按：此诗最早见于《才调集》，题作《绵谷回寄蔡氏昆仲》，是，兹据改。

〔二〕锦城，指成都。详参杜甫《蜀相》"锦官城外柏森森"句注。城，《全唐诗》原作"江"，据《才调集》改。

〔三〕东风，借指春天。

〔四〕将，携带。

〔五〕水，指嘉陵江，绵谷西滨嘉陵江。

〔六〕此句《全唐诗》原作"今日因君试回首"，当是因题作"魏城逢故人"而改，以"君"就题内之"故人"。兹据《才调集》改。

〔七〕高，《全唐诗》作"乔"，此从《才调集》。利州绵谷县与成都之间，有剑州、绵州、汉州相隔，故云。

 笺评

程元初曰：诗人赋及国家与君子、小人处，嫌于伤时，不敢明言，皆托意讽喻，如……"芳草有情皆碍马，好云无处不遮楼"，"芳草"比小人，"马"喻势利之辈，"好云"喻谗佞，"楼"比钧衡之地。若此之类，可谓言近而意深。（《删补唐诗选脉笺释会通评林·晚七律》引）

周珽曰：隐以讽刺久困场屋。友人刘赞赠诗云："人皆言子屈，我独以为非。明主皆难谒，青山何不归？"隐见之，遂起归欤之思。此诗"芳草""好云"一联，正刺时事，不胜愤恨也。后四句言己自归后，与蔡氏昆仲不免烟树隔去，回忆锦城两度相游，竟成往事，别离之念，不深也乎！（同上）

赵臣瑗曰：前半追叙旧游，后半感伤远别。大开大合，真七字中之正体也。（《山满楼笺注唐诗七言律》）

《唐诗鼓吹评注》：首言前春后秋，一年之间两度游于锦城。草皆碍马，云尽遮楼，游时之景如此已。自与君别以来，山色与别愁而俱断，水声入离梦而长流。所以思君不堪回首而望者，烟树茫茫，阻隔绵州而不见，当益重相思之感耳。（卷八）

朱三锡曰：前四句写锦城之游，后四句写寄怀之意。人生当不得意境界，总看好花，饮好酒，出入侯门，纵情山水，其胸中眼底，自有一段对景伤怀，郁郁不快之处，只可自喻，难以喻人。即如罗公此篇，春秋两度游于锦城，江山明媚，错杂如锦，可谓乐矣。三、四"芳草""好云"，皆写锦城景色也。然"芳草"下接"有情皆碍马"五字，"好云"下接"无处不遮楼"五字，偏于极得意中，有不适意处，殊属不解也。五、六是因远游之况，入寄怀之情，山色和愁断，水声入梦流，即七之"不堪回首望"也。烟树茫茫，益动怀人之感矣。（《东岩草堂评订唐诗鼓吹》）

屈复曰：锦江佳景，春秋为最。一年两度，正值二时。（《唐诗成法》）

宋宗元曰：（"芳草"二句）分承春、秋，兴会绝佳。（《网师园唐诗笺》）

黄叔灿曰：上四句言自己在蜀乐事。"山将"一联，言去蜀以后常不能忘。末句因故人去彼（按：黄选题作《魏城逢故人》），犹回想依依也。（《唐诗笺注》）

高步瀛曰：三、四写景极佳，而意极浓郁，是谓神行，若但以佳句取之，则皮相矣。（《唐宋诗举要》卷五）

罗隐在光启三年（887）东归依钱镠之前，曾十上不第，宦游寄幕各地。这首著名的七律，作于同年春、秋两次蜀游的后一次归途中经利州绵谷县（今四川广元市）时。诗是寄给在蜀游中结识的友人成都蔡氏兄弟的，抒写了浓郁的回忆旧游、怀念友人的感情。在一贯粗豪雄放的罗隐诗中，这首诗是写得比较细腻婉转，富于情韵的别具一格的佳作。在绵谷县时，他还写过一首《筹笔驿》七律，其中"时来天地皆同力，运去英雄不自由"的名联，在咏怀古迹中寄寓强烈的不遇于时的感慨。可见他当时的处境与心境。

"一年两度锦城游，前值东风后值秋。"首联用概括的笔法叙事，说自己在今年一年之中，曾两度作锦城之游，前一次正值东风送暖的芳春季节，后一次则正值金风送爽的清秋季候。唐代的成都，是除两京之外可与扬州并称的富庶繁华都市，也是士人普遍向往的游历之地。一年之中，能有"两度"锦城之游，自是人生经历中的幸事。而春、秋二季，正是一年之中景色最美的季节，次句的两个"值"字，正透露出两次锦城之游均遇佳节的喜悦庆幸之情。这一联格调清新明快，摇曳有致，上句"一年""两度"句中自对，下句"前值""后值"叠用，加之首句入韵，故读来倍觉清新流畅，圆转流美。

"芳草有情皆碍马，好云无处不遮楼。"颔联承上春秋两度之游，抒写对"锦城游"的美好回忆。上句写春日之游。暮春三月，锦城郊外，芳草萋萋，与友人骑马同游，茂盛的绿草似乎特别多情，经常妨碍马的奔驰，好让游人从容地欣赏锦城春色。明明是游人流连春景，故意按辔徐行，却说"芳草有情"，使马蹄深埋其中，阻碍其疾驰，用意婉曲而情意深挚。白居易《钱唐湖春行》说"浅草才能没马蹄"，写初春草浅，马行其上的快意舒适，与此句可谓同工异曲。下句写秋日之游。缥缈轻柔的秋云，缭绕浮动在锦城的华美楼台之间，更显出一种飘逸流动、缥缈朦胧的美感。说"好云"，说"无处不遮楼"，正着意渲染一种对烟云缭绕、楼台隐映景观的美好感受。这句的"遮"字与上句的"碍"字，都是将通常用来表现否定情绪的词语反过来表达肯定、赞美的感情，用意曲而用法奇。杜牧《江南春绝句》说："南朝四百八十寺，多少楼台烟雨中。"也是将烟雨笼罩中的佛寺楼台作为江南春天的美好景色的特征，与罗隐此句以"好云遮楼"为美，审美感受相同，而语言风格则有流丽与奇矫之别。

以上两联，一气贯注，略无停顿，充分表现出一年两度锦城之游的快意感受，确有一片神行之妙。以下两联，从回忆旧游转到怀念友人，应题目"寄蔡氏昆仲"。

"山将别恨和心断，水带离声入梦流。"腹联借绵谷山水抒写与蔡氏兄弟离别的愁绪。回望来路，但见群山重叠，逶迤西去，似乎携带着自己的别恨也一起前往锦城。然因云遮雾障，虽极望而不见，视线与愁肠终不免共断。近听嘉陵江声，声声搅动离愁，只能带着离愁悄然入梦。说云山重叠阻断望远的视线，江水流淌触动悠长的离绪，本属常语，但将望断云山与愁肠之断、耳听江声流淌与离愁入梦联系起来，却是未经人道的奇思妙想。特别是对句"水带离声入梦流"，更给人以这样的印象，似乎那嘉陵江水也感染了自己的离愁而发出凄清的离声，在悄然流逝，而自己也在静听江声，离愁萦回不断中悄然入梦。情虽凄伤，而意境却很优美动人。从这句看，诗人抵达绵谷后已在当地住宿停留过一夜，故有此语。

"今日不堪回首望，淡烟高木隔绵州。"尾联上句点出"今日"，正透露出昨夜在绵谷住宿。当是诗人"今日"从绵谷启程再登归途，故承第五句再写远望时情景：回想一年两度锦城之游，与蔡氏兄弟交游之乐，情谊之厚，

罗隐

2895

如今终将归去，为离情所苦，不堪回首瞻望，但见来路淡烟轻雾，笼罩着高树，从绵谷西望，锦城渺远难即，中间还隔着绵州呢。上句直抒离情，感情浓烈，下句却淡淡着笔，以景语作收，从对照中更见境之渺远，情之绵长。

晚唐七律，多专力于一联之对仗工切，罕见全篇意境完整浑融者，罗隐此作，在当时实属难得的佳作。

蜂

不论平地与山尖，无限风光尽被占[一]。
采得百花成蜜后，为谁辛苦为谁甜[二]？

校注

〔一〕无限风光，此处特指百花盛开的灿烂春光。

〔二〕为谁辛苦，《全唐诗》校："一作不知辛苦。"

笺评

《搜采异闻录》：士人于棋酒间好称引戏语以助谈笑，大抵皆唐人诗。后生多不知所从出，漫识所记忆者于此……"今朝有酒今朝醉，明日愁来明日当""劝君不用分明语，语得分明出转难""自怜飞絮犹无定，争解垂丝绊路人""明年更有新条在，搅乱春风卒未休""采得百花成蜜后，不知辛苦为谁甜"，罗隐诗也。

刘永济曰：诗意似有所指，实乃叹世人之劳心于利禄者。（《唐人绝句精华》）

刘拜山曰：此讥横行乡里，聚敛无厌，而终不能自保者。唐末社会动乱，兴灭无常（如大小军阀之兼并），故诗人有所感讽也。或谓为农民鸣不平者，实误。（《千首唐人绝句》）

晚唐后期诗多具有通俗化、口语化倾向，罗隐的七绝尤多此类作品，有的不免浅俗乃至粗俗。但这首流传人口的咏物七绝《蜂》，语言虽浅显明白，意蕴却非一览无余。思致韵味，颇耐讽咏。

"不论平地与山尖，无限风光尽被占。"蜜蜂到处辛勤采蜜，不论是平地原野还是山尖峰巅，只要是有蜜源——花的地方，它都不辞劳苦，飞往采蜜。第二句的"无限风光"要和第三句"采得百花"联系起来理解，既指开遍平地山尖的各种姹紫嫣红的花卉，也指漫山遍野的迷人春光。用"无限风光尽被占"来形容蜜蜂到处采蜜，既是讴歌其辛勤劳苦，也是欣羡其尽享无限春光之美好。到处采蜜的辛劳和尽享春光的美好，在这里用"尽被占"三字自然地绾结在一起了。

"采得百花成蜜后，为谁辛苦为谁甜?"三、四两句，突作转折，揭出正意。蜜蜂如此辛勤，到处采蜜，但等到将百花的精华酿成甘甜的蜂蜜以后，却不能享受自己创造的劳动果实，而为他人所有，试问这究竟是为谁辛勤，为谁酿造甜蜜呢? 两句中"采得百花"与"辛苦"、"成蜜"与"甜"相互对应，使全联成为一个密合的整体，更加突出了辛勤劳动的果实终归他人，自己不能享受的不平。末句用反问的语气，也正是为了表达这种情绪之强烈与愤激。

其实，这就是一则蜂的寓言体诗。前幅的辛勤采蜜，正成为后幅劳动成果属他人的有力反衬。蜜蜂采蜜酿蜜，而蜜属他人，是自然界的事实，也是这首诗所吟咏的基本事实。不管不同的读者从这个基本事实联想到社会上的何种现象，但都不能改变或违背辛苦劳动的成果为他人所有这个基本事实。就作者所处的时代和诗坛上常见的悯农主题来看，说这首诗是为广大农民辛勤劳动的成果为他人所占有而鸣不平，恐怕不是牵强附会。或引张碧《农父》诗"运锄耕斸侵星起，垄亩丰盈满家喜。到头禾黍属他人，不知何处抛妻子"来印证诗的后两句，应该说是切合实际的。如果说"不论平地与山尖，无限风光尽被占"让我们联想起"四海无闲田"的诗句，那么"采得百花成蜜后，为谁辛苦为谁甜"的结果，自然是"农夫犹饿死"了。至于《红楼梦》中《好了歌》所勘破的"终朝聚敛苦无多，及到多时眼闭了"，则虽"眼闭"而可传之子孙而非落入他人之手，情况毕竟有别，感情的倾向也不相符。

高　蟾

高蟾，河朔（今河北、山西一带）间人。累举不第，至僖宗乾符三年（876）始登第（此据陈振孙《直斋书录解题》及辛文房《唐才子传》，另有说咸通十四年登第者），昭宗乾宁间（894—898）为御史中丞。《新唐书·艺文志》著录高蟾诗一卷。《全唐诗》编其诗为一卷。

下第后上永崇高侍郎〔一〕

天上碧桃和露种〔二〕，日边红杏倚云栽〔三〕。
芙蓉生在秋江上，不向东风怨未开〔四〕。

校注

〔一〕永崇，长安里坊名，在朱雀门大街东第三街自北向南第五坊。高侍郎，高湜。《旧唐书·懿宗纪》："咸通十一年十月，以中书舍人高湜权知礼部贡举。"《旧唐书·高铢传》："子湜，咸通十二年为礼部侍郎。"当是十二年知贡举后正拜礼部侍郎。此诗系咸通十二年（871）春高蟾应礼部进士试下第后上高湜之作。

〔二〕碧桃，桃树的一种。花重瓣，不结实，供观赏和药用。一名千叶桃，此云"天上碧桃"，系指天界神仙的碧桃树，古代诗文中多指西王母给汉武帝的仙桃。《博物志·史补》："汉武帝好仙道……王母乘紫云车而至……王母索七桃，大如弹丸，以五枚与帝，母食二枚。帝曰：'此桃甘美，欲种之。'母笑曰：'此桃三千年一生实。'……时东方朔窃从殿南厢来鸟牖中窥母，母顾之谓帝曰：'此窥牖小儿尝三来盗吾此桃。'"《尹喜内传》："喜从老子西游，省太真王母，共食碧桃、紫梨。"此句"天上碧桃"与下句"日边红杏"皆喻权贵势要、皇亲国戚家子弟。露，指天上的雨露。

〔三〕日边，喻皇帝身边。

〔四〕东风，春风，比喻知贡举的高湜侍郎。

笺评

孙光宪曰：进士高蟾，诗思虽清，务为奇险，意疏理寡，实风雅之罪人……然而落第诗曰："天上碧桃和露种，日边红杏倚云栽。芙蓉生在秋江上，不向东风怨未开。"盖守寒素之分，无躁竞之心，公卿间许之。先是胡曾有诗曰："翰苑何时休嫁女，文章早晚罢生儿。上林新桂年年发，不许平人折一枝。"罗隐亦多怨刺，当路子弟忌之，由是渤海策名也。（《北梦琐言》卷七）

王得臣曰：高蟾累举不第，有诗云："月桂数条楷白日，天门几扇锁明时。阳春发处无根蒂，凭仗东风次第吹。"怨而切。又《下第上主司马（当作高）侍郎》诗云："天上碧桃和露种，日边红杏倚云栽。芙蓉生在秋江上，不向东风怨未开。"人颇怜之。明年，李昭知举，遂擢第。（《诗史》。见《诗论总龟·怨嗟门》引）

谢枋得曰：唐进士得人为盛，每年所取，不过二十馀人，禁防未严，无糊名易书。若取人望才实，名贤在朝，可以贡举，观韩文公《上陆傪员外书》可见。高蟾下第，其年必有权要大臣之子弟中选者。"天上碧桃""日边红杏"喻权要大臣之子弟门阀高也。"和露种""倚云栽"，喻知贡举者与权要大臣，亲密如云露与天日相依，易于行私也。"芙蓉生在秋江上"，自喻孤寒之士，势孤援寡，如芙蓉种于江上，与天相远，生不逢时，如芙蓉开于秋日，不遇春阳，与碧桃红杏生而得地、开而逢春者，大不同矣。"不向东风怨未开"，不敢怨知贡举者不能吹嘘也。（《注解章泉涧泉二先生选唐诗》卷二）

周珽曰：凡士值数奇，率多怨辞，未免得罪于人。如高蟾《下第》诗，不尤知贡举者不与吹嘘，但托意"芙蓉"自不开向"东风"，则其中含蓄何深远也！章碣亦有闻知贡举者以私意取其门客，不欲显言，而借"望幸"为题以写其心。（《删补唐诗选脉笺释会通评林·晚七绝》）

胡济鼎曰：此所谓"主文而谲谏"者也。（同上引）

熊勿轩曰：孟东野《下第》诗不如高蟾一绝，为知时守分，无所怨慕，斯可贵也。（同上引）

黄生曰：语含比兴。前二句喻得第者沐知遇之恩；后二句喻己下第，皆时命使然，不敢归怨于主者，犹有诗人温柔敦厚之意。若孟郊之"恶诗皆得官，好诗抱空山"，几于怨骂矣，岂复可以为诗乎？（《唐诗摘抄》

沈德潜曰：存得此心，化悲愤为和平矣。（《重订唐诗别裁集》卷二十）

李锳曰：时命自安，绝无怨尤，唐人下第诗以此为最。（《诗法易简录》）

富寿荪曰：诗意殊怨，惟以比兴出之，措词较为含蓄而已。沈说未谛。（《千首唐人绝句》）

朱庆馀的《近试上张水部》是进士试前献给名人希求延誉荐举之作，高蟾的这首《下第后上永崇高侍郎》则是进士试下第后投献给主考官表达自己的境遇希求哀怜之作。两首诗都通篇运用比兴手法，艺术上也都取得了成功。比较起来，高蟾所投献的对象是直接黜落自己的主考官，说不定明年仍然知贡举（这种情况唐代常见），因此措辞尤为困难，诗的含蓄委婉、怨而不怒的风格也与此紧密相关。

"天上碧桃和露种，日边红杏倚云栽。"诗的前两句，用了两个华美工巧的比喻，表达一个下第者对今年进士登第者的赞美和欣羡。说天上神仙洞府的碧桃树因上天雨露的滋润而得以种植，太阳边上的红杏也因高倚青云而得以树立。用天上神仙洞府喻人间富贵人家，是常用的比喻，这里的"天上碧桃"和"日边红杏"正是暗喻这些登第者出身门第之高贵，"天上""日边"更透露出其家世门第与官廷乃至皇帝的亲密关系。而"露"与"天上"相连，自有暗示皇帝雨露之恩的滋润之意，"倚云"则喻其地位之高。两句句末的"种"和"栽"则均有栽培之义。两句前六字均暗喻登第者出身门第之高贵，得到皇帝的恩宠，与皇帝关系之亲近，末一字方说到他们因此得到主试者的栽培。这样的措辞既显示了晚唐科举考试的"潜规则"，又多少带有一点对主司的回护意味，使这两句诗读来只像是表达诗人对"天上碧桃""日边红杏"的欣羡，而不是对其获得栽培的怨望；既显示了科场不公的事实，也在客观上表明了主司的无奈。有两则记载很能说明问题。《新唐书·高钅弟传》："子湜……咸通末，为礼部侍郎。时士多缘权要干请，湜不能裁，既而抵帽于地曰：'吾决以至公取之，得谴固吾分！'乃取公乘亿、许棠、聂夷中等。"大有与"权要干请"的"潜规则"决一死战的悲壮意味。而《玉泉子》则载:"高湜雅与路岩相善,湜既知举,问岩所欲言。时岩以去年停举,已潜奏恐有遗滞,请加十人矣(由原来的录取三十人加为四十人),既托湜以五人。湜喜其数寡,形于颜色。不累日,十人制下,湜未之知也。岩执诏笑谓湜曰:'前者五人,侍郎所惠也;今之十人,某自致也。'湜竟依其数放焉。"同一高湜,当其掷帽于地时何等义正辞严,一旦遇到私交甚好的当权宰相路岩(岩咸通五年十一月拜相,咸通十二年四月罢相,在相位长达八年。岩托湜五人事在咸通十二年湜知贡举时)时竟主动问路岩有哪些人要相托,当路岩只提出五人时,竟"喜其数寡,形于颜色",可见其言行之相悖到了何种程度。而宰相路岩一人"自致"和请托的加在一起,竟占了四十人中的十五人,科举考试的不公与腐败由此可见。不管高蟾写这首诗时是否得知这些内幕,但他所写的这两句诗所显示的考试不公完全是客观事实。

　　"芙蓉生在秋江上,不向东风怨未开。"三、四两句,方由"天上碧桃""日边红杏"说到"秋江芙蓉",由出身门第高贵的登第者说到出身贫寒、生不逢时的自己。芙蓉即荷花,颜色鲜艳,出污泥而不染,与高蟾"本寒士……性倜傥离群,稍尚气节。人与千金,无故,即身死而不受"的出身人品倒颇为相符。这里强调它"生在秋江上",既是与上文"天上""日边"的高贵形成鲜明的对照,又是为末句的"不怨东风"预留地步。两句意思是说,自己就像生长在秋江上的荷花,自然不能与"天上碧桃""日边红杏"相提并论,言外之意是自己既生的不是地方(秋江喻寒素之出身)又生的不是时候(开不逢春时),自然不会向"春风"(喻煦育万物,吹开春花的主考官,进士试例在每年春天)诉说自己的怨意。累岁参加进士试均被黜落,自不能无怨无恨,但怨恨的是自己出身寒苦,地位低微,自不能享受到"和露种""倚云栽"的待遇,自己之不能在桃李争艳的春天逢时开放也就怨不得主司的"春风"没有煦育催开自己了。两句完全是一种自怨自艾、自叹自怜的口吻,确实是够含蓄蕴藉、委婉不露、温厚和平、怨而不怨的了。但对照"天上碧桃""日边红杏"与"秋江芙蓉"完全不同的境遇,那种对命运不公的怨意仍旧不能自制地流露出来。说是"不怨",内心深处的怨反而因此刻意地掩饰抑制更加强烈地流露出来了。

秦韬玉

秦韬玉，字中明，湘中（今湖南）人。父为左军军将。咸通中依附权相路岩，为士大夫所恶，累举不第。后谄事权宦田令孜，为"芳林十哲"之一。广明元年（880）黄巢入长安，随僖宗奔蜀，田令孜引为神策军判官。中和二年（882），特敕赐进士及第。四年，任工部侍郎、判度支，兼充十军司马。《新唐书·艺文志》著录其《投知小录》三卷，《直斋书录解题》著录《秦韬玉集》一卷。《全唐诗》编其诗为一卷。

贫　女 [一]

蓬门未识绮罗香 [二]，拟托良媒益自伤 [三]。
谁爱风流高格调，共怜时世俭梳妆 [四]。
敢将十指夸偏巧 [五]，不把双眉斗画长 [六]。
苦恨年年压金线 [七]，为他人作嫁衣裳。

校注

〔一〕此诗系假托贫女以自伤之作，当作于早年未依附权贵时。

〔二〕蓬门，用蓬茅编成的门，借指贫寒人家。绮罗，华美的丝绸衣服。

〔三〕托良媒，托好媒人说亲事。益，更。

〔四〕风流，风雅潇洒。时世妆，时髦的梳妆。俭，通"险"，怪异。白居易《时世妆》："腮不施朱面无粉。乌膏注唇唇似泥，双眉画作八字低。妍媸黑白失本态，妆成尽似含悲啼。圆鬟无鬓椎髻样，斜红不晕赭面状。"即指此类时髦的怪异梳妆。

〔五〕偏巧，特别灵巧。

〔六〕句意为不愿画长眉与别人斗妍竞美。

〔七〕苦恨，长恨。压，按抑。一种针线手法。压金线，用金线绣花。

笺 评

何光远曰：李山甫有《咏贫女》，天下称奇，秦侍郎韬玉继之，意转殊绝。（《鉴戒录·作者同》）

方回曰：此诗世人盛传诵之。（《瀛奎律髓》卷三十一）

廖文炳曰：此韬玉伤时未遇，托贫女以自况也。（《唐诗鼓吹注解大全》）

周珽曰：此伤时未遇，而托贫女以自况也。首联喻己素贫贱，不托荐以求进。次联喻有才德者，见弃于世。二句一气读下，若谓世俱好修容者，谁人能怜取俭饰之士也。第五句见不以才夸人，六句见不以德自骄。末伤己少有著述措置徒供藉人作进阶耳。（《删补唐诗选脉笺释会通评林·晚七律》）

冯班曰：托兴可哀。（《瀛奎律髓汇评》引）

贺裳曰：秦韬玉诗无足言，独《贫女》篇遂为古今口舌。"苦恨年年压金线，为他人作嫁衣裳"，读之辄为短气，不减江州夜月，商妇琵琶也。（《载酒园诗话又编》）

黄周星曰：名为咏贫女，实即咏贫士耳。（《唐诗快》）

毛奇龄曰：（末句）只此遂成不蔑之句。（《唐七律选》）

胡以梅曰：言未遇而欲托媒自通，又觉可伤，恐辱其志也。（《唐诗贯珠串释》）

赵臣瑗曰：此盖自伤不遇而托言也。贫士贫女，古今一辙，仕路无媒，何由自拔，所从来久矣。（《山满楼笺注唐诗七言律》）

屈复曰：格调既高，所以不遇良媒；梳妆之俭，以其生长蓬门。（三、四）分承一、二。五、六自伤。七结五，八结六。六句皆平头，是一病。有托而言，通首灵动。结好，遂成故事。（《唐诗成法》）

何焯曰：（五、六）有人画眉，则已嫁之妇也，反醒"女"字，诗律精密。上句亦用纤纤女手也。此即所谓贫女难嫁也，却不便自说要嫁人，结句借他人说，极巧。（《唐律偶评》）又曰：高髻险妆，见《唐书·车服志》，此句就他人一面说（按：何氏即释"俭"为"险"）。（《瀛奎律髓汇评》引）

纪昀曰：格调太卑。（同上引）

沈德潜曰：语语为贫士写照。（《重订唐诗别裁集》卷十六）

朱三锡曰：未识绮罗，托人引荐，何用自伤？及读三、四，始知"自伤"二字真正写得至确，从来格调高者不肯假饰于外，不肯枉己以求，曰"谁爱"、曰"共怜"，始信世道人情，专务虚名，不循实学，此所以"自伤"也。然而为贫女者，始终自爱自重，不以工巧夸人，不以描画炫俗。独是年年针线，终为他人作嫁衣裳，所以可恨耳。（《东岩草堂评订唐诗鼓吹》）

王文濡曰：此诗全是比体，以贫女比贫士。言虽有才具，难邀知遇，而性复高傲，不肯求媚于世，所以年年寄人篱下，徒藉笔耕以糊口耳。词意明显。（《唐诗评注读本》卷六）

夏荃曰：韬玉晚唐作手，其咏《贫女》《春雪》二律，脍炙人口。（《宋石斋笔谈》）

俞陛云曰：此篇语语皆贫女自伤，而实为贫士不遇者，写牢愁抑塞之怀。首二言生长蓬门，青裙椎髻，从不知罗绮之妍华，以待字之年，将托良媒以通辞，料无嘉耦，只益伤心。三、四谓自抱高世之格，甘弃铅华，不知者翻怜我梳妆之俭陋也。五、六谓以艺而论，则十指神针，未输薛女；以色而论，则双眉远翠，不让文君。而藐姑独处，从不向采芳女伴夸绝艺而竞新妆。末句言季女斯饥，固自安命薄，所恨者年年辛苦，徒为新嫁娘费金线之功。人孰无情，谁能遣此耶？孟郊诗"坐甘冰抱晚，永谢酒杯春"，"冰抱"为难堪之境，而栖迟至晚，枯坐自甘；"酒杯"喻声利之场，乃春色虽多，孤踪永谢，与《贫女》诗意境相似，而以五言隽永出之，弥觉有味，老友章霜根翁最喜诵之。（《诗境浅说》）

鉴赏

托贫女难嫁以寓贫士不遇，是传统的比兴寄托手法。秦韬玉的这首《贫女》在运用这一传统手法时，不但设喻更加具体贴切，表现更为自然灵动，而且在内容意蕴上突出了不为世俗所容的品格操守，以及才能只为他人所用的悲哀。称得上是在继承传统的基础上有所创新，故历来为人传诵。

"蓬门未识绮罗香，拟托良媒益自伤。"起联出句点明"贫女"身份，说自己生长于蓬门荜户之家，从来就不识华美的绸缎衣裳和富贵人家的香风薰气；对句立即切入题旨，说想托良媒出嫁却更加自伤自怜。"益自伤"三字，直贯以下三联。"拟托"的"拟"字，是欲托而尚未托，而未托的原因则是贫女深知世态人情，明白自己不为世俗所接纳的缘故。这一联是全篇的总冒。托贫女难嫁以寓贫士不遇于时的意旨已露端倪，但"益自伤"三字则留下悬念。

"谁爱风流高格调，共怜时世俭梳妆。"颔联紧承"益自伤"，从世态人情的角度揭示出自己之所以不被世俗所爱重的原因：自己生性高雅潇洒，具有高洁的品格操守，可是在这个浊世上，又有谁会爱重呢？世俗所共同欣赏的只是那些怪异的时髦梳妆打扮罢了。两句一正一反，既显示风流高格之不为人所赏，又揭示了趋时邪巧者之为俗所爱。"高格调"而曰"风流"，"俭（险）梳妆"而曰"时世"，均贴贫女、贫士而言。"高格调"令人自然联想到贫士的高标逸韵，脱弃凡俗，而"俭梳妆"之入时，受到世俗之"共怜"，正反过来显示"风流高格调"不被欣赏的原因。两句之间存在着互为因果的联系，而读来却一气流走，略无窒碍。前人因误解"俭梳妆"为俭朴的梳妆打扮，不但与"共怜"直接矛盾，而且与"时世"亦无法统一。俭朴的梳妆如能为时俗所"共怜"，贫女又何愁难嫁？

"敢将十指夸偏巧，不把双眉斗画长。"颔联从世态人情角度揭示自己难嫁心伤的原因，腹联转从自身的角度写，进一步揭示难嫁的缘由。上句说，我岂敢自夸十指之特别灵巧，擅长刺绣女红之事呢？这是巧妙地以十指之巧、刺绣之工比喻自己文章技艺之精，文学才能之高，句首冠以"敢将"，貌似谦逊，实为自负。下句说，自己决不像那些以色炫人的女子那样，只用心描画长眉，与同类竞美斗艳。这是用女子的不施浓妆艳抹、炫美斗妍显示贫士高洁自守、不取媚邀宠的品格。上句自负其才，下句自显其品。这一联与上一联在意蕴上存在着紧密联系。"双眉斗画长"即"时世俭梳妆"的一种具体表现，"不把双眉斗画长"则正是"风流高格调"的表征。而"风流高格调"显示的是品格，"十指夸偏巧"显示的是才能，也相互呼应补充。"十指夸偏巧"又进一步启下联"压金线""作嫁衣"，可见其构思之精密，前后承接呼应之工妙。

将颔、腹两联综合起来，则我之所具者为"风流高格调""十指夸偏巧"，即品德与才能，而世之所重所赏者为"时世俭梳妆""双眉斗画长"，即怪异邪险的品格和巧媚邀宠的才能，则自己之无媒难嫁、不遇于时也就是必然的了。客观的社会风尚和主观的品格才能都导致了自己的悲剧境遇。

诗写到这里，仿佛话已说尽，"自伤"不遇之情已经得到充分的表达。但诗人却从"十指偏巧"中宕开一笔，转出新意，开拓出前人写贫女、贫士很少有过的新境界：最恨的是自己年年按压金线作刺绣，但绣出来的精美华丽衣裳统统是为他人作嫁衣！唐代士人擅长文章者，往往为了谋生为一些富贵人家写应酬文章和书启。秦韬玉就曾为显宦路岩作过文书，并因此受到考官的黜废（事见《唐语林·补遗》）。这里正是以贫女为富贵人家压金线作嫁衣，而自己无媒难嫁喻自己为谋生替贵官权要代写文章的悲苦境遇。文章之才，本应为世所用，发挥治国济时作用，如今却徒为他人代笔，借以糊口而已。这正是才士最大的悲哀。由于此联典型地表现了才士不遇于时的苦恨，开辟了柳暗花明的新境，遂成为全诗的警句，也成为历代流传的表达人生感慨的名联。

郑 谷

　　郑谷（约851—约910），字守愚，袁州宜春（今江西宜春）人。咸通、乾符间，屡举进士不第。广明元年（880）黄巢入长安，谷避乱入蜀。光启三年（887）登进士第。乾宁元年（894）春，授鄠县尉、兼授府曹，迁右拾遗。三年，迁右补阙，翌年迁都官郎中，世称"郑都官"。天复二年（902），曾随驾凤翔，约三年归隐宜春仰山东庄书堂。约卒于开平四年（910）。曾自编其诗三百首为《云台集》。咸通中，与许棠、张乔等唱酬交往，号"咸通十哲"。《全唐诗》编其诗为四卷。今人严寿澂等有《郑谷诗集笺注》、傅义有《郑谷诗集编年校注》。

席上贻歌者〔一〕

花月楼台近九衢〔二〕，请歌一曲倒金壶〔三〕。
座中亦有江南客〔四〕，莫向春风唱鹧鸪〔五〕。

校注

〔一〕贻，赠。

〔二〕九衢，纵横交叉的繁华街道。

〔三〕金壶，对酒壶的美称。

〔四〕江南客，作者自指。郑谷系袁州宜春人，唐属江南西道，故云。

〔五〕鹧鸪，指《山鹧鸪》，曲调名。白居易《和梦游春诗一百韵》："酩酊歌《鹧鸪》，颠狂舞《鸲鹆》。"常用于酒宴上歌唱的著辞曲。原产于南方的民间曲调，声情哀怨。其曲效鹧鸪之声为之，有如"行不得也哥哥"。李商隐《偶成转韵七十二句赠四同舍》："鹧鸪声苦晓惊眠。"鹧鸪为南方留鸟，诗文中常用以表达对故乡的思念。

敖英曰：宋人有诗云："莫向沙边弄明月，夜深无数采珠人。"与此诗俱以顾忌相戒。（《唐诗绝句类选》）

翁方纲曰：郑都官以《鹧鸪》诗得名，今即指"暖戏烟芜"云云之七律也。此诗殊非高作，何以得名于时？郑又有《贻歌者》云："坐中亦有江南客，莫向春风唱《鹧鸪》。"此虽浅，然较彼咏鹧鸪之七律却胜。（《石洲诗话》卷二）

潘德舆曰：（郑谷）"扬子江头"一绝，今古流诵。然"花月楼台近九衢，清歌一曲倒金壶。座中亦有江南客，莫向春风唱鹧鸪"，何不以此"鹧鸪"得名？（《养一斋诗话》）

俞陛云曰：李白《越中》诗："宫女如花满宫殿，至今唯有鹧鸪飞。"郑谷《贻歌者》诗："坐中亦有江南客，莫向春风唱《鹧鸪》。"因其凄音动人，故怀古思乡，易生惆怅也。（《诗境浅说》）又曰：声音之道，最易感人。昔人诗若"此夜曲中闻《折柳》，何人不起故园情""横笛偏吹《行路难》……一时回首月中看"等句，孤客异乡，每易生感。此诗亦然。听歌纵酒，本以排遣客愁；丁宁歌者，勿唱《鹧鸪》江南之曲，动我乡思，正见其乡心之深切也。（《诗境浅说》续编）

沈祖棻曰：首写繁华之地，次写欢乐之时。此情此景，自宜尽欢。谁复念及客中尚有不堪听鹧鸪词之江南客乎？于繁华中见寂寞，于欢乐中见凄苦，乃益感寂寞凄苦矣。然此心事，惟己自知。彼方于花月楼台听歌尽醉者，固漠然也。清歌已使人惆怅，而鹧鸪之词，又江南之曲，使江南之客闻之，必更断肠，故呼歌者而郑重告之以莫唱也。（《唐人七绝诗浅释》）

晚唐绝句自杜牧、李商隐之后，议论之风渐炽，抒情性、形象性、音乐性都大为减弱。只有郑谷的七绝还保持了长于抒情、富于风韵的特点。郑谷以七律《鹧鸪》诗著称于世，被称为"郑鹧鸪"。"雨昏青草湖边过，花落黄陵庙里啼"就是其中的名句。其实，他真正写得好的还是七绝。这首《席上贻歌者》就比七律《鹧鸪》更富于情韵。

诗人是袁州宜春人，咸通、乾符年间，曾长期羁旅长安，屡试不第，这首诗大约就是在此期间一次豪华宴会上的即兴抒感之作。

"花月楼台近九衢，清歌一曲倒金壶。"前两句写宴会所处的地点和宴席上的情景。这是一座处于京城通衢大道边上的豪华酒楼，华灯初上，月照高楼，楼外的园地上花团锦簇，姹紫嫣红，更映衬出酒楼的繁华热闹，富贵风流。宴席之上，珍馐美味，酒香四溢，窈窕的歌女，清歌一曲，更助酒兴，主客之间，觥筹交错，笑语喧哗。用"倒金壶"来形容饮酒的场景，既见宴席的豪奢，更见主客兴致之高涨，气氛之热烈，饮酒之酣畅。作为酒宴上的客人，诗人身临其中，自然感受到了这种浓烈的气氛。但他此时此地此情此景下的内心感情，却含而未宣，需要结合后两句，才能真正体味出来。

"座中亦有江南客，莫向春风唱鹧鸪。""江南客"，这里是诗人自指。家在江南西道的袁州宜春，长期羁旅京华，屡试不第，这种羁旅漂泊的况味自然与日俱增，因而这"江南客"三字中不但蕴含有长期羁客他乡者的乡愁旅思，而且寓含着不得志者的牢愁苦闷。在这种情况下来参与这样一场豪华热闹的宴会，那宴席上的热烈欢乐气氛自不免更强烈地触发自己的孤独凄凉、困顿失意之感。而《鹧鸪曲》，作为酒宴上最常用的著辞曲，又是离乡背井、坎壈失意的"江南客"最怕听到的。鹧鸪是南方的留鸟。《文选·左思〈吴都赋〉》说："鹧鸪南翥而中留。"刘逵注："或言此鸟常南飞不止，豫章以南诸郡处处有之。"古人因其鸣声近似"行不得也哥哥"，常用以表示思乡。可以说鹧鸪就是诗人的家乡之鸟。而作为歌曲的《鹧鸪曲》，其声又特别哀苦悲凄，曲辞更多抒离愁别恨。这一切，都使诗人这位江南客子、不遇才人对《鹧鸪曲》有一种特殊的敏感，以至于"游子乍闻征袖湿"，不堪卒听了。因此诗人才借赠诗给歌妓来抒发自己的感受，说今天的酒席上也有像我这样的"江南"羁客，飘蓬文士，还是请别对着春风唱那凄苦哀怨的《鹧鸪曲》吧。"春风"与首句"花月"、次句"清歌"相呼应，与首句"九衢"、次句"金壶"相映发。如此风月繁华之地、温柔富贵之乡、良辰美景之夕，正是主客尽兴醉饮、倾酒如泻之时，有谁会注意到"座中江南客"的孤独寂寞、困顿落拓呢。"亦"字轻点，似不经意道出，却透露出其他的席上人都陶醉在春风花月、清歌妙舞的华筵之上，根本没有人理解、同情自己这位羁旅飘零的江南客，从而显现出一种喧者自喧、寂者自寂、乐者自乐、伤者自伤的境界。它仿佛是提醒语，又仿佛是自怜语。"贻歌者"自然只是一种宣泄情感的方式，但却使这种情感的宣泄带上了几分轻松调谑的色彩，使整首诗的情调不显得那么沉重凄伤，而是别具一种雅趣，一种虽略带自伤意味却仍不失潇洒的格调。

淮上与友人别〔一〕

扬子江头杨柳春〔二〕，杨花愁杀渡江人。

数声风笛离亭晚〔三〕，君向潇湘我向秦〔四〕。

校注

〔一〕据今人赵昌平考证，这首诗当作于唐昭宗大顺二年（891）或景福元年（892）晚春。时郑谷由江南返长安，由润州渡江后，在淮上（指淮南节度使治所扬州）与友人相别而作此诗。赵考见《唐才子传校笺》卷九"郑谷"。

〔二〕扬子江，指长江下游今江苏仪征、扬州一段，因扬子津而得名。扬子津系古津渡。在今江苏邗江南有扬子桥，古时在长江北岸，由此南渡京口（今镇江市），为江滨要津。今距江已远，仅通运河。

〔三〕风笛，风传送的笛声。离亭，古代于道路上每隔十里设长亭，五里设短亭，供行旅休息。近城镇者常作为送别之处，故称"离亭"。又有"长亭送别"之语。庾信《哀江南赋》："十里五里，长亭短亭。"

〔四〕潇湘，指湘江流域一带。秦，指长安。

笺评

王鏊曰："君向潇湘我向秦"，不言怅别，而怅别之意溢于言外。（《震泽长语》卷下）

桂天祥曰：调逸，郑谷亦有此作，不多见。（《批点唐诗正声》）

周明辅曰：茫茫别意，只在两"向"字中写出。（《增定评注唐诗正声》）

谢榛曰：（绝句）凡起句当如爆竹，骤响易彻。结句当如撞钟，清音有馀。郑谷《淮上别友》诗"君向潇湘我向秦"，此结如爆竹而无馀音。予易为起句，足成一首曰："君向潇湘我向秦，杨花愁杀渡江人。数声长笛离亭外，落日空江不见春。"（《四溟诗话》卷一）唐引有"末句太直无味，以之发端则健"二语。

何新之曰：掉句体。（《删补唐诗选脉笺释会通评林·晚七绝》引）

杨慎曰：神品。（同上引）

吴山民曰：末以一句情语转上三句，便觉离思缠绵，佳。（同上引）

唐汝询曰：尔我皆客，偶集津亭而奏笛以相乐。笛罢，各向天涯，离愁已在言外，不必更加装点。谢茂秦以落句太直，颠倒其文，反成套语。（《唐诗解》卷三十）

陆次云曰：结句最佳。后人谓宜移作首句，强作解事，可嗤，可鄙！（《五朝诗善鸣集》）

贺贻孙曰：诗有极寻常语，作发句无味，倒用作结方妙者。如郑谷《淮上别友人》云（略）。盖题中正意只"君向潇湘我向秦"七字而已，若开头便说，则浅直无味。此却倒用作结，悠然情深，令读者低回流连，觉尚有数十句在后未竟者。唐人倒句之妙，往往如此。（《诗筏》）

吴昌祺曰：以第三句衬起末句，所以有馀响，有馀情。（《删订唐诗解》）

王尧衢曰：此诗偏以重犯生趣。（《古唐诗合解》）

黄生曰：后二语，真若听离亭笛声，凄其欲绝。又曰：（首句）叙别之地。（《唐诗摘抄》卷四）

朱之荆曰："风笛"从"离亭"生出，因古人折柳赠别，而笛曲又有《折杨柳》也。（《增订唐诗摘抄》）

沈德潜曰：落句不言离情，却从言外领此。与韦左司《闻雁》诗同一法也（按：韦应物《闻雁》诗云："故园渺何处？归思方悠哉。淮南秋雨夜，高斋闻雁来。"）谢茂秦尚不得其旨欲倒其文，安问悠悠流俗！（《重订唐诗别裁集》卷二十）又曰：李沧溟推王昌龄"秦时明月"为压卷……李益之"回乐烽前"、柳宗元之"破额山前"，刘禹锡之"山围故国"，杜牧之"烟笼寒水"，郑谷之"扬子江头"，气象稍殊，亦堪接武。（《说诗晬语》卷上）

管世铭曰：郑谷"扬子江头"不过稍有风调，尤非数诗（指李、柳、刘、杜之诗）之四也。（《读雪山房唐诗序例·七绝凡例》）

宋宗元曰：笔意仿佛青莲，可谓晚唐中之空谷足音矣。（《网师园唐

黄叔灿曰：不用雕镂，自然意厚，此盛唐风格也。酷似龙标、右丞笔墨。（《唐诗笺注》）

宋顾乐曰：情致微婉，格调高响。（《唐人万首绝句选》评）

《精选五朝诗学津梁》：丰神骀荡，写别意迥不由人。

王济之曰：读《诗》至《燕燕》《绿衣》《硕人》《黍离》等篇，有言外无穷之感。唐人诗尚有此意，如"君向潇湘我向秦"，不言怅别，而怅别之意溢于言外。（《养一斋诗话》引）

郭兆麟曰：首二语情景一时俱到，所谓妙于发端。"渡江人"三字已含下"君"字"我"字在。三句用"风笛离亭"点缀，乃拖接法。末句"君"字"我"字互见，实指出"渡江人"来，且"潇湘"字、"秦"字回映"扬子江"，见一分手便有天涯之感。（《梅崖诗话》）

俞陛云曰：送别诗，唯"西出阳关"，久推绝唱，此诗情文并美，可称嗣响。凡长亭送客，已情所难堪，况楚泽扬舲，秦关策马，飘零书剑，各走天涯，与客中送客，皆倍觉魂销黯黯也。（《诗境浅说》续编）

刘永济曰：明朝胡元瑞称此诗有一唱三叹之致。许学夷不以为然，谓"渭城朝雨"自是口语，而千载如新，并谓此诗"气韵萧飒"。按：气韵萧飒乃唐末诗人同有之病，盖唐末国势衰微，乱祸频繁，反映入诗，自然衰飒也。（《唐人绝句精华》）

刘拜山曰：扬子江分手之地，杨柳春分手之时。杨花紧承杨柳，既点出暮春，又暗寓行人飘泊。二"杨"字、二"江"字，有如贯珠，层累而下，音响浏亮。一结直叙南北分携，便缴足"愁杀"之意，情味弥永。（《千首唐人绝句》）

 鉴 赏

这首诗是诗人在扬州（即题中所称"淮上"）的扬子江边和友人分手时所作。和通常的送行不同，这是一次客中送客、各赴前程的握别：友人渡江南往潇湘，自己则北向长安。

"扬子江头杨柳春，杨花愁杀渡江人。"一、二两句即景抒情，点醒别离的时地，写得潇洒爽利，毫不着力，读来别具一种天然的风韵。画面很疏朗：扬子江头的渡口，杨柳繁茂成荫，春意盎然。晚风中，柳丝轻拂，杨花飘荡。岸边停泊着待发的小船，友人即将渡江南去。淡淡几笔，像一幅清新秀雅的水墨画。它能引发读者很多联想。"烟花三月下扬州""春风十里扬州路"，暮春三月，本来是繁华的扬州最吸引人的季节，但如今历经唐末长期的战乱，已经失去了往日的繁盛富庶，而且彼此都要向它告别。杨柳，本来是春天的象征，但在和友人告别的情况下，它却成了离情的点缀。"昔我往矣，杨柳依依"，那在春风中轻拂的柳枝，更增添了依依惜别之情；而随风飘荡的柳花，不但显示春天的消逝，而且勾起彼此天涯羁旅生活的愁绪。美好的江边春色，在这里恰恰成了离情别绪的触媒。"扬子江头""杨柳春""杨花"等词语中同音字的重复，构成了一种既轻爽流利，又回环往复，富于抒情气氛的格调，与依依惜别的愁绪完全适应。次句句末点出"渡江人"，兼包相互送别的双方，诗人已由润州渡江到扬子津渡，而友人正将渡江南去，彼此都是"渡江人"，也都是天涯漂泊者，"愁杀"的情绪正复相同。

"数声风笛离亭晚，君向潇湘我向秦。"三、四两句写离别的情景。驿亭饯别，酒酣情浓，天色已晚，离别在即。正在这时，春风传送来一阵悠扬婉转而又凄凉怨慕的笛声，这笛声正倾诉出彼此的离衷（古有折柳送别的习俗，而笛曲有《折杨柳》，使两位即将分手的友人心往神驰，默然相对，在笛声中，天色不知不觉地暗了下来，握别的时间到了。两位朋友在沉沉暮霭中互道珍重，各奔前程——君向潇湘我向秦。诗到这里，戛然而止。

结尾极有情韵，也极富蕴含。送别诗有以情语结的，如"劝君更尽一杯酒，西出阳关无故人"；有以景语结的，如"孤帆远影碧空尽，惟见长江天际流"。这首诗却以点明各自的行程，叙事作结。初读似感突兀直遽，意犹未尽，收煞不住。实则，诗的深长情韵就蕴含在这不结之结、似结非结当中。由于前三句通过"扬子江头""杨柳春""杨花""风笛""离亭"等一系列景物的烘托渲染，和"愁杀渡江人"的情感渲染，已经为末句作了充分的铺垫，因此末句虽只直叙其事，而临行握别时的黯然伤魂，各向天涯的无限愁绪，别后双方的深挚思念都在不言中得到了含蓄的表达。

明代诗评家谢榛却认为这样的结尾"太直无味"，"以之发端则健"，于是将它改为：

君向潇湘我向秦，杨花愁杀渡江人。

数声长笛离亭外，落日空江不见春。

稍作比较，高下立见。原作前幅即景描写，兴起离情，极自然而有风致；改作以"君向潇湘我向秦"发端，已嫌突兀；次句忽入"杨花"，更与上句了不相涉。原作后幅以风笛暮霭渲染离亭别时气氛，衬起末句，不言离情且离情自寓其中。改作将"数声风笛离亭晚"改为"数声长笛离亭外"，已损原作神韵，结句更虚而不着边际，成为套语。这样改诗，可谓点金成铁。不过谢榛也做了一件好事，用拙劣的改作进一步显示出郑谷原作的隽永情味。

崔 涂

崔涂，字礼山，睦州桐庐（今属浙江）人。僖宗中和元年（881）至三年，入蜀赴举，不第。至光启四年（888）方登进士第。久客巴蜀、秦陇、湘鄂、皖豫等地。《新唐书·艺文志》著录《崔涂诗》一卷，《全唐诗》编其诗为一卷。

孤 雁〔一〕

几行归去尽〔二〕，片影独何之〔三〕。
暮雨相呼失〔四〕，寒塘独下迟。
渚云低暗度，关月冷遥随〔五〕。
未必逢矰缴〔六〕，孤飞自可疑〔七〕。

校注

〔一〕此题共二首，这是第二首。其第一首云："湘浦离应晚，边城去已孤。如何万里计，只在一枝芦。迥起波摇楚，寒栖月映蒲。不知天畔侣，何处下平芜？"似托寓己由湘楚赴边塞谋求依托之作。此首亦有"关月"字，又首句"去"一作"塞"，则二首或同时所作。《唐才子传》谓崔涂"穷年羁旅，壮岁上巴蜀，老大游陇山"，《唐才子传校笺》考其中秋离蜀经巫山出峡。或出峡后曾游湘楚之地，然后复游秦陇边塞谋幕职，即第一首所谓"如何万里计，只在一枝芦"。然则，二诗或当作于光启四年登进士第之前。详味二诗意致，似有朋辈先离湘楚赴边，而崔涂独自后往，故以离群之孤雁自喻。

〔二〕几行，指先离此而去的雁群。去，《全唐诗》校："一作塞。"

〔三〕片影，孤单的身影，指孤雁。《全唐诗》校："一作念尔。"何之，何往。

〔四〕形容在暮雨笼罩的天空中，孤雁呼唤先去的雁群而得不到回应，凄然失群。

〔五〕遥，《全唐诗》校："一作相。"这一联写孤雁的度越洲渚、飞过关

2915

月的昼夜行程。

〔六〕矰缴（zēng zhuó），系有丝绳的短箭，用以射鸟。

〔七〕疑，惊疑，畏惧。

 笺评

方回曰：老杜云："谁怜一片影，相失万重山。"此云："暮雨相呼失，寒塘欲下迟。"亦有味，而不及老杜之万钧力也。为江湖孤客者，当以此尾句观之。（《瀛奎律髓》卷二十七）

何新之曰：平淡体。（《删补唐诗选脉笺释会通评林·晚七绝》引）

李梦阳曰：起句即悲，通篇情景相称，优柔不迫，佳作也。（同上引）

徐充曰：此咏物体，周伯弼所谓于和易宽缓之中而粗切者。（同上引）

周珽曰：前二句已尽孤雁面目，便含怜悯深心。三、四写其失群徬徨之景。五、六写其孤飞索莫之态。结用宽语，致相悲相识之意，以应起联。何等委婉顿挫。夫一孤雁微物，行止犹撄人念如此。士君子涉世，落落寡合、流离无偶者，何异于是！此诗诚可以观。（同上）

陆次云曰：写猿缥缈（按：崔涂有《秋夜僧舍闻猿》诗），写雁悲凉。（《五朝诗善鸣集》）

查慎行曰：结意更深。（《初白庵诗评》）

何焯曰："念"字贯注到落句。（按：何氏所据本次句作"念尔欲何之"）（《瀛奎律髓汇评》引）

纪昀曰："相呼"则不孤矣，三句有病。"寒塘"句不言孤而是孤，不言雁而是雁，此为句外传神。"渚云"二句反衬出"孤"字。结处展过一步，曲折深至，语切境真，寓情无限。（同上引）

许印芳曰：孤雁乃失偶之雁，而未尝无群。"相呼"者，呼其群也。晓岚訾之，非是。"相"字复。（同上引）

李怀民曰：何尝有心自况，然寄托处妙甚显然，唐诗所以高也。"几行归去尽，片影独何之"，起不作意，而能得其分，正是水部。"未必逢矰缴，孤飞自可疑"，一结真感深情，宛转无极。（《重订诗人主客图》卷上）

孙洙曰：（中四句）二十层。（末二句）十字切"孤"。（《唐诗三百首》）

俞陛云曰：通篇皆实赋孤雁。首二句曰雁行归尽，念此天空独雁，怅怅何之？以首句衬出次句，乃借宾定主之法。三、四言暮雨苍茫，相呼失侣，将欲寒塘投宿，而孤踪自怯，几度迟回。二句皆替雁着想，如庄周之以身化蝶，故入情入理。犹咏鸳鸯之"暂分烟岛犹回首，只渡寒塘亦并飞"，替鸳鸯着想，皆妙人毫颠也。五、六言相随者唯渚云关月，见只影之无依。末句谓未必逢弋者，而独往易生疑惧。客子畏人，咏雁亦以自喻，此诗乃赋而兼比者也。三、四句即以表面而论，三句言其失群之由，四句言失群仓皇之态，亦复佳绝。（《诗境浅说》续编）

崔
涂

鉴赏

晚唐李商隐是咏物诗的大家，唐末咏物之风仍盛，但像陆龟蒙的《白莲》那样遗貌取神，极富情韵之作却很少见。崔涂的这首《孤雁》也称得上是一首借物写心，通体完整的佳作。

诗人一生，辗转羁游于巴蜀、湖湘、京洛、秦陇各地，又逢唐末战乱的年代，羁旅孤危的经历和离群索居的处境，使这位末世的游子心境分外孤寂凄苦，诗中的孤雁无疑带有自况的意味。在题注中，联系第一首中的一些词语对诗人的行踪及诗的写作时间作了一些考证和推断，但诗的主要内容并非借孤雁写自己的具体行踪，而是抒写其心灵世界。

"几行归去尽，片影独何之。"起联以"几行"与"片影"对举，以雁群行列的"归去"反衬"片影"的"何之"，点明孤雁之离群。"归去"当指春来南雁之北归。用"片影"形容孤雁，既见其形单影只的孤子，又传出其质轻体虚的缥缈。"独何之"作设问语，似是诗人对失群孤雁的同情体贴，又像是孤雁茫然不知所之情态的生动写照。

"暮雨相呼失，寒塘独下迟。"颔联分承一、二句，写孤雁之失群孤飞与独下栖息时的情态。上句写孤雁在蒙蒙暮雨中独自飞翔，呼唤着"几行归去"的伴侣，却得不到任何回应，只能孑然前行。纪昀谓"'相呼'则不孤矣，三句有病"，其实"相呼失"即虽相呼而不应，正写"孤"字。池塘是雁晚上的栖息之所，平常雁阵群飞时，均有头雁预先观察，确定栖息地安全时方落下群栖，而孤雁单飞，虽欲栖息池塘，却因不知是否安全，而盘旋迟回，久久犹豫，不敢落下。纪昀说"'寒塘'句不言孤而是孤，不言雁而是雁，此为句外传神"，极有鉴赏眼光。此句之妙，正在于不仅写出孤雁欲下而迟迟不下的情态，而且传出其畏怯迟疑的心态。而上句的"暮"字，下句的"寒"字，又渲染出一片黯淡迷茫、凄寒幽冷的氛围，进一步强化了孤雁的凄冷之感。四句"独"字与二句重字，《律髓》《品汇》均作"欲"，义较长。

"渚云低暗度，关月冷遥随。"腹联续写孤雁昼夜孤飞的征程。白天，洲渚之上云霭低回迷茫，孤雁低飞，掠过它的上空；晚上，清冷的月光照临关塞，孤雁披着一身冷月飞过。上句以渚云低迷烘托出孤雁的黯淡迷茫，下句以唯有冷月相随反衬出孤雁之孤寂清冷。既见其日夜征行之辛苦，更显示出其内心的低迷幽冷。

"未必逢矰缴，孤飞自可疑。"尾联替孤雁着想，说此去虽不一定遇到射猎者的弓箭而有生命之虞，但独自孤飞，自是容易产生疑惧心理的。上句先放开一步，像是宽慰孤雁，下句立即收转，揭出孤飞之可惧这一正意。以上句衬托下句，以"未必"突出"自可"，正反相形，在曲折顿宕中更加强了感情的深度和强度。这个结尾，将诗人对孤雁的体贴同情写得极为深至动人，也使全诗显得更为摇漾有致，有不尽的余韵。

诗虽运用传统的比兴寄托手法，但却毫无这类诗常见的用类型化公式化的比喻表达某种固定的思想乃至概念的弊病，而是重在设身处地、感同身受地设想体贴孤雁的感觉、感情和心态，而且通篇运用景物渲染烘托，不作直接的说明，故读来倍觉情深而味永。

巴山道中除夜书怀〔一〕

迢递三巴路〔二〕，羁危万里身〔三〕。
乱山残雪夜，孤烛异乡春〔四〕。
渐与骨肉远〔五〕，转于僮仆亲〔六〕。
那堪正飘泊，明日岁华新。

 校 注

〔一〕巴山，泛指东川一带的山。此诗一作孟浩然诗。按：宋蜀刻本孟浩然诗集不载此诗，而《文苑英华》卷二百九十五录此作崔涂诗。《古今岁时杂咏》卷四十一、《众妙集》亦作崔诗。崔涂曾于中和元年（881）至三年应举避乱入巴蜀，此诗当作于羁旅巴蜀期间。

〔二〕迢递，遥远貌。三巴，古地名，巴郡、巴东、巴西的合称。相当于今嘉陵江和綦江流域以东的大部分地区。晋华璩《华阳国志·巴志》："建安六年，鱼腹寋允白璋争巴名，璋乃改永宁为巴郡，以固陵为巴东，徙义为巴西太守，是为三巴。"崔涂在巴蜀期间，到过成都、灌县、青城、渠州、长江等多处府县。

〔三〕羁危，羁旅孤危。蜀道多险阻，故云。万里，指离家乡遥远。作者《春夕旅怀》亦云："蝴蝶梦中家万里，子规枝上月三更。"

〔四〕春，一作"人"。

〔五〕骨肉，指家中亲人。

〔六〕转，转而。于，对。

㊟评

刘辰翁曰：平生客中除夕诵此，不复更作。（"渐与"二句）句句亲切。（《唐诗品汇》卷六十九引）又曰：三、四，十字尤捏合，五、六，十字情痛能言。（《唐诗选脉》引）

顾璘曰：绝无字眼，自是工致。一字不可易。（《批点唐音》）

杨慎曰：崔涂旅中诗"渐与骨肉远，转于僮仆亲"，诗话亟称之。然王维《宿郑州》诗"他乡绝俦侣，孤客亲僮仆"，已先道之矣。但王语浑含胜崔。（《升庵诗话·崔涂王维诗》）

王世贞曰：昔人谓崔涂"渐与骨肉远，转于僮仆亲"，远不及王维"孤客亲僮仆"，固然。然王语虽极简切，入选尚未；崔语虽觉支离，近体差可，要在自得之。（《艺苑卮言》卷四）

谢榛曰：梁比部公实曰："崔涂《岁除》诗云：'乱山残雪夜，孤烛异乡人。'观此羁旅萧条，寄意言表，全章老健，乃晚唐之出类者。"（《四溟诗话》卷三）

唐汝询曰：此入蜀而值除夜，故言历三巴之险，持万里之身，于乱山残雪之夜而秉烛不寐者，乃异乡之人也。既远骨肉，所亲者僮仆耳。以此飘泊而逢岁华，所以难堪也。按《孟襄阳集》亦载此诗，今观语虽稍类襄阳，而祖幼公（指戴叔伦《除夜宿石头驿》），其为礼山诗明甚。然幼公次联便是本意，此以落句破题，亦作诗一变法。（《唐诗解》卷三十八）又《增定评注唐诗正声引唐云：戴、崔俱赋此题，首尾足敌。第三联，崔似胜戴，然切题，戴终胜耳。

桂天祥曰：（"渐与"二句）苦语实情。（《增定评注唐诗正声》）

胡应麟曰：司空曙"乍逢翻疑梦，相悲各问年"，戴叔伦"一年将尽夜，万里未归人"。一则久别乍逢，一则客中除夜之绝唱也。李益"问姓惊初见，称名忆旧容"绝类司空；崔涂"乱山残雪夜，孤烛异乡人"绝类戴作，皆可亚之。（《诗薮》）

吴山民曰：次联惨淡，三联凄恻，结缴着"除夜"，觉前六句转有味。（《删补唐诗选脉笺释会通评林·晚七律》引）

周珽曰：崔以"渐与""转于"着意形出"远"与"亲"二字，则崔固晚唐中苦吟者也。"孤烛"句尤深厚。又曰：首联见入蜀孤行，二联见除夜孤景，三联见逆旅孤情，结联见天涯孤感。（同上）

邢昉曰：比幼公作更尽、更悲。"僮仆"句，右丞有之，后出不妨同妙。此诗误入《襄阳集》中，岂声情稍稍有仿佛耳？（《唐风定》）

黄周星曰："乱山"二句，正与戴幼公"一年将尽夜，万里未归人"语气相类。此人此夜，其何以堪？（《唐诗快》）

陆次云曰：旅况之真如此，真是至文。（《五朝诗善鸣集》）

吴乔曰：崔涂《除夜有感》，说尽苦情苦境矣。（《围炉诗话》卷二）

贺裳曰：崔《除夜有感》……读之如凉雨凄风飒然而至，此所谓真诗，正不得以晚唐概薄之。按：崔此诗尚胜戴叔伦作，戴之"一年将尽夜，万里未归人，寥落悲前事，支离笑此身"，已自惨然，此尤觉刻肌砭骨。（《载酒园诗话又编》）

黄生曰：（"乱山"二句）流水对。（"渐与"句）拗句。尾联点缀。戴叔伦"一年将尽夜，万里未归人"，虽中唐，却逊此三、四二句。若韩翃"千峰孤烛夜，片雨一更中"，觉又胜此耳。五句全仄，名拗字句。五、六亦是必至之情。（《唐诗摘抄》卷一）

徐增曰："渐与骨肉远，转于僮仆亲"，二句写尽在外真境。今夕飘泊，幸得将完，明日又要飘泊起了，此所以有感也。转得好，合得好。（《而庵说唐诗》）

吴昌祺曰：（"乱山"二句）下句尚未极惨，加上句而困极矣。（《删订唐诗解》）

吴景旭曰：诗有涉履所至，吻喉筋节，以直以促，发人酸楚，著不得些子文辞。如苏子卿之"生当复来归，死当长相思"，傅休奕之"志士惜日短，愁人知夜长"，曹颜远之"富贵他人合，贫贱亲戚离"皆此类也。何处下浑含二字，亦谁能以体律之。昔人谓崔涂此联（按：指"渐与"一联），与郑谷"在处有芳草，满城无故人"一联，可谓委曲形容旅况，非富贵安逸不出户庭者口中所能道。此谓知言。（《历代诗话·唐诗·王崔》）

屈复曰：语意虽本幼公，而幼公三、四便出题，此三、四写景，较幼公五、六却胜，又结亦出题，法变。昔人谓五、六不如"久客亲僮仆"简妙，良然。自一、二直贯至五、六，一气呵成。三、四景中有情。五、六"迢递""羁危"合写，七总收，八方出"除夜"，觉一篇无非除夜，与张睢阳《闻笛》同法。（《唐诗成法》）

沈德潜曰：颔联名俊。"孤客亲僮仆"，何许简贵，衍作十字，便不及前人。（《重订唐诗别裁集》卷十二）

范大士曰：是阅历后语，客中除夕不堪展读。（《历代诗发》）

周咏棠曰：情景凄飒，较胜"一年""万里"之句。（《唐贤小三昧集续集》）

孙洙曰：（"乱山"二句）十字十层。（《唐诗三百首》）

施补华曰：《宿卫州》诗"孤客亲僮仆"，语极沉至，后人"渐与骨肉远，转于僮仆亲"，衍作两句，便觉味浅。（《岘佣说诗》）

高步瀛曰：（"乱山"二句）可与马虞臣"落叶他乡树"二句媲美。（《唐宋诗举要》卷三）

 鉴赏

羁旅行役题材的诗作，在唐诗中是一大宗，且自初唐至晚唐，迭有佳作，历久不衰。由于题材的相同和某些体验的相似，后出的诗中常会出现一些与前人之作相近的诗句，历代的评家经常会将它们作一些比较和品评。像崔涂这首诗中的颔联与戴叔伦《除夜宿石头驿》的颔联"一年将尽夜，万里未归人"，腹联与王维《宿郑州》"他乡绝俦侣，孤客亲僮仆"之间的优劣高下。前人的创新固然更加可贵，但也存在后出转精的情形。这是因为，同是羁旅行役，诗人所处的时代、自身的境遇及个性并不相同，对羁旅行役的感受也往往同中有异，因此尽管某些后人的诗句乍读似曾相识，但细加品味，却是同中有异，各有千秋。

崔涂生活在唐末的大动乱年代。僖宗广明元年（880）岁末，黄巢起义军攻入长安，称帝，国号大齐。僖宗仓皇出奔至凤翔。翌年（广明二年，七月改元为中和元年）正月至成都。自中和元年至三年（881—883），科举考试改在成都举行。崔涂有《入蜀应举秋夜与先生话别》五律，说明他是中和元年秋入蜀应举的，这首《巴山道中除夜书怀》就是这年冬天赴蜀道中所作。这次离家赴蜀，系走水路经夷陵入三峡、溯江而上，故须过三巴而赴成都。道路之辛苦艰险可以想见。

"迢递三巴路，羁危万里身。"起联明点巴山道中羁旅行役的情事。从诗人的家乡桐庐到成都应举，先要走五千多里的溯江而上的水路，然后改由陆路、穿越三巴地区的崇山峻岭而至成都，这在交通不方便的中古时代，真是够遥远漫长的了。"迢递"二字，不仅显示了空间距离的漫长，而且透露了心理上的遥远难及之感。与故乡遥隔万里，羁旅行役之身已经够孤单够辛苦的了。再加上三巴地区山峦重叠，道路崎岖，又逢乱世，盗贼出没，在辛苦之外更加上自然的社会的艰险，用"羁危"二字来形容，正表现出特定的时代色彩和地域特征。"羁危"一词，前人诗文中未见，诗人将"羁"与"危"组合在一起，是独创的词语，而这个词语本身正反映了时代的乱离，透露出诗人心中那种人生道路的艰危险阻感受。

"乱山残雪夜，孤烛异乡春。"颔联写夜宿山中驿馆的情景。上句写室外，乱山重叠缭绕，逶迤起伏，山峰上还留有未销的残雪，窗外一片沉沉的夜色；下句写室内，一支行将燃尽的孤烛，伴着身在异乡的诗人，在黯然迎候春天的到来。两句意象密集，十个字中用了六种意象：乱山、残雪、夜，孤烛、异乡、春，其中又用"乱""残""孤""异"等一系列形容性的词语加以强烈渲染，从而创造出带有浓郁黯淡、凄冷、孤寂情调的氛围意境，传达出身在万里之外的异乡漂泊者在除夜这个特定时刻的心境。比起戴叔伦的《除夜宿石头驿》"一年将尽夜，万里未归人"的浑含不露来，虽然明显多了刻画渲染的成分，但由于这些刻画渲染都紧紧围绕着除夜漂泊异乡这个中心，因此全联仍显得浑然一体，而且给人的印象也远比戴诗强而深刻。从"乱""残""孤""异"这些字眼中，不但透露出诗人心绪的纷乱不宁和孤寂凄冷，而且还隐隐约约地透露出唐末乱世的时代面影。对句句末的"春"字，后世选本如《唐诗品汇》多作"人"，但残宋本《文苑英华》及《古今岁时杂咏》均作"春"，从对仗的工稳来说，也以作"春"更切（上句"夜"
与下句"春"都是表时间的概念）。但这里既已言"春"，似与末句"明日岁
华新"及"除夜"矛盾。实际上这里的"春"已经是一个虚化泛化了的时间
概念，犹很多诗以"春""秋"表时一样。因为除夕独伴残烛，夜深不寐，
想到自己即将在这乱山丛中的孤驿迎来异乡的春天，故为了与上句构成工
对，遂用"春"字为韵。"春"字本是带有温煦色彩的词语，但在前面九个
字的衬染下，反倒使人感到凄然了。

　　"渐与骨肉远，转于僮仆亲。"腹联承首联"迢递""万里"，写巴山道中
所感。从诗中所写情景，离诗人应举的目的地成都还有一段距离，故在抒写
羁旅途中感受体验时，用了"渐与"这种带有时间行进动态意味的词语。但
并非实写山行途中的感受，而是在除夕深夜回顾这几个月来羁旅行役的真切
体验：与家乡的亲人骨肉越离越远，虽思念而无缘相见，在迢递而寂寞的旅
途中，身边别无友朋相伴，平日熟悉的僮仆这时便成了唯一可以慰藉旅途孤
寂的伴侣而变得相亲了。这种体验，长途羁旅者常有，但注意到这一点并将
它真切表现出来的却不多。王维的五古《宿郑州》"他乡绝俦侣，孤客亲僮
仆"，是首先成功表现这种充满人情味和诗意美的诗。崔涂此联，意蕴与王
维近似，但内涵与情调却同中有异。王诗作于开元那样一个承平的年代，
"九州道路无豺虎"，走的又是中原地区的坦途，旅途上虽有些寂寞，但并不
凄苦，因此他对自己的这种旅途中的新鲜体验，只是从容而亲切地道出，读
者从中所感受到的也是一种虽孤寂却平和的心境。而崔诗在这一联中，不但
上句用了五字皆仄的拗句，使人在拗峭的声调中体味到诗人不平静的心境，
而且用"渐与""转于"构成对仗，突出上下句之间的因果关系，从而使人
在其中感受到一种无奈的凄凉的况味。从句法句式看，这种对仗本身也给人
一种奇异突兀之感。诗的前两联全用工整的对仗，这一联改用近乎散文的句
法，显得疏密相间，富于流动变化。

　　"那堪正飘泊，明日岁华新。"尾联出句承上六句，以"正漂泊"三字作
一总的收束，而以"那堪"二字突出漂泊天涯之感的强烈与难堪，对句用
"明日岁华新"一笔收转"除夜"境况，表明新的一年即将到来。新春远在
万里之外的异乡，固然令人凄然生感，但"明日岁华新"的结尾毕竟又含有
对新年的一种期盼和展望，从而使整首诗不致沦为竭蹶之音。

韩 偓

韩偓（842—约915），字致尧（一作致光），小名冬郎，晚年自号玉山樵人。京兆万年（今陕西西安市）人。父瞻，李商隐连襟。十岁能诗。昭宗龙纪元年（889）登进士第。初入河中幕，后召入为左拾遗。迁刑部员外郎。乾宁四年（897）为凤翔节度使掌书记。光化中入为司勋郎中兼侍御史知杂事。充翰林学士，迁中书舍人。曾参与宰相崔胤定策，诛宦官刘季述。天复元年（901）冬，从昭宗避乱凤翔，拜兵部侍郎、翰林学士承旨。三年春，以不附朱温，贬濮州司马，再贬荣懿尉，徙邓州司马。弃官南下。天祐三年（906），入闽依王审知。后寓居南安，卒。《新唐书·艺文志》著录其《金銮密记》五卷、《韩偓诗》一卷、《香奁集》一卷。诗多感时伤乱之旨，《香奁集》则多为艳情诗。《全唐诗》编其诗为四卷。今人陈继龙有《韩偓诗注》。

惜 花〔一〕

皱白离情高处切〔二〕，腻香愁态静中深〔三〕。
眼随片片沿流去，恨满枝枝被雨淋〔四〕。
总得苔遮犹慰意〔五〕，若教泥污更伤心。
临轩一盏悲春酒〔六〕，明日池塘是绿阴〔七〕。

校注

〔一〕借咏花落春去以伤悼唐室的衰亡。

〔二〕皱白，指枯萎的残花花瓣皱缩、颜色惨淡。高处，指枝头。切，深切。

2924

〔三〕腻香，浓香。香，《全唐诗》校："一作红。"

〔四〕淋，《全唐诗》校："一作侵。"

〔五〕总，纵然。

〔六〕轩，堂前屋檐下的平台。《全唐诗》校："一作窗。"

〔七〕池塘是绿阴，谓池塘边上的花树都已树叶成荫，连残花亦不复存。

指春去夏来，时序更易。

范晞文曰：韩偓《落花》诗："总得苔遮犹慰意，若教泥污更伤心。"弱甚。老杜有"纵教醉里风吹尽，可待醒时雨打稀"，去偓辈远矣。王建亦有"且愿风留着，唯愁日炙销"，正堪与偓诗上下。（《对床夜语》卷三）

韩偓

周弼曰：结句体。（《删补唐诗选脉笺释会通评林·晚七律》）

周珽曰：致尧诗清奥孤迥，此诗意调足玩。又曰：韩偓在唐末，志存王室。朱温恶之，贬濮州司马，天祐中，复召，不敢入，因挈家依王审知。悯时伤乱，往往寄之吟咏。此借惜花以喻意也。首喻君子恋国忧君之念常殷。次喻士类见逐殆尽，不免茂贞之凶。三喻己暂得所依，犹恐贻累所及。末喻朝廷今虽空有名号终为奸雄不日当变易其宗社矣。（同上）

《唐诗鼓吹评注》：此借惜花以寓意也。首言皱白之离情辞高树而自切，腻红之愁态依静地而尤深。况片片沿流，枝枝被雨，安得不令人伤悲哉！若幸而得苍芜以遮红艳，犹慰吾意；否则沾泥土以污容色，更伤我心矣。故临阶之酒为春去而送之，至明日则绿阴满树，无复红紫之可见矣，不亦重可惜乎！（卷二）

朱三锡曰：此篇句句是写惜花，句句是写自惜意，读之可为泪下。（《东岩草堂评订唐诗鼓吹》）

吴乔曰：明人以集中无体不备；汗牛充栋者为大家。愚则不然。观于其志，不唯子美为大家，韩偓《惜花》诗，即大家也。又曰：余读韩致尧《惜花》诗结联，知其为朱温将篡而作。乃以时事考之，无一不合。起语云："皱白离情高处切，腻红愁态静中深。"是题面。又曰："眼随片片沿流去"，言君民之东迁也；又曰："恨满枝枝被雨淋"，言诸王之见杀也。"总得苔遮犹慰意"，言李克用、王师范之勤王也；"若教泥污更伤心"，言韩建之为贼臣弱帝室也。"临轩一盏悲春酒，明日池塘是绿阴"，意显然矣。此诗使子美见之，亦当心服。诗可以初盛中晚为定界乎！（《围炉诗话》卷一）又曰："临轩一盏悲春酒，明日池塘是绿阴"，悲朱温之将篡弑也。明人云：不读大历以后一字，其所自作，未有命意如晚唐此诗之深远者也，可易言"初""盛"哉！（《答万季野诗问》）又曰：此诗（按：指

2925

杜甫《秋兴八首》）及义山之《无题》、飞卿之《过陈琳墓》、韩偓之《惜花》诸篇，皆是一生身心苦事在其中，作者不好明说，读者不能即解。（《围炉诗话》）

吴闿生曰：此伤唐亡之旨，韩公多有此意。（《韩翰林集》）

吴汝纶曰：亡国之恨也。（《唐宋诗举要》卷四）

鉴赏

韩偓的七言律诗中，有一部分反映唐末大动乱直至灭亡情势的政治抒情诗，感情悲愤沉痛，激楚苍凉，堪称唐亡的艺术实录。但由于涉及具体时事，又多用典，意蕴不免隐晦。倒是这首《惜花》，借花之凋落、春之消逝伤悼唐朝的灭亡，通篇运用比兴象征，而不涉具体政治人事，纯粹抒情。不但表现更加含蓄蕴藉，感情也更缠绵悱恻，称得上是一首唐王朝的挽歌。

"皱白离情高处切，腻香愁态静中深。"首联写将落未落的花。"皱白"指将要凋落的花，花瓣已经枯萎皱缩，呈现惨淡的白色，尽管仍挂在枝头高处，却像是充满了深切忧伤的离情，不忍离枝而去。"腻香"指花虽枯萎却仍散发出浓腻的芳香，它默默无言，在一片静寂的氛围中，呈现出无限深沉的愁态。"离情""愁态""切""深"均指花而言。由于诗人惜花之情的投射，将花也拟人化、感情化了。"愁态静中深"尤具不言而神伤的情韵，堪称传神之笔。

"眼随片片沿流去，恨满枝枝被雨淋。"颔联上句写已落之花，片片随水漂流而去，诗人的目光也一直追随着流水中落花的身影，直到它完全消失。"眼随"二字，正写出诗人惜花的心情。下句写尚残留枝头的花也枝枝遭受雨的无情摧淋，眼看即将凋落，随流而去，不禁恨满心头。这一联诗人正面出场，"眼随""恨满"，均贴诗人而言，主观感情较上一联更加强烈。在深沉强烈的痛惜之情中又透出无可挽回的无奈。

"总得苔遮犹慰意，若教泥污更伤心。"腹联写落花委地的情景。纵然落在地面上的花，被青苔所遮盖，不致马上沦为尘泥，稍稍感到宽慰，如果不幸被泥淖所污那就真令人伤心了。上句是眼见之景，先用"犹慰意"三字一放；下句是假设之景，却是落花将来必然遭遇的悲剧命运，故用"更伤心"来表达自己的伤感，用力收转。"慰意"是暂时的，"伤心"却是必然的。一放一收，一纵一跌，上句的暂时慰意正有力地衬托出下句的永恒伤痛。笔致顿挫曲折，情感沉痛缠绵。

"临轩一盏悲春酒，明日池塘是绿阴。"尾联总收，点明惜花悲春的主旨。对此"无可奈何花落去"，随水漂流、陷为尘泥的情景，临轩而望的诗人唯有用"一盏悲春酒"来表达自己的留恋惋惜、哀悼凭吊之情而已。想到明日池塘之上，连落花的踪影也无可寻觅，只见满树绿荫，春天是无可挽回地消失了。春去夏来，时序更易，本是自然界的规律，池塘绿树成荫，也是生机盎然、葱郁繁茂的景象。但在这里，时序更易却被赋予了时移世易、改朝换代的象征色彩和比兴含义，这正是由于"伤心人别有怀抱"的缘故。

这首诗的比兴象征色彩虽相当明显（用惜花伤春哀悼唐王朝的衰亡），但用的是一种总体性的象征，而不是逐字逐句的比附，更不是用某一句来影射某一件具体的史事。吴乔的评释虽然悟到了全诗的主旨，但把每一句都落实到当时发生的史事上，却不免穿凿附会。全诗写花之凋残依枝、片片委地、随水漂流、苔遮泥污，到设想明日之池塘绿阴，逐步推进，诗人也越来越哀伤悲痛。至末句而演为对朝代更易的沉悲，感情发展到高潮，而表情方式反倍加含蓄蕴藉，可以说是这首诗最精彩的一笔。晚唐律诗结句如此出色者罕见。

韩
偓

春　尽

惜春连日醉昏昏，醒后衣裳见酒痕。

细水浮花归别涧[一]，断云含雨入孤村。

人闲易有芳时恨[二]，地胜难招自古魂[三]。

惭愧流莺相厚意[四]，清晨犹为到西园。

校注

〔一〕涧，《全唐诗》校："一作浦。"别涧，指比"细水"稍大的另外的涧水。

〔二〕芳时恨，指伤春之恨。有，《全唐诗》校："一作得。"

〔三〕胜，佳胜、美好。韩偓被贬后曾闲居湖南长沙岳麓山西，后又移居醴陵。有《小隐》及《早玩雪梅有怀亲属》诗，又有《家书后批三十八

2927

字》诗，自注云："在醴陵时闻家在邓州。"又有《湖南绝少含桃偶有人以新摘者见惠感事伤怀因成四韵》《赠湖南李思齐处士》等作。时在天复四年（904）。湖南系屈原放逐之地，王逸《楚辞章句》谓《招魂》系宋玉"怜哀屈原忠而斥弃……魂魄散佚"而作。"自古魂"当指屈原的忠魂。胜，《全唐诗》校："一作迥。"

〔四〕惭愧，感幸之词，犹多谢、难得之意。

笺评

谢榛曰：武元衡曰："残云带雨过春城。"韩致光曰："断云含雨入孤村。"二句巧思，不及子美"澹云疏雨过高城"句法自然。（《四溟诗话》卷二）

许学夷曰：（韩偓）七言律，如"无奈离肠""长日居闲""惜春连日"三篇，气韵亦胜。（《诗源辩体》卷三十二）

金圣叹曰：（前解）"惜春"是春未尽前，"醒后"是春已尽后，见酒痕不复见花事矣，可为浩叹也。"水归别涧"下，再加"雨入孤村"，写春尽真如扫涂灭迹。庸手亦知用雨，却用在花句前；妙手偏用在花句后，此其相去无算，不可不知也。（后解）春尽又何足惜，两行泪实为"人闲""地迥"堕耳。"流莺"上用"相厚"字、"惭愧"字、"独为"字、"清晨"字，妙。怨甚而又不怒，其斯为诗人之言也。（"相厚"在"清晨"，"惭愧"在"独为"）。（金雍补注。）（《贯华堂选批唐才子诗》卷十）

《唐诗鼓吹评注》：首云春之将去，连日醉酒以遣意，醒后犹见衣裳之酒痕也。春尽时水浮花而归涧，云含雨而入村。此时，在闲中者，萧条寂寞，每易起芳时之恨；在他乡者，流离漂泊，谁为招自古之魂耶？古人流落他乡，失意憔悴，亲故设辞以慰其流落，亦得曰招魂。意此避地闽中依王审知时所作，故有是语。末云惭我与世相违，而流莺乃有相厚之意，于清晨犹到西园，以慰我憔悴之思也，然则不及流莺之厚意者，其可胜数哉！（卷二）

赵臣瑗曰："惜春"二字，虽为主脑，然其中实有不止于惜春者。（《山满楼笺注唐诗七言律》）

何焯曰：以春尽比国亡，王室鼎迁，天涯逃死，毕生所望，于此日已久。元遗山尝借次联而续以"惟馀韩偓伤心句，留与累臣一断魂"，盖以

第三比叛臣事敌，第四比弱主之迁国也。（《瀛奎律髓汇评》卷十引）

纪昀曰：后半极沉着，不类致尧他作之佻。四句胜出句，六句言非唯今人无可语，并古人亦不可招，甚言其寥落耳。（同上引）

杨逢春曰：此亦应是避地之作。（《唐诗绎》）

朱三锡曰："连日醉昏昏"，极是人生乐境，及看上加"惜春"二字，下接"醒后"二字，乃知一片皆是苦境也。其意言连日醉酒，不知春暮，及至醒后，方见春归，殊不知先生因惜春而醉酒，其真醒而后始知耶？三、四皆写惜春也。"水归别涧""雨入孤村"，自是春尽神理，但庸手为之，必定将雨写花前。此独于"水归别涧"下，以"雨入孤村"作对，手法特妙。五、六又因惜春而自惜也。言春尽有何足惜，特此"人闲""地迥"二事为不堪耳。末托流莺作结，曰"惭愧"、曰"相厚"、曰"犹为"，怨而不怒，其斯为诗人之旨欤！（《东岩草堂评订唐诗鼓吹》卷二。按：朱评下半首全袭金圣叹评）

黄叔灿曰：此诗因唐祚已尽，写春尽以发之。（《唐诗笺注》）

周咏棠曰："含"字、"入"字是诗眼。（《唐贤小三昧集续集》）

 鉴赏

这首诗的写作时间和地点，前人、今人均有谓作于晚年入闽寓居南安时者。但据诗中"地胜难招自古魂"之句，所谓"自古魂"，当首先包括放逐沅湘的屈原忠魂，则诗人写作时间当在天复四年（904）春暮，其时诗人被贬后正在湖南闲居，离唐之亡只有两年。诗题"春尽"虽是实写春光消逝的"芳时恨"，但其中显然寓含伤悼唐王朝即将沦亡的感情。不过，比起《惜花》明显以花之凋落喻指唐亡，且每句都蕴含伤悼唐亡之情不同，这首《春尽》除了在整体上于伤春之中寓含时世之感以外，并非每一句都紧贴伤悼唐亡来写景抒情。明确这一点，便于我们从大的时代背景氛围下来感受、理解诗中的感情，把握诗的伤春意蕴，而不致每联每句都紧贴伤悼唐亡作解，将写景抒情中渗透的时世身世之感误解为直接的比喻。

2929

"惜春连日醉昏昏，醒后衣裳见酒痕。"起联紧扣"春尽"，拈出"惜春"二字作为全篇的主意。因为痛惜春尽，故连日来心情苦闷悒郁，难以排遣，只能借痛饮来暂时麻醉痛苦郁闷的心灵，因此日复一日，都处在"醉昏昏"的状态中。曰"连日"、曰"昏昏"，从醉酒时间之长、程度之深两方面透露出内心痛苦愤郁之难以排遣。上句着意渲染"醉"字，下句则进而写"醒后"所见。衣裳上的斑斑酒痕，既进一步印证了连日醉酒的状态，又显示了内心苦闷的难以消解。因为"酒"在这里是苦闷的象征，则衣上的酒痕则正显示出前日的苦闷并未消除，见到这斑斑酒痕，仍然会勾起醉酒前的苦闷。这一句感情内涵虽抑郁苦闷，但出语却潇洒自如，富于诗情。陆游的名作《剑门道上遇微雨》"衣上征尘杂酒痕"正化用了此句的艺术构思。

"细水浮花归别涧，断云含雨入孤村。"颔联具体写"春尽"时所见自然景象，以写"惜春"心绪。俯视眼前，涓涓的细水上漂浮着暮春的落花，渐渐远去，最后归入远处的另一条涧水，而诗人的目光也一直跟随着浮花远去，直至消失。不言"春尽""惜春"，而"春"之消逝和诗人的惜春之情自见。仰视天空，片片断云，饱含着湿润的雨滴，正洒向孤寂的村庄。暮春时节，正是雨水转多的季节，南方尤然。这"断云含雨入孤村"正是典型的"春尽"景象。这一联未必有具体的比兴寄托寓意，但通过"细""浮""别""断""孤"等一系列词语的烘托渲染和对流水漂花、断云含雨等景象的描绘，却将诗人的惋惜、黯淡、迷茫、孤寂的意绪很富感染力地表现出来了。

"人闲易有芳时恨，地胜难招自古魂。"腹联由写景转向抒"春尽"之情。"芳时恨"即春恨，亦即伤春之恨、春尽之恨。上句点眼在"人闲"二字。表面上看，似乎是说，人由于空闲无事，光阴虚度，很容易引发芳时易逝的感慨，即所谓"闲愁"。联系诗人当时因不附朱温被贬后闲居湖南，目睹唐王朝的危局而毫无作为的处境，则诗中所蕴含的感慨便既沉痛又无奈了。国运危殆如此，自己却被迫"身闲"，只能眼睁睁地看着唐王朝的沦亡消逝，"闲"字中正有彻骨的悲凉。下句是说，湖南山水佳胜，是令人流连称赏之地，但却是自古以来便有屈原这样忠而遭贬逐的忠魂在这一带飘荡徘徊，难以招寻。说"自古魂"，则自己这位忠而遭遣，魂魄散佚者的魂魄自然也包括在内。因此，这一句实际上蕴含自古迄今一切处于衰世末世的忠臣义士离魂的长恨。

"惭愧流莺相厚意，清晨犹为到西园。"尾联从题目"春尽"推开一步，从反面着笔，说尽管春尽花谢，但那春天的流莺却仍情意殷厚，清晨仍然为我飞到居处的西园，发出清亮的鸣啭，令人深为感谢。这一联虽是即景描写，但却透露出诗人在春尽花谢、深怀国家沦亡之悲的情况下无可告语的寂寞和悲哀，只有那流莺成为无可慰藉之中的唯一慰藉了。说"惭愧""相厚""犹为"，于反复致意中正透出那后面的寂寞悲凉。

已 凉〔一〕

碧阑干外绣帘垂〔二〕，猩血屏风画折枝〔三〕。

八尺龙须方锦褥〔四〕，已凉天气未寒时。

韩偓

校注

〔一〕本篇选自作者《香奁集》。系其前期（被贬为濮州司马以前）所作。

〔二〕阑干，即栏杆。绣，《全唐诗》校："一作翠。"

〔三〕猩血，猩猩的血，借指鲜红色。血，《全唐诗》校："一作色。"折枝，花卉画法的一种。不画花的全株，只画连枝折下来的部分，故名。宋仲仁《华光梅谱·取象》："（六枝）其法有偃仰枝、覆枝、从枝、分枝、折枝。"

〔四〕龙须，草名，多年生草本植物，呈狭线形。初夏开花。茎叶可以作蓑衣、绳索、草鞋，也可织席。或称蓑衣草。八尺龙须，指八尺长的龙须席。锦褥，锦绣的床褥。

笺评

陆时雍曰：末句香嫩，更想见意态盈盈。语却近词。（《唐诗镜》卷五十四）

周咏棠曰：中具多少情事，妙在不明说，令人思而得之。（《唐贤小三昧集续集》）

袁枚曰：人问诗要耐想，如何而耐人想？余应之曰："八尺龙须方锦褥，已凉天气未寒时""狎客沦亡丽华死，他年江令独来时"……皆耐想也。（《随园诗话》）

《精选评注五朝诗学津梁》：句法整齐。

孙洙曰：通首布景，并不露情思，而情愈深远。（《唐诗三百首》）

震钧曰：此追忆在翰林时恩遇而作。写景如画，寄托遥深。（《香奁集发微》）

2931

王闿运曰：龙须席上加方锦褥，是"已凉"也，然不必咏。（《手批唐诗选》卷十三）

俞陛云曰：由阑干、绣帘而至锦褥，迤逦写来，纯是景物，而景中有人。丽不伤雅，《香奁集》中隽咏也。（《诗境浅说》续编）

刘永济曰：《已凉》一首如工笔仕女图，古今传诵以此。（《唐人绝句精华》）

刘拜山曰：设色浓丽，大似宋人院画。妙在此中无人，而其中又未尝不在。《深院》诗从帘外写，此诗从帘内写，用笔不同，而凄艳入骨则一也。（《千首唐人绝句》）

罗宗强曰：从深闺的陈设和时令的变化，渲染出一种热烈的期待与淡淡的寂寞的氛围，烘托出深闺的主人内心的爱情冲动而又无可聊奈的情绪。（《唐诗小史》）

鉴赏

这是韩偓《香奁集》中一首为历代传诵的名作。宋代沈括《梦溪笔谈》曾说《香奁集》是五代和凝所作，"凝后贵，故嫁名于韩偓"。南宋葛立方《韵语阳秋》据《香奁集》中《无题》诗序证实《香奁集》为韩偓所作。明代评家许学夷《诗源辩体》更举吴融和韩偓《无题》诗与《香奁集》中《无题》诗同韵，断定《香奁集》确为韩偓所作。《香奁集》中除少数篇章（如《拥鼻》《哭花》《思录旧诗于卷上凄然有感因成一章》《踪迹》等）似微露有所寓托的痕迹外，绝大多数是写男女情爱的篇章。比起《香奁集》中一些露骨地描写艳情乃至色情之作，这首《已凉》不但在写法上含蓄得多，格调也显得稍高一些。

诗的前三句写一间陈设华丽的卧室，写法是由外向内，末句收总，点出时令。这是全篇的大致构思布局。诗中的主人公，大约是一位贵家女子。

首句"碧阑干外绣帘垂"，从卧室的最外层写起。碧色的栏杆之外，绣帘低垂，显出卧室的宽敞、豪华、幽静，也暗透出天气已经转凉，帘幕已经垂放下来了。

次句"猩血屏风画折枝"，由帘幕栏杆转向床前的屏风。"猩血"一作"猩色"，都是指猩红色。这是一种浓烈的色调，贵家室内的陈设，常随季节的变化而更换。猩红色的屏风是热色，正暗示外界的气候已届秋凉；屏风上画的折枝，也是与气候相应的，使人联想起秋风萧瑟的情景。

第三句"八尺龙须方锦褥"，由床前屏风转到床上铺设。龙须，指用龙须草织成的席子，"八尺龙须"，说明这是一张宽敞华美的大床。龙须席，显示"未寒"，"方锦褥"，显示"已凉"。写到这里，时令季节的特点已经呼之欲出，所以末句一点即收："已凉天气未寒时。"

但是，如果这首诗层层描绘，目的仅仅在于说明"已凉天气未寒时"这样一个事实，那么它几乎称不上是诗。实际上，诗中关于室内外陈设的描绘以及末句点明时令，还有着更深层的暗示。

这暗示的内容便是女主人公的孤子处境和爱情方面的希望、渴求。

整个来说，这间卧室的环境、陈设显得非常宽敞、豪华，但女主人公活动的天地却显得局狭、沉闷。碧阑干外，绣帘低垂，遮断了望远的视线，看不到卧室外的广阔天地。整个色调极其浓烈。碧色的阑干、猩色的屏风，加上绣帘锦褥，颜色都是浓艳的，但卧室里却看不到人的活动，甚至看不到任何活动着的事物。因此这浓艳之色调却反托出一个幽寂灰暗的生活环境，暗示出女主人公心境的寂寞空虚。室内的陈设是华美精致的，但无论是屏风上画的折枝还是"八尺龙须方锦褥"，又都不免触动女主人公青春易逝的感慨和室空人杳的感伤。前者固然可以唤起"花开堪折直须折，莫待无花空折枝"一类的联想，后者又何尝不暗示着"玉枕龙须席，郎眠何处床"一类的意蕴。正因为女主人公是独处华美而寂寞的空闺，过着单调、苦闷、空虚的生活，因此对爱情生活便抱着强烈的渴望，青春易逝的感慨也就特别深沉。在这种情况下，对时序的更易便格外敏感。如果把前三句看作女主人公眼中所见（其中也包含着心中所感，只是表现得非常隐微含蓄），那么末句正不妨视为女主人公内心深处的叹喟，一年容易又秋风，真是时光只能催人老啊！全篇没有一处正面写女主人公的情思，末句写时序变化，正微露端倪。

晚唐艳情诗，有许多在情思、风格、意境和表现手法上都已十分接近当时的闺情词。本篇写贵家女子处境的孤子和爱情的苦闷，完全是词中常见的题材。而专写闺室陈设，不正面写女主人公的行动、心理的表现手法，也与温庭筠词风相近。从这里可以看出诗词交会代兴时期某种共同的文学趋势。

韩偓

2933

寒食夜〔一〕

恻恻轻寒翦翦风〔二〕，小梅飘雪杏花红〔三〕。
夜深斜搭秋千索〔四〕，楼阁朦胧烟雨中〔五〕。

校注

〔一〕《全唐诗》题作《夜深》，校："一作寒食夜。"此从一作及《香奁集》。寒食，古代节令名。《荆楚岁时记》："去冬节一百五日，即有疾风甚雨，谓之寒食。禁火三日，造饧大麦粥。"通常在清明节前一日或二日。

〔二〕恻恻，寒冷凄切貌。翦翦，形容风轻微而带有寒意。

〔三〕小梅，《全唐诗》校："一作杏花。"杏花，《全唐诗》校："一作小桃。"

〔四〕斜搭，斜挂（在秋千架上）。

〔五〕烟，《全唐诗》校："一作细。"

笺评

陈正敏曰：韩致尧诗，词致婉丽，如此绝是也。（《诗林广记前集》卷九引《遁斋闲览》）

田艺蘅曰：李贺"桃花乱落如红雨"，韩偓"杏花飘雪小桃红"。桃花红，而长吉以雨比之；杏花红，而致尧以雪比之，皆可为善用，不拘拘于故常者，所以为奇。不然，则柳雪李月、梨雪桃霞，谁不能道？（《留青日札·诗谈初编》）

俞陛云曰：春日多雨，唐人诗如"春在濛濛细雨中""多少楼台烟雨中"，昔人诗中屡见之。此则写庭院之景。楼阁宵寒，秋千罢戏，其中有多少剪灯听雨人在也。（《诗境浅说》续编）

鉴赏

这首诗的意境，正像末句所描绘的，依稀隐约，烟雨迷离，别具一种朦胧美。作者《香奁集》中另有一首同题七绝（一作《深夜》，一作《夜深》）说："清江碧草两悠悠，各自风流一种愁。正是落花寒食夜，夜深无伴倚南楼。"透露诗人在往岁的寒食节，曾与一位女子有过一段情缘，但后来彼此分开了。同集《寒食日重游李氏园亭有怀》说得更加明显："往年曾在鸾桥上，见倚朱栏咏柳绵。今日独来香径里，更无人迹有苔钱。伤心阔别三千里，屈指思量四五年。料得它乡遇佳节，亦应怀抱暗凄然。"看来两人初次相会就在李氏园亭，对方可能就是李家的一位女子。这首《寒食夜》很可能是因怀念那位阔别三千里的情人而作。如果要使诗题更醒豁一些，不妨叫作"寒食夜有怀"。

"恻恻轻寒翦翦风"，首句从寒食节的气候写起。"恻恻"是形容轻寒的气候给人以凄切之感；"翦翦"是形容风轻微而带有寒意。这句正点出寒食节"乍暖还寒"的特点。借轻寒的微风，渲染一种凄迷黯淡，但又并不十分沉重的气氛。"恻恻""翦翦"两个叠字，声音轻细，符合描写对象的特点。

"小梅飘雪杏花红"，次句仍点时令，但却转从花的开落角度写。梅花已经开过，正飘散着雪白的花瓣，杏花却正开得红艳。这句色彩对比鲜明，画出寒食节明丽的风光，与上句的色调形成对照。如果说上句多少透露出因怀人而产生的凄冷孤寂之感，那么这句则与记忆中的温馨亲切的往日情景不无关系。《寒食夜有寄》说："云薄月昏寒食夜，隔帘微雨杏花香。"《偶见》："秋千打困解罗裙，指点醍醐索一尊。见客人来和笑走，手搓梅子映中门。"可以看出梅、杏和昔日情缘的关系。夜间是看不见"小梅飘雪杏花红"的景象的，这正可以进一步说明这句所写的并非眼前实景，而是记忆中的景象。如果这种理解大体正确，则一、二两句似应这样联系起来理解：身上感受到恻恻轻寒和丝丝寒风，闻到梅花和杏花的香味，于是才意识到，一年一度的寒食节又来临了，又是"小梅飘雪杏花红"的时节了。

正因为前两句在写景中已经暗暗渗透怀人的情绪，因此第三句便直接联想起与这段情缘有关的情事。"夜深斜搭秋千索"，表面上看，似乎这只是写诗人夜间看到附近的园子里有一座秋千架，秋千索斜斜地搭在架上。实际上诗人这段情缘即与寒食节荡秋千的习俗有关。《荆楚岁时记》谓寒食节有打球、秋千、施钩之戏。《古今艺术图》亦谓北方寒食为秋千戏，以习轻趫。后乃以彩绳悬木立架，士女坐其上推引之。《开元天宝遗事》说，天宝年间，"宫中至寒食节，竞竖秋千，令宫嫔辈戏笑以为宴乐"。可见秋千之戏为寒食节特有的文娱体育活动，且以女子戏者为多。据《香奁集》中好几首提到秋千的诗（包括上引《偶见》及《想得》《秋千》等首），可以大体推断，诗人与他所恋的情人，或许就是在寒食节秋千架旁结下了一段情缘。因此，夜间瞥见秋千架的暗影，便情不自禁地想起当年的情事。

然而，往事如烟，如今对方"阔别三千里"，踪迹杳然，不可复寻。在怀旧的怅惘中，诗人透过朦胧的夜色向秋千架的方向望去，只见楼阁的暗影正隐现在一片烟雨迷蒙之中。这景色，将诗人思而不见的空虚怅惘和黯然伤魂，进一步烘托出来了。这楼阁大约就是所谓李氏园林的建筑，而那空荡荡的斜搭秋千索的秋千架上却再也见不到伊人的踪影了。

这首怀旧诗，通篇只点染景物，不涉具体情事，也没有一处直接抒写怀旧之情，全借景物暗示、烘托，境界之朦胧甚至超过李商隐的某些诗作。韩偓之学李商隐，在这方面也算得上青出于蓝而胜于蓝了。

王 驾

王驾，字大用，自号守素先生。河中（今山西永济）人。中和年间僖宗在成都，曾入蜀应进士试。昭宗大顺元年（890）登进士第，授校书郎，仕至礼部员外郎。后弃官归，与郑谷、司空图为诗友。《新唐书·艺文志》著录《王驾诗集》六卷。《全唐诗》录存其诗七首。

古 意〔一〕

夫戍萧关妾在吴〔二〕，西风吹妾妾忧夫。
一行书信千行泪，寒到君边衣到无？

校注

〔一〕古意，犹拟古、仿古。《全唐诗》卷七九九作陈玉兰诗，题曰《寄夫》。谓是王驾之妻。然《才调集》卷七选录此诗作王驾，《万首唐人绝句》卷二十三、王安石《唐百家诗选》卷十九并同。佟培基《全唐诗重出误收考》谓"明末《名媛诗归》一二作陈玉兰，似误记。《统签》宫闺不收"。

〔二〕萧关，古关名，故址在今宁夏固原东南，为自关中通向塞北的交通要冲。唐神龙元年曾置萧关县，治所在今固原县北一百八十里。至德后地入吐蕃，大中间收复，置武州治于此，旋废。此当指古萧关之地。

笺评

谢枋得曰：此诗"西风吹妾妾忧夫"与"寒到君边衣到无"两句，见夫妇之至情。（《诗林广记》前集卷九引）

钟惺曰：此诗好处只"寒到君边"四字。（《唐诗归》卷三十六）

《雪涛小品》：凄恻之怀，盘于胸臆。二十八字，曲尽其苦，转读转难为情。

周敬曰：两地相隔而忧怀莫传，至情至苦。末句巧。（《删补唐诗选脉

2937

周珽曰：凝腕脱手，触象敷衽，意融吻滑，妙绝妙绝。（同上）《杂录》谓王驾戌于边，其妻陈玉兰作，并衣寄驾。按驾仕礼部员外郎，恐非。

唐汝询曰：浅而近情，宜为世赏。（同上引）

敖英曰：昔人有《寄衣》诗云："寄到玉关犹万里，征人犹在玉关西。"与此诗俱婉变沉着。（同上引）

黄叔灿曰：情到真处，不假琱琢，自成至文。且无一字可易，几于天籁矣。最好在第二句，绝似盛唐人语。（《唐诗笺注·七言绝句》）

宋宗元曰：不落纤佻。（《网师园唐诗笺》）

《评注精选五朝诗学津梁》：二十八字，一气混成，情生文耶？文生情耶？

这首诗清编《全唐诗》卷七百九十九题为《寄夫》，署陈玉兰作，小传谓是吴人王驾之妻。然王驾明为河中人，此云吴人，显误。题为《古意》，当是王驾仿古代民歌格调的闺中寄寒衣于戌边丈夫之作，犹李白《子夜吴歌》之四"明朝驿使发，一夜絮征袍。素手抽针冷，那堪把剪刀。裁缝寄远道，几日到临洮"之谓，系代言体。后人因诗之声情口吻酷似闺中思妇，故据诗之首句虚构出一个"吴人王驾之妻陈玉兰"来。虽不可信，却从另一方面说明这首代闺妇寄远诗，在设身处地描摹闺妇心理、声口方面已经达到可以乱真的神情逼肖的程度。说它是天籁之作，一点也不过分。

"夫戌萧关妾在吴"，首句点明夫妻远隔，一在北临塞漠的萧关远戌，一在江南的吴地家居，一北一南，相隔数千里。句中自对的句式正形象地显示出双方南北遥隔的情景。全篇叙事，只此一句，却是双方相思相望的根由，也是妻子寄衣寄诗的原因，可以说是一篇的总根。

"西风吹妾妾忧夫"，次句以"西风"点明秋令，引出妻子对远戌丈夫的思念与担忧。秋天又到了江南，西风吹在身处吴地的自己身上，感到了阵阵凉意；此时远在朔漠之地萧关的丈夫，恐怕更是朔风凛冽，遍体生寒了。妙在对"西风吹妾"的直接感受不着一语，于四字之下直接"妾忧夫"，似乎"西风吹妾"的第一反应不是自身感受到的凉意，而是立即引发了对远戌丈夫衣衫单薄，难以抵御北方朔漠寒风侵袭的忧虑。这就不但显示出这位女子无时无刻不在思念、牵挂着丈夫的冷暖安危，而且习惯成自然地只要一遇到气候的变化，首先想到的就是丈夫。这种设身处地、细致入微的体贴，在她已经形成了一种无须经过由此及彼的联想的本能反应。这不是写法上的省略，而是用一种最朴素本真的方式写这位少妇的至情。情到深处，正是这样"忘我"的。"忧"字中自然也包含了"又该给远戍的丈夫寄寒衣了"这样一层内蕴，但这里并不点破，留待末句方才明白说出。

"一行书信千行泪"，第三句写到寄信给远方的丈夫。寒衣裁制好以后，托人捎给丈夫，自然要写封家书，叙写家中的情况，特别是自己对丈夫的深情思念。但由于时空远隔所带来的相思的痛苦，却使自己笔未着墨而泪已先流，句未成行而泪已成行，以致"一行书信千行泪"了。这似乎是高度夸张的笔墨，却显得那么真实自然，毫无夸饰之嫌。"一行"与"千行"的对比，更使人恍见少妇写信时那种泪与墨交并、泪洇纸而湿的情景。抒情中自有人和具体的画面在。

"寒到君边衣到无？"末句是少妇在寄出寒衣时心中的悬想和忧虑。古代交通不便，从江南吴地到塞北萧关，数千里的距离，即使托骑马的驿使捎带寒衣，路上也须经历相当长的一段时间。而塞北冬早，这寒衣寄到的时候不知道能不能赶上冬天到来之前给丈夫穿上，以及时抵御塞北的严寒。这一系列曲折复杂的思想活动，被高度浓缩在一句七个字当中，而且以一种别出心裁的方式——"寒到君边衣到无"表达出来，似乎让人感到塞北的凛冽寒气正在和路上的寒衣在赛跑，而少妇所担忧的正是"寒"已"到君边"而"衣"尚未到萧关。这个结尾，为少妇对丈夫的体贴、关爱、担忧，添上了最有亮色、也最富创意的一笔。而这种创意，又同样不是来自诗人的奇思妙想，而是来自少妇的真实感情，来自生活本身。作为一首代言体诗，自然也表现出诗人对这类女子心灵世界的深刻体验。

这当然不是说诗人只是记录原始的自然状态的生活而无所施其巧。这首诗在施巧方面，最显然的表现无疑是当句对与叠字的有意运用。四句诗全都有意运用上四下三的当句对，即"夫戍萧关"与"妾在吴"，"西风吹妾"与"妾忧夫"，"一行书信"与"千行泪"，"寒到君边"与"衣到无"，这四组当句对除第一组是平行叙述夫妻双方遥隔南北两地之外，其他三组虽形式上并列相对，而重点却在后三字，而又均围绕一个"忧"字来写，即用"西风吹妾""一行书信""寒到君边"来突出衬染女子对丈夫的关爱、体贴和忧

王

驾

2939

念。这样一种句式，就使得全诗既整齐又错落有致，既双方夹写又重点突出，在层层推进中将女子的体贴入微的感情表现得极为真挚动人。每句的声情口吻亦各不相同，或在平直的叙述中见相隔之遥远，或于朴素的即景抒情中见忘我的深情，或于夸张的描写中见情感之强烈，或于悬想设问的口吻中见忧念之深切。故虽四句皆用同样的当句对而丝毫不觉其单调重复。在四组当句对中，诗人又精心设计了三组叠字，即第二句的"妾"、第三句的"行"、第四句的"到"，将它们分别安排在句中不同的位置，各自起着不同的作用，第二句"西风吹妾妾忧夫"，"妾"字紧相连接，构成顶针修辞，突出这种"忧"念的迅疾、直接、不假思索、完全出于感情的自然反应。第三句以"一行书信"与"千行泪"构成强烈对比，意在渲染情之强烈，第四句重叠"到"字，以"寒到"反衬"衣到"，见忧念之深。而这种在当句对内错落地安排叠字的句式，读来犹如一串累累的贯珠，使全诗一气呵成，更加强了艺术整体感和浑成感。前人或谓诗近盛唐，就浑成方面看，确有盛唐风韵，而全诗的流走格调与音韵上的美感也因上述句法字法而凸显。

杜荀鹤

　　杜荀鹤（846—904），字彦之，自号九华山人，池州石埭（今安徽石台）人。曾隐居庐山十年。早有诗名，屡试不第。昭宗大顺二年（891）方登进士第。后还乡，为宣州节度使田頵辟为从事。天复三年（903），奉頵命使大梁，与朱温密谋攻讨淮南节度使杨行密，适值頵兵败被杀，遂留大梁幕。天祐元年（904），任主客员外郎、知制诰，充翰林学士，旋卒。曾自编其诗为《唐风集》三卷，录诗三百余首，顾云为之作序。今存宋蜀刻本《杜荀鹤文集》三卷。《全唐诗》编其诗为三卷。

春宫怨〔一〕

早被婵娟误〔二〕，欲妆临镜慵〔三〕。

承恩不在貌，教妾若为容〔四〕。

风暖鸟声碎，日高花影重〔五〕。

年年越溪女〔六〕，相忆采芙蓉〔七〕。

校注

　　〔一〕此诗一作周朴诗。按：韦庄所编选的《又玄集》卷下、韦縠所编选的《才调集》卷八均载此诗，署杜荀鹤作。宋王安石《唐百家诗选》卷十九、计有功《唐诗纪事》卷六十五亦署杜作。欧阳修《六一诗话》谓此诗系周朴作，恐误记。诗写宫女春日的幽怨。

　　〔二〕婵娟，形容女子美好的容态。

　　〔三〕临镜，对镜。慵，懒，形容提不起兴致的样子。

　　〔四〕二句意谓，承受皇帝的恩宠，并不在于容貌是否美好，让我怎样去打扮修饰自己的容颜呢。

　　〔五〕重，重重叠叠。

　　〔六〕越溪，指若耶溪，源出浙江绍兴市若耶山，相传为西施浣纱之处。因其在越地，故称。越溪女，指西施往日的浣纱女伴。

2941

〔七〕采芙蓉，采莲。二句意为年年都会深情地追忆起昔日在若耶溪和女伴们一起采莲浣纱的欢乐生活情景。

欧阳修曰：唐之晚年，诗人无复李、杜豪放之格，然亦务以精意相高。如周朴者，构思尤艰，每有所得，必极其雕琢，故时人称朴诗"月锻季炼，未及成篇，已播人口"，其名重当时如此，而今不复传矣。余少时犹见其集，其句有云："风暖鸟声碎，日高花影重。"又云："晓来山鸟闹，雨过杏花稀。"诚佳句也。（《六一诗话》）

吴聿曰：杜荀鹤诗句鄙恶，世所传《唐风集》首篇"风暖鸟声碎，日高花影重"者，余甚疑不类荀鹤语。他日观唐人小说，见此诗乃周朴所作，而欧阳文忠公亦云耳。盖借此引编，已行于世矣。（《观林诗话》）

《幕府燕闲录》：杜荀鹤诗鄙俚近俗，唯宫词为唐第一，云："早被婵娟误，欲妆临镜慵。承恩不在貌，教妾若为容。风暖鸟声碎，日高花影重。年年越溪女，相忆采芙蓉。"故谚云："杜诗三百首，唯在一联中。""风暖鸟声碎，日高花影重"是也。

魏庆之曰：绮丽："风暖鸟声碎，日高花影重。"（《诗人玉屑》）

方回曰：譬之事君而不遇者，初亦恃才，而卒为才所误。愈欲自衒，而愈不见知。盖宠不在貌，则难乎其容矣。女为悦己者容是也。风景如此，不思从平生贫贱之交可乎！（《瀛奎律髓》卷三十一）

王世贞曰：王勃："河桥不相送，江树远含情。"杜荀鹤："承恩不在貌，教妾若为容。"皆五言律也。然去后四句作绝乃妙。（《艺苑卮言》）

唐汝询曰：起道尽悔情；次联十字怨甚。（《删补唐诗选脉笺释会通评林·晚七律》引）

吴山民曰：次联深得《国风》和婉之致。（同上引）

2942 周启琦曰：三、四善怨。五、六缛绣。细玩五、六，终不如三、四更妙。（同上引）

周珽曰：此篇构词转折，含情真至……魏菊庄以三、四句为自然句法，五、六为绮丽句法，不知结语托意更深，想头又远。此诗若无此结，终入寻常格调。方万里谓譬之事君而不遇者……徐子扩云："此诗为久困名场而作，于六义属比。士之才犹女之色也，故托以自喻。极为切至。

五、六一联，见得意之人，纷纷乘时而喜悦者众也。未言己虽失意，年年随计，志犹未已，亦可叹也。故思其友之同事者为言。"以意逆志，是为得之。诚然哉！（《才调集补注》引）

钟惺曰：（"鸟声碎"）三字开诗馀思路。（《唐诗归》卷三十四）

陆时雍曰：三、四善怨，五、六缛绣语。（《唐诗镜》卷五十一）

《雪涛小书》：有评者曰："杜诗三百首，尽在一联中。'风暖鸟声碎，日高花影重。'"余玩之，终不如次联更妙。"承恩不在貌，教妾若为容。"二语寥寥，而君臣上下遇合处，情皆若此。杜以两语括之，可谓简而尽，怨而不怒者矣。

王夫之曰：晚唐饾凑，宋人支离，俱令生气短绝。"承恩不在貌，教妾若为容。风暖鸟声碎，日高花影重。"医家名为关格，死不治。（《姜斋诗话》）又曰："风暖鸟声碎，日高花影重"，词相比而事不相属，斯以为恶诗矣。（《古诗评选》）

黄周星曰：当时谚云："杜诗三百首，唯在一联中。"即此"风暖"一联也。故《唐风集》以之压卷，想当不谬。（《唐诗快》）

冯舒曰：五、六写出"春宫"，落句不测。（《瀛奎律髓汇评》引）又曰：奇妙在落句，得力在颔联。（《才调集补注》引）

冯班曰：全首俱妙，腹联人所共知也。曰：精极。（《才调集补注》引）

贺裳曰：《春宫怨》，不唯杜集首冠，即在全唐亦属佳篇。"承恩不在貌，教妾若为容。"此千古透论，卫硕人不见容，非貌寝也；张良娣擅权，非色胜也。陈鸿《长恨传》曰："非徒殊艳尤态独能致是，盖才智明慧，善巧便佞，先意希旨，有不可形容者焉。"即此诗转语。读此，觉义山之"未央宫里三千女，但保红颜莫保恩"，尚非至论。（《载酒园诗话又编》）

王士禛曰：晚唐人诗"风暖鸟声碎，日高花影重""晓来山鸟闹，雨过杏花稀"……皆佳句也。然总不如王右丞"兴阑啼鸟缓（换），坐久落花多"自然入妙。（《带经堂诗话》）

黄生曰：（首联）上因起。（次联）走马时。（三联）顺因句。（四联）错装结。又曰：尾联转换。"若为"，唐人方言，犹如何也。言不知所以为容也。"容"，即"女为悦己者容"之"容"字。此感士不遇之作也。才人恃才，不肯傲幸；苟得而悻获者，皆不才之人。是反为才所误，故为愤而自悔之词。借入宫之女为喻，反不如溪中女伴，采莲自适，亦喻不求闻达之士，无名场得失之累也。（《唐诗摘抄》卷一）

何焯曰：五、六是"慵"字神味。入宫见妒，岂若与采莲者之无猜乎，落句怨之甚也。（《瀛奎律髓汇评》引）又曰：落句收足"早"字"貌"字。（《唐三体诗》评）

纪昀曰：前四句微觉太露，然晚唐诗又别作一格论。结句妙，于对面落笔，便有多少微婉。（《瀛奎律髓汇评》引）

王谦曰：思盛年之事以自伤也。古人宫词类多自况，此云早被容貌所误者，激为不平之语也。（《碛砂唐诗纂释》）

顾安曰：三、四临镜低回，有无限意思在。五、六虽佳，与结句却不合笋。（《唐律消夏录》）

沈德潜曰：（首句）恃貌而误。（"承恩"二句）不得已而随俗。回忆盛年以自伤也。须曲体此意。（《重订唐诗别裁集》卷十二）

田同之曰：杜荀鹤"承恩不在貌，教妾若为容"一律，王元美以为去后四句作绝句为妙，其言当矣。（《西圃诗说》）

吴瑞荣曰：（首二句）负色人难得此透亮语。宫怨题，能为律诗，难矣。终首不露"怨"字痕迹，可谓和平。（《唐诗笺要》）

周咏棠曰：点破世情，鬼当夜哭。（"承恩"二句评）（《唐贤小三昧集续集》）

王寿昌曰：唐人佳句，有可以照耀古今，脍炙人口者，如……杜荀鹤之"风暖鸟声碎，日高花影重"……此等句当与日星河岳同垂不朽。（《小清华园诗谈》卷下）

潘德舆曰：杜荀鹤以"风暖鸟声碎"一联得名，愚谓不如"暮天新雁起汀洲，红蓼花开水国秋"清艳入骨也。（《养一斋诗话》）

俞陛云曰：题面纯为宫怨而作。首言早擅倾城之貌，自赏翻以自误。寸心灰尽，临明镜而多慵。三、四谓粉黛三千，谁为丽质，而争宠取怜者，各工其术，则己之膏沐，宁用施耶？五、六赋"春"字。五句言天寒鸟声多噤，至风暖则细碎而多；六句言朝晖夕照之时，花多侧影。至日当亭午，则骈枝叠叶，花影重重。用"碎"字"重"字，固见体物之工，更见宫女无聊，借春光以自遣，故鸟声花影体会入微。末句忆当年女伴，搴芳水次，何等萧闲，遥望若耶溪上，如笼鸟之羡翔云，池鱼之思纵壑也。此诗虽为宫人写怨，哀窈窕而感贤才，作者亦以自况。失意文人望君门如万里，与寂寞宫花同其幽怨已。（《诗境浅说》）

鉴赏

　　唐人的宫怨诗（不包括写宫中生活琐事的宫词）多数未必有寄托，但杜荀鹤的这首《春宫怨》则明显是有寄托的。"女无美恶，入宫见妒；士无贤不肖，入朝见嫉"（邹阳《狱中上梁王书》），正揭示出宫女和文士在命运上的相似性，以及托宫女的怨情以寄寓才士之不遇的艺术构思的合理性。但这首有托寓的宫怨诗的好处，却主要表现在将宫女的怨情写得非常真切细腻、婉曲含蓄，富于生活实感，毫无有些托寓之作从概念出发，用类型化的比喻，表达固定化的意旨，缺乏生活气息的弊病。即使完全当作一首单纯的宫怨诗来欣赏，也是一首优秀之作。

　　"早被婵娟误，欲妆临镜慵。"婵娟用以形容女子，兼指其美好的容颜和姿态。"婵娟"本不应"误"人，这里却用"早被婵娟误"来概括自己的悲剧境遇及其原因，正暗示宫廷生活环境的反常。但诗人此处虽点明而并不说破，留待下文作解答。在仿佛是自怨自艾、自怜自悔的口吻中正蕴含着对婵娟反而误人的环境的怨意。紧接着一句"欲妆临镜慵"，点醒此刻女主人公正对镜顾影，准备梳妆打扮。上句所写的，正是在她临镜欲妆的刹那触发的思绪。美好的容态既反而误人，梳妆打扮也就自然提不起任何兴致。句末的"慵"字，非娇懒之态，而是意兴索然，心灰意冷的表现。

　　"承恩不在貌，教妾若为容。"颔联续写女子"临镜"顾影时的内心活动，明白揭示出"被婵娟误"和"慵"于梳妆的原因：进入宫中，方知要获得君主的宠幸，并不在容貌是否美好。三千粉黛，后宫佳丽无数，"承恩"的诀窍更主要的是靠工于心计，献媚邀宠，投君主之所好，排斥其他有竞争力的嫔妃宫女。这一切宫中的潜规则，诗人都不加说明，仅以"不在貌"三字概括，令人思而得之。话说得既明白，却又非常含蓄。既然"承恩不在貌"，那么任凭你如何着意修饰打扮，也毫无意义，故说"教妾若为容"。欣赏这两句，必须与上句"临镜"联系起来体味。镜中人面，本已天生丽质，再加修饰，自当倾国倾城，但一想到"承恩不在貌"的宫中规则，自己简直无所适从，不知道怎样打扮了。自己所有的只是"婵娟"的容态，其他那些献媚邀宠、妒害他人的一套根本不会，也不屑为，看来只能永远被冷落、被闲置，老死宫中了。顾安说："三、四临镜低回，有无限意思在。"可谓善于体悟。"承恩不在貌"五字，是全篇关键所在，也是女子悲剧命运的真正原因。二句用流水时，语意一贯，于明快爽利中有无限苦衷沉痛，反映出宫女

杜荀鹤

2945

完全无法掌握自身命运的悲剧心态。

"风暖鸟声碎，日高花影重。"腹联从抒情转而写景，紧扣题目"春"字。但正如颔联抒情是情中有景一样，腹联写景，也是景中含情。春风送暖，鸟儿们感受到春天的和煦气息，变得非常活跃，竞相啼鸣，发出细碎清脆的鸣啭声。"碎"字正传神地描绘出鸟声之轻俏、嘈杂和欢快，这对处于苦闷无憀中的宫女的心情正是一种有力的反衬。日渐至中天，阳光直射在花丛中，显得花影重重叠叠。这是写日近正午的静境，也透露了宫女永日无憀寂寞的心绪。鸟的活跃、花的繁茂，对于处在禁锢中毫无生活乐趣的宫女来说，不仅激不起欣赏的兴致，而且是一种刺激。这一联的"碎"字"重"字虽略显刻画痕迹，但由于它含蓄地透露了宫女的苦闷无聊意绪，并不显得过于雕琢。它与颔联相互配合，更充分地表现了"春宫怨"的主题。此联写景，仍不离宫女的视、听、触觉感受，与上四句写宫女"临镜"所思仍一意贯通。

"年年越溪女，相忆采芙蓉。"尾联从宫中现境宕开一笔，写宫女对往昔与女伴在越溪上采莲情景的回忆。由于一入深宫，便陷于永无休止的寂寞苦闷之中，故更易触动对往昔在家乡时与女伴浣纱采莲欢快情景的追忆。这仿佛是寂寞无聊生活中唯一的慰藉，但同时也反衬出了现实境况的可悲。在对过去无忧无虑生活的思忆向往中，透露的正是春宫的无边冷寂。这个结尾，既开拓了诗境（时间上从现在回溯往昔，空间上从宫中跳到越溪），而且使全诗更加余味悠长。

诗人早著诗名，以才自负，却屡试不第，诗中的宫女，自嗟"早被婵娟误"，隐然有自况的意味。而"承恩不在貌"一语，更明显融汇了诗人对当代统治者在任用人才方面的种种反常行为的深刻体验。但这种寓托，由于与对宫女的生活境遇、心理意绪的真切描写紧密结合，浑为一体，故读来只感到自然和谐，毫无比附之痕。有的评家连五、六两句也从人事上加以比附，就不免生硬甚至穿凿了。

送人游吴〔一〕

君到姑苏见〔二〕，人家尽枕河〔三〕。
古宫闲地少〔四〕，水港小桥多〔五〕。
夜市卖菱藕，春船载绮罗〔六〕。
遥知未眠月，乡思在渔歌〔七〕。

杜荀鹤

校注

〔一〕吴，此指春秋时吴国都城姑苏，今江苏苏州市。作年不详，有可能作于诗人早年。

〔二〕姑苏，苏州的古称，因城外有姑苏山而得名。

〔三〕枕河，指人家的大门紧靠着河港。

〔四〕古宫，指古代遗留下来的宫殿。春秋吴国有阖闾宫，三国吴国亦有宫殿遗迹。又，宫为古代对房屋居室的通称，故古宫亦可泛指古老的房舍宅院。

〔五〕水港，犹河汊，指苏州城中纵横遍布于街坊之间的小河。

〔六〕绮罗，泛指华美的丝织品。苏州一带盛产蚕丝，织造业繁盛，故多丝织品或丝绸衣服。或云"绮罗"借指穿着华美丝绸衣服的女子，亦通。

〔七〕二句遥想被送的友人在吴中故都月夜未眠之时，听到舟中传来的渔歌，当会引动对故乡的思念。

笺评

张淏曰：《送人游吴越》云："夜市桥边火，春风寺外船"，《维扬春日》云："络岸柳丝悬细雨，绣田花朵弄残春"，《闽中》云："雨馀紫菊丛丛色，风弄红蕉叶叶声。北畔是山南畔海，只堪图画不堪行"，可谓善状三处景物者。（《云谷杂记·杜荀鹤诗》）

余成教曰：晚唐诗人有佳句而多俗言者，杜彦之荀鹤是也。"承恩不在貌，教妾若为容""溪山入城郭，户口半渔樵""古宫闲地少，水港小桥

多"……皆为佳句。（《石园诗话》卷三）

沈德潜曰：（"古宫"一联）写吴中如画。（《重订唐诗别裁集》卷十二）

《精选评注五朝诗学津梁》："多"字句如在画中。转韵贴切，无斧凿痕。一收反振。

俞陛云曰：户藏烟浦，家具画船，江南之擅胜也。诗言其烟户之盛，桥港之众多。余生长吴越，诵之如身在鸥坊鹤市间。忆近人句云："履齿声喧沽酒市，波光红映过桥灯。"写江乡景物如绘。作旅行诗者，能掩卷若身临其地，便是佳诗。（"古宫"一联）（《诗境浅说》）

杜荀鹤对苏州似乎怀着一份特别的情结，他的《送友游吴越》《送人宰吴县》和这首《送人游吴》，都可以看出他对吴中风物的热爱和向往。三首诗中，均有写景、抒情的名联佳句，如"字人无异术，至论不如清。草履随船卖，绫梭隔岸鸣""夜市桥边火，春风寺外船""君到姑苏见，人家尽枕河。古宫闲地少，水港小桥多"，而这首诗通体浑融完整，堪称一幅苏州的风物风情画。

首联就题目"送人游吴"起笔，如面对被送的友人临行握别时随意道家常，口吻亲切自然，轻松潇洒。"君到姑苏"，应题内"送人游吴"，"见"字轻逗下句，并领起前三联。"人家尽枕河"，是苏州这座江南历史文化名城民居建筑的一大突出特征。它不是指一般的人家沿河而居，而是指其利用江南水乡河汊密布的特点，在每一条河汊两旁靠岸而建起彼此相对、毗连不断的民居，犹如一条条街市，而每一条小河便是川流不息的市街了。这种建筑设计，使自然景观与人文景观融为一体，也使整个城市于繁华热闹之外别具一种田园诗般的幽静和谐的美感。句中的"枕"字用得极为贴切生动，它不是一般地指"紧挨"之意，而是形容夹岸的民居均头枕河边，大门朝着水流。这一句总括苏州这座小城的总特征，以下四句均与这一特点密切相关。

"古宫闲地少，水港小桥多"。苏州是春秋时吴国的都城，后来三国时代的吴国创业亦始于此。其地唐时犹有吴太伯庙，则古代宫观的遗迹想必仍多存留。但由于地处江南繁华富庶之地，人多地少，故虽为古宫遗址，却少闲地，这正反映出苏州人烟的稠密，屋宇的毗连。而由于城中水道密布，居民夹岸而居，桥梁便成了极重要的交通设施，众多的跨河而建的各式各样的小桥也就成了苏州城的一道独特的风景。如果说密布的水港是苏州的血脉，那么跨河而建的众多桥梁便是苏州这座水城上最美的装饰。白居易《三月三日闲行》诗有"绿浪东西南北水，红栏三百九十桥"之句，这三百九十桥正是当时官桥的总数，可以想见其时桥梁之众多、建筑之华美。这一联对仗工整，而出语天然，纯用朴素的白描手法，勾画出苏州城居民之稠密、水港之密布、桥梁之众多，可以说将苏州最动人的风韵毫不费力地表现出来了。而前宾后主，以"少"衬"多"，使下句在对映中更显得突出。

"夜市卖菱藕，春船载绮罗。"腹联由自然景观、人文景观的结合转写水城的商业活动，却仍紧扣"人家尽枕河"这一突出特点来写。由于地处水乡，故多菱藕，由于经济繁荣，故有夜市。这"夜市卖菱藕"的景象，既透露出城市的繁华，又透出了江南水乡的气息；而那载满绮罗织品的船只行驶在水港的碧波之上，穿越这座座红栏小桥，既反映了苏州附近物产之丰饶、商业之繁盛，更为这座城市增添了浓郁的春天气息。由"春船""绮罗"的画面，还可以引发城市繁华生活风貌的进一步想象。

"遥知未眠月，乡思在渔歌。"尾联紧扣题目"游"字，收转游吴友人的乡思。"遥知"二字，作揣想口吻，谓苏州固然美好繁华，但我料想你在月夜未眠，听到渔歌响起的时候，该会引起对故乡的思念吧。这一结，既点明了被送者游子的身份，缴足题面，又进一步开拓了诗境，丰富了诗情，且具有悠然不尽的余味。

作者所处的时代适值唐末大动乱之际，而他笔下的苏州却丝毫不见动乱的阴影，读者于此或不免产生疑问。宋人孙逢吉的《普明院记》中的一段记述可以帮助我们解答这个疑问："自唐白公为刺史时，已谓八门、六十坊、三百桥、十万户……逮乾符、光启间，大盗蜂起，争为强雄，而武肃王钱镠以破黄巢、诛董昌之功，尽有浙东之地。五代分裂，诸藩据数州，惟王独尝顺事中国。有宋受命，画籍土地府库，帅其属朝京师，遂去其国。盖自长庆讫宣和，更七代三百年，吴人老死不见兵革（按：公元890—898，苏州因军阀争夺，曾发生短期战乱，但未伤元气），覆盖生养至四十三万家。而吴太伯庙栋，犹有唐昭宗时宁海军、镇东军节度使钱镠姓名书其上，可谓盛矣。"杜荀鹤这首诗，正反映了免于唐末战乱之祸的繁华美丽的苏州城的动人风韵，弥足珍贵。

山中寡妇〔一〕

夫因兵死守蓬茅〔二〕，麻苎衣衫鬓发焦〔三〕。

桑柘废来犹纳税〔四〕，田园荒后尚征苗〔五〕。

时挑野菜和根煮〔六〕，旋斫生柴带叶烧〔七〕。

任是深山更深处，也应无计避征徭〔八〕。

校注

〔一〕《全唐诗》校："一作《时世行》。"按：详"笺评"引五代何光远
《鉴诫录》。

〔二〕兵，兵戈，借指战乱。蓬茅，蓬草茅草盖的草屋。

〔三〕麻苎，大麻和苎麻，泛指麻，茎皮可供织成麻布。焦，枯黄。

〔四〕桑柘，桑树和柘树，叶可养蚕。废，荒废、枯死。

〔五〕征苗，庄稼尚未成熟时预征的青苗税。

〔六〕挑，拣择，采择。

〔七〕旋，现。斫，砍。生柴，指青柴，刚砍下尚未晒干的柴。

〔八〕也应，也该，也定然是。征徭，租税和徭役。

笺评

何光远曰：梁朝杜舍人荀鹤，为诗愁苦，悉于教化，每于吟讽得其至
理……杜在梁朝，献太祖《时世行》十首，欲令太祖省徭役，薄赋敛。是
时方当征伐，不洽上意，遂不见遇。旅寄寺中，敬相公翔谓杜曰："希先
辈稍削古风，即可进身，不然者，虚老矣。"杜遂课《颂德诗》三十章，
以悦太祖。议者以杜虽有玉堂金马之拜，顿移教化之词，壮志清名，中道
而落。《时世行》聊纪两首，《颂德诗》不复录之。（《鉴诫录·削古风》）

蔡正孙曰：愚谓此诗备言民生之憔悴，国政之烦苛，可谓曲尽其情
矣。采民风者，观之其能动心否乎？（《诗林广记前集》卷九）

吴可曰：老杜诗："本卖文为活，翻令室倒悬。荆扉深蔓草，土锉冷疏

烟。"此言贫不露骨。如杜荀鹤"时挑野菜和根煮,旋斫生柴带叶烧",盖不忌当头,直言穷愁之迹,所以鄙陋也。切忌当头,要影落出。(《藏海诗话》)

方回曰:荀鹤诗至此俗甚,而三、四格卑语率,最是"废来""荒后",似此者不一。学晚唐者,以此为式,予心盖不然之。尾句语俗似诨,却切。(《瀛奎律髓》卷三十二)

陆次云曰:大似"东邻扑枣"之诗,自是君家诗法。(《五朝诗善鸣集》)

吴乔曰:开成已后,诗非一种,不当概以晚唐视之。如"时挑野菜和根煮""雪满长安酒价高"之类,极为可笑。(《围炉诗话》)

冯舒曰:直写时事,然亦伤粗俗。(《瀛奎律髓汇评》引)

查慎行曰:一变樊川家法,但要说得爽快,此学香山而失之肤浅者。(《初白庵诗评》)

纪昀曰:虽切而太尽,便非诗人之致。又曰:五、六尤粗鄙。(《瀛奎律髓汇评》引)

无名氏(甲)曰:前六句叙事,而总括在末句,不独为一人也。诗与少陵气脉相通,岂非小杜贤子耶!(同上引)

曹锡彤曰:总以首句"兵"字作主脑,死守以兵,征徭亦从兵耳。(《唐诗析类集训》)

鉴 赏

七律自初唐创体以来,常用以奉和应酬,崇尚高华典雅的风格,至杜甫而引入时事政治题材和深沉的时代感慨,境界一变而为沉雄博大,慷慨苍凉。晚年在夔州时,更创作出像《又呈吴郎》这种用朴素通俗的语言表现贫妇生活境遇,控诉统治者"诛求到骨"的优秀作品。杜荀鹤这首《山中寡妇》,从选材、立意到语言风格,都明显受到杜甫《又呈吴郎》的影响,体现七律通俗化的特色。这也是杜荀鹤在七律创作中的一种自觉追求。

这首诗写的是居于深山之中一位寡妇的悲惨生活境遇,但反映的却是唐末在长期战乱和苛重征敛的双重灾祸中无以为生的广大穷苦百姓的命运。"山中寡妇"这一特殊的人物,正是作为唐末广大农民的典型出现在诗中的。据何光远《鉴诚录》,这首诗原是《时世行》组诗十首中的一首,可见

2951

诗人在创作时，是明确将具体人物的命运与"时世"联系起来，自觉实践其"诗旨未能忘救物"的创作宗旨的。

"夫因兵死守蓬茅"，首句用"夫因兵死"四字，开门见山地揭示出女主人公悲剧境遇的根源。唐末从黄巢起义爆发到被扑灭，再到各地军阀混战，数十年内，兵祸连结，造成"四海十年人杀尽"的悲惨局面。这位因兵祸战乱而死了丈夫的寡妇，正是当时广大农民遭受战乱之祸的一个缩影。"守蓬茅"是指她在丈夫死后仍困守于深山里面的破茅屋中。或解为寡妇是为了躲避征徭而逃至山中，殆非，观"守"字可见。失去了丈夫这个家庭中的主要劳动力，也就失去了生活的主要来源。寡妇之所以"守蓬茅"，是因为除了这间山中的破草房外，已经一无所有，也没有任何地方可去了。"守"字中正含有唯此可"守"的悲凉与无奈。

次句转写山中寡妇的形象："麻苎衣衫鬓发焦。"她，身上穿着粗劣破旧的麻布衣衫，两鬓一片焦黄。简洁的肖像描写透露出她生活上极端艰困，处于衣不御寒、食不果腹的境地。特别是句末的"焦"字，怵目惊心地显示了长期营养不良造成的生命的焦枯。这种描写，令人联想起白居易的《卖炭翁》中"两鬓苍苍十指黑"的著名诗句。"

"桑柘废来犹纳税，田园荒后尚征苗。"颔联写赋税的苛重。这一联所写的现象与战乱的长期绵延有着直接的联系。为了进行无休止的征战，各地的统治者和官府都加重了对穷苦百姓的压榨掠夺。尽管由于长期战乱，桑柘、田园都已荒废，但官府却照样向百姓索取丝税和青苗税。比起"二月卖新丝，五月粜新谷"来，这里所写的现象又进了一层。前者是在农民尚有丝可织、有田可种的情况下提前交纳租税，后者却是在无丝可织、无田可种的情况下仍然要缴纳赋税。这正是末世统治者毫无章法的横征暴敛。"废""荒"与"犹""尚"的对照中，正突现了末世的乱象。

"时挑野菜和根煮，旋斫生柴带叶烧。"在这种极端苛重的压榨之下，死去了丈夫、断绝了主要生活来源的山中寡妇的生活境遇之悲惨可想而知。腹联从所食之物、所烧之柴两个方面极写其生活的艰困。"时"是时时、经常的意思，说明采择野菜充饥乃是常态。野菜已难果腹充饥，却连野菜也要连根一起煮了吃，可见连野菜也被饥民采择得几乎绝种了。采来野菜要煮熟它，却发现家中连干柴也没有，只能现砍山上的青柴来烧，而且是连干带叶一起烧，透露出寡妇家中既无隔夜之粮，而且连一捆干燥的柴也没有。生活濒临绝境的情景，从"时挑""旋斫""和根""带叶"的描写中，得到淋漓尽致的表现。这种描写，非亲眼目睹这种景象者，很难想象。说明诗人对所写的对象有较真切的体验。

　　"任是深山更深处，也应无计避征徭。"尾联是因山中寡妇受战乱、租税之祸的苛重而濒于绝境的现象所发的感慨：任凭是比山中寡妇居住得更深僻的百姓，恐怕也没有办法躲避统治者这无处不到的苛重征赋和徭役吧。"任是""也应"，语虽出于悬想，情却料其必然。这一结尾，使诗境进一步拓开，由"山中寡妇"的境遇联及"深山更深处"的劳苦百姓，以显示山中寡妇的悲剧境遇绝非个别的现象，而是乱世末世广大农民的普遍遭遇。透露出被压榨到濒于绝境的下层百姓再也不能照旧生活下去了。

　　比起杜甫的《又呈吴郎》来，诗人对山中寡妇的同情虽显然可见，但却缺乏杜诗中对"无儿无食"的"妇人"那种细致入微的设身处地的体贴。杜诗之深，正缘于深入到人物的内心深处，这一点，正是杜荀鹤此诗之所短。

杜荀鹤

韦 庄

韦庄（约836—910），字端己，杜陵（今陕西西安市东南）人，宰相韦待价之后，诗人韦应物四世孙（一说为宰相韦见素之后）。僖宗广明元年（880）十二月，黄巢攻入长安，时韦庄在京候次年春进士试，遂陷于兵中。中和三年（883）在洛阳写成《秦妇吟》。其后曾漂泊于润州、越州、江西、两湖等地，长达十余年。昭宗乾宁元年（894）始登进士第，授校书郎。光化三年（900）编选《又玄集》。冬授左补阙。天复元年（901），入蜀依王建，任掌书记。天祐四年（907）唐亡，与诸将劝进王建为帝，任左散骑常侍、判中书门下事。前蜀武成二年（909），为吏部侍郎同平章事，次年八月卒。工诗擅词，词与温庭筠并称"温韦"，诗有《浣花集》十卷本传世。《全唐诗》编其诗为六卷。今人李谊有《韦庄集校注》。

章台夜思〔一〕

清瑟怨遥夜，绕弦风雨哀。
孤灯闻楚角〔二〕，残月下章台。
芳草已云暮；故人殊未来〔三〕。
乡书不可寄，秋雁又南回〔四〕。

校注

〔一〕章台，即章华台，春秋时楚国离宫。《左传·昭公七年》："及即位，为章华之台，纳亡人以实之。"杜预注："章台，南郡华容县。"台为春秋时楚灵王所建，高十丈，基广十五丈，称"华容之章华"，故址在今湖北监利县西北。或谓此"章台"指汉长安之章台街，非，视领联"闻楚角"，尾联"乡书不可寄，秋雁又南回"可知。韦庄家在杜陵，如章台指章台街，不得云"乡书不可寄，秋雁又南回"。诗当是诗人漂泊两湖访章华台故址时思乡念友之作，非在长安作。

〔二〕楚角，楚地的号角声。章华台在楚，故云。

〔三〕二句化用《楚辞·招隐士》："王孙游兮不归，春草生兮萋萋"及江淹《休上人怨别》"日暮碧云合，佳人殊未来"之意。芳草，即春草。暮，指凋衰，暗示时已至秋令。

〔四〕时诗人在楚地，遥忆故乡京兆杜陵，望见秋雁南飞，联想起鸿雁传书的传说，想寄书故乡而不可得，故有此二句。

笺评

钟惺曰：悲艳动人。（《唐诗归》卷三十六）

谭元春曰：苦调柔情。（同上）

陆时雍曰：二句佳。三、四盛唐气格。（《唐诗镜》卷五十四）

邢昉曰：音韵忽超，但"芳草"一联太沿"日暮碧云"耳。（《唐风定》）

王士禛曰：律诗工于发端，承接二句尤贵得势……"古戍落黄叶，浩然离故关"，下云"高风汉阳渡，初日郢门山"；"锦瑟怨遥夜，绕弦风雨哀"，下云"孤灯闻楚角，残月下章台"，此皆转石万仞手也。（《带经堂诗话》）

黄生曰：句调坚老，晚唐所罕。（《唐诗摘抄》卷一）

纪昀曰：高调，晚唐所少。（《删正二冯评阅才调集》）

周咏棠曰：起得有情，接得有力，所谓万钧石在掌上转也。此诗与飞卿"古戍落黄叶"之作，皆晚唐之绝品也。（《唐贤小三昧集续集》）

管世铭曰：温庭筠"古戍落黄叶"，刘绮庄"桂楫木兰舟"，韦庄"清瑟怨遥夜"，便觉开、宝去人不远。可见文章虽限于时代，豪杰之士终不为风气所囿也。（《读雪山房唐诗序例》）

吴子良曰：《能改斋漫录》云：……淮南小山《招隐士》云："王孙游兮不归，春草生兮萋萋。"陆士衡《拟庭中有奇树》云："芳草久已茂，佳人竟不归。"即《招隐》语也。谢灵运诗"圆景早已满，佳人殊未适"，盖又祖士衡，而江则兼用陆、谢及魏文语也。其后韦庄《章台夜思》云："芳草已云暮，故人殊未来"……无非蹈袭前语，而视陆、谢则又绝类矣。（《吴氏诗话》。系摘取吴氏《林下偶谈》中论诗之语而成）

朱庭珍曰：（五、七言律）起笔得势，入手即不同人，以下迎刃而解矣。如……温飞卿之"古戍落黄叶，浩然离故关"，韦端己之"清瑟怨遥夜，绕弦风雨哀"，李玉谿之"高阁客竟去，小园花乱飞"……以上诸联，或雄厚，或紧道，或生峭，或姿逸，或高老，或沉着，或飘脱，或秀拔，佳处不一，皆高格响调，起句之极有力，最得势者，可为后学法式。（《筱园诗话》）

俞陛云曰：五律中有高唱入云，风华掩映，而见意不多者，韦诗其上选也。前半首借清瑟以写怀。泠泠二十五弦，每一发声，若凄风苦雨绕弦杂遝而来。况残月孤灯，益以角声悲凉，楚江行客，其何以堪胜！诵此四句，如闻雁门之琴，桓伊之笛也。下半首言草木变衰，所思不见，雁行空过，天远书沉，与李白（按：当为杜甫）之"鸿雁几时到，江湖秋水多"相似，皆一片空灵，含情无际。初学者宜知此诗之佳处，前半在神韵悠长，后半在笔势苍健。如笔力尚弱而强学之，则宽廓无当矣。（《诗境浅说》）

鉴 赏

辛文房《唐才子传》说："（韦）庄早尝寇乱，间关顿踬，携家来越中，弟妹散居诸郡。江西湖南，所在曾游，举国有山河之异。故于流离漂泛，寓目缘情，子期怀旧之辞，王粲伤时之制，或离群羼虑，或反袂兴悲，《四愁》《九怨》之文，一咏一觞之作，俱能感动人也。"这首著名的五律，便是他漂泊楚地时访章华台旧址秋夜怀友思乡之作。

"清瑟怨遥夜，绕弦风雨哀。"起联写秋夜弹瑟。遥夜即长夜，《楚辞·九辩》："靓杪秋之遥夜兮，心缭悷而有哀。"深秋夜长，反复辗转，不能成寐，遂起而弹奏清瑟以自遣，瑟声凄清悲凉，故曰"清"曰"哀"；因心情不平静，故弹瑟的节奏疾速，听之似有风雨凄其之声从弦间流溢而出。写瑟声之哀怨与急骤正透露出诗人心绪的哀凄与纷乱。这一联所写的情景，实近阮籍《咏怀》首篇之"夜中不能寐，起坐弹鸣琴"，只不过未明白点出"不能寐"而已，而从瑟声的描写中，即已暗透诗人的心情。一起便有风雨凄其之氛围，使读者立即进入诗境。有遒劲的气势，又有唱叹的情韵，故评家于此联每奉为五律起调之高的范例。

"孤灯闻楚角，残月下章台。"颔联转写弹瑟之后所闻所见，进一步渲染孤寂凄清的氛围。杪秋长夜，独对孤灯，已感孤寂凄清，正值此时，远处又传来城头画角的悲凉声音，更倍感心绪的悲凄。曰"楚角"，正见身处千里之外的楚江异乡，不言思乡而乡思已自流露。这一句写所闻，下句写所见。一钩残月，此时正隐没在章华台之后的天空中，见夜已深。而"残月"与"孤灯"的对映，更加重了凄寂黯淡的气氛。作者在抒写自己流落异乡的心境时，曾有"画角莫吹残月夜"之句，这一联中"楚角"与"残月"的叠用，正透出异乡秋夜，闻见之间，无物不触动乡情旅思的情景。这一联主要通过景物的渲染来烘托乡思羁愁，虽不用"哀""怨"一类字面，而情思之凄寂黯淡、悲凉无限，自寓于景物描写之中，情感的表达较首联更加含蓄蕴藉。第四句还略带象征色彩。

以上四句，一气蝉联，写长夜弹琴、绕弦风雨，写残月孤灯、霜天画角，处处渗透悲情，至第四句句末方点明身处之地——章台，为后两联正面写乡思作引线，也点醒前两联所写均与身处异乡密切相关，故第四句实起着勾连前后幅的枢纽关键作用。

"芳草已云暮，故人殊未来。"腹联化用《楚辞·招隐士》及曹丕、陆机、谢灵运、江淹诸人诗意及字面，写自己身处楚江异乡，自春值秋，眼看萋萋春草就要凋衰枯黄了，而自己所等待的"故人"却尚迟迟未来。曰"故人"而不曰"佳人"，当是实指某位友人，作者在题目与诗中并未说明，自不必探究。但两句所写，自是异乡孤寂中更加强烈的怀友之情。"芳草"而曰"暮"，语固独创，意亦兼含比兴，使人联想起美人芳草的迟暮之感这类意蕴，但亦不必过于执实。

"乡书不可寄，秋雁又南回。"作者漂泊湖湘楚江的具体时间，难以确考，而大抵在昭宗龙纪元年（889）起至景福二年（893）春的两三年内。是时黄巢虽已败死，但各地军阀混战仍继续不已。所谓"乡书不可寄"，当是因战乱重阻之故。看到一年一度南来的秋雁，想起自己漂泊异乡、有家难回的境遇，感慨自己连寄书家乡亦不可得，不免更增悲慨。末句着一"又"字，正见流寓异乡，已历数年，今见秋雁南回，"又"是一年，而回乡之望犹渺茫无期之意自寓言外。

晚唐五七言律多琐碎卑弱，此作不但通体浑融完整、格高调逸、有盛唐风韵，且于流丽中见感慨顿挫，实为唐末佳制。

题盘豆驿水馆后轩〔一〕

极目晴川展画屏，地从桃塞接蒲城〔二〕。
滩头鹭占清波立，原上人侵落照耕〔三〕。
去雁数行天际没，孤云一点净中生〔四〕。
冯轩尽日不回首〔五〕，楚水吴山无限情。

校注

〔一〕盘豆驿，在唐河南道虢州阌乡县（今属河南灵宝市）西南三十里。按：李商隐有《出关宿盘豆馆对丛芦有感》七律，道源注引《甘棠志》："盘豆馆在湖城县西二十里。昔汉武帝过此，父老以牙豆盘献，因名焉。"湖城县在阌乡县之东。驿滨枣香峪水，为京洛大道所经。岑参有《夜过磐豆隔河望永乐寄闺中效齐梁体》，磐豆即盘豆驿，今灵宝市西仍有盘豆镇。韦庄曾自杜陵迁居虢州，夏承焘《韦端己年谱》谓僖宗乾符四年（877）庄四十二岁时自鄠杜移居虢州，而任海天则谓其迁居虢州当在咸通元年（860）早春（见其《韦庄研究》第四章《迁居虢州》）。此诗当为迁居虢州期间近地游览之作。轩，以敞亮为特点的建筑物，如亭、阁等。

〔二〕桃塞，即桃林塞。《书·武成》："偃武修文，归马于华山之阳，放牛于桃林之野，示天下弗服。"桃林在今河南灵宝市以西、陕西潼关以东一带地区，其地有古桃林塞。蒲城，即蒲坂城，唐河东道蒲州州城所在（今属山西永济市，隔河与盘豆馆相对。非指唐京兆府之蒲城（在华州北面二十里）。

〔三〕侵，近，依傍。

〔四〕净中，指明净的天宇中。

〔五〕冯，通"凭"。轩，栏，指亭阁的栏杆。

笺评

金圣叹曰：（前解）写景，后解叙怀，"极目"，言在驿馆后轩极目也。

"展画屏"言其日天晴，川光如练，自此至彼，一望迤逦，如画屏初展也。滩头鹭立，原上人耕，虽写极目所见，然言外实见鹭亦有占，人亦有耕，而己独漂遥道途，不得休息，遂生出后一解诗来也。（后解）五、六要知其从雁未没、云未生前，早已凭轩不回首；直至雁已没、云亦没后，只是凭轩不回首，谓之"尽日凭轩不回首"也。不知其不回首凡经多少时始又云生。总之，只要想此雁没云生之处，则为何处而为其尽日不回首处，便叹此五、六，又另是全唐人所未道也。（《贯华堂选批唐才子诗》卷十）

韦
庄

鉴赏

　　韦庄七律，清新流丽，写景饶有画意，这首《题盘豆驿水馆后轩》和《汧阳间》都是典型的例证。盘豆驿濒河，水馆当是傍水而建的馆舍，其后轩当面临黄河，故视野宽阔，这对理解诗中写景的特色有帮助。

　　"极目晴川展画屏，地从桃塞接蒲城。"首联大处落墨，概写极目远望的感受。这是一个晴朗的好日子，诗人在轩敞的水馆后轩极目远望，但见晴川一片，自南而北，迤逦相接，从南边的桃林古塞，跨越东去的黄河，直接河对岸的蒲坂城，川原相接，山水相连，如同展开一幅阔远秀美的画屏。从视角感受产生的自然次序来说，应是先纵目游观"地从桃塞接蒲城"的广阔山川之后，才有"展画屏"之感，现在将它们倒过来说，先用概括之笔极写"极目晴川"与"展画屏"的美感和快感，然后再补出视野所及的范围，便以先声夺人之势创造出最能引动读者阅读美感的阔远秀美境界，虽未具体描写山川景物，而读者的阅读兴奋却已被立即调动起来了，可谓笔未到而气已吞。韦庄写山川胜景，每将其视为画图，除这首诗外，《汧阳间》谓"汧水悠悠去如绅，远山如画翠眉横"，《稻田》谓"更被鹭鹚千点雪，破烟来入画屏飞"，均为显例。

　　"滩头鹭占清波立，原上人侵落照耕。"颔联从广远的画屏中选取两幅图景：俯视河边的沙滩上，白鹭面对着清澈的河水（当指枣香峪水，而非黄河），悠然站立；远望川原之上（黄土高原地区，高者为川原，低者为沟壑），农夫正在落日余晖的映照下从事耕种。两句中特意用了两个比较尖新的字眼——"占"和"侵"，给人以白鹭独自占有滩头清波美景的感觉，其中似含有欣羡其悠闲不迫情趣的意味；而农人披一身落照余晖从事耕作的图景，也从"侵"字中得到生动的表现。两句一为静景，一为动景，但都传达一种悠闲容与的情致。

"去雁数行天际没，孤云一点净中生。"腹联从俯视远望转为仰观：在寥廓高远的天空中，数行南去的雁群渐飞渐远，最后逐渐隐没于天际，而原本一碧如洗的秋空，却在不经意间浮现出一点孤云，使高远的天空更显得寥廓。这两句写的是一个相当长的时间过程：从最初见到空中出现雁阵，一直到它们隐没消失到南边的天际；从最初的碧空如洗、纤云不生到忽然瞥见孤云一点浮现于蓝天之中。而诗人在凝望雁行南去、孤云忽现过程中目注神驰的情景也可想见。如果说上句所写的还是诗中常景，下句所写的却是此前诗人很少发现的独到之境。其中蕴含了诗人对这种美好境界发现的自我欣赏和审美愉悦。这是一种非长时间静心观赏不能发现的美好境界。正是这两句所体现的长时间静观的情景，直接逗引出下联中的"尽日"来。

"冯轩尽日不回首，楚水吴山无限情。"第七句总束以上三联，点出"尽日"二字，则透露诗人系从早到晚、凭栏观赏于水馆后轩，其下复加"不回首"三字，则凝望之久、神驰之状、兴会之高均可言外见之。末句拓开一层，谓见此山水佳胜，益动已畅游楚水吴山、江南胜景之浓厚兴趣，引起对更加美好风光的悠然神往，故说"无限情"。这一拓展，不但从眼前景过渡到想象中的"楚水吴山"景色，且以虚托实，反过来更突出了眼前景的值得流连欣赏，也使全诗留下了悠然不尽的余韵。

诗的中间两联，就"展画屏"生发出滩头鹭立、原上人耕、天边雁没、碧天云生四幅不同的图景。它们的共同特点是高远寥廓、明净清丽，这正透露出诗人在观赏自然景物时的审美感受。诗虽写得很通俗明畅，但情思格调并不低俗。在唐末主要诗人之中，韦庄是审美情趣比较高雅的诗人。

金陵图〔一〕

谁谓伤心画不成〔二〕？画人心逐世人情〔三〕。
君看六幅南朝事〔四〕，老木寒云满故城〔五〕。

校注

〔一〕金陵图，据诗的三、四句，当指用六幅绢帛连接起来描绘南朝旧都建康（即古金陵）的图画。金陵，战国楚威王七年灭越后在今南京市清凉台（石城山）设金陵邑。即今江苏南京市之古称。六朝均建都于此。

〔二〕晚唐诗人高蟾《金陵晚望》："曾伴浮云归晚翠，犹陪落日泛秋声。世间无限丹青手，一片伤心画不成。"韦庄此诗首句，显系针对高蟾诗末句而发。

〔三〕意为画家的心情与同时代的人是相随相通的。

〔四〕六幅，指作画的绢帛。《汉书·食货志下》："布帛广二尺二寸为幅，长四丈为匹。"唐代绢画大型者多六幅连缀而成。方干《题画建溪图》"六幅轻绡画建溪"可证。南朝事，此指南朝都城建康的情景。

〔五〕故城，指古金陵城，亦即南朝旧都建康。

宋顾乐曰：翻高蟾意，高唱而入，已得机得势。次句又接得玲珑。末句一点，画意已足，经营入妙。（《唐人万首绝句选》评）

刘拜山曰：僖、昭之世，长安屡陷，残破极矣。此殆借南朝旧事以伤时耳，宜其沉痛如此。（《千首唐人绝句》）

唐僖宗中和三年（883）三月，韦庄因投献长篇史诗《秦妇吟》给因事至洛阳的镇海军节度使周宝，得其赏识，遂随周宝南下润州（今江苏镇江市），成为周宝的门客。金陵属润州管辖，这首《金陵图》有可能是诗人在润州期间见到描绘金陵故城的图画时，有感而作。诗人抒写的深沉强烈的家园残破、世事沧桑之感，当与此前数年黄巢入长安，建国号的时代丧乱情事密切相关。作者另有一首《上元县》（题下注：浙西作。）云："南朝三十六英雄，角逐兴亡尽此中。有国有家皆是梦，为龙为虎亦成空。残花旧宅悲江令，落日青山吊谢公。止竟霸图何物在，石麟无主卧秋风。"吟咏对象、所抒感慨与《金陵图》近似，且《上元县》、《江上逢史馆学士》（亦浙西作）、《金陵图》三诗相连，同置一卷，亦可证《金陵图》当作于同时同地。这一年，黄巢虽已退出长安东进，但尚未败死。唐王朝在农民起义和军阀混战的双重打击下，已经摇摇欲坠，濒临末日了。

韦
庄

2961

"谁谓伤心画不成"，起句突兀而来，像是与人高声辩论，故唱反调，事实的确如此。时代较韦庄略早的前辈诗人高蟾（生卒年不详，但登第年较韦庄早十八年）《金陵晚望》诗说："世间无限丹青手，一片伤心画不成。"因金陵晚望而触动对唐王朝行将沦亡的伤感，而发为深沉的感慨，认为世间无数丹青妙手，也画不出内心深处对国家沦亡、朝代更替的"伤心"。应该说高蟾的这两句诗是写得非常沉痛，表现也是非常出色的，因为它通过图画用色彩与线条仅能图形写貌却难绘心传神，突出了诗人的"一片伤心"之深沉强烈。高蟾的这两句诗，在当时诗坛上，很可能是广泛流传，且有很高知名度的。韦庄这首诗的起句，显然是针对高诗的末句有感而发。"谁谓伤心画不成"，用反问语气，否定高蟾的看法，但并非否定他的"伤心"和感慨，恰恰相反，诗人的用意，正在强调无形无状的"伤心"也是可以"画得成"的。这一反问中同样蕴含了深沉强烈的感慨，使读者受到感染，并引起思索。可以说这个突兀的发端一开始便紧紧抓住了读者，并怀着强烈的期待。

"画人心逐世人情"，次句先撇开《金陵图》本身是否画不画得出"伤心"不作正面描写，而从画家的心理与世人相随相通这一理论层面着笔。从一般的意义上说，"画人"本身就是"世人"的一分子，"世人"对时代衰乱的感受，"画人"同样具有；从特殊的意义上说，作为艺术家的"画人"，又往往具有对时代的较一般世人更加敏锐的感受，其对国家沦亡的"伤心"也往往更加强烈而深沉。因此，"画人"不但与"世人"同心相应，且较"世人"有更强烈的表现"伤心"的欲望。这正是"画人"能"画"出"伤心"的理论依据和时代原因。诗不是写论文，但"画人心逐世人情"这一句确实蕴含了艺术与时代息息相关的道理。

"君看六幅南朝事，老木寒云满故城。"三、四两句，回到《金陵图》本身，用自己读画的感受来证明画家的"一片伤心"是画得成的。"江南佳丽地，金陵帝王州"（谢朓《入朝曲》），但眼前这用六幅绢帛连接而成的大型都邑风物画，却并没有去描绘宏伟的宫殿、繁华的街市、川流不息的车马人群和郁郁葱葱的帝王之都的气象，而是着意渲染了古老的金陵城中，老木凋衰，寒云笼罩，一片萧条冷落、衰残凋敝的景象。这种景象，正是南朝政权一个接一个走向衰亡的象征，也是当年的唐帝国面临分崩离析局面的写照。其中充满了朝代更换、世事沧桑的历史感慨和现实感慨，也渗透了画家对唐王朝重演南朝覆亡命运的"无限伤心"。"谁谓伤心画不成"，画家通过这"老木寒云满故城"的图景，不正把无限伤心"画"出来了吗？

诗人抒写自己读《金陵图》的感受，发表对图画是否可以画心的见解，自然意不在翻高蟾诗的案，而是借此表达自己对时代衰亡的沉痛感受。说"一片伤心画不成"也好，说"谁谓伤心画不成"也好，意见似乎相反，但在表达诗人对时代的"一片伤心"这个主旨上，却是殊途同归的。

台　城〔一〕

江雨霏霏江草齐〔二〕，六朝如梦鸟空啼〔三〕。
无情最是台城柳，依旧烟笼十里堤〔四〕。

 校 注

〔一〕题一作《金陵图》。台城，六朝时的禁城。洪迈《容斋续笔·台城少城》："晋、宋间谓朝廷禁省为台，故称禁城为台城。"故址在今南京市鸡鸣山南、乾河沿北。其地本三国吴之后苑城。东晋成帝时改建作新宫，遂为禁城。历宋、齐、梁、陈，皆为台省（中央政府）和宫殿所在地。至唐时已荒废。

〔二〕霏霏，雨盛貌，形容雨细而密。

〔三〕六朝，建都于金陵（吴时称建业，东晋、宋、齐、梁、陈称建康）的六个南方王朝。

〔四〕烟笼，形容杨柳茂盛，如堆烟笼雾。十里堤，指傍玄武湖的长堤。

笺 评

谢枋得曰：台城乃梁武帝馁死之地，国亡主灭，陵谷变迁，人物换世。唯草木无情，只如前日。此柳必梁朝所种，至唐犹存。"无情""依旧"，四字最妙。端平北使王檝诗云："到处江山是战场，淮民依旧说耕桑。梅花不识兴亡恨，犹向东风笑夕阳。"讥本朝文士不知边事之危急。景定间，北将胡谘议留江州诗云："寂寞武矶山上庙，萧条罗伏水中船。垂杨不管兴亡事，依旧青青两岸边。"亦讥本朝将相不知国家将亡，文臣武臣随时取乐，视危急如平安无事时也。二诗皆从此诗变化。（《注解章

泉涧泉二先生选唐诗》卷五）

何新之曰：奇隽体。（《删补唐诗选脉笺释会通评林·晚七绝》引）

吴山民曰：就图发黍离之感。（同上引）

徐充曰："依旧"二字，得刘禹锡用"旧时"意。（同上引）

胡次焱曰：始责烟柳无情，不顾兴亡，终羡烟柳自若，付兴亡于无可奈何，意味深长。（同上引）

唐汝询曰：此赋图上之景（按：《唐诗解》题作《金陵图》），因发吊古之思。台城已破，柳色无改，是以恨其无情也。（《唐诗解》卷三十）

陆时雍曰：韦庄七绝，声格苦弱。（《唐诗镜》卷五十四）

周珽曰：首句图景，次点破金陵，见朝代变易。后二句吊古思深。（《删补唐诗选脉笺释会通评林·晚七绝》）

郭濬曰：听歌《麦秀》。（同上引）

陆次云曰：多少六朝凭吊诗，总被"六朝如梦"四字说尽。（《五朝诗善鸣集》）

吴昌祺曰：呜呼！古今多少台城柳耶！横种亦生，倒种亦生，态弱花狂，无往不可。（《删订唐诗解》）

张文荪曰：端己声调宏壮，亦晚唐好手。此诗厚而有味。（《唐贤清雅集》）

周咏棠曰：韵足与牧之"商女后庭"之作同妙。（《唐贤小三昧集续集》）

范大士曰：陵谷变迁之感。人自多情，故觉柳无情耳。（《历代诗发》）

李锳曰：题画而寓兴亡之感，言外别有寄托。（《诗法易简录》）

宋顾乐曰：咏柳从无人说"无情"者，一翻用，觉感慨不尽。（《唐人万首绝句选》评）

马时芳曰：韦端己《台城》赋凄凉之景，想昔日盛时，无限感慨，都在言外，使人思而得之。（《挑灯诗话》）

刘永济曰："六朝如梦"，一切皆空也。"依旧"之物，唯柳而已，故曰"无情"，然则有情者不免感慨可知矣。此种写法，王士禛所谓"神韵"也。（《唐人绝句精华》）

沈祖棻曰：先写所见，次抒所怀。这两句由景及情，是对台城即当时南朝的政治中心变化的观感。后半以物之无情，反衬诗人之多情……这种将无知之物人格化，赋予它以生命，从而描写其无情或多情，同时，又以"最是""惟有""只有"等字勾勒，从许多相同或相似的景物中突出一种，加以夸张的手法，能够强化和深化所要表达的感情，因而为诗人们所乐于采用。（《唐人七绝诗浅释》）

刘拜山曰：首句"江雨"与"江草"相应，写出一片迷濛，真如梦境。后半借垂柳抒慨，尤为空灵含蓄。（《千首唐人绝句》）

这是一首凭吊六朝古迹的诗。台城，是六朝的禁城，旧址在今南京玄武湖旁，和鸡鸣山相接。六朝时期，这里是政治中枢，也是帝王荒淫享乐的场所。中唐杰出诗人刘禹锡《金陵五题·台城》说："台城六代竞豪华，结绮临春事最奢。万户千门成野草，只缘一曲后庭花。"到唐代末年，台城虽尚存，但已荒废不堪了。

凭吊古迹之作，总免不了要抒写盛衰兴亡之感，吊古伤今之慨。这首诗也不例外，不过，一般的吊古诗为了抒发今昔之慨，都要在不同程度上触及史事（像刘禹锡《台城》中的"结绮临春"和"后庭花"）。这首诗却完全撇开具体的史实（包括人、事、物），从头到尾采取侧面烘托的手法，着意渲染一种梦幻式的情调气氛，让读者透过这层隐约的感情帷幕去体味作者的感慨，这是一个值得注意的特点。

"江雨霏霏江草齐"。起句不正面描绘台城，而是烘染氛围。金陵滨江，玄武湖本来又连通长江，故说"江雨""江草"。江南的春雨，密而且细。在霏霏雨丝中，四望迷蒙，如烟笼雾罩，给人以如梦似幻之感。暮春之时，江南草长，碧绿如茵，又显出自然界的蓬勃生机。这景物既迷人，又容易勾起人们的迷茫惆怅之情，这就为下句抒情作了准备。

"六朝如梦鸟空啼"。从首句描绘江南烟雨到次句的感慨六朝如梦，跳跃很大，乍读似不相属。其实在霏霏细雨，如茵碧草之内就隐藏着一座已经荒凉破败了的台城。鸟啼草绿，春色常在，而曾经在台城争权夺利、追欢逐乐的六朝统治者却早已成为历史上来去匆匆的过客，原先豪华壮丽的台城也成了供人凭吊的荒凉历史遗迹。从东吴到陈，三百多年间六个短促的王朝一个接一个地衰败覆亡，变幻之速，本就给人以"如梦"之感（李商隐《咏史》："三百年间同晓梦"），再以自然景物的依然如旧与人事的沧桑变化相对照，

2965

更加深了"六朝如梦"的感慨。"台城六代竞豪华",但眼前这一切均已荡然无存,只有不解人世沧桑的鸟在发出欢快的啼鸣。"鸟空啼"的"空"字,寓慨很深。

"无情最是台城柳,依旧烟笼十里堤。"杨柳是春天的标志。在春风中摇曳的杨柳,总是给人以生机勃勃、春意盎然之感,让人想起繁荣兴茂的局面。当年这十里长堤上的柳色,曾经是台城繁华风光的点缀。如今,台城已是"万户千门成野草",而台城柳,依然堆烟笼雾,布满十里长堤。这繁荣兴茂的自然景色和荒凉破败的历史遗迹的鲜明对比,对于一个刚刚经历了黄巢起义军入据长安的历史巨变,深怀亡国之忧的诗人,该是多么令他感慨欷歔、触景生悲!台城柳不管人间兴亡,它照样生长繁茂,"烟笼十里堤",故说它"无情",说柳"无情",正透露出诗人在目睹台城柳色时所引起的无限兴亡之感。句前的"最是"二字用力勾勒,举凡前面所写的"江雨""江草"和啼鸟,也都归于"无情"之列,诗人之感慨之深,因此二字也更显突出了。

尽管诗人将自己的感触写得很虚、很含蓄,但联系他所处的那个时代,其实际内容并不难体味。在农民起义的沉重打击下,这时的唐王朝已经日落西山、奄奄一息。[据夏承焘《韦端己年谱》本篇作于僖宗光启三年(887)秋,但诗中写景,颇不似秋令,疑是中和三年(883)春在浙西润州幕为客时游金陵所作]。诗人凭吊台城古迹,回顾六朝旧事,免不了有"今之视昔,亦犹后之视今"之感。亡国的不祥预感,在写这首诗时是缠绕在诗人心头的,它没有像一般的吊古诗那样,在吊古伤今中寓历史鉴戒教训,而是流露出浓重的伤感情绪。这是因为当时唐王朝覆亡之势已成,重演六朝悲剧已不可避免。自然界自有其自身的规律,在永恒的自然面前,六朝也好、唐朝也好,都只不过是短暂的一瞬。人间兴亡自有它的规律,说台城柳"无情",正透露了诗人的无奈。诗虚处传神的手法,运用得自然入妙,令人咀味不尽。

钱　珝

　　钱珝，生卒年不详，字瑞文，吴兴（今属浙江）人。大历诗人钱起曾孙。广明元年（880）登进士第。昭宗时，历任太常博士、京兆府参军、蓝田尉，充集贤殿校理。乾宁二年（895），宰相王抟荐为膳部郎中、知制诰，进中书舍人。光化三年（900），王抟贬官，珝亦贬抚州司马，自襄阳浮舟而下，舟中自编其诗文为《舟中录》二十卷（已佚）。其《江行无题一百首》即江行途中所作，混入钱起集中，此外尚有他作混入起集。《全唐诗》编其诗为一卷。

江行无题一百首（其九十八）〔一〕

万木已清霜，江边村事忙〔二〕。
故溪黄稻熟〔三〕，一夜梦中香。

校注

　　〔一〕《江行无题一百首》，原误入钱起集中，明胡震亨《唐音癸签》卷三十二考辨其误云："钱珝，起之曾孙也。起释褐校书，终尚书考功郎。珝官历中书舍人，掌纶诰，后坐累贬抚州司马。其江行绝句百首正赴抚时途中所作也。珝有他文（按：指《舟中录序》）载《英华》中云：'夏六月获谴佐郡，秋八月自襄阳浮舟而下。'今其诗有'润色非东里，官曹更建章'，'去指龙沙路，徒悬象阙心'，'岘山回首望，如别故乡人'，及'好日当秋半，九日自佳节'等句，其官、其谪地、其经途、其时日，无勿与珝合者，起无是也。后人重起名，借篇贻厥，为起公增美耳。……至《早入中书》一篇，起未为此官，与江行百者，并当归珝为是。"又其《唐音癸签》亦云："诗中岘山、沔、武昌、匡庐、鄱湖、浔阳诸地，经涂所历，一一吻合，而秋半、九日，尤为左验，其为珝诗无疑。"

　　〔二〕村事，指农事（割稻、打稻、晒稻等）。
　　〔三〕故溪，犹故园。钱珝故乡在吴兴（即湖州）。《元和郡县图志·江南道·湖州乌程县》："雪溪水，一名大溪水，一名苕溪水，西南自长城、安吉两县东北流，至州南与馀不溪水、苎溪水合，又流入于太湖，在州北三十五里。"

（笺）（评）

刘拜山曰：以稻香入梦写思乡之情，何等亲切！（《千首唐人绝句》）

（鉴）（赏）

《江行无题一百首》是光化三年（900）钱珝由中书舍人贬抚州司马舟行途中所作，因随所见所闻所感入咏，不主一意，难以命题，故曰"无题"。其实其中的每一首，还是有具体描写吟咏对象的，像这首诗，写的就是途中思乡入梦这一内容。

"万木已清霜"，起句明点时令，兼写秋景。诗人八月自襄阳浮舟而下，这里说江边的万木已经受到清霜的浸染，当已是凉秋九月的时节。从"已清霜"三字中，不仅可以想象出深秋树叶黄落，枝干清疏的景象，而且可以联想到枫树、乌桕等霜叶火红的绚烂景色，诗人所见到的深秋景物，色彩并不单调。

"江边村事忙"，次句承上"已清霜"，写江边村落中农事繁忙的景象。在南方，这正是晚稻收获的季节。故家家户户，男女老幼，都一齐出动，割稻、打稻、晒稻，一片繁忙景象。这一句用朴素的语言直叙，但其中自含对所见景象的喜悦、欣赏之情。而正是白天所见的农事繁忙景象，使诗人触动对故乡收获季节的联想，因而自然引出三、四两句来。故次句虽质朴，在全篇中却起着承上启下的枢纽作用。

"故溪黄稻熟，一夜梦中香。"由江边农家农事繁忙的景象，诗人不由得联想到故乡吴兴的溪边田头，此刻也正是晚稻金黄，熟透飘香的季节了。因为思念故乡，夜间不由得积思成梦，梦回故乡，恍惚间似感梦中一夜，都充满了稻花的袭人清香。

诗从时令物色写到江村农忙，再由江村农忙联想故溪稻熟，又由故溪稻熟转而思乡入梦，最后引出梦中稻香，辗转相引，妙处全在末句。写思乡、写乡梦本很平常，但说梦中"一夜稻花香"却是前所未有的奇思妙想。梦本虚缈，虽或因记忆而恍惚有形，甚至有语，但从来没有人写到过梦中有色有香。由于思乡情切，不但梦中见到故乡田头晚稻金黄的颜色，而且仿佛一夜间在枕边都萦绕着故乡的稻香。思乡之情的殷切，不但把本来虚无缥缈的梦写得如同真实的生活，而且把梦也香化诗化了。极奇幻的想象，却又极具生活实感，极符想象的逻辑，这正是此诗艺术魅力的集中体现。

钱翊

未展芭蕉

冷烛无烟绿蜡干〔一〕，芳心犹卷怯春寒。
一缄书札藏何事〔二〕，会被东风暗拆看〔三〕。

〔一〕没有舒展开的芭蕉形状像蜡烛，色绿而无蜡烟、蜡泪，故云"冷烛无烟绿蜡干"。冷烛、绿蜡同指一物，不过从不同角度加以形容描写而已。

〔二〕缄，封。古代的书信卷成圆筒形状，加上封套。书札，书信。此以一封书信卷成圆筒状形容未展芭蕉。李商隐《骄儿诗》："芭蕉斜卷笺。"亦以斜卷之笺形容未展之芭蕉。

〔三〕东风，春风。

笺评

宋长白曰：结语较辛稼轩"芭蕉渐展山公启"尤为风韵。若路延德（《芭蕉》）诗"叶如斜界纸，心似倒抽书"，未免近俗矣。（《柳亭诗话》）

宋宗元曰：（末二句）韵极。徐文长曰：贺知章《咏柳》诗："不知细叶谁裁出，二月春风似剪刀。"与此诗后二句相似。（《网师园唐诗笺》）

2969

鉴赏

丰富而优美的联想，往往是诗歌创作获得成功的重要因素，而一味地雕镂刻画，则常是诗歌韵味的大忌。李商隐《代赠》说："芭蕉不展丁香结，同向春风各自愁。"由未展的芭蕉和缄结的丁香，联想到固结不解的愁怀，这联想新颖、自然而极富情韵。不过，在李诗中，未展的芭蕉只是构成全诗艺术意境之一体，而通篇咏未展芭蕉，并以丰富优美的联想为特色的，则是钱珝的这首咏物诗。

　　首句从未展芭蕉的形状、色泽设喻。"冷烛""绿蜡"实同指一物，分而言之是从不同角度状物的需要。尚未舒展开来的芭蕉叶状如蜡烛，不过它并不点燃流脂，故曰"无烟""干"，这都是很平常的形容刻画。值得一提的是"冷烛""绿蜡"之喻。蜡烛通常给人的感觉是红亮、温暖，这里却用"绿""冷"来形容，显得新颖、独特，且切合对象的特点。我们仿佛可以感受到弥漫在蕉烛上面的一层早春的寒意，可以想见它的翠绿、光洁的色泽。

　　如果说首句还只是从外形上比拟、刻画，那么第二句就进而绘形传神了。卷缩在未展芭蕉的最里一层，俗称"蕉心"。诗人通过联想，把未展芭蕉比成芳心未展的少女。从表面看，和首句"冷烛""绿蜡"之喻似乎脱榫。其实，无论从形象上、意念上，两句都是一脉相通的。"蜡烛有心还惜别"。"有心惜别"的蜡烛本来就可用以形容多情的少女，所以蕉心—烛心—芳心的联想原很自然。在诗人想象中，这在料峭春寒中卷缩未展的芭蕉，仿佛是一位含情脉脉的少女，由于带着寒意的环境的束缚，她只能暂时把自己的情怀隐藏在心底。未展芭蕉，在这里被人格化了。句中的"犹"字、"怯"字极见用意。"犹"字不只明写目前的"未展"状态，而且透露出将来的舒展，与末句的"会"字遥相呼应。"怯"字不仅传神地描绘出早春寒意的包围中芭蕉卷缩不舒的形状和柔弱的身姿，而且写出了它的感觉、感情，特别是它那不胜料峭春寒的神情。而诗人那种细意体贴、深切同情也自然流注于笔端。

　　三、四两句却又别具匠心，另外设喻。古代的书札卷成圆筒形，外加封套，与未展芭蕉相似（"芭蕉斜卷笺"，设喻与此相类），所以有第三句"一缄书札"的联想。从"芳心"到"书札"，设喻虽又翻新，但意脉仍自贯通，读时只觉浑然一片。这奥妙就在"藏"字和上句"卷"字的联系上。书札紧卷者，它的内容——写信者的一片"芳心"就深藏在里面，仿佛不情愿向外界公开内心的秘密。这和"芳心犹卷"在意念上完全相通，然而三、四两句又绝非第二句的重复。通过"藏何事"的发问和"会被东风暗拆看"的遥想，展示了新的意境，表达了更美好的情思。在诗人想象中，寒气终将消逝，芳春即将到来，和煦的东风总会暗暗拆开"书札"，使书信中蕴含的美好情愫呈露在无边春色之中。这想象很美，很富于诗意，使人自然联想起生活中类似的情事。句中的"会"字，用得毫不着力，却让人感到"东风暗拆"是顺乎自然规律的事，使上句的"藏何事"落到实处。而"暗"字则极精细地显示了从"藏"到"拆"这个过程的自然和渐进，显示出这个变化是在不知不觉中进行的、完成的。

　　优美的联想在这首诗里，不仅是生动精切比喻的源泉，而且是把这一连串比喻串成了一个艺术整体的引线。而这种优美的联想归根结蒂又来源于诗人的生活体验。如果诗人对生活中受到环境束缚、禁锢的少女的感情与愿望缺乏真切的体察，对她们的命运缺乏深切的同情，他是无论如何不会有这些诗意的联想的。

钱
珝

曹 松

曹松（约830—?），字梦征，舒州（今安徽潜山）人，咸通四五年（863、864）间，曾游湖南，其后又曾游广州。乾符二、三年（875、876）间，依建州刺史李频。曾避乱隐于洪州（今江西南昌）西山。光化四年（901）方登进士第，年已七十余。授校书郎，旋弃官南归，卒。《新唐书·艺文志》著录《曹松诗集》三卷，已佚。《全唐诗》编其诗为二卷。

己亥岁二首（其一）〔一〕

泽国江山入战图〔二〕，生民何计乐樵苏〔三〕。
凭君莫话封侯事〔四〕，一将功成万骨枯。

校注

〔一〕题下原注："僖宗广明元年。"按：广明元年（880）系作诗之年。而诗题"己亥岁"则为乾符六年（879），是年黄巢入广州，聚众至百万，旋率军北伐，取江陵，沿江东下。诗的内容，系反映黄巢军沿江东下，与唐王朝军队交战，泽国江山尽为战火所笼罩之情事。

〔二〕《通鉴》卷二百五十三乾符六年十月："黄巢在岭南，士卒罹瘴疫死者什三四，其徒劝之北还以图大事，巢从之。自桂州编大栿数十，乘暴水，沿湘江而下，历衡、永州，癸未，抵潭州。李係婴城不敢出战，巢急攻，一日陷之。……尚让乘胜进逼江陵，众号五十万。"十一月，黄巢北向襄阳，为山南东道节度使刘巨容、江西招讨使曹全晸所败。转攻鄂州，又转掠饶、信、池、宣、歙、杭等十五州。广明元年三月淮南节度使高骈遣其将张璘等击黄巢，屡捷。卢携奏以骈为诸道行营都统，"骈乃传檄征天下兵，且广召募，得土客之兵共七万，威望大振，进廷深倚之"。四月，"张璘渡江，击贼帅王重霸，降之。屡破黄巢军。巢退保饶州。别将常宏，以其众数万降。璘攻饶州，克之"。这一带是江南水乡泽国地区，故云"泽国江山入战图"。

〔三〕樵，砍柴；苏，割草。樵苏，指日常生计。

〔四〕凭，请。

计有功曰：松有诗云："凭君莫话封侯事，一将功成万骨枯。"可谓谙世故矣。（《唐诗纪事·曹松》）

谢枋得曰："一将功成万骨枯"，即孟子所谓"争城以战，杀人盈城；争地以战，杀人盈野；率土地以食人肉。"仁人君子，闻此诗者，必不以干戈立功名矣。（《注解章泉涧泉二先生选唐诗》卷四）

蔡正孙曰：愚因记张籍《将军行》云："边城亲戚曾战殁，今逐官军收旧骨。碛西行见万里空，乐府独奏将军功。"杜子美《出塞曲》云："功名图麒麟，战骨当速朽。"刘湾《出塞词》云："死是征人死，功是将军功。"刘潜夫《国殇行》云："呜呼诸将官日穷，岂知万鬼号阴风。"陆龟蒙《筑城词》云："城高功亦高，尔命何劳惜。"此诗此意，真足以为贪功生事，轻视人命者之戒。（《诗林广记后集》卷十）

释圆至曰：此诗自来错会，用意深切尤在上。（《笺注唐贤三体诗法》）

唐汝询曰：黄巢之乱，诸将多欲因乱取封，故松有此。言泽国江山俱已入战图矣，生民何计而乐樵苏战！纵使君辈不言封侯，赤心靖难，然至功成而杀戮已是不赀，况可贪乱而求封乎！（《唐诗解》卷三十）

周弼曰：为实接体。（《删补唐诗选脉笺释会通评林·晚七绝》引）

何新之曰：为豪放体。（同上引）

敖英曰：千古滴泪，后之仗钺临戎者，读此诗而不感动者，是无人心也。（同上引）

吴山民曰：惨语动情。（同上引）

金献之曰：边城诗不过叙从军之苦而已，若此诗可写一通置之人主座右。（同上引）

周珽曰：按唐史：僖宗乾符六年己亥春，高骈破黄巢于亳州，巢趋广南。十一月复趋襄阳，刘巨容又破之，所谓"江山入战图"也。时诸将多乐于贪功，无视民肝脑涂地，故松发此叹。（同上）

黄周星曰：此即无定河边之骨也。"一"且不忍，何况于"万"！然

则，此侯竟当封为"万骨侯"可矣。(《唐诗快》)

贺裳曰：(曹松)集中之最，终当以《己亥岁》首篇为冠。(《载酒园诗话又编·曹松》)

吴昌祺曰：不及"无定河"二语，而亦足警世。(《删订唐诗解》)

沈德潜曰：诗有当时盛称而品不贵者，王维之"白眼看他世上人"，张谓之"世人结交须黄金"，曹松之"一将功成万骨枯"，章碣之"刘项原来不读书"，此粗派也。(《说诗晬语》卷上)

钱大昕曰：唐末诗人，多以绮丽纤巧为上，所谓桑间濮上亡国之音者也，而昧者转以为唐人正声，谬矣。若……曹松之"凭君莫话封侯事，一将功成万骨枯"……语近情深，有《三百篇》之遗意。(《十驾斋养新录·晚唐诗》)

刘永济曰：末句极沉痛，以"万骨"换侯封，是何政策！(《唐人绝句精华》)

刘拜山曰：作意全在"凭君莫话封侯事"一语，盖指残害生灵，杀人如草，以博一己之功名，如高骈者耳。后来只传诵末句，视为反对一切战争之言，显非作者本意。(《千首唐人绝句》)

鉴赏

从这首诗的题目及两诗的内容看，诗中所反映的战争无疑是黄巢起义军自江陵沿江东下攻城略地以及唐王朝各路兵马对黄巢军队进行剿伐的战事。但此诗矛头所指，却是对唐朝将帅镇压农民起义军的"功勋"的深刻揭露与指责。这是诗的特点和价值所在。

"泽国江山入战图，生民何计乐樵苏。"前两句叙写去年黄巢起义军挥师北向、沿江东下以来江南水乡泽国尽沦为战区，广大百姓无以为生的状况。南方诸道，安史之乱以来较之北方，遭受的战乱较少，且经济比较发达，人民生活相对较为安定。现在，却连一向较为平静的"泽国江山"也陷为烽火连天的战场，可见整个大唐帝国已经到了风雨飘摇、全面崩溃的危殆局面。在遍地烽火的情况下，普通的平民百姓有什么办法能过上最起码的平静生活呢？砍柴割草，本是农家最低程度的维持生计之道，根本谈不上什么"乐"，但在这遍地战乱的年代，却连以樵苏为乐也根本不可能了。人民不是死于战乱，就是被压榨掠夺到无以为生的程度。这两句诗，虽是写"己亥岁"的战事的严重后果，却同时是唐末广大百姓遭受战乱摧残的艺术概括。从中可以看出，诗人的着眼点首先在于战争对人民生活所造成的灾难，而不是对濒临绝境的唐王朝命运的关切。这正是末世士人对唐王朝绝望心态的反映。

"凭君莫话封侯事，一将功成万骨枯。"后两句是诗人就唐王朝将帅以镇压农民起义军邀功请赏、获取高官厚禄的议论。在围追堵截、讨伐剿灭农民起义军的过程中，出现了不少"有功"的将帅，其中最突出的莫过于因讨黄巢有功，于乾符六年冬"进位检校司徒、扬州大都督府长史、淮南节度副大使知节度事，兵马都统、盐铁转运使如故"的高骈。可谓"封侯"赐爵，位极人臣了。但诗人却以严冷之笔，直揭其"功成"的惨重代价和罪恶本质。说请别再提什么功成封侯的事，引以为荣了，须知这"一将功成"乃是用"万骨枯"的代价换来的。这"万骨枯"中，既有无数被驱遣上战场的唐军士卒，也有为战火所殃及的普通百姓，更有起义军的士兵。"一"与"万"的强烈鲜明对照，突出地揭露了所谓"封侯""功成"的罪恶本质，使人联想起这"封侯"之"功"原是用千千万万人的鲜血换来的。杜荀鹤《再经胡城县》说："今来县宰加朱绂，便是生灵血染成。"感愤之强烈，与曹松诗后二句相似，但曹诗的高度艺术概括力，却为杜诗所欠缺。

后两句的"封侯""功成"显然不包括黄巢起义军的将领，这是因为当时的起义军，还处于辗转各地流动作战的状态，离破长安、建新朝还有一段时日，更谈不上封侯之事。当时挟剿灭义军之功以封侯邀赏，甚至像高骈那样，企图效孙策三分的军阀才是诗人所揭露所抨击的对象。

曹松

2975

黄 巢

黄巢（？—884），曹州冤句（今山东菏泽）人。少时与王仙芝以贩私盐为生。屡举进士不第。僖宗乾符二年（875），聚众数千人响应王仙芝起义。仙芝为唐所杀，众推巢为王，号"冲天大将军"，建元王霸。广明元年（880）十二月，攻入长安，称帝，国号大齐，年号金统。中和四年（884）兵败至泰山狼虎谷，自杀。《全唐诗》录存其诗三首，其中《自题像》系元稹诗误入。

题菊花

飒飒西风满院栽，蕊寒香冷蝶难来。

他年我若为青帝〔一〕，报与桃花一处开〔二〕。

校注

〔一〕青帝，古代神话中的五天帝之一，是位于东方的司春之神。

〔二〕报，告知，此处含有告令之意。

笺评

张端义曰：黄巢五岁，侍翁父为《菊花联句》。翁思索未至，巢信口应曰："堪与百花为总首，自然天赐赭黄衣。"巢之父怪，欲击巢，乃翁曰："孙能诗但未知轻重，可令再赋一篇。"巢应之曰："飒飒西风满院栽，蕊寒香冷蝶难来。他年我若为青帝，报与桃花一处开。"跋扈之意，已见于婴孩之时，加以数年，岂不为神器之大盗耶！（《贵耳集》卷上）

刘拜山曰：此咏物言志，而有天下均平，春台同登之意。胸襟气概，陈涉辍耕之叹，未足相比。（《千首唐人绝句》）

唐末一位不大出名的诗人林宽写过一首《歌风台》诗："蒿棘空存百尺基，酒酣曾唱大风词。莫言马上得天下，自古英雄尽解诗。"他从刘邦作《大风歌》，引出一个带普遍性的结论。这个结论的可靠程度究竟怎样，也许还有待于验证。不过，古往今来，确有一系列成功的或失败的英雄"解诗"的事例。和林宽同时代的农民起义领袖黄巢所作的两首别开生面的题赋菊花的诗，就为这个结论提供了现实的生动例证。林宽是唐主懿宗、僖宗时人，黄巢率义军入长安时，他可能正在京城［乾符三年（876）林宽在长安，有《陪郑諴郎中假日省中寓直》诗，乾符五年在长安，有《送升道靖恭相公分司》（后诗离黄巢入长安不到两年）］，"自古英雄皆解诗"之论虽不一定与黄巢赋菊之事有什么直接联系，但两人在时、地上的这种巧合倒能引起人们的一些联想。

自从陶渊明"采菊东篱下，悠然见南山"的名句一出，菊花就和孤标傲世的高士、隐者结下了不解之缘，几乎成了文人孤高绝俗精神的一种象征。黄巢的菊花诗，却完全脱出了同类作品的熟套，表现出全新的思想境界和艺术风格。

第一句写满院菊花在飒飒秋风中开放。"西风"点明节令，"满院"极言其多而盛。说"栽"而不说"开"，是避免与末句重韵，同时"栽"字本身也给人一种挺立劲拔之感。写菊花迎风霜开放，以显示其劲节与生命力，这在一般文人的咏菊诗中也不难见到；但"满院栽"却显然不同于文人诗中菊花的形象。无论是表现"孤标傲世"之情、"孤高绝俗"之感，或"孤芳自赏"之态、"孤孑无伴"之慨，都脱离不了一个"孤"字。黄巢的诗独说"满院栽"，是因为在他心目中，这菊花本来就是人数众多的群体。同是傲风霜的菊花，在这里却绝无"孤高""孤孑"的气息。作者在下"满院"二字时可能没有刻意推敲，只是自然道出，但唯其如此，就更显出问题的实质。

菊花迎风霜开放，固然显出它的劲节，但"蕊寒香冷蝶难来"，却是极大的憾事。在飒飒秋风中，菊花似乎带着寒意，散发着幽冷的芳香，不像在风和日丽的春天开放的百花，浓香竞发，因此蝴蝶也就难得飞来采集菊花的幽芳了。在文人的作品中，这个事实通常总是引起两种感情：孤芳自赏与孤孑高傲。作者的感情有别于此。在他看来，"蕊寒香冷"是因为菊花开放在寒冷的季节，他为菊花的开不逢时而惋惜、而不平。这种感情本身就蕴含着

黄巢

2977

改变环境的诉求和渴望。

三、四两句正是上述感情的自然发展，揭示环境的寒冷和菊花命运的不公平，不是安之若素，也不是自怨自艾、牢骚满腹，而是要自我主宰，重新安排菊花的命运。作者想象，有朝一日自己做了司春之神，就要告示天下，让菊花和桃花一起在春天开放。这一充满强烈浪漫主义激情的想象，集中地表现了作者的宏伟抱负和理想，表现了农民起义领袖的气度胸襟。统观全诗，寓意是比较明显的。诗中的菊花，无疑是当时社会上千千万万处于底层的人民的化身。作者既赞叹他们迎风霜而开放的顽强生命力，又深深为他们所处的环境、所遭的命运而愤激不平，立志要彻底加以改变。所谓"为青帝"，就是建立农民革命政权的形象化表述。作者想象，到了那一天，广大下层百姓就都能生活在温暖的春天里。值得注意的是，这里所抒写的并不是一般的对美好生活的憧憬，而是同时体现了农民朴素的平等观念。因为在作者看来，菊花在秋天开放，"蕊寒香冷蝶难来"，是极大的不公平。他的宏愿，就是要重新安排菊花的命运，让它和桃花一样享受春天的温暖。不妨说，这是农民平等思想的诗化。

这里还有一个靠谁来改变命运的问题。是祈求天公的同情与怜悯，还是"我为青帝"来改变，其间存在着做命运的主人和做命运的奴隶的区别。由于农民阶级本身的局限和历史的限制，农民起义不可能真正实现自己提出的革命目标。黄巢起义即使最终巩固了大齐政权，它也终将演化为封建地主阶级的政权。但黄巢的这首《题菊花》，却无疑代表了当时千百万农民的改变不公平命运的要求。

这首诗所抒写的思想感情是非常豪壮的，它使封建文人表达自己胸襟抱负的豪言壮语不免相形失色。但它并不流于粗豪，而是豪壮而不失含蕴，比较耐人咀味。这是因为诗中成功地运用了比兴手法，而比兴本身又具有生动的形象和新颖的喻意的缘故。

菊 花〔一〕

待到秋来九月八〔二〕，我花开后百花杀〔三〕。
冲天香阵透长安〔四〕，满城尽带黄金甲〔五〕。

黄
巢

〔一〕《全唐诗》题作《不第后赋菊》，今仍从《清暇录》作《菊花》，详参"笺评"引《清暇录》。

〔二〕九月九日为重阳节，重阳节有赏菊的风俗。此云"九月八"，是为了与下"杀""甲"押韵。

〔三〕杀，凋零，衰飒。

〔四〕香阵，犹浓香。

〔五〕黄金甲，金黄色的铠甲，借喻金黄色的菊花。

笺评

郎瑛曰：《清暇录》载：黄巢不第，有《菊花》诗曰："待到秋来九月八，我花开后百花杀。冲天香阵透长安，满城尽带黄金甲。"尝闻我太祖（按：指明太祖朱元璋）亦有《咏菊花》诗："百花发，我不发，我若发，都骇杀。要与西风战一场，遍身穿就黄金甲。"人看二诗，彼此一意。成则为明，而败则为黄也。予则以香气透长安，不过欲窃据之意；满城尽带甲，扰乱一番也。巢之反，果在秋天；兵败士诚、友谅与得大都之日，皆在八九月西风起时，"穿金甲"岂非为帝耶？是乃二诗之谶耳。（《七修类稿·诗文类九·菊花诗》）

2979

鉴赏

这首诗的题目，《全唐诗》作《不第后赋菊》，大概是根据明代郎瑛《七修类稿》引《清暇录》有关此诗的记载。但《清暇录》只说这诗是黄巢落第后所作，题作《菊花》，这和径自题为《不第后赋菊》，是并不相同的。前者，落第仅仅是写作的一种背景，人们可以联想到作者在京应试的过程中，进一步感受与认识到唐王朝的腐朽与虚弱，从而下定了推翻它的决心。这是完全符合人们认识事物的规律的。但如属后者，则这首诗有可能被曲解为发泄个人落第的私愤，从而对这场"冲天香阵透长安"的农民战事的起因，也有可能作出历史唯心主义的解释，这当然是不足取的。

重阳节有赏菊的风俗，相沿既久，这一天无形中也成了菊花节。这一首《菊花》诗，其实并非泛咏菊花，而是遥庆菊花节。因此一开头就大书"待到秋来九月八"，意思是等到重阳菊花节那一天。不说"九月九"，而说"九月八"，是为了与"杀""甲"押韵。这首诗押入声韵，作者要借此造成一种斩绝、激越、凌厉的气势。因此他宁可把菊花节由九月九改成"九月八"来趁入声韵，却不愿用"九月九"而放弃入声韵，特别是首句入韵所造成的强烈效果。从这里可以悟出形式服从内容需要的道理。"待到"二字，似脱口而出，其实分量很重。因为作者要"待"的那一天，是天翻地覆、扭转乾坤之日，因而这"待"，是充满热情的期待，是热烈的向往。而这一天，又绝非虚无缥缈、可望而不可即，而是如同春去秋来、时序更迁那样，一定会到来的。因此，语调轻松、跳脱，充满自信、乐观情绪。这正是那个统治集团十分腐朽、虚弱，农民革命风暴声势浩大的时代的产物。一些站在时代前列，与人民情绪息息相通的人物，会在生活中深深感染到时代的气息而对未来充满信心。

"待到"那一天又怎样呢？照一般人的想象，无非是菊花盛开，幽香袭人。作者却接以石破天惊的奇句——"我花开后百花杀"。菊花开时，百花均已凋零，这本来是自然界的规律，也是人们习以为常的自然现象，所谓"此花开后更无花"，说的就是这种现象。作者在这里特意将菊花之"开"与百花之"杀"（凋零）并列在一起，构成鲜明对照，意在显示其间的必然联系。他亲切地称"菊花"为"我花"，显然用以象喻广大被压迫的百姓。那么，与之相对立的"百花"自然是喻指反动腐朽的封建统治集团了。这在客观上显示了一个真理：人民奋起掌握自己命运、庆祝胜利之时，便是反动腐朽的统治者覆灭之日。赋予自然界的花开花谢以这样的革命内容，确实是破天荒的。上一首因菊花开不逢时而生出"他年我若为青帝，报与桃花一处开"的奇想，这一首却转而为庆幸菊花开当其时——"我花开后百花杀"。设喻虽相反，却同样表现了推翻反动腐朽封建王朝的情怀。这一句语调斩截，气势凌厉，形象地显示了农民起义领袖果决坚定的精神风貌。这是足以使反动统治者战栗的诗句。

三、四句承"我花开"，极言菊花盛开的壮丽情景："冲天香阵透长安，满城尽带黄金甲。"整个长安城，到处都开满了带着黄金盔甲的菊花。它们散发出的浓郁香气，直冲云天，浸透全城。这是菊花的天下，菊花的王国。想象的奇特，设喻的新颖，辞采的壮伟，意境的瑰丽，都可谓前无古人。菊花，在文人笔下，最多不过赞美其傲视风霜的风骨而已，这里却赋予它农民起义军将士的战斗风姿与性格，从而使它成为最新最美的农民革命战争之花。为了淋漓尽致地表达对这个菊花王国的赞美。作者用了"冲""阵""透""满""尽"等一系列富于力度的词语。不说"香气"而说"香阵"，是因为这菊花既非"孤芳"，也非一般的"丛菊"，而是花开满城；正因为是"香阵"，故说"冲天"，说"透长安"。"冲""透"二字，分别写出其气势之盛与浸染之深，足见天上地下，六合广宇，无处不散发出浓郁的战斗气息。通过独特的形象，作者生动地展现了农民起义军攻克长安、推翻唐王朝、主宰一切的胜利前景。黄巢在被起义军推为首领后，自号"冲天大将军"，表明其志在冲垮唐王朝的天下，与这首诗中的"冲天"正相吻合，恐非偶然。

黄巢的两首菊花诗，无论意境、形象、语言、手法，都使人耳目一新。根本原因，在于作者是农民起义军的领袖，又有一定的文化艺术素养的缘故。写诗当然要用形象思维，但艺术想象和联想的具体内容，却不能不受到作者立场、世界观和生活实践的制约。没有黄巢那样的抱负胸襟、战斗性格，就不可能发出"我花开后百花杀"这样的奇语和"满城尽带黄金甲"的奇想。"可怜故国菊，应傍战场开"（岑参《九日》），在一般文人心目中，菊花是只能在高士的东篱下生长，而不应开放在战场上的。把满城菊花和千万带甲的义军战士联系在一起，赋予它一种战斗的美，这是一种全新的审美观念。而这，只能植根于战斗的生活实践。"自古英雄尽解诗"的观点，也许正应从这个根本点上去理解。

黄
巢

张 泌

张泌,生卒年不详。事蜀为舍人。《花间集》载其词二十七首。《全唐诗》录存其诗一卷,均出自五代十国后蜀韦縠所编之《才调集》卷四。或以为此张泌系南唐后主朝之张泌(一作佖),非。

寄 人 [一]

别梦依依到谢家[二],小廊回合曲阑斜[三]。
多情只有春庭月,犹为离人照落花。

〔一〕《全唐诗》此题共二首,这是第一首。第二首"酷怜风月为多情"一作张佖诗。关于此诗的本事,见"笺评"引《词苑丛谈》。亦误为南唐之张泌(佖)。

〔二〕依依,依恋不舍的样子。《古诗为焦仲卿妻作》:"举手长劳劳,二情同依依。"亦可解为依稀仿佛之状。谢家,犹"谢娘家",借指所思女子所居。温庭筠《更漏子》词:"香雾薄,透重幕,惆怅谢家池阁。"韦庄《浣溪沙》词:"惆怅梦余山月斜,孤灯照壁背窗纱,小楼高阁谢娘家。"

〔三〕回合,犹回环四合。曲阑,曲折的栏杆。

笺评

徐釚曰:张泌仕南唐为内史舍人。初与邻女浣衣相善,作《江神子》词云:"浣花溪上见卿卿,脸波明,黛眉轻。绿云高绾,金簇小蜻蜓。好是问他知得么?和笑道:莫多情。"后经年不复相见。张夜梦之,寄绝句云:"别梦依依到谢家(下略)。"(《词苑丛谈》)按:《琅嬛记》卷下引《虚楼续本事诗》云:"张泌,江南人,字子澄,仕南唐为内史舍人。初与邻女浣衣相善,经年不复睹,精神凝一,夜必梦之。尝有诗云:'别梦依依到谢家（下略）。'浣衣计无出，流泪而已。"当为《词苑丛谈》所本。

　　周弼曰：为实接体。（《删补唐诗选脉笺释会通评林·晚七绝》引）

　　敖英曰：末二句无情翻出有情。（《唐诗绝句类选》）

　　陆时雍曰：意好，语是词家。（《删补唐诗选脉笺释会通评林》引）

　　周珽曰：《寄人》二诗，俱情痴之语。又唐人有诗云："两心不语暗知情，灯下裁缝月下行。行到阶前知未睡，夜深闻放剪刀声。"虽是郑、卫之音，而鲜丽俱有风体。（同上）

　　宋宗元曰：蕴藉。（《网师园唐诗笺》）

　　《精选评注五朝诗学津梁》：以多情春光为寓意，末二句结构绝妙。

　　潘德舆曰：佀（泌）有《寄人》一绝云："别梦依依到谢家……"比之司空表圣"故国春归未有涯，小栏高槛别人家。五更惆怅回孤枕，犹自残灯照落花"，风流略似。（《养一斋诗话》卷四）

　　沈祖棻曰：此诗是写别后相思之情，寄与所思之人的……起句写相思成梦，依依有情……次句写梦中所见，也就是现实中曾经到过的地方……而此前旧游，往日欢情，别后相思，一切都在其中了……后两句便接写醒后之情之境……不论前半之写梦中，后半之写梦后，都极言相爱之深，相思之苦；而突出明月之为离人照落花为多情，则不仅是向对方诉苦，同时也就在埋怨对方之无情。（《唐人七绝诗浅释》）

　　刘拜山曰：梦中重到，居处宛然，然不见所爱之人，意其忘情旧爱，故托兴于明月落花，以抒忧疑惆怅之情。（《千首唐人绝句》）

　　张泌的《寄人》七绝，共二首，第二首说"酷怜风月为多情，还到春时别恨生。倚柱寻思倍惆怅，一场春梦不分明"。二首均为以诗代书之作，所寄对象，当是他往日相恋的一位女子。前人笔记、词话中有关此诗本事的记载，未必可信，但诗中所抒发的感情则显然是一种人去楼空、前尘如梦的感触和失落怅惘的意绪。

　　起句写梦寻对方原来的住处。"谢家"，即"谢娘家"的省称，唐人多用以指所思女子居处。温庭筠《更漏子》词："香雾薄，透帘幕，惆怅谢家池阁。"韦庄《浣溪沙》词："小楼高阁谢娘家。"均可证。"依依"，既写梦魂对"谢家"的依恋追寻，兼状梦境的依稀仿佛和梦幻的轻袅飘忽，而无限相

张泌

思怅惘之意自见于言外。

　　次句续写梦到谢家后所见。对方家中，当是过去诗人常到的地方，梦中重到，映现在眼前的首先是四面回合的小廊和曲折逶迤的栏杆。这一带想必是他过去最熟悉、留下过许多美好记忆的所在，因此印象特别清晰。梦中重到，依然唤起许多亲切温馨的记忆。但往日的情人却已杳无踪影。回廊寂寂，栏杆斜迤，则又徒增人去院空、怅惘感伤之情。沈祖棻先生说："次句写梦中所见……而此前旧游，往日欢情，别后相思，一切都在其中了。"所解甚是。

　　"多情只有春庭月，犹为离人照落花。"这两句承上"别梦""到谢家"仍写梦中所见所感。离人，这里指怀着离愁的诗中主人公，亦即诗人自己。两句是说，往事已成陈迹，对方已经离去，如今只有映照着春天庭院的一轮明月，仍然为我这个满怀离情的人照着落花。说"多情只有"，正透露诗人心中另有一番"无情"的怅触在，至于这"无情"是指已经离去的伊人，还是指不解人意、徒增感伤的景物，则任读者体味，也许是二者兼而有之。春庭明月，过去想必曾经双照对方和诗人在花前相聚；而今，月色依旧，但所照者却只有孤孑的离人和空庭的落花了。空庭、淡月、落花，给人一种空虚黯淡、凋零残败之感，使人自然联想起美好事物和爱情的消逝。这两句所展示的梦境，仿佛是诗人伤往叹逝情绪的外化和象征。用诗人自己的话来形容以往的一切，不过"一场春梦不分明"罢了。

　　三、四两句，或有写梦醒所见一解。前后幅分写梦中和梦后，自属常法。但细味全诗，总觉前后幅联系得很紧，其间看不出任何时间和空间上变换转接的痕迹，与司空图《华下》第三句明点"五更惆怅回孤枕"，再转出"犹自残灯照落花"的孤枕梦回所处现境不同。"多情只有"四字，更将前后幅紧密勾连，表明所写同属一个"别梦"。如果前后分写梦中和梦后，则第二句似感意犹未了，第三句又显得突兀，与上幅脱节。看来，还是将全诗理解为同一梦境艺术整体感较强。

　　题为"寄人"，内容则是述梦，梦的内容又是人去院空、月照落花，则相思相忆之情，怅惘空虚之感，怨望无情之意，便都含而不露地包蕴其中了。

无名氏

哥舒歌〔一〕西鄙人

北斗七星高〔二〕，哥舒夜带刀。
至今窥牧马〔三〕，不敢过临洮〔四〕。

校注

〔一〕哥舒，指哥舒翰，唐开元、天宝时期著名少数民族将领。两《唐书》有传。《全唐诗》题注："天宝中，哥舒翰为安西节度使，控地数千里，甚著威令，故西鄙人歌此。"西鄙人，西方边境地区的人，名不详。按：据两《唐书》，哥舒翰未曾任安西节度使，"安西"当为"河西"之讹。《旧唐书·哥舒翰传》："吐蕃寇边，翰拒之于苦拔海，其众三行，从山差池而下，翰持半段枪当其锋击之，三行皆败，无不摧靡，由是知名。天宝六载……充陇右节度副使。先是，吐蕃每至麦熟时，即率部众至积石军获取之……前后无敢拒之者。至是，翰使王难得、杨景晖等潜引兵至积石军；设伏以待之。吐蕃以五千骑至，翰于城中率骁勇驰击，杀之略尽，馀或挺走，伏兵邀击，匹马不还。……明年，筑神威军于青海上，吐蕃至，攻破之；又筑城于青海中龙驹岛，有白龙见，遂名为应龙城，吐蕃屏迹不敢近青海。"《新唐书·哥舒翰传》："久之（按：指天宝十二载），进封凉国公，兼河西节度使。攻破吐蕃洪济、大莫门等城，收黄河九曲，以其地置洮阳郡，筑神策、宛秀二军，进封西平郡王。"此歌所咏赞的情事，当综括上述抗击吐蕃之事。非止一端。诗中所反映的，当为哥舒翰以陇西节度兼河西节度时破吐蕃，收复黄河九曲之地的情事。

〔二〕北斗七星，在北面天空排列成斗形的七颗亮星，其名称为：一天枢、二天璇、三天玑、四天权、五天衡、六开阳、七瑶光。一至四为斗魁，五至七为斗柄，又名玉衡。《晋书·天文志上》："北斗七星在太微北……斗为人君之象，号令之主也。"

2985

〔三〕窥，伺机图谋、觊觎。牧马，古代北方少数民族每于秋收季节南下内地牧马，以窥探虚实，伺机劫掠。贾谊《过秦论》：“始皇……乃使蒙恬北筑长城而守藩篱，却匈奴七百馀里，胡人不敢南下而牧马。”此句及下句用此。

〔四〕临洮，唐陇右道有洮州临洮郡，又有岷州和政郡，武德元年（618）析临洮郡之临洮、和政置，州治溢乐即本名临洮县者，今甘肃岷县。因其北临洮水，故称。二句谓至今吐蕃犹慑于哥舒翰之声威，不敢窥伺觊觎内地，越过临洮。

《唐诗广选》：气骨高劲，不域于中唐者。

《唐诗训解》：为中国长气。

唐汝询曰：哥舒翰立功西域，边人歌之。言当斗高之时，哥舒带刀夜战，吐蕃畏之。至今牧马犹未敢越临洮也。翰后为禄山所执，此岂未败时歌欤？（《唐诗解》卷二十四）按《删补唐诗选脉笺释会通评林》引唐汝询解曰：哥舒御吐蕃，倍悍勇，潼关之败，髦矣。此歌盖不欲以一眚掩之。

沈德潜曰：与《敕勒歌》同是天籁，不可以工拙求之。（《重订唐诗别裁集》卷十九）

孙洙曰：（首句）先着此五字，比兴极奇。（《唐诗三百首》）

俞陛云曰：《诗》三百篇，无作者姓氏，天怀陶写，不以诗鸣，而诗传千古。三代以下惟恐不好名，汉魏以降，作者林立矣……此西鄙之人，姓氏湮没，而高歌慷慨，与“敕勒川，阴山下”之歌，同是天籁，如风高大漠，古戍闻笳，令壮心飞动也。首句排空疾下，与卢纶之“月黑雁飞高”皆工于发端。唯卢诗含意不尽，此诗意尽而止，各极其妙。（《诗境浅说》续编）

唐代出现了一大批少数民族出身的著名将帅，他们在抗御境外民族入侵、保卫边境安宁和内地免受侵掠等方面都起过重要作用。像玄宗时的名将哥舒翰、高仙芝就分别是突厥人和高丽人。而哥舒翰在抗御吐蕃入侵方面的功绩和威望，更深得当时百姓特别是西北边地人民的赞颂，这首《哥舒歌》就是当时一位不知名的边地百姓对哥舒翰的赞歌。据《太平广记》卷四百九十五引温庭筠《干膜子》云："天宝中，哥舒翰为安西节度，控地数千里，甚著威令，故西鄙人歌之曰：'北斗七星高，歌舒夜带刀。吐蕃总杀尽，更筑两重濠。'"这大概是《哥舒歌》的原始面貌，后两句虽然极朴素本色，但不免有些情绪过激，带有民族仇恨的印记。我们现在看到的文本，从"窥牧马"及"不敢"等用语本于贾谊《过秦论》看，可能是有一定文化知识修养的文人对原歌进行了修改加工。加工后的《哥舒歌》，既保留了原歌中的精华，又在思想内容及艺术表现上有了明显提高。加工者究竟是唐人还是后代人，不得而知，但至迟明初高棅编选的《唐诗品汇》中所选的《哥舒歌》，已是我们现在所见到的样子了。

　　"北斗七星高，哥舒夜带刀。"民歌每以景物起兴，这首歌也循此常例，但却起势突兀，境界高远，兴寄无端。极具气势，也极耐讽咏，给人以丰富的联想。在辽阔的草原大漠，月上之前，天宇中最引人注目的便是高悬北天的北斗七星。由于它的照耀，天宇和原野显得分外寥廓高远、广阔无垠，而句末的"高"字，又透露出仰望北斗七星的边地人民对它的崇敬之情。作者未必有明确的比喻之意，但正是这种寄兴在有意无意之间的起兴，使这首歌的发端既透露出西北边境地区的高远寥阔境界，又传达出歌者仰望北斗七星高悬时的景仰情怀，却又不落言筌，任人自领。这一句为哥舒的出场创造出典型的环境氛围，引发读者对他的出场的期待。第二句却以极省净的笔墨写哥舒的出场。作者舍去一切有关哥舒形貌装束、战斗业绩的叙写，只紧承上句"七星高"下了"夜带刀"三字。而这月黑星高之夜带刀巡夜的哥舒形象，却突出地表现了这位威震西陲的将帅忠勤不懈、警备戍守、亲历日常防务的精神品格和威武雄豪的形象，既令敌人胆慑，又使边地百姓感到可亲。这样用笔，近似皮影戏布幕上出现的一幅生动而省净的剪影，以少总多，以一当十，传达出的正是人物的精神风采。

　　"至今窥牧马，不敢过临洮。"三、四两句，原作在语言上既失之粗直，在内容上也不免带有过激的民族仇恨气息。改本将表现的重点放在对哥舒翰的历史功绩的赞颂上，突出其英武的形象与壮盛的声威使吐蕃为之胆慑，至今不敢越过临洮来侵掠内地，骚扰百姓。值得注意的是，作者在赞颂其功绩时并不是赞扬他如何开疆拓土，扩大唐王朝的版图，而是着眼于防止吐蕃的

无
名
氏

2987

入侵，保证边境的安宁，这就强调了他的所作所为及历史的功绩是"安边"而非"拓土"，是为了沿边百姓的安宁，而非迎合统治者的开边黩武意旨。这样的改动，自然使诗的思想境界和艺术境界都提高了。

历史上的哥舒翰，在抗御吐蕃入侵方面确实建立了显著的业绩，但他在天宝八载以牺牲数万唐朝士卒为代价的夺取石堡城的战事，却在当时便受到大诗人李白的谴责："君不能学哥舒，横行青海夜带刀，西屠石城取紫袍。"应该说，《哥舒歌》中的哥舒翰和李白《答王十二寒夜独酌有怀》中的哥舒翰，都是对历史上真实的哥舒翰某一侧面的反映。不能因这一面而否定另一面。李白的诗，也并非对哥舒翰作出整体是非功过的历史评价，而是有感而发。

杂 诗〔一〕

无定河边暮角声〔二〕，赫连台畔旅人情〔三〕。
函关归路千馀里〔四〕，一夕秋风白发生。

校注

〔一〕《杂诗十首》，无名氏作，最早见于五代后蜀韦縠编选的《才调集》卷十，本篇系十首之五。《全唐诗》收《杂诗》十九首，此为其十六。

〔二〕无定河，黄河中游支流，在今陕西省北部，源出白于山北侧，绕经今内蒙古自治区南端，折而东流，经绥德县，至清涧县东入黄河。原名闰水，后人因其溃沙急流，深浅不定，故改称无定河。《元和郡县图志·关内道四·夏州朔方县》："无定河，一名朔水，一名奢延水，源出县南百步。赫连勃勃于此水之北、黑水之南，改筑大城，名统万城。今按州南无奢延水，唯无定河，即奢延水也，古今异名耳。"

〔三〕赫连台，东晋末夏国赫连勃勃所建楼台。《元和郡县图志·关内道四·夏州朔方县》："乌水，出县黑涧，东注奢延水。本名黑水，避周太祖讳，改名乌水。初，统万城成，勃勃下书曰：'今都城已建，宜立美名。朕方统一天下，君临万国，宜以统万为名。'其城土色白而牢固，有九堞楼，峻险非力可攻。郦道元云：'统万城蒸土加功，雉堞虽久，崇墉若新。'"当指统万城上所筑之台。或云指延长县之髑髅台。

〔四〕函关，指函谷关，战国时秦置，故址在今河南灵宝市东北。汉元鼎三年（前114）徙于河南新安县东，称新函谷关。今关门洞及瞭望台犹存。《元和郡县图志·河南道二·陕州灵宝县》：“函谷故城，在县南十里。秦函谷关城，汉弘农县也。”《西征记》曰：“函谷关城，路在谷中，深险如函，故以为名。其中岝通，东西十五里，绝岸壁立，崖上柏林荫谷中，殆不见日。……东自崤山，西至潼津，通名函谷，号称天险，所谓‘秦得百二’也。”

鉴赏

这是一首抒写羁留北方边塞地区的旅人思乡情怀的诗。内容很单纯。但借助于景物的渲染和音韵的作用，却创造出一种阔大悲凉、低回不尽的艺术意境，具有浓烈的艺术感染力。

诗中描绘的北方边塞，在今陕西北部无定河流域一带，唐代属夏绥节度使管辖。诗中所写的旅人，可能是寄幕，也可能是漫游。这一带正处于毛乌素沙漠南缘，无定河附近又是经常发生战争的沙场，因此无论是自然景象或是历史遗迹，都使旅人极易触发万绪悲凉的情思。诗的开头两句，就特意选取了“无定河”和“赫连台”这两个具有明显地域特征的事物来渲染荒凉的景象，表达凄清的旅思。一提到无定河，人们不仅会自然联想起这条流经沙漠地区的河流溃沙急流、变易不定的形象和两岸荒凉空漠的景象，而且会浮现出古战场上白骨黄沙累累枕藉的惨烈情景。就在这时，远处又传来一阵阵悲凉的暮角之声，使这位旅人的情思在自然、历史与现实的萦回反复中更加悲凉凄清，难以为怀了。“赫连台”是东晋末年一代枭雄赫连勃勃所建的统万城的楼台遗址。这位在东晋末几乎统一了北中国的枭雄当年虽曾称霸一时，“夷夏嚣然”，今也早已成为历史上来去匆匆的过客，只剩下旧日的荒台遗址供人凭吊了。这句的“旅人情”，既上承“暮角声”所勾起的苍凉情思，又下启末句的“乡愁”，同时也蕴涵了因“赫连台”这一历史遗迹引起的沉思和感慨。

“函关归路千馀里，一夕秋风白发生。”第三句上承“旅人”，点明自己的家乡远在千里之外的函关之东。“千馀里”的路程，并不算太遥远，即使是徒步而归，也不过半个月左右就可还乡。但这位“旅人”显然是由于为事所牵，虽有家而归未得，故在心理上便倍感这“千馀里”的“归路”之可望而不可度越了。正值此时，荒寒空旷的朔漠之上，暮色苍茫之中，又吹起了阵阵萧瑟的秋风，使得本就万绪悲凉的旅人在乡思的煎熬下，愁怀更加难堪，一夕不寐，白发顿生。古人言愁，有一夕而白发生的记载，所谓伍子胥过昭关一夜而发尽白即其例。虽似夸张之词，却符合生活真实。此处未必用典，只是借助环境气氛的渲染，极写"乡愁"之强烈深浓而已。由于前面已有"无定河""赫连台""暮角声""旅人情"及"归路千馀里"的层层渲染，这结尾的点睛之句便显得水到渠成，自然真切，毫不着力。至此，旅人的悲愁情思已达于极致。而"一夕秋风白发生"的集中抒情却仍留下了悠长的余韵，令人寻味不已。

这首诗通篇从押韵到用字，都给人一种明显的悲凉凄清、低回呜咽之感，反复吟咏，自有一种万绪悲凉的情绪萦绕于字里行间，声与情的和谐结合，正是这首诗富于感染力的奥秘之一端。